Symptomensammlungen homöopathischer Arzneimittel
Heft 13

Ignatia

von Dr. med. Georg v. Keller, Tübingen

Karl F. Haug Verlag - Heidelberg

CIP-Kurztitelaufnahme der Deutschen Bibliothek

Keller, Georg von
Symptomensammlungen homöopathischer Arzneimittel /
von Georg v. Keller. - Heidelberg : Haug

H. 13. — Keller, Georg von: Ignatia

Keller, Georg von:
Ignatia / Georg v. Keller. - Heidelberg : Haug, 1985

(Symptomensammlungen homöopathischer Arzneimittel /
von Georg v. Keller; H 13)
ISBN 3—7760—0821—0

© 1985 beim Autor, Dr. Georg v. Keller, Mühlstr. 3, D 7400 Tübingen

Alle Rechte, einschließlich derjenigen der photomechanischen Wiedergabe
und des auszugsweisen Nachdrucks vorbehalten

Karl F. Haug Verlag, Verlags-Nr. 8500

ISBN 3—7760—0821—0

Karl Grammlich KG, Karl Benz Str. 3, 7401 Pliezhausen

Vorwort

Hahnemann war unser aller Lehrer, er war einer der größten Forscher aller Zeiten, aber er war ein Mensch, er hat eine zeitliche Entwicklung durchgemacht. Er hat zunächst das aufnehmen müssen, was an Hypothesen, Forschungsergebnissen und wissenschaftlichen Ansichten seiner Zeit vorhanden war und er hat erst darauf aufbauend mit seinen eigenen Arbeitshypothesen und Experimenten seine Methode entwickeln können. Auf diesem Wege mußten manchmal althergebrachte Begriffe korrigiert und hypothetische Erklärungsversuche als nicht zutreffend mehr oder weniger stillschweigend abgelegt werden.

So war es mit der althergebrachten Ansicht, daß jedes Arzneimittel an einem bestimmten Organ angreife oder daß es eine bestimmte Körperfunktion in einer Richtung verändere. Bönninghausen führt in seiner letzten Arbeit (AHZ 1864, Band 68, Seite 74 und 75) aus, daß Hahnemann in seinen in den Fragmentis und in der ersten Ausgabe der reinen Arzneimittellehre veröffentlichten Prüfungen den Modalitäten und den Begleitumständen der Symptome nur sehr mangelhafte Rücksicht gewidmet hat. „Es war unmöglich, beim anfänglichen Betreten der Hahnemann'schen Prüfungsbahn a priori zu wissen, daß fast jede Arznei auf die meisten Teile und Organe des lebenden Organismus, häufig sogar in ähnlicher Weise, einwirkt, und daß die individuellen Unterschiede zwischen den verschiedenen Wirkungsarten sich fast nur in den Verbindungen der Zeichen untereinander, am Deutlichsten aber in den Modifikationen aussprechen, welche die Verschiedenheit der Zeit, der Lage und der Umstände in Bezug auf Erhöhung oder Linderung der erregten Beschwerden verursachen. Nur allmählich konnte, wie dies Hahnemann selbst versichert hat, das verjährte, in den Rezepten ausgesprochene Vorurteil überwunden werden, daß nämlich jedes Heilmittel, wenigstens vorzugsweise, auf die eine oder die andere generelle Beschwerde heilbringend einwirkte, und daß daher mehrere davon gleichzeitig in einem Rezepte verschrieben werden müssen, um, wie es hieß, allen sogenannten Indikationen zu genügen. — Hiernach erklärte sich leicht, warum die zuerst ermittelten Symptome am Dürftigsten mit derartigen charakteristischen Bedingungen ausgestattet sind, und daß die meisten Nebenangaben sich lediglich auf die Zeit beziehen, welche nach dem Einnehmen der zu prüfenden Arznei bis zum Auftreten des ersten in Rede stehenden Symptoms abgelaufen war. Erst die fortgesetzte Praxis und bei der stets zunehmenden Menge ähnlicher Zeichen von den verschiedenen Arzneimitteln stellte sich immer mehr das Bedürfnis heraus, diese Unterschiede stets fest im Auge zu behalten und mit der emsigsten Sorgfalt zu ermitteln."

Vergleicht man, so fährt Bönninghausen fort, die ältesten mit den neueren Arzneiprüfungen, vor allem die Arzneien in den chronischen Krankheiten, 2. Ausgabe mit denen in den Fragmentis, so findet man leicht, daß die späteren vor den früheren in sehr erheblicher Weise sich vorteilhaft auszeichnen.

Ignatia eignet sich vorzüglich für derartige Vergleiche, wird sie doch schon in den Fragmentis abgehandelt und ist sie doch nach Erscheinen der reinen Arzneimittellehre in ausgedehntem Maße praktisch angewendet worden. Ich habe deshalb im Quellenverzeichnis Wert darauf gelegt, die Unterschiede in der Hahnemannischen Darstellung zu den verschiedenen Zeiten herauszustellen.

Noch ein anderer Punkt läßt sich hier studieren, nämlich der Wandel der Hahnemannischen Ansichten über Erst- und Nachwirkungen. Während Hahnemann noch in den Fragmentis überall genau unterscheidet zwischen Erst- und Nachwirkung und gemäß der pharmakologischen Tradition die Erstwirkung als eigentliche Arzneiwirkung ansieht, sieht man schon in der reinen Arzneimittellehre eine Auflockerung dieses Standpunktes. Er mißt hier den spät in der Prüfung aufgetretenen Symptomen deutlich mehr Wert zu.

Hering führt dieses Thema aus in seinem „Sendschreiben an die Versammlung homöopathischer Ärzte in Magdeburg am 10. August 1844" (Archiv Band 21, Heft 3, Seite 161-184) und Bönninghausen bezieht sich darauf, wenn er 1856 (AHZ 53.60) schreibt: „Wenn mein altes (72jähriges) Gedächtnis mich nicht trügt, so war es zuerst und bis jetzt allein der geniale C. Hering, welcher, ich entsinne mich nicht mehr wo und wann, darauf hindeutete, daß die zuletzt auftretenden Prüfungssymptome für die Heilanwendung die wichtigsten und weit davon entfernt wären, bloße Nachwirkungen und in der Therapie unbrauchbar zu sein." Jeder Homöopath könne sich selbst ohne große Mühe in den Quellen über die Richtigkeit oder Falschheit dieses Ausspruches genügende Sicherheit verschaffen.

„Er braucht nämlich nur in den vier Bänden (der zweiten Auflage) der antipsorischen Arzneien diejenigen Symptome, welche am Spätesten beobachtet wurden, mit den kurzen Andeutungen zu vergleichen, welche von Hahnemann selbst zufolge seiner eigenen Erfahrung für die vorzügliche Angemessenheit dieser Arzneien angegeben und in unserer Praxis durchweg als solche bewährt gefunden sind. Er wird sich dann allerdings überzeugen, daß in den meisten Fällen ein Analogon dazu, häufig mit näherer Vervollständigung des Zeichens selbst, eben und oft vorzugsweise in solchen spät beobachteten Symptomen enthalten ist."

Hering verlangt in dem genannten Aufsatz, auch die früher verachteten Nachwirkungen (im Gegensatz zu den früher von der Pharmakologie fast einzig beachteten Erstwirkungen) eifrig zu sammeln und einstweilen als Arzneiwirkungen anzusehen und zu benutzen. Er selbst habe die „allerentschiedensten Nachwirkungen der Mittel" benutzt und immer mehr eingesehen, daß dadurch die „allerdauerhaftesten Heilungen bewirkt werden konnten". Er schließt den Absatz mit „Man hat diese späteren Wirkungen mit großem Unrecht einer krankhaften Reaktion zugeschrieben und hat sie gegenteilig genannt, ohne im geringsten zu wissen, was denn unter Gegenteil eigentlich solle verstanden werden. Je langwieriger und bleibender, und je gegenteiliger diese späteren Wirkungen sind, um so brauchbarer sind sie für den Arzt."

Er kommt im späteren Verlaufe dieses Aufsatzes auf eine wichtige Erkenntnis zu sprechen, die zwar von Hahnemann noch nicht so deutlich formuliert wurde, die aber seinen späteren Forschungen und Erfahrungen zugrunde gelegen haben muß: Die Tatsache, daß diese späteren, brauchbaren Wirkungen der Arzneien nur in den Prüfungen mit tiefen Potenzen im Gegensatz standen zu den Wirkungen in den ersten Tagen und daß bei den Prüfungen mit höheren Potenzen dieser Unterschied nicht mehr wahrnehmbar war. „Niedere Prüfungen machten also zweierlei Zeichen, die Primär- und Secundärsymptome. Höhere Prüfungen machten aber hauptsächlich nur einerlei Art." „Alle Zeichen, welche bei den Prüfungen der höheren Potenzen entstehen, sind ganz gleich mit den Nachwirkungen der niederen oder sogenannten stärkeren Gaben. Aber sie sind nicht gleich mit den Primärwirkungen dieser. — Niedere Prüfungen liefern also in den letzten Tagen dieselben Zeichen, welche höhere Prüfungen sogleich liefern."

Die Erkenntnis, daß jede Arznei auf den ganzen Menschen einwirkt und daß bei Verwendung höherer Potenzen die in der Prüfung gewonnenen Symptome für die Therapie brauchbarer sind, führte Hahnemann schließlich zur Formulierung des Kernstückes seiner Homöopathie, zum § 153, der in der 1810 erschienenen ersten Auflage des Organon als § 129 folgende Fassung hatte:

„Bei dieser Aufsuchung eines homöopathisch spezifischen Heilmittels, das ist, bei dieser Gegeneinander-Haltung des Zeicheninbegriffs der natürlichen Krankheit gegen die Symptomenreihen der vorhandenen Arzneien sind die auffallenderen, sonderlichen, charakteristischen Zeichen der ersteren vorzüglich fest ins Auge zu fassen; denn vorzüglich diesen müssen sehr ähnliche in den Krankheitselementen der Symptomenreihen der gesuchten Arznei entsprechen, wenn sie die passendste zur Heilung sein soll — während die allgemeineren Zeichen: Anorexie, Mattigkeit, Unbehaglichkeit, gestörter Schlaf u. s. w. in dieser Allgemeinheit und wenn sie nicht näher bezeichnet sind, weit weniger Aufmerksamkeit verdienen, weil sie wie in den meisten natürlichen Krankheiten, so auch in den Symptomenreihen der meisten Arzneien angetroffen werden."

Wie schon Bönninghausen in seiner letzten Arbeit bemerkte, sehen wir hier, daß Hahnemann jetzt erst die Notwendigkeit, den Modalitäten und den Begleitumständen besondere Rücksicht zu widmen, klar formuliert hat. Der Vorläufer dieses Paragraphen, in der 1805 erschienenen Heilkunde der Erfahrung (Kleine medizinische Schriften, Nachdruck Haug-Verlag, 2. Band, Seite 12) der Satz: „Die singulärsten, ungewöhnlichsten Zeichen geben das Charakteristische, das Unterscheidende, das Individuelle an" läßt mehr Raum für Mißverständnisse, zumal in demselben Aufsatze kurz vorher folgender Satz zu lesen ist: „Die beständigsten, die auffallendsten, die dem Kranken beschwerlichsten Symptome sind die Hauptzeichen". 1796, in dem in Hufelands Journal erschienenen Aufsatze „Versuch über ein neues Prinzip zur Auffindung der Heilkräfte . . . " heißt es (1. Band, Seite 135) noch: „Man darf nur die Krankheiten des menschlichen Körpers genau nach ihrem wesentlichen Charakter und ihren Zufälligkeiten auf der einen, und auf der anderen Seite die reinen Wirkungen der Arzneimittel, das ist, den wesentlichen Charakter der von ihnen gewöhnlich erregten, spezifischen künstlichen Krankheit, nebst den zufälligen Symptomen kennen, die von der Verschiedenheit der Gabe, der Form etc. herrühren und man wird, wenn man für die natürliche gegebene Krankheit ein Mittel auswählt, was eine möglichst ähnliche, künstliche Krankheit hervorbringt, die schwierigsten Krankheiten heilen können." Seite 156: „Je mehr krankhafte Symptome die Arznei in ihrer direkten (Primär-) Wirkung erregt, welche mit den Symptomen der zu heilenden Krankheit übereinstimmen, desto näher kommt die künstliche Krankheit der zu entfernenden, desto gewisser ist man des guten Erfolges".

Hier ist von Krankheiten die Rede, nicht von Zeicheninbegriff oder Symptomenreihen wie später im Organon. Das bedeutet, daß der Pharmakologe Hahnemann noch nicht die traditionelle Meinung der Pharmakologie abgelegt hatte, daß jedes Arzneimittel „auf die eine oder die andere generelle Beschwerde heilbringend einwirke." Wir sehen auch, wie sehr er im Anfang seiner Prüfungsbahn Wert gelegt hat auf die Erstwirkungen der Arzneien, die ja zumeist nicht „näher bezeichnet" sind, sondern die „am Dürftigsten mit den charakteristischen Bedingungen und Nebenangaben" ausgestattet sind.

Der Pharmakologe Hahnemann konnte im Beginn seiner Laufbahn noch nicht erkennen, daß es bei der Behandlung des Einzelmenschen gerade auf die für die Krankheit ungewöhnlichen, individuellen Symptome und auf die spät in der Prüfung auftretenden, mit charakteristischen Bedingungen und Nebenangaben ausgestatteten Symptome ankommen würde. Für den Pharmakologen, der von seinen Arzneien eine zuverlässige Wirkung bei allen an einer einheitlichen Krankheit leidenden Menschen erwartet, sind nur die Erstwirkungen verläßlich. Er versucht lediglich, die Hauptwirkungsrichtung der geprüften Arznei zu ermitteln. Daß diese Arznei auch auf alle anderen Teile und Organe des lebenden Organismus einwirkt, ist für ihn unwichtig.

Erst die fortgesetzte Praxis ließ Hahnemann erkennen, daß diese Vorurteile für seine Homöopathie nicht zutreffen. So wie er sie nicht von vornherein fertig hinstellen konnte, können auch wir nicht eine Methode wie die späthahnemannsche Homöopathie durch bloßes Studium und durch Theoretisieren erlernen. Hahnemann verlangt von uns genaues Nachmachen, nicht nur Nachdenken. Das genaue Nachmachen zu erleichtern, dazu soll die vorliegende Monographie und die Reihe der Symptomensammlungen dienen.

VORWORT

Bei den diesmal besonders schwierigen Quellenstudien hat mich das Institut für Geschichte der Medizin der Robert Bosch Stiftung in Stuttgart besonders tatkräftig unterstützt, wofür ich aufrichtig dankbar bin.

Tübingen, Oktober 1984.   Dr. Georg v. Keller

QUELLENVERZEICHNIS UND ORIGINALTEXTE

Die jedem Symptom folgende Zahl bezeichnet die Quelle nach dem unten abgedruckten Literaturverzeichnis. Nach der Quellenangabe folgt der Originaltext, soweit relevant. Die manchmal in Klammer beigefügten Quellenangaben bedeuten andere Zeitschriften, in denen der betreffende Fall ebenfalls veröffentlicht wurde. Bei den Quellenangaben wurden für die Zeitschriften und Bücher folgende Abkürzungen verwendet:

ABH: Attomyr, Briefe über Homöopathie. — ACS: Archiv für homöopathische Heilkunst (Stapf). — ACV: Archiv für Homöopathie (Villers). — AHO: American Homoeopath(ist); American Physician. — AHZ: Allgemeine Homöopathische Zeitung. — AJN: American Journal of Homoeopathy (New York). — AMM: American Journal of Homoeopathic Materia Medica / Journal of Homoeopathic Clinics. — AN: Allen, Materia Medica of the Nosodes. — AOB: American (Homoeopathic) Observer. — ARR: Annual Record of Homoeopathic Literature (Raue). — BBG: Bibliothèque Homoeopathique (Genève). — BBP: Bibliothèque Homoeopathique (Paris). — BHJ: British Homoeopathic Journal. — CD: Clarke, Dictionary of Practical Materia Medica. — CMA: (Cincinnati) Medical Advance; Hahnemannian Advocate. — COR: Correspondenzblatt der homöopathischen Ärzte. — HHM: Hahnemannian Monthly. — HPC: Homoeopathician (Kent). — HPH: Homoeopathic Physician. — HRC: Homoeopathic Recorder. — HWO: Homoeopathic World. — HYG: Hygea. — JAI: Journal of the American Institute of Homoeopathy. — JHC: Journal of Homoeopathics (Kent). — JHH: Journal of Homoeopathics (Hitchcock). — JHL: Jahrbücher der Homöopathischen Heil- und Lehranstalt zu Leipzig. — MHR: Monthly Homoeopathic Review. — MIV: (United States) Medical Investigator. — MJV: Medicinische Jahrbücher (Vehsemeyer). — NAJ: North American Journal of Homoeopathy. — NEG: New England Medical Gazette. — ORG: Organon. — PBG: Practische Beiträge im Gebiete der Homöopathie (Thorer). — PCJ: Pacific Coast Journal of Homoeopathy. — PIH: Proceedings (Transactions) of the International Hahnemannian Association. — PMH: Prager Medizinische Monatsschrift für Homöopathie, Balneologie und Hydrotherapie. — TAI: Transactions of the American Institute of Homoeopathy. — TPN: Transactions of the Homoeopathic Medical Society of the State of Pennsylvania. — ZBV: Zeitschrift des Berliner Vereins homöopathischer Ärzte. — ZKH: Zeitschrift für Klassische Homöopathie. — ZOO: Zooiasis.

PRÜFUNGEN (Zeitangaben in Stunden, wenn unbezeichnet. T = Tage. 3:8T, 4:3 bedeutet, daß Symptom Nr. 3 nach 8 Tagen, Symptom Nr. 4 nach 3 Stunden beobachtet wurde. Bei den von Hartlaub und Trinks stammenden Symptomen bedeutet 8T „am 8. Tag der Prüfung".)

1—795: Hahnemann, 1833, Reine Arzneimittellehre, Band 2, dritte Auflage, Seite 139. In dieser Auflage sind enthalten die Symptome aus Hartlaub Trinks, Reine Arzneimittellehre, 1831, Band 3, Seite 185. In Hahnemanns Sammlung sind das die folgenden Nummern: 4, 5, 7:1T, 8, 10, 11:2T, 12, 23—45 (27:3T), 72—74, 93—100 (96,98: 2T), 116, 154—156, 182—184, 185:½, 214—218, 227—230, 240:bald, 241:2T, 254—258, 261, 262, 274—278 (278:1), 284—295, 343—347 (345:2T, 346:1T), 391, 403, 455, 462, 467, 468, 628—631 (629: 2T), 642—648, 724, 743—745, 781:2T, 782, 785:2T, 786:2T. Diese, bei Hahnemann mit Hb. u. Ts. bezeichneten Symptome stammen ursprünglich aus Jörg, Materialien (Vergleiche meine Nummern 804-839). In der 1824 erschienenen zweiten Auflage dieses Bandes der reinen Arzneimittellehre, die Hempel ins Englische übersetzt hat, fehlen naturgemäß diese Symptome, ebenso in der Allenschen Enzyklopaedie, die auf der Hempelschen Übersetzung beruht.

Folgende Symptome stammen vom Mit-Beobachter Groß: 52—56, 63, 68:¾, 84, 111—113, 132, 269, 317, 318, 323:¼, 324, 325, 327, 339, 343, 344, 345:2T, 346:1T, 347, 352, 367, 442, 492 —494, 520:36, 525:36, 542, 543, 554, 555, 563:5—565, 741.

Folgende Symptome stammen vom Mit-Beobachter Fr. Hahnemann: 14:sogleich, 133:½, 147, 544:½.

Aus Bergius, Mat. med., S. 150: 6, 431 (von der starken Gabe eines Scrupels), 731, 734, 737.

Aus J. C. Grimm, Eph. Nat. Cur. Obs. 72: 13:1 (von einem Quentchen), 730, 736:sogleich (von einem Quentchen), 739, 740, 752, 753.

Aus Valentinus, Hist. Simpl. reform. S. 198: 312.

Aus Camelli, Philos. Transact. Vol. XXI. Num. 250: 732 (von einer ganzen Bohne), 735 (von einem Scrupel).

Aus Durius, Misc. Nat. Cur. Dec. III ann. 9. 10 Obs. 126: 738.

Folgende Symptome stehen bei Hahnemann in Klammern: 79, 92, 157, 164, 220, 245, 297, 336, 384, 388, 398, 416, 440, 452, 475, 480, 497, 499, 593, 675, 712.

Folgende Symptome sind gesperrt gedruckt: 15, 16, 17, 20, 51, 59, 69, 71, 119, 122, 125, 129, 148, 153, 169, 172, 180, 192, 203, 222, 223, 249, 268, 314, 315, 318, 331, 333, 351, 360, 366, 370, 380, 392, 396, 409, 414, 415, 429, 457, 479, 490, 501, 504, 508, 597, 602, 609, 618, 650, 661, 679, 681, 715, 716, 718, 726, 727, 762, 764, 771, 772, 780, 793, 794.

414 und 608 ist unbesetzt, in Nr. 667 stammt das Beispiel aus den Fragmenta, 683a ist überzählig.

Zeitangaben bei Hahnemann: 3:vor der 8. und 10. Stde. 15:4,6. 20:1. 21:18. 22:40. 46:20. 47:5. 50: 1. 51:5. 57:3. 58:10. 59:6. 62:48. 64:2. 65:48. 67:48. 69:ein paar. 77:8. 79:36. 86:36. 87:18. 88:24. 89:2. 90:2. 91:4. 101:8. 102:10. 103:6. 104:16. 105:30. 107:späterhin. 108:4. 118:3. 119:3. 120:2. 121:30. 122 :¼. 123:8. 124:8. 125:8,10. 127:4. 130:2. 131:36. 138:3. 141:½. 148:5,8,20. 152:4. 153:1½. 157:3. 163:4. 164:16. 166:1½. 168:1½. 169:1,2. 170:20. 175:18. 176:4. 177:5. 186:16. 188:8. 189:2,5. 190:3. 191:10. 192:1,6. 193:die erste St. 194:10. 196.3. 197:3,10,20. 198:6. 199:5. 201:2,5. 205:8. 207:sogleich. 211:96. 212:24. 213:1bis7. 219:4. 225:2,15. 232:2. 233:20. 237:36. 238:8. 239:2. 242:sogleich. 245:48. 247:1. 249:3,8. 250:6. 251:sogleich. 253:1. 266:24. 267:2. 271:½. 272:½. 282:½. 283:40. 296:1/4. 297:20. 298: 8. 300:8. 301:½. 305:1. 307:96. 308:24,30. 310:26. 313:1. 316:2½. 320:2. 321:4. 322:4. 326:4. 330:1bis 2. 331:2, 10. 333:1. 335:48. 341:50. 348:3. 353: 48. 356:12. 357:1½. 360:20. 362:3T. 364:2. 365:36. 366: 12. 368: 4,12,36. 369:20. 371:2. 374:24. 376:5. 378:1. 379:3. 380:2,36. 381:36. 385:16. 392:2,6,20. 393: 16. 395: ¼. 397:5T. 399:5. 401:1. 402:5. 404:2. 405:12. 409:3. 411:4,20. 412:12. 413:1. 415:24,3,27. 419:5. 423:24. 424:10,20. 425:40. 428:24. 437:12. 440:sogleich. 441:½. 445:¼. 447:6. 448:5. 450:1. 454: 12. 456:¼. 457:¼,3. 459: 1. 460:1. 461:1. 463:20. 464:24. 465:2. 466:5. 469:12. 470:15. 471:16. 472:24. 473:7T,9T. 479:3. 481:1. 482:2. 483:14. 484:1½. 485:5. 488:2½. 489:12. 496:20. 498:7. 499:24. 500:48. 506:10. 507:10. 508:24. 509:2. 511:8. 512:12. 513:12. 514:20. 515:24. 516:36. 519:12. 527:10. 530:16. 531:8. 532:16. 537:24. 538:8. 540:38. 541:5. 542:24,96. 548:12. 549:5. 551:10. 556:6. 559:4. 562:8. 567 :3. 568:4. 569:2. 573: 20. 575:8. 580:8. 583:20. 589:2. 592:3. 594:4. 597:4 mehrmals. 600:20,36. 601:12. 602:8. 605:1. 606:96. 607:10,12. 609:3. 610:2. 616:8. 617:4. 633:4. 637:4. 638:¼. 640:3. 649:14. 653:5, 2. 654:4. 655:3. 656:2. 657:4. 666:10. 672:20. 673:18. 674:4. 676:24. 680:4. 686:10. 690:¼. 694:28,38. 698:6. 699:4. 701:6. 702:¼. 705:sogleich. 722:8. 725:15. 727:1½. 747:48. 748:5. 751:¼. 755:20. 757:6. 761:10. 763:1. 764:3,5. 765:36. 766:8. 769:8. 773:6. 774:8. 776:1. 777:1. 778:2. 779:6. 783:1bis4. 787: 24. 788:½. 789:2. 791:2. 792:½. 794:20.

Unregelmäßigkeiten in der Numerierung: Folgende Symptome sind bei Hahnemann Anmerkungen oder wurden aus der Anmerkung ergänzt: 69, 173, 219, 223a, 604, 613a, 639, 701a, 708a, 718a, 718b. — Nr. 414 und 608 ist unbesetzt, in Nr. 667 stammt das Beispiel aus den Fragmenta, 683a ist überzählig.

Wechselwirkungen: 16, 17, 19, 47 mit 20, 21, 22. 19, 51 mit 20, 21, 58. 106 mit 109. 120 mit 221. 194, 197 mit 193, 196, 328. 220 mit 205, 207, 208, 209, 210, 213. 222, 223 mit 225. 263 mit 235, 236, 237. 309 mit 310. 383 mit 368. 429 mit 422—425. 479 mit 650. 501, 502 mit 19, 47, 48, 62, 600, 601. 514, 515 mit 512, 513. 550—552 mit 549 und 553, 556 drei verschiedene Wechselzustände. 559 mit 560— 562. 600, 601, 19, 47, 48, 62 mit 514, 515, dritter Wechselzustand mit 512, 513. 611, 605 mit mit 604. 639, 640 mit mit 641, 649, 650. 658 mit 480, 481. 763 mit 764. 789 mit 790—794.

Anmerkungen zu Symptom Nr. 51: Das hier, so wie in 19. . . . wohlthätige Vorbücken steht dem in andern Symptomen 20. 21. 58. . . . nachtheiligen Vorbücken als Wechselwirkung zur Seite; letztere scheint jedoch zum Behufe homöopathischer Heilung den Vorrang zu verdienen und an sich häufiger und stärker zu seyn.

59: Dieses und fast alle übrigen Arten von Ignaz-Kopfweh werden durch Kaffee bald hinweggenommen.

61: 61. 62. 65. Der zu den Schläfen herausdringende und herauspressende Kopfschmerz, so wie der Schmerz, als wenn der Kopf zerspringen sollte, ist verwandt mit dem Zerplatzen in den Eingeweiden 283. — und selbst mit dem Halsweh 164. und auch wohl mit 172. und 297., da die innere Empfindung von Zusammendrücken und Zusammenschnüren und das Auseinanderpressen leicht mit einander zu verwechselnde Gefühle sind. Wenigstens steht das Auseinanderpressen dem deutlichen Zusammenschnüren in hohlen Organen 366. 368. 431. 451. 466. 469. 473. gegenüber, wie Wechselwirkung.

QUELLENVERZEICHNIS UND ORIGINALSYMPTOME

104: 104. 105. zwei Wechselwirkungen, welche Herz's sogenanntem falschen Schwindel sehr nahe kommen.
106: 106—109. Wechselwirkungen; die Verengerung scheint die Frühzeitigkeit voraus zu haben und so auch den Vorrang.
157: Sollte es ja eine Wechselwirkung von Ignazsamen geben, wo er ein Halsweh mit Stichen beim Schlingen erzeugte (wiewohl ich dergleichen nie in Erfahrung gebracht habe), so müßte sie äußerst selten und daher von geringem Werthe beim Heilen sein. Demzufolge habe ich auch nie ein Halsweh, selbst wenn die übrigen Symptome in Ähnlichkeit vorhanden waren, mit Ignazsamen heilen können, bei welchem das Stechen bloß während des Schlingens zugegen war; wo hingegen die Stiche im bloßen Halse nur außer dem Schlucken zu fühlen waren, erfolgte die Heilung mit Ignazsamen desto gewisser, schneller und dauerhafter, wenn die übrigen Krankheitssymptome von ähnlichen Ignaz-Symptomen gedeckt werden konnten.
164: Vergl. 166. Die Ignazangine, welche außer dem Schlingen innere Halsgeschwulst, wie einen Knollen, spüren läßt, erregt größtenteils nur Wundheitsschmerz an diesem Knollen beim Niederschlingen, und so muß auch das Halsweh beschaffen seyn, was Ignazsamen (unter Zusammenstimmung der übrigen Symptome) haben soll, und dieses wird dann auch, unter solchen Umständen, schnell und mit Gewißheit von ihm geheilet.
220: Diese Art Heißhunger scheint in Wechselwirkung mit 205. 207. 208. 209. 210. 213. zu stehen, aber seltner zu seyn.
267: Vergl. 335. und 692. Dieses Gefühl von Schwäche in der Gegend der Herzgrube ist ein charakteristisches Symptom von Ignazbohne.
297: Die Alten nannten diese Art Kopfweh: Clavus. Charakteristisch ist diese Art Schmerz von Ignazbohne: ein Drücken wie von einem scharfen, spitzigen Körper, wie er sich auch in den andern Symptomen äußert, wie 365. 463. 486., wohin auch der „Druck wie mit einem harten Körper" zu gehören scheint, wie 59. 600.
340: Leichter und gnüglicher Abgang des Darmkothes ist meist nur Erstwirkung, die in ½ oder 1 St. erfolgt.
429: „Völliger Mangel an Geschlechtstriebe". Diesen, den Geilheitssymptomen 422—425. . . . entsprechenden Wechselzustand habe ich, gleich als eine Nachwirkung, lang anhalten gesehen, Kockelsamen hob ihn.
435: „Monatliches um einige Tage verspätigt". Scheint sehr Wechselwirkung, wo nicht gar Nachwirkung zu seyn. Wenigstens hat mir die Ignazbohne in sehr vielen Fällen das Gegentheil, nämlich allzu zeitige Erregung des Monatlichen in erster Wirkung zu zeigen geschienen, und deshalb die allzu frühe (und allzu starke) Monatzeit homöopathisch getilgt, wenn die übrigen Symptome zusagten.
501: „Schmerz im heiligen Beine, auch beim Liegen auf dem Rücken, früh im Bette". 501. 502. . . . Eine Wechselwirkung mit dem Vergehen eines von Ignazsamen entstandenen Symptoms durch Liegen auf dem Rücken; m. s. 19. 47. 48. 62. 600. 601.
514: 514. 515 (und wahrscheinlich auch 516) stehen den Symptomen 512. 513 als Wechselzustände gegenüber, und sind beide primärer Wirkung. Ihre Verschiedenheit scheint zugleich von den verschiedenen Tageszeiten, in denen sich jeder vorzugsweise ereignet, Abends und Morgens abhängig zu seyn. Selbst die Schmerzesart scheint in jedem dieser beiden Wechselzustände verschieden zu seyn. M. s. auch 600, 602.
718, 719: Die Hitze von Ignazbohne ist fast nie eine andere, als bloß äußere; auch ist fast nie Durst bei dieser Hitze; auch nicht, wenn sie sich in Gestalt eines Wechselfiebers zeigt. Daher kann Ignazbohne nur diejenigen Wechselfieberkrankheiten in kleinster Gabe homöopathisch und dauerhaft heilen, welche im Froste Durst, in der Hitze aber keinen haben.
789: bildet, als seltener Zustand, Wechselwirkung mit den hier folgenden Symptomen.

Folgende Symptome finden sich schon in den „Fragmenta de viribus medicamentorum positivis sive in sano corpore humano observatis" (1805): die erste Ziffer nach dem Schrägstrich bedeutet eine der Seitenzahlen von 150 bis 159, nach dem Punkt folgt die hahnemannsche Numerierung, die auf jeder Seite wieder mit 1 beginnt: 1/6.11, 2/1.4, 3/8.10, 9/0.7, 15/1.5, 16/1.6, 17/1.7, 18/1.10, 19/1.8, 20/6.9, 51/1.9, 58/6.10, 60/1. 13, 61/1.12, 66/1.15, 69/1.11, 71/1.14, 77/8.13, 102/8.9, 106/0.6, 107/9.6, 108/6.4, 109/8.5, 110/2.11, 115/9.4, 122/2.14, 129/2.15, 137/8.11, 145/7.18, 149/4.5, 153/2.16, 162/4.4, 165/3.1, 166/7.16, 167/7.17, 168/4.1, 172/3.6, 176/4.2, 177/4.3, 178/4.11, 179/4.9, 187/4.12, 191/4.16, 192/5.2, 193/5.3, 213/4.8, 222 /4.13, 223 /4.10, 231/4.7, 235/4.14, 236/4.15, 243/5.1, 246/4.6, 251/5.4, 253/5.5, 263/5.6, 266/6.5, 268/3.2, 270/2.12, 272/2.9, 273/8.14, 281/3.4, 296/3.3, 314/5.9, 330/3.11, 331/3.12, 332/3.14, 333/3.13, 336/ 5.8, 349/8.7, 357/ 5.7, 392/8.6, 416/2.7, 430/9.7, 432/3.5, 436/7.12, 438/7.13, 444/7.14, 446/7.15, 453/ 8.3, 456/2.8, 457/2.10, 460/2.17, 465/2.18, 466/7.19, 477/8.2, 478/8.1, 484/514, 487/2.13, 488/3.15, 489/ 9.2, 490/3.10, 491/7.7, 498/5.13, 504/8.16, 507/9.1, 517/5.12, 521/5.11, 522/5.10, 526/9.3, 539/0.13, 546 /3.8, 550/0.4, 551/8.12, 557/3.9, 580/7.11, 588/0.14, 590/0.2, 595/2.1, 597/0.5, 598/0.15, 602/8.18, 607/5.17, 609/5.18, 611/2.6, 618/- 8.15, 619/8.17, 620/2.2, 624/0.9, 626/1.1, 634/1.2, 640/6.1, 641/9.5, 650/7. 5, 659/7.4, 661/7.3, 667/5.19, 689/3.7, 695/8.8, 700/0.1, 710/1.16, 711/6.13, 714/6.14, 715/7.6. 716/7.8, 717/7.9, 718/7.10, 723/6.12, 726/7.2, 727/7.1, 729/8.4, 733/5.16, 741/5.15, 750/2.5, 751/0.8, 754/0.11, 760/2.4, 770/6.6, 771/6.7, 772/6.8, 777/2.3, 778/6.2, 779/6.3, 780/0.12, 783/0.10, 784/1.3.

Änderungen, Zusätze und Auslassungen in der dritten Auflage der Arzneimittellehre gegenüber den Fragmenta de viribus . . . : 20/6.9: Lateinische Anmerkung im Zusammenhang mit der deutschen Anmerkung zu 51/1.9, die folgendermaßen lautet: Das hier wohltätige Vorbücken steht dem nachtheiligen Vorbücken als Wechselwirkung zur Seite; letztere scheint jedoch zum Behufe homöopathischer Heilung den Vorrang zu verdienen und an sich häufiger und stärker zu sein. – In der lateinischen Anmerkung zu 20/6.9 (Kopfweh, welches sich beim Vorbücken vermehrt) heißt es dagegen: Wenn ich auch dies nachteilige Vorbücken schon genau in der ersten Stunde beobachtet habe, steht doch dem nichts entgegen, daß ich es den Nachwirkungen zurechne und das bessernde Vorbücken den Erstwirkungen. Steht es doch fest, daß Ignatia von sich aus mehrfache Wechselwirkungen im Abstand von einigen Stunden auslöst.
51/1.9: Die oben erwähnte Anmerkung zu Symptom 51 (welches den Kopf vorzubücken nötigt) lautet in den fragmenta: Ich sah es zwar erst in der fünften Stunde, dennoch scheint es mir zu den Erstwirkungen zu rechnen zu sein, möglicherweise als Anfang des zweiten oder dritten Wechsels.
58/6.10: 16 statt 10 Stunden.
61/1.12: Die Anmerkung ist neu, ebenso wie bei 69/1.11, 223/4.10 und 718/7.10.
149/4.5: Zeitangabe 5 St. (4 St.), wie bei 270/2.12 (genau nach 1 St. beobachtet), 430/9.7 („späterhin wie bei 107/9.6) und 624/0.9 (n. 1 bis 4 St., wie bei 783/0.10).
166/7.16: Sperrdruck neu, wie bei 221/4.13, 268/3.2, 392/8.6, 478/8.1 und 661/7.3.
176/4.2: „Erst zuckender, dann ziehender Schmerz in den Unterkieferdrüsen" heißt einfach „dolor strictorius in glandulis submaxillaribus."
177/4.3: Die Zeitangabe 5 St. ist neu, in den fragmenta steht nur aliquando serius observatum = später beobachtet. Zeitangabe neu auch bei 192/6.2 (zusätzlich 6 St), 266/6.5 (24 St.), 392/8.6 (n. 2, 6, 20 St.) und 608/5.17 (10, 12 St.).
191/4.16: „Erst ist der Geschmack bitter, nachgehends (n. 10 St.) sauer, mit saurem Aufstoßen". Hier fehlt teilweise folgende Anmerkung: Circa decimam horam in acidum mutatum vidi amarum saporem et tamen utri prioritas competat, nondum satis mihi liquet = um dem bitteren Geschmack den Vorzug zu geben, habe ich noch nicht genügend Beweise.
235,236/4.14,4.15: Abdomen wird hier wie anderswo mit „Unterleib" übersetzt. „Unterleib" im Text hat folglich die gleiche Bedeutung wie heutzutage „Bauch". Siehe auch 330/3.11, wo „Schmerzen unterhalb des Nabels" mit „tormina (infra umbilicum) = Leibweh unterhalb des Nabels" ausgedrückt werden. „Unterbauch" dagegen ist das Hypogastrium unterhalb des Nabels, z. B. 322: „. . . im rechten Unterbauche, in der Gegend des Blinddarmes". Den Ausdruck „Oberbauch" gibt es, beispielsweise in 360, nicht aber: „Oberleib".
253/5.5: ist in den fragmenta gesperrt, als Zeitangabe steht 1 St. statt 1 St. in der dritten Auflage.
263/5.6: Steht in den fragmenta in Klammer.
281/3.4: „pressorius dolor" wurde mit „Drücken" übersetzt, ebenso wie in 460/2.17.
332/3.14: „vomitum procreantia", d. h. daß der Schmerz in der Nabelgegend Erbrechen hervorruft, wurde in der dritten Auflage weggelassen.
333/3.13: (Kneipen im Unterleibe). Hier fehlt ein Teil der lateinischen Anmerkung „Aliquando circa primam horam observavi et tamen plura suadent, ut inter secundi ordinis vires ponere malim. = Zuweilen etwa nach einer Stunde beobachtet und dennoch spricht vieles dafür, sie lieber unter die Nachwirkungen einzureihen".
417/2.7: Im lateinischen Text fehlt der Satzteil „besonders in der Ruhe".
489/9.1: Hier fehlt ein Teil der Anmerkung: Duodecima hora observavi. Isti quasi a luxatione dolores an vere secundi ordinis virium sint, non ausim pronuntiare = Ich wage nicht zu entscheiden, ob diese Schmerzen wie vom Verdrehen tatsächlich Nachwirkung (12. Stunde!) sind.
491/7.7: Der Zusatz „äußerlich" ist neu.
557/3.9: Im lateinischen Text ist nicht nur „Schenkel", sondern „Schwere der Schenkel" gesperrt gedruckt.
667/5.19: Im lateinischen Text wird für die monströsen Phantasien ein Beispiel in einer Anmerkung gegeben: Ein menschlicher Kopf mit einem Pferdehals verbunden.

QUELLENVERZEICHNIS UND ORIGINALTEXTE

695/8.8: „Öfteres, durch eine Art Unbeweglichkeit und Unnachgiebigkeit der Brust abgebrochenes Gähnen" lautet lateinisch nur: „oscitatio crebra, interrupta".
700/0.3: Die „Frostigkeit" wird im lateinischen Text umschrieben: frigescentia (sive horror quasi ex metu frigoris = Kaltwerden, oder gleichsam Schauder aus Frostangst.
723/6.12: Deutsch steht „Hitze", lateinisch „calor internus".
In der ersten Auflage der reinen Arzneimittellehre sind folgende Symptome der dritten Auflage nicht oder nicht gesperrt gedruckt enthalten: 87, 88, 140, 143, 160, 171, (204 enthält Zeitangabe: 4 St.), 206, 226, (264 und 265 sind zusammen ein Symptom), 268 nicht gesperrt, 282, 301, 336, 337, 338, 354, 359, 360 nicht gesperrt, letzter Satz „das Nottun hält noch lange nach Abgang des Stuhles an" fehlt, 378, 390, 398, 413, 423, 434, 436, 461, 500, 503, 518, 529, 537, 545, 553, 571, 577, 593, 612, 622, 626, 636, 651, 660, 668, 684, 691, 724, 728, 795.

Fortlaufender Text der Hahnemannschen Hauptprüfung 1—795: Hitze im Kopfe. 1. Gefühl von Hohlheit und Leere im Kopfe. 2. Schwaches, trügliches Gedächtnis. 3. Denken und Sprechen fällt ihm schwer, gegen Abend. 4. Er ist nicht im Stande, die Gedanken auf Augenblicke festzuhalten. 5. Schwindel. 6. Leichter Schwindel, der in drückenden Kopfschmerz in der rechten Hinterhauptshälfte übergeing, den ganzen Tag. 7. Schwindel mit einzelnen Stichen im Kopfe. 8. Eine Art Schwindel: Empfindung von Hin- und Herschwanken. 9. Schwindel: er wankte im Gehen und konnte sich nur mit Mühe aufrecht erhalten. 10. Wüstheit im Kopfe, früh nach dem Aufstehen. 11. Düsterheit und Eingenommenheit des Kopfes. 12. Trunkenheit. 13. Eine fremde Empfindung im Kopfe, eine Art Trunkenheit, wie von Branntwein, mit Brennen in den Augen. 14. Der Kopf ist schwer. 15. Er hängt den Kopf vor. 16. Er legt den Kopf vorwärts auf den Tisch. 17. Es ist, als wenn der Kopf von Blut allzusehr angefüllt wäre; und die innere Nase ist gegen die äußere Luft sehr empfindlich, wie bei einem bevorstehenden Nasenbluten. 18. Schwere des Kopfs, als wenn er (wie nach allzu tiefem Bücken) zu sehr mit Blut angefüllt wäre, mit reißendem Schmerz im Hinterhaupte, welcher beim Niederlegen und im Rücken sich mindert, beim aufrechten Sitzen sich verschlimmert, aber bei tiefem Vorbücken des Kopfs im Sitzen sich am meisten besänftigt. 19. Kopfweh, welches sich von Vorbücken vermehrt. 20. Gleich nach Tiefbücken entstehender Kopfschmerz, welcher beim Aufrichten schnell wieder vergeht. 21. Früh, im Bette, beim Erwachen und Öffnen der Augen arger Kopfschmerz, welcher beim Aufstehen vergeht. 22. Benommenheit des Kopfes mit Schmerzen in der rechten Seite desselben, besonders im Hinterkopfe, das Denken und Sprechen erschwerend. 23. Benommenheit des Kopfes, welche sich in drückenden Kopfschmerz im Scheitel umwandelte; dieser zog sich später nach der Stirne und nach dem linken Auge herab. 24. Schwere und Eingenommenheit des Kopfes. 25. Rauschähnliche Benommenheit des Kopfes, den ganzen Tag andauernd, und mehrmals in wirkliche drückende Schmerzen der Stirne und besonders der rechten Hälfte derselben übergehend und das Denken sehr erschwerend. 26. Eingenommenheit des Kopfes, früh beim Erwachen, in wirklich drückenden Kopfschmerz sich verwandelnd, der sich besonders in der Stirne fixierte, und die Augen so angriff, daß die Bewegung der Augenlider und der Augäpfel in ihnen schmerzhaft wurde, durch Treppensteigen und jede andere Körperbewegung gesteigert. 27. Schmerz in der Stirngegend, der sich bald mehr nach dem rechten, bald nach dem linken Augapfel hin erstreckte, und durch Körperbewegung verschlimmert wurde. 28. Schmerz im Hinterhaupte, seitlich über dem Processus mastoideus, der sich bisweilen den Gehörorganen mitteilte und dann das Hören abzustumpfen schien. 29. Dumpfer Kopfschmerz, der sich mehr auf die rechte Stirnhälfte beschränkte und sich von da zugleich mit auf das rechte Auge ausdehnte und dieses Organ gegen das Licht sehr empfindlich stimmte. 30. Gefühl im Kopfe, als überfiele ihn plötzlich ein Schnupfen; ein dumpfes Drücken im Vorderkopfe zog bestimmt bis in die Nasenhöhlen hinab und brachte daselbst fast 10 Minuten lang das Gefühl hervor, als wäre ein heftiger Schnupfen daselbst zu veranlassen pflegt; dieses Drücken wendete sich nach 10 Minuten nach anderen Partien des Kopfes und wechselte so, kam wieder und verschwand. 31. Gelind drückende Schmerzen in der Stirngegend, durch das Sonnenlicht verschlimmert. 32. Heftig drückende Kopfschmerzen, besonders in der Stirngegend und um die Augenhöhlen herum, immer heftiger werdend und bis zum Abend andauernd. 33. Drückender Schmerz hinter und über dem oberen Augenlide beider Augen, 2 Stunden lang. 34. Drückender Schmerz in der rechten Stirnhälfte, ging von da zur linken über, überzog dann später den ganzen Kopf. 35. Drücken in der Stirngegend, das bald nach dieser, bald nach jener Stelle des Kopfes hinzog, aber nirgends anhielt; selbst bis unter die Augenhöhlen und in die Wangen verbreitete sich dieser Schmerz. 36. Drückender Schmerz, besonders in der rechten Stirnhälfte, welcher nach dem rechten Auge herabzog und sich da besonders so äußerte, als wollte er den rechten Augapfel herausdrücken, nachmittags. 37. Drückender, zusammenziehender Schmerz in der Gegend des Scheitels sich nach der Stirne zu wendend. 38. Heftiges Kopfweh drückender Art in den Schläfen. 39. Drückende Schmerzen in der rechten Kopfseite und im Hinterkopfe. 40. Drückender Schmerz, der sich von der Stirne nach einer Seite, entweder nach der rechten oder linken herabzog. 41. Drückender und pressender Schmerz in der rechten Hälfte des Hinterhauptes, bis zum Schlafengehen. 42. Drückende Schmerzen im rechten Hinterkopfe. 43. Dumpfer, drückender Kopfschmerz über den ganzen Kopf verbreitete. 44. Drückender Kopfschmerz, vermehrt, wenn er Speisen zu sich nahm. 45. Gleich nach dem Mittagsschlafe, Kopfweh: ein drückender Schmerz, durch das ganze Gehirn, als wenn das Gehirn, oder des Blutes zu viel im Kopfe wäre, durch Lesen und Schreiben allmählich vermehrt. 46. Reißendes Kopfweh in der Stirne und hinter dem linken Ohre, welches beim Liegen auf dem Rücken erträglich ist, durch Aufrichten des Kopfes sich verstärkt, bei Hitze und Röte der Wangen und heißen Händen. 47. Zerreißender Kopfschmerz nach Mitternacht beim Liegen auf der Seite, welcher beim Liegen auf dem Rücken vergeht. 48. Zuckender Schmerz im Kopfe beim Steigen. 49. Zuckender Kopfschmerz, welcher sich vermehrt, wenn man die Augen aufschlägt. 50. Drückendes Kopfweh in der Stirne, über der Nasenwurzel, welches den Kopf vorzubücken nötigt; hierauf Brecherlichkeit. 51. Ungeheures Drücken in beiden, vorzüglich der rechten Schläfe. 52. Tief unter der rechten Seite des Stirnbeins, ein drückender Schmerz. 53. Unter den linken Stirnhügel ein betäubendes, absetzendes Drücken. 54. Unter den linken Augenbraubogen ein heftiges Drücken. 55. Schmerz, als würde das Hinterhauptbein eingedrückt. 56. Klammartiges Kopfweh über der Nasenwurzel, in der Gegend des inneren Augenwinkels. 57. Über der Augenhöhle, an der Nasenwurzel, drückendes und etwas ziehendes Kopfweh, durch tiefes Bücken erneuert. 58. Kopfweh, wie ein Drücken mit etwas Hartem auf der Oberfläche des Gehirns, anfallsweise wiederkehrend. 59. Ein Drücken in den Schläfen; zuweilen erregend 60. Kopfweh, als wenn es die Schläfen herausprellte. 61. Früh (im Bette) beim Liegen auf der einen oder anderen Seite, ein wütender Kopfschmerz, als wenn es zu den Schläfen herausdringen wollte, durch Liegen auf den Rücken erleichtert. 62. Wütender Kopfschmerz; ein anhaltendes Wühlen unter dem rechten Stirnhügel und auf der rechten Seite des Stirnbeins. 63. Beim Gehen in freier Luft drückender Kopfschmerz in der einen Gehirnhälfte, welcher durch Reden und Nachdenken sich vermehrt. 64. Beim Reden und stark Sprechen entsteht ein Kopfschmerz, als wenn der Kopf zerspringen wollte, welcher beim stillen Lesen und Schreiben ganz vergeht. 65. Beim Reden verstärktes Kopfweh. 66. Beim Lesen und angestrengter Aufmerksamkeit als Redner vermehrt sich das Kopfweh, nicht aber durch bloßes, freies Nachdenken. 67. Tiefe Stiche in der rechten Schläfe. 68. Klopfender (puckender) Kopfschmerz. 69. Pucken (Pochen) im Kopfe, über dem rechten Augenhöhlbogen. 70. Kopfweh bei jedem Schlage der Arterien. 71. Stechende Schmerzen in der Stirne und über den Augenbrauen. 72. Stechende Schmerzen in der ganzen Stirne und im rechten Hinterkopfe. 73. Einzelne Stiche fahren ihm durch den Kopf. 74. Äußeres Kopfweh; beim Anfühlen tut der Kopf weh. 75. Äußerer Kopfschmerz: es ziehet von den Schläfen und den Augenhöhlen; bei der Berührung schmerzt es wie zerschlagen. 76. Kopfweh, wie Zerschlagenheit. 77. Früh beim Erwachen Kopfschmerz, als wenn das Gehirn zertrümmert und zermalmt wäre; beim Aufstehen vergeht er und wird ein Zahnschmerz daraus, als wenn der Zahnnerv zertrümmert und zermalmt wäre, welcher ähnlichen Schmerz dann ins Kreuz übergeht; beim Nachdenken erneuert sich jenes Kopfweh. 78. Die Haare aus dem Kopfe gehen aus. 79. Abends schmerzt das Innere der oberen Augenlider, als wären es zu trocken wäre. 80. Abends beim Lesen ist's ihm vor dem einen Auge so trübe, als wenn eine Träne darin wäre, die er herauswischen sollte, und doch ist nichts Wässriges darin. 81. Bei Verschließung der Augenlider drückender Schmerz im äußeren Augenwinkel, wie Wundheit. 82. Die Augenlider sind früh mit eitrigem Schleime zugeklebt, und wenn er sie aufmacht, so blendet das Licht. 83. Im äußeren Winkel des linken Auges, Empfindung, als wäre ein Stäubchen hineingefallen, welches die Häute abwechselnd drückte. 84. Im äußeren Augenwinkel stechendes Schmerz. 85. Die Augen schwären früh zu und tränen vormittags. 85. Die Augenlider sind früh zugeklebt; es drückt innerhalb des Auges, als wenn ein Sandkorn drin wäre; bei Eröffnung der Augenlider sticht es drin. 86. Nagendes Beißen in den Rändern der Augenlider (früh beim Lesen). 87. Beißen in den äußeren Augenwinkeln. 88. Blütchen um das Böse Auge. 89. Jücken im inneren Auge. 90. Jücken der Augäpfel im rechten Winkel. 91. Stiche im rechten Auge. 92. Drücken im rechten Auge nach außen, als solle der Augapfel aus seiner Höhle hervortreten. 93. Schmerzhaftes Drücken über den Augen und in den Augäpfeln selbst, besonders beim Sehen ins Licht. 94. Brennen und Tränen der Augen, besonders des linken. 95. Entzündung des linken Auges. 96. Anschwellung der Augenlider; die Meibom'schen Drüsen sondern viel Schleim aus. 97. Vermehrte Schleimabsonderung in beiden Augen. 98. Vermehrte Absonderung der Tränen. 99. Die Gegenstände bewegten sich vor den Augen scheinbar. 100. Kann den Schein des Lichtes nicht ertragen. 101. Der Schein des Lichtes ist ihm unerträglich. 102. Nach dem Mittagsschlafe Trübsichtigkeit des rechten Auges, als wenn ein Flor darüber gezogen wäre. 103. Ein Kreis weiß glänzender, flimmernder Zickzacke außer dem Gesichtspunkte beim Sehen, wobei gerade die Buchstaben, auf die man das Auge

Ignatia 7

richtet, unsichtbar werden, die daneben aber deutlicher. 104. Ein zickzackartiges und schlangenförmiges, weißes Flimmern seitwärts des Gesichtspunktes, bald nach dem Mittagessen. 105. Verengert anfangs die Pupillen. 106. Die Pupillen sind fähiger, sich zu erweitern, als zu verengern. 107. Leichter zu erweiternde und erweiterte Pupillen. 108. Die Pupillen sind leicht zu erweitern und ebenso leicht zu verengern. 109. Feine Stiche in den Backen. 110. Vor dem Einschlafen Druck in beiden Jochbeinen. 111. Stechender Druck am Jochbeine, vor dem linken Ohre. 112. Im Jochbeinfortsatze des linken Oberkiefers, ein absetzender, lähmungsartiger Druck. 113. Fühlt ein Klopfen im Inneren des Ohres. 114. Ohrenklingen. 115. Ohrenbrausen. 116. Schmerz im inneren Ohre. 117. Stiche im Inneren des Ohres. 118. Jücken im Gehörgange. 119. Musik macht ungemeine und angenehme Empfindung. 120. Gefühllosigkeit gegen Musik. 121. Stechen in den Lippen, vorzüglich wenn man sie bewegt. 122. Stechen in der Unterlippe, auch wenn sie nicht bewegt wird. 123. Ein höchst durchdringendes feines Stechen an der Unterlippe bei Berührung eines Barthaares daselbst, als wenn ein Splitter da eingestochen wäre. 124. Die innere Fläche der Unterlippe schmerzt, als wenn sie roh und wund wäre. 125. Die Unterlippe ist auf der inneren Fläche geschwürig (ohne Schmerz). 126. An der inneren Fläche der Unterlippe wird eine erhabene Hautdrüse geschwürig, mit Wundheitsschmerz. 127. An der inwendigen Seite der Unterlippe ein erhabenes Drüschen, welches wie wund schmerzt. 128. Die Lippen sind aufgeborsten und bluten. 129. Der eine Lippenwinkel wird geschwürig (Käke). 130. Blütenartige Knötchen, bloß bei Berührung schmerzhaft, gleich unter der Unterlippe. 131. Drücken unter den beiden Ästen des Unterkiefers, als würde das Fleisch unter den Unterkiefer hinunter gedrückt, bei Ruhe und Bewegung. 132. Es will ihm unwillkürlich den Unterkiefer aufwärts ziehen und die Kinnbacken verschließen, welches ihn am Sprechen hindert, eine halbe Stunde lang. 133. Die innere Seite des Zahnfleisches schmerzt wie taub, als wenn es verbrannt wäre. 134. (Früh) Schmerz der Zähne, wie von Lockerheit. 135. Der eine Vorderzahn schmerzt wie taub und wie lose, bei jeder Berührung mit der Zunge schmerzhafter. 136. Die Zähne sind lose und schmerzen. 137. Unbeweglicher Wundheitsschmerz in den vordersten Backzähnen, vorzüglich beim Lesen. 138. Zahnweh der Backzähne, als wenn ihre Nerven zertrümmert und zermalmt wären. 139. Gegen das Ende der Mahlzeit fängt der Zahnschmerz an und erhöht sich nach dem Essen noch mehr. 140. Raffende, wühlende Schmerzen in den Schneidezähnen, abends. 141. Schmerz in Gelenke des Unterkinnbackens, vorzüglich beim Liegen. 142. Die halbe vordere Zunge beim Reden, wie taub — beim Essen wie verbrannt oder wund. 143. (Früh nach dem Erwachen im Bette) die Zungenspitze äußerst schmerzhaft (Schründen, Reißen), als wenn sie verbrannt oder verwundet wäre. 144. Es ist ihm scharf auf der Zungenspitze, als wenn sie wund wäre. 145. Feines Stechen in der äußersten Zungenspitze. 146. Nadelstiche am Zungenbändchen. 147. Er beißt sich beim Reden oder Kauen leicht in die eine Seite der Zunge hinten. 148. Schmerzhafte Geschwulst der Mündung des Speichelganges. 149. Er beißt sich beim Kauen leicht in die innere Backe bei der Mündung des Speichelganges. 150. Empfindung in der Gaumendecke, als wenn sie wund wäre (wie von öfterem Niederschlingen des Speichels). 151. Empfindung, als wenn die Gaumendecke geschwollen oder mit zähem Schleime bedeckt wäre. 152. Es sticht in der Gaumendecke bis ins innere Ohr. 153. Gefühl, als wenn die sämtlichen Flächen der inneren Mundwände wund zu werden im Begriff ständen. 154. Drücken und Ziehen in den Unterzungendrüsen. 155. Beschwerde beim Hinunterschlucken der Speisen und Getränke. 156. Es sticht im Halse, außer dem Schlingen; beim Schlingen ist es, als wenn man über einen Knochen wegschluckte, wobei es knubst. 157. Nadelstiche, dicht nacheinander, tief im Halse, außer dem Schlingen. 158. Stechen beim Schlingen, tief im Schlunde, welches durch ferneres Schlingen vergeht und außer dem Schlingen wiederkommt. 159. Halsweh: es sticht drin außer dem Schlingen, auch etwas während des Schlingens, je mehr er dann schlingt, desto mehr vergeht es; wenn er etwas Derbes, wie Brot geschluckt hatte, war es, als wenn das Stechen ganz vergangen wäre. 160. Halsweh: Stiche, die während des Schlingens nicht sind. 161. Empfindung, als wenn im Pflock im Schlunde stäke, außer dem Schlingen bemerkbar. 162. (Abends) würgende (zusammenziehende) Empfindung in der Mitte des Schlundes, als wenn da ein großer Bissen oder Pflock stäke, mehr außer dem Schlingen, als während desselben zu fühlen. 163. Halsweh: wie ein Knäuel oder Knollen im Halse, welcher bei dem Schlingen wie wund schmerzt. 164. Drücken im Halse. 165. Halsweh: der innere Hals schmerzt, als wenn er wund wäre. 166. Schmerz im Halse, wie von Wundheit, bloß beim Schlingen. 167. Halsweh: reißender Schmerz am Luftröhrkopfe, der sich beim Schlingen, beim Atemholen und Husten vermehrt. 168. Kriebeln im Schlunde. 169. Stechen auf der einen Seite am Halse, in der Ohrdrüse, außer dem Schlingen. 170. Schmerz am Halse beim Befühlen, als wenn da Drüsen geschwollen wären. 171. Drückender Schmerz in den Halsdrüsen (Unterkieferdrüsen). 172. In der vorderen Unterkieferdrüse Schmerz, als wenn sie von außen zusammengedrückt würde, bei Bewegung des Halses und aller derselben. 173. Schmerzhafte Unterkieferdrüse, nach dem Gehen in freier Luft. 174. Schmerz in der Drüse unter der Kinnbackenecke bei Bewegung des Halses. 175. Erst drückender, dann ziehender Schmerz in den Unterkieferdrüsen. 176. Ziehender Schmerz in den Unterkieferdrüsen, welcher in den Kinnbacken übergeht, worauf diese Drüsen anschwellen. 177. Geschmack im Munde, als wenn man sich den Magen verdorben hätte. 178. Symptome gehinderter oder schwacher Verdauung. 179. Der Mund ist immer voll Schleim. 180. Der innere Mund ist früh beim Erwachen mit übelriechendem Schleime überzogen. 181. Die Speicheldrüsen sondern einen ganz weißen, gäschigen Speichel in größerer Menge aus. 182. Vermehrte Speichelabsonderung. 183. Kreidegeschmack. 184. Fader, lätschiger Geschmack wie von genossener Kreide. 185. Nach dem Essen (früh und mittags) wässriger, fader Geschmack im Munde, wie von Magenverderbnis oder Überladung. 186. Der Geschmack dessen, was man genießt, vorzüglich des Bieres, ist bitter und faulig. 187. Das Bier schmeckt bitter. 188. Das Bier schmeckt fade, abgestanden und wie verrochen. 189. Bier steigt leicht in den Kopf und macht trunken. 190. Erst ist der Geschmack bitter, nachgehends sauer, mit saurem Aufstoßen. 191. Saurer Geschmack des Speichels (es schmeckt sauer im Munde). 192. Widerwille gegen Saures. 193. Appetit auf säuerliche Dinge. 194. Abneigung gegen Wein. 195. Widerwillen gegen Obst, und es bekommt nicht gut. 196. Appetit auf Obst, und es bekommt wohl. 197. Höchster Widerwille gegen Tabakrauchen. 198. Der Rauch des Tabaks schmeckt ihm bitter. 199. Der Tabakrauch beißt vorn an der Zunge und erregt (stumpfen?) Schmerz in den Schneidezähnen. 200. Widerwille gegen das Tabakrauchen, ob es ihm gleich nicht unangenehm schmeckt. 201. Abneigung gegen das Tabakrauchen, gleich als wenn man sich schon daran gesättigt und schon genug geraucht hätte. 202. Vom Tabakrauchen Schlucksen, bei einem geübten Tabakraucher. 203. Von Tabakrauchen Brecherlichkeit, bei einem geübten Raucher. 204. Völliger Mangel an Appetit zu Tabak, Speisen und Getränken, mit häufigem Zusammenfluß des Speichels im Munde, ohne doch Ekel vor diesen Dingen oder üblen Geschmack davon zu empfinden. 205. Wenn er nachmittags Tabak raucht, ist es ihm, als wenn er so satt wäre, daß er des Abends nicht essen könnte. 206. Appetitlosigkeit gegen Speisen, Getränke und Tabakrauchen. 207. Abneigung gegen Milch (vordem sein Lieblingsgetränk); sie widersteht ihm beim Trinken, ob sie ihm gleich natürlich schmeckt, und garnicht ekelhaft. 208. Wenn er etwas abgekochte Milch trinkt (sein Lieblingsgetränk) mit Wohlgeschmack getrunken hat, und sein äußerstes Bedürfnis befriedigt ist, widersteht ihm plötzlich die übrige, ohne daß er einen ekelhaften Geschmack dran spürte und ohne eigentliche Übelkeit zu empfinden. 209. Konnte das Brot nicht hinunter bringen, als wenn es ihm zu trocken wäre. 210. Verabscheut warmes Essen und Fleisch; will bloß Butter, Käse und Brot. 211. Abneigung vor Fleisch, und Verlangen auf säuerliches Obst. 212. Mangel an Appetit. 213. Vor dem Einnehmen der Arznei beträchtlicher Hunger, kurze Zeit nach dem Einnehmen fühlte er sich sehr gesättigt, ohne etwas gegessen zu haben. 214. Guter Appetit; allein wenn er essen wollte, fühlte er sich schon gesättigt. 215. Mangel an Eßlust. 216. Vermehrter Appetit. 217. Nagender Heißhunger, wobei es ihm bisweilen weichlich und brecherlich wurde, er legte sich nach Verlauf einer halben Stunde, ohne daß er irgend etwas zu seiner Befriedigung gehabt hatte. 218. Guter Appetit; die Speisen und Getränke schmecken gut. (Heilwirkung.) 219. Starker Appetit. 220. Beim Essen, Trinken und Tabakrauchen vergeht sobald das Bedürfnis befriedigt ist, der gute Geschmack zu diesen Genüssen plötzlich, oder geht in einen unangenehmen über, und man ist nicht im Stande, das Mindeste mehr davon zu genießen, obgleich noch eine Art Hunger und Durst übrig ist. 221. Es schwulkt eine bittere Feuchtigkeit herauf (es stößt auf, und es kommt eine bittere Feuchtigkeit in den Mund). 222. Das Genossene schwulkt wieder in den Mund, kommt durch eine Art Aufstoßen in den Mund los werden (ruminatio). 223. Den Geschmack der früh genossenen Milch kann man lange nicht aus dem Munde los werden. 223a. Wenn sie (mittags) etwas gegessen hat, ist es, als ob die Speisen über dem oberen Magenmunde stehen blieben und nicht hinunter in den Magen kommen könnten. 224. Abends vor dem Einschlafen und früh steht ihm Speisen gleichsam bis oben herauf. 225. Er wacht die Nacht um 1 Uhr auf, es wird ihm über und über heiß und er erbricht die abends genossenen Speisen. 226. Ungewöhnlicher und heftiger Durst, selbst in der Nacht. 227. Ekel. 228. Übelkeit; es lief ihm der Speichel im Munde zusammen. 229. Übelkeit und Neigung zum Erbrechen. 230. Leere, vergebliche Brecherlichkeit. 231. Die Brecherlichkeit verschwindet nach dem Essen. 232. Nach dem Frühstücken steigt eine Art Ängstlichkeit aus dem Unterleibe in die Höhe. 233. Bei dem Essen (abends) fror es ihn an die Füße, trieb es ihm den Unterleib auf (und er ward gänzlich heisch (heiser)). 234. Nach dem Essen ist der Unterleib wie aufgetrieben. 235. Nach dem Essen wird der Unterleib angespannt, der Mund trocken und bitter, ohne Durst; die eine Wange ist rot (abends). 236. Ängstlich schmerzhafte Vollheit im Unterleibe, nach dem (Abend-) Essen. 237. Ein Kratzen oben am Kehlkopfe, wie von Sodbrennen (abends). 238. Leeres Aufstoßen, bloß wie von Luft. 239. Mehrmaliges Aufstoßen. 240. Bitteres Aufstoßen. 241. Aufstoßen nach dem Geschmacke der Genossenen. 242. Saures Aufstoßen. 243. Dumpfiges, multriges, schimmliges Aufstoßen (abends). 244. Unterdrücktes, versagendes Aufstoßen (früh im Bette), welches drückenden Schmerz am Magenmunde, in der Speiseröhre bis oben in den Schlund verursacht. 245. Öfteres Speichelspucken. 246. Auslaufen des

8 Ignatia

QUELLENVERZEICHNIS UND ORIGINALTEXTE

Speichels aus dem Munde im Schlafe. 247. Ausspucken schaumigen Speichels den ganzen Tag. 248. Nach dem Essen und Trinken Schlucksen. 249. Abends, nach dem Trinken, Schlucksen. 250. Brennen auf der Zunge. 251. Kälte im Magen. 252. Magenbrennen. 253. Schmerzhafte Empfindung vom Magen ausgehend und sich nach der Milz und der Wirbelsäule hinrichtend. 254. Drücken in der Gegend des Magengrundes, bisweilen aussetzend. 255. Fixer und drückender Schmerz in der Magengegend, 10 Minuten lang. 256. Drücken im Magen und in der Gegend des Sonnengeflechtes. 257. Abwechselnd schien der Magen bisweilen wie überfüllt, bisweilen wieder wie leer, mit welchem letzterem Gefühle sich jedesmal Heißhunger verband. 258. Ziehen, als sollten die Magenwände ausgedehnt werden, bisweilen auch Drücken im Magen. 259. Magenkrampfähnliche Schmerzen. 260. Brennende, drückende und ziehende Schmerzen im Magen, in der Gegend der Leber und der Milz. 261. Vermehrte Wärme im Magen. 262. Gefühl im Magen, als wenn man lange gefastet hätte, nur von Leerheit mit fadem Geschmacke im Munde und Mattigkeit in allen Gliedern. 263. Bei Appetit und Geschmack an Essen und Trinken, weichlicher, nüchterner Geschmack im Munde. 264. Gefühl von Nüchternheit um den Magen und Entkräftung des Körpers. 265. Lätschig im Magen; Magen und Gedärme scheinen ihm schlaff herabzuhängen. 266. Eine besondere Schwächeempfindung in der Gegend des Oberbauches und der Herzgrube. 267. Drücken in der Herzgrube. 268. Feines Stechen in der Herzgrube. 269. Feines Stechen am Magen. 270. Langsam aufeinander folgender, stechend zuckender Schmerz in der Oberbauchgegend und der Herzgrube. 271. Erst starkes, dann feines Stechen in der Herzgrube. 272. Ein bloß beim Draufdrücken fühlbarer Schmerz in der Herzgrube, als wenn es da innerlich wund wäre. 273. Schmerzhaftes Drücken in der Gegend der Milz und des Magengrundes, abwechselnd verschwindend und wiederkehrend. 274. Stechen und Brennen in der Milzggegend, mehrmals repetierend. 275. Drücken in der Nabelgegend. 276. Schmerzhafte Empfindung, als wenn etwas aus dem Oberbauche nach der Brusthöhle heraufdrückte. 277. Dehnende Schmerzen im Oberbauche. 278. Gefühl, als würden die Bauchwände nach außen und das Zwerchfell nach obenhin gedehnt; am stärksten äußerte sich dieser Schmerz in der Milzgegend und nach hinten, nach der Wirbelsäule zu, abwechselnd bald mehr da, bald wieder mehr dort; auch erstreckte er sich mehrmals bis zur Brusthöhle herauf, artete daselbst in ein empfindliches Brennen aus; wendete sich jedoch am meisten und am heftigsten nach der Wirbelsäule in der Gegend des Sonnengeflechtes; Aufstoßen von Luft milderte diesen Schmerz. 279. Schmerz im Oberbauche, wie vom Verheben. 280. Ein Drücken in beiden Seiten des Oberbauches oder der Hypochondern. 281. Ein scharfer, kneipender Druck in der Herzgrube von der rechten Unterrippengegend. 282. Ein kolikartiger Schmerz, als wenn die Eingeweide platzen sollten, im Oberbauche, fast wie ein Magenschmerz, welcher sich bis in die Kehle erstreckte, früh im Bette, beim Liegen auf der Seite; welcher vergeht, wenn man sich auf den Rücken legt. 283. Allgemeines Drängen im Unterleibe nach dem After zu. 284. Auftreiben in der Nabelgegend und Schneiden daselbst, 1/4 Stunde lang. 285. Auftreibung des Unterleibes. 286. Ziehende Schmerzen in der linken Lendengegend, wenige Minuten andauernd. 287. Schneiden in der Nabelgegend. 288. Schneidender Schmerz in der rechten Seite des Unterleibes. 289. Schneidende und zusammenziehende Schmerzen im Unterbauche. 290. Beträchtliches Schneiden im Unterleibe, zu Stuhle zu gehen nötigend, wodurch weichflüssige Faeces ausgeleert wurden. 291. Schneiden, sich über den ganzen Unterleib verbreitend und mit einem Durchfallstuhle endigend. 292. Stechen, das sich aus dem Bauche gleichsam nach der Brusthöhle herauf erstreckte, die Bauchorgane aber nicht ergriff. 293. Kollern und Poltern im Unterleibe. 294. Gefühl im Unterleibe, als hätte ein Abführmittel angefangen zu wirken. 295. Eine Art Leibweh: ein zusammenziehender Schmerz von beiden Seiten, gleich unter den Rippen. 296. Zusammenschnürende Empfindung in den Hypochondern, wie bei Leibesverstopfung, mit einem einseitigen Kopfweh, wie von einem ins Gehirn eingedrückten Nagel, früh. 297. Charakteristisch ist dieser Art von Schmerz: „Ein Drücken wie von einem scharfen, spitzigen Körper", „Druck wie mit einem harten Körper". 297a. Krampfhafte Blähungskolik im Oberbauche, abends beim Einschlafen und Kneipen im Bette. 299. Empfindung im Unterleibe, in der Gegend des Nabels, als wenn etwas Lebendiges darin wäre. 300. Leichter Abgang von Blähungen (Das Gegenteil ist meist Nachwirkung). 301. Nächtliche Blähungskolik. 302. Blähungskolik mit Stichen nach der Brust zu. 303. Früh Blähungsleibweh im Unterbauche, welches nach der Brust und nach der Seite zu Stiche gibt. 304. Blähungskolik über dem Nabel, abwechselnd mit häufigem Zusammenlaufen des Speichels im Munde. 305. Abgang vieler Blähungen die Nacht, selbst im Schlafe, und Wiedererzeugung immer neuer, so daß alles im Unterleibe zu Blähungen zu werden scheint. 306. Viel Plage von Blähungen, welche dann auf den Urin drücken. 307. Ungenüglich, und nicht ohne Anstrengung der Unterleibmuskeln abgehende, kurz abgebrochene Blähungen von faulem Geruche. 308. Aufblähung gleich nach dem Essen. 309. Häufiger Abgang von Blähungen gleich nach dem Essen. 310. Nach dem Essen lautes Kollern im Leibe. 311. Kollern im Leibe. 312. Knurren im Leibe wie bei einem Hungrigen. 313. Kollern und Poltern in den Gedärmen. 314. Klopfen im Unterleibe. 315. Jücken gerade im Nabel. 316. Links neben dem Nabel, ein schmerzliches Drücken. 317. Links über dem Nabel, ein scharfes Stechen. 318. Beklemmung im Unterleibe und Schneiden. 319. Schneiden im Unterleibe, nach dem Essen, schneidend entstehendes Leibweh, welches in ein Aufblähung sich verwandelte. 321. Ein anhaltendes Kneipen an einer kleinen Stelle im rechten Unterbauche, in der Gegend des Blinddarmes, vorzüglich beim Gehen (im Freien). 322. Drücken im Unterbauche. 323. Schmerzliches Drücken in der linken Seite des Unterbauches. 324. Heftiges Drücken in der linken Bauchseite. 325. Ein kneipendes Aufblähen im ganzen Unterleibe gleich nach dem Essen, bloß wenn er steht, und schlimmer, wenn er geht, durch fortgesetztes Gehen bis zum Unerträglichen erhöht, ohne daß Blähungen daran Schuld zu sein scheinen; beim ruhigen Sitzen vergeht es bald, ohne Abgang von Blähungen. 326. Stechen in der linken Seite des Unterbauches. 327. Ein drückendes Kneipen in den Gedärmen nach dem mindesten Obstgenusse, vorzüglich im Stehen und Gehen, welches im Sitzen vergeht. 328. Kneipende Kolik in allen Därmen, selbst entfernt von der Mahlzeit, beim Gehen in freier Luft. 329. Feinstechendes Leibweh unterhalb des Nabels. 330. Leibweh, erst kneipend, dann stechend, in einer von beiden Seiten des Unterleibes. 331. Kneipendes Leibweh, gerade in der Nabelgegend, Erbrechen erregend, worauf der Schmerz in die linke Brustseite übergeht, aus Kneipen und feinem Stechen zusammengesetzt. 332. Kneipen im Unterleibe. 333. Kneipendes Leibweh in freier Luft, als wenn Durchfall entstehen wollte. 334. Ziehen und Kneipen im Unterleibe: es kam in dem Mastdarme, wie Pressen, mit Wabblichkeit und Schwäche in der Herzgrube und Gesichtsblässe (zwei Tage vor dem Monatlichen). 335. Reißender Schmerz im Leibe. 336. Stechend zuckender Schmerz im linken Schoße abends beim Liegen im Bette. 337. Empfindung im linken Schoße, als wollte ein Bruch heraustreten. 338. Über der linken Hüfte, ein absetzendes, tief innerliches Drücken. 339. Stuhlgang erst harten, und darauf dünnen Stuhl. 340. Dünner Kot geht mit Blähungen unwillkürlich ab. 341. Welcher Stuhl gleich nach dem Essen. 342. Dreimalige Ausleerung weicher Faeces, nachmittags. 343. Drei mäßige Darmausleerungen. 344. Zwei Darmausleerungen dünner Consistenz. 345. Drei durchfällige Stühle. 346. Nach vorgängigem Schneiden, Durchfallstuhl. 347. Gelbweißlicher Stuhlgang. 348. Schleimige Stuhlgänge. 349. Scharfe Stuhlgänge. 350. Mastdarmvorfall bei mäßig angestrengtem Stuhlgange. 351. Leerer Stuhlgang. 352. Öfterer, fast vergeblicher Drang zum Stuhle, mit Bauchweh, Stuhlzwang und Neigung zum Austreten des Mastdarmes. 353. Abends starkes Nottun und Drang, zu Stuhle zu gehen, mehr in der Mitte des Unterleibes; aber es erfolgte kein Stuhl, bloß der Mastdarm drängte sich heraus. 354. Sehr dick geformter und schwierig durch Mastdarm und After abgehender, weißgelblicher Stuhlgang. 355. Sehr dick geformter und schwierig abgehender Stuhlgang. 356. Vergeblicher Drang zum Stuhle im Mastdarme, nicht im After. 357. Vergebliches Nötigen und Drängen zum Stuhle und Nottun in den Därmen des Oberbauches, am meisten bald nach dem Essen. 358. Ängstliches Nottun zum Stuhle, bei Untätigkeit des Mastdarmes; er konnte den Kot nicht hervordrücken ohne Gefahr des Umstülpens und Ausfallens des Mastdarmes. 359. Heftiger Drang zum Stuhle, mehr in den oberen Gedärmen und im Oberbauche; es tut ihm dort Not, und dennoch geht nicht ein geringer Stuhlgang, obwohl weich, ab; das Nottun hält noch lange nach Abgang des Stuhles an. 360. Vergebliches Nötigen und Drängen zum Stuhle. 361. Nach jähklingem, starkem Nottun zum Stuhle und ohne eine kräftige Anstrengung der Bauchmuskeln (fast als wenn es an der Willenskraft zu einer unwiederruflichen Bewegung der Därme mangelte) eine unbeträchtliche Menge zähen, lehmfarbigen und doch nicht harten Kotes ab. 362. Krampfhafte Spannung im Mastdarme den ganzen Tag. 363. Scharf drückender Schmerz tief im Mastdarme nach dem Stuhlgange, wie von eingesperrten Blähungen (wie nach einer überzeiligen Ausleerung zu erfolgen pflegt — eine Art Proktalgie). 364. Abends nach dem Niederlegen, zwei Stunden lang, scharf drückender Schmerz im Mastdarme (Proktalgie), ohne Erleichterung in irgendeiner Lage, welcher sich ohne Blähungsabgang von selbst legt. 365. Unschmerzhafte Zusammenziehung des Afters, eine Art mehrtägiger Verengerung. 366. Kriebeln und Brennen im After. 367. Zusammenziehung des Afters (abends), welche Tags darauf um dieselbe Stunde wiederkommt, schmerzhaft beim Gehen, am meisten aber beim Stehen, unschmerzhaft aber im Sitzen, mit Zusammenfluß eines faden Speichels im Munde. 368. Mehrmaliges Schneiden, etwas tief im Mastdarme. 369. Ein großer Stich vom After tief in den Mastdarm hinein. 370. Große Stiche im After. 371. Heftiges Jücken im Mastdarme abends im Bette. 372. Kriebeln im Mastdarme, wie von Madenwürmern. 373. Unten im Mastdarme, nach dem After zu, unangenehmes Kriebeln, wie von Madenwürmern. 374. Ein jückender Knoten am After, welcher beim Stuhlgange nicht schmerzt, bei dem Sitzen aber im Drücken Schmerz verursacht. 375. Bei weichem Stuhlgange Hämorrhoidalbeschwerden. 376. Bald oder gleich nach einem weichen Stuhlgange, Schmerz im After, wie von der blinden Goldader und wie Wundheitsschmerz. 377. Wundheitsschmerz im After, außer dem Stuhlgange. 378. Schmerz im Mastdarme, wie von Hämorrhoiden, zusammenschnürend und schründend, wie von einer berührten Wunde. 379. Eine bis zwei Stunden nach dem Stuhlgange, Schmerz im Mastdarme, wie von blinder

QUELLENVERZEICHNIS UND ORIGINALTEXTE

Goldader, aus Zusammenziehen und Wundheitsschmerz gemischt. 380. Nach Ausspannung (Druckfehler) des Geistes mit Denken, bald nach dem Stuhlgange Schmerz, wie von blinden Hämorrhoiden, drückend und wie wund. 381. Geschwulst des Randes des Afters, ringsum wie von aufgetriebenen Adern. 382. Blinde Hämorrhoiden mit Schmerz, aus Drücken und Wundheit (am After und im Mastdarme) zusammengesetzt, schmerzhafter im Sitzen und Stehen, gelinder im Gehen, doch am schlimmsten erneuert nach dem Genusse der freien Luft. 383. Blutfluß aus dem After, mit Jücken des Mittelfleisches und Afters. 384. Es kriechen Madenwürmer zum After heraus. 385. Jücken am After. 386. Jücken am Mittelfleische, vorzüglich im Gehen. 387. Mattigkeit nach dem Stuhlgange. 388. Ein scharfer Druck auf die Harnblase, wie von versetzten Blähungen, nach dem Abendessen. 389. Ein kratzig drückender Schmerz auf die Gegend des Blasenhalses, vorzüglich beim Gehen und nach dem Essen, außer dem Harnen, welches unschmerzhaft vor sich geht. 390. Öfteres Harnen. 391. Öfterer Abgang eines wässrigen Harns. 392. Zitronengelber Harn mit weißem Satze. 393. Trüber Urin. 394. Steifigkeit der männlichen Rute vor etlichen Minuten. 395. Steifigkeit der männlichen Rute, jedesmal beim zu Stuhle Gehen. 396. Ein Andrange zum Stuhle floß viel Schleim (der Vorsteherdrüse) aus der Harnröhre. 397. Dunkler Urin geht mit brennender Empfindung ab. 398. Große Stiche in der Harnröhre hin, beim Gehen. 399. Bald nach dem Mittagessen, ein Stich vorn in der Harnröhre, der sich in ein Reißen endigt. 400. In der Mitte der Harnröhre (abends beim Sitzen) ein kratzig reißender Schmerz. 401. In der Mitte der Harnröhre, ein scharrig kratzender und kratzend reißender Schmerz (abends beim Liegen im Bette). 402. Kriebeln und Brennen in der Harnröhre, besonders beim Harnen, auch mit Stichen sich verbindend. 403. Ein Jücken im vorderen Teile der Harnröhre. 404. Früh, Harnbrennen. 405. Wütender, absatzweise aufeinander folgender, raffender, reißend drückender Schmerz an der Wurzel der männlichen Rute, vorzüglich beim Gehen, welcher, wenn man sich im Stehen mit dem Kreuze anlehnt, vergeht. 406. Bei Blähungsauftreibung des Unterleibes, brennendes Jücken am Blasenhalse, welches den Geschlechtstrieb erregt. 407. Gleich in der Nacht darauf eine starke Pollution (bei einem jungen Manne, welcher fast nie dergleichen hatte). 408. Jücken rings um die Zeugungsteile und an der Rute, abends nach dem Niederlegen, welches durch Kratzen vergeht. 409. Beißendes Brennen vorn in der Harnröhre beim Harnen. 410. Beißendes Jücken an der Eichel. 411. Beissend jückender Schmerz an der inneren Fläche der Vorhaut. 412. Wundheitsschmerz, wie aufgetrieben, am Saume der Vorhaut. 413. Wundsein und Geschwürsschmerz mit Jücken vereinigt am Rande der Vorhaut. 415. Krampfhafter Schmerz an der Eichel. 416. Jückendes Stechen am Hodensacke, wie von unzähligen Flöhen, besonders in der Rute. 417. Schweiß des Hodensackes. 418. Abends Geschwulst des Hodensackes. 419. Eine strenge, wurgende Empfindung in den Hoden, abends nach dem Niederlegen im Bette. 420. Drücken in den Hoden. 421. Geile, verliebte Phantasien und schnelle Aufregung des Geschlechtstriebes, bei Schwäche der Zeugungsteile und Impotenz, und äußerer, unangenehmer Körperwärme. 422. Unwiderstehlicher Drang zur Samenausleerung, bei schlaffer Rute. 423. Geilheit, bei Impotenz. 424. Geilheit mit ungemeiner Hervorragung der Clitoris, bei Schwäche und Erschlaffung der übrigen Zeugungsteile und kühler Temperatur des Körpers. 425. Männliches Unvermögen, mit Gefühl von Schwäche in den Hüften. 426. Die Rute zieht sich zusammen, daß sie ganz klein wird (auch dem Urinieren). 427. Die Vorhaut zieht sich zurück und die Eichel bleibt entblößt, wie bei Impotenz. 428. Völliger Mangel an Geschlechtstriebe. 429. Langwieriger weißer Fluß. 430. Erregung der Monatszeit. 431. Heftiges, zusammenkrampfendes Pressen an der Bärmutter, wie Geburtswehen, worauf ein eitriger, fressender, weißer Fluß erfolgt. 432. Abgang des Monatlichen in geronnenen Stücken. 433. Es geht beim Monatlichen wenig, aber schwarzes Geblüte von faulem, üblen Geruche ab. 434. Monatliches um einige Tage verspätet. 435. In beiden Nasenlöchern ein kriebelndes Jücken. 436. Empfindung von Geschwürigkeit und Wundheit am inneren Winkel des einen, oder beider Nasenlöcher. 437. Die Nasenlöcher sind geschwürig. 438. Kitzel in der Nase. 439. Nasenbluten. 440. Erst Tröpfeln an der Nase, dann Schnupfen. 441. Fließender Schnupfen. 442. Verstopfung des einen Nasenloches, als wenn ein Blättchen inwendig vorläge; nicht wie von Stockschnupfen. 443. Katarrh, Stockschnupfen. 444. Es liegt ihm katarrhartig auf der Brust; die Luftröhren sind angegriffen, doch ohne Husten. 445. Hohler, trockener Husten, früh beim Erwachen aus dem Schlafe. 446. Abends nach dem Niederlegen, beim Einschlafen, Reiz zum Husten. 447. Abends nach dem Niederlegen ein (nicht kitzelnder) ununterbrochener Reiz zum Hüsteln im Kehlkopfe, der durch Husten nicht vergeht, eher noch durch Unterdrückung des Hustens. 448. Sehr kurzer, oft ganz trockener Husten, dessen Erregungsreiz in der Halsgrube, wie von eingeatmetem Federstaube, nicht durch's Husten vergeht, sondern sich desto öfterer erneuert, je mehr man sich dem Husten überläßt, vorzüglich gegen Abend schlimmer. 449. Eine jählinge (nicht kitzelnde) Unterbrechung des Atmens oben in der Luftröhre über dem Halsgrübchen, die unwiderstehlich zum kurzen, gewaltsamen Husten reizt, abends. 450. Eine zusammenschnürende Empfindung im Halsgrübchen, welche Husten erregt, wie von Schwefeldampfe. 451. Jeder Stoß des Hustens fährt in die männliche Rute mit schmerzhafter Empfindung, wie ein jählinges Eindringen des Blutes. 452. Schwieriger Auswurf aus der Brust. 453. Gelber Brustauswurf, an Geruch und Geschmack wie von altem Schnupfen. 454. Herzklopfen. 455. Stechen in der Brustseite, in der Gegend der letzten Rippe, außer dem Atemholen. 457. Öftere Stiche in der Brustseite, in der Gegend der letzten Rippe, außer dem Atemholen, nach dem Gange des Pulses. 458. Einzelne, große Stiche auf der rechten Brustseite außer dem Atemholen; auch am Schienbeine. 459. Erst Drücken in der linken Brust, und darauf Feinstechen in der rechten Brust. 460. Drücken erst in der linken, dann in der rechten Brust, dann im Fußgelenke. 461. Drücken in der Brusthöhle, gleich hinter dem Bustbeine. 462. Ein Drücken in der Gegend der Mitte des Brustbeines, wie mit einem scharfen Körper. 463. Ein Drücken in der Mitte des Brustbeines bald nach dem Essen. 464. Bei Brustbeklemmung Drücken in der Herzgrube, welches sich beim Einatmen vermehrt und zu Stichen in der Herzgrube schnell übergeht. 465. Beklemmung der Brust und des Atemholens. 466. Engbrüstigkeit. 467. Gefühl von Angst und Beklemmung der Brust weckt ihn nachts 12 Uhr aus dem Schlafe; er müßte oft und tief Atem holen und konnte erst nach 1 Stunde wieder einschlafen. 468. Beklemmung der Brust nach Mitternacht, als wenn die Brust zu enge wäre, wodurch das Atmen gehindert wird. 469. Beim Vorbücken ein Schmerz vorn auf der Brust, zu beiden Seiten des Brustbeines, als wenn die zusammengeschobenen Rippen schmerzhaft aneinander träfen (früh). 470. Ein spannender Schmerz vorn auf der Brust, wenn er (beim Sitzen) sich gerade aufrichtet. 471. Ein spannender Schmerz über die Brust, wenn man aufrecht steht. 472. Drücken und Pressen auf der Brust. 473. Es fehlt ihm im Gehen am Atem, und wenn er dann stillsteht, bekommt er Husten. 474. Konnte, wenn er den Mund zumachte, keinen Atem durch die Nase bekommen. 475. Sehr matt am ganzen Körper; wenn er geht, ist es ihm, als wenn der Atem fehlen wollte, es wird ihm weichlich in der Herzgrube und dann Husten. 476. Vollheit auf der Brust. 477. Das Einatmen wird wie von einer aufliegenden Last gehindert; das Ausatmen ist desto leichter. 478. Langsame Einatmung, schnelles Ausatmen. 479. Mußte oft tief Atem holen, und das Tiefatmen minderte das Drücken auf der Brust Augenblicks. 480. Langsame Einatmung, wozu er tief aus dem Unterleibe ausheben muß (muß dem Atem tief aus dem Leibe holen). 481. Kurzer Atem wechselt mit längerem, gelinder mit heftigem ab. 482. Schmerz auf dem Brustbeine, wie zerschlagen, auch vom Anfühlen erregbar. 483. Ein Klopfen auf der rechten Brust. 484. Bei Tiefatmen, ein Stich in der Brustwarze, bei Blähungsbewegungen im Unterleibe. 485. Früh, in dem Bette, scharfdrückender Schmerz in den Halswirbeln in der Ruhe. 486. Stechen im Genicke. 487. Schneidend reißender Schmerz im Genicke. 488. Reißender Schmerz im Nacken, wenn man den Hals bewegt, wie vom Verdrehen des Halses. 489. Steifigkeit des Nackens. 490. Hitze und Brennen im Nacken, oder auf der einen Seite des Halses, äußerlich. 491. Am Halse, gleich über der linken Schulter, ein schmerzliches Drücken. 492. Links, unweit des Rückgrates, wo sich die wahren von den falschen Rippen scheiden, ein stumpfes Stechen. 493. In der Mitte des Rückgrates, etwas nach der linken Seite zu, ein tiefer, reißender Schmerz. 494. Drückender stechender Schmerz im Rückgrate, beim Gehen in freier Luft. 495. Einfacher Schmerz im Schulterblatte, durch Bewegung des Armes, und wenn der Arm hängt, vermehrt. 496. Früh etliche Stiche an der Spitze des Schulterblattes. 497. Ein Klopfen im Kreuze (heiligen Beine). 498. Im Kreuze (und auf der Brust) ein spannender Schmerz beim Aufrechtstehen. 499. Stiche im Kreuze. 500. Im Kreuze im heiligen Beine, auch beim Liegen auf dem Rücken, früh im Bette. 501. Drückender Zerschlagenheitsschmerz im Kreuze beim Liegen auf dem Rücken, früh im Bette. 502. Im Schultergelenke Schmerz, wie ausgerenkt bei Bewegung des Armes. 503. Im Gelenke des Oberarmes, bei Zurückbiegung des Armes, ein Schmerz, wie nach angestrengter Arbeit, oder wie zerschlagen. 504. Im Gelenke des Oberarmes ein greifender, raffender, walkender, zum Teil ziehender Schmerz, in der Ruhe (welcher bei Bewegung stechend wird). 505. Im Gelenke des Oberarmes ein rheumatischer Schmerz, oder wie zerschlagen, beim Gehen in freier Luft. 506. Schmerz im Oberarmgelenke, als wenn er ausgerenkt wäre. 507. Im dreieckigen Muskel des Oberarmes, ein fipperndes Zucken. 508. Im Gelenke des Oberarmes ein Einwärtsdrehen des Armes einfacher Schmerz im zweiköpfigen Muskel. 509. In den Armmuskeln Schmerz, wie zerschlagen, wenn der Arm hängt oder aufgehoben wird. 510. Auf der Seite, auf welcher er liegt, schläft der Arm ein. 511. Beim Liegen auf der rechten Seite, abends im Bette, schmerzt der Schulterkopf der linken Seite wie zerschlagen, und der Schmerz vergeht, wenn man sich auf den schmerzenden Arm legt. 512. Unleidlicher (namenloser) Schmerz in den Knochenröhren und Gelenken des Armes, auf welchem man nicht liegt, abends im Bette, der nur vergeht, wenn man sich auf die andere, schmerzenden Arm legt. 513. Unleidlicher (namenloser) Schmerz in den Knochenröhren und Gelenken des Armes, auf welchem man nicht liegt, früh im Bette, der nur vergeht, wenn man sich auf die andere, schmerzhafte Seite legt. 514. Früh, im Bette, Schmerz in der Schulterkopfe der linken Seite, auf welcher man liegt, welcher vergeht, wenn man sich auf die entgegengesetzte Seite oder auf den Rücken legt. 515. Abends nach dem Niederlegen, in einem Teile der Muskeln des Vorderarmes, ein Zucken, als wenn eine Maus unter der Haut krabbelte. 516. Ziehender Schmerz in den Armen. 517. Vom Oberarm bis in die Handwurzel und bis in die Finger ein pulsierendes Ziehen. 518. Von kalter Luft (Erkältung?) Reißen im rechten Arme und auf der rechten Seite des Kopfes. 519. Gleich über dem rechten Ellbogen schmerzliches Ziehen. 520. Am Knöchel der Hand, reißender Schmerz, früh nach dem Erwachen. 521. Am Knöchel der Hand und in den Fingern, reißender Schmerz. 522. Im Daumengelenke, reißender Schmerz, als wenn es verrenkt wäre, früh beim Schlummern im Bette. 523. Ein Starren in der rechten Handwurzel und Gefühl, als wäre sie eingeschlafen. 524. In den Handwurzelknochen der rechten Hand, ein Ziehen. 525. Am Knöchel der linken Hand, ein lähmiger Schmerz, als wenn die Hand verstaucht oder verrenkt wäre. 526. Einige Stiche in den äußersten Daumengelenke. 527. Jückende Stiche am Daumengelenke, welche zu kratzen nötigen. 528. Im hintersten Gliede des Zeigefingers Schmerz, als wäre er verrenkt, bei Bewegung. 529. Warmer Schweiß an der inneren Fläche der Hand und der Finger. 530. Häufiger, warmer Schweiß der Hände, abends. 531. Lauer Schweiß der inneren Handfläche. 532. Überhingehende Gilbe der Hände, wie von Gelbsucht. 533. Bei Berührung eines Haares auf der Hand ein durchdringender, feiner Stich, als wenn ein Splitter da stäke. 534. Abends nach dem Niederlegen, krampfhaftes Hin- und Herbewegen des Zeigefingers. 535. Bei Anstrengung der Finger, ausstreckende Klamm des Mittelfingers (der sich durch Calmieren legen läßt). 536. Stechen im Hüftgelenke. 537. Früh (von 4 bis 8 Uhr) im Hüftgelenke und im Knie, stechender Schmerz, beim Gehen und Bewegen der Füße. 538. Fest lähmige Unbeweglichkeit der Unterglicdmaßen mit einzelnem Zucken darin. 539. Früh, beim Aufstehen aus dem Bette, Steifigkeit der Knie und Gelenke der Füße, des Oberschenkels und des Kreuzes. 540. Beim Sitzen, in den hinteren Oberschenkelmuskeln, Schmerz, als wenn sie zerschlagen wären. 541. Mitten auf dem linken Oberschenkel ein tiefes, heftiges Drücken. 542. Heftiges Stechen auf der inneren Seite, unterhalb des linken Knies. 543. Er konnte nicht gehen, und mußte sich durchaus setzen, weil es ihm im Gehen unwillkürlich die Knie in die Höhe hob. 544. Nach Treppensteigen, eine Steifigkeit im Kniegelenke, die sie an der Bewegung hindert. 545. Steifigkeit der Knie und der Lenden, welche bei Bewegung Schmerz macht. 546. Wie steif in den Füßen, früh. 547. Blutschwäre am inneren Teile des Oberschenkels. 548. Nach dem Essen, beim Sitzen, Eingeschlafenheit des (Ober- und) Unterschenkels. 549. Kriebeln in den Füßen. 550. Kriebeln wie in den Knochen der Füße nicht wie von Eingeschlafenheit. 551. Feinstechendes Kriebeln in den Füßen (der Haut der Waden), nach Mitternacht, welches nicht zu ruhen oder im Bette zu bleiben erlaubt. 552. Einschlafen der Unterschenkel bis über's Knie, abends beim Sitzen. 553. Im ganzen linken Unterschenkel, ein lähmungsartiger Schmerz, beim Gehen erweckt, und auch nachher im Sitzen fortdauernd. 554. Im ganzen linken Unterschenkel, schmerzliches Ziehen, im Bette vor dem Einschlafen; es läßt bisweilen nach, kommt aber heftiger zurück. 555. Eingeschlafenheit des Unterschenkels beim Sitzen unter der Mittagsmahlzeit. 556. Ein Spannen in den Unterschenkeln bis über das Knie, mit Schwere der Schenkel. 557. Ein Strammen (eine Art Klamm (Crampus)) oder wenigstens der Anfang dazu) in den Waden, wenn man den Schenkel ausstreckt, oder gelnt. 558. Klamm der Wade, während des Gehens, welcher im Stehen und in der Ruhe vergeht. 559. Anwandlungen von Klamm in den Muskeln des Unterfußes und der Zehen, beim Sitzen. 560. Anwandlungen von Klamm in der Wade, während des Sitzens, beim Mittagsmahle. 561. Klamm in der Wade ganz früh im Bette, bei der Biegung des Schenkels, welcher beim Ausstrecken des Beines oder beim Anstemmen vergeht. 562. Absetzendes Stechen am inneren Rande des Unterfußes. 563. Über dem äußeren Knöchel des rechten Fußes absetzender Druck. 564. Im rechten Unterfuße, heftiges Ziehen. 565. Im Ballen der Ferse, eine taube Bollheit (wie eingeschlafen) im Gehen. 566. Im Ballen der Ferse oder vielmehr in der Knochenhaut des Sprungbeines, ein Schmerz, wie zerstoßen, oder wie von einem Sprunge von einer großen Höhe herab. 567. Im Ballen der Ferse, oder vielmehr in der Beinhaut des Fersenbeines, Schmerz im Gehen, wie von innerer Wundheit. 568. Drückender Schmerz im Schienbeine beim Gehen. 569. In den vorderen Schienbeinmuskeln ein wellenartiger, gleichsam greifender und walkender, reißend drückender Schmerz, vorzüglich bei der Bewegung. 570. Drücken im linken Fußgelenke (mit einem inneren Kitzel) der ihn zu einer zittrigen Bewegung des linken Fußes nötigte, um sich zu erleichtern. 571. Im Fußgelenke, früh, beim Gehen Schmerz, wie von Verrenkung (doch nicht stechend). 572. Auf dem Fußrücken ein reißender Schmerz. 573. Innerlich im Ballen der Ferse, ein jückend zuckender Schmerz, vorzüglich früh im Bette. 574. Reißend brennender Schmerz im Fersenknochen, früh beim Erwachen. 575. Auf dem Fußrücken eine Stelle, welche brennend jückend schmerzt in der Ruhe. 576. Brennender Schmerz im Hühnerauge, im Sitzen. 577. Brennender Schmerz bei Druck in einem bisher unschmerzhaften Hühnerauge am Fuße. 578. Die Schuhe drücken empfindlich auf dem oberen Teile der Zehen; Hühneraugen fangen an, brennend zu schmerzen. 579. Ein jückendes Brennen (wie von Frostbeulen) in der Ferse und anderen Teilen des Fußes. 580. Auf der Seite des Fußes brennend stechender, oder brennend schneidender Schmerz. 581. Stechender Schmerz unter dem Fußknöchel bei Bewegung. 582. Ganz früh, mehrere Stiche in der Ferse. 583. In der Abenddämmerung Müdigkeit der Füße, wie vom Gehen, bei stillem Gemüte. 584. Konnte die Füße nicht fortbringen, als wenn er recht weit gegangen wäre. 585. Schwere der Füße. 586. Schwere des einen Fußes. 587. Schwäche der Füße. 588. Knarren und Knacken der Knie. 589. Kälte der Füße und Unterschenkel bis über die Knie. 590. Frost um die, äußerlich nicht kalten, Knie. 591. Heiße Knie (mit kitzelndem Jücken der einen Knies) und kalter Nase. 592. Steifheit des Unterfußgelenkes. 593. Schmerzhafte Empfindlichkeit der Fußsohlen im Gehen. 594. Füße sind brennend heiß. 595. Ein Kriebeln, wie innerlich, in den Knochen des ganzen Körpers. 596. Kriebelnde Eingeschlafenheit in den Gliedmaßen. 597. Müdigkeit der Füße und Arme. 598. Empfindung von Schwäche und Ermattung in den Armen und Füßen. 599. Hie und da in der Beinhaut, in der Mitte der Knochenröhren (nicht in den Gelenken) ein, wie Quetschung schmerzender, flüchtiger Druck, wie mit einem harten Körper, am Tage, vorzüglich aber, wenn er im Liegen auf der einen oder anderen Seite, abends im Bette, und vergehend, wenn man sich auf den Rücken legt. 600. Nachts auf der einen oder der anderen Seite, worauf man liegt, Schmerz, wie zerschlagen, in den Gelenken des Halses, des Rückens und der Schulter, welcher bloß im Liegen auf dem Rücken vergeht. 601. In den Gelenken der Schulter, des Hüftbeins und der Knie, ein Schmerz, wie von Verstauchung oder Verrenkung. 602. Um die Gelenke oder etwas über denselben, ein anhaltend stechender Schmerz. 603. Ein tiefstechend brennender Schmerz an verschiedenen Teilen, z. B. am Mundwinkel, unter dem ersten Daumengelenke u. s. w., ohne Jücken. 604. Im äußeren, erhabenen Teile der Gelenke, ein brennend stechender, mit Jücken verbundener Schmerz. 605. Abends beim Einschlafen, Rucke und Zucke durch den ganzen Körper. 606. Nach dem Niederlegen zuckt und fippert es in einzelnen Teilen der Muskeln, hie und da am Körper. 610. Unzählige, feine Stiche bald hie, bald da, wie Flohstiche, (vorzüglich im Bette). 611. Jücken hie und da am Körper, da er beim Gehen im Freien sich etwas erhitzt hatte. 612. Abends nach dem Niederlegen, im Bette, Jücken hie und da, welches durch Kratzen leicht vergeht. 613. Charakteristisch ist das Jücken, welches durch gelindes Kratzen leicht von der Stelle verschwindet. 613a. Jücken hie und da am Körper, unter der Achsel u. s. w. nachts, welches durch Kratzen vergeht. 614. Jücken am Handgelenke, am Ellbogengelenke, und am Halse. 615. Die äußere Haut und die Beinhaut sind schmerzhaft. 616. Empfindlichkeit der Haut gegen Zugluft; es ist ihm im Unterleibe, als wenn er sich verkälten würde. 617. Einfacher, bloß bei Berührung fühlbarer, heftiger Schmerz, hie und da, auf einer kleinen Stelle, z. B. an den Rippen u. s. w. 618. Die Symptome erhöhen sich durch Kaffeetrinken und Tabakrauchen. 619. Brennen im Geschwüre. 620. Erneuerung der Schmerzen gleich nach dem Mittagessen, abends gleich nach dem Niederlegen, und früh gleich nach dem Aufwachen. 621. Hinterläßt Neigung zu Halsdrüsengeschwulst, Zahnweh und Zahnlockerheit, sowie zu Magendrücken. 622. Große, allgemeine Müdigkeit von geringer Bewegung. 623. Will sich nicht bewegen, scheut die Arbeit. 624. Während des Gehens im Freien, gute Laune. 625. Beim Gehen im Freien, eine Schwere in den Füßen, mit Angstlichkeit, was sich in der Stube verlor, wogegen aber Mißmut eintrat. 626. Einknicken der Knie vor Schwäche. 627. Abspannung und Laßheit nach dem Mittagessen; er fühlte sich zu seinen gewöhnlichen Arbeiten unfähig und schlief über alle Gewohnheit über denselben ein. 628. Unbehaglichkeit früh nach dem Aufstehen. 629. Mattigkeit in den Gliedern. 630. Große Mattigkeit und Müdigkeit, es war ihm, als wäre er sehr weit gegangen. 631. Mattigkeit, wie von einer Schwäche um die Herzgrube herum; es wird ihm weichlich; er muß sich legen. 632. So laß, daß er nicht Lust hat, sich anzuziehen, und auszugehen; er hat zu garnichts Lust, liegt mehr. 633. Schwankt im Gehen, fällt leicht und stolpert über das Geringste, was im Wege liegt, hin. 634. Müdigkeit, als wenn es ihm die Augenlider zuziehen wollte. 635. Auf eine traurige Nachricht wird er sehr schläfrig. 636. Er schläft ohne dem Lesen sitzend ein. 637. Schläfrigkeit, welche, während er sitzt, zum Schlafen einladet; legt er sich aber, so entsteht halbwachender, träumevoller Schlummer. 638. Sehr tiefer, und doch nicht erquickender Schlaf. Er glaubt garnicht geschlafen zu haben, wenn er erwacht. 639. Tiefer Schlaf. 640. Schlaflosigkeit. 641. Öfteres Gähnen. 642. Neigung zum Schlafe. 643. Zeitige Abendschläfrigkeit. 644. Schlafsucht nach dem Mittagessen, und tiefer, doch nicht erquickender Nachmittagsschlaf, 2 Stunden lang; nach dem Erwachen, Gefühl von Abspannung. 645. Fester und anhaltender Schlaf, aus dem man müde erwacht. 646. Ungewöhnlich fester, doch nicht erquicklicher Mittagsschlaf. 647. Unruhiger Schlaf. 648. Schlaflosigkeit, kann nicht einschlafen, und erwacht (nachts) ohne bemerkbare Ursache. 649. Schlaf so leise, daß man alles dabei hört, z. B. weit entfernten Glockenschlag. 650. Abends, im Bette, Blähungskolik; eine Art im Bauche hie und dahin tretendes Drücken, bei genedemaligem Aufwachen der Nacht erneuert. 651. In der Nacht, im Bette, verändert er oft seine Lage, legt sich bald dahin, bald dorthin. 652. Wimmerndes Schwatzen im Schlafe; er wirft sich im Bette herum. 653. Stampft (strampelt) im Schlafe mit den Füßen. 654. Bewegt den Mund im Schlafe, als wenn er äße. 655. Sie bewegt im Schlafe die Muskeln des offenen Mundes nach allen Richtungen, fast

Ignatia 11

convulsiv, wobei sie mit den Händen einwärts zuckt. 656. Im Schlafe Stöhnen, Krunken, Ächzen. 657. Während des Schlafes kurzes Einatmen und langsames Ausatmen. 658. Während des Schlafes, alle Arten von Atmen wechselweise, kurzes und langsames, heftiges und leises, wegbleibendes, schnarchendes. 659. Abends, im Bette, wie Wallung im Blute, wovor er nicht einschlafen konnte. 660. Während des Schlafes, schnarchendes Einatmen. 661. Liegt im Schlafe auf dem Rücken, und legt die flache Hand unter das Hinterhaupt. 662. Früh liegt er auf dem Rücken und legt den einen Arm über den Kopf, so daß die flache Hand unter das Hinterhaupt oder in den Nacken zu liegen kommt. 663. Schreckt im Schlafe jähling auf, wimmert, mit kläglichen Gesichtszügen, tritt und stampft mit den Füßen, wobei Hände und Gesicht blaß und kalt sind. 664. Träume voll Traurigkeit; er erwacht weinend. 665. Redet weinerlich und kläglich im Schlafe; das Einatmen ist schnarchend, mit ganz offenem Munde, und bald ist das eine Auge, bald das andere etwas geöffnet. 666. Schreckhafte Erschütterungen, wenn er einschlafen will, wegen monströser Phantasien, z. B. ein menschlicher Kopf mit einem Pferdehals verbunden, die ihm vorkommen und ihm noch nach dem Erwachen vorschweben. 667. Früh, im Augenblicke des Erwachens, fühlt er eine Schwere, eine Anhäufung, Stockung und Wallung des Geblüts im Körper, mit Schwermut. 668. Schreckhafte Erschütterung, früh, beim Erwachen aus einem so leichten Schlafe, worin sie jeden Glockenschlag hört. 669. Träume voll schreckhafter Dinge. 670. Erwacht mit mürrischer Miene. 671. Erwacht mit freundlichem Gesichte. 672. Erwacht früh einer grausamen Träumen. 673. Beim Erwachen steht sie plötzlich auf und redet etwas Ungereimtes, ehe sie sich besinnt. 674. Sie träumt, sie stehe, stehe aber nicht fest; aufgewacht, habe sie dann ihr Bett untersucht, ob sie fest liege, und habe sich ganz zusammengekrümmt, um nur gewiß nicht zu fallen; dabei immer etwas schweißig über und über. 675. Erwacht über grausamen Träumen (z. B. vom Ersäufen) aus dem Nachmittagsschlafe. 676. Träumt die Nacht, er sei ins Wasser gefallen und weine. 677. Nachts Träume voll getäuschter und fehlgeschlagener Erwartungen und Bestrebungen. 678. Fixe Idee im Traume: träumt die ganze Nacht durch von einem und demselben Gegenstande. 679. Träume desselben Inhaltes mehrere Stunden über. 680. Träume mit Nachdenken und Überlegung. 681. Schlummerndes Träumen vor Mitternacht, bei allgemeiner Hitze, ohne Schweiß. 682. Die Nacht allgemeine ängstliche Hitze mit geringem Schweiß um die Nase herum, die meiste Hitze an Händen und Füßen, die jedoch nicht entblößt, sondern immer bedeckt sein wollen, bei kalten Oberschenkeln, Herzklopfen, kurzem Atem und geilen Träumen; am meisten, wenn er auf einer von beiden Seiten, weniger, wenn er auf dem Rücken liegt. 683. Nachthitze von 2 bis 5 Uhr (bei vollem Wachen) über und über, vorzüglich an Händen und Unterfüßen, ohne Schweiß und ohne Durst, und ohne Trockenheitsempfindung. 683a. Er schwitzt alle Morgen, wenn er nach vorgängigem Erwachen wieder eingeschlafen ist, und wenn er dann aufsteht, ist er so müde und ungestärkt, als er sich lieber wieder niederlegen möchte. 684. Nachts Träume voll gelehrter Kopfanstrengungen und wissenschaftlicher Abhandlungen. 685. Träume, welche das Nachdenken anstrengen, gegen Morgen. 686. Nächtliche Phantasien, die das Nachdenken anstrengen. 687. Im Traume nachdenkliche Beschäftigung mit einerlei Gegenstande die ganze Nacht hindurch; eine fixe Idee, die ihn auch nach dem Aufwachen nicht verläßt. 688. Tonischer Krampf aller Gliedmaßen, wie Steifigkeit. 689. Höchst oftes Gähnen. 690. Starkes Gähnen, selbst bei dem Essen. 691. Öfteres Gähnen nach dem Schlafe. 692. Ungeheures Gähnen, früh (und am meisten nach dem Mittagsschlafe), als wenn der Unterkiefer ausgerenkt würde. 693. Ungeheures, convulsivisches Gähnen, daß die Augen von Wasser überlaufen, abends vor dem Schlafengehen, und früh nach dem Aufstehen aus dem Bette. 694. Öfteres, durch eine Art Unbeweglichkeit und Unnachgiebigkeit der Brust abgebrochenes Gähnen. 695. Nachmittags, abends Durst. 696. Unter dem Fieberfroste Durst. 697. Scheut sich vor der freien Luft. 698. Bei mäßig kalter, obgleich nicht freier Luft, bekommt er unmäßigen Frost, und wird über und über ganz kalt, mit halbseitigem Kopfweh. 699. Kälte und Frostigkeit; die Pupillen erweitern sich nur wenig. 700. Frost und Kälte, besonders am hinteren Teile des Körpers; beides läßt sich aber sogleich durch eine warme Stube oder einen warmen Ofen vertreiben. 701. Die durch äußere Wärme zu tilgende Fieberkälte ist charakteristisch. 701a. Frost im Rücken und über die Arme. 702. Schauderfrost im Gesichte und an den Armen, mit Zähneklappern und Gänsehaut. 703. Wird frostig bei Sonnenuntergang (Feuer geht ihm aus). 704. Schauder mit Gänsehaut über die Oberschenkel und Vorderarme; hierauf auch an den Backen. 705. Frost, besonders an den Füßen. 706. In der fieberfreien Zeit, beständiger Schauder. 707. Hitze des Gesichts bei Kälte der Füße und Hände. 708. Hitze einzelner Teile, bei Kälte, Frost oder Schauder anderer Teile. 708a. Frost über die Oberarme bei heißen Ohren. 709. Hitze der Hände, mit Schauder über den Körper und einer in Weinen ausartenden Ängstlichkeit. 710. Bei abendlicher Gesichtsröte, schüttelnder Schauder. 711. Nach dem Essen Frost und Schüttelschauder; nachts Ängstlichkeit und Schweiß. 712. Fieber, erst Frost über die Arme, besonders die Oberarme, dann Hitze und Röte der Wangen, und Hitze der Hände und Füße, ohne Durst, während des Liegens auf dem Rücken. 713. Nachmittags, Fieber: Schauder, mit Leibweh; hierauf Schwäche und Schlaf mit brennender Hitze des Körpers. 714. Das eine Ohr und die eine Wange ist rot und brennt. 715. Plötzliche, fliegende Hitzanfälle über den ganzen Körper. 716. Die äußere Wärme ist erhöht. 717. Äußere Hitze und Röte, ohne innere Hitze. 718. Die Hitze ist fast wie eine andere, als bloß äußere; auch ist fast nie Durst bei dieser Hitze; auch nicht, wenn sie sich in Gestalt eines Wechselfiebers zeigt. 718a. Wechselfieberkrankheiten, welche im Frost Durst, in der Hitze aber keinen haben. 718b. Gefühl von allgemeiner Hitze, früh im Bette, ohne Durst, wobei er sich nicht aufdeckt. 719. Nächtliche Hitze, wobei er sich aufzudecken verlangt, und sich bald aufdecken läßt. 720. Hitze des Körpers, vorzüglich während des Schlafes. 721. Nachmittags, durstlose Hitze im ganzen Körper, mit einem Gefühle von Trockenheit in der Haut, doch mit einigem Schweiße im Gesichte. 722. Hitze steigt nach dem Kopfe, ohne Durst. 723. Durch innere Unruhe, vermehrte innere Wärme und Durst, gestörter Schlaf. 724. Die Nacht um 2 Uhr, Ächzen über äußere Hitze, will leichter zugedeckt sein. 725. Äußere Wärme ist ihm unerträglich; dann schneller Atem. 726. Gefühl, als wenn Schweiß ausbrechen wollte (ängstliches Gefühl von fliegender Hitze). 727. Gefühl, als sollte über den ganzen Körper der Schweiß mit einem Male hervorbrechen, was auch zum Teil geschah; vormittags. 728. Allgemeiner Schweiß. 729. Reichlicher Schweiß. 730. Kalte Schweiße. 731. Heftige Angst um die Herzgrube, mit Schwindel, Ohnmacht und sehr kaltem Schweiße. 732. Mehrstündiges Zittern. 733. Zittern am ganzen Körper. 734. Dreistündiges Zittern des ganzen Körpers mit Jücken und schrecklichem, convulsivischem Zucken (vellicationibus), daß er sich kaum auf den Beinen erhalten konnte; in den Kinnladen waren sie am stärksten, so daß er den Mund wie zum Lachen verziehen mußte. 735. Beständiges Bewegen des Körpers (agitatio continuna). 736. Convulsivisches Zucken (vellicationes). 738. Unempfindlichkeit des ganzen Körpers. 739. Ohnmacht. 740. Das verschiedene Drücken an und in mehreren Teilen des Kopfes zugleich macht ihn mürrisch und verdrüßlich. 741. Herzklopfen. 742. Sehr mäßige Beschleunigung des Pulses. 743. Beschleunigung des Blutlaufs, wobei der Puls aber klein schlug. 744. Puls langsamer und kleiner als gewöhnlich in den ersten Stunden des Nachmittags. 745. Bei tiefem Nachdenken, Herzklopfen. 746. Beim Mittagessen, Herzklopfen. 747. Nach dem (Mittags-) Schlafe Herzklopfen. 748. Früh im Bette bekommt er Hitze und Herzklopfen. 749. Angst als wenn man etwas Böses begangen hätte. 750. Ängstlichkeit von kurzer Dauer. 751. Ängstlichkeit. 752. Geht ganz betroffen, verdutzt, verblüfft einher. 753. Äußerste Angst, welche das Reden verhindert. 754. Nach Anstrengung des Kopfes, vorzüglich früh, eine Voreiligkeit des Willens; kann nicht so geschwind im Reden sich ausdrücken, schreiben, oder sonst etwas verrichten, als er will; wodurch ein ängstliches Benehmen, ein Verreden, Verschreiben und ungeschicktes, immer Verbesserung bedürfendes Handeln entsteht. 755. Vielgeschäftigkeit: unruhig immer er bald dies, bald jenes zu tun vor. 756. Stumpfsinnigkeit, mit Neigung zur Eile; beim Eilen steigt ihm das Blut ins Gesicht. 757. Er bildet sich ein, er könne nicht fort, er könne nicht gehen. 758. Sie befürchtet, ein Magengeschwür zu bekommen. 759. Furchtsamkeit, Zaghaftigkeit, traut sich nichts zu, hält alles für verloren. 760. Beim Wachen, nach Mitternacht, Furcht vor Dieben. 761. Ungemein schreckhaft. 762. Fürchtet sich vor jeder Kleinigkeit, vorzüglich vor ihm unbekannten Gegenständen. 763. Dreistigkeit. 764. Geringer Tadel oder Widerspruch erregt ihn bis zum Zanke, und er ärgert sich selbst dabei. 765. Von geringem Widerspruche wird er aufgebracht und böse. 766. Von gcringem Widerspruche tritt ihm Röte ins Gesicht. 767. Schnell vorübergehende Verdrießlichkeit und Bösesein. 768. Gegen Abend ist er unzufrieden, mürisch, eigensinnig, macht ihm nichts recht, nichts zu Danke machen. 769. Ist äußerst mürrisch; tadelt und macht Vorwürfe. 770. Unbeständigkeit, Ungeduld, Unentschlossenheit, Zank (alle 3, 4 Stunden wiederkehrend). 771. Unglaubliche Veränderlichkeit des Gemüts, bald spaßt und schäkert er, bald ist er weinerlich (alle 3, 4 Stunden abwechselnd). 772. Einige Stunden nach dem Zornmütigsein tritt Spaßhaftigkeit ein. 773. Schäkerei, Kinderpossen. 774. Verlangt unschickliche Dinge, und weint laut, wenn man sie ihm versagt. 775. Wenn man ihr, was sie will, nur gelind verweigert, oder viel auf sie hinein, obgleich mit gelinden gütigen Worten, redet, fängt sie viel zuredet, oder etwas weicher vor, so weint sie laut. 776. Heulen und Schreien und Außersichsein um Kleinigkeiten. 777. Vernunftwidriges Klagen über allzu starkes Geräusch. 778. Geräusch ist ihm unerträglich, wobei sich die Pupillen leichter erweitern. 779. Heimliche, leise Stimme; er kann nicht laut reden. 780. Verlust der gewöhnlichen Heiterkeit. 781. Verlust der gewöhnlichen Munterkeit, nachmittags. 782. Vermeidet ihn, den Mund aufzutun und zu reden; maulfaul. 783. Ist wie im Schlummer; es wird ihm schwer, die Augen zum Sehen und den Mund zum Reden zu öffnen; bei leisem, langsamem Atmen. 784. Eine Art von stumpfer Melancholie; zu keiner Unterredung oder Aufheiterung zu bewegen, mit fadem wässrigen Geschmacke aller Genüsse und geringem Appetite. 787. Still vor sich hin, innerlich, ärgerlich und grämlich. 788. Sitzt, dem Ansehen nach, in tiefen Gedanken, und sieht starr vor sich hin, ist aber völlig gedankenlos dabei. 789. Fixe Ideen, z. B. von Musik und Melodien, abends, vor und nach dem Niederlegen. 790. Eine fixe Idee, die er in Gedanken

verfolgt, oder im mündlichen Vortrage allzu eifrig und vollständig ausführt. 791. Denkt wider Willen kränkende, ärgerliche Dinge, und hängt ihnen nach. 792. Zärtliches Gemüt, mit sehr klarem Bewußtsein. 793. Feinfühliges Gemüt, zarte Gewissenhaftigkeit. 794. Wehmütig (gegen Abend). 795.
796—799: Auszug aus den Vorbemerkungen Hahnemanns, die in der ersten Auflage der reinen Arzneimittellehre noch fehlen.
In Ärgernisfällen bei Personen, die nicht geneigt sind, in Heftigkeit auszubrechen oder sich zu rächen, sondern welche die Kränkung in sich verschließen, bei denen die Erinnerung an den ärgerlichen Vorfall anhaltend an ihrem Gemüte zu nagen pflegt. 796. Krankheitszustände, die von Gram erzeugenden Vorfällen entstehen. 797. Anfälle von Epilepsien, die jedesmal nur nach Kränkung oder ähnlichem Ärgernis (und sonst unter keiner anderen Bedingung) ausbrechen. 798. Fallsuchten, die soeben erst durch großen Schreck bei jungen Personen entstanden waren. 799.
800—843: Wibmer, Die Wirkungen der Arzneimittel und Gifte, München, 1842, Band 5, Seite 212. (804—839 Originalquelle eingesehen).
800—802: aus Camelli, Phil. transact. t. 21. p. 88. ann. 1699. 800, 801: C. erzählt, daß ein dyspeptischer Mann, der Erbrechen und Abführen hatte, einen Scrupel Fabarum St. Ignatii nahm, worauf er ... 802: Ein anderer Melancholikus nahm eine ganze Bohne und bekam darauf ...
803: aus Henke's Zeitschr. f. Staatsarzk. l. 3. S. 179. Man liest folgenden Fall: ...
804—839: Jörg, J. C. G., Materialien zu einer künftigen Heilmittellehre, Leipzig, 1825. Seite 308—344: 804: Engler empfand von 27, 72 Tropfen der Tinktur. ... 805: Friedrich nahm 9 Tropfen in einer Unze Wassers. ... 806: Güntz empfand von 11 Tropfen drückenden Schläfenschmerz, 18 Tropfen machten dasselbe, 27 Tropfen machten ... 807—809: Kneschke, 45, 63, 36 Tropfen machten ... 810—811: Kummer, 18, 45 Tropfen erzeugten. 812: Meurer, 32, 40 Tropfen machten. ... 813—818: Pienitz, 15, 40, 50 Tropfen. 819: Seyffert nahm 50 Tropfen. 820—822: Ströfer empfand von 9, 14, 40 Tropfen. ... 823: Jörg empfand von 9—27 Tropfen in einer Unze Wasser. 824—826: Güntz nahm 2, 5 Gran des Pulvers. 827—830: Kneschke nahm ½, 1½, 2, 3 Gran des Pulvers. 831—834: Otto empfand von 1, 1½, 3, 4 Gran. ... 835—839: Jörg bekam von ½, 1½, 2 Gran...
840—841: Orfila, M., Traité des Poisons...ou toxicologie générale ..., Paris, 1827, Band 2, Seite 367: On fait avaler à un chien de moyenne taille un demi-gros de fève de Saint-Ignace râpée et mêlée à du beurre. ... L'animal est porté rapidement en avant, est tombé dans une attaque de tétanos, d'abord sur le poitrail, puis sur le côté; les membres et le cou étaint tendus. — Il eut dix attaques, dont plusieurs avaient été provoquées par le bruit ou l'attouchement.
842—843: Döltz, Nov. exper. circa quaed. venema ex narcot. gen. ss. Altorf. 1793. 842: Eine Taube bekam 2 Gran des Pulvers. 843: Er brachte 10 Gran in Pillenform in den After einer erwachsenen Katze.
Fortlaufender Text der Vergiftungsberichte 800—843: Zittern des ganzen Körpers mit Beißen und schrecklichen convulsivischen Bewegungen. 800. Er konnte nicht aufrecht stehen, seine Kinnladen waren geschlossen, die Gesichtsmuskeln bewegten sich convulsivisch. 801. Zittern und Convulsionen mit Herzensangst, Schwindel, Ohnmachten und kalten Schweißen. 802. Die Füße wurden ihm steif, er fiel, ein allgemeiner Starrkrampf befiel ihn, der sich durch Schweiß wieder verlor. 803. Mehrmaliges Aufstoßen. 804. Drückender, zusammenziehender Schmerz in der Gegend des Scheitels, welcher sich aber vor nach der Stirn wendete und an dieser Stelle bis 16 Uhr aushielt. 805. Gegen Mittag drückender Schmerz in der Stirne und Drücken in beiden Augen, bis 15 Uhr anhaltend. 805a. Heftiges Kopfweh drückender Art in den Schläfen und dreimal Durchfall an demselben Tage. 806. Wurde von einem leichten Schwindel befallen, welcher in drückenden Kopfschmerz in der rechten Hälfte des Hinterhauptes überging. 807. Nicht unbedeutende Benommenheit des ganzen Kopfes, als nach einer einstündigen Dauer der Kopf wieder freier wurde, vermehrte sich der Schmerz in der rechten Hälfte des Hinterhauptes, wurde drückend und pressend und wich bis abends zum Einschlafen keinen Augenblick. 808. Schlief abends ruhig ein, fühlte aber beim Erwachen des Morgens, daß ein von heftigen drückenden Kopfschmerzen besonders in der Stirngegend und um die Augenhöhlen, belästigt war. Diese Schmerzen nahmen von Stunde zu Stunde zu, bis ihn plötzlich am Abend der Schlaf wieder übereilte. 809. Rauschähnliche Benommenheit des Kopfes, welche den ganzen Tag hindurch continulerte und mehrmals in wirkliche drückende Schmerzen der Stirne und besonders der rechten Hälfte derselben überging, auch das Denken sehr erschwerte. 810. Die Eingenommenheit des Kopfes fand sich nach einer ruhig durchschlafenen Nacht wieder ein, verwandelte sich aber bald in wirkliche drückenden Kopfschmerz, der sich besonders in der Stirne fixierte und die Augen so angriff, daß die Bewegung der Augenlider und der Augäpfel in ihnen schmerzhaft wurde. Beim Treppensteigen und bei jeder anderen kräftigeren Körperbewegung zeigte sich der erwähnte Kopfschmerz heftiger. 810a. Gegen 13 Uhr bildete sich dumpfer Kopfschmerz aus, der sich mehr auf die rechte Stirnhälfte beschränkte und sich von da aus zugleich mit auf das rechte Auge ausdehnte und dieses Organ gegen das Licht sehr empfindlich stimmte. Dieser Schmerz im rechten Auge vermehrte sich, wenn ein Teil desselben bewegt wurde. 811. Die Nacht hindurch wurde der an unruhige Schlaf noch besonders durch Träume unterbrochen. Dessenungeachtet fühlte er sich beim Erwachen am Morgen vollkommen wohl. 812. Schwindel in einem so hohen Grade, daß er beim Gehen wankte und sich nur mit Mühe aufrecht erhalten konnte. Einzelne Stiche fuhren ihm durch den Kopf, es stellte sich Ohrenbrausen ein und vor den Augen bewegten sich scheinbar die vorliegenden Gegenstände. Daher vermochte er auch kaum, einen Gedanken auf einen Augenblick festzuhalten. 812a. Drückender Schmerz hinter und über den ebenen Augenlider beider Augen, zwei Stunden lang anhaltend. 813. Drei musige Stühle, ohne daß aber ein Teil des Körpers vor- noch nachher schmerzhaft affiziert wurde. 814. Gegen 20 Uhr Schwere und Eingenommenheit des Kopfes, schmerzendes Drücken über den Augen nebst Drücken in den Augäpfeln selbst, besonders wenn er ins Licht sah. 815. Mattigkeit in den Gliedern, Neigung zum Schlafe und Mangel an Eßlust. 816. Beschleunigung des Blutlaufes, wobei aber der Puls klein schlug. 817. 10 Uhr bitteres Aufstoßen, Ekelsucht. 818. Schwindel und leichtes vorübergehendes Kopfweh, danach vermehrte Wärme im Magen und eine halbe Stunde anhaltend reichliche Speichelabsonderung. 819. Behielt den bitteren Nachgeschmack mehrere Stunden im Munde. 820. Der Kopfschmerz währte halbe oder ganze Stunden und, schwand dann gänzlich, setzte ebenso lange aus und bildete einen neuen Anfall von der genannten Zeiträumen und bestand in diesem Wechsel bis zum Abend fort. 821. Kriebeln und Brennen im After und in der Harnröhre, in letzterer besonders, wenn er den Urin ließ. Der Urin wurde öfter als gewöhnlich gelassen. 822. Brennende, drückende und ziehende Schmerzen im Magen, in der Gegend der Leber und der Milz. 823. Schmerzhaftes Drücken in der Gegend der Milz und des Magengrundes, welches mehrere Minuten continuierte, dann eine halbe Stunde aussetzte und so abwechselnd bis gegen Mittag wiederkehrte und verschwand. 824. In den Nachmittagsstunden ließ sich zuweilen Poltern im Unterleibe vernehmen. 825. Gegen 24 Uhr weckte ihn ein Gefühl von Angst und Beklemmung der Brust aus dem Schlafe, er mußte deswegen oft einen tief Atem holen und konnte erst nach Verlaufe von einer Stunde wieder einschlafen. 826. Gegen 10 Uhr zeigte sich eine leichte Benommenheit im ganzen Kopfe, ziemlich ähnlich derjenigen, welche einem Schnupfen vorauszugehen pflegt. Sie wurde von einem leichtem Drucke in der rechten Stirngegend über dem dasigen Augenbrauenbogen begleitet. 827. Der Kopf war von 9 bis 12 Uhr auf eine lästige Weise benommen, wozu sich noch stechende Schmerzen in der Stirne und im rechten Hinterkopfe gesellten. Die Schmerzen in der letzteren Gegend äußerten sich jedoch mehr drückend als stechend. 827a. Er fühlte sich zu seinen gewöhnlichen Arbeiten unfähig und schlief wider alle Gewohnheit über denselben ein. 827b. Gegen 9 Uhr erschien Benommenheit des Kopfes, wozu sich Schmerzen in der rechten Seite desselben, besonders im Hinterkopfe, weniger dagegen in der Stirne mischten. Beide Symptome erschwerten nicht allein das Denken, sondern sogar auch das Sprechen. 828. Um 10 Uhr wurde der Unterleib angegriffen und eine halbe Stunde lang aufgetrieben, worauf sich Drücken in der Nabelgegend einfand. 828a. Er fühlte sich gleichgültig gegen alles gestimmt, und lebte ohne wahre eigentliche gute Laune. 828b. In der Stirne und besonders über den Augenbrauen äußerte sich der Schmerz stechend, im Hinterkopfe dagegen und auf der rechten Seite mehr drückend. Im rechten Auge ließ sich ein Drücken nach außen wahrnehmen, als käme ihm vor, als solle der Augapfel aus seiner Höhle hervortreten. 829. Er fühlte sich zu jeder Beschäftigung unaufgelegt, wußte kaum wie er den Schlaf abwehren sollte, und noch gegen Abend fiel ihm Denken und Sprechen schwer. 830. In den Nachmittagsstunden entstand gelinde drückender Schmerz in der Stirngegend, aber es mischte sich bald ein neuer Schmerz im Hinterhaupte seitlich über dem Processus mastoideus dazu, welcher sich bisweilen dem Gehörorganen mitteilte, dann das Hören schien abzustumpfen schien. Nachdem diese gewichen waren, trat ein ziemlich mehrmaliges Drücken in der Brusthöhle gleich hinter dem Sternum ein und währte bis 22 Uhr. 831. Gegen 17 Uhr plötzlich Engbrüstigkeit, vermehrte sich gegen 19 Uhr und verlor sich darauf bald ganz. 832. Es wurde ihm, als überfiele ihn plötzlich ein Schnupfen, denn das beginnende dumpfe Drücken im Vorderkopfe zog bestimmt bis in die Nasenhöhlen hinab und brachte dadurch fast 10 Minuten lang das Gefühl hervor, als in einer heftiger Schnupfen daselbst zu veranlassen pflegt. 833. Abends halb neun Uhr überraschte ihn plötzlich das Drücken im Kopfe, das sich bald an dieser, bald an jener Stelle besonders hervortat, das aber das Einschlafen nicht hinderte. 834. Große Mattigkeit und Müdigkeit, es war ihm, als wäre er schon seit weit gegangen, er mußte öfters gähnen. 834a. Eigentümlicher fader lätschiger Geschmack, wie wenn ich Kreide gegessen hätte. 835. Eigentümliche Regungen im Magen, bisweilen Ziehen, als sollten die Magenwände ausgedehnt werden, bisweilen Drücken, bisweilen aber nicht eigentlich schmerzhaft. Abwechselnd schien der Magen bisweilen wie überfüllt, bisweilen wieder wie leer, wobei sich chem letzteren Gefühle sich jedesmal Heißhunger äußerte. 835a. Gegen 10 Uhr schmerzhafte Empfindungen vom Magen ausgehend und sich nach der Milz hin erstreckend und ebenso auch nach der Wirbelsäule sich hinrichtend.

Diese verwandelten sich um 11 Uhr in vorübergehendes Stechen, das sich aus dem Oberbauche gleichsam nach der Brusthöhle herauf erstreckte, die Brustorgane aber nicht ergriff. 835b. Die früheren Dosen hatten mir die Drüsen unter der Zunge aufgeregt. Ich empfand von 10 bis 12 Uhr Drücken und Ziehen in diesen Drüsen. 835c. Nachmittags und abends drei Leibesöffnungen, wodurch jedesmal nur wenige, aber mehr weiche Fäces ausgeleert wurden. 836. Benommenheit des Kopfes, welche sich 21 Uhr in drückenden Schmerz im Scheitel verwandelte. Um 22 Uhr zog sich dieser Schmerz mehr nach der Stirne und nach dem linken Auge herab, ob er gleich den ganzen Kopf einnahm. Mit diesem Schmerze begannen meine Augen, besonders aber das linke, zu brennen und zu tränen, die Augenlider schwollen an und die Meibomschen Drüsen sonderten viel Schleim ab. 837. Halb 9 Uhr stellten sich eigentümliche dehnende Schmerzen nicht im Magen, sondern im Oberbauche ein. Es schien mir, als würden die Bauchwände nach außen und das Zwerchfell nach oben hin gedehnt, am stärksten äußerte sich dieser Schmerz in der Gegend der Milz und nach hinten, nach der Wirbelsäule zu, abwechselnd bald mehr da, bald mehr dort. 838. Der Oberbauchschmerz schwieg bis 15 ganz, von da an stellte er sich aber wieder ein, von Abend bisweilen ein, wurde mitunter ziemlich heftig und erstreckte sich besonders mehrmals bis zur Brusthöhle herauf, artete da auch zuweilen in ein empfindliches Brennen aus, wendete sich jedoch am meisten und am heftigsten nach der Wirbelsäule in der Gegend des Ganglion coeliacum. Während dieser Anfälle entleerte sich der Magen öfters der Luft durch Aufstoßen und dies jedes Mal mit einer kurzdauernden Milderung des Schmerzes. 838a. Meine Speicheldrüsen sonderten immerwährend einen ganz weißen, gischtigen Speichel in größerer Menge als gewöhnlich ab, auch schien es mir öfters, als wenn die sämtlichen Flächen der inneren Mundwände wund zu werden im Begriffe ständen. 838b. Nachmittags überraschte mich der drückende Kopfschmerz, dieses Mal besonders in der rechten Stirnhälfte, welcher nach dem rechten Auge herabzog und sich da besonders so äußerte, als wollte er mir den rechten Augapfel herausdrücken. Gleichzeitig fand sich Brennen in den Augen und vermehrte Absonderung der Tränen ein, auch wurde von den Meibomschen Drüsen mehr Schleim ausgeschieden. 838c. 18 Uhr schmerzhaft Empfindung, der zu Folge es mir vorkam, als wenn etwas aus dem Oberbauche nach der Brusthöhle herauf drücke. Gleichzeitig empfand ich die Unterbauche mehr schneidende und zusammenziehende Schmerzen. 839. Das Tier (Hund) ward vorwärts gerissen und fiel in einen Anfall von Starrkrampf zuerst auf die Brust, dann auf die Seite, Gliedmaßen und Hals ausgestreckt. 840. Krampfanfälle durch Geräusch oder Berührung hervorgerufen (Hund). 841. Bekam wässrigen Durchfall, zitterte fast eine Viertelstunde lang, dann eritt sie heftige Convulsionen (Taube). 842. Zitterte, schäumte vor dem Munde, schluchzte, atmete ängstlich und schwer, dann fiel sie, Füße und Schweif wurden durch tonische Krämpfe ausgestreckt (Katze). 843.
844—850: Helbig, 1833, Heraklides, 1.48. 844—847: Izin. (Baldrian half bei der Izin nichts gegen diese Zufälle). 848: Hg. 849: Ol. 850: Mhl.
851: Knorre, 1835, AHZ 6.35, aus „Beobachtungen nebst Bemerkungen aus der homöopathischen Praxis. Symptomenfragmente".
852: Bruckner, Th., 1858, AHZ 57.164, aus „Practische Fälle": Ich litt an Neuralgie im Hüftgelenke. Dies veranlaßte mich Ignatia zu nehmen und zwar einige der Tinctur in 1 Glas Wasser dreistündlich einen Schluck. Die Wirkung war überraschend, denn die Schmerzen kehrten nicht wieder. Nach 2 bis 3maligem Einnehmen beobachtete ich folgende interessante Ignatiasymptome an mir: . . . Dieser Zustand dauerte etwa eine Stunde.
853—854: Berridge, 1873, NAJ 21.501. Mr. — took 12th dilution. For 3 days involuntary weeping. For a month or more, dreamed of being buried alive.
Fortlaufender Text der Symptome 844—854: Stechender Schmerz in der Stirn und zu den Schläfen heraus. 844. Heftige Auftreibung der Hypochondrien, besonders in den Seiten, als im Scrobiculo und Kreuze. Wegen der Vollheit und Anspannung unter den Rippen konnte sie nicht Atem holen. Es war ihr stets ängstlich dabei. Sie mußte sich die Kleider öffnen. 845. Schwäche und Hohlheit im Scrobiculo. 846. Heftiger Kreuzschmerz eigentümlicher Art, wie aus Raffen, Stechen, Ziehen und Arbeiten zusammengesetzt. 847. Rechts, hart am Nabel, ein schmerzliches Drücken an einer kleinen Stelle, welches sich beim tieferen Einatmen und freiwilligen Auftreiben des Unterleibes vermehrte und zum Hineinziehen des Nabels nötigte, wodurch es zuweilen nachließ. Mit Knurren im Bauche. 848. Unter heftiger Steifheit der Rute fühlt er einen schmerzhaften Drang und Druck in einer großen Breite um das Glied herum (Schamberg). Eine Pollution endigte den Zufall. 849. Ein reißender Schmerz in der Hinterseite beider Beine, besonders in den Achillessehnen und ihren Muskeln, so, als ob die Teile zerschnitten würden. Er stellte sich besonders dann heftig ein, wenn er im Gehen stehenblieb (die Teile also anstrengte). 850. Gänzliches Verschwinden der Milch aus beiden Brüsten (Einige Tage hindurch, bei einer Stillenden). 851. Unsichtbarkeit der Buchstaben, auf die man die Augen richtet, und größere Deutlichkeit der danebenstehenden Buchstaben. Es kam mir vor als wären die mittleren Buchstaben eines Wortes, welches ich gerade lesen wollte, mit Kreide überstrichen, während die Anfangs- und Endsilben eines längeren Wortes oder die Anfangs- oder Endbuchstaben eines einsilbigen Wortes an Deutlichkeit gewonnen hatten. 852. Unwillkürliches Weinen. 853. Träumte, lebendig begraben zu sein. 854.

FÄLLE AUS DER LITERATUR
1000-1006: Wislicenus, W. E., 1823, ACS 2.2.143-147: Sch., eine kräftige und starke Frau von 30 und etlichen J. Nachts 1 Uhr Fieberhitze, 1 Stunde hindurch, besonders im Gesichte, mit klopfendem Kopfschmerz in der Stirne und wenig Durst. Früh 4 Uhr heftiger allgemeiner Frost mit Zähneklappern und starkem Durst 2 Stunden lang, wobei sie jedoch innerlich mehr warm war. Bei der geringsten Bewegung Schmerz im Unterleibe, besonders in der Nabelgegend, wie zerrissen und mit Blut unterlaufen, fast wie nach einer Niederkunft. In der Herzgrube nur Schmerz bei starkem Aufdrücken. Beim Aufstehen aus dem Bette matt bis zur Ohnmacht mit Schwindel, Ohrenbrausen und kaltem allgemeinen Schweiße, es wurde im Sitzen besser. Früh 8 Uhr wieder Fieberfrost, Puls klein und beschleunigt. Bisweilen trockenes Kotzen, welches den Unterleib schmerzhaft erschüttert. Früh morgens ängstlich verworrene Träume und Phantasien. — Ignatia. Hatte sich völlig erholt.
1007-1013: Bethmann, H., 1824, ACS 3.2.121-124: Christiane ..., 11 1/2J., In dem Mittelfinger der linken Hand zuckt es jetzt am meisten, auch streckt sie ihn während des Anfalles steif aus. Feste Nahrungsmittel kann sie leicht hinunterschlingen, bei flüssigen hingegen bekömmt sie Stoßen und Würgen. Heut fing es in dem kleinen Finger der rechten Hand an zu zucken, von fortwährendem Stechen im Unterleibe begleitet, nach Mittag am stärksten. Geschwürschmerz in den Fußsohlen, sie verträgen nicht die leiseste Berührung. Es haben sich wieder allgemeine, im Unterleib ihren Anfang nehmende Konvulsionen eingestellt. Brustbeklemmung, kann keine Luft bekommen, glaubt ersticken zu müssen. Nach dem Anfall lag sie still, gab aber auf alle Anreden keine Antwort. — Ignatia. Keine Spur ihrer früheren Anfälle wieder gehabt.
1014-1017: Caspari, 1824, ACS 3.3.56-60: Frau N., 50 J. Der Appetit kehrte noch nicht zurück; sie hatte keinen Wohlgeschmack an den Speisen und gleich nach dem Essen war ihr alles voll im Magen und schien bis oben herauf zu stehen, weshalb sie oft schlucken mußte. Klagte über Erneuerung des gelblichweißen Durchfalles, über Stämmen der Blähungen unter den kurzen Rippen mit Kreutzschmerzen, und über vielen Schleim im Munde, den sie immer auszuwerfen genöthigt war. — Ignatia. Vollkommen wohl.
1018-1024: Rau, G. L., 1824, Über den Werth des homöopathischen Heilverfahrens, Heidelberg, p. 185-186: L. K., eine achtzehnjähriges Mädchen, hatte mehrere Jahre an hysterischen Krämpfen gelitten, als ich um Rat gefragt wurde. Sie kam häufig Anfälle von drückendem klemmenden Schmerz in der Stirne und dem Hinterkopfe, wobei das Gesicht roth wurde, die Augen thränten und die Sehkraft abnahm. Dann wurde der Schlund krampfhaft zusammengezogen, das Schlingen erschwert, wobei vieles Aufstoßen erfolgte, welches dem Schluchzen nahe kam. Die Brust wurde zusammengeschnürt, das Athemholen erschwert. Der Nacken wurde steif, der Kopf zitterte, in Armen und Beinen erschienen Zuckungen mit halbem Bewußtseyn. Die Scene endigte mit tiefem Seufzen, worauf betäubter Schlaf eintrat. Das Gemüth der Kranken war sehr reizbar. Sie konnte sich leicht betrüben. Ignatia. Weg waren alle Krämpfe.
1025-1027: v. Sonnenberg, 1825, ACS 4.1.114-115: Johann Drechsler, 19 J. Im Gelenke des Oberarms, bei Zurückbiegung des Arms, empfindet er einen überaus heftigen Schmerz, wie nach übermäßiger Arbeit, wie zerschlagen, oder als wäre der Oberarm verrenkt. Beim Einwärtsdrehen des Arms erleidet er sehr heftiges Stechen im Gelenke. Heftigen Schmerz in den Knochenröhren des Arms, er glaubt die Knochen seyen zerbrochen; nie war er nachts auf dem leidenden Theile gelegen, fühlte er im Augenblicke Linderung. — Ignatia. Vollkommen wohl und gesund.
1028-1030: v. Pleyel, J. C. W., 1826, ACS 5.1.92: Maria Golser, 19 J., wurde seit zwei Tagen von heftigen Mutterkrämpfen befallen. Ein klammartiger, bald einwärtspressender, bald auswärtsdrängender Schmerz in der Schoßgegend, welcher sich bis in die rechte Unterbauchgegend zieht, wobei ihr der Athem ausbleibt, mit Wabblichkeit und Gefühl von Schwäche in der Herzgrube; wenn sie sich auf den Rücken legt, oder die schmerzhaften Theile drückt, vergeht der Schmerz. Bald zur Weinerlichkeit, bald zur Fröhlichkeit geneigtes Gemüth. — Ignatia. Vollkommene Genesung.
1032-1036: Bigel, 1826, ACS 5.2.36-40 (ANN 2.59-60): Une femme de 30 ans. Tremblement et renversement des membres; ils se raidissent comme dans l'épilepsie; la face est alternativement rouge et pâle, la salive immense, la connaissance disparaît de nouveau, à plusieurs reprises; dans les momens lucides elle porte la main sur le bas-ventre, avec un signe de douleur, qui m'invite à y regarder, une tumeur de la grosseur de la tête d'un enfant

s'était formée dans le flanc droit, c'était la boule hystérique, si commune aux femmes sujettes aux spasmes de l'utérus, mais d'une grandeur démésurée. Elle causait à la malade une sorte de suffocation; les urines s'écoulaient involuntairement. — Ignatia. Santé parfaite.

1037-1042: Spohr, 1827, PMG 27.42-47: Hr. B., einige und dreißig J. Restbeschwerden nach Nux vom.: Ich glaubte einen Stillstand in der Besserung zu bemerken, weil der Kranke mir wieder etwas mißmuthig vorkam, da er hingegen vorher allemal, wenn ich zu ihm kam, sehr zuversichtlich gewesen war. Der Kopf ziemlich leicht, ohne Schmerz. Noch Kurzathmigkeit, jedoch nicht mehr so stark. Trägheit im Körper beim Gehen, aber kein Zittern mehr. Noch Kreuzschmerzen hinten in der Nierengegend. Gegen Abend Geschwulst des rechten Fußes und Schienbeins. Der Stuhlgang noch nicht ganz regelmäßig, bald dünn, bald hart, bald Morgens, bald Abends sich einstellend. Noch ein Drücken in der Gegend der kurzen Ribben auf beiden Seiten. Der vorhin beschriebene Erstickungszufall war nur einmal noch, aber weit gelinder gekommen, und hatte sich nach einem Aufstoßen sogleich gegeben. Noch zuweilen Klopfen im Unterleibe. Noch Störung des Nachtschlafs durch viele Träume. — Ignatia 12. Gänzliche Genesung.

1043-1055: Hauptmann, 1828, ACS 7.1.31-33: Rosalie Frankin, 52 J. Schwindel mit Flirren vor den Augen. Eingenommenheit des Kopfes, wie ein starkes Drücken, vorzüglich in der rechten Stirngegend, als wenn sie vorn jemanden geschlagen worden wäre, mit bohrendem scharfstechendem Reißen, tief im Gehirne. Die Augen waren etwas geröthet; drückend schmerzend mit Verschwärung der Augenlider. Die Nase trocken. Namenloser, rheumatischer Verrenkungsschmerz, so, als wenn ihr das Fleisch von den Knochen abgelöst würde; von der Achselhöhle bis in die Fingerspitzen. Dabei konnte der Arm nicht mehr willkürlich bewegt werden, war ganz gelähmt, und konnte nur mittelst des anderen Armes gehoben werden. Etwas Durst; doch unbedeutend. Kein Appetit zum Essen. Der Puls geschwind und schwach. Starke Hitze, besonders des Kopfs. Der Körper heiß und trocken, nur auf der Stirn etwas Schweiß. Stuhlgang selten und etwas hart, mit etwas Zwängen. Üblichkeit mit Unruhe (agitatio continua) mit großer Angst verbunden. Die Nächte brachte sie, der heftigen Kopf- und Armschmerzen wegen, ganz schlaflos zu. Sie fühlte in dem Arme noch eine Lähmungsschwäche, so daß sie den Arm nicht bewegen könne, welches auch den ganzen Tag anhielt. Sie habe viele und schmerzvolle Träume gehabt, und Abends sowohl als in der Frühe hätten sich die Kopf- und Armschmerzen wieder bedeutend eingefunden. — Ignatia. Beste Gesundheit.

1056-1067: Rückert, 1830, ANN 1.139-141: R., 16 J., erschrak in ihrem elften Lebensjahre heftig über Feuer, welches in der Nacht ausbrach; und ward darauf von starken, Veitstanz ähnlichen Krämpfen befallen, welche 16 Wochen anhielten und oft so heftig wurden, daß Patientin kaum im Bette erhalten werden konnte. Nach Anwendung vieler allopathischen Mittel ließen sie in ihrer Heftigkeit nach, man bemerkte jedoch stets etwas Auffälliges und Rasches in dem Wesen des Mädchens. In ihrem 14ten Jahre erschrak sie wieder vor einem Hunde, und von neuem erschienen bald die genannten Krämpfe. Auch diesmal verminderten sie sich zwar nach und nach bei allopathischer Behandlung; im Körper blieb aber eine bedeutende Schreckhaftigkeit, und bei Gemüthsbewegungen Neigung zu kleinen Rückfällen vorhanden. Vor einem Vierteljahre zeigte sich ein Ausschlag um den Mund herum, der durch Anwendung von Salbe vertrieben ward. Bald darauf ward das rechte Auge und die Nase krampfhaft afficirt und die Krämpfe zeigten sich von neuem. Das blonde Mädchen hat eine blasse Gesichtsfarbe, das rechte Auge ist entzündlich geröthet, die Augenlider geschwollen, Nachts schwären sie zu. Sie sieht öfters schwarze Punkte und Fleckchen vor den Augen. Die Nase geschwollen, dick, die Geschwulst geht auf die Backen über — innerlich ist die Nase verstopft, es bilden sich Krusten in derselben. Der Appetit ist gering. Anfallsweise kommen die Krämpfe, aber sehr häufig am Tag. Sie muß viel und fast krampfhaft gähnen. Das Sprechen fällt ihr schwer, die Zunge ist gleichsam wie zu lang. Alle Theile am ganzen Körper fangen an sich zu bewegen, sie greift mit den Händen um sich, kann keinen Gegenstand sicher ergreifen, sondern kommt daneben, sie wackelt mit dem Kopfe, bewegt den Körper hin und her, rückt die Füße nach allen Seiten. Wenn man z. B. einen Arm anfühlt, ist alles gleichsam lebendig unter der Hand, indem alle Flecksen zucken. Das Gehen ist dabei unsicher, weshalb sie, auch bei einem Gefühle allgemeiner Kraftlosigkeit, fast den ganzen Tag sitzen bleibt. Der Wille vermag nichts über dieses krampfhafte Ziehen. Nachts kann sie schlafen, bei Ruhe der Muskelbewegungen. Zu arbeiten vermag sie gar nichts. Ihr Gemüth ist gelassen, ruhig, jetzt aber um ihre Gesundheit besorgt. — Ignatia 6. Es ward täglich besser.

1068-1079: S., 1830, ANN 1.137-139: Carl Wendt, 18 J. Im April des Jahres 1827 bekam er, nachdem er den Tag über sehr verdrießlich und in sich gekehrt war, auch nicht mit den gehörigen Appetit gegessen hatte, plötzlich einen vollkommenen epileptischen Anfall. Ich fand den Kranken tief athmend, mit verdrehten Augen, blassem, mit kaltem Schweiße bedeckten Gesichte, blauen Lippen, zwischen welchen etwas schaumicher Schleim hervordrang, fest geschlossenen Kinnbacken und eingeschlagenen Daumen, unter einzelnen Zuckungen der Glieder und Gesichtsmuskeln, ohne Bewußtseyn auf dem Kanapee liegen. Außer dem bedeutenden Frequenz und Härte des Pulses, so wie starkem Herzklopfen konnte ich nichts Normwidriges auffinden. Von den Ältern erfuhr ich, daß der Anfall ohne alle Vorboten beim Gehen durch die Stube gekommen sey, wobei der Kranke bewußtlos niedergesunken und unter äußerst beschleunigtem, tiefem Athem, mit Händen und Füßen um sich geworfen hätte. Als Gelegenheitsursache konnte ich nur eine den Tag vorher mit seinen Kameraden gehabte Ärgernis ansehen, und dies um so mehr, da der Kranke bei solchen Auftritten nicht aufbrausend, sondern verschlossen und düster blieb. Er klagte nun über starke Übelkeit, heftigen nach außen pressenden Kopfschmerz, der sich durch Aufrichten und Bewegen vermehrte und Schwindel verursachte, Zerschlagenheit am ganzen Körper und Schläfrigkeit. Der Patient schlief bald darauf wieder ein, wobei er öfters zusammenfuhr und sich eine allgemeine trockene Hitze über den Körper verbreitete. Nach diesem Schlafe, der gegen 2 Stunden dauerte und mit beunruhigenden Träumen begleitet war, erwachte er mürrisch, klagte über fordauernde Übelkeit und bittern Geschmack; Kopfschmerz, vorzüglich in der Stirne; Schmerz tief im Halse, wärend und außer dem Schlingen, und hatte weder Lust zum Sprechen, noch konnt etwas vorzunehmen. Die Zunge war stark gelb belegt und der Puls noch klein und härtlich. Die folgende Nacht wurde unter furchtbaren Träumen hingebracht und beim Frühstücke kehrte der vorher beschriebene Anfall in weit stärkerem Grade und in längerer Dauer zurück, und ein Gleiches fand in den Abendstunden desselben Tages Statt. Die Convulsionen waren dabei heftig und hielten gegen 10 Minuten an, worauf die Körper eine lange Zeit starr und steif blieb. — Ignatia 9. Verdünnung. Wie umgestimmt in seinem Gemüthe. Blieb frei von allen Beschwerden.

1080-1097: S., 1830, ANN 1.166-169: Der Gemeine Andreas, 28 J. Den Fieberanfällen geht erst eine Zeit lang öfteres starkes Gähnen, später Dehnen und Recken der Glieder vorher; dann tritt Nachmittags gegen 2 Uhr heftiger Schüttelfrost, vorzüglich am Rücken und den Armen, ein, wobei der Kranke Durst auf kaltes Wasser hat. Nachdem dies eine Stunde angehalten hat, erscheint Hitze am ganzen Körper, die Füße ausgenommen, welche kalt bleiben; diese wird aber von dem Kranken nicht bemerkt, sondern klagt immer noch über innerlichen Schauer, obgleich die Wangen roth sind und die Haut warm anzufühlen ist; nur erst mit der einen Stunde später eintretenden allgemeinen Schweiße verliert sich der Schauer, und es wird dem Kranken nun auch innerlich warm. Der Schweiß dauert mehre Stunden, und hinterläßt eine allgemeine Mattigkeit. In der Hitz- und Schweißperiode ist kein Durst vorhanden. In kurzen Absätzen erscheinendes und von innen nach außen zu kommendes heftiges Pressen im ganzen Kopfe, mitunter auch Reißen in der Stirne, welches beides sich durch ruhiges Liegen vermindert wird, schon den Morgen vor dem Fieberanfalle anfängt, aber während desselben am stärksten ist. Dumpf drückenden Schmerz in der Herzgrube. Beklemmung der Brust. Einige Tage später Appetitmangel; jetzt ist der Appetit gut, fast stark zu nennen; und die Speisen haben ihren richtigen Geschmack. Nach mehrmaligem vergeblichem Nöthigen zum Stuhle erfolgt gewöhnlich täglich einmal eine harte Darmausleerung. Schwere in den Gliedern, vorzüglich in den unteren Extremitäten, mit Schmerz in den Gelenken. In der fieberfreien Zeit hat er bei der geringsten Bewegung große Müdigkeit, mit Gehen Zusammenknicken der Kniee. Der Schlaf ist des Nachts tief und fest, mit schnarchendem Athem begleitet. In und außer den Fieberanfällen, wider seine Gewohnheit, äußerst wortkarg und immer vor sich hin dusselnd; sitzt oder liegt er so dem Anscheine nach in Gedanken da, und redet man ihn an, so fährt er zusammen und erschrickt. Die Zunge ist weißlich belegt und feucht. Die Lippen sind aufgesprungen und trocken. Das Gesicht außer dem Fieberanfalle und während der Frostperiode blaß, und die Augen matt. Der Puls klein und während des Fieberanfalles etwas geschwinder. — Ignatia 9. Am 8ten Tag konnte A. ohne alle Beschwerde seinen Dienst wieder verrichten.

1098-1106: Schröter, 1830, ANN 1.254: J. G., 40 J., hatte im 20sten Jahre die Krätze, die schnell vertrieben wurde, und worauf damals eine Lähmung erfolgte, die jedoch nach einigen Monaten von selbst verging. Am 30sten Juni bekam er ohne bekannte Veranlassung einen Schmerz im Magen, und da dieser immer mehr zunahm, wendete er sich den 2ten Juli an mich. Er klagte über vielen Schleim im Munde, sauern Geschmack des Speichels, Appetitlosigkeit gegen Speisen, Getränke und Tabackrauchen, Aufschwulken des Genossenen, Schlucksen, Brennen im Magen, feines Stechen in der Herzgrube, die beim Daraufdrücken empfindlich ist, welches ein Gefühl von Schwäche und Leerheit daselbst; Kneipen im Unterleibe, mit schleimigen Stuhlgängen; der Magenschmerz ließ ihn des Nachts nicht schlafen, und wenn er endlich einschlief, erschrickt er dabei; das Gemüth sehr verängstlich und unduldig. — Ignatia, IV, nach wenigen Tagen waren alle seine Beschwerden beseitigt.

1107-1109: Bigel, 1831, ANN 2.65 aus Bigel, II.223: Art Opisthotonus bei einem Kinde, entstanden durch Schrecken, bei einem Falle vom Stuhle: tonischer Krampf, der den Kopf und den Rücken gebeugt hält, so daß er durch keine Gewalt in seine natürliche Stellung gebracht werden kann; erschwerte Repiration; blaues Gesicht, erweiterte Pupillen; erschwertes Schlucken des Getränkes. — Ignatia.

1110: Rummel, 1831, ANN 2.126 aus Rummel, Bemerkungen und Versuche über das Hahnemann'sche System, 93. Ignatia. Durch bald nacheinander zwei Mal gereichte Gabe, wegen Verschlimmerung auf die erste; und mit Beihilfe von Ipec., Spong., Stannum und Chin. Chronischer Husten, trocken, auch Nachts, aus der Luftröhre kommend, Schmerz im Unterleibe erregend, mit Schmerz und Beengung in der Brust.

1111-1127: Gaspary, 1831, ANN 2.206-208: Herr H. B., 53 J. Kantor. Seit einigen Monaten eine Halskrankheit. Kopfschmerz, Reißen über die Stirn, mit Drücken im Vorderkopfe, Trübheit der Augen, besonders Abends mit Gefühl, als wenn Thränen darin wären, die er abwischen müßte. Ziehen und Stechen in beiden Ohren, welches durch Zuhalten derselben gemindert wurde. Reißen in der rechten Backe, mit Geschwulst der Ohrdrüse auf derselben Seite, und Stichen in derselben, außer dem Schlingen. Unbestimmlicher Zahnschmerz der rechten Backzähne. Gaumen, Mandeln und Zapfen entzündlich, stark geröthet, Gefühl, als wenn diese Theile roh, und von der Oberhaut entblößt wären. Der Zapfen ist verlängert. Stechendes Halsweh außer dem Schlingen, durch Husten, tiefes Athmen und Singen sehr vermehrt. Öftere Neigung zum Schlucken, mit Gefühl, als wenn ein Pflock im Halse stäcke, den er (glaubend, es sei Schleim) hinunter schlucken wollte. Nach dem Essen Gefühl, als wenn etwas von den Speisen in der Kehle stecken geblieben wäre, welches er durch Schlucken oder Raksen entfernen wollte, es ging aber weder hinunter, noch hinauf; dies Gefühl verursachte ihm einen Druck längs des ganzen Oesophagus, und Vollheit auf der Brust, mit Reiz zum Husten, er zwang sich daher öfters zum Husten, wodurch, wenn er etwas Schleim aushustete, er auf der Brust auf einige Minuten Erleichterung fühlte, die Rauhigkeit im Hals wurde aber dadurch nur vermehrt. Guter Appetit, richtiger Geschmack, mit Furcht etwas zu genießen, es möchte im Halse stecken bleiben, und die zuvor genannten Beschwerden erhöhen. Leibschneiden mit Blähungskolik, Knurren, Unruhe, und bisweilen Schmerz in den Gedärmen. Obstructionen, mit Schmerzen in den Hämorrhoidalknoten, Jücken am After. Stockschnupfen. Rheumatisches Ziehen im Nacken, mit Steifheit desselben. Gliederreißen und Schulterschmerzen, mit Ziehen dann und wann. Schlaflosigkeit mit Ängstlichkeit. Melancholische Gemüthsstimmung: er ist stille, ernsthaft, zu keiner Unterredung zu bewegen. Vermeidet das Sprechen, fürchtet, die durchströmende Luft könnte sein Halsübel verschlimmern. Er ist mürrisch, grämlich, ärgerlich, unzufrieden, und ist wegen seiner Zukunft sehr besorgt: fürchtet, da er nicht mehr singen kann, so würde er seine Familie nicht ernähren können. — Ignatia II., Besserung. Noch Puls., ganz wohlbefindend.

1128-1141: Tietze, 1831, ANN 2.210-211: Rosalie R., 11 J. Beide Tonsillen stark geschwollen, entzündet, und mehre kleine Geschwürsöffnungen, mit Eiter gefüllt, an denselben. Die ganze Rachenhöhle roth, entzündet. Zunge mit zähem, weißem Schleime belegt. Fader, weicher Geschmack im Munde, und odiöser Geruch aus demselben. Stechende Schmerzen im Halse, außer und während dem Schlingen, am ärgsten nach dem Schlingen. Stiche bis ins Ohr, beim Schlingen. Die Mundwinkel und das Rothe der Lippen mit kleinen Schorfen und Ausschlag besetzt. Die rechte Ohrspeicheldrüse geschwollen, härtlich beim Befühlen, jedoch nicht schmerzhaft. In der Ruhe fahren einzelne Stiche durch die Ohrspeicheldrüse, auch etwas härter als gewöhnlich. Urin wie Lehmwasser trübe. Mehrentheils Frost, vorzüglich in den Füßen. Nachmittags, Hitze mit rothen Wangen, und zugleich Frost in den Füßen, mit Kälte derselben. Gesicht eingefallen. Schwindel im Kopfe. Reißen in der Stirne. Gemüth traurig, niedergeschlagen, weinerlich. Schlaf unruhig, mit öfterem Erwachen. In den Nachmittagsstunden geht es gewöhnlich besser. — Ignatia VI. Nach 3 Tagen völlig hergestellt.

1142-1146: Hartlaub, 1832, ANN 3.396-397: Beiträge zur Behandlung der Wechselfieber. Frost mit Durst; darauf Hitze ohne Durst. Den Frost habe ich mit und ohne äußere Kälte beobachtet; er war mehrentheils ziemlich stark; manchmal sehr stark, mit Schütteln und Werfen der Glieder. Einmal ging das Kältegefühl vom Bauche aus. Der Durst war meist stark, öfters ungeheuer stark; gewöhnlich war er gleich mit dem Eintritte des Frostes da. Bei der Hitze sind kalte Füße und innerlicher Schauder, zugleich mit Backenröthe beobachtet worden. Sie kann trocken oder mit Schweiß verbunden sein. Abart: wo der Durst durch den ganzen Theil der Hitze, jedoch geringer, fortdauret, oder wo er selbst im Anfange der Hitze (und im Froste) noch am ärgsten ist, dann aber sich legt. Ignatia diente in ein- und dreitägigen Fiebern, und bei vorsetzendem Typus.

1147-1163: Gaspary, 1832, ANN 3.405-407: F. P., munteres Mädchen, 12 J., hatte die Feiertage viel, namentlich vielen Kuchen und einige harte kalte Eier gegessen, und war viel bei nasskalter Witterung herumgelaufen. Kopfschmerz, der besonders in der Stirn recht heftig war. Blasses, erdfahles, gelbliches Gesicht. Erweiterte Pupillen. Trockenheit und Zittern der Lippen. Dicker, schleimiger Zungenbeleg, von schmutzig gelbem Ansehen, mit Trockenheit am Gaumen und im Rachen. Es roch der kleinen Patientin recht häßlich aus dem Munde. Aufstoßen, Übelkeit, und was sie genießt bricht sie wieder mit vielem Würgen aus. Bitterer Geschmack, alles schmeckt ihr bitter. Kein Appetit, Speissen ekeln sie an, wenn sie solche sieht. Viel Durst auf Wasser, sie hat kaum getrunken und verlangt schon wieder zu trinken. Schmerz und Drücken, Vollheitsgefühl in der Herzgrube. Leibschneiden und Schmerzen, durch Druck auf den Leib vermehrt. Faule, stinkende Stühle, zwei bis dreimal täglich, mit Schneiden und Leibweh vor dem Stuhlgange. Sie liegt wie im Schlummer, ist betäubt, und kann sich kaum ermuntern. Sie kann nicht in Schlaf kommen, wegen Hitze und vielen Durst. Der Puls ist klein, härtlich, oft intermittirend, die Haut trocken, heiß. Mattigkeit, Patientin kann nicht aufrecht im Bette sitzen, fällt gleich um, beim Trinken muß man sie halten; will sie zu Stuhle aufstehen, so muß sie festgehalten und unterstützt werden. Auf Ipecac. sprang die febr. gastrica in eine Tertiana um, mit Frost, Hitze, Übelkeit, Kopfschmerz, ohne Durst. Ignatia, erholte sich sehr schnell.

1164-1166: Schrêter, 1833, ANN 4.179-180: K. M., 32 J., litt seit 2 Wochen am Fieber, welches seit 5 Tagen täglich um 2 Uhr kam, mit Kälte begann, welche 1/2 Stunde andauerte; dann kam Hitze, welche gleichfalls 1/2 Stunde währte, mit vielem Durst, worauf starker Schweiß ausbrach, und 1 Stunde dauerte. Einige Tage später; das Fieber kam täglich, Abends um 1/2 6 Uhr, die Kälte dauerte 1 1/2 Stunden, dann erfolgte 1/2 Stunde lang Hitze mit Durst, dann Schweiß mit Durst, Ohrensausen und Ohrenstechen; seit einigen Tagen Stuhlverstopfung. Ignatia X hob die ganze Krankheit binnen 2 Tagen.

1167: Rummel, 1833, Haas, Repertorium für homöopathische Heilungen und Erfahrungen, 2. Auflage, Leipzig, p. 32 aus Hufeland, 67: Periodische Unterleibskrämpfe, bei einer sensiblen Frau.

1168-1169: Dessaix, P., 1833, BBG 2.161-163: Un jeune homme, bien portant et bien constitué, est vivement frappé sur la paupière gauce par un assez gros morceau de sucre, sorti de la main d'un convive de trop bonne humeur à la fin d'un dîner. Aussitôt douleur vive et inflammation prompte. Usage continuel d'eau de roses en compresses et en lotion. Douleurs très-aiguës, anxiété, insomnie; l'oeil très-rouge, ne se laisse entrouvrir qu'avec peine, il redoute la moindre lumière; compresses et globules d'arnica. Point d'amélioration pendant 24 heures; 30 heure s'écoulent encore sans remèdes comme sans amélioration. Il s'en trouvait un surtout qui me paraissait caractéristique; la présence d'un grain de sable qui roule sous les paupières. Ignatia 30. Wiederhergestellt.

1170-1175: Widnmann, 1834, AHZ 4.328-329: Mädchen, 15 J. Ungeheurer Schmerz an der linken Seite der Stirn über den Augenbrauen, der sich nach derselben Seite hinzog, in so hohem Grade, daß sie wie ein unbändiges Kind weinte und jammerte, und Tag und Nacht unausgesetzt davon gefoltert wurde; die leiseste Berührung der leidenden Stelle war ihr unerträglich; zugleich zeigte sich in der Gegend des linken Schirnhügels ein kleines rundes Fleckchen von der Größe eines Flohstiches und von bräunlich-roter dunkler Farbe, das einen schwarzen Punkt in der Mitte hatte und bei der geringsten Berührung so schmerzend war, daß sie laut aufschrie, und ihr Thränen aus den Augen liefen. Nach Arsen nahm der Schmerz ab, nur blieben Zuckungen danach in den Armen und Beinen zurück, die in schnellen Rucken die Kranke alle Minuten erschütterten. Den Tag danach fing der Schmerz mit gleicher Heftigkeit Morgens 8 Uhr wieder an. Um 8 Uhr Morgens Frostanfall. — Ignatia oo/IV. — In 7 Tagen vollkommen gehoben.

1176-1179: Knorre, 1834, AHZ 5.168: Sensible Stillende. Die Menstruation erschien aller 10—14 Tage. Vor und während derselben beklagte Patientin sich über Schwere und Hitze im Kopfe, heftige drückende Schmerzen in der Stirne, Empfindlichkeit der Augen gegen das Licht, Ohrenklingen, Appetitlosigkeit, Gefühl von Leere im Magen, zusammenziehenden Schmerz im Unterleibe, Frösteln abwechselnd mit Hitze, Ängstlichkeit, Herzklopfen, Ohnmachtähnliche Mattigkeit im ganzen Körper, und besonders den Extremitäten — Seitenende, keine Fortsetzung.

1180-1283: Würzler, 1834, „Zusammenstellung von Krankheitssymptomen, welche durch die beistehenden Mittel geheilt wurden. Ausgezogen aus meinem Krankenjournale im Herbst 1834", Seite 116-122, ein unveröffentlichtes Manuskript im Besitze des Instituts für Geschichte der Medizin der Robert Bosch Stiftung in Stuttgart, für dessen Zurverfügungstellen ich mich an dieser Stelle besonders herzlich bedanken möchte (G. v. Keller).

1284-1295: Hromoda, I., 1834, ACS 13.3.120-128: Anna Schwab, 12 J. Blieb, einen Ausschlag auf dem Kopfe abgerechnet, der mit einer grauen Salbe abgeheilt wurde, bis in ihr sechstes Jahr gesund. Ein kam in diesem Orte in des Nachbars Hause Feuer aus, das zugleich auch ihre Wohnung mit ergriff. Sie war in Gefahr, zu ersticken, doch gelang es dem Muthe eines Knechts, sie zu retten. Von dieser Zeit an (ohngefähr ein Vierteljahr darauf) jedesmal in der neunten Frühstunde, derselben Stunde, wo sie in Gefahr war, zu verbrennen, wurde sie niedergeschlagen, ängstlich, unwohl, und mußte sich zu Bette legen, ohne einen besonderen Schmerz zu fühlen. Dieser Zustand wiederholte sich täglich. Die Unbehaglichkeiten wurden heftiger, und sie konnte jetzt oft nicht geschwind genug das Bett erreichen; denn wenn sie es nicht gleich that, so schwindelte, oder drehend wurde sie. So hatte sich dieser Zustand ein halbes Jahr hindurch täglich verschlimmert, und da sich nun Zucken im Gesichte und den obern und untern Extremitäten einstellte, wurden die Ältern ängstlich. Das Kind ward täglich schlechter, und schon sein Zufall, der im Anfange nicht länger, als eine halbe Stunde angehalten hatte, dauerte jetzt stets sechs Stunden, und war oft so stark, daß es mit Kopf, Händen und Füßen gewaltig um sich schlug, so daß man es halten mußte. Das

Aussehen der Kranken war sehr elend, wiewohl sie, außer dem Anfalle, der täglich drei bis viermal kam, nicht die geringsten Schmerzen verspürte. Nur etwas Kälte empfand sie den ganzen Tag, selbst wenn sie schon eine Zeit lang Abends im Bette war. Erst nach einer Stunde wurde sie da warm, und dann kam sie sogar in Schweiß, und schwitzte fort bis früh. Der Stuhlgang war etwas fest, und erfolgte nur in zwei bis drei Tagen einmal, aber keineswegs hart. Wenn der Anfall kömmt, wird sie sehr ängstlich, so daß sie um Hülfe zu schreien gezwungen ist, und doch bringt sie nichts als einen kreischenden Ton hervor. Sie fühlt eine Beklemmung auf der Brust zum Ersticken, und muß sich nun unwillkürlich in die Höhe strecken, wobei der Kopf nach rückwärts zwischen die Schultern gezogen wird. Jetzt verliert sie das halbe Bewußtseyn, und wenn man sie nicht hielte, würde sie zusammenstürzen. In dem Augenblicke, wo dieß geschieht, ballt sie die rechte Hand zur Faust, und schlägt sich damit ungeheuer schnell mit einer solchen Kraft auf die Brust, daß ein Mann sie zu halten, ohne ihr den schwachen Arm zu brechen, kaum im Stande ist. Obgleich sie alles weiß, was geschieht, so ist sie doch in diesem Augenblicke nicht im Stande, einen ähnlichen Schrei, wie im Anfange, hervorzubringen. Dieß dauerte sechs bis acht Minuten, dann hört sie mit dem Schlagen auf, streckt sich gewaltig, und mit einem tiefen Seufzer endete dieser Zustand. Hierauf wird sie ganz ruhig. Außer dem Anfalle ist sie heiter, sogar lustig. Der Puls schlägt während des Paroxysmus sehr schnell, außer demselben normal. — Ignatia /IV. Seit dieser Zeit bis heute völlig gesund.

1296-1299: Bethmann, 1834, ACS 14.1.136: Frau, 24 J., welche bei guter Gesundheit ein ziemlich reitzbares Nervensystem hatte, war durch die Nachricht, daß ihr Mann in der Saale verunglückt sey, so heftig erschrocken, daß sie auf der Stelle Konvulsionen mit Zittern und Verdrehen der Glieder bekam, wie man es bei epileptischen Personen zu finden pflegt. Die Gesichtsfarbe wechselte oft von roth in's blaß, aus dem Munde lief viel Speichel, und das Bewußtseyn fehlte zuweilen ganz. Die Respiration war beklemmt, wurde aber immer freier und erheischte die schleunigste Hülfe. — Ignatia 12, vollkommen hergestellt.

1300-1308: Hartlaub sen., 1832, ANN 3.41-42: Madame R-a, 32 J. Erkrankte, als sie eben wieder ein Wochenkind an der Brust hatte; sie bekam Abends Frost und rheumatische Schmerzen stechender Art in der rechten Brustseite, in den Schultern und mehrern andern Theilen. Die Milch blieb bald weg. Ich fand sie mit dicken Betten zugedeckt, und in einem sehr aufgeregten Zustande; sie hatte Furcht vor dem Tode, dem sie nicht entgehen zu können glaubte, weinte viel, und, wenn man sie durch Zureden beruhigt hatte, lachte sie über ihre Verzagtheit. Es war kein bestimmtes Fieber da, doch der Puls beständig klein und beschleunigt, und nach geringfügigen Anlässen, auch nach dem Essen weniger Speise, trat gleich Hitze und Schweiß ein. Der Durst war mäßig. Gänzlicher Appetitmangel und Eckel vor Fleisch; die Zunge etwas belegt. Seit mehrern Nächten durchaus kein Schlaf; will sie einschlafen, so schreckt sie auf und die Glieder zucken. Mattigkeit. — Bell., minder aufgeregt. Ignatia 12, nach 8 Tagen völlig wohl.

1309: Müller sen., 1834, PBG 1.51-52: Schwächliches Mädchen, 11 J. Mir wurde klos berichtet, daß sie nach einem gehabten Schreck, indem sie den aufgehenden Mond, aus ihrem Bette gesehen, für ein aufgehendes Feuer gehalten hatte, angefangen habe, allerhand wunderliche Bewegungen und Verdrehungen der Glieder, von denen auch der Kopf nicht frei bliebe, zu machen, die binnen 14 Tagen so zugenommen haben, daß sie nicht mehr im Stande sei, zu gehen, oder ihre Hände zum Essen ordentlich zu gebrauchen. Früher habe sie an Kopfausschlägen gelitten. — Ignatia IVooo. Vollkommene Beseitigung.

1310-1311: Schulz, 1834, PBG 1.179-180: Specht in M., 10 J., litt seit einigen Monaten an einem Tertianfieber unter folgender Gestalt. Fieber alle 3 Tage; Frost, verbunden mit großem Durst, Übelkeiten, auch zuweilen Erbrechen, darauf Hitze ohne Durst, reißendes Kopfweh in der Stirn. In der Apyrexie: Kopfschmerz wie vorhin, Gesichtsblässe, wenig Appetit, Druckschmerz in der Herzgrube, Mattigkeit in den Gliedern. — Ipec. und Ignatia IV. Alle Leiden verschwunden.

1312-1313: Weigel, 1835, AHZ 6.139: Bei dem Gebrauch von Ignatia IV/oo zeigte sich bei einer seit 3 Jahren an, in Folge von Kränkung und Ärger entstandener Epilepsie Leidenden, welche seit jener Zeit immer noch einen innern Groll und stille Kränkung in sich nährte und somit auch den bisher fast täglich öfter (2—6 Mal) eingetretenen epileptischen Anfällen Nahrung gab, nach dem Gebrauch des 2. Pulvers, ein 2 Tage lang anhaltendes unter Hüsteln (Küstern) zu Tage kommendes Auswerfen von mit Schleim gemengtem, dunkelrothem, so zu sagen, wie verbrannt aussehendem Blute. — Die Anfälle schwiegen.

1314-1317: Segin, 1835, HYG 2.165-166: Am Vorabende des Tages, an welchem ein zartes, empfindsames Mädchen von 23 Jahren ihre PEriode erwartete, die auch sonst oft unter Schmerzen erschien, suchte ein roher Gassentreter im Vorbeigehen die am offenen Fenster Sitzende zu kränken; sie erschrack sehr, und der Kummer über die erlittene Beleidigung ließ sie in der folgenden Nacht keine Ruhe finden. Gegen Morgen erschien die Reinigung und mit ihr eine heftige, Erstickung drohende Brustbeklemmung, welche wie ein Krampf aus dem Unterleib heraufzusteigen schien, das Athmen glich nur einem Schluchzen und geschah nur in kurzen Stößen; heftiges Weinen mit starkem Thränenstrom bereitete den jedesmaligen Anfall, der dann alle 10—15 Minuten wiederkam, vor. Die ängstliche Mutter verlangt Hülfe, da die Tochter nicht annehmen will, meinend, es könne ihr nichts mehr helfen. — Ignatia 3/12. Kam mir lachend entgegen.

1318-1319: Schwab, 1835, HYG 2.182: J., ein Mädchen von 10 Jahren, hatte schon acht Tage heftige Fieberanfälle, welche täglich des Nachmittags wiederkehrten und jedesmal postponirten. Der Anfall begann unter heftigem Schüttelfroste, so daß das Kind in die Höhe geworfen wurde, bei drei Viertelstunden dauernd; gleichzeitige waren Glieder- und Kopfschmerzen, mit starkem Durste, vorhanden. Darauf erfolgte länger dauernde Hitze mit Kopfweh, und endlich Schweiß. — Ignatia 2/9. Blieb wohl.

1320-1321: Schwab, 1835, HYG 2.183-184: Mädchen, 20 J. Fieberparoxysmus, der folgendes Gepräge hatte: zweistündiger Schüttelfrost mit starkem Durste, darauf Hitze ohne Durst, in beiden Kopfweh; nach dem Fieber Abgeschlagenheit, belegte Zunge. — Ignatia 1/3. Kein Fieber mehr.

1322-1323: Schwab, 1835, HYG 2.184: D., ein Mädchen von 9 Jahren, hatte schon einige Anfälle von Tertianfieber, welches mit Frost und starkem Durste, und darauf folgender mäßiger Hitze, ohne Durst, auftrat. Gesicht und Augenweiß sahen ikterisch aus. — Ignatia 2/3. Fieber blieb weg.

1324: Schwab, 1835, HYG 2.187: H., Mädchen, 15 J., hatte wiederholt einen Anfall von Tertianfieber, mit Frost und Durst, und darauf folgender Hitze mit Brustbeklemmung. — Ignatia 2/12. Fieber blieb weg.

1325-1331: Munneke, 1835, ZHH 11.85-87: Mann, S., 37 J. Hatte sich schon mehrere Jahre mit seinem Leiden gequält, welches er sich durch eine Erkältung infolge eines im Gewitterregen durchnäßten, vorher erhitzten Körpers zugezogen haben will. Er habe ein sehr empfindliches Gemüth, sey zu innerlicher Kränkung geneigt, ärgere sich leicht und heftig, und wenn dergleichen Gemüthsaffecte ihm begegnet seyen, so bekäme er gleich sein Leiden, es träte dann folgendermaßen an: Zuerst bekäme er ein Gefühl, als läge ein Stein ihm im Magen, dieß dauere einige Stunden, dann werde ihm übel, die Magengend schwelle an, so stark, daß er eine ordentliche Wulst in der Herzgrube hätte, die sich zu beiden Seiten, unter den kurzen Rippen durch, bis zum Rückgrathe hinerstreckte; dabei wäre er kurzathmig, und sey ihm ängstlich zu Muthe; zugleich hätte er mitten auf dem Kopfe einen Schmerz, als wenn es da klopfte. Wenn er sich ins Bett lege, sich recht grade ausstrecke und den Kopf und Rücken etwas nach hinten neige, und dann warme werde, sey ihm noch am allerbesten. Nicht allein vom Ärger, sondern auch, wenn er nur ein bischen vom Regen durchnäßt werde, oder ein von Schweiß durchnäßtes Hemde nicht gleich auszieken und mit einem trocknen vertauschen könne, entstanden die Schmerzen. — Schwefel, Chamille, Ignazbohne, jedes Mittel in derselben Quantität, nur in niedrigeren Verdünnungen (Cham. 12. Ignat. 12 und 18) mehreremale gegeben, beseitigten von Julius bis September seine Leiden.

1332-1340: Neumann, 1835, PBG 2.146-147: Dame. Der Gemal konnte nach einem Unglück erst sehr spät nach Hause zurückkehren. Obwohl ein Officier zu ihr ging und ihr den Grundmittheilte, so glaubte sie, es wäre nur ein leerer Vorwand, um sie zu beruhigen, und konnte sich des Gedankens nicht entschlagen, daß ihr Mann auch zu den Verunglückten gehöre. Der Schreck und die Angst erzeugten einen Anfall von Starrkrampf, und die Patientin eine Stunde lang regungslos am Fenster stand und weder zu sehen, noch zu hören schien. Von dieser Zeit entwickelte sich nun folgender Krankheitszustand: Kopfschmerz, welcher nicht näher angegeben werden konnte. Nach dem Kopfschmerz Jucken auf dem Haarkopfe. Schwächegefühl im Unterleibe mit einem seufzenden Athemholen. Zitteriges Gefühl im ganzen Körper. Menses alle 14 Tage, dunkel, geronnen. Obstructio alvina. Weinerliche Gemüthsstimmung; Weinen ohne Ursache. Liebt die Einsamkeit, mag nicht ausgehn. Großes Schwächegefühl, wenn sie etwas arbeiten will, fallen die Arme gleich herunter. — Ignatia 30. Binnen 6 Tagen behoben.

1341-1343: J. K. in L., 1836, AHZ 8.151: Maria Wirth, 53 J. hatte seit 9 Wochen ein Quartanfieber. Zuerst Frost, darauf etwas Hitze mit wenigem Schweiß. Durst war vor und in dem Frost nur zugegen. Appetit hatte sie keinen. — Ignatia IVooo heilte.

1344-1347: J. K. in L., 1836, AHZ 8.151: Agnes Kuß, 28 J. hatte seit 5 Monaten das Quartanfieber. Der Frost zwar nicht heftig, dauerte zwei Stunden lang, darauf erfolgte mäßige, allgemeine Hitze mit heftigem Kopfschmerz, dann Schweiß. Durst war vor und im Froste nur. Im Paroxysmo Reißen in den Gliedern. Abneigung vor Fleisch und Kaffee. — Ignatia IVoo und Natr. mur. Xoo beseitigten das Fieber.

1348-1352: J. K. in L., 1836, AHZ 8.201: Maria Pollainer, etliche 30 J. bekam ein Tertianfieber, welches immer eine Stunde vorschritt. Im Anfalle starker Frost mit Brecherlichkeit, darauf Hitze mit Kopfschmerz, dann starker Schweiß. Durst war vor und im Froste zugegen. Zugleich klagte sie über Abneigung gegen Fleisch, und Schmerzen in dem Hypogastrio. Brod schmeckte ihr. — Nux vom. VIIIooo und darauf Ignatia IVooo heilten sie in 6

Tagen.
1353-1357: J. K. in L., 1836, AHZ 8.199: Maria Skerl, 3 J. Tertiana duplex. Der Anfall kommt mit starkem Frost, dann heftiger Hitze und darauf mit starkem Schweiße. Durst ist vor dem Frost und im Schweiße eingetreten. In der Hitze entstand Schlaf. Appetit hatte das Kind wenig und klagte über Schmerzen in den Füßen. Nux vom. Xo und Ignatia IVoo beseitigten gleich das Fieber.
1358-1362: J. K. in L., 1836, AHZ 8.233: Eine Magd. Zuerst bekam sie Frost in den Füßen, dann im Kreuze, dann bekam sie Hitze mit Kopfschmerz, dann Schweiß allgemein, Durst hatte sie vor und in der Kälte nur, keinen Appetit, Ekel vor Brod, seltenen harten Stuhl, sie klagte über Schmerzen in der Magengegend. — Ignatia IVooo, nächster Anfall viel schwächer, der 2te blieb aus.
1363: J. K. in L., 1836, AHZ 8.235-236: Margareth Suette, 14 J. bekam vom Schreck eine Art Veitstanz, welcher sie seit 8 Monaten belästigte. Der Anfall hat fast nie ausgesetzt, sie konnte nur liegen, weil sie beständig krampfhafte Bewegungen mit den Extremitäten, Kopfe, Munde und Augen machte, obschon sie dabei beim vollen Bewußtsein war. — Ignatia IVo und Stramonium heilten sie gänzlich.
1364-1370: Schwarze, C. F., 1836, Homöopathische Heilungen, Dresden und Leipzig, S. 18-22: Madame L. Einen Tag, zuweilen auch nur wenige Stunden vor den Regeln, die immer mit dem 28. Tage eintreten, fühlt sie schon eine Schwere und einen Druck in der Stirn bis in die Augen; diese Empfindungen ziehen sich dann mehr nach der einen oder der anderen Seite der Stirn über die Augenhöhlen und erstrecken sich auch wohl bis auf den Wirbel des Kopfes. Bevor jedoch diese Beschwerden sich stark hervortreten, sind die Regeln schon erschienen, und nun steigert sich der Kopfschmerz so, daß er regelmäßig 6 Stunden zu- und eben so lange abnimmt. So wie der Kopfschmerz einen gewissen Grad erreicht hat, beginnt das Erbrechen, welches oft wiederkehrt. Anfänglich bricht sie noch bei völliger Besinnung; diese nimmt aber bei jedesmaligem Erbrechen ab, und endlich bricht sie ohne alle Besinnung und delirirt in der Zwischenzeit unaufhörlich. Die Brechperiode hält 4—5 Stunden, die des Delirien 2—3 Stunden an. Jedes Geräusch, Sprechen, jede Bewegung etc. vermehrt diese Leiden. Das Tageslicht ist ihr unerträglich. Sind die ersten 6 Stunden vorüber, so nimmt der Kopfschmerz allmählig ab, und 6 Stunden später hat er so weit nachgelassen, daß er erträglich ist. Selten verläßt er sie jedoch unter 2—3 Tagen, und während der ganzen Zeit der Regeln muß sie das Bett hüten. — Ignatia 12., mehrere Zwischenmittel, nach Bandwurmabgang wieder Ignatia, jetzt beste Gesundheit.
1371: Hoffendahl, 1836, AHZ 9.241-242: Küster Jacobs Tochter, Sohn des Arbeitsmannes Blank und Knecht Walter. In Folge eines Schreckes von epileptischen Zufällen befallen. — Ignatia erwies sich als spezifisch.
1372-1379: Groß, G. W., 1836, ACS 15.3.30-36: Junges Mädchen von etwa 20 Jahren. Immer noch sucht sie an's Fenster zu kommen, will hinunter springen, fortlaufen, in's Wasser gehen u. s. w. und wir müssen solchen Versuchen stets mit Gewalt entgegentreten, weil gütliches Zureden und vernünftige Vorstellungen gar keinen Eindruck auf sie machen. Ganz ruhig ist sie nur zu nennen, wenn sie völlig ungestört ihren Ideen nachhängend daliegen und dieselben unaufhörlich in einem klagenden Tone aussprechen kann. Wird sie aber darin durch die geringste Veranlassung gestört, z. B. durch das Eingehen, Umkleiden u. s. w., so bricht die höchste Unruhe wieder aus und durch Schreien, Schlagen, Zerreißen dessen, was ihr zunächst ist, sucht sie sich uns zu widersetzen, indem sie unaufhörlich ruft: sie vernachlässige ihre Pflicht, breche ihren Eid. Mit dem Essen geht es eben so; wohl sechs mal schickt sie uns damit fort und eben so oft ruft sie uns wieder zurück und hat dann endlich gegessen oder getrunken, so bereut sie es halbe Stunden lang, wie sie sich denn überhaupt mit Gewissensbissen über die nichtswürdigsten Dinge beständig abquält. Am Körper, vorzüglich aber an den Beinen, ist sie sehr abgemagert. Der Schlaf ist nicht mehr fest, das leiseste Geräusch im Nebenzimmer wird von ihr gehört und beunruhigt sie. — Ignatia, 1. Potenz. Man könnte sie für geheilt ansehen.
1380-1382: Rückert, 1836, PBG 3.60-66: N., 58 J. Die Stuhlausleerungen erfolgen selten, schwierig und bei Mangel an Öffnung ist der Gemüthszustand jederzeit schlechter. Befand sich in einem sehr wechselnden Gemüthszustande und klagte sehr über den so erfolglosen Stuhldrang, wobei sich selten harter Koth entfernte. — Ignatia IV. Sogleich Stuhlausleerung und der Gemüthszustand war außerordentlich gut.
1383-1397: Tietze, W. A., 1836, PBG 3.101-103: Anton Kindermann, 23 J., bekam, indem er auf seiner Flucht aus Polen ergriffen und zum Tode verurtheilt wurde, vor Angst und Schreck einen Epilepsie-Anfall, der seit jener Zeit fast alle Wochen mehrmals repetirte. Bevor Patient den ersten Epilepsie-Anfall bekam, litt er viel an Schmären, und namentlich zuletzt an einem rheumatischen Schmerz in dem Arm, was kurz vor der neuen Krankheit heilte. Es wird ihm warm im Kopf, er wird im Gesicht roth, es wird ihm drehend; die Beine fangen ihm an zu zittern; es bricht Schweiß hervor; legt er sich jetzt nieder, so entsteht sehr schmerzhaftes Drücken in der Herzgrube, er fängt an zu schreien, der Odem wird kürzer. Es zieht ihm nun entweder in den Kopf, die Sinne schwinden ihm, er fängt an zu phantasiren; es wirft ihm den Kopf bald da bald dorthin, die Augen bewegen sich rasch in ihren Höhlen umher, oder sind zuweilen starr auf einen Punkt gerichtet; oder es kommt ihm in die unteren Extremitäten, wobei er die Besinnung behält, er wirft dann mit Armen und Füßen um sich, die Zähne sind eingeballt, oder die Glieder werden steif. Zuweilen biegen die Krämpfe den Kopf rückwärts und das Rückgrad ebenfalls nach hinten in einem halben Zirkel, dann schnellt es ihn plötzlich in die Höhe. Ein andermal arbeitet die Brust furchtbar, der Athem geht ungeheuer schnell und bleibt weg, das Gesicht wird leichenfarbig. Der Anfall kommt fast täglich, mehrmals nacheinander, dauert eine viertel bis eine halbe Stunde. War der Anfall schwach, so erscheint nach demselben Kopfschmerz, im rechten Schlafe, nach dem Scheitel hin, als wollte es denselben auseinander sprengen. War der Anfall stark, so bleibt der Kopfschmerz aus. Nach dem Anfalle Kraftlosigkeit, Zerschlagenheitsschmerz in den Gliedern. Cft steht er nach dem Anfalle auf und auf, als ob ihm nichts fehle und nichts geschehen wäre. — Ignatia 18. Keinen Anfall mehr.
1398: Weigel, 1836, PBG 3.129: Unverheiratetes Mann, 23 J. Eine vor drei Jahren in Folge eines Schreckens entstandene Epilepsie erschien auf Ignatia 18 nicht wieder.
1399-1425: Wohlfarth, 1836, COR 1.30-31: Der Typhus, für den Ignatia geeignet ist, befällt gewöhnlich nur das weibliche Geschlecht oder Jünglingsalter vor der Mannbarkeit. Der Kranke fühlt schon eine geraume Zeit vorher unbehaglich, dann tritt auf einmal, ohne sich stufenweise zu verschlimmern, ein Paroxysmus auf. Überhaupt treten die Anfälle mit einer größeren Heftigkeit auf. Das Fieber fängt Nachmittags an und währt bisweilen die Nacht hindurch. Der Kranke weiß seine Beschwerden bei der größten Unwohlsein, nicht deutlich zu beschreiben; er weiß nicht was und wo es ihm fehlt. Die Kranken sind wie außer sich, mit Ungeduld; glauben verzweifeln zu müssen; rufen die Anwesenden um Hülfe an. Die Kranken erschrecken leicht; auch sind sie bang, daß dieses oder jenes ihnen Schaden möchte. Der Kranke fühlt als, wenn er in einer Wiege oder Schaukel bewegt würde; jeder Lärm und jede Erschütterung vermehrt die Beschwerden. Die ersten Tage fangen die Paroxismen mit leichtem Frost und Kaltüberlaufen mit oder ohne Durst, worauf dann Hitze mit ohne äußere Röthe folgt, bisweilen mit Kaltüberlaufen, ohne Durst. In späterem Verlaufe geht die Hitze gar kein Frost voraus. Heftiges Gähnen mit Strecken der Glieder. Heftiges Kopfweh mit dem Öffnen der Augen, der das Öffnen der Augen nicht erlaubt, gewöhnlich klopfend, Helle verschlimmert. Schmerz im Genick, wie steif. Bitterer Mundgeschmack mit Trockenheit ohne Durst, der nur bei Frieren ist. Von der Herzgrube herauf bis in den Hals Drücken (choaking) mit Athembeengung, welches durch Aufstoßen gemildert wird. Drücken, wie von einem Stein in der Herzgrube; nicht zu beschreibendes Gefühl in der Herzgrube, wobei es an der Herzgrube herüber zu eng ist mit Kurzathmigkeit, als wenn der untere Theil in einem Schnürleib zusammengezogen wäre, gewöhnlich mit heftigem Herzklopfen, bis selten bis zur Ohnmacht erhöht; mit verschlossenen Augen scheint der Athem ganz still zu stehen. In einigen Fällen auch Convulsionen mit Zittern und Schütteln einzelner Theile. Diese Anfälle beginnen und endigen mit Gähnen und Dehnen. In der Magengegend Drücken, (Schaffen), Drehen; Leerheits- und Schächegefühl; bei Berührung etwas schmerzhaft. Mehrtägige Stuhlverhaltung. Heftige Rücken- und Gliederschmerzen, die Patient gewöhnlich nicht beschreiben kann; wie und wo sie sind; Schnarren durch die Glieder; Flechsenzucken. Nie Schweiß, sondern mehrentheils trockne Haut. Gänzliche Schlaflosigkeit: wenn sie anfangen zu schlummern kommen ihnen allerhand Phantasiebilder vor, worüber sie aufschrecken, so wie auch beunruhigende Träume.
1426: Wohlfarth, 1836, COR 1.31: Ignatia stillte in zwei Fällen augenblicklich die Convulsionen von Beleidigung und Ärger entstehend, in einem Falle mit Kinnbackenzwang.
1427: Wohlfarth, 1836, COR 1.31: Eine Frau bekam öfters Convulsionen mit Erbrechen, die mit einigen Intervallen gewöhnlich 2, 3, bis 8 Tage währten; nach Ign. konnte sie schon den nächsten Tag wieder in der Stube umhergehen.
1428-1432: Wohlfarth, 1836, COR 1.31: M. F. ein 10j. Knabe, hatte Frost mit heftigem Durst, trockne Zunge, bitterem Geschmack, Erbrechen, Schmerzen in der Stirn, dann Hitze, Schmerzen in der Magengegend, Zukken u. Schmerzen in den Gliedern—Acon. und dann Ign. beseitigte die heftige Krankheit in kurzer Zeit.
1433-1572: Boenninghausen, C. v., 1836, Versuch über die Verwandtschaften der homöopathischen Arzneien nebst einer abgekürzten Übersicht ihrer Eigenthümlichkeiten und Hauptwirkungen, Münster, p. 127-130: (Bei vielen Mitteln wird man Symptome finden, denen ein Sternchen (*) vorgesetzt ist. Ich verdanke sie, nebst noch vielen Anderen, schon Bekannten oder weniger Charakteristischen, der freundlichen Bereitwilligkeit eines ganz ausgezeichneten Beobachters, welcher zur Zeit noch Ursache hat, seinen Namen verschwiegen zu halten (Anm. d. Kompilators: Hierbei handelt es sich um Würzler, 1180-1283): Gedanken-und Gedächtnisschwäche, besonders nach heftigem

(innerem) Ärger. Schwere im Kopfe. Kopfweh, durch Bücken (vermehrt oder vermindert). Von Innen heraus drückender oder stechender Schmerz in der Stirn und Nasenwurzel. Kopfweh, wie von einem, von Innen nach Außen drückenden Nagel in den Schläfen oder Kopfseiten. Kopfweh von Verdruß und innerem Grame. Die Kopfschmerzen werden verschlimmert durch Kaffee, Branntwein, Tabakrauchen, Geräusch und Gerüche. Der Kopf wird rückwärts übergebeugt. Am Tage, beißendes Thränen der Augen (*besonders im Sonnenlichte), und nächtliches Zuschwären derselben. *Drücken in den Augen, als wäre Sand unter dem oberen Augenlide. *Geschwulst des oberen Augenlides, *mit bläulichen Adern. *Entzündung des oberen Theils des Augapfels, so weit er vom oberen Augenlide bedeckt ist. Konvulsivische Bewegungen der Augen. Zickzackartiges Flimmern vor den Augen. Lichtscheu. Brausen vor den Ohren, wie von starkem Winde. Harthörigkeit, *aber nicht für Menschensprache. Wundheit und Empfindlichkeit der innern Nase, *mit Geschulst derselben. Abwechselnde Blässe und Röthe des Gesichts. Eingefallenes, erdfahles Gesicht, mit blaurandigen Augen. *Schweiß bloß im Gesichte, (nicht einmal am Haarkopfe). Konvulsivisches Zucken in den Gesichtsmuskeln. Trockne, aufgesprungene, blutende Lippen. Zahnweh von Erkältung in den Backenzähnen, als wenn sie zertrümmert wären. Schwieriges Zahnen der Kinder mit Konvulsionen. Röthe und Entzündung der ganzen Mundhöhle. Stiche am Gaumen, bis ins Ohr hinein. Stiche im Schlunde, außer (nicht bei) dem Schlingen. Halsweh außer dem Schlingen, wie von einem Pflocke. Wie ein Knollen im Halse, mit Wundheitsschmerz daran beim Schlingen. Viel saurer Speichel im Munde. Speichelfluß. Beim Sprechen oder Kauen beißt er sich leicht in die Zunge oder Backe. Leise, zitternde Stimme. Abendliches Hungergefühl, welches am Einschlafen hindert. *Appetit auf dies oder jenes; wenn er es aber hat, so schmeckt es nicht. Großer Widerwillen gegen Tabakrauchen, Fleisch und *Branntwein. Durst beim Fieberfroste, oder *bloß in der Apyrexie. Geschmacklosigkeit der Speisen. Fader, lätschiger Geschmack, wie Kreide. Bitteres Aufschwulken. Aufschwulken der Genossenen. Schluchzendes Aufstoßen. Schluchzen nach Essen, Trinken und Tabak. *Übelkeit ohne Erbrechen. *Nach Tabakrauchen, Übelkeit mit Schweiß und Leibweh. Nächtliches Speise-Erbrechen. Stechen in der Magengegend. Brennen im Magen, *besonders nach Branntwein. Drücken in der Herzgrube. Schwäche- und Leerheitsgefühl in der Herzgrube. Vollheit und Aufgetriebenheit in den Hypochondern. Geschwulst und Härte der Milz. *Drehen und Winden um den Nabel. Hervorragende Aufgetriebenheit hier und da am Unterleibe. Mutterkrämpfe, mit schneidende Schmerzen und *wehenartigem Schmerze. Klopfen im Unterleibe. Die Leibschmerzen verschlimmern sich nach süßen Speisen, Kaffee und Branntwein. Herausdrückender Schmerz im Schooße. Nächtliche Blähungskolik. *Knurren im Bauche, wie von Hunger. Vermehrte Blähungserzeugung, mit leichtem Abgange derselben. Leichter und genügelicher Stuhl. Sehr dick geformter, schwieriger, obwohl weicher Stuhl. *Durchfall mit Schründen im Mastdarm. Vergeblicher Stuhldrang, mehr in den oberen Gedärmen. Hatleibigkeit von Erkältung und Fahren im Wagen. Jücken und Kriebeln im After. Mastdarmvorfall mit schründendem Schmerze, bei mäßig angestrengtem Stuhlgange. Zusammenziehung des Afters nach dem Stuhle. *Schneller, unwiderstehlicher Harndrang. *Öfterer Abgang vielen wässerigen Harns. *Nach Kaffeetrinken stets Harndrang. Beim Harnen, Brennen und *Schründen in der Harnröhre. Abendliches, heftiges Jücken an den Geschlechtstheilen, nach Kratzen vergehend. Schweiß des Hodensacks. Geilheit bei Impotenz. Monatliches zu früh (und zu stark). Blut des Moantlichen schwarz, übelriechend und in geronnenen Stücken abgehend. Mutterblutflüsse. Uterinkrämpfe während der Regel. — Nächtliche Brustbeklemmung, besonders nach Mitternacht. Athembeklemmung mit Zuckungen und Konvulsionen abwechselnd. Athemmangel von Unterleibsbeschwerden. *Beim Laufen vergeht ihm der Athem. Trockner Krampfhusten. Früh, im Erwachen, hohler, trockner Husten, *von Kitzel über dem Magen. Abendlicher trockner Husten von Reiz im Halsgrübchen, wie von Federstaub oder von Schwefeldampf, durch fortgesetztes Husten immer zunehmend. *Unschmerzhafte Drüsenknoten am Halse. Drücken in der Brust. Stiche in der Brust, von Blähungskolik. Krampfhafte Zusammenschnürung der Brust. *Nächtliches Herzklopfen, mit Stichen am Herzen. Rückwärts-Biegung des Rückens. Schneidende Stiche vom Kreuze aus durch die Lenden in die Schenkel herunter fahrend, wie mit einem schneidenden Messer. Früh, in Bette, im Liegen auf dem Rücken, Schmerz im heiligen Beine. Konvulsivische Zuckungen in den Armen und Fingern. Schneidendes Stechen im Schultergelenke, beim Einwärtsbiegen des Armes. *Nachts im Bette, Taubheitsgefühl und Laufen, wie von etwas Lebendigem, im Arme. Konvulsivische Zuckungen in den Beinen. Schneidendes Stechen im Hüft- und Knie-Gelenke. Beim Gehen, unwillkührliches in die Höhe Ziehen der Knie. In den Fußsohlen, Geschwürschmerz oder *Stiche. *Nächtliches Brennen in den Fersen, wenn er sie an einander hält, während sie beim Befühlen kalt scheinen. Kriebelnde Eingeschlafenheit in den Gliedmaßen. Verrenkschmerz in den Gelenken. Zittern der Glieder. Drückende Schmerzen, wie von einem harten, spitzen Körper, von Innen nach Außen. Schneidende Stiche, wie von einem scharfen Messer. Konvulsivische Zuckungen, besonders nach Schreck, oder nach Krankung mit innerem Grame. Konvulsionen mit Athembeklemmung abwechselnd. Hysterische Krämpfe. Erhöhung der Beschwerden von Kaffee, Tabak und Branntwein. Die Zufälle erneuern sich nach dem Mittagessen, Abends nach dem Niederlegen und früh, gleich nach dem Erwachen; sie mindern sich in der Rückenlage, im Liegen auf dem schmerzhaften Theil, oder auch überhaupt durch Veränderung der Lage. Jücken am Körper, welches durch gelindes Kratzen sogleich von der Stelle verschwindet. Jücken bei Erhitzung im Freien. Große Empfindlichkeit der Haut gegen Zugluft. *Beim Fieber, heftig jückender Nesselausschlag über den ganzen Körper. Ungeheures, krampfhaftes Gähnen, mit Schmerz im Kiefergelenke, als würde es ausgerenkt. Tiefer, betäubter Schlaf. Leiser Schlaf, so daß man Alles dabei hört. Unruhiger Schlaf und große Nachtunruhe. Fixe Ideen im Traume, die nach dem Erwachen fortdauern. Frost mit Durst, durch äußere Wärme zu tilgen. *Frostigkeit mit erhöhten Schmerzen. Äußere Hitze, mit innerem Schauder und *Stechen in den Gliedern. Hitze und Schweiß ohne Durst. Äußere Hitze und Röthe, ohne Durst und ohne innere Hitze, mit Unerträglichkeit äußerer Wärme. *Schweiß beim Essen. *Durst am fieberfreien Tage. Ungemeine Veränderlichkeit des Gemüths. In sich gekehrte Stille mit Schwermuth und Weinerlichkeit. Innerer, verschlossener Gram, mit öfterem Seufzen. Nagender Kummer im Stillen. Unglückliche Liebe. *Verzweiflung an der Genesung. Große Schreckhaftigkeit. Übergroße Gewissenhaftigkeit. Lach- und Schrei-Krämpfe. Nachtheile von Kränkung und Ärgerniß mit stillem, versprungenem Grame.
1573-1574: Romani, 1836, Clinique homoeopathique par le Docteur Beauvais, Paris, Band 1, p. 206, obs. 147 aus Sulla homeopathia 1.188 (1835): Dans l'automne de 1835, l'épouse de mon frère Michel-Ange, qui se trouvait dans le septième mois de sa grossesse, et était sujette à des inflammations de gorge, dont elle avait eu trois ou quatre les années précédentes, non sans courir de grands dangers, se plaignit d'une inflammation de la gorge qui lui causait des picotements et des douleurs, qu'elle avalât ou non. A ce mal se joignait une fièvre gastrite. Ignatia. Guérie en trois jours.
1575-1577: Malaise, L., 1837, Clinique Homoéopathique, Bruxelles, p. 76, obs. LII: Embarras Gastrique. Un homme, âgé de 64 ans, était atteint depuis quatre à cinq semaines d'une constipation alternant avec la diarrhée: il éprouvait des douleurs compressives audessus des orbites, plus violentes le matin; il avait en outre un embarras gastrique, avec langue blanchâtre, épaisse; soif; anorexie; il éprouvait une grande faiblesse et une courbature dans les membres. Les selles sont devenue régulière à l'aide de l'emploi de l'opium. La fève du St. Ignace a produit un effet remarquable sur l'embarras gastrique. En voyant le malade, le médecin de l'hôpital crut d'abord que l'on avait fait usage d'un vomitif. Cette guérison a exigée sept jours de traitement.
1578-1592: Malaise, L., 1837, Clinique Homoéopathique, Bruxelles, p. 277-278, obs. CLXXIX: Epilepsie. Mlle Marie N..., à la suite d'une querelle, eut pour la première fois de sa vie, à l'âge de 24 ans, une attaque d'épilepsie. Pleurs involontaires; elle s'abandonne au désespoir; profonde tristesse; mouvements convulsifs de tout les membres; cris plaintifs, suivis de défaillance et de perte momentanée de conaissance. La face est pâle, exprime l'angoisse et l'anxiété; les yeux sont renversés en arrière; constriction spasmodique de la poitrine et de l'estomac; roideur convulsive de tous les membres; les mains sont fortement serrées, le pouce appliqu`dans la paume de la main; efforts de toux sèche et convulsive; la respiration est rare, et se fait par saccades. A la suite des accès, elle est comme une personne qui vient d'éprouver une grande frayeur. Le front est couvert de sueur. Elle s'efforce de reprendre la liberté de la respiration par de profondes inspirations. — Deux globules de la fève de Saint-Ignace, trentième dilution. — Noch 2 heftige Anfälle, dann keine mehr, 3 Jahre Nachbeobachtung, vollkommene Heilung.
1593-1594: Strecker, 1837, AHZ 12.116: Knabe, 5 J., der bereits seit 8 Tagen an einem Mastdarmvorfalle litt. In den ersten Tagen hatte man ihn zurückbringen können; er war aber jedesmal bei der erfolgenden Leibesöffnung wieder vorgefallen; seit 3 Tagen blieb er aber nicht mehr stehen, sondern wurde sogleich wieder herausgepreßt, so oft er auch reponirt wurde. Der vorgefallene Theil war stark geschwollen, so groß wie eine Kinderfaust, sah dunkelbläulich, blutig aus, sehr schmerzhaft bei der Berührung. Der Drang nach der Reposition war unwillkürlich. — Ignatia. Am 3. Tage vollkommen geheilt.
1595-1596: Widnmann, 1837, HYG 5.5: So hob auch Ignatia bei einer Säugenden, die an langwierigem Krampfhusten und dabei an wiederholten Blutabgängen aus der Scheide litt, auf der Stelle diese beiden lästigen Erscheinungen.
1597-1609: Groß, G. W., 1837, ACS 16.1.114-116: Bauernmädchen, 13 J., wurde nach ihrer Schulzüchtigung plötzlich krank. Es zeigte sich sogleich Blut in dem einen Ohre und sie klagte über Reißen im Kopfe und einem Arme, erholte sich aber (bisher war sie bettlägerig) nach 3 Wochen wieder alles in ihrem Arme. Nach der nunmehrigen Anwendung eines Cantharidenpflasters begann der Arm zu zittern und sie fiel in Ohnmacht. Seitdem nickt sie beständig convulsivisch mit dem Kopfe, klagt über Reißen im rechten Arme, den Knien (welche dicker sind, als sonst), den Knöcheln, im Kopfe, Stechen im Halse und Leibschmerz, besonders nach dem Essen. Das linke Ohr

QUELLENVERZEICHNIS UND ORIGINALTEXTE

ist fast taub. Beim Bücken schmerzt der Rücken. Aller Appetit fehlt und der Geschmack ist schlecht, der Schlaf aber gut. Auf dem rechten Arme und im Gesichte hat sie etwas Ausschlag. — Ignatia, dann Calc. carb. Verschlimmerung, am 2. Tage Besserung.
    1610: Weber, 1837, ACS 16.2.18-19: Mutterblutungen. Wenn eine Blutung ähnlicher Art durch Mißbrauch des Chamillenthees entstanden ist, wie das nicht selten vorkömmt, so habe ich öfters in der Ignatia 30000 das passende Heilmittel gefunden. Die Ignatia beseitigte oft bei Kindern die Eclampsie, die in Folge des in Übermaaß gegebenen Chamillenthees entstanden war.
    1611-1612: Romani, 1837, Clinique homoeopathique par le Docteur Beauvais, Paris, Band 3, p. 376-377, obs. 1406 aus Discours sur l'Homoeopathie, pag. 160, 1828: Giuseppe Nobilione, napolitaine, âgée de vingt-sept ans, fut atteinte d'une fièvre gastrique, au mois de juin 1825. Joues rouges et enflammées. Violentes douleurs piquantes dans la tête, surtout dans le front. Douleurs dans les yeux avec une sensation de tiraillements en dedans; si elle les ouvrait ou les tournait, les maux de tête en augmentaient. Horreur de la lumière. Abondante mucosité dans la bouche: enduit jaunâtre sur la langue; salive écumeuse avec un goût acide. Pas d'appétit. Aversion pour la viande; désir de manger des choses acides. Soif ardente. Picotemens dans l'estomac avec sensation de cuisson. Légères douleurs dans l'épigastre au toucher. Douleurs dans les lombes. Pesanteur, prurit et douleur à l'extrémité du rectum. Chaleur intense générale. Pouls accéléré et fort. Ignatia. Quatre ou cinq heures après, les maux de tête cessèrent, et les douleurs des yeux diminuèrent considérablement. Le troisième jour, il n'existait plus de trace de fièvre.
    1613-1626: Romani, 1837, Clinique homoeopathique par le Docteur Beauvais, Paris, Band 3, p. 377-378, obs. 1407 aus Discours sur l'Homoeopathie, pag. 161, 1828: Un jeune homme robuste de vingt-sept ans, valet de chambre de D. Guiseppe Peretti, fut attaqué d'une fièvre gastrique semblable à la précédente, à peu de chose près. Les envies de vomir qu'il éprouvait, l'engagèrent à prendre un vomitif. On m'appela le second jour. Les maux de tête étaient insupportables, la chaleur du corps excessive. Je lui donnai ignatia. Toutes les douleurs avaient cessé. Le cinquième jour, plus de fièvre.
    1627: Romani, 1837, Clinique homoeopathique par le Docteur Beauvais, Paris, Band 3, p. 380, obs. 1411 aus Discours sur l'Homoeopathie, pag. 164; 1828: D. Gabriel Smargiassi. Le jour de son départ était fixé au premier lundi; mais le samedi, Il fut attaqué de violentes coliques et d'une fièvre gastrique. Ignatia. Geheilt.
    1628-1643: Scudéry, 1836, AMH 5.360-362: Mon ami G. Calfapietra, 28 J., était sujet tous les ans, vers le commencement de l'été, à une hépatite des plus aiguë, qui le condamnait à garder le lit pendant plusieurs semaines. Forte céphalalgie, comme si deux clous étaient enfoncés dans les tempes, pâleur, langue blanchâtre et chargée, abondante sécrétion de salive, nausées et envie de vomir, dégoût des alimens, renvois acides, contractions spasmodiques à l'épigastre, sensation douloureuse de contraction et de tension à l'hypochondre droit, coliques pongitives et lancinantes à l'abdomen qui forçaient le malade à se courber en avant, constipation et désir d'évacuer les matières fécales, évacuation fréquente des urines; engourdissement douloureux dans toutes les articulations et dans celles des genoux; craquement continuel sensible à la main, avec développement de chaleur; désir irrésistible du bain à chaque spasme violent de l'abdomen. Ignatia 30. Geheilt.
    1644-1658: Romani, 1837, Clinique homoeopathique par le Docteur Beauvais, Paris, Band 5, p. 38, obs. 2188 aus Discours sur l'Homoeopathie, pag. 214; 1828: Angiola Imbimbo, 31 J., fut atteinte d'ictère le 5 juin 1826. Prostration des forces. Tremblement des genoux à chaque pas. Douleur pesante dans la tête. Bourdonnemens dans les oreilles. Teinte jaune foncé de l'albuginée et de toute la peau. Selles dures, peu copieuses, blanches. Urine presque noire. Eructations. Amertume de la bouche. Envies de vomir. Dégoût pour les alimens. Aversion pour la viande. Soif. Désir d'eau. Salive amère, coulant abondamment de la bouche pendant le sommeil ou lorsque la malade posait la tête sur l'oreiller. Douleur incommode au creux de l'estomac. Distension de la région du foie qui était douloureuse au moindre toucher. Douleur au sacrum, dans les reins et les épaules. De temps en temps, il lui semblait y recevoir la nuit de violens coups de poing. Sommeil troublé et interrompu. Décubitus sur le côté gauche. Paresse. Horreur du travail. Tristesse. Fièvre lente. Abwechselnd Nux vomica und Ignatia. Geheilt.
    1659-1661: Croserio, 1837, Clinique homoeopathique par le Docteur Beauvais, Paris, Band 5, p. 439-440, obs. 2569 aus JMH 1834 pag. 59: Th. A., 15 J., a beaucoup de dents molaires cariées, dont deux ont déjà été arrachées. Douleurs très-vives d'élancemens comme une rage dans une dent molaire très-creuse, le matin, et surtout après le repas. La douleur cesse en mangeant. La chaleur soulage la douleur, ainsi que la marche et le mouvement. La douleur lui donne envie de mordre. Elle ne s'étend pas aux parties environnantes, et la pression des mâchoires l'une contre l'autre ne l'augmente pas. Le malade est très-susceptible de rhumes et de lésions intestinales. Très-peureux, il n'ose pas rester seul dans l'obscurité. Il avait pris la veille deux globules de teinture de camomille 12, pour une diarrhée liquide précédée de coliques, qui cessa le jour même; il ne conservait qu'un peu de faiblesse, lorsque, dans la journée, la rage de dents se manifesta. Ignatia 12. Fast sofort aufgehört.
    1662-1667: Werber, 1838, HYG 7.291-292: Mädchen, 19 J., litt schon seit mehreren Jahren an heftigen und schmerzhaften Kopfbeschwerden. Pat. klagte, daß sie stets Schmerzen im Kopfe habe, aber von Zeit zu Zeit erreichten sie eine solche Höhe, daß sie glaubte sterben zu müssen. Ihr Kopf wurde dann von einem wahren zertrümmernden Schmerze ergriffen, es sei ihr, als wäre der Schädel zu enge und das Hirn wolle denselben zersprengen, sie bekomme Zähneknirschen, Zuckungen in den Gliedern, Schweiß brechte aus, und nachher seie sie todtesmatt; der Hauptschmerz wühle im Scheitel und strahle nach beiden Seiten herab. Das Mädchen sah blaß und leidend aus, ihre ganze Constitution drückte ein Hervorragen des Nervensystems aus. Die Periode war nicht wesentlich gestört, einmal schwächer, das andere mal stärker und kam so ziemlich zur Zeit; um die Zeit der Periode aber verschlimmerte sich das Kopfleiden am meisten. — Belladonna, Ignatia und Hyoscyamus im Wechsel. tropfenweise Urtinktur. Gesundheit, welche sie seit mehreren Jahren nicht mehr kannte.
    1668-1672: Dr. B. zu D., 1838, ACS 17.1.62-63: L. P., Putzmacherin, 26 J., litt an zwiefachem Kopfweh, entweder Stiche in den Schläfen, oder Drücken in der Stirn, beides nach vorgängigem Düsterwerden vor den Augen, und während des Kopfwehs viel Durst, Übelkeit, Herzklopfen mit Angst, viel Gähnen und Frost mit Zähneklappern; beide auch nach Ärger und durch Geräusch verschlimmert, nic aber gleichzeitig auftretend. Außerdem, auch ohne Kopfweh, weißbelegte Zunge, bittern Geschmack im Munde und die Periode alle 5 Wochen nach vorgängigem starkem, aber schmerzlosem Weißflusse und heftigen Schmerzen in den Achselgruben. — Auf Ignatia 30/2 am 12. und Puls. 30/3 am 19. verlor darauf sich Kopfweh mit allen Nebenbeschwerden, und der Bittergeschmack ganz, aber die Periode blieb über die Zeit aus.
    1673-1677: Croserio, 1838, BBG 9.23: M. N., 25 J. La moindre douleur lui cause de la défaillance, il ne peut pas prendre un médicament quelconque liquide sans vomir; les solutions homoeopathiques même les plus faibles lui produisent cet effet. Son charactère est très-doux, timide, et approche de celui de la femme. Depuis quelques jours, il souffrait de douleurs vives à l'anus qui augmentaient beaucoup en allant à la garderobe; les selles étaient difficiles quolque non dures. — Ignatia X/ooo. et régime convenable, cessèrent ces douleurs dans la journée même.
    1678-1681: Croserio, 1838, BBG 9.23-24: Un petit garçon, 5 J., souffrait depuis huit jours d'une douleur continue dans l'anus, il disait sentir comme un point continuel dans cette partie. La nuit il ne pouvait pas tenir dans son lit, il était obligé de se promener toute la nuit; il souffrait aussi davantage quand il était assis pendant le jour et tranquille; les selles étaient dures et difficiles. Cet enfant avait toujours sommeil, parce que la douleur l'empêchait de dormir; il était d'un charactère doux et craintif. Ces souffrances l'avaient fait un peu maigrir, mais il ne présentait pas d'autres symptômes. — Ignatia X/ooo. Guérie.
    1682: Croserio, 1838, BBG 9.24: Deux dames d'un age différent étaient atteintes de fissures à l'anus; le symptôme principal et le plus incommode de cette maladie est une douleur horrible qui dure plus ou moins longtemps après avoir été à la selle; — Ignatia a dissipé ce symptôme chez toutes les deux.
    1683-1688: Croserio, 1838, BBG 9.25: L'ignatia est un médicament très précieux dans les désordres produit par les chagrins d'un amour contrarié; j'en ai obtenue une guérison très prompte chez deux jeunes personnes. Chez l'une, les fonctions digestives étaient entièrement dérangées. Perte d'appétit, sensation de faiblesse, et poids à l'estomac; retard des règles, fréquentes défaillances, tristesse, pleurs, amaigrissement considérable.
    1689: Croserio, 1838, BBG 9.25: Chagrins d'un amour contrarié. La seconde malade, outre le dérangement de l'estomac, éprouvait des attaques d'histerie assez fréquentes. — Ignatia X/ooo. Guérie.
    1690-1699: Y., 1838, Clinique homoeopathique par le Docteur Beauvais, Paris, Band 6, p. 31-32, obs. 2763: Mathias K., 39 J., était, douze ans auparavant, devenu borgne par suite d'une inflammation avec suppuration de l'oeil gauche, causée par une limaille de fer brûlant qui avait sauté dedans. Il y ressentait souvent depuis des douleurs, surtout aux changemens de temps ou après quelque émotion, quelque effort. Trois mois auparavant, il aurait éprouvé un violent chagrin et avait été attaqué bientôt après de douleurs si terribles dans l'orbite et ses alentours, qu'il était en proie jour et nuit à des accès de fureur. Les différentes membranes et les autres principes composans de l'oeil gauche confondus entièrement et formant un chaos sous lequel on ne distinguait que l'albuginée traversée de vaisseaux d'un rouge sale. Paupières normales. Douleur lancinante et déchirante partant du fond de l'oeil et se dirigeant vers la bosse frontale gauche. Elle s'y fixait; le malade y ressentait comme le fouillement d'un ver. Les exacerbations se déclaraient ordinairement le soir et le matin; elles étaient plus fortes quand le malade était couché et au soleil; le mouvement lui faisait du bien. Il lui coulait constamment de l'oeil et grande quantité d'une eau corrosive. En outre, chaleur et sensibilité de tout le corps et surtout de la région frontale, quelquefois déchire-

mens dans les membres, constipation, peu de sommeil, grande prostration des forces. Le malade était d'un tempérament très-doux, mais vivait dans des rapports qui étaient pour lui une source continuelle des chagrins. Ignatia und Sepia, später Ignatia und Calc. carb. abwechselnd, vollkommen geheilt.
  1700-1717: Heichelheim, 1839, HYG 9.340-342: Madame B., 36 J., eine sehr reizbare, zu Krämpfen aller Art disponirte Brunette, ist seit 4 Wochen Wöchnerin, kann aber wegen Milchmangel ihr Kind nicht säugen. Vorgestern hatte sie, nach einer Schreckensnachricht Anfälle von Ohnmacht bekommen, abwechselnd mit Starrkrampf und Zittern des ganzen Körpers. Die Nacht nach dem Schrecken wurde schlaflos zugebracht. In der verflossenen Nacht stellte sich heftiges Bluterbrechen ein, welches bis heute Mittag (31.8.37) viermal wiederholt hat. Das ausgebrochene Blut ist schwarz und beträgt an Menge ohngefähr 1 1/2 Pfd. Aussehen roth, der Blick irre, Pat. ist verwirrt in ihren Reflexionen und bezieht Alles auf das schreckhafte Ereignis; Puls voll, ungleich und frequent, 70—80; auf meine Frage, ob sie irgendwo Schmerzen empfände, antwortet sie: sie befände sich wohl. Bei der Untersuchung des Unterleibs äußern sich Schmerzempfindungen in der Milzgegend, ebenso beim Aufsitzen Schmerzen im Rückgrat. Von Zeit zu Zeit stellt sich Üblichkeit und leeres Brechwürgen ein; kein Stuhlgang seit vorgestern, keine Speise wurde genommen, die Zunge stark weiß belegt. Nux vom. Abends fand ich die Frau unruhig schlafend, sie phantasirt im Schlafe von dem schreckhaften Factum. Pat. hat jetzt viel über Schmerzen im linken Hypochondrium geklagt. Puls regelmäßig anschlagend, schwach und langsam, 50. Pat. sei die ganze Nacht irre gewesen und habe nicht geschlafen, sie sprach immer von ihrem Gemahl, der doch anwesend war; dabei wenig Durst und keine Öffnung. Bei meinem Besuche fand ich Pat. in einem Anfalle von Catalepsis, ohne Bewußtseyn. Verdrehen der Augen, die Pupille erweitert, zieht sich jedoch bei Annäherung von Licht zusammen, Puls 50, normal im Anschlage. Ich fand den Unterleib etwas aufgetrieben und bei der Berührung schmerzhaft. — Ignatia 12. Besserung ging rasch vorwärts. Auffallend war in diesem Falle der bis zum 3. September äußerst träge und matte Pulsschlag, 40—45 Schläge in 1 Minute; mit der wiederkehrenden Eßlust vermehrten sich die Pulsationen bis zur Norm.
  1718-1721: Neumann, 1839, PBG 4.89: Gegen Mittag tritt Dehnen und Gähnen ein, dann starker Frost mit Durst, der Anfall hält 4 Stunden an. Darauf folgt Hitze mit Mundtrockenheit und geringem Durste, welcher im Schweiße vollends nachließ. Die Kälte ließ sich durch äußere Wärme tilgen. Patient klagte noch über Reißen in der linken Kopf- und Gesichtshälfte, sonst zeigen sich keine krankhaften Symptome. — Ignatia beseitigte das Fieber.
  1722-1729: Neumann, 1839, PBG 4.89-90: In der Apyrexie: Schwere im Kopfe; Klopfen in den Schläfen; Gefühl, als wäre der Kopf kleiner; Brennen im Kopfe bei kühlen Händen und Füßen; pappiger Geschmack. Reiz zum Husten im Kehlkopfe, mit dem Gefühle, als lege sich etwas vor. Im Fieberanfalle vermehren sich die angegebenen Symptome und neu hinzutreten: Schwindel beim Liegen, Herzklopfen, Frost mit Durst, Frost, durch äußere Wärme zu tilgen; Hitze und Schweiß ohne Durst. Legt sich Patient gleich beim Beginn des Frostes in ein gut erwärmtes Bette, so ging derselbe sehr schnell vorüber. Während des Fiebers fühlt der Kranke große Schwäche. — Ignatia 30. Fieber blieb aus.
  1730: Fielitz, 1840, AHZ 17.227: Reizbarer nervöser Vierziger. Wegen Kopfschmerzen Riechen an Bryonia 6. Augenblicklich folgte hierauf (bei gänzlichem Mangel an Neigung zum Schlafen) ein gewaltiges krampfhaftes Gähnen, welches sich alle Minuten dergestalt wiederholte, daß dem Kranken war, als solle der Mund ganz aufgerissen werden; gern hätte er es bei der schmerzhaften Backengeschwulst unterdrückt, allein vergeblich. — Ich ließ alsbald an Ignatia 6 riechen und im Moment blieb das Gähnen weg. Der Kopfschmerz trat nun wieder mehr hervor. Konnte mehrfach wiederholt werden.
  1731-1736: Groß, 1840, AHZ 17.376: Junge Dame T. H., 19 J., die ihren Körper vernachlässigt hatte, so daß die allergeringste körperliche Beschäftigung ihr eine, das Sitzen und Liegen verlangende Ermattung zuzog, wurde, wie früher öfter nach entsprechenden Gemütsbewegungen, vor etlichen Monaten ohne alle Veranlassung von einem Lach- und Weinkrampfe befallen. Nachdem dieser eine Zeitlang angehalten hatte, verfiel sie in ein eigenthümliches Delirium, erkannte die Umstehenden nicht und redete sie als Gegenstände ihrer Phantasie mit fremden Namen an, glaubte auf einer furchtbaren Anhöhe zu stehen und nicht wieder herabgelangen zu können. Der Zustand dauerte gegen eineinhalb Stunde. Nachher war sie ermattet, schlief beld ein, träumte aber viel. Den folgenden Tag gegen Abend um dieselbe Zeit repetirte das Übel. — Ignatia 8, kein Anfall mehr.
  1737-1739: Dr. B. zu D., 1840, ACS 18.2.13-14: A. z. M., Mädchen, 20 J., litt an Gesichtsschmerz, welcher bohrend und stechend von den Zähnen aufwärts durch das Jochbein bis zu den Augenknochen der rechte Seite des Gesichts einnahm. Dieses Leiden, welches seit 14 Tagen mehrmals am Tage eintrat und ungemein schmerzhaft war, indem das Unterleibe in Verbindung, weil sie vor dem Anfalle jedesmal Stiche, nach demselben Wühlen und Blähungsanhäufung im Bauche klagte. — Ignatia 30/2 besserte, Bell. heilte.
  1740-1758: Romani, 1840, Clinique homoeopathique par le Docteur Beauvais, Paris, Band 9, p. 80-82, obs. 91 aus Discours sur l'Homoeopathie, pag. 259; 1828: Thérèse Ligliuzzi, 52 J., avait commencé à devenir asthmatique à l'âge de sept ans. Respirer l'air froid et humide, marcher dans la boue, mettre les mains dans l'eau froide, lui causait un accès d'asthme qui durait trois jours et la laissait très-abattue. Le mal avait augmenté avec l'âge. Menstruation régulière, mais peu copieuse. Face très-rouge. Ecoulement de salive par la bouche en dormant. Impossibilité de se coucher sur le dos pendant qu'elle était fille. Nécessité de dormir assise ou sur le flanc. Anxiété, inquiétude, besoin de se tourner et retourner dans le lit. Rêves le plus souvent pénibles. Oppression continuelle. Lenteur à marcher, occasionée par la pesanteur du corps, oppression de poitrine en montant d'escalier; besoin de s'arrêter. Engourdissement douloureux des genoux et des jambes après être restée assise. Grande anxiété et céphalalgie principalement à la nuque et aux tempes. Beaucoup d'appétit auquel elle s'efforçait de résister par la raison qu'après avoir mangé, elle se sentait comme mourir. Gonflement de l'estomac et des douleurs, tantôt sans douleurs, trois ou quatre heures après les repas. Le moindre chagrin, toute peine, tout accès de colère lui causaient une douleur lancinante intense, depuis la nuque jusqu'au sacrum. Dans l'intérieur de l'oreille droite, forte douleur s'étendant jusqu'à la tempe du même côté. A des époques indéterminées, tantôt toutes les huit, tantôt toutes les onze et tantôt toutes les quinze heures, accès subit de toux convulsive avec sensation de constriction à l'ombilic, à l'estomac, à la trachéeartère et à l'oesophage, avec obscurcissement de la vue et apparition d'innombrables étincelles devant les yeux. La toux durait cinq, dix et quelquefois quinze minutes et plus. Quand elle cessait, la vue redevenait bonne, les étincelles disparaissaient, la tête restait confuse, et les tempes continuaient à battre. Ignatia lui rendit la vie.
  1759-1766: Gueyrard, 1840, Clinique homoeopathique par le Docteur Beauvais, Paris, Band 9, p. 450-451, obs. 512 aus Doctrine homoeop., pag. 205;1834: Une dame, 48 J., froissée par des peines morales, éprouvait depuis quelques mois des embarras gastriques et des irrégularités dans les époques menstruelles, quand cette fonction fut brusquement supprimée par l'émétique et les purgatifs qu'on prescrivait dans le but de rétablir les fonctions digestives. Suppression des règles depuis quatre mois; amaigrissement considérable, pâleur; vertiges fréquens; langue rouge et saburrale; nausées; borborygmes; renvois brûlans; vomissement de toute espèce d'alimens; aversion particulière pour le lait; gastralgie, que l'inanition absolue calme et prévient; nul appétit; fonctions alvines rares et difficiles. Strychnos 30 und Ignatia 12 abwechselnd, die jedesmal Schwindelanfälle produzieren gefolgt von einer merkbaren Besserung.
  1767-1771: Horatiis, 1840, Clinique homoeopathique par le Docteur Beauvais, Paris, Band 9, p. 565-566, obs. 644 aus Essai de clinique homoeop. p. 24; 1828: D. Andrea Zinno, 26 J., fut attaqué dans le courant de mars d'une douleur aiguë au coeur qui se renouvelait toutes les fois qu'il se couchait sur le côté droit, et qui cessait dès qu'il changait de position. Son sommeil en était interrompu. Rêves terribles, fortes palpitations de coeur en dormant. Le 3 avril, s'éveillant, après sa méridienne, il fut pris de spasmes ciniques. En outre, rétrécissement de la pupille de l'oeil droit, sensibilité douloureuse à l'action de la lumière, oscillations rapides des paupières de l'oeil gauche, et en conséquence encore de l'action de la lumière, il ne pouvait pas les maîtriser; sensibilité obtuse des nerfs olfactiques au point de ne pas éprouver le stimulant du tabac; le malade ne distinguait pas les ondulations sonores, ne saisissait pas les modulations du chant; caractère mélancolique et réfréchi, fonctions alvines et urinaires n'offrant rien de remarquable, altération digestive. Nach anderen Mitteln Ignatia. Am 8. Tag vollkommen geheilt.
  1772-1773: J. K. in L., 1841, AHZ 19.154: Maria Nemroghe, 33 J. mit 4tan Fieber befallen, welches sich mit starkem Froste, darauf starker mit Delirium verbundener Hitze mit heftigen Kopfschmerzen, und darauf folgendem Schweiße äußerte, und für Worst, noch mehr aber in der Kälte bekam, genas auf Ignatia 12/oo und Carbo veg. 15/oo.
  1774-1776: J. K. in L., 1841, AHZ 19.154: Mariana Suos, 20 J., hatte schon durch 3 Monate das 4tan Fieber. Sie bekam zuerst Frost am ganzen Körper, mehr innerlich, dann starke Hitze mit heftigem Kopfschmerz, darauf starken stinkenden Schweiß. Der Durst stellte sich vor und Anfangs im Froste ein, dann nicht, mit gleichzeitigem Gliederreißen und Brecherlichkeit, und Magenschmerzen in der Apyrexie. — Capsic. 6/ooo und darauf Ignatia 12/ooo,oo, worauf sie vollkommen genas.
  1777-1779: J. K. in L., 1841, AHZ 19.155: Hellena Micheuz, 29 J., durch 1 Jahr mit quartan Fieber behaftet. Abends bekam sie Reißen in den Füßen, dann Frost, dann Hitze, dann starken sauer riechenden Schweiß, etwas Durst vor dem Froste, im Froste Rückenschmerz, in der Hitze Schlaf. Hatte stets harten Stuhl, und seit 1 Jahr keine Regeln. — Nach Ignatia 12/oo blieben die Paroxysmen aus.
  1780-1781: J. K. in L., 1841, AHZ 19.166: Michael Rack, 6 J., war seit einem Jahr mit Quartan-Fieber

befallen. Das Fieber fing mit 2 Stunden anhaltendem Froste an, bei dem Schmerzen in den Knien vorkamen, dann folgte Hitze mit heftigen Kopfschmerzen und etwas Schweiß zugleich, und war mit Durst, der auch schon im Froste vorkam, begleitet. — Ignatia 12/ooo heilte ihn gänzlich.

1782-1783: J. K. in L., 1841, AHZ 19.166: Joseph Theuerschuh, 19 J., hatte seit 14 Tagen ein Quartan-Fieber-Duplex. Paroxysmus mit heftigem Frost, dann trockne Hitze, ohne darauf folgenden Schweiß. Durst vor, in und nach dem Froste vor der Hitze, mit Schmerzen und Abgeschlagenheit in den Untergliedern und Durchfall begleitet. — Ignatia 12/ooooo, der zweite Anfall blieb schon gänzlich aus, auch erfolgte keine Recidive.

1784-1786: J. K., 1841, AHZ 19.167: Michael Rack, 7 J., bekam über 1 Jahr wieder ein Quotidianfieber. Der Paroxysmus kam Nachmittags mit Frost, darauf folgende trockne Hitze mit nachfolgendem Schweiße, Durst war nur im Froste, und in der Apyrexie Bauchschmerz zugegen. — Ignatia 12/ooo, das Fieber blieb gänzlich aus.

1787-1789: Elwert, 1841, AHZ 19.307: Heinrich B., 21 J. bekommt nach einem sehr heftigen Schreck einen heftigen Anfall von Epilepsie. Er wurde besinnungslos, fiel vom Stuhle, bekam clonische Krämpfe in die Extremitäten, Schaum vor dem Munde, schlug die Daumen ein, und verfiel nach dem Anfalle in einen tiefen Schlaf, aus dem er mit Schmerz und Wüstsein des Kopfes erwachte. — 8 Anfälle gehabt. Nach Ignatia keinen Anfall mehr.

1790: Argenti, 1841, ACS 18.3.82: Der Bauer J. K. bekam nach heftigem Schreck die Fallsucht, die sich des Tags oft wiederholte. — Ignatia. Die Anfälle blieben aus und er genas dauerhaft.

1791-1799: Groß, G. W., 1841, ACS 19.1.56-57: Fräulein v. L., etwa 20 J., sanguinischen Temperaments und ausgelassen in Freude und Schmerz, verfiel ohne bekannte Veranlassung in eine trübselige Gemüthsverstimmung. Gleichgültig gegen das, was ihr ehedem am liebsten war, saß sie still für sich und weinte, bildete sich dies und jenes ein, besonders, daß sie geisteskrank werden möchte. — In allen Theilen klagte sie ein Krieblen, wie eingeschlafen. Vorzüglich dünkte ihr die Herzgrube wie gefühllos. Nur der Kopf erschien ihr zu leicht. Gleichwohl kam sie sich wie im Traume vor. Anfänglich war ihr Schlaf zu leise, später aber er zwar fester, aber träumerisch und unerquicklich. Vor 4 Wochen hatte sie Fußbäder genommen, dadurch war aber ihr Zustand wesentlich verschlimmert worden. Seit 2 Monaten hatte sich ihre Regel nicht mehr gezeigt. — Ignatia /2. Fühlte sich ganz genesen.

1800-1801: Gulyas, 1841, ACS 19.2.160: H. D., Bäuerin, 20 J., leidet seit fünf Monaten an einer Art von Epilepsie, die sie aus Schreck, als sie von ihrem Manne im Schlafe geprügelt wurde, bekam. Der Anfall kommt beinahe alle drei Tage Abends oder in der Nacht, voraus geht Tagesblindheit. — Ignatia. Bis jetzt gesund geblieben.

1802-1803: J. K. in L., 1842, AHZ 22.47: Johann Ambrosh, 17 J., hatte seit 3 Wochen ein dreitägiges Fieber, welches mit gelindem Frost anfing, der nur 1/2 Stunde dauerte, und mit Erbrechen und Durst begleitet war, nach dem Froste trat Brustschmerz ein, dann folgte Hitze mit Kopfschmerz und nachfolgendem Schweiße. — Auf Ignatia 6/ooooo wurde er gesund.

1804-1805: J. K. in L., 1842, AHZ 22.53: Jacob Grum, 25 J., hat durch 3 Wochen an Quotidianfieber gelitten. Zuerst entstand gelinder Frost, dann folgte Hitze mit Delirium und Kopfschmerz mit etwas Durst, dann der Schweiß, und nach dem Paroxismus heftiger trockner Husten. — Ipecac. 1/oooo und Ignatia 6/oooooo heilten ihn gänzlich.

1806-1811: Groß, 1842, AHZ 23.253-254: Junge Frau auf dem Lande, gegen 30 J., bekam als Folge von Schreck und Ärger eine Art von Gemüthskrankheit. Grenzenloses Mißtrauen gegen ihre nächsten Verwandten war das hervorstechendste Symptom. Sie fürchtete von den Ihrigen ermordet zu werden und konnte deshalb besonders des Nachts davor nicht schlafen, bezog jedes unschuldige Wort, jedes Geräusch auf diese fixe Idee, plagte außerdem ihren Gatten mit unbegründeter Eifersucht, sich selbst aber obenein mit religiösen Scrupeln. Dabei verschähte sie fast alle Nahrung, weil sie Gift für sich darin vermuthete, stillte aber gleichwohl ihr Kind fort. Ihr Ansehen zeigte sich verfallen und welk, die Augen ließen auf den ersten Blick Irrsinn erkennen. — Ignatia 1 und Hyosc. 2 in Abwechslung. Nach Verbrauch völlig gesund.

1812-1814: Groß, G. W., 1842, ACS 19.3.34: Frau v. O. wurde schwanger und befand sich in den ersten Hälfte der Gravidität recht wohl. In der zweiten Hälfte aber und zwar seit dem Charfreitag wurde sie gemüthskrank, verlor sich in Selbstpeinigungen, in Zweifel über ihr Seelenheil, rechnete sich jede Kleinigkeit zur Sünde, verlor allen Appetit und brachte unter Herzklopfen und furchtbaren Beängstigungen die Nächte schlaflos hin. Von Kindheit an soll sie zu religiöser Schwärmerei inklinirt haben. — Sulf., Lyc. Darauf verloren sich die Beängstigungen und es war dafür eine Gedankenverwirrung entstanden, auch machte sie sich Vorwürfe, die Frucht ihres Leibes gefährdet zu haben. Von Jugend an soll sie nachdenklich, voller Scrupeln, verändert in der Gemüthsstimmung und ausgelassen in Freude und Schmerz gewesen sein. — Ignatia 6. Ganz hergestellt.

1815-1823: Mosthaff, 1845, AHZ 28.323 aus d. Homöop. 145: Mann, 48 J., seit lange dyspeptisch: zunehmende Schwäche und Abmagerung; Gesicht blaß, hohläugig; unaufhörlich Ohrenbrausen; Haut kühl, trocken; Puls klein, härtlich; hartnäckige Obstruction; schlaflos, stets fürchterliche Träume mit unaufhörlichem Ideendrange; in allen Gliedern und längst des Rückgrates Kältereiseln; in den sehr mageren Beinen Gefühl zu großer Leichtigkeit mit schwankendem Gange; geringst Bewegung oder geistige Agitation verschlimmern alles. — Ignatia 6, in jeder Dosis nahmen die Kräfte, Schlaf u. s. w. zu; vollkommene Erholung.

1824-1829: Haustein, 1846, AHZ 31.151-152: Frau Kunz, 24 J., welche seit ihrem 15. Lebensjahre an Kopfschmerz mit Schwindel und Erbrechen, worauf jedesmal einige Stunden Schlaf und hierauf Besserung eintritt, leidet, wird seit 2 Jahren nach ihrer ersten Entbindung in unregelmäßigen Perioden aller 2—3, auch erst 4—5 Tage auf geringfügige Ursachen als einen kleinen Schreck oder Ärger, oft auch ohne jede wahrnehmbare Ursache von heftigen Convulsionen befallen. Bewußtlosigkeit; Augenverdrehung; Verzerrungen der Gesichtsmuskeln, so daß sie bald das Aussehen einer Lachenden, bald eines Weinenden bekommt, wobei Thränen aus den Augen fließen; Mundsperre; Stöße in der Brust; Zusammenziehung der Brust und deßhalb mühsames und schnelles Athmen; und Auftreibung des Halses sind die Symptome jedes Anfalles. Entweder vor oder nach demselben klagt sie über einen herausdrehenden heftigen Schmerz in der Stirne und den Augen. Nach jedem Anfalle ist sie ermattet. Außerdem Grimmen im Bauche und Auftreibung desselben. — Ignatia 3. Kopfschmerz verschwand. Kein Anfall weiter.

1830-1832: Watzke, 1846, OZH 2.519: Marie Dusch, 19 J., leidet seit drei Monaten am kalten Fieber. Die Anfälle kommen jeden dritten Tag: Schüttelfrost mit Durst, zwei Stunden lang; dabei Brustbeklemmung und häufiges lockeres Hüsteln. Hitze gering. Schweiß stellt sich aus, bleibt oft ganz aus. Während der fieberfreien Zeit außer vermindertem Appetit keinerlei krankhafte Beschwerden. — Ignatia 2. Die Anfälle blieben aus, die Kranke wurde nur einige Male noch dadurch an das frühere Fieber gemahnt, daß sie sich zur gewohnlichen Anfallszeit auffallend matt fühlte.

1833: Lembke, J., 1847, AHZ 32.139-140: Madame Grünfeld, 46 J., leidet seit einigen Tagen an einem heftigen Magenschmerze, wobei Erbrechen alles Genossenen, durch Schreck entstanden. — Ignatia 3 stellte sie her. — Nach 14 Tagen bekam sie ohne bekannte Ursache wieder Erbrechen, mit großer Schwäche und Ohnmachtsgefühl, was sich täglich einige Male wiederholt. — Ignatia stellte sie vollkommen her.

1834-1837: Schréter, 1847, AHZ 33.53-54: Ele. Sophia Z., 26 J., hustet seit 2 Wochen, kränkt sich dabei viel und glaubt die Lungensucht zu bekommen, fällt zusehends vom Fleisch ab, weint sehr viel, hat keinen Appetit, besonders ist ihr Fleisch zuwider. — Ignatia 1/m Riechen, worauf sie in einigen Tagen heiterer wurde, mehr Appetit bekam, das Hüsteln verlor sich und in 8 Tagen hatte sie sich völlig erholt.

1838: Kallenbach, 1847, AHZ 33.107-108: Fräulein v. Ph., 19 J., leidet an Amenorrhoe und in Folge hiervon an Fußgeschwüren. — Ignatia 200 wirkungslos, Ignatia 6: Katamenien zeigen sich, Geschwüre heilen.

1839-1849: Mayrhofer, 1847, AHZ 33.227-232: Mädchen, 21 J. wurde nach traumatischer Rippenfellentzündung. Anfälle mehrmals am Tage. Zuerst Starrsucht des Körpers und aller Glieder, dann folgte wächserne Biegsamkeit derselben, und nach Beendigung der Krämpfe, während welcher die Kranke sprachlos war, löste sich ihre Zunge zur bewußtlosen Gesprächigkeit. Die Anfälle befielen die Kranke oft mitten im Gespräche, selbst mitten im Satze oder Worte. Sie hielt plötzlich inne, schloß die Augen, sank auf die Kissen und war starr wie ein Block Holz. Nach kurzer Zeit trat ein wechselndes Spiel zwischen Starrheit und wächserner Biegsamkeit der einzelnen Glieder ein. Bei der wächsernen Biegsamkeit verharrten die Glieder in der Lage, die man ihnen gab. Berührte man die Kranke mit der Fingerspitze am Genicke, so setzte sie sich automatisch auf, berührte man sie jetzt am Rücken, so stand sie auf und blieb wie eine Bildsäule stehen. Bald lag sie ruhig, bald warf sie sich ungestüm im Bette herum, oder schnellte plötzlich aus demselben. Oft preßte sie die flachen Hände fest an die Stirne, oder fuhr mit denselben nach der linken Rippenreihe, der Atem setzte manchmal so lange aus, daß man wohl 30—40 zählen konnte. Nach längerer Zeit setzte sie sich im Bette auf und begann ungefragt ein Gespräch. In diesem Zustande hatte sie die Augen halb geschlossen, gab Antwort auf jede Frage, und Auskunft über alles Vergangene. Häufig hatte sie Visionen von unbekannten Personen, mit denen sie sich im vertraulichen Gespräche unterhielt. Nach Ablauf des Anfalles schlug die Kranke die Augen auf, schien wie aus dem Schlafe zu erwachen und hatte von dem während des Anfalles Geschehenen und Gesprochenen kein Bewußtsein. Die allmählichen Kopfwirbeln ohne eine schmerzhafte Stelle, deren leiseste Berührung augenblicklich einen Anfall hervorrief. — Ignatia 2, 3 rief Anfälle hervor. Die Kranke wurde auch augenblicklich kataleptisch, wenn sie an Ignatia 3 roch. Allmähliche Desensibilisierung und Heilung.

1850-1856: Mayrhofer, 1847, AHZ 33.234-236: Katharina M., 20 J. Im Sommer 1846 hatte sie häufigen Schrecken erlitten durch wiederholte Brandlegungen. Seit dieser Zeit war das Mädchen sehr furchtsam und erschrak über jede Kleinigkeit, die Menstrualkoliken wurden heftiger und nach dem Essen stellte sich Brennen im Magen ein. Empfindlichkeit der Magengrube beim Druck. Klagte über heftiges Brennen, das vom Magen und Herzen ausgehend sich über den Rücken zum Scheitel und in die Glieder erstreckte. Die Wirbelsäule besonders zwischen den Schultern wurde beim Drucke schmerzhaft. Der Athem wurde beklommen. Eklamptischer Anfall. — Ignatia zeigte beim Riechen deutliche Einwirkung, Ignatia 3 heilte.

1857-1862: Schmid, G., 1847, BJH 5.269-270 (ÖZH 3.414) aus Homöopathische Arzneibereitung und Gabengröße, Wien 1846: A woman about forty. This disorder came in paroxysms generally recurring about twice a day, and was of the following description: An anxiety and disquiet as if she had done something wrong, or as if a great misfortune were about to happen, so overpowers her, that she can with difficulty refrain from weeping. During this she has oppression of the breathing, but feels distinctly that the oppression begins at the stomach and spreads up into the throat. She is during the time very weak, incapable of work, and disinclined to the company of others. The paroxysm often lasts for hours. She has, besides, no appetite; the bowels are torpid and insufficiently moved, and do not act daily. This irregularity of the bowels always accompanies any illness with her; but on the day that she has no evacuation she always feels much worse, and therefore the action of the bowels is a matter of much moment to her. Ignatia. Never returned. She also complained no longer of weariness, recovered her looks and appetite and the regularity of the bowels.

1863-1864: —, 1847, AJN 2.72-73: W. E., 26 J. Report of the London Homoeopathic Dispensary. The pressure at the stomach returned, with shooting pains in the right side and region of the duodenum—the temper has become changeable. — Ignatia. All the symptoms have disappeared.

1865: Sturm, A., 1848, AZH 1.70: J. H., Mädchen, 10 J., erlitt nach jedem Gemüthsaffect, besonders Schrekken, wozu sie bei ihrer großen Empfindlichkeit sehr geneigt ist, fallsuchtähnliche Krampfanfälle. — Ignatia 12. Nun giengen ganze Massen größtentheils todter Ascariden ab, welche Ausscheidung in geringerer Menge Wochen lang anhielt, worauf seitdem nie wieder ein Krampfanfall eintrat.

1866-1874: Boughton Kingdon, 1850, HTB 1.262-263: Miss W., 19 J., about a quarter of a year ago lost her mother, which preyed much upon her mind; since then she has been under allopathic treatment for the following symptoms. She informs me that she has great throbbing of the hands, with numbness, extending up the arms to the head; shifting from one arm to the other, and in a minute or two ceasing on a sudden; at these times she becomes pale, suffers from palpitation, and, if not supported, feels as if she should fall. At other times her face becomes flushed; there is headache, with throbbing in the temples; humming in the ears; flashes in the eyes. She is very weak, with trembling and aching of the legs; and such a sensation of heaviness in the left foot, that she drags it when walking; constant twitching and drawing in her fingers; bowels costive; bad taste in the morning; catamenia regular; symptoms worse just before their appearance. — Ignatia 3., 30. Much better.

1875-1879: Perry, J., 1850, JSG 1.39-41: R. H., couturière, 26 J., souffre depuis deux ans de douleurs à l'anus, qu'elle ne sait à quoi attribuer: constipation; cuisson violente pendant les selles, et surtout après, durant plusieurs heures; il s'y joint alors des douleurs constrictives et lancinantes. Pesanteur du bas-ventre; douleurs qu'elle définit mal. Après le repas, tremblement, sorte d'anxiété dans l'estomac, parfois avec nausées. Règles souvent en retard et peu abondantes, pendant lesquelles il y a de fortes pesanteurs dans le bas-ventre, lesquelles sont aggravées en marchant. Des douleurs vives à l'anus pendant la nuit qui suivait la garde-robe du soir, douleurs consistant en élancements, brûlements et battements violents, qui ne cessaient pas de toute la nuit, et l'empêchalent de dormir. — Action salutaire d'Ignatia.

1880-1888: Alexis-Espanet, R. F., 1850, JSG 1.530: Le jeune V., condamné militaire du premier atelier de boulet, était fatigué, depuis plus d'un an, par des chagrins et une espèce de gastrite; le 24 août, voici son état, après un accès de fièvre: Vomissements sans efforts, ordinairement après les repas, surtout quand ils consistent en mets gras. Ardeurs à l'epigastre et sensibilité de cette région à la pression. Digestions pénibles, avec flatuosités et dérangements fréquents de selles. Excès fréquents de boisson. Maigreur augmentant depuis quelque temps. Calorification très inégale. Frissons, le matin et le soir, suivis de chaleur. Fatigue et malaises fréquents. Cet état dure depuis l'an passé, du plus au moins, mais, sans cesser entièrement; il a succédé à quelques accès de fièvre et se complique d'une immense tristesse, et du dépit qu'il éprouve de sa position. — Ignatia, 1re, 50e. Le malade va très-bien.

1889: Grand, 1851, JSG 2.666: Veuve Richard, 65 J., Fièvre intermittente quotidienne. Trois stades; invasion, le matin, par du froid et des frissons accompagnés de soif ardente; adipsie pendant le stade de la chaleur et celui de la sueur, qui arrive tardivement, dans la nuit. — Ignatia. Grande amélioration.

1890-1899: Weber, J. H., 1851, AHZ 41.101-102: Ehefrau C. P., 48 J. klagt über bereits 4 Wochen anhaltendes, unerträgliches Kopfweh. Beim Gehen dubbert's im Kopfe; das geringste Geräusch vermehrt den Schmerz; beim Bücken Schwere in der Stirn, als wäre ein Eimer voll Wasser daselbst; wegen Schmerzen kann sie nicht gut sehen; es ist ihr als wäre der Verstand benommen; Stiche in den rechten Schläfe und dem Ohre; die betreffende Seite darf nicht berührt werden, es schmerzt dann wie ein Blutschwär; Ziehen im Hinterkopfe wie an einem Stricke; Schmerz im rechten Jochbeine, und Klammschmerz in demselben Kinnbacken. Auch ist die rechte Seite der Zunge angeschwollen und dick, und die Person kann nicht gut sprechen. Oft steigt's ins Genick und den Hals, den es zuschnüren will. -In der rechten Unterleibsseite liegt's wie ein Klumpen, den sie fühlen kann; der Leib überhaupt ist voller Schmerz; sie darf ihn nicht berühren. Die Anfälle kommen gewöhnlich alle Nachmittage oder Abends beim Bettgehen; sie hat dann jedesmal Frost mit Trockenheit im Munde. — Sie bekam zuerst .../X Aconit, dann die Arnica und darauf die Ignatia, und so erfolgte Heilung.

1900: Rentsch, 1851, AHZ 42.198: Mädchen, 20 J. litt während der Regel an einem sehr leisen Nachtschlafe. — Ignatia 1000 brachte radicale Heilung.

1901-1909: Ozanne, J., 1851, HTB 2.309-310: Margaret G., 19 J., It was impossible to obtain from her any information respecting her complaint, as she did not seem to understand any of the questions put to her. Her mother stated that, in February last, she had a serious attack of illness, it was an attack of mania. During the fortnight which followed her recovery, she appeared to be quite well, but she soon fell into a state of deep melancholy, which had continued uninterruptedly ever since. She usually remained the whole day seated, wrapt up in melancholy thoughts, scarcely noticing anything; she sometimes walked out, but never did any work. She frequently wept, and sometimes laughed immoderately. I was told by her mother that she often saw strange visions, even in the daytime. She fancied that she saw a man suspended by the neck to one of the rafters of the room. There were also delusions of the sense of hearing; she often heard cries and voices, as if persons were conversing niear her. Very frequent spitting of saliva, which she did not seem to be conscious of. Her memory was exceedingly bad, and her intellect extremely dull. There seemed in fact, to have come on an almost total stupefaction of her intellectual faculties. Pains in the fore part of the head, giddiness, and imperfect digestion. There had been as yet no appearance whatever of the catamenia. — Ignatia 3., 6. Spirits better, did some work. Catamenia appeared. Much improved. Comparative cheerfulness. Memory improved considerably.

1910-1913: Battmann, 1852, AHZ 44.136-137: Mädchen, 16 J. Blondine, mit zarter, durchsichtiger Haut, schlank und hager, noch nicht menstruirt, hatte seit circa 3 Wochen bemerkt, daß Arme und Beine ihrem Willen sich nicht mehr völlig fügen wollten. Zuletzt nahm die Krankheit schnell so sehr überhand, daß die klonischen Krämpfe auch den Hals, die Gesichtsmuskel, und selbst die Zunge ergriffen, so daß Patientin sehr schwer zu verstehen war, und die sonderbarsten Grimmassen schnitt. Selbst im Sitzen zuckten die Beine fast fortwährend, kurz es war ein im höchsten Grade ausgebildeter Veitstanz. Die Gemütsstimmung der Kranken sprang von großer Lustigkeit plötzlich in mürrisches, düsteres Hinbrüten über. — Ignatia 3, nach 4 Wochen Heilung vollendet.

1914-1922: Liedbeck, 1852, HTB 3.517-519: Two sisters H—m., 21 J., Pain across the vertex, with a shivering sensation, lancinations, and vertigo, especially when stooping; these symptoms are aggravated by eating. Dilated pupils. Not disposed to shed tears. The headache increased during the periods. Headache, accompanied with a tension in the eyes. Sensation as if there was a block in the head; likes more warmth when the headache occurs. — Ignatia as an amulet. Cured.

1923-1931: Liedbeck, 1852, HTB 3.517-519: Two sisters H—m., 28 J., Pain across the vertex, with a shivering sensation, lancinations, and vertigo, especially when stooping; these symptoms are aggravated by eating. Small and contracted pupils; disposed to shed tears. Pale; the period, which formerly continued only for a couple of days, lasts after that time, five or six days. The headache increased during the periods. Dry cough. The eyes look dull. Pressure over the head, sometimes clavus; will have cold applications on the head when it aches. Has lost a great deal of blood whilst in accouchement, after which her headache grew worse; night-perspirations. — Ignatia 22. Perfectly cured.

1932-1934: Harris, H. B., 1852, HTB 4.231: Mrs. W., 42 J., Flooding had set in (a fortnight after the catamenia) the previous afternoon about three o'clock, and continued to such an extent (she described it to me as "literally pouring from her"), that she felt as if dying. Had felt a good deal at parting from her son going to India. — Ignatia 3. Stopped immediately.

1935-1949: Wurmb, F., Caspar, H., 1852, Homöopathisch klinische Studien, Wien, p. 218-219: Swoizilek Maria, 26 J., wurde vor 3 Jahren vom Wechselfieber befallen, aber bald geheilt; die Regel ist seit 5 Wochen nicht erschienen. Die gegenwärtige Krankheit begann vor 4 Tagen mit allgemeinem Unwohlsein; Kopfschmerz; öfterem ziemlich heftigen Frösteln; Aufstoßen; Gefühl von Vollheit des Magens; leichten, zusammenziehenden Schmerzen im Bauch, und 3-4 mal, innerhalb 24 Stunden sich einfindenden Durchfallsstühlen. Jeden Nachmittag, Schlag 3 Uhr, erscheint ein Fieberparoxismus, welcher folgende Eigenthümlichkeiten bietet: die Kälte dauert 1 1/2 Stunden; sie wird Anfangs nur äußerlich, später nur innerlich verspürt, ist gewöhnlich mäßig, und blos manchmal für Augenblicke heftiger, und dann zu einem Schüttelfroste gesteigert; sie kommt meist mit innerer Kopfhitze vor und wird häufig durch jählinges Hitzeüberlaufen unterbrochen; während das heftigsten Frostgefühles weicht die objektive Temperatur kaum merklich von der Norm ab. Das Hitzestadium ist mehr ausgebildet, und dauert in einem höheren Grade 3 Stunden, und in einem geringeren bis gegen Mitternacht; die Hitze ist allgemein, aber doch vorzüglich eine innere und am lästigsten im Kopfe. Die objektive Temperatur ist mäßig erhöht; der Puls macht 110 Schlage. Der Schweiß kommt erst gegen das Ende des Hitzestadiums; er dauert mehrere Stunden, und ist ziemlich reichlich. Der Durst erscheint zugleich mit der Kälte, ist, so lange diese besteht, sehr heftig, und verliert sich während der Hitze beinahe gänzlich. Sowohl im Kälte- als im Hitzestadium ist ein sehr lästiger, insbesondere das Hinterhaupt einnehmender Kopfschmerz vorhanden, und beim Aufsitzen treten leicht Übelkeiten und Zusammenschnüren in der Magengegend ein. Der Kopfschmerz hält während der Apyrexie an; während dieser fühlt sich die Kranke sehr angegriffen; hat wenig Eßlust, und bringt die Nächte theils schlaflos, theils in einem unangenehmen, durch öftes Aufschrecken unterbroenen Halbschlafe zu. Bei der Aufnahme fanden wir das Aussehen gut; die Haut zart, weiß, mit einem leichten Stich ins Gelbliche; die Milz nur wenig vergrößert. Ignatia. Geheilt entlassen.

1950-1951: Haustein, 1853, AHZ 45.13: Franziska Puschner, 34 J., welche ihr Kind säugt, leidet seit 3 Wochen an einem Nervenschmerz in der rechten Achsel beim Aufheben des Armes und beim Drehen desselben nach einwärts; Gefühllosigkeit über dem rechten Knie und Spannen daselbst beim Ausstrecken des Beines. — Ignatia 3, 4 brachte in 3 Wochen vollständige und dauerhafte Heilung.

1952-1957: Hofrichter, 1853, AHZ 45.205: Schott, schiefgewachsenes Mädchen, etliche 20 J. Jetzt Magendrücken nach dem Essen, in der Nacht ärger, als am Tage mit Üblichkeiten, früher Wundheitsgefühl im Magen, bei Bewegung wird der Schmerz schneidend, Magenzittern, viel Durst, täglich mehrmals wässriger Durchfall, besonders gleich nach Essen. Sie glaubt durch Leidwesen erkrankt zu sein. Veratr. beseitigte Durchfall. — Ignatia das Magenleiden.

1958-1964: Hofrichter, 1853, AHZ 45.239: Rac, Ros., hatte vor 10 Wochen abortirt, seit 4 Wochen ein stechender, drückender Schmerz und Schweregefühl in der linken Seite unter den letzten Rippen. Selten Herzklopfen in der Nacht; liegt sie auf der linken Seite, so knurrt es im linken Hypochonder, wie im Leibe. Mehr Durst als Appetit, letzterer hat sich im Gegentheil fast ganz verloren, öftere Üblichkeiten; Stuhlentleerung täglich. Der stechende Schmerz erstreckt sich selten nach dem Rücken, einen herauf oder die Rippen entlang nach links; schlimmer beim Gehen oder Fehltreten. Die Stiche gehen herauf, erstrecken sich bis in die äußere Brust links. China 15/12. Stiche aufgehört; dagegen nächtliches Magendrücken. — Ignatia. In einer Woche keine Klage mehr.

1965-1969: Hofrichter, 1853, AHZ 45.254: M., Mädchen, 18 J. die Periode erst seit einem halben Jahr. Magendrücken Tag und Nacht, kann nichts genießen, der Schmerz ist herausdrückend, die Magengegend ist angeschwollen; viel Durst, kein Appetit; Kälte, in der Nacht Schweiß; Gilbe des Gesichtes, besonders um den Mund. Aconit, dann Appetit nur auf trockenes Brod. — Ignatia.

1970-1973: Hofrichter, 1853, AHZ 45.267: Herzog, Rosalie, 25 J., hatte vor 8 Tagen viel Leid wegen eines Todesfalles. Zusammenziehen am Herzen, dabei Angst, weinerliche Gemüthsstimmung, Appetitlosigkeit, Magendrücken. Herzklopfen in der Kirche, gegen Abend mit Herzklamm, darauf Herzklopfen. Heute früh Schüttelkälte. Periode seit 4 Tagen, stärker als sonst. Schläfrigkeit, eine Art Schwäche in den Augen. — Ignatia, Leiden beseitigt.

1974: Groß, R. H., 1853, AHZ 46.144: Ein Fünfziger. Klagte mir, daß sich seit einiger Zeit oft unwillkürlich, zumal im Schlafe, in die Zunge bisse. — Ignatia 30, nach 3 Tagen Cicuta 30. Hiernach blieben die Bisse weg.

1975-1987: Meyer, V., 1853, HVJ 4.405-410: Dame, 42 J., Schwerer Typhus nach Pflege der Tochter. Ihre vorzüglichste Klage während der ganzen Krankheit war „die pelzige Zunge". Sie beschrieb diesen Zustand, als wenn die ganze Mundhöhle mit einem Felle oder Pelze ausgekleidet wäre, so daß sie das in den Mund gebrachte Getränk gar nicht fühle. Die Zunge war allerdings mit einem dicken weißgelblichen Exsudat bedeckt, an den Rändern dunkelroth, aber überdies kein auffallenderes Aussehen, als dies im Typhus gewöhnlich der Fall ist, dar. Wohl aber war das Zahnfleisch von den Zähnen zurückgezogen, gewulstet, dunkelgefärbt, bei Berührung etwas schmerzhaft und leicht blutend. Am 22. Sept. verspürte die Kranke ein öfteres Zusammenlaufen des Speichels im Munde, das sie zu häufigem Ausspucken nöthigte. Bald steigerte sich dieser Zustand zu einem Speichelfluß in optima forma, so daß Pat. nicht zwei Minuten ohne Entfernung des weißen, schaumigen Speichels aus dem Munde liegen konnte. Jede Bewegung der Zunge, wie Sprechen, Kauen etc. vermehrte die Speichelabsonderung. Zuerst verlor sich der Appetit wieder, besonders festere Speisen, wie Brod oder Semmel, konnte sie keineswegs hinunterbringen; hatte sie dennoch auf Zureden der Ihrigen etwas zu sich genommen, so klagte sie über ein Gefühl, als wenn das Genossene über dem Magenmunde stehen bleibe. Hierzu gesellten sich noch Schlingbeschwerden und ein Druck in der Herzgrube, die auch beim Befühlen sehr empfindlich war. Jedes Getränk schmeckte ihr bitter. Öfteres bitteres Aufstoßen und Aufschwulken der wenigen Speisen. Dabei sanken die Kräfte wieder, theils weil die Kranke fast gar keine Nahrung zu sich nehmen konnte, theils weil das beständige Ausspucken ihr keinen Augenblick Ruhe ließ. Der Puls wurde wieder kleiner und voller, gegen Abend leichte Fieberanwandlungen. Die Zunge hatte sich zwar des oben beregten gelblichweißen Belegs entledigt, die Papillen waren aber sehr vergrößert und turgeszirt; die den Mund auskleidende Schleimhaut hatte eine tiefrothe Färbung und war an manchen Stellen korrodirt und wundschmerzend; die Ausführungsgänge der Speicheldrüsen geschwollen. — Ignatia 1. Erstverschlimmerung, als genesen entlassen.

1988-1990: Hempel, 1853, HTB 4.504: A lady had suffered a good deal of grief, which brought on a sensation of weakness and weariness in the epigastrium, with burning pricking, and a sensation in the joints and the internal body as if they were being distended. These symptoms were accompanied with a burning pricking in the throat, a similar pricking at the tip of the tongue; some of these symptoms were of many years standing. — Ignatia 200. Cured.

1991: Harris, H. B., 1854, ZHK 3.70 aus HTB Nr. 173: Frau, 42 J., Gebärmutterblutung. Die heftige Blutung hatte sich bei ihr 14 Tage nach der Periode plötzlich eingestellt, ohne daß eine andere Ursache zu ermitteln war, als der Kummer, den sie über die Trennung von einem zu Schiff gegangenen Sohn empfand. — Ignatia 6. Sogleich Stillstand.

1992-1993: Kaesemann, 1854, ZHK 3.117: Frau des Ph. G, 46 J., bekommt seit 3 Wochen jeden Abend, nachdem sie etwa eine halbe Stunde im Bett gelegen hat, Schmerzen in dem rechten Unterkiefer, von wo sich dieselben bis zur Schläfe ausdehnen. Diese dauern 1 — 1 1/2 Stunde ohne Unterbrechung, aber in Exacerbationen. Danach schläft sie die ganze Nacht ruhig und schwitzt. Am Tage ist sie ganz gesund. — Ignatia 6. Bald von allen Schmerzen frei.

1994-1995: Kaesemann, 1854, ZHK 3.122-123: Karl E., 30 J. Seit vorgestern bekommt er jeden Morgen, um 8 Uhr Schmerzen, die in der rechten Stirn über dem innern Ende der Augenbraue anfangen, im Bogen um das rechte Auge herum laufen, als klopfend bezeichnet werden, an Heftigkeit zunehmend bis 10 1/2 Uhr und dann eben so wieder allmählig abnehmend, bis um 1 Uhr Mittags sie ganz verschwunden sind. Die Schmerzanfälle nahmen bisher an Dauer sowohl als an Heftigkeit zu; heute mußte er sich deshalb legen, was er seither nicht brauchte. Auf der Höhe des Schmerzes thränt das Auge sehr und wird etwas roth, — auch das linke Auge thränt etwas. — Ignatia 0. Heilung.

1996-1999: Schmid, 1854, Klinische Erfahrungen in der Homöopathie, von Th. J. Rückert, Dessau, Band 1, p. 31-32 aus Hom. Arzneibereitung und Gabengröße von Schmid, Wien, p. 126: Eine Vierzigerin bekam anfallsweise zweimal täglich folgende Zufälle. Angst, Unruhe, als habe sie etwas Böses gethan, oder ein großes Unglück zu erwarten, bewältigt sie dergestalt, daß sie nur mühsam des Weinens enthalten kann. Dabei beklommen Athem, wie vom Magen aus in den Hals. Mattigkeit, unfähig zur Arbeit, menschenscheu, Anfall dauert oft stundenlang. Appetitmangel. Stuhlausleerungen, träge, ungenügend, wenn sie fehlen, um so unwohler. Ignatia. Genas vollkommen.

2000-2002: Diez, 1854, Klinische Erfahrungen in der Homöopathie, von Th. J. Rückert, Dessau, Band 1, p. 999 aus Diez, Ansichten über die specifische Curmethode, Stuttgart, p. 152: Eine Frau von 36 Jahren, mager, schwächlich, seit 20 Tagen Wöchnerin, litt seit 6 Tagen an heftigen, anhaltenden, Schlaf und Ruhe raubenden, stechenden und wund brennenden Schmerzen im Mastdarm, Vorfall desselben und durch harte mit Blut gefärbte Excremente gesteigerte Schmerzen. Im Innern des Mastdarms ein das Lumen desselben verengendes, exulcerirter Knoten. Nach Ignatia 3 war binnen 3 Tagen das Übel gehoben.

2003-2009: Schlosser, 1855, AHZ 49.62-63: H. M. R., 68 J., von schwächlicher Constitution, sanguinischem Temperamente, heiterem Gemüthe, hager — litt bei Hämorrhoidalanlage seit 3 Jahren an den qualvollsten Magenschmerzen, welche sich gewöhnlich gegen Abend 7—8 Uhr, noch häufiger aber gegen Mitternacht einstellten, 2—3 Stunden andauerten und allmälig verschwanden; manchmal kam auch Schleimerbrechen dazu. Dabei lag seine Verdauung ganz darnieder, er konnte nur Suppen und andere dünnflüssige Nahrungsmittel ohne Nachtheil verzehren. Übelkeit mit großer Unruhe und Angst, drückende Schmerzen, Brecherlichkeitsgefühl in der Magengegend mit Beklemmung und krampfhafter Zusammenschnürung der Brust. Druck auf die Magengegend vermehrt den Schmerz ungemein. Manchmal erfolgt Erbrechen der genossenen Speisen mit großer Unruhe und Angst. Hämorrhoidalschmerz im After und Drücken in der Kreuzbeingegend. — Ignatia 3, bald vollständige Heilung.

QUELLENVERZEICHNIS UND ORIGINALTEXTE

2010-2013: Kapper, S., 1855, ZHK 4.203-204: Frau J., 30 J., hatte während der langwierigen und trostlosen Krankheit ihrer Mutter Tage lang am Lager dieser letzteren zugebracht und zahllose Nächte durchwacht. Zum erstenmale, als der behandelnde Arzt die Nothwendigkeit aussprach die Rettungslose mit den heiligen Sterbesacramenten zu versehen, fühlte Frau J. während der schmerzlichen Erschütterung, die ihr diese Mittheilung verursachte, sich wie von einem plötzlichen Schlage in der rechten Schulter berührt, worauf es ihr „wie ein lähmender Blitz" durch den ganzen Arm bis in die Spitzen von Daumen, Zeige- und Mittelfinger hinabfuhr. Vom Momente an war sie ihrer Hand und ihres Armes nicht mehr Herrin. Beides schien ihr schwer wie Blei, „wie nicht mehr ihr eigen", sie konnte die Extremität nur mühsam heben, was sie mit den Fingern berührte, schien ihr „wie mit einem feinen Filze belegt". Am Tage des Begräbnisses, einige Wochen später, erneuerte sich der Anfall ganz in eben beschriebener Weise. — Ignatia 1 beseitigte das Übel.

2014: Pope, A. C., 1855, BJH 13.480-481: Anne N., 53 J. The only symptom now remaining, and that not at all relieved, is headache; the pain is principally across the forehead, and always aggravated by any excitement; she cannot bear the least noise. Ignatia 3x. Perfectly well.

2015-2018: Hencke, 1856, AHZ 52.84-85: E. N., Frau, 40 J. Hatte bei äußerer Wärme innern Frostschauder, Hitze im Kopfe und Gesichte, bei kalten Händen und Füßen und hat sich wegen großer Mattigkeit und Schläfrigkeit niederlegen müssen; sie erwachte nach einigen Stunden Schlaf im Schweiße und hatte beim Aufrichten Schwindel. — Ignatia 9. Gesund entlassen.

2019: Reichenbach, L., 1856, HVJ 7.271: Madam M. litt an epileptischen Anfällen, die besonders zur Menstruationszeit häufig, manchmal 2—3 Mal in 24 Stunden, außer dieser Zeit aber 2—3 Mal wöchentlich eintraten. — Ignatia 15 verschlimmerte, 18 besserte.

2020-2023: Montgomery, G. B., 1857, NZK 2.37: Miss W., eine angehende Zwanzigerin, klagt über Verstopfung, nagendes Gefühl im Magen des Vormittags, durch Essen erleichtert; Anschwellen der Magengegend, so daß sie oft ihre Kleider zu lösen hat oder diese beim Anziehen nicht zusammen zu bringen sind; häufige Wundheit des Halses etwas unterhalb des Kehlkopfes und an einer kleinen Stelle auf der linken Halsseite beim Schlucken; häufiges Zusammenfließen von Speichel im Munde und Anhäufung von Speichel in der Kehle. — Ignatia 3. Günstige Wirkung.

2024-2032: Montgomery, G. B., 1857, NZK 2.37-38: Mrs. H., in den ersten zwanziger Jahren, war als Mädchen sehr voll und fleischig, aber seit der Geburt ihres nunmehr 2 Jahr alten Kindes hat ihre Gesundheit fortwährend abgenommen; sie magert sichtlich ab, leidet an allgemeiner Schwäche und Nervosität und an folgenden speziellen Krankheitserscheinungen: einem krampfhaften Schmerz mit Zusammenballen in der Gebärmutter, der ihr Übelkeit versursacht; Anschwellen der Magengegend und des Unterleibes; der Urin ist trüb und von so starkem unangenehmem Geruch, daß das Geschirr baldigst entfernt werden muß; Catamenia immer sehr stark und eine Woche anhaltend, dann Weißfluß, der in Stücken, gleich saurer Milch, abgeht; Neigung zu einem kurzen trocknen Husten (sie hatte früher als Mädchen einmal Blutspucken gehabt) und in der Nacht während des Schlafes läuft ein röthlicher Speichel aus ihrem Munde. — Ignatia und Calc. carb. Bedeutende Besserung.

2033-2039: Kirsch, 1858, AHZ 56.182: Fräulein Eb—st, 21 J., war in Folge von deprimierenden Gemüthsaffecten vor vier Jahren von Epilepsie befallen worden. Jeder Anfall begann mit dem Gefühle des Bewegtseins der Umgebung, dann folgten heftige tonische Muskelkrämpfe mit Verzerrung der Mundwinkel, zuweilen mit Trübung des Bewußtseins und endeten mit noch längere Zeit zurückbleibenden Sausen und Tönen in und außer den Ohren. Die Anfälle folgten sich alle drei Wochen in ziemlicher Regelmäßigkeit. In der paroxysmenfreien Zeit wurde sie von zusammenschnürenden, nach einwärts pressenden Kopfschmerzen an der Stirn geplagt und die Menses, indem häufig die Krämpfe gleichzeitig auftraten, retardirten etwas. — Ignatia, dann Platina. Es kamen keine Krämpfe mehr.

2040: Meyer, V., 1858, AHZ 57.156-157: Handarbeiter, 47 J. Epilepsie. Der erste Anfall war vor ungefähr 8 Monaten eingetreten, während er gerade beim Fühstück saß. Derselbe hatte eine Dauer von ca. 15 Minuten, jeder spätere Anfall aber währte gleiche Zeit, und fünfte vor drei Tagen 1½ Stunde, wobei er sich in die Zunge gebissen. Die Anfälle traten ohne Vorboten ein und hatten weiter keine Nachwehen, als etwas Mattigkeit. Der Appetit nicht besonders gut. — Ignatia 30, kein Anfall mehr.

2041-2044: Bruckner, T., 1858, AHZ 57.164: Ich selbst litt mehrere Jahre hinterinander ungefähr von Neujahr bis zum Mai an einer täglich wiederkehrenden, regelmäßig intermittirenden Neuralgie im rechten Hüftgelenke. Der Schmerz war ein klopfender, der das Hüftgelenk zu zersprengen drohte. Die kalte Douche oder das Schwitzen im Dampfbade waren noch die einzigen Linderungsmittel, aber nur für den Moment, denn die Schmerzen kehrten sogleich zurück. Mit der wärmeren Jahreszeit hörte auch die Neuralgie nach und nach auf. Im Jahre 1854 kam die Neuralgie wieder, jedoch zuerst nur alle zwei Tage, bald aber nahm sie einen täglichen Typus an, nach wenigen Anfällen jedoch bemerkte ich ein leises Frösteln mit Durst beim Auftreten derselben, später etwas fliegende Hitze besonders im Gesicht ohne Durst. — Ignatia, Tinctur. Die Schmerzen kehrten nicht wieder.

2045: Hilberger, 1858, NZK 3.183: Dame, 26 J., von höchst reizbarem Gemüthe, litt schon seit dem ersten Auftreten ihrer sparsamen Menstruation, bei jedesmaligem Erscheinen derselben an den heftigsten, mehrere Tage anhaltenden Krämpfen und Schmerzen, die ihr Aussage das Gefühl erzeugten, als wollte sie gebären. Sie blieb dann für längere Zeit sehr geschwächt. — Ignatia 6. Menstruation schmerzlos.

2046-2047: Hilberger, 1858, NZK 3.183: Schwester obiger Dame. Litt vor mehreren Jahren an einem krampfhaften Ructus und Singultus, der täglich Nachmittags sich periodisch einstellte und stundenlang anhielt. Durch eine heftige Gemüthserschütterung trat diesen Winter zu ihrem nicht geringen Schrecken das Leiden von Neuem auf. — Ignatia. In einigen Tagen volkommen geheilt.

2048-2049: Hilberger, 1858, NZK 3.183: Mädchen, 18 J., litt seit 6 Jahren, mit dem Beginn ihrer Menstruation an Krämpfen und Schmerzen, so oft sich diese einstellte. Vor 4 Jahren trat in Folge eines Schreckes ein cataleptischer Anfall auf, der mehrere Stunden dauerte und bei jedem zweiten Monat fast regelmäßig wiederholte. Diese cataleptischen Anfälle gestalteten sich dann immer mehr zu epileptischen mit starken Convulsionen und Abolition des Bewußtseins. Die Intervalle der Anfälle wurden immer kürzer, so daß sie fast jeden Monat vor oder unmittelbar nach der Menstruation sich einstellten, und endlich sogar bei jeder zufälligen der Pat. stark aufregenden Veranlassung. — Ignatia 6. Vollständig geheilt.

2050-2052: Käsemann, 1859, NZK 4.68: Frau des Joh. C. R., 32 J., hat ein Kind von 2 Jahren. Sie ist regelmäßig menstruirt, aber schon seit Herbst kann sie nicht recht froh sein. Seit 14 Tagen ist sie immer müde und hat mitunter etwas Kopfschmerzen. Ehevorgestern und gestern Abend bekam sie mit Frostschütteln — das erste Mal gering, gestern Abend stärker — etwa 1/4 Stunde lang, welchem etwas Reißen im Beine vorherging. Hitze etc. folgte nicht darauf. — Ignatia 0.3. Fieberanfall kam nicht wieder. Ihr Gemüt ist viel freier geworden. " Sie ist überhaupt ganz anders jetzt".

2053-2058: Verwey, 1859, NZK 4.105-106: Neeltje van Beemen, 21 J., litt an einem Mastdarmvorfall seit den ersten Lebensjahren in Folge eines langdauernden Durchfalls. Die Krankheit bestand in einem über vier Zoll langen Mastdarmvorfalle, welcher nur im Bette und bei ruhigem Liegen nicht heraustrat, aber sobald Pat. nur eine Anstrengung machte oder Stuhlgang hatte herausfiel. Das Mastdarmstück war blauröthlich gefärbt, wulstartig, blutete leicht, war mit einem schleim-eiterartigen Stoffe überzogen, sah degenerirt aus, und erregte bisweilen heftige Schmerzen, besonders wenn Stuhlgang stattfand, welcher meistens träge, hart und tagelang zurückgehalten war. Der Appetit war gering, die Digestion gestört, bisweilen Übligkeit und Magenschmerzen. Nux vom. heilte. Ein Jahr danach Darm wieder herausgetreten; sie klagte zugleich über nervöse Symptome zufolge niederdrückender Gemüthsbewegungen, und hatte auch Madenwürmer wahrgenommen. — Ignatia 6, 30. Vollkommen geheilt.

2059: McManus, 1859, BJH 17.488-490: Thirst during the cold stage, and absence of thirst during the fever, were the indications.

2060-2061: Ganz, J., 1860, AHZ 60.46-47: Neugeborenes Kind der K. B., 36 J. Ich fand das Kind ruhig im Bette liegen mit gesundem Aussehen. Kaum hatte ich es jedoch 5 Minuten betrachtet, so fing es an mit den Augenlidern zu zucken und bald verbreiteten sich diese Zuckungen über das ganze Gesicht, so daß der Mund ganz auf die Seite zu stehen kam, die oberen Extremitäten streckten sich gerade aus, die Finger wurden eingezogen, der ganze Körper, besonders aber das Gesicht bekam eine ganz dunkelblaue höchst cyanotische Farbe. Nachdem dieser Zustand ungefähr 5 Minuten angehalten, erlangte das Kind wieder durch ebenso lange Zeit ein ganz gesundes, frisches Aussehen. — Ignatia 6, das Kind genas.

2062-2068: Curtis, 1860, NAJ 9.335: A lady, 30 J., had suffered for several weeks with a tertian fever. Chill, attended with violent thirst, with chattering of the teeth, shaking of the whole body, gaping, and stretching. Heat exceeded the chill in duration, with "heavy, sore" pain in the region of the liver; dull aching and tenderness about the loins; headache throughout the fever (throbbing aching fullness in the frontal region); loss of vision (scotoma) from motion; drowsiness; no thirst; lastly, sweat. Carbo veg. and Ignatia with immediate success.

2069-2070: Perutz, 1861, AHZ 62.204: K., Diener, 24 J., leidet seit mehr als einem Jahre an 3tägigem Wechselfieber. Die Anfälle sind zwar kurz und nicht sehr intensiv, haben jedoch den Kranken, der sonst von kräftiger Constitution ist, sehr geschwächt, besonders aber ist sein Nervensystem zerrüttet. Eine auffallende Erscheinung war mir, daß während des Frostes sich heftiger Durst einstellte und derselbe im Hitzestadium fast gänzlich fehlte. Die Verdauung war noch ziemlich kräftig, der Stuhl retardiert. Die Milz ließ keine Schwellung wahrnehmen. — Ignatia 3. Die nächste Anfall war der letzte.

QUELLENVERZEICHNIS UND ORIGINALTEXTE

2071: Gerson, G., 1862, AHZ 64.67: Eine vollsaftige Dame, 35 J. Litt zeitweise und insbesondere einige Tage vor oder auch während der Periode an einem enormen Harnfluß. Sobald Anfangs unter meiner Behandlung der enormen Urinströmung durch Pulsatilla rascher Einhalt geboten worden, trat Tags darauf regelmäßig eine Prosopalgie auf, die äußerst schnell der Ignatia wich. Jetzt von beiden Affectionen frei.

2072: Gerson, G., 1862, AHZ 64.67-68: Sehr zarte Dame. Litt an erschwerten, lancinirenden Uterinschmerzen (nur am Halse des gestülpten Uterus war eine kleine indurirte Stelle nachweisbar), die, sobald sie durch Arsen beschwichtigt waren, sich regelmäßig in eine Prosopalgie umsetzten, welche ihrerseits der Ignatia schnell wich.

2073: Gerson, G., 1862, AHZ 64.68: Ein mit einer Fissur behafteter Hämorrhoidarier in den Vierziger Jahren hatte oft Anfälle von heftiger Proktalgie. Jedesmal nach Beschwichtigung derselben durch Salpetersäure trat Prosopalgie auf und Ignatia verfehlte nie, dieselbe rasch zu beseitigen.

2074-2079: Hoppe, I., 1863, AHZ 67.90-91: Seidenfärber Fr. Hagloch, 31 J., litt an einem reißenden Schmerz links am For. supraorbitale. Dieser Schmerz war plötzlich Abends im warmen Zimmer entstanden und hatte sich täglich wiederholt und zwar so, daß der Schmerz in den folgenden Tagen Früh 5 Uhr begann, um 7 Uhr vom Orbitalrande gleichzeitig in das linke Auge zog, Nachmittags gegen 2 Uhr sich verminderte und dann in geschwächtem Grade bis zum Schlafengehen fortbestand. Der Schmerz war reißend, „ähnlich wie wenn man an einer Schnur reiße", und fast noch mehr als im Bereiche des For. supraorbitale fühlte der Kranke den Schmerz im linken Auge. Er klagte über den reißenden Schmerz und auch über Stechen des linken Auges, das nebst seiner Umgebung vom Schmerz ergriffen war, thränte etwas, die Lider waren wenig geschwollen und sanft gerötet, und die Tarsaltheile links waren hellroth mäßig injicirt. Auch klagte der Kranke über etwas Kopfschmerz beim Erwachen drückender Art im ganzen Kopfe, über fliegende Hitze und Schwitzen bei der Arbeit und über Frieren in der Ruhe. — Ignatia 3. Anfall blieb fernerhin aus.

2080: Couch, A. S., 1864, TNY 1864.21-22: Neuralgia. Pain in the temples, very severe, accompanied with irregular respiration. — Ignatia 30 und 200 verschlimmerte, 2000 heilte.

2081-2094: Boenninghausen, C. v., 1864, Versuch einer homöopathischen Therapie der Wechsel- und anderer Fieber, Leipzig, p. 26-27: Puls gewöhnlich hart, voll und häufig, mit Klopfen in den Adern; seltener klein oder langsam; übrignes im Ganzen sehr veränderlich. Frost und Frostigkeit mit erhöheten Schmerzen. Frost stets von Durst begleitet, und durch äußere Wärme zu tilgen. Frost oft bloß der hintern Körperhälfte. Äußere Kälte bei innerer Hitze. Innerer Frost bei äußerer Hitze. Bloß äußere Hitze ohne Durst, mit Unerträglichkeit äußerer Wärme. Äußere Hitze mit Röthe, bei innerem Frostschauder. Überlaufende Anfälle von äußerer Hitze. Beständiger schneller Wechsel von Hitze und Kälte. Halbseitige, brennende Gesichtshitze. Wenig Schweiß, oft bloß im Gesichte. Gefühl, als wollte Schweiß ausbrechen, der aber nicht erfolgt. Schweiß beim Essen. Der Schweiß ist zuweilen kalt, aber gewöhnlich warm und etwas sauerriechend.

2095-2101: Watzke, 1867, AHZ 74.173: Frau T., 40 J., leidet seit 8 Tagen in Folge einer heftigen Gemüthsaufregung an Anfällen von Angst mit unwiderstehlicher Neigung zum Weinen. Es weckt sie gewöhnlich Nachts; die Angst läßt sie nicht mehr schlafen; Angst und Unruhe verlassen sie aber auch untertags nicht; sie möchte beständig weinen. Dabei Brustbeklemmung, häufiges Seufzen, Frostgefühl, worauf wenig Hitze, noch Durst, aber ein mäßiger Schweiß, besonders an den Füßen, eintritt. Der Appetit ist sehr gering; der Harn, dem Ansehen nach unverändert, hat einen übeln Geruch. — Ignatia 1 befreite die Pat. binnen weniger Tagen von ihren Anfällen.

2102-2109: Hencke, K., 1867, AHZ 75.62: Frau v. Sz., einige 40 J., regelmäßig menstruirt, wobei sehr dunkel gefärbtes, leicht gerinnbares Blut ausgesondert wird, leidet seit einigen Jahren sehr oft, meist nach Gemüthsbewegungen, doch auch ohne nachweisbare Veranlassung, plötzlich an halbseitigem Kopfschmerz. Patientin klagte über heftig anhaltend wühlende Schmerzen, die sich vom rechten Schläfenbein zur Stirn hin verbreiten und stark auf das rechte Auge drücken, wobei das Tageslicht nicht vertragen wird. Diese halbseitigen Kopfschmerzen befallen meistens Früh gleich nach dem Erwachen, oder bald nach dem Aufstehen, dauern dann, an Heftigkeit zunehmend, bis Nachmittags, wo sie dann allmälig sich mildern und endlich verschwinden. Abends und Nachts hat Patientin nie diese Kopfschmerzen. Zuweilen beginnen diese Anfälle mit etwas Übelkeit und Luftaufstoßen. Die geringste Bewegung erhöht die Schmerzen. Patientin muß ruhig auf dem Rücken liegen mit geschlossenen Augen oder sitzend den Kopf auf den Tisch auflegen, um Erleichterung zu haben. Diese Anfälle wiederholen sich 3—4 Tage hindurch, während dieser Zeit ist sie sehr reizbar, empfindlich und zum Weinen geneigt. — Ignatia 200. Niemals wieder Hemikranie.

2110-2119: Hencke, K., 1867, AHZ 75.62: Frau L., über 50 J., nicht mehr menstruirt, erkrankte an Fließschnupfen und Husten. Der Husten war trocken, verursacte pressenden Schmerz in den Schläfen und wurde von kitzelndem Reiz im Kehlkopf erregt. Der Nacken erschien ihr sehr steif. Des Morgens beim Aufstehen überfällt sie ein krampfhaftes Gähnen. Sie hat wenig Verlangen nach Speise, Widerwillen gegen Fleischspeisen, aber großes Verlangen nach Säuerlichem. Sie leidet viel an Blähungen, Poltern in den Gedärmen, Weichleibigkeit, oft an kaum Stuhldrang mit dem Gefühl, als schnüre es den Mastdarm zusammen. Abends hat sie Frostschauer bei heißen Händen und Hitze im Angesicht mit Röthe der Wangen. Der Kitzelhusten ist Abends nach dem Niederlegen am Lästigsten und weckte sehr oft aus dem Schlafe. Der gelassene Urin ist trübe und macht weißlichen Satz. — Ignatia 200. Fühlte sich wohl.

2120-2121: Hencke, K., 1867, AHZ 75.62: Herr D., einige 60 J., hat in den letzteren Jahren viel Kränkungen, Gram und Sorgen erlitten, ist sehr wortkarg, und in sich gekehrt, leidet seit einigen Tagen an Schmerzen in hohlen Zähnen, links unten, die während des Essens und beim Tabakrauchen sich verschlimmern, oder auch hervorgerufen werden, vertragen auch die Berührung mit der Zunge nicht. — Ignatia 200 beseitigte den Zahnschmerz in einigen Stunden.

2122-2126: Hencke, K., 1867, AHZ 75.62: Fräulein R., 18 J., von sehr weichem Gemüth, leicht zum Lachen und Weinen geneigt, regelmäßig menstruirt, die Absonderung ist dunkel, zuweilen von übelm Geruch, litt beim Eintritt der Menses an Schmerzen in den oberen Backenzähnen, rechtsseits. Die Zähne erschienen ihr wie locker, Schmerzen erhöhen sich bei Berührung. Der Mund ist fast immer mit Speichel erfüllt von säuerlichem Geschmack. — Ignatia 200. Abends waren die Zahnschmerzen verschwunden. Nicht wiedergekehrt.

2127-2133: Hencke, K., 1867, AHZ 75.101: E. v. Z., 10 J., von zartem Körperbau, sehr lebendig, heiter, aber auch gleichzeitig sehr empfindlich und zum Weinen geneigt, klagte Abends über Kälte und Druckschmerz in der Stirn, verlangte oft Wasser zu trinken, nach dessen Genuß sie bittere, schleimige Flüssigkeit aufstößt. Des Nachts klagte sie über Hitze im Kopf, Herzklopfen, Schlaflosigkeit und öfteres Seufzen. Morgens fand ich das Mädchen sehr über Kopfweh klagend und etwas benommen. Der Schmerz wurde in der Stirn angegeben mit Druck auf die Augen. Der Kopf fühlte sich heiß an, ebenso die Hände. Die Kranke lag ruhig auf dem Rücken, weil die geringste Bewegung den Schmerz erhöhte. Der Puls war frequent, das Herzklopfen stark. Durst war nicht zugegen. — Ignatia 200. Abends war das Kind wieder munter, blieb gesund.

2134-2181: Hering, C., 1868, AHZ 77.45-46: Herings Zusammenstellung für die deutschen Leser der Symptome in Guernsey's 1866 erschienenen Buch "Obstetrics". Symptome numeriert mit 1-48. Folgende Symptomzusammenhänge werden im Text angegeben: (14=2147) 2 mit 26, 29. 4 mit 10, 14, 26, 33, 34, 35. 7 mit 1, 4, 14. 9 mit 26, 33, 46. 10 mit 4. 12 mit 29. 16 mit 29. 17 mit 38. 18 mit 1, 4, 14. 22 mit 18, 28. 25 mit 14. 26 mit 14. 28 mit 1, 4, 14, 27. 29 mit 4, 14. 31 mit 2, 4, 14. 35 mit 4. 10. 38 und 39 mit 14. 40 mit 34. 41 mit 29. 42 mit 13. 43 und 44 mit 29. 48 mit 2, 4, 14, 29, 36.

2182-2188: Turrel, 1868, BBP 1.13-15: Mme S., 32 J. Dix minutes après la délivrance, la mère, qui avait eu jusquelà l'entière possession de ses facultés, et qui avait même parlé a la sage-femme de ma prévision au sujet de convulsions dont elle etait menacée, éclate de rire sans motifs et perd subitement connaissance. Une coloration violette se répand sur le visage; les yeux se convulsent; une écume rougeâtre apparaît au coin des lèvres; les paupières et les dents se contractent, et tous les muscles de la face sont agités de mouvements désordonnés. En même temps, les membres supérieurs se livrent à des convulsions toniques. La poitrine se soulève péniblement, et la respiration est stertoreuse et entrecoupée. Quelques paroles confuses et délirantes s'échappent péniblement des lèvres. Le pouls était petit, précipité, à 160 pulsations. — Ignatia 12. Heilung.

2189-2194: Stow, T. D., 1868, TNY 1868.595: E. D., 19 J., When seven years of age suffered from an attack of cephalalgia, which had, up to the time of making my prescriptions, continued with intervals of two or three months, and lasting variedly, from three days to three weeks. Intense pain over right eye, and seemingly through the supra-orbital foramen; pains as though a needle were pushed through into the brain, pressure from without inward; appetite disordered, sometimes mad delirium, nausea and vomiting. Eye red, swollen and protruding. Coming on in morning, at or near nine o'clock, generally stopping at 2 P.M. Aggravated by noise, washing hands in cold water, dropping the head forward, stepping heavily. Amelioration, by soft pressure, lying on back, heat. — Ignatia c.c. no return.

2195-2196: S. M., 1868, HWO 3.226-227: Mr. G. N. Neuralgic pain of the left side of the face, which recurred about every third week; slight toothache; and extreme nervousness, associated with frequent palpitation of the heart. — Ignatia mitigated all the symptoms.

2197-2207: Groß etc. 1868, AMM 1.69-70: Characteristics. Spasmodic affections of children, consequent on being put to sleep soon after punishment (Groß). Sweat on the face while eating. Headache, as if a nail were driven out through the side; relieved by lying on it (Stapf). Gets sleepy after every coughing spell (Bönninghausen). Every

time he stands still, during a walk, he coughs. Headache increased when smoking tobacco or taking a pinch of snuff, or from being where another is smoking (Raue). Full of suppressed grief; seems to be weighed down by it; broods over imaginary trouble (Guernsey). Ailments from grief, or suppressed mental sufferings. Change of position relieves the pains. In talking or chewing they bite themselves in the cheek or tongue. During the chill, thirsty, external warmth pleasant; during the fever heat no thirst, external warmth very unpleasant (Hahnemann).
2208: Lippe, A., 1868, AMM 2.176: Therapeutic Hints. Ignatia, indurated tonsils, but not much inflamed—sometimes ulcerated.
2209-2210: Morgan, J. C., 1868, TNY 1868.157: A pregnant lady, usually of happy and lively temper, got severe cramps in the back part of the thighs, when lying on her back; worse, by far, after 3 o'clock in the morning. For the first time seemed to regret her pregnancy; felt surly about it, almost weeping from impatience. Cured in a few hours by ignatia, c.c.
2211-2214: Dunham, C., 1869, NEG 4.7: Mrs. B., 33 J. After her first confinement, she had hemorrhoids, which have been growing worse ever since. Tumors prolapse with every stool and have to be replaced; they are sore, as if excoriated. Much hemorrhage with every stool. Both hemorrhage and pain are worse when the stool is loose. Dull, dragging pain all around the pelvis, constant tenseness and frequent spasmodic constrictions of the anus, followed by a sharp stitch from the anus upwards into the rectum. — Ignatia 200. Is strong and well.
2215-2216: Dunham, 1869, AHZ 79.155 aus USM, Jan. 1869: Miss M., 31 J., empfand: Trockner, unaufhörlicher Husten, als wäre eine Feder im Halse. Die Hustenanfälle in um so rascherer Aufeinanderfolge je mehr sie sich aushustet. — Ignatia 200 beseitigte den Husten.
2217-2220: Goullon jun., 1869, PHZ 15.155: Es sei hier flüchtig erwähnt, daß ich mit Ignatia eine Frau rasch herstellte, welche außer anderen bekannten Beschwerden an Furchtsamkeit (sie drückte sich bezeichnend genug aus: es wäre ihr immer als trüge man ein Todtes vor ihr herum), an krampfhaftem Gähnen, Gefühl von Gelähmtsein an allen Gliedern (früh) und sonst an Verschlimmerung Abends litt.
2221-2222: Dulac, 1869, AMM 3.57 aus Hahnemannienne: A woman, 50 J., is taken down with a curious fever, during which, especially at night, she becomes somnambulistic and describes clearly the interior of her brain, at another time she sees everything that passes in her street, but recollects nothing of it when awake. As her fever was caused by her delicate feeling of honor being offended; we prescribed Ignatia, which cured this abnormal state, but the fever kept on.
2223-2224: Raue, C. G., 1870, ARR 70.286-287: Pain in occiput; worse from cold, from smoking, snuffing, or smelling tobacco; better from external heat. Good appetite, even keener than usual; whilst eating headache much better, but soon after worse again.
2225: Squier, A. F., 1870, NEG 5.241: Baby, 4 M. Cholera infantum. Child pale, cold, fixed, staring look, occasional screams, vomits food. — Ignatia 200. All symptoms have passed away.
2226: Squier, A. F., 1870, NEG 5.241: Mrs. E. Had inflammation of bowels six months ago, since which time there have been alternately constipation and diarrhoea most of the time. She had been completely constipated for the preceding five days, and this morning diarrhoea began. She had had four discharges during the day, with pain of an intense tenesmic character in the rectum — only after a discharge, — also steady, dull pain and tenderness in the left lumbar region. — Ignatia 3d. The next morning the patient was well.
2227-2228: Butman, G. F., 1870, NEG 5.242: I have found Ignatia a useful remedy in diseases of women and children, especially in Hydrocephaloid disease, caused by sudden metastasis from the bowels to the brain, in children affected with cholera infantum during dentition. I have found the especial indication for its use to be —sudden paleness of the face, with a rolling, tossing motion of the head; difficulty in swallowing; delirium, with convulsive motion of the eyes, and lids. I have also used Ignatia in haemorrhoids after confinement, when there was present sharp painful pressure in the rectum after a soft stool, also sharp stitches extending from the anus into the rectum.
2229-2231: Cushing, A. M., 1870, NEG 5.242: Jaundice. I have found Ignatia indicated by these two symptoms: Silent melancholy, twitching of one muscle at a time. A severe case of Acute Jaundice is making a rapid recovery, under the influence of Ignatia. The symptoms suggesting it were the constipation,silent, stupid state, with jerking of body, arms and limbs when asleep, but it was only one muscle at a time.
2232-2233: McGeorge, W., 1870, NEG 5.133: Old lady, 62 J. Brought on the menses again; she had had them regularly ever since. The quantity is much less than normal, the color natural. This lady had considerable trouble, and the Ignatia was given as a remedy for grief. It removed her grief, and has made her feel better, as she informs me, than she has felt for twenty years, although she has this unnatural flow.
2234: McGeorge, W., 1870, NEG 5.133: It brought on a sudden flow in a woman aged 30, who had missed her periods for three months.
2235-2240: Gersdorff, B. v., 1870, NEG 5.239-240: Mrs. S, about 32 J., Epileptic fits to which she had been subjected for several years. The first fit set in about seven years ago, soon after the beginning of her married life, which was an unhappy one. She had for a long period experienced violent grief from harsh treatment, had kept her troubles to herself for months, and when she finally gave way, the paroxysm of crying lasted an entire week, at the end of which the first fit came on. The premonitory symptoms were generally: stopping of the circulation, cold extremities, oppressed breathing and enormous flatulence. Sometimes a large dose of brandy would keep a fit off for a while. Her spirits were very unequal, and she was often melancholy. Lately the fits, which had formerly come on once or twice a week, generally late in the evening after a rich supper, had been less frequent, but more severe, causing her to fall and bite her tongue, and leaving her for three to four days very lame with a bruised feeling all over the body. Appetite and digestion very variable, changing from extreme nausea or qualmishness to canine voracity. — Ignatia. Calls herself cured.
2241-2243: Nankivell, H., 1871, MHR 15.30-31: E. G., lady, 50 J., has suffered for the last three months from excruciating neuralgia of the sciatic nerve and its peroneal branches. The appetite is fair; the tongue slightly furred; the bowels rather irregular, but inclined to constipation. The pain is most acute, of a tearing, digging, boring character; the paroxysms are preceded by intense coldness and shivering; the pain lasts for about one hour or one haour and a half, and then slowly departs; the attacks come on both day and night, but are worse at night, so that she must get up and walk about the room; there are generally three or four each day and night. She had ague many years ago, when living in a fenny district. I was led to try ignatia chiefly on account of the depressed appearance of the patient. — Ignatia 1x. No return of the pain.
2244-2245: —, 1870, HWO 5.66 aus WES: Everyone who has treated fractures or lacerated wounds involving loss of substance, and injuries of the muscular or nervous system, has observed the tendency that the muscles have to twitch, or jactitate. In a case of sprained wrist, this nervous action of the muscles became a great annoyance, so much so indeed, that the patient thought there must be some displacement of the bones. The patient was so distressed in mind about business, and so melancholy, in connection with this twitching, that I was induced to give Ignatia 6. Immediately relieved. A boy, 10 J., who had the calf of his leg badly crushed by being run over by a street car. The twitchings were violent, and to such an extent as to misplace the loose dressings that were applied. After taking the second dose he went to sleep, the jactitation ceased.
2246: Newton, J. L., 1870, MHR 14.332-333: J. F., 74 J., whose arm had been blown off. On the second day of the accident the chief pain was of the muscular spasms, from which there had not been any intermission all night. J. F. was so poaitive the bones had been displaced, that I examined them and found they had. On the third day after the accident, the spasmodic twitchings were not better. — Ignatia 6. Each dose does him good.
2247-2249: Schaefer, C., 1870, HHM 6.77-78: A lady, who had a few paroxysms one and two years previously, was prescribed for; tertian, anticipating two hours. Prominent symptoms were, uncontrollable stretching, followed by excruciating bone-pain, backache, and as if the joints would separate. Hearing of chilliness on motion during paroxysm, Nux vom. was given. Pulsat. had the same effect as Nux vom.; each paroxysm decreasing, anticipating type remaining, and suddenly, without apparent cause, returning in full force. The following appeared, during the more aggravated paroxysms: she feels better when sitting up, chills relieved on sitting to the hot stove. — Ignatia 3d, and she had but one paroxysm thereafter.
2250-2260: Goullon jun., H., 1871, AHZ 82.47: Ältere Dame, welche, wenn sie sich wohlbefinden soll, der strengsten Zurückgezogenheit und Ruhe bedarf, leidet zuweilen an heftigen Schwindelanfällen. Dieselben werden in unregelmäßigen Zwischenräumen hervorgerufen durch Gemüthsalterationen, Erkältungen, Diätfehler u. s. w. und erscheinen selten spontan. Nachdem Patientin noch Abends auf dem Balkon des Hauses gesessen und hier die starken Gerüche der zahlreichen Gartengewächse eingeathmet hatte, wobei zu bedenken, daß sie in Folge einer früheren Krankheit das Geruch fast ganz verloren und erst bei sehr intensiven Gerüchen etwas wahrnimmt, fiel sie in einen anhaltenden Schlaf, was bei ihr stets ein ominöser Vorbote ist, indem auf solchen Schlaf ein übles Erwachen folgte. Nachdem sie trotzdem aufgestanden und sogar versucht hatte durch etwas Lectüre sich zu zerstreuen, kam der Schwindel in furchtbarer Heftigkeit. Sie mußte die geringste Bewegung vermeiden, wenn der Zustand nicht ein unerträglicher werden sollte. Ich fand dieselbe im Bett liegend und mit den Zähnen klappernd, was aber nicht etwa mit Frostanfall als Vorbote von Fieber zusammenfiel, sondern, wie sie sich selbst ausdrückte, einem krampfhaften

Verhalten des ganzen Körpers zuzuschreiben war. Darauf deutete auch häufiges Gähnen. Vor Jahren Gefühl von Eingeschlafensein neben Gefühllosigkeit des rechten Arms. Auch diesmal traten Vorboten der Art in dem rechten Arm ein. Patientin hat stets mehr rechterseits gelitten, so an Kopfschmerz der rechten Seite, und zwar war es ihr, als ob daselbst ein Schwären durch wollte. Ihre einzige Sorge war jetzt, daß der Schwindel sich mit dem von früher her in übler Erinnerung stehenden Rückenschmerz verbinden würde. Sie hatte eine unbeschreibliche Angst vor seinem Wiedererscheinen. Ich möchte denselben dem Clavuskopfschmerz vergleichen. Nach Behandlung: Durchfälle bei der sonst an Hartleibigkeit leidenden Patientin und anhaltendes leeres Aufstoßen mit Erleichterung. Belegte Zunge, Appetitlosigkeit. — Ignatia 3 beseitigte den Schwindel.

2261: v. d. Heyden, 1871, AHZ 83.154: Bei zwei Fällen von Epilepsie verschwand ohne Rückfall die Krankheit auf je eine Gabe Ignatia 30. Für dieses Mittel gab die „gehässige und zornige Stimmung" der Erkrankten die Indication.

2262: Dulac, 1871, ARR 71.50 aus RIV: In consequence of a reverse of fortune, a lady, a vendress of linen goods, was suddenly attacked with a continued fever. — Ignatia 24 m entirely cured.

2263: Pearson, W., 1871, NEG 6.11-12: Male Child, 4 J., prolonged prolapsus of the rectum. He had been troubled with prolapsus for some months; and, at the time I prescribed for him, his parents were obliged to return the rectum after each movement from the bowels, sometimes twice a day, and occasionally with great difficulty. — Ignatia 2. Cure.

2264-2271: Lynxi, 1871, HWO 6.78-79: J. C., 42 J. Had suffered twenty years. Pain across the loins and abdomen, dull aching, worst an hour before meals, and at night in bed. The pain seems to come from the loins, round the abdomen below the navel, twisting about, and making him feel faint and sickly; sometimes the pain seems to extend up the backbone to the head, when he feels very strange, ready to fall, scarcely knowing what he is about, and fearing to remain at his work (amongst machinery). He has pain in his shoulders and legs also, worse at night; and sometimes frontal headache, with sensation at top of head completely affecting his mind. Does not pass much water, but it is variable in colour and substance, sometimes containing a reddish or brownish sediment; there is no pain during micturition, exceot very occasionally just at the commencement. Bowels generally relaxed. Appetite good; no thirst. Pulse 64, and rather soft. The patient was thin, had eruptions on his face, and was a little despondent. — Phos. ac. and Ignatia. Has had no relax or pain. Remaining well.

2272-2278: Shuldham, 1871, MHR 15.285-286: A. V., female, 39 J., of anxious expression of countenance, with eyes that almost fear the light, and a mouth that, with its thin, bloodless lips, suggests suffering, but will not tell the actual tale. There is a frown almost across the brow, but it seems to have arisen rather from a frequent closure of the eyes in pain, than from anger. This patient came to me first complaining of a pain in both temples, and feeling weak and exhausted, with a bad appetite, and restless nights. The bowels had been rather relaxed, and the tongue was furred. China. She came again with a severe headache, characterised by extreme pain that was relieved by pressure and rest, and aggravated by light, sound, and thinking. Together with this there was pain in the back and nape of the neck, a feeling of prostration both mental and physical. The tongue was covered with a white fur. The skin was cold, and the pulse thin and weak. There was a general look of utter weariness, and almost despair of any decided improvement. — Ignatia 3x. Whole health improved.

2279-2289: Shuldham, 1871, MHR 15.286-287: W. H., male, 48 J., is over-worked by day, and the brain will not rest by night. The anxieties and business of the day being repeated in dreams. The headache, peculiar to this patient, begins with a pain deep-seated in the eyes, then goes to occiput and nape of the neck, and ends by attacking the vertex. The pain is of a stabbing character in the eye, and then becomes very acute, driving the patient almost frantic its severity. It generally begins on rising from bed in the morning, increasing in severity till about four o'clock in the afternoon, when it sometimes abates, but not always, only passing off with a night's rest. Warmth relieves, sound, but not light, increases the pain. The appetite remains good in spite of pain. The day before the headache comes on, he complains of irritability of disposition, and, the day after, the scalp feels tender, and there is a dull, uncomfortable feeling, as though the head might ache again from any slight cause, a kind of ground-swell after the storm. The periodicity of pain is well-marked in this case, the headaches are monthly in their appearance, and chose Sundays, as a rule, for the time of their activity, and, curiously enough, Christmas day. At a time when most people's hearts are open to any amount of benevolence, and their stomachs equal to receiving any amount of roast beef, this gentleman wheels the sofa round to the fire, buries his head in his hands, and, for some five or six hours, is lost entirely to the outer world. His one thought is: What a fearful thing it is to have a head that was made to ache, and ache so inopportunely too. This patient passes a quantity of pale urine during the t me of the attack. One great peculiarity of these headaches is the intensity of suffering undergone; so severe as to make the patient fear lest the reason be impaired if the pain were further prolonged; an overwhelming agony of pain, that seems to desolate the mind and annihilate the body. — Ignatia 3x. Decided benefit.

2290: Bruckner, Th., 1871, NAJ 19.417: Mrs. L., about 50 J., was convalescent from a severe disease (typhlitis). She was up, when I visited her, but she felt very weak. She complained particularly of a feeling of emptiness or weakness (sinking, goneness) in the pit of the stomach, which caused her to gape almost continually. During the short time of my visit she yawned more than a dozen times; it was a real spasmodic gaping, which threatened to dislocate the jaw-bones. Ignatia 200. Next morning: had not yawned a single time.

2291: Stow, 1871, HHM 7.44: Intermittent fever, cured by Ignat. 5c, two prescriptions, after the thirtieth had failed. Indications: Chill at 8 1/2 A. M., with great thirst, and desire for the heat of the stove, which relieved her.

2292-2293: Stow, 1871, HHM 7.44: Babe. Intermittent fever, two weeks. Cure by Ignatia 5c. Indications: At 9 P. M., shaking chill, followed by heat and not sweat; during chill, great thirst and desire to be warmly wrapped up, nestling close to the mother's breast.

2294-2299: Rückert, T., 1872, AHZ 84.60-61: Knabe, Zeisig, 10 J., kräftig gebaut, aber blaß aussehend, der nach einem Schreck von Krämpfen eigenthümlicher Art befallen ward. Ein Bandwurm wurde abgetrieben, die Krankheit trat aber häufiger und heftiger auf. Mißbrauch von Süßigkeiten, die ihm häufig verabreicht wurden, um ihn bei guter Laune zu erhalten, da ihm überhaupt alle thörichten Wünsche erfüllt werden mußten, weil jeder Widerspruch Anfälle zur Folge hatte. Es sei plötzlich vor ihm ein Herr „Lampe" aufgesprungen. Zitternd sei er heimgekehrt und hätte noch denselben Abend einen Anfall bekommen. Die Anfälle kommen täglich 6 bis 10 Mal. Entweder schläft er stehend ein und fällt um, oder er bemerkt, daß er schläfrig werde und legt sich schnell nieder, liegt bewußtlos eine halbe, oft auch mehrere Stunden still, fängt dann an bei geschlossenen Augen die Hände zu ballen, versteckt sich unter das Bett, schaut scheu darunter hervor, schnellt Arme und Beine in die Höhe, dann wirft er den ganzen Körper krampfhaft empor, dabei zieht er den Unterkiefer vorwärts, und nun erwacht er plötzlich mit stossendem Atem und seine erste Klage ist über Hunge. In den Zwischenzeiten zeigt er sich stets sehr furchtsam und verdreht krampfhaft fortwährend die Hände, Finger und Zehen. Außerdem klagt er bei stetem Stocknupfen über Vollsein und Schwere im Kopf. — Ignatia 12. Ganze Krankheit geheilt.

2300-2305: Stein, 1872, NZK 17.86: Franziska N., 6 J. Die kleine Kranke liegt mit halbgeschlossenen Augen ganz apathisch da; blasses, eingefallenes Gesicht; Bauch aufgetrieben, beim Drucke empfindlich; 5-6malige unwillkührliche, meist blutige, übelriechende Stühle; Puls sehr freqent und kaum fühlbar. Um die zweite Nachmittagsstunde traten gestern sowohl als heute unter plötzlichem, heftigen Aufschreien Convulsionen der Gesichtsmuskeln mit bläulicher Gesichtsfarbe, vollständige Bewußtlosigkeit, Verdrehen der Augäpfel und Schaum vor dem Munde auf, welcher Zustand ungefähr eine Viertelstunde anhielt, worauf die Krämpfe nachließen und der frühere apathische Zustand wieder eintrat. Dabei Kälte der Extremitäten, größte Hinfälligkeit. — Ignatia. Bedeutende Besserung.

2306: Duncan, 1872, MIV 9.17: New Characteristics. Aggravation at 4 A. M. and 4 P. M. till evening.

2307-2308: Miller, H. V., 1872, MIV 9.49: Severe boring pain in left temporal region, worse when lying down at bed-time; partial relief when lying on the painful side. Some nausea. Patient subject to such attacks which generally proved very obstinate and long-lasting. — Ignatia. Speedy cure.

2309: Ussher, 1872, MHR 16.108: Woman, over 30 J. She was one of those who suffered many things of doctors, and endured most agonising "tic" for seventeen days, suffering from congestion of the head; her nights were sleepless, and she was worn out when I saw her. Ignatia 3 relieved the pain.

2310-2317: Bender, P., 1872, HHM 8.72-73: Mrs. G., 54 J. Since eight years ago has been subject to nervous periodical headaches coming at the same hour and day every week, and lasting forty-eight hours. They disappear at a moment corresponding with their advent—11 A. M. Their coming is preceded by a sense of vacuity in the stomach and chest, stiffness of the nuchae and muscles (trapezius) on each side of this ligament. At the end of twelve hours from the attack, the pain extends to the vertex and remains there several hours, being of a compressive and burning character. After some time they continue their course towards the sinciput and eyes, the latter feeling hot and heavy. Nausea and salivation ensue, but without vomiting, and last till the attack ceases. The vomiting of phlegm of former times has discontinued. The first night of the attack she cannot sleep, though with eyes closed perceives figures and objects moving about. In the acute stage she cannot lie down, but must with closed eyes remain in a dark room. Sleeplessness, profuse diuresis of pale urine, melancholia, and much sighing succeed each attack. — Ignatia 200. I believe in a cure.

2318-2319: Guernsey, 1873, MIV 10.352: Characteristic Groups and Symptoms. "Faint, all gone" feeling, especially in the pit of the stomach. Burning or darting in the epigastrium.
2320: Farrington, E. A., 1873, NEG 8.111-112: Feeble child of Mrs. T. Convulsions followed, characterized by whimpering (spasm of diaphragm), rigidity, blue face. — Ignatia 30 curing.
2321: Williamson, W. M., 1873, TPN 1873.97: Clinical Observations on Certain Remedies. Hollow spasmodic cough, worse in the evening, with but little expectoration, leaving pain in the trachea.
2322-2323: Knight, G. R., 1873, AMM 7.129: Mrs D. Since the birth of her first child, 11 years ago, has had piles, bleeding but slightly and protruding at stool; which is followed by, severe contractive pain in the anus, and stitches up the rectum; lasting until exactly 5 P. M. of each day when the pain suddenly ceases. There was prompt relief from Ignatia, 6th.
2324-2325: Berridge, E. W., 1873, NAJ 21.501: Mr. — took 12th dilution. For 3 days involuntary weeping. For a month or more, dreamed of being buried alive.
2326-2331: Hale, E. M., 1874, HHM 9.535-536: A young married woman applied to me for the relief of an unpleasant nervous feeling in the chest, not amounting to pain, but an "uncertain, weak, weary sensation," as she expressed it. She was subject to alternate feelings of depression and exhilaration, a strange sensation of sinking and emptiness in the pit of the stomach, the heart's impulse was feeble, its rhythm not disturbed, but the pulsebeats were small, soft, and averaged 100 to 110 per minute, even when lying down. During the civil war her affianced was in the army during its most perilous campaigns, and on several occasions rumours of his death reached her; on one occasion she did not hear from him for several months, meanwhile it was supposed he was starving in the prison-pen of Andersonville. All this time her heart was being irritated and weakened by the emotions of anxiety, grief and despondency. At last, when she had nearly given him up for dead, he suddenly appeared before her, but wan, thin, and pale—a mere shadow of his former self. The shock was sudden and overwhelming. Her heart succumbed to the excessive stimulation of joy, and cerebral congestion, throbbing temples, loud hysterical laughter, followed by spasmodic weeping, and a sensation "as if the heart was trying to beat painfully in a cage", as she expressed it, ended in a nervous erethism which had never left her, although she was happily married. — Ignatia. Cured in a month.
2332: Morgan, J. C., 1875, AMM 9.55: Mr. L., after gunshot wound of eye. Firstly, allopathic treatment. Then Arnica hourly. Much improved. Now, on going to bed at night, nervous debility; nervous uneasiness; shifting position often; yet indisposed to exertion; inability to fall asleep; feels wide awake; or, if he dozes, wakes up directly. "Unquiet prostration." Relieved by Ignatia 3d.
2333-2347: Attomyr, 1875, Herings Analytical Therapeutics, New York and Philadelphia, Bd. 1, p. 91: Melancholy after deep mortification; Heaviness of the head; very great weakness of the memory; forgets everything except dreams; hardness of hearing; sees everything as if through a fog; sits quietly, with a vacant gaze, always thinking of the mortification endured, and knowing nothing of what passes around him; prefers to be alone; thinking of the mortification endured prevents him from going to sleep as early as usual; restless sleep, starts during sleep, much dreaming; pain in the left hypochondria increased by pressure and continuous walk. Loses his hair. Face colorless, hollow; voice low, trembling with distortion of the muscles of the face; does not like to talk; no desire to eat or drink; appetite is very soon satisfied. Always feels cold, especially in the evening. Very weak; staggering walk; walks carefully. Increased stool and urine. Ignatia.
2348: Groß, 1875, Herings Analytical Therapeutics, New York and Philadelphia, Bd. 1, p. 246: A little girl had, after a great fright which almost produced convulsions, copious diarrhoea, worse at night, painless with much wind; emaciated, great nervousness: Ignatia.
2349-2353: Koeck, C., 1876, IHP 7.278-279: Fräulein D., 21 J. Gesichtsschmerz. Derselbe war rechterseits, mit Anschwellung der rechten Ohrspeicheldrüse, Schmerzhaftigkeit der Gesichtsmuskeln, des Zahnfleisches, etwas Speichelfluß, die Schmerzen erstreckten sich auch in den Hals, welcher der Patientin wie aufgetrieben und heiß vorkam, auch die Schläfengegend war schmerzhaft und hieß und tobte. Diese Anfälle kamen alle 3—4 Wochen, meistens in Folge eines Verdrußes, oder einer Kränkung oder einer heftigen Gemüths-Bewegung; das Fräulein hatte nämlich ein geheimes Liebesverhältnis. Seit Anfang dieser Liebes-Geschichten ist sie nun kränklich. — Ignatia 2. Schmerz kam nicht mehr.
2354-2355: ?, 1876, HWO 11.138: Mrs. W. Neuralgia of the face, worse every afternoon after five o'clock; perspires on the face with the pain. The pain continued of a jerking character. She now told me that she was very depressed, given to brooding, and inconsolable. — Ignatia 3x put the enemy to flight.
2356-2363: Wright, H. A., 1876, HHM 11.253: Mrs. H., 62 J. Full of grief; complains of a heavy pressing on vertex; eyes tire easily; empty, gone feeling at pit of stomach, not relieved by eating; loss of appetite; somewhat constipated; urine profuse and light in color; leucorrhoea of a greenish-yellow color, bland and profuse; pain in small of back, through loins, and down thighs; sleepless. — Ignatia 2c. This patient had been troubled for several months with this discharge, which was so profuse as to cause her considerable annoyance. Health quite restored.
2364-2367: Allen, T. F., Norton, G. S., 1876, Ophthalmic Therapeutics, New York, Philadelphia, p. 73: A case of ciliary neuralgia, in a woman, was cured very promptly by this remedy; the pains were very severe, extending from the eye to the top of the head, producing nausea, and often alternated with swelling in the throat (globus hystericus); the pains would begin very slightly, increase gradually until they became very severe, and would only cease when she became exhausted. Asthenopia and amblyopia found in females, due to onanism, have been helped by Ignatia.
2368: Rochet, 1877, AHZ 95.23 aus BSM, q. Dec. 1876, S. 480: Mädchen, 12 J., Chorea, die ungeordneten und unfreiwilligen Bewegungen verhinderten jede Handarbeit und erschwerten selbst das Essen. Sie kann nicht spazierengehen, so behindert und unterbrochen geschieht das Marschiren. Während des Schlafes verschwindet diese krankhafte Unruhe. — Ignatia 6, völlig geheilt.
2369-2372: Heyberger, W., 1877, NZK 22.36-37: Maria Sladek, 5 J., spielte mit anderen Kindern an Bache, der durch den Ort fließt. Als sie sich nichts Arges versah, stieß sie ein loser Knabe im rohen Scherze rücklings ins Wasser; da es zeitlich im Frühjahr und das Wasser sehr kalt war, bekam sie in Folge des Schreckens und Verkühlens ein heftiges Fieber, welches nach mehreren Tagen vorüberging. In etwa 14 Tagen stellten sich Anfälle von Zuckungen der Glieder mit Verschließung der Kinnladen ein, welche anfänglich 1/4 - 1/2 Stunde dauerten. Diese Anfälle kamen alle 4-7 Tage unregelmäßig, bald bei Tag, bald bei Nacht, Vor- oder Nachmittags, nach Gemüthserregungen (Freude, Leid) sogleich, wie auch öfters nach leichten Diätfehlern. Nach und nach wurden die Anfälle seltener, in 4, 5-6 Wochen und noch länger einmal, doch damit hatten sie ihre Gelindigkeit verloren, und stellten sich nach und nach als exquisite epileptische Anfälle dar, die mit Niederstürzen, Bewußtlosigkeit, Einschlagen der Daumen, Convulsionen, Schaum vor dem Munde auftraten und mit Schlaf endeten; je länger die Anfälle ausblieben, je heftiger pflegten sie zu sein. Behandlung mit 16 Jahren. Im Gesichtsausdruck eine tiefe Niedergeschlagenheit, auch in ihrem Blick und Wesen machte sich diese bemerkbar. — Ignatia 4. Heilung.
2373-2374: Hawkes, W. J., 1877, MIV 14/6.500-502: Woman, 55 J. She is afflicted with chronic irritability of the stomach. From the history of this case we learn that for ten or twelve years she has been unable to retain her meals in her stomach. She has had, among her other troubles, a severe headache, which has been relieved by the treatment of the Homoeopathic physician who kindly sent her here. We learn also that she has had much grief and sorrow for a number of years, so great as to wear upon her, and evidently to impair her general health. The cause of the grief existed prior to the commencement of her present condition. Persistent vomiting. She vomits after every meal, and as often as twenty times a day besides. It is with the utmost difficulty that she can retain sufficient food of the mildest and simplest kind to keep her alive. This state of affairs has existed with varying severity for twelve years. She is now reduced to almost a skeleton. She has a severe cough, also. The only symptoms we observe in this case which we can regard as uncommon, or characteristic, are the cause, which seems to have been mainly grief; and the peculiar, deep, sighing breathing. — Ignatia 30. Steadily improving.
2375-2378: Slough, W. C. J., 1877, HHM 13.95: Epidemic of Diphtheria. Green vomiting, substance scumlike or membranous; throat putrid, seldom painful; greenish-yellow patches; delirium; headache; pain in the limbs; nosebleed; dilated pupils; diarrhoea; stools green; suppression of urine; sometimes chilly, sometimes high fever. All had good appetite, and particularly craved ice cream. — Ignatia cured every case.
2379-2380: —, 1878, MIV 15/7.55: Sister of this lad. Had the chill return five hours earlier for several days, then postponed one hour every other day. Great relief from covering and sitting by the fire. — Ignatia slowly curing.
2381-2382: Claude, A., 1878, MIV 15/8.489: Miss R., 40 J. Has had a good deal of trouble. Peculiar trembling of the hands that very much disturbs her in writing. It shows itself most when she has to write in any one's presence, and gehts worse as soon as she fancies any one might notice it. This trembling is not to any great degree; does not make much difference to the writing, but shows itself also when she extends her fingers. It is more marked on the right side. — Ignatia. Cured.
2383-2384: McNeil, A., 1878, CMA 6.177: Mrs. —, about 20 J., has had good health hitherto with the exception of some hysterical manifestations; has never had a child, but is pregnant; has mesinterics. I found her in bed with labor pains which had existed for several hours; some hemorrhage; the day before had been frightened by a

rat jumping into her lap; afterwards trembling. I was struck by the position in which she laid; she was lying on her back without a pillow, and the lower end of the mattress elevated. On enquiring her reasons for her strange position, she said that her pains were better in that position. — Ignatia 30. Pains ceased almost instantly; hemorrhage controlled.

2385-2400: Skinner, T., 1878, ORG 1.78-81: Mrs. P., 27 J., She suffers from darting pains in either temple, or from temple to temple, in either way. She has giddiness, especially when passing many people in the streets, with cloudiness and dimness of vision. The Vaginismus had returned as violent as ever. Menses regular, but scanty; only a day or two ill; stringy, with dark clots. Great dysmenia, both before and after; altogether felt in the bowels fearful griping and cutting-uterine colic. Milky whites. Constant burning heat in the vagina; worse before the menses. Darting, very acute pains in the vulvae; only during the day, and never at night in bed. During the least attempt at coitus on the part of her husband, all her pain is felt at the entrance of the passage; a supersensitive or intensely sore pain, like to drive her frantic. After her husband has ceased to importune her, the pain continues about half-an-hour. She was heavy and sleepy after meals, especially after dinner she must lie down. Pain and sickness at the stomach while standing; relieved by sitting down. Sinking and emptiness at the epigastrium. Total loss of appetite, except at supper-time. Stitches in the breasts. She often has her feet burning hot, or cold; and frequently she feels as if her stockings were cold and damp. On looking at her, I observed that one cheek was different from the other, and I remarked it to her. She said that one cheek was generally hot and the other not so. Constipation with great pain, dreads to go to the closet; total loss of appetite; sinking, empty feeling at the epigastrium, with deep sighing inspirations; scanty menses. — Ignatia 1 m. Cure effected.

2401-2402: Brigham, G. N., 1878, AHO 3.135: Lady. Constantly returning ague each spring for several years. Thirstlessness in the hot stages, and thirst while the chill was on. — Ignatia. No more chills.

2403-2407: Allen, H. C., 1878, AHO 3.207: J. C., a young man, had fever about ten months. No regularity in occurrence of paroxysm, assuming all types — quotidian, tertian, quartran — and coming on at all hours of day or night. Chill severe and pronounced, lasting usually about an hour, with intense thirst only during chill. Chill relieved by external heat. As soon as chill began he would go at once to the kitchen stove, and "over a hot fire drink the hydrant dry", as he expressed it, although the thermometer was registering "the nineties". Fever always well developed, with much headache and vertigo, but no thirst. Very rarely any perspiration, and with the exception of some vertigo felt well during the apyrexia. — Ignatia 200. Has remained well ever since.

2408-2417: Moore, J. M., 1879, MHR 23.230: Mrs. M., 41 J. I found her suffering under sub-acute articular rheumatism, pericarditits of five days' standing, incipient endo-carditis, and mental derangement. Unusual irritability and restlessness. About five weeks after her accouchement she most imprudently exposed herself to a wetting in some gardens open only once a year, near Taunton, and almost immediately an intense attack of rheumatic fever supervened, preceded by the weaning of the infant, and the suppression of the milk. This suppression of the milk was stated to have been effected by one or two doses of some powerful medicine, after which delirium came on, and from that day her mind never regained its balance. Her look was vacant, and wandering, yet full of ceaseless anxiety; she was quickly moved to anger, which as quickly subsided; impatient; continually wanting to change her position; fearful of being alone; very timid at night; complaining of noises scarcely audible to others. The memory was gone, and consciousness of time, place, and the people in the house, was much confused. At night there was almost complete insomnia. Her face was haggard, with a most distressed expression constantly upon it. — Ignatia 1x. Sane and well.

2418: Moore, J. M., 1879, MHR 23.231: Mr. D., 46 J., had the misfortune to slip on the ice, and fracture, transversely, his left patella. I set it. All promised well for osseous union, when, four days after, I found the splint loosened, and ascertained that Mr. D. had been subject for five years past to involuntary twitchings and jerkings of the legs in bed, on, or shortly after falling asleep. These were quite involuntary, and affected either leg or both legs indifferently: if he stretchend the leg out stiffly to stop it, the foot quivered. — Ignatia 1. Spasms have not returned.

2419: Moore, J. M., 1879, MHR 23.231: Mrs. T., 56 J., fond of beer and gin, subject to a chronic morning diarrhoea in consequence, consulted me for involuntary twitchings of her hands and arms, and sometimes of the muscles of the thigh, after anything that caused her grief or anxiety. She had been subject to this trouble for twenty years. — Ignatia 3x in three days cured.

2420: Cornell, G. A., 1879, CMA 6.536-537: Miss Mary S., 25 J. To this lady I was called at midnight. On entering the parlor found her lying on the floor, where four attendants were in the act of holding her, to prevent the infliction of personal injury to herself. The sudden approach of the attack, and the frequency of the paroxysms, had prevented her removal to her sleeping apartment. I was also informed that twelve convulsions had followed in quick succession, for the preceding three hours, consciousness not having returned between the spasms. Between the clenched teeth I forced a dose of Ignatia 30, when relaxation immediately followed. No recurrence.

2421: Strong, T. M., 1879, HHM 14.736: Pain in one spot in right parietal bone, aggravated by stooping. Pain in right breast. — Ignatia 30.

2422-2423: Billig, H., 1880, AHZ 101.98-99: Frau J., 37 J. Eigentümliches Leiden am linken Auge. Bisweilen erschien es etwas kleiner als das rechte in Folge eines stärkeren Herabsinkens des oberen Augenlides. Schon seit einigen Jahren pflegte das linke Auge bei einiger Anstrengung und namentlich im Freien gern zu thränen und die Sehkraft war schwächer als auf dem gesunden rechten Auge. Zuweilen durchfuhr ein „zuckender Schmerz" das kranke Auge. Über was aber Pat. am meisten klagte, war ein Gefühl von Druck und Schwere in dem afficirten Auge, „als solle es herausfallen". Das Gefühl trat namentlich hervor bei Anstrengung des Auges, z. B. Lesen, Nähen u. s. w. — Ignatia 2, Augenbeschwerden wie weggezaubert.

2424: Urbanetti, 1880, ZBV 2.119-120 (AHZ 103.183) aus RIV Juli 1880: Signora H., eine israelitische Kaufmannsfrau, 28 J., wurde von 8 Jahren ohne nachweisbare Ursache von einem heftigen Kopfschmerz befallen. Derselbe zeigte sich erst alle Monate, dann alle vierzehn Tage, zuletzt jeden Freitag. Die Anfälle waren so heftig, daß die Kranke sich legen und die Dunkelheit aufsuchen mußte, sie dauerten 12 bis 24 Stunden. Da der Schmerz vom Scheitel nach der Nasenwurzel sich hinzog, deutliche Periodizität zeigte und es sich um ein Subject von sanftem Charakter handelte, Ignatia 12. War und blieb genesen.

2425-2427: Claude, 1880, RHB 8.60-62 aus BSM Sept. 1880: Paysanne sexagénaire. Depuis pres de trois mois cette femme ne pouvait plus avaler d'aliments solides et des liquides passaient difficilement, goutte à goutte, La maladie avait débuté subitement, à la suite d'une contrariété. Pour mettre fin à une hésitation, je demandait à la malade si, pendant sa jeunesse, elle avait en souvent des crises de nerfs. Sur sa réponse affirmative, j'ajoutai: Et vous pleuriez facilement?—Ah, Monsieur et là-dessus les cataractes de s'ouvrir et les sanglots de se mêler aux pleurs. — Ignatia 30. Guérison.

2428: McDougall, J. H., 1880, TNY 1880/81.208: Miss W., 64 J. I was consulted for the treatment of haemorrhoids, which she had been suffering from for thirty-three years. She was intelligent and of an amiable disposition, not disposed to parade her grief. She would have about three stools each day, always accompanied by a profuse flow of blood from the rectum, and a prolapse of the haemorrhoidal tumors which would have to be replaced. — Ignatia 200. Very much improved.

2429: Pratt, O. E., 1880, TNY 1880/81.209: Harry M., 25 J. While bathing in the river, a few weeks previously, was suddenly seized with a choking, suffocating sensation, and inability to swallow; recurs several times daily. The attacks last about a minute and increase in frequency and severity and are attended with considerable nervous irritability. Diagnosed spasmodic stricture of oesophagus. Bell. 30 alternated with Ignatia 30x. Cure immediate.

2430-2431: Bojanus, C., 1880, NAJ 29.318 aus Epilepsie, Stuttgart 1880 bei Steinkopf: Woman, 32 J., cause: cerebral concussion; aura: melancholia, heaviness of head, aphasia; sick eleven years, two or three fits a week; constantly inclined to weep. Ignatia, 12th dec. During six months no fit.

2432-2434: Bojanus, C., 1880, NAJ 29.318 aus Epilepsie, Stuttgart 1880 bei Steinkopf: Woman, 34 J., sick five years; aura uncertain; three or four times a year nocturnal grand mal with biting of tongue, etc.; several times a month petit mal, cardialgia, anxiety at night; cries easily and easily frightened, delusion as if she were not the patient, but somebody else gets the medicine. Ignatia 12th dec., 30th. Two years passed, no relapse, no cardialgia.

2435-2436: Bojanus, C., 1880, NAJ 29.318 aus Epilepsie, Stuttgart 1880 bei Steinkopf: Boy, 9 J., cause: fright during sleep; aura questionable; frequence irregular, either monthly a fit or five daily. Biting of tongue, thumb drawn in, micturition, melancholy. Ignatia 12th Dec. After two years no relapse.

2437-2440: Goeze, 1881, AHZ 103.10: R., 54 J., war seit länger leidend, ängstlich, schlaflos, verzweifelt; litt an heftigem Herzklopfen, Appetitlosigkeit und träger Stuhlentleerung. Als mich der Kranke zuerst in meiner Sprechstunde consultirte, machte er mit seiner verstörten Miene den Eindruck eines Gemüthskranken, indeß war seine Intelligenz ungetrübt. Stürmische Aktion des Herzens. Eine Reihe von Unannehmlichkeiten und Sorgen geschäftlicher Art hatten den Mann in die geschilderte Verfassung gebracht. — Nach Ignatia 3 legte sich bald die Angst, das unstete Wesen, die Schlaflosigkeit, und mit der wiederkehrenden Eßlust erholte sich der Kranke verhältnismäßig rasch.

2441-2443: Goeze, 1881, AHZ 103.10: Frau M., 42 J., war seit w bis 4 Jahren in sich gekehrt, verstimmt, schweigsam; die letzte Zeit war völlige Schlaflosigkeit und große Unruhe hinzugekommen; auch die Eßlust hatte sich schließlich fast ganz verloren. Auf mein Befragen wurde angegeben, der kranke Gemüthszustand rühre von einem heftigen Schrecken her, indem ein Enkel der Frau ins Wasser gefallen und vermeintlich todt ins Haus getragen war. — Ignatia 3. Rückfall nicht eingetreten.

2444-2448: Goeze, 1881, AHZ 103.10-11: Frau K., 36 J., war durch das Scheitern einer seit lange mit einer Art Gewissheit gehegten Hoffnung plötzlich wie gebrochen, körperlich wie geistig. Wie mit einem Schlage war alle Thatkraft weg, sowie die niederschlagende Nachricht eintraf, es stellte sich eine gemüthliche Niedergeschlagenheit, eine Muth- und Hoffnungslosigkeit, eine Art geistige Stumpfheit ein, welche in einer Unfähigkeit zu jeder Arbeit und einer übergroßen Muskelschwäche ihren körperlichen Ausdruck fanden. Dazu gesellten sich natürlich eine Reihe von Störungen im Bereich des Sympathicus, alle Zeichen des gastrischen Katarrhs, täglich Anfälle von Fieber, meistens Nachmittags und Abends, oft die ganze Nacht hindurch dauernd; einige Male mit ermattendem nächtlichen Schweiß. Das schönste Bild beginnender Phthisis stand vor den Augen der Kranken fertig, um so mehr, da auch ab und zu ein quälender Hustenreiz sich hinzugesellte. — Ignatia 3, in einigen Tagen ein anderes Krankheitsbild.

2449-2452: Goeze, 1881, AHZ 103.11: Frau B., 40 J., befindet sich im 8. Monat ihrer Schwangerschaft und bekam vor 4 Wochen durch einen Schreck einen heftigen Schmerz im Epigastrium, anhaltend, aber mit zeitweiliger bedeutender Verschlimmerung. Damit verbunden war ein unbestimmtes Angstgefühl, ein ruheloses Wesen, Abends spätes Einschlafen, auch Schmerz in der Unterbauchgegend linkerseits. — Ignatia 3, frei von Schmerz und Angstgefühl.

2453-2457: Goeze, 1881, AHZ 103.11: Frau L., 28 J., erlitt vor 1½ Jahren einen heftigen Schreck, indem sie darüber zukam, wie eine Katze ihren Kanarienvogel zerriß. Gleich darnach ein Sengeln in den Beinen, später ein ähnliches Gefühl im Kopf, welches mitunter als Kriebeln und Reifgefühl um die Schläfen sich darstellte; dabei ängstliche Träume, Schreckhaftigkeit und oft die Besorgniß, sie werde geisteskrank, Unlust zum Arbeiten und Muthlosigkeit. Regeln sparsam; Eßlust gering, Stuhlentleerung träge. — Ignatia 3 half sehr bald. Die innere Ruhelosigkeit besserte sich sofort, und die Kranke fing wieder an Muth zu fassen.

2458-2459: Goeze, 1881, AHZ 103.11: Frau W., 44J., hat ein schweres Leiden hinter sich, hat alle Kinder der Reihe nach verloren, der Mann leichtsinnig und roh, die finanziellen Verhältnisse zerrüttet. Namentlich unter dem Druck dieser letzteren, welche eine bedenkliche Gestalt angenommen hatten, entwickelte sich in den letzten Wochen eine Melancholie mit völliger Schlaflosigkeit, Selbstmordgedanken und Neigung zum Entfliehen. — Ignatia 3, ein Rückfall nicht eingetreten.

2460-2467: Kunkel, 1881, AHZ 103.116: Frl. T., 18 J., Fluor albus besonders nach den menses, heftige Leibschmerzen vor denselben. Leidet an stiller Melancholie aus unglücklicher Liebe. Sie sitzt still weinend Stunden lang auf demselben Fleck, völlige Theilnahmlosigkeit, muß ans Essen erinnert werden, sucht die Einsamkeit weil Gesellschaft ihr unerträglich ist. Stuhl trotz Opium oft diarrhöisch. Die Gesichtsfarbe etwas geröthet. Zuweilen spricht sie allerlei ungereimtes Zeug, dann wieder ganz vernünftig. Das Gedächtnis ist untadelhaft. Verlangen nach frischer Luft, sie sitzt am liebsten am geöffneten Fenster, kalter Schweiß der Hände, Photophobie. — Ignatia und Sepia im Wechsel. Kann als genesen betrachtet werden.

2468-2470: Hoyne, T. S., 1881, CLQ 2.174: Man, 81 J. He says there if no visible eruption, although he can feel something under the skin. After scratching, small pimples appear, with a tiny drop of blood on the tip of each. The itching is worse at night and in a warm room. The sensation before he begins to scratch is like a bee sting, and is felt mostly in the epigastric and hypochondriac regions, although at times all over the extremities and body. — Ignatia 30, 200. Improves slowly. Entirely well.

2471-2474: Hahnemann, S., (1797) 1882, ZBV 1.276-277: Ein von krampfhafter Engbrüstigkeit seit kurzem wiederhergestellter junger Mann war eines Sonntags bei Freunden zu Tische, wo noch andere Jünglinge gebeten waren. Er trank wider seine Lebensordnung Wein, und da er etwas davon erhitzt worden, ließ er sich mit seinen Kameraden in eine leichtfertige Balgerei ein. Sie rangen. Er strengte sich sehr plötzlich und heftig, obwohl mit Erfolg, zur Besiegung seines Gegners an; ein Bestreben, welches seine Brust etwas beengte. Nun saß er ruhig, aber die Engbrüstigkeit nahm zu und stieg bis tief in die Nacht zu einer großen Höhe. Den anderen Tag und mehrere Tage war die darauf folgende Mattigkeit beträchtlich. Acht Tage hernach, den Montag Nachmittag, erfolgte, ohne Veranlassung, ein gleicher Anfall von steigender Engbrüstigkeit, mit ebenfalls nachgängiger Ermattung. Von dieser Zeit an erfolgte der Anfälle regelmäßig jeden Montag Nachmittag, und eben die Schwäche darauf. Acht Gran Ignatzbohnen verminderten einstmals den Anfall merklich, und die Schwäche nach dem Montag war nicht zu spüren. China hob den Anfall völlig.

2475-2481: Hahnemann, S., (1797) 1882, ZBV 1.277-278: Eine vierzigjährige Wöchnerin hatte in ihrem fünften Wochenbette eines Sonntages einen heftigen Verdruß. Außer anderen Beschwerden, die darauf folgten, war eine kriebelnde Empfindung bemerkbar, welche allmählig vom heiligen Beine alle Tage höher, die letzteren Tage bis zwischen den Schultern und den Freitag früh endlich bis in den Nacken gestiegen war. Letzterer ward dann plötzlich steif. Zugleich bekam sie einen heftigen Fieberfrost mehrere Stunden lang, und starke Hitze, welche bis in die Nacht dauerte und erst mit Schweiß endigte. Die nachfolgenden Tage erschien bloße Mattigkeit und bei der geringsten Ruhe, schon beim Sitzen, ein allgemeiner, ziemlich kalter Schweiß am ganzen Tag über. Jeden Nachmittag halb vier entstand eine sehr unangenehme, kriebelnde Empfindung vom Nacken herauf bis über den Hinterkopf und dauerte bis zum Schlafengehn. Ein übler Geschmack war nicht zu bemerken, die Zunge war rein, aber das Verlangen nach Speisen fehlte fast ganz. Von dieser Zeit an erschien aber nun schon den Donnerstag früh derselbe Wechselfieberparoxysm mit gleichem Ausgange und so mehrere Wochen lang immer den Donnerstag. — Der Gebrauch der Ignatzbohnen nahm die täglichen fieberhaften Kopfbeschwerden, des Abends und überhaupt die Mattigkeit, die kühlen Tagesschweiße und den Mangel an Eßlust hinweg. Munterkeit und Schlaf kehrten wieder.

2482-2483: Gautier, 1882, RHB 9.125: Jeune fille. Vivement affectée du décès de sa seur infirme depuis longtemps. Est découragée; gémit; refuse les aliments, et souffre d'une douleur vive au creux de l'estomac. — Ignatia 0/X. Fortschreitende Besserung.

2484: Hirsch, J. J., 1882, LPZ 13.25: Badearzt. Beim Eintritte in seine Wohnstube kam mir seine junge Frau entgegen und theilte mir in sichtbar bewegter Stimmung mit, daß ihr Mann schon seit mehr als 3 Stunden continuirlich gähne. Ich fand den Patienten auf dem Sopha liegend und vermochte er weder sich mit mir in ein Gespräch einzulassen, da er stets mit Gähnen beschäftigt war und mitunter, wenn er das Gähnen nicht ganz zu Ende bringen konnte, waren seine Qualen noch bedeutneder, wobei er den Mund so gewaltig aufsperrte, daß einem Laryngoscopisten das Herz im Leibe lachen mußte. — Ignatia 6. Nach Ablauf einer halben Stunde gänzlich gehoben.

2485-2488: Gauthier, 1883, RHB 10.49-50: Mlle D., um 40 J., était atteinte, depuis plus de huit mois, d'une violente névralgie de la face. Le côté gauche du visage est le siège d'atroces douleurs qui se manifestent sous la forme d'élancements, comme par des couteaux; parfois elle ressent des tressaillements convulsifs tellement douloureux qu'elle ne peut s'empêcher de pleurer et de pousser des cris déchirants. Le mouvement, le repas, le soir, le matin au lever, paraissent provoquer et ramener les crises. Les souffrances étaient à peine appaisées, que déjà elle parlait en souriant comme si elle n'avait rien eu; ce symptôme moral si important et si characteristique de passer d'une manière aussi prompte de la douleur et de la peine à la gaîté, fut une précieuse indication. — Ignatia 12e. Guérison.

2489-2495: v.Szontagh, A., 1884, AHZ 108.20-21: Jolanthe v. S., 16 J., wurde von Fieber befallen. Nach seinem Verschwinden traten die schon einige Tage vorher hier und da bemerkten unordentlichen und unmotivirten Bewegungen einzelner Körpertheile deutlicher in Erscheinung und steigerten sich rasch bis zu beträchtlicher Höhe. Ohnmachtsanfall, den sie früh Morgens, gleich nach dem Aufstehen erlitt, wobei sie totenbleich und bewußtlos gewesen und niese gezittert und gezuckt haben soll. Die Ohnmacht dauerte nur einige Minuten, nach derselben war sie aber nicht mehr im Stande die intentionirten gewöhnlichen Bewegungen glatt auszuführen und die nun häufig sich folgenden Zuckungen und Verdrehungen ihrer Gliedmaßen und des Gesichtes zu bemeistern. Allmählich ging die Möglichkeit zu schreiben oder Klavier zu spielen, später auch zu gehen oder deutlich zu sprechen vollständig verloren, und sie mußte mehrere Wochen im Bett zubringen, wo sie während des Wachens in nicht heftiger, aber fortwährender Bewegung sich befand und nur während tiefen Schlafes ruhig liegen konnte. Wiederholte Versuche aufzustehen und aufzudauern müßte sie allemal mit ähnlichen Ohnmachtsanfällen zahlen, wie der erste war. Dabei litt auch ihr Appetit und ih:e Ernährung bedeutneder; Stuhl selten und hart; Urin wenig und concentrirt, eiweißfrei; Periode eine Woche vor der Zeit eintretend, mäßig und kurz dauernd; Aussehen verfallen, Lippen und Schleimhäute blaß. — Ignatia und Calc. carb. im Wechsel. Rasche Besserung und Heilung.

2496: Recke-Volmerstein, W. Graf v. d., 1884, HMB 9.117: Junges Mädchen, 22 J. Nach erlittener schwerer Kränkung epileptisch. — Ignatia. Keinen Anfall mehr.

2497-2500: H. Z., 1884, LPZ 15.172-173: Madame B., 35 J., bekam jedesmal vor dem Eintritt der Regel unter dem rechten Stirnhöcker einen so furchtbaren Schmerz, daß sie sich ins Bett legen mußte und sich durch lautes Schreien und Stöhnen zu helfen glaubte; die Vorhänge und Fensterläden mußten geschlossen, überhaupt das Zimmer recht dunkel gemacht werden, da sie nicht das mindeste Licht ertragen konnte. Appetit fehlte gänzlich, Durst war vermehrt, es stellte sich öfteres Erbrechen ein; dieser Zustand währte 3-4 Tage, wo es dann allmählig wieder besser wurde, aber leider nach 4 Wochen kehrte der gleiche Zustand wieder, während in der Zwischenzeit vollständiges Wohlsein vorhanden ist. Da ich durch die Anamnese erfuhr, daß die betr. Patientin bei Eintritt ihres Leidens gegen sonst sehr viel Wasser lassen müßte, so fiel meine Mittelwahl auf Ignatia 3., 30. Regel ohne Schmer-

zen.
2501: (Hendrichs), 1885, AHZ 111.119 aus BBP Juni 1885: Uterusblutung, entstanden unter dem Einflusse eines großen Kummers, prompt durch Ignatia gehoben.
2502: Hesse, 1886, AHZ 113.147: Frau K., 33 J., klagt seit 2 Jahren über krampfhafte Magenschmerzen, schlimmer von Kaffee, besser bei und nach dem Essen. Guter Appetit, mit Durst, Blähungen; bei den Schmerzen kann sie kaum athmen. — Ignatia x. Schmerzen nur noch sehr selten.
2503-2511: Hesse, 1886, AHZ 113.156: R., Dame, 30 J., brachte jedesmal neue Beschwerden mit. Constant unter letzteren waren: Unlust zur Arbeit, Kopfschmerzen, Sausen im Ohr, Klopfen im Ohr, im Kopf, im ganzen Körper (das lästigste Symptom), Herzklopfen und Athemnot beim Treppensteigen, Rückenschmerzen, stets Beschwerden im Magen, Blähungen, Aufstoßen, Gefühl als ob sie zu viel gegessen hätte, Menses spärlich und regelmäßig. Oft meinte sie verrückt zu werden. Auffallendes Verlangen nach Obst, Gleichgiltigkeit gegen Alles, Gefühl der Leere. — Ignatia x., Wohlbefinden.
2512-2515: Gilbert, C. B., 1886, CMA 17.43-44: Miss C., 17 J., had rheumatism. Twenty-seven days after the onset, she took a warm bath by herself in the bath room and at bed time was apparently no worse for it—(she was considered convalescent). The next morning she wakened with great shortness of breath and became at once much alarmed; when seen at noon I said cheerily as I went in—"Well, R—, what have you been getting up?" Her only reply was an effort to keep back the tears which in a moment forced themselves between the closed lids. Then was heard mitral regurgitation as loud as I ever heard it. The tongue mapped, considerable fever, and in the night there had been much thirst. — Ignatia. Soon got better. Eruption like measles. No regurgitation.
2516-2517: Cushing, A. M., 1886, CMA 17.553: Mr. F., chill every afternoon, with great thirst during chill. Head and back ache. Fever in evening. Sweats all night; no thirst during fever or sweat. Ignatia 1m. Not another shiver.
2518: Bonino, 1887, AHZ 115.206 aus OIT: Er wandte mit Erfolg Ignatia 12 an, wo als Folge von Gemüthsbewegungen im Epigastrium eine Schwäche und ein Leerheitsgefühl in dem Maße sich bemerkbar machte, daß selbst Nachts Speisen genossen werden mußten.
2519-2521: Baylies, L. B., 1888, HPH 8.41: Clinical Confirmation of High Potencies. Sharp pricking feeling in the right ovary, with empty sinking sensation at the epigastrium and disposition to weep. — Ignatia 40m.
2522-2523: Berridge, E. W., 1888, HPH 8.550-551: Miss R. complained of pain like a bad bruise over right eye, worse on bending head down; the spot is very tender to pressure; exposure to wind brings on the pain; also she has pain like a tight band over vertex laterally. — Ignatia mm.
2524-2526: McNeil, A., 1888, PIH 8.122: Confirmations. Inclination to grief, without saying anything about it; keeping it to himself. Uterine pains (threatened abortion from fright) relieved by taking away the pillow and elevating the foot of the bed. Ailments from grief or suppressed mental emotions. Convulsions from grief and stertorous breathing sounding the letter K.
2527-2529: ????????, 1888, PIH 8.377: Mrs. B. Sour taste, whining mood, restless; abdominal pulsation at night. Great improvement in five days, but sleepless. A second dose of Ignatia restored sleep.
2530: ????????, 1888, PIH 8.383: Ignatia 200. In a young married woman who had been weak and nervous ever since a miscarriage caused by grief, twelve months previously. Improved in all respects for fourteen days.
2531: Mossa, 1888, HRC 3.245 aus LPZ: Girl, 11 J., of weakly constitution (she had formerly suffered from an eruption upon the head), became ill in consequence of a fright. She made the most remarkable movements and contortions of the limbs, the head also taking part. After fourteen days she became so bad that she could no longer walk or use the hands to any purpose. — Ignatia 12. Cure.
2532-2538: Mossa, 1888, HRC 3.245-246 aus LPZ: Man, 23 J., was condemned to death as a spy. The emotional state was here a mixture of anxiety, fright and fear; it brought on a kind of epilepsy which had continued in weekly attacks for four years. The attacks lasted from fifteen to thirty minutes. Then the blood would ascend to the head and face; he had vertigo and trembling of the limbs, and a sweat broke out. Upon lying down, he felt a painful pressure in the pit of the stomach and he began to cry out. His head was affected, he raved; he threw his head from side to side; the eyes rolled about or were fixed on one point. At other times the spasm affected the lower limbs, but then consciousness was not lost. He thrashed around him with arms and legs, the thumbs were drawn in or the limbs became rigid. At times, the head was drawn backward and the spine arched backward. — Ignatia 18 kept off the attacks. Cure completed by Calc. carb. 30.
2539-2542: Burchfild, S. E., 1888, CMA 20.349: Miss Ella S., aged about 20. Her mother died several months ago. The young lady had nursed her mother and was greatly worn down from the anxiety and work. She grieved much over her mother's death, and has not been well since. Is weak, is full of grief and sighs but cannot cry. Is disinclined to eat. Her stomach is sore, food distresses and her bowels sluggish. She has frequent headaches with pain in the temples, and an empty feeling at pit of stomach. Under Ignatia 3x she gained rapidly in flesh, had good digestion, became cheerful, acting and looking like another girl.
2543: Allen, 1889, CHI 6.11: Ignatia is a drug not generally recognized in chonic catarrh of the frontal sinuses and ethmoidal cells, but I have seen most remarkable effects from it when the distress centered just across the nose, between the eyes.
2544-2546: Dionysius, H. P., 1889, CRP 2.52-53: Grace W., 3 1/2 J., had cried almost constantly from her birth. The only time she did not cry was while she was asleep. As soon as she awoke, night or day, the crying would commence. During the day she would follow her mother everywhere, holding to her apron or dress, or her mother would have to sit and hold her on her lap. She would not go to her father. I asked the mother about her condition during gestation, and especially if she had worried or had been frightened. Then she said that, during the seventh month, her husband had left one afternoon with his gun to go two miles away to see his mother, saying, "I will be back at sundown." (The child was always worse from sundown to midnight.) He did not come at the appointed time and she worried, thinking some accident had befallen him. She sent her brother to look for her husband at dark, and she cried from that time until eleven o'clock, when the brother and husband returned. When she found that her husband had been enjoying himself at his mother's house, while she was in distress on his account, she became violently angry and cried because she was so foolish to worry for nothing, and she continued to cry for a couple of days out of "pure madness" as she termed it. — I came to the conclusion that the trouble developed in the child in utero. — Ignatia 200. She was as any ordinary child should be.
2547-2549: Dudgeon, 1889, HHM 24.253 aus MHR: Dr. Dudgeon related two forms of headache to which he was personally subject. Both he thought were brain headaches. One goes round the back of the head. The other is preceded by a zigzag wheel, with play of colors. When that goes to a great extent it numbs the intellectual faculties, e. g., he sees the words when reading, but cannot attach any meaning to them. The pain is never very severe, and is felt just over the right eyebrow. Both these headaches were cured in a short time by Ignatia.
2550-2559: Holmes, H. P., 1889, HHM 24.389 aus AHO: Female Swede, 19 J., who had hiccough almost constantly for two years. The following were the symptoms: The hiccoughs were nervous, if not hysterical. The patient cried easily when at home, and when there was nothing to cause it. She cried and laughed in a breath when questioned. Pressing headache, more or less constant. Headache from being in a room where there was tobacco smoke; always worse from tobacco smoke. Nervous and restless. Sensation of a lump in the throat. Choking sensation in throat. Hiccough after eating, drinking, and tobacco smoke. Belching large quantities of wind. Bloated stomach. Constipation, with difficult stool. Menses scanty and delayed. Sighing, jerking respiration. Choreic movements of the limbs, worse under excitement. Restless sleep, full of dreams. The hiccoughs were very loud, and could have been plainly heard a block away. They seemed to fairly raise her from her chair. Ignatia cured her.
2560-2561: Sutherland, J. P., 1890, NEG 25.521-522: Miss L., 17 J., had been well until four years previous to her entrance to the Hospital. At that time she fell on the ice, with somewhat serious results to back; menses first appeared about that time, and she began to have severe hysterical attacks, after the lapse of a few weeks. These would last from two to eight hours, and were worse at the monthly periods. For six weeks there has been a tendency to walk lame, as if left hip was diseased, and she was apparently unable to stand erect. Slight anaesthisia of left leg was discovered, but there was no tenderness over the spinal column. The following day she had one of the hysterical attacks; it was not preceded by an outcry. There was rolling of the head from side to side; eyelids closed; lower jaw fixed; arms, legs, and body in constant motion, with no true convulsions, until the lapse of two or three minutes, when there was a single tonic convulsion lasting about one minute. Gradually she came out of this. — Ignatia 1x. Geheilt entlassen.
2562-2565: Villers, I., 1891, AHZ 123.105-106: Geschiedene Frau, 36 J., bekommt ziemlich schnell einen Anfall von tiefer Melancholie. Sie weigert sich, aus ihrem Zimmer zu kommen, bleibt immer im Halbdunkel, weint viel und kümmert sich um ihre Kinder gar nicht mehr, obwohl sie bis zum Augenblick der Erkrankung eine sorgliche Mutter war. Körperliche Beschwerden werden Anfangs ganz geleugnet, durch beharrliches Examiniren aber ergiebt es sich doch, daß sie aufgetriebenen Leib hat, etwas Jucken am After, und daß die in diese Depression hineinfallende Periode dunkler war als gewöhnlich. — Ignatia 200. Erscheint am Frühstückstisch.
2566-2567: Linnel, E. H., 1894, NAJ 42.118: Child, 2 J. Prolapsus of rectum. Has had similar trouble

previously and present attack has lasted two months. Prolapsus of rectum from moderate effort at stool. Stools difficult. Rectum protrudes fully one inch and is dark and congested. Ignatia. Trouble entirely relieved.
2568: Bishop, W. H., 1894, NAJ 42.527: Amputation of breast. Great anxiety. Patient hysterical, restlessness, constant turning in the bed. Ignatia 3x. Relief almost immediately.
2569-2571: Townsend, I., 1895, NAJ 43.311: male, 22 J., Has suffered for years with severe right supra orbital neuralgia. Occurs generally in winter and from exposure to cold, and is presumably due to catarrh of frontal sinus. Pain distinctly localized over right eye and shading off toward right temple. Brought on by exposure to draught of air; sharp, intense, agonizing pain accompanied by engorgement of conjunctival vessels of right eye. No distinct periodicity but generally comes on in early morning on awaking, lasts one or two hours and may return any time during afternoon or evening. — Ignatia. Relieved permanently.
2572-2576: Ord, W. T., 1895, HRC 10.272 aus MHR: John R., 38 J., thinks he has heart disease. He complains of nearly constant pain in region of heart, worse on exertion. There is dyspnoea on movement, worse ascending. He has flatulence, but bowels are regular, though appetite is bad. Urine is pale and copious, tongue dryish, sleep variable. — Ignatia. The third week he was well.
2577-2579: Choudhury, A. W. K., 1895, HRC 10.345: A patient, the youngest daughter of Afseruddin Khan Choudhury, aged about two years, fair and thin; not vaccinated; father salivated; seen on the 27th of March, 1894, with the following history and symptoms: Chronic constipation; thread worms; fit when she cries but not with every time of crying and very seldom; fit with bluish discoloration of face; eyes open; itching of nose. — Ignatia 6x. totally cured the child.
2580-2583: Vansant, J. T., 1897, NAJ 45.358-359: Young lady, 18 J. For six months she did not miss a paroxysm of fever every other day. She had the characteristic complexion and attenuation of the victim of chronic malaria. Chill occurred about noon, was ushered in by great yawning and stretching and thirst. An immeasurable and uncontrollable anger during chill was specially marked. The fever came with severe urticaria and a profound sleep lasting five hours, from which she awoke in her usual health. There was but slight perspiration. — Ignatia 3x. No return.
2584: Vendrell, 1897, AHO 23.200: Mrs. W. N. had suffered for five months from complete aphonia, which came on witnessing the death from diphtheria of her third son. She had no cough, hoarseness, tickling, or pain. — Ignatia 6. Complete restoration.
2585-2599: Lippe, A., 1897, HRC 12.249: T. L. Bradford, Some of Dr. A. Lippe's Keynotes. Sensitiveness of feeling. Delicate consciousness. Fearfulness, timidity, irresoluteness. Anxious to do now this, now that. The slightest contradiction irritates. Sad thoughts. Serious melancholy with mourning. Anger followed by quiet grief and anger. Inclination to grief without saying anything about it. Changeable disposition; jesting and laughing, changing to sadness with shedding of tears. The headache is aggravated in the morning, from coffee, tobacco, noise, alcohol, from reading and writing, from the sunlight, from moving the eyes, and is relieved when changing the position, and when lying on the painful side. Stitches in the throat when not swallowing, only between the acts of deglutition. Stitches from the anus up the rectum. The stool is of too large a size, soft, but difficult to discharge. Constriction of the anus after stool. The longer he coughs the more the irritation to cough increases. Violent pain on different parts in small spots, only perceptible on touching the spots.
2600-2609: Choudhury, A. W. K., 1897, HRC 12.255: L., Lady, 22 J., suffering from intermittent fever since about a month when she came under my treatment. Type: Tertian. Time: 10 A. M. every day. Chill: Slight; thirst; needs no covering; lasts about three hours. Heat: Lasts till midnight; no thirst preponderates; burning of hands and feet. Sweat: Of feet (both dorsal and plantar surface). Apyrexia: Complete; can work as usual, but tightness of head remaining. Pain on pressure on epigastrium and right hypochondrium. Face, pale; giving way of the knees; sleep from heat to sweat and apyrexia; sitting returns the chill; chill relieved by fireside and in the sun. — Ignatia 6x. Recovered. Bowels opened the same day she took the medicine.
2610-2611: Mackechnie, 1897, HHM 32.428-429 aus MHR: School-boy, 8 J. Had complained of toothache constantly for weeks. The teeth were sound. The pain occurred on any exertion, physical or mental, as when running or when doing lessons. It was also brought on by the least exposure to cold and draught. — Ignatia 3x. Pain removed.
2612: Villers, A., 1898, ACV 7.114: Frau A. hatte Heufieber, rechtsseitigen ohrstechenden Kopfschmerz anfallsweise, Besserung durch Wärme, Augenreizerscheinungen nach dem Anfalle. — Ignatia Hauptmittel.
2613-2619: Thom, 1898, LPZ 29.49: Frau Z. ist seit ca. zehn Wochen augenleidend. Patientin ist in verzweifelter Stimmung. Es besteht so große Empfindlichkeit gegen Licht und so starker Lidkrampf, daß eine Untersuchung der kranken Augen absolut unmöglich ist. Auch der geringste Lichtstrahl ist Patientin unerträglich. Aus den geschlossenen Augen ergießen sich zeitweise scharfe Thränen. Hin und wieder Zuckungen einzelner Gesichtsmuskeln. Feurige Zickzackerscheinungen vor den Augen. Seit Bestehen des Augenleidens ist Patientin auch von Ohrengeräuschengeplagt, welche sie angiebt wie Zirpen von einem Grashüpfer. Die Kranke kann, auch während sie mich consultirt, keinen Augenblick sich in einer bestimmten Lage ruhig halten, sondern muß den Oberkörper fortwährend hin und her bewegen, was ihr Erleichterung schafft. Sie leidet an hochgradiger allgemeiner Nervosität und hat, zufolge ungünstiger Familienverhältnisse, viel Gram und Kummer zu tragen, welchen sie unterdrücken muß. — Ignatia d 4. Acht Tage nach Beginn der Kur in der Lage, am Weihnachtsgeschäft Theil zu nehmen.
2620-2625: Pearsall, W. S., 1898, NAJ 46.267: Mr. P., 54 J., had a diarrhoea during July and August. Sticking pains in right temple. Dull pains, expecially right side of head. Relaxed feeling in stomach and intestines. Rumbling in abdomen. Griping pains. Ineffectual urging to stool. Urging, with difficult passage of soft stool; the urging remains after stool. Aggravation A. M., and from coffee. — Ignatia 30. Complete relief in a few days.
2626-2627: Allen, J. W., 1898, NAJ 46.430: Some verifications of pathogenetic and clinical symptoms. Desire to scream out whenever anyone speaks to her. Lump in throat, worse on swallowing; very nervous.
2628: Goullon, 1898, HRC 13.176 aus LPZ: Miss R. came to me, complaining of a disagreeable twitching in the head, which had now troubled her for four weeks and rendered her quite miserable. This might be a mere nervous accident, for the patient had lately gone through hardships and was before that in a shaky state of health. She had on that account been repeatedly compelled to visit the springs and had also lately passed through a tedious catarrh of the stomach. In short, she had quite lost her power of resistance and had become an invalid, when she was seized by this twitching of the head. — Ignatia. Wonderful relief.
2629-2632: Choudhury, A. W. K., 1899, HRC 14.304-305: A distant relation of mine. Type, quotidian; accession-time 4 P. M.; chill, severe, shaking, thirst, aching of legs; unconsciousness; heat with no thirst, shorter than chill; sweat during sleep. She was ill since six days when she came under treatment, and in that period she had no stool; appetite was dull; sleep good; taste in mouth insipid; spitting of saliva; had an attack of intermittent fever but used no medicine. — Ignatia 6. Recovered.
2633-2634: Horner, 1899, HJO 21.483: An Italian girl developed what seemed to be tetanic attacks following a severe fright, but finally took on the form of epileptic attacks, with severe convulsions and syncope, following immediately upon each menstrual cycle. The condition became aggravated, until an attack would be precipitated by any occurrence tending to produce mental excitement. — Ignatia 6. Not had an attack.
2635-2636: Mossa, 1899, AHZ 138.50: Knabe, 3 J., litt seit längerer Zeit an Vorfall des Mastdarmes. Zuerst war diese Erscheinung nur beim Stuhle, der hart und ziemlich dick geformt war, aufgetreten, späterhin war sie aber stationär geworden. Die sanfte Gemüthsart des Kindes, die selbst durch sein Leiden nicht getrübt worden war, gaben den Ausschlag für Ignatia. — Ignatia 30, Übel beseitigt.
2637: (Bonino), 1899, AHZ 139.43 aus OIT 1899: Zwei Fälle von langwieriger Diarrhoe bei jungen Kindern, wo die in Folge von Schreck entstandene Krankheit allen Mitteln 3 Monate lang Trotz geboten. — Ignatia 30. Heilung.
2638-2640: (Norton), 1900, AHZ 140.51 aus "Ophthalmic Diseases and Therapeutics" Piladelphia 1892: Mädchen farbiger Rasse, 17 J., war immer sehr nervös, bei Nacht ruhelos gewesen; im Schlaf wandelte und schwatzte sie. Es bestand „Schwellung der Augen", Thränenfluß und Schmerz in den Augen seit sechs Monaten, nach dem Ausziehen eines Zahns. Ein mäßiger Grad von Exophthalmus mit Herzklopfen, Puls 120, congestives Kopfweh. — Ignatia 3, übrige Symptome gehoben, Exophthalmus kaum noch bemerkbar.
2641-2642: (Norton), 1900, AHZ 140.51 aus "Ophthalmic Diseases and Therapeutics" Philadelphia 1892: Eine Frau litt an sehr heftigen Schmerzen, welche sich vom Auge nach dem Wirbel des Kopfes erstreckten, mit Nausea verbunden, die oft mit einer Halsanschwellung (Globus hyster.) abwechselten; die Schmerzen fingen sehr schwach an, steigerten sich allmählich bis zu enormer Heftigkeit und hörten erst mit voller Erschöpfung der Pat. auf. — Ignatia half schnell.
2643-2644: Cushing, A. M., 1900, HRC 15.78 aus MCT: Man, 30 J., had a bad chill every afternoon, fever in evening, sweat all night. During chill violent thirst, but at no other time. — Ignatia 1000. He did not have another shiver.
2645-2649: Cushing, A. M., 1900, HRC 15.78-79 aus MCT: A returned Cuban soldier, 21 J., had three fevers and spinal miningitis—and Quinine. When I saw him he had for six weeks a severe chill every other day, each one coming just four hours earlier (every 44 hours); they lasted two hours, and were so violent that he would shake the

bed and become delirious. During chill violent thirst for cold water; he would drink a pailful during chill; but little thirst during fever or sweat. After chill great exhaustion for several hours. His father and mother thought he must die. The chills began in his back. — Ignatia 1m. Feeling fine.

2650-2656: Choudhury, A. W. K., 1900, HRC 15.162-165: Mahommedan widow. Had been suffering for about a fortnight with the following symptoms: Type—Double tertian—one day less than the other. Severe. Time—Afternoon, 2 P. M. Prodromata—Stretching, yawning. Chill—With thirst, slight, body hot, goose-skin. Heat—Not severe, no thirst, gets up and walks about. Sweat—No sweat. Apyrexia—Complete; works as usual. Bowels open daily once; thread worms; urine not colored; appetite not good; taste in mouth bitter; eyes burning; sleep not good. — Ignatia 6. Restored her to health.

2657: Berlin, 1900, HRC 15.419-421 aus LPZ: Daughter of Mrs. B., 13 J., had been for several years suffering from a cough, which had refused to yield to any remedy used so far. There is an irresistible irritation, which causes continued coughing even during sleep. There is no expectoration, except a little in the morning; there is no hoarseness nor any pains in the throat. — Ignatia 3 + Hyoscyamus 3. The cough entirely ceased.

2658-2676: Carleton, E., 1901, JHC 4.368-371: Mrs. F. G. P., 45 J. Chronic constipation since childhood. Never has a natural stool. Has used all cathartics and enemas. An enema will be retained three to four hours, causing much pain and urging, before the bowel is evacuated. The state of her bowels is the plague of her existence. She worries about it , and it occupies a great deal of her attention. The first miscarriage was caused by being frightened by a dog which attacked her. She is timid and nervous, fears dogs, tramps, darkness. Easily startled. Fright causes nausea and faintness. Fears that someone will come up behind her in the darkness and put hands upon her. Desires sweets which make her deathly sick—nauseated; meat; coffee, of which she uses very much. Aversion to sour things. Offensive breath. Coated tongue. Flatulence and distension of abdomen after eating; must loosen clothes; sharp cutting pains in right hypochondrium, and in region of the caecum. Stitches upward in rectum; itching about the anus. Frequent ineffectual urging to stool. Rectum feels paralyzed when she makes effort at stool, which she does several times a day, unless she takes a cathartic and evacuates bowel thoroughly. Cold at night in bed; feet cold,—wears slippers in bed; spine cold "backbone feels like a cold bar of iron;" relieved only by direct heat—not by clothing; "must get her back up against her husband, or have hot water bottles". Became so nervous and hysterical from the constant urging to stool that I was compelled to seek another remedy. She was anxious, and frightened at everything. There was frequent, sudden, spasmodic urging to stool with the conviction each time that as soon as she sat down at stool the urging would cease and she could pass nothing, but a sore, aching pain in the rectum would remain. — Ignatia 200/12. Improvement began at once. Dayly normal stool.

2677-2684: Rabe, R. F., 1901, JHC 4.396: Miss T., missionary, and has been under a severe strain for the past week trying to convert a prostitute. Alternate laughter and crying. Bursts into tears and buries her face in the covers. Very weak. Anxiety about the heart, rises up into chest. Vague pains about the chest and in the limbs. Numbness and paralyzed feeling of left side of body and of fingers of both hands. Pulse fast, then slow, alternately sleeplessness. On turning over in bed a sensation as though some fluid in her chest ran from one side to the other, passing through a narrow opening. — Ignatia 900, complete disappearance of all her symptoms within three days.

2685: Hansen, O., 1902, AHZ 144.20: Verwittwete Frau N. N., 68 J., Druck und Hinabsenkungsempfindung in der Herzgrube, mit Zusammenschnürung im Halse beim Essen. — Ignatia 3, die Magensymptome vorbei.

2686: Kopp, F., 1902, HWO 37.443-444: Young man, 22 J. Straining and frequent ineffectual urging to stool. There was present difficult passage of the feces, itching of the anus, and prolapsus of the bowel. The bowel protruded every time he went to stool, and was with difficulty replaced. — Ignatia 1x. Perfectly cured.

2687-2694: Millsop, S. J., 1902, MCT 10.46-47: Wife and mother. This patient was forcibly taken from her home and children, her screams reported as "heart-rending" while she was going through the streets of her native town. She had walked the floor at night, holding a stout stick, with which she "thumped the floor" as she walked. She had refused for weeks to change her clothing, or to receive visitors. She had neglected her family and household, and had shown such an irascible temper that her poor husband was well-nigh distracted and saw hope of mending matters only in the insane asylum. She had admitted her violent temper and the many sins charged against her, but added that she couldn't help it. The sad-faced woman gave a history of the birth of a child about one year previous; two weeks after confinement she resumed the care of her household, which included boarders. In six months the baby died. She had mourned for the little one, and like one of old refused to be comforted. I found a retroflexed uterus, the ovaries prolapsed and lying behind the uterine body. — Ignatia. The patient told me on her second visit that she had slept soundly for the first time in months, and did not have as much of "the queer feeling" in her head. When she returned, husband and children accompanied her, and so great was the change from the deep-seated depression to the smiling, happy woman I saw before me that I hardly recognized my own patient.

2695: Harkness, C. A., 1902, MCT 10.79: Mrs. B., 28 J., was suffering with hysteria, which bordered on insanity, and at times she was insane. She had been in this condition for about three years, being first attacked when her husband was forced to undergo an operation for appendicitis. At that time she worried and grieved over her husband's illness until she became insane. — Ignatia 3x. Gained seven pounds. Complete recovery.

2696-2709: Allen, J. H., 1902, Diseases and Therapeutics of the Skin, Philadelphia, p. 270: Great sensitiveness to drafts of air; itching, fine pricking like flea bites; itching in single points which when rubbed disappear to appear some other place; nervous pruritus with twitching of the muscles, gaping, yawning, sighing, with external nervousness. Ulcers, painless; discharges scanty, burning, worse from slightest touch, better hard pressure. Over-sensitiveness to pain. Tingling as of ants in the skin. Great sensitiveness to drafts of air. Twitching and jerking in the muscles and skin when lying quiet. Burning in ulcers. Itching relieved by rubbing or scratching; biting, pricking in the nerve endings in the skin, as if bitten by an insect; nervous reflexes cause most of the skin irritation. Adapted to highly nervous, sensitive, hysterical women. Fine pricking like flea bites. Amelioration by gentle pressure, rubbing the part gently; warmth, walking.

2710: Mau, 1903, HRC 18.501 aus LPZ: A lady in the forties, whose menses are gradually disappearing, is suffering of violent itching all over her body. The itching is of a burning nature, still when the spot is scratched it changes its place, i. e., when the itching, which appears in fits, appears on any part of the body and this part is scratched then other spots begin to itch also, so that all the parts affected have to be scratched. — Ignatia 30. Cure completed in a few days.

2711-2713: Mau, 1903, HRC 18.502-503 aus LPZ: A young lady was suffering from ulceration of the stomach and pains there. She has no appetite, has diarrhoea, severe pains in the stomach and is very weak, so she could not walk the short distance to my office. She had used four dollars' worth of Bismuth and so much Karlsbad salts that for several weeks she had diarrhoea, stools from four to six times a day. Since the patient has in the last year passed through grievous experiences, and since the pains in the stomach and in the back are always a little better after meals, and since her moods are changeable and capricious, I gave her Ignatia 5. In three weeks all her ailments had disappeared and the patient was well and cheerful.

2714-2715: Spencer, G. W., 1903, HHM 38.592: M. H., 21 J. He came to my clinic because of a troublesome acne of the face and back especially. As he came into the room I noticed that he hung his head and carried a frown upon his brow, and when asked to remove his coat he did so with a jerk; and when asked questions he answered laconically, and appeared disturbed by the surroundings. History did not reveal that he had ever been sick; but that he had been a victim of masturbation, but within the last two years only occasionally he had practiced it. Complexion muddy, tongue white-coated and large. The acne was of a papular variety with much itching. Ignatia 2x. He returned at the appropriate time, and appeared before the class with head erect, a smooth brow and a smile upon his lips, looked me sparely in the face and said, "I am much better." The acne had improved and the itching, which was a prominent symptom, was much relieved. Discharged cured.

2716-2722: Spencer, G. W., 1903, HHM 38.592-593: Mrs. G., 48 J. Comfortable surroundings, had a papular eczema on the back of the hands particularly, although spots would often appear upon the legs. The most annoying symptom was the itching. She was obliged to bandage her hands, she said, to keep the air from the skin, and keep herself from scratching. The patient sat in a rocking-chair, at a large window, rocking, and was the most miserable woman you can imagine. Her hands were bandaged, her face clouded with scowls and her tongue wagging at a furious rate. She knew she would go crazy, suicide had been enterained at times. She could not sleep, not only because of the itching, but every little noise or stir in the hause aroused her from sleep; all of which indicated increased irritability of the nervous-system. She was also afflicted with bleeding haemorrhoids, and from her description one would think barrels of blood were lost every day. Ignatia 3x. Entirely cured.

2723-2724: Spencer, G. W., 1903, HHM 38.593-594: M. D., 53 J. History of intemperance, having at one time been a confirmed drunkard, but for the last ten years has been sober, although his life has been strenuous until within the last five years. He was troubled with pruritus for some four years, and especially for the twelve months prior to his coming to see me. The itching was so violent that it became very painful, which prevented him from sleeping, and when exhausted to the extent that sleep came in spite of the pain, he scratched the skin off his legs and head and other portions of the body which he could reach. Not infrequently, the disease had periods of quiescence, only to return with renewed energy. Ignatia. Improved very perceptibly.

QUELLENVERZEICHNIS UND ORIGINALTEXTE

2725: —, 1904, ZBV 25.30 aus HEY Bd. 10, Dec. 1904: Frau C., Musiklehrerin, 35 J., mehrere Anfälle von Laryngitis durchgemacht; Seit einem Jahre leidet sie ab und zu an einer Empfindung des Zusammenschnürens in der rechten Seite des Pharynx; beim Singen brennender, stechender Schmerz rechts vom Larynx. — Ignatia 30, Erleichterung sämtlicher Beschwerden.
2726: Rendall, J. A., 1904, CMA 42.567-568: A young woman lost command of her bladder on attaining puberty. If she could relieve herself immediately on inclination, well and good, if not severe pain set in and she commenced to dribble; this went on until night when she got to sleep. She never had any incontinence at night. This went on for five years and was unaffected by marriage, gestation or parturition. Ignatia 30. Complete cure.
2727-2729: Boger, C. M., 1904, PIH 25.183: Ignatia 6x. Awakes at night and is frightened. Backache in the sacral region, worse from lying down; the pain goes over top of hips into ovaries where it remains as an aching cutting, worse from rubbing, motion and heat; the pain causes shaking chills and chattering of the teeth.
2730-2737: Choudhury, A. W. K., 1904, HRC 19.151-153: Majer Ali Kahar, aged about 18 years, came to dispensary for treatment of intermittent fever, from which he had been suffering for two weeks. Type——Tertian. Time—1 P. M. Chill—Severe; thirst; headache; longer than heat which follows; body hot. Heat—Severe; no thirst; sleep; sleep continuing till he sweats. Sweat—Finds himself sweating when sleep ceases. Apyrexia—Complete. Bowels open once daily; stool soft, insufficient, with bad smell, with occasional discharges of thread worms; urine red with no burning when passing; appetite wanting; taste in mouth saltish; tongue clean with two or three small cracks; sleep not good; bad smell of mouth; pain all over body since yesterday, pain in right thigh, upper part outer aspect, since day before yesterday; the painful part of the thigh is a small corcumscribed spot. — Ignatia 6. Recovery.
2738-2749: Lambert, J. R. P., 1905, HWO 40.453-454: Mrs. W. She had suffered from dyspepsia for years, and presented the following symptoms: Pain in epigastrium half hour after food. Better pressure. Also pain in abdomen and between the shoulders. Flatulence immediately after food, always a great deal. Eructates a little with relief. Bowels quite regular under use of massage, previously constipated. Tongue coated and dirty at back. Frontal headache like a weight. Sleeplessness—difficulty in getting to sleep; dreams very much and wakes often, and is not refreshed by sleep. Three years ago she lost her husband, having nursed him through a long illness, and has not been well since. She suffers with her throat, which feels as if swollen. Feeling of weakness in throat. Occasional tightness down trachea. Always languid and tired. Nervous, easily startled; very depressed at times. Catamenia regular, scanty, no pain. Gets a peculiar headache before and aching in the thighs, better by flow. The dyspepsia is worse after the period. — Ignatia 3. Sleeping much better. Is less depressed. Dyspepsia no better.
2750-2757: Lambert, J. R. P., 1905, HWO 40.544-545: Mrs. F. Complaining of palpitation since December, and feeling as if heart rolled over and over instead of beating; this causes a sort of suffocation. She feels it on getting to bed as soon as she lies down. She has also a dull pain under the left shoulder in the morning, not worse after eating. She is very depressed at times. Last October she lost a child through diphtheria. Liable to sick headaches—seldom goes four weeks without an attack (used formerly to have them more often). Attacks last eight hours. Pain comes and goes gradually. Pain is localised to one spot in the temple, then she vomits two or three times, which relieves the pain. The attack may begin on waking or in the evening. Has had these attacks as long as she can remember. She had rheumatic fever at 14, attributed to getting wet, and has had occasional joint pains since. Tendency to reduplication of first sound. — Ignatia 3x. Better in a week and well since.
2758-2765: Lambert, J. R. P., 1905, HWO 40.545-546: Mrs. S., complaining of great pain across the epigastrium and vomiting. The latter symptom of a week's duration, the pain two weeks. The pain was not constant, but occurred after food, sometimes not for two or three hours or more after a meal. It did not occur after all food, and was worse by fruit. She had a good deal of flatulence and slight eructation. The vomit was very sour. The stomach, she said, was sore to touch; she felt sick on walking. The pain was gnawing, acute, and better bending forward; has to take her corsets off. Sinking in stomach. Bowels constipated. Tongue denuded, glazed. Urine said to be clear, has to get up at night very often, very urgent. Backache relieved lying down. Patient is very low-spirited, languid, very nervous, and worrying very much about her mother. — Ignatia 3x. Did her a lot of good.
2766-2768: Choudhury, H. W. K., 1905, CMA 43.402: Mahomedan child, 6 J., had been ill five days; had measles sixteen days before which apparently ran its regular course. Seven days after the measles dysentery set in. About twenty stools in twenty-four hours, with prolapsus ani with every stool. The stools composed of blood and white mucus; tenesmus, with a "never get done" sensation; tongue clean. — Ignatia 6. Complete recovery.
2769-2771: Jousset, P., 1906, Nouvelle Leçons de Clinique Médicale, Paris, p. 515-516, obs. CLXV: Hystérie non convulsive. Mme Louis K..., 39 ans. Extrémement maigre, pâle, sans force et les traits altérés. Elle urine beaucoup, une urine pale. Nux vomica. La quantité des urines est décidément trop petite pour que nous puissions conserver notre diagnostic. La malade se plaint continuellement d'un corps étranger dans la gorge qui déterminerait l'impossibilité de la déglutition. Perte complète du reflexe pharyngien. Des points analgésiques existent sur la peau des bras. — Ignatia (12). — L'amélioration est très rapide. La malade retrouve le sommeil, l'appetit, la faculté d'avaler, sa tristesse disparaît, ses forces reviennent.
2772: Jousset, P., 1906, Nouvelle Leçons de Clinique Médicale, Paris, p. 517-518, obs. CLXVI: Vomissements nerveux. Mlle X..., 18 ans. D'une taille au-dessus de la moyenne, assez chétive, cette malade est atteinte depuis plusieurs mois de vomissements nerveux. Elle vomit tout ce qu'elle prend et accuse en même temps une très violente douleur au creux épigastrique. — Ignatia (12). — Guérie.
2773-2778: Stonham, 1906, HWO 41.158-159: Miss B., 20 J. In September, 1903, had a bicycle accident, running unexpectedly when on her bicycle against the shaft of a cart, which struck her over the left eye. At first little effect seemed to result from the accident, but a fortnight later it was noticed that she was more childish and had foolish notions and actions, and these increased. She feels she can take no interest in her work, and does not care whether it is done or not, but goes on doing her household duties mechanically and without thinking about them, and consequently very slowly and inefficiently. She has a constant desire to watch other people and the windows of the opposite house, and is under the dominant idea that they are all watching her. She laughs at trifles, and in a silly manner, and also easily sheds tears. Wishes she had not long to live. Feels she is giving way to the devil, and does not care. Cannot think steadily on any subject. She is not at all timid, and rides her bicycle, as before the accident, perfectly fearlessly. — Ignatia 30. Quite well.
2779-2788: Lambert, J. R. P., 1906, HWO 41.353-354: Mrs. W. Has been ill for several years and tried various remedies. Complains of general exhaustion. Reading and sewing causes headache and nausea. Memory very bad. Very depressed as a rule, prefers solitude. Headaches from nape very bad, and eyes very bad. Much flatulence at times. Bowels, constipated all her life—action once in two or three days. Catamenia every three weeks lately. Flow profuse. Does not feel well again till next period is due. Sleep bad—slow going off and wakes often and lies awake. Sometimes sleeps very heavily. Dreams much of daily duties. Cold feet, but gets very hot in bed all over. Worse damp weather, and east wind, which seems to take all the life out of her. Worse when occupied. Restless, must be doing something. Fidgetty feet; must jerk them about. Bladder irritable—frequent micturition, little at a time, and unrelieved after. — Ignata 30. Better, nerves steadier. Sleeping better. Bowels better.
2789-2790: Jousset, 1906, NAJ 54.458 aus ATM: E. T., 53 J., suffering from a classical right sciatica (Valleix's Points: painful points in peripheral neuralgia where the nerves find exit through fasciae or bony canals; Lasegue's Sign). The pains were fulgurant, in violent shocks, worse at night, forcing the patient to continually change position. During the day he suffered little. — Ignatia. Cured in a few days.
2791-2792: Bourzutschky, 1907, ZBV 26.370: Ältere Dame. Kraftlosigkeit, Traurigkeit, plötzliches Sättigungsgefühl nach wenigem Essen. — Ignatia. Voller Erfolg.
2793: Bourzutschky, 1907, ZBV 26.370: Auch eine jahrelang bestehende leichte Neurasthenie, deren Charakteristikum war: denkt viel an Kleinigkeiten, die sie nicht aus dem Sinne bekommen kann, Besserung durch Weinen, beseitigte Ignatia.
2794: Gilbert, S., 1907, HWO 42.307: A case of facial neuralgia. The pain was like a nail being driven into temple. — Ignatia quickly removed it.
2795: Sieffert, G., 1907, HRC 22.405: German merchant, 35 J., consulted me on account of an obstinate constipation by which he was as it were suddenly seized. He was also suffering from heart disease, originating from articular rheumatism, though he made no complaint as to this. An examination showed the presence of piles. Now his liver troubles became more prominent. The skin became yellowish, and a closer examination showed a considerable congestion of the liver. — Ignatia 1. In four days the yellow color had altogesther disappeared and the excretive functions had again become normal.
2796-2806: Farrington, H., 1909, CMA 47.658-659 (PIH 30.247-248): Mrs. M. W., 37 J., has suffered from piles off and on since early childhood. Pain in the rectum for hours after stool, whether it be soft or hard—throbbing and pricking, relieved by either cold or hot applications. She was more nervous and excitable than ever, characterizing her symptoms with adjectives all in the superlative. Headaches in the vertex accompanied by nausea. The headaches still persisted and she stated that she was hungry while they lasted. The menses came every three weeks. Rectal inactivity; can with great effort void a normal soft stool, but usually without pain. In an hour or so after

evacuation the most horrible throbbing begins and persists for a long period of time. At various times during the day there are sharp, sticking pains which shoot upward into the rectum. The hemorrhoids protrude after stool and at times they bleed. Pain in the rectum when coughing. — Ignatia 1m. Immediate relief.

2807-2811: Farrington, H., 1909, CMA 47.659-660 (PIH 30.248-250): Mrs.W. H. K., 38 J. For several years she had suffered from hemorrhoids and fissura ani, with bleeding and extreme pain. The physician attempted to introduce a speculum. The resulting pain was so intense that Mrs. K. leaped from the table. On the train suffering such agony that she feared the loss of her reason. At one time it required all her power of will to keep from jumping through the car window. The only relief she obtained was through frequent swallows of whisky, and judging from her own account she must have taken enough to intoxicate any one. She lay with knees drawn up and spread apart, moaning with pain, nervous, trembling and talking rapidly and excitedly. She said that the pains were burning, throbbing and knife-like, coming immediately after stool and lasting for a long time. There was always more or less bleeding. She also described her state of mind while riding on the train and said that it was not new, as she frequently woke in the morning with a horrible sensation of depression. — Ignatia 1000. Effect almost immediate.

2812-2813: Farrington, H., 1909, CMA 47.661-662 (PIH 30.250-251): Mrs. Myrtle C., 34 J. Messenger said she was almost insane with pain and wanted immediate relief. Boring in the rectum like a worm; burning, rasping like a hot-toothed instrument turned in the rectum, worse during and long after stool. Took an overdose of morphia without effect. — Ignatia 200 relieved.

2814-2815: Royal, G., 1909, HHM 44.396: A. H., 16 J. The girl had failed to make good in her school work. Became morose, twitching of the muscles about the corner of the mouth; constant agitation and jerking of the muscles of the arms. Urine light colored. Ignatia 30th cured in two weeks.

2816-2819: Baltzer, M., 1910, ZBV 29.403: Junge Dame, 20 J., deren Hauptklagen in starkem Herzklopfen und Angstgefühl bestanden. Das Herzklopfen ließ ihr Tag und Nacht keine Ruhe. Die Nächte seien vollständig schlaflos. Daneben verspüre sie ein Zittern im Körper und innerliche Hitze. Appetit mäßig. Das Leiden besteht seit Weihnachten und ist entstanden nach einer schweren Pflege der Mutter, um welche sie sich sehr gesorgt habe. Objectiv war am Herzen nur eine bedeutende Beschleunigung der Tätigkeit nachzuweisen. Cor sehr erregt. Puls 110, aber voll, kräftig. — Ignatia oo30. Ganz gesund.

2820-2821: Ross, A. I., 1910, NAJ 58.423: The three months old babe of a mother, tuberculosis in her youth, contracted follicular tonsillitis. There was infection of the glands about the neck and formation of pus which encroached up - on the larynx and hindered respiration. The first scar had hardly healed when another gland enlarged and more thick greenish pus evacuated. The third time a whole chain of glands enlarged and one of the first scars re-opened and began discharging. One day I dressed the neck to the usual accompaniment of sobs and shrieks. As I sat at my desk, she drew a long, heart broken, quavering breath. I asked the mother if she always had sobbed like that after her neck was dressed. She said, "Yes, she often sobs like that after she has gone to sleep." Ignatia, recovery.

2822-2828: Barnard, A. H., 1910, HRC 25.28-29, berichtet von J. B. Temple: Mr. P. D., 56 J., was taken sick about three years ago; had several attacks, the last had continued for eighteen months; most of that time was confined to bed in a darkened room, as light and noise were unbearable to him; head hot, limbs cold, depressed and anxious mind, constant worriment, expression haggard and distressed, insomnia, trembling, twitching of limbs, swallowing at short intervals because of a feeling of a lump in the throat; aversion to strangers, etc. — Ignatia 3x. Felt all right.

2829-2834: Stout, H. R., 1911, MCT 18.135-136: W. B., 17 J. He was of a highly nervous organization. During January preceding the outbreak he took a severe cold, which confined him to bed for three weeks. The principal trouble was in his throat and head. His health was very poor after this sickness, and in the spring he began to show great restlessness and irregularity of behavior and sleeplessness, also loss of appetite. He would lie awake for hours, finally falling asleep towards daylight. In April he commenced to lose control of his hands. Was unable to grasp objects, such as a knife and fork or a tumbler. These nervous symptoms steadily increased until it was necessary to watch hin day and night. He would tear off his clothing, and in his tossings would pull off the bed clothes. He hourly grew worse, so that he was unable to talk or eat his food, or drink. There was hardly a muscle in his body that did not jerk. His arms, legs and head were in constant motion. So violent were the spasms at times that unless carefully watched he would be thrown from the bed. He was unable to enunciate a word, and to feed him it was necessary to watch for a moment of quiet and feed him milk with a spoon. For ninety-four hours previous to the day he was brought to me he did not sleep one moment. On the fourth night he slept two hours while his mother rubbed one of his feet. — Ignatia 3x. He became quite well.

2835: Gibbons, L., 1913, HPC 3.314-315: Electricity-student, 21 J., came to surgery pressing finger against upper lip as the only relief for intense pain extending L. second incisor, upwards. Tooth loose, but of healthy appearance; Gum tender, and presenting a scar. Some months previously had identical pain which kept him in bed four days, and from his studies for one week. Upon closer examination, patient reported that while hard pressure gave relief, light touch aggravated. — Ignatia 200. In ten minutes pain had ceased.

2836-2843: Dykstra, R. H., 1913, HWO 48.214-215: E. T., Mädchen, 17 J. Complains that for the last five months she has been subject to periodical attacks of pain in the left side of the abdomen. She is very nervous and easily frightened. Her eyes get readily tired after use, and especially when she is in pain. The mucous membrane of the mouth is dry, and she has severe dysmenorrhoea with some leucorrhoea. The catamenia are regular. A little epigastric tenderness. Her complaints are better open air, and when in sympathetic company, worse warmth and close rooms. Dislikes fat: likes sour things. — Ignatia 30. Health excellent.

2844-2851: Dahlke, 1914, ZBV 33.187-188: Frau L., 28 J. Klagt seit den letzten Tagen über Bruststiche, welche zeitweise auftreten und von unbestimmtem Charakter sind. Allgemeine Mattigkeit. Schwere im Kopf. Träumt viel, fühlt sich aber morgens trotzdem relativ wohl. Gefühl eines aufsteigenden Kloßes, der den Atem versetzt und den Hals zusammenschnürt. Verstopfung. Immer frostig. Erregbar, leicht empfindlich, ohne zum Weinen geneigt zu sein. Hat Gram um ein verstorbenes Kind. — Ignatia 6. Die ganze Zeit über wohl gefühlt.

2852-2853: Hayes, 1914, ZBV 36.51 aus MAV Heft 11, 1914: Eine Frau in mittleren Jahren hatte Schreikrämpfe, abwechselnd mit Weinkrämpfen, als sie die Nachricht von einem schweren sittlichen Verstoß ihrer Tochter erhalten hatte. Diese wurden schließlich noch überwogen durch ein Gefühl von Bedrängung im Herzen, wie zusammengepreßt von einer Hand, unter Luftmangel und furchtbarem Angstgefühl. — Ignatia cm. brachte sie in wenigen Minuten zur Ruhe.

2854: Hayes, 1914, ZBV 36.51 aus MAV Heft 11, 1914: Eine junge Frau von 20 Jahren fiel beim Tod ihrer Schwester in Lethargie zu Boden. — Eine Gabe Ignatia 200 half rasch.

2855-2869: Loos, J. C., 1914, HPC 4.318-319: G. W., 55 J. Much disturbed concerning his mental condition. Speech difficult; annot express his thoughts; Begins to speak German and involuntarily and unconsciously continues in English, and vice versa. Observed since vertigo, in Feb. Eyes: whites yellow. Overcome by fighting fire on the mountains, few days past. Weak, tired, legs heavy. Ceased smoking two days ago. Forgetful of where has placed things; What was about to do. Sleeps when reading, since last summer. Dreams when sleeps, even tho lightly. Back: lumbar pain across kidney-region; While working, stooping, etc.; In morning, in bed; Tired, weak; walks bent. Erect after walking awhile. Lacks virility past year; No sexual desire, erection, nor discharge. Penis small, shriveled. Receded, at times. L. testicle injured, in childhood. Urination frequent; Few drops at intervals of only few minutes. Cough loose, rattling. After exposure to dampness; Irritation behind lower part of sternum. Expectoration easy; White, tasteless, tough, copious. Appetite poor in mornings; Hungry in evening. Thirst when working hard; Large drinks. Rectal evacuations usually regular, once daily. I knew this man to be living under repression of sentiments to maintain peace at home. Disappointed that his sons were indifferent to his plans for them, always avoided expressing what might arouse mental distress in his wife. — Ignatia 1m cleared the trouble.

2870-2872: Wassily, 1915, ZBV 34.174: Frau A. Kr., 46 J., leidet an rheumatischen und Nervenschmerzen hie und da im Körper und dazu treten öfter heftige Zahnschmerzen. Dieselben ziehen und reißen durch den ganzen Kiefer, verschlimmern sich durch warme Speisen und Getränke, aber nicht beim Essen, bessern sich in der Ruhe und wenn der Kopf fest gegen ein Kissen gedrückt wird. Die Frau hat viel Schweres durchgemacht in ihrem Leben, sieht elend und vergrämt aus. Auffällig ist, daß der Zahnschmerz schlimmer ist in den Eßpausen, besser aber während des Essens. — Ignatia 30. Dauernde Besserung.

2873: Case, E. E., 1915, PIH 36.173: Business man, 53 J. Hiccoups six days with only short intervals of freedom, either waking or sleeping. Each attack is preceded by a sensation as if there was a plug in the throat. — Ignatia 5cm cured.

2874-2883: Banerjee, H. M. B., 1916, HPC 6.20-21: Mrs. S., 54 J., mentally disturbed by the death, from cholera, of her eighteen-year-old daughter. Brooding upon this grief was followed by development of typhoid fever. Under allopathic treatment, the fever disappeared during six weeks, leaving the mental disorder rather worse than before. Drinks much but eats little or nothing. Refuses to change her clothing, even when exceedingly dirty. Talks to herself, day and night; Calls aloud her daughter's name. Sleepless. Filthy habits: Voids feces in her living-room. Constipated: feces large, hard. Ties a rag around her head, as if it were a garland. Longing for fresh air: sits on an

open veranda, all night. Keeps doors and windows open. — Sulph 1m. Appetite and sleep improved. Image of next remedy became clear from the first prescription. Vacant expression; Silent brooding; Sighs long-drawn, frequent. These became more marked. — Ignatia 1m. Improvement progressed; appeared more rational in all except one strange symptom. Instead of silent brooding: Loud weeping, much at times; Furious when consoled. — Nat. mur. 1m. Cure completed within 15 days.
    2884: Coleman, D. E. S., 1917, HHM 52.516: Several weeks ago I had a female patient in my office and after long questioning I had not arrived at a conclusion as to the remedy. I was becoming discouraged, when she emitted a deep sigh. Ignatia covered the case in its totality.
    2885-2886: Boger, C. M., 1919, HRC 34.548: Child, 7 J. Diphtheritic membranes covering both tonsils and pharynx with cramps in calves of legs and fingers. Has been sick one day. — Ignatia. Within one day fully convalescent.
    2887-2891: Ironside, A. S., 1920, HRC 35.359-360: Lady. Violent pains on the right side of the head, accompanied with vomiting of sour food, and she acted as though crazy, jumping out of bed and running from room to room like a young cat that has had too much meat. I had become more or less acquainted with this patient's desire for rich food. Her cellar was a storehouse of choice preserves. She had rushed from room to room and her husband after her till both were getting their wind for the next rush, meantime she would vomit sour food. Took her to the hospital. During the night she tried to jump out of the window. She had some months previous to this tried to destroy herself. The lightest food was not digested, and was vomited after several hours. — Ignatia 3x and Hydrastis 2x. Immediately she made a rapid recovery.
    2892: Coleman, D. E. S., 1921, JAI 13.925: Male, 34 J. Sore throat aggravated when not swallowing; better when swallowing. — Ignatia 30th cured quickly.
    2893-2901: Schier, J., 1922, ZBV 39.38-39: Frl. Maria A., 23 J. Ihre Verlobung mit einem früheren Offizier hatte in den letzten Tagen gelöst werden müssen; dementsprechend waren die nervösen Beschwerden sehr erheblicher Art, so daß die ganze Familie recht darunter zu leiden hatte. Die sichersten Heilmittel hiergegen, Zeit und Arbeit, versagten zunächst völlig; bei der außerordentlichen Reizbarkeit, die mit Zornausbrüchen und äußerster melancholischer Depression abwechselte, blieb jeder Tröstungsversuch vergeblich; andererseits schloß die Scheu vor jeder körperlichen oder geistigen Anstrengung den Segen der Arbeit aus. Schmerzhaftes Zucken in den verschiedensten Körperteilen war gesteigert durch jede Bewegung. Große Mattigkeit mit zeitweiligen Ohnmachtsanfällen und Weinkrämpfen zeigte sich besonders in den Vormittagsstunden, da der Schlaf unruhig und nicht erquickend war, unterbrochen von unangenehmen ängstlichen Träumen mit Stöhnen und Seufzen. Heftige Kopfschmerzen kongestiver Art waren verbunden mit Benommenheit. Appetitlosigkeit mit Übelkeit, insbesondere vor Milch und warmen Speisen, zeigte sich neben dem Gefühl einer aufsteigenden Kugel in der Speiseröhre. Die Depression steigerte sich zuweilen zu Verzweiflungsanfällen mit Selbstmordgedanken. — Ignatia D4 und Aur. mur. natr. D3 abwechselnd. Geheilt entlassen.
    2902-2910: Leeser, O., 1925, ZBV 42.311: Frau G. Seit 15-20 Jahren Anfälle von Kopfschmerzen mit Brennen, stets halbseitig, rechts oder links vom Scheitel, besser auf Druck. Abstände unregelmäßig. Anfälle dauern 3-4 Tage, auf Migränepulver hin nur einen halben Tag. Gefühl, als ob das Hirn sich schwammartig ausdehnt und im Kopf hin-und herschlottert. Erbrechen, Schwindel, auch im Liegen mit geschlossenen Augen, Kopfschmerz nach dem Brechen besser. Anfälle kommen 2 Tage nach Gemütsbewegung. 1-2 Tage vorher ist sie besonders lebhaft und aufgeräumt. Krampfhaftes Gähnen erleichtert die Kopfschmerzen. Heißhunger vor den Anfällen. Schlimmer von Licht. Viel Träumen. — Ignatia C30. Von Kopfschmerzen freigeblieben.
    2911-2913: Nordwall, A., 1926, ZBV 43.484: Kräftiger Mann. Frost um 7 Uhr vorm. bis 9 Uhr, dann Galleerbrechen, vorher heftige Gliederschmerzen. Jeden 2. Tag kam ein Anfall, der kräftige Mann wurde schwer mitgenommen. Er hob jetzt besonders seinen ungeheuren Durst während des Frostes hervor. Er tränke in einer Stunde dann über 20 Glas kaltes Wasser. Wenn der Frost vorbei wäre, ginge der Durst weg. — Ignatia D4. Fieberattacke niedriger, dann kam keiner wieder.
    2914-2916: Royal, G., 1926, Abriß der homöopathischen Arzneimittellehre, Regensburg, p. 300: Ich habe auch einmal einen Fall mit deutlichen Zeichen von Hydrocephalus gehabt. Es handelte sich um einen zahnenden Säugling. Die Erscheinungen waren dadurch entstanden, daß man dem Kinde gegen Enterocolitis Opium gegeben und dadurch die Darmausleerungen unterdrückt hatte. Das Kindchen hatte Spasmen im Schlund, den Augen und im Munde; eine Wange war rot, die andere blaß, beide aber heiß. Chamomilla versagte. Da half Ignatia. Seufzen stand an der Spitze der Symptome.
    2917: Royal, G., 1926, Abriß der homöopathischen Arzneimittellehre, Regensburg, p. 300: Schlucksen (Singultus). Einmal habe ich dieses Symptom bei einem Raucher gesehen, der, er wußte selbst nicht, warum, plötzlich Abneigung gegen die gewohnte Zigarre bekommen hatte. Wenn bei diesem Manne das Bedürfnis nach der beruhigenden Wirkung des Nikotins über seine Abneigung siegte und ihn rauchen ließ, traten Anfälle von Schlucksen sowie Übelkeit ein. Ignatia C 30 brachte Heilung.
    2918-2919: Royal, G., 1926, Abriß der homöopathischen Arzneimittellehre, Regensburg, p. 300-301: Der wässerige Urin. Am deutlichsten habe ich es im Verein mit dem hysterischen Symptomenverbande bei einem dunkelhaarigen, nervösen Mädchen von 10 Jahren gesehen. Innerhalb 24 Stunden gingen 6 1/4 Liter Urin fort, dessen spezifisches Gewicht nur 1001-1002 betrug. Das einzige weitere hysterische Symptom war beständiges Seufzen. Eine einzige Gabe der 30. Centesimalen von Ignatia beseitigte diesen Zustand.
    2920-2921: Royal, G., 1926, Abriß der homöopathischen Arzneimittellehre, Regensburg, p. 302-303: Chorea. Das oberste im Verbande der Symptome ist nach meiner Ansicht die Modalität: Besserung durch Bewegung. Ich habe einmal ein nervöses, anämisches Mädchen von 9 Jahren in BEhandlung gehabt, das Zuckungen im Gesicht, an den Armen und den Beinen bekam, wenn man sich nicht gewähren lassen wollte. Die choreatischen Bewegungen hörten alle auf, wenn die Mutter das Kind bei der Hand nahm und mit ihm herumging. Man mußte mit dem Kinde solange herumgehen, bis es müde war.
    2022: —, (1928), AHZ 176.157 aus Chicago Night University Bulletin 3.24: Junger verheirateter Mann. Er hatte immer noch Husten während des Schüttelfrostes, aber keinen mehr davor. Sehr durstig während des Frostes. — Ignatia 1000. Kein Schüttelfrost mehr.
    2923-3026: Allen, H. C., 1928, The Therapeutics of Fevers, 2. Auflage Philadelphia, p. 217-222: Especially adapted to the nervous temperament; women of a sensitive, easily excited nature; dark hair and skin, but mild disposition; quick to perceive, to execute. The remedy of great contradictions: the roaring in ears better by music; the piles better when walking; sore throat feels better by swallowoing; empty feeling in stomach not better by eating; cough worse the more he coughs; cough on standing still during a walk; spasmodic laughter from grief; sexual desire with impotency; thirst during a chill, no thirst in the fever; the color changes in the face when at rest. Mental conditions rapidly, in an almost incredibly short time, change from joy to sorrow, laughing to weeping. Persons mentally and physically exhausted by long concentrated grief; involuntary sighing, and a weak, empty feeling at pit of stomach, not better by eating. Desire to be alone. Finely sensitive mood, delicate conscientiousness. Inconstant, impatient, irresolute, quarrelsome. Amiable in disposition if feeling well, but easily disturbed by very slight emotion; easily offended. The slightest fault finding or contradiction excites anger, and this makes him angry with himself. Bad effects: of anger, grief, or disappointed love; from bad news, from vexation with reserved displeasure; from suppressed mental sufferings; of shame and mortification; broods over imaginary trouble in solitude. Children: when reprimanded, scolded, sent to bed, jerk as if shot or have convulsions in sleep. Headache, as if a nail were driven out through the side, relieved by lying on it. Cannot bear tobacco; produces or aggravates headache. In talking or chewing, bites inside of cheek. Sweat on the face, of a small spot only, while eating. Prolapsus ani from moderate straining at stool. Constipation: from carriage riding; of a paralytic origin; excessive urging, felt more in upper abdomen; with great pain, dreads to go to closet; women who are habitual coffee drinkers. Hemorrhoids: prolapse with every stool, have to be replaced; sharp stitches up the rectum; worse for hours after stool. Cough: dry, spasmodic; after warm drinks; every time he stands still during a walk; the longer he coughs the more the irritation to cough increases. Twitchings, jerkings, even spasms of single limbs or whole body, when falling asleep. Pain: in small circumscribed spots; oversensitive to. Fever: Quotidian; tertian; quartan. Irregular; continually changing, expecially by the abuse of Quinine. Postponing or anticipating; the former the rule, the latter the exception. Typhoid. The attacks are irregular both in periodicity and evolution of stages. Return each spring after suppression by Quinine. Irregularity of hour, characteristic. Paroxysm at sunset, late in the afternoon or evening; then fever heat nearly all night. At all periods. Prodrome: Violent yawning and stretching; sometimes terrible shuddering. Chill: Always with great thirst for large quantities of water, only during chill. Chill commences in upper arms and spreads to back and chest. Chilly at sunset; chilly in cool air; very cold all over, with one-sided headache. Shaking chill, with redness of the face, in the evening. Coldness and chilliness of whole body, or only of posterior portions, better at once in a warm room or by a warm stove. Chilliness on the back, and over upper arms, with heat of ears; about the knees, which are cold externally; in the face and on the arms, with chattering of teeth and goose-flesh; feet and legs, thigh and forearm; chill of single parts only; proceeding from the abdomen. During the chill: ill humor, colic, nausea, vomiting of food, mucus and bile (rare); great paleness of face; pain in back; lameness of lower limbs. Chill and cold-

ness aggravate the pains. External coldness, internal heat, or internal chill with external heat. Heat: Without thirst. Heat of the whole body in the afternoon, without thirst, with sensation of dryness of the skin. External heat and redness, without internal heat. Sudden flushes of heat over the whole body. External warmth is intolerable; must be uncovered as soon as heat begins. One ear, one cheek, and side of the face red and burning; hot knees with cold nose; heat of the face, with coldness of the hands and feet; continuous quick alternations from heat to cold. Heat and coldness of single parts. Deep snoring sleep during heat; frequent sighing; beating headache; vertigo, delirium; pain in stomach and bowels; vomiting of ingesta, with coldness of the feet and spasmodic twitching of the extremities. Urticaria over the whole body, with violent itching, easily ameliorated by scratching, which disappears with the sweat. Patient is hungry after the fever. Sweat: Without thirst; warm perspiration of extremities; usually light, though general. Fainting during sweat, or as the heat passes into sweating stage. Sweat when eating. Sensation as if sweat would break out over the whole body, which, however, does not follow. Warm perspiration on the hands, or on the inner surface of the hands and fingers, in the evening; at times cold, but generally warm and sour-smelling. Tongue: Clean. Saliva has a sour taste. Food tasteless. Apyrexia: Complete. The face is pale; eruption on the lips and in the corners of the mouth; lips dry and chapped; hungry about 11 A. M., but little or no appetite at time of meals; aching pain in pit of stomach; colic, with hard stools and ineffectual urging; pain in back and limbs; languor, apathy, giving away of the knees, starting in sleep, or sound sleep with snoring. The sleep usually continues from the heat during and through sweating stage, into apyrexia. All pain and headache aggravated by tobacco and coffee.

3027-3036: Boudard, 1929, HRC 44.51 aus HFR 8.493: G. A., 15 J. Patient anaemic, had pains in arms and wrists, stretching in character with sore throat. She received salicylate of soda, had violent nightmares and would not sleep in the room alone. In October, following a reprimand, choreic symptoms appeared, aggravated by emotion. In November, when I saw her, she was in incessant motion, crossing and uncrossing the legs which trembled and jerked, gesticulating, clenching her fists, scratching her nose, grimacing, walking jerkily and dropping things. She was blonde, timid, averse to company and to consolation. She cried out in sleep, saw snakes, and had a tendency to somnambulism. She desired salty food and could not digest eggs. At 11 a. m. and 4 p. m. she hac pain in the heart with slight vertigo, intestinal and urinary functions normal. Periods late, scanty and dark with yellowish leucorrhoea in the intervals. Cold, violet hands and feet with tendency to chilblains. — Ignatia and Natr. mur. Chorea entirely gone.

3037-3040: Wassily, 1930, ZBV 47.230: Frau eines Diplomaten, 38 J., kam zu mir mit heftigen migräneartigen Kopfschmerzen seit einigen Jahren, die zu jeder Zeit auftreten können, vor denen sie nie sicher ist. Die Schmerzen sind sehr wechselnd, meist wie ein unerträglicher Drache, starker Kaffee lindert für den Augenblick, Alkohol verschlimmert. Die Witterung hat keinen Einfluß, wohl aber die jeweilige Stimmung. Die Menstruation war früher profus, ist jetzt aber spärlich. Da ich aus und in ihren Augen Bekümmernis sehe, dringe ich in sie und erfahre ihren Kummer, die an der Untreue des Mannes seinen Grund hat, sie hat sich sehr gegrämt, da sie den Mann aus großer Liebe geheiratet hat und leidet noch darunter in tiefer Resignation. Wegen der Kinder hat sie sich nicht scheiden lassen. — Ignatia 30. Starke Verschlimmerung. Ich fühle mich freier, es geht eine Umwandlung in mir vor.

3041: Hayes, R. E. S., 1930, HRC 45.213: Bad little boy banged canary cage to see the bird flutter. We found him settled on the bottom of the cage with eyes closed refusing to take notice of anything, drooping until his bill touched the floor as if about to die. Occasional long gasps roused it only to droop again immediately. There was no fear, the bird was shocked at the mistreatment. — Ignatia 900. As lively as ever.

3042-3048: Royal, G., 1930, HRC 45.271: Young woman, about 22 J., family physician thought she was insane. She could not sleep, was depressed, tore her clothes, put her hands on a hot stove in order to burn the sin out of herself, i. e., to purify herself, refused to take nourishment, and had a strong desire to be alone. A slight, dark complexioned, emaciated woman, walking languidly into the room and seated by the order and with the help of her nurse. As she refused to talk in the office her family physician had her taken to her room and I followed. After we were seated I could see expressed on that girl's face, as clearly as I can see my own hand, "now make me talk if you can". It took an hour or so before we had reached the point where I turned to her suddenly and forcibly asked, "Did you ever have a love affair"? Her answer, "Yes", came as if torn from her heart and mind. Then, with a hard struggle to keep back the tears she told me the whole story. — Ignatia. This woman is now teaching.

3049-3060: Kent, J. T., 1932, Lectures on Homoeopathic Materia Medica, 4. Auflage, Philadelphia, p. 560-565: You will cure those gentle, sensitive, fine fibred, refined, highly educated, overwrought women. A woman, when overwrought and overexcited and emotional, will do things that she herself cannot account for. She will do things as if she were crazy in her excitement. Will do things she regrets, while the hysteric is always glad of it. She is unable to control her affections. Her affections rest on some one whom she would despise. A sensitive girl, though she would not let anyone but her mother know of it, falls in love with a married man. She lies awake nights, sobs. She says, "Mother, why do I do that, I cannot keep that man out of my mind." Cold food is craved, and cold food will be digested when warm food will be disturbing and create indigestion. It has been known of an Ignatia patient, that the more she coughed the greater the irritation to cough, and she was drenched with sweat, sitting up in bed with her night-clothes drenched, gagging and coughing and retching, covered with sweat and exhausted. When you are called to the bedside of such a patient, don't wait. You cannot get her to stop coughing long enough to say anything to you about it. Without any provocation whatever a spasmodic condition will come on in the larynx. Any little disturbance, a mental disturbance, a fright, or distress, or a grievance, will bring a young, sensitive woman home and to her bed, and she will go on with a spasm of the larynx. It is a laryngismus stidulus that can be heard all over the house. Nervous affections and troubles of all sorts come on at the menstrual period. The mind is always in a hurry, in a state of excitement. No one can do things rapidly enough. The memory is untrustworthy. The mind flies all all to pieces. It is a sort of confusion. No longer able to classify the things that have been classically put into the mind. Cannot remember her music, and her rules, and her scholastic methods. They have all vanished, and she is in a state of confusion. It is a momentarily hysterical excitement of the mind, in which the balance is lost, and she talks about everything. Sees every manner of thing; it is a hysterical insanity, because after she rests or the next morning it has vanished. Asks questions, not waiting for the answer. Wants cold things in the stomach, but warm things externally. Make no promises, listen, look wise, take up your traveling bag and go home after you have prescribed, because anything you say will be distorted. There is not anything you can say that will please.

3061-3066: Burnett, J. C., 1936, Diseases of the Skin, Philadelphia, 3. Auflage, reprint: Married lady, 55 J., came to me on July 12, 1887, quite broken down in health; it was thought the final break-up of the constitution was at hand. The most prominent and most distressing symptom was perhaps her attacks of faintness and her inveterate and severe dyspepsia, though she felt her nerve symptoms very much. She was afraid of being alone, going about in fear and trembling. Nervous heart-beat; spleen very much enlarged (affirmed that she had had ague every spring until she was nearly thirty years of age); a good deal of neuralgia in the left side of head and face. She is intolerant of cold, and revels in this July heat. Thuja. Tongue now thickly coated. There is a little eruption on the tips of her toes and fingers. Ignatia. Much better; in fact, feels wonderfully well, but she has "broken out all over with an eruption of water and matter." Cured by Natrium muriaticum.

3067-3068: Woods, H. C., 1939, HRC 54.10.34: Mrs. B. M., 50 J., came to me complaining of loss of appetite and a severe indigestion with a great deal of gas in the stomach and bowels. Said she could not sleep well, and in fact she did not care to keep on living. This woman had always enjoyed good health and was not of a nervous temperament. She was never hysterical and in fact showed no signs of grief to other people. She was keeping it all to herself. She was suffering from suppressed grief. Some two or three years previously, her husband had fallen from a tree and broken his back. — Ignatia 30x. She felt more cheerful, slept well at night, had a good appetite and could eat anything she liked with no distress of any sort.

3069-3084: Borland, D. M., 1939, Children's Types, London, p. 51-53: If you have a child with a highly developed nervous system, a highly strung, sensitive, bright, precocious child, who is doing very well at school and who is being pushed, and the nervous system is getting over taxed, you are very liable to get Ignatia indications. The first indication you will get is that the child will begin to develop headaches, and it is a sort of nervous, tired head, coming on at the end of the day, coming on after a period of stress. The next thing is that they begin to become slightly shaky—their writing is not so good as it was, their finer movements begin to suffer. The next thing you will notice is a rather strained expression, and that strained expression is one of the keynotes that lead me to Ignatia in the non-hysterical type more than anything else. It may be anything from a mere tension of the muscles to definite grimaces when the child is speaking, and it may go on from that to facial chorea, generalized chorea, difficulty in speaking, difficulty in articulation. Next you will get the story from the parents that the child is becoming unduly excitable—it is either up in the air, or down in the dumps. And another thing is that the poor youngster has become incredibly hyperaesthetic to noise. If the child is attempting to do homework after school any noise nearly drives it crazy, it is liable to blow up into a rage and then relapse into tears. And after any stress of that kind you will find the child quite incapable of working, its brain simply will not function, cannot take in, cannot remember, and cannot think. They come home with a congestive headache, and the odd thing about it is that it is relieved by hot applications. If their nerves begin to get frayed these children get scared. They have probably been up against the

stress of examinations, they lose their nerve altogether, and they are in constant dread of something unpleasant going to happen, and they may get to the stage where they are scared of doing anything on their own initiative — they may be even scared of going out alone. As you would expect with a child in that state, you get all sorts of digestive upsets, and you get the typical Ignatia hysterical stomach developing, that is to say that child who is upset by the simplest food and can digest the most indigestible stuff. The mother says the child cannot digest the simplest, plainest food, and is quite all right on the toughest old cheese. And the queer thing about it is that it is true. You get exactly the same kind of contrariness when the Ignatia child gets a bad throat, an acute inflamed throat, and the only relief the child gets is from taking something solid, something to press on it, and the pressure relieves it for the time being. Then these overstressed children get all sorts of disturbances. If they are in any confined place, particularly if there are a lot of people about, they get nervous, distressed, choky, and they are quite liable to faint. As you would expect in a child of that type, who has been very bright, clever, successful, and is now rather going to bits, she is awfully apt to blame herself for it. It is very often a child of poorer parents, who is doing quite well on scholarships, and now cannot do as well as she used to. She often starts to reproach herself, thinks that the failure is due to lack of effort on her own part, gets thoroughly depressed and almost melancholic. There is one other thing that you sometimes come across in the Ignatia children, and that is that they are very liable to get troublesome, irritating, spasmodic coughs. These ccughs always come on at inconvenient times, and once they start coughing they go on, and on, and on. That is one type of Ignatia cough in that stressed child. The other type they get is a very definite, acute laryngitis, with a liability to laryngeal spasm. Then, as you would expect with their choreic history, you are very liable to get rheumatic pains in these children, you may even get an acute rheumatism; and most of the rheumatic pains are better from definite firm pressure.
3085-3089: Aschner, B., 1943, HRC 59.276: Mrs. T. was deeply depressed for two years, and she could not do any housework; headache on vertex, lack of appetite; much yawning; grinding of teeth in sleep till gums were bleeding. Cause: suppressed anger, jealousy. — Ignatia 30x. Complete cure.
3090: Stiegele, A., 1948, „Klinische Homöopathie", 4. Aufl. Stuttgart, Fall 28, Seite 262: Mann, 53 J., leidet seit seiner Militärzeit im Kriege an Verdauungsbeschwerden. Eine wesentliche Verschlimmerung ist seit 3 Wochen eingetreten, nach jeder Mahlzeit treten heftige Magenkrämpfe auf, die von unstillbarem Erbrechen begleitet sind; bisweilen muß er bis zu 20mal am Tage erbrechen. Nun gab der Kranke an, seine Krämpfe begännen immer mit einem schmerzhaften Pflockgefühl in der Kehlkopfgegend, dann ziehen sie sich gegen den Magen hinunter und steigern sich bis zum Erbrechen. — Ignatia D 4. Hörten mit einem Schlage auf.
3091: Stiegele, A., 1949, Homöopathische Arzneimittellehre, Stuttgart, p. 349: Die Ignatiakranke sagt kein Wort über sich selbst, sie bleibt allein und sucht mit allem selbst fertig zu werden.
3092-3096: Schwarzhaupt, 1950, DHM 1.50: Frau H. G., 34 J. Seit Herbst 1948 zunehmende Magenbeschwerden. Kein rechter Appetit mehr. Nach dem Essen Druck in der Magengrube wie ein Kloß. Der Kloß steigt öfters bis in den Hals hoch. Der Stuhl ist schlecht, Patientin muß oft mit Klistieren nachhelfen. Sorgenvoller Gesichtsausdruck, Zunge etwas weiß belegt. Druckempfindlichkeit unterhalb des Xiphoid in der Mittellinie. Patientin gab jetzt als neues Moment an, daß sie seit 1/2 Jahr von der Untreue ihres Mannes wußte. Sie machte sich darum große Sorgen. — Ignatia D 6. Magenbeschwerden verschwanden innerhalb von einer Woche.
3097-3098: Schwarzhaupt, 1950, DHM 1.53: Fuhrunternehmer H. Sch., 41 J. Im Jahre 1936 klagte er über zunehmende Schluckbeschwerden. Die Speise blieb ihm in der Tiefe der Brust stecken. Nach einigen Bissen mußte er alles wieder auswürgen. Anfangs machten ihm nur feste Speisen Beschwerden, dann auch breiige und schließlich flüssige. Er magerte schnell und stark ab. Weil in der Anamnese zu erheben war, daß die Beschwerden erstmalig nach einem heftigen Streit mit dem Vater des Patienten auftraten, der ihm so zugesetzt hatte, daß ihn seine Ungerechtigkeit würgte, verordnete ich Ignatia D 6. Die Beschwerden besserten sich sofort.
3099: Schwarzhaupt, 1950, DHM 1.53: Patientin, 60 J. Cardiospasmus. Sie würgte die Angst um den Mann, der in einem erstmaligen schweren stenocardischen Anfall fast geblieben wäre. Jeder Bissen blieb ihr stecken und kam wieder hoch. — Ignatia. Verlor sich völlig.
3100: Schwarzhaupt, 1950, DHM 1.57: Reichsbahnnachrichtenhelferin L. T. Im Herbst 1944 fand ein schwerer Angriff auf Köln statt, bei dem unmittelbar um den Bunker der Reichsbahndirektion mehrere schwerste Bomben fielen. Eine Bombe riß die Panzertür des Bunkers, in dem die betreffende Nachrichtenhelferin ihren Dienst tat, auf, so daß der Luftdruck durch sämtliche Räume mit großem Zischen und Getöse fuhr. Es entstand eine allgemeine Panik unter der weiblichen Bunkerbesatzung. Fräulein T. war von diesem Schrecken besonders stark ergriffen. Seit diesem Erlebnis brach sie ständig alle Nahrung aus, hatte lebhafte Leibkrämpfe und war zu nichts mehr fähig. — Ignatia. Das Medikament half schlagartig.
3101-3103: Schwarzhaupt, W., 1951, TIC 1951.230: Patientin, 40 J., deren Mann in Rußland vermißt ist. Sie hatte keine Nachricht mehr von dem Mann. Sie muß jetzt den Lebensunterhalt für sich und ihre Kinder selbst bestreiten. Sie klagte über ein klumpenartiges Druckgefühl im Magen, schlechte Verdauung, im Zusammenhang damit über Kopfschmerzen, meist oben auf dem Scheitel. Die Patientin gab nur an, daß sie, wenn sie besonders starke Beschwerden habe, sehr viel gähnen müsse. Aber das Gähnen brachte ihr keine rechte Erleichterung. — Ignatia D 6. Beschwerden verschwanden.
3104-3105: Schwarzhaupt, W., 1951, TIC 1951.231: Es handelt sich um einen Patienten mit Hypotonus und pektanginösen Beschwerden. Jedesmal beim Anfall bekam er das Gefühl einer Kugel im Halse. Ignatia brachte diese Beschwerden zum Verschwinden, besserte auch den Hypotonus. Aber etwas Neues trat ein, nämlich der Patient fragte ganz kurzfristig nach dem Einnehmen: "Herr Doktor, ich rauche in der Mittel, das essen das Rauchen verleidet - mir schmeckt kein Tabak mehr".
3106: Schwarzhaupt, W., 1951, TIC 1951.231: Fall einer Lehrerin, die es erlebte, daß ihre Schwester plötzlich im Hausflur zusammenbrach, sich dort enorm erbrach und durch das Brechen die ganze Wand beschmutzte. Dann trat der Schwester dieser Patientin Schaum vor den Mund und sie starb in einem Anfall eines Lungenoedems. Jedesmal, wenn nun diese Lehrerin den Fleck an der Tapete des Hausflurs sah, würgte es sie und schließlich blieb ihr der Kloß ganz im unteren Brustraum stecken und sie bekam nichts mehr herunter. Sie hatte jetzt einen typischen Cardiospasmus der aber durch Ignatia D 6 vollkommen gelöst wurde.
3107: Schwarzhaupt, Wl, 1951, TIC 1951.231-232: Ein kleiner Beamter der früheren Reichsbahn wurde entlassen. Er kam dadurch in äußerste wirtschaftliche Not. Seelisch bedrückte es ihn, daß er für ihm nicht bewußte Schuld so stark bestraft wurde. Seit dieser Zeit litt er an Durchfällen, die mit krampfhaften Magenschmerzen einhergingen. — Ignatia. Durchfälle unterblieben.
3108: Schwarzhaupt, W., 1951, TIC 1951.232: Auch einen 2. Fall mit Durchfall konnte ich mit Ignatia heilen. Hier handelte es sich um einen 50 Jährigen Patienten, der diese Durchfälle seit der Operation eines außerordentlich großen Karbunkels zwischen den Schulterblättern bekommen hatte. Dieser Karbunkel hatte ihm unendlich große Sorgen gemacht.
3109-3112: Mössinger, P., 1953, DHM 4.459-460: Mann, 25 J. Sucht mich auf, weil seine Magenbeschwerden, die er nun seit 4 Wochen habe, immer unerträglicher werden. Der Appetit sei zwar gut, nach dem Essen aber belästige ihn ein Völlegefühl, dazu viel saures Aufstoßen, ab und zu Brechreiz und häufig Magenschmerzen, die durch Essen aber immer gebessert würden. Beim Entblößen des Leibes bildet sich in der oberen Hälfte des rechten Rectus abdominis, und zwar nur hier, eine auffallende Gänsehaut. Hier ergibt eine sanfte Palpation eine deutliche Tonusvermehrung des rechten oberen Rectus gegenüber der korrespondierenden linken Seite. Bei tiefer Palpation ist das Zwölffingerdarmgebiet druckschmerzhaft. — Ignatia D 3. Beschwerden rasch gebessert.
3113: Gibson, D. M., 1953, BHJ 43.121: Woman, 30 J. Again reverted to "fear of committing a murder" with duality sensation, and said she was worse when extremely happy. Thuj. Coff. Again improvement and relapse alternated. Again mentioned recurrence of fear especially when "everything is pleasant and gay". Ignatia 12. Felt fine.
3114: Kabisch, M., 1954, AHZ 199.235: Frau, 48 J., seit Jahren bestehender gelber Ausfluß. Schon die erste Untersuchung ließ das Problematische, Exaltierte, Überempfindliche, psychisch Schwankende erkennen. Die Frau ist depressiv und neigt zu kummervollem Gesicht, zu langsamen Bewegungen. Nach Behandlung zugänglicher, aufgeschlossener geworden. — Ignatia D 4. Geht viel besser.
3115: Clarke, J. H., 1955, A Dictionary of Practical Materia Medica, London, 3. Auflage, 2. Band, p. 7: I once gave instant relief with Ign. 30 in the case of a lady who had just heard of her brother's death (not unexpected), and who complained of an intense pain in the head just over the root of the nose.
3116-3118: Clarke, J. H., 1955, A Dictionary of Practical Materia Medica, London, 3. Auflage, 2. Band, p. 7: Suddenness is another note of the Ign. effects. Sudden loss of function in any organ. Pressure as of a sharp instrument from within outward is a characteristic. Pains change their locality; come gradually and abate suddenly, or come and go gradually. Pains are apt to be in small circumscribed spots.
3119-3122: Wiener, K., 1956, AHZ 201.91: Lehrer H. M., leidet seit Stalingrad an Schlaflosigkeit. Der Patient, ein feinnerviger Typ, höchst geräuschempfindlich, schien sonst nicht krank, und klagte nur noch über Neigung zu Hautausschlägen und über Schweißfüße. Seine Herzschmerzen schrieb er einem Grundleiden zu und der dadurch bedingten beruflichen Überanstrengung. Schon von Anbeginn war mir sein etwas melancholischer, in die Ferne gerichteter Blick aufgefallen, der mir den Zugang zu seinem Inneren versperrte. Ich entdeckte bei meinen Hausbesu-

chen über seinem Bett ein Madonnenbild und an seiner Tür einen Weihwasserkessel; Dinge, wie sie in unserer evangelischen Gegend selten sind. — Ignatia C 30. Pat berichtet: das schreckliche Getümmel in seinem Kopf verschwunden. Jetzt will er sein Kopfekzem loswerden. Aufgeräumt, wie ich ihn nie gesehen. Verspürt Lust und Kraft, sein musikalisches Talent berufsmäßig auszuwerten.

3123-3124: Wiener, K., 1956, AHZ 201.91-92: Hausfrau U. W., 60 J., oft leicht verstopft, hat sie seit Monaten keinen spontanen Stuhlgang. Der Bauch ist aufgetrieben, als ob er platzen wolle; mäßiger Windabgang, schwach ausgebildete selten blutende Hämorrhoiden. Da ich weiß, daß die Kranke jeden Gram in sich verschließt, erinnere ich mich ihres neuen Kummers um das Ergehen der geschiedenen Tochter und des vaterlos gewordenen Enkelkindes. — Ignatia C 30. Glänzende Wirkung auf Stuhl und Stimmung.

3125-3126: Imhäuser, H., 1956, AHZ 201.374: Margit, 1 J., geistig sehr reges Kind. Es hat von jeher schlecht gegessen. Dabei zeigten sich abnorme Gelüste auf Fleisch. Es aß mit 7 Monaten Wiener Würstchen und Rinderpümmel, verweigerte aber die Flasche. In letzter Zeit ist es unruhig und weint viel. Der Schlaf ist durch häufiges Erwachen unterbrochen. Die verzweifelte Mutter sagte: „Es ist ein ganz hysterisches Frauenzimmer!" — Ignatia D 30. Es ist ein Wunder geschehen. Es ist ruhig, es schläft viel und ißt ohne Schwierigkeiten.

3127-3129: Schlegel, M., 1956, AHZ 201.377-378: Frau E. N., 37 J. Jeder Gang ins Freie, jede kleine Gartenarbeit löst in der Nacht einen Anfall aus mit Schmerzen am Herz bis zur linken Schulter und Arm, mit Kälte und Angst. Die redselige Art läßt mich an Ignatia denken, und ich frage nach gehabten Aufregungen. Hierauf erzählt sofort der verständige Mann, seine Frau habe vor einigen Wochen schnell nacheinander ihre beiden Eltern verloren, was sie sehr mitnahm. — Ignatia C 30. Heiter, große Besserung. Ohne alle Herzbeschwerden. Schlief so gut wie lange nicht.

3130: Vannier, L., 1956, DHM 7.422 aus HFR Jan. 1956: Ein Mann mit allergischen Beschwerden, geheilt mit Ignatia (nervöse Hypersensibilität, Gähnen, Seufzen, Angstzustände, alles schlimmer durch den geringsten Widerspruch) und Metallum album (Ödeme und Jucken, besser von warmen Anwendungen, schlimmer von 1—3 Uhr morgens).

3131-3138: Beham, A., 1957, RGB 1957.1.11: Frau D. E., 42 J. Die Frau macht einen hastigen Eindruck, ist blaß, leidet seit Jahren an einem eiterähnlichen, übelriechenden Ausfluß, Schmerzen in der Eierstockgegend, ein Ziehen nach unten, hat kein Interesse für ihre Angehörigen. Der Geschlechtsverkehr befriedigt sie nicht. Mangelndes sexuelles Empfinden intra coitum. Zu einem Orgasmus kommt es erst später im Schlaf, bei Träumen, in denen sie — diesmal als männlicher Partner — den Verkehr erneut vollzieht. Bewegung bessert. Während ich mir auf dem Karteiblatt Notizen mache, höre ich sie einen tiefen Seufzer tun. Frage: „Müssen Sie das oft?" „Ja". „Haben Sie Kummer?" „Nein". „Können Sie Ihren ersten Mann nicht vergessen?" Die Antwort ist unbestimmt, aher bejahrend. — Ignatia D 200. Sichtlich verwandelt, gelöstes Gehaben, heiter.

3139-3143: Communal, 1958, HFR 46.424-425: Mlle M., 49 J., vient me consulter en 1939 pour des troubles digestifs anciens très aggravés dès ennuis survenus il y a 6 mois. De plus et surtout, cette malade est une artiste qui a connu une période de célébrité, se trouve actuellement dans une situation matérielle et morale plus que précaire et vit dans un atelier minable où elle recueille les chats perdus et, à l'occasion, lapins et volatiles divers. A l'interrogatoire, elle signale une extrême sensibilité aux contrariétés et à l'ambiance morale. Fringales, bouche sèche, digestions paradoxales, constipation marquée. Après les repas, elle se plaint d'un ballonnement très marqué, sans horaire, parfois accompagné de douleurs. — Ignatia 30. Les troubles intestinaux ne se sont pas reproduits.

3144-3147: Communal, 1958, HFR 46.425: Mlle D., 22 J. Urticaire généralisé persistant depuis un an. L'urticaire est survenu un mois après un choc nerveux important. L'urticaire tend à gagner la face. Le sommeil est mauvais depuis longtemps. Maux de tête frontaux persistants. Impression d'oeuf dur dans l'oesophage, constipation, foie un peu sensible. — Ignatia M. L'améliore définitivement.

3148-3150: Communal, 1958, HFR 46.426: Mme L., 71 J. Elle a toujours souffert de l'estomac: acidités, brûlures, vomissements. Les troubles se sont aggravés depuis la mort de son mari et, depuis trois ans, les vomissements sont quotidiens, quelle que soit l'alimentation. On apprend que tous les jours, les douleurs débutent vers cinq heures de l'après-midi et aboutissent après un temps variable à un paroxysme qui calme aussitôt. Il arrive que les vomissements contiennent des aliments absorbés 2 ou même 3 jours auparavant. Il y a plus rarement des douleurs et des vomissements la nuit. L'amaigrissement est très peu marqué. — Ignatia M. Elle ne se plaint plus de l'estomac.

3151: Communal, 1958, HFR 46.426-427: Mme G., 48 J., recourt à l'Homoeopathie pour une céphalée rebelle durant depuis plusieurs années. Cette malade a eu durant la guerre beaucoup de fatigues et de soucis. La céphalée fronto-temporale droite se manifeste surtout au réveil, s'atténue parfois durant la journée. Elle est aggravée par le mouvement, par la fumée du tabac, améliorée en se couvrant la tête. T. A.: 21-12, elle a atteint précédemment 24-13. Il y a quelques douleurs précordiales, des battements de coeur, mais pas de tendance aux ecchymoses. — Ignatia M. Les douleurs disparaissent pendant un mois.

3152: Fourmont-Bertrand, 1958, AHZ 203.76: Eine Kranke hat Kummer, weil sie ihr Kind in eine Pension fortgeben mußte; auf Ignatia Besserung.

3153-3154: Pahud, C., 1958, ZKH 2.231: Frau, 36 J. Sie war immer sehr nervös und empfindlich. Die Füße und Handgelenke sind geschwollen. Sie kann kaum und nur mit großer Mühe ihre Hausarbeit leisten. Die Schmerzen sind unabhängig vom Wetter. Sie sind schlimmer, wenn sie aufgeregt oder deprimiert ist. Im Gespräch mit ihr höre ich, daß sie vor 6 Monaten ihren Mann verloren habe, die Schmerzen angeblich wurde und so einen großen Kummer erlebte. Ihr jetziges Leben ist sehr schwer. Sie muß sich ihren Lebensunterhalt verdienen. Immer sei sie deprimiert. Ihr Schlaf sei schlecht, weil sie sich von den traurigen Gedanken nicht befreien kann. — Ignatia 1000 (K). Die Beschwerden verloren sich, ruhiger Schlaf, Gelenkschwellungen klangen ab.

3155: Gallavardin, J. P., 1959, Psychisme et Hom., Médicine Plastique, p. 387, obs. III: Une jeune couturière, 19 ans. — Ignatia 200. — En deux mois vos remèdes ont fait pousser, chez cette jeune fille, des seins qu'elle n'avait jamais eus.

3156-3159: Unger, H., 1959, AHZ 204.554: Patientin F. Sch., die seit Jahren wegen essentieller Hypertonie mit Netzhautblutung behandelt wird, klagte seit Monaten über therapieresistente Einschlaflosigkeit. Sie hatte wegen ihrer materiellen Zukunft schwere Sorgen, neigte zu extremem Stimmungswechsel, periodischem Kopfschmerz, visceralen Spasmen nach Cholecystektomie. — Ignatia D 30 und D 12. Nimmt Ign. als Schlafmittel.

3160-3161: Voegeli, A., 1959, ZKH 3.17: Frau W. L., geb. 1917 bekommt Ignatia 1000 in 3 Portionen auf 2 Tage verteilt. Nach der ersten Portion treten auf: Verstärkung der Magenbeschwerden, der Lendenschmerzen und der Schmerzen zwischen den Schulterblättern, ferner durchfällige Stühl. Nach der 2. Portion kommt es zu einer nochmaligen Verstärkung der genannten Symptome, ferner treten neu auf: Gefühl von Konstriktion des Halses und Übelkeit. Nach 2 Tagen sind alle Symptome verschwunden, inbegriffen die heftigen Magenkrämpfe und Lendenschmerzen, um derentwillen mich die Patientin konsultiert hatte.

3162-3165: Zinke, J., 1959, ZKH 3.290-291: Karin, 4 J. Sie hatte Würmer. Sie schläft seitdem so unruhig. Nachts schreckt sie auf und zittert dabei am ganzen Körper. Kein Wunder, wenn sie dann am Tage müde und launisch ist. Es gibt Tage, an denen sie nicht weiß, was sie will. Sie hält dann die ganze Familie in Trab. Als Otto einmal der Kragen platzte und er ihr den Po versohlen wollte, verdrehte sie die Augen und wurde ohnmächtig. — Ignatia C 500. Erfolg.

3166-3172: Leers, H., 1959, DHM 10.506: Frau Chr. Sch., geb. 1911. Sie klagt seit dem 20. Lebensjahr, seit 3 Wochen verschlimmert, über anfallsweise auftretendes Erstickungsgefühl mit krampfhaftem Luftschnappen und Luftschlucken. In letzter Zeit sei sie depressiv und unfähig, unter Leute zu gehen oder nur ihren Haushalt zu besorgen. Sie lebt mit ihrer 23jährigen Tochter zusammen, die Lehrerin in einem benachbarten Ort ist. Die Beschwerden verschlimmern sich, wenn sie daran denken muß. Sie leidet ständig unter Angstgefühl, Herzklopfen, nächtlichem Albdrücken mit Erwachen. Sie ist im ganzen krampfhaft verspannt und spastisch verstopft. Als Kind war sie immer schon etwas ängstlich. Mit 9 Jahren hat sie unerwartet ihre Mutter verloren, an der sie sehr hing. — Ignatia D 4 und D 200. Verschwinden der Symptomatik.

3173: Dorcsi, M., 1960, ZKH 4.9-10: Patientin, 14 J., die innerhalb von 8 Monaten 18 Kilo abgenommen hatte. Völlig erschöpfter Zustand mit hochgradigen Hungerödemen an beiden Unterschenkeln. Das Kind wurde von der Mutter auf dem Rücken in die Ordination getragen. Ich erfuhr, daß das Kind, das in den Tode seines Großvaters vor 9 Monaten überaus froh und in der Schule fleißig war, plötzlich sich von der Umgebung absonderte und seither freiwillig nicht die Wohnung verlassen hat. Allein, erzählte mir das Kind sein trauriges Erlebnis, nämlich den Verlust des einzig wirklich geliebten Menschen. — Ignatia D 200. Wieder froh.

3174-3180: Laser, H., 1960, ZKH 4.30: Elisabeth M., 56 J. Klagte über starkes Zungenbrennen und über Kopfschmerzen. Das Zungenbrennen war mit einem metallischen Mundgeschmack und mit Mundtrockenheit, jedoch ohne Durst, verbunden. Es besserte sich auf Essen und Trinken. Am Kopfweh litt die Kranke schon, bevor ihr Zungenbrennen begann. Die Schmerzen seien so, als ob eine Nadel ins Gehirn gebohrt würde. Im Kühlen und im Dunkeln würde es leichter. Alles sei besser, wenn die Pat. verreist sei. Das Allgemeinbefinden sei am besten, wenn sie allein sei. Sie habe eine Abneigung gegen Tabakrauch. Die Krankheitserscheinungen hätten vor einem halben Jahr, im Anschluß an den Tod eines Bruders, an dem sie sehr gehangen habe, erheblich zugenommen. — Ignatia C 30. Beschwerden fast verschwunden.

QUELLENVERZEICHNIS UND ORIGINALTEXTE

3181-3184: Sankaran, P., 1960, ZKH 4.228: Mrs. B. V., 33 J. Sie hatte rezidivierende Kopfschmerzen, Schwindelanfälle, periodische Beklemmungen auf der Brust und wandernde Schmerzen in den Gliedern. Ihre Menses waren unregelmäßig, der Fluß sehr profus, die Dauer 6 oder 7 Tage. Sie litt daran seit 6 J. Die ganze Störung begann in einer Zeitspanne großer psychischer Belastung kurz nach der Geburt ihres letzten Kindes. — Ignatia 30 C. Am zweiten Tag danach hatte sie einen großen schwarzen Klumpen von der Größe einer Orange aus der Vagina verloren, seitdem von allen Beschwerden befreit.

3185-3199: Ungern-Sternberg, M. v., 1962, AHZ 207.752-754: Frau, 47 J. Herpes zoster des linken Plexus cervicalis. Schon bei der Aufnahme klagte sie, sie wache seit Jahren nachts auf mit Atemnot und Herzklopfen und habe dann häufigen Harndrang. Die paroxysmalen Tachycardien bestanden seit 1949. Gewöhnlich geht die Patientin um 22 Uhr zu Bett. 1 Stde. später tritt der Anfall auf. Das Herz sitzt wie ein Kloß im Hals, sie fühlt Harndrang, muß verschwinden und hat dann Erleichterung. Am nächsten Morgen sei sie jedoch munter und fidel, freudig erregt durch die Betriebsamkeit. Sonntags mieseste Laune und elendes Gefühl. 1945 von Uniformträgern mißhandelt und vergewaltigt. Seitdem sei ihr sexueller Kontakt unmöglich, sie hätte jedesmal abscheuerfüllte Gedanken. Dazu kommen noch folgende Symptome: Hochgradige Geruchsempfindlichkeit, besonders gegen Tabak, Küchendunst und Parfüm. Sehr geräuschempfindlich. Gewitterangst. Unmöglichkeit, links zu liegen. Mitunter müsse sie nachts eine Kleinigkeit essen. Auch muß sie sich nachts ans offene Fenster setzen, dann im linken Arm Schwere und Steifheit 1 Stde. lang, gelindert durch kaltes Wasser. Beim Hochsehen empfindet sie Schwindel. Die Hauptverschlimmerungszeit liegt abends und nachts, nach Mitternacht werde es besser. Atemnot aus dem Schlaf, beim Bergsteigen keine Atemnot. Nachts Anfall, morgens trotzdem ausgeschlafen. Werktags gute Stimmung, sonntags miesepetrig. — Ignatia D 10. Die Anfälle sind ausgeblieben.

3200: Sighartner, H., 1962, ZKH 6.225: Eine junge Frau war plötzlich zusammengefallen. Als ich hinkam, bot sich mir das Bild einer typischen hysterischen Reaktion: Augenrollen, Zähneknirschen, Opisthotonus, dazwischen Aufbäumen mit unartikuliertem Schreien und wildem Umsichschlagen, kurz, ich sah mich zunächst zu einem Ringkampf genötigt, um die Rasende niederzuhalten. — Ignatia D 30. Wie Öl auf eine tobende See.

3201-3217: Gagliardi, 1964, AHZ 209.294 (ZKH 9.3): Staatsbeamter, 29 J. In der Vorgeschichte Depressionszeiten durch wiederholte schwere Enttäuschungen beruflicher Art. Leidet an einer rechtsseitigen Lungentuberkulose und fühlt sich seit 2 Jahren sehr schlapp. Unter seinem rechten Schlüsselbein zeigt sich ohne gut apriksosengroße Caverne. Nach etwa 10 Monaten kam es zu erneuter Verschlimmerung mit vermehrtem Husten. Das Röntgenbild zeigte eine neue Caverne etwas unterhalb der alten. Er hatte vorerst einmal alles Vertrauen, wieder gesund werden zu können, verloren. Er aß nicht mehr und konnte nicht mehr schlafen, teilweise auch infolge des Hustens, der ihn Tag und Nacht quälte. Unbehaglich in warmem Raum und bei Wetterwechsel. Kopfweh (nur tags) durch Kaffee und starke Gerüche. Kopfschweiß, immer im Schlaf. Überlriechender Axillarschweiß. Husten mit schleimig eitrigem, eher spärlichem Sputum. Der Patient gab sich Mühe, beim Husten zu unterdrücken, da er bemerkte, daß Husten den Husten nur verschlimmerte, das heißt, wenn er einmal zu husten begann, steigerte sich derselbe zu immer größer Heftigkeit. Häufig das Gefühl einer Leere im Magen, wogegen Essen nichts half. Rasch satt und große Völle des Magens nach dem ersten Bissen. Abneigung gegen Fett. Weiche Stühle müssen mit auffallendem Pressen entleert werden; oft Leibschmerzen von eingeklemmten Blähungen. Höchst feine, leicht verdauliche Speisen bekamen ihm garnicht, während er schwere Speisen viel lieber hatte, und dieselben ertrug er auch viel besser. Jeder Versuch, seine Seele aufzurichten, ließ ihn ziemlich gleichgültig, störte eher als half. Er sprach wenig und seufzte oft. — Ignatia D 30. Wiederauftreten starker stinkender Schweiße in den Achselhöhlen und an den Füßen. Völliges Verschwinden der Caverne.

3218-3222: L'Abbé Chabord, 1966, CGL 3.361: La mère de son percepteur. Il s'agissait d'ulcérations multiples sur tout le corps avec de l'oedème, comme autant de plaies qui saignottaient et qui suppuraient. Lorsque je lui ai demandé: "comment supportez-vous les ennuis, les difficultés", elle éclata en sanglots; et elle m'a raconté qu'elle n'avait jamais été bien depuis le choc éprouvé en écoutant le récit détaillé de l'assassinat de son marl à la libération en 1945. Elle m'a parlé de maux de tête, de maux d'estomac; j'ai enchaîné "lorsque vous avez mal à l'estomac, est-ce que le fait de manger vous soulage" ce qui était bien le cas. La moindre contrariété déclenchait ses maux de tête et d'estomac. — Ignatia 7 CH. Tout allait à la perfection depuis sa visite.

3223-3228: ***, 1967, ZKH 11.122: Mädchen, 13 J. Hat eine unglückliche Liebe hinter sich. Viel wortloses Seufzen. Klagte aber nicht, möchte ihren Kummer für sich behalten. Zornesausbrüche, wenn ihr etwas verweigert wird und beim geringsten Widerspruch. Kopfschmerz bessert durch Harnlassen. Ab und zu Magenbeschwerden, die sich durch Essen bessern. Auch Liegen auf der kranken Seite bessert die Kopfschmerzen. — Ignatia.

3229-3230: Bauer, E., 1967, ZKH 11.245: Hund. Er war traurig, lag teilnahmslos da, fraß nicht und trank nicht. Der Hund war seinerzeit ernstlich erkrankt gewesen. Ihr Gatte hatte ihn mit Liebe und Sorgfalt gepflegt. Seither waren die beiden unzertrennlich. Diesmal hatte sich ihr Gatte aus irgendeinem Grunde nicht von ihm verabschiedet, als er wegging. Der Hund kam und fand seinen Herrn nicht mehr. — Ignatia XM. Munter, frißt und trinkt.

3231: Bauer, E., 1967, ZKH 11.246: Eine Musiklehrerin, die vor 1 Jahre ihre Mutter bis zu deren Tod gepflegt und dieses qualvolle Sterben an Krebs miterlebt hatte, fühlt sich seit einem Jahr einfach nicht mehr wohl. — Ignatia XM stellt Wohlbefinden wieder her.

3232-3241: Bauer, E., 1967, ZKH 11.246-247: Werkführer, 47 J. Seine Frau befürchtete das Vorhandensein von Krebs. Ihr Mann spreche wenig, sei immer ernst, traurig, lache nicht, habe wenig Appetit und seit 1 Jahr etwa 6 kg an Gewicht verloren. Der Mann war blaß, schweigsam, abgemagert, antwortete einsilbig, kein Wort mehr, als er gefragt wurde. Seit 4 Jahren keine Lebenslust mehr, an nichts Freude, und verminderter Appetit. Der einzige Sohn durch Unfall gestorben. Wann? „Vor 4 Jahren." Die rechte Pupille zeigt eine Abflachung bei 12 Uhr. Trösten verschlechtert entschieden. Verträgt Widerspruch offensichtlich sehr schlecht. Asthma und Husten, beides unablässig, Tag und Nacht. Sein qualvoller, jammervoller Gesichtsausdruck, der heftige, erschütternde Husten, das Asthma hatten etwas Dramatisches an sich. Ein angespannter Gesichtsausdruck. — Ignatia XM. Beschwerdefrei. Sogleich wohl, völlig verändert.

3242-3245: Schmidt, P., 1969, CGL 6.58: Jeune homme, 20 J., qui a raté ses examens il y a trois mois et dois les repasser prochainement. Alors il s'est mis à travailler comme un nègre, mais malheureusement ça n'entre pas. Il vient me consulter parce que pour ses vacances du mois d'août il a eu des maux de tête épouvantables dès qu'il se mettait à étudier!l a perdu son appétit et ne dort plus. J'ae remarqué dans sa pupille droite un aplatissement à midi. Or, je vous l'ai déjà dit, cela indique un chagrin rentré. Je lui ai demandé s'il n'avait pas eu un petit ennui: il n'avait pas travaillé et il s'y attendait lui-même. Mais il finit par m'avouer qu'il était fiancé à une charmante jeune fille qui lui avait dit qu'elle ne l'aimait plus qu'il ne fallait plus qu'il revienne et qu'elle ne voulait plus le voir. Et il en était tellement vexé et chagriné qu'il en était tombé malade. — Ignatia XM. Il dormait mieux, reprenait d'appétit et l'envie de travailler.

3246-3248: Derlich, H., 1970, ZKH 14.230-231: Frau H. G., geb. 1927. 1966 verunglückte der Sohn mit dem Motorrad tödlich. Pat. hatte einen Herzanfall. Ein Kloßgefühl im Halse wurde angegeben. Erhebliche Tachykardie. — Ignatia D 200 inj.

3249-3258: R. Ch., 1972, CGL 9.192: Jeune vuve, 28 J., Son mari est mort dans un accident de voiture, alors qu'elle avait 22 ans. L'asthme, dont elle souffrait depuis, abait été attribué à un coup de froid qu'elle avait pris et qui avait coupé ses règles le jour même de l'accident, dont elle s'était tirée à peu près indemne de blessures graves. Les modalités de cet asthe ne présentaient rien de particulier sauf que ces crises étaient améliorées en se couchant sur le dos. La malade ne pouvait retenir ses larmes en racontant son histoire, mais ses larmes étaient parfois entrecoupées de crises de rire, qu'elle disait nerveuses et dont elle s'excusait. En plus de sa dyspnée presque constante, elle se plaignait de maux d'estomac, de boule à la gorge et d'angoisse dans la poitrine, de diarrhée alternant avec la constipation. Je lui ai posé la question: "Vous sentez-vous mieux pendant les repasN" Elle réfléchit un instant et me repondit: "De fait oui: mex maux d'estomac disparaissent alors, je ne sens plus ma boule à la gorge ni mon angoisse, mais ces malaises me reprennent aussitôt après. Pour me sentir bien, il faudrait que je mange toujours. Une autre question: "Comment supportez-vous le caféN" "Mal. Il me provoque des maux de tête et des palpitations." "Comment vous sentez-vous dans une pièce où l'on fumeN" "Je ne puis le supporter. La fumée de tabac me donne la nausée." La-dessus, je lui ai demandé de me montrer sa langue. Celle-ci, relativement propre malgré les troubles digestifs, gardait l'empreinte des dents. — Ignatia XM fit disparaître l'asthme définitivement et tout le reste.

3259-3260: Ungern-Sternberg, M. v., 1973, ZKH 17.26: Dame, etwa 60 J., jeden Abend, an dem sie schon um 10 im Bett liege, müssen mich meine Angehörigen hineintragen." Regelmäßig um 23 Uhr auftretender Kollaps, den sie allabendlich erlitt, und das schon eine ganze Zeit. Später hörte ich ab, daß die Patientin ihren geschiedenen Ehemann, den sie noch öfters sah, an ihre beste Freundin verloren hatte, im Ereignis, über das sie Jahrelang nicht hinweggekommen war. — Ignatia D 200, durchschlagender Erfolg.

3261-3262: Ungern-Sternberg, M. v., 1973, ZKH 17.26: Mann, Mitte 40. Wurde wegen Herzbeschwerden, Tachykardien und Unruhe mit Magenbeschwerden behandelt. Erst bei der 2. Konsultation rückte er auf die Frage nach Aufregungen mit dem Kummer über den Sohn heraus, der einen Einbruch begangen hatte. Er grämte sich und weinte beim Erzählen. — Ignatia C 6 half.

3263-3266: Ungern-Sternberg, M. v., 1973, ZKH 17.27: Junge Frau, 32 J., die ihre krebskranke Mutter jahrelang gepflegt hatte bis zu deren sanften Hinscheiden, bekam etwa 6—8 Wochen später nächtliche Tachykardien und Dyskardien mit Urina spastica. Diesmal lag die Zeit des Auftretens zwischen 3—4 Uhr morgens. Sie klagte über Herzstocken, Erschrecken, Angst, daß sie den Vater plötzlich tot vorfinden könne. Kein Appetit. Sie hatte Angst, plötzlich allein sein zu müssen. Auf meinen Trostversuch, sie würde vielleicht doch noch einen Menschen kennenlernen, der zu ihr passe, weinte sie: den wolle sie garnicht haben! — Ignatia C 200, Natr. mur. C 200.

3267: Ungern-Sternberg, M. v., 1973, ZKH 17.27: Eine 60jährige Dame mit Herzunruhe und nervösen Magenbeschwerden konnte ihren Kummer über eine schwer erkrankte Bekannte nach einer Gabe Ignatia C 200 tragen und wurde beschwerdefrei.

3268: Ungern-Sternberg, M. v., 1973, ZKH 17.27: Eine 19jährige Schülerin hatte im Anschluß an den Sekundenherztod ihrer Mutter 2 Jahre nervöse Herzbeschwerden mit einer ständigen Tachykardie von 100—140, die sich erst nach Ignatia C 200 verlor.

3269-3273: Ungern-Sternberg, M. v., 1973, ZKH 17.28: Junge, 10 J. Übererregt, litt an Einschlafstörungen, beging Fehlhandlungen, regte sich leicht auf, weinte besonders in der Schule leicht, bekam Wutanfälle, überästhetisches Empfinden mit Dauerfernsehen gepaart, drohte, sich das Leben nehmen zu wollen. War eifersüchtig auf den jüngeren Bruder, ein sehr begabtes Dysmeliekind. — Ignatia C 200 heilend.

3274-3275: Ungern-Sternberg, M. v., 1973, ZKH 17.28: Kind, 2 J. Schlief nicht trotz Truxalettensaft. Es wachte stets um 23 Uhr auf und schrie. Es war 6 Wochen lang im Krankenhaus gewesen, und seitdem bestand die Schlafstörung. Kopfschweiß und nasses Kissen. — Ignatia C 6, Calc. phos. LM 6.

3276-3278: Ungern-Sternberg, M. v., 1973, ZKH 17.28: Der 1952 geborene Jörg, ein Phosphor-Typ, kränkelte an Dyspepsie, nervösen Beschwerden und Globusgefühl, das sich beim Schlucken fester Speisen besserte, eine starke Abneigung gegen Rauch begleitete die Unfähigkeit, zu essen bei der geringsten Aufregung. — Ignatia C 200 half ihm, und bald darauf löste sich auch sein Problem, er durfte seine Schule verlassen und die Akademie beziehen, um sich ganz dem Geigenstudium zu widmen.

3279-3280: Ungern-Sternberg, M. v., 1973, ZKH 17.29: Sprachlehrerin, 58, litt an einem Dumping-Syndrom. Kloßgefühl und Depression (ausgelöst durch eine Existenzkrise, und der Sohn geheiratet hatte und ihre Schule nicht übernehmen wollte) wichen auf Ignatia C 6.

3281-3282: Ungern-Sternberg, M. v., 1973, ZKH 17.29: Martin T., 45 J. Geistig zurückgeblieben, wegen seiner Debilität umso sensibler. Schlundkrampf, Würgen beim Essen. Die Ursache: Nach dem Tode der Mutter wurde ihm von der Schwester das Lachen verboten. — Ignatia C 5 lebensrettend.

3283-3288: Ungern-Sternberg, M. v., 1973, ZKH 17.29-30: Junge Frau, 29 J. Klagt weinend über Leistungsunfähigkeit, Müdigkeit, Übelkeit bei Belastungen bis zum Erbrechen und Druck im Magen seit dem Familienurlaub vor 4 Monaten. Sie ist gern allein, weint viel, war früher fröhlicher, sie hat das Kloßgefühl. Infolge ständiger Unausgeruhtheit hat die Frau Drehschwindel und Brechreiz mit abendlichem Erbrechen. Unter anderem klagt sie über Schwindel beim Gefahrenwerden und Schleier vor den Augen. Sie träumt viel und schläft besser, wenn sie nichts liest. — Erholt sich rasch auf Ignatia C 6 und Cocc. C 6 im täglichen Wechsel.

3289: Ungern-Sternberg, M. v., 1973, ZKH 17.31: Mutter, 40 J. Kommt in Behandlung, weil sie ihre Depression mit Beruhigungsmitteln nicht los wird. Sie klagt, der Ehemann sei bis spätabends beschäftigt, sie säße immer allein. — Ignatia C 6 half zu einer positiven Lebenseinstellung.

3290-3291: Ungern-Sternberg, M. v., 1973, ZKH 17.35: Frau, 40 J. Klagte neben einem Globusgefühl auch über Aufregungstachycardien und hatte Halsschmerzen mit Besserung bei Schlucken von Festem. Seit 5 Jahren steckte sie in einer Ehekrise. — Ignatia C 6, C 30, D 200 wirkten jedesmal gut.

3292: Schlüter-Göttsche, G., 1973, ZKH 17.132-133: M. K. Völlig verstört von einem schrecklichen Erleben. Hatte den Nachbarn beim Sterben im Arm gehalten. Er fühle sich völlig gereizt, vielmehr sei in ihm eine so melancholische Traurigkeit. — Ignatia befreite ihn sofort von Alpdruck.

3293-3297: Illing, K. H., 1974, AHZ 219.155-156: Patientin E. S., 60 J. Sie hatte viel Aufregung in der Familie erlitten, die sie still für sich trug, außerdem Weinen bei Erregung und Brennen im Magen. — Ignatia D 30. Nach 2½ Wochen kommt sie wieder und erzählt, daß sie nach dem Pulver nachts schwitze, außerdem mehrfach nachts aufschrecke. Eine solche Schlafstörung habe sie schon vor Jahren einmal belästigt. Abklingen der Beschwerden normalisieren sich der Schlaf und die übrigen psychischen Störungen.

3298: Dalmais, 1974, CGL 11.87: Homme, 57 J. Tuméfaction sous-calcanéenne, très douloureuse, empéchant la marche. guéri grâce à Ignatia.

3299: Braun, A., 1976, AHZ 221.62-63: Unlängst wurde ich zu einer mir unbekannten Frau gerufen wegen Herz- und Kreislaufbeschwerden und miserablem Allgemeinbefinden. Auf eine Fieberspritze sei die Temperatur von knapp über 40 auf 36,2 heruntergefallen. Dann erfuhr ich, daß ihr Mann vor 3 Wochen eines Abends, während er mit seinem Enkelkind spielte, um 21 Uhr ganz plötzlich vor den Augen seiner Frau tot umfiel. Als wir nach 14 Tagen wagte sich die Frau zum Friedhof hinaus, da erlebte sie den nächsten Schreck. Irgendwelche Friedhofsangestellten ganz formlos und ohne ein Wort die Urne mit der Asche ihres Mannes neben ihr am Grab ab. „Ob da überhaupt die Asche meines Mannes drinnen ist?" zweifelte sie. Es war damals noch kalt, es war im März. — Sulfur. Ignatia D 6. Vom Erfolg zufriedengestellt.

3300-3302: Eichelberger, O., 1976, Klassische Homöopathie, Heidelberg, Band 1, p. 302-303: Frau, 45 Jahre, kommt in die Praxis wegen innerer Hämorrhoiden, wie sie sagt, Diese bestehen bereits seit mehreren Wochen. Es zeigt sich „ein ganz gemeiner", leicht stechender und intimat brennender Schmerz, verbunden mit Jucken. Nur ganz selten tritt ein leichtes Bluten der Hämorrhoiden auf. Auf weiteres Nachfragen stellt sich heraus, daß die Erscheinungen unabhängig von einer Stuhlentleerung sind, und daß das Sitzen schlimm, das Gehen aber am allerbesten ist. Ignatia LM 18. Innerhalb von 3 Tagen waren die Beschwerden vorbei.

3303-3305: Eichelberger, O., 1976, Klassische Homöopathie, Heidelberg, Band 1, p. 327: Ins Krankenzimmer eintretend fällt als erstes auf, daß auf die Schränke verteilt verschiedene Trauerkleider hängen. Die Tochter sitzt bei der 42jährigen Mutter am Bett, die Eltern der Kranken stehen ängstlich in der Gegend herum. Die Patientin selbst liegt mit geschlossenen Augen fast abgedeckt auf dem Bett und krampft mit Armen und Beinen. Zeitweise nimmt sie die linke Hand an die linke Brustkorbseite, die anscheinend schmerzt. Der Ehemann der Frau ist vor kurzem relativ jung und ganz plötzlich an einem Herzinfarkt gestorben. Ignatia D 30. Fast unmittelbar nach dem 1. Schluck bekam sie einen Weinkrampf und nach wenigen Minuten war die Verkrampfung rundum vorbei.

3306-3307: Gadgil, G. B., 1979, TIC 1979.153-154: Mrs. K., 58 J., was suffering for 3 years from right sided sciatica, the pain going from the hipbone to the heel. Remedies gave temporary relief, till it was ascertained that, in the history of the case, that, at about the time of the initial onset of this disease, the daughter of the patient had got married against the wish of the mother. This incident had weighed heavily on the mind of the lady before the first attack of pain. — Ignatia 200 set the patient on the road to complete recovery.

3308-3311: Mattikus, G., o. J., Documenta Homoeopathica, Heidelberg, Band 1, p. 184-185: Eine 68jährige Patientin wurde zu uns eingewiesen mit der Diagnose „decompensierte Koronarsklerose". Trotz ausreichender Digitalisierung und Entwässerung blieb die von allen erwartete Kreislaufrekompensation aus. Im Gegenteil, das Befinden der Patientin verschlechterte sich zusehends, wobei man dem Eindruck gewann, daß sie selbst diesem Umstand eher mit Gleichgültigkeit gegenüberstand. Die Frau war nicht lange zuvor von ihrem einzigen Sohn im Zuge einer Auseinandersetzung ins Gesicht geschlagen worden, erlitt dabei Verletzungen, die auf der Unfallabteilung ambulant versorgt wurden. Der Vorfall wurde angezeigt, die Mutter mußte als Zeugin gegen ihren Sohn aussagen, welcher dementsprechend bestraft wurde. Rasch darauf dekompensierte ihr Kreislauf, das Herz war zu tief getroffen. Die auslösenden Ursachen, das bei dieser Patientin besonders ausgeprägte wortlose Seufzen und ihr stiller Kummer brachten mich auf Ignatia D 200, worauf die Patientin nach 2 Tagen mir zuflüsterte, daß sie nun bei dem Gedanken an die Geschehnisse nicht mehr weinen müsse. In weiterer Folge kam es bei sonst gleichbleibender Therapie zur raschen und vollständigen Kreislaufrekompensation.

3312-3313: Bourgarit, 1980, CGL 17.356-360: Mme G., 52 J. En octobre, ànouveau Nat. m. pour réapparition de bouffées de chaleur et de quelque malaise de tête. mémoire encore un peu insuffisante. En décembre, après une période de fatigue et de nouvelles contrariétés elle se plaint d'un engourdissement très pénible de son bras gauche chaque nuit avec insomnies. Elle présente aussi des brulures oesophagiennes après les repas, comme elle en avait éprouvé trois ans auparavant et dont elle ne se souvenait plus: Nat. m. A Paques suivant, ses parents sont venus chez elle passer un certain temps et il s'est produit des conflits entre les grands parents et la petite fille: elle présente maintenant des douleurs gastriques sans interuption depuis 15 Jours. Ces douleurs s'accompagnent d'un besoin de manger et ne sont calmées qu'en buvant du lait ou des laitages frais. Lorsqu'elle souffre il lui est arrivé d'avoir une syncope et en tout cas elle se couvre de sueurs. — Ignatia XM qui la guérit immélatement et définitivement.

3314-3315: Sohn, FWPH., 1980, ZKH 24.10-17: Mädchen B. S., geb. 1960. Sie macht einen niedergeschlagenen Eindruck auf mich, seufzt und klagt über seit Tagen bestehende Appetitlosigkeit. Sie hat Liebeskummer. Ihr fester Freund hat eine neue Freundin. — Ignatia 30. Sehr gut gewirkt.

3316-3322: Müller, H. V., 1981, ZKH 25.153-157: Luise, geb. 1923. Seit fast 30 Jahren Migräne, die sich von der rechten Nackenhälfte zum rechten Auge hinzieht und ca. einmal im Monat auftritt. Depressionen, in denen ihr immer wieder zum Bewußtsein kommt, wie sinnlos das Leben ist. Mit dem Hochdruck bekam sie damals auch einen

Blähbauch, der auch jetzt noch besteht. Wie gesagt, hat sie oft Depressionen, aber auch sehr viel Angst. Sie kann aber nicht sagen, wovor und aus welchen Anlässen. Vielleicht hänge das auch mit dem Schuldgefühl zusammen, das sie immer wieder hat und von dem sie nicht weiß, gegen was es gerichtet ist. Nur ein Traum ist erinnerlich: Sie hatte sich im Traum das Leben genommen, wie, wußte sie nicht mehr. Als sie dann im Traum merkte, daß sie noch lebte, fragte sie sich, was es überhaupt für einen Unterschied gäbe zwischen Leben und Tod und wozu ihr Selbstmord gut gewesen sei. Das Auffallende in dem Leben dieser Frau sind die vielen schockierenden Todesfälle, die sie erlebte. Jahrelanges Zittern der rechten Hand. — Ignatia C 200 i. v. Zufriedener Mensch. Kopfschmerz weggeblieben.

3323-3325: Dinkelaker, H., 1982, AHZ 227.63-64: Junger Mann, 23 J. Vater relativ jung verstorben. Erschien in meiner Praxis mit der Klage, es bestehe ein ständiger starker Druck im Hals mit mäßigen Schluckbeschwerden. Er dachte verständlicherweise an ein ähnliches Leiden, wie es sein Vater hatte und machte seine Struma dafür verantwortlich. Nach seiner Angabe sei er durch Doppelarbeit überlastet, fühle sich schlapp und habe Schwindel beim Drehen und Heben des Kopfes. Sehstörungen und Schwindel bei Kopfrollen. Bei genauer Nachforschung erfuhr ich, daß der Patient mit seiner Arbeitsstelle unzufrieden war; seine Stelle entspreche keineswegs seiner Leistungsfähigkeit; er fühle sich zurückgesetzt. — Ignatia D 6. Druckgefühl am Hals verschwunden.

3326-3331: Eichelberger, O., 1982, Klassische Homöopathie, Heidelberg, Band 2, p. 419-422: Eine 52jährige untersetzte, brünette Frau macht sich fortwährend den Vorwurf, daß ihr Mann durch ihre Nachlässigkeit und Leichtgläubigkeit ums Leben gekommen ist, indem sie dem behandelnden Arzt zu sehr vertraut und nicht mehrere Ärzte gerufen habe. Am Tage wird sie wenigstens teilweise durch Beschäftigung von diesen quälenden, hartnäckigen Gedanken abgebracht, die Nächte sind aber nicht zu ertragen. Sie ist dann schlaflos und kann nicht lange auf einem Platz liegenbleiben. Zeitweise heftige Anfälle von Weinen und Schluchzen, daß ihr das Herz zittert. Unruhiger Schlaf nachmittags. Appetit gering. Stuhlverstopfung. Harn häufig und wasserhell. Weinerliche Stimmung. Ignatia. Heilung in 3 Tagen.

3332-3339: Eichelberger, O., 1982, Klassische Homöopathie, Heidelberg, Band 2, p. 823-825: Frau, 26 Jahre, glücklich verheiratet, kommt in die Sprechstunde wegen hochgradiger Nervosität, Depressionen mit Angstzuständen. Die Patientin hat seit einem Jahr auch erhöhte Temperatur. Das weitere Gespräch ergibt, daß sie am laufenden Bande heulen könnte, ohne jeden vernünftigen Grund und der Zuspruch schon gar nicht helfe Die Unruhe, die Ängste, die Depressionen zeigen sich noch stärker bei Einbruch der Dunkelheit. Sonnenbaden würde nicht gut vertragen; die Patientin friert schnell, hat ständig eiskalte Füße; die Wärme, außer der Zimmerwärme, behagt ihr jedoch auch nicht. Fett verträgt sie ausgezeichnet. Sie fühlt sich nie ausgeschlafen und ist schnell müde und erschöpft. Ignatia LM 18. Nach 14 Tagen: Wundermittel.

EIGENE FÄLLE
3340-3349: Frau K. A., geb. 1892, Beratung am 20. 2. 1963: Die Müdigkeit spüre ich im Magen als ob ich Hunger habe. Verlangen nach einem tiefen Atemzug. Morgens geht es besser, nachmittags schlechter. Verlangen, sich hinzulegen, besonders auch vor dem Essen. Aufregung macht Schwäche und Übelkeit. Übelkeit besser im Liegen. Mehrmals am Tag kleine Portionen Stuhlgang. Anfälle von Schwäche, die Füße werden wie Blei, muß sich ruhig hinsetzen. Ein enger Kragen wird nicht gut ertragen. Redet viel und lang.

3350-3360: Frau P. F., geb. 1906, Beratung am 22. 10. 1963: Schmerz im Epigastrium bis zum Hals und hinten auf den Schultern. Speiseaufstoßen nach dem Essen. Halsschmerzen als wenn ich nicht schlucke. Oft weicher Stuhl, Bleistiftstuhl, Stuhl kommt herausgeschossen. Verlangen nach Süßigkeiten. Verstopfte Nase. Gürtel und Kragen werden schlecht vertragen. Herzbeschwerden bei Linkslage, Leberbeschwerden bei Rechtslage. Neuerdings viel Weinen. Globusgefühl im Hals. Fühlt sich bei Sturm und Regen schlechter.

3361-3367: Herr B. W., geb. 1912, Beratung am 14. 11. 1963: An manchen Tagen reichlich Gähnen. Verlangen nach einem tiefen Atemzug. Überempfindlich gegen Geräusche. Kann Widerspruch nicht vertragen. Wird wütend, wenn er unterbrochen wird. Zornausbrüche wegen Kleinigkeiten. Schwergehender, spärlicher Stuhl an manchen Tagen. Aufgeblähter Bauch nach Kaffee. Erschrickt leicht und stark, Zusammenfahren. Aufschrecken im Schlaf. Auffallender Stimmungswechsel.

3368-3378: Fräulein H. E., geb. 1943, Beratung am 7. 2. 1964: Nervös, kann nicht schlafen, verliert die Geduld, Depressionen. Im Hals zieht sich etwas zusammen, kann nicht schlucken. Die Eltern wollen sich scheiden lassen. Verschlimmerung abends. Schläft nicht ein, kann morgens gut schlafen. Die Vorderseite des Halses wird heiß. Verlangen nach Süssigkeiten. Kälteempfindliche Füße. Vor einem Jahr juckender Bläschenausschlag an den Fingerrücken und an der Vulva. Ein Kragen wird wegen der Wärme schlechte ertragen.

3379-3393: Frau V. G., geb. 1937, Beratung am 4. 12. 1967: Verlangen nach einem tiefen Atemzug. Muß den ganzen Tag gähnen. Hände abgestorben und taub. Oft kalte Füße. Kalte Beine bis zum Unterleib. Angst daß sie es mit dem Herz hat abends im Bett. Nachts verstärkte Periode, Frieren vor der Periode. Schlechte Laune vor der Periode. Ist nicht gern in fensterlosen Räumen. Weint ohne Grund. Zuerst Kopfschmerzen über dem rechten Auge und im Hinterkopf, linke Gesichtsseite gefühllos, dann wird ihr schwach. Bücken verstärkt die Kopfschmerzen. Ich meine ich hätte Fieber bei den Kopfschmerzen. Stechender Kopfschmerz. Globusgefühl. Sodbrennen, Aufstoßen.

3394-3402: Frau M. L., geb. 1930, Beratung am 1. 6. 1970: Druck im Hals. Schnell aufgeregt. Muß den Kragen lösen. Die Augen brennen im warmen Zimmer und im Rauch. Fühlt sich leicht zu warm im Zimmer, niemals zu kalt. Häufig heiße Füße, auch im Bett. Wenn ich mal kalte Füße habe, habe ich Halsschmerzen. Hunger. Herzklopfen bei Linkslage. Druck am Herz in der Ruhe, abends im Bett, für eine halbe Stunde.

3403-3412: Frau K. M., geb. 1930, Beratung am 23. 9. 1971: Stirnkopfschmerzen bis in die Augen, schlechter durch Licht. Ein Kragen wird schlecht vertragen. Rückenschmerzen besser durch Gehen, schlechter in Rückenlage und Bauchlage, besser in Seitenlage. Kann nicht lange stehen. Tagsüber Gleichgewichtsstörungen mit Schwanken. Kloß in der Brust, unter dem Sternum, glaubte den Finger in den Hals stecken zu müssen, damit es herauskommt. Oft trockener Mund und belegte Zunge. Luftzug macht Halsschmerzen. Kopfschmerzen in der Stirn an einer kleinen Stelle, dauert mindestens eine Woche lang.

3413-3420: Herr T. R., geb. 1912, Beratung am 14. 1. 1974: Fleisch und Wurst bekommt nicht, Abneigung dagegen, sonst mochte er es gern. Unverdauter Durchfall. Gluckern und Kollern im Magen. Schneidende Magenschmerzen 20 Minuten nach Essen, mit Stuhldrang. Unangenehmes Wärmegefühl im Magen. Ekel vor gewohntem Kaffee, Zigaretten, Alkohol. Überhaupt kein Appetit. Bedürfnis, tief Luft zu holen.

3421-3425: Fräulein S. U., geb. 1953, Beratung am 14. 10. 1974: Ganz starker Druck hier im Hals, innerlich, es tut nicht weh, es gibt ein Engegefühl, es macht einen richtig nervös. Kopfweh einseitig, an einer kleinen Stelle, es kommt wie angeflogen. Das einseitige Kopfweh zieht sogar bis ins Ohr, es ist im Zug, wenn ich etwas darauf decke oder wenn ich darauf liege, ist es besser.

3426-3429: Fräulein S. I., geb. 1955, Beratung am 21. 11. 1974: Beim Schlucken, das tut nicht weh, aber es ist so ein komisches Gefühl, als wenn das geschwollen wäre, unter dem Kehlkopf. Flau im Magen. Schwierigkeiten beim Stuhlgang, wenn es gut geht, alle 3 Tage. Die Füße sind immer kalt.

3430-3445: Frau P. J., geb. 1940, Beratung am 18. 12. 1974: Unruhe, jede Kleinigkeit regt sie auf. Hastig. Aufregungsdurchfall. Schweregefühl am Herz und linker Arm wie eingeschlafen. Druck im Kopf auf die Augen, äußerer Druck bessert. Oft Aufstoßen. Ein Kragen ist unangenehm. Wacht nachts häufig auf. Komisches Gefühl von unten herauf bis in den Kopf. Leeregefühl im Kopf. Feuchte Handflächen. Angst, es kommt alles auf mich herein, in einem Raum wo viele Leute sind. Angst beim Alleinsein. Kann Sonne nicht gut vertragen. Druck im Kopf auf die Nase herunter. Druck im Kopf bei Wetterwechsel und Aufregung. Kopfschmerzen stärker beim Hinlegen. Manchmal Stechen im Kopf an verschiedenen Stellen, immer besser durch Daraufdrücken, besonders Druck im Nacken bessert.

3446-3474: Frau H. W., geb. 1923, Beratung am 11. 2. 1975: Migräne auf der rechten Seite, das geht bis in das Ohr hinein und das sitzt auch im Genick, der Schmerz geht rauf und runter. Scharfer, stechender Migräneschmerz, er kann durch Aufregung ausgelöst werden. Migräne durch zu hastiges Essen. Es ist gut, wenn ich aufstoßen kann, dann kommt eine Erleichterung. Wechsel zwischen Hartleibigkeit und Durchfall. Durchfall bei Aufregung. Wundes Gefühl im Munde am Zahnfleisch und im Oberbauch. Heißes feuchtes Wetter verträge ich schlechter. Ich habe Zeiten gehabt, wo ich den Migränekopfschmerz durch einen Schlag mit der Hand betäuben wollte. Ohnmacht, wenn das Migräneerbrechen zu quälend wird. Ich habe mit kaltem Wasser auf die schmerzende Stelle gedrückt und gemerkt, das tut wohl. Wenn die Sonne untergeht, läßt es nach. Es war unerträglich wund im Hals und Kloßgefühl. Kopfweh besser durch Liegen auf dieser Seite. Licht, Gerüche sind unerträglich. Kann keine Wärme vertragen, ich reiße das Fenster auf, dann kommt eine Unterkühlung, dann lasse ich mir ein heißes Bad einlaufen, das wechselt. Gerüche verstärken den Brechreiz. Im weiten Wald beim Gehen war es besser, ich kam in die enge, warme Wohnung zurück, da kam es mit Vehemenz. Migräne nach Trauernachricht. Manchmal inneres Hitzegefühl. Gefühl in den Waden wie kalt, besonders links. Oft verschlimmert ein enger Kragen. Frösteln im warmen Zimmer. Schwindel, Ohnmacht, Kraftlosigkeit, muß sich hinlegen, kann nicht mehr sitzen oder stehen. Übermäßig traurig gestimmt bei traurigen Anlässen, ich identifiziere mich zu sehr damit. Ich sehe dann keinen Ausweg mehr. Mitleid ist etwas womit ich nicht nur beobachte und nicht irgendwie mitwirken kann. Die Schmerzen fingen an, als ich sah, wie meine Mutter langsam zu Grunde ging.

3475-3482: Frau N. A., geb. 1913, Beratung am 12. 3. 75: Herzklopfen abends im Bett, verhindert das

QUELLENVERZEICHNIS UND ORIGINALTEXTE

Einschlafen. Druck in der Umgebung der linken Mamma, besser durch Druck von außen. Aufschrecken beim Einschlafen. Druck am Herz, es würgt bis in den Hals. Hals wie abgeschnürt, als wenn es unter dem Kehlkopf hineindrücken würde. Schwere Beine. Wacht auf durch einen unangenehmen Schmerz 20 cm über dem Anus im Darm, als ob etwas nicht durchgeht, besser durch Stuhlgang. Kloßgefühl im Hals.

3483-3487: Herr S. A., geb. 1948, Beratung am 15. 4. 1975: Pulsierender Kopfschmerz im Hinterkopf oben. War sehr angestrengt durch Plädoyer, da habe ich es besonders stark gespürt. Dumpfe Kreuzbeinschmerzen wenn ich länger sitze, besser durch Herumgehen und nach Schlaf, Bauchlage bessert, in Rückenlage stärker. Leicht kalte Füße im Sitzen. Schmerz im Kopf, als wenn ich kratzen muß, aber es geht nicht weg davon.

3488-3492: Frau W. F., geb. 1900, Beratung am 3. 5. 1976: Beim Schlucken sticht es mich durch die Ohren hinaus. Wenn ich lange nichts esse oder nichts spreche, ist es am ärgsten. Wenn ich etwas esse oder trinke, es leichter. 19. 3. 1979: Ich sehe im Auge so Zickzack, hell. Wie der Viertelmond ein Bogen im Zickzack. Wenn ich lange auf bin und schwer schaffe, dann kommt es nach dem Mittagessen, Hinlegen bessert. So hell wie ein Neonlicht. Es kommt selten vor dem Essen, mehr mittags nach dem Mittagessen. Liegen bessert, wenn ich aufstehe, sehe ich nichts mehr.

3493-3496: Herr D. H., geb. 1924, Beratung am 18. 5. 1976: Kloßgefühl im Hals. Stechen oder Drücken unter dem Brustbein. Muß immer räuspern. Schwächegefühl und Schweiß.

3497-3504: Frau W. F., geb. 1904, Beratung am 16. 2. 1978: Wenn ich ein bißchen laufe, dann tut es mich im Hals, nein, in der Brust runter jucken, so wie beißen, das geht bis ans Herz. Und manchmal tut mir der Arm da hinten runter weh. Ich liege nur noch auf der rechten Seite, ich kann auf der linken Seite nicht mehr liegen, da bleibt mir das Herz direkt stehen. Dann wird mir ein bißchen heiß. Ich schlafe ein und dann fängt das auf einmal an. Und hinten im Rücken unter dem Schulterblatt, da juckt und beißt es, mehr vorn auch, innen drin, nicht auf der Haut. Da muß ich manchmal stehenbleiben und muß tief Luft holen, da bessert es sich. Wenn ich ein bißchen schneller laufe, da merke ich es gleich. Aber ich kann nicht langsam laufen und wenn ich es bezahlt kriege. Ich sage dann immer: da ziehe ich Wurzeln! Als wenn im Hals etwas stecken täte und das geht nicht runter und nicht rauf.

3505-3510: Frau J. I., geb. 1943, Beratung am 28. 8. 1978: Mein Magen macht mir zu schaffen. Drücken und Schmerzen. Ich bin jetzt in letzter Zeit so nervös. Das fängt schon eine Woche vor der Regel an. Speziell daß ich so unruhig bin. Das wirkt dann alles zusammen, das Ischias und Magen und alles ist dann irgendwie schlechter. Unruhe nicht körperlich, sondern nervlich: Wenn der Bus über eine Unebenheit fährt, kippe ich sofort in eine Migräne hinein, dann ist der ganze Kreislauf durcheinandergekommen. Wenn ich einen Schreck durch etwas lautes habe, fängt Schwindel an und Stechen im Kopf. Das ist meistens unter den Augenbrauen. Übelkeit dabei. Ich habe es auch öfters beobachtet bei Vollmond. Zuweilen habe ich auch einen Druck im Hals, bei Übelkeit.

3511-3515: Frau M. A., geb. 1933, Beratung am 13. 2. 1979: Nach kalt Trinken merkwürdiges Gefühl im Magen, wie Ohnmacht. Ein Schmerz ist es nicht. Zittern und Frieren bei Fieber. Braucht mehrere Bettdecken und wird nicht warm. Dann geht der Frost und die Hitze kommt, auch Schweiß. Wirft dann die Bettdecken weg. 2 Stunden. Schweiß bessert. Kann aber noch nicht aufstehen. Manchmal Kopfschmerzen. Schmerzen in den Knochen der Arme, schlechter durch Luftzug. Abends. Nacken und Brust.

3516-3519: Fräulein W. B., geb. 1928, Beratung am 13. 2. 1979: Kopfschmerz in der Stirn und über den Augenbrauen. Atemnot, schwer Luft gekriegt übers Wochenende. Kloß im Hals, wenn sie in Eile ist. Ich kriege schwer Luft, es kommt nicht ganz durch. Ich kann nicht richtig einatmen. Verlangen, tief einzuatmen. An der frischen Luft war es vielleicht ein bißchen besser. Ich kann ganz plötzlich, auf der rechten Seite, über dem Gesäß, ich kann noch einer Weile nicht mehr sitzen, ich kann mich nicht durchstrecken im Sitzen oder Liegen, auch wenn ich es anhebe im Stehen oder Liegen. Bewegung bessert, im Gehen merke ich es nicht.

3520-3526: Herr K. J., geb. 1942, Beratung am 27. 2. 1979: Seit Wochen geht es mir am Wochenende nie gut. Ständig Kopfschmerzen verbunden mit Übelkeit, manchmal Erbrechen, dann wird es besser. Kopfschmerz hinter den Augen, einmal die eine, dann die andere Seite. Ständig ein leichter, nagender Schmerz im Magen. Auch nur am Wochenende, wenn ich diese Übelkeit habe, nie unter der Woche. Kopfschmerzen so halb über den Augen. Vielleicht ein langes Ziehen, wenn ich über den Augen massiere, glaube ich, ein wenig besser. Wenn ich auf eine bestimmte Stelle draufdrücke, ist der Schmerz auch für einen Moment weg, kommt dann aber bald wieder. Seit Jahren Bandscheibenschmerzen. Im Kreuzbein ständige Verspannung, besser wenn ich liege, Liegen ist spürbar angenehm, möglichst auf dem Rücken oder auf dem Bauch, Seitenlage bringt keine Besserung. Ich habe gedacht, ich kriege vielleicht Schluckbeschwerden.

3527-3534: Frau S. E., geb. 1924, Beratung am 14. 3. 1979: Stuhl weißlich. Gebratenes kann ich nicht essen. Es ist ein ganz furchtbares Hungergefühl. Wenn ich gegessen habe, ist es manchmal besser. Ein feuchtheißer Wickel tut gut, bei Nacht habe ich Ruhe. Das Hungergefühl ist ganz arg, es tut richtig weh, ich kann es manchmal garnicht aushalten. Durch den warmen Wickel geht auch der Stuhlgang. Tagsüber schlimmer. Auf der Seite kann ich wegen meiner Wirbelsäule nicht liegen, da kriege ich Kopfweh, Nackenschmerzen. Ich halte den Nacken warm. Kopfweh im Hinterkopf, vorn nicht, das kann ich nicht aushalten.

3535-3537: Frau W. C., geb. 1960, Beratung am 3. 5. 1979: Magenschmerzen den ganzen Tag. Etwas über dem Nabel. Während dem Essen ist Ruhe, eine Viertelstunde später geht es dann in gleicher Weise weiter. Der Stuhl war weicher. Es sind richtige Druckschmerzen. Magen wie aufgebläht. Mehr ein Druckgefühl, wenn ich dann dagegendrücke, wird es besser. Morgens nach dem Aufstehen ist es auch gut.

3538-3549: Herr A. R., geb. 1942, Beratung am 5. 6. 1979: Schluckbeschwerden, mehr auf der rechten Seite. Lymphknoten besser durch Wärme. Fürchterlich schlapp. Ich war warm und hatte eiskalte Füße, die habe ich nur durch ein ganz heißes Fußbad wieder gekriegt, sonst wäre ich nicht eingeschlafen. Manchmal Hitzegefühl und dann kommen so Schweißwellen. Kopfschmerzen an der Nasenwurzel, Nacken dabei verspannt. Meist morgens beim Aufwachen, manchmal nach Biertrinken. Schläfrig bei den Kopfschmerzen, da würde ich am liebsten immer die Augen zuhalten. Anfang vom Stuhl immer knollig. Bohren in der Nasenwurzel, auch etwas zu den Augen rüber, und Hinterhauptshöcker. Manchmal klopfe ich auf die Stirn, da erleichtert. Klopfen oder fest drücken. Manchmal sind auch die Hände kalt.

3550-3557: Herr S. H., geb. 1927, Beratung am 7. 6. 1979: Heuschnupfen durch Holunderblüte. Nase und Augen laufen. Zuerst merke ich ein Jucken. Niesreiz. Niesen im blühenden Gras heftig, mehrfach. Wenn ich nachmittags ins Gras gehe, verstopft sich nachts die Nase. Laufen, braucht Dutzende Taschentücher. Nach dem Essen meist besser. Augen und Nase, Niesen. Kalte morgens, plötzlich Kälte morgens kann es auch in Gang bringen, in der Wärme nachts ist die Nase eher verstopft. Tee, Kaffee, Schokolade bessern. Kaffee muß ich meiden wegen meiner Hämorrhoiden. Alkohol kann es verschlimmern. Stuhl immer dünn weich.

3558-3561: Fräulein M. H., geb. 1955, Beratung am 9. 10. 1979: Es zieht auf der Brust so und dann kriege ich immer Schwierigkeiten mit dem Atmen. Wenn ich dann Luft holen will, geht das garnicht richtig. (Auf die Frage nach Schmerz): Da muß ich so ganz tief Luft holen. Das brennt auch so oder sticht so leicht, mehr Brennen. Wenn ich dann so gähne, da kriege ich dann auch wieder so richtig tief Luft, dann ist es wieder o. k. Ein leichter Schmerz ist da. Die Schilddrüse tut da weh.

3562-3569: Fräulein M. E., geb. 1967, Beratung am 8. 11. 1979: Mutter: Sie hat mich sch er fertig gemacht, und zwar hat sie dermaßen Schmerzen gehabt im Bauch, daß ich gemeint habe, sie hätte Blinddarm. Gluckern im Bauch und ständig Aufstoßen. Ruhig liegen, ich ganz flach auf dem Rücken gelegen und ist etwas gebeugt aufs Klo gegangen. Der Druck vom warmen Wickel war zu fest. Hat nichts getrunken. Sie hat ruhig gelegen und sie hat gesagt: Mamma, ich bin arg unruhig, ich bleibe bei mir sitzen! Um den Nabel und im ganzen Bauch. Räuspert sich ständig. Kopfschmerzen, wenn sie den ganzen Tag Schule hat. Wenn sie das Kopfweh hat, kommt was.

3570-3579: Herr T. C., geb. 1956, Beratung am 11. 12. 1979: Ich habe einen starken Druck im Kopf, gestern hat es angefangen, jetzt ist es eigentlich schon wieder wesentlich besser geworden. Während eines intensiven Gespräches habe ich plötzlich ein schwer zu beschreibendes Gefühl gehabt. Ich mache manchmal Meditation, da fühlt sich der Kopf ziemlich frei und das ist an und für sich ein ziemlich positives Gefühl. Dann — ich habe einmal gedacht, ich hätte zu viel Kaffee getrunken — dann hat sich das eher verschärft und es sind ziemlich starke Angstzustände dazugekommen, und eine unwahrscheinliche Unruhe, ich konnte also nirgends sitzenbleiben, und ich habe mir was zum Essen gekauft, das gegessen, bin herausgegangen wieder an die frische Luft, wieder hereingegangen, mich wieder hingesetzt, wieder aufgestanden, wollte mich ein bisschen hinlegen zum Schlafen, bin nach 2 Minuten wieder aufgestanden, also eine unwahrscheinliche Unruhe. Ich war bei einem Freund und habe Tee getrunken, mich hingelegt, da wurde es langsam besser. Dann kam der Druck im Kopf, wie wenn man gelaufen ist, es ist mich geklopft hat. In der Stirn. Ich habe das Gefühl, daß das dann auch nach hinten zieht. Heute früh kam der Druck wieder, und wieder diese Angstzustände. Ich habe keine Angst vor etwas, ich habe ziemlich viel Angst gespürt. Ich habe das Gefühl, daß alles im Kopf abläuft, mir fällt es wahnsinnig schwer, das alles in Worte zu fassen. Es ist eine Lebensangst oder Todesangst. Das war auch dabei: ich bin doch nicht tot umfalle. Der Druck geht von innen nach außen, so als ob das Gefühl, als wäre zu viel Blut im Kopf. Eine Spannung. Besser durch Liegen und Vorwärtsbeugen. Ein bißchen Zittern, bei dem Angstgefühl. Im Hals?, Ich habe das Gefühl, daß es ein bißchen herunterzieht, ich war es äußerlich.

3580-3586: Herr K. G., geb. 1919, Beratung am 19. 1. 1980: Morgens im Bett Schmerzen in der linken Nackenseite innerlich bis zur linken Kopfseite, bei Bewegung, vielleicht etwas besser beim Linksliegen, besser auf

Ignatia

jeden Fall nach dem Aufstehen. Wenn ich nach einem normalen Stuhl noch eine Portion lehmigen, weichen Stuhles entleere, kann ich mich darauf verlassen, daß nach einigen Stunden ein Afterschmerz beginnt und ganz langsam zunimmt, zuerst spürbar bei längerem Sitzen, ich muß dann oft die Sitzposition wechseln oder im Stehen oder Gehen arbeiten, auch die Pobacken zusammenkneifend mich hinsetzen. Später wird der Schmerz unangenehmer und zwingt immer häufiger zum Pressen. Ich habe dann das Gefühl, daß sich genügend Stuhl ansammeln muß, damit ich abends einen Stuhlgang haben kann. Auch wenn dieser hart ist, ist der Schmerz hinterher meistens vorbei. Besserung des Allgemeinbefindens jedesmal nach einer unschmerzhaften, reichlichen, zähen und dunklen Afterblutung, die etwa 4 Wochen eintritt.

3587-3590: Frau W. M., geb. 1923, Beratung am 21. 1. 1980: Ehemann vor kurzem gestorben. Eine Grippe kündigt sich bei mir an. Man soll das eigene Leid nicht zu schwer nehmen. Es ist noch nicht so, daß ich weinen könnte. Ich sitze wie unter einer Glasglocke. Ja, Kloß im Hals, aber er löst sich nicht. Ich habe noch nicht einmal um meinen Mann richtig weinen können. Ich habe ihm versprochen mit allen Kräften will genauso tapfer sein wie Du und immer, wenn ich weinen will, fallen mir meine Worte ein. Ich werde meinen Schmerz nicht los, der ist so tief drin.

3591-3599: Frau B. M., geb. 1919, Beratung am 29. 9. 1980: Ich habe in den letzten Tagen so Kopfweh da oben, tagsüber ist es etwas besser, aber abends und nachts geht es dann hier runter aufs linke Auge und in den linken Nacken. Wie wenn Ameisen laufen würden. Aber nur halbseitig links. Aber oben dieser Schmerz. Wie wenn ein Nagel eingeschlagen würde oder so ähnlich. Das hatte ich schon einmal. Da ist mir dann einmal Eiter durch die Nase heruntergekommen und seither habe ich dann schon länger Ruhe gehabt. Und jetzt ist es Ausgangs letzter Woche, Donnerstags, ganz wie aus heiterem Himmer gekommen. Das linke Bein habe ich von viel auf der Decke, es sucht nach der Kühle. Aber gerade mit diesen Kopfschmerzen, da habe ich immer ein bißchen Angst, ob es nicht wieder ein Tumor geben könnte. Tagüber ist es besser aber ein kleiner Druck ist schon da. Das ist nur eine kleine Stelle oben. Und dann ist es abends und nachts auf das linke Auge und hinten herunter bis hierher, das ist wie wenn Ameisen laufen würden. Ein direkter Schmerz ist das nicht, aber das ist, wie wenn die Nerven da, ich weiß nicht, wie ich es ausdrücken soll. Ich habe tagsüber ein Tuch fest darum gebunden, ja, dann ist es ein bißchen . . . Wenn ich auf dem Rücken liege, kann ich nicht gut einschlafen, ich muß entweder auf der rechten Seite liegen oder auf der linken.

3600-3610: Fräulein C. S., geb. 1961, Beratung am 17. 11. 1980: Ich bin die ganze letzte Zeit so erschöpft und schlapp. Schon die zweite Erkältung in vier Wochen. Unreine Haut gekriegt. Bevor ich meine Periode bekomme, bin ich unheimlich niedergeschlagen. Jetzt hat sich das alles verstärkt. Ich fühle mich einfach total antriebslos. Dann sehe ich über die kleinsten Probleme nicht mehr weg. Ich hänge dann herum. Alles bricht zusammen über mir. Ich habe einfach keinen Überblick mehr. Ich habe einfach das Gefühl, ich schaffe das nicht mehr und dann steht alles wie ein Berg vor mir. Kopfschmerzen über den ganzen Kopf verteilt, mehr rechts. Ein gespanntes, ein ziemlich angespanntes Gefühl, als ob alles sich zusammenzieht, und immer wieder durchzieht. Wenn ich mich hinlege, geht es manchmal wieder besser. Besser, wenn ich nach hinten oder auf der Seite drehe, kommt es wieder manchmal. Es hängt auch mit der Arbeit zusammen, wenn ich auf der Station herumlaufen muß, spüre ich es nicht so. Wenn ich dann einen Moment ausruhe, merke ich es ziemlich stark. Hinterher fühle ich mich dann zerschlagen. Neige schon immer zur Verstopfung. Stuhl ziemlich dunkel immer, schmerzhaft und fest. Krampfartige Bauchschmerzen bis in den Rücken vor der Periode. Krümmt sich ziemlich zusammen dabei. Bevor ich die Periode bekomme, habe ich eigentlich immer einen Tag Halsschmerzen: beim Schlucken eigentlich weniger, ich kann das garnicht richtig beschreiben. Kein Kloß.

3611-3615: Herr M. J., geb. 1937, Beratung am 3. 12. 1980: Ich habe seit Wochen ein bißchen Schwierigkeiten mit dem Oberbauch. Da habe ich hier so einen leichten Schmerz an dieser Seite, unter den Rippen links. Und so einen Einzelschmerz, mehr einen Punktschmerz. 3 Wochen lang war der Stuhl ziemlich hell. Während das nur ab und zu wehtut, merke ich das dauernd, morgens merke ich es am meisten, im Bett. Es wird besser beim Aufstehen und vor allem, wenn ich etwas gegessen habe, dann sowieso, dann spüre ich es manchmal nicht, wenn ich so richtig vollgegessen bin. Abends im Liegen ist es nicht, aber morgens im Liegen. Das ist der linke Schmerz. Der rechte Schmerz, da kann ich keinen Zeitpunkt sagen, aber das habe ich schon 10 Jahre. Es ein bißchen so Kloßgefühl im Hals, in der Halsgrube, beim Schlucken merke ich es nicht, und wenn ich nicht schlucke, jetzt zum Beispiel, also unabhängig vom Schlucken. Moment — wenn ich schlucke, geht es einen Moment weg und kommt dann wieder. Lakritze wirkt sich günstig aus. In der linken Wade, oder in der linken Wade hat es manchmal ziemlich wehgetan, Lakritze wirkt sich günstig aus.

3616-3626: Fräulein S. A., geb. 1959, Beratung am 28. 4. 1981: Ich weiß nicht, ob mit meinem Blutdruck alles stimmt. Ich habe sehr starke Kopfschmerzen immer wieder, so ein Druckgefühl im Kopf, ich merke es ganz besonders, wenn ich einen Tee trinke, dann habe ich verstärkt Kopfschmerzen, mir wird manchmal sogar übel. Irgendwie zusammengepreßt wird der Kopf, innen drin. Eher wie ein Helm, nicht wie ein Ring. Und dann habe ich oft hier vorn auf der Stirn, auf der einen oder der anderen Seite, das wechselt, ganz besonders starke Schmerzen. Der Husten kommt anfallsweise. Da kann ich überhaupt nicht mehr aufhören mit Husten, ich habe das Gefühl, als ob hier etwas trockenes, wie Staub, sitzt und ich habe da ziemlich viel Auswurf wenn ich huste. Ich kann da nicht mehr aufhören zu husten und manchmal wird mir richtig übel davon, ich bekomme keine Luft mehr und habe Schmerzen in der Brust. Ich bin sehr oft heiser. Wenn ich viel husten muß, tut der Hals weh, ziemlich weit oben, im Rachenraum. Ich habe ständig Schnupfen, die Nase ist fast immer verstopft, zeitweise läuft sie sehr stark, also nicht andauernd, aber wenn, dann richtig. Das hängt wohl mit dem Husten zusammen, je mehr ich huste, desto mehr Schleim kommt aus der Nase. Der Auswurf ist nicht sehr dick, weißlich bis durchsichtig. Ich trinke keinen Kaffee, weil er mir nicht schmeckt. Tee schmeckt, aber er verschlechtert.

3627-3633: Herr K. W., geb. 1947, Beratung am 4. 5. 1981: Bleistiftstühle. Weicher Stuhl geht schwer. Trockene Schleimhaut in der Nase. Saurer Wein macht Atemnot. Morgens stark belegte Zunge. Aufschrecken nachts beim Einschlafen. Erst läuft morgens beim Aufstehen die Nase, dann trocknet sie aus und wird borkig. Gefühl, als ob er keine Luft kriegt. Will richtig tief Luft holen, zusammen mit Verspannung und Stechen zwischen den Schulterblättern.

3634-3638: Herr L. G., geb. 1949, Beratung am 22. 6. 1981: Ich habe nach den Pfingstferien wieder so ein Schwellungsgefühl im Hals gehabt, es tut nicht weh, aber es ist irgendwie ständig da. Ein bißchen so ein Kloßgefühl, ich habe es seit einem Jahr öfters gehabt. Es ist so ein bißchen mit einer depressiven Stimmung verbunden, ich fühle mich schwer und lahm, ich sitze herum und habe keine Lust. Der Kloß scheint fest zu sitzen, ein ständiges Gefühl, da ist etwas, beim Schlucken verändert es sich nicht. Manchmal schwitze ich nachts.

3639-3646: Herr M. H., geb. 1952, Beratung am 8. 10. 1981: Luftzug und nasskaltes Wetter verstärkt den Ischiasschmerz. Nach Dauerlauf ist der Ischiasschmerz besser. Ich habe wieder Schwierigkeiten mit meinem Ischias, links. Es tut besonders weh wenn ich darauf gestanden bin und immer wieder nachts. Interessanterweise tut es weh, wenn ich nachts auf der anderen Seite liege. Wenn ich auf der rechten Seite liege, tut es links weh, es scheint, wenn es warm ist, und im Bett ist es ja meistens warm. Wenn es kalt wird, tut es grundsätzlich weh. Morgens vor dem Aufstehen spüre ich es immer stark. Gesäß, da habe ich auch das Gefühl eines Druckes, es ist nicht ein Punkt, aber es strahlt immer zur Seite aus, nach außen.

3647-3657: Frau F. R., geb. 1949, Beratung am 11. 11. 1981: Es fehlt mir folgendes. Und zwar leide ich an vasomotorischen Beschwerden, also irgendsoeine Art Migräne. Ich habe die Beschwerden schon lange. Als ob im Kopf die Durchblutung gestört ist. Das japanische Öl war angenehm. Im Kopf ist es warm geworden, ich war frischer schnell, es hat abgekühlt. Anfall: die Übelkeit tritt verstärkt auf, ich bin viel viel mehr benommen. 2-3 mal im Monat. Ständig habe ich hier Kopfschmerzen, benommen, und die Übelkeit dabei. Ab und zu kommt es zum Erbrechen, dann ist es geschwind besser. Vor der Menstruation ist es eigentlich stärker aufgetreten. In der Mitte von meinem Zyklus ist es auch verstärkt. Ein bißchen nervös, kribbeliger vor der Periode. Mit der Benommenheit kann ein leichtes Schwindelgefühl dabei sein. Die Benommenheit ist erheblich so, daß man sich nicht richtig konzentrieren kann. Nicht starke Kopfschmerzen aber so leicht bedusselt. Ein Flimmern ist es auch nicht, aber einfach keinen klaren Kopf, als ob man am Abend getrunken hätte, so ein Katerkopfschmerz. Es ist im Grunde genommen so, das ist ganz chronisch ist, ich muß einfach damit leben. Das Gefühl ist dauernd da, es wird anfallsweise stärker mit Erbrechen. Die Übelkeit kann sogar auftreten wenn ich im Bett liege, aber sobald ich aufgestanden bin, in der Senkrechten bin, ist es verstärkt. Im Stehen ist es noch mehr. Wenn ich hinknie und mit meinem Sohn spiele, habe ich das Gefühl, daß der Kopf besser durchblutet ist, die Übelkeit ist dann auch besser. Zeitweise tut mich das auch nachts gestört. Das ist im Kopf, das strahlt auch hier herüber, es ist einfach ein Ausstrahlen.

3658-3660: Frau B. P., geb. 1934, Beratung am 17. 8. 1983: Druck, Schwere über den Augen wenn es anderes Wetter gibt. Essen bessert Kopfschmerzen und allgemein. Beim Auftreten Schmerzen in der Achillessehne, wie geschwollen.

3661-3674: Fräulein G. S., geb. 1960, Beratung am 20. 11. 1983: Die Sache in der Brust habe ich eigentlich jetzt wieder jeden Tag. Und dann habe ich vor allem wieder so Herzklopfen. Es kommt so ein Schmerz so runter, jetzt ist er wieder in der linken Mamma. Wenn ich zum Beispiel drücke, tut es weh, wenn ich reindrücke. Ich habe das Gefühl, als wäre da ein Hohlraum, so ein Lochgefühl, als wäre da so dumpf und dunkel in der Brust. Es ist ganz konzentriert auf diesen einen Punkt. Schneller Herzschlag ständig, oft wenn ich liege rennt es, mir hier vorn im Nacken. Ich spüre den Herzschlag dann auch im Unterbauch und in den Armen, eigentlich im ganzen Körper. Das merkwürdige ist, daß es dann auch ist, wenn ich liege und das Gefühl habe, ganz entspannt und ruhig zu sein. Dann

QUELLENVERZEICHNIS UND ORIGINALTEXTE

kriege ich also wieder so richtige Pickel auf den Backen wie in der Pubertät, das hatte ich schon Jahre nicht mehr. Einmal kam die Periode fürchterlich früh, da war ich unheimlich aufgeregt in der Zeit, so daß es mich nicht gewundert hat. Ich hatte auf dem rechten Auge so einen Druck, also daß es, wenn ich das Auge gedreht habe, richtig weh getan hat. In letzter Zeit fühle ich mich wie ausgebrannt, so unter der Haut oder irgendwie, es ist unter der Haut als würde es da brennen, es ist ganz heiß unter der Haut, ausgemergelt irgendwie. Das kommt dadurch, daß ich mich so hochgedreht fühle, der Magen ist nervös, der Herzschlag, alles wie aufgedreht. Hat vor einem Jahr ihren Freund verloren, machmal kommen ihr noch Bilder von der Leiche und so. Also meine Hände sind zur Zeit oft heiß oder kalt, die Füße sind eigentlich immer warm, angenehm warm. Das Aufgedrehtsein ist auch daß ich mich überall anstoße, ich sehe das und da habe ich schon dagegengestoßen, Tischbein, Tür, auch Dinge fallen aus den Händen.

3689-3692: Frau S. A., geb. 1928, Beratung am 9. 3. 1984: Die Beine zucken, wenn sie sie mit Gewalt stillhalten will. Muß die Beine fest einbinden, dann ist die Unruhe besser. Schwitzt nachts im Bett. Kopf heiß, Hände kalt.

Ignatia

GEMÜTS- und GEISTESZUSTAND   Stiller Kummer

1 Spricht nicht über seinen Gram. Behält den Kummer für sich. Verschließt die Kränkung in sich.
Stille, ernsthafte Melancholie; zu keiner Unterredung oder Aufheiterung zu bewegen. 787.   Still vor sich hin, innerlich, ärgerlich und grämlich. 788.   In Ärgernisfällen bei Personen, die nicht geneigt sind, in Heftigkeit auszubrechen oder sich zu rächen, sondern welche die Kränkung in sich verschließen, bei denen die Erinnerung an den ärgerlichen Vorfall anhaltend an ihrem Gemüte zu nagen pflegt. 796.   Melancholische Gemütsstimmung: er ist stille, ernsthaft, zu keiner Unterredung zu bewegen. 1125.   An infolge von Kränkung und Ärger entstandener Epilepsie Leidende, welche seit jener Zeit immer noch einen inneren Groll und stille Kränkung in sich nährte. 1312.   Sehr empfindliches Gemüt, zu innerlicher Kränkung geneigt. 1326.   Zuckungen, nach Kränkung mit innerem Grame. 1542.   In sich gekehrte Stille mit Schwermut und Weinerlichkeit. 1564.   Innerer, verschlossener Gram, mit öfterem Seufzen. 1565.   Nachteile von Kränkung und Ärgernis mit stillem, verbissenem Grame. 1572.   Sie ist voller schweigendem Grame, ein verhaltener Schmerz scheint sie ganz und gar niederzudrücken. 2134.   Große Neigung zu Einsamkeit und Verschlossenheit, überhaupt passiv zu sein. 2138.   Beschwerden durch Kummer oder unterdrückte Kränkung. 2204.   Wurde in der Ehe schlecht behandelt und behielt es immer für sich. Als sie es schließlich erzählte, weinte sie eine ganze Woche lang, danach erster Epilepsieanfall. 2235.   Infolge heftigen Schreckens in sich gekehrt, verstimmt, schweigsam. 2441.   Neigung zu Kummer, spricht aber nicht darüber, behält ihn für sich. 2524.   Neigung zu Kummer, spricht aber nicht davon. 2590.   Hat viel Gram und Kummer zu tragen, welchen sie unterdrücken muß. 2619.   Unterdrückter Kummer, behielt alles für sich. 3068.   Sagt kein Wort über sich selbst, bleibt allein und sucht mit allem selbst fertig zu werden. 3091.   Verschließt jeden Gram in sich. 3124.   Viel wortloses Seufzen, klagt aber nicht, möchte ihren Kummer für sich behalten. 3224.   Trägt Aufregung in der Familie still für sich. 3293.

2 Kann nur an seinen Kummer denken. Brütet über seinem Kummer. Hängt der Kränkung nach. Gibt sich ihrer Verzweiflung hin.
Sitzt, dem Ansehen nach, in tiefen Gedanken, und sieht starr vor sich hin, ist aber völlig gedankenlos dabei. 789.   Denkt wider Willen kränkende, ärgerliche Dinge, und hängt ihnen nach. 792.   In Ärgernisfällen bei Personen, welche die Kränkung in sich verschließen, bei denen die Erinnerung an den ärgerlichen Vorfall anhaltend an ihrem Gemüte zu nagen pflegt. 796.   Ganz ruhig ist sie nur zu nennen, wenn sie völlig ungestört ihren Ideen nachhängend daliegen und sie unaufhörlich in einem klagenden Tone aussprechen kann. 1374.   Quält sich beständig mit Gewissensbissen über die nichtigsten Dinge ab. 1377.   Nagender Kummer im Gemüte. 1566.   Sie gibt sich ihrer Verzweiflung hin, tiefe Traurigkeit. 1580.   Gewöhnlich blieb sie den ganzen Tag sitzen, in tiefer Melancholie, nahm kaum etwas wahr, manchmal ging sie aus, arbeitete aber nie. 1903.   Die Gemütsstimmung sprang von großer Lustigkeit plötzlich in mürrisches, düsteres Hinbrüten über. 1913.   Geneigt, über Unannehmlichkeiten zu brüten, die oft nur eingebildet sind. 2139.   Voll von unterdrücktem Kummer, scheint dadurch niedergedrückt zu werden, brütet über eingebildeten Sorgen. 2203.   Sitzt ruhig mit leerem Blick, denkt nur an die Kränkung, weiß nicht was um ihn her vor sich geht, will allein sein. 2337.   Depressiv, neigt zum Brüten, läßt sich nicht trösten. 2355.   Stille Melancholie aus unglücklicher Liebe. Sitzt still weinend stundenlang auf demselben Fleck. 2461.   Ihre Stuhlverstopfung ist die größte Sorge in ihrem Leben, sie nimmt den größten Teil ihrer Gedanken in Anspruch. 2661.   Denkt viel an Kleinigkeiten, die sie nicht aus dem Sinn bekommen kann, besser durch Weinen. 2793.   Nach Tod der Tochter Brüten über diesen Kummer, dann Typhus. 2874.   Stilles Brüten, häufiger, langgezogener Seufzer. 2883.   Brütet in Einsamkeit über eingebildeten Schwierigkeiten. 2944.   Ein junges Mädchen verliebt sich in einen verheirateten Mann, liegt näch-

Ignatia

GEMÜTS- UND GEISTESZUSTAND / Stiller Kummer

telang wach, schluchzt und kann nur an ihn denken. 3051. Schlaf schlecht, weil sie sich von den traurigen Gedanken nicht befreien kann. 3154. Hund war traurig, lag teilnahmslos da, fraß nicht und trank nicht. 3229.

3 Will nicht getröstet werden. Gefällt sich in ihrem Kummer. Möchte ihren Kummer garnicht wirklich loswerden. Dramatisiert.

Stille, ernsthafte Melancholie; zu keiner Unterredung oder Aufheiterung zu bewegen. 787. Sie wünschen allein zu sein, seufzen und schluchzen, wollen sich nicht trösten lassen, sind gramerfüllt. 2136. Depressiv, neigt zum Brüten, läßt sich nicht trösten. 2355. Ihr Baby war gestorben, sie trauerte, weigerte sich aber, getröstet zu werden. 2691. Blutende Hämorrhoiden, Eimer voll Blut wurden entleert. 2722. Verlobung wurde gelöst. Reizbarkeit, die mit Zornausbrüchen und äußerster melancholischer Depression abwechselte, jeder Trost vergeblich. 2893. Abneigung gegen Gesellschaft und gegen Trost. 3031. Jeder Versuch, seine Seele aufzurichten, ließ ihn ziemlich gleichgültig, störte eher als half. 3216. Trösten verschlechtert entschieden. 3237. Qualvoller, jammervoller Gesichtsausdruck, alles hatte etwas Dramatisches an sich. 3240. Auf Trostversuch weinte sie, sie wollte den ersehnten Menschen garnicht haben! 3266. Weinen, Zuspruch hilft schon garnicht. 3333.

4 Stille, ruhige Melancholie. Braust bei Kränkung nicht auf. Rächt sich nicht. Gelassenheit.

In der Abenddämmerung Müdigkeit der Füße, wie vom weit Gehen, bei stillem Gemüte. 584. In Ärgernisfällen bei Personen, die nicht geneigt sind, in Heftigkeit auszubrechen oder sich zu rächen, sondern welche die Kränkung in sich verschließen, bei denen die Erinnerung an den ärgerlichen Vorfall anhaltend an ihrem Gemüte zu nagen pflegt. 796. Ihr Gemüt ist gelassen, ruhig, jetzt aber sehr um ihre Gesundheit besorgt. 1067. Am Tag vor dem Anfall mit seinen Kameraden gehabte Ärgernis, der Kranke blieb bei solchen Auftritten nicht aufbrausend, sondern verschlossen und düster. 1073. Melancholische Gemütsstimmung: er ist stille, ernsthaft, zu keiner Unterredung zu bewegen. 1125. Patient härmt sich über die Kränkung, ohne aufbrausen zu können. 1273. Gleichgültig gegen das, was ihr ehedem am liebsten war, saß sie still für sich und weinte. 1792. Unendliche Traurigkeit und Verdruß im Beruf. 1888. Wortloses Seufzen, stiller Kummer. 3310.

5 Übermäßig traurig bei traurigen Anlässen. Schwermütig. Wehmütig. Unglückliche Liebe.

Früh, im Augenblicke des Erwachens, fühlt er eine Schwere, eine Anhäufung, Stockung und Wallung des Geblüts im Körper, mit Schwermut. 668. Wehmütig (gegen Abend). 795. Das Gemüt der Kranken war sehr reizbar. Sie konnte sich leicht betrüben. 1024. Unglückliche Liebe. 1567. Traurige Gedanken. Melancholie mit Trauer. 2588. Hat Gram um ein verstorbenes Kind. 2851. Konnte ihren Kummer nach Ignatia tragen. 3267. Übermäßig traurig gestimmt bei traurigen Anlässen, ich identifiziere mich zu sehr damit. 3471. Trauer. Ich werde meinen Schmerz nicht los, der ist so tief drin. 3590.

6 Ernsthafte Melancholie. Lacht nicht mehr.

Stille, ernsthafte Melancholie; zu keiner Unterredung oder Aufheiterung zu bewegen. 787. Stille Melancholie, Zucken nur eines Muskels. 2229. Spricht wenig, immer ernst, traurig, lacht nicht. 3232.

7 Traut sich nichts zu.

Furchtsamkeit, Zaghaftigkeit, traut sich nichts zu, hält alles für verloren. 760. Die Angst, daß etwas unangenehmes passieren könnte, kann soweit gehen, daß sie nichts mehr aus eigener Initiative tun wollen. 3077.

8 Sieht keinen Ausweg mehr. Sieht über die Probleme nicht hinweg.

Sieht sehr müde aus und als glaube sie nicht, daß Besserung erreicht werden könne. 2278. Ich sehe keinen Ausweg mehr. 3472. Bevor ich meine Periode bekomme, bin ich unheimlich niedergeschlagen. Ich fühle mich total antriebslos, hänge herum und sehe über die kleinsten Probleme nicht mehr weg. 3603. Alles bricht zusammen über mir. Ich habe einfach keinen Überblick mehr. Gefühl, ich schaffe das nicht mehr, alles steht wie ein Berg vor mir. 3604. Ich schlafe viel zu viel, es ist mehr eine Flucht in den Schlaf. 3682.

9   Hat an nichts Freude. Hat seine Heiterkeit verloren. Keine Lebenslust mehr.
So laß, daß er nicht Lust hat, sich anzuziehen, und auszugehen; er hat zu garnichts Lust, liegt nur. 633. Verlust der gewöhnlichen Heiterkeit. 781. Verlust der gewöhnlichen Munterkeit, nachmittags. 782. Er fühlte sich gleichgültig gegen alles gestimmt, und lebte ohne seine gewöhnliche gute Laune. 828b. Kann nicht recht froh sein. 2050. Keine Lebenslust mehr, an nichts Freude. 3235. Weint viel. War früher fröhlicher. 3286. Depressiv, ich fühle mich schwer und lahm, ich sitze herum und habe keine Lust. 3636.

10   Glaubt schwer krank zu werden. Verzweifelt an der Genesung.
Sanftes schwermütiges Weinen, weil sie glaubt, ihre Krankheit sei unheilbar. 1231. Sie will ärztliche Hilfe nicht annehmen, meinend, es könne ihr nichts mehr helfen (Brustbeklemmung). 1317. Verzweiflung an der Genesung. 1568. Hustet seit 2 Wochen, kränkt sich dabei viel und glaubt die Lungensucht zu bekommen. 1834. Blutfluß so stark und anhaltend, daß sie glaubte, sterben zu müssen. 1932. Er hatte alles Vertrauen, wieder gesund zu werden, verloren. 3201.

11   Verdrießlich. Mürrisch.
Beim Gehen im Freien, Ängstlichkeit, was sich in der Stube verlor, wogegen aber Mißmut eintrat. 626. Erwacht mit mürrischer Miene. 671. Das verschiedene Drücken an und in mehreren Teilen des Kopfes zugleich macht ihn mürrisch und verdrüßlich. 741. Schnell vorübergehende Verdrießlichkeit und Bösesein. 768. Gegen Abend ist er unzufrieden, mürrisch, eigensinnig, man kann ihm nichts recht, nichts zu Danke machen. 769. Ist äußerst mürrisch, tadelt und macht Vorwürfe. 770. Nach dem Schlafe erwachte er mürrisch. 1076. Mürrisch, grämlich, ärgerlich, unzufrieden, und wegen seiner Zukunft sehr besorgt. 1127. Die Gemütsstimmung sprang von großer Lustigkeit plötzlich in mürrisches, düsteres Hinbrüten über. 1913. Sie war mürrisch und weinte fast vor Ungeduld. 2209. Blickte finster drein mit gerunzelter Stirn. 2718. Während des Frostes schlechte Laune. 2982. Ich sah ganz deutlich ihren Gesichtsausdruck: Jetzt versuch mal, mich zum Sprechen zu bringen! 3047. War mit seiner Arbeitsstelle unzufrieden. 3323. Schlechte Laune vor der Periode. 3385.

12   Depression.
Der Kranke wieder etwas mißmutig, während er vorher sehr zuversichtlich gewesen war. 1037. Große Niedergeschlagenheit, bei Schwangeren. 2140. Ovarienleiden, entwickelt nach getäuschter Liebe, mit unwillkürlichem Seufzen und großer Verzweiflung. 2159. Kummer. 2233. Macht sich Sorgen über das Geschäft und ist melancholisch. 2245. Melancholisch nach tiefer Kränkung. 2333. Voller Kummer, schlaflos. 2356. Traumatische Epilepsie, als Aura Melancholie, Schweregefühl des Kopfes, Aphasie. 2430. Epilepsie mit Melancholie. 2436. Zeitweise sehr depressiv. 2747. Manchmal sehr depressiv. 2752. Kraftlosigkeit, Traurigkeit. 2791. Anfallsweise depressiv und ängstlich, macht sich Sorgen. 2822. Zuweilen Verzweiflungsanfälle mit Selbstmordgedanken. 2901.

13   Liebt die Einsamkeit. Geht nicht aus dem Haus. Bleibt im Zimmer. Will nicht gestört werden. Selbstgespräche.
Liebt die Einsamkeit, mag nicht ausgehen. 1339. Ganz ruhig ist sie nur zu nennen, wenn sie völlig ungestört ihren Ideen nachhängend daliegen und sie unaufhörlich in einem klagenden Ton aussprechen kann. Wird sie darin durch die geringste Veranlassung gestört, bricht die höchste Unruhe wieder

GEISTES- UND GEMÜTSZUSTAND / Stiller Kummer

aus. 1374.   Matt, leutscheu. 1861.   Sie wünschen allein zu sein, seufzen und schluchzen, wollen sich nicht trösten lassen, sind gramerfüllt. 2136.   Große Neigung zu Einsamkeit und Verschlossenheit, überhaupt passiv zu sein. 2138.   Stille Melancholie aus unglücklicher Liebe. Sitzt still weinend stundenlang auf demselben Fleck. Völlige Teilnahmslosigkeit, muß ans Essen erinnert werden, sucht die Einsamkeit, weil Gesellschaft unerträglich ist. 2461.   Sie weigert sich aus ihrem Zimmer zu kommen, bleibt immer im Halbdunkel, weint viel und kümmert sich um ihre Kinder garnicht mehr. 2562.   Allgemeine Erschöpfung, gewöhnlich depressiv, bevorzugt Alleinsein. 2780.   Abneigung gegen Fremde. 2828.   Selbstgespräche Tag und Nacht. 2877.   Möchte allein sein. 2938.   Abneigung gegen Gesellschaft und gegen Trost. 3031.   Starkes Verlangen allein zu sein. 3045.   Hat Madonnenbild und Weihwasserkessel im Zimmer. 3122.   Depressiv, unfähig unter Leute zu gehen oder ihren Haushalt zu besorgen. 3167.   Hat sich seit dem Tod des geliebten Großvaters plötzlich von der Umgebung abgesondert und freiwillig nicht die Wohnung verlassen. 3173.   Allgemeinbefinden am besten wenn sie allein ist. 3177.   Ist gern allein. 3285.

14   Wortkarg. Das Sprechen wird ihr sauer. Maulfaul.
Beim Reden und stark Sprechen entsteht ein Kopfschmerz, als wenn der Kopf zerspringen wollte, welcher beim stillen Lesen und Schreiben ganz vergeht. 65.   Vermeidet, den Mund aufzutun und zu reden; maulfaul. 783.   Ist wie im Schlummer; es verdrießt ihn, die Augen zum Sehen, und den Mund zum Reden zu öffnen, bei leisem, langsamem Atmen. 784.   Er fühlte sich zu jeder Beschäftigung unaufgelegt, wußte kaum wie er den Schlaf abwehren sollte, und noch gegen Abend fiel ihm Denken und Sprechen schwer. 830.   Epileptischer Anfall, nachdem er den Tag über sehr verdrießlich und in sich gekehrt war, auch nicht mit dem gehörigen Appetit gegessen hatte. 1068.   Nach dem Schlafe mit beunruhigenden Träumen erwachte er mürrisch, hatte weder Lust zum Sprechen, noch sonst etwas vorzunehmen. 1076.   In und außer den Fieberanfällen, wider seine Gewohnheit, äußerst wortkarg und immer vor sich hin dusselnd. 1092.   Das Sprechen wird ihr sehr sauer. 1263.   Hat in den letzten Jahren viel Kränkungen, Gram und Sorgen erlitten, ist sehr wortkarg und in sich gekehrt. 2120.   Spricht nicht gern. 2343.   Infolge heftigen Schreckens in sich gekehrt, verstimmt, schweigsam. 2441.   Ließ den Kopf hängen, antwortete lakonisch, Stirn in Falten, fühlte sich von der Umgebung gestört. 2715.   Ich sah ganz deutlich in ihrem Gesichtsausdruck: Jetzt versuch mal, mich zum Sprechen zu bringen! 3047.   Sprach wenig und seufzte oft. 3217.   Spricht wenig, immer ernst, traurig, lacht nicht. 3232.   Antwortet einsilbig, kein Wort mehr, als er gefragt wurde. 3233.

15   Antriebslos. Lustlos. Keine Tatkraft. Unaufgelegt.
So laß, daß er nicht Lust hat, sich anzuziehen, und auszugehen; er hat zu garnichts Lust, liegt mehr. 633.   Verlust der gewöhnlichen Munterkeit, nachmittags. 782.   Er fühlte sich zu jeder Beschäftigung unaufgelegt, wußte kaum wie er den Schlaf abwehren sollte, und noch gegen Abend fiel ihm Denken und Sprechen schwer. 830.   Nach dem Schlafe mit beunruhigenden Träumen erwachte er mürrisch, hatte weder Lust zum Sprechen, noch sonst etwas vorzunehmen. 1076.   Mut- und Hoffnungslosigkeit, eine Art geistiger Stumpfheit, alle Tatkraft gelähmt. 2445.   Betritt schleppend den Raum und setzt sich auf Befehl ihrer Pflegerin. 3046.   Bevor ich meine Periode bekomme, bin ich unheimlich niedergeschlagen. Ich fühle mich total antriebslos, hänge herum und sehe über die kleinsten Probleme nicht mehr weg. 3603.

16   Interesselos. Kümmert sich nicht um Haushalt, Kinder, Kleidung.
Gleichgültig gegen das, was ihr ehedem am liebsten war, saß sie still für sich und weinte. 1792.   Stille Melancholie aus unglücklicher Liebe. Sitzt still weinend stundenlang auf demselben Fleck. Völlige Teilnahmslosigkeit, muß ans Essen erinnert werden, sucht die Einsamkeit, weil Gesellschaft unerträglich ist. 2461.   Gleichgültigkeit gegen alles, Gefühl der Leere. 2511.   Sie weigert sich aus ihrem Zimmer zu kommen, bleibt immer im Halbdunkel, weint viel und kümmert sich um ihre Kinder garnicht mehr. 2562.   Hatte sich wochenlang geweigert die Kleidung zu wechseln oder Besuch zu empfangen. 2689.   Kein Interesse an der Arbeit, kümmert sich nicht darum, ob sie getan wird oder

nicht, führt ihre Haushaltspflichten nur mechanisch aus, ohne darüber nachzudenken. 2774. Weigert sich, die Kleidung zu wechseln, auch wenn sie sehr schmutzig ist. 2876. Kein Interesse für ihre Angehörigen. 3133.

17 Ein Aufheiterungsversuch läßt sie gleichgültig. Wenn sie der Teufel holt, ist es ihr egal. Die Krankheit ist ihr gleichgültig. Das Leben ist sowieso sinnlos.
Gefühllosigkeit gegen Musik. 121. Gleichgültigkeit gegen alles. 786. Er fühlte sich gleichgültig gegen alles gestimmt, und lebte ohne seine gewöhnliche gute Laune. 828b. Sanftes schwermütiges Weinen, weil sie glaubt, ihre Krankheit sei unheilbar. 1231. Gleichgültigkeit gegen alles, Gefühl der Leere. 2511. Möchte nicht lange leben. Hat das Gefühl, daß sie dem Teufel nachgibt, das kümmert sie nicht. 2777. Jeder Versuch, seine Seele aufzurichten, ließ ihn ziemlich gleichgültig, störte eher als half. 3216. Stand der mangelnden Kreislaufrekompensation mit Gleichgültigkeit gegenüber. 3308. Depressionen, das Leben ist sinnlos. 3317.

18 Fühlt sich unfähig zur Arbeit. Klagt über Leistungsunfähigkeit. Fürchtet sich vor der Arbeit.
Abspannung und Laßheit nach dem Mittagessen; er fühlte sich zu seinen gewöhnlichen Arbeiten unfähig und schlief über alle Gewohnheit über denselben ein. 628. Er fühlte sich zu seinen gewöhnlichen Arbeiten unfähig und schlief wider alle Gewohnheit über denselben ein. 827b. Fürchtet sich vor der Arbeit. Traurigkeit. 1658. Gewöhnlich blieb sie den ganzen Tag sitzen, in tiefer Melancholie, nahm kaum etwas wahr, manchmal ging sie aus, arbeitete aber nie. 1903. Mattigkeit, unfähig zur Arbeit. 1998. Unfähigkeit zu jeder Arbeit, übergroße Muskelschwäche. 2446. Unlust zur Arbeit, Mutlosigkeit. 2455. Scheu vor jeder körperlichen oder geistigen Anstrengung, konnte nicht arbeiten. 2894. Durch unterdrückte Wut und Eifersucht tiefe Depression, kann keine Hausarbeit verrichten. 3085. Depressiv, unfähig unter Leute zu gehen oder ihren Haushalt zu besorgen. 3167.

19 Bewegt sich nicht gern. Sitzt still auf einem Fleck.
Will sich nicht bewegen, scheut die Arbeit. 624. So laß, daß er nicht Lust hat, sich anzuziehen, und auszugehen; er hat zu garnichts Lust, liegt mehr. 633. Eine Art von Apathie im ganzen Körper. 785. Gleichgültig gegen das, was ihr ehedem am liebsten war, saß sie still für sich und weinte. 1792. Geringste Bewegung oder geistige Agitation verschlimmern alles. 1823. Stille Melancholie aus unglücklicher Liebe. Sitzt still weinend stundenlang auf demselben Fleck. Völlige Teilnahmslosigkeit, muß ans Essen erinnert werden, sucht die Einsamkeit, weil Gesellschaft unerträglich ist. 2461. Betritt schleppend den Raum und setzt sich auf Befehl ihrer Pflegerin. 3046. Hund war traurig, lag teilnahmslos da, fraß nicht und trank nicht. 3229. Depressiv, ich fühle mich schwer und lahm, ich sitze herum und habe keine Lust. 3636.

20 Wortloses Seufzen statt zu klagen oder sich auszusprechen.
Innerer, verschlossener Gram, mit öfterem Seufzen. 1565. Sie wünschen allein zu sein, seufzen und schluchzen, wollen sich nicht trösten lassen, sind gramerfüllt. 2136. Tiefes Seufzen und Schluchzen, bei Traurigkeit. 2137. Nach dem Tod der geliebten Mutter schwach, voller Kummer, seufzt und kann nicht weinen. 2539. Stilles Brüten, häufige, langgezogene Seufzer. 2883. Sprach wenig und seufzte oft. 3217. Viel wortloses Seufzen, klagt aber nicht, möchte ihren Kummer für sich behalten. 3224. Wortloses Seufzen, stiller Kummer. 3310.

21 Tiefes Seufzen.
Der hysterische Krampf endigte mit tiefem Seufzen, worauf betäubter Schlaf eintrat. 1023. Dies dauert 6-8 Minuten, dann hört sie mit dem Schlagen auf, streckt sich gewaltig, und mit einem tiefen Seufzer endet dieser Zustand, hierauf wird sie ganz ruhig. 1293. Schwächegefühl im Bauch mit seufzendem Atemholen. Zittriges Gefühl im Bauch und im ganzen Körper. 1335. Bei Angstanfällen Brustbeklemmung, häufiges Seufzen. 2098. Nachts Hitze im Kopf, Herzklopfen, Schlaflosig-

keit und öfteres Seufzen. 2129.   Ovarienleiden, entwickelt nach getäuschter Liebe, mit unwillkürlichem Seufzen und großer Verzweiflung. 2159.   Drohende Fehlgeburt mit Seufzen und Schluchzen, veranlaßt durch unterdrückten Gram. 2166.   Bei den Wehen, tiefe Seufzer, große Traurigkeit: sie muß einen sehr tiefen Atemzug tun, sonst könnte sie garnicht atmen, als könnte die Geburtsarbeit dann nicht vorwärts schreiten. 2167.   Nachwehen, mit oftem Seufzen und großer Traurigkeit. 2169.   Bei Hysterischen, wenn der Anfall mit einem tiefen Seufzer endet. 2179.   Bei Schwangeren, veitstanzähnliche Beschwerden mit vielem Seufzem und Schluchzen, oder als Folge lange unterdrückten Ärgers. 2180.   Nach jedem Kopfschmerzanfall Schlaflosigkeit, profuser, blasser Urinabgang, Melancholie und viel Seufzen. 2317.   Merkwürdig tiefe, seufzende Atmung. 2374.   Ein herzzerreißender, zitternder, Atemzug. Schluchzt oft so, wenn sie eingeschlafen ist. 2821.   Tiefer Seufzer. 2884.   Schlaf unruhig und nicht erquickend, unterbrochen von unangenehmen ängstlichen Träumen und Stöhnen und Seufzen. 2897.   Seufzen (zahnender Säugling). 2916.   Beständiges Seufzen. 2919.   Unwillkürliches Seufzen und ein Schwäche- und Leeregefühl in der Magengrube. 2937.   Nervöse Hypersensibilität, Gähnen, Seufzen, Angstzustände, alles schlimmer durch den geringsten Widerspruch. 3130.   Tiefer Seufzer. 3138.   Liebeskummer. Niedergeschlagen, seufzt. 3314.

22   Kann nicht weinen. Weinen bessert.

Nach dem Tod der geliebten Mutter schwach, voller Kummer, seufzt und kann nicht weinen. 2539.   Denkt viel an Kleinigkeiten, die sie nicht aus dem Sinn bekommen kann, besser durch Weinen. 2793.   Ehemann vor kurzem gestorben. Man soll das eigene Leid nicht zu schwer nehmen. Es ist noch nicht so, daß ich weinen könnte, ich sitze wie unter einer Glasglocke. 3587.   Ich habe noch nicht um meinen Mann weinen können. Ich habe ihm versprochen, ich will genauso tapfer sein wie er und immer wenn ich weinen will, fallen mir meine Worte ein. 3589.

23   Weint, wenn sie nach dem Kummer gefragt wird. Weint bei Trostversuch. Weint beim Denken an den Kummer.

Sanftes schwermütiges Weinen, weil sie glaubt, ihre Krankheit sei unheilbar. 1231.   Wurde in der Ehe schlecht behandelt und behielt es immer für sich. Als sie es schließlich erzählte, weinte sie eine ganze Woche lang, danach erster Epilepsieanfall. 2235.   Leerer, wandernder Blick, unaufhörliche Angst. 2409.   Als ich sie fröhlich ansprach, konnte sie ihre Tränen nicht zurückhalten. 2513.   Nur mit einem Trick gelang es, sie zum Zugeben eines Liebeskummers zu bewegen, sie konnte nur mit großer Mühe die Tränen zurückhalten. 3048.   Bei der Frage nach Schwierigkeiten fängt sie an zu schluchzen. 3219.   Weinte beim Erzählen. 3262.   Auf Trostversuch weinte sie, sie wollte den ersehnten Menschen garnicht haben! 3266.   Klagt weinend über Leistungsunfähigkeit und Müdigkeit. 3283.   Muß beim Gedanken an die Geschehnisse weinen. 3311.   Weinen, Zuspruch hilft schon garnicht. 3333.

24   Weinen aus Kummer. Weinen ohne Grund.

Unwillkürliches Weinen. 853.   Gemüt traurig, niedergeschlagen, weinerlich. 1139.   Weinerliche Gemütsstimmung, Weinen ohne Ursache. 1338.   In sich gekehrte Stille mit Schwermut und Weinerlichkeit. 1564.   Unwillkürliches Weinen. 1579.   Traurigkeit, Tränen. 1687.   Weint sehr viel. 1836.   Kann sich nur mühsam des Weinens enthalten. 1859.   Zu Tränen geneigt. 1924.   Vor 8 Tagen viel Leid wegen eines Todesfalles. Weinerliche Gemütsstimmung. 1970.   Unwillkürliches Weinen. 2324.   Immer zum Weinen geneigt. 2431.   Weint leicht und erschrickt leicht. 2433.   Neigung zum Weinen. 2521.   Weinerliche Laune. 2528.   Weinte leicht ohne Grund. 2550. Weint besonders in der Schule leicht. 3271.   Weint viel. War früher fröhlicher. 3286.   Weinerliche Stimmung. 3331.   Könnte am laufenden Bande heulen, ohne jeden vernünftigen Grund. 3332.   Neuerdings viel Weinen. 3358.   Weint ohne Grund. 3387.   Ich habe eine Phase gehabt, wo ich ziemlich viel geheult habe. 3683.

25   Leise Stimme.

Heimliche, leise Stimme; er kann nicht laut reden. 780.   Leise, zitternde Stimme. 1466.

26   Weiches, sanftes, schüchternes Gemüt.
Zärtliches Gemüt, mit sehr klarem Bewußtsein. 793.   Sehr weicher, schüchterner Charakter, er ähnelt dem einer Frau. 1675.   Weicher, schüchterner Charakter. 1681.   Von sehr weichem Gemüte, leicht zum Lachen und Weinen geneigt. 2122.   Sanfte Gemütsart des Kindes, die selbst durch sein Mastdarmleiden nicht getrübt worden war. 2635.

27   Gesichtsausdruck traurig, leidend, mürrisch.
Erwacht mit mürrischer Miene. 671.   Gesicht blaß, Ausdruck von Angst und Qual. 1583.   Sieht sehr müde aus und als glaube sie nicht, daß Besserung erreicht werden könne. 2278.   Im Gesichtsausdruck, im Blick und in ihrem Wesen tiefe Niedergeschlagenheit. 2372.   Leerer, wandernder Blick, unaufhörliche Angst. 2409.   Gesicht eingefallen, mit immer höchst bekümmertem Gesichtsausdruck. 2417.   Tiefe Depression, trauriges Gesicht, nach Ignatia lächelnd, glücklich. 2693.   Blickte finster drein mit gerunzelter Stirn. 2718.   Gesichtsausdruck leidend und verstört. 2825.   Sieht elend und vergrämt aus. 2871.   Ich sehe in ihren Augen Bekümmernis: Untreue ihres Mannes. 3040.   Ich sah ganz deutlich in ihrem Gesichtsausdruck: Jetzt versuch mal, mich zum Sprechen zu bringen! 3047.   Sorgenvoller Gesichtsausdruck. Macht sich Sorgen um die Untreue ihres Mannes. 3092.   Neigt zu kummervollem Gesicht und langsamen Bewegungen. 3114.   Melancholischer, in die Ferne gerichteter Blick, der mir den Zugang zu seinem Inneren versperrte. 3121.   Qualvoller, jammervoller Gesichtsausdruck, alles hatte etwas Dramatisches an sich. 3240.

GEMÜTS- und GEISTESZUSTAND   Stimmungswechsel, Empfindlichkeit

1   Unglaublich schneller und extremer Stimmungswechsel.
Unglaubliche Veränderlichkeit des Gemüts, bald spaßt und schäkert er, bald ist er weinerlich (alle 3, 4 Stunden abwechselnd). 772.   Gemüt sehr veränderlich und ungeduldig. 1106.   Ungemeine Veränderlichkeit des Gemüts. 1563.   Unglaublich schneller Wechsel zwischen Freude und Traurigkeit, Lachen und Weinen. 2935.   Hat wegen ihrer materiellen Zukunft schwere Sorgen, neigt zu extremem Stimmungswechsel. 3157.   Auffallender Stimmungswechsel. 3367.

2   Stimmungswechsel zwischen Lachen und Weinen.
Bald zur Weinerlichkeit, bald zur Fröhlichkeit geneigtes Gemüt. 1031.   Außer dem Anfalle ist sie heiter, sogar lustig. 1294.   Sehr aufgeregter Zustand, sie hatte Furcht vor dem Tode, dem sie nicht entgehen zu können glaubte, weinte viel, und, wenn man sie durch Zureden beruhigt hatte, lachte sie über ihre Verzagtheit. 1303.   Ohne alle Veranlassung Lach- und Weinkrampf. 1732.   Weinte häufig und lachte manchmal unbeherrscht. 1904.   Von sehr weichem Gemüte, leicht zum Lachen und Weinen geneigt. 2122.   Sehr lebendig, heiter, aber auch sehr empfindlich und zum Weinen geneigt. 2127.   Bei der Rückkehr ihres totgeglaubten Gatten Kopfkongestion, klopfende Schläfen, lautes hysterisches Lachen, danach krampfhaftes Weinen. 2330.   Kaum waren die Gesichtsschmerzen vergangen, unterhielt sie sich lachend, als ob nichts gewesen wäre. 2488.   Weinte leicht ohne Grund. Lachte und weinte in einem Atemzug. 2550.   Stimmungswechsel, macht Späße und lacht, ist dann traurig und vergießt Tränen. 2591.   Abwechselnd Lachen und Weinen. Bricht in Tränen aus und vergräbt ihr Gesicht in der Bettdecke. 2678.   Sie lacht albern über Kleinigkeiten und vergießt ebenso leicht Tränen. 2776.   Beim Erzählen weint die Pat., zwischendurch nervöse Lachanfälle, für die sie sich entschuldigt. 3252.

3   Stimmungswechsel zwischen Zorn und Freundlichkeit.

GEISTES- UND GEMÜTSZUSTAND / Stimmungswechsel, Empfindlichkeit

Erwacht mit mürrischer Miene. 671. Erwacht mit freundlichem Gesichte. 672. Einige Stunden nach der Zornmütigkeit tritt Spaßhaftigkeit ein. 773. Sonst ausgelassen in Freude und Schmerz, verfiel sie ohne bekannte Veranlassung in eine trübselige Gemütsverfassung. 1791. Die Gemütsstimmung sprang von großer Lustigkeit plötzlich in mürrisches, düsteres Hinbrüten über. 1913. Oft wechselt Fröhlichkeit und Verzagtheit. 2141. Gewöhnlich fröhlich und lebhaft, schien sie zum ersten Mal unter der Schwangerschaft zu leiden, sie war mürrisch und weinte fast vor Ungeduld. 2209. Zorn gefolgt von stillem Kummer. 2589. Reizbarkeit, die mit Zornausbrüchen und äußerster melancholischer Depression abwechselte, jeder Trost vergeblich. 2893. Kopfschmerzanfälle kommen 2 Tage nach Gemütsbewegung, 1-2 Tage vorher ist sie besonders lebhaft und aufgeräumt. 2906. Krampfhaftes Lachen aus Kummer. 2931. Sehr erregbar, entweder freudig erregt oder tief niedergeschlagen. 3073. Angst einen Mord begehen zu werden, Gefühl von Dualität, vor allem wenn sie extrem glücklich ist. 3113.

4   Wechselnde Stimmung. Wechselnde Launen. Veränderliches Gemüt.
Beim Gehen im Freien, eine Schwere in den Füßen, mit Ängstlichkeit, was sich in der Stube verlor, wogegen aber Mißmut eintrat. 626. Wohl 6 mal schickt sie uns mit dem Essen fort und ebenso oft ruft sie uns wieder zurück und hat sie dann endlich gegessen oder getrunken, so bereut sie es halbe Stunden lang. 1376. Befand sich in einem sehr wechselnden Gemütszustande. 1381. Die Stimmung ist wechselnd geworden. 1864. Abwechselnd Depression und Euphorie. 2327. Zuweilen spricht sie allerlei ungereimtes Zeug, dann wieder ganz vernünftig. 2464. Kapriziöse, wechselnde Launen. 2713. Ungeduldig, unentschlossen, streitsüchtig, veränderlich. 2940. Liebenswert wenn er sich wohlfühlt, leicht beleidigt, kommt leicht durcheinander durch Gemütserregung. 2941.

5   Schmerzen verursachen Ohnmacht. Wird verrückt durch die Schmerzen.
Der Kopfschmerz wird so heftig, daß sie ohnmächtig wird, jeder starke Ton, starkes Reden, schon jeder hörbare Fußtritt ist ihr zuwider. 1184. Hat stets Schmerzen im Kopfe, aber von Zeit zu Zeit erreichen sie eine solche Höhe, daß sie glaubt, sterben zu müssen. 1662. Der geringste Schmerz verursacht Ohnmacht. 1673. Heftiger Verdruß, bald darauf so schreckliche Schmerzen in dem und um das früher verletzte Auge, daß er Tag und Nacht Tobsuchtsanfälle bekam. 1691. Der Bauchschmerz macht Ohnmächtigkeit und Übelkeit. 2266. Der Schmerz ist messerstechend im Auge und macht den Pat. fast verrückt durch seine Heftigkeit. 2281. Pat. fürchtet, daß sein Verstand angegriffen werden könnte wenn der Kopfschmerz noch länger dauert. 2289. So starke Afterschmerzen, daß sie glaubte, ihren Verstand zu verlieren. 2807. Fast verrückt vor Afterschmerzen. 2812.

6   Schmerzen scheinen unerträglich. Schmerzen machen sie fast verrückt. Schreit vor Schmerzen.
Ungeheurer Schmerz an der linken Seite der Stirn über den Augenbrauen, der sich nach derselben Seite hinzog, in so hohem Grade, daß sie wie ein unbändiges Kind weinte und jammerte, und Tag und Nacht davon gefoltert wurde. 1170. In der Gegend des linken Stirnhügels ein kleines rundes Fleckchen, das bei der geringsten Berührung so schmerzend war, daß sie laut aufschrie und ihr Tränen aus den Augen liefen. 1172. Heftige, wütende, lanzinierende Schmerzen in einem hohlen Backenzahn. 1659. Unerträgliches Kopfweh, beim Gehen dubbert's im Kopf, das geringste Geräusch vermehrt den Schmerz. 1890. Heftige, anhaltende, Schlaf und Ruhe raubende, stechende und wund brennende Schmerzen im Mastdarm. 2000. Qualvollste Magenschmerzen. 2003. Quälende Knochenschmerzen, Rückenschmerz, als sollten die Gelenke auseinandergerissen werden. 2247. Schwindel, sie mußte die geringste Bewegung vermeiden, wenn der Zustand nicht unerträglich werden sollte. 2253. Unbeschreibliche Angst vor dem Wiedererscheinen des früher gehabten Rückenschmerzes. 2259. Der Schmerz ist messerstechend im Auge und macht den Pat. fast verrückt durch seine Heftigkeit. 2281. Mitunter so schmerzhaftes krampfhaftes Zucken in der linken Gesichtsseite, daß sie weinen und mitleiderregende Schreie ausstoßen muß. 2486. Jedesmal vor

Eintritt der Regel unter dem rechten Stirnhöcker ein so furchtbarer Schmerz, daß sie sich ins Bett legen mußte und sich durch lautes Schreien und Stöhnen zu helfen glaubte. 2497.   Überempfindlichkeit gegen Schmerzen. 2702.   So starke Afterschmerzen, daß sie glaubte, ihren Verstand zu verlieren. 2807.   Fast verrückt vor Afterschmerzen. 2812.   Bei Kopfschmerzen springt sie aus dem Bett und rennt wie verrückt von Zimmer zu Zimmer. 2888.   Überempfindlich gegen Schmerzen. 2963.   Unerträglich wund im Hals und Kloßgefühl. 3459.   Kopfweh im Hinterkopf, vorn nicht, das kann ich nicht aushalten. 3534.

7 Geräuschempfindlich. Geräusche sind unerträglich.
Vernunftwidriges Klagen über allzu starkes Geräusch. 778.   Geräusch ist ihm unerträglich, wobei sich die Pupillen leichter erweitern. 779.   Krampfanfälle durch Geräusch oder Berührung hervorgerufen (Hund). 841.   Jedes Geräusch, Sprechen, jede Bewegung etc. vermehrt Kopfschmerz, Erbrechen und Delir. Das Tageslicht ist ihr unerträglich. 1368.   Der Schlaf ist nicht mehr fest, das leiseste Geräusch im Nebenzimmer wird von ihr gehört und beunruhigt sie. 1378.   Jeder Lärm und jede Erschütterung vermehrt die Beschwerden. 1406.   Unerträgliches Kopfweh, beim Gehen dubbert's im Kopf, das geringste Geräusch vermehrt den Schmerz. 1890.   Schmerz hauptsächlich über die Stirn, immer durch jede Erregung verschlimmert, kann nicht das geringste Geräusch vertragen. 2014.   Beschwert sich über Geräusche, die andere kaum hören. 2414.   Konnte nicht schlafen, nicht nur wegen des Juckens, sondern weil das kleinste Geräusch sie weckte. 2721.   Während der Anfälle muß er in einem dunklen Raum im Bett liegen, Licht und Geräusche sind unerträglich. 2823.   Wenn es Schularbeiten machen will, macht es jedes Geräusch verrückt, es bekommt Wutanfälle und bricht in Tränen aus. 3074.   Höchst geräuschempfindlich. 3120.   Hochgradige Geruchsempfindlichkeit, besonders gegen Tabak, Küchendunst und Parfüm. 3189.   Sehr geräuschempfindlich. 3190.

8 Widerspruch wird schlecht vertragen: Erregung, Zorn, Rotwerden, Weinen.
Geringer Tadel oder Widerspruch erregt ihn bis zum Zanke, und er ärgert sich selbst dabei. 765.   Von geringem Widerspruche wird er aufgebracht und böse. 766.   Von geringem Widerspruche tritt ihm Röte ins Gesicht. 767.   Wenn man ihr, was sie will, nur gelind verweigert, oder viel auf sie hinein, obgleich mit gelinden gütigen Worten, redet, ihr viel zuredet, oder etwas anderes will, als sie, so weint sie laut. 776.   Der leichteste Widerspruch reizt. 2587.   Liebenswert wenn er sich wohlfühlt, leicht beleidigt, kommt leicht durcheinander durch Gemütserregung. 2941.   Die leiseste Kritik macht ihn zornig, und das macht ihn wütend auf sich selbst. 2942.   Nervöse Hypersensibilität, Gähnen, Seufzen, Angstzustände, alles schlimmer durch den geringsten Widerspruch. 3130.   Sehr empfindlich gegen Widerspruch und für die moralische Atmosphäre. 3139.   Zornesausbrüche, wenn ihr etwas verweigert wird und beim geringsten Widerspruch. 3225.   Verträgt Widerspruch sehr schlecht. 3238.   Kann nicht essen bei der geringsten Aufregung. 3276.   Kann Widerspruch nicht vertragen. Wird wütend, wenn er unterbrochen wird. Zornausbrüche wegen Kleinigkeiten. 3363.

9 Wird beeinflußt von Stunde und Ort des lange zurückliegenden Ereignisses.
Ein Vierteljahr nachdem sie aus einem Feuer knapp gerettet worden war, wurde sie jedesmal in der 9. Stunde, derselben Stunde, wo sie in Gefahr war, zu verbrennen, niedergeschlagen, ängstlich, unwohl und mußte sich zu Bette legen. 1284.   Folgt der Mutter und hält sich an ihrer Schürze fest, geht nie zum Vater. Der Vater hat die Mutter während der Schwangerschaft erschreckt. 2545.   Die Besorgnis der Mutter in der Schwangerschaft geschah von Sonnenuntergang bis Mitternacht, in dieser Zeit geht es jetzt dem Kind schlechter. 2546.   Jedesmal am Ort des Todes ihrer Schwester würgte es sie. 3106.

10 Hochsensibel. Empfindsam. Feinfühlig. Empfindet die moralische Athmosphäre stark.
Musik macht ungemeine und angenehme Empfindung. 120.   Gefühllosigkeit gegen Musik. 121.   Feinfühliges Gemüt, zarte Gewissenhaftigkeit. 794.   Periodische Unterleibskrämpfe, bei einer

GEISTES- UND GEMÜTSZUSTAND / Stimmungswechsel, Empfindlichkeit

sensiblen Frau. 1167. Fühlt sich schlechter durch Wärme und im engen Raum, besser im Freien und in sympathischer Gesellschaft. 2842. Sensitive, leicht erregbare Frauen, mildes Temperament, fassen schnell auf und handeln schnell. 2923. Empfindsam, zartes Gewissen. 2939. Zart, sensitiv, sehr gebildet, überkandidelt. 3049. Empfindliches, frühreifes Kind mit hochentwickeltem Intellekt, das in der Schule viel leistet und zu noch höheren Leistungen getrieben wird. 3069. Sehr empfindlich gegen Widerspruch und für die moralische Athmosphäre. 3139. Das Herrchen hatte sich nicht vom Hund verabschiedet, der Hund kam und fand seinen Herrn nicht mehr. 3230.

11 Zartes Gewissen. Zartes Ehrgefühl.
Feinfühliges Gemüt, zarte Gewissenhaftigkeit. 794. Übergroße Gewissenhaftigkeit. 1570. Fieber durch Verletzung ihres zarten Ehrgefühls. 2222. Empfindliches Gewissen. 2585. Empfindsam, zartes Gewissen. 2939. Ich muß manchmal aufstoßen, ich versuche, das zu unterdrücken, weil ich weiß, daß es nervös bedingt ist. 3680.

12 Aufschrecken beim Einschlafen.
Schreckhafte Erschütterungen, wenn er einschlafen will, wegen monströser Phantasien. 667. Schlief bald nach dem Anfalle wieder ein, wobei er öfters zusammenfuhr. 1075. Wenn er einschlafen will, erschrickt er. 1105. Seit mehreren Nächten durchaus kein Schlaf, will sie einschlafen, so schreckt sie auf und die Glieder zucken. 1307. Bei Typhus gänzliche Schlaflosigkeit: wenn sie anfangen zu schlummern, kommen ihnen allerhand Phantasiebilder vor, worüber sie aufschrecken, so wie auch beunruhigende Träume. 1425. Aufschrecken beim Einschlafen. 3477. Aufschrecken nachts beim Einschlafen. 3631.

13 Aufschrecken im Schlaf. Aufschrecken beim Erwachen.
Schreckt im Schlafe jählich auf. 664. Schreckhafte Erschütterung, früh, beim Erwachen aus einem so leichten Schlafe, worin sie jeden Glockenschlag hört. 669. Nächte teils schlaflos, teils unangenehmer, durch öfteres Aufschrecken unterbrochener Halbschlaf. 1948. Unruhiger Schlaf, Aufschrecken im Schlaf, viele Träume. 2339. Erwacht nachts wie von einem Schreck. 2727. Aufschrecken im Schlaf, oder tiefer Schlaf mit Schnarchen. 3024. 3-4 Uhr Tachykardien, Herzstocken, Erschrecken. 3264. Schreckt mehrfach nachts auf. 3297. Erschrickt leicht und stark. Zusammenfahren. Aufschrecken im Schlaf. 3366.

14 Schreckhaft. Erschrickt leicht. Heftiges Zusammenfahren durch Schreck.
Ungemein schreckhaft. 762. Fürchtet sich vor jeder Kleinigkeit, vorzüglich vor sich ihm nahenden Gegenständen. 763. Sitzt oder liegt er dem Anscheine nach in Gedanken da, und redet man ihn an, so fährt er zusammen und erschrickt. 1093. Sie erschrecken leicht, auch sind sie bang, daß dieses oder jenes ihnen schaden möchte. 1404. Große Schreckhaftigkeit. 1569. Hatte häufigen Schrecken erlitten durch wiederholte Brandlegungen. Seitdem war sie sehr furchtsam und erschrack über jede Kleinigkeit. 1850. Nach jedem Gemütsaffekt, besonders Schrecken, wozu sie bei ihrer großen Empfindlichkeit sehr geneigt ist, fallsuchtähnliche Krampfanfälle. 1865. Geneigtheit zusammenzuschrecken. 2178. Weint leicht und erschrickt leicht. 2433. Ängstliche Träume, Schreckhaftigkeit, Besorgnis, sie werde geisteskrank. 2454. Ängstlich, fürchtet Hunde, Tramps und Dunkelheit. Erschrickt leicht. 2663. Nervös, erschrickt leicht. 2746. Sehr nervös, erschrickt leicht. 2838. Erschrickt leicht und stark. Zusammenfahren. Aufschrecken im Schlaf. 3366.

15 Verdutzt, verblüfft, betroffen, verstört:
Geht ganz betroffen, verdutzt, verblüfft einher. 753. Nach den Anfällen ist sie wie jemand der gerade einen großen Schrecken erlebt hat. 1590. Verstörte Miene. 2437. Gesichtsausdruck leidend und verstört. 2825.

16 Reizbar. Erregbar.

Stimmungswechsel, Empfindlichkeit / GEISTES- UND GEMÜTSZUSTAND

Das Gemüt der Kranken war sehr reizbar. Sie konnte sich leicht betrüben. 1024. Sehr empfindliches Gemüt, zu innerlicher Kränkung geneigt, ärgert sich leicht und heftig, danach gleich Anfall des Magenleidens. 1326. Nach jedem Gemütsaffekt, besonders Schrecken, wozu sie bei ihrer großen Empfindlichkeit sehr geneigt ist, fallsuchtähnliche Krampfanfälle. 1865. Allgemeine Schwäche und Nervosität. 2025. In Kopfschmerzzeiten sehr reizbar, empfindlich und zum Weinen geneigt. 2109. Sehr lebendig, heiter, aber auch sehr empfindlich und zum Weinen geneigt. 2127. Am Tag vor dem Kopfschmerz Reizbarkeit. 2285. Ungewöhnliche Reizbarkeit und Ruhelosigkeit. 2408. Anfälle mit nervöser Reizbarkeit. 2429. Erregbar, leicht empfindlich, ohne zum Weinen geneigt zu sein. 2850. Liebenswert wenn er sich wohlfühlt, leicht beleidigt, kommt leicht durcheinander durch Gemütserregung. 2941. Sehr erregbar, entweder freudig erregt oder tief niedergeschlagen. 3073. Unruhe nicht körperlich, sondern nervlich, wenn der Bus über eine Unebenheit fährt, kippe ich sofort in eine Migräne hinein, dann ist der ganze Kreislauf durcheinandergekommen. 3507.

GEISTES- und GEMÜTSZUSTAND   Erregung, Unruhe, Angst

1   Denkt dem Reden voraus, wird dadurch gehemmt beim Aussprechen. Unentschlossen.
Äußerste Angst, welche das Reden verhindert. 754. Nach Anstrengung des Kopfes, vorzüglich früh, eine Voreiligkeit des Willens; kann nicht so geschwind im Reden sich ausdrücken, schreiben, oder sonst etwas verrichten, als er will; wodurch ein ängstliches Benehmen, ein Verreden, Verschreiben und ungeschicktes, immer Verbesserung bedürfendes Handeln entsteht. 755. Ungeduldig, unentschlossen, streitsüchtig, veränderlich. 2940.

2   Spricht schnell und erregt. Spricht in Superlativen. Fragt etwas und wartet nicht auf die Antwort.
Nach Anstrengung des Kopfes, vorzüglich früh, eine Voreiligkeit des Willens; kann nicht so geschwind im Reden sich ausdrücken, schreiben, oder sonst etwas verrichten, als er will; wodurch ein ängstliches Benehmen, ein Verreden, Verschreiben und ungeschicktes, immer Verbesserung bedürfendes Handeln entsteht. 755. Eine fixe Idee, die er in Gedanken verfolgt, oder im mündlichen Vortrage allzu eifrig und vollständig ausführt. 791. Sprach unaufhörlich und sehr schnell. 2719. Nervosität und Erregbarkeit größer als je, gebrauchte alle Adjektive im Superlativ. 2800. Afterschmerzen, stöhnte vor Schmerzen, zitterte und sprach schnell und erregt. 2808. Fragt etwas und wartet nicht auf die Antwort. 3058. Redselig. 3128. Redet viel und lang. 3349.

3   Ungefragtes Sprechen. Delirieren.
Beim Erwachen steht sie plötzlich auf und redet etwas Ungereimtes, ehe sie sich besinnt. 674. Es zieht ihm in den Kopf, die Sinne schwinden ihm, er fängt an zu phantasieren (Epilepsie). 1388. Während der Krämpfe sprachlos, nachher löste sich ihre Zunge zur bewußtlosen Gesprächigkeit. 1840. Sie setzte sich im Bette auf und begann ungefragt ein Gespräch. Dabei hatte sie die Augen halb geschlossen, gab Antwort auf jede Frage und Auskunft über alles Vergangene. 1846. Einige unzusammenhängende delirante Worte entringen sich den Lippen (Krampfanfall). 2187. Während Zahnung Delirium. 2228. Zuweilen spricht sie allerlei ungereimtes Zeug, dann wieder ganz vernünftig. 2464. Frost so heftig, daß das Bett wackelt und der Pat. deliriert. 2646. Selbstgespräche Tag und Nacht. 2877. Ruft laut den Namen ihrer verstorbenen Tochter. 2878. Während der Hitze Schwindel, Delirium. 3002.

4   Widerspruch macht ihn wütend. Tadel kann er nicht vertragen.

GEISTES- UND GEMÜTSZUSTAND / Erregung, Unruhe, Angst

Geringer Tadel oder Widerspruch erregt ihn bis zum Zanke, und er ärgert sich selbst dabei. 765. Von geringem Widerspruche wird er aufgebracht und böse. 766.   Der leichteste Widerspruch reizt. 2587.   Liebenswert wenn er sich wohlfühlt, leicht beleidigt, kommt leicht durcheinander durch Gemütserregung. 2941.   Die leiseste Kritik macht ihn zornig, und das macht ihn wütend auf sich selbst. 2942.   Nervöse Hypersensibilität, Gähnen, Seufzen, Angstzustände, alles schlimmer durch den geringsten Widerspruch. 3130.   Zornesausbrüche, wenn ihr etwas verweigert wird und beim geringsten Widerspruch. 3225.   Verträgt Widerspruch sehr schlecht. 3238.   Kann Widerspruch nicht vertragen. Wird wütend, wenn er unterbrochen wird. Zornausbrüche wegen Kleinigkeiten. 3363.

5   Man kann ihm nichts recht machen. Eigensinnig. Unzufrieden.
Gegen Abend ist er unzufrieden, mürrisch, eigensinnig, man kann ihm nichts recht, nichts zu Danke machen. 769.   Ist äußerst mürrisch; tadelt und macht Vorwürfe. 770.   Mürrisch, grämlich, ärgerlich, unzufrieden, und wegen seiner Zukunft sehr besorgt. 1127.

6   Streitsucht. Halsstarrig. Verdreht alles, was man sagt.
Dreistigkeit. 764.   Geringer Tadel oder Widerspruch erregt ihn bis zum Zanke, und er ärgert sich selbst dabei. 765.   Unbeständigkeit, Ungeduld, Unentschlossenheit, Zank (alle 3, 4 Stunden wiederkehrend). 771.   Verlangt unschickliche Dinge, und weint laut, wenn man sie ihm versagt. 775.   Wenn man ihr, was sie will, nur gelind verweigert, oder viel auf sie hinein, obgleich mit gelinden gütigen Worten, redet, ihr viel zuredet, oder etwas anderes will, als sie, so weint sie laut. 776. Fühlte sich von der Umgebung gestört. Wenn er den Rock ausziehen soll, tut er es mit einem Ruck. 2715.   Ungeduldig, unentschlossen, streitsüchtig, veränderlich. 2940.   Ich sah ganz deutlich in ihrem Gesichtsausdruck: Jetzt versuch mal, mich zum Sprechen zu bringen! 3047.   Alles was man sagt wird von ihr verdreht. 3060.   Zornesausbrüche, wenn ihr etwas verweigert wird und beim geringsten Widerspruch. 3225.   Drohte, sich das Leben zu nehmen. 3272.   Eifersüchtig auf den jüngeren Bruder. 3273.

7   Schreit vor Wut. Weint laut, wenn sie etwas nicht bekommt.
Verlangt unschickliche Dinge, und weint laut, wenn man sie ihm versagt. 775.   Wenn man ihr, was sie will, nur gelind verweigert, oder viel auf sie hinein, obgleich mit gelinden gütigen Worten, redet, ihr viel zuredet, oder etwas anderes will, als sie, so weint sie laut. 776.   Heulen und Schreien und Außersichsein um Kleinigkeiten. 777.   Durch Schreien, Schlagen, Zerreißen dessen, was ihr zunächst ist, sucht sie sich zu widersetzen, indem sie unaufhörlich ruft: sie vernachlässige ihre Pflicht, breche ihren Eid. 1375.   Sehr lebendig, heiter, aber auch sehr empfindlich und zum Weinen geneigt. 2127.   Möchte schreien wenn jemand sie anredet. 2626.   Wenn es Schularbeiten machen will, macht es jedes Geräusch verrückt, es bekommt Wutanfälle und bricht in Tränen aus. 3074.   Weinen bei Erregung. 3294.

8   Schneller Zorn. Wird böse. Wutanfälle.
Von geringem Widerspruche wird er aufgebracht und böse. 766.   Von geringem Widerspruche tritt ihm Röte ins Gesicht. 767.   Schnell vorübergehende Verdrießlichkeit und Bösesein. 768.   Einige Stunden nach der Zornmütigkeit tritt Spaßhaftigkeit ein. 773.   Gehässige und zornige Stimmung bei Epilepsie. 2261.   Zorn, der schnell entsteht und schnell vergeht. 2410.   Unermeßlicher und unkontrollierbarer Zorn während Frost. 2582.   Zorn gefolgt von stillem Kummer. 2589. Sie gab zu, jähzornig geworden zu sein und oftmals entgleist zu sein, sagte aber, daß sie nicht anders könne. 2690.   Verlobung wurde gelöst. Reizbarkeit, die mit Zornausbrüchen und äußerster melancholischer Depression abwechselte, jeder Trost vergeblich. 2893.   Wenn es Schularbeiten machen will, macht es jedes Geräusch verrückt, es bekommt Wutanfälle und bricht in Tränen aus. 3074. Durch unterdrückte Wut und Eifersucht tiefe Depression, kann keine Hausarbeit verrichten. 3085. Zornesausbrüche, wenn ihr etwas verweigert wird und beim geringsten Widerspruch. 3225.   Begeht Fehlhandlungen, regt sich leicht auf, bekommt Wutanfälle. 3270.   Kann Widerspruch nicht vertragen. Wird wütend, wenn er unterbrochen wird. Zornausbrüche wegen Kleinigkeiten. 3363.

9 Ärgert sich leicht. Ärgert sich über sich selbst.
Geringer Tadel oder Widerspruch erregt ihn bis zum Zanke, und er ärgert sich selbst dabei. 765. Still vor sich hin, innerlich, ärgerlich und grämlich. 788. Mürrisch, grämlich, ärgerlich, unzufrieden, und wegen seiner Zukunft sehr besorgt. 1127. Sehr empfindliches Gemüt, zu innerlicher Kränkung geneigt, ärgert sich leicht und heftig, danach gleich Anfall des Magenleidens. 1326. Die leiseste Kritik macht ihn zornig, und das macht ihn wütend auf sich selbst. 2942.

10 Unruhe mit Angst. Schlaflos vor Angst.
Übelkeit und Unruhe, mit großer Angst verbunden. 1053. Wenn der Anfall kommt, wird sie sehr ängstlich, so daß sie um Hilfe zu schreien gezwungen ist, und doch bringt sie nichts als einen kreischenden Ton hervor. 1290. Sehr aufgeregter Zustand, sie hatte Furcht vor dem Tode, dem sie nicht entgehen zu können glaubte, weinte viel, und, wenn man sie durch Zureden beruhigt hatte, lachte sie über ihre Verzagtheit. 1303. Gesicht blaß, Ausdruck von Angst und Qual. 1583. Ängstliche Unruhe im Bett, muß sich immer hin- und herdrehen. 1746. Brachte unter Herzklopfen und furchtbaren Beängstigungen die Nächte schlaflos hin. 1814. Anfälle von Angst und Unruhe, als ob sie etwas Böses getan oder ein großes Unglück zu erwarten hätte. 1858. Anfallsweise zweimal täglich Angst, Unruhe, als habe sie etwas Böses getan oder ein großes Unglück zu erwarten, kann sich nur mühsam des Weinens enthalten. 1996. Übelkeit mit großer Unruhe und Angst. 2006. Manchmal Erbrechen der genossenen Speisen mit großer Unruhe und Angst. 2008. Es weckt sie gewöhnlich nachts, die Angst läßt sie nicht mehr schlafen. 2096. Angst und Unruhe verlassen sie auch untertags nicht, sie möchte beständig weinen. 2097. Leerer, wandernder Blick, unaufhörliche Angst. 2409. Unbestimmtes Angstgefühl, ruheloses Wesen. 2450. Nach Brustamputation große Angst, Unruhe, dauerndes Wälzen im Bett. 2568. Angst vor dem Alleinsein, läuft dann zitternd umher. 3062. Unruhe, Ängste, Depressionen stärker bei Einbruch der Dunkelheit. 3334. Bauchschmerzen, sie hat ruhig gelegen, und sie hat gesagt: Mamma, ich bin ganz unruhig, bleib bei mir sitzen! 3567. Freiheitsgefühl im Kopf, dazu kamen ziemlich starke Angstzustände und eine unwahrscheinliche Unruhe, ich konnte nirgens sitzenbleiben. 3571.

11 Innere Unruhe im Schlaf. Unruhig im Bett.
In der Nacht, im Bette, verändert er oft seine Lage, legt sich bald dahin, bald dorthin. 652. Durch innere Unruhe, vermehrte innere Wärme und Durst, gestörter Schlaf. 724. Am Abend vor ihrer Periode suchte ein Gassentreter die am Fenster Sitzende zu kränken, sie erschrak sehr, der Kummer ließ sie in der folgenden Nacht keine Ruhe finden. 1314. Der Schlaf ist nicht mehr fest, das leiseste Geräusch im Nebenzimmer wird von ihr gehört und beunruhigt sie. 1378. Ängstliche Unruhe im Bett, muß sich immer hin- und herdrehen. 1746. Am Tag überarbeitet, findet er keine Ruhe in der Nacht. Die Ängste und Geschäfte des Tages wiederholen sich in den Träumen. 2279. Unruhiger Schlaf, Aufschrecken im Schlaf, viele Träume. 2339. Völlige Schlaflosigkeit und große Unruhe. 2442. Unruhe, Schlaflosigkeit, nächtliche Pulsationen im Bauch. 2529. Schlaf unruhig und nicht erquickend, unterbrochen von unangenehmen ängstlichen Träumen und Stöhnen und Seufzen. 2897. Unruhig, weint viel, Häufiges Erwachen. 3126.

12 Tut bald dies, bald das. Will bald dies, bald das. Muß immer etwas tun.
Vielgeschäftigkeit: unruhig nimmt er bald dies, bald jenes zu tun vor. 756. Unbeständigkeit, Ungeduld, Unentschlossenheit, Zank (alle 3, 4 Stunden wiederkehrend). 771. Appetit auf dies und jenes, wenn er es kriegt, schmeckt es nicht. 1206. Wohl 6 mal schickt sie uns mit dem Essen fort und ebenso oft ruft sie uns wieder zurück und hat sie dann endlich gegessen oder getrunken, so bereut sie es halbe Stunden lang. 1376. Appetit auf dieses oder jenes; wenn er es aber hat, so schmeckt es nicht. 1468. Häufiges Speichelspucken, das sie nicht zu bemerken schien. 1906. Ungewöhnliche Reizbarkeit und Ruhelosigkeit. 2408. Möchte unbedingt jetzt dies, dann das tun. 2586. Es geht ihr schlechter, wenn sie keine Beschäftigung hat, unruhig, muß immer etwas tun. 2786. 4jährige weiß nicht was sie will, hält die ganze Familie in Trab. 3164. Glaubt, daß ihr

Mann durch ihre Nachlässigkeit ums Leben gekommen ist. Tagsüber sind diese quälenden Gedanken durch Beschäftigung zu ertragen, nachts nicht. 3326.　Kann keine Wärme vertragen, ich reiße das Fenster auf, dann kommt eine Unterkühlung, dann lasse ich mir ein heißes Bad einlaufen, das wechselt. 3462.　Unruhe: ich habe mir was zu essen gekauft, das gegessen, bin herausgegangen, wieder hereingegangen, mich wieder hingesetzt, aufgestanden, hingelegt zum Schlafen, wieder aufgestanden. 3572.

13　Ungeduldig. Hastig. Eilig. Kann nicht langsam gehen.

Nach Anstrengung des Kopfes, vorzüglich früh, eine Voreiligkeit des Willens; kann nicht so geschwind im Reden sich ausdrücken, schreiben, oder sonst etwas verrichten, als er will; wodurch ein ängstliches Benehmen, ein Verreden, Verschreiben und ungeschicktes, immer Verbesserung bedürfendes Handeln entsteht. 755.　Er bildet sich ein, er könne nicht fort, er könne nicht gehen. 758.　Unbeständigkeit, Ungeduld, Unentschlossenheit, Zank (alle 3, 4 Stunden wiederkehrend). 771.　Gemüt sehr veränderlich und ungeduldig. 1106.　Die Kranken sind wie außer sich, mit Ungeduld, glauben verzweifeln zu müssen, rufen die Anwesenden um Hilfe an. 1403.　Gewöhnlich fröhlich und lebhaft, schien sie zum ersten Mal unter der Schwangerschaft zu leiden, sie war mürrisch und weinte fast vor Ungeduld. 2209.　Ungeduldig. 2411.　Sensitive, leicht erregbare Frauen, mildes Temperament, fassen schnell auf und handeln schnell. 2923.　Ungeduldig, unentschlossen, streitsüchtig, veränderlich. 2940.　Immer in Eile, niemand kann ihr etwas schnell genug tun. 3055.　Macht sich selbst Vorwürfe wegen der schlechter werdenden Schulleistungen, glaubt, daß sie sich nicht genügend anstrengt. 3082.　Hastig. 3131.　Verliert die Geduld. 3369.　Unruhe, jede Kleinigkeit regt sie auf, hastig. 3430.　Migräne durch zu hastiges Essen. 3449.　Jucken in der Brust, wenn ich ein bißchen schneller laufe, aber ich kann nicht langsam laufen, und wenn ich es bezahlt kriege. Ich sage dann immer: Da ziehe ich Wurzeln! 3503.　Kloß im Hals, wenn sie in Eile ist. 3518.

14　Schmerzen machen unruhig. Wird fast verrückt vor Schmerzen. Inneres Unruhegefühl.

Leibschneiden mit Blähungskolik, Knurren, Unruhe und bisweilen Schmerz in den Gedärmen. 1121.　Heftiger Verdruß, bald darauf so schreckliche Schmerzen in dem und um das früher verletzte Auge, daß er Tag und Nacht Tobsuchtsanfälle bekam. 1691.　Heftige, anhaltende, Schlaf und Ruhe raubende, stechende und wund brennende Schmerzen im Mastdarm. 2000.　Der Schmerz ist messerstechend im Auge und macht den Pat. fast verrückt durch seine Heftigkeit. 2281.　Innere Ruhelosigkeit 2457.　So starke Afterschmerzen, daß sie glaubte, ihren Verstand zu verlieren. 2807.　Fast verrückt vor Afterschmerzen. 2812.　Bei Kopfschmerzen springt sie aus dem Bett und rennt wie verrückt von Zimmer zu Zimmer. 2888.　Wenn ich auf der Station herumlaufen muß, spüre ich das Kopfweh nicht so. Wenn ich dann einen Moment ausruhe, merke ich es ziemlich stark. 3607.

15　Unruhige Beine. Unruhiges Gesicht. Unaufhörliche Bewegungen.

Stampft (strampelt) im Schlafe mit den Füßen. 654.　Bewegt den Mund im Schlafe, als wenn er äße. 655.　Sie bewegt im Schlafe die Muskeln des offenen Mundes nach allen Richtungen, fast convulsiv, wobei sie mit den Händen einwärts zuckt. 656.　Unruhige Füße, muß sie ruckweise bewegen. 2787.　Unaufhörliche Bewegungen, schlägt die zitternden und zuckenden Beine übereinander und wieder zurück. 3028.　Angestrengter Gesichtsausdruck bei Kindern bis hin zu Grimassieren beim Sprechen oder sogar Artikulationsstörungen. 3072.

16　Unruhe wenn sie gestört wird.

Ganz ruhig ist sie nur zu nennen, wenn sie völlig ungestört ihren Ideen nachhängend daliegen und sie unaufhörlich in einem klagenden Tone aussprechen kann. Wird sie darin durch die geringste Veranlassung gestört, bricht die höchste Unruhe wieder aus. 1374.　Unruhe, jede Kleinigkeit regt sie auf, hastig. 3430.　Unruhe nicht körperlich, sondern nervlich, wenn der Bus über eine Unebenheit fährt, kippe ich sofort in eine Migräne hinein, dann ist der ganze Kreislauf durcheinandergekommen. 3507.

17 Aufgeregt. Nervös. Kribbelig. Wie aufgedreht.
Allgemeine Schwäche und Nervosität. 2025.   Nervosität und häufiges Herzklopfen (Gesichtsschmerz). 2196.   Anfälle mit nervöser Reizbarkeit. 2429.   Wurde nervös und hysterisch durch den dauernden Stuhldrang. 2675.   Sensitive, leicht erregbare Frauen, mildes Temperament, fassen schnell auf und handeln schnell. 2923.   Sehr erregbar, entweder freudig erregt oder tief niedergeschlagen. 3073.   Begeht Fehlhandlungen, regt sich leicht auf, bekommt Wutanfälle. 3270.   Schnell aufgeregt. 3395.   Ich bin so nervös und unruhig, das fängt schon eine Woche vor der Regel an. 3506.   Ein bißchen nervös, kribbeliger vor der Periode. 3651.   Ich fühle mich so hochgedreht, der Magen ist nervös, der Herzschlag, alles wie aufgedreht. 3671.

18 Delirante oder hysterische Handlungen.
Schäkerei, Kinderpossen. 774.   Sie sucht ans Fenster zu kommen, will hinunterspringen, fortlaufen, ins Wasser gehen, gütliches Zureden macht garkeinen Eindruck. 1372.   Durch Schreien, Schlagen, Zerreißen dessen, was ihr zunächst ist, sucht sie sich zu widersetzen, indem sie unaufhörlich ruft: sie vernachlässige ihre Pflicht, breche ihren Eid. 1375.   Heftiger Verdruß, bald darauf so schreckliche Schmerzen in dem und um das früher verletzte Auge, daß er Tag und Nacht Tobuschtsanfälle bekam. 1691.   Manchmal rasendes Delirium (Augenschmerz). 2191.   Im Fieber, besonders nachts, wird sie somnambulistisch. 2221.   Hysterische Anfälle nach Sturz auf der Eisbahn während der Menarche. 2560.   Wurde nervös und hysterisch durch den dauernden Stuhldrang. 2675.   Stieß laut mit einem dicken Stock auf wenn sie nachts hin und her lief. 2688.   Als ihr Mann blinddarmoperiert wurde, machte sie sich solche Sorgen und Kummer, daß sie hysterisch bis zur Geisteskrankheit wurde. 2695.   Sie wußte, daß sie verrückt werden würde, hatte schon Selbstmordversuche gemacht. 2720.   Nach Kopftrauma kindische, närrische Ideen und Aktionen. 2773.   Riß sich die Kleidung ab, warf die Bettdecke weg. 2831.   Defäkiert im Wohnzimmer. 2879.   Drapiert einen Fetzen wie eine Girlande um ihren Kopf. 2881.   Bei Kopfschmerzen springt sie aus dem Bett und rennt wie verrückt von Zimmer zu Zimmer. 2888.   Sie versuchte, in der Nacht aus dem Fenster zu springen. 2890.   Zuweilen Verzweiflungsanfälle mit Selbstmordgedanken. 2901.   Zerriß ihre Kleider, legte ihre Hände auf den heißen Ofen um die Sünde auszubrennen. 3043.   Verweigerte Nahrung. 3044.   Hysterische Verrücktheit, nach einer Ruhepause oder am nächsten Morgen ist alles vorbei. 3057.   Angst einen Mord begehen zu werden, Gefühl von Dualität, vor allem wenn sie extrem glücklich ist. 3113.   Begeht Fehlhandlungen, regt sich leicht auf, bekommt Wutanfälle. 3270.   Drohte, sich das Leben zu nehmen. 3272.

19 Lach- und Weinkrämpfe.
Lach- und Schreikrämpfe. 1571.   Ohne alle Veranlassung Lach- und Weinkrampf. 1732.   Bei der Rückkehr ihres totgeglaubten Gatten Kopfkongestion, klopfende Schläfen, lautes hysterisches Lachen, danach krampfhaftes Weinen. 2330.   Schreikrämpfe, abwechselnd mit Weinkrämpfen, als sie vom sittlichen Verstoß ihrer Tochter erfuhr. 2852.   Große Mattigkeit mit zeitweiligen Ohnmachtsanfällen und Weinkrämpfen besonders vormittags. 2896.   Krampfhaftes Lachen aus Kummer. 2931.   Beim Erzählen weint die Pat., zwischendurch nervöse Lachanfälle, für die sie sich entschuldigt. 3252.   Heftige Anfälle von Weinen und Schluchzen, daß ihr das Herz zittert. 3328.

20 Weint und schreit vor Schmerzen.
Ungeheurer Schmerz an der linken Seite der Stirn über den Augenbrauen, der sich nach derselben Seite hinzog, in so hohem Grade, daß sie wie ein unbändiges Kind weinte und jammerte, und Tag und Nacht davon gefoltert wurde. 1170.   In der Gegend des linken Stirnhügels ein kleines rundes Fleckchen, das bei der geringsten Berührung so schmerzend war, daß sie laut aufschrie und ihr Tränen aus den Augen liefen. 1172.   In Kopfschmerzzeiten sehr reizbar, empfindlich und zum Weinen geneigt. 2109.   Mitunter so schmerzhaftes krampfhaftes Zucken in der linken Gesichtsseite, daß sie

GEISTES- UND GEMÜTSZUSTAND / Erregung, Unruhe, Angst

weinen und mitleiderregende Schreie ausstoßen muß. 2486.   Jedesmal vor Eintritt der Regel unter dem rechten Stirnhöcker ein so furchtbarer Schmerz, daß sie sich ins Bett legen mußte und sich durch lautes Schreien und Stöhnen zu helfen glaubte. 2497.   Sobald sie erwacht, schreit sie, sie schreit nur dann nicht, wenn sie schläft. 2544.

21 Ängstliches Weinen. Schreien vor Angst.
Hitze der Hände, mit Schauder über den Körper und einer in Weinen ausartenden Ängstlichkeit. 710.   Wenn der Anfall kommt, wird sie sehr ängstlich, so daß sie um Hilfe zu schreien gezwungen ist, und doch bringt sie nichts als einen kreischenden Ton hervor. 1290.   Heftiges Weinen mit starkem Tränenstrom vor jedem Anfall von Brustbeklemmung. 1316.   Es wird ihm warm im Kopf, er wird im Gesicht rot, es wird ihm drehend, die Beine fangen an zu zittern, es bricht Schweiß hervor, er fängt an zu schreien, der Atem wird kürzer. 1386.   Infolge einer heftigen Gemütsaufregung Anfälle von Angst und unwiderstehlicher Neigung zum Weinen. 2095.   Bei Hysterischen, wenn sie in einen angstvollen Zustand geraten, in dem sie um Hilfe schreien, mit erstickender Zusammenschnürung des Halses, schwierigem Hinunterschlucken und der Anfall mit einem tiefen Seufzer endet. 2179.   Kind wacht stets 23 Uhr auf und schreit, seit Krankenhausaufenthalt. 3274.

22 Schreien in Bewußtlosigkeit. Unwillkürliches Schreien und Weinen.
Klagende Schreie, gefolgt von Ohnmacht und momentanem Bewußtseinsverlust. 1582.   Zehn Minuten nach der Entbindung bekam sie ohne Grund einen Lachanfall und verlor das Bewußtsein. 2182.   Cholera infantum, blaß, kalt, starrer Blick, gelegentliche Schreie, Speisenerbrechen. 2225.   Liegt mit halbgeschlossenen Augen ganz apathisch da, um 14 Uhr unter plötzlichem, heftigem Aufschreien Konvulsionen der Gesichtsmuskeln. 2300.   Herzzerreißende Schreie, wenn sie durch die Straßen ging. 2687.

23 Blick irre.
Aussehen rot, der Blick irre. 1703.   Aussehen verfallen und welk, die Augen ließen Irrsinn erkennen. 1811.   Leerer, wandernder Blick, unaufhörliche Angst. 2409.

24 Angst, als hätte man etwas Böses begangen. Schuldgefühl.
Angst als wenn man etwas Böses begangen hätte. 750.   Anfallsweise zweimal täglich Angst, Unruhe, als habe sie etwas Böses getan oder ein großes Unglück zu erwarten, kann sich nur mühsam des Weinens enthalten. 1996.   Schuldgefühl, weiß nicht gegen was. 3319.   Glaubt, daß ihr Mann durch ihre Nachlässigkeit ums Leben gekommen ist. Tagsüber sind diese quälenden Gedanken durch Beschäftigung zu ertragen, nachts nicht. 3326.

25 Befürchtet Krankheit. Macht sich Sorgen. Angst, verrückt zu werden.
Sie befürchtet, ein Magengeschwür zu bekommen. 759.   Furcht, etwas zu genießen, es möchte im Halse stecken bleiben. 1120.   Mürrisch, grämlich, ärgerlich, unzufrieden, und wegen seiner Zukunft sehr besorgt. 1127.   Der Mann konnte erst sehr spät nach Hause kommen, sie konnte sich des Gedankens nicht entschlagen, daß er zu den Verunglückten gehöre. 1332.   Macht sich Sorgen über das Geschäft und ist melancholisch. 2245.   Unbeschreibliche Angst vor dem Wiedererscheinen des früher gehabten Rückenschmerzes. 2259.   Durch Geschäftssorgen unstetes Wesen, ängstlich, schlaflos, verzweifelt. 2439.   Das schönste Bild beginnender Phthisis stand vor den Augen der Kranken fertig, ab und zu quälender Hustenreiz. 2448.   Ängstliche Träume, Schreckhaftigkeit, Besorgnis, sie werde geisteskrank. 2454.   Oft meinte sie verrückt zu werden. 2509.   Sie wußte, daß sie verrückt werden würde, hatte schon Selbstmordversuche gemacht. 2720.   So starke Afterschmerzen, daß sie glaubte, ihren Verstand zu verlieren. 2807.   Anfallsweise depressiv und ängstlich, macht sich Sorgen. 2822.   Macht sich Sorgen über seinen Geisteszustand. 2855.   Hatte die Mutter bis zum Tode gepflegt. Angst, daß sie den Vater plötzlich tot vorfinden könnte. Angst, plötzlich allein da sein zu müssen. 3263.   Glaubte, ein ähnliches Halsleiden wie sein verstorbener Vater zu haben. 3324.   Bei den Kopfschmerzen habe ich immer ein bißchen Angst, ob es nicht einen

Erregung, Unruhe, Angst / GEISTES- UND GEMÜTSZUSTAND

Tumor geben könnte. 3597. Horror vor dem nächsten Tag oder vor Schwierigkeiten mit der Tochter oder vor dem Einkaufen. 3677.

26 Aufschrecken im Schlaf, ohne äußere Veranlassung.
Schreckt im Schlafe jähling auf. 664. Schreckhafte Erschütterungen, wenn er einschlafen will, wegen monströser Phantasien. 667. Schreckhafte Erschütterung, früh, beim Erwachen aus einem so leichten Schlafe, worin sie jeden Glockenschlag hört. 669. Schlief bald nach dem Anfalle wieder ein, wobei er öfters zusammenfuhr. 1075. Wenn er einschlafen will, erschrickt er. 1105. Seit mehreren Nächten durchaus kein Schlaf, will sie einschlafen, so schreckt sie auf und die Glieder zucken. 1307. Nächte teils schlaflos, teils unangenehmer, durch öfteres Aufschrecken unterbrochener Halbschlaf. 1948. Unruhiger Schlaf, Aufschrecken im Schlaf, viele Träume. 2339. Erwacht nachts wie von einem Schreck. 2727. Aufschrecken im Schlaf, oder tiefer Schlaf mit Schnarchen. 3024. Schreckt mehrfach nachts auf. 3297. Erschrickt leicht und stark. Zusammenfahren. Aufschrecken im Schlaf. 3366. Aufschrecken beim Einschlafen. 3477. Aufschrecken nachts beim Einschlafen. 3631.

27 Unbestimmte heftige Angst. Angstanfälle.
Äußerste Angst, welche das Reden verhindert. 754. Gramvolle Verzweiflung und Angst. 2135. Leerer, wandernder Blick, unaufhörliche Angst. 2409. Folgt der Mutter und hält sich an ihrer Schürze fest, geht nie zum Vater. Der Vater hat die Mutter während der Schwangerschaft erschreckt. 2545. Die Angst, daß etwas unangenehmes passieren könnte, kann soweit gehen, daß sie nichts mehr aus eigener Initiative tun wollen. 3077. Angst, kann nicht sagen wovor und aus welchen Anlässen. 3318. Keine Angst vor etwas, Lebensangst, Todesangst, Angst, daß ich tot umfalle. 3576.

28 Angst vor Dunkelheit, Dieben, Gegenständen, Alleinsein, Gewitter.
Beim Wachen, nach Mitternacht, Furcht vor Dieben. 761. Fürchtet sich vor jeder Kleinigkeit, vorzüglich vor sich ihm nahenden Gegenständen. 763. Sehr furchtsam, er wagt es nicht, im Dunkeln allein zu bleiben. 1661. Angst vor dem Alleinsein, sehr ängstlich nachts. 2413. Ängstlich, fürchtet Hunde, Tramps und Dunkelheit. Erschrickt leicht. 2663. Fürchtet daß jemand in der Dunkelheit hinter ihr her kommen und Hand an sie legen könnte. 2665. Angst vor dem Alleinsein, läuft dann zitternd umher. 3062. Angst vor dem allein Ausgehen. 3078. Gewitterangst. 3191. Unruhe, Ängste, Depressionen stärker bei Einbruch der Dunkelheit. 3334. Ist nicht gern in fensterlosen Räumen. 3386. Angst, es kommt alles auf mich herein, in einem Raum wo viele Leute sind. 3439. Angst beim Alleinsein. 3440.

29 Körperliche Ängstlichkeit.
Nach dem Frühstücken steigt eine Art Ängstlichkeit aus dem Unterleibe in die Höhe. 233. Ängstliches Nottun zum Stuhle. 359. Beim Gehen im Freien, eine Schwere in den Füßen, mit Ängstlichkeit, was sich in der Stube verlor, wogegen aber Mißmut eintrat. 626. Die Nacht allgemeine ängstliche Hitze mit geringem Schweiße um die Nase herum. 683. Nach dem Essen Frost und Schüttelschauder; nachts Ängstlichkeit und Schweiß. 712. Gefühl, als wenn Schweiß ausbrechen wollte (ängstliches Gefühl von fliegender Hitze). 727. Ängstlichkeit von kurzer Dauer. 751. Ängstlichkeit. 752. Bei der Anschwellung der Magengegend kurzatmig und ängstlich zu Mute. 1328. Große Ängstlichkeit und Kopfweh besonders in Nacken und Schläfen. 1750. Nach dem Essen Zittern und eine Art Angst im Magen, bisweilen mit Übelkeit. 1877. Nervöse Hypersensibilität, Gähnen, Seufzen, Angstzustände, alles schlimmer durch den geringsten Widerspruch. 3130. Ganz starker Druck hier im Hals, innerlich, es tut nicht weh, Engegefühl, es macht einen richtig nervös. 3421. Angst: Teilweise ist es einfach, daß ich einen Kloß im Hals habe. 3676.

30 Herzangst.
Gefühl von Angst und Beklemmung der Brust weckt ihn nachts 12 Uhr aus dem Schlafe. 468. Hef-

GEISTES- UND GEMÜTSZUSTAND / Erregung, Unruhe, Angst

tige Angst um die Herzgrube, mit Schwindel, Ohmacht und sehr kalten Schweißen. 732. Zittern und Convulsionen mit Herzensangst, Schwindel, Ohnmachten und kalten Schweißen. 802. Gegen 24 Uhr weckte ihn ein Gefühl von Angst und Beklemmung der Brust aus dem Schlafe. 826. Während des Kopfwehs viel Durst, Übelkeit, Herzklopfen mit Angst, viel Gähnen und Frost mit Zähneklappern. 1669. Gegen Abend in der Kirche Zusammenziehen am Herzen, darauf Herzklopfen, dabei Angst. 1971. Bei Angstanfällen Brustbeklemmung, häufiges Seufzen. 2098. Während des Monatlichen Lichtscheu, zusammenziehende Kolik, Angst und Herzklopfen, Mattigkeit und Ohnmacht. 2162. Am Morgen nach einem warmen Bad erwachte sie sehr kurzatmig und bekam sofort Angst. 2512. Angst um das Herz, die in die Brust aufsteigt. 2680. Gefühl von Bedrängung im Herzen, wie zusammengepreßt von einer Hand, unter Luftmangel und furchtbarem Angstgefühl. 2853. Herzschmerzen mit Kälte und Angst. 3127. Ständig Angstgefühl, Herzklopfen. 3169. Angst daß sie es mit dem Herzen hat abends im Bett. 3382.

31 Unbehaglichkeit.
Unbehaglichkeit früh nach dem Aufstehen. 629. Häufig Unbehagen und Mattigkeit. 1887. Das Fieber begann mit Unwohlsein. 1936. Klagt, der Ehemann sei bis spätabends beschäftigt, sie säße immer allein. 3289.

GEISTES- und GEMÜTSZUSTAND Denkfähigkeit, Bewußtsein, Wahn.

1 **Die Gedanken eilen dem Sprechen voraus, hat deshalb Schwierigkeiten im sprachlichen Ausdruck und im Handeln. Fragt etwas und wartet nicht auf die Antwort.**
Äußerste Angst, welche das Reden verhindert. 754. Nach Anstrengung des Kopfes, vorzüglich früh, eine Voreiligkeit des Willens; kann nicht so geschwind im Reden sich ausdrücken, schreiben, oder sonst etwas verrichten, als er will; wodurch ein ängstliches Benehmen, ein Verreden, Verschreiben und ungeschicktes, immer Verbesserung bedürfendes Handeln entsteht. 755. Fragt etwas und wartet nicht auf die Antwort. 3058.

2 **Denken und Sprechen fällt schwer. Kann einen Gedanken nicht festhalten. Kann nicht ausdauernd über ein Thema nachdenken. Benommenheit erschwert das Denken und Sprechen. Kann sich nicht konzentrieren. Hat keinen Überblick mehr.**
Denken und Sprechen fällt ihm schwer, gegen Abend. 4. Er ist nicht im Stande, die Gedanken auf Augenblicke festzuhalten. 5. Benommenheit des Kopfes mit Schmerzen in der rechten Seite desselben, besonders im Hinterkopfe, das Denken und Sprechen erschwerend. 23. Rauschähnliche Benommenheit des Kopfes, den ganzen Tag andauernd, und mehrmals in wirkliche drückende Schmerzen der Stirne und besonders der rechten Hälfte derselben übergehend und das Denken sehr erschwerend. 26. Abspannung und Laßheit nach dem Mittagessen; er fühlte sich zu seinen gewöhnlichen Arbeiten unfähig und schlief über alle Gewohnheit über denselben ein. 628. Rauschähnliche Benommenheit des Kopfes, welche den ganzen Tag hindurch continuierte und mehrmals in wirkliche drückende Schmerzen der Stirne und besonders der rechten Hälfte derselben überging, auch das Denken sehr erschwerte. 810. Schwindel. Daher vermochte er auch kaum, einen Gedanken auf einen Augenblick festzuhalten. 812a. Er fühlte sich zu seinen gewöhnlichen Arbeiten unfähig und schlief wider alle Gewohnheit über denselben ein. 827b. Gegen 9 Uhr erschien Benommenheit des Kopfes, wozu sich Schmerzen in der rechten Seite desselben, besonders im Hinterkopfe, weniger dagegen in der Stirne mischten. Beide Symptome erschwerten nicht allein das Denken, sondern sogar auch das Sprechen. 828. Er fühlte sich zu jeder Beschäftigung unaufgelegt, wußte kaum wie er den Schlaf abwehren sollte, und noch gegen Abend fiel ihm Denken und Sprechen schwer. 830. Das

Sprechen wird ihr sehr sauer. 1263.   Nach heftigem Ärger, Schwindel, bohrendes Kopfweh, eine solche Gedankenschwäche, daß er den Verstand zu verlieren glaubt. 1272.   Gedanken- und Gedächtnisschwäche, besonders nach heftigem inneren Ärger. 1433.   Wegen Kopfschmerzen kann sie nicht gut sehen, es ist ihr, als wäre der Verstand benommen. 1892.   Gedächtnisverlust und Verwirrung in Bezug auf Zeit, Ort und die Leute im Haus. 2415.   Traumatische Epilepsie, als Aura Melancholie, Schweregefühl des Kopfes, Aphasie. 2430.   Kann nicht ausdauernd über ein Thema nachdenken. 2778.   Alles bricht zusammen über mir. Ich habe einfach keinen Überblick mehr. Gefühl, ich schaffe das nicht mehr, alles steht wie ein Berg vor mir. 3604.   Die Benommenheit ist einfach so, daß man sich nicht richtig konzentrieren kann. Es kann ein leichtes Schwindelgefühl dabei sein. 3652.

3 Versteht die Fragen nicht. Sieht die Worte beim Lesen, kann aber den Sinn nicht auffassen. Nach Aufregung kann er nichts aufnehmen.
Sie verstand keine der Fragen, die ihr gestellt wurden. 1901.   Manchmal scheint sich der Bauchschmerz das Rückgrat hinauf zum Kopf zu erstrecken, er fühlt sich dann sehr seltsam, weiß kaum was los ist und fürchtet zu fallen. 2267.   Wenn die Sehstörungen nachlassen, sieht er zwar die Worte beim Lesen, er kann aber keinen Sinn mit ihnen verbinden. 2549.   Nach jeder Aufregung kann es nicht weiterarbeiten, kann nichts aufnehmen und sich nicht erinnern. 3075.

4 Kann seine Gedanken nicht ausdrücken. Kann seine Beschwerden nicht beschreiben. Wiederholt immer den ersten Buchstaben.
Der Kranke weiß seine Beschwerden bei dem größten Unwohlsein nicht deutlich zu beschreiben, er weiß nicht, was und wo es ihm fehlt. 1402.   Heftige Rücken- und Gliederschmerzen, die Patient gewöhnlich nicht beschreiben kann. 1421.   Auf Frage nach Schmerzen: Sie befände sich wohl. 1706.   Unterbauchbeschwerden, schwer zu beschreibende Schmerzen. 1876.   Neigt dazu, den ersten Buchstaben zu wiederholen. 2757.   Sprechen schwierig, kann seine Gedanken nicht ausdrücken. Fängt deutsch an und spricht englisch weiter. 2856.   Es fällt mir wahnsinnig schwer, das alles in Worte zu fassen. 3577.   Kopfweh, das ist, wie wenn die Nerven da, ich weiß nicht, wie ich es ausdrücken soll. 3598.   Halsschmerzen, beim Schlucken eigentlich weniger, ich kann das garnicht richtig beschreiben. 3610.

5 Plötzliche Gedächtnisschwäche nach Ärger. Kommt mit Zeit, Ort und Personen durcheinander. Vergißt, wo er etwas hingetan hat, was er tun wollte.
Schwaches, trügliches Gedächtnis. 3.   Gedanken- und Gedächtnisschwäche, besonders nach heftigem inneren Ärger. 1433.   Nach dem Anfall schlug sie die Augen auf, schien wie aus dem Schlafe zu erwachen und hatte keine Erinnerung an das während des Anfalls Geschehene. 1848.   Sehr schlechtes Gedächtnis, Intellekt äußerst abgestumpft. 1907.   Sehr große Gedächtnisschwäche, vergißt alles außer Träumen. 2335.   Gedächtnisverlust und Verwirrung in Bezug auf Zeit, Ort und die Leute im Haus. 2415.   Vergißt, wo er seine Sachen hingetan hat, was er tun wollte. 2859.   Gedächtnis gestört, alles, was sie konnte, hat sie vergessen, ihre Musik, ihre Regeln, ihre Arbeitsmethoden. 3056.   Nach jeder Aufregung kann es nicht weiterarbeiten, kann nichts aufnehmen und sich nicht erinnern. 3075.

6 Sehr klares Bewußtsein. Kopf sehr frei.
Zärtliches Gemüt, mit sehr klarem Bewußtsein. 793.   Auf Frage nach Schmerzen: Sie befände sich wohl. 1706.   Während eines intensiven Gesprächs habe ich plötzlich ein schwer zu beschreibendes Gefühl gehabt: Das Gefühl, als sei der Kopf frei, hat sich verschärft, als hätte man zu viel Kaffee getrunken. 3570.   Freiheitsgefühl im Kopf, dazu kamen ziemlich starke Angstzustände und eine unwahrscheinliche Unruhe, ich konnte nirgens sitzenbleiben. 3571.   Ich habe das Gefühl, daß alles im Kopf abläuft. 3575.

7 Faßt schnell auf und handelt schnell. Sehr gebildet. Frühreif, hochentwickelter

GEISTES- UND GEMÜTSZUSTAND / Denkfähigkeit, Bewußtsein, Wahn

Intellekt. Sehr ehrgeizig in der Schule.
Sensitive, leicht erregbare Frauen, mildes Temperament, fassen schnell auf und handeln schnell. 2923. Zart, sensitiv, sehr gebildet, überkandidelt. 3049. Empfindliches, frühreifes Kind mit hochentwickeltem Intellekt, das in der Schule viel leistet und zu noch höheren Leistungen getrieben wird. 3069. Angestrengter Gesichtsausdruck bei Kindern bis hin zu Grimassieren beim Sprechen oder sogar Artikulationsstörungen. 3072. Macht sich selbst Vorwürfe wegen der schlechter werdenden Schulleistungen, glaubt, daß sie sich nicht genügend anstrengt. 3082. Ich muß manchmal aufstoßen, ich versuche, das zu unterdrücken, weil ich weiß, daß es nervös bedingt ist. 3680.

8 Wie in tiefen Gedanken brütend, in Wirklichkeit aber gedankenlos. Nimmt kaum etwas wahr. Wie im Schlummer. Wird plötzlich starr.
Ist wie im Schlummer; es verdrießt ihn, die Augen zum Sehen, und den Mund zum Reden zu öffnen, bei leisem, langsamem Atmen. 784. Sitzt, dem Ansehen nach, in tiefen Gedanken, und sieht starr vor sich hin, ist aber völlig gedankenlos dabei. 789. In und außer den Fieberanfällen, wider seine Gewohnheit, äußerst wortkarg und immer vor sich hin dusselnd. 1092. Sitzt oder liegt er dem Anscheine nach in Gedanken da, und redet man ihn an, so fährt er zusammen und erschrickt. 1093. Sie liegt wie im Schlummer, ist betäubt, und kann sich kaum ermuntern. 1159. Der Schreck und die Angst erzeugten einen Anfall von Starrkrampf, so daß Patientin eine Stunde lang regungslos am Fenster stand und weder zu sehen noch zu hören schien. 1333. Kam sich wie im Traum vor. 1796. Die Anfälle befielen sie oft mitten im Gespräche, selbst mitten im Worte. Sie hielt plötzlich inne, schloß die Augen, sank auf die Kissen und war starr wie ein Block Holz. 1841. Gewöhnlich blieb sie den ganzen Tag sitzen, in tiefer Melancholie, nahm kaum etwas wahr, manchmal ging sie aus, arbeitete aber nie. 1903. Häufiges Speichelspucken, das sie nicht zu bemerken schien. 1906. Geneigt, über Unannehmlichkeiten zu brüten, die oft nur eingebildet sind. 2139.

9 Benommenheit wird zu Kopfschmerz. Kopfschmerz schwächt Besinnung. Gefühl wie betrunken. Kein klarer Kopf im Stehen.
Düsterheit und Eingenommenheit des Kopfes. 12. Trunkenheit. 13. Eine fremde Empfindung im Kopfe, eine Art Trunkenheit, wie von Branntwein, mit Brennen in den Augen. 14. Benommenheit des Kopfes, welche sich in drückenden Schmerz im Scheitel umwandelte. 24. Eingenommenheit des Kopfes, früh beim Erwachen, in wirklich drückenden Kopfschmerz sich verwandelnd. 27. Unter dem linken Stirnhügel ein betäubendes, absetzendes Drücken. 54. Bier steigt leicht in den Kopf und macht trunken. 190. Stumpfsinnigkeit, mit Neigung zur Eile; beim Eilen steigt ihm das Blut ins Gesicht. 757. Nicht unbedeutende Benommenheit des ganzen Kopfes, als nach einer einstündigen Dauer der Kopf wieder freier wurde, vermehrte sich der Schmerz in der rechten Hälfte des Hinterhauptes. 808. Rauschähnliche Benommenheit des Kopfes, welche den ganzen Tag hindurch continuierte und mehrmals in wirkliche drückende Schmerzen der Stirne und besonders der rechten Hälfte derselben überging, auch das Denken sehr erschwerte. 810. Die Eingenommenheit des Kopfes fand sich nach einer ruhig durchschlafenen Nacht wieder ein, verwandelte sich aber bald in wirklichen drückenden Kopfschmerz. 810a. Gegen 20 Uhr Schwere und Eingenommenheit des Kopfes. 815. Gegen 10 Uhr zeigte sich eine leichte Benommenheit im ganzen Kopfe, ziemlich ähnlich derjenigen, welche einem Schnupfen vorauszugehen pflegt. Sie wurde von einem leichten Drucke in der rechten Stirngegend begleitet. 827. Der Kopf war von 9 bis 12 Uhr auf eine lästige Weise benommen, wozu sich noch stechende Schmerzen in der ganzen Stirne und im rechten Hinterkopfe gesellten. 827a. Benommenheit des Kopfes, welche sich 21 Uhr in drückenden Schmerz im Scheitel verwandelte. 837. Eingenommenheit des Kopfes, wie ein starkes Drücken, vorzüglich in der rechten Stirngegend. 1044. Kopfweh, welches die Besinnung schwächt. 1181. Morgens Kopfweh und etwas benommen. 2130. Heftige kongestive Kopfschmerzen mit Benommenheit. 2898. Leicht bedusselt, einfach keinen klaren Kopf, als ob man am Abend getrunken hätte, so ein Katerkopfschmerz. 3653. Migräne, das Gefühl von Benommenheit ist dauernd da, es wird anfallsweise stärker mit Erbrechen. 3654. Benommenheit und Übelkeit im Stehen noch mehr, wenn ich hinkniee und mit meinem Sohn spiele, habe ich das Gefühl, daß der Kopf besser

durchblutet ist, die Übelkeit ist dann auch besser. 3656.

10 Wüstheit im Kopf. Gefühl im Scheitel, das den Geist angreift. Getümmel im Kopf. Kopf verwirrt.
Wüstheit im Kopfe, früh nach dem Aufstehen. 11.   Nach dem Husten verschwanden die Sehstörungen, der Kopf blieb verwirrt und die Schläfen klopften weiter. 1758.   Stirnkopfschmerz mit einem Gefühl im Scheitel, das seinen Geist angreift. 2269.   Pat. fürchtet, daß sein Verstand angegriffen werden könnte wenn der Kopfschmerz noch länger dauert. 2289.   Schreckliches Getümmel in seinem Kopf. 3119.

11 Betroffen. Verdutzt. Verblüfft. Als wenn er einen großen Schrecken erlebt hätte. Als wenn er aus dem Schlaf erwacht.
Geht ganz betroffen, verdutzt, verblüfft einher. 753.   Nach den Anfällen ist sie wie jemand der gerade einen großen Schrecken erlebt hat. 1590.   Nach dem Anfall schlug sie die Augen auf, schien wie aus dem Schlafe zu erwachen und hatte keine Erinnerung an das während des Anfalls Geschehene. 1848.

12 Ohnmacht.
Beim Aufstehen aus dem Bette matt bis zur Ohnmacht mit Schwindel, Ohrenbrausen und kaltem, allgemeinem Schweiße, es wurde im Sitzen besser. 1003.   Vor und während der Regel Frösteln abwechselnd mit Hitze, Ängstlichkeit, Herzklopfen, ohnmachtähnliche Mattigkeit im ganzen Körper, besonders den Extremitäten. 1179.   Der Kopfschmerz wird so heftig, daß sie ohnmächtig wird, jeder starke Ton, starkes Reden, schon jeder hörbare Fußtritt ist ihr zuwider. 1184.   Sie verliert das halbe Bewußtsein, und wenn man sie nicht hielte, würde sie zusammenstürzen. 1292.   Engigkeit in der Herzgrube nicht selten bis zur Ohnmacht erhöht, mit verschlossenen Augen scheint der Atem ganz still zu stehen. 1416.   Klagende Schreie, gefolgt von Ohnmacht und momentanem Bewußtseinsverlust. 1582.   Der Arm begann zu zittern und sie fiel in Ohnmacht. 1600.   Der geringste Schmerz verursacht Ohnmacht. 1673.   Häufige Ohnmachten. 1686.   Nach einer Schreckensnachricht Anfälle von Ohnmacht, abwechselnd mit Starrkrampf und Zittern des ganzen Körpers. 1700.   Während des Monatlichen Lichtscheu, zusammenziehende Kolik, Angst und Herzklopfen, Mattigkeit und Ohnmacht. 2162.   Ohnmacht. 2177.   Ohnmachtsanfall frühmorgens gleich nach dem Aufstehen, wobei sie totenbleich und bewußtlos gewesen und leise gezittert und gezuckt haben soll. 2489.   Nach der Ohnmacht war sie nicht mehr im Stande, die intentionierten gewöhnlichen Bewegungen glatt auszuführen. 2490.   Beim Versuche, aufzustehen und aufzudauern erneuter Ohnmachtsanfall. 2492.   Heftige Konvulsionen und Syncope nach jeder Periode. 2634.   Schreck macht Übelkeit und Ohnmächtigkeit. 2664.   Fiel beim Tod ihrer Schwester in Lethargie zu Boden. 2854.   Große Mattigkeit mit zeitweiligen Ohnmachtsanfällen und Weinkrämpfen besonders vormittags. 2896.   Ohnmacht während des Schweißstadiums oder wenn die Hitze in Schweiß übergeht. 3010.   Ohnmachtsanfälle. 3061.   Als der Vater sie strafen wollte, verdrehte sie die Augen und wurde ohnmächtig. 3165.   Gelegentlich bei Magenschmerzen Synkope mit Schweiß. 3313.   Ohnmacht, wenn das Migräneerbrechen zu quälend wird. 3456.

13 Bewußtlosigkeit.
Das Bewußtsein schwindet immer wieder. 1034.   Epileptischer Anfall, ohne Bewußtsein. 1070.   Anfänglich bricht sie noch bei völliger Besinnung, diese nimmt aber bei jedesmaligem Erbrechen ab und endlich deliriert sie unaufhörlich. Die Brechperiode hält 4-5, die der Delirien 2-3 Stunden an. 1367.   Es zieht ihm in den Kopf, die Sinne schwinden ihm, er fängt an zu phantasieren (Epilepsie). 1388.   Kommt ihm die Epilepsie in den Kopf, schwinden ihm die Sinne, kommt es in die Beine, behält er die Besinnung. 1390.   Katalepsie, ohne Bewußtsein, Verdrehen der Augen. 1714.   Epilepsie, wurde besinnungslos, fiel vom Stuhle. 1788.   Konvulsionen mit Bewußtlosigkeit. 1826.   Epilepsie zuweilen mit Trübung des Bewußtseins. 2036.   Zehn Minuten nach der Entbindung bekam sie ohne Grund einen Lachanfall und verlor das Bewußtsein. 2182.   Schläft stehend ein und

GEISTES- UND GEMÜTSZUSTAND / Denkfähigkeit, Bewußtsein, Wahn

fällt um, liegt stundenlang bewußtlos, fängt dann an zu krampfen. 2295.   Vollständige Bewußtlosigkeit, Verdrehen der Augäpfel und Schaum vor dem Mund. 2305.   Epileptische Anfälle mit Niederstürzen, Bewußtlosigkeit. 2370.   Plötzliche und häufige Konvulsionen, zwischen den Anfällen kehrt das Bewußtsein nicht wieder, zusammengebissene Zähne. 2420.   Epilepsie, wenn die Krämpfe die Beine betrafen, blieb das Bewußtsein erhalten, wenn den Kopf, tobte er. 2536.

14 Schuldillusionen. Gefühl, als habe sie etwas Böses getan. Glaubt ihre Pflicht zu vernachlässigen. Hat Sünden begangen. Der Ehemann ist durch ihre Schuld gestorben.
Durch Schreien, Schlagen, Zerreißen dessen, was ihr zunächst ist, sucht sie sich zu widersetzen, indem sie unaufhörlich ruft: sie vernachlässige ihre Pflicht, breche ihren Eid. 1375.   Sie plagte ihren Gatten mit unbegründeter Eifersucht und sich selbst mit religiösen Skrupeln. 1809.   Seit dem Karfreitag wurde sie gemütskrank, verlor sich in Selbstpeinigungen und Zweifel über ihr Seelenheil, rechnete sich jede Kleinigkeit zur Sünde. 1812.   Anfälle von Angst und Unruhe, als ob sie etwas Böses getan oder ein großes Unglück zu erwarten hätte. 1858.   Anfallsweise zweimal täglich Angst, Unruhe, als habe sie etwas Böses getan oder ein großes Unglück zu erwarten, kann sich nur mühsam des Weinens enthalten. 1996.   Möchte nicht lange leben. Hat das Gefühl, daß sie dem Teufel nachgibt, das kümmert sie nicht. 2777.   Schuldgefühl, weiß nicht gegen was. 3319.   Glaubt, daß ihr Mann durch ihre Nachlässigkeit ums Leben gekommen ist. Tagsüber sind diese quälenden Gedanken durch Beschäftigung zu ertragen, nachts nicht. 3326.

15 Sondert sich ab. Kommt nicht aus dem Zimmer. Empfängt nicht. Wechselt die Kleidung nicht. Kümmert sich nicht mehr um die Kinder.
Er bildet sich ein, er könne nicht fort, er könne nicht gehen. 758.   Sie weigert sich aus ihrem Zimmer zu kommen, bleibt immer im Halbdunkel, weint viel und kümmert sich um ihre Kinder garnicht mehr. 2562.   Hatte sich wochenlang geweigert die Kleidung zu wechseln oder Besuch zu empfangen. 2689.   Kein Interesse an der Arbeit, kümmert sich nicht darum, ob sie getan wird oder nicht, führt ihre Haushaltspflichten nur mechanisch aus, ohne darüber nachzudenken. 2774.   Weigert sich, die Kleidung zu wechseln, auch wenn sie sehr schmutzig ist. 2876.   Depressiv, unfähig unter Leute zu gehen oder ihren Haushalt zu besorgen. 3167.   Hat sich seit dem Tod des geliebten Großvaters plötzlich von der Umgebung abgesondert und freiwillig nicht die Wohnung verlassen. 3173.

16 Glaubt vergiftet zu werden, ermordet zu werden, beobachtet zu werden.
Furcht, etwas zu genießen, es möchte im Halse stecken bleiben. 1120.   Grenzenloses Mißtrauen gegen ihre nächsten Verwandten. 1807.   Sie fürchtete von den Ihrigen ermordet zu werden und konnte deshalb nachts nicht schlafen. Sie bezog jedes unschuldige Wort, jedes Geräusch auf diese fixe Idee. 1808.   Sie plagte ihren Gatten mit unbegründeter Eifersucht und sich selbst mit religiösen Skrupeln. 1809.   Verschmähte alle Nahrung, weil sie Gift darin vermutete. 1810.   Dauerndes Verlangen, andere Leute und die Fenster des gegenüberliegenden Hauses zu beobachten, glaubt daß alle anderen sie beobachten. 2775.   Verweigerte Nahrung. 3044.   Alles was man sagt wird von ihr verdreht. 3060.

17 Weiß, daß sie verrückt werden wird. Angst, daß sie einen Mord begehen wird.
Sie bildete sich dies und jenes ein, besonders, daß sie geisteskrank werden möchte. 1793.   Hustet seit 2 Wochen, kränkt sich dabei viel und glaubt die Lungensucht zu bekommen. 1834.   Ängstliche Träume, Schreckhaftigkeit, Besorgnis, sie werde geisteskrank. 2454.   Oft meinte sie verrückt zu werden. 2509.   Sie wußte, daß sie verrückt werden würde, hatte schon Selbstmordversuche gemacht. 2720.   So starke Afterschmerzen, daß sie glaubte, ihren Verstand zu verlieren. 2807.   Macht sich Sorgen über seinen Geisteszustand. 2855.   Angst einen Mord begehen zu werden, Gefühl von Dualität, vor allem wenn sie extrem glücklich ist. 3113.

18 Einbildungen. Fixe Ideen. Wahnideen. Illusionen. Melodien. Stimmen. Nicht anwesende Personen. Ereignisse. Hellsichtigkeit.
Er bildet sich ein, er könne nicht fort, er könne nicht gehen. 758.   Fixe Ideen, z. B. von Musik und Melodien, abends, vor und nach dem Niederlegen. 790.   Verwirrt in ihren Reflexionen, bezieht alles auf das schreckhafte Ereignis. 1704.   Visionen von bekannten Personen, mit denen sie sich im vertraulichen Gespräch unterhielt. 1847.   Sogar tagsüber hatte sie oft merkwürdige Visionen, z. B. einen Mann, der an der Decke aufgehängt war, Stimmen und Rufe von Leuten, die sich in ihrer Nähe unterhielten. 1905.   Geneigt, über Unannehmlichkeiten zu brüten, die oft nur eingebildet sind. 2139.   Furchtsamkeit: es ist ihr immer als trüge man ein Totes vor ihr herum. 2217.   Im Fieber, besonders nachts, wird sie somnambulistisch und beschreibt anschaulich das Innere ihres Gehirns oder sie sieht alles, was auf der Straße vor sich geht, erinnert sich aber beim Erwachen an nichts. 2221. Glaubt nicht selbst die Patientin zu sein, sondern daß jemand anderes die Medizin bekommt. 2434. Ruft laut den Namen ihrer verstorbenen Tochter. 2878.

19 Vernunftwidrige Wünsche. Verliebt sich unmöglich. Verlangt Unmögliches.
Verlangt unschickliche Dinge, und weint laut, wenn man sie ihm versagt. 775.   Vernunftwidriges Klagen über allzu starkes Geräusch. 778.   Eine Frau tut Dinge, die sie später bereut. Sie kann ihre Gefühle nicht beherrschen, sie verliebt sich in einen Menschen, den sie sonst verachten würde. 3050. Ein junges Mädchen verliebt sich in einen verheirateten Mann, liegt nächtelang wach, schluchzt und kann nur an ihn denken. 3051.   4jährige weiß nicht was sie will, hält die ganze Familie in Trab. 3164.

20 Delirieren. Phantasieren. Halbbewußtes Sprechen, gibt dabei Antwort und Auskunft.
Beim Erwachen steht sie plötzlich auf und redet etwas Ungereimtes, ehe sie sich besinnt. 674.   Es zieht ihm in den Kopf, die Sinne schwinden ihm, er fängt an zu phantasieren (Epilepsie). 1388. Gegen Abend um dieselbe Zeit repetierte das Delirium. 1736.   Starke, mit Delirium verbundene Hitze. 1772.   Hitze mit Delirium. 1804.   Während der Krämpfe sprachlos, nachher löste sich ihre Zunge zur bewußtlosen Gesprächigkeit. 1840.   Sie setzte sich im Bette auf und begann ungefragt ein Gespräch. Dabei hatte sie die Augen halb geschlossen, gab Antwort auf jede Frage und Auskunft über alles Vergangene. 1846.   Einige unzusammenhängende delirante Worte entringen sich den Lippen (Krampfanfall). 2187.   Manchmal rasendes Delirium (Augenschmerz). 2191. Während Zahnung Delirium. 2228.   Zuweilen spricht sie allerlei ungereimtes Zeug, dann wieder ganz vernünftig. 2464.   Frost so heftig, daß das Bett wackelt und der Pat. deliriert. 2646.   Selbstgespräche Tag und Nacht. 2877.

21 Wahnhandlungen: Aus dem Fenster springen. Sich verstecken. Schreien. Stockaufstoßen. Kleidung abreißen. Fortlaufen. Ins Wasser gehen. Sachen zerreißen. Defäkieren. Mit Fetzen drapieren. Hände verbrennen.
Sie sucht ans Fenster zu kommen, will hinunterspringen, fortlaufen, ins Wasser gehen, gütliches Zureden macht garkeinen Eindruck. 1372.   Durch Schreien, Schlagen, Zerreißen dessen, was ihr zunächst ist, sucht sie sich zu widersetzen, indem sie unaufhörlich ruft: sie vernachlässige ihre Pflicht, breche ihren Eid. 1375.   Versteckt sich unter dem Bett, schaut scheu darunter hervor. 2296. Durch Zerrüttung der Verhältnisse Melancholie mit Selbstmordgedanken und Neigung zum Entfliehen. 2458.   Herzzerreißende Schreie, wenn sie durch die Straßen ging. 2687.   Stieß laut mit einem dicken Stock auf wenn sie nachts hin und her lief. 2688.   Sie wußte, daß sie verrückt werden würde, hatte schon Selbstmordversuche gemacht. 2720.   Nach Kopftrauma kindische, närrische Ideen und Aktionen. 2773.   Riß sich die Kleidung ab, warf die Bettdecke weg. 2831. Defäkiert im Wohnzimmer. 2879.   Drapiert einen Fetzen wie eine Girlande um ihren Kopf. 2881. Sie versuchte, in der Nacht aus dem Fenster zu springen. 2890.   Zerriß ihre Kleider, legte ihre Hände auf den heißen Ofen um die Sünde auszubrennen. 3043.   Begeht Fehlhandlungen, regt sich leicht auf, bekommt Wutanfälle. 3270.   Drohte, sich das Leben zu nehmen. 3272.

GEISTES- und GEMÜTSZUSTAND   Modalitäten

1   Widerspruch. Kritik. Bestrafung. Verweigern. Sympathische Athmosphäre bessert.
Geringer Tadel oder Widerspruch erregt ihn bis zum Zanke, und er ärgert sich selbst dabei. 765.
Von geringem Widerspruche wird er aufgebracht und böse. 766.   Von geringem Widerspruche tritt ihm Röte ins Gesicht. 767.   Wenn man ihr, was sie will, nur gelind verweigert, oder viel auf sie hinein, obgleich mit gelinden gütigen Worten, redet, ihr viel zuredet, oder etwas anderes will, als sie, so weint sie laut. 776.   Sehr aufgeregter Zustand, sie hatte Furcht vor dem Tode, dem sie nicht entgehen zu können glaubte, weinte viel, und, wenn man sie durch Zureden beruhigt hatte, lachte sie über ihre Verzagtheit. 1303.   Wurde nach einer Schulzüchtigung plötzlich krank. 1597.   Der geringste Ärger, Bestraftwerden, jeder Zornausbruch verursacht einen intensiven, lanzinierenden Schmerz vom Nacken bis zum Sacrum. 1754.   Krämpfe der Kinder, wenn sie gleich nach Bestrafung ins Bett gelegt werden. 2197.   Nach Schreck und nach Widerspruch Krampfanfälle. 2294.
Der leichteste Widerspruch reizt. 2587.   Fühlt sich schlechter durch Wärme und im engen Raum, besser im Freien und in sympathischer Gesellschaft. 2842.   Bekommt Zuckungen an den Armen und Beinen, wenn man sie nicht gewähren lassen will. 2920.   Die leiseste Kritik macht ihn zornig, und das macht ihn wütend auf sich selbst. 2942.   Wenn Kinder getadelt und ins Bett geschickt werden, bekommen sie Übelkeit oder Konvulsionen im Schlaf. 2945.   Nach einem Tadel Chorea, verstärkt durch Gemütserregungen. 3027.   Nervöse Hypersensibilität, Gähnen, Seufzen, Angstzustände, alles schlimmer durch den geringsten Widerspruch. 3130.   Sehr empfindlich gegen Widerspruch und für die moralische Athmosphäre. 3139.   Als der Vater sie strafen wollte, verdrehte sie die Augen und wurde ohnmächtig. 3165.   Zornesausbrüche, wenn ihr etwas verweigert wird und beim geringsten Widerspruch. 3225.   Verträgt Widerspruch sehr schlecht. 3238.   Nach dem Tode der Mutter wurde ihm von der Schwester das Lachen verboten. 3281.   Kann Widerspruch nicht vertragen. Wird wütend, wenn er unterbrochen wird. Zornausbrüche wegen Kleinigkeiten. 3363.

2   Alleinsein bessert.
Liebt die Einsamkeit, mag nicht ausgehen. 1339.   Ganz ruhig ist sie nur zu nennen, wenn sie völlig ungestört ihren Ideen nachhängend daliegen und sie unaufhörlich in einem klagenden Tone aussprechen kann. Wird sie darin durch die geringste Veranlassung gestört, bricht die höchste Unruhe wieder aus. 1374.   Sie wünschen allein zu sein, seufzen und schluchzen, wollen sich nicht trösten lassen, sind gramerfüllt. 2136.   Große Neigung zu Einsamkeit und Verschlossenheit, überhaupt passiv zu sein. 2138.   Sitzt ruhig mit leerem Blick, denkt nur an die Kränkung, weiß nicht was um ihn her vor sich geht, will allein sein. 2337.   Schwindligkeit mit Nebelsehen und Trübsehen wenn sie an vielen Leuten auf der Straße vorbeigeht. 2386.   Allgemeine Erschöpfung, gewöhnlich depressiv, bevorzugt Alleinsein. 2780.   Möchte allein sein. 2938.   Abneigung gegen Gesellschaft und gegen Trost. 3031.   Starkes Verlangen allein zu sein. 3045.   Depressiv, unfähig unter Leute zu gehen oder ihren Haushalt zu besorgen. 3167.   Allgemeinbefinden am besten wenn sie allein ist. 3177.
Alles besser, wenn sie verreist ist. 3178.   Ist gern allein. 3285.   Angst, es kommt alles auf mich herein, in einem Raum wo viele Leute sind. 3439.

3   Trauer. Tod von Angehörigen.
Auf eine traurige Nachricht wird er sehr schläfrig. 636.   War durch die Nachricht, daß ihr Mann in der Saale verunglückt sei, so heftig erschrocken, daß sie auf der Stelle Konvulsionen mit Zittern und Verdrehen der Glieder bekam. 1296.   Nach einer Schreckensnachricht Anfälle von Ohnmacht, abwechselnd mit Starrkrampf und Zittern des ganzen Körpers. 1700.   Die Nacht nach dem Schrecken wurde schlaflos zugebracht. 1701.   Vor 8 Tagen viel Leid wegen eines Todesfalles.

Modalitäten / GEISTES- UND GEMÜTSZUSTAND

Weinerliche Gemütsstimmung. 1970.   Nach Tod der Schwester mutlos, tief betrübt. 2482.   Nach dem Tod der geliebten Mutter schwach, voller Kummer, seufzt und kann nicht weinen. 2539.   Vollständige Aphonie ohne Husten, Schmerzen oder Heiserkeit, nachdem ihr Sohn an Diphtherie gestorben war. 2584.   Ihr Baby war gestorben, sie trauerte, weigerte sich aber, getröstet zu werden. 2691.   Hat vor 3 Monaten ein Kind verloren. 2753.   Hat Gram um ein verstorbenes Kind. 2851.   Fiel beim Tod ihrer Schwester in Lethargie zu Boden. 2854.   Nach Tod der Tochter Brüten über diesen Kummer, dann Typhus. 2874.   Bruder gestorben. Heftiger Schmerz im Kopf gerade über der Nasenwurzel. 3115.   Vor einigen Wochen beide Eltern verloren, was sie sehr mitnahm. 3129.   Magenbeschwerden seit Tod des Ehemannes. 3148.   Hat Kummer, weil sie ihr Kind in eine Pension fortgeben mußte. 3152.   Hat sich seit dem Tod des geliebten Großvaters plötzlich von der Umgebung abgesondert und freiwillig nicht die Wohnung verlassen. 3173.   Die Krankheitserscheinungen haben nach dem Tod eines geliebten Bruders sehr zugenommen. 3180.   Hat sich nie wohl gefühlt, seitdem sie plötzlich vom Tod ihres Mannes erfuhr. 3220.   Der einzige Sohn durch Unfall gestorben. 3236.   Sohn verunglückte tödlich. 3246.   Asthma seit tödlichem Verkehrsunfall des Mannes. 3249.   Ausbleiben der Regeln seit Verkehrsunfall mit Tod des Mannes. 3250.   Ständige Tachykardie nach Sekundenherztod der Mutter. 3268.   Mann plötzlich tot umgefallen. 3299.   Ehemann vor kurzem plötzlich gestorben. 3303.   Migräne nach Trauernachricht. 3465.   Ehemann vor kurzem gestorben. 3587.   Trauer. Ich werde meinen Schmerz nicht los, der sitzt so tief drin. 3590.   Hat vor einem Jahr ihren Freund verloren, manchmal kommen ihr noch Bilder von der Leiche und so. 3672.

4   Lange Zeit zurückliegendes Ereignis.
In Ärgernisfällen bei Personen, die nicht geneigt sind, in Heftigkeit auszubrechen oder sich zu rächen, sondern welche die Kränkung in sich verschließen, bei denen die Erinnerung an den ärgerlichen Vorfall anhaltend an ihrem Gemüte zu nagen pflegt. 796.   Krankheitszustände, die von Gram erzeugenden Vorfällen entstehen. 797.   Ein Vierteljahr nachdem sie aus einem Feuer knapp gerettet worden war, wurde sie jedesmal in der 9. Stunde, derselben Stunde, wo sie in Gefahr war, zu verbrennen, niedergeschlagen, ängstlich, unwohl und mußte sich zu Bette legen. 1284.   Hatte häufigen Schrecken erlitten durch wiederholte Brandlegungen. Seitdem war sie sehr furchtsam und erschrack über jede Kleinigkeit. 1850.   Beschwerden, seitdem sie vor einem Vierteljahr ihre Mutter verloren hat. 1866.   Uterusblutung, die Abreise ihres Sohnes nach Indien hatte ihr zugesetzt. 1934.   Die heftige Gebärmutterblutung hatte sich 14 Tage nach der Periode plötzlich eingestellt, nach Kummer über den zur See gegangenen Sohn. 1991.   Wöchentliche Anfälle von Epilepsie, seitdem er einmal als Spion verurteilt worden war. 2532.   Oesophaguskrampf erstmalig nach einem Streit mit dem Vater, wo ihn die Ungerechtigkeit würgte. 3098.   Sie würgte die Angst um ihren Mann, der beinahe gestorben wäre. 3099.   Seit Panik brach sie ständig alle Nahrung aus, hatte lebhafte Leibkrämpfe und war zu nichts mehr fähig. 3100.   Jedesmal am Ort des Todes ihrer Schwester würgte es sie. 3106.   Seit ungerechter Entlassung Durchfälle mit krampfhaften Magenschmerzen. 3107.   Durchfälle seit sorgenvoller Operation. 3108.   Einen Monat nach nervösem Schock allgemeine Urticaria. 3144.   Seit Vergewaltigung bei Coitus abscheuerfüllte Gedanken. 3188.   Hat sich nie wohl gefühlt, seitdem sie plötzlich vom Tod ihres Mannes erfuhr. 3220.   Asthma seit tödlichem Verkehrsunfall des Mannes. 3249.   Ausbleiben der Regeln seit Verkehrsunfall mit Tod des Mannes. 3250.   Hat viele schockierende Todesfälle erlebt. 3322.   Hat vor einem Jahr ihren Freund verloren, manchmal kommen ihr noch Bilder von der Leiche und so. 3672.

5   Langdauernde Pflege von kranken Angehörigen.
Schwerer Typhus nach Pflege der Tochter. 1975.   Hatte während der trostlosen Krankheit ihrer Mutter Tage lang an ihrem Lager zugebracht und zahllose Nächte durchwacht. Bei Erwähnung der heiligen Sterbesacramente plötzlicher Schulterschmerz. 2010.   Als ihr Mann blinddarmoperiert wurde, machte sie sich solche Sorgen und Kummer, daß sie hysterisch bis zur Geisteskrankheit wurde. 2695.   Krank seit dem Tod ihres Gatten, den sie lange pflegte. 2743.   Herzklopfen nach schwerer Pflege der Mutter. 2819.   Hatte ihre Mutter bis zum Tod gepflegt. 3231.   Hatte die Mutter

GEISTES- UND GEMÜTSZUSTAND / Modalitäten

bis zum Tode gepflegt. Angst, daß sie den Vater plötzlich tot vorfinden könnte. Angst, plötzlich allein da sein zu müssen. 3263. Die Kopfschmerzen fingen an, als ich sah, wie meine Mutter langsam zu Grunde ging. 3474.

6 Enttäuschung in der Liebe oder mit Angehörigen.

Unglückliche Liebe. 1567. Folge von enttäuschter Liebe. 1683. Unterdrückter Gram verursacht Frühgeburt, enttäuschte Liebe Ovarienleiden, nach unterdrücktem Ärger Veitstanz bei Schwangeren. 2142. Ovarienleiden, entwickelt nach getäuschter Liebe, mit unwillkürlichem Seufzen und großer Verzweiflung. 2159. Stille Melancholie aus unglücklicher Liebe. Sitzt still weinend stundenlang auf demselben Fleck. Völlige Teilnahmslosigkeit, muß ans Essen erinnert werden, sucht die Einsamkeit, weil Gesellschaft unerträglich ist. 2461. Schreikrämpfe, abwechselnd mit Weinkrämpfen, als sie vom sittlichen Verstoß ihrer Tochter erfuhr. 2852. Verlobung wurde gelöst. Reizbarkeit, die mit Zornausbrüchen und äußerster melancholischer Depression abwechselte, jeder Trost vergeblich. 2893. Folgen von Zorn, Kummer, enttäuschter Liebe, schlechten Nachrichten, unterdrückten Emotionen, Scham und Kränkung. 2943. Ich sehe in ihren Augen Bekümmernis: Untreue ihres Mannes. 3040. Nur mit einem Trick gelang es, sie zum Zugeben eines Liebeskummers zu bewegen, sie konnte nur mit großer Mühe die Tränen zurückhalten. 3048. Sorgenvoller Gesichtsausdruck. Macht sich Sorgen um die Untreue ihres Mannes. 3092. Großer Kummer durch Scheidung, nach 6 Monaten Gelenkschwellung und Schmerzen, stärker, wenn sie aufgeregt oder deprimiert ist. 3153. Hat eine unglückliche Liebe hinter sich. 3223. Hund war traurig, lag teilnahmslos da, fraß nicht und trank nicht. 3229. Das Herrchen hatte sich nicht vom Hund verabschiedet, der Hund kam und fand seinen Herrn nicht mehr. 3230. Verlobung gelöst, hat sich dadurch so gegrämt, daß er krank wurde. 3245. Hatte vor Jahren ihren Ehemann an ihre beste Freundin verloren. 3260. Grämte sich über den Sohn, der einen Einbruch begangen hatte. 3261. Sprachlehrerin, der Sohn wollte ihre Schule nicht übernehmen. 3280. Vor Ischias hatte die Tochter gegen ihren Willen geheiratet. 3307. War vom Sohn geschlagen worden: Kreislaufdekompensation. 3309. Liebeskummer. Niedergeschlagen, seufzt. 3314.

7 Langdauernder, unterdrückter Kummer. Innerer Gram.

Kopfweh von Verdruß und innerem Grame. 1438. Konvulsivische Zuckungen, besonders nach Schreck, oder nach Kränkung mit innerem Grame. 1542. Nachteile von Kränkung und Ärgernis mit stillem, verbissenem Grame. 1572. Seit einem Jahr viel Kummer und eine Art Gastritis. 1880. Sie glaubt durch Leidwesen erkrankt zu sein. 1957. Nach viel Kummer Gefühl von Schwäche und Müdigkeit im Epigastrium, mit brennendem Stechen. 1988. Nervöse Symptome zufolge niederdrückender Gemütsbewegungen. 2057. Hat in den letzten Jahren viel Kränkungen, Gram und Sorgen erlitten, ist sehr wortkarg und in sich gekehrt. 2120. Sie ist voller schweigendem Grame, ein verhaltener Schmerz scheint sie ganz und gar niederzudrücken. 2134. Unterdrückter Gram verursacht Frühgeburt, enttäuschte Liebe Ovarienleiden, nach unterdrücktem Ärger Veitstanz bei Schwangeren. 2142. Drohende Fehlgeburt mit Seufzen und Schluchzen, veranlaßt durch unterdrückten Gram. 2166. Bei Schwangeren, veitstanzähnliche Beschwerden mit vielem Seufzem und Schluchzen, oder als Folge lange unterdrückten Ärgers. 2180. Beschwerden durch Kummer oder unterdrückte Kränkung. 2204. Wurde in der Ehe schlecht behandelt und behielt es immer für sich. Als sie es schließlich erzählte, weinte sie eine ganze Woche lang, danach erster Epilepsieanfall. 2235. Viel Kummer und Sorgen, seit 12 Jahren täglich Erbrechen. 2373. Hat viel Gram und Kummer zu tragen, welchen sie unterdrücken muß. 2619. Krampfhaftes Lachen aus Kummer. 2931. Geistig und körperlich erschöpft durch langdauernden Kummer. 2936. Durch unterdrückte Wut und Eifersucht tiefe Depression, kann keine Hausarbeit verrichten. 3085. Appetitlos bei Kummer. 3315.

8 Trost verschlimmert.

Sie wünschen allein zu sein, seufzen und schluchzen, wollen sich nicht trösten lassen, sind gramerfüllt. 2136. Depressiv, neigt zum Brüten, läßt sich nicht trösten. 2355. Ihr Baby war gestorben, sie

Modalitäten / GEISTES- UND GEMÜTSZUSTAND

trauerte, weigerte sich aber, getröstet zu werden. 2691.   Verlobung wurde gelöst. Reizbarkeit, die mit Zornausbrüchen und äußerster melancholischer Depression abwechselte, jeder Trost vergeblich. 2893.   Abneigung gegen Gesellschaft und gegen Trost. 3031.   Jeder Versuch, seine Seele aufzurichten, ließ ihn ziemlich gleichgültig, störte eher als half. 3216.   Trösten verschlechtert entschieden. 3237.   Auf Trostversuch weinte sie, sie wollte den ersehnten Menschen garnicht haben! 3266.   Weinen, Zuspruch hilft schon garnicht. 3333.

9   Ablenkung, Beschäftigung bessert, Denken an und Sprechen vom Kummer verschlimmert.

Sehr furchtsam, er wagt es nicht, im Dunkeln allein zu bleiben. 1661.   Wurde in der Ehe schlecht behandelt und behielt es immer für sich. Als sie es schließlich erzählte, weinte sie eine ganze Woche lang, danach erster Epilepsieanfall. 2235.   Angst vor dem Alleinsein, sehr ängstlich nachts. 2413.   Als ich sie fröhlich ansprach, konnte sie ihre Tränen nicht zurückhalten. 2513.   Es geht ihr schlechter, wenn sie keine Beschäftigung hat, unruhig, muß immer etwas tun. 2786.   Die choreatischen Bewegungen hörten alle auf, wenn die Mutter das Kind bei der Hand nahm und mit ihm herumging. Man mußte so lange herumgehen, bis es müde war. 2921.   Ich sah ganz deutlich in ihrem Gesichtsausdruck: Jetzt versuch mal, mich zum Sprechen zu bringen! 3047.   Nur mit einem Trick gelang es, sie zum Zugeben eines Liebeskummers zu bewegen, sie konnte nur mit großer Mühe die Tränen zurückhalten. 3048.   Angst vor dem Alleinsein, läuft dann zitternd umher. 3062.   Angst vor dem allein Ausgehen. 3078.   Die Beschwerden verschlimmern sich, wenn sie an ihre Tochter denken muß. 3168.   Alles besser, wenn sie verreist ist. 3178.   Sonntags mieseste Laune und elendes Gefühl. 3187.   Bei der Frage nach Schwierigkeiten fängt sie an zu schluchzen. 3219.   Beim Erzählen weint die Pat., zwischendurch nervöse Lachanfälle, für die sie sich entschuldigt. 3252.   Weinte beim Erzählen. 3262.   Klagt weinend über Leistungsunfähigkeit und Müdigkeit. 3283.   Klagt, der Ehemann sei bis spätabends beschäftigt, sie säße immer allein. 3289.   Muß beim Gedanken an die Geschehnisse weinen. 3311.   Glaubt, daß ihr Mann durch ihre Nachlässigkeit ums Leben gekommen ist. Tagsüber sind diese quälenden Gedanken durch Beschäftigung zu ertragen, nachts nicht. 3326.   Angst beim Alleinsein. 3440.   Wenn ich auf der Station herumlaufen muß, spüre ich das Kopfweh nicht so. Wenn ich dann einen Moment ausruhe, merke ich es ziemlich stark. 3607.

10   Geschäftsverluste. Scheitern einer Hoffnung.

Unendliche Traurigkeit und Verdruß im Beruf. 1888.   Nach Geschäftsverlusten plötzlich kontinuierliches Fieber. 2262.   Durch Geschäftssorgen unstetes Wesen, ängstlich, schlaflos, verzweifelt. 2439.   Durch das Scheitern einer Hoffnung plötzlich wie gebrochen, körperlich und geistig. 2444.   Durch Zerrüttung der Verhältnisse Melancholie mit Selbstmordgedanken und Neigung zum Entfliehen. 2458.   Hat wegen ihrer materiellen Zukunft schwere Sorgen, neigt zu extremem Stimmungswechsel. 3157.   War mit seiner Arbeitsstelle unzufrieden. 3323.

11   Schreck.

Seit Schreck und Angst Kopfschmerz, nach dem Kopfschmerz Jucken auf dem Haarkopfe. 1334.   Die Nacht nach dem Schrecken wurde schlaflos zugebracht. 1701.   Als Folge von Schreck und Ärger Gemütskrankheit. 1806.   Heftiger Magenschmerz, Erbrechen alles Genossenen, durch Schreck entstanden. 1833.   Nach häufigem Schrecken wurden die Menstrualkoliken heftiger. 1851.   Bei der Rückkehr ihres totgeglaubten Gatten Kopfkongestion, klopfende Schläfen, lautes hysterisches Lachen, danach krampfhaftes Weinen. 2330.   Nach freudiger Überraschung Gefühl als versuche das Herz schmerzhaft in einem Käfig zu schlagen. 2331.   Nach großem Schreck Diarrhoe. 2348.   Infolge heftigen Schreckens in sich gekehrt, verstimmt, schweigsam. 2441.   Durch Schreck heftiger Schmerz im Epigastrium, anhaltend, zeitweise bedeutend verschlimmert. 2449.   Nach heftigem Schreck Sengeln in den Beinen. 2453.   Drohender Abort durch Schreck. 2525.   Langwierige Diarrhoe bei Kindern, nach Schreck entstanden. 2637.   Die erste Fehlgeburt wurde durch Schreck verursacht (Ein Hund griff sie an). 2662.   Schreck macht Übelkeit und Ohnmächtigkeit. 2664.   Ein Kanarienvogel erlitt einen Schock, saß da mit geschlossenen Augen, nahm

GEISTES- UND GEMÜTSZUSTAND / Modalitäten

nichts wahr, der Schnabel senkte sich langsam auf den Boden, unter gelegentlichem nach Luft Schnappen richtete er sich nur vorübergehend wieder auf. 3041.   Völlig verstört von einem schrecklichen Erleben, hatte den Nachbarn beim Sterben im Arm gehalten. Melancholische Traurigkeit. 3292.   Unruhe nicht körperlich, sondern nervlich, wenn der Bus über eine Unebenheit fährt, kippe ich sofort in eine Migräne hinein, dann ist der ganze Kreislauf durcheinandergekommen. 3507.   Wenn ich einen Schreck durch etwas Lautes habe, fängt Schwindel an und Stechen im Kopf. 3508.

12 Schreck verursacht Krämpfe.
Fallsuchten, die soeben erst durch großen Schreck bei jungen Personen entstanden waren. 799.   Erschrak heftig über Feuer, welches in der Nacht ausbrach; und ward darauf von Veitstanz ähnlichen Krämpfen befallen. 1056.   Erschrak vor einem Hunde, und von neuem erschienen die Krämpfe. 1057.   Art Opisthotonus bei einem Kinde, entstanden durch Schreck bei Fall vom Stuhle. 1107.   War durch die Nachricht, daß ihr Mann in der Saale verunglückt sei, so heftig erschrocken, daß sie auf der Stelle Konvulsionen mit Zittern und Verdrehen der Glieder bekam. 1296.   Nach einem Schreck, indem sie den aufgehenden Mond für ein Feuer gehalten hatte, fing sie an, allerhand wunderliche Bewegungen und Verdrehungen der Glieder zu machen, von denen auch der Kopf nicht frei blieb. 1309.   Der Schreck und die Angst erzeugten einen Anfall von Starrkrampf, so daß Patientin eine Stunde lang regungslos am Fenster stand und weder zu sehen noch zu hören schien. 1333.   Infolge eines Schreckes von epileptischen Zufällen befallen. 1371.   Bekam, als er zum Tode verurteilt wurde, vor Angst und Schreck einen Epilepsieanfall, der später alle Wochen mehrmals repetierte. 1383.   Epilepsie infolge eines Schreckens entstanden. 1398.   Nach einer Schreckensnachricht Anfälle von Ohnmacht, abwechselnd mit Starrkrampf und Zittern des ganzen Körpers. 1700.   Nach einem sehr heftigen Schreck heftiger Anfall von Epilepsie. 1787.   Epilepsie, die sie aus Schreck, als sie von ihrem Manne im Schlafe geprügelt wurde, bekam. 1800.   Nach jedem Gemütsaffekt, besonders Schrecken, wozu sie bei ihrer großen Empfindlichkeit sehr geneigt ist, fallsuchtähnliche Krampfanfälle. 1865.   Infolge eines Schreckes kataleptischer Anfall, später mit Konvulsionen und Bewußtseinsverlust, jedesmal vor oder unmittelbar nach der Menstruation. 2049.   Nach großem Schreck Diarrhoe. 2348.   Durch Schreck während des Schlafes Epilepsie. 2435.   Nach Schreck merkwürdige Bewegungen und Verdrehungen der Glieder und des Kopfes. 2531.   Nach einem großen Schrecken zuerst tetanische, später epileptische Anfälle. 2633.

13 Geistige Anstrengung.
Gleich nach dem Mittagsschlafe, Kopfweh: ein allgemeines Drücken durch das ganze Gehirn, als wenn des Gehirns, oder des Blutes zu viel im Kopfe wäre, durch Lesen und Schreiben allmählich vermehrt. 46.   Beim Gehen in freier Luft drückender Kopfschmerz in der einen Gehirnhälfte, welcher durch Reden und Nachdenken sich vermehrt. 64.   Beim Reden und stark Sprechen entsteht ein Kopfschmerz, als wenn der Kopf zerspringen wollte, welcher beim stillen Lesen und Schreiben ganz vergeht. 65.   Beim Reden verstärktes Kopfweh. 66.   Beim Lesen und angestrengter Aufmerksamkeit auf den Redner vermehrt sich das Kopfweh, nicht aber durch bloßes, freies Nachdenken. 67.   Früh beim Erwachen Kopfschmerz, beim Nachdenken erneuert sich jenes Kopfweh. 78.   Unbeweglicher Wundheitsschmerz in den vordersten Backzähnen, vorzüglich beim Lesen. 138.   Nach Anspannung des Geistes mit Denken, bald nach dem Stuhlgange Schmerz, wie von blinden Hämorrhoiden, drückend und wie wund. 381.   Bei tiefem Nachdenken, Herzklopfen. 746.   Nach Anstrengung des Kopfes, vorzüglich früh, eine Voreiligkeit des Willens; kann nicht so geschwind im Reden sich ausdrücken, schreiben, oder sonst etwas verrichten, als er will; wodurch ein ängstliches Benehmen, ein Verreden, Verschreiben und ungeschicktes, immer Verbesserung bedürfendes Handeln entsteht. 755.   Schmerzen in dem früher verletzten Auge besonders bei Wetterwechsel, nach Aufregung oder Anstrengung. 1690.   Geringste Bewegung oder geistige Agitation verschlimmern alles. 1823.   Am Tag überarbeitet, findet er keine Ruhe in der Nacht. Die Ängste und Geschäfte des Tages wiederholen sich in den Träumen. 2279.   Zahnschmerz in gesunden Zähnen bei jeder Anstrengung, geistig oder körperlich, z. B. beim Rennen oder bei Schularbeiten. 2610.   Hatte in der letzten Woche viel Streß beim Versuch, eine Prostituierte zu bekehren. 2677.   Allgemeine

Erschöpfung, Lesen und Nähen machen Kopfschmerz und Übelkeit. 2779. Kindliche Kopfschmerzen, Kopfermüdung, kommen am Ende des Tages nach einer Stressperiode. 3070. Wenn es Schularbeiten machen will, macht es jedes Geräusch verrückt, es bekommt Wutanfälle und bricht in Tränen aus. 3074. Muß bald das Examen wiederholen und hat deshalb wie ein Neger gearbeitet. 3242. Entsetzliche Kopfschmerzen, sobald er anfängt fürs Examen zu arbeiten. 3243. Weint besonders in der Schule leicht. 3271. Bei geistiger Anstrengung habe ich das Kopfweh besonders stark gespürt. 3484. Kopfschmerzen, wenn sie den ganzen Tag Schule hat. 3569. Während eines intensiven Gesprächs habe ich plötzlich ein schwer zu beschreibendes Gefühl gehabt: Das Gefühl, als sei der Kopf frei, hat sich verschärft, als hätte man zu viel Kaffee getrunken. 3570. Freiheitsgefühl im Kopf, dazu kamen ziemlich starke Angstzustände und eine unwahrscheinliche Unruhe, ich konnte nirgens sitzenbleiben. 3571.

14 Weinen.
Nach dem Tod der geliebten Mutter schwach, voller Kummer, seufzt und kann nicht weinen. 2539. Anfälle beim Weinen mit Blauwerden des Gesichts. 2578. Denkt viel an Kleinigkeiten, die sie nicht aus dem Sinn bekommen kann, besser durch Weinen. 2793. Ehemann vor kurzem gestorben. Man soll das eigene Leid nicht zu schwer nehmen. Es ist noch nicht so, daß ich weinen könnte, ich sitze wie unter einer Glasglocke. 3587. Ich habe noch nicht um meinen Mann weinen können. Ich habe ihm versprochen, ich will genauso tapfer sein wie er und immer wenn ich weinen will, fallen mir meine Worte ein. 3589.

15 Angst.
Gefühl von Angst und Beklemmung der Brust weckt ihn nachts 12 Uhr aus dem Schlafe. 468. Hitze der Hände, mit Schauder über den Körper und einer in Weinen ausartenden Ängstlichkeit. 710. Heftige Angst um die Herzgrube, mit Schwindel, Ohmacht und sehr kalten Schweißen. 732. Äußerste Angst, welche das Reden verhindert. 754. Es weckt sie gewöhnlich nachts, die Angst läßt sie nicht mehr schlafen. 2096. Angst und Unruhe verlassen sie auch untertags nicht, sie möchte beständig weinen. 2097. Bei Angstanfällen Brustbeklemmung, häufiges Seufzen. 2098. Bei Angstanfällen Frostgefühl. 2099. Bei Hysterischen, wenn sie in einen angstvollen Zustand geraten, in dem sie um Hilfe schreien, mit erstickender Zusammenschnürung des Halses, schwierigem Hinunterschlucken und der Anfall mit einem tiefen Seufzer endet. 2179. Nach jedem Kummer oder Angst unwillkürliches Zucken der Hände und Arme, manchmal auch der Oberschenkelmuskeln. 2419. Angst um das Herz, die in die Brust aufsteigt. 2680. Die Angst, daß etwas unangenehmes passieren könnte, kann soweit gehen, daß sie nichts mehr aus eigener Initiative tun wollen. 3077. Ganz starker Druck hier im Hals, innerlich, es tut nicht weh, Engegefühl, es macht einen richtig nervös. 3421. Kloß im Hals, wenn sie in Eile ist. 3518. Ein bißchen Zittern bei dem Angstgefühl. 3579. Angst: Teilweise ist es einfach, daß ich einen Kloß im Hals habe. 3676.

16 Direkte Folgen von einmaliger Kränkung, Ärger, Streit.
Anfälle von Epilepsien, die jedesmal nur nach Kränkung oder ähnlicher Ärgernis (und sonst unter keiner anderen Bedingung) ausbrechen. 798. Nach heftigem Ärger, Schwindel, bohrendes Kopfweh, eine solche Gedankenschwäche, daß er den Verstand zu verlieren glaubt. 1272. Am Abend vor ihrer Periode suchte ein Gassentreter die am Fenster Sitzende zu kränken, sie erschrak sehr, der Kummer ließ sie in der folgenden Nacht keine Ruhe finden. 1314. Sehr empfindliches Gemüt, zu innerlicher Kränkung geneigt, ärgert sich leicht und heftig, danach gleich Anfall des Magenleidens. 1326. Gedanken- und Gedächtnisschwäche, besonders nach heftigem inneren Ärger. 1433. Nach einem Streit erstmals mit 24 Jahren epileptischer Anfall. 1578. Kopfweh nach Ärger und durch Geräusch verschlimmert. 1670. Heftiger Verdruß, bald darauf so schreckliche Schmerzen in dem und um das früher verletzte Auge, daß er Tag und Nacht Tobsuchtsanfälle bekam. 1691. Durch heftige Gemütserschütterung Wiederauftreten des periodischen Singultus. 2047. Infolge einer heftigen Gemütsaufregung Anfälle von Angst und unwiderstehlicher Neigung zum Weinen. 2095. Fieber durch Verletzung ihres zarten Ehrgefühls. 2222. Melancholisch nach tiefer Kränkung.

GEISTES- UND GEMÜTSZUSTAND / Modalitäten

2333. Nach heftigem Verdruß kriebelnde Empfindung. 2475. Uterusblutung, durch großen Kummer. 2501. Nach durchgemachtem Ärger: Nach den Mahlzeiten Auftreibung, manchmal mit Schmerzen. 3140.

17 Krämpfe durch Ärger.
Am Tag vor dem Anfall mit seinen Kameraden gehabte Ärgernis, der Kranke blieb bei solchen Auftritten nicht aufbrausend, sondern verschlossen und düster. 1073. An infolge von Kränkung und Ärger entstandener Epilepsie Leidende, welche seit jener Zeit immer noch einen inneren Groll und stille Kränkung in sich nährte. 1312. Konvulsionen von Beleidigung und Ärger entstehend, mit Kinnbackenzwang. 1426. Infolge von deprimierenden Gemütsaffekten Epilepsie. 2033. Der Oesophaguskrampf kam plötzlich nach einem Ärger. 2426. Nach erlittener schwerer Kränkung epileptisch. 2496. Konvulsionen durch Kummer. 2526.

18 Beschwerden jedesmal durch Aufregung.
Zwei Tage vor der geplanten Abreise heftige Koliken und gastrisches Fieber. 1627. Schmerzen in dem früher verletzten Auge besonders bei Wetterwechsel, nach Aufregung oder Anstrengung. 1690. Aller 2-5 Tage nach kleinem Schreck oder Ärger heftige Konvulsionen. 1825. Schmerz hauptsächlich über die Stirn, immer durch jede Erregung verschlimmert, kann nicht das geringste Geräusch vertragen. 2014. Meist nach Gemütsbewegungen plötzlich halbseitiger Kopfschmerz. 2103. Heftige Schwindelanfälle, hervorgerufen durch Gemütsalterationen. 2250. Gesichtsschmerzanfälle meistens in Folge eines Verdrußes, einer Kränkung oder eine heftigen Gemütsbewegung. 2353. Als Folge von Gemütsbewegungen Schwäche und Leerheitsgefühl im Epigastrium. 2518. Veitstanzähnliche Bewegungen der Glieder, besonders bei Erregung. 2558. Liebenswert wenn er sich wohlfühlt, leicht beleidigt, kommt leicht durcheinander durch Gemütserregung. 2941. Erregung macht Laryngismus stridulus. 3054. Nach jeder Aufregung kann es nicht weiterarbeiten, kann nichts aufnehmen und sich nicht erinnern. 3075. Die kleinste Widrigkeit löst Kopf- und Magenschmerzen aus. 3222. Kann nicht essen bei der geringsten Aufregung. 3276. Aufregungstachykardien. 3291. Weinen bei Erregung. 3294. Aufregung macht Schwäche und Übelkeit. 3344. Migräne kann durch Aufregung ausgelöst werden. 3448. Durchfall bei Aufregung. 3452.

19 Geräusche. Musik.
Vernunftwidriges Klagen über allzu starkes Geräusch. 778. Geräusch ist ihm unerträglich, wobei sich die Pupillen leichter erweitern. 779. Krampfanfälle durch Geräusch oder Berührung hervorgerufen (Hund). 841. Jedes Geräusch, Sprechen, jede Bewegung etc. vermehrt Kopfschmerz, Erbrechen und Delir. Das Tageslicht ist ihr unerträglich. 1368. Der Schlaf ist nicht mehr fest, das leiseste Geräusch im Nebenzimmer wird von ihr gehört und beunruhigt sie. 1378. Jeder Lärm und jede Erschütterung vermehrt die Beschwerden. 1406. Schmerz hauptsächlich über die Stirn, immer durch jede Erregung verschlimmert, kann nicht das geringste Geräusch vertragen. 2014. Beschwert sich über Geräusche, die andere kaum hören. 2414. Konnte nicht schlafen, nicht nur wegen des Juckens, sondern weil das kleinste Geräusch sie weckte. 2721. Während der Anfälle muß er in einem dunklen Raum im Bett liegen, Licht und Geräusche sind unerträglich. 2823. Wenn es Schularbeiten machen will, macht es jedes Geräusch verrückt, es bekommt Wutanfälle und bricht in Tränen aus. 3074. Höchst geräuschempfindlich. 3120. Sehr geräuschempfindlich. 3190.

20 Kopfschmerzen. Schwindel. Rückenschmerzen. Afterschmerzen.
Benommenheit des Kopfes mit Schmerzen in der rechten Seite desselben, besonders im Hinterkopfe, das Denken und Sprechen erschwerend. 23. Rauschähnliche Benommenheit des Kopfes, den ganzen Tag andauernd, und mehrmals in wirkliche drückende Schmerzen der Stirne und besonders der rechten Hälfte derselben übergehend und das Denken sehr erschwerend. 26. Das verschiedene Drücken an und in mehreren Teilen des Kopfes zugleich macht ihn mürrisch und verdrüßlich. 741. Rauschähnliche Benommenheit des Kopfes, welche den ganzen Tag hindurch continuierte und mehrmals in wirkliche drückende Schmerzen der Stirne und besonders der rechten Hälfte derselben

überging, auch das Denken sehr erschwerte. 810.   Schwindel. Daher vermochte er auch kaum, einen Gedanken auf einen Augenblick festzuhalten. 812a.   Gegen 9 Uhr erschien Benommenheit des Kopfes, wozu sich Schmerzen in der rechten Seite desselben, besonders im Hinterkopfe, weniger dagegen in der Stirne mischten. Beide Symptome erschwerten nicht allein das Denken, sondern sogar auch das Sprechen. 828.   Ungeheurer Schmerz an der linken Seite der Stirn über den Augenbrauen, der sich nach derselben Seite hinzog, in so hohem Grade, daß sie wie ein unbändiges Kind weinte und jammerte, und Tag und Nacht davon gefoltert wurde. 1170.   In der Gegend des linken Stirnhügels ein kleines rundes Fleckchen, das bei der geringsten Berührung so schmerzend war, daß sie laut aufschrie und ihr Tränen aus den Augen liefen. 1172.   Kopfweh, welches die Besinnung schwächt. 1181.   Der Kopfschmerz wird so heftig, daß sie ohnmächtig wird, jeder starke Ton, starkes Reden, schon jeder hörbare Fußtritt ist ihr zuwider. 1184.   Hat stets Schmerzen im Kopfe, aber von Zeit zu Zeit erreichen sie eine solche Höhe, daß sie glaubt, sterben zu müssen. 1662.   Große Ängstlichkeit und Kopfweh besonders in Nacken und Schläfen. 1750.   Wegen Kopfschmerzen kann sie nicht gut sehen, es ist ihr, als wäre der Verstand benommen. 1892.   In Kopfschmerzzeiten sehr reizbar, empfindlich und zum Weinen geneigt. 2109.   Unbeschreibliche Angst vor dem Wiedererscheinen des früher gehabten Rückenschmerzes. 2259.   Manchmal scheint sich der Bauchschmerz das Rückgrat hinauf zum Kopf zu erstrecken, er fühlt sich dann sehr seltsam, weiß kaum was los ist und fürchtet zu fallen. 2267.   Stirnkopfschmerz mit einem Gefühl im Scheitel, das seinen Geist angreift. 2269.   Der Schmerz ist messerstechend im Auge und macht den Pat. fast verrückt durch seine Heftigkeit. 2281.   Am Tag vor dem Kopfschmerz Reizbarkeit. 2285.   Pat. fürchtet, daß sein Verstand angegriffen werden könnte wenn der Kopfschmerz noch länger dauert. 2289.   Nach jedem Kopfschmerzanfall Schlaflosigkeit, profuser, blasser Urinabgang, Melancholie und viel Seufzen. 2317.   Kaum waren die Gesichtsschmerzen vergangen, unterhielt sie sich lachend, als ob nichts gewesen wäre. 2488.   So starke Afterschmerzen, daß sie glaubte, ihren Verstand zu verlieren. 2807.   Afterschmerzen, stöhnte vor Schmerzen, zitterte und sprach schnell und erregt. 2808.   Fast verrückt vor Afterschmerzen. 2812.   Bei Kopfschmerzen springt sie aus dem Bett und rennt wie verrückt von Zimmer zu Zimmer. 2888.   Migräneanfall: ich bin viel viel mehr benommen. 3648.   Die Benommenheit ist einfach so, daß man sich nicht richtig konzentrieren kann. Es kann ein leichtes Schwindelgefühl dabei sein. 3652.   Leicht bedusselt, einfach keinen klaren Kopf, als ob man am Abend getrunken hätte, so ein Katerkopfschmerz. 3653.

21 Stuhlverstopfung.
Die Stuhlausleerungen erfolgen selten, schwierig und bei Mangel an Öffnung ist der Gemütszustand jederzeit schlechter. 1380.   Appetitmangel, Stuhlausleerungen träge, ungenügend, wenn sie fehlen, umso unwohler. 1999.   Ihre Stuhlverstopfung ist die größte Sorge in ihrem Leben, sie nimmt den größten Teil ihrer Gedanken in Anspruch. 2661.   Wurde nervös und hysterisch durch den dauernden Stuhldrang. 2675.

22 Bei Fieber. Vor Brustbeklemmung. Vor und nach Anfällen.
In und außer den Fieberanfällen, wider seine Gewohnheit, äußerst wortkarg und immer vor sich hin dusselnd. 1092.   Wenn der Anfall kommt, wird sie sehr ängstlich, so daß sie um Hilfe zu schreien gezwungen ist, und doch bringt sie nichts als einen kreischenden Ton hervor. 1290.   Heftiges Weinen mit starkem Tränenstrom vor jedem Anfall von Brustbeklemmung. 1316.   Nach den Anfällen ist sie wie jemand der gerade einen großen Schrecken erlebt hat. 1590.   Gegen Abend in der Kirche Zusammenziehen am Herzen, darauf Herzklopfen, dabei Angst. 1971.   Im Fieber, besonders nachts, wird sie somnambulistisch und beschreibt anschaulich das Innere ihres Gehirns oder sie sieht alles, was auf der Straße vor sich geht, erinnert sich aber beim Erwachen an nichts. 2221.   Unermeßlicher und unkontrollierbarer Zorn während Frost. 2582.   Kopfschmerzanfälle kommen 2 Tage nach Gemütsbewegung, 1-2 Tage vorher ist sie besonders lebhaft und aufgeräumt. 2906.   Während des Frostes schlechte Laune. 2982.

23 Im Freien. In der Stube.

GEISTES- UND GEMÜTSZUSTAND / Modalitäten

Beim Gehen im Freien, eine Schwere in den Füßen, mit Ängstlichkeit, was sich in der Stube verlor, wogegen aber Mißmut eintrat. 626. Fühlt sich schlechter durch Wärme und im engen Raum, besser im Freien und in sympathischer Gesellschaft. 2842. Nervosität, Atemstörung, Ohnmachtsanwandlung in einem engen Raum mit vielen Leuten. 3081. Ist nicht gern in fensterlosen Räumen. 3386. Angst, es kommt alles auf mich herein, in einem Raum wo viele Leute sind. 3439. Im weiten Wald beim Gehen war es besser, ich kam in die enge, warme Wohnung zurück, da kam es mit Vehemenz. 3464.

24 Periode. Entbindung. Schwangerschaft.
Vor und während der Regel Frösteln abwechselnd mit Hitze, Ängstlichkeit, Herzklopfen, ohnmachtähnliche Mattigkeit im ganzen Körper, besonders den Extremitäten. 1179. Am Abend vor ihrer Periode suchte ein Gassentreter die am Fenster Sitzende zu kränken, sie erschrak sehr, der Kummer ließ sie in der folgenden Nacht keine Ruhe finden. 1314. Während des Monatlichen Lichtscheu, zusammenziehende Kolik, Angst und Herzklopfen, Mattigkeit und Ohnmacht. 2162. Drohende Fehlgeburt mit Seufzen und Schluchzen, veranlaßt durch unterdrückten Gram. 2166. Bei den Wehen, tiefe Seufzer, große Traurigkeit: sie muß einen sehr tiefen Atemzug tun, sonst könnte sie garnicht atmen, als könnte die Geburtsarbeit dann nicht vorwärts schreiten. 2167. Nachwehen, mit oftem Seufzen und großer Traurigkeit. 2169. Bei Schwangeren, veitstanzähnliche Beschwerden mit vielem Seufzem und Schluchzen, oder als Folge lange unterdrückten Ärgers. 2180. Zehn Minuten nach der Entbindung bekam sie ohne Grund einen Lachanfall und verlor das Bewußtsein. 2182. Gewöhnlich fröhlich und lebhaft, schien sie zum ersten Mal unter der Schwangerschaft zu leiden, sie war mürrisch und weinte fast vor Ungeduld. 2209. Schwach und nervös seit einer durch Kummer verursachten Fehlgeburt. 2530. Schlechte Laune vor der Periode. 3385. Ich bin so nervös und unruhig, das fängt schon eine Woche vor der Regel an. 3506. Bevor ich meine Periode bekomme, bin ich unheimlich niedergeschlagen. Ich fühle mich total antriebslos, hänge herum und sehe über die kleinsten Probleme nicht mehr weg. 3603. Ein bißchen nervös, kribbeliger vor der Periode. 3651.

25 Essen. Bier. Tee.
Bier steigt leicht in den Kopf und macht trunken. 190. Nach dem Frühstücken steigt eine Art Ängstlichkeit aus dem Unterleibe in die Höhe. 233. Abspannung und Laßheit nach dem Mittagessen; er fühlte sich zu seinen gewöhnlichen Arbeiten unfähig und schlief über alle Gewohnheit über denselben ein. 628. Nach dem Essen Zittern und eine Art Angst im Magen, bisweilen mit Übelkeit. 1877. Migräne durch zu hastiges Essen. 3449. Nach Tee wurde die Unruhe langsam besser. 3573.

26 Trauma. Operation. Zahnung.
Während Zahnung Delirium. 2228. Hysterische Anfälle nach Sturz auf der Eisbahn während der Menarche. 2560. Nach Brustamputation große Angst, Unruhe, dauerndes Wälzen im Bett. 2568. Nach Kopftrauma kindische, närrische Ideen und Aktionen. 2773.

27 Temperatur. Wetter. Jahreszeit.
Am Morgen nach einem warmen Bad erwachte sie sehr kurzatmig und bekam sofort Angst. 2512. Gewitterangst. 3191. Im Winter immer Depressionen, Angstzustände, Müdigkeit. 3675.

28 Immer zur Stunde des früheren Ereignisses. Alle 3-4 Stunden. Mehrmals täglich.
Unbeständigkeit, Ungeduld, Unentschlossenheit, Zank (alle 3, 4 Stunden wiederkehrend). 771. Unglaubliche Veränderlichkeit des Gemüts, bald spaßt und schäkert er, bald ist er weinerlich (alle 3, 4 Stunden abwechselnd). 772. Ein Vierteljahr nachdem sie aus einem Feuer knapp gerettet worden war, wurde sie jedesmal in der 9. Stunde, derselben Stunde, wo sie in Gefahr war, zu verbrennen, niedergeschlagen, ängstlich, unwohl und mußte sich zu Bette legen. 1284. Anfallsweise zweimal täglich Angst, Unruhe, als habe sie etwas Böses getan oder ein großes Unglück zu erwarten, kann sich

nur mühsam des Weinens enthalten. 1996.   Folgt der Mutter und hält sich an ihrer Schürze fest, geht nie zum Vater. Der Vater hat die Mutter während der Schwangerschaft erschreckt. 2545.   Die Besorgnis der Mutter in der Schwangerschaft geschah von Sonnenuntergang bis Mitternacht, in dieser Zeit geht es jetzt dem Kind schlechter. 2546.   Jedesmal am Ort des Todes ihrer Schwester würgte es sie. 3106.   Kind wacht stets 23 Uhr auf und schreit, seit Krankenhausaufenthalt. 3274.

29 Früh. Beim Erwachen. Nach Schlaf. Vormittags.
Wüstheit im Kopfe, früh nach dem Aufstehen. 11.   Nach dem Frühstücken steigt eine Art Ängstlichkeit aus dem Unterleibe in die Höhe. 233.   Unbehaglichkeit früh nach dem Aufstehen. 629.   Früh, im Augenblicke des Erwachens, fühlt er eine Schwere, eine Anhäufung, Stockung und Wallung des Geblüts im Körper, mit Schwermut. 668.   Erwacht mit mürrischer Miene. 671.   Erwacht mit freundlichem Gesichte. 672.   Beim Erwachen steht sie plötzlich auf und redet etwas Ungereimtes, ehe sie sich besinnt. 674.   Gegen 9 Uhr erschien Benommenheit des Kopfes, wozu sich Schmerzen in der rechten Seite desselben, besonders im Hinterkopfe, weniger dagegen in der Stirne mischten. Beide Symptome erschwerten nicht allein das Denken, sondern sogar auch das Sprechen. 828.   Nach dem Schlafe mit beunruhigenden Träumen erwachte er mürrisch, hatte weder Lust zum Sprechen, noch sonst etwas vorzunehmen. 1076.   Fixe Ideen im Traume, die nach dem Erwachen fortdauern. 1555.   Am Morgen nach einem warmen Bad erwachte sie sehr kurzatmig und bekam sofort Angst. 2512.   Erwacht häufig morgens mit schrecklicher Depression. 2811.   Große Mattigkeit mit zeitweiligen Ohnmachtsanfällen und Weinkrämpfen besonders vormittags. 2896.

30 Abends. Nachmittags. Bei Einbruch der Dunkelheit.
Denken und Sprechen fällt ihm schwer, gegen Abend. 4.   Gegen Abend ist er unzufrieden, mürrisch, eigensinnig, man kann ihm nichts recht, nichts zu Danke machen. 769.   Verlust der gewöhnlichen Munterkeit, nachmittags. 782.   Fixe Ideen, z. B. von Musik und Melodien, abends, vor und nach dem Niederlegen. 790.   Wehmütig (gegen Abend). 795.   Er fühlte sich zu jeder Beschäftigung unaufgelegt, wußte kaum wie er den Schlaf abwehren sollte, und noch gegen Abend fiel ihm Denken und Sprechen schwer. 830.   Gegen Abend um dieselbe Zeit repetierte das Delirium. 1736.   Unruhe, Ängste, Depressionen stärker bei Einbruch der Dunkelheit. 3334.   Angst daß sie es mit dem Herzen hat abends im Bett. 3382.

31 Nachts. Um oder nach Mitternacht.
Gefühl von Angst und Beklemmung der Brust weckt ihn nachts 12 Uhr aus dem Schlafe. 468.   Die Nacht allgemeine ängstliche Hitze mit geringem Schweiße um die Nase herum. 683.   Nach dem Essen Frost und Schüttelschauder; nachts Ängstlichkeit und Schweiß. 712.   Beim Wachen, nach Mitternacht, Furcht vor Dieben. 761.   Gegen 24 Uhr weckte ihn ein Gefühl von Angst und Beklemmung der Brust aus dem Schlafe. 826.   Kind wacht stets 23 Uhr auf und schreit, seit Krankenhausaufenthalt. 3274.   Glaubt, daß ihr Mann durch ihre Nachlässigkeit ums Leben gekommen ist. Tagsüber sind diese quälenden Gedanken durch Beschäftigung zu ertragen, nachts nicht. 3326.

SCHLAF   Gähnen, Müdigkeit

1 Sehr starkes Gähnen, so daß fast der Unterkiefer ausgerenkt wird.
Starkes Gähnen, selbst bei dem Essen. 691.   Ungeheures Gähnen, früh (und am meisten nach dem Mittagsschlafe), als wenn der Unterkiefer ausgerenkt würde. 693.   Ungeheures, convulsivisches Gähnen, daß die Augen von Wasser überlaufen, abends vor dem Schlafengehen, und früh nach dem Aufstehen aus dem Bette. 694.   Ungeheures, krampfhaftes Gähnen, mit Schmerz im Kiefergelenke, als würde es ausgerenkt. 1551.   Bei gänzlichem Mangel an Neigung zum Schlafen gewaltiges krampf-

haftes Gähnen, welches sich alle Minuten dergestalt wiederholte, daß es ihm war, als solle der Mund ganz aufgerissen werden. 1730.   Gefühl von Leere, Schwäche, Einsinken oder Ohnmacht in der Magengrube, so daß sie fast dauernd krampfhaft gähnen mußte. Fast renkte sie sich den Unterkiefer aus dabei. 2290.   Gähnt seit 3 Stunden kontinuierlich. Wenn er das Gähnen nicht zu Ende bringen konnte, waren seine Qualen noch bedeutender. Sperrt gewaltig den Mund auf. 2484.   Heftiges Gähnen, Seufzen. 2700.

2 Abgebrochenes Gähnen. Kann nicht zuende gähnen. Muß nach Erwachen plötzlich tief Atem holen. Gähnen bessert die Atemnot.
Gefühl von Angst und Beklemmung der Brust weckt ihn nachts 12 Uhr aus dem Schlafe; er mußte oft und tief Atem holen und konnte erst nach 1 Stunde wieder einschlafen. 468.   Beklemmung der Brust nach Mitternacht, als wenn die Brust zu enge wäre, wodurch das Atmen gehindert wird. 469.   Öfteres, durch eine Art Unbeweglichkeit und Unnachgiebigkeit der Brust abgebrochenes Gähnen. 695.   Gegen 24 Uhr weckte ihn ein Gefühl von Angst und Beklemmung der Brust aus dem Schlafe, er mußte deswegen oft und tief Atem holen und konnte erst nach Verlaufe von einer Stunde wieder einschlafen. 826.   Gähnt seit 3 Stunden kontinuierlich. Wenn er das Gähnen nicht zu Ende bringen konnte, waren seine Qualen noch bedeutender. Sperrt gewaltig den Mund auf. 2484.   Atemnot aus dem Schlaf, beim Bergsteigen keine Atemnot. 3199.   An manchen Tagen reichlich Gähnen. Verlangen nach einem tiefen Atemzug. 3361.   Verlangen nach einem tiefen Atemzug. Muß den ganzen Tag gähnen. 3379.   Wenn ich gähne, kriege ich dann auch wieder so richtig tief Luft, dann ist es wieder in Ordnung. 3560.

3 Gähnen mit Strecken, Dehnen und Renken der Glieder. Krampfhaftes Gähnen.
Sie muß viel und fast krampfhaft gähnen. 1062.   Den Fieberanfällen geht eine Zeit lang öfteres starkes Gähnen, später Dehnen und Recken der Glieder vorher. 1080.   Heftiges Gähnen mit Strecken der Glieder. 1409.   Tertianfieber, Frost mit heftigem Durst, mit Zähneklappern, Schütteln des ganzen Körpers und Gähnen und Strecken. 2062.   Des Morgens beim Aufstehen überfällt sie ein krampfhaftes Gähnen. 2113.   Krampfhaftes Gähnen früh. 2218.   Vor dem Frost gewaltiges Gähnen und Strecken, Durst. 2581.   Vor dem Frost Strecken und Gähnen. 2651.   Krampfhaftes Gähnen erleichtert die Kopfschmerzen. 2907.   Als Prodrom Gähnen und Strecken, manchmal heftiges Schütteln. 2968.

4 Häufiges Gähnen. Anhaltendes Gähnen. Gähnen nach Schlaf. Gähnen vor dem Schlafengehen.
Öfteres Gähnen. 642.   Höchst oftes Gähnen. 690.   Starkes Gähnen, selbst bei dem Essen. 691.   Öfteres Gähnen nach dem Schlafe. 692.   Ungeheures Gähnen, früh (und am meisten nach dem Mittagsschlafe), als wenn der Unterkiefer ausgerenkt würde. 693.   Ungeheures, convulsivisches Gähnen, daß die Augen von Wasser überlaufen, abends vor dem Schlafengehen, und früh nach dem Aufstehen aus dem Bette. 694.   Große Mattigkeit und Müdigkeit; es war ihm, als wäre er sehr weit gegangen, er mußte öfters gähnen. 834a.   Des Morgens beim Aufstehen überfällt sie ein krampfhaftes Gähnen. 2113.   Krampfhaftes Gähnen früh. 2218.   Gähnt seit 3 Stunden kontinuierlich. Wenn er das Gähnen nicht zu Ende bringen konnte, waren seine Qualen noch bedeutender. Sperrt gewaltig den Mund auf. 2484.   Viel Gähnen. 3088.

5 Gähnen vor den Fieberanfällen. Strecken und Seufzen nach Krampfanfällen. Gähnen erleichtert die Kopfschmerzen. Gähnen bei Beschwerden.
Den Fieberanfällen geht eine Zeit lang öfteres starkes Gähnen, später Dehnen und Recken der Glieder vorher. 1080.   Dies dauert 6-8 Minuten, dann hört sie mit dem Schlagen auf, streckt sich gewaltig, und mit einem tiefen Seufzer endet dieser Zustand, hierauf wird sie ganz ruhig. 1293.   Während des Kopfwehs viel Durst, Übelkeit, Herzklopfen mit Angst, viel Gähnen und Frost mit Zähneklappern. 1669.   Tertianfieber, Frost mit heftigem Durst, mit Zähneklappern, Schütteln des ganzen Körpers und Gähnen und Strecken. 2062.   Vor dem Frost gewaltiges Gähnen und Strecken, Durst.

Gähnen, Müdigkeit / SCHLAF

2581. Vor dem Frost Strecken und Gähnen. 2651. Krampfhaftes Gähnen erleichtert die Kopfschmerzen. 2907. Als Prodrom Gähnen und Strecken, manchmal heftiges Schütteln. 2968. Wenn sie starke Beschwerden hat, muß sie viel gähnen, das Gähnen bringt aber keine Erleichterung. 3103.

6   Sehr tiefer, aber nicht erquickender Schlaf. Unruhiger Schlaf ist erquickend.
Sehr tiefer, und doch nicht erquickender Schlaf. Er glaubt garnicht geschlafen zu haben, wenn er erwacht. 639. Tiefer Schlaf. 640. Schlafsucht nach dem Mittagessen, und tiefer, fester, nicht erquickender Nachmittagsschlaf, 2 Stunden lang; nach dem Erwachen, Gefühl von Abspannung. 645. Fester und anhaltender Schlaf, aus dem er noch müde erwacht. 646. Ungewöhnlich fester, doch nicht erquicklicher Mittagsschlaf. 647. Er schwitzt alle Morgen, wenn er nach vorgängigem Erwachen wieder eingeschlafen ist, und wenn er dann aufsteht, ist er so müde und ungestärkt, daß er sich lieber wieder niederlegen möchte. 684. Die Nacht hindurch wurde der an und für sich unruhige Schlaf noch besonders durch Träume unterbrochen. Dessenungeachtet fühlte er sich beim Erwachen am Morgen vollkommen wohl. 812. Nach dem Schlafe mit beunruhigenden Träumen erwachte er mürrisch, hatte weder Lust zum Sprechen, noch sonst etwas vorzunehmen. 1076. Tiefer, betäubter Schlaf. 1552. Schlaf zu leise, träumerisch und unerquicklich. 1797. Schwieriges Einschlafen, träumt sehr viel und wacht oft auf, nach dem Schlaf nicht erfrischt. 2742. Langsames Einschlafen, wacht oft auf und liegt dann wach, schläft manchmal sehr tief, viel Träume von Tagesgeschäften. 2783. Träumt viel, fühlt sich aber morgens wohl. 2846. Schlaf unruhig und nicht erquickend, unterbrochen von unangenehmen ängstlichen Träumen und Stöhnen und Seufzen. 2897. Aufschrecken im Schlaf, oder tiefer Schlaf mit Schnarchen. 3024. Nachts Anfall von Tachykardie, morgens trotzdem ausgeschlafen. 3198. Fühlt sich nie ausgeschlafen und ist schnell müde und erschöpft. 3339. Ich schlafe viel zu viel, es ist mehr eine Flucht in den Schlaf. 3682.

7   Durch Emotionen wird er schläfrig. Nach und vor Mahlzeiten. Im Winter. Abends schläfrig. Kann morgens gut schlafen.
Auf eine traurige Nachricht wird er sehr schläfrig. 636. Zeitige Abendschläfrigkeit. 644. Schlafsucht nach dem Mittagessen, und tiefer, fester, nicht erquickender Nachmittagsschlaf, 2 Stunden lang; nach dem Erwachen, Gefühl von Abspannung. 645. Ein Vierteljahr nachdem sie aus einem Feuer knapp gerettet worden war, wurde sie jedesmal in der 9. Stunde, derselben Stunde, wo sie in Gefahr war, zu verbrennen, niedergeschlagen, ängstlich, unwohl und mußte sich zu Bette legen. 1284. Fühlt sich schwer und schläfrig nach den Mahlzeiten, besonders nach dem Mittagessen muß sie sich hinlegen. 2393. Verlangen, sich hinzulegen, besonders auch vor dem Essen. 3343. Schläft nicht ein, kann morgens gut schlafen. 3373. Im Winter immer Depressionen, Angstzustände, Müdigkeit. 3675.

8   Schlaf vor und nach Krampfanfällen. Schlaf nach Kopfschmerzanfällen. Schlaf nach Hustenanfällen. Anhaltender Schlaf ominöser Vorbote.
Ein Drücken in den Schläfen; zuweilen gesellt sich ein tiefer Schlaf dazu. 60. Abends halb neun Uhr überraschte ihn plötzlich das Drücken im Kopfe, das sich bald an dieser, bald an jener Stelle besonders hervortat, das aber das Einschlafen nicht hinderte. 834. Der hysterische Krampf endigte mit tiefem Seufzen, worauf betäubter Schlaf eintrat. 1023. Nach dem Delirium war sie ermattet, schlief bald ein, träumte aber viel. 1735. Epilepsie, verfiel nach dem Anfalle in einen tiefen Schlaf, aus dem er mit Schmerz und Wüstsein des Kopfes erwachte. 1789. Schlaflos, stets fürchterliche Träume mit unaufhörlichem Ideendrange. 1820. Schläft nach dem Kieferschmerz die ganze Nacht ruhig und schwitzt. 1993. Wird schläfrig nach jedem Hustenanfall. 2200. Ruhiger Stupor, mit Zucken des Körpers, der Arme oder der Beine im Schlaf, aber immer nur ein Muskel auf einmal. 2231. Nach starkem Blumengeruch fiel sie in einen anhaltenden Schlaf, was bei ihr stets ein ominöser Vorbote ist. 2251. Schläft stehend ein und fällt um, liegt stundenlang bewußtlos, fängt dann an zu krampfen. 2295. Liegt mit halbgeschlossenen Augen ganz apathisch da, um 14 Uhr unter plötzlichem, heftigem Aufschreien Konvulsionen der Gesichtsmuskeln. 2300. Chorea, die

Ignatia

SCHLAF / Gähnen, Müdigkeit

ungeordneten und unfreiwilligen Bewegungen erschwerten sehr das Essen. Gehen behindert und unterbrochen. Während des Schlafes keine Unruhe. 2368.   Epileptische Anfälle mit Niederstürzen, Bewußtlosigkeit, Einschlagen der Daumen, Konvulsionen, Schaum vor dem Munde, enden mit Schlaf. 2370.   Schläfrig bei den Kopfschmerzen, würde am liebsten immer die Augen zuhalten. 3545.

9   Schläft gegen seinen Willen ein. Es zieht ihm die Augenlider zu. Schläft im Sitzen ein, im Liegen kann er nicht schlafen.
Abspannung und Laßheit nach dem Mittagessen; er fühlte sich zu seinen gewöhnlichen Arbeiten unfähig und schlief über alle Gewohnheit über denselben ein. 628.   Müdigkeit, als wenn es ihm die Augenlider zuziehen wollte. 635.   Er schläft über dem Lesen sitzend ein. 637.   Schläfrigkeit, welche, während er sitzt, zum Schlafen einladet; legt er sich aber, so entsteht halbwachender, träumevoller Schlummer. 638.   Neigung zum Schlafe. 643.   Mattigkeit in den Gliedern, Neigung zum Schlafe und Mangel an Eßlust. 816.   Er fühlte sich zu seinen gewöhnlichen Arbeiten unfähig und schlief wider alle Gewohnheit über denselben ein. 827b.   Er fühlte sich zu jeder Beschäftigung unaufgelegt, wußte kaum wie er den Schlaf abwehren sollte, und noch gegen Abend fiel ihm Denken und Sprechen schwer. 830.   Schläfrigkeit, eine Art Schwäche in den Augen. 1972.   Die Augen werden leicht müde. 2358.   Schläft beim Lesen ein. 2860.   Klagt weinend über Leistungsunfähigkeit und Müdigkeit. 3283.

10   Schlaf im Hitzestadium des Fiebers.
Das Fieber fängt nachmittags an und währt bisweilen die Nacht hindurch (Typhus). 1401.   Etwas Durst vor dem Frost, im Frost Rückenschmerz, in der Hitze Schlaf. 1778.   In der Hitze Schläfrigkeit. 2067.   Hitze mit heftiger Urticaria und tiefem Schlaf. Nur leichter Schweiß. 2583.   Schlaf vom Hitzestadium bis zum Schweißstadium und Apyrexie. 2608.   Quotidianfieber, Frost 16 Uhr, Hitze kürzer als der Frost, Schweiß im Schlaf. 2629.   Frost mit Durst und Kopfschmerz, Hitze ohne Durst, Schlaf dauert an bis er schwitzt. Erwacht schwitzend. 2731.   Während der Hitze tiefer, schnarchender Schlaf. 2999.   Der Schlaf dauert gewöhnlich vom Hitzestadium an durch das Schweißstadium hindurch bis in die Apyrexie hinein. 3025.

11   Wie im Traum. Wie aus dem Schlaf erwacht. Sieht müde aus.
Heftiges Gähnen mit Strecken der Glieder. 1409.   Kam sich wie im Traum vor. 1796.   Nach dem Anfall schlug sie die Augen auf, schien wie aus dem Schlafe zu erwachen und hatte keine Erinnerung an das während des Anfalls Geschehene. 1848.   Sieht sehr müde aus und als glaube sie nicht, daß Besserung erreicht werden könne. 2278.

12   Besserung nach Anstrengung bis zur Ermüdung.
Die Schmerzen nehmen langsam zu, werden sehr heftig und hören nur auf, wenn sie vollkommen erschöpft ist. 2366.   Beim Versuche, aufzustehen und aufzudauern erneuter Ohnmachtsanfall. 2492.   Die choreatischen Bewegungen hörten alle auf, wenn die Mutter das Kind bei der Hand nahm und mit ihm herumging. Man mußte so lange herumgehen, bis es müde war. 2921.   Hysterische Verrücktheit, nach einer Ruhepause oder am nächsten Morgen ist alles vorbei. 3057.   Dumpfe Kreuzbeinschmerzen wenn ich länger sitze, besser durch Herumgehen und nach Schlaf, Bauchlage bessert, in Rückenlage stärker. 3485.

SCHLAF   Unruhiger Schlaf, Schlaflosigkeit

1   Unruhe macht Schlaflosigkeit. Kann im Bett nicht ruhig liegen.
Feinstechendes Kriebeln in den Füßen (der Haut der Waden), nach Mitternacht, welches nicht zu

ruhen oder im Bette zu bleiben erlaubt. 552. Durch innere Unruhe, vermehrte innere Wärme und Durst, gestörter Schlaf. 724. Ängstliche Unruhe im Bett, muß sich immer hin- und herdrehen. 1746. Am Tag überarbeitet, findet er keine Ruhe in der Nacht. Die Ängste und Geschäfte des Tages wiederholen sich in den Träumen. 2279. Abends beim Zubettgehen häufiger Lagewechsel, kann sich aber nicht anstrengen, kann nicht einschlafen, fühlt sich hellwach, wenn sie eindöst, wacht sie sofort auf. 2332. Völlige Schlaflosigkeit und große Unruhe. 2442. Mußte im Bett liegen, wo sie während des Wachens in nicht heftiger, aber fortwährender Bewegung sich befand und nur während tiefen Schlafes ruhig liegen konnte. 2491. Unruhe, Schlaflosigkeit, nächtliche Pulsationen im Bauch. 2529. Nach Brustamputation große Angst, Unruhe, dauerndes Wälzen im Bett. 2568. Schlaflos, kann nicht lange auf einem Platz liegenbleiben. 3327.

2 Aufschrecken und Zucken beim Einschlafen. Aufschrecken im Schlaf.

Abends beim Einschlafen, Rucke und Zucke durch den ganzen Körper. 606. Einzelnes Zucken der Gliedmaßen beim Einschlafen. 609. Nach dem Niederlegen zuckt und fippert es in einzelnen Teilen der Muskeln, hie und da am Körper. 610. Schreckt im Schlafe jählings auf, wimmert, mit kläglichen Gesichtszügen, tritt und stampft mit den Füßen, wobei Hände und Gesicht blaß und kalt sind. 664. Schreckhafte Erschütterungen, wenn er einschlafen will, wegen monströser Phantasien, z. B. ein menschlicher Kopf mit einem Pferdehals verbunden, die ihm vorkommen und ihm noch nach dem Erwachen vorschweben. 667. Schreckhafte Erschütterung, früh, beim Erwachen aus einem so leichten Schlafe, worin sie jeden Glockenschlag hört. 669. Schlief bald nach dem Anfalle wieder ein, wobei er öfters zusammenfuhr und sich eine allgemeine trockene Hitze über den Körper verbreitete. 1075. Wenn er einschlafen will, erschrickt er. 1105. Seit mehreren Nächten durchaus kein Schlaf, will sie einschlafen, so schreckt sie auf und die Glieder zucken. 1307. Bei Typhus gänzliche Schlaflosigkeit: wenn sie anfangen zu schlummern, kommen ihnen allerhand Phantasiebilder vor, worüber sie aufschrecken, so wie auch beunruhigende Träume. 1425. Nächte teils schlaflos, teils unangenehmer, durch öfteres Aufschrecken unterbrochener Halbschlaf. 1948. Abends beim Zubettgehen häufiger Lagewechsel, kann sich aber nicht anstrengen, kann nicht einschlafen, fühlt sich hellwach, wenn sie eindöst, wacht sie sofort auf. 2332. Unruhiger Schlaf, Aufschrecken im Schlaf, viele Träume. 2339. Unwillkürliches Zucken und Rucken der Beine beim oder kurz nach dem Einschlafen, entweder ein oder beide Beine, wenn er das Bein steif ausstreckte, bebte es. 2418. Erwacht nachts wie von einem Schreck. 2727. Zucken, Rucken oder Krämpfe einzelner Glieder oder des ganzen Körpers beim Einschlafen. 2961. Aufschrecken im Schlaf, oder tiefer Schlaf mit Schnarchen. 3024. Schläft unruhig, schreckt nachts auf und zittert dabei am ganzen Körper. 3163. 3-4 Uhr Tachykardien, Herzstocken, Erschrecken. 3264. Schreckt mehrfach nachts auf. 3297. Erschrickt leicht und stark. Zusammenfahren. Aufschrecken im Schlaf. 3366. Aufschrecken nachts beim Einschlafen. 3631.

3 Aufwachen in der Nacht.

Er wacht die Nacht um 3 Uhr auf, es wird ihm über und über heiß und er erbricht die abends genossenen Speisen. 226. Gefühl von Angst und Beklemmung der Brust weckt ihn nachts 12 Uhr aus dem Schlafe; er mußte oft und tief Atem holen und konnte erst nach 1 Stunde wieder einschlafen. 468. Schlaflosigkeit, kann nicht einschlafen, und erwacht (nachts) ohne bemerkbare Ursache. 649. Erwacht früh über grausamen Träumen. 673. Erwacht über grausamen Träumen (z. B. vom Ersäufen) aus dem Nachmittagsschlafe. 676. Gegen 24 Uhr weckte ihn ein Gefühl von Angst und Beklemmung der Brust aus dem Schlafe, er mußte deswegen oft und tief Atem holen und konnte erst nach Verlaufe von einer Stunde wieder einschlafen. 826. Schlechter und unterbrochener Schlaf. 1656. Schwieriges Einschlafen, träumt sehr viel und wacht oft auf, nach dem Schlaf nicht erfrischt. 2742. Langsames Einschlafen, wacht oft auf und liegt dann wach, schläft manchmal sehr tief, viel Träume von Tagesgeschäften. 2783. Unruhig, weint viel, Häufiges Erwachen. 3126. Schläft unruhig, schreckt nachts auf und zittert dabei am ganzen Körper. 3163. Kind wacht stets 23 Uhr auf und schreit, seit Krankenhausaufenthalt. 3274. Wacht nachts häufig auf. 3436.

SCHLAF / Unruhiger Schlaf, Schlaflosigkeit

4 Leiser Schlaf. Hört jedes Geräusch.
Schlaf so leise, daß man alles dabei hört, z. B. weit entfernten Glockenschlag. 650.   Der Schlaf ist nicht mehr fest, das leiseste Geräusch im Nebenzimmer wird von ihr gehört und beunruhigt sie. 1378.   Leiser Schlaf, so daß man alles dabei hört. 1553.   Schlaf zu leise, träumerisch und unerquicklich. 1797.   Litt während der Regel an einem sehr leisen Nachtschlafe. 1900.   Konnte nicht schlafen, nicht nur wegen des Juckens, sondern weil das kleinste Geräusch sie weckte. 2721.

5 Einschlafstörung.
Schlaflosigkeit, kann nicht einschlafen, und erwacht (nachts) ohne bemerkbare Ursache. 649.   Abends, im Bette, wie Wallung im Blute, wovor er nicht einschlafen konnte. 660.   Sie kann nicht in Schlaf kommen, wegen Hitze und vielem Durst. 1160.   Abends beim Zubettgehen häufiger Lagewechsel, kann sich aber nicht anstrengen, kann nicht einschlafen, fühlt sich hellwach, wenn sie eindöst, wacht sie sofort auf. 2332.   Das Denken an die Kränkung läßt ihn nicht einschlafen. 2338.   Abends spätes Einschlafen. 2451.   Schwieriges Einschlafen, träumt sehr viel und wacht oft auf, nach dem Schlaf nicht erfrischt. 2742.   Langsames Einschlafen, wacht oft auf und liegt dann wach, schläft manchmal sehr tief, viel Träume von Tagesgeschäften. 2783.   Lag stundenlang wach und schlief erst bei Tagesanbruch ein. 2829.   Therapieresistente Einschlaflosigkeit. 3156.   Einschlafstörungen. 3269.   Schläft nicht ein, kann morgens gut schlafen. 3373.   Herzklopfen abends im Bett, verhindert das Einschlafen. 3475.   Ich war warm und hatte eiskalte Füße, die habe ich nur durch ein ganz heißes Fußbad warm gekriegt, sonst wäre ich nicht eingeschlafen. 3540.   Vor der Periode oder am ersten Tag habe ich meist Einschlafschwierigkeiten. 3686.

6 Schlaflosigkeit die ganze Nacht. Schlaflosigkeit nach Kopfschmerzen.
Schlaflosigkeit. 641.   Die Nächte brachte sie, der heftigen Kopf- und Armschmerzen wegen, ganz schlaflos zu. 1054.   Der Magenschmerz ließ ihn des Nachts nicht schlafen. 1104.   Schlaflosigkeit mit Ängstlichkeit. 1124.   Wenig Schlaf. 1698.   Die Nacht nach dem Schrecken wurde schlaflos zugebracht. 1701.   Bei gänzlichem Mangel an Neigung zum Schlafen gewaltiges krampfhaftes Gähnen, welches sich alle Minuten dergestalt wiederholte, daß es ihm war, als solle der Mund ganz aufgerissen werden. 1730.   Schlaflos, stets fürchterliche Träume mit unaufhörlichem Ideendrange. 1820.   Tic douloureux mit Kopfkongestion, schlaflose Nächte. 2309.   In der ersten Nacht während des Kopfschmerzanfalls kann sie nicht schlafen, obwohl sie vor den geschlossenen Augen Figuren und Objekte sich bewegen sieht. 2315.   Nach jedem Kopfschmerzanfall Schlaflosigkeit, profuser, blasser Urinabgang, Melancholie und viel Seufzen. 2317.   Nahezu vollständige Schlaflosigkeit. 2416.   Völlige Schlaflosigkeit und große Unruhe. 2442.   Völlige Schlaflosigkeit. 2459.   Nach Ignatia nach langer Zeit wieder gesunder Schlaf. 2694.   Jucken verhindert Schlaf. Schläft er vor Erschöpfung ein, kratzt er die Haut ab. 2724.   Konnte nicht schlafen. 3042.   Ein junges Mädchen verliebt sich in einen verheirateten Mann, liegt nächtelang wach, schluchzt und kann nur an ihn denken. 3051.   Er aß nicht mehr und konnte nicht mehr schlafen. 3202.   Appetitlos. Schläft nicht mehr. 3244.   Schlaf gelingt nur mit Schlafmitteln. 3335.   Nervös, kann nicht schlafen. 3368.

7 Unruhiger Schlaf.
Unruhiger Schlaf. 648.   In der Nacht, im Bette, verändert er oft seine Lage, legt sich bald dahin, bald dorthin. 652.   Wimmerndes Schwatzen im Schlafe; er wirft sich im Bette herum. 653.   Die Nacht hindurch wurde der an und für sich unruhige Schlaf noch besonders durch Träume unterbrochen. Dessenungeachtet fühlte er sich beim Erwachen am Morgen vollkommen wohl. 812.   Schlaf unruhig, mit öfterem Erwachen. 1140.   Unruhiger Schlaf und große Nachtunruhe. 1554.   Unruhiger Schlaf, Aufschrecken im Schlaf, viele Träume. 2339.   Unruhiger Schlaf voller Träume. 2559.   Bei Nacht ruhelos, im Schlafe wandelte und schwatzte sie. 2638.   Schlaf unruhig und nicht erquickend, unterbrochen von unangenehmen ängstlichen Träumen und Stöhnen und Seufzen. 2897.   Schläft unruhig, schreckt nachts auf und zittert dabei am ganzen Körper. 3163.

SCHLAF Beschwerden im Schlaf. Schlaflage.

1   Gemüts- und Geisteszustand in der Nacht.
Früh, im Augenblicke des Erwachens, fühlt er eine Schwere, eine Anhäufung, Stockung und Wallung des Geblüts im Körper, mit Schwermut. 668.   Erwacht mit mürrischer Miene. 671.   Erwacht mit freundlichem Gesichte. 672.   Beim Erwachen steht sie plötzlich auf und redet etwas Ungereimtes, ehe sie sich besinnt. 674.   Beim Wachen, nach Mitternacht, Furcht vor Dieben. 761.   Fixe Ideen, z. B. von Musik und Melodien, abends, vor und nach dem Niederlegen. 790.   Nach dem Schlafe mit beunruhigenden Träumen erwachte er mürrisch, hatte weder Lust zum Sprechen, noch sonst etwas vorzunehmen. 1076.   Sie fürchtete von den Ihrigen ermordet zu werden und konnte deshalb nachts nicht schlafen. Sie bezog jedes unschuldige Wort, jedes Geräusch auf diese fixe Idee. 1808.   Brachte unter Herzklopfen und furchtbaren Beängstigungen die Nächte schlaflos hin. 1814.   Es weckt sie gewöhnlich nachts, die Angst läßt sie nicht mehr schlafen. 2096.   Das Denken an die Kränkung läßt ihn nicht einschlafen. 2338.   Voller Kummer, schlaflos. 2356.   Will dauernd ihre Lage wechseln. 2412.   Angst vor dem Alleinsein, sehr ängstlich nachts. 2413.   Am Morgen nach einem warmen Bad erwachte sie sehr kurzatmig und bekam sofort Angst. 2512.   Die Besorgnis der Mutter in der Schwangerschaft geschah von Sonnenuntergang bis Mitternacht, in dieser Zeit geht es jetzt dem Kind schlechter. 2546.   Erwacht häufig morgens mit schrecklicher Depression. 2811.   Schlaf schlecht, weil sie sich von den traurigen Gedanken nicht befreien kann. 3154.   Kind wacht stets 23 Uhr auf und schreit, seit Krankenhausaufenthalt. 3274.   Glaubt, daß ihr Mann durch ihre Nachlässigkeit ums Leben gekommen ist. Tagsüber sind diese quälenden Gedanken durch Beschäftigung zu ertragen, nachts nicht. 3326.

2   Krämpfe in der Nacht. Wenn das Kind zur Strafe ins Bett geschickt wird. Zuckungen.
Abends nach dem Niederlegen, krampfhaftes Hin- und Herbewegen des Zeigefingers. 535.   Abends beim Einschlafen, Rucke und Zucke durch den ganzen Körper. 606.   Einzelnes Zucken der Gliedmaßen beim Einschlafen. 609.   Nach dem Niederlegen zuckt und fippert es in einzelnen Teilen der Muskeln, hie und da am Körper. 610.   Krämpfe der Kinder, wenn sie gleich nach Bestrafung ins Bett gelegt werden. 2197.   Heftige Krämpfe in der Hinterseite der Oberschenkel bei Rückenlage, wesentlich stärker 3 Uhr morgens. 2210.   Ruhiger Stupor, mit Zucken des Körpers, der Arme oder der Beine im Schlaf, aber immer nur ein Muskel auf einmal. 2231.   Unwillkürliches Zucken und Rucken der Beine beim oder kurz nach dem Einschlafen, entweder ein oder beide Beine, wenn er das Bein steif ausstreckte, bebte es. 2418.   Epilepsie, als petit mal Cardialgie, Anfälle immer nachts. 2432.   Zucken und Rucken in den Muskeln und in der Haut beim ruhig Liegen. 2705.   Schlaflosigkeit, Zittern und Zucken der Glieder. 2826.   Wenn Kinder getadelt und ins Bett geschickt werden, bekommen sie Übelkeit oder Konvulsionen im Schlaf. 2945.   Zucken, Rucken oder Krämpfe einzelner Glieder oder des ganzen Körpers beim Einschlafen. 2961.   Liegt mit geschlossenen Augen fast abgedeckt und krampft mit Armen und Beinen. 3304.

3   Schlaf im Hitzestadium des Fiebers.
Das Fieber fängt nachmittags an und währt bisweilen die Nacht hindurch (Typhus). 1401.   Etwas Durst vor dem Frost, im Frost Rückenschmerz, in der Hitze Schlaf. 1778.   In der Hitze Schläfrigkeit. 2067.   Hitze mit heftiger Urticaria und tiefem Schlaf. Nur leichter Schweiß. 2583.   Schlaf vom Hitzestadium bis zum Schweißstadium und Apyrexie. 2608.   Quotidianfieber, Frost 16 Uhr, Hitze kürzer als der Frost, Schweiß im Schlaf. 2629.   Frost mit Durst und Kopfschmerz, Hitze ohne Durst, Schlaf dauert an bis er schwitzt. Erwacht schwitzend. 2731.   Während der Hitze tiefer, schnarchender Schlaf. 2999.   Der Schlaf dauert gewöhnlich vom Hitzestadium an durch das Schweißstadium hindurch bis in die Apyrexie hinein. 3025.

4   Hitze oder Schweiß in der Nacht.

SCHLAF / Beschwerden im Schlaf. Schlaflage

Er wacht die Nacht um 3 Uhr auf, es wird ihm über und über heiß und er erbricht die abends genossenen Speisen. 226. Schlummerndes Träumen vor Mitternacht, bei allgemeiner Hitze, ohne Schweiß. 682. Die Nacht allgemeine ängstliche Hitze mit geringem Schweiße, Herzklopfen, kurzem Atem und geilen Träumen; am meisten, wenn er auf einer von beiden Seiten, weniger, wenn er auf dem Rücken liegt. 683. Nachthitze von 2 bis 5 Uhr (bei vollem Wachen) über und über, vorzüglich an Händen und Unterfüßen, ohne Schweiß und ohne Durst, und ohne Trockenheitsempfindung. 683a. Er schwitzt alle Morgen, wenn er nach vorgängigem Erwachen wieder eingeschlafen ist, und wenn er dann aufsteht, ist er so müde und ungestärkt, daß er sich lieber wieder niederlegen möchte. 684. Nach dem Essen Frost und Schüttelschauder; nachts Ängstlichkeit und Schweiß. 712. Gefühl von allgemeiner Hitze, früh im Bette, ohne Durst, wobei er sich nicht gern aufdeckt. 719. Nächtliche Hitze, wobei er sich aufzudecken verlangt, und sich aufdecken läßt. 720. Hitze des Körpers, vorzüglich während des Schlafes. 721. Durch innere Unruhe, vermehrte innere Wärme und Durst, gestörter Schlaf. 724. Die Nacht um 2 Uhr, Ächzen über äußere Hitze, will leichter zugedeckt sein. 725. Früh im Bette bekommt er Hitze und Herzklopfen. 749. Nachts 1 Uhr Fieberhitze, 1 Stunde hindurch, besonders im Gesichte, mit klopfendem Kopfschmerz in der Stirne und wenig Durst. 1000. Früh 4 Uhr heftiger allgemeiner Frost mit Zähneklappern und starkem Durst 2 Stunden lang, wobei sie jedoch innerlich mehr warm war. 1001. Schlief bald nach dem Anfalle wieder ein, wobei er öfters zusammenfuhr und sich eine allgemeine trockene Hitze über den Körper verbreitete. 1075. Sie kann nicht in Schlaf kommen, wegen Hitze und vielem Durst. 1160. Schläft nach dem Kieferschmerz die ganze Nacht ruhig und schwitzt. 1993. Erwachte nach einigen Stunden Schlaf im Schweiße. 2017. Nachts Hitze im Kopf, Herzklopfen, Schlaflosigkeit und öfteres Seufzen. 2129. Täglich Anfälle von Fieber, meistens nachmittags und abends, oft die ganze Nacht dauernd, einige Male mit ermattendem nächtlichem Schweiß. 2447. Nach Verdruß Kriebeln im Rücken, zugleich heftiger Fieberfrost mehrere Stunden lang und starke Hitze, welche bis in die Nacht dauerte und mit Schweiß endigte. 2476. Hitze am Abend, Schweiß die ganze Nacht, ohne Durst. 2517. Frost jeden Nachmittag, Fieber am Abend, Schweiß die ganze Nacht. 2643. Kalte Füße, ihr wird sehr heiß am ganzen Körper im Bett. 2784. Sobald die Hitze beginnt, wird äußere Wärme nicht mehr vertragen, muß sich aufdecken. 2993. Sie saß im Bett schweißgebadet und erschöpft, hustete und würgte. 3053. Kopfschweiß, immer im Schlaf. 3206. Schwitzt nachts. 3296. Liegt mit geschlossenen Augen fast abgedeckt und krampft mit Armen und Beinen. 3304. Das linke Bein habe ich viel auf der Decke, es sucht nach der Kühle. 3596. Ich decke mich gut zu, im Laufe der Nacht schwitze ich meist und decke mich wieder ab. 3688. Schwitzt nachts im Bett. 3691.

5 Kopfschmerz früh im Bette.

Früh, im Bette, beim Erwachen und Öffnen der Augen arger Kopfschmerz, welcher beim Aufstehen vergeht. 22. Eingenommenheit des Kopfes, früh beim Erwachen, in wirklich drückenden Kopfschmerz sich verwandelnd, der sich besonders in der Stirne fixierte, und die Augen so angriff, daß die Bewegung der Augenlider und der Augäpfel in ihnen schmerzhaft wurde. 27. Zuckender Kopfschmerz, welcher sich vermehrt, wenn man die Augen aufschlägt. 50. Früh beim Erwachen Kopfschmerz, als wenn das Gehirn zertrümmert und zermalmt wäre; beim Aufstehen vergeht er. 78. Schmerz in Gelenke des Unterkinnbackens, früh, beim Liegen. 142. Früh, in dem Bette, scharfdrückender Schmerz in den Halswirbeln in der Ruhe. 486. Schlief abends ruhig ein, fühlte aber beim Erwachen des Morgens, daß er von heftigen drückenden Kopfschmerzen belästigt war. Diese Schmerzen nahmen von Stunde zu Stunde zu, bis ihn zeitig am Abend der Schlaf wieder übereilte. 809. Die Eingenommenheit des Kopfes fand sich nach einer ruhig durchschlafenen Nacht wieder ein. 810a. Kopfschmerz beim Erwachen drückender Art im ganzen Kopfe. 2078. Die halbseitigen Kopfschmerzen befallen plötzlich, meistens früh gleich nach dem Erwachen oder bald nach dem Aufstehen, nehmen dann zu bis nachmittags und mildern sich dann. Abends und nachts hat sie nie Kopfschmerzen. 2106. Kopfschmerz beginnt beim Aufstehen morgens und nimmt bis 16 Uhr zu, verschwindet meistens erst nach dem Nachtschlaf. 2282. Gesichtsschmerzkrisen hervorgerufen durch Bewegung, Mahlzeiten und Aufstehen morgens. 2487. Schmerz rechts über dem Auge scharf, intensiv, kommt morgens beim Erwachen, dauert eine oder zwei Stunden und kann jederzeit nachmittags oder abends wiederkommen. 2570.   Kopfschmerzen meist morgens beim Aufwachen. 3543.   Morgens im Bett Schmerzen in der linken Nackenseite innerlich bis zur linken Kopfseite, bei Bewegung, aber entschieden besser nach dem Aufstehen. 3580.

6 Auslaufen des Speichels im Schlaf.
Auslaufen des Speichels aus dem Munde im Schlafe. 247.   Speichel fließt reichlich aus dem Mund im Schlaf oder wenn sie den Kopf aufs Kopfkissen legt. 1652.   Speichel fließt im Schlaf aus dem Mund. 1744.   Beißt sich oft unwillkürlich, zumal im Schlafe, in die Zunge. 1974.   Während des Schlafes läuft ein rötlicher Speichel aus ihrem Munde. 2032.

7 Atemstörungen im Schlaf.
Gefühl von Angst und Beklemmung der Brust weckt ihn nachts 12 Uhr aus dem Schlafe; er mußte oft und tief Atem holen und konnte erst nach 1 Stunde wieder einschlafen. 468.   Beklemmung der Brust nach Mitternacht, als wenn die Brust zu enge wäre, wodurch das Atmen gehindert wird. 469. Während des Schlafes kurzes Einatmen und langsames Ausatmen. 658.   Während des Schlafes, alle Arten von Atmen wechselweise, kurzes und langsames, heftiges und leises, wegbleibendes, schnarchendes. 659.   Während des Schlafes, schnarchendes Einatmen. 661.   Die Nacht allgemeine ängstliche Hitze mit geringem Schweiße, Herzklopfen, kurzem Atem und geilen Träumen; am meisten, wenn er auf einer von beiden Seiten, weniger, wenn er auf dem Rücken liegt. 683.   Gegen 24 Uhr weckte ihn ein Gefühl von Angst und Beklemmung der Brust aus dem Schlafe, er mußte deswegen oft und tief Atem holen und konnte erst nach Verlaufe von einer Stunde wieder einschlafen. 826. Nächtliche Brustbeklemmung, besonders nach Mitternacht. 1514.   Erwacht von den Krämpfen mit stoßendem Atem und seine erste Klage ist über Hunger. 2297.   Am Morgen nach einem warmen Bad erwachte sie sehr kurzatmig und bekam sofort Angst. 2512.   Muß sich nachts ans offene Fenster setzen. 3194.   Atemnot aus dem Schlaf, beim Bergsteigen keine Atemnot. 3199.

8 Herzklopfen im Schlaf.
Abends, im Bette, wie Wallung im Blute, wovor er nicht einschlafen konnte. 660.   Nach dem (Mittags-) Schlafe Herzklopfen. 748.   Nächtliches Herzklopfen, mit Stichen am Herzen. 1525. Schlaf durch die Herzschmerzen gestört, schreckliche Träume, starkes Herzklopfen im Schlaf. 1768. Brachte unter Herzklopfen und furchtbaren Beängstigungen die Nächte schlaflos hin. 1814.   Selten Herzklopfen in der Nacht. 1959.   Unruhe, Schlaflosigkeit, nächtliche Pulsationen im Bauch. 2529. Puls erst schnell, dann langsam, abwechselnd mit Schlaflosigkeit. 2683.   Herzklopfen, sobald sie sich hinlegt, Gefühl, als ob das Herz rollte oder rotierte statt zu schlagen, hierdurch Erstickungsgefühl. 2750.   Das Herzklopfen ließ ihr Tag und Nacht keine Ruhe, Nächte vollständig schlaflos. 2816. Nachts Anfall von Tachykardie, morgens trotzdem ausgeschlafen. 3198.   3-4 Uhr Tachykardien, Herzstocken, Erschrecken. 3264.   Angst daß sie es mit dem Herzen hat abends im Bett. 3382. Druck am Herz in der Ruhe, abends im Bett, für eine halbe Stunde. 3402.   Herzklopfen abends im Bett, verhindert das Einschlafen. 3475.   Wenn ich liege, pocht es mir hier im Nacken, ich spüre den Herzschlag dann auch im Unterbauch und in den Armen, eigentlich im ganzen Körper. 3665.   Das Pochen ist auch dann, wenn ich liege und das Gefühl habe, ganz entspannt und ruhig zu sein. 3666.

9 Afterschmerzen lassen nicht schlafen.
Abends nach dem Niederlegen, zwei Stunden lang, scharf drückender Schmerz im Mastdarme (Proktalgie), ohne Erleichterung in irgendeiner Lage, welcher sich ohne Blähungsabgang von selbst legt. 365. Heftiges Jücken im Mastdarme abends im Bette. 372.   In der Mitte der Harnröhre, ein scharrig kratzender und kratzend reißender Schmerz (abends beim Liegen im Bette). 402.   Jücken rings um die Zeugungsteile und an der Rute, abends nach dem Niederlegen, welches durch Kratzen vergeht. 409.   Eine strenge, wurgende Empfindung in den Hoden, abends nach dem Niederlegen im Bette. 420.   Anhaltender Schmerz wie ein dauernder Stich im Anus. Er konnte nicht im Bett bleiben und mußte die ganze Nacht herumlaufen. Am Tag fühlte er ihn beim ruhig Sitzen. 1678.   Das Kind

SCHLAF / Beschwerden im Schlaf. Schlaflage

war immer schläfrig, weil der Schmerz im After es am Schlafen hinderte. 1680.   Heftig lanzinierende, brennende und klopfende Schmerzen im Anus während der Nacht, die auf die abendliche Stuhlentleerung folgt, sie hören die ganze Nacht nicht auf und verhindern den Schlaf. 1879.   Heftige, anhaltende, Schlaf und Ruhe raubende, stechende und wund brennende Schmerzen im Mastdarm. 2000.

10 Andere Beschwerden früh im Bette.
(Früh nach dem Erwachen im Bette) die Zungenspitze äußerst schmerzhaft (Schründen, Reißen), als wenn sie verbrannt oder verwundet wäre. 144.   Ein kolikartiger Schmerz, als wenn die Eingeweide platzen sollten, im Oberbauche, fast wie ein Magenschmerz, welcher sich bis in die Kehle erstreckt, früh im Bette, beim Liegen auf der Seite. 283.   Leibweh: anhaltender Zerschlagenheitsschmerz der Gedärme, früh im Bette. 299.   Hohler, trockener Husten, früh beim Erwachen aus dem Schlafe. 446.   Schmerz im heiligen Beine, auch beim Liegen auf dem Rücken, früh im Bette. 501.   Drückender Zerschlagenheitsschmerz im Kreuze beim Liegen auf dem Rücken, früh im Bette. 502.   Unleidlicher (namenloser) Schmerz in den Knochenröhren und Gelenken des Armes, auf welchem man nicht liegt, früh im Bette, der nur vergeht, wenn man sich auf die andere, schmerzhafte Seite legt. 514.   Früh, im Bette, Schmerz wie Zerschlagenheit in dem Schulterkopfe der Seite, auf welcher man liegt, welcher vergeht, wenn man sich auf die entgegengesetzte Seite oder auf den Rücken legt. 515.   Am Knöchel der Hand, reißender Schmerz, früh nach dem Erwachen. 521.   Im Daumengelenke, reißender Schmerz, als wenn es verrenkt wäre, früh beim Schlummern im Bette. 523.   Früh, beim Aufstehen aus dem Bette, Steifigkeit der Knie und Gelenke des Fußes, des Oberschenkels und des Kreuzes. 540.   Innerlich im Ballen der Ferse, ein jückend zuckender Schmerz, vorzüglich früh im Bette. 574.   Reißend brennender Schmerz im Fersenknochen, früh beim Erwachen. 575.   Beim Aufstehen aus dem Bette matt bis zur Ohnmacht mit Schwindel, Ohrenbrausen und kaltem, allgemeinem Schweiße, es wurde im Sitzen besser. 1003.   Früh, beim Erwachen, hohler, trockener Husten, von Kitzel über dem Magen. 1519.   Früh im Bette, im Liegen auf dem Rücken, Schmerz im heiligen Beine. 1528.   Nach Schlaf kam der Schwindel mit furchtbarer Heftigkeit. 2252.   Kreuzschmerzen über die Nierengegend, morgens im Bett, bei der Arbeit, beim Bücken. 2862.   Bauchschmerz links morgens im Liegen, besser beim Aufstehen. 3612.   Ischias links, morgens vor dem Aufstehen spüre ich es immer stark. 3644.

11 Beschwerden nach dem Mittagsschlaf.
Gleich nach dem Mittagsschlafe, Kopfweh: ein allgemeines Drücken durch das ganze Gehirn, als wenn des Gehirns, oder des Blutes zu viel im Kopfe wäre, durch Lesen und Schreiben al mählich vermehrt. 46.   Nach dem Mittagsschlafe Trübsichtigkeit des rechten Auges, als wenn ein Flor darüber gezogen wäre. 103.   Nach dem (Mittags-) Schlafe Herzklopfen. 748.

12 Andere Beschwerden abends im Bette.
Vor dem Einschlafen Druck in beiden Jochbeinen. 111.   Stechend zuckender Schmerz im linken Schoße abends beim Liegen im Bette. 337.   Abends nach dem Niederlegen, beim Einschlafen, Reiz zum Husten. 447.   Abends nach dem Niederlegen ein (nicht kitzelnder) ununterbrochener Reiz zum Hüsteln im Kehlkopfe, der durch Husten nicht vergeht, eher noch durch Unterdrückung des Hustens. 448.   Beim Liegen auf der rechten Seite, abends im Bette, schmerzt der Schulterkopf der linken Seite wie zerschlagen, und der Schmerz vergeht, wenn man sich auf den schmerzenden Arm legt. 512.   Unleidlicher (namenloser) Schmerz in den Knochenröhren und Gelenken des Armes, auf welchem man nicht liegt, abends im Bette, der nur vergeht, wenn man sich auf den schmerzenden Arm legt. 513.   Abends nach dem Niederlegen, in einem Teile der Muskeln des Vorderarmes, ein Zucken, als wenn eine Maus unter der Haut krabbelte. 516.   Im ganzen linken Unterschenkel, schmerzliches Ziehen, im Bette vor dem Einschlafen; es läßt bisweilen nach, kommt aber heftiger zurück. 555.   Hie und da in der Beinhaut, in der Mitte der Knochenröhren ein, wie Quetschung schmerzender, flüchtiger Druck, wie mit einem harten Körper, im Liegen auf der einen oder anderen Seite, abends im Bette. 600.   Unzählige, feine Stiche bald hie, bald da, wie Flohstiche, (vorzüglich

im Bette). 611.　　Abends nach dem Niederlegen, im Bette, Jücken hie und da, welches durch Kratzen leicht vergeht. 613.　　Abends halb neun Uhr überraschte ihn plötzlich das Drücken im Kopfe, das sich bald an dieser, bald an jener Stelle besonders hervortat, das aber das Einschlafen nicht hinderte. 834.　　Die Anfälle von Kopfschmerz kommen gewöhnlich alle Nachmittage oder abends beim Bettgehen, sie hat dann jedesmal Frost mit Trockenheit im Munde. 1899.　　Jeden Abend, nachdem sie etwa eine halbe Stunde im Bett gelegen hat, Schmerzen im rechen Unterkiefer bis zur Schläfe, dauert 1-1 1/2 Stunden ohne Unterbrechung, aber in Exacerbationen. 1992.　　Der Kitzelhusten ist abends nach dem Niederlegen am lästigsten und weckte sehr oft aus dem Schlafe. 2118.　　Heftiger bohrender Schmerz in der linken Schläfe, schlechter beim Niederlegen abends, teilweise Besserung durch Liegen auf der schmerzhaften Seite. 2307.　　Die Besorgnis der Mutter in der Schwangerschaft geschah von Sonnenuntergang bis Mitternacht, in dieser Zeit geht es jetzt dem Kind schlechter. 2546.

13　Andere Beschwerden in der Nacht. Beschwerden wecken.

Abends, im Bette, Blähungskolik; eine Art im Bauche hie und dahin tretendes Drücken, bei jedesmaligem Aufwachen die Nacht erneuert. 651.　　Der Magenschmerz ließ ihn des Nachts nicht schlafen. 1104.　　Nachts im Bette, Taubheitsgefühl und Laufen, wie von etwas Lebendigem, im Arme. 1531.　　Schmerzen im Sacrum, in den Nieren und in den Schultern, nachts manchmal Gefühl wie von heftigen Faustschlägen. 1655.　　Magendrücken nach dem Essen, in der Nacht ärger als am Tage mit Übelkeit. 1952.　　Qualvollste Magenschmerzen, welche sich gewöhnlich 19-20 Uhr, noch häufiger gegen Mitternacht einstellten, 2-3 Stunden andauerten und allmählich verschwanden. 2003.　　Der Kitzelhusten ist abends nach dem Niederlegen am lästigsten und weckte sehr oft aus dem Schlafe. 2118.　　3-4 Ischiasanfälle pro Tag, mehr in der Nacht, wo sie aufstehen und herumgehen muß. 2242.　　Bauchschmerz, dumpfes Wehtun, am schlimmsten eine Stunde vor den Mahlzeiten und nachts im Bett. 2265.　　Nach großem Schreck reichliche Diarrhoe, mehr in der Nacht, schmerzlos, mit viel Flatus. 2348.　　Jucken schlechter nachts und in einem warmen Raum. 2469.　　Als Folge von Gemütsbewegungen Schwäche und Leerheitsgefühl im Epigastrium, so daß selbst nachts Speisen genossen werden mußten. 2518.　　Kälte nachts im Bett, kalte Füße, trägt Bettschuhe. Rückgrat kalt, wie ein kalter Eisenstab, nicht besser durch Kleidung, muß den Rücken an ihrem Mann wärmen oder mit einer Wärmflasche. 2674.　　Eiliger Harndrang nachts, muß oft aufstehen. 2764.　　Ischias rechts, die Schmerzen waren blitzartig, in heftigen Schlägen, besonders nachts, sie zwangen dazu, dauernd die Lage zu wechseln. Tagsüber litt er wenig. 2790.　　Muß nachts eine Kleinigkeit essen. 3193.

14　Beschwerden morgens und abends.

Abends vor dem Einschlafen und früh stehen die Speisen gleichsam bis oben herauf. 225.　　Krampfhafte Blähungskolik im Oberbauche, abends beim Einschlafen und früh beim Erwachen. 298.　　Erneuerung der Schmerzen gleich nach dem Mittagessen, abends gleich nach dem Niederlegen, und früh gleich nach dem Aufwachen. 621.　　Die Zufälle erneuern sich nach dem Mittagessen, abends nach dem Niederlegen und früh, gleich nach dem Erwachen; sie mindern sich in der Rückenlage, im Liegen auf dem schmerzhaften Teil, oder auch überhaupt durch Veränderung der Lage. 1546.

15　Beschwerden von der Körperlage beeinflußt.

Er legt den Kopf vorwärts auf den Tisch. 17.　　Zerreißender Kopfschmerz nach Mitternacht beim Liegen auf der Seite, welcher beim Liegen auf dem Rücken vergeht. 48.　　Ein kolikartiger Schmerz, als wenn die Eingeweide platzen sollten, im Oberbauche, fast wie ein Magenschmerz, welcher sich bis in die Kehle erstreckt, früh im Bette, beim Liegen auf der Seite. 283.　　Schmerz im heiligen Beine, auch beim Liegen auf dem Rücken, früh im Bette. 501.　　Drückender Zerschlagenheitsschmerz im Kreuze beim Liegen auf dem Rücken, früh im Bette. 502.　　Auf der Seite, auf welcher er liegt, schläft der Arm ein. 511.　　Beim Liegen auf der rechten Seite, abends im Bette, schmerzt der Schulterkopf der linken Seite wie zerschlagen, und der Schmerz vergeht, wenn man sich auf den schmerzenden Arm legt. 512.　　Unleidlicher (namenloser) Schmerz in den Knochenröhren und Gelenken des Armes, auf welchem man nicht liegt, abends im Bette, der nur vergeht, wenn man sich auf den schmerzenden Arm legt. 513.   Unleidlicher (namenloser) Schmerz in den Knochenröhren und Gelenken des Armes, auf welchem man nicht liegt, früh im Bette, der nur vergeht, wenn man sich auf die andere, schmerzhafte Seite legt. 514.   Früh, im Bette, Schmerz wie Zerschlagenheit in dem Schulterkopfe der Seite, auf welcher man liegt, welcher vergeht, wenn man sich auf die entgegengesetzte Seite oder auf den Rücken legt. 515.   Nachts auf der einen oder der anderen Seite, worauf man liegt, Schmerz, wie zerschlagen, in den Gelenken des Halses, des Rückens und der Schulter, welcher bloß im Liegen auf dem Rücken vergeht. 601.   Die Nacht allgemeine ängstliche Hitze mit geringem Schweiße, Herzklopfen, kurzem Atem und geilen Träumen; am meisten, wenn er auf einer von beiden Seiten, weniger, wenn er auf dem Rücken liegt. 683.   Fieber, erst Frost über die Arme, besonders die Oberarme, dann Hitze und Röte der Wangen, und Hitze der Hände und Füße, ohne Durst, während des Liegens auf dem Rücken. 713.   Namenloser Schmerz in den Knochenröhren des Arms, er glaubt die Knochen seien zerbrochen; nur wenn er nachts auf dem leidenden Teile lag, fühlte er auf Augenblicke Linderung. 1027.   Reißen erst im Daumen, dann unter dem Ellbogengelenke, bei Bewegung und Ruhe gleich, des Nachts aber am heftigsten und nur zu mindern, wenn sie sich auf den schmerzhaften Arm oder denselben über den Kopf legt. 1259.   Die Zufälle erneuern sich nach dem Mittagessen, abends nach dem Niederlegen und früh, gleich nach dem Erwachen; sie mindern sich in der Rückenlage, im Liegen auf dem schmerzhaften Teil, oder auch überhaupt durch Veränderung der Lage. 1546.   Die geringste Bewegung erhöht die Kopfschmerzen, Pat. muß ruhig auf dem Rücken liegen mit geschlossenen Augen oder sitzend den Kopf auf den Tisch auflegen. 2108.   Sie lag ruhig auf dem Rücken, weil die geringste Bewegung den Kopfschmerz erhöhte. 2132.   Heftiger bohrender Schmerz in der linken Schläfe, schlechter beim Niederlegen abends, teiweise Besserung durch Liegen auf der schmerzhaften Seite. 2307.   Kopfschmerz besser durch Lagewechsel und Liegen auf der schmerzhaften Seite. 2593.   Dumpfe Kreuzbeinschmerzen wenn ich länger sitze, besser durch Herumgehen und nach Schlaf, Bauchlage bessert, in Rückenlage stärker. 3485.   Ich kann auf der linken Seite nicht mehr liegen, da bleibt mir das Herz stehen. 3499.   Kopfweh, Hinlegen bessert manchmal, besser, wenn ich auf dem Rücken liege, wenn ich mich auf die Seite drehe, kommt es wieder. 3606.   Ischias links, es tut weh, wenn ich nachts auf der rechten Seite liege. 3642.

16 Schlaflage.
Er legt den Kopf vorwärts auf den Tisch. 17.   Liegt im Schlafe auf dem Rücken, und legt die flache Hand unter das Hinterhaupt. 662.   Früh liegt er auf dem Rücken und legt den einen Arm über den Kopf, so daß die flache Hand unter das Hinterhaupt oder in den Nacken zu liegen kommt. 663.   Wenn er sich ins Bett legt, sich gerade ausstreckt, den Kopf und Rücken etwas nach hinten neigt, und dann warm wird, ist ihm noch am besten. 1330.   Konnte nicht auf dem Rücken, nur auf der Seite oder im Sessel schlafen. 1745.   Abwechselnd Lachen und Weinen. Bricht in Tränen aus und vergräbt ihr Gesicht in der Bettdecke. 2678.   Wenn ich auf dem Rücken liege, kann ich nicht gut einschlafen, ich muß entweder auf der rechten oder auf der linken Seite liegen. 3599.

SCHLAF   Träume

1   Träume mit Nachdenken, Anstrengung, fixen Ideen, die nach dem Erwachen fortdauern, mit dem gleichen Inhalt immer wieder.
Sie träumt, sie stehe, stehe aber nicht fest; aufgewacht, habe sie dann ihr Bett untersucht, ob sie fest liege, und habe sich ganz zusammengekrümmt, um nur gewiß nicht zu fallen; dabei immer etwas schweißig über und über. 675.   Fixe Idee im Traume: träumt die ganze Nacht durch von einem und demselben Gegenstande. 679.   Träume desselben Inhaltes mehrere Stunden über. 680.   Träume mit Nachdenken und Überlegung. 681.   Nachts Träume voll gelehrter Kopfanstrengungen und

wissenschaftlicher Abhandlungen. 685. Träume, welche das Nachdenken anstrengen, gegen Morgen. 686. Nächtliche Phantasien, die das Nachdenken anstrengen. 687. Im Traume nachdenkliche Beschäftigung mit einerlei Gegenstande die ganze Nacht hindurch; eine fixe Idee, die ihn auch nach dem Aufwachen nicht verläßt. 688. Fixe Ideen, z. B. von Musik und Melodien, abends, vor und nach dem Niederlegen. 790. Fixe Ideen im Traume, die nach dem Erwachen fortdauern. 1555. Träume meist mühselig. 1747. Schlaflos, stets fürchterliche Träume mit unaufhörlichem Ideendrange. 1820. Am Tag überarbeitet, findet er keine Ruhe in der Nacht. Die Ängste und Geschäfte des Tages wiederholen sich in den Träumen. 2279. Sehr große Gedächtnisschwäche, vergißt alles außer Träumen. 2335. Hat sich im Traum das Leben genommen, als sie merkte, daß sie noch lebte, fragte sie sich, wozu ihr Selbstmord gut gewesen sei. 3320.

2 Träume mit Traurigkeit, Weinen, getäuschten Hoffnungen.
Träume voll Traurigkeit; er erwacht weinend. 665. Träumt die Nacht, er sei ins Wasser gefallen und weine. 677. Nachts Träume voll getäuschter und fehlgeschlagener Erwartungen und Bestrebungen. 678. Hat sich im Traum das Leben genommen, als sie merkte, daß sie noch lebte, fragte sie sich, wozu ihr Selbstmord gut gewesen sei. 3320.

3 Grausame, schreckliche, phantasievolle Träume.
Schreckhafte Erschütterungen, wenn er einschlafen will, wegen monströser Phantasien, z. B. ein menschlicher Kopf mit einem Pferdehals verbunden, die ihm vorkommen und ihm noch nach dem Erwachen vorschweben. 667. Träume voll schreckhafter Dinge. 670. Erwacht früh über grausamen Träumen. 673. Erwacht über grausamen Träumen (z. B. vom Ersäufen) aus dem Nachmittagsschlafe. 676. Träumte, lebendig begraben zu sein. 854. Nach dem Schlafe mit beunruhigenden Träumen erwachte er mürrisch, hatte weder Lust zum Sprechen, noch sonst etwas vorzunehmen. 1076. Bei Typhus gänzliche Schlaflosigkeit: wenn sie anfangen zu schlummern, kommen ihnen allerhand Phantasiebilder vor, worüber sie aufschrecken, so wie auch beunruhigende Träume. 1425. Schlaf durch die Herzschmerzen gestört, schreckliche Träume, starkes Herzklopfen im Schlaf. 1768. Schlaflos, stets fürchterliche Träume mit unaufhörlichem Ideendrange. 1820. Sogar tagsüber hatte sie oft merkwürdige Visionen, z. B. einen Mann, der an der Decke aufgehängt war, Stimmen und Rufe von Leuten, die sich in ihrer Nähe unterhielten. 1905.

4 Träume sehr bildhaft. Sieht Figuren und Objekte bei geschlossenen Augen.
Sogar tagsüber hatte sie oft merkwürdige Visionen, z. B. einen Mann, der an der Decke aufgehängt war, Stimmen und Rufe von Leuten, die sich in ihrer Nähe unterhielten. 1905. Im Fieber, besonders nachts, wird sie somnambulistisch und beschreibt anschaulich das Innere ihres Gehirns oder sie sieht alles, was auf der Straße vor sich geht, erinnert sich aber beim Erwachen an nichts. 2221. In der ersten Nacht während des Kopfschmerzanfalls kann sie nicht schlafen, obwohl sie vor den geschlossenen Augen Figuren und Objekte sich bewegen sieht. 2315.

5 Andere Träume: Ängstliche, Alpdrücken, geile Träume.
Die Nacht allgemeine ängstliche Hitze mit geringem Schweiße, Herzklopfen, kurzem Atem und geilen Träumen; am meisten, wenn er auf einer von beiden Seiten, weniger, wenn er auf dem Rücken liegt. 683. Ängstliche Träume, Schreckhaftigkeit, Besorgnis, sie werde geisteskrank. 2454. Sie schrie im Schlaf, sah Schlangen und neigte zum Schlafwandeln. 3032. Schlaf unruhig und nicht erquickend, unterbrochen von unangenehmen ängstlichen Träumen und Stöhnen und Seufzen. 2897. Nächtliches Alpdrücken mit Erwachen. 3170.

6 Viele Träume. Schlaf durch viele Träume immer wieder unterbrochen.
Die Nacht hindurch wurde der an und für sich unruhige Schlaf noch besonders durch Träume unterbrochen. Dessenungeachtet fühlte er sich beim Erwachen am Morgen vollkommen wohl. 812. Störung des Nachtschlafs durch viele Träume. 1042. Viele und schmerzvolle Träume. 1055. Nach dem Schlafe mit beunruhigenden Träumen erwachte er mürrisch, hatte weder Lust zum Sprechen,

SCHLAF / Träume

noch sonst etwas vorzunehmen. 1076. Nach dem Delirium war sie ermattet, schlief bald ein, träumte aber viel. 1735. Schlaf zu leise, träumerisch und unerquicklich. 1797. Schlaflos, stets fürchterliche Träume mit unaufhörlichem Ideendrange. 1820. Unruhiger Schlaf, Aufschrecken im Schlaf, viele Träume. 2339. Unruhiger Schlaf voller Träume. 2559. Schwieriges Einschlafen, träumt sehr viel und wacht oft auf, nach dem Schlaf nicht erfrischt. 2742. Langsames Einschlafen, wacht oft auf und liegt dann wach, schläft manchmal sehr tief, viel Träume von Tagesgeschäften. 2783. Träumt viel, fühlt sich aber morgens wohl. 2846. Träumt jedesmal, wenn er schläft. 2861. Schlaf unruhig und nicht erquickend, unterbrochen von unangenehmen ängstlichen Träumen und Stöhnen und Seufzen. 2897. Viel Träumen. 2910. Träumt viel und schläft besser, wenn sie nichts liest. 3288.

7 Erwachen durch Träume. Träume vor Mitternacht, gegen Morgen, beim Erwachen morgens.
Träume voll Traurigkeit; er erwacht weinend. 665. Erwacht früh über grausamen Träumen. 673. Beim Erwachen steht sie plötzlich auf und redet etwas Ungereimtes, ehe sie sich besinnt. 674. Erwacht über grausamen Träumen (z. B. vom Ersäufen) aus dem Nachmittagsschlafe. 676. Schlummerndes Träumen vor Mitternacht, bei allgemeiner Hitze, ohne Schweiß. 682. Träume, welche das Nachdenken anstrengen, gegen Morgen. 686. Im Traume nachdenkliche Beschäftigung mit einerlei Gegenstande die ganze Nacht hindurch; eine fixe Idee, die ihn auch nach dem Aufwachen nicht verläßt. 688. Fixe Ideen, z. B. von Musik und Melodien, abends, vor und nach dem Niederlegen. 790. Früh morgens ängstlich verworrene Träume und Phantasien. 1006. Bei Typhus gänzliche Schlaflosigkeit: wenn sie anfangen zu schlummern, kommen ihnen allerhand Phantasiebilder vor, worüber sie aufschrecken, so wie auch beunruhigende Träume. 1425. Nächtliches Alpdrücken mit Erwachen. 3170.

8 Reden im Schlaf. Grimmassieren im Schlaf. Schlafwandeln. Stöhnen, Seufzen im Schlaf.
Wimmerndes Schwatzen im Schlafe; er wirft sich im Bette herum. 653. Stampft (strampelt) im Schlafe mit den Füßen. 654. Bewegt den Mund im Schlafe, als wenn er äße. 655. Sie bewegt im Schlafe die Muskeln des offenen Mundes nach allen Richtungen, fast convulsiv, wobei sie mit den Händen einwärts zuckt. 656. Im Schlafe Stöhnen, Krunken, Ächzen. 657. Schreckt im Schlafe jähling auf, wimmert, mit kläglichen Gesichtszügen, tritt und stampft mit den Füßen, wobei Hände und Gesicht blaß und kalt sind. 664. Redet weinerlich und kläglich im Schlafe; das Einatmen ist schnarchend, mit ganz offenem Munde, und bald ist das eine Auge, bald das andere etwas geöffnet. 666. Beim Erwachen steht sie plötzlich auf und redet etwas Ungereimtes, ehe sie sich besinnt. 674. Im Fieber, besonders nachts, wird sie somnambulistisch und beschreibt anschaulich das Innere ihres Gehirns oder sie sieht alles, was auf der Straße vor sich geht, erinnert sich aber beim Erwachen an nichts. 2221. Bei Nacht ruhelos, im Schlafe wandelte und schwatzte sie. 2638. Schlaf unruhig und nicht erquickend, unterbrochen von unangenehmen ängstlichen Träumen und Stöhnen und Seufzen. 2897. Sie schrie im Schlaf, sah Schlangen und neigte zum Schlafwandeln. 3032.

SCHWINDEL

1 Von unten heraufsteigendes schwindelähnliches Gefühl.
Nach dem Frühstücken steigt eine Art Ängstlichkeit aus dem Unterleibe in die Höhe. 233. Ziehen und Kneipen im Unterleibe: es kam in den Mastdarm, wie Pressen, mit Wabblichkeit und Schwäche in der Herzgrube und Gesichtsblässe (zwei Tage vor dem Monatlichen). 335. Es zieht ihm in den

SCHWINDEL

Kopf, die Sinne schwinden ihm, er fängt an zu phantasieren (Epilepsie). 1388.   Kommt ihm die Epilepsie in den Kopf, schwinden ihm die Sinne, kommt es in die Beine, behält er die Besinnung. 1390.   Manchmal scheint sich der Bauchschmerz das Rückgrat hinauf zum Kopf zu erstrecken, er fühlt sich dann sehr seltsam, weiß kaum was los ist und fürchtet zu fallen. 2267.   Epilepsie: Das Blut stieg in den Kopf, Schwindel, Zittern der Glieder und Schweißausbruch. 2533.   Angst um das Herz, die in die Brust aufsteigt. 2680.   Komisches Gefühl von unten herauf bis in den Kopf, Leeregefühl im Kopf. 3437.

2   Schwächeempfindung in der Herzgrube und Gefühl, als bekäme man nicht genügend Atemluft.
Eine besondere Schwächeempfindung in der Gegend des Oberbauches und der Herzgrube. 267. Sehr matt am ganzen Körper; wenn er geht, ist es ihm, als wenn der Atem fehlen wollte, es wird ihm weichlich in der Herzgrube und dann Husten. 476.   Schmerz in der Schoßgegend, wobei ihr der Atem ausbleibt, mit Wabblichkeit und Gefühl von Schwäche in der Herzgrube. 1029.   Schwächegefühl im Bauch mit seufzendem Atemholen. Zittriges Gefühl im Bauch und im ganzen Körper. 1335. Nicht zu beschreibendes Gefühl in der Herzgrube, wobei es an der Herzgrube herüber zu eng ist mit Kurzatmigkeit, als wenn der untere Teil mit einem Schnürleib zusammengezogen wäre, gewöhnlich mit heftigem Herzklopfen. 1415.   Engigkeit in der Herzgrube nicht selten bis zur Ohnmacht erhöht, mit verschlossenen Augen scheint der Atem ganz still zu stehen. 1416.   Lästiges Leerheitsgefühl in der Herzgrube, sie fühlt sich schwach, ohnmächtig, hohl da, was nicht erleichtert wird durch Essen, mit seufzenden Atemzügen. 2147.   Gefühl von Leere, Schwäche, Einsinken oder Ohnmacht in der Magengrube, so daß sie fast dauernd krampfhaft gähnen mußte. Fast renkte sie sich den Unterkiefer aus dabei. 2290.   Vor Beginn der Kopfschmerzen Gefühl von Leere in Magen und Brust, Steifheit des Nackens und der Trapecii. 2311.   Ein Kanarienvogel erlitt einen Schock, saß da mit geschlossenen Augen, nahm nichts wahr, der Schnabel senkte sich langsam auf den Boden, unter gelegentlichem nach Luft Schnappen richtete er sich nur vorübergehend wieder auf. 3041.   Unwillkürliches Seufzen und ein Schwäche- und Leeregefühl in der Magengrube. 2937.   Die Müdigkeit spüre ich im Magen, als ob ich Hunger habe. 3340.   Verlangen nach einem tiefen Atemzug. 3341. Flaues Magengefühl mit etwas Schwindel, mir ist etwas schummerig, Schwanken. 3681.

3   Leeregefühl, Leichtigkeitsgefühl, Wüstheit im Kopf. Freisein im Kopf wie nach Kaffee.
Gefühl von Hohlheit und Leere im Kopfe. 2.   Wüstheit im Kopfe, früh nach dem Aufstehen. 11. Der Kopf ziemlich leicht, ohne Schmerz. 1038.   Epilepsie, verfiel nach dem Anfalle in einen tiefen Schlaf, aus dem er mit Schmerz und Wüstsein des Kopfes erwachte. 1789.   Der Kopf erschien ihr zu leicht. 1795.   Komisches Gefühl von unten herauf bis in den Kopf, Leeregefühl im Kopf. 3437. Während eines intensiven Gesprächs habe ich plötzlich ein schwer zu beschreibendes Gefühl gehabt: Das Gefühl, als sei der Kopf frei, hat sich verschärft, als hätte man zu viel Kaffee getrunken. 3570. Freiheitsgefühl im Kopf, dazu kamen ziemlich starke Angstzustände und eine unwahrscheinliche Unruhe, ich konnte nirgens sitzenbleiben. 3571.   Benommenheit und Übelkeit im Stehen noch mehr, wenn ich hinkniee und mit meinem Sohn spiele, habe ich das Gefühl, daß der Kopf besser durchblutet ist, die Übelkeit ist dann auch besser. 3656.

4   Schweregefühl im Kopf. Wie zu viel Blut im Kopf.
Der Kopf ist schwer. 15.   Schwere des Kopfs, als wenn er zu sehr mit Blut angefüllt wäre. 19. Schwere und Eingenommenheit des Kopfes. 25.   Früh, im Augenblicke des Erwachens, fühlt er eine Schwere, eine Anhäufung, Stockung und Wallung des Geblüts im Körper, mit Schwermut. 668. Gegen 20 Uhr Schwere und Eingenommenheit des Kopfes. 815.   Vor und während der Regel beklagte sie sich über Schwere und Hitze im Kopfe. 1165.   In der Apyrexie: Schwere im Kopfe, Klopfen in den Schläfen, Gefühl, als wäre der Kopf kleiner. 1722.   Beim Bücken Schwere in der Stirn, als wäre ein Eimer voll Wasser daselbst. 1891.   Kopfweh mit Schwere und Hitze im Kopfe, beim Monatlichen. 2144.   Bei stetem Stockschnupfen Vollsein und Schwere im Kopf. 2299.

Traumatische Epilepsie, als Aura Melancholie, Schweregefühl des Kopfes, Aphasie. 2430. Epilepsie: Das Blut stieg in den Kopf, Schwindel, Zittern der Glieder und Schweißausbruch. 2533. Allgemeine Mattigkeit. Schwere im Kopf. 2845. Ein Kanarienvogel erlitt einen Schock, saß da mit geschlossenen Augen, nahm nichts wahr, der Schnabel senkte sich langsam auf den Boden, unter gelegentlichem nach Luft Schnappen richtete er sich nur vorübergehend wieder auf. 3041. Benommenheit und Übelkeit im Stehen noch mehr, wenn ich hinkniee und mit meinem Sohn spiele, habe ich das Gefühl, daß der Kopf besser durchblutet ist, die Übelkeit ist dann auch besser. 3656.

5 Andere schwindelähnliche Empfindungen: Gefühl, als wäre der Kopf kleiner. Gefühl von Bewegungen im Kopf. Gerichtetes Ziehen im Hinterkopf. Wie ein Block im Kopf. Gefühl auf einer Anhöhe zu stehen. Wie ausgedehnt. In der Brust wie unsicher.
Schwindel. 6. In der Apyrexie: Schwere im Kopfe, Klopfen in den Schläfen, Gefühl, als wäre der Kopf kleiner. 1722. Glaubte auf einer furchtbaren Anhöhe zu stehen und nicht wieder herabgelangen zu können. 1734. Häufiger Schwindel. 1762. Unerträgliches Kopfweh, beim Gehen dubbert's im Kopf, das geringste Geräusch vermehrt den Schmerz. 1890. Ziehen im Hinterkopf wie an einem Stricke. 1894. Gefühl wie ein Block im Kopf. 1921. Gefühl in den Gelenken und im Körper wie ausgedehnt. 1989. Ein unangenehmes, nicht ganz schmerzhaftes Gefühl in der Brust, wie unsicher, schwach und müde. 2326. Sehr selten Schweiß, in der Apyrexie außer leichtem Schwindel Wohlbefinden. 2407. Gefühl als ob das Hirn sich schwammartig ausdehnt und im Kopf hin- und herschlottert. 2904. Ich habe das Gefühl, daß alles im Kopf abläuft. 3575. Kopfschmerzen über den ganzen Kopf verteilt, mehr rechts. Ein gespanntes, ein ziemlich angespanntes Gefühl, als ob alles sich zusammenzieht, immer wieder durchzieht. 3605.

6 Empfindung von Hin- und Herschwanken bei Schwindel. Fällt hin durch den Schwindel. Heftige Schwindelanfälle.
Eine Art Schwindel: Empfindung von Hin- und Herschwanken. 9. Sie träumt, sie stehe, stehe aber nicht fest; aufgewacht, habe sie dann ihr Bett untersucht, ob sie fest liege, und habe sich ganz zusammengekrümmt, um nur gewiß nicht zu fallen; dabei immer etwas schweißig über und über. 675. Wenn sie das Bett nicht erreichte, mußte sie fallen, so schwindlig oder drehend wurde sie. 1285. Fühlt, als wenn er in einer Wiege oder Schaukel bewegt würde. 1405. Wird blaß, hat Herzklopfen, und wenn sie nicht gehalten wird, glaubt sie zu fallen. 1868. Jeder epileptische Anfall begann mit dem Gefühle des Bewegtseins der Umgebung. 2034. Heftige Schwindelanfälle, hervorgerufen durch Gemütsalterationen, Erkältungen oder Diätfehler, erscheinen selten spontan. 2250. Nach Schlaf kam der Schwindel mit furchtbarer Heftigkeit. 2252. Flaues Magengefühl mit etwas Schwindel, mir ist etwas schummerig, Schwanken. 3681.

7 Wanken beim Gehen. Stolpert leicht. Unsicherheit der Bewegungen.
Schwindel: er wankte im Gehen und konnte sich nur mit Mühe aufrecht erhalten. 10. Schwankt im Gehen, fällt leicht und stolpert über das Geringste, was im Wege liegt, hin. 634. Schwindel in einem so hohen Grade, daß er beim Gehen wankte und sich nur mit Mühe aufrecht erhalten konnte. 812a. Sehr schwach. Schwankender Gang. Geht sorgfältig. 2346. Nach der Ohnmacht war sie nicht mehr im Stande, die intentionierten gewöhnlichen Bewegungen glatt auszuführen. 2490. Tagsüber Gleichgewichtsörungen mit Schwanken. 3407. Ich stoße überall an, Dinge fallen mir aus den Händen. Ich sehe ein Tischbein, eine Tür, da habe ich schon dagegengestoßen. 3674.

8 Die Sinne schwinden. Das Bewußtsein schwindet immer wieder. Sie verliert das halbe Bewußtsein. Kopf verwirrt. Getümmel im Kopf. Düsterheit des Kopfes. Wie im Traum.
Düsterheit und Eingenommenheit des Kopfes. 12. Geht ganz betroffen, verdutzt, verblüfft einher. 753. Das Bewußtsein schwindet immer wieder. 1034. Kopfweh, welches die Besinnung schwächt. 1181. Nach heftigem Ärger, Schwindel, bohrendes Kopfweh, eine solche Gedanken-

schwäche, daß er den Verstand zu verlieren glaubt. Dabei Schmerzen aller Glieder. 1272. Sie verliert das halbe Bewußtsein, und wenn man sie nicht hielte, würde sie zusammenstürzen. In diesem Augenblicke ballt sie die rechte Hand zur Faust und schlägt sich damit auf die Brust,. 1292. Es zieht ihm in den Kopf, die Sinne schwinden ihm, er fängt an zu phantasieren (Epilepsie). 1388. Kommt ihm die Epilepsie in den Kopf, schwinden ihm die Sinne, kommt es in die Beine, behält er die Besinnung. 1390. Klagende Schreie, gefolgt von Ohnmacht und momentanem Bewußtseinsverlust. 1582. Nach dem Husten verschwanden die Sehstörungen, der Kopf blieb verwirrt und die Schläfen klopften weiter. 1758. Kam sich wie im Traum vor. 1796. Heftige Konvulsionen und Syncope nach jeder Periode. 2634. Große Mattigkeit mit zeitweiligen Ohnmachtsanfällen und Weinkrämpfen besonders vormittags. 2896. Ein Kanarienvogel erlitt einen Schock, saß da mit geschlossenen Augen, nahm nichts wahr, der Schnabel senkte sich langsam auf den Boden, unter gelegentlichem nach Luft Schnappen richtete er sich nur vorübergehend wieder auf. 3041. Schreckliches Getümmel in seinem Kopf. 3119. Täglich 23 Uhr Kollaps, muß ins Bett getragen werden. 3259. Unruhe nicht körperlich, sondern nervlich, wenn der Bus über eine Unebenheit fährt, kippe ich sofort in eine Migräne hinein, dann ist der ganze Kreislauf durcheinandergekommen. 3507. Kopfweh, das ist, wie wenn die Nerven da, ich weiß nicht, wie ich es ausdrücken soll. 3598.

9 Ohnmachtsgefühl. Schwindel und Ohnmacht mit kaltem Schweiß. Ohnmachtsgefühl im Epigastrium.

Gefühl im Magen, als wenn man lange gefastet hätte, wie von Leerheit mit fadem Geschmacke im Munde und Mattigkeit in allen Gliedern. 263. Mattigkeit, wie von einer Schwäche um die Herzgrube herum; es wird ihm weichlich; er muß sich legen. 632. Heftige Angst um die Herzgrube, mit Schwindel, Ohmacht und sehr kalten Schweißen. 732. Zittern und Convulsionen mit Herzensangst, Schwindel, Ohnmachten und kalten Schweißen. 802. Beim Aufstehen aus dem Bette matt bis zur Ohnmacht mit Schwindel, Ohrenbrausen und kaltem, allgemeinem Schweiße, es wurde im Sitzen besser. 1003. Vor und während der Regel Frösteln abwechselnd mit Hitze, Ängstlichkeit, Herzklopfen, ohnmachtähnliche Mattigkeit im ganzen Körper, besonders den Extremitäten. 1179. Engigkeit in der Herzgrube nicht selten bis zur Ohnmacht erhöht, mit verschlossenen Augen scheint der Atem ganz still zu stehen. 1416. Der geringste Schmerz verursacht Ohnmacht. 1673. Lästiges Leerheitsgefühl in der Herzgrube, sie fühlt sich schwach, ohnmächtig, hohl da, was nicht erleichtert wird durch Essen, mit seufzenden Atemzügen. 2147. Während des Monatlichen Lichtscheu, zusammenziehende Kolik, Angst und Herzklopfen, Mattigkeit und Ohnmacht. 2162. Ohnmacht. 2177. Leeregefühl und Hinsein in der Magengrube, nicht besser durch Essen. 2359. Hinsein und Leeregefühl im Epigastrium. 2395. Beim Versuche, aufzustehen und aufzudauern erneuter Ohnmachtsanfall. 2492. Ohnmachtähnliches Leeregefühl im Epigastrium. 2520. Schreck macht Übelkeit und Ohnmächtigkeit. 2664. Ohnmachtähnliches Gefühl im Magen. 2762. Ohnmacht-während des Schweißstadiums oder wenn die Hitze in Schweiß übergeht. 3010. Ohnmachtsanfälle. 3061. Als der Vater sie strafen wollte, verdrehte sie die Augen und wurde ohnmächtig. 3165. Gelegentlich bei Magenschmerzen Syncope mit Schweiß. 3313. Nach kalt Trinken merkwürdiges Gefühl im Magen, wie Ohnmacht, ein Schmerz ist es nicht. 3511.

10 Gefühl wie betrunken.

Trunkenheit. 13. Eine fremde Empfindung im Kopfe, eine Art Trunkenheit, wie von Branntwein, mit Brennen in den Augen. 14. Rauschähnliche Benommenheit des Kopfes, den ganzen Tag andauernd, und mehrmals in wirkliche drückende Schmerzen der Stirne und besonders der rechten Hälfte derselben übergehend und das Denken sehr erschwerend. 26. Bier steigt leicht in den Kopf und macht trunken. 190. Leicht bedusselt, einfach keinen klaren Kopf, als ob man am Abend getrunken hätte, so ein Katerkopfschmerz. 3653.

11 Sehschwäche, Trübsichtigkeit, Augenmüdigkeit.

Nach dem Mittagsschlafe Trübsichtigkeit des rechten Auges, als wenn ein Flor darüber gezogen wäre. 103. Müdigkeit, als wenn es ihm die Augenlider zuziehen wollte. 635. Anfälle von drückendem, klemmendem Schmerz in der Stirne und dem Hinterkopfe, wobei das Gesicht rot wurde, die Augen tränten und die Sehkraft abnahm. 1019. Er klagte nach dem Anfall über starke Übelkeit, heftigen nach außen pressenden Kopfschmerz, der sich durch Aufrichten und Bewegen vermehrte und Schwindel verursachte, . 1112. Wegen Kopfschmerzen kann sie nicht gut sehen, es ist ihr, als wäre der Verstand benommen. 1892. Schwerhörig, sieht alles wie durch einen Nebel. 2336. Die Augen werden leicht müde. 2358. Schwindligkeit mit Nebelsehen und Trübsehen wenn sie an vielen Leuten auf der Straße vorbeigeht. 2386. Die Augen werden leicht müde bei Gebrauch, besonders wenn sie Bauchschmerzen hat. 2839. Schlapp, Schwindel beim Drehen und Heben des Kopfes, Sehstörungen. 3325.

12 Augenflimmern. Dunkle Flecke vor Augen. Skotom vor Kopfschmerzen.
Ein Kreis weiß glänzender, flimmernder Zickzacke außer dem Gesichtspunkte beim Sehen, wobei gerade die Buchstaben, auf die man das Auge richtet, unsichtbar werden, die daneber aber deutlicher. 104. Ein zickzackartiges und schlangenförmiges, weißes Flimmern seitwärts des Gesichtspunktes, bald nach dem Mittagessen. 105. Unsichtbarkeit der Buchstaben, auf die man die Augen richtet, und größere Deutlichkeit der danebenstehenden Buchstaben. Es kam mir vor als wären die mittleren Buchstaben des Wortes, welches ich gerade lesen wollte, mit Kreide überstrichen, während die Anfangs- und Endsilben eines längeren Wortes oder die Anfangs- oder Endbuchstaben eines einsilbigen Wortes an Deutlichkeit gewonnen hatten. 852. Schwindel mit Flirren vor den Augen. 1043. Sieht öfters schwarze Punkte und Fleckchen vor den Augen. 1059. Alle 8-15 Stunden plötzlicher krampfhafter Hustenanfall mit Zusammenziehen am Nabel, Magen, Luftröhre und Speiseröhre, mit Verdunkelung des Sehens und unzähligen Funken vor Augen. 1756. Das Gesicht wird rot, Kopfschmerz, Klopfen in den Schläfen, Summen in den Ohren, sieht Blitze. 1869. Skotom durch Bewegung. 2066. Vor dem Kopfschmerz direkt über der rechten Augenbraue ein Zickzackrad mit Farbenspiel. 2548. Wenn die Sehstörungen nachlassen, sieht er zwar die Worte beim Lesen, er kann aber keinen Sinn mit ihnen verbinden. 2549. Feurige Zickzackerscheinungen vor den Augen (Augenleiden). 2616. Ich sehe im Auge so Zickzack. Wie der Viertelmond ein Bogen im Zickzack. So hell wie ein Neonlicht. 3491. Zickzacksehen, wenn ich lange auf bin und schwer schaffe, dann kommt es nach dem Mittagessen, Liegen bessert, wenn ich aufstehe, sehe ich nichts mehr. 3492.

13 Ohrgeräusche.
Ohrenklingen. 115. Ohrenbrausen. 116. Beim Aufstehen aus dem Bette matt bis zur Ohnmacht mit Schwindel, Ohrenbrausen und kaltem, allgemeinem Schweiße, es wurde im Sitzen besser. 1003. Das Fieber kam täglich 17.30 Uhr, die Kälte dauerte eineinhalb Stunden, dann erfolgte eine halbe Stunde lang Hitze mit Durst, dann Schweiß mit Durst, Ohrensausen und Ohrenstechen. 1165. Vor und während der Regel beklagte sie sich über Schwere und Hitze im Kopfe, heftige drückende Schmerzen in der Stirne, Empfindlichkeit der Augen gegen das Licht, Ohrenklingen. 1177. Sausen in den Ohren wie vom Winde, die Ohren laufen aus und es entstehen Schorfe unter dem Ohre. 1199. Brausen vor den Ohren wie von starkem Winde. 1200. Unaufhörlich Ohrenbrausen. 1817. Das Gesicht wird rot, Kopfschmerz, Klopfen in den Schläfen, Summen in den Ohren, sieht Blitze. 1869. Epilepsie endet mit noch länger zurückbleibendem Sausen und Tönen in und außer den Ohren. 2037. Kopfschmerzen, Sausen im Ohr. 2505. Mit Augenleiden von Ohrgeräuchen geplagt, wie Zirpen eines Grashüpfers. 2617. Ohrensausen gebessert durch Musik. 2925.

14 Denkstörung bei Schwindel oder Benommenheit.
Benommenheit des Kopfes mit Schmerzen in der rechten Seite desselben, besonders im Hinterkopfe, das Denken und Sprechen erschwerend. 23. Rauschähnliche Benommenheit des Kopfes, den ganzen Tag andauernd, und mehrmals in wirkliche drückende Schmerzen der Stirne und besonders der rechten Hälfte derselben übergehend und das Denken sehr erschwerend. 26. Rauschähnliche Benommenheit des Kopfes, welche den ganzen Tag hindurch continuierte und mehrmals in wirkliche drückende Schmerzen der Stirne und besonders der rechten Hälfte derselben überging, auch das Denken sehr erschwerte. 810. Schwindel in einem so hohen Grade, daß er beim Gehen wankte

und sich nur mit Mühe aufrecht erhalten konnte. Einzelne Stiche fuhren ihm durch den Kopf, es stellte sich Ohrenbrausen ein und vor den Augen bewegten sich scheinbar die vorliegenden Gegenstände. Daher vermochte er auch kaum, einen Gedanken auf einen Augenblick festzuhalten. 812a. Gegen 9 Uhr erschien Benommenheit des Kopfes, wozu sich Schmerzen in der rechten Seite desselben, besonders im Hinterkopfe, weniger dagegen in der Stirne mischten. Beide Symptome erschwerten nicht allein das Denken, sondern sogar auch das Sprechen. 828. Kopfweh, welches die Besinnung schwächt. 1181. Nach heftigem Ärger, Schwindel, bohrendes Kopfweh, eine solche Gedankenschwäche, daß er den Verstand zu verlieren glaubt. Dabei Schmerzen aller Glieder. 1272. Wegen Kopfschmerzen kann sie nicht gut sehen, es ist ihr, als wäre der Verstand benommen. 1892. Stirnkopfschmerz mit einem Gefühl im Scheitel, das seinen Geist angreift. 2269. Die Benommenheit ist einfach so, daß man sich nicht richtig konzentrieren kann. Es kann ein leichtes Schwindelgefühl dabei sein. 3652.

15 Schwindel mit Kopfschmerzen. Schwindel geht in Kopfschmerz über. Kopfschmerz verursacht Schwindel.

Leichter Schwindel, der in drückenden Kopfschmerz in der rechten Hinterhauptshälfte überging, den ganzen Tag. 7. Schwindel mit einzelnen Stichen im Kopfe. 8. Wurde von einem leichten Schwindel befallen, welcher in drückenden Kopfschmerz in der rechten Hälfte des Hinterhauptes überging. 807. Schwindel und leichtes vorübergehendes Kopfweh, danach vermehrte Wärme im Magen und eine halbe Stunde lang reichlichere Speichelabsonderung. 819. Er klagte nach dem Anfall über starke Übelkeit, heftigen nach außen pressenden Kopfschmerz, der sich durch Aufrichten und Bewegen vermehrte und Schwindel verursachte, . 1112. Schmerz wie Reißen durch alle Glieder, als wenn es herausbrechen wollte, der Kopfschmerz wird so heftig, daß sie ohnmächtig wird, jeder starke Ton, starkes Reden, schon jeder hörbare Fußtritt ist ihr zuwider. 1184. Nach heftigem Ärger, Schwindel, bohrendes Kopfweh, eine solche Gedankenschwäche, daß er den Verstand zu verlieren glaubt. Dabei Schmerzen aller Glieder. 1272. Kopfschmerz mit Schwindel und Erbrechen, worauf jedesmal einige Stunden Schlaf und hierauf Besserung eintritt. 1824. Schmerzen im Vorderkopf und Schwindligkeit. 1908. Kopfschmerz und Schwindel durch Essen verstärkt. 1916. Hitzestadium immer gut entwickelt, mit viel Kopfschmerz und Schwindel, aber keinem Durst. 2406. Unruhe nicht körperlich, sondern nervlich, wenn der Bus über eine Unebenheit fährt, kippe ich sofort in eine Migräne hinein, dann ist der ganze Kreislauf durcheinandergekommen. 3507. Wenn ich einen Schreck durch etwas Lautes habe, fängt Schwindel an und Stechen im Kopf, meistens unter den Augenbrauen. Übelkeit dabei. 3508.

16 Kopf benommen bei Kopfschmerzen. Benommenheit geht in Kopfschmerz über.

Benommenheit des Kopfes, welche sich in drückenden Schmerz im Scheitel umwandelte; dieser zog sich später nach der Stirne und nach dem linken Auge herab. 24. Eingenommenheit des Kopfes, früh beim Erwachen, in wirklich drückenden Kopfschmerz sich verwandelnd. 27. Unter dem linken Stirnhügel ein betäubendes, absetzendes Drücken. 54. Nicht unbedeutende Benommenheit des ganzen Kopfes, als nach einer einstündigen Dauer der Kopf wieder freier wurde, vermehrte sich der Schmerz in der rechten Hälfte des Hinterhauptes. 808. Die Eingenommenheit des Kopfes fand sich nach einer ruhig durchschlafenen Nacht wieder ein, verwandelte sich aber bald in wirklichen drückenden Kopfschmerz. 810a. Gegen 20 Uhr Schwere und Eingenommenheit des Kopfes, schmerzendes Drücken über den Augen nebst Drücken in den Augäpfeln selbst, besonders wenn er ins Licht sah. 815. Schwindel und leichtes vorübergehendes Kopfweh, danach vermehrte Wärme im Magen und eine halbe Stunde lang reichlichere Speichelabsonderung. 819. Gegen 10 Uhr zeigte sich eine leichte Benommenheit im ganzen Kopfe, ziemlich ähnlich derjenigen, welche einem Schnupfen vorauszugehen pflegt. Sie wurde von einem leichten Drucke in der rechten Stirngegend über dem dasigen Augenbrauenbogen begleitet. 827. Der Kopf war von 9 bis 12 Uhr auf eine lästige Weise benommen, wozu sich noch stechende Schmerzen in der ganzen Stirne und im rechten Hinterkopfe gesellten. 827a. Benommenheit des Kopfes, welche sich 21 Uhr in drückenden Schmerz im Scheitel verwandelte. 837. Eingenommenheit des Kopfes, wie ein starkes Drücken, vorzüglich in der rechten Stirngegend, als wenn sie von jemandem geschlagen worden wäre, mit bohrendem, scharfstechendem Reißen tief im Gehirne. 1044.   Morgens Kopfweh und etwas benommen. Schmerz in der Stirn mit Druck auf die Augen. 2130.   Heftige kongestive Kopfschmerzen mit Benommenheit. 2898.   Migräneanfall: die Übelkeit tritt verstärkt auf, ich bin viel viel mehr benommen. 3648. Migräne, das Gefühl von Benommenheit ist dauernd da, es wird anfallsweise stärker mit Erbrechen. 3654.

17 Schwindel vor Krampfanfällen.
Sie verliert das halbe Bewußtsein, und wenn man sie nicht hielte, würde sie zusammenstürzen. In diesem Augenblicke ballt sie die rechte Hand zur Faust und schlägt sich damit auf die Brust,. 1292. Es wird ihm warm im Kopf, er wird im Gesicht rot, es wird ihm drehend, die Beine fangen an zu zittern, es bricht Schweiß hervor, er fängt an zu schreien, der Atem wird kürzer. 1386.   Es zieht ihm in den Kopf, die Sinne schwinden ihm, er fängt an zu phantasieren (Epilepsie). 1388.   Kommt ihm die Epilepsie in den Kopf, schwinden ihm die Sinne, kommt es in die Beine, behält er die Besinnung. 1390.   Epilepsie, verfiel nach dem Anfalle in einen tiefen Schlaf, aus dem er mit Schmerz und Wüstsein des Kopfes erwachte. 1789.   Jeder epileptische Anfall begann mit dem Gefühle des Bewegtseins der Umgebung. 2034.   Epilepsie: Das Blut stieg in den Kopf, Schwindel, Zittern der Glieder und Schweißausbruch. 2533.

18 Modalitäten.
Beim Aufstehen aus dem Bette matt bis zur Ohnmacht mit Schwindel, Ohrenbrausen und kaltem, allgemeinem Schweiße, es wurde im Sitzen besser. 1003.   Im Fieberanfalle: Schwindel beim Liegen, Herzklopfen. 1726.   Schwindel, besonders beim Bücken. 1915.   Kopfschmerz und Schwindel durch Essen verstärkt. 1916.   Beim Aufrichten Schwindel. 2018.   Heftige Schwindelanfälle, hervorgerufen durch Gemütsalterationen, Erkältungen oder Diätfehler, erscheinen selten spontan. 2250.   Nach Schlaf kam der Schwindel mit furchtbarer Heftigkeit. 2252.   Schwindel, sie mußte die geringste Bewegung vermeiden, wenn der Zustand nicht unerträglich werden sollte. 2253.   11 und 16 Uhr Herzschmerzen mit leichtem Schwindel. 3034.   Schwindel beim Hochsehen. 3196.   Schlapp, Schwindel beim Drehen und Heben des Kopfes, Sehstörungen. 3325. Wenn ich einen Schreck durch etwas Lautes habe, fängt Schwindel an und Stechen im Kopf, meistens unter den Augenbrauen. Übelkeit dabei. 3508.

SCHWÄCHE, LÄHMUNG

1 Schwächegefühl im Magen mit allgemeiner Mattigkeit.
Gefühl im Magen, als wenn man lange gefastet hätte, wie von Leerheit mit fadem Geschmacke im Munde und Mattigkeit in allen Gliedern. 263.   Gefühl von Nüchternheit um den Magen und Entkräftung des Körpers. 265.   Lätschig im Magen; Magen und Gedärme scheinen ihm schlaff herabzuhängen. 266.   Eine besondere Schwächeempfindung in der Gegend des Oberbauches und der Herzgrube. 267.   Ziehen und Kneipen im Unterleibe: es kam in den Mastdarm, wie Pressen, mit Wabblichkeit und Schwäche in der Herzgrube und Gesichtsblässe (zwei Tage vor dem Monatlichen). 335.   Sehr matt am ganzen Körper; wenn er geht, ist es ihm, als wenn der Atem fehlen wollte, es wird ihm weichlich in der Herzgrube und dann Husten. 476.   Mattigkeit, wie von einer Schwäche um die Herzgrube herum; es wird ihm weichlich; er muß sich legen. 632.   Schwäche und Hohlheit im Scrobiculo. 846.   Schmerz in der Schoßgegend, wobei ihr der Atem ausbleibt, mit Wabblichkeit und Gefühl von Schwäche in der Herzgrube. 1029.   Feines Stechen in der Herzgrube, die beim Daraufdrücken empfindlich ist, nebst einem Gefühle von Schwäche und Leerheit daselbst. 1102.   Schwächegefühl im Bauch mit seufzendem Atemholen. Zittriges Gefühl im Bauch und im

SCHWÄCHE, LÄHMUNG

ganzen Körper. 1335. In der Magengegend Drücken, Schaffen, Drehen, Leerheits- und Schwächegefühl, bei Berührung etwas schmerzhaft. 1419. Schwäche- und Leerheitsgefühl in der Herzgrube. 1483. Nach viel Kummer Gefühl von Schwäche und Müdigkeit im Epigastrium, mit brennendem Stechen. 1988. Lästiges Leerheitsgefühl in der Herzgrube, sie fühlt sich schwach, ohnmächtig, hohl da, was nicht erleichtert wird durch Essen, mit seufzenden Atemzügen. 2147. Mattigkeit des ganzen Leibes. 2176. Gefühl von Leere, Schwäche, Einsinken oder Ohnmacht in der Magengrube, so daß sie fast dauernd krampfhaft gähnen mußte. 2290. Ein unangenehmes, nicht ganz schmerzhaftes Gefühl in der Brust, wie unsicher, schwach und müde. 2326. Merkwürdiges Gefühl von Einsinken und Leere in der Magengrube. 2328. Leeregefühl und Hinsein in der Magengrube, nicht besser durch Essen. 2359. Hinsein und Leeregefühl im Epigastrium. 2395. Als Folge von Gemütsbewegungen Schwäche und Leerheitsgefühl im Epigastrium, so daß selbst nachts Speisen genossen werden mußten. 2518. Ohnmachtähnliches Leeregefühl im Epigastrium. 2520. Ohnmachtähnliches Gefühl im Magen. 2762. Unwillkürliches Seufzen und ein Schwäche- und Leeregefühl in der Magengrube. 2937. Die Müdigkeit spüre ich im Magen, als ob ich Hunger habe. 3340. Nach kalt Trinken merkwürdiges Gefühl im Magen, wie Ohnmacht, ein Schmerz ist es nicht. 3511. Schmerz über der linken Mamma, ich habe das Gefühl, als wäre da ein Hohlraum, so ein Lochgefühl, als wäre es da so dumpf und dunkel in der Brust. 3662. Kein Appetit, flaues Gefühl im Magen, ein bißchen Übelkeit. 3679. Flaues Magengefühl mit etwas Schwindel, mir ist etwas schummerig, Schwanken. 3681.

2   Antriebsschwäche. Fühlt sich unfähig zur Arbeit.

Will sich nicht bewegen, scheut die Arbeit. 624. Abspannung und Laßheit nach dem Mittagessen; er fühlte sich zu seinen gewöhnlichen Arbeiten unfähig und schlief über alle Gewohnheit über denselben ein. 628. So laß, daß er nicht Lust hat, sich anzuziehen und auszugehen; er hat zu garnichts Lust, liegt mehr. 633. Eine Art von Apathie im ganzen Körper. 785. Er fühlte sich zu seinen gewöhnlichen Arbeiten unfähig und schlief wider alle Gewohnheit über denselben ein. 827b. Das Sprechen wird ihr sehr sauer. 1263. Großes Schwächegefühl, wenn sie etwas arbeiten muß, fallen die Arme gleich herunter. 1340. Fürchtet sich vor der Arbeit. Traurigkeit. 1658. Die allergeringste körperliche Beschäftigung zog ihr eine, das Sitzen und Liegen verlangende Ermattung zu. 1731. Trägheit beim Gehen durch das Gewicht des Körpers, Brustbeklemmung beim Treppensteigen, muß stehenbleiben. 1748. Geringste Bewegung oder geistige Agitation verschlimmern alles. 1823. Mattigkeit, unfähig zur Arbeit. 1998. Unfähigkeit zu jeder Arbeit, übergroße Muskelschwäche. 2446. Scheu vor jeder körperlichen oder geistigen Anstrengung, konnte nicht arbeiten. 2894. Schlappheit, Apathie, Einknicken der Knie. 3023. Betritt schleppend den Raum und setzt sich auf Befehl ihrer Pflegerin. 3046. Neigt zu kummervollem Gesicht und langsamen Bewegungen. 3114. Klagt weinend über Leistungsunfähigkeit und Müdigkeit. 3283.

3   Müdigkeit. Schwäche und Schläfrigkeit.

Große, allgemeine Müdigkeit von geringer Bewegung. 623. Abspannung und Laßheit nach dem Mittagessen; er fühlte sich zu seinen gewöhnlichen Arbeiten unfähig und schlief über alle Gewohnheit über denselben ein. 628. Müdigkeit, als wenn es ihm die Augenlider zuziehen wollte. 635. Früh, im Augenblicke des Erwachens, fühlt er eine Schwere, eine Anhäufung, Stockung und Wallung des Geblüts im Körper, mit Schwermut. 668. Er schwitzt alle Morgen, wenn er nach vorgängigem Erwachen wieder eingeschlafen ist, und wenn er dann aufsteht, ist er so müde und ungestärkt, daß er sich lieber wieder niederlegen möchte. 684. Mattigkeit in den Gliedern, Neigung zum Schlafe und Mangel an Eßlust. 816. Er fühlte sich zu seinen gewöhnlichen Arbeiten unfähig und schlief wider alle Gewohnheit über denselben ein. 827b. Große Mattigkeit und Müdigkeit; es war ihm, als wäre er sehr weit gegangen, er mußte öfters gähnen. 834a. Er klagte nach dem Anfall über Zerschlagenheit am ganzen Körper und Schläfrigkeit. 1074. In der fieberfreien Zeit bei der geringsten Bewegung große Müdigkeit, und beim Gehen Zusammenknicken der Knie. 1091. Schläfrigkeit, eine Art Schwäche in den Augen. 1972. Wegen großer Mattigkeit und Schläfrigkeit mußte sie sich niederlegen (Fieber). 2016. Immer müde. 2051. Geistige und körperliche Erschöpfung. 2274. Ein

SCHWÄCHE, LÄHMUNG

unangenehmes, nicht ganz schmerzhaftes Gefühl in der Brust, wie uns cher, schwach und müde. 2326. Die Augen werden leicht müde. 2358. Fühlt sich schwer und schläfrig nach den Mahlzeiten, besonders nach dem Mittagessen muß sie sich hinlegen. 2393. Immer schlapp und müde. 2745. Die Augen werden leicht müde bei Gebrauch, besonders wenn sie Bauchschmerzen hat. 2839. Schwach, müde, Beine schwer. 2858. Geistig und körperlich erschöpft durch langdauernden Kummer. 2936. Ein Kanarienvogel erlitt einen Schock, saß da mit geschlossenen Augen, nahm nichts wahr, der Schnabel senkte sich langsam auf den Boden, unter gelegentlichem nach Luft Schnappen richtete er sich nur vorübergehend wieder auf. 3041. Klagt weinend über Leistungsunfähigkeit und Müdigkeit. 3283. Fühlt sich nie ausgeschlafen und ist schnell müde und erschöpft. 3339. Die Müdigkeit spüre ich im Magen, als ob ich Hunger habe. 3340. Verlangen, sich hinzulegen, besonders auch vor dem Essen. 3343. Im Winter immer Depressionen, Angstzustände, Müdigkeit. 3675.

4 Ohnmacht durch Schmerz, Angst oder Schwäche. Ohnmachtsgefühl im Magen.
Heftige Angst um die Herzgrube, mit Schwindel, Ohmacht und sehr kalten Schweißen. 732. Ohnmacht. 740. Beim Aufstehen aus dem Bette matt bis zur Ohnmacht mit Schwindel, Ohrenbrausen und kaltem, allgemeinem Schweiße, es wurde im Sitzen besser. 1003. Schmerz in der Schoßgegend, wobei ihr der Atem ausbleibt, mit Wabblichkeit und Gefühl von Schwäche in der Herzgrube. 1029. Vor und während der Regel Frösteln, abwechselnd mit Hitze, Ängstlichkeit, Herzklopfen, ohnmachtähnliche Mattigkeit im ganzen Körper, besonders den Extremitäten. 1179. Der geringste Schmerz verursacht Ohnmacht. 1673. Häufige Ohnmachten. 1686. Lästiges Leerheitsgefühl in der Herzgrube, sie fühlt sich schwach, ohnmächtig, hohl da, was nicht erleichtert wird durch Essen, mit seufzenden Atemzügen. 2147. Während des Monatlicher Lichtscheu, zusammenziehende Kolik, Angst und Herzklopfen, Mattigkeit und Ohnmacht. 2162. Ohnmacht. 2177. Der Bauchschmerz macht Ohnmächtigkeit und Übelkeit. 2266. Manchmal scheint sich der Bauchschmerz das Rückgrat hinauf zum Kopf zu erstrecken, er fühlt sich dann sehr seltsam, weiß kaum was los ist und fürchtet zu fallen. 2267. Nach der Ohnmacht war sie nicht mehr im Stande, die intentionierten gewöhnlichen Bewegungen glatt auszuführen und die nun häufig sich folgenden Zuckungen und Verdrehungen ihrer Gliedmaßen und des Gesichts zu bemeistern. 2490. Beim Versuche, aufzustehen und aufzudauern erneuter Ohnmachtsanfall. 2492. Ohnmachtähnliches Leeregefühl im Epigastrium. 2520. Schreck macht Übelkeit und Ohnmächtigkeit. 2664. Ohnmachtähnliches Gefühl im Magen. 2762. Die Augen werden leicht müde bei Gebrauch, besonders wenn sie Bauchschmerzen hat. 2839. Große Mattigkeit mit zeitweiligen Ohnmachtsanfällen und Weinkrämpfen besonders vormittags. 2896. Ohnmachtsanfälle. 3061. Nervosität, Atemstörung, Ohnmachtsanwandlung in einem engen Raum mit vielen Leuten. 3081. Als der Vater sie strafen wollte, verdrehte sie die Augen und wurde ohnmächtig. 3165. Ohnmacht, wenn das Migräneerbrechen zu quälend wird. 3456. Schwindel, Ohnmacht, Kraftlosigkeit, muß sich hinlegen, kann nicht mehr sitzen oder stehen. 3470. Nach kalt Trinken merkwürdiges Gefühl im Magen, wie Ohnmacht, ein Schmerz ist es nicht. 3511.

5 Schmerzen verursachen Schwäche. Schwäche nach Krampfanfall, nach Asthmaanfall.
Nach dem Krampfanfall Kraftlosigkeit, Zerschlagenheitsschmerz in den Gliedern. 1396. Kopfschmerz, sie bekommt Zähneknirschen und Zuckungen in der Gliedern, Schweiß bricht aus, nachher ist sie todesmatt. 1664. Nach dem Delirium war sie ermattet, schlief bald ein, träumte aber viel. 1735. Kraftlosigkeit nach Asthmaanfall. 1741. Nach Krampfanfall ermattet. 1829. Nach Krampfanfall 3-4 Tage sehr lahm, ganzer Körper wie zerschlagen. 2239. Regelmäßig jeden Montag nachmittag steigende Engbrüstigkeit, nachgängige Ermattung. 2474. Schmerz vom Auge zum Wirbel fing sehr schwach an, steigerte sich allmählich bis zu enormer Heftigkeit und hörte erst mit voller Erschöpfung der Pat. auf. 2642. Die Augen werden leicht müde bei Gebrauch, besonders wenn sie Bauchschmerzen hat. 2839. Zuerst Kopfschmerzen über dem rechten Auge und im Hinterkopf, linke Gesichtsseite gefühllos, dann wird ihr schwach. 3388.

SCHWÄCHE, LÄHMUNG

6   Schwäche und Müdigkeit wie nach körperlicher Überanstrengung.
Im Gelenke des Oberarmes, bei Zurückbiegung des Armes, ein Schmerz, wie nach angestrengter Arbeit, oder wie zerschlagen. 504.   Im Gelenke des Oberarmes, bei Zurückbiegung des Armes, ein Schmerz, wie nach angestrengter Arbeit, oder wie zerschlagen. 504.   In der Abenddämmerung Müdigkeit der Füße, wie vom weit Gehen, bei stillem Gemüte. 584.   Konnte die Füße nicht fortbringen, als wenn er recht weit gegangen wäre. 585.   Müdigkeit der Füße und Arme. 598.   Empfindung von Schwäche und Ermattung in den Armen und Füßen. 599.   Große Mattigkeit und Müdigkeit, es war ihm, als wäre er sehr weit gegangen. 631.   Große Mattigkeit und Müdigkeit; es war ihm, als wäre er sehr weit gegangen, er mußte öfters gähnen. 834a.

7   Mattigkeit der Glieder. Allgemeine Erschöpfung. Entkräftung.
Mattigkeit in den Gliedern. 630.   Mattigkeit. 1308.   In der Apyrexie Gesichtsblässe, wenig Appetit, Druckschmerz in der Herzgrube, Mattigkeit in den Gliedern. 1311.   Starke Entkräftung. 1699.   Zunehmende Schwäche und Abmagerung. 1815.   Matt, leutscheu. 1861.   Apyrexie: der Kopfschmerz hält an, fühlt sich sehr angegriffen, wenig Eßlust. 1947.   Allgemeine Schwäche und Nervosität. 2025.   Die kurzen und nicht sehr intensiven Wechselfieberanfälle haben den Kranken sehr geschwächt. 2069.   Gefühl, als ob sie lange gefastet hätte, mit pappigem Geschmack und Mattigkeit in den Gliedern. 2146.   Mattigkeit in den Gliedern. 2175.   Sehr schwach. 2679.   Allgemeine Erschöpfung, Lesen und Nähen machen Kopfschmerz und Übelkeit. 2779.   Allgemeine Erschöpfung, gewöhnlich depressiv, bevorzugt Alleinsein. 2780.   Kraftlosigkeit, Traurigkeit. 2791.   Allgemeine Mattigkeit. Schwere im Kopf. 2845.   Jeden zweiten Tag Frostanfall, Pat. schwer mitgenommen. 2912.   Geistig und körperlich erschöpft durch langdauernden Kummer. 2936.   Sie saß im Bett schweißgebadet und erschöpft, hustete und würgte. 3053.   Fürchterlich schlapp. 3539.   Erschöpft und schlapp. 3600.

8   Bei geringem Stuhlpressen großer Rectumprolaps.
Mastdarmvorfall bei mäßig angestrengtem Stuhlgange. 351.   Öfterer, fast vergeblicher Drang zum Stuhle, mit Bauchweh, Stuhlzwang und Neigung zum Austreten des Mastdarmes. 353.   Abends starkes Nottun und Drang, zu Stuhle zu gehen, mehr in der Mitte des Unterleibes; aber es erfolgte kein Stuhl, bloß der Mastdarm drängte sich heraus. 354.   Ängstliches Nottun zum Stuhle, bei Untätigkeit des Mastdarmes; er konnte den Kot nicht hervordrücken ohne Gefahr des Umstülpens und Ausfallens des Mastdarmes. 359.   Mastdarmvorfall bei mäßig angestrengtem Stuhlgange. 1501.   Über 4 Zoll langer Mastdarmvorfall, welcher bei geringster Anstrengung herausfiel. 2053.   Leichtes Vorfallen des Mastdarms, bei Schwangeren. 2152.   Rectumprolaps mußte jedesmal nach Stuhlgang manuell zurückgebracht werden. 2263.   Dunkelgefärbter Rectumprolaps schon von leichtem Stuhlpressen. 2567.   Der After prolabiert schon bei leichtem Stuhlpressen. 2950.

9   Weicher Stuhl geht schwer.
Heftiger Drang zum Stuhle, mehr in den oberen Gedärmen und im Oberbauche; es tut ihm sehr Not, und dennoch geht nicht genug Stuhlgang, obwohl weich, ab. 360.   Nach jählingem, starkem Nottun geht schwierig und nicht ohne kräftige Anstrengung der Bauchmuskeln (fast als wäre es an der wurmartigen Bewegung der Därme mangelte) eine unhinreichende Menge zähen, lehmfarbigen und doch nicht harten Kotes ab. 362.   Schwieriger, obwohl weicher Stuhl. 1496.   Schwieriger Abgang eines weichen Stuhles. 2624.   Untätigkeit des Rectum, kann einen normal weichen Stuhl nur mit Schwierigkeit entleeren. 2802.   Weiche Stühle müssen mit auffallendem Pressen entleert werden. 3213.   Weicher Stuhl geht schwer. 3627.

10   Andere örtliche lähmungsartige Zustände: Beißt sich auf Wange und Zunge. Auslaufen des Speichels im Schlafe. Verlust des Rachenreflexes. Zeugungsteile schlaff. Leise Stimme.
Er beißt sich beim Reden oder Kauen leicht in die eine Seite der Zunge hinten. 148.   Er beißt sich beim Kauen leicht in die innere Backe bei der Mündung des Speichelganges. 150.   Auslaufen des

Speichels aus dem Munde im Schlafe. 247.　Geile, verliebte Phantasien und schnelle Aufregung des Geschlechtstriebes, bei Schwäche der Zeugungsteile und Impotenz, und äußerer, unangenehmer Körperwärme. 422.　Geilheit mit ungemeiner Hervorragung der Clitoris, bei Schwäche und Erschlaffung der übrigen Zeugungsteile und kühler Temperatur des Körpers. 425.　Männliches Unvermögen, mit Gefühl von Schwäche in den Hüften. 426.　Heimliche, leise Stimme; er kann nicht laut reden. 780.　Beim Sprechen oder Kauen beißt er sich leicht auf die Zunge oder Backe. 1465.　Leise, zitternde Stimme. 1466.　Speichel fließt reichlich aus dem Mund im Schlaf oder wenn sie den Kopf aufs Kopfkissen legt. 1652.　Speichel fließt im Schlaf aus dem Mund. 1744.　Beißt sich oft unwillkürlich, zumal im Schlafe, in die Zunge. 1974.　Während des Schlafes läuft ein rötlicher Speichel aus ihrem Munde. 2032.　Beim Sprechen oder Kauen beißen sie sich in die Wange oder auf die Zunge. 2206.　Gefühl von Schwellung und Schwäche im Hals. Gelegentlich Engegefühl die Trachea hinunter. 2744.　Vollständiger Verlust des Rachenreflexes. 2770.　Beim Sprechen oder Kauen beißt er sich in die Wange. 2948.

11　Knie knicken ein. Arme fallen herunter. Legt den Kopf auf den Tisch. Örtliche Lähmigkeit.

Er hängt den Kopf vor. 16.　Er legt den Kopf vorwärts auf den Tisch. 17.　Fast lähmige Unbeweglichkeit der Untergliedmaßen mit einzelnem Zucken darin. 539.　Schwäche der Füße. 588.　Einknicken der Knie vor Schwäche. 627.　Verrenkungsschmerz, dabei konnte der Arm nicht mehr willkürlich bewegt werden, war ganz gelähmt, und konnte nur mittelst des anderen Armes gehoben werden. 1048.　In der fieberfreien Zeit bei der geringsten Bewegung große Müdigkeit, und beim Gehen Zusammenknicken der Knie. 1091.　Mattigkeit, kann nicht aufrecht im Bette sitzen, fällt gleich um, beim Trinken muß man sie halten, will sie aufstehen, muß sie festgehalten und unterstützt werden. 1163.　Großes Schwächegefühl, wenn sie etwas arbeiten muß, fallen die Arme gleich herunter. 1340.　Prostration, Zittern der Knie bei jedem Schritt. 1644.　Die allergeringste körperliche Beschäftigung zog ihr eine, das Sitzen und Liegen verlangende Ermattung zu. 1731.　Gefühl von Gelähmtsein an allen Gliedern früh. 2219.　Die Knie geben nach. 2607.　So schwach, daß sie nicht bis zur Praxis gehen konnte. 2711.　Während des Frostes Lähmigkeit der Beine. 2986.　Schlappheit, Apathie, Einknicken der Knie. 3023.　Anfälle von Schwäche, die Füße werden wie Blei, muß sich ruhig hinsetzen. 3347.

12　Unbehaglichkeit.

Unbehaglichkeit früh nach dem Aufstehen. 629.　Ein Vierteljahr nachdem sie aus einem Feuer knapp gerettet worden war, wurde sie jedesmal in der 9. Stunde, derselben Stunde, wo sie in Gefahr war, zu verbrennen, niedergeschlagen, ängstlich, unwohl und mußte sich zu Bette legen. 1284.　Typhus: Fühlt sich schon eine geraume Zeit vorher unbehaglich, dann tritt auf einmal, ohne sich stufenweise zu verschlimmern, ein Paroxysmus auf. 1400.　Der Kranke weiß seine Beschwerden bei dem größten Unwohlsein nicht deutlich zu beschreiben, er weiß nicht, was und wo es ihm fehlt. 1402.　Häufig Unbehagen und Mattigkeit. 1887.　Gefühl in den Gelenken und im Körper wie ausgedehnt. 1989.　Manchmal scheint sich der Bauchschmerz das Rückgrat hinauf zum Kopf zu erstrecken, er fühlt sich dann sehr seltsam, weiß kaum was los ist und fürchtet zu fallen. 2267.　Ein unangenehmes, nicht ganz schmerzhaftes Gefühl in der Brust, wie unsicher, schwach und müde. 2326.　Sonntags mieseste Laune und elendes Gefühl. 3187.　Unbehaglich im warmen Raum und bei Wetterwechsel. 3204.

13　Schweregefühl in den Gliedern.

Schwere der Füße. 586.　Schwere des einen Fußes. 587.　Beim Gehen im Freien, eine Schwere in den Füßen, mit Ängstlichkeit, was sich in der Stube verlor, wogegen aber Mißmut eintrat. 626.　Schwere in den Gliedern, vorzüglich in den unteren Extremitäten, mit Schmerz in den Gelenken. 1090.　Am Tage sind die Füße schwer. 1257.　Sie ist sehr schwach, mit Zittern und Wehtun der Beine und so starkem Schweregefühl im linken Fuß, daß sie ihn beim Gehen nachschleppt. 1870.　Von diesem Momente an war sie ihrer Hand und ihres Armes nicht mehr Herrin, beides schien ihr schwer wie Blei, wie nicht mehr ihr eigen. 2012. Schwach, müde, Beine schwer. 2858. Nachts nach Sitzen Schwere und Steifheit im linken Arm, gelindert durch kaltes Wasser. 3195. Anfälle von Schwäche, die Füße werden wie Blei, muß sich ruhig hinsetzen. 3347. Schwere Beine. 3480.

14 Schwere des Kopfes. Schweregefühl im Rumpf.
Der Kopf ist schwer. 15. Schwere und Eingenommenheit des Kopfes. 25. Das Einatmen wird wie von einer aufliegenden Last gehindert; das Ausatmen ist desto leichter. 478. Früh, im Augenblicke des Erwachens, fühlt er eine Schwere, eine Anhäufung, Stockung und Wallung des Geblüts im Körper, mit Schwermut. 668. Stechender, drückender Schmerz und Schweregefühl in der linken Seite unter den linken Rippen. 1958. Bei stetem Stockschnupfen Vollsein und Schwere im Kopf. 2299. Fühlt sich schwer und schläfrig nach den Mahlzeiten, besonders nach dem Mittagessen muß sie sich hinlegen. 2393. Traumatische Epilepsie, als Aura Melancholie, Schweregefühl des Kopfes, Aphasie. 2430. Allgemeine Mattigkeit. Schwere im Kopf. 2845. Schweregefühl am Herz und linker Arm wie eingeschlafen. 3432. Druck, Schwere über den Augen, wenn es anderes Wetter gibt. 3658.

15 Zerschlagenheitsschmerz.
Drückender Zerschlagenheitsschmerz im Kreuze beim Liegen auf dem Rücken, früh im Bette. 502. Im Gelenke des Oberarmes, bei Zurückbiegung des Armes, ein Schmerz, wie nach angestrengter Arbeit, oder wie zerschlagen. 504. Im Gelenke des Oberarmes ein rheumatischer Schmerz, oder wie zerschlagen, beim Gehen in freier Luft. 506. In den Armmuskeln Schmerz, wie zerschlagen, wenn der Arm hängt oder aufgehoben wird. 510. Beim Liegen auf der rechten Seite, abends im Bette, schmerzt der Schulterkopf der linken Seite wie zerschlagen, und der Schmerz vergeht, wenn man sich auf den schmerzenden Arm legt. 512. Früh, im Bette, Schmerz wie Zerschlagenheit in dem Schulterkopfe der Seite, auf welcher man liegt, welcher vergeht, wenn man sich auf die entgegengesetzte Seite oder auf den Rücken legt. 515. Beim Sitzen, in den hintern Oberschenkelmuskeln, Schmerz, als wenn sie zerschlagen wären. 541. Im Ballen der Ferse oder vielmehr in der Knochenhaut des Sprungbeines, ein Schmerz, wie zerstoßen, oder wie von einem Sprunge von einer großen Höhe herab. 567. Nachts auf der einen oder der anderen Seite, worauf man liegt, Schmerz, wie zerschlagen, in den Gelenken des Halses, des Rückens und der Schulter, welcher bloß im Liegen auf dem Rücken vergeht. 601. Er klagte nach dem Anfall Zerschlagenheit am ganzen Körper und Schläfrigkeit. 1074. Nach dem Krampfanfall Kraftlosigkeit, Zerschlagenheitsschmerz in den Gliedern. 1396. Nach Krampfanfall 3-4 Tage sehr lahm, ganzer Körper wie zerschlagen. 2239.

16 Lähmungsartiger Schmerz.
Im Jochbeinfortsatze des linken Oberkiefers, ein absetzender, lähmungsartiger Druck. 113. Am Knöchel der linken Hand, ein lähmiger Schmerz, als wenn die Hand verstaucht oder verrenkt wäre. 526. Fest lähmige Unbeweglichkeit der Untergliedmaßen mit einzelnem Zucken darin. 539. Im ganzen linken Unterschenkel, ein lähmungsartiger Schmerz, beim Gehen erweckt, und auch nachher im Sitzen fortdauernd. 554. Verrenkungsschmerz, dabei konnte der Arm nicht mehr willkürlich bewegt werden, war ganz gelähmt, und konnte nur mittelst des anderen Armes gehoben werden. 1048. Wie von einem plötzlichen Schlage in der rechten Schulter berührt, worauf es ihr wie ein lähmender Blitz durch den ganzen Arm bis in die Spitzen von Daumen, Zeige- und Mittelfinger hinabfuhr. 2011.

17 Wanken, Stolpern, Ungeschicklichkeit.
Schwindel: er wankte im Gehen und konnte sich nur mit Mühe aufrecht erhalten. 10. Er konnte nicht gehen, und mußte sich durchaus setzen, weil es ihm im Gehen unwillkürlich die Knie in die Höhe hob. 544. Schwankt im Gehen, fällt leicht und stolpert über das Geringste, was im Wege liegt, hin. 634. Nach Anstrengung des Kopfes, vorzüglich früh, eine Voreiligkeit des Willens; kann nicht so geschwind im Reden sich ausdrücken, schreiben, oder sonst etwas verrichten, als er will; wodurch ein ängstliches Benehmen, ein Verreden, Verschreiben und ungeschicktes, immer Verbesse-

rung bedürfendes Handeln entsteht. 755.   Mattigkeit in den Gliedern, Neigung zum Schlafe und Mangel an Eßlust. 816.   In den sehr mageren Beinen Gefühl zu großer Leichtigkeit mit schwankendem Gange. 1822.   Wird blaß, hat Herzklopfen, und wenn sie nicht gehalten wird, glaubt sie zu fallen. 1868.   Arme und Beine wollten sich ihrem Willen nicht mehr völlig fügen. 1910.   Von diesem Momente an war sie ihrer Hand und ihres Armes nicht mehr Herrin, beides schien ihr schwer wie Blei, wie nicht mehr ihr eigen. 2012.   Sehr schwach. Schwankender Gang. Geht sorgfältig. 2346.   Nach der Ohnmacht war sie nicht mehr im Stande, die intentionierten gewöhnlichen Bewegungen glatt auszuführen und die nun häufig sich folgenden Zuckungen und Verdrehungen ihrer Gliedmaßen und des Gesichts zu bemeistern. 2490.   Begann die Kontrolle über seine Hände zu verlieren. Konnte Messer, Gabel oder Becher nicht mehr festhalten. 2830.   Die feine Motorik des Kindes beginnt zu leiden, die Schrift ist nicht mehr so gut. 3071.   Angestrengter Gesichtsausdruck bei Kindern bis hin zu Grimassieren beim Sprechen oder sogar Artikulationsstörungen. 3072.   Ich stoße überall an, Dinge fallen mir aus den Händen. Ich sehe ein Tischbein, eine Tür, da habe ich schon dagegengestoßen. 3674.   Flaues Magengefühl mit etwas Schwindel, mir ist etwas schummerig, Schwanken. 3681.

18 Eingeschlafensein. Kriebeln.
Auf der Seite, auf welcher er liegt, schläft der Arm ein. 511.   Ein Starren in der rechten Handwurzel und Gefühl, als wäre sie eingeschlafen. 524.   Nach dem Essen, beim Sitzen, Eingeschlafenheit des (Ober- und) Unterschenkels. 549.   Kriebeln in den Füßen. 550.   Kriebeln wie in den Knochen der Füße nicht wie von Eingeschlafenheit. 551.   Feinstechendes Kriebeln in den Füßen (der Haut der Waden), nach Mitternacht, welches nicht zu ruhen oder im Bette zu bleiben erlaubt. 552.   Einschlafen der Unterschenkel bis über's Knie, abends beim Sitzen. 553.   Eingeschlafenheit des Unterschenkels beim Sitzen unter der Mittagsmahlzeit. 556.   Im Ballen der Ferse, eine taube Bollheit (wie eingeschlafen) im Gehen. 566.   Ein Kriebeln, wie innerlich, in den Knochen des ganzen Körpers. 596.   Kriebelnde Eingeschlafenheit in den Gliedmaßen. 597.   Taubheitsgefühl im linken Arme, sie muß ihn beständig bewegen. 1250.   Nachts Zingern in den Armen, es läuft darin, wie von etwas Lebendigem. 1251.   Nachts im Bette, Taubheitsgefühl und Laufen, wie von etwas Lebendigem, im Arme. 1531.   Kriebelnde Eingeschlafenheit in den Gliedmaßen. 1537.   Schmerzhaftes Eingeschlafensein in allen Gelenken und in den Kniegelenken. 1641.   Einschlafen der Knie und der Beine im Sitzen. 1749.   In allen Teilen Kriebeln, wie eingeschlafen. Vorzüglich dünkte ihr die Herzgrube wie gefühllos. 1794.   Sie konnte den Arm nur mühsam heben, was sie mit den Fingern berührte, schien ihr wie mit einem feinen Filze belegt. 2013.   Eingeschlafenheit und Gefühllosigkeit des rechten Armes vor Schwindel. 2255.   Nach heftigem Verdruß kriebelnde Empfindung, welche allmählich vom heiligen Beine alle Tage höher, bis zwischen die Schultern und endlich bis in den Nacken stieg. Nacken plötzlich steif. 2475.   Nach Verdruß Kriebeln im Rücken, zugleich heftiger Fieberfrost mehrere Stunden lang und starke Hitze, welche bis in die Nacht dauerte und mit Schweiß endigte. 2476.   Taubheit und Lähmigkeit der linken Körperseite und der Finger beider Hände. 2682.   In der Haut der Arme analgetische Flecke. 2771.   Hände abgestorben und taub. 3380.   Zuerst Kopfschmerzen über dem rechten Auge und im Hinterkopf, linke Gesichtsseite gefühllos, dann wird ihr schwach. 3388.   Schweregefühl am Herz und linker Arm wie eingeschlafen. 3432.

19 Steifigkeit.
Steifigkeit des Nackens. 490.   Ein Starren in der rechten Handwurzel und Gefühl, als wäre sie eingeschlafen. 524.   Früh, beim Aufstehen aus dem Bette, Steifigkeit der Knie und Gelenke des Fußes, des Oberschenkels und des Kreuzes. 540.   Nach Treppensteigen, eine Steifigkeit im Kniegelenke, die sie an der Bewegung hindert. 545.   Steifigkeit der Knie und der Lenden, welche bei Bewegung Schmerz macht. 546.   Wie steif in den Füßen, früh. 547.   Steifheit des Unterfußgelenkes. 593.   Tonischer Krampf aller Gliedmaßen, wie Steifigkeit. 689.   Öfteres, durch eine Art Unbeweglichkeit und Unnachgiebigkeit der Brust abgebrochenes Gähnen. 695.   Schmerz im Genick, wie steif. 1411.   Steife Glieder. 1577.   Nacken plötzlich steif. 2475.   Nachts nach

SCHWÄCHE, LÄHMUNG

Sitzen Schwere und Steifheit im linken Arm, gelindert durch kaltes Wasser. 3195.

20   Zittern durch Schwäche.
Drücken im linken Fußgelenke (mit einem inneren Kitzel) der ihn zu einer zittrigen Bewegung des linken Fußes nötigte, um sich zu erleichtern. 571.   Mehrstündiges Zittern. 733.   Zittern am ganzen Körper. 734.   Schwächegefühl im Bauch mit seufzendem Atemholen. Zittriges Gefühl im Bauch und im ganzen Körper. 1335.   Es wird ihm warm im Kopf, er wird im Gesicht rot, es wird ihm drehend, die Beine fangen an zu zittern, es bricht Schweiß hervor, er fängt an zu schreien, der Atem wird kürzer. 1386.   Zittern der Glieder. 1539.   Prostration, Zittern der Knie bei jedem Schritt. 1644.   Sie ist sehr schwach, mit Zittern und Wehtun der Beine und so starkem Schweregefühl im linken Fuß, daß sie ihn beim Gehen nachschleppt. 1870.   Nach dem Essen Zittern und eine Art Angst im Magen, bisweilen mit Übelkeit. 1877.   Magenzittern. 1954.   Zittern der Hände, das sie sehr beim Schreiben stört, am meisten wenn sie in Gegenwart von jemand anderem schreiben muß. Es wird stärker, wenn sie denkt, daß es jemand bemerken könnte. 2381.   Das Zittern beim Schreiben ist nicht stark, es zeigt sich kaum ein Unterschied in der Schrift, ist sichtbar auch beim Ausstrecken der Finger und ist rechts deutlicher. 2382.   Nach Schreck Zittern, am nächsten Tag falsche Wehen. 2383.   Epilepsie: Das Blut stieg in den Kopf, Schwindel, Zittern der Glieder und Schweißausbruch. 2533.   Herzklopfen, Zittern im Körper, innerliche Hitze. 2817.   Zittern der rechten Hand. 3321.   Ein bißchen Zittern bei dem Angstgefühl. 3579.

21   Muß sich hinlegen.
So laß, daß er nicht Lust hat, sich anzuziehen, und auszugehen; er hat zu garnichts Lust, liegt mehr. 633.   Mattigkeit, kann nicht aufrecht im Bette sitzen, fällt gleich um, beim Trinken muß man sie halten, will sie aufstehen, muß sie festgehalten und unterstützt werden. 1163.   Die allergeringste körperliche Beschäftigung zog ihr eine, das Sitzen und Liegen verlangende Ermattung zu. 1731.   Wegen großer Mattigkeit und Schläfrigkeit mußte sie sich niederlegen (Fieber). 2016.   Fühlt sich schwer und schläfrig nach den Mahlzeiten, besonders nach dem Mittagessen muß sie sich hinlegen. 2393.   Schwindel, Ohnmacht, Kraftlosigkeit, muß sich hinlegen, kann nicht mehr sitzen oder stehen. 3470.

22   Nach Schweiß. Bei Fieber.
Früh, im Augenblicke des Erwachens, fühlt er eine Schwere, eine Anhäufung, Stockung und Wallung des Geblüts im Körper, mit Schwermut. 668.   Er schwitzt alle Morgen, wenn er nach vorgängigem Erwachen wieder eingeschlafen ist, und wenn er dann aufsteht, ist er so müde und ungestärkt, daß er sich lieber wieder niederlegen möchte. 684.   Beim Aufstehen aus dem Bette matt bis zur Ohnmacht mit Schwindel, Ohrenbrausen und kaltem, allgemeinem Schweiße, es wurde im Sitzen besser. 1003.   Der Schweiß dauert mehrere Stunden und hinterläßt eine allgemeine Mattigkeit. 1084.   Nach dem Fieber Abgeschlagenheit, belegte Zunge. 1321.   Kopfschmerz, sie bekommt Zähneknirschen und Zuckungen in der Gliedern, Schweiß bricht aus, nachher ist sie todesmatt. 1664.   Während des Fiebers große Schwäche. 1729.   Durst vor, in und nach dem Froste vor der Hitze, mit Schmerzen und Abgeschlagenheit in den Untergliedern und Durchfall begleitet. 1783.   Täglich Anfälle von Fieber, meistens nachmittags und abends, oft die ganze Nacht dauernd, einige Male mit ermattendem nächtlichem Schweiße. 2447.   Die Tage nach Fieberanfall Mattigkeit. 2477.   Nach dem Frostanfall mehrere Stunden lang große Erschöpfung. 2648.   Während des Frostes Lähmigkeit der Beine. 2986.   Schwächegefühl und Schweiß. 3496.

23   Andere Modalitäten: Kopfanstrengung. Kummer. Mahlzeiten. Stuhlgang. Geringste Anstrengung. Gehen im Freien. Periode. Sonntags. Warmer Raum. Wetterwechsel. Winter.
Mattigkeit nach dem Stuhlgange. 388.   Beim Gehen im Freien, eine Schwere in den Füßen, mit Ängstlichkeit, was sich in der Stube verlor, wogegen aber Mißmut eintrat. 626.   Abspannung und Laßheit nach dem Mittagessen; er fühlte sich zu seinen gewöhnlichen Arbeiten unfähig und schlief

Ignatia

über alle Gewohnheit über denselben ein. 628. Nach Anstrengung des Kopfes, vorzüglich früh, eine Voreiligkeit des Willens; kann nicht so geschwind im Reden sich ausdrücken, schreiben, oder sonst etwas verrichten, als er will; wodurch ein ängstliches Benehmen, ein Verreden, Verschreiben und ungeschicktes, immer Verbesserung bedürfendes Handeln entsteht. 755. Vor und während der Regel Frösteln, abwechselnd mit Hitze, Ängstlichkeit, Herzklopfen, ohnmachtähnliche Mattigkeit im ganzen Körper, besonders den Extremitäten. 1179. Die allergeringste körperliche Beschäftigung zog ihr eine, das Sitzen und Liegen verlangende Ermattung zu. 1731. Während des Monatlichen Lichtscheu, zusammenziehende Kolik, Angst und Herzklopfen, Mattigkeit und Ohnmacht. 2162. Fühlt sich schwer und schläfrig nach den Mahlzeiten, besonders nach dem Mittagessen muß sie sich hinlegen. 2393. Mehrere Tage lang nach kurzzeitiger körperlicher Anstrengung und Engbrüstigkeit beträchtliche Mattigkeit. 2472. Schwach und nervös seit einer durch Kummer verursachten Fehlgeburt. 2530. Schmerz vom Auge zum Wirbel fing sehr schwach an, steigerte sich allmählich bis zu enormer Heftigkeit und hörte erst mit voller Erschöpfung der Pat. auf. 2642. Die Augen werden leicht müde bei Gebrauch, besonders wenn sie Bauchschmerzen hat. 2839. Geistig und körperlich erschöpft durch langdauernden Kummer. 2936. Sonntags mieseste Laune und elendes Gefühl. 3187. Unbehaglich im warmen Raum und bei Wetterwechsel. 3204. Verlangen, sich hinzulegen, besonders auch vor dem Essen. 3343. Aufregung macht Schwäche und Übelkeit. 3344. Zuerst Kopfschmerzen über dem rechten Auge und im Hinterkopf, linke Gesichtsseite gefühllos, dann wird ihr schwach. 3388. Im Winter immer Depressionen, Angstzustände, Müdigkeit. 3675.

24 Zeit: Morgens. Vormittags. Mittags. Nachmittags. Abends.
In der Abenddämmerung Müdigkeit der Füße, wie vom weit Gehen, bei stillem Gemüte. 584. Ermattung, Abgespanntheit, abends. 625. Abspannung und Laßheit nach dem Mittagessen; er fühlte sich zu seinen gewöhnlichen Arbeiten unfähig und schlief über alle Gewohnheit über denselben ein. 628. Unbehaglichkeit früh nach dem Aufstehen. 629. Früh, im Augenblicke des Erwachens, fühlt er eine Schwere, eine Anhäufung, Stockung und Wallung des Geblüts im Körper, mit Schwermut. 668. Er schwitzt alle Morgen, wenn er nach vorgängigem Erwachen wieder eingeschlafen ist, und wenn er dann aufsteht, ist er so müde und ungestärkt, daß er sich lieber wieder niederlegen möchte. 684. TNach Anstrengung des Kopfes, vorzüglich früh, eine Voreiligkeit des Willens; kann nicht so geschwind im Reden sich ausdrücken, schreiben, oder sonst etwas verrichten, als er will; wodurch ein ängstliches Benehmen, ein Verreden, Verschreiben und ungeschicktes, immer Verbesserung bedürfendes Handeln entsteht. 755. Beim Aufstehen aus dem Bette matt bis zur Ohnmacht mit Schwindel, Ohrenbrausen und kaltem, allgemeinem Schweiße, es wurde im Sitzen besser. 1003. Gefühl von Gelähmtsein an allen Gliedern früh. 2219. Fühlt sich schwer und schläfrig nach den Mahlzeiten, besonders nach dem Mittagessen muß sie sich hinlegen. 2393. Regelmäßig jeden Montag nachmittag steigende Engbrüstigkeit, nachgängige Ermattung. 2474. Große Mattigkeit mit zeitweiligen Ohnmachtsanfällen und Weinkrämpfen besonders vormittags. 2896.

KRÄMPFE   Krampfartige Empfindungen

1 Tetanisches Strecken eines Fingers. Zusammenbeißen der Kiefer.
Es will ihm unwillkürlich den Unterkiefer aufwärts ziehen und die Kinnbacken verschließen, welches ihn am Sprechen hindert, eine halbe Stunde lang. 133. Bei Anstrengung der Finger, ausstreckender Klamm des Mittelfingers (der sich durch Calmieren heben läßt). 536. Schmerzen in einem hohlen Backenzahn, möchte die Kiefer zusammenbeißen, dabei keine Verstärkung der Schmerzen. 1659. Kopfschmerz, sie bekommt Zähneknirschen und Zuckungen in der Gliedern, Schweiß bricht aus, nachher ist sie todesmatt. 1664. Zähneknirschen im Schlaf bis das Zahnfleisch blutet.

3089.

2 Krampfähnliche Bewegungen: Zeigefinger, Knie, Fuß, Gesicht. Ruckartige Bewegungen.

Abends nach dem Niederlegen, krampfhaftes Hin- und Herbewegen des Zeigefingers. 535.   Er konnte nicht gehen, und mußte sich durchaus setzen, weil es ihm im Gehen unwillkürlich die Knie in die Höhe hob. 544.   Drücken im linken Fußgelenke (mit einem inneren Kitzel) der ihn zu einer zittrigen Bewegung des linken Fußes nötigte, um sich zu erleichtern. 571.   Beim Gehen, unwillkürliches in die Höhe Ziehen der Knie. 1534.   Wenn er den Rock ausziehen soll, tut er es mit einem Ruck. 2715.   Unruhige Füße, muß sie ruckweise bewegen. 2787.   Geht ruckweise und läßt Dinge fallen. 3030.   Angestrengter Gesichtsausdruck bei Kindern bis hin zu Grimassieren beim Sprechen oder sogar Artikulationsstörungen. 3072.

3 Unruhe nachts im Bett. Muß Körperteile dauernd bewegen. Körperliche Unruhe.

Feinstechendes Kriebeln in den Füßen (der Haut der Waden), nach Mitternacht, welches nicht zu ruhen oder im Bette zu bleiben erlaubt. 552.   In der Nacht, im Bette, verändert er oft seine Lage, legt sich bald dahin, bald dorthin. 652.   Durch innere Unruhe, vermehrte innere Wärme und Durst, gestörter Schlaf. 724.   Taubheitsgefühl im linken Arme, sie muß ihn beständig bewegen. 1250.   Unruhiger Schlaf und große Nachtunruhe. 1554.   Ängstliche Unruhe im Bett, muß sich immer hin- und herdrehen. 1746.   Angst und Unruhe verlassen sie auch untertags nicht, sie möchte beständig weinen. 2097.   Abends beim Zubettgehen häufiger Lagewechsel, kann sich aber nicht anstrengen, kann nicht einschlafen, fühlt sich hellwach, wenn sie eindöst, wacht sie sofort auf. 2332.   Ungewöhnliche Reizbarkeit und Ruhelosigkeit. 2408.   Will dauernd ihre Lage wechseln. 2412.   Völlige Schlaflosigkeit und große Unruhe. 2442.   Unruhe, Schlaflosigkeit, nächtliche Pulsationen im Bauch. 2529.   Nach Brustamputation große Angst, Unruhe, dauerndes Wälzen im Bett. 2568.   Kann sich keinen Augenblick in einer Lage ruhig halten, sondern muß den Oberkörper fortwährend hin- und herbewegen, was ihr Erleichterung schafft. 2618.   Unruhige Füße, muß sie ruckweise bewegen. 2787.   Unaufhörliche Bewegungen, schlägt die zitternden und zuckenden Beine übereinander und wieder zurück. 3028.   Schlaflos, kann nicht lange auf einem Platz liegenbleiben. 3327.   Bauchschmerzen, sie hat ruhig gelegen, und sie hat gesagt: Mamma, ich bin ganz unruhig, bleib bei mir sitzen! 3567.   Freiheitsgefühl im Kopf, dazu kamen ziemlich starke Angstzustände und eine unwahrscheinliche Unruhe, ich konnte nirgens sitzenbleiben. 3571.   Unruhe: ich habe mir was zu essen gekauft, das gegessen, bin herausgegangen, wieder hereingegangen, mich wieder hingesetzt, aufgestanden, hingelegt zum Schlafen, wieder aufgestanden. 3572.   Nach Tee wurde die Unruhe langsam besser. 3573.

4 Aufschrecken. Zusammenfahren. Schreckhafte Erschütterung.

Schreckhafte Erschütterungen, wenn er einschlafen will, wegen monströser Phantasien. 667.   Schreckhafte Erschütterung, früh, beim Erwachen aus einem so leichten Schlafe, worin sie jeden Glockenschlag hört. 669.   Schlief bald nach dem Anfalle wieder ein, wobei er öfters zusammenfuhr und sich eine allgemeine trockene Hitze über den Körper verbreitete. 1075.   Sitzt oder liegt er dem Anscheine nach in Gedanken da, und redet man ihn an, so fährt er zusammen und erschrickt. 1093.   Seit mehreren Nächten durchaus kein Schlaf, will sie einschlafen, so schreckt sie auf und die Glieder zucken. 1307.   Bei Typhus gänzliche Schlaflosigkeit: wenn sie anfangen zu schlummern, kommen ihnen allerhand Phantasiebilder vor, worüber sie aufschrecken, so wie auch beunruhigende Träume. 1425.   Nächte teils schlaflos, teils unangenehmer, durch öfteres Aufschrecken unterbrochener Halbschlaf. 1948.   Geneigtheit zusammenzuschrecken. 2178.   Unruhiger Schlaf, Aufschrecken im Schlaf, viele Träume. 2339.   Aufschrecken im Schlaf, oder tiefer Schlaf mit Schnarchen. 3024.   Schläft unruhig, schreckt nachts auf und zittert dabei am ganzen Körper. 3163.   Schreckt mehrfach nachts auf. 3297.   Erschrickt leicht und stark. Zusammenfahren. Aufschrecken im Schlaf. 3366.   Aufschrecken beim Einschlafen. 3477.   Aufschrecken nachts beim Einschlafen. 3631.

KRÄMPFE / Krampfartige Empfindungen

5 Zucken beim Einschlafen, im Schlaf, bei Lähmung, im Fieber.
Fast lähmige Unbeweglichkeit der Untergliedmaßen mit einzelnem Zucken darin. 539. Abends beim Einschlafen, Rucke und Zucke durch den ganzen Körper. 606. Rucke und einzelnes Zucken der Gliedmaßen. 607. Einzelnes Zucken der Gliedmaßen beim Einschlafen. 609. Seit mehreren Nächten durchaus kein Schlaf, will sie einschlafen, so schreckt sie auf und die Glieder zucken. 1307. Kopfschmerz, sie bekommt Zähneknirschen und Zuckungen in der Gliedern, Schweiß bricht aus, nachher ist sie todesmatt. 1664. Unwillkürliches Zucken und Rucken der Beine beim oder kurz nach dem Einschlafen, entweder ein oder beide Beine, wenn er das Bein steif ausstreckte, bebte es. 2418. Unangenehmes Zucken im Kopf oder des Kopfes. 2628. Zucken und Rucken in den Muskeln und in der Haut beim ruhig Liegen. 2705. Bekommt Zuckungen an den Armen und Beinen, wenn man sie nicht gewähren lassen will. 2920. Zucken, Rucken oder Krämpfe einzelner Glieder oder des ganzen Körpers beim Einschlafen. 2961. Während der Hitze Speiseerbrechen mit Kälte der Füße und krampfhaftem Zucken der Glieder. 3004. Die Beine zucken, wenn sie sie mit Gewalt stillhalten will. 3689. Muß die Beine fest einbinden, dann ist die Unruhe besser. 3690.

6 Krampfhaftes Zittern und Zucken einzelner Muskeln.
Im dreieckigen Muskel des Oberarmes, ein fipperndes Zucken. 508. Abends nach dem Niederlegen, in einem Teile der Muskeln des Vorderarmes, ein Zucken, als wenn eine Maus unter der Haut krabbelte. 516. Nach dem Niederlegen zuckt und fippert es in einzelnen Teilen der Muskeln, hie und da am Körper. 610. Hysterische Krämpfe, zuerst Kopfschmerzen, rotes Gesicht, dann Schlundkrampf, Zusammenschnüren der Brust und Zuckungen. 1018. Schmerzhafte Pupillenreaktion auf Licht, jedesmal danach schnelle Oscillationen der Lider. 1769. Stille Melancholie, Zucken nur eines Muskels. 2229. Ruhiger Stupor, mit Zucken des Körpers, der Arme oder der Beine im Schlaf, aber immer nur ein Muskel auf einmal. 2231. Zittern und Verziehen der Gesichtsmuskeln. 2342. Hin und wieder Zuckungen einzelner Gesichtsmuskeln (Augenleiden). 2615. Hatte bei den Schularbeiten versagt: verdrießlich, Zucken der Muskeln um die Mundwinkel, dauernde Agitation und Muskelzucken der Arme. 2814.

7 Zittern.
Mehrstündiges Zittern. 733. Zittern am ganzen Körper. 734. Zittern der Glieder. 1539. Zittern der Hände, das sie sehr beim Schreiben stört, am meisten wenn sie in Gegenwart von jemand anderem schreiben muß. Es wird stärker, wenn sie denkt, daß es jemand bemerken könnte. 2381. Das Zittern beim Schreiben ist nicht stark, es zeigt sich kaum ein Unterschied in der Schrift, ist sichtbar auch beim Ausstrecken der Finger und ist rechts deutlicher. 2382. Nach Schreck Zittern, am nächsten Tag falsche Wehen. 2383. Unwillkürliches Zucken und Rucken der Beine beim oder kurz nach dem Einschlafen, entweder ein oder beide Beine, wenn er das Bein steif ausstreckte, bebte es. 2418. Herzklopfen, Zittern im Körper, innerliche Hitze. 2817. Ein herzzerreißender, zitternder, Atemzug. Schluchzt oft so, wenn sie eingeschlafen ist. 2821. Angst vor dem Alleinsein, läuft dann zitternd umher. 3062. Schläft unruhig, schreckt nachts auf und zittert dabei am ganzen Körper. 3163. Zittern der rechten Hand. 3321. Ein bißchen Zittern bei dem Angstgefühl. 3579.

8 Schüttelfrost. Zähneklappern.
Schauderfrost im Gesichte und an den Armen, mit Zähneklappern und Gänsehaut. 703. Nach dem Essen Frost und Schüttelschauder; nachts Ängstlichkeit und Schweiß. 712. Nachmittags gegen 2 Uhr tritt heftiger Schüttelfrost ein, vorzüglich am Rücken und den Armen, wobei er Durst auf kaltes Wasser hat. 1081. Der Anfall begann unter heftigem Schüttelfroste, so daß das Kind in die Höhe geworfen wurde, 3/4 St. dauernd. 1319. Während des Kopfwehs viel Durst, Übelkeit, Herzklopfen mit Angst, viel Gähnen und Frost mit Zähneklappern. 1669. Tertianfieber, Frost mit heftigem Durst, mit Zähneklappern, Schütteln des ganzen Körpers und Gähnen und Strecken. 2062. Klapperte mit den Zähnen nicht wegen Frost, sondern aus einem krampfhaften Verhalten des ganzen

Körpers, dabei häufiges Gähnen. 2254.   Frost so heftig, daß das Bett wackelt und der Pat. deliriert. 2646.   Als Prodrom Gähnen und Strecken, manchmal heftiges Schütteln. 2968.   Frösteln im Gesicht und auf den Armen, mit Zähneklappern und Gänsehaut. 2977.

9   Lach-, Wein- und Schreikrämpfe. Hysterie.
Hysterische Krämpfe. 1544.   Lach- und Schreikrämpfe. 1571.   Hysterische Anfälle. 1689. Ohne alle Veranlassung Lach- und Weinkrampf. 1732.   Bei Hysterischen, wenn sie in einen angstvollen Zustand geraten, in dem sie um Hilfe schreien, mit erstickender Zusammenschnürung des Halses, schwierigem Hinunterschlucken und der Anfall mit einem tiefen Seufzer endet. 2179.   Zehn Minuten nach der Entbindung bekam sie ohne Grund einen Lachanfall und verlor das Bewußtsein. 2182.   Bei der Rückkehr ihres totgeglaubten Gatten Kopfkongestion, klopfende Schläfen, lautes hysterisches Lachen, danach krampfhaftes Weinen. 2330.   Epilepsie: beim Hinlegen schmerzhafter Druck in der Magengrube, er fing an zu schreien. 2534.   Hysterische Anfälle nach Sturz auf der Eisbahn während der Menarche. 2560.   Als ihr Mann blinddarmoperiert wurde, machte sie sich solche Sorgen und Kummer, daß sie hysterisch bis zur Geisteskrankheit wurde. 2695.   Schreikrämpfe, abwechselnd mit Weinkrämpfen, als sie vom sittlichen Verstoß ihrer Tochter erfuhr. 2852. Bei Kopfschmerzen springt sie aus dem Bett und rennt wie verrückt von Zimmer zu Zimmer. 2888. Große Mattigkeit mit zeitweiligen Ohnmachtsanfällen und Weinkrämpfen besonders vormittags. 2896. Krampfhaftes Lachen aus Kummer. 2931.   Hysterische Verrücktheit, nach einer Ruhepause oder am nächsten Morgen ist alles vorbei. 3057.

10   Schlundkrampf. Oesophaguskrampf. Laryngismus. Lidkrampf.
(Abends) würgende (zusammenziehende) Empfindung in der Mitte des Schlundes, als wenn da ein großer Bissen oder Pflock stäke, mehr außer dem Schlingen, als während desselben zu fühlen. 163. Eine zusammenschnürende Empfindung im Halsgrübchen, welche Husten erregt, wie von Schwefeldampfe. 451.   Während Zahnung plötzlich blasses Gesicht, Werfen und Rollen des Kopfes, schwieriges Schlucken, Delirium, mit krampfhaften Bewegungen der Augäpfel und Lider. 2228.   Konnte feste Speisen nicht mehr hinunterschlingen, Flüssigkeiten passierten tropfenweise. 2425.   Der Oesophaguskrampf kam plötzlich nach einem Ärger. 2426.   So große Empfindlichkeit gegen Licht und so starker Lidkrampf, daß eine Untersuchung der Augen unmöglich ist. Der geringste Lichtstrahl ist ihr unerträglich. 2613.   Ab und zu Zusammenschnüren in der rechten Seite des Pharynx, beim Singen brennender, stechender Schmerz rechts vom Larynx. 2725.   Gefühl von Schwellung und Schwäche im Hals. Gelegentlich Engegefühl die Trachea hinunter. 2744.   Muß dauernd schlucken wegen eines Klumpens im Hals. 2827.   Spasmen im Schlund, Augen und Mund. 2914.   Erregung macht Laryngismus stridulus, so daß sie im ganzen Haus gehört werden kann. 3054.   Oesophaguskrampf erstmalig nach einem Streit mit dem Vater, wo ihn die Ungerechtigkeit würgte. 3098. Sie würgte die Angst um ihren Mann, der beinahe gestorben wäre. Jeder Bissen blieb ihr stecken und kam wieder hoch. 3099.   Jedesmal am Ort des Todes ihrer Schwester würgte es sie und schließlich blieb ihr der Kloß ganz unten im Brustraum stecken und sie bekam nichts mehr hinunter. 3106. Gefühl von Konstriktion des Halses und Übelkeit. 3161.   Schlundkrampf, Würgen beim Essen. 3282.   Ganz starker Druck hier im Hals, innerlich, es tut nicht weh, Engegefühl, es macht einen richtig nervös. 3421.

11   Beißt sich beim Reden, Kauen oder Schlafen leicht in die Zunge oder Wange. Zungenbiß bei Epilepsie.
Er beißt sich beim Reden oder Kauen leicht in die eine Seite der Zunge hinten. 148.   Er beißt sich beim Kauen leicht in die innere Backe bei der Mündung des Speichelganges. 150.   Beim Sprechen oder Kauen beißt er sich leicht auf die Zunge oder Backe. 1465.   Beißt sich oft unwillkürlich, zumal im Schlafe, in die Zunge. 1974.   Epilepsie, wobei er sich in die Zunge gebissen. Keine Nachwehen, als etwas Mattigkeit. 2040.   Krampfanfälle mit Hinfallen und Zungenbiß. 2238. Beim Sprechen oder Kauen beißt er sich in die Wange. 2948.

KRÄMPFE / Krampfartige Empfindungen

12 Schluckauf.
Von Tabakrauchen Schlucksen, bei einem geübten Tabakraucher. 203.   Nach dem Essen und Trinken Schlucksen. 249.   Abends, nach dem Trinken, Schlucksen. 250.   Krampfhafter Ructus und Singultus, der täglich nachmittags sich einstellte und stundenlang anhielt. 2046.   Durch heftige Gemütserschütterung Wiederauftreten des periodischen Singultus. 2047.   Konvulsionen mit Schlucksen (Zwerchfellkrampf), Starre, blaues Gesicht. 2320.   Schluckauf nach Essen, Trinken und Rauchen, sehr laut, kann in weiter Entfernung gehört werden, scheint sie fast vom Stuhl zu heben. 2553.   Ununterbrochener Schluckauf mit nur kurzen Intervallen, vor jedem Anfall Pflockgefühl im Hals. 2873.   Plötzlich Abneigung gegen die gewohnte Zigarre. Wenn er rauchte, Anfälle von Schluckauf. 2917.

13 Schluchzen.
Zitterte, schäumte vor dem Munde, schluchzte, atmete ängstlich und schwer, dann fiel sie, Füße und Schweif wurden durch tonische Krämpfe ausgestreckt (Katze). 843.   Dann wurde der Schlund krampfhaft zusammengezogen, das Schlingen erschwert, wobei vieles Aufstoßen erfolgte, welches dem Schluchzen nahe kam. (Hysterische Krämpfe). 1020.   Sie wünschen allein zu sein, seufzen und schluchzen, wollen sich nicht trösten lassen, sind gramerfüllt. 2136.   Tiefes Seufzen und Schluchzen, bei Traurigkeit. 2137.   Ein herzzerreißender, zitternder, Atemzug. Schluchzt oft so, wenn sie eingeschlafen ist. 2821.   Ein junges Mädchen verliebt sich in einen verheirateten Mann, liegt nächtelang wach, schluchzt und kann nur an ihn denken. 3051.   Bei der Frage nach Schwierigkeiten fängt sie an zu schluchzen. 3219.   Heftige Anfälle von Weinen und Schluchzen, daß ihr das Herz zittert. 3328.

14 Brustbeklemmung. Engegefühl im Epigastrium.
Bei Brustbeklemmung Drücken in der Herzgrube, welches sich beim Einatmen vermehrt und zu Stichen in der Herzgrube schnell übergeht. 465.   Beklemmung der Brust und des Atemholens. 466.   Engbrüstigkeit. 467.   Gefühl von Angst und Beklemmung der Brust weckt ihn nachts 12 Uhr aus dem Schlafe; er mußte oft und tief Atem holen und konnte erst nach 1 Stunde wieder einschlafen. 468.   Beklemmung der Brust nach Mitternacht, als wenn die Brust zu enge wäre, wodurch das Atmen gehindert wird. 469.   Öfteres, durch eine Art Unbeweglichkeit und Unnachgiebigkeit der Brust abgebrochenes Gähnen. 695.   Gegen 24 Uhr weckte ihn ein Gefühl von Angst und Beklemmung der Brust aus dem Schlafe, er mußte deswegen oft und tief Atem holen und konnte erst nach Verlaufe von einer Stunde wieder einschlafen. 826.   Dumpf drückender Schmerz in der Herzgrube. Beklemmung der Brust. 1087.   Heftiges Weinen mit starkem Tränenstrom vor jedem Anfall von Brustbeklemmung. 1316.   Nicht zu beschreibendes Gefühl in der Herzgrube, wobei es an der Herzgrube herüber zu eng ist mit Kurzatmigkeit, als wenn der untere Teil mit einem Schnürleib zusammengezogen wäre, gewöhnlich mit heftigem Herzklopfen. 1415.   Engigkeit in der Herzgrube nicht selten bis zur Ohnmacht erhöht, mit verschlossenen Augen scheint der Atem ganz still zu stehen. 1416.   Nächtliche Brustbeklemmung, besonders nach Mitternacht. 1514.   Krampfhafte Zusammenschnürung der Brust. 1524.   Krampfhaftes Zusammenschnüren der Brust und des Magens. 1585.   Trägheit beim Gehen durch das Gewicht des Körpers, Brustbeklemmung beim Treppensteigen, muß stehenbleiben. 1748.   Gegen Abend in der Kirche Zusammenziehen am Herzen, darauf Herzklopfen, dabei Angst. 1971.   Übelkeit mit großer Unruhe und Angst, drückende Schmerzen, Brecherlichkeitsgefühl in der Magengegend mit Beklemmung und krampfhafter Zusammenschnürung der Brust. 2006.   Bei Angstanfällen Brustbeklemmung, häufiges Seufzen. 2098.   Er strengte sich beim Ringen an, welches seine Brust etwas beengte. Nun saß er ruhig, aber die Engbrüstigkeit nahm zu und stieg bis tief in die Nacht zu einer großen Höhe. 2471.   Regelmäßig jeden Montag nachmittag steigende Engbrüstigkeit, nachgängige Ermattung. 2474.   Gefühl von Bedrängung im Herzen, wie zusammengepreßt von einer Hand, unter Luftmangel und furchtbarem Angstgefühl. 2853.   Anfallsweise Erstickungsgefühl mit krampfhaftem Luftschnappen und Luftschlucken. 3166.   Periodische Beklemmungen auf der Brust. 3182.   Gefühl, als ob er keine Luft kriegt. Will richtig tief Luft holen, zusammen mit Verspannung und Stechen zwischen den Schulterblättern.

3633.

15 Krampfhaftes Gähnen. Dehnen und Recken.
Ungeheures Gähnen, früh (und am meisten nach dem Mittagsschlafe), als wenn der Unterkiefer ausgerenkt würde. 693.   Ungeheures, convulsivisches Gähnen, daß die Augen von Wasser überlaufen, abends vor dem Schlafengehen, und früh nach dem Aufstehen aus dem Bette. 694.   Öfteres, durch eine Art Unbeweglichkeit und Unnachgiebigkeit der Brust abgebrochenes Gähnen. 695.   Sie muß viel und fast krampfhaft gähnen. 1062.   Den Fieberanfällen geht eine Zeit lang öfteres starkes Gähnen, später Dehnen und Recken der Glieder vorher. 1080.   Heftiges Gähnen mit Strecken der Glieder. 1409.   Die Anfälle beginnen und endigen mit Gähnen und Dehnen. 1418.   Ungeheures, krampfhaftes Gähnen, mit Schmerz im Kiefergelenke, als würde es ausgerenkt. 1551.   Gegen Mittag tritt Dehnen und Gähnen auf, dann starker Frost mit Durst, der Anfall hält 4 Stunden an. 1718.   Bei gänzlichem Mangel an Neigung zum Schlafen gewaltiges krampfhaftes Gähnen, welches sich alle Minuten dergestalt wiederholte, daß es ihm war, als solle der Mund ganz aufgerissen werden. 1730.   Tertianfieber, Frost mit heftigem Durst, mit Zähneklappern, Schütteln des ganzen Körpers und Gähnen und Strecken. 2062.   Des Morgens beim Aufstehen überfällt sie ein krampfhaftes Gähnen. 2113.   Krampfhaftes Gähnen früh. 2218.   Bei Tertianfieber unwillkürliches Strecken, danach quälende Knochenschmerzen, Rückenschmerz, als sollten die Gelenke auseinandergerissen werden. 2247.   Gefühl von Leere, Schwäche, Einsinken oder Ohnmacht in der Magengrube, so daß sie fast dauernd krampfhaft gähnen mußte. Fast renkte sie sich den Unterkiefer aus dabei. 2290.   Gähnt seit 3 Stunden kontinuierlich. Wenn er das Gähnen nicht zu Ende bringen konnte, waren seine Qualen noch bedeutender. Sperrt gewaltig den Mund auf. 2484.   Vor dem Frost gewaltiges Gähnen und Strecken, Durst. 2581.   Vor dem Frost Strecken und Gähnen. 2651.   Krampfhaftes Gähnen erleichtert die Kopfschmerzen. 2907.

16 Krampfhafter Husten.
Alle 8-15 Stunden plötzlicher krampfhafter Hustenanfall mit Zusammenziehen am Nabel, Magen, Luftröhre und Speiseröhre, mit Verdunkelung des Sehens und unzähligen Funken vor Augen. 1756.   Hohler Krampfhusten, schlechter abends, mit nur wenig Auswurf, hinterläßt Schmerz in der Trachea. 2321.   Sie saß im Bett schweißgebadet und erschöpft, hustete und würgte. 3053.   Krampfhafter Reizhusten immer zu ungelegenen Zeiten, wenn sie einmal anfängt, kann sie nicht mehr aufhören. 3083.   Heftiger, erschütternder Husten. 3241.

17 Zusammenziehung des Afters. Krampfartiger Stuhldrang. Krampfartige Schmerzen in den Genitalien.
Ziehen und Kneipen im Unterleibe: es kam in den Mastdarm, wie Pressen, mit Wabblichkeit und Schwäche in der Herzgrube und Gesichtsblässe (zwei Tage vor dem Monatlichen). 335.   Öfterer, fast vergeblicher Drang zum Stuhle, mit Bauchweh, Stuhlzwang und Neigung zum Austreten des Mastdarmes. 353.   Abends starkes Nottun und Drang, zu Stuhle zu gehen, mehr in der Mitte des Unterleibes; aber es erfolgte kein Stuhl, bloß der Mastdarm drängte sich heraus. 354.   Vergebliches Nötigen und Drängen zum Stuhle und Nottun in den Därmen des Oberbauches, am meisten bald nach dem Essen. 358.   Heftiger Drang zum Stuhle, mehr in den oberen Gedärmen und im Oberbauche; es tut ihm sehr Not, und dennoch geht nicht genug Stuhlgang, obwohl weich, ab; das Nottun hält noch lange nach Abgang des Stuhles an. 360.   Vergebliches Nötigen und Drängen zum Stuhle 361.   Krampfhafte Spannung im Mastdarme den ganzen Tag. 363.   Unschmerzhafte Zusammenziehung des Afters, eine Art mehrtägiger Verengerung. 366.   Zusammenziehung des Afters (abends), welche Tags darauf um dieselbe Stunde wiederkommt. 368.   Schmerz im Mastdarme, wie von Hämorrhoiden, zusammenschnürend und schründend, wie von einer berührten Wunde. 379.   Krampfhafter Schmerz an der Eichel. 416.   Eine strenge, wurgende Empfindung in den Hoden, abends nach dem Niederlegen im Bette. 420.   Zusammenziehung des Afters nach dem Stuhle. 1502.   Spastisch verstopft. 3172.   Wacht auf durch einen unangenehmen Schmerz 20 cm über dem Anus im Darm, als ob etwas nicht durchgeht, besser durch Stuhlgang. 3481.

KRÄMPFE / Krampfartige Empfindungen

18 Klammartiger Schmerz. Muskelkrämpfe. Kopf. Waden. Zehen. Unterbauch. Oberschenkel. Finger.
Klammartiges Kopfweh über der Nasenwurzel, in der Gegend des inneren Augenwinkels. 57. Ein Strammen (eine Art Klamm (Crampus) oder wenigstens der Anfang dazu) in den Waden, wenn man den Schenkel ausstreckt, oder geht. 558. Klamm der Wade, während des Gehens, welcher im Stehen und in der Ruhe vergeht. 559. Anwandlungen von Klamm in den Muskeln des Unterfußes und der Zehen, beim Sitzen. 560. Anwandlungen von Klamm in der Wade, während des Sitzens, beim Mittagsmahle. 561. Klamm in der Wade ganz früh im Bette, bei der Biegung des Schenkels, welcher beim Ausstrecken des Beines oder beim Anstemmen vergeht. 562. In den vorderen Schienbeinmuskeln ein wellenartiger, gleichsam greifender und walkender, reißender drückender Schmerz, vorzüglich bei der Bewegung. 570. Ein klammartiger, bald einwätssendender, bald auswärtsdringender Schmerz in der Schoßgegend, welcher sich bis in die rechte Unterbauchgegend zieht; wenn sie sich auf den Rücken legt oder die schmerzhaften Teile drückt, vergeht der Schmerz. 1028. Heftige Krämpfe in der Hinterseite der Oberschenkel bei Rückelage, wesentlich stärker 3 Uhr morgens. 2210. Diphtherie mit Krämpfen in Waden und Fingern. 2886.

19 Schmerzhafte Muskelzuckungen nach Verletzung. Zuckender Schmerz. Kopf. Epigastrium. Ferse. Arme. Gesicht.
Zuckender Schmerz im Kopfe beim Steigen. 49. Zuckender Kopfschmerz, welcher sich vermehrt, wenn man die Augen aufschlägt. 50. Langsam aufeinander folgender, stechend zuckender Schmerz in der Oberbauchgegend und der Herzgrube. 271. Innerlich im Ballen der Ferse, ein jückend zuckender Schmerz, vorzüglich früh im Bette. 574. Nachts Zingern in den Armen, es läuft darin, wie von etwas Lebendigem. 1251. In der Hitze Zucken und Schmerzen in den Gliedern. 1432. Wie von einem plötzlichen Schlage in der rechten Schulter berührt, worauf es ihr wie ein lähmender Blitz durch den ganzen Arm bis in die Spitzen von Daumen, Zeige- und Mittelfinger hinabfuhr. 2011. Die Muskeln haben eine Tendenz zu zucken bei Verletzungen mit Substanzverlust. 2244. Schmerzhafte Muskelzuckungen nach Verletzung. 2246. Tic douloureux mit Kopfkongestion, schlaflose Nächte. 2309. Zuckender Gesichtsschmerz jeden Nachmittag nach 17 Uhr, mit Gesichtsschweiß. 2354. Mitunter so schmerzhaftes krampfhaftes Zucken in der linken Gesichtsseite, daß sie weinen und mitleiderregende Schreie ausstoßen muß. 2486. Unangenehmes Zucken im Kopf oder des Kopfes. 2628. Schmerzhaftes Zucken in den verschiedensten Körperteilen gesteigert durch jede Bewegung. 2895.

20 Dehnende Empfindung. Unterkiefer. Oberbauch. Unterbauch.
Drücken unter den beiden Ästen des Unterkiefers, als würde das Fleisch unter den Unterkiefer hinunter gedrückt, bei Ruhe und Bewegung. 132. Dehnende Schmerzen im Oberbauche. 278. Gefühl, als würden die Bauchwände nach außen und das Zwerchfell nach obenhin gedehnt; am stärksten äußerte sich dieser Schmerz in der Milzgegend und nach hinten, nach der Wirbelsäule zu. 279. Wegen der Vollheit und Anspannung unter den Rippen konnte sie nicht Atem holen. 845. Ein klammartiger, bald einwätsspressender, bald auswärtsdringender Schmerz in der Schoßgegend, welcher sich bis in die rechte Unterbauchgegend zieht; wenn sie sich auf den Rücken legt oder die schmerzhaften Teile drückt, vergeht der Schmerz. 1028.

21 Spannen. Verspannt. Rectum. Brust vorn. Kreuz. Unterschenkel. Knie. Dorsal. Gesäß.
Krampfhafte Spannung im Mastdarme den ganzen Tag. 363. Ein spannender Schmerz vorn auf der Brust, wenn er (beim Sitzen) sich gerade aufrichtet. 471. Ein spannender Schmerz über die Brust, wenn man aufrecht steht. 472. Im Kreuze (und auf der Brust) ein spannender Schmerz beim Aufrechtstehen. 499. Ein Spannen in den Unterschenkeln bis über das Knie, mit Schwere der Schenkel. 557. Wegen der Vollheit und Anspannung unter den Rippen konnte sie nicht Atem holen. 845. Gefühllosigkeit über dem rechten Knie und Spannen beim Ausstrecken des Beines. 1951. Sie ist im ganzen krampfhaft verspannt. 3171. Kopfschmerzen über den ganzen Kopf

verteilt, mehr rechts. Ein gespanntes, ein ziemlich angespanntes Gefühl, als ob alles sich zusammenzieht, immer wieder durchzieht. 3605. Gefühl, als ob er keine Luft kriegt. Will richtig tief Luft holen, zusammen mit Verspannung und Stechen zwischen den Schulterblättern. 3633. Ischias links, im Gesäß habe ich das Gefühl, daß etwas verspannt ist. 3645.

22 Steifheit steigt auf vom Sacrum zum Nacken. Steifigkeit. Nacken. Handgelenk. Knie. Füße. Lenden. Glieder. Arm.

Steifigkeit des Nackens. 490. Ein Starren in der rechten Handwurzel und Gefühl, als wäre sie eingeschlafen. 524. Früh, beim Aufstehen aus dem Bette, Steifigkeit der Knie und Gelenke des Fußes, des Oberschenkels und des Kreuzes. 540. Nach Treppensteigen, eine Steifigkeit im Kniegelenke, die sie an der Bewegung hindert. 545. Steifigkeit der Knie und der Lenden, welche bei Bewegung Schmerz macht. 546. Wie steif in den Füßen, früh. 547. Steifheit des Unterfußgelenkes. 593. Tonischer Krampf aller Gliedmaßen, wie Steifigkeit. 689. Die Füße wurden ihm steif, er fiel, ein allgemeiner Starrkrampf befiel ihn, der sich durch Schweiß wieder verlor. 803. Der Nacken wurde steif, der Kopf zitterte, in Armen und Beinen erschienen Zuckungen mit halbem Bewußtsein. (Hysterische Krämpfe). 1022. Schmerz im Genick, wie steif. 1411. Steife Glieder. 1577. Nach heftigem Verdruß kriebelnde Empfindung, welche allmählich vom heiligen Beine alle Tage höher, bis zwischen die Schultern und endlich bis in den Nacken stieg. Nacken plötzlich steif. 2475. Nachts nach Sitzen Schwere und Steifheit im linken Arm, gelindert durch kaltes Wasser. 3195.

23 Bauchkrämpfe. Zusammenziehende Bauchschmerzen.

Magenkrampfähnliche Schmerzen. 260. Schneidende und zusammenziehende Schmerzen im Unterbauche. 290. Eine Art Leibweh: ein zusammenziehender Schmerz von beiden Seiten, gleich unter den Rippen. 296. Zusammenschnürende Empfindung in den Hypochondern, wie bei Leibesverstopfung, mit einem einseitigen Kopfweh, wie von einem ins Gehirn eingedrückten Nagel, früh. 297. Krampfhafte Blähungskolik im Oberbauche, abends beim Einschlafen und früh beim Erwachen. 298. Heftiges, zusammenkrampfendes Pressen an der Bärmutter, wie Geburtswehen, worauf ein eitriger, fressender, weißer Fluß erfolgt. 432. Periodische Unterleibskrämpfe, bei einer sensiblen Frau. 1167. Krampfhaftes Zusammenschnüren der Brust und des Magens. 1585. Krampfhaftes Zusammenziehen im Epigastrium. 1636. Fieber mit leichten, zusammenziehenden Schmerzen im Bauch und 3-4 mal täglich Durchfall. 1936. Sparsame Menstruation, dabei jedesmal heftige Krämpfe und Schmerzen, mit Gefühl als sollte sie gebären. 2045. Jedesmal mit Beginn der Menstruation Krämpfe und Schmerzen. 2048. Uterinkrämpfe mit schneidenden Stichen, krampfhafte Schmerzen im Uterus. 2160. Während des Monatlichen Lichtscheu, zusammenziehende Kolik, Angst und Herzklopfen, Mattigkeit und Ohnmacht. 2162. Seit Panik brach sie ständig alle Nahrung aus, hatte lebhafte Leibkrämpfe und war zu nichts mehr fähig. 3100. Seit ungerechter Entlassung Durchfälle mit krampfhaften Magenschmerzen. 3107.

KRÄMPFE   Anfälle allgemeiner Krämpfe

1 Ganzer Körper in unaufhörlicher Bewegung. Choreatische Unruhe.
Beständiges Bewegen des Körpers (agitatio continua). 736. Convulsive Bewegungen. 737. Convulsionen. 738. Zittern des ganzen Körpers mit Beißen und schrecklichen convulsivischen Bewegungen. 800. Alle Teile am ganzen Körper fangen an sich zu bewegen, sie greift mit den Händen um sich, kann keinen Gegenstand sicher ergreifen, sondern kommt daneben, sie wackelt mit dem Kopfe, bewegt den Körper hin und her, rückt die Füße nach allen Seiten. 1064. Veitstanz, der Anfall hat fast nie ausgesetzt, sie konnte nur liegen, weil sie beständige krampfhafte Bewegungen mit

den Extremitäten, Kopfe, Munde und Augen machte, bei vollem Bewußtsein. 1363.   Ganz ruhig ist sie nur zu nennen, wenn sie völlig ungestört ihren Ideen nachhängend daliegen und sie unaufhörlich in einem klagenden Tone aussprechen kann. Wird sie darin durch die geringste Veranlassung gestört, bricht die höchste Unruhe wieder aus. 1374.   Konvulsivische Bewegungen aller Glieder. 1581.   Bei Schwangeren, veitstanzähnliche Beschwerden mit vielem Seufzem und Schluchzen, oder als Folge lange unterdrückten Ärgers. 2180.   Chorea, die ungeordneten und unfreiwilligen Bewegungen erschwerten sehr das Essen. Gehen behindert und unterbrochen. Während des Schlafes keine Unruhe. 2368.   Mußte im Bett liegen, wo sie während des Wachens in nicht heftiger, aber fortwährender Bewegung sich befand und nur während tiefen Schlafes ruhig liegen konnte. 2491.   Kopfrollen, Zusammenbeißen der Zähne, Arme, Beine und Körper in dauernder Bewegung, 3 Minuten lang, dann 1 Minute lang tonische Konvulsion. 2561.   Kaum ein Muskel in seinem Körper, der nicht zuckte. Arme, Beine und Kopf in dauernder Bewegung. 2832.   Zuckungen: Konnte kein Wort artikulieren, zum Füttern mußte man einen ruhigen Moment abwarten. 2834.   Die choreatischen Bewegungen hörten alle auf, wenn die Mutter das Kind bei der Hand nahm und mit ihm herumging. Man mußte so lange herumgehen, bis es müde war. 2921.   Nach einem Tadel Chorea, verstärkt durch Gemütserregungen. 3027.   Unaufhörliche Bewegungen, schlägt die zitternden und zuckenden Beine übereinander und wieder zurück. 3028.   Gestikuliert, macht Fäuste, kratzt die Nase, grimmassiert. 3029.

2   Um sich schlagen. Auf ihre Brust schlagen. Der Kopf wird geworfen. Wird aus dem Bett geworfen. Aufschnellen aus dem Bett.
Der epileptische Anfall war ohne alle Vorboten beim Gehen durch die Stube gekommen, wobei der Kranke bewußtlos niedergesunken und unter äußerst beschleunigtem, tiefem Atem mit Händen und Füßen um sich geworfen hatte. 1072.   Zucken im Gesicht, Armen und Beinen. Zufall oft so stark, daß sie mit Kopf, Händen und Füßen gewaltig um sich schlug, so daß man sie halten mußte. 1286.   Sie verliert das halbe Bewußtsein, und wenn man sie nicht hielte, würde sie zusammenstürzen. In diesem Augenblicke ballt sie die rechte Hand zur Faust, und schlägt sich damit ungeheuer schnell mit einer solchen Kraft auf die Brust, daß ein Mann sie zu halten kaum im Stande ist. 1292.   Es wirft ihm den Kopf bald da, bald dorthin, die Augen bewegen sich rasch in ihren Höhlen umher oder sind zuweilen starr auf einen Punkt gerichtet. 1389.   Er wirft mit Armen und Füßen um sich, die Daumen sind eingeballt, oder die Glieder werden steif. 1391.   Bald lag sie ruhig, bald warf sie sich ungestüm im Bette herum oder schnellte plötzlich aus demselben. 1844.   Ballt bei geschlossenen Aufen die Hände, versteckt sich unter dem Bett, schaut scheu darunter hervor, schnellt Arme, Beine und den ganzen Körper in die Höhe, dabei zieht er den Unterkiefer vorwärts. 2296.   Während Zahnung plötzlich blasses Gesicht, Werfen und Rollen des Kopfes, schwieriges Schlucken, Delirium, mit krampfhaften Bewegungen der Augäpfel und Lider. 2228.   Er warf mit Armen und Beinen um sich, schlug die Daumen ein oder die Glieder wurden starr. 2537.   Bei den Zuckungen wurde er aus dem Bett geworfen. 2833.   Augenrollen, Zähneknirschen, Opisthotonus, Aufbäumen mit unartikuliertem Schreien und wildem Umsichschlagen. 3200.

3   Opisthotonus.
Art Opisthotonus bei einem Kinde, entstanden durch Schreck bei Fall vom Stuhle: tonischer Krampf, der den Kopf auf den Rücken gebeugt hält, so daß er durch keine Gewalt in seine natürliche Stellung gebracht werden kann. 1107.   Sie fühlt eine Beklemmung auf der Brust zum Ersticken, und muß sich nun unwillkürlich in die Höhe strecken, wobei der Kopf nach rückwärts zwischen die Schultern gezogen wird. 1291.   Zuweilen biegen die Krämpfe den Kopf rückwärts und das Rückgrat ebenfalls nach hinten in einem halben Zirkel, dann schnellt es ihn plötzlich in die Höhe. 1392.   Der Kopf wird rückwärts übergebeugt. 1440.   Rückwärtsbiegung des Rückens. 1526.   Manchmal waren bei den Krämpfen Kopf und Rückgrat rückwärts gebogen. 2538.   Augenrollen, Zähneknirschen, Opisthotonus, Aufbäumen mit unartikuliertem Schreien und wildem Umsichschlagen. 3200.

4   Katalepsie. Körper wird starr und steif. Steht regungslos. Wächserne Biegsamkeit der Glieder.

Beim Frühstücke und in den Abendstunden kehrten die heftigen Konvulsionen zurück, hielten gegen 10 Minuten an, worauf der Körper eine lange Zeit starr und steif blieb. 1079. Der Schreck und die Angst erzeugten einen Anfall von Starrkrampf, so daß Patientin eine Stunde lang regungslos am Fenster stand und weder zu sehen noch zu hören schien. 1333. Nach einer Schreckensnachricht Anfälle von Ohnmacht, abwechselnd mit Starrkrampf und Zittern des ganzen Körpers. 1700. Katalepsie, ohne Bewußtsein, Verdrehen der Augen. 1714. Anfälle mehrmals am Tage: Zuerst Starrsucht des Körpers und aller Glieder, dann wächserne Biegsamkeit derselben. 1839. Die Anfälle befielen sie oft mitten im Gespräche, selbst mitten im Worte. Sie hielt plötzlich inne, schloß die Augen, sank auf die Kissen und war starr wie ein Block Holz. 1841. Bei der wächseernen Biegsamkeit verharrten die Glieder in der Lage, die man ihnen gab. 1842. Berührte man sie mit der Fingerspitze am Genicke, so setzte sie sich automatisch auf, berührte man sie jetzt am Rücken, so stand sie auf und blieb wie eine Bildsäule stehen. 1843. Infolge eines Schreckes cataleptischer Anfall, später mit Konvulsionen und Bewußtseinsverlust, jedesmal vor oder unmittelbar nach der Menstruation. 2049.

5   Streckkrämpfe. Tonische Krämpfe.
Tonischer Krampf aller Gliedmaßen, wie Steifigkeit. 689. Die Füße wurden ihm steif, er fiel, ein allgemeiner Starrkrampf befiel ihn, der sich durch Schweiß wieder verlor. 803. Das Tier (Hund) ward vorwärts gerissen und fiel in einem Anfall von Starrkrampf zuerst auf die Brust, dann auf die Seite, Gliedmaßen und Hals ausgestreckt. 840. Zitterte, schäumte vor dem Munde, schluchzte, atmete ängstlich und schwer, dann fiel sie, Füße und Schweif wurden durch tonische Krämpfe ausgestreckt (Katze). 843. In dem Mittelfinger der linken Hand zuckt es am meisten, auch streckt sie ihn während des Anfalles steif aus. 1007. Der Nacken wurde steif, der Kopf zitterte, in Armen und Beinen erschienen Zuckungen mit halbem Bewußtsein. (Hysterische Krämpfe). 1022. Zittern, Verdrehungen und Steifwerden der Glieder wie bei Epilepsie. 1032. Er wirft mit Armen und Füßen um sich, die Daumen sind eingeballt, oder die Glieder werden steif. 1391. Tetanische Steifheit aller Glieder. 1586. Nach einer Schreckensnachricht Anfälle von Ohnmacht, abwechselnd mit Starrkrampf und Zittern des ganzen Körpers. 1700. Heftige tonische Muskelkrämpfe mit Verzerrung der Mundwinkel. 2035. Fing an mit den Augenlidern zu zucken und bald verbreiteten sich diese Zuckungen über das ganze Gesicht, so daß der Mund ganz auf die Seite zu stehen kam, die Arme streckten sich gerade aus, die Finger wurden eingezogen. 2060. Die Augen verkrampften sich, die Augenlider und die Zähne wurden zusammengepreßt, die Gesichtsmukeln bewegten sich ungeordnet und die Arme verkrampften sich tonisch. 2184. Er warf mit Armen und Beinen um sich, schlug die Daumen ein oder die Glieder wurden starr. 2537. Kopfrollen, Zusammenbeißen der Zähne, Arme, Beine und Körper in dauernder Bewegung, 3 Minuten lang, dann 1 Minute lang tonische Konvulsion. 2561. Nach einem großen Schrecken zuerst tetanische, später epileptische Anfälle. 2633.

6   Konvulsivisches Zittern und Zucken. Allgemeine klonische Krämpfe. Zittern und Verdrehen der Glieder. Zittern und tetanische Krämpfe. Alle Flechsen zucken.
Dreistündiges Zittern des ganzen Körpers mit Jücken und schrecklichem, convulsivischem Zucken (vellicationibus), daß er sich kaum auf den Beinen erhalten konnte; in den Kinnladen waren sie am stärksten, so daß er den Mund wie zum Lachen verziehen mußte. 735. Zittern des ganzen Körpers mit Beißen und schrecklichen convulsivischen Bewegungen. 800. Zittern und Convulsionen mit Herzensangst, Schwindel, Ohnmachten und kalten Schweißen. 802. Bekam wässrigen Durchfall, zitterte fast eine Viertelstunde lang, dann erlitt sie heftige Convulsionen (Taube). 842. Der Nacken wurde steif, der Kopf zitterte, in Armen und Beinen erschienen Zuckungen mit halbem Bewußtsein. (Hysterische Krämpfe). 1022. Zittern, Verdrehungen und Steifwerden der Glieder wie bei Epilepsie. 1032. Wenn man während der Krämpfe einen Arm anfühlt, ist alles gleichsam lebendig unter der Hand, indem alle Flechsen zucken. 1065. Zuckungen in den Armen und Beinen, die in schnellen Rucken die Kranke alle Minuten erschütterten. 1173. War durch die Nachricht, daß ihr Mann in der Saale verunglückt sei, so heftig erschrocken, daß sie auf der Stelle

KRÄMPFE / Anfälle allgemeiner Krämpfe

Konvulsionen mit Zittern und Verdrehen der Glieder bekam. 1296. Es wird ihm warm im Kopf, er wird im Gesicht rot, es wird ihm drehend, die Beine fangen an zu zittern, es bricht Schweiß hervor, er fängt an zu schreien, der Atem wird kürzer. 1386. Konvulsionen mit Zittern und Schütteln einzelner Teile. 1417. Atembeklemmung mit Zuckungen und Konvulsionen abwechsend. 1515. Konvulsivische Zuckungen in den Armen und Fingern. 1529. Konvulsivische Zuckungen in den Beinen 1532. Konvulsivische Zuckungen, besonders nach Schreck, oder nach Kränkung mit innerem Grame. 1542. Der Arm begann zu zittern und sie fiel in Ohnmacht. 1600. Kopfschmerz, sie bekommt Zähneknirschen und Zuckungen in der Gliedern, Schweiß bricht aus, nachher ist sie todesmatt. 1664. Nach einer Schreckensnachricht Anfälle von Ohnmacht, abwechselnd mit Starrkrampf und Zittern des ganzen Körpers. 1700. Epilepsie, wurde besinnungslos, fiel vom Stuhle, bekam klonische Krämpfe in die Extremitäten, Schaum vor dem Mund, schlug die Daumen ein. 1788. Fing an mit den Augenlidern zu zucken und bald verbreiteten sich diese Zuckungen über das ganze Gesicht, so daß der Mund ganz auf die Seite zu stehen kam, die Arme streckten sich gerade aus, die Finger wurden eingezogen. 2060. Zittern und Verziehen der Gesichtsmuskeln. 2342. Ohnmachtsanfall frühmorgens gleich nach dem Aufstehen, wobei sie totenbleich und bewußtlos gewesen und leise gezittert und gezuckt haben soll. 2489. Nach der Ohnmacht war sie nicht mehr im Stande, die intentionierten gewöhnlichen Bewegungen glatt auszuführen und die nun häufig sich folgenden Zuckungen und Verdrehungen ihrer Gliedmaßen und des Gesichts zu bemeistern. 2490. Unaufhörliche Bewegungen, schlägt die zitternden und zuckenden Beine übereinander und wieder zurück. 3028.

7 Einzelne Zuckungen. Die Zuckungen setzen sich von einem Muskel zum anderen fort. Die Zuckungen beginnen in einem Finger, im Unterleib, in den Augenlidern.
In dem Mittelfinger der linken Hand zuckt es am meisten, auch streckt sie ihn während des Anfalles steif aus. 1007. Heut fing es in dem kleinen Finger der rechten Hand an zu zucken, von fortwährendem Stechen im Unterleibe begleitet, nach Mittag am stärksten. 1009. Allgemeine, im Unterleib ihren Anfang nehmende Konvulsionen. 1011. Epileptischer Anfall, fest geschlossene Kinnbacken, eingeschlagene Daumen, einzelne Zuckungen der Glieder und Gesichtsmuskeln, ohne Bewußtsein. 1070. Flechsenzucken. 1423. Heftige Oszillationen der Muskeln der rechten Gesichtshälfte, die sich von einem Muskel zum anderen fortsetzen. 1770. Dauerndes Zucken und Ziehen in den Fingern. 1871. Die klonischen Krämpfe hatten auch den Hals, die Gesichtsmuskeln und die Zunge ergriffen, so daß Pat. sehr schwer zu verstehen war und die sonderbarsten Grimmassen schnitt. 1911. Selbst im Sitzen zuckten die Beine fast fortwährend. 1912. Fing an mit den Augenlidern zu zucken und bald verbreiteten sich diese Zuckungen über das ganze Gesicht, so daß der Mund ganz auf die Seite zu stehen kam, die Arme streckten sich gerade aus, die Finger wurden eingezogen. 2060.

8 Verdrehungen der Glieder. Nicken mit dem Kopfe.
Zittern, Verdrehungen und Steifwerden der Glieder wie bei Epilepsie. 1032. War durch die Nachricht, daß ihr Mann in der Saale verunglückt sei, so heftig erschrocken, daß sie auf der Stelle Konvulsionen mit Zittern und Verdrehen der Glieder bekam. 1296. Nach einem Schreck, indem sie den aufgehenden Mond für ein Feuer gehalten hatte, fing sie an, allerhand wunderliche Bewegungen und Verdrehungen der Glieder zu machen, von denen auch der Kopf nicht frei blieb. 1309. Nickt beständig konvulsivisch mit dem Kopfe. 1601. Stets furchtsam und verdreht krampfhaft fortwährend die Hände, Finger und Zehen. 2298. Nach der Ohnmacht war sie nicht mehr im Stande, die intentionierten gewöhnlichen Bewegungen glatt auszuführen und die nun häufig sich folgenden Zuckungen und Verdrehungen ihrer Gliedmaßen und des Gesichts zu bemeistern. 2490. Nach Schreck merkwürdige Bewegungen und Verdrehungen der Glieder und des Kopfes. 2531. Veitstanzähnliche Bewegungen der Glieder, besonders bei Erregung. 2558. Liegt mit geschlossenen Augen fast abgedeckt und krampft mit Armen und Beinen. 3304.

9 Schaum vor dem Mund. Zungenbiß.

Zitterte, schäumte vor dem Munde, schluchzte, atmete ängstlich und schwer, dann fiel sie, Füße und Schweif wurden durch tonische Krämpfe ausgestreckt (Katze). 843.   Ich fand den Kranken tief atmend, mit verdrehten Augen, blassem, mit kaltem Schweiße bedeckten Gesichte, blauen Lippen, zwischen welchen etwas schaumiger Schleim hervordrang. 1069.   Epilepsie, wurde besinnungslos, fiel vom Stuhle, bekam klonische Krämpfe in die Extremitäten, Schaum vor dem Mund, schlug die Daumen ein. 1788.   Epilepsie, wobei er sich in die Zunge gebissen. Keine Nachwehen, als etwas Mattigkeit. 2040.   Rötlicher Speichel erschien im Mundwinkel (Krampfanfall). 2185.   Krampfanfälle mit Hinfallen und Zungenbiß. 2238.   Vollständige Bewußtlosigkeit, Verdrehen der Augäpfel und Schaum vor dem Mund. 2305.   Epileptische Anfälle mit Niederstürzen, Bewußtlosigkeit, Einschlagen der Daumen, Konvulsionen, Schaum vor dem Munde, enden mit Schlaf. 2370.   Epilepsie mit Zungenbiß, Daumen eingezogen, Harnabgang, Melancholie. 2436.

10   Kinnladen zusammengepreßt. Kiefer vorgeschoben. Zähneknirschen.
Dreistündiges Zittern des ganzen Körpers mit Jücken und schrecklichem, convulsivischem Zucken (vellicationibus), daß er sich kaum auf den Beinen erhalten konnte; in den Kinnladen waren sie am stärksten, so daß er den Mund wie zum Lachen verziehen mußte. 735.   Zittern des ganzen Körpers mit Beißen und schrecklichen convulsivischen Bewegungen. 800.   Er konnte nicht aufrecht stehen, seine Kinnladen waren geschlossen, seine Gesichtsmuskeln bewegten sich convulsivisch. 801.   Epileptischer Anfall, fest geschlossene Kinnbacken, eingeschlagene Daumen, einzelne Zuckungen der Glieder und Gesichtsmuskeln, ohne Bewußtsein. 1070.   Konvulsionen von Beleidigung und Ärger entstehend, mit Kinnbackenzwang. 1426.   Schmerzen in einem hohlen Backenzahn, möchte die Kiefer zusammenbeißen, dabei keine Verstärkung der Schmerzen. 1659.   Kopfschmerz, sie bekommt Zähneknirschen und Zuckungen in der Gliedern, Schweiß bricht aus, nachher ist sie todesmatt. 1664.   Die Augen verkrampften sich, die Augenlider und die Zähne wurden zusammengepreßt, die Gesichtsmukeln bewegten sich ungeordnet und die Arme verkrampften sich tonisch. 2184.   Ballt bei geschlossenen Augen die Hände, versteckt sich unter dem Bett, schaut scheu darunter hervor, schnellt Arme, Beine und den ganzen Körper in die Höhe, dabei zieht er den Unterkiefer vorwärts. 2296.   Wurde ins kalte Wasser gestoßen, nach 14 Tagen Anfälle von Zuckungen mit Verschließung der Kinnladen, besonders nach Gemütserregungen oder Diätfehlern. 2369.   Plötzliche und häufige Konvulsionen, zwischen den Anfällen kehrt das Bewußtsein nicht wieder, zusammengebissene Zähne. 2420.   Kopfrollen, Zusammenbeißen der Zähne, Arme, Beine und Körper in dauernder Bewegung, 3 Minuten lang, dann 1 Minute lang tonische Konvulsion. 2561.   Zähneknirschen im Schlaf bis das Zahnfleisch blutet. 3089.   Augenrollen, Zähneknirschen, Opisthotonus, Aufbäumen mit unartikuliertem Schreien und wildem Umsichschlagen. 3200.

11   Brustkrämpfe. Atmung. Schlund.
Zitterte, schäumte vor dem Munde, schluchzte, atmete ängstlich und schwer, dann fiel sie, Füße und Schweif wurden durch tonische Krämpfe ausgestreckt (Katze). 843.   Konvulsionen, Brustbeklemmung, kann keine Luft bekommen, glaubt ersticken zu müssen. 1012.   Dann wurde der Schlund krampfhaft zusammengezogen, das Schlingen erschwert, wobei vieles Aufstoßen erfolgte, welches dem Schluchzen nahe kam. (Hysterische Krämpfe) 1020.   Die Brust wurde zusammengezogen, das Atemholen erschwert. (Hysterische Krämpfe). 1021.   Ich fand den Kranken tief atmend, mit verdrehten Augen, blassem, mit kaltem Schweiße bedeckten Gesichte, blauen Lippen, zwischen welchen etwas schaumiger Schleim hervordrang. 1069.   Der epileptische Anfall war ohne alle Vorboten beim Gehen durch die Stube gekommen, wobei der Kranke bewußtlos niedergesunken und unter äußerst beschleunigtem, tiefem Atem mit Händen und Füßen um sich geworfen hatte. 1072.   Erschwerte Respiration, erschwertes Schlucken des Getränkes. 1109.   Sie fühlt eine Beklemmung auf der Brust zum Ersticken, und muß sich nun unwillkürlich in die Höhe strecken, wobei der Kopf nach rückwärts zwischen die Schultern gezogen wird. 1291.   Krampfanfall, die Respiration war beklemmt. 1299.   Es wird ihm warm im Kopf, er wird im Gesicht rot, es wird ihm drehend, die Beine fangen an zu zittern, es bricht Schweiß hervor, er fängt an zu schreien, der Atem wird kürzer. 1386.   Die Brust arbeitet furchtbar, der Atem geht ungeheuer schnell und bleibt weg, das Gesicht

wird leichenfarbig. 1393. Atembeklemmung mit Zuckungen und Konvulsionen abwechsend. 1515. Konvulsionen mit Atembeklemmung abwechselnd. 1543. Konvulsionen, Stöße in der Brust, Zusammenziehung der Brust, mühsames und schnelles Atmen, Auftreibung des Halses. 1827. Oft preßte sie die Hände fest an die Stirne oder griff nach der linken Rippenreihe, der Atem setzte manchmal lange aus. 1845. Die Brust hob und senkte sich mühsam, Atmung stertorös und oft unterbrochen (Krampfanfall). 2186. Vor dem Krampfanfall kalte Extremitäten, Atembeklemmung und enorme Flatulenz. 2236. Erwacht von den Krämpfen mit stoßendem Atem und seine erste Klage ist über Hunger. 2297. Konvulsionen durch Kummer mit stertoröser Atmung, klingt wie der Buchstabe K. 2526. Augenrollen, Zähneknirschen, Opisthotonus, Aufbäumen mit unartikuliertem Schreien und wildem Umsichschlagen. 3200.

12 Daumen eingeschlagen.
Epileptischer Anfall, fest geschlossene Kinnbacken, eingeschlagene Daumen, einzelne Zuckungen der Glieder und Gesichtsmuskeln, ohne Bewußtsein. 1070. Er wirft mit Armen und Füßen um sich, die Daumen sind eingeballt, oder die Glieder werden steif. 1391. Die Hände fest zur Faust geballt, die Daumen eingeschlagen. 1587. Epilepsie, wurde besinnungslos, fiel vom Stuhle, bekam klonische Krämpfe in die Extremitäten, Schaum vor dem Mund, schlug die Daumen ein. 1788. Fing an mit den Augenlidern zu zucken und bald verbreiteten sich diese Zuckungen über das ganze Gesicht, so daß der Mund ganz auf die Seite zu stehen kam, die Arme streckten sich gerade aus, die Finger wurden eingezogen. 2060. Epileptische Anfälle mit Niederstürzen, Bewußtlosigkeit, Einschlagen der Daumen, Konvulsionen, Schaum vor dem Munde, enden mit Schlaf. 2370. Epilepsie mit Zungenbiß, Daumen eingezogen, Harnabgang, Melancholie. 2436. Er warf mit Armen und Beinen um sich, schlug die Daumen ein oder die Glieder wurden starr. 2537.

13 Gesicht. Mund.
Bewegt den Mund im Schlafe, als wenn er äße. 655. Sie bewegt im Schlafe die Muskeln des offenen Mundes nach allen Richtungen, fast convulsiv, wobei sie mit den Händen einwärts zuckt. 656. Dreistündiges Zittern des ganzen Körpers mit Jücken und schrecklichem, convulsivischem Zucken (vellicationibus), daß er sich kaum auf den Beinen erhalten konnte; in den Kinnladen waren sie am stärksten, so daß er den Mund wie zum Lachen verziehen mußte. 735. Er konnte nicht aufrecht stehen, seine Kinnladen waren geschlossen, seine Gesichtsmuskeln bewegten sich convulsivisch. 801. Zucken im Gesicht, Armen und Beinen. Zufall oft so stark, daß sie mit Kopf, Händen und Füßen gewaltig um sich schlug, so daß man sie halten mußte. 1286. Veitstanz, der Anfall hat fast nie ausgesetzt, sie konnte nur liegen, weil sie beständige krampfhafte Bewegungen mit den Extremitäten, Kopfe, Munde und Augen machte, bei vollem Bewußtsein. 1363. Konvulsivisches Zucken in den Gesichtsmuskeln. 1454. Heftige Oszillationen der Muskeln der rechten Gesichtshälfte, die sich von einem Muskel zum anderen fortsetzen. 1770. Konvulsionen mit Bewußtlosigkeit, Augenverdrehung, Verzerrungen der Gesichtsmuskeln wie zum Lachen oder Weinen, wobei Tränen aus den Augen fließen. 1826. Die klonischen Krämpfe hatten auch den Hals, die Gesichtsmuskeln und die Zunge ergriffen, so daß Pat. sehr schwer zu verstehen war und die sonderbarsten Grimassen schnitt. 1911. Heftige tonische Muskelkrämpfe mit Verzerrung der Mundwinkel. 2035. Fing an mit den Augenlidern zu zucken und bald verbreiteten sich diese Zuckungen über das ganze Gesicht, so daß der Mund ganz auf die Seite zu stehen kam, die Arme streckten sich gerade aus, die Finger wurden eingezogen. 2060. Die Augen verkrampften sich, die Augenlider und die Zähne wurden zusammengepreßt, die Gesichtsmukeln bewegten sich ungeordnet und die Arme verkrampften sich tonisch. 2184. Liegt mit halbgeschlossenen Augen ganz apathisch da, um 14 Uhr unter plötzlichem, heftigem Aufschreien Konvulsionen der Gesichtsmuskeln. 2300. Zittern und Verziehen der Gesichtsmuskeln. 2342. Nach der Ohnmacht war sie nicht mehr im Stande, die intentionierten gewöhnlichen Bewegungen glatt auszuführen und die nun häufig sich folgenden Zuckungen und Verdrehungen ihrer Gliedmaßen und des Gesichts zu bemeistern. 2490. Angestrengter Gesichtsausdruck bei Kindern bis hin zu Grimassieren beim Sprechen oder sogar Artikulationsstörungen. 3072.

14 Augen. Kopf.
Alle Teile am ganzen Körper fangen an sich zu bewegen, sie greift mit den Händen um sich, kann keinen Gegenstand sicher ergreifen, sondern kommt daneben, sie wackelt mit dem Kopfe, bewegt den Körper hin und her, rückt die Füße nach allen Seiten. 1064. Ich fand den Kranken tief atmend, mit verdrehten Augen, blassem, mit kaltem Schweiße bedeckten Gesichte, blauen Lippen, zwischen welchen etwas schaumiger Schleim hervordrang. 1069. Nach einem Schreck, indem sie den aufgehenden Mond für ein Feuer gehalten hatte, fing sie an, allerhand wunderliche Bewegungen und Verdrehungen der Glieder zu machen, von denen auch der Kopf nicht frei blieb. 1309. Veitstanz, der Anfall hat fast nie ausgesetzt, sie konnte nur liegen, weil sie beständige krampfhafte Bewegungen mit den Extremitäten, Kopfe, Munde und Augen machte, bei vollem Bewußtsein. 1363. Es wirft ihm den Kopf bald da, bald dorthin, die Augen bewegen sich rasch in ihren Höhlen umher oder sind zuweilen starr auf einen Punkt gerichtet. 1389. Konvulsivische Bewegungen der Augen. 1445. Die Augen sind nach oben verdreht. 1584. Nickt beständig konvulsivisch mit dem Kopfe. 1601. Katalepsie, ohne Bewußtsein, Verdrehen der Augen. 1714. Konvulsionen mit Bewußtlosigkeit, Augenverdrehung, Verzerrungen der Gesichtsmuskeln wie zum Lachen oder Weinen, wobei Tränen aus den Augen fließen. 1826. Die Augen verkrampften sich, die Augenlider und die Zähne wurden zusammengepreßt, die Gesichtsmukeln bewegten sich ungeordnet und die Arme verkrampften sich tonisch. 2184. Während Zahnung plötzlich blasses Gesicht, Werfen und Rollen des Kopfes, schwieriges Schlucken, Delirium, mit krampfhaften Bewegungen der Augäpfel und Lider. 2228. Vollständige Bewußtlosigkeit, Verdrehen der Augäpfel und Schaum vor dem Mund. 2305. Nach Schreck merkwürdige Bewegungen und Verdrehungen der Glieder und des Kopfes. 2531. Epilepsie: er tobte und warf den Kopf von einer Seite zur anderen, die Augen rollten oder fixierten starr einen Punkt. 2535. Anfälle beim Weinen mit Blauwerden des Gesichts. 2578. Kopfrollen, Zusammenbeißen der Zähne, Arme, Beine und Körper in dauernder Bewegung, 3 Minuten lang, dann 1 Minute lang tonische Konvulsionen. 2561. Augenrollen, Zähneknirschen, Opisthotonus, Aufbäumen mit unartikulierten Schreien und wildem Umsichschlagen. 3200.

15 Führt eine Hand zur Brust oder zum Bauch.
In ihren lichten Momenten führt die Kranke die Hand auf den Unterleib, mit dem Ausdrucke des Schmerzes. 1035. Oft preßte sie die Hände fest an die Stirne oder griff nach der linken Rippenreihe, der Atem setzte manchmal lange aus. 1845. Zeitweise nimmt sie die linke Hand an die linke Brustkorbseite, die anscheinend schmerzt. 3305.

16 Prodromi: Durchfall. Kopfschmerz. Verdrießlichkeit. Gähnen. Angst. Bewußtseinstrübung. Weinen. Schwindel. Gesichtshitze. Sehstörung. Kälte. Atemstörung. Schlaf. Schweiß.
Bekam wässrigen Durchfall, zitterte fast eine Viertelstunde lang, dann erlitt sie heftige Convulsionen (Taube). 842. Hysterische Krämpfe, zuerst Kopfschmerzen, rotes Gesicht, dann Schlundkrampf, Zusammenschnüren der Brust und Zuckungen. 1018. Epileptischer Anfall, nachdem er den Tag über sehr verdrießlich und in sich gekehrt war, auch nicht mit dem gehörigen Appetit gegessen hatte. 1068. Der epileptische Anfall war ohne alle Vorboten beim Gehen durch die Stube gekommen, wobei der Kranke bewußtlos niedergesunken und unter äußerst beschleunigtem, tiefem Atem mit Händen und Füßen um sich geworfen hatte. 1072. Den Fieberanfällen geht eine Zeit lang öfteres starkes Gähnen, später Dehnen und Recken der Glieder vorher. 1080. Wenn der Anfall kommt, wird sie sehr ängstlich, so daß sie um Hilfe zu schreien gezwungen ist, und doch bringt sie nichts als einen kreischenden Ton hervor. 1290. Sie verliert das halbe Bewußtsein, und wenn man sie nicht hielte, würde sie zusammenstürzen. In diesem Augenblicke ballt sie die rechte Hand zur Faust, und schlägt sich damit ungeheuer schnell mit einer solchen Kraft auf die Brust, daß ein Mann sie zu halten kaum im Stande ist. 1292. Heftiges Weinen mit starkem Tränenstrom vor jedem Anfall von Brustbeklemmung. 1316. Es wird ihm warm im Kopf, er wird im Gesicht rot, es wird ihm drehend, die Beine fangen an zu zittern, es bricht Schweiß hervor, er fängt an zu schreien, der Atem wird kürzer. 1386. Die Anfälle beginnen und endigen mit Gähnen und Dehnen. 1418. Kopfschmerz,

KRÄMPFE / Anfälle allgemeiner Krämpfe

sie bekommt Zähneknirschen und Zuckungen in der Gliedern, Schweiß bricht aus, nachher ist sie todesmatt. 1664. Der epileptische Anfall kommt beinahe alle drei Tage abends oder in der Nacht, voraus geht Tagesblindheit. 1801. Vor oder nach Krampfanfall herausdrehender heftiger Schmerz in Stirn und Augen. 1828. Das Gesicht wird rot, Kopfschmerz, Klopfen in den Schläfen, Summen in den Ohren, sieht Blitze. 1869. Jeder epileptische Anfall begann mit dem Gefühle des Bewegtseins der Umgebung. 2034. Sonderbar zusammendrückendes Gefühl im Gehirn vor den Konvulsionen Gebärender. 2143. Vor dem Krampfanfall kalte Extremitäten, Atembeklemmung und enorme Flatulenz. 2236. Schläft stehend ein und fällt um, liegt stundenlang bewußtlos, fängt dann an zu krampfen. 2295. Liegt mit halbgeschlossenen Augen ganz apathisch da, um 14 Uhr unter plötzlichem, heftigem Aufschreien Konvulsionen der Gesichtsmuskeln. 2300. Traumatische Epilepsie, als Aura Melancholie, Schweregefühl des Kopfes, Aphasie. 2430. Epilepsie, als petit mal Cardialgie, Anfälle immer nachts. 2432. Nach der Ohnmacht war sie nicht mehr im Stande, die intentionierten gewöhnlichen Bewegungen glatt auszuführen und die nun häufig sich folgenden Zuckungen und Verdrehungen ihrer Gliedmaßen und des Gesichts zu bemeistern. 2490. Epilepsie: Das Blut stieg in den Kopf, Schwindel, Zittern der Glieder und Schweißausbruch. 2533. Als Prodrom Gähnen und Strecken, manchmal heftiges Schütteln. 2968.

17 Verhalten nach den Krämpfen: Seufzen. Schlaf. Schwäche. Als wenn nichts gewesen wäre. Stilliegen. Gesprächigkeit. Amnesie. Hunger. Übelkeit. Bauchschmerz. Schweiß. Ohrensausen. Zerschlagenheit.

Die Füße wurden ihm steif, er fiel, ein allgemeiner Starrkrampf befiel ihn, der sich durch Schweiß wieder verlor. 803. Konvulsionen, nach dem Anfall lag sie still, gab aber auf alle Anreden keine Antwort. 1013. Der hysterische Krampf endigte mit tiefem Seufzen, worauf betäubter Schlaf eintrat. 1023. Er klagte nach dem Anfall über starke Übelkeit, heftigen nach außen pressenden Kopfschmerz, der sich durch Aufrichten und Bewegen vermehrte und Schwindel verursachte, Zerschlagenheit am ganzen Körper und Schläfrigkeit. 1074. Schlief bald nach dem Anfalle wieder ein, wobei er öfters zusammenfuhr und sich eine allgemeine trockene Hitze über den Körper verbreitete. 1075. Beim Frühstücke und in den Abendstunden kehrten die heftigen Konvulsionen zurück, hielten gegen 10 Minuten an, worauf der Körper eine lange Zeit starr und steif blieb. 1079. Dies dauert 6-8 Minuten, dann hört sie mit dem Schlagen auf, streckt sich gewaltig, und mit einem tiefen Seufzer endet dieser Zustand, hierauf wird sie ganz ruhig. 1293. War der Krampfanfall schwach, so erscheint nach demselben Kopfschmerz, war der Anfall stark, so bleibt der Kopfschmerz aus. 1394. Nach dem Krampfanfall Kraftlosigkeit, Zerschlagenheitsschmerz in den Gliedern. 1396. Oft steht er nach dem Krampfanfall auf, als ob ihm nichts fehle und nichts geschehen wäre. 1397. Die Anfälle beginnen und endigen mit Gähnen und Dehnen. 1418. Kopfschmerz, sie bekommt Zähneknirschen und Zuckungen in der Gliedern, Schweiß bricht aus, nachher ist sie todesmatt. 1664. Epilepsie, verfiel nach dem Anfalle in einen tiefen Schlaf, aus dem er mit Schmerz und Wüstsein des Kopfes erwachte. 1789. Vor oder nach Krampfanfall herausdrehender heftiger Schmerz in Stirn und Augen. 1828. Nach Krampfanfall ermattet, Grimmen im Bauche und Auftreibung. 1829. Während der Krämpfe sprachlos, nachher löste sich ihre Zunge zur bewußtlosen Gesprächigkeit. 1840. Heftige tonische Muskelkrämpfe mit Verzerrung der Mundwinkel. 2035. Epilepsie endet mit noch länger zurückbleibendem Sausen und Tönen in und außer den Ohren. 2037. Epilepsie, wobei er sich in die Zunge gebissen. Keine Nachwehen, als etwas Mattigkeit. 2040. Bei Hysterischen, wenn sie in einen angstvollen Zustand geraten, in dem sie um Hilfe schreien, mit erstickender Zusammenschnürung des Halses, schwierigem Hinunterschlucken und der Anfall mit einem tiefen Seufzer endet. 2179. Nach Krampfanfall 3-4 Tage sehr lahm, ganzer Körper wie zerschlagen. 2239. Erwacht von den Krämpfen mit stoßendem Atem und seine erste Klage ist über Hunger. 2297. Epileptische Anfälle mit Niederstürzen, Bewußtlosigkeit, Einschlagen der Daumen, Konvulsionen, Schaum vor dem Munde, enden mit Schlaf. 2370. Regelmäßig jeden Montag nachmittag steigende Engbrüstigkeit, nachgängige Ermattung. 2474.

18 Bewußtloses Hinfallen. Einnässen.

Er konnte nicht aufrecht stehen, seine Kinnladen waren geschlossen, seine Gesichtsmuskeln bewegten sich convulsivisch. 801.   Die Füße wurden ihm steif, er fiel, ein allgemeiner Starrkrampf befiel ihn, der sich durch Schweiß wieder verlor. 803.   Der Urin ging unwillkürlich ab. 1036.   Epileptischer Anfall, fest geschlossene Kinnbacken, eingeschlagene Daumen, einzelne Zuckungen der Glieder und Gesichtsmuskeln, ohne Bewußtsein. 1070.   Der epileptische Anfall war ohne alle Vorboten beim Gehen durch die Stube gekommen, wobei der Kranke bewußtlos niedergesunken und unter äußerst beschleunigtem, tiefem Atem mit Händen und Füßen um sich geworfen hatte. 1072.   Der Arm begann zu zittern und sie fiel in Ohnmacht. 1600.   Epilepsie, wurde besinnungslos, fiel vom Stuhle, bekam klonische Krämpfe in die Extremitäten, Schaum vor dem Mund, schlug die Daumen ein. 1788.   Konvulsionen mit Bewußtlosigkeit, Augenverdrehung, Verzerrungen der Gesichtsmuskeln wie zum Lachen oder Weinen, wobei Tränen aus den Augen fließen. 1826.   Krampfanfälle mit Hinfallen und Zungenbiß. 2238.   Vollständige Bewußtlosigkeit, Verdrehen der Augäpfel und Schaum vor dem Mund. 2305.   Epileptische Anfälle mit Niederstürzen, Bewußtlosigkeit, Einschlagen der Daumen, Konvulsionen, Schaum vor dem Munde, enden mit Schlaf. 2370.   Plötzliche und häufige Konvulsionen, zwischen den Anfällen kehrt das Bewußtsein nicht wieder, zusammengebissene Zähne. 2420.   Epilepsie mit Zungenbiß, Daumen eingezogen, Harnabgang, Melancholie. 2436.

19   Bewußtseinstrübung.
Der Nacken wurde steif, der Kopf zitterte, in Armen und Beinen erschienen Zuckungen mit halbem Bewußtsein. (Hysterische Krämpfe). 1022.   Das Bewußtsein schwindet immer wieder. 1034.   Sie verliert das halbe Bewußtsein, und wenn man sie nicht hielte, würde sie zusammenstürzen. In diesem Augenblicke ballt sie die rechte Hand zur Faust,und schlägt sich damit ungeheuer schnell mit einer solchen Kraft auf die Brust, daß ein Mann sie zu halten kaum im Stande ist. 1292.   Es zieht ihm in den Kopf, die Sinne schwinden ihm, er fängt an zu phantasieren (Epilepsie). 1388.   Kommt ihm die Epilepsie in den Kopf, schwinden ihm die Sinne, kommt es in die Beine, behält er die Besinnung. 1390.   Katalepsie, ohne Bewußtsein, Verdrehen der Augen. 1714.   Während der Krämpfe sprachlos, nachher löste sich ihre Zunge zur bewußtlosen Gesprächigkeit. 1840.   Epilepsie zuweilen mit Trübung des Bewußtseins. 2036.   Infolge eines Schreckes cataleptischer Anfall, später mit Konvulsionen und Bewußtseinsverlust, jedesmal vor oder unmittelbar nach der Menstruation. 2049.   Zehn Minuten nach der Entbindung bekam sie ohne Grund einen Lachanfall und verlor das Bewußtsein. 2182.   Ohnmachtsanfall frühmorgens gleich nach dem Aufstehen, wobei sie totenbleich und bewußtlos gewesen und leise gezittert und gezuckt haben soll. 2489.   Epilepsie: er tobte und warf den Kopf von einer Seite zur anderen, die Augen rollten oder fixierten starr einen Punkt. 2535.   Epilepsie, wenn die Krämpfe die Beine betrafen, blieb das Bewußtsein erhalten, wenn den Kopf, tobte er. 2536.

20   Gesichtsfarbe. Abwechselnd blaß und rot. Blau. Violett.
Das Gesicht ist abwechselnd rot und blaß. 1033.   Ich fand den Kranken tief atmend, mit verdrehten Augen, blassem, mit kaltem Schweiße bedeckten Gesichte, blauen Lippen, zwischen welchen etwas schaumiger Schleim hervordrang. 1069.   Blaues Gesicht, erweiterte Pupillen. 1108.   Die Gesichtsfarbe wechselte oft von rot ins blaß. 1297.   Es wird ihm warm im Kopf, er wird im Gesicht rot, es wird ihm drehend, die Beine fangen an zu zittern, es bricht Schweiß hervor, er fängt an zu schreien, der Atem wird kürzer. 1386.   Die Brust arbeitet furchtbar, der Atem geht ungeheuer schnell und bleibt weg, das Gesicht wird leichenfarbig. 1393.   Abwechselnde Blässe und Röte des Gesichts. 1451.   Gesicht blaß, Ausdruck von Angst und Qual. Aussehen rot, der Blick irre. 1703.   Gesicht sehr rot. 1743.   Das Gesicht wird rot, Kopfschmerz, Klopfen in den Schläfen, Summen in den Ohren, sieht Blitze. 1869.   Zuckungen, der ganze Körper, besonders aber das Gesicht bekam dabei eine ganz dunkelblaue Farbe. 2061.   Eklampsie, das Gesicht färbte sich violett. 2183.   Während Zahnung plötzlich blasses Gesicht, Werfen und Rollen des Kopfes, schwieriges Schlucken, Delirium, mit krampfhaften Bewegungen der Augäpfel und Lider. 2228.   Blasses, eingefallenes Gesicht, bei Krämpfen bläuliche Gesichtsfarbe. 2301.   Konvulsionen mit Schlucksen (Zwerchfellkrampf), Starre, blaues Gesicht. 2320.   Epilepsie: Das Blut stieg in den Kopf, Schwindel, Zittern

der Glieder und Schweißausbruch. 2533. Anfälle beim Weinen mit Blauwerden des Gesichts. 2578.

21 Ataxie.
Das Sprechen fällt ihr schwer, die Zunge ist gleichsam wie zu lang. 1063. Alle Teile am ganzen Körper fangen an sich zu bewegen, sie greift mit den Händen um sich, kann keinen Gegenstand sicher ergreifen, sondern kommt daneben, sie wackelt mit dem Kopfe, bewegt den Körper hin und her, rückt die Füße nach allen Seiten. 1064. Das Gehen ist unsicher, weshalb sie, auch bei einem Gefühle allgemeiner Kraftlosigkeit, fast den ganzen Tag sitzen bleibt. 1066. Nach der Ohnmacht war sie nicht mehr im Stande, die intentionierten gewöhnlichen Bewegungen glatt auszuführen und die nun häufig sich folgenden Zuckungen und Verdrehungen ihrer Gliedmaßen und des Gesichts zu bemeistern. 2490. Zuckungen: Konnte kein Wort artikulieren, zum Füttern mußte man einen ruhigen Moment abwarten. 2834. Geht ruckweise und läßt Dinge fallen. 3030. Angestrengter Gesichtsausdruck bei Kindern bis hin zu Grimassieren beim Sprechen oder sogar Artikulationsstörungen. 3072.

22 Andere Begleitsymptome: Angst. Schwindel. Kalter Schweiß. Stechen im Unterleibe. Erbrechen. Zorn.
Zittern und Convulsionen mit Herzensangst, Schwindel, Ohnmachten und kalten Schweißen. 802. Heut fing es in dem kleinen Finger der rechten Hand an zu zucken, von fortwährendem Stechen im Unterleibe begleitet, nach Mittag am stärksten. 1009. Ich fand den Kranken tief atmend, mit verdrehten Augen, blassem, mit kaltem Schweiße bedeckten Gesichte, blauen Lippen, zwischen welchen etwas schaumiger Schleim hervordrang. 1069. Konvulsionen mit Erbrechen, die mit einigen Intervallen 2-8 Tage währten. 1427. Kopfschmerz, sie bekommt Zähneknirschen und Zuckungen in der Gliedern, Schweiß bricht aus, nachher ist sie todesmatt. 1664. Gehässige und zornige Stimmung bei Epilepsie. 2261.

23 Durch Schreck und Angst ausgelöst.
Fallsuchten, die soeben erst durch großen Schreck bei jungen Personen entstanden waren. 799. Erschrak heftig über Feuer, welches in der Nacht ausbrach; und ward darauf von Veitstanz ähnlichen Krämpfen befallen. 1056. Erschrak vor einem Hunde, und von neuem erschienen die Krämpfe. 1057. Art Opisthotonus bei einem Kinde, entstanden durch Schreck bei Fall vom Stuhle: tonischer Krampf, der den Kopf auf den Rücken gebeugt hält, so daß er durch keine Gewalt in seine natürliche Stellung gebracht werden kann. 1107. War durch die Nachricht, daß ihr Mann in der Saale verunglückt sei, so heftig erschrocken, daß sie auf der Stelle Konvulsionen mit Zittern und Verdrehen der Glieder bekam. 1296. Nach einem Schreck, indem sie den aufgehenden Mond für ein Feuer gehalten hatte, fing sie an, allerhand wunderliche Bewegungen und Verdrehungen der Glieder zu machen, von denen auch der Kopf nicht frei blieb. 1309. Der Schreck und die Angst erzeugten einen Anfall von Starrkrampf, so daß Patientin eine Stunde lang regungslos am Fenster stand und weder zu sehen noch zu hören schien. 1333. Infolge eines Schreckes von epileptischen Zufällen befallen. 1371. Bekam, als er zum Tode verurteilt wurde, vor Angst und Schreck einen Epilepsieanfall, der später alle Wochen mehrmals repetierte. 1383. Epilepsie infolge eines Schreckens entstanden. 1398. Nach einer Schreckensnachricht Anfälle von Ohnmacht, abwechselnd mit Starrkrampf und Zittern des ganzen Körpers. 1700. Nach einem sehr heftigen Schreck heftiger Anfall von Epilepsie. 1787. Nach heftigem Schreck Fallsucht, die sich des Tags oft wiederholte. 1790. Epilepsie, die sie aus Schreck, als sie von ihrem Manne im Schlafe geprügelt wurde, bekam. 1800. Nach jedem Gemütsaffekt, besonders Schrecken, wozu sie bei ihrer großen Empfindlichkeit sehr geneigt ist, fallsuchtähnliche Krampfanfälle. 1865. Infolge eines Schreckes cataleptischer Anfall, später mit Konvulsionen und Bewußtseinsverlust, jedesmal vor oder unmittelbar nach der Menstruation. 2049. Wurde ins kalte Wasser gestoßen, nach 14 Tagen Anfälle von Zuckungen mit Verschließung der Kinnladen, besonders nach Gemütserregungen oder Diätfehlern. 2369. Nach Schreck Zittern, am nächsten Tag falsche Wehen. 2383. Durch Schreck während des Schlafes

Epilepsie. 2435. Nach Schreck merkwürdige Bewegungen und Verdrehungen der Glieder und des Kopfes. 2531. Wöchentliche Anfälle von Epilepsie, seitdem er einmal als Spion verurteilt worden war. 2532. Nach einem großen Schrecken zuerst tetanische, später epileptische Anfälle. 2633.

24 Nach Ärger oder Tadel.
Am Tag vor dem Anfall mit seinen Kameraden gehabte Ärgernis, der Kranke blieb bei solchen Auftritten nicht aufbrausend, sondern verschlossen und düster. 1073. An infolge von Kränkung und Ärger entstandener Epilepsie Leidende, welche seit jener Zeit immer noch einen inneren Groll und stille Kränkung in sich nährte. 1312. Konvulsionen von Beleidigung und Ärger entstehend, mit Kinnbackenzwang. 1426. Konvulsivische Zuckungen, besonders nach Schreck, oder nach Kränkung mit innerem Grame. 1542. Nach einem Streit erstmals mit 24 Jahren epileptischer Anfall. 1578. Heftiger Verdruß, bald darauf so schreckliche Schmerzen in dem und um das früher verletzte Auge, daß er Tag und Nacht Tobsuchtsanfälle bekam. 1691. Aller 2-5 Tage nach kleinem Schreck oder Ärger heftige Konvulsionen. 1825. Infolge von deprimierenden Gemütsaffekten Epilepsie. 2033. Unterdrückter Gram verursacht Frühgeburt, enttäuschte Liebe Ovarienleiden, nach unterdrücktem Ärger Veitstanz bei Schwangeren. 2142. Bei Schwangeren, veitstanzähnliche Beschwerden mit vielem Seufzem und Schluchzen, oder als Folge lange unterdrückten Ärgers. 2180. Krämpfe der Kinder, wenn sie gleich nach Bestrafung ins Bett gelegt werden. 2197. Nach Schreck und nach Widerspruch Krampfanfälle. 2294. Der Oesophaguskrampf kam plötzlich nach einem Ärger. 2426. Nach erlittener schwerer Kränkung epileptisch. 2496. Konvulsionen durch Kummer mit stertoröser Atmung, klingt wie der Buchstabe K. 2526. Wenn Kinder getadelt und ins Bett geschickt werden, bekommen sie Übelkeit oder Konvulsionen im Schlaf. 2945. Nach einem Tadel Chorea, verstärkt durch Gemütserregungen. 3027.

25 Andere Modalitäten: Geräusch. Berührung. Zahnung. Kamillentee. Berührung am Rücken. Periode. Entbindung. Schwangerschaft. Reichliches Abendessen. Diätfehler.
Krampfanfälle durch Geräusch oder Berührung hervorgerufen (Hund). 841. Schwieriges Zahnen der Kinder mit Konvulsionen. 1457. Wenn eine Mutterblutung oder eine Eklampsie bei Kindern durch Mißbrauch des Kamillentees entstanden ist. 1610. An den letzten Rückenwirbeln eine schmerzhafte Stelle, deren leiseste Berührung augenblicklich einen Anfall hervorrief. 1849. Epileptische Anfälle, die besonders zur Menstruationszeit häufig eintraten. 2019. Krampfanfälle alle drei Wochen, häufig gleichzeitig mit den Menses. 2038. Infolge eines Schreckes cataleptischer Anfall, später mit Konvulsionen und Bewußtseinsverlust, jedesmal vor oder unmittelbar nach der Menstruation. 2049. Konvulsionen Gebärender. 2168. Bei Schwangeren, veitstanzähnliche Beschwerden mit vielem Seufzen und Schluchzen, oder als Folge lange unterdrückten Ärgers. 2180. Krampfanfälle gewöhnlich abends nach einem reichlichen Abendessen. 2237. Wurde ins kalte Wasser gestoßen, nach 14 Tagen Anfälle von Zuckungen mit Verschließung der Kinnladen, besonders nach Gemütserregungen oder Diätfehlern. 2369. Heftige Konvulsionen und Syncope nach jeder Periode. 2634.

26 Zeit: Nach Mittag. Frühstück. Morgens. Abends. Nachts. Dauer. Periodizität.
Heut fing es in dem kleinen Finger der rechten Hand an zu zucken, von fortwährendem Stechen im Unterleibe begleitet, nach Mittag am stärksten. 1009. Beim Frühstücke und in den Abendstunden kehrten die heftigen Konvulsionen zurück, hielten gegen 10 Minuten an, worauf der Körper eine lange Zeit starr und steif blieb. 1079. Konvulsionen mit Erbrechen, die mit einigen Intervallen 2-8 Tage währten. 1427. Der epileptische Anfall kommt beinahe alle drei Tage abends oder in der Nacht, voraus geht Tagesblindheit. 1801. Krampfanfälle alle drei Wochen, häufig gleichzeitig mit den Menses. 2038. Krampfanfälle gewöhnlich abends nach einem reichlichen Abendessen. 2237. Je länger die epileptischen Anfälle ausbleiben, desto heftiger pflegten sie zu sein. 2371. Epilepsie, als petit mal Cardialgie, Anfälle immer nachts. 2432. Ohnmachtsanfall frühmorgens gleich nach dem Aufstehen, wobei sie totenbleich und bewußtlos gewesen und leise gezittert und gezuckt haben

soll. 2489.   Wöchentliche Anfälle von Epilepsie, seitdem er einmal als Spion verurteilt worden war. 2532.

HAUT

1   Das Jucken wird durch leichtes Kratzen sofort gestillt.
Jücken rings um die Zeugungsteile und an der Rute, abends nach dem Niederlegen, welches durch Kratzen vergeht. 409.   Abends nach dem Niederlegen, im Bette, Jücken hie und da, welches durch Kratzen leicht vergeht. 613.   Charakteristisch ist das Jücken, welches durch gelindes Kratzen leicht von der Stelle verschwindet. 613a.   Jücken hie und da am Körper, unter der Achsel u. s. w. nachts, welches durch Kratzen vergeht. 614.   Abendliches heftiges Jucken an den Geschlechtsteilen, durch Kratzen vergehend. 1507.   Jucken am Körper, welches durch gelindes Kratzen sogleich von der Stelle verschwindet. 1547.   Die Empfindung bevor er anfängt zu kratzen ist wie von einem Bienenstich, am meisten im Oberbauch, manchmal aber am ganzen Körper. 2470.   Jucken an einzelnen Punkten, nach Reiben verschwindet es und erscheint an anderer Stelle. 2698.   Jucken gebessert durch Reiben oder Kratzen. 2706.   Besserung der Haut durch leisen Druck, leises Reiben, Wärme, Gehen. 2709.   Brennendes Jucken am ganzen Körper, nach Kratzen wechselt es die Stelle. Das Jucken geschieht anfallsweise, wenn der juckende Teil gekratzt wird, beginnen andere Teile auch zu jucken, so daß alle Teile gekratzt werden müssen. 2710.   Mußte die Hände bandagieren um die Luft von der Haut abzuhalten und sich selbst vom Kratzen abzuhalten. 2717.   Das Jucken war so heftig, daß es schmerzhaft wurde. Kratzt die Haut ab von den Beinen, vom Kopf und anderen Teilen. 2723.   Jucken verhindert Schlaf. Schläft er vor Erschöpfung ein, kratzt er die Haut ab. 2724. Urticaria am ganzen Körper mit heftigem Jucken, das leicht durch Kratzen gestillt werden kann, die mit dem Schweiß vergeht. 3005.

2   Stechen bei leiser Berührung eines Haares: Kopf. Lippen. Sohlen.
Ein höchst durchdringendes feines Stechen an der Unterlippe bei Berührung eines Barthaares daselbst, als wenn ein Splitter da eingestochen wäre. 124.   Blütenartige Knötchen, bloß bei Berührung schmerzhaft, gleich unter der Unterlippe. 131.   Schmerz am Halse beim Befühlen, als wenn da Drüsen geschwollen wären. 171.   Bei Berührung eines Haares auf der Hand ein durchdringender, feiner Stich, als wenn ein Splitter da stäke. 534.   Die äußere Haut und die Beinhaut sind schmerzhaft. 616.   Einfacher, bloß bei Berührung fühlbarer, heftiger Schmerz, hie und da, auf einer kleinen Stelle, z. B. an den Rippen u. s. w. 618.   Geschwürschmerz in den Fußsohlen, sie vertragen nicht die leiseste Berührung. 1010.   Die leiseste Berührung an der linken Seite der Stirn war ihr unerträglich. 1171.   Schmerz in der linken Stirnseite, zugleich zeigte sich in der Gegend des linken Stirnhügels ein kleines rundes Fleckchen von der Größe eines Flohstiches und von bräunlich roter dunkler Farbe, das einen schwarzen Punkt in der Mitte hatte und bei der geringsten Berührung so schmerzhaft war, daß sie laut aufschrie und ihr Tränen aus den Augen liefen. 1172.   Stiche in der rechten Schläfe und im Ohre, die Seite darf nicht berührt werden, es schmerzt dann wie Blutschwär. 1893. Schmerz wie von einer Beule über dem rechten Auge, besonders beim Niederbeugen des Kopfes, der Fleck ist druckempfindlich, der Schmerz wird durch Wind hervorgerufen. 2522.   Geschwüre, schmerzlos oder brennend, wenig Absonderung, schlechter durch leiseste Berührung, besser durch festen Druck. 2701.

3   Urtikaria im Fieber.
Nesselausschlag über den ganzen Körper. 1271.   Beim Fieber heftig juckender Nesselausschlag über den ganzen Körper. 1283.   Beim Fieber, heftig juckender Nesselausschlag über den ganzen Körper. 1550.   Hitze mit heftiger Urticaria und tiefem Schlaf. Nur leichter Schweiß. 2583.   Urticaria

am ganzen Körper mit heftigem Jucken, das leicht durch Kratzen gestillt werden kann, die mit dem Schweiß vergeht. 3005.   Einen Monat nach nervösem Schock allgemeine Urticaria, die gern im Gesicht auftritt. 3144.

4   Gänsehaut im Frost.
Schauderfrost im Gesichte und an den Armen, mit Zähneklappern und Gänsehaut. 703.   Schauder mit Gänsehaut über die Oberschenkel und Vorderarme; hierauf auch an den Backen. 705.   Frostigkeit ohne Zittern, es entsteht Gänsehaut auf Armen und Schenkeln ohne Durst. 1276.   Leichter Frost mit Durst, Gänsehaut, heißem Körper. 2652.   Frösteln im Gesicht und auf den Armen, mit Zähneklappern und Gänsehaut. 2977.   Beim Entblößen des Leibes bildet sich nur in der oberen Hälfte des rechten rectus abdominis eine auffallende Gänsehaut. 3111.

5   Örtliche Schwellung: Lider. Nase. After. Vorhaut. Scrotum. Magengegend. Hier und da. Knie. Milz. Ferse.
Anschwellung der Augenlider; die Meibom'schen Drüsen sondern viel Schleim aus. 97.   Geschwulst des Randes des Afters, ringsum wie von aufgetriebenen Adern. 382.   Wundheitsschmerz, wie aufgetrieben, am Saume der Vorhaut. 413.   Abends Geschwulst des Hodensackes. 419.   Das blonde Mädchen hat eine sehr blasse Gesichtsfarbe, das rechte Auge ist entzündlich gerötet, die Augenlider geschwollen, nachts schwären sie zu. 1058.   Die Nase ist geschwollen, die Geschwulst geht auf die Backen über, innerlich ist die Nase verstopft, es bilden sich Krusten in derselben. 1060.   Nase wird bisweilen rot, etwas dick und innerlich böse. 1197.   Zuerst Gefühl, als läge ein Stein im Magen, dies dauert einige Stunden, dann wird ihm übel, die Magengegend schwillt an, so stark, daß er eine ordentliche Wulst in der Herzgrube hat, die sich zu beiden Seiten, unter den kurzen Rippen hindurch, bis zum Rückgrat erstreckt. 1327.   Geschwulst des oberen Augenlides, mit bläulichen Adern. 1443.   Wundheit und Empfindlichkeit der inneren Nase, mit Geschwulst derselben. 1450.   Geschwulst und Härte der Milz. 1485.   Hervorragende Aufgetriebenheit hier und da am Leibe. 1487.   Knie dicker als sonst. 1603.   Am ganzen Körper ödematöse Ulcerationen, sowie eiternde und blutende Risse. 3218.   Sehr schmerzhafte Schwellung unter der Ferse. 3298.   Beim Auftreten Schmerzen in der Achillessehne, wie geschwollen. 3660.

6   Wulstförmige Anschwellung der Magengegend.
Zuerst Gefühl, als läge ein Stein im Magen, dies dauert einige Stunden, dann wird ihm übel, die Magengegend schwillt an, so stark, daß er eine ordentliche Wulst in der Herzgrube hat, die sich zu beiden Seiten, unter den kurzen Rippen hindurch, bis zum Rückgrat erstreckt. 1327.   Magendrücken Tag und Nacht, kann nichts genießen, der Schmerz ist herausdrückend, die Magengegend ist angeschwollen. 1965.   Anschwellen der Magengegend, so daß sie oft ihre Kleider zu lösen hat oder diese beim Anziehen nicht zusammenzubringen sind. 2021.   Anschwellen der Magengegend und des Unterleibes. 2027.

7   Einzeleffloreszenzen. Hautausschläge. Geschwüre.
Blütchen um das Böse Auge. 89.   Blütenartige Knötchen, bloß bei Berührung schmerzhaft, gleich unter der Unterlippe. 131.   Blutschwäre am inneren Teile des Oberschenkels. 548.   Brennen im Geschwüre. 620.   Schmerz in der linken Stirnseite, zugleich zeigte sich in der Gegend des linken Stirnhügels ein kleines rundes Fleckchen von der Größe eines Flohstiches und von bräunlich roter dunkler Farbe, das einen schwarzen Punkt in der Mitte hatte und bei der geringsten Berührung so schmerzend war, daß sie laut aufschrie und ihr Tränen aus den Augen liefen. 1172.   Litt an einem sehr argen Geschwüre am Arm, was kurz vor der neuen Krankheit heilte. 1384.   Auf dem rechten Arme und im Gesichte hat sie etwas Ausschlag. 1609.   Decubitus auf der linken Seite. 1657.   Amenorrhoe und infolge hiervon Fußgeschwüre. 1838.   Kein sichtbarer Hautausschlag, aber er fühlt etwas unter der Haut. Nach Kratzen erscheinen kleine Pickel, mit einem Blutströpfchen an ihrer Spitze. 2468.   Geschwüre, schmerzlos oder brennend, wenig Absonderung, schlechter durch leiseste Berührung, besser durch festen Druck. 2701.   Papulöse Akne mit viel Jucken in Gesicht

und Rücken. 2714. Papulöses Ekzem der Handrücken, oft auch Stellen auf den Beinen. 2716. Eine ganze Kette von vergrößerten Halsdrüsen, eine Narbe hatte sich wieder geöffnet und entleerte grünlichen Eiter. 2820. Am ganzen Körper ödematöse Ulcerationen, sowie eiternde und blutende Risse. 3218. Vor einem Jahr juckender Bläschenausschlag an den Fingerrücken und an der Vulva. 3377. Unreine Haut. 3602. Ich kriege wieder so richtige Pickel auf den Backen wie in der Pubertät. 3667. Als Kind Ekzem gehabt. 3678.

8 Lippen: Geschwürige Lippenwinkel mit Schorfen. Aufgesprungen. Bluten. Trockenheit. Stechen bei Berührung.
Stechen in den Lippen, vorzüglich wenn man sie bewegt. 122. Stechen in der Unterlippe, auch wenn sie nicht bewegt wird. 123. Ein höchst durchdringendes feines Stechen an der Unterlippe bei Berührung eines Barthaares daselbst, als wenn ein Splitter da eingestochen wäre. 124. Die Lippen sind aufgeborsten und bluten. 129. Der eine Lippenwinkel wird geschwürig (Käke). 130. Blütenartige Knötchen, bloß bei Berührung schmerzhaft, gleich unter der Unterlippe. 131. Ein tiefstechend brennender Schmerz an verschiedenen Teilen, z. B. am Mundwinkel, unter dem ersten Daumengelenke u. s. w., ohne Jücken. 604. Die Lippen sind aufgesprungen und trocken. 1095. Die Mundwinkel und das Rote der Lippen mit kleinen Schorfen und Ausschlag besetzt. 1132. Trockenheit und Zittern der Lippen. 1150. Trockene, aufgesprungene, blutende Lippen. 1455. Ausschlag auf Lippen und Mundwinkeln, Lippen trocken und rissig. 3019.

9 Nase: Schwellung auch der Wangen. Geschwürige Nasenlöcher. Wundheit.
Feine Stiche in den Backen. 110. In beiden Nasenlöchern ein kriebelndes Jücken. 436. Empfindung von Geschwürigkeit und Wundheit am inneren Winkel des einen, oder beider Nasenlöcher. 437. Die Nasenlöcher sind geschwürig. 438. Kitzel in der Nase. 439. Die Nase ist geschwollen, die Geschwulst geht auf die Backen über, innerlich ist die Nase verstopft, es bilden sich Krusten in derselben. 1060. Nase wird bisweilen rot, etwas dick und innerlich böse. 1197. Wundheit und Empfindlichkeit der inneren Nase, mit Geschwulst derselben. 1450. Jucken der Nase. 2579.

10 Augenlider: Entzündliche Röte mit blauen, geschwollenen Venen. Verklebung. Schwellung.
Bei Verschließung der Augenlider Schmerz im äußeren Augenwinkel, wie Wundheit. 82. Nagendes Beißen an den Rändern der Augenlider (früh beim Lesen). 87. Beißen in den äußeren Augenwinkeln. 88. Blütchen um das Böse Auge. 89. Die Augen waren etwas gerötet; drückend schmerzend mit Verschwärung der Augenlider. 1045. Augenentzündung, am Tage läuft beständig beißendes Wasser aus den Augen, nachts schwären sie zu, Drücken unter dem oberen Augenlide, wie von einem fremden Körper. 1186. Beständiges Tränen der Augen bei roten Augenlidern. 1189. Die Venen der oberen Augenlider sind geschwollen und bläulich. 1190. Die oberen Augenlider sind etwas geschwollen, mit angelaufenen blauen Adern. 1193. Am Tage, beißendes Tränen der Augen, besonders im Sonnenlichte, und nächtliches Zuschwären derselben. 1441. Geschwulst des oberen Augenlides, mit bläulichen Adern. 1443.

11 Vorhaut. Eichel. Scrotum: Schwellung. Wundheitsschmerz. Jucken.
Jücken rings um die Zeugungsteile und an der Rute, abends nach dem Niederlegen, welches durch Kratzen vergeht. 409. Beißendes Jücken an der Eichel. 411. Beißend juckender Schmerz an der inneren Fläche der Vorhaut. 412. Wundheitsschmerz, wie aufgetrieben, am Saume der Vorhaut. 413. Wundsein und Geschwürsschmerz mit Jücken vereinigt am Rande der Vorhaut. 415. Jückendes Stechen am Hodensacke, wie von unzähligen Flöhen, besonders in der Rute. 417. Abends Geschwulst des Hodensackes. 419.

12 Anus: Jucken. Kriebeln. Brennen.
Scharfe Stuhlgänge. 350. Kriebeln und Brennen im After. 367. Heftiges Jücken im Mastdarme

abends im Bette. 372. Kriebeln im Mastdarme, wie von Madenwürmern. 373. Unten im Mastdarme, nach dem After zu, unangenehmes Kriebeln, wie von Madenwürmern. 374. Ein jückender Knoten am After, welcher beim Stuhlgange nicht schmerzt, beim Sitzen aber ein Drücken verursacht. 375. Wundheitsschmerz im After, außer dem Stuhlgange. 378. Schmerz im Mastdarme, wie von Hämorrhoiden, zusammenschnürend und schründend, wie von einer berührten Wunde. 379. Blutfluß aus dem After, mit Jücken des Mittelfleisches und Afters. 384. Jücken am After. 386. Jücken am Mittelfleische, vorzüglich im Gehen. 387. Obstructionen, mit Schmerzen in den Hämorrhoidalknoten, Jucken am After. 1122. Beim Liegen kriechen Askariden aus dem After in die Mutterscheide, welche entsetzlich kribbeln. 1219. Durchfall mit Schründen im Mastdarm. 1497. Jucken und Kriebeln im After. 1500. Schweregefühl, Jucken und Schmerzen im Anus. 1624. Jucken und Kitzeln im After. 2155. Askariden mit vielem Jucken. 2158. Etwas Jucken am After. 2564. Afterjucken. 2686. Am ganzen Körper ödematöse Ulcerationen, sowie eiternde und blutende Risse. 3218.

13 Halsdrüsen. Parotis: Schmerzhaft. Geschwollen.
Schmerz am Halse beim Befühlen, als wenn da Drüsen geschwollen wären. 171. Drückender Schmerz in den Halsdrüsen (Unterkieferdrüsen). 172. In der vorderen Unterkieferdrüse Schmerz, als wenn sie von außen zusammengedrückt würde, bei Bewegung des Halses und außer derselben. 173. Schmerzhafte Unterkieferdrüse, nach dem Gehen in freier Luft. 174. Schmerz in der Drüse unter der Kinnbackenecke bei Bewegung des Halses. 175. Erst drückender, dann ziehender Schmerz in den Unterkieferdrüsen. 176. Ziehender Schmerz in den Unterkieferdrüsen, welcher in den Kinnbacken übergeht, worauf diese Drüsen anschwellen. 177. Hinterläßt Neigung zu Halsdrüsengeschwulst, Zahnweh und Zahnlockerheit, sowie zu Magendrücken. 622. Geschwulst der Ohrdrüse rechts, mit Stichen in derselben, außer dem Schlingen. 1115. Die rechte Ohrspeicheldrüse geschwollen, härtlich beim Befühlen, jedoch nicht schmerzhaft. 1133. Unschmerzhafte Drüsenknoten am Halse. 1202. Unschmerzhafte Drüsenknoten am Halse. 1521. Gesichtsschmerz rechts, mit Anschwellung der Ohrspeicheldrüse, Schmerzhaftigkeit des Zahnfleisches und der Gesichtsmuskeln. 2349. Eine ganze Kette von vergrößerten Halsdrüsen, eine Narbe hatte sich wieder geöffnet und entleerte grünlichen Eiter. 2820. Schluckbeschwerden, mehr rechts. Lymphknoten, besser durch Wärme. 3538.

14 Ferse. Fußsohle: Schwellung. Taubheit. Schmerz.
Im Ballen der Ferse, eine taube Vollheit (wie eingeschlafen) im Gehen. 566. Im Ballen der Ferse oder vielmehr in der Knochenhaut des Sprungbeines, ein Schmerz, wie zerstoßen, oder wie von einem Sprunge von einer großen Höhe herab. 567. Im Ballen der Ferse, oder vielmehr in der Beinhaut des Fersenbeines, Schmerz im Gehen, wie von innerer Wundheit. 568. Innerlich im Ballen der Ferse, ein jückend zuckender Schmerz, vorzüglich früh im Bette. 574. Ein jückendes Brennen (wie von Frostbeulen) in der Ferse und anderen Teilen des Fußes. 580. Schmerzhafte Empfindlichkeit der Fußsohlen im Gehen. 594. Geschwürschmerz in den Fußsohlen, sie vertragen nicht die leiseste Berührung. 1010. Stiche unter den Fußsohlen. 1254. Bei Bewegung Stechen im calcaneus und unter der Fußsohle. 1255. Nachts heftiges Brennen in beiden Fersen, wenn er die Fersen gegeneinander hält, brennen sie wie zwei glühende Kohlen, faßt er aber mit der Hand hin, so sind beide Fersen kalt anzufühlen. 1256. Nächtliches Brennen in den Fersen, wenn er sie aneinander hält, während sie beim Befühlen kalt scheinen. 1536. Sehr schmerzhafte Schwellung unter der Ferse. 3298. Beim Auftreten Schmerzen in der Achillessehne, wie geschwollen. 3660.

15 Andere Befunde: Schorfe unter den Ohren. Haarausfall. Daumengelenke. Finger- und Zehenspitzen. Aufhören der Milchsekretion. Wachsen der Brüste.
Die Haare aus dem Kopfe gehen aus. 79. Jückende Stiche am Daumengelenke, welche zu kratzen nötigen. 528. Ein tiefstechend brennender Schmerz an verschiedenen Teilen, z. B. am Mundwinkel, unter dem ersten Daumengelenke u. s. w., ohne Jücken. 604. Gänzliches Verschwinden der Milch aus beiden Brüsten (Einige Tage hindurch, bei einer Stillenden). 851. Wöchnerin, die Milch

blieb weg. 1301.   Gesicht farblos, eingefallen. Verliert sein Haar. 2341.   Etwas Ausschlag auf den Finger- und Zehenspitzen. 3066.   Nach Ignatia erstmals Wachsen der Brüste bei einer 19jährigen. 3155.

16   Kriebeln: Füße. Waden. Knie. After. Rücken. Nacken.
Kriebeln in den Füßen. 550.   Feinstechendes Kriebeln in den Füßen (der Haut der Waden), nach Mitternacht, welches nicht zu ruhen oder im Bette zu bleiben erlaubt. 552.   Heiße Knie (mit kitzelndem Jücken des einen Knies) bei kalter Nase. 592.   Kriebeln und Brennen im After und in der Harnröhre, in letzterer besonders, wenn er den Urin ließ. Der Urin wurde öfter als gewöhnlich gelassen. 822.   Beim Liegen kriechen Askariden aus dem After in die Mutterscheide, welche entsetzlich kribbeln. 1219.   Jucken und Kriebeln im After. 1500.   Kriebelnde Eingeschlafenheit in den Gliedmaßen. 1537.   In allen Teilen Kriebeln, wie eingeschlafen. Vorzüglich dünkte ihr die Herzgrube wie gefühllos. 1794.   Jucken und Kitzeln im After. 2155.   Nach heftigem Verdruß kriebelnde Empfindung, welche allmählich vom heiligen Beine alle Tage höher, bis zwischen die Schultern und endlich bis in den Nacken stieg. Nacken plötzlich steif. 2475.   Jeden Nachmittag 15.30 Uhr sehr unangenehme kriebelnde Empfindung vom Nacken herauf bis über den Hinterkopf, dauert bis zum Schlafengehen. 2479.   Kriebeln wie von Ameisen in der Haut. 2703.   Linksseitige Kopfschmerzen wie wenn Ameisen laufen würden. 3593.

17   Stechen. Wie Insektenstich. Feines Stechen wie Flohstiche: Wangen. Scrotum. Mamma. Sohlen.
Feine Stiche in den Backen. 110.   Jückendes Stechen am Hodensacke, wie von unzähligen Flöhen, besonders in der Rute. 417.   Erst Drücken in der linken Brust, und darauf Feinstechen in der rechten Brust. 460.   Unzählige, feine Stiche bald hie, bald da, wie Flohstiche, (vorzüglich im Bette). 611.   Stiche unter den Fußsohlen. 1254.   Bei Bewegung Stechen im calcaneus und unter der Fußsohle. 1255.   In den Fußsohlen, Geschwürschmerz oder Stiche. 1535.   Stechen in den Brüsten. 2397.   Die Empfindung bevor er anfängt zu kratzen ist wie von einem Bienenstich, am meisten im Oberbauch, manchmal aber am ganzen Körper. 2470.   Jucken und feines Stechen wie Flohstiche. 2697.   Beißen, Nadelstechen in den Nervenenden der Haut, wie gestochen von einem Insekt. 2707.   Feines Stechen wie von Flohstichen. 2708.

18   Brennen: Unter der Haut. Hühneraugen. Ferse. Mundwinkel. Nacken.
Hitze und Brennen im Nacken, oder auf der einen Seite des Halses, äußerlich. 491.   Brennender Schmerz im Hühnerauge, im Sitzen. 577.   Brennender Schmerz bei Druck in einem bisher unschmerzhaften Hühnerauge am Fuße. 578.   Die Schuhe drücken empfindlich auf dem oberen Teile der Zehen; Hühneraugen fangen an, brennend zu schmerzen. 579.   Ein jückendes Brennen (wie von Frostbeulen) in der Ferse und anderen Teilen des Fußes. 580.   Ein tiefstechend brennender Schmerz an verschiedenen Teilen, z. B. am Mundwinkel, unter dem ersten Daumengelenke u. s. w., ohne Jücken. 604.   Nachts heftiges Brennen in beiden Fersen, wenn er die Fersen gegeneinander hält, brennen sie wie zwei glühende Kohlen, faßt er aber mit der Hand hin, so sind beide Fersen kalt anzufühlen. 1256.   Nächtliches Brennen in den Fersen, wenn er sie aneinander hält, während sie beim Befühlen kalt scheinen. 1536.   Fühle mich wie ausgebrannt unter der Haut, als würde es da brennen, es ist ganz heiß unter der Haut, ausgemergelt irgendwie. 3670.

19   Jucken an anderen einzelnen Stellen: Kleine Stelle auf dem Fußrücken. Ohr. Nabel. Knie. Handgelenk. Daumengelenk. Ellbogen. Hals. Haarkopf.
Jücken im Gehörgange. 119.   Jücken gerade im Nabel. 316.   Jückende Stiche am Daumengelenke, welche zu kratzen nötigen. 528.   Innerlich im Ballen der Ferse, ein jückend zuckender Schmerz, vorzüglich früh im Bette. 574.   Auf dem Fußrücken eine Stelle, welche brennend jückend schmerzt in der Ruhe. 576.   Heiße Knie (mit kitzelndem Jücken des einen Knies) bei kalter Nase. 592.   Im äußeren, erhabenen Teile der Gelenke, ein brennend stechender, mit Jücken verbundener Schmerz. 605.   Jücken hie und da am Körper, da er beim Gehen im Freien sich etwas erhitzt hatte. 612.

Jücken am Handgelenke, am Ellbogengelenke, und am Halse. 615. Seit Schreck und Angst Kopfschmerz, nach dem Kopfschmerz Jucken auf dem Haarkopfe. 1334. Brennendes Jucken am ganzen Körper, nach Kratzen wechselt es die Stelle. Das Jucken geschieht anfallsweise, wenn der juckende Teil gekratzt wird, beginnen andere Teile auch zu jucken, so daß alle Teile gekratzt werden müssen. 2710. Mußte die Hände bandagieren um die Luft von der Haut abzuhalten und sich selbst vom Kratzen abzuhalten. 2717. Das Jucken war so heftig, daß es schmerzhaft wurde. Kratzt die Haut ab von den Beinen, vom Kopf und anderen Teilen. 2723. Jucken verhindert Schlaf. Schläft er vor Erschöpfung ein, kratzt er die Haut ab. 2724. Schmerz im Kopf, als wenn ich kratzen müßte, aber es geht nicht weg davon. 3487.

20 Andere Empfindungen: Wie eine Maus unter der Haut. Trockenheit. Unempfindlichkeit. Als wollte Schweiß ausbrechen.
Abends nach dem Niederlegen, in einem Teile der Muskeln des Vorderarmes, ein Zucken, als wenn eine Maus unter der Haut krabbelte. 516. Nachmittags, durstlose Hitze im ganzen Körper, mit einem Gefühle von Trockenheit in der Haut, doch mit einigem Schweiße im Gesichte. 722. Unempfindlichkeit des ganzen Körpers. 739. Nachts im Bette, Taubheitsgefühl und Laufen, wie von etwas Lebendigem, im Arme. 1531. In der Haut der Arme analgetische Flecke. 2771. Hitze des ganzen Körpers nachmittags, ohne Durst, mit Trockenheitsgefühl der Haut. 2990. Gefühl als wolle am ganzen Körper Schweiß ausbrechen, was aber nicht der Fall ist. 3012.

21 Abmagerung. Eingefallenes Gesicht. Stirn in Falten.
Gesicht eingefallen. 1137. Das Aussehen der Kranken war sehr elend. 1287. Am Körper, vorzüglich an den Beinen, ist sie sehr abgemagert. 1379. Eingefallenes, erdfahles Gesicht, mit blaurandigen Augen. 1452. Sieht blaß und leidend aus. 1666. Erhebliche Abmagerung. 1688. Erhebliche Abmagerung. 1760. Aussehen verfallen und welk, die Augen ließen Irrsinn erkennen. 1811. Zunehmende Schwäche und Abmagerung. 1815. Gesicht blaß, hohläugig. 1816. In den sehr mageren Beinen Gefühl zu großer Leichtigkeit mit schwankendem Gange. 1822. Fällt zusehends vom Fleische ab. 1835. Zunehmende Abmagerung. 1885. Magert sichtlich ab. 2024. Blasses, eingefallenes Gesicht, bei Krämpfen bläuliche Gesichtsfarbe. 2301. Gesicht eingefallen, mit immer höchst bekümmertem Gesichtsausdruck. 2417. Aussehen verfallen, Lippen und Schleimhäute blaß. 2495. Ließ den Kopf hängen, antwortete lakonisch, Stirn in Falten, fühlte sich von der Umgebung gestört. 2715. Blickte finster drein mit gerunzelter Stirn. 2718. Gesichtsausdruck leidend und verstört. 2825. Sieht elend und vergrämt aus. 2871.

22 Gelbfärbung der Haut. Gelbsucht.
Überhingehende Gilbe der Hände, wie von Gelbsucht. 533. Blasses, erdfahles, gelbliches Gesicht. 1148. Gesicht und Augenweiß sahen ikterisch aus (Tertianfieber). 1323. Jeweils im Beginn des Sommers akute Hepatitis. 1628. Dunkelgelbe Verfärbung der Skleren und der Haut. 1647. Haut zart, weiß, mit einem leichten Stich ins Gelbliche. 1949. Gilbe des Gesichts, besonders um den Mund. 1968. Stuhlverstopfung bei Gelbsucht. 2230. Gelbliche Haut. 2795. Augenweiß gelb. 2857.

23 Röte der Wangen. Eine Wange rot. Gesichtshitze und -röte.
Reißendes Kopfweh in der Stirne und hinter dem linken Ohre, bei Hitze und Röte der Wangen und heißen Händen. 47. Nach dem Essen wird der Unterleib angespannt, der Mund trocken und bitter, ohne Durst; die eine Wange ist rot (abends). 236. Bei abendlicher Gesichtsröte, schüttelnder Schauder. 711. Fieber, erst Frost über die Arme, besonders die Oberarme, dann Hitze und Röte der Wangen, und Hitze der Hände und Füße, ohne Durst, während des Liegens auf dem Rücken. 713. Das eine Ohr und die eine Wange ist rot und brennt. 715. Äußere Hitze und Röte, ohne innere Hitze. 718. Stumpfsinnigkeit, mit Neigung zur Eile; beim Eilen steigt ihm das Blut ins Gesicht. 757. Von geringem Widerspruche tritt ihm Röte ins Gesicht. 767. Hysterische Krämpfe, zuerst Kopfschmerzen, rotes Gesicht, dann Schlundkrampf, Zusammenschnüren der Brust und

Zuckungen. 1018. Anfälle von drückendem, klemmendem Schmerz in der Stirne und dem Hinterkopfe, wobei das Gesicht rot wurde, die Augen tränten und die Sehkraft abnahm. 1019. Er klagt über innerlichen Schauder, obgleich die Wangen rot sind und die Haut warm anzufühlen ist. 1082. Meistenteils Frost, vorzüglich in den Füßen. Nachmittags, Hitze mit roten Wangen und zugleich Frost in den Füßen, mit Kälte derselben. 1136. Bei der Hitze sind kalte Füße und innerlicher Schauder, zugleich mit Backenröte beobachtet worden. 1145. Es wird ihm warm im Kopf, er wird im Gesicht rot, es wird ihm drehend, die Beine fangen an zu zittern, es bricht Schweiß hervor, er fängt an zu schreien, der Atem wird kürzer. 1386. Äußere Hitze und Röte, ohne Durst und ohne innere Hitze, mit Unerträglichkeit äußerer Wärme. 1560. Aussehen rot, der Blick irre. 1703. Gesicht sehr rot. 1743. Das Gesicht wird rot, Kopfschmerz, Klopfen in den Schläfen, Summen in den Ohren, sieht Blitze. 1869. Äußere Hitze mit Röte, bei innerem Frostschauder. 2087. Abends Frostschauer bei heißen Händen und Hitze im Angesicht mit Röte der Wangen. 2117. Gesicht etwas gerötet. 2463. Eine Wange rot, die andere blaß. 2915. Schüttelfrost mit Gesichtsröte am Abend. 2973. Äußere Hitze und Röte, ohne innere Hitze. 2991. Ein Ohr, eine Backe, eine Gesichtsseite rot und brennend. 2994.

24 Blass. Abwechselnd rot und blaß. Blass im Frost oder bei Krämpfen.

Ziehen und Kneipen im Unterleibe: es kam in den Mastdarm, wie Pressen, mit Wabblichkeit und Schwäche in der Herzgrube und Gesichtsblässe (zwei Tage vor dem Monatlichen). 335. Schreckt im Schlafe jählich auf, wimmert, mit kläglichen Gesichtszügen, tritt und stampft mit den Füßen, wobei Hände und Gesicht blaß und kalt sind. 664. Das Gesicht ist abwechselnd rot und blaß. 1033. Das blonde Mädchen hat eine sehr blasse Gesichtsfarbe, das rechte Auge ist entzündlich gerötet, die Augenlider geschwollen, nachts schwären sie zu. 1058. Ich fand den Kranken tief atmend, mit verdrehten Augen, blassem, mit kaltem Schweiße bedeckten Gesichte, blauen Lippen, zwischen welchen etwas schaumiger Schleim hervordrang. 1069. Das Gesicht blaß, die Augen matt. 1096. Blasses, erdfahles, gelbliches Gesicht. 1148. Wechselfieber. Morgens 8 Uhr werden die Finger weiß und kalt, der Kopf tut sehr weh, als wenn es sich darin bewegte. 1275. Die Gesichtsfarbe wechselte oft von rot ins blaß. 1297. In der Apyrexie Gesichtsblässe, wenig Appetit, Druckschmerz in der Herzgrube, Mattigkeit in den Gliedern. 1311. Die Brust arbeitet furchtbar, der Atem geht ungeheuer schnell und bleibt weg, das Gesicht wird leichenfarbig. 1393. Abwechselnde Blässe und Röte des Gesichts. 1451. Eingefallenes, erdfahles Gesicht, mit blaurandigen Augen. 1452. Gesicht blaß, Ausdruck von Angst und Qual. 1583. Blass. 1630. Sieht blaß und leidend aus. 1666. Blässe. 1761. Gesicht blaß, hohläugig. 1816. Wird blaß, hat Herzklopfen, und wenn sie nicht gehalten wird, glaubt sie zu fallen. 1868. Blaß. 1925. Cholera infantum, blaß, kalt, starrer Blick, gelegentliche Schreie, Speisenerbrechen. 2225. Während Zahnung plötzlich blasses Gesicht, Werfen und Rollen des Kopfes, schwieriges Schlucken, Delirium, mit krampfhaften Bewegungen der Augäpfel und Lider. 2228. Blasses, eingefallenes Gesicht, bei Krämpfen bläuliche Gesichtsfarbe. 2301. Gesicht farblos, eingefallen. Verliert sein Haar. 2341. Ohnmachtsanfall frühmorgens gleich nach dem Aufstehen, wobei sie totenbleich und bewußtlos gewesen und leise gezittert und gezuckt haben soll. 2489. Aussehen verfallen, Lippen und Schleimhäute blaß. 2495. Gesicht blaß. 2606. Wechselt die Farbe wenn in Ruhe. 2934. Während des Frostes große Gesichtsblässe. 2984. Gesicht blaß. 3018. Blaß. 3132.

25 Blau oder violett bei Krämpfen.

Ich fand den Kranken tief atmend, mit verdrehten Augen, blassem, mit kaltem Schweiße bedeckten Gesichte, blauen Lippen, zwischen welchen etwas schaumiger Schleim hervordrang. 1069. Blaues Gesicht, erweiterte Pupillen. 1108. Zuckungen, der ganze Körper, besonders aber das Gesicht bekam dabei eine ganz dunkelblaue Farbe. 2061. Eklampsie, das Gesicht färbte sich violett. 2183. Blasses, eingefallenes Gesicht, bei Krämpfen bläuliche Gesichtsfarbe. 2301. Konvulsionen mit Schlucksen (Zwerchfellkrampf), Starre, blaues Gesicht. 2320. Epilepsie: Das Blut stieg in den Kopf, Schwindel, Zittern der Glieder und Schweißausbruch. 2533. Anfälle beim Weinen mit Blauwerden des Gesichts. 2578. Kalte, violette Hände und Füße, bekommt leicht Frostbeulen.

3036.

26 Blutungen: Lippen. After. Nase. Hautausschlag.
Die Lippen sind aufgeborsten und bluten. 129.   Blutfluß aus dem After, mit Jücken des Mittelfleisches und Afters. 384.   Nasenbluten. 440.   Trockene, aufgesprungene, blutende Lippen. 1455. Es zeigte sich Blut in dem einen Ohre. 1598.   Kein sichtbarer Hautausschlag, aber er fühlt etwas unter der Haut. Nach Kratzen erscheinen kleine Pickel, mit einem Blutströpfchen an ihrer Spitze. 2468.   Am ganzen Körper ödematöse Ulcerationen, sowie eiternde und blutende Risse. 3218. Nur selten Bluten der inneren Hämorrhoiden. 3301.

27 Temperaturmodalitäten: Nach Gehen im Freien. Nach Warmwerden. Im Bett. Im warmen Raum. Sonne. Besser durch Verbinden. Luftzug.
Schmerzhafte Unterkieferdrüse, nach dem Gehen in freier Luft. 174.   Jücken rings um die Zeugungsteile und an der Rute, abends nach dem Niederlegen, welches durch Kratzen vergeht. 409. Jücken hie und da am Körper, da er beim Gehen im Freien sich etwas erhitzt hatte. 612.   Jucken bei Erhitzung im Freien. 1548.   Jucken schlechter nachts und in einem warmen Raum. 2469. Große Empfindlichkeit gegen Luftzug. 2704.   Besserung der Haut durch leisen Druck, leises Reiben, Wärme, Gehen. 2709.   Mußte die Hände bandagieren um die Luft von der Haut abzuhalten und sich selbst vom Kratzen abzuhalten. 2717.   Sonnenbaden wird nicht gut vertragen. 3336.

28 Bewegungsmodalitäten: Gehen. Ruhe. Sitzen. Druck.
Schmerz in der Drüse unter der Kinnbackenecke bei Bewegung des Halses. 175.   Jücken am Mittelfleische, vorzüglich im Gehen. 387.   Auf dem Fußrücken eine Stelle, welche brennend jückend schmerzt in der Ruhe. 576.   Brennender Schmerz im Hühnerauge, im Sitzen. 577.   Brennender Schmerz bei Druck in einem bisher unschmerzhaften Hühnerauge am Fuße. 578.   Die Schuhe drücken empfindlich auf den oberen Teile der Zehen; Hühneraugen fangen an, brennend zu schmerzen. 579.   Schmerzhafte Empfindlichkeit der Fußsohlen im Gehen. 594.   Jücken hie und da am Körper, da er beim Gehen im Freien sich etwas erhitzt hatte. 612.   Bei Bewegung Stechen im calcaneus und unter der Fußsohle. 1255.   Besserung der Haut durch leisen Druck, leises Reiben, Wärme, Gehen. 2709.

29 Zeit.
Heftiges Jücken im Mastdarme abends im Bette. 372.   Jücken rings um die Zeugungsteile und an der Rute, abends nach dem Niederlegen, welches durch Kratzen vergeht. 409.   Feinstechendes Kriebeln in den Füßen (der Haut der Waden), nach Mitternacht, welches nicht zu ruhen oder im Bette zu bleiben erlaubt. 552.   Innerlich im Ballen der Ferse, ein jückend zuckender Schmerz, vorzüglich früh im Bette. 574.   Reißend brennender Schmerz im Fersenknochen, früh beim Erwachen. 575. Jucken schlechter nachts und in einem warmen Raum. 2469.   Jeden Nachmittag 15.30 Uhr sehr unangenehme kriebelnde Empfindung vom Nacken herauf bis über den Hinterkopf, dauert bis zum Schlafengehen. 2479.

TEMPERATUR   Orte

1 Hitze einzelner Teile bei Kälte anderer Teile. Knie heiß, Nase kalt. Hände und Füße heiß, Oberschenkel kalt. Ohren heiß, Oberarme kalt.
Heiße Knie (mit kitzelndem Jücken des einen Knies) bei kalter Nase. 592.   Die Nacht allgemeine ängstliche Hitze mit geringem Schweiße um die Nase herum, die meiste Hitze an Händen und Füßen, die jedoch nicht entblößt, sondern immer bedeckt sein wollen, bei kalten Oberschenkeln, Herzklop-

fen, kurzem Atem und geilen Träumen; am meisten, wenn er auf einer von beiden Seiten, weniger, wenn er auf dem Rücken liegt. 683.   Hitze einzelner Teile bei Kälte, Frost oder Schauder anderer Teile. 708a.   Frost über die Oberarme bei heißen Ohren. 709.   Frösteln auf dem Rücken oder auf den Oberarmen, mit Hitze der Ohren. 2975.   Frost einzelner Körperteile. 2980.   Heiße Knie mit kalter Nase. 2995.   Hitze und Kälte einzelner Teile. 2998.   Meine Hände sind oft heiß oder kalt, die Füße immer angenehm warm. 3673.

2   Körper heiß, Füße kalt. Kopf oder Gesicht heiß, Füße und Hände kalt.
Hitze des Gesichts bei Kälte der Füße und Hände. 708.   Nachdem der Frost eine Stunde angehalten hat, erscheint Hitze am ganzen Körper, die Füße ausgenommen, welche kalt bleiben, diese wird aber von dem Kranken nicht bemerkt, sondern er klagt immer noch über innerlichen Schauer, obgleich die Wangen rot sind und die Haut warm anzufühlen ist. 1082.   Bei der Hitze sind kalte Füße und innerlicher Schauder, zugleich mit Backenröte beobachtet worden. 1145.   In der Apyrexie Brennen im Kopfe bei kühlen Händen und Füßen. 1723.   Bei äußerer Wärme innerer Frostschauder, Hitze im Kopfe und Gesichte, bei kalten Händen und Füßen. 2015.   Kalte Füße, ihr wird sehr heiß am ganzen Körper im Bett. 2784.   Kopf heiß, Glieder kalt. 2824.   Hitze des Gesichts mit Kälte der Hände und Füße. 2996.   Während der Hitze Speiseerbrechen mit Kälte der Füße und krampfhaftem Zucken der Glieder. 3004.   Ich war warm und hatte eiskalte Füße, die habe ich nur durch ein ganz heißes Fußbad warm gekriegt, sonst wäre ich nicht eingeschlafen. 3540.   Kopf heiß, Hände kalt. 3692.

3   Körper kalt, Hände heiß. Körper kalt, Kopf heiß.
Hitze der Hände, mit Schauder über den Körper und einer in Weinen ausartenden Ängstlichkeit. 710. Die Kälte kommt mit innerer Kopfhitze vor und wird häufig durch jähliges Hitzeüberlaufen unterbrochen. 1939.   Abends Frostschauer bei heißen Händen und Hitze im Angesicht mit Röte der Wangen. 2117.

4   Gleichzeitige Hitze von Wangen und Händen. Gleichzeitige Kälte von Gesicht und Armen, Rücken und Armen, Oberschenkeln und Unterarmen, Gliedern und Rückgrat.
Reißendes Kopfweh in der Stirne und hinter dem linken Ohre, welches beim Liegen auf dem Rücken erträglich ist, durch Aufrichten des Kopfes sich verstärkt, bei Hitze und Röte der Wangen und heißen Händen. 47.   Schreckt im Schlafe jähling auf, wimmert, mit kläglichen Gesichtszügen, tritt und stampft mit den Füßen, wobei Hände und Gesicht blaß und kalt sind. 664.   Frost im Rücken und über die Arme. 702.   Schauderfrost im Gesichte und an den Armen, mit Zähneklappern und Gänsehaut. 703.   Schauder mit Gänsehaut über die Oberschenkel und Vorderarme; hierauf auch an den Backen. 705.   Nachmittags gegen 2 Uhr tritt heftiger Schüttelfrost ein, vorzüglich am Rücken und den Armen, wobei er Durst auf kaltes Wasser hat. 1081.   In allen Gliedern und längs des Rückgrates Kälterieseln. 1821.   Der Kopf fühlte sich heiß an, ebenso die Hände. Durst war nicht zugegen. 2131.   Frösteln im Gesicht und auf den Armen, mit Zähneklappern und Gänsehaut. 2977.   Frost der Oberschenkel und Unterarme. 2979.

5   Kälte oder Hitze geht vom Bauch aus. Kälte geht von den Oberarmen aus. Kälte geht von Oberschenkeln, Unterarmen oder Füßen aus.
Schauder mit Gänsehaut über die Oberschenkel und Vorderarme; hierauf auch an den Backen. 705. Fieber, erst Frost über die Arme, besonders die Oberarme, dann Hitze und Röte der Wangen, und Hitze der Hände und Füße, ohne Durst, während des Liegens auf dem Rücken. 713.   Frost, das Kältegefühl ging vom Bauche aus. 1143.   Zuerst bekam sie Frost in den Füßen, dann im Kreuze, dann bekam sie Hitze mit Kopfschmerz, dann Schweiß allgemein. 1358.   Heftiges Brennen, das vom Magen und Herzen ausgehend sich über den Rücken zum Scheitel und in die Glieder erstreckte. 1854.   Cholera infantum, blaß, kalt, starrer Blick, gelegentliche Schreie, Speiseerbrechen. 2225. Frost beginnt in den Oberarmen und breitet sich aus zum Rücken und Brust. 2970.   Frost geht

vom Abdomen aus. 2981.

6   Hitze steigt zum Kopf auf. Das Blut steigt ihm ins Gesicht.
Hitze steigt nach dem Kopfe, ohne Durst. 723.   Stumpfsinnigkeit, mit Neigung zur Eile; beim Eilen steigt ihm das Blut ins Gesicht. 757.   Epilepsie: Das Blut stieg in den Kopf, Schwindel, Zittern der Glieder und Schweißausbruch. 2533.   Manchmal habe ich aufsteigende Hitze. 3685.

7   Hitze an kleinen Stellen am Kopf: Nacken. Ohren. Wangen. Stirn. Scheitel. Schläfen. Hals. Augen.
Hitze und Brennen im Nacken, oder auf der einen Seite des Halses, äußerlich. 491.   Frost über die Oberarme bei heißen Ohren. 709.   Fieber, erst Frost über die Arme, besonders die Oberarme, dann Hitze und Röte der Wangen, und Hitze der Hände und Füße, ohne Durst, während des Liegens auf dem Rücken. 713.   Bei der Hitze sind kalte Füße und innerlicher Schauder, zugleich mit Backenröte beobachtet worden. 1145.   Hitze und Empfindlichkeit des ganzen Körpers und besonders der Stirnregion. 1695.   Heftiges Brennen, das vom Magen und Herzen ausgehend sich über den Rücken zum Scheitel und in die Glieder erstreckte. 1854.   Rechtsseitiger Gesichtsschmerz, die Schläfengegend war heiß und tobte. 2352.   Fröstelnd auf dem Rücken oder auf den Oberarmen, mit Hitze der Ohren. 2975.   Die Vorderseite des Halses wird heiß. 3374.   Die Augen brennen im warmen Zimmer und im Rauch. 3396.

8   Einseitige Gesichtshitze.
Das eine Ohr und die eine Wange ist rot und brennt. 715.   Halbseitige, brennende Gesichtshitze. 2090.   Eine Wange heiß, die andere nicht. 2399.   Ein Ohr, eine Backe, eine Gesichtsseite rot und brennend. 2994.

9   Hitze im Kopf.
Hitze im Kopfe. 1.   Starke Hitze, besonders des Kopfes. Der Körper heiß und trocken, nur auf der Stirn etwas Schweiß. 1051.   Vor und während der Regel beklagte sie sich über Schwere und Hitze im Kopfe, heftige drückende Schmerzen in der Stirne, Empfindlichkeit der Augen gegen das Licht, Ohrenklingen. 1177.   Es wird ihm warm im Kopf, er wird im Gesicht rot, es wird ihm drehend, die Beine fangen an zu zittern, es bricht Schweiß hervor, er fängt an zu schreien, der Atem wird kürzer. 1386.   In der Apyrexie Brennen im Kopfe bei kühlen Händen und Füßen. 1723.   Die Kälte kommt mit innerer Kopfhitze vor und wird häufig durch jählinges Hitzeüberlaufen unterbrochen. 1939.   Die Hitze ist allgemein, aber doch vorzüglich eine innere und am lästigsten im Kopfe. 1942.   Bei äußerer Wärme innerer Frostschauder, Hitze im Kopfe und Gesichte, bei kalten Händen und Füßen. 2015.   Nachts Hitze im Kopf, Herzklopfen, Schlaflosigkeit und öfteres Seufzen. 2129.   Der Kopf fühlte sich heiß an, ebenso die Hände. Durst war nicht zugegen. 2131.   Kopfweh mit Schwere und Hitze im Kopfe, beim Monatlichen. 2144.   Kopf heiß, Glieder kalt. 2824.   Migräne, das japanische Öl war angenehm, im Kopf ist es warm geworden, ich war frischer, es hat abgekühlt. 3647.   Kopf heiß, Hände kalt. 3692.

10   Hitze besonders im Gesicht.
Hitze des Gesichts bei Kälte der Füße und Hände. 708.   Nachts 1 Uhr Fieberhitze, 1 Stunde hindurch, besonders im Gesichte, mit klopfendem Kopfschmerz in der Stirne und wenig Durst. 1000.   Der Frost dauert zwei Stunden. Dann mit einem Male Hitze mit heftigem Schweiß, aber bloß im Gesicht, im Rücken sehr wenig, der Haarkopf und übrige Körper bleibt trocken, ganz ohne Durst bei weißer Zunge. 1277.   Leises Fröstelnd mit Durst beim Auftreten der Hüftneuralgie, später etwas fliegende Hitze besonders im Gesicht ohne Durst. 2044.   Abends Frostschauer bei heißen Händen und Hitze im Angesicht mit Röte der Wangen. 2117.   Hitze des Gesichts mit Kälte der Hände und Füße. 2996.

11   Kälte in Gesicht, Nase, Wangen, Stirn, Nacken.

Heiße Knie (mit kitzelndem Jücken des einen Knies) bei kalter Nase. 592. Schreckt im Schlafe jähling auf, wimmert, mit kläglichen Gesichtszügen, tritt und stampft mit den Füßen, wobei Hände und Gesicht blaß und kalt sind. 664. Schauderfrost im Gesichte und an den Armen, mit Zähneklappern und Gänsehaut. 703. Schauder mit Gänsehaut über die Oberschenkel und Vorderarme; hierauf auch an den Backen. 705. Abends Kälte und Druckschmerz in der Stirn, verlangt oft Wasser zu trinken, nach dessen Genuß sie bittere, schleimige Flüssigkeit aufstößt. 2128. Frösteln im Gesicht und auf den Armen, mit Zähneklappern und Gänsehaut. 2977. Heiße Knie mit kalter Nase. 2995. Ein Kragen wird wegen der Wärme schlecht ertragen. 3378. Ich halte den Nacken warm. 3533.

12 Schweiß im Gesicht, um die Nase, an der Stirn, an kleiner Stelle im Gesicht, am Kopf.
Die Nacht allgemeine ängstliche Hitze mit geringem Schweiße um die Nase herum, die meiste Hitze an Händen und Füßen, die jedoch nicht entblößt, sondern immer bedeckt sein wollen, bei kalten Oberschenkeln, Herzklopfen, kurzem Atem und geilen Träumen; am meisten, wenn er auf einer von beiden Seiten, weniger, wenn er auf dem Rücken liegt. 683. Nachmittags, durstlose Hitze im ganzen Körper, mit einem Gefühle von Trockenheit in der Haut, doch mit einigem Schweiße im Gesichte. 722. Starke Hitze, besonders des Kopfes. Der Körper heiß und trocken, nur auf der Stirn etwas Schweiß. 1051. Ich fand den Kranken tief atmend, mit verdrehten Augen, blassem, mit kaltem Schweiße bedeckten Gesichte, blauen Lippen, zwischen welchen etwas schaumiger Schleim hervordrang. 1069. Der Frost dauert zwei Stunden. Dann mit einem Male Hitze mit heftigem Schweiß, aber bloß im Gesicht, im Rücken sehr wenig, der Haarkopf und übrige Körper bleibt trocken, ganz ohne Durst bei weißer Zunge. 1277. Stirn schweißbedeckt. 1591. Wenig Schweiß, oft bloß im Gesichte. 2091. Gesichtsschweiß beim Essen. 2198. Zuckender Gesichtsschmerz jeden Nachmittag nach 17 Uhr, mit Gesichtsschweiß. 2354. Schweiß an kleiner Stelle im Gesicht beim Essen. 2949. Kopfschweiß, immer im Schlaf. 3206. Kopfschweiß und nasses Kissen. 3275.

13 Kälte im hinteren Teil des Körpers, im Rückgrat, in Rücken und Oberarmen, vom Rücken ausgehend.
Frost und Kälte, besonders am hinteren Teile des Körpers; beides läßt sich aber sogleich durch eine warme Stube oder einen warmen Ofen vertreiben. 701. Frost im Rücken und über die Arme. 702. Nachmittags gegen 2 Uhr tritt heftiger Schüttelfrost ein, vorzüglich am Rücken und den Armen, wobei er Durst auf kaltes Wasser hat. 1081. Zuerst bekam sie Frost in den Füßen, dann im Kreuze, dann bekam sie Hitze mit Kopfschmerz, dann Schweiß allgemein. 1358. In allen Gliedern und längs des Rückgrates Kälterieseln. 1821. Frost beginnt im Rücken. 2649. Kälte nachts im Bett, kalte Füße, trägt Bettschuhe. Rückgrat kalt, wie ein kalter Eisenstab, nicht besser durch Kleidung, muß den Rücken an ihrem Mann wärmen oder mit einer Wärmflasche. 2674. Frost beginnt in den Oberarmen und breitet sich aus zum Rücken und Brust. 2970. Kälte und Frösteln des ganzen Körpers oder nur der rückwärtigen Teile, sofort besser im warmen Raum oder am warmen Ofen. 2974. Frösteln auf dem Rücken oder auf den Oberarmen, mit Hitze der Ohren. 2975.

14 Kälte oder Hitze vom Bauch ausgehend, im Magen, vom Magen zum Rücken.
Kälte im Magen. 252. Vermehrte Wärme im Magen. 262. Frost, das Kältegefühl ging vom Bauche aus. 1143. Heftiges Brennen, das vom Magen und Herzen ausgehend sich über den Rücken zum Scheitel und in die Glieder erstreckte. 1854. Frost geht vom Abdomen aus. 2981. Beim Entblößen des Leibes bildet sich nur in der oberen Hälfte des rechten rectus abdominis eine auffallende Gänsehaut. 3111.

15 Schweiß am Scrotum, in der Axilla.
Schweiß des Hodensackes. 418. Schweiß des Hodensacks. 1508. Übelriechender Axillarschweiß. 3207.

16 Kalte Unterschenkel. Kalte Knie. Kalte Oberschenkel. Kalte Beine.
Kälte der Füße und Unterschenkel bis über die Knie. 590. Frost um die, äußerlich nicht kalten, Knie. 591. Schauder mit Gänsehaut über die Oberschenkel und Vorderarme; hierauf auch an den Backen. 705. Frösteln um die Knie, die auch äußerlich kalt sind. 2976. Frost der Füße und Unterschenkel. 2978. Oft kalte Füße. Kalte Beine bis zum Unterleib. 3381.

17 Kalte Füße. Kalte Hände und Füße. Kalte Extremitäten.
Bei dem Essen (abends) fror es ihn an die Füße, trieb es ihm den Unterleib auf (und er ward gänzlich heisch (heiser)). 234. Die Nacht allgemeine ängstliche Hitze mit geringem Schweiße um die Nase herum, die meiste Hitze an Händen und Füßen, die jedoch nicht entblößt, sondern immer bedeckt sein wollen, bei kalten Oberschenkeln, Herzklopfen, kurzem Atem und geilen Träumen; am meisten, wenn er auf einer von beiden Seiten, weniger, wenn er auf dem Rücken liegt. 683. Hitze des Gesichts bei Kälte der Füße und Hände. 708. In allen Gliedern und längs des Rückgrates Kälterieseln. 1821.

18 Kalte Hände. Kalte Oberarme. Kalte Arme. Kalte Finger.
Schreckt im Schlafe jähling auf, wimmert, mit kläglichen Gesichtszügen, tritt und stampft mit den Füßen, wobei Hände und Gesicht blaß und kalt sind. 664. Frost im Rücken und über die Arme. 702. Schauderfrost im Gesichte und an den Armen, mit Zähneklappern und Gänsehaut. 703. Frost über die Oberarme bei heißen Ohren. 709. Fieber, erst Frost über die Arme, besonders die Oberarme, dann Hitze und Röte der Wangen, und Hitze der Hände und Füße, ohne Durst, während des Liegens auf dem Rücken. 713. Nachmittags gegen 2 Uhr tritt heftiger Schüttelfrost ein, vorzüglich am Rücken und den Armen, wobei er Durst auf kaltes Wasser hat. 1081. Wechselfieber. Morgens 8 Uhr werden die Finger weiß und kalt, der Kopf tut sehr weh, als wenn es sich darin bewegte. 1275. Frostigkeit ohne Zittern, es entsteht Gänsehaut an Armen und Schenkeln ohne Durst. 1276. Frost beginnt in den Oberarmen und breitet sich aus zum Rücken und Brust. 2970. Frösteln auf dem Rücken oder auf den Oberarmen, mit Hitze der Ohren. 2975. Frösteln im Gesicht und auf den Armen, mit Zähneklappern und Gänsehaut. 2977. Frost der Oberschenkel und Unterarme. 2979. Manchmal sind auch die Hände kalt. 3549. Meine Hände sind oft heiß oder kalt, die Füße immer angenehm warm. 3673. Mal ist mir sehr kalt, vor allen Dingen an den Händen, auch an den Füßen. 3684.

19 Heiße Hände. Heiße Hände und Füße. Heiße Glieder.
Reißendes Kopfweh in der Stirne und hinter dem linken Ohre, welches beim Liegen auf dem Rücken erträglich ist, durch Aufrichten des Kopfes sich verstärkt, bei Hitze und Röte der Wangen und heißen Händen. 47. Die Nacht allgemeine ängstliche Hitze mit geringem Schweiße um die Nase herum, die meiste Hitze an Händen und Füßen, die jedoch nicht entblößt, sondern immer bedeckt sein wollen, bei kalten Oberschenkeln, Herzklopfen, kurzem Atem und geilen Träumen; am meisten, wenn er auf einer von beiden Seiten, weniger, wenn er auf dem Rücken liegt. 683. Nachthitze von 2 bis 5 Uhr (bei vollem Wachen) über und über, vorzüglich an Händen und Unterfüßen, ohne Schweiß und ohne Durst, und ohne Trockenheitsempfindung. 683a. Hitze der Hände, mit Schauder über den Körper und einer in Weinen ausartenden Ängstlichkeit. 710. Fieber, erst Frost über die Arme, besonders die Oberarme, dann Hitze und Röte der Wangen, und Hitze der Hände und Füße, ohne Durst, während des Liegens auf dem Rücken. 713. Empfindliches Krachen in der Hand, mit Wärmeentwicklung. 1642. Heftiges Brennen, das vom Magen und Herzen ausgehend sich über den Rücken zum Scheitel und in die Glieder erstreckte. 1854. Abends Frostschauer bei heißen Händen und Hitze im Angesicht mit Röte der Wangen. 2117. Der Kopf fühlte sich heiß an, ebenso die Hände. Durst war nicht zugegen. 2131. Hitze meist ohne Durst, Brennen der Hände und Füße. 2602. Meine Hände sind oft heiß oder kalt, die Füße immer angenehm warm. 3673.

20 Heiße Fersen. Heiße Knie. Heiße Füße.
Heiße Knie (mit kitzelndem Jücken des einen Knies) bei kalter Nase. 592. Füße sind brennend

heiß. 595. Nachts heftiges Brennen in beiden Fersen, wenn er die Fersen gegeneinander hält, brennen sie wie zwei glühende Kohlen, faßt er aber mit der Hand hin, so sind beide Fersen kalt anzufühlen. 1256. Nächtliches Brennen in den Fersen, wenn er sie aneinander hält, während sie beim Befühlen kalt scheinen. 1536. Heiße Knie mit kalter Nase. 2995. Häufig heiße Füße, auch im Bett. 3398. Das linke Bein habe ich viel auf der Decke, es sucht nach der Kühle. 3596.

21 Handtellerschweiß. Schweiß an den Füßen.

Warmer Schweiß an der inneren Fläche der Hand und der Finger. 530. Häufiger, warmer Schweiß der Hände, abends. 531. Lauer Schweiß der inneren Handfläche. 532. Bei Angstanfällen Frostgefühl, worauf weder Hitze, noch Durst, aber ein mäßiger Schweiß, besonders an den Füßen, eintritt. 2099. Schweißstadium an den Füßen, sowohl Fußsohlen als auch Fußrücken. 2603. Warmer Schweiß auf den Händen oder auf der Innenfläche der Hände und Finger, abends. 3013. Feuchte Handflächen. 3438.

22 Wie ausgebrannt unter der Haut.

Fühle mich wie ausgebrannt unter der Haut, als würde es da brennen, es ist ganz heiß unter der Haut, ausgemergelt irgendwie. 3670.

23 Über und über heiß. Hitzewellen über den ganzen Körper. Gefühl als wolle am ganzen Körper Schweiß ausbrechen. Schweiß über und über.

Er wacht die Nacht um 3 Uhr auf, es wird ihm über und über heiß und er erbricht die abends genossenen Speisen. 226. Sie träumt, sie stehe, stehe aber nicht fest; aufgewacht, habe sie dann ihr Bett untersucht, ob sie fest liege, und habe sich ganz zusammengekrümmt, um nur gewiß nicht zu fallen; dabei immer etwas schweißig über und über. 675. Nachthitze von 2 bis 5 Uhr (bei vollem Wachen) über und über, vorzüglich an Händen und Unterfüßen, ohne Schweiß und ohne Durst, und ohne Trockenheitsempfindung. 683a. Plötzliche, fliegende Hitzanfälle über den ganzen Körper. 716. Nachmittags, durstlose Hitze im ganzen Körper, mit einem Gefühle von Trockenheit in der Haut, doch mit einigem Schweiße im Gesichte. 722. Überlaufende Anfälle von äußerer Hitze. 2088. Plötzliche Hitzewellen über den ganzen Körper. 2992.

24 Allgemeine Hitze. Hitze im ganzen Körper.

Schlummerndes Träumen vor Mitternacht, bei allgemeiner Hitze, ohne Schweiß. 682. Die Nacht allgemeine ängstliche Hitze mit geringem Schweiße um die Nase herum, die meiste Hitze an Händen und Füßen, die jedoch nicht entblößt, sondern immer bedeckt sein wollen, bei kalten Oberschenkeln, Herzklopfen, kurzem Atem und geilen Träumen; am meisten, wenn er auf einer von beiden Seiten, weniger, wenn er auf dem Rücken liegt. 683. Schlief bald nach dem Anfalle wieder ein, wobei er öfters zusammenfuhr und sich eine allgemeine trockene Hitze über den Körper verbreitete. 1075. Nachdem der Frost eine Stunde angehalten hat, erscheint Hitze am ganzen Körper, die Füße ausgenommen, welche kalt bleiben, diese wird aber von dem Kranken nicht bemerkt, sondern er klagt immer noch über innerlichen Schauer, obgleich die Wangen rot sind und die Haut warm anzufühlen ist. 1082. Quartanfieber. Der Frost zwar nicht heftig, dauerte zwei Stunden lang, darauf starke allgemeine Hitze mit heftigem Kopfschmerz, dann Schweiß. 1344. Hitze und Empfindlichkeit des ganzen Körpers und besonders der Stirnregion. 1695. Die Hitze ist allgemein, aber doch vorzüglich eine innere und am lästigsten im Kopfe. 1942. Kalte Füße, ihr wird sehr heiß am ganzen Körper im Bett. 2784. Hitze des ganzen Körpers nachmittags, ohne Durst, mit Trockenheitsgefühl der Haut. 2990.

25 Kälte über und über. Schauder über den ganzen Körper. Frost am ganzen Körper.

Bei mäßig kalter, obgleich nicht freier Luft, bekommt er unmäßigen Frost, und wird über und über ganz kalt, mit halbseitigem Kopfweh. 699. Hitze der Hände, mit Schauder über den Körper und einer in Weinen ausartenden Ängstlichkeit. 710. Früh 4 Uhr heftiger allgemeiner Frost mit Zähneklappern und starkem Durst 2 Stunden lang, wobei sie jedoch innerlich mehr warm war. 1001.

Zuerst Frost am ganzen Körper, mehr innerlich, dann starke Hitze mit heftigem Kopfschmerz, darauf starker stinkender Schweiß. 1774.   Kälte und Frösteln des ganzen Körpers oder nur der rückwärtigen Teile, sofort besser im warmen Raum oder am warmen Ofen. 2974.

26 Schweiß am ganzen Körper. .
Allgemeiner Schweiß. 729.   Beim Aufstehen aus dem Bette matt bis zur Ohnmacht mit Schwindel, Ohrenbrausen und kaltem, allgemeinem Schweiße, es wurde im Sitzen besser. 1003.   Nur erst mit dem eine Stunde nach der Hitze eintretenden allgemeinen Schweiße verliert sich der Schauer, und es wird dem Kranken nun auch innerlich warm. 1083.   Zuerst bekam sie Frost in den Füßen, dann im Kreuze, dann bekam sie Hitze mit Kopfschmerz, dann Schweiß allgemein. 1358.   Bei der geringsten Ruhe, schon beim Sitzen, ein allgemeiner, ziemlich kalter Schweiß den ganzen Tag über. 2478. Schweiß gewöhnlich nur leicht, aber am ganzen Körper. 3009.

TEMPERATUR   Kälte

1 Durst nur im Frost, nicht in der Hitze oder im Schweiß.
Wechselfieberkrankheiten, welche im Frost Durst, in der Hitze aber keinen haben. 718b.   Frost mit Durst, darauf Hitze ohne Durst. Den Frost habe ich mit und ohne äußere Kälte beobachtet, er war meist ziemlich stark, manchmal sehr stark, mit Schütteln und Werfen der Glieder. 1142.   Fieber alle 3 Tage, Frost, verbunden mit großem Durst, Übelkeiten, auch zuweilen Erbrechen, darauf Hitze ohne Durst, reißendes Kopfweh in der Stirn. 1310.   Zweistündiger Schüttelfrost mit starkem Durste, darauf Hitze ohne Durst, in beiden Kopfweh. 1320.   Tertianfieber, welches mit Frost und starkem Durste, und darauf folgender mäßiger Hitze, ohne Durst, auftrat. 1322.   Typhus: Die Paroxysmen fangen an mit leichtem Kälteüberlaufen mit oder ohne Durst, worauf dann Hitze fast ohne äußere Röte folgt, bisweilen mit Kälteüberlaufen, ohne Durst. 1407.   Bitterer Mund mit Trockenheit ohne Durst, der nur bei Frieren ist. 1412.   Frost mit Durst, durch äußere Wärme zu tilgen, Hitze und Schweiß ohne Durst. 1727.   Durst nur im Froste. 1785.   Quotidianfieber, Beginn morgens mit Kälte und Schauder, begleitet von brennendem Durst, Durstlosigkeit während Hitze und Schweiß, der nur langsam während der Nacht eintritt. 1889.   Leises Frösteln mit Durst beim Auftreten der Hüftneuralgie, später etwas fliegende Hitze besonders im Gesicht ohne Durst. 2044.   Durst während des Kältestadiums, kein Durst während des Fiebers. 2059.   Während des Frostes heftiger Durst, der im Hitzestadium fast gänzlich fehlte. 2070.   Im Frost durstig, äußere Wärme angenehm, im Fieber kein Durst, äußere Wärme höchst unangenehm. 2207.   Durstlosigkeit im Hitzestadium, Durst während des Frostes. 2402.   Frost heftig und hervorstechend, dauert etwa eine Stunde, gebessert durch äußere Wärme, mit intensivem Durst nur im Frost. 2404.   Heftiger Schüttelfrost mit Durst, Wehtun der Beine und Bewußtlosigkeit, Hitze ohne Durst. 2630.   Heftiger Durst nur während des Frostes, zu keiner anderen Zeit. 2644.   Während des Frostes heftiger Durst nach kaltem Wasser, er trinkt eimerweise, wenig Durst in der Hitze oder Schweiß. 2647.   Frost mit Durst und Kopfschmerz, Hitze ohne Durst, Schlaf dauert an bis er schwitzt. Erwacht schwitzend. 2731.

2 Starker Durst nach großen Wassermengen im Frost.
Unter dem Fieberfroste Durst. 697.   Früh 4 Uhr heftiger allgemeiner Frost mit Zähneklappern und starkem Durst 2 Stunden lang, wobei sie jedoch innerlich mehr warm war. 1001.   Nachmittags gegen 2 Uhr tritt heftiger Schüttelfrost ein, vorzüglich am Rücken und den Armen, wobei er Durst auf kaltes Wasser hat. 1081.   Der Durst im Frost war meist stark, öfters ungeheuer stark, gewöhnlich war er gleich mit dem Eintritte des Frostes da. 1144.   Tertianfieber mit Frost und Durst, darauf folgende Hitze mit Brustbeklemmung. 1324.   Frost mit heftigem Durst, dann Hitze. 1428.   Frost mit Durst, durch äußere Wärme zu tilgen. 1556.   Gegen Mittag tritt Dehnen und Gähnen auf, dann

TEMPERATUR / Kälte

starker Frost mit Durst, der Anfall hält 4 Stunden an. 1718. Schüttelfrost mit Durst, zwei Stunden lang, dabei Brustbeklemmung und häufiges lockeres Hüsteln. Hitze gering. Schweiß noch geringer, bleibt oft ganz aus. 1831. Die Anfälle von Kopfschmerz kommen gewöhnlich alle Nachmittage oder abends beim Bettgehen, sie hat dann jedesmal Frost mit Trockenheit im Munde. 1899. Der Durst erscheint zugleich mit der Kälte, ist, so lange diese besteht sehr heftig und verliert sich während der Hitze beinahe gänzlich. 1945. Tertianfieber, Frost mit heftigem Durst, mit Zähneklappern, Schütteln des ganzen Körpers und Gähnen und Strecken. 2062. Frost stets von Durst begleitet und durch äußere Wärme zu tilgen. 2083. Abends Kälte und Druckschmerz in der Stirn, verlangt oft Wasser zu trinken, nach dessen Genuß sie bittere, schleimige Flüssigkeit aufstößt. 2128. Frost 8.30 Uhr mit großem Durst und Verlangen nach Ofenwärme, hierdurch Erleichterung. 2291. Im Frost großer Durst und Verlangen, warm eingepackt zu werden. 2293. Sobald der Frost beginnt, geht er zum Küchenofen und trinkt über einem heißen Feuer die Wasserleitung leer, obwohl das Thermometer nur wenig Fieber anzeigt. 2405. Frost jeden Nachmittag mit großem Durst, Kopf- und Rückenschmerzen. 2516. Frost leicht, Durst, braucht keine Bettdecke. 2601. Während des Frostes heftiger Durst nach kaltem Wasser, er trinkt eimerweise, wenig Durst in der Hitze oder Schweiß. 2647. Leichter Frost mit Durst, Gänsehaut, heißem Körper. 2652. Ungeheurer Durst während des Frostes, trinkt in einer Stunde über 20 Glas kaltes Wasser. Wenn der Frost vorbei ist, geht der Durst weg. 2913. Frost immer mit starkem Durst auf große Mengen Wasser, Durst nur im Frost. 2969.

3   Durst vor oder im Beginn des Frostes. Durst nach dem Frost.

Durst war nur vor und im Frost zugegen. 1342. Durst nur vor und im Froste. 1345. Durst war vor und im Froste zugegen. 1350. Durst ist vor dem Frost und im Schweiße eingetreten. 1354. Durst hatte sie nur vor und in der Kälte. 1359. Durst beim Fieberfroste, oder bloß in der Apyrexie. 1470. Durst vor, noch mehr aber in der Kälte. 1773. Durst vor und im Beginn des Frostes, dann nicht mehr, gleichzeitig Gliederreißen und Brecherlichkeit. 1775. Etwas Durst vor dem Frost, im Frost Rückenschmerz, in der Hitze Schlaf. 1778. Durst vor, in und nach dem Froste vor der Hitze, mit Schmerzen und Abgeschlagenheit in den Untergliedern und Durchfall begleitet. 1783. Der Durst erscheint zugleich mit der Kälte, ist, so lange diese besteht sehr heftig und verliert sich während der Hitze beinahe gänzlich. 1945. Vor dem Frost gewaltiges Gähnen und Strecken, Durst. 2581.

4   Höchstes Wärmebedürfnis im Frost. Frost durch Wärme in jeder Form gebessert oder getilgt.

Frost und Kälte, besonders am hinteren Teile des Körpers; beides läßt sich aber sogleich durch eine warme Stube oder einen warmen Ofen vertreiben. 701. Die durch äußere Wärme zu tilgende Fieberkälte ist charakteristisch. 701a. Ich fand sie mit dicken Betten zugedeckt. 1302. Frost mit Durst, durch äußere Wärme zu tilgen. 1556. Die Kälte ließ sich durch äußere Wärme tilgen. 1720. Frost mit Durst, durch äußere Wärme zu tilgen, Hitze und Schweiß ohne Durst. 1727. Legt er sich gleich beim Beginn des Frostes in ein gut erwärmtes Bett, so ging er sehr schnell vorüber. 1728. Frost stets von Durst begleitet und durch äußere Wärme zu tilgen. 2083. Im Frost durstig, äußere Wärme angenehm, im Fieber kein Durst, äußere Wärme höchst unangenehm. 2207. Frost besser durch Sitzen am heißen Ofen. 2249. Frost 8.30 Uhr mit großem Durst und Verlangen nach Ofenwärme, hierdurch Erleichterung. 2291. Im Frost großer Durst und Verlangen, warm eingepackt zu werden. 2293. Frost sehr gebessert vom Zudecken und am Feuer Sitzen. 2380. Frost heftig und hervorstechend, dauert etwa eine Stunde, gebessert durch äußere Wärme, mit intensivem Durst nur im Frost. 2404. Sobald der Frost beginnt, geht er zum Küchenofen und trinkt über einem heißen Feuer die Wasserleitung leer, obwohl das Thermometer nur wenig Fieber anzeigt. 2405. Der Frost kommt beim Sitzen wieder, er ist am Feuer und in der Sonne besser. 2609. Kälte und Frösteln des ganzen Körpers oder nur der rückwärtigen Teile, sofort besser im warmen Raum oder am warmen Ofen. 2974. Zittern und Frieren bei Fieber, braucht mehrere Bettdecken und wird nicht warm. 3512.

Kälte / TEMPERATUR

5   **Inneres Frostgefühl bei äußerer, objektiver Wärme. Ist heiß, deckt sich aber nicht gern auf. Äußere Kälte mit innerer Hitze.**
Frost um die, äußerlich nicht kalten, Knie. 591.   Die Nacht allgemeine ängstliche Hitze mit geringem Schweiße um die Nase herum, die meiste Hitze an Händen und Füßen, die jedoch nicht entblößt, sondern immer bedeckt sein wollen, bei kalten Oberschenkeln, Herzklopfen, kurzem Atem und geilen Träumen; am meisten, wenn er auf einer von beiden Seiten, weniger, wenn er auf dem Rücken liegt. 683.   Gefühl von allgemeiner Hitze, früh im Bette, ohne Durst, wobei er sich nicht gern aufdeckt. 719.   Früh 4 Uhr heftiger allgemeiner Frost mit Zähneklappern und starkem Durst 2 Stunden lang, wobei sie jedoch innerlich mehr warm war. 1001.   Nachdem der Frost eine Stunde angehalten hat, erscheint Hitze am ganzen Körper, die Füße ausgenommen, welche kalt bleiben, diese wird aber von dem Kranken nicht bemerkt, sondern er klagt immer noch über innerlichen Schauer, obgleich die Wangen rot sind und die Haut warm anzufühlen ist. 1082.   Nur erst mit dem eine Stunde nach der Hitze eintretenden allgemeinen Schweiße verliert sich der Schauer, und es wird dem Kranken nun auch innerlich warm. 1083.   Frost mit Durst, darauf Hitze ohne Durst. Den Frost habe ich nur ohne äußere Kälte beobachtet, er war meist ziemlich stark, manchmal sehr stark, mit Schütteln und Werfen der Glieder. 1142.   Bei der Hitze sind kalte Füße und innerlicher Schauder, zugleich mit Backenröte beobachtet worden. 1145.   Nachts heftiges Brennen in beiden Fersen, wenn er die Fersen gegeneinander hält, brennen sie wie zwei glühende Kohlen, faßt er aber mit der Hand hin, so sind beide Fersen kalt anzufühlen. 1256.   Äußere Hitze, mit innerem Schauder und Stechen in den Gliedern. 1558.   Zuerst Frost am ganzen Körper, mehr innerlich, dann starke Hitze mit heftigem Kopfschmerz, darauf starker stinkender Schweiß. 1774.   Die Kälte dauert 1 1/2 Stunden, sie wird anfangs nur äußerlich, später nur innerlich verspürt, ist gewöhnlich mäßig, nur manchmal für Augenblicke heftiger, dann zu Schüttelfrost gesteigert. 1938.   Während des heftigsten Frostgefühls kaum Temperaturerhöhung. 1940.   Bei äußerer Wärme innerer Frostschauder, Hitze im Kopfe und Gesichte, bei kalten Händen und Füßen. 2015.   Äußere Kälte bei innerer Hitze. Innerer Frost bei äußerer Hitze. 2085.   Äußere Hitze mit Röte, bei innerem Frostschauder. 2087.   Leichter Frost mit Durst, Gänsehaut, heißem Körper. 2652.   Äußere Kälte mit innerer Hitze oder innerer Frost mit äußerer Hitze. 2988.

6   **Die hintere Körperhälfte, der Rücken ist kalt.**
Frost und Kälte, besonders am hinteren Teile des Körpers; beides läßt sich aber sogleich durch eine warme Stube oder einen warmen Ofen vertreiben. 701.   Frost im Rücken und über die Arme. 702.   Nachmittags gegen 2 Uhr tritt heftiger Schüttelfrost ein, vorzüglich am Rücken und den Armen, wobei er Durst auf kaltes Wasser hat. 1081.   In allen Gliedern und längs des Rückgrates Kälterieseln. 1821.   Frost oft bloß auf der hinteren Körperhälfte. 2084.   Frost beginnt im Rücken. 2649.   Kälte nachts im Bett, kalte Füße, trägt Bettschuhe. Rückgrat kalt, wie ein kalter Eisenstab, nicht besser durch Kleidung, muß den Rücken an ihrem Mann wärmen oder mit einer Wärmflasche. 2674.   Kälte und Frösteln des ganzen Körpers oder nur der rückwärtigen Teile, sofort besser im warmen Raum oder am warmen Ofen. 2974.   Frösteln auf dem Rücken oder auf den Oberarmen, mit Hitze der Ohren. 2975.   Ich halte den Nacken warm. 3533.

7   **Die Oberarme sind kalt.**
Frost über die Oberarme bei heißen Ohren. 709.   Fieber, erst Frost über die Arme, besonders die Oberarme, dann Hitze und Röte der Wangen, und Hitze der Hände und Füße, ohne Durst, während des Liegens auf dem Rücken. 713.   Nachmittags gegen 2 Uhr tritt heftiger Schüttelfrost ein, vorzüglich am Rücken und den Armen, wobei er Durst auf kaltes Wasser hat. 1081.   Frost beginnt in den Oberarmen und breitet sich aus zum Rücken und Brust. 2970.   Frösteln auf dem Rücken oder auf den Oberarmen, mit Hitze der Ohren. 2975.   Frösteln im Gesicht und auf den Armen, mit Zähneklappern und Gänsehaut. 2977.

8   **Die Füße bleiben kalt.**
Bei dem Essen (abends) fror es ihn an die Füße, trieb es ihm den Unterleib auf (und er ward gänzlich

TEMPERATUR / Kälte

heisch (heiser)). 234. Kälte der Füße und Unterschenkel bis über die Knie. 590. Frost, besonders an den Füßen. 706. Nachdem der Frost eine Stunde angehalten hat, erscheint Hitze am ganzen Körper, die Füße ausgenommen, welche kalt bleiben, diese wird aber von dem Kranken nicht bemerkt, sondern er klagt immer noch über innerlichen Schauer, obgleich die Wangen rot sind und die Haut warm anzufühlen ist. 1082. Meistenteils Frost, vorzüglich in den Füßen. Nachmittags, Hitze mit roten Wangen und zugleich Frost in den Füßen, mit Kälte derselben. 1136. Bei der Hitze sind kalte Füße und innerlicher Schauder, zugleich mit Backenröte beobachtet worden. 1145. Zuerst bekam sie Frost in den Füßen, dann im Kreuze, dann bekam sie Hitze mit Kopfschmerz, dann Schweiß allgemein. 1358. Füße oft brennend heiß oder kalt, häufig Gefühl von kalten und feuchten Strümpfen. 2398. Kälte nachts im Bett, kalte Füße, trägt Bettschuhe. Rückgrat kalt, wie ein kalter Eisenstab, nicht besser durch Kleidung, muß den Rücken an ihrem Mann wärmen oder mit einer Wärmflasche. 2674. Frost der Füße und Unterschenkel. 2978. Während der Hitze Speiseerbrechen mit Kälte der Füße und krampfhaftem Zucken der Glieder. 3004. Friert schnell, hat ständig eiskalte Füße, die Wärme, außer der Zimmerwärme, behagt ihr jedoch auch nicht. 3337. Kälteempfindliche Füße. 3376. Wenn ich mal kalte Füße habe, habe ich Halsschmerzen. 3399. Die Füße sind immer kalt. 3429. Leicht kalte Füße im Sitzen. 3486. Ich war warm und hatte eiskalte Füße, die habe ich nur durch ein ganz heißes Fußbad warm gekriegt, sonst wäre ich nicht eingeschlafen. 3540.

9 Liebt die Wärme. Friert immer.
In der fieberfreien Zeit, beständiger Schauder. 707. Wenn er sich ins Bett legt, sich gerade ausstreckt, den Kopf und Rücken etwas nach hinten neigt, und dann warm wird, ist ihm noch am besten. 1330. Verlangen nach Wärme, wenn sie Kopfschmerzen hat. 1922. Immer frostig. 2849. Frostig bei Sonnenuntergang, in kühler Luft, sehr kalt am ganzen Körper. 2971. Kälte und Frösteln des ganzen Körpers oder nur der rückwärtigen Teile, sofort besser im warmen Raum oder am warmen Ofen. 2974. Frost und Kälte verschlimmern die Schmerzen. 2987. Kann Kälte nicht vertragen, die Julihitze ist ihr gerade recht. 3064. Frösteln im warmen Zimmer. 3469. Ich halte den Nacken warm. 3533. Im Winter immer Depressionen, Angstzustände, Müdigkeit. 3675. Ich friere leicht an den Extremitäten. 3687.

10 Zugluft, frische Luft, Entblößung wird nicht vertragen.
Empfindlichkeit der Haut gegen Zugluft; es ist ihm im Unterleibe, als wenn er sich verkälten würde. 617. Scheut sich vor der freien Luft. 698. Große Empfindlichkeit der Haut gegen Zugluft. 1549. Schmerz über rechtem Auge bis zur Schläfe, ausgelöst durch Luftzug, mehr im Winter. 2569. Sehr empfindlich gegen Luftzug. 2696. Große Empfindlichkeit gegen Luftzug. 2704. Mußte die Hände bandagieren um die Luft von der Haut abzuhalten und sich selbst vom Kratzen abzuhalten. 2717. Beim Entblößen des Leibes bildet sich nur in der oberen Hälfte des rechten rectus abdominis eine auffallende Gänsehaut. 3111. Jeder Gang ins Freie löst in der Nacht Herzschmerzen bis zur linken Schulter und Arm, mit Kälte und Angst, aus. 3127. Rechtsseitiger frontotemporaler Kopfschmerz beim Erwachen, verstärkt durch Bewegung und Tabakrauch, gebessert durch Einhüllen des Kopfes. 3151. Kälteempfindliche Füße. 3376. Fieber, Schmerzen in den Knochen der Arme, schlechter durch Luftzug. 3515. Luftzug und naßkaltes Wetter verstärkt den Ischiasschmerz. 3639. Ischias links, wenn das Bein kalt wird, tut es grundsätzlich weh. 3643.

11 Erkältungsfolgen.
Durch Fahren im Wagen entsteht Hartleibigkeit, so auch durch Erkältung. 1265. Durch Erkältung infolge eines im Gewitterregen durchnäßten, vorher erhitzten Körpers anfallsweises Magenleiden. 1325. Die Magenschmerzen entstehen auch, wenn er ein bißchen vom Regen durchnäßt wird, oder ein von Schweiß durchnäßtes Hemd nicht gleich ausziehen und mit einem trockenen vertauschen kann. 1331. Atmen kalter und feuchter Luft, Gehen im Straßenschlamm, Eintauchen der Hände in kaltes Wasser macht Asthmaanfall. 1740. Bei einem Flußbad plötzlich würgendes, erstickendes Gefühl und Unfähigkeit zu schlucken, Anfälle mehrmals täglich etwa eine Minute anhaltend, mit

Kälte / TEMPERATUR

nervöser Reizbarkeit. 2429.   Schmerz über rechtem Auge bis zur Schläfe, ausgelöst durch Luftzug, mehr im Winter. 2569.   Wenn ich mal kalte Füße habe, habe ich Halsschmerzen. 3399.   Plötzliche Kälte morgens läßt die Nase laufen, in der Wärme nachts ist sie eher verstopft. 3553.   Schon die zweite Erkältung in vier Wochen. 3601.

12   Schüttelfrost. Zähneklappern.
Schauderfrost im Gesichte und an den Armen, mit Zähneklappern und Gänsehaut. 703.   Bei abendlicher Gesichtsröte, schüttelnder Schauder. 711.   Nach dem Essen Frost und Schüttelschauder; nachts Ängstlichkeit und Schweiß. 712.   Früh 4 Uhr heftiger allgemeiner Frost mit Zähneklappern und starkem Durst 2 Stunden lang, wobei sie jedoch innerlich mehr warm war. 1001.   Nachmittags gegen 2 Uhr tritt heftiger Schüttelfrost ein, vorzüglich am Rücken und den Armen, wobei er Durst auf kaltes Wasser hat. 1081.   Frost mit Durst, darauf Hitze ohne Durst. Den Frost habe ich mit und ohne äußere Kälte beobachtet, er war meist ziemlich stark, manchmal sehr stark, mit Schütteln und Werfen der Glieder. 1142.   Der Anfall begann unter heftigem Schüttelfroste, so daß das Kind in die Höhe geworfen wurde, 3/4 St. dauernd, gleichzeitig waren Glieder- und Kopfschmerzen, mit starkem Durste, vorhanden. Darauf erfolgte länger dauernde Hitze mit Kopfweh und endlich Schweiß. 1319.   Zweistündiger Schüttelfrost mit starkem Durste, darauf Hitze ohne Durst, in beiden Kopfweh. 1320.   Während des Kopfwehs viel Durst, Übelkeit, Herzklopfen mit Angst, viel Gähnen und Frost mit Zähneklappern. 1669.   Schüttelfrost mit Durst, zwei Stunden lang, dabei Brustbeklemmung und häufiges lockeres Hüsteln. Hitze gering. Schweiß noch geringer, bleibt oft ganz aus. 1831.   Die Kälte dauert 1 1/2 Stunden, sie wird anfangs nur äußerlich, später nur innerlich verspürt, ist gewöhnlich mäßig, nur manchmal für Augenblicke heftiger, dann zu Schüttelfrost gesteigert. 1938.   Früh Schüttelkälte. 1973.   Abends Frostschütteln, welchem etwas Reißen im Beine vorherging. 2052.   Tertianfieber, Frost mit heftigem Durst, mit Zähneklappern, Schütteln des ganzen Körpers und Gähnen und Strecken. 2062.   Klapperte mit den Zähnen nicht wegen Frost, sondern aus einem krampfhaften Verhalten des ganzen Körpers, dabei häufiges Gähnen. 2254.   Schüttelfrost 9 Uhr, gefolgt von Hitze, aber nicht von Schweiß. 2292.   Heftiger Schüttelfrost mit Durst, Wehtun der Beine und Bewußtlosigkeit, Hitze ohne Durst. 2630.   Frost so heftig, daß das Bett wackelt und der Pat. deliriert. 2646.   Als Prodrom Gähnen und Strecken, manchmal heftiges Schütteln. 2968.   Schüttelfrost mit Gesichtsröte am Abend. 2973.   Frösteln im Gesicht und auf den Armen, mit Zähneklappern und Gänsehaut. 2977.   Zittern und Frieren bei Fieber, braucht mehrere Bettdecken und wird nicht warm. 3512.

13   Gänsehaut.
Schauderfrost im Gesichte und an den Armen, mit Zähneklappern und Gänsehaut. 703.   Schauder mit Gänsehaut über die Oberschenkel und Vorderarme; hierauf auch an den Backen. 705.   Frostigkeit ohne Zittern, es entsteht Gänsehaut auf Armen und Schenkeln ohne Durst. 1276.   Leichter Frost mit Durst, Gänsehaut, heißem Körper. 2652.   Frösteln im Gesicht und auf den Armen, mit Zähneklappern und Gänsehaut. 2977.   Beim Entblößen des Leibes bildet sich nur in der oberen Hälfte des rechten rectus abdominis eine auffallende Gänsehaut. 3111.

14   Frösteln. Kälteüberlaufen.
Bei mäßig kalter, obgleich nicht freier Luft, bekommt er unmäßigen Frost, und wird über und über ganz kalt, mit halbseitigem Kopfweh. 699.   Hitze der Hände, mit Schauder über den Körper und einer in Weinen ausartenden Ängstlichkeit. 710.   Vor und während der Regel Frösteln abwechselnd mit Hitze, Ängstlichkeit, Herzklopfen, ohnmachtähnliche Mattigkeit im ganzen Körper, besonders den Extremitäten. 1179.   Typhus: Die Paroxysmen fangen an mit leichtem Kälteüberlaufen mit oder ohne Durst, worauf dann Hitze fast ohne äußere Röte folgt, bisweilen mit Kälteüberlaufen, ohne Durst. 1407.   In allen Gliedern und längs des Rückgrates Kälterieseln. 1821.   Das Fieber begann mit Unwohlsein, Kopfschmerz, öfterem ziemlich heftigem Frösteln, Aufstoßen, Gefühl von Vollheit des Magens, leichten, zusammenziehenden Schmerzen im Bauch und 3-4 mal täglich Durchfall. 1936.   Leises Frösteln mit Durst beim Auftreten der Hüftneuralgie, später etwas fliegende

Hitze besonders im Gesicht ohne Durst. 2044. Frösteln im Gesicht und auf den Armen, mit Zähneklappern und Gänsehaut. 2977. Frösteln im warmen Zimmer. 3469.

15 Modalitäten: Abends. Bei Sonnenuntergang. In kalter Luft vor der Periode. Bei oder nach dem Essen. Im Sitzen.
Bei dem Essen (abends) fror es ihn an die Füße, trieb es ihm den Unterleib auf (und er ward gänzlich heisch (heiser)). 234.   Bei mäßig kalter, obgleich nicht freier Luft, bekommt er unmäßigen Frost, und wird über und über ganz kalt, mit halbseitigem Kopfweh. 699.   Wird frostig bei Sonnenuntergang (Feuer geht ihm aus). 704.   Bei abendlicher Gesichtsröte, schüttelnder Schauder. 711.   Nach dem Essen Frost und Schüttelschauder; nachts Ängstlichkeit und Schweiß. 712.   Vor und während der Regel Frösteln abwechselnd mit Hitze, Ängstlichkeit, Herzklopfen, ohnmachtähnliche Mattigkeit im ganzen Körper, besonders den Extremitäten. 1179.   Fliegende Hitze und Schwitzen bei der Arbeit, Frieren in der Ruhe. 2079.   Abends Kälte und Druckschmerz in der Stirn, verlangt oft Wasser zu trinken, nach dessen Genuß sie bittere, schleimige Flüssigkeit aufstößt. 2128.   Friert immer, besonders abends. 2345.   Der Frost kommt beim Sitzen wieder, er ist am Feuer und in der Sonne besser. 2609.   Kälte nachts im Bett, kalte Füße, trägt Bettschuhe. Rückgrat kalt, wie ein kalter Eisenstab, nicht besser durch Kleidung, muß den Rücken an ihrem Mann wärmen oder mit einer Wärmflasche. 2674.   Frostanfälle bei Sonnenuntergang, am späten Nachmittag oder am Abend, dann Hitze fast die ganze Nacht. 2967.   Frostig bei Sonnenuntergang, in kühler Luft, sehr kalt am ganzen Körper. 2971.   Schüttelfrost mit Gesichtsröte am Abend. 2973.   Frieren vor der Periode. 3384.   Leicht kalte Füße im Sitzen. 3486.

16 Friert, wenn sie Kopfschmerzen hat. Frost mit Kopfschmerzen.
In kurzen Abständen erscheinendes und von innen nach außen zu kommendes heftiges Pressen im ganzen Kopfe, mitunter auch Reißen in der Stirne, welches beides durch ruhiges Liegen vermindert wird, schon den Morgen vor dem Fieberanfalle anfängt, aber während desselben am stärksten ist. 1086.   Im Frost Schmerzen in der Stirn. 1430.   Während des Kopfwehs viel Durst, Übelkeit, Herzklopfen mit Angst, viel Gähnen und Frost mit Zähneklappern. 1669.   Die Anfälle von Kopfschmerz kommen gewöhnlich alle Nachmittage oder abends beim Bettgehen, sie hat dann jedesmal Frost mit Trockenheit im Munde. 1899.   Schmerz über den Scheitel, mit Gefühl von Schauder, Lanzinieren. 1914.   Verlangen nach Wärme, wenn sie Kopfschmerzen hat. 1922.   Das Fieber begann mit Unwohlsein, Kopfschmerz, öfterem ziemlich heftigem Frösteln, Aufstoßen, Gefühl von Vollheit des Magens, leichten, zusammenziehenden Schmerzen im Bauch und 3-4 mal täglich Durchfall. 1936.   Im Kälte- und Hitzestadium lästiger, insbesondere das Hinterhaupt einnehmender Kopfschmerz, beim Aufsitzen leicht Übelkeiten und Zusammenschnüren in der Magengegend. 1946. Abends Kälte und Druckschmerz in der Stirn, verlangt oft Wasser zu trinken, nach dessen Genuß sie bittere, schleimige Flüssigkeit aufstößt. 2128.   Frost jeden Nachmittag mit großem Durst, Kopf- und Rückenschmerzen. 2516.   Frost mit Durst und Kopfschmerz, Hitze ohne Durst, Schlaf dauert an bis er schwitzt. Erwacht schwitzend. 2731.   Frost mit einseitigem Kopfschmerz. 2972.

17 Schmerzverstärkung im Frost. Frösteln bei Schmerzen. Schmerzen im Frost.
Bei Frostigkeit wird der Schmerz immer heftiger, es kommt Erbrechen von Wasser, nicht Speise. 1233.   Sie bekam abends Frost und rheumatische Schmerzen stechender Art in der rechten Brustseite, in den Schultern und mehreren anderen Teilen. 1300.   Frostigkeit mit erhöhten Schmerzen. 1557.   Nach dem Frost Brustschmerz, dann folgte Hitze mit etwas Kopfschmerz, ohne nachfolgenden Schweiß. 1803.   Leises Frösteln mit Durst beim Auftreten der Hüftneuralgie, später etwas fliegende Hitze besonders im Gesicht ohne Durst. 2044.   Frost und Frostigkeit mit erhöhten Schmerzen. 2082.   Vor den Ischiasanfällen intensive Kälte und Schauder. 2243.   Frost jeden Nachmittag mit großem Durst, Kopf- und Rückenschmerzen. 2516.   Während des Frostes Rückenschmerz. 2985.   Frost und Kälte verschlimmern die Schmerzen. 2987.

18 Bei Angstanfällen Frostgefühl. Zorn, Ängstlichkeit, schlechte Laune, Bewußtseins-

Kälte / TEMPERATUR

störungen im Frost.
Hitze der Hände, mit Schauder über den Körper und einer in Weinen ausartenden Ängstlichkeit. 710. Nach dem Essen Frost und Schüttelschauder; nachts Ängstlichkeit und Schweiß. 712. Vor und während der Regel Frösteln abwechselnd mit Hitze, Ängstlichkeit, Herzklopfen, ohnmachtähnliche Mattigkeit im ganzen Körper, besonders den Extremitäten. 1179. Bei Angstanfällen Frostgefühl, worauf weder Hitze, noch Durst, aber ein mäßiger Schweiß, besonders an den Füßen, eintritt. 2099. Unermeßlicher und unkontrollierbarer Zorn während Frost. 2582. Heftiger Schüttelfrost mit Durst, Wehtun der Beine und Bewußtlosigkeit, Hitze ohne Durst. 2630. Frost so heftig, daß das Bett wackelt und der Pat. deliriert. 2646. Während des Frostes schlechte Laune. 2982.

19 Gähnen und Strecken vor dem Frost oder im Frost.
Den Fieberanfällen geht eine Zeit lang öfteres starkes Gähnen, später Dehnen und Recken der Glieder vorher. 1080. Tertianfieber, Frost mit heftigem Durst, mit Zähneklappern, Schütteln des ganzen Körpers und Gähnen und Strecken. 2062. Klapperte mit den Zähnen nicht wegen Frost, sondern aus einem krampfhaften Verhalten des ganzen Körpers, dabei häufiges Gähnen. 2254. Vor dem Frost gewaltiges Gähnen und Strecken, Durst. 2581. Vor dem Frost Strecken und Gähnen. 2651.

20 Im Frost Magenbeschwerden, Bauchschmerzen, Übelkeit, Erbrechen, Durchfall.
Nachmittags, Fieber: Schauder, mit Leibweh; hierauf Schwäche und Schlaf mit brennender Hitze des Körpers. 714. Bei Frostigkeit wird der Schmerz immer heftiger, es kommt Erbrechen von Wasser, nicht Speise. 1233. Fieber alle 3 Tage, Frost, verbunden mit großem Durst, Übelkeiten, auch zuweilen Erbrechen, darauf Hitze ohne Durst, reißendes Kopfweh in der Stirn. 1310. Im Anfall starker Frost mit Brecherlichkeit, darauf Hitze mit Kopfschmerz, dann starker Schweiß. 1349. Durst vor und im Beginn des Frostes, dann nicht mehr, gleichzeitig Gliederreißen und Brecherlichkeit. 1775. Durst vor, in und nach dem Froste vor der Hitze, mit Schmerzen und Abgeschlagenheit in den Untergliedern und Durchfall begleitet. 1783. Dreitägiges Fieber, welches mit gelindem Frost anfing, der nur 1/2 Stunde dauerte, und mit Erbrechen und Durst begleitet war. 1802. Das Fieber begann mit Unwohlsein, Kopfschmerz, öfterer ziemlich heftigem Frösteln, Aufstoßen, Gefühl von Vollheit des Magens, leichten, zusammenziehenden Schmerzen im Bauch und 3-4 mal täglich Durchfall. 1936. Im Kälte- und Hitzestadium lästiger, insbesondere das Hinterhaupt einnehmender Kopfschmerz, beim Aufsitzen leicht Übelkeiten und Zusammenschnüren in der Magengegend. 1946. Abends Kälte und Druckschmerz in der Stirn, verlangt oft Wasser zu trinken, nach dessen Genuß sie bittere, schleimige Flüssigkeit aufstößt. 2128. Während des Frostes Kolik, Übelkeit, Speise-, Schleim- oder Galleerbrechen. 2983.

21 Schmerzen oder Schwäche der Beine vor oder im Frost.
Im Fieberanfall Reißen in den Gliedern. 1346. Äußere Hitze, mit innerem Schauder und Stechen in den Gliedern. 1558. Durst vor und im Beginn des Frostes, dann nicht mehr, gleichzeitig Gliederreißen und Brecherlichkeit. 1775. Quartanfieber. Abends bekam sie Reißen in den Füßen, dann Frost, dann Hitze, dann starken, sauer riechenden Schweiß. 1777. Quartanfieber, fing mit 2 Stunden anhaltendem Froste an, bei dem Schmerzen in den Knien vorkamen, dann folgte Hitze mit heftigen Kopfschmerzen und etwas Schweiß zugleich. 1780. Durst vor, in und nach dem Froste vor der Hitze, mit Schmerzen und Abgeschlagenheit in den Untergliedern und Durchfall begleitet. 1783. Abends Frostschütteln, welchem etwas Reißen im Beine vorherging. 2052. Heftiger Schüttelfrost mit Durst, Wehtun der Beine und Bewußtlosigkeit, Hitze ohne Durst. 2630. Frost 7-9 Uhr, dann Galleerbrechen, vorher heftige Gliederschmerzen. 2911. Während des Frostes Lähmigkeit der Beine. 2986.

TEMPERATUR

1 Kein Durst in der Fieberhitze.

Die Hitze ist fast nie eine andere, als bloß äußere; auch ist fast nie Durst bei dieser Hitze; auch nicht, wenn sie sich in Gestalt eines Wechselfiebers zeigt. 718a. Wechselfieberkrankheiten, welche im Frost Durst, in der Hitze aber keinen haben. 718b. Nachmittags, durstlose Hitze im ganzen Körper, mit einem Gefühle von Trockenheit in der Haut, doch mit einigem Schweiße im Gesichte. 722. In der Hitz- und Schweißperiode ist kein Durst vorhanden. 1085. Frost mit Durst, darauf Hitze ohne Durst. 1142. Der Frost dauert zwei Stunden. Dann mit einem Male Hitze ganz ohne Durst bei weißer Zunge. 1277. Frost, verbunden mit großem Durst, darauf Hitze ohne Durst. 1310. Zweistündiger Schüttelfrost mit starkem Durste, darauf Hitze ohne Durst, in beiden Kopfweh. 1320. Tertianfieber, welches mit Frost und starkem Durste, und darauf folgender mäßiger Hitze, ohne Durst, auftrat. 1322. Hitze und Schweiß ohne Durst. 1559. Äußere Hitze und Röte, ohne Durst und ohne innere Hitze, mit Unerträglichkeit äußerer Wärme. 1560. Auf starken Frost folgt Hitze mit Mundtrockenheit und geringem Durste, welcher im Schweiße vollends nachließ. 1719. Frost mit Durst, durch äußere Wärme zu tilgen, Hitze und Schweiß ohne Durst. 1727. Beginn morgens mit Kälte und Schauder, begleitet von brennendem Durst, Durstlosigkeit während Hitze und Schweiß. 1889. Der Durst erscheint zugleich mit der Kälte, ist, so lange diese besteht sehr heftig und verliert sich während der Hitze beinahe gänzlich. 1945. Leises Frösteln mit Durst beim Auftreten der Hüftneuralgie, später etwas fliegende Hitze besonders im Gesicht ohne Durst. 2044. Durst während des Kältestadiums, kein Durst während des Fiebers. 2059. Kein Durst in der Hitze, zuletzt Schweiß. 2068. Während des Frostes heftiger Durst, der im Hitzestadium fast gänzlich fehlte. 2070. Bloß äußere Hitze ohne Durst, mit Unerträglichkeit äußerer Wärme. 2086. Der Kopf fühlte sich heiß an, ebenso die Hände. Durst war nicht zugegen. 2131. Im Frost durstig, äußere Wärme angenehm, im Fieber kein Durst, äußere Wärme höchst unangenehm. 2207. Durstlosigkeit im Hitzestadium, Durst während des Frostes. 2402. Hitzestadium immer gut entwickelt, mit viel Kopfschmerz und Schwindel, aber keinem Durst. 2406. Heftiger Schüttelfrost mit Durst, Hitze ohne Durst. 2630. Während des Frostes heftiger Durst nach kaltem Wasser, er trinkt eimerweise, wenig Durst in der Hitze oder Schweiß. 2647. Hitze nicht heftig, kein Durst. 2653. Frost mit Durst und Kopfschmerz, Hitze ohne Durst. 2731. Hitze ohne Durst. 2989. Hitze des ganzen Körpers nachmittags, ohne Durst, mit Trockenheitsgefühl der Haut. 2990.

2 In der Fieberhitze deckt sie sich auf.

Nächtliche Hitze, wobei er sich aufzudecken verlangt, und sich aufdecken läßt. 720. Durch innere Unruhe, vermehrte innere Wärme und Durst, gestörter Schlaf. 724. Die Nacht um 2 Uhr, Ächzen über äußere Hitze, will leichter zugedeckt sein. 725. Äußere Hitze und Röte, ohne Durst und ohne innere Hitze, mit Unerträglichkeit äußerer Wärme. 1560. Die Hitze ist allgemein, aber doch vorzüglich eine innere und am lästigsten im Kopfe. 1942. Bloß äußere Hitze ohne Durst, mit Unerträglichkeit äußerer Wärme. 2086. Im Frost durstig, äußere Wärme angenehm, im Fieber kein Durst, äußere Wärme höchst unangenehm. 2207. Sobald die Hitze beginnt, wird äußere Wärme nicht mehr vertragen, muß sich aufdecken. 2993. Friert schnell, hat ständig eiskalte Füße, die Wärme, außer der Zimmerwärme, behagt ihr jedoch auch nicht. 3337. Manchmal inneres Hitzegefühl. 3466. Dann geht der Frost und die Hitze kommt, auch Schweiß, wirft die Bettdecken weg, 2 Stunden, Schweiß bessert. 3513. Ich decke mich gut zu, im Laufe der Nacht schwitze ich meist und decke mich wieder ab. 3688.

3 Nur äußerliche Fieberhitze, sie bleibt innerlich frostig und will sich bedeckt halten.

Hitze und Brennen im Nacken, oder auf der einen Seite des Halses, äußerlich. 491. Die Nacht allgemeine ängstliche Hitze mit geringem Schweiße um die Nase herum, die meiste Hitze an Händen und Füßen, die jedoch nicht entblößt, sondern immer bedeckt sein wollen, bei kalten Oberschenkeln,

Hitze / TEMPERATUR

Herzklopfen, kurzem Atem und geilen Träumen; am meisten, wenn er auf einer von beiden Seiten, weniger, wenn er auf dem Rücken liegt. 683. Die äußere Wärme ist erhöht. 717. Äußere Hitze und Röte, ohne innere Hitze. 718. Die Hitze ist fast nie eine andere, als bloß äußere; auch ist fast nie Durst bei dieser Hitze; auch nicht, wenn sie sich in Gestalt eines Wechselfiebers zeigt. 718a. Gefühl von allgemeiner Hitze, früh im Bette, ohne Durst, wobei er sich nicht gern aufdeckt. 719. Nachdem der Frost eine Stunde angehalten hat, erscheint Hitze am ganzen Körper, die Füße ausgenommen, welche kalt bleiben, diese wird aber von dem Kranken nicht bemerkt, sondern er klagt immer noch über innerlichen Schauer, obgleich die Wangen rot sind und die Haut warm anzufühlen ist. 1082. Äußere Kälte bei innerer Hitze. Innerer Frost bei äußerer Hitze. 2085. Äußere Hitze mit Röte, bei innerem Frostschauder. 2087. Leichter Frost mit Durst, Gänsehaut, heißem Körper. 2652. Äußere Kälte mit innerer Hitze oder innerer Frost mit äußerer Hitze. 2988. Äußere Hitze und Röte, ohne innere Hitze. 2991.

4 Wärme ist ihr unangenehm oder unzuträglich.

Geile, verliebte Phantasien und schnelle Aufregung des Geschlechtstriebes, bei Schwäche der Zeugungsteile und Impotenz, und äußerer, unangenehmer Körperwärme. 422. Jücken hie und da am Körper, da er beim Gehen im Freien sich etwas erhitzt hatte. 612. Äußere Wärme ist ihm unerträglich; dann schneller Atem. 726. Kalter Wind kühlt und deuchtet ihr wohl. 1196. Jucken bei Erhitzung im Freien. 1548. Verlangen nach frischer Luft, sie sitzt am liebsten am geöffneten Fenster. 2465. Fühlt sich schlechter durch Wärme und im engen Raum, besser im Freien und in sympathischer Gesellschaft. 2842. Verlangen nach frischer Luft, sitzt die ganze Nacht auf der offenen Veranda, hält Türen und Fenster offen. 2882. Unbehaglich im warmen Raum und bei Wetterwechsel. 3204. Ein Kragen wird wegen der Wärme schlecht ertragen. 3378. Fühlt sich leicht zu warm im Zimmer, nie zu kalt. 3397. Heißes feuchtes Wetter vertrage ich schlecht. 3454. Kann keine Wärme vertragen, ich reiße das Fenster auf, dann kommt eine Unterkühlung, dann lasse ich mir ein heißes Bad einlaufen, das wechselt. 3462. Im weiten Wald beim Gehen war es besser, ich kam in die enge, warme Wohnung zurück, da kam es mit Vehemenz. 3464. Das linke Bein habe ich viel auf der Decke, es sucht nach der Kühle. 3596.

5 Plötzliche Hitzewellen. Fliegende Hitzeanfälle. Das Blut steigt in den Kopf.

Abends, im Bette, wie Wallung im Blute, wovor er nicht einschlafen konnte. 660. Früh, im Augenblicke des Erwachens, fühlt er eine Schwere, eine Anhäufung, Stockung und Wallung des Geblüts im Körper, mit Schwermut. 668. Plötzliche, fliegende Hitzanfälle über den ganzen Körper. 716. Hitze steigt nach dem Kopfe, ohne Durst. 723. Gefühl, als wenn Schweiß ausbrechen wollte (ängstliches Gefühl von fliegender Hitze). 727. Stumpfsinnigkeit, mit Neigung zur Eile; beim Eilen steigt ihm das Blut ins Gesicht. 757. Die Kälte kommt mit innerer Kopfhitze vor und wird häufig durch jählinges Hitzeüberlaufen unterbrochen. 1939. Leises Frösteln mit Durst beim Auftreten der Hüftneuralgie, später etwas fliegende Hitze besonders im Gesicht ohne Durst. 2044. Fliegende Hitze und Schwitzen bei der Arbeit, Frieren in der Ruhe. 2079. Überlaufende Anfälle von äußerer Hitze. 2088. Epilepsie: Das Blut stieg in den Kopf, Schwindel, Zittern der Glieder und Schweißausbruch. 2533. Plötzliche Hitzewellen über den ganzen Körper. 2992. Manchmal Hitzegefühl und dann kommen so Schweißwellen. 3541. Manchmal habe ich aufsteigende Hitze. 3685.

6 Fieberhitze besonders in Kopf und Gesicht. Heißer Kopf mit kalten Händen und Füssen.

Nachts 1 Uhr Fieberhitze, 1 Stunde hindurch, besonders im Gesichte, mit klopfendem Kopfschmerz in der Stirne und wenig Durst. 1000. Starke Hitze, besonders des Kopfes. Der Körper heiß und trocken, nur auf der Stirn etwas Schweiß. 1051. Es wird ihm warm im Kopf, er wird im Gesicht rot, es wird ihm drehend, die Beine fangen an zu zittern, es bricht Schweiß hervor, er fängt an zu schreien, der Atem wird kürzer. 1386. Hitze und Empfindlichkeit des ganzen Körpers und besonders der Stirnregion. 1695. In der Apyrexie Brennen im Kopfe bei kühlen Händen und Füßen. 1723. Die Kälte kommt mit innerer Kopfhitze vor und wird häufig durch jählinges Hitzeüberlau-

TEMPERATUR / Hitze

fen unterbrochen. 1939. Die Hitze ist allgemein, aber doch vorzüglich eine innere und am lästigsten im Kopfe. 1942. Bei äußerer Wärme innerer Frostschauder, Hitze im Kopfe und Gesichte, bei kalten Händen und Füßen. 2015. Leises Frösteln mit Durst beim Auftreten der Hüftneuralgie, später etwas fliegende Hitze besonders im Gesicht ohne Durst. 2044. Kopf heiß, Glieder kalt. 2824. Hitze des Gesichts mit Kälte der Hände und Füße. 2996.

7 Trockene Hitze.
Starke Hitze, besonders des Kopfes. Der Körper heiß und trocken, nur auf der Stirn etwas Schweiß. 1051. Schlief bald nach dem Anfalle wieder ein, wobei er öfters zusammenfuhr und sich eine allgemeine trockene Hitze über den Körper verbreitete. 1075. Die Haut trocken, heiß. 1162. Nie Schweiß, sondern meistenteils trockene Haut bei Typhus. 1424. Paroxysmus mit heftigem Frost, dann trockene Hitze, ohne darauf folgenden Schweiß. 1782. Quotidianfieber, kam nachmittags mit Frost, darauf folgende trockene Hitze mit nachfolgendem Schweiße. 1784. Hitze des ganzen Körpers nachmittags, ohne Durst, mit Trockenheitsgefühl der Haut. 2990.

8 Andere Empfindungen: Wie ausgebrannt unter der Haut. Unangenehmes Wärmegefühl.
Er wacht die Nacht um 3 Uhr auf, es wird ihm über und über heiß und er erbricht die abends genossenen Speisen. 226. Geile, verliebte Phantasien und schnelle Aufregung des Geschlechtstriebes, bei Schwäche der Zeugungsteile und Impotenz, und äußerer, unangenehmer Körperwärme. 422. Nachmittags, Fieber: Schauder, mit Leibweh; hierauf Schwäche und Schlaf mit brennender Hitze des Körpers. 714. Durch innere Unruhe, vermehrte innere Wärme und Durst, gestörter Schlaf. 724. Fühle mich wie ausgebrannt unter der Haut, als würde es da brennen, es ist ganz heiß unter der Haut, ausgemergelt irgendwie. 3670.

9 Kopfschmerzen in der Fieberhitze. Stirn. Hinterkopf.
Reißendes Kopfweh in der Stirne und hinter dem linken Ohre, welches beim Liegen auf dem Rücken erträglich ist, durch Aufrichten des Kopfes sich verstärkt, bei Hitze und Röte der Wangen und heißen Händen. 47. Nachts 1 Uhr Fieberhitze, 1 Stunde hindurch, besonders im Gesichte, mit klopfendem Kopfschmerz in der Stirne und wenig Durst. 1000. Bei der Fieberhitze Stechen in allen Gliedern, bohrendes Kopfweh, Durst. 1274. Der Anfall begann unter heftigem Schüttelfroste, so daß das Kind in die Höhe geworfen wurde, 3/4 St. dauernd, gleichzeitig waren Glieder- und Kopfschmerzen, mit starkem Durste, vorhanden. Darauf erfolgte länger dauernde Hitze mit Kopfweh und endlich Schweiß. 1319. Zweistündiger Schüttelfrost mit starkem Durste, darauf Hitze ohne Durst, in beiden Kopfweh. 1320. Quartanfieber. Der Frost zwar nicht heftig, dauerte zwei Stunden lang, darauf starke allgemeine Hitze mit heftigem Kopfschmerz, dann Schweiß. 1344. Im Anfall starker Frost mit Brecherlichkeit, darauf Hitze mit Kopfschmerz, dann starker Schweiß. 1349. Zuerst bekam sie Frost in den Füßen, dann im Kreuze, dann bekam sie Hitze mit Kopfschmerz, dann Schweiß allgemein. 1358. Hitze und Empfindlichkeit des ganzen Körpers und besonders der Stirnregion. 1695. Fieber mit starkem Frost, darauf starke, mit Delirium verbundene Hitze mit heftigen Kopfschmerzen, darauf Schweiß. 1772. Zuerst Frost am ganzen Körper, mehr innerlich, dann starke Hitze mit heftigem Kopfschmerz, darauf starker stinkender Schweiß. 1774. Quartanfieber, fing mit 2 Stunden anhaltendem Froste an, bei dem Schmerzen in den Knien vorkamen, dann folgte Hitze mit heftigen Kopfschmerzen und etwas Schweiß zugleich. 1780. Nach dem Frost Brustschmerz, dann folgte Hitze mit etwas Kopfschmerz, ohne nachfolgenden Schweiß. 1803. Quotidianfieber, zuerst gelinder Frost, dann folgte Hitze mit Delirium und Kopfschmerz mit etwas Durst, dann Schweiß. 1804. Im Kälte- und Hitzestadium lästiger, insbesondere das Hinterhaupt einnehmender Kopfschmerz, beim Aufsitzen leicht Übelkeiten und Zusammenschnüren in der Magengegend. 1946. Im Fieberstadium Kopfschmerz, klopfendes wehes Vollgefühl in der Stirngegend. 2065. Hitzestadium immer gut entwickelt, mit viel Kopfschmerz und Schwindel, aber keinem Durst. 2406. Während der Hitze klopfender Kopfschmerz. 3001. Ich meine, ich hätte Fieber bei den Kopfschmerzen. 3390.

Hitze / TEMPERATUR

10 Tiefer Schlaf, Schlafwandeln, Delirium in der Fieberhitze.
In der Hitze entstand Schlaf. 1355.   Fieber mit starkem Frost, darauf starke, mit Delirium verbundene Hitze mit heftigen Kopfschmerzen, darauf Schweiß. 1772.   Etwas Durst vor dem Frost, im Frost Rückenschmerz, in der Hitze Schlaf. 1778.   Quotidianfieber, zuerst gelinder Frost, dann folgte Hitze mit Delirium und Kopfschmerz mit etwas Durst, dann Schweiß. 1804.   In der Hitze Schläfrigkeit. 2067.   Im Fieber, besonders nachts, wird sie somnambulistisch und beschreibt anschaulich das Innere ihres Gehirns oder sie sieht alles, was auf der Straße vor sich geht, erinnert sich aber beim Erwachen an nichts. 2221.   Hitze mit heftiger Urticaria und tiefem Schlaf. Nur leichter Schweiß. 2583.   Schlaf vom Hitzestadium bis zum Schweißstadium und Apyrexie. 2608.   Frost mit Durst und Kopfschmerz, Hitze ohne Durst, Schlaf dauert an bis er schwitzt. Erwacht schwitzend. 2731.   Während der Hitze tiefer, schnarchender Schlaf. 2999.   Während der Hitze Schwindel, Delirium. 3002.   Der Schlaf dauert gewöhnlich vom Hitzestadium an durch das Schweißstadium hindurch bis in die Apyrexie hinein. 3025.   Jucken in der Brust, dann wird mir ein bißchen heiß, ich schlafe ein, dann fängt das auf einmal an. 3500.

11 Nesselausschlag in der Fieberhitze.
Beim Fieber heftig juckender Nesselausschlag über den ganzen Körper. 1283.   Beim Fieber, heftig juckender Nesselausschlag über den ganzen Körper. 1550.   Hitze mit heftiger Urticaria und tiefem Schlaf. Nur leichter Schweiß. 2583.   Urticaria am ganzen Körper mit heftigem Jucken, das leicht durch Kratzen gestillt werden kann, die mit dem Schweiß vergeht. 3005.

12 Durst in der Fieberhitze.
Fieber kam täglich um 2 Uhr, begann mit Kälte, welche eine halbe Stunde andauerte, dann kam Hitze, welche gleichfalls eine halbe Stunde währte, mit vielem Durste, worauf starker Schweiß ausbrach und 1 Stunde dauerte. 1164.   Das Fieber kam täglich 17.30 Uhr, die Kälte dauerte eineinhalb Stunden, dann erfolgte eine halbe Stunde lang Hitze mit Durst, dann Schweiß mit Durst, Ohrensausen und Ohrenstechen. 1165.   Bei der Fieberhitze Stechen in allen Gliedern, bohrendes Kopfweh, Durst. 1274.   Die Hitze war mit Durst, der auch schon im Froste vorkam, begleitet. 1781.   Quotidianfieber, zuerst gelinder Frost, dann folgte Hitze mit Delirium und Kopfschmerz mit etwas Durst, dann Schweiß. 1804.

13 Andere Symptome in der Fieberhitze: Bauchschmerzen. Gliederschmerzen. Schwäche. Herzklopfen. Magenbeschwerden. Brustbeklemmung. Seufzen.
Geile, verliebte Phantasien und schnelle Aufregung des Geschlechtstriebes, bei Schwäche der Zeugungsteile und Impotenz, und äußerer, unangenehmer Körperwärme. 422.   Früh im Bette bekommt er Hitze und Herzklopfen. 749.   Bei der Fieberhitze Stechen in allen Gliedern, bohrendes Kopfweh, Durst. 1274.   Der Frost dauert zwei Stunden. Dann mit einem Male Hitze mit heftigem Schweiß, aber bloß im Gesicht, im Rücken sehr wenig, der Haarkopf und übrige Körper bleibt trocken, ganz ohne Durst bei weißer Zunge. 1277.   Tertianfieber mit Frost und Durst, darauf folgende Hitze mit Brustbeklemmung. 1324.   In der Hitze Schmerzen in der Magengegend. 1431.   In der Hitze Zucken und Schmerzen in den Gliedern. 1432.   Hitze und Empfindlichkeit des ganzen Körpers und besonders der Stirnregion. 1695.   Während des Fiebers große Schwäche. 1729.   Durst vor, in und nach dem Froste vor der Hitze, mit Schmerzen und Abgeschlagenheit in den Untergliedern und Durchfall begleitet. 1783.   Im Kälte- und Hitzestadium lästiger, insbesondere das Hinterhaupt einnehmender Kopfschmerz, beim Aufsitzen leicht Übelkeiten und Zusammenschnüren in der Magengegend. 1946.   Hitze mit Schwere- und Wundheitsgefühl in der Lebergegend, dumpfem Wehtun und Empfindlichkeit in den Lenden. 2064.   Nachts Hitze im Kopf, Herzklopfen, Schlaflosigkeit und öfteres Seufzen. 2129.   Herzklopfen, Zittern im Körper, innerliche Hitze. 2817.   Während der Hitze häufiges Seufzen. 3000.   Während der Hitze Schmerz in Magen und Darm. 3003.   Während der Hitze Speiseerbrechen mit Kälte der Füße und krampfhaftem Zucken der Glieder. 3004.   Ohnmacht während des Schweißstadiums oder wenn die Hitze in Schweiß übergeht. 3010.

14 Nachts. Die ganze Nacht. 1 Uhr. 3 Uhr. 2-5 Uhr. Im Schlaf.
Er wacht die Nacht um 3 Uhr auf, es wird ihm über und über heiß und er erbricht die abends genossenen Speisen. 226.   Die Nacht allgemeine ängstliche Hitze mit geringem Schweiße um die Nase herum, die meiste Hitze an Händen und Füßen, die jedoch nicht entblößt, sondern immer bedeckt sein wollen, bei kalten Oberschenkeln, Herzklopfen, kurzem Atem und geilen Träumen; am meisten, wenn er auf einer von beiden Seiten, weniger, wenn er auf dem Rücken liegt. 683.   Nachthitze von 2 bis 5 Uhr (bei vollem Wachen) über und über, vorzüglich an Händen und Unterfüßen, ohne Schweiß und ohne Durst, und ohne Trockenheitsempfindung. 683a.   Nächtliche Hitze, wobei er sich aufzudecken verlangt, und sich aufdecken läßt. 720.   Hitze des Körpers, vorzüglich während des Schlafes. 721.   Durch innere Unruhe, vermehrte innere Wärme und Durst, gestörter Schlaf. 724.   Nachts 1 Uhr Fieberhitze, 1 Stunde hindurch, besonders im Gesichte, mit klopfendem Kopfschmerz in der Stirne und wenig Durst. 1000.   Nachts Hitze im Kopf, Herzklopfen, Schlaflosigkeit und öfteres Seufzen. 2129.   Täglich Anfälle von Fieber, meistens nachmittags und abends, oft die ganze Nacht dauernd, einige Male mit ermattendem nächtlichem Schweiß. 2447.   Frostanfälle bei Sonnenuntergang, am späten Nachmittag oder am Abend, dann Hitze fast die ganze Nacht. 2967.   Jucken in der Brust, dann wird mir ein bißchen heiß, ich schlafe ein, dann fängt das auf einmal an. 3500.

15 Nachmittags. Abends im Bett.
Abends, im Bette, wie Wallung im Blute, wovor er nicht einschlafen konnte. 660.   Schlummerndes Träumen vor Mitternacht, bei allgemeiner Hitze, ohne Schweiß. 682.   Nachmittags, durstlose Hitze im ganzen Körper, mit einem Gefühle von Trockenheit in der Haut, doch mit einigem Schweiße im Gesichte. 722.   Meistenteils Frost, vorzüglich in den Füßen. Nachmittags, Hitze mit roten Wangen und zugleich Frost in den Füßen, mit Kälte derselben. 1136.   Täglich Anfälle von Fieber, meistens nachmittags und abends, oft die ganze Nacht dauernd, einige Male mit ermattendem nächtlichem Schweiß. 2447.   Hitze am Abend, Schweiß die ganze Nacht, ohne Durst. 2517.   Frost jeden Nachmittag, Fieber am Abend, Schweiß die ganze Nacht. 2643.   Kalte Füße, ihr wird sehr heiß am ganzen Körper im Bett. 2784.   Hitze des ganzen Körpers nachmittags, ohne Durst, mit Trockenheitsgefühl der Haut. 2990.   Häufig heiße Füße, auch im Bett. 3398.

16 Morgens im Bett.
Früh, im Augenblicke des Erwachens, fühlt er eine Schwere, eine Anhäufung, Stockung und Wallung des Geblüts im Körper, mit Schwermut. 668.   Gefühl von allgemeiner Hitze, früh im Bette, ohne Durst, wobei er sich nicht gern aufdeckt. 719.   Früh im Bette bekommt er Hitze und Herzklopfen. 749.   Kalte Füße, ihr wird sehr heiß am ganzen Körper im Bett. 2784.   Häufig heiße Füße, auch im Bett. 3398.

17 Andere Modalitäten: Periode. Nach Essen. Bei der Arbeit. Aufsitzen bessert. Beim Liegen auf dem Rücken.
Fieber, erst Frost über die Arme, besonders die Oberarme, dann Hitze und Röte der Wangen, und Hitze der Hände und Füße, ohne Durst, während des Liegens auf dem Rücken. 713.   Vor und während der Regel Frösteln abwechselnd mit Hitze, Ängstlichkeit, Herzklopfen, ohnmachtähnliche Mattigkeit im ganzen Körper, besonders den Extremitäten. 1179.   Nach geringfügigen Anlässen, auch nach dem Essen weniger Speise, trat gleich Hitze und Schweiß ein. 1305.   Fliegende Hitze und Schwitzen bei der Arbeit, Frieren in der Ruhe. 2079.   Kopfweh mit Schwere und Hitze im Kopfe, beim Monatlichen. 2144.   Im Fieber Besserung durch Aufsitzen. 2248.

TEMPERATUR   Schweiß

1   Beim Essen Schweiß im Gesicht.
Nach geringfügigen Anlässen, auch nach dem Essen weniger Speise, trat gleich Hitze und Schweiß ein. 1305.   Schweiß beim Essen. 1561.   Schweiß beim Essen. 2093.   Gesichtsschweiß beim Essen. 2198.   Schweiß an kleiner Stelle im Gesicht beim Essen. 2949.   Schweiß beim Essen. 3011.

2   Gesichtsschweiß. Schweiß nur im Gesicht. An kleiner Stelle im Gesicht. Um die Nase. Stirn.
Die Nacht allgemeine ängstliche Hitze mit geringem Schweiße um die Nase herum, die meiste Hitze an Händen und Füßen, die jedoch nicht entblößt, sondern immer bedeckt sein wollen, bei kalten Oberschenkeln, Herzklopfen, kurzem Atem und geilen Träumen. 683.   Nachmittags, durstlose Hitze im ganzen Körper, mit einem Gefühle von Trockenheit in der Haut, doch mit einigem Schweiße im Gesichte. 722.   Starke Hitze, besonders des Kopfes. Der Körper heiß und trocken, nur auf der Stirn etwas Schweiß. 1051.   Ich fand den Kranken tief atmend, mit verdrehten Augen, blassem, mit kaltem Schweiße bedeckten Gesichte, blauen Lippen, zwischen welchen etwas schaumiger Schleim hervordrang. 1069.   Der Frost dauert zwei Stunden. Dann mit einem Male Hitze mit heftigem Schweiß, aber bloß im Gesicht, im Rücken sehr wenig, der Haarkopf und übrige Körper bleibt trocken, ganz ohne Durst bei weißer Zunge. 1277.   Schweiß bloß im Gesichte, nicht einmal am Haarkopfe. 1453.   Stirn schweißbedeckt. 1591.   Wenig Schweiß, oft bloß im Gesichte. 2091.   Gesichtsschweiß beim Essen. 2198.   Zuckender Gesichtsschmerz jeden Nachmittag nach 17 Uhr, mit Gesichtsschweiß. 2354.   Schweiß an kleiner Stelle im Gesicht beim Essen. 2949.

3   Handtellerschweiß.
Warmer Schweiß an der inneren Fläche der Hand und der Finger. 530.   Häufiger, warmer Schweiß der Hände, abends. 531.   Lauer Schweiß der inneren Handfläche. 532.   Kalter Schweiß der Hände. 2466.   Warmer Schweiß auf den Händen oder auf der Innenfläche der Hände und Finger, abends. 3013.   Feuchte Handflächen. 3438.

4   Allgemeiner Schweiß. Schweiß spärlich, aber am ganzen Körper.
Sie träumt, sie stehe, stehe aber nicht fest; aufgewacht, habe sie dann ihr Bett untersucht, ob sie fest liege, und habe sich ganz zusammengekrümmt, um nur gewiß nicht zu fallen; dabei immer etwas schweißig über und über. 675.   Gefühl, als sollte über den ganzen Körper der Schweiß mit einem Male hervorbrechen, was auch zum Teil geschah; vormittags. 728.   Allgemeiner Schweiß. 729.   Beim Aufstehen aus dem Bette matt bis zur Ohnmacht mit Schwindel, Ohrenbrausen und kaltem, allgemeinem Schweiße, es wurde im Sitzen besser. 1003.   Nur erst mit dem eine Stunde nach der Hitze eintretenden allgemeinen Schweiße verliert sich der Schauer, und es wird dem Kranken nun auch innerlich warm. 1083.   Zuerst bekam sie Frost in den Füßen, dann im Kreuze, dann bekam sie Hitze mit Kopfschmerz, dann Schweiß allgemein. 1358.   Bei der geringsten Ruhe, schon beim Sitzen, ein allgemeiner, ziemlich kalter Schweiß den ganzen Tag über. 2478.   Schweiß gewöhnlich nur leicht, aber am ganzen Körper. 3009.   Gefühl als wolle am ganzen Körper Schweiß ausbrechen, was aber nicht der Fall ist. 3012.

5   Gefühl, als sollte am ganzen Körper Schweiß ausbrechen.
Gefühl, als wenn Schweiß ausbrechen wollte (ängstliches Gefühl von fliegender Hitze). 727.   Gefühl, als sollte über den ganzen Körper der Schweiß mit einem Male hervorbrechen, was auch zum Teil geschah; vormittags. 728.   Gefühl, als wollte Schweiß ausbrechen, der aber nicht erfolgt. 2092.   Gefühl als wolle am ganzen Körper Schweiß ausbrechen, was aber nicht der Fall ist. 3012.

6   Kalter Schweiß bei Ohnmacht. Kalter Handschweiß. Kalter Schweiß in der Ruhe.

Kalte Schweiße. 731.   Heftige Angst um die Herzgrube, mit Schwindel, Ohmacht und sehr kalten Schweißen. 732.   Zittern und Convulsionen mit Herzensangst, Schwindel, Ohnmachten und kalten Schweißen. 802.   Beim Aufstehen aus dem Bette matt bis zur Ohnmacht mit Schwindel, Ohrenbrausen und kaltem, allgemeinem Schweiße, es wurde im Sitzen besser. 1003.   Ich fand den Kranken tief atmend, mit verdrehten Augen, blassem, mit kaltem Schweiße bedeckten Gesichte, blauen Lippen, zwischen welchen etwas schaumiger Schleim hervorcrang. 1069.   Kalter Schweiß der Hände. 2466.   Bei der geringsten Ruhe, schon beim Sitzen, ein allgemeiner, ziemlich kalter Schweiß den ganzen Tag über. 2478.

7   Warmer Schweiß der Handflächen. Warmer sauerriechender Schweiß. Warmer Schweiß der Extremitäten.

Warmer Schweiß an der inneren Fläche der Hand und der Finger. 530.   Häufiger, warmer Schweiß der Hände, abends. 531.   Lauer Schweiß der inneren Handfläche. 532.   Der Schweiß ist zuweilen kalt, aber gewöhnlich warm und etwas sauerriechend. 2094.   Warmer Schweiß der Extremitäten. 3008.   Warmer Schweiß auf den Händen oder auf der Innenfläche der Hände und Finger, abends. 3013.   Schweiß manchmal kalt, meistens aber warm und sauer riechend. 3014.

8   Spärlicher Schweiß.

Die Nacht allgemeine ängstliche Hitze mit geringem Schweiße um die Nase herum, die meiste Hitze an Händen und Füßen, die jedoch nicht entblößt, sondern immer bedeckt sein wollen, bei kalten Oberschenkeln, Herzklopfen, kurzem Atem und geilen Träumen. 683.   Starke Hitze, besonders des Kopfes. Der Körper heiß und trocken, nur auf der Stirn etwas Schweiß. 1051.   Quartanfieber, fing mit 2 Stunden anhaltendem Froste an, bei dem Schmerzen in den Knien vorkamen, dann folgte Hitze mit heftigen Kopfschmerzen und etwas Schweiß zugleich. 1780.   Schüttelfrost mit Durst, zwei Stunden lang, dabei Brustbeklemmung und häufiges lockeres Hüsteln. Hitze gering. Schweiß noch geringer, bleibt oft ganz aus. 1831.   Quotidianfieber, Beginn morgens mit Kälte und Schauder, begleitet von brennendem Durst, Durstlosigkeit während Hitze und Schweiß, der nur langsam während der Nacht eintritt. 1889.   Wenig Schweiß, oft bloß im Gesichte. 2091.   Hitze mit heftiger Urticaria und tiefem Schlaf. Nur leichter Schweiß. 2583.   Schweiß gewöhnlich nur leicht, aber am ganzen Körper. 3009.

9   Reichlicher Schweiß.

Reichlicher Schweiß. 730.   Fieber kam täglich um 2 Uhr, begann mit Kälte, welche eine halbe Stunde andauerte, dann kam Hitze, welche gleichfalls eine halbe Stunde währte, mit vielem Durste, worauf starker Schweiß ausbrach und 1 Stunde dauerte. 1164.   Der Frost dauert zwei Stunden. Dann mit einem Male Hitze mit heftigem Schweiß, aber bloß im Gesicht, im Rücken sehr wenig, der Haarkopf und übrige Körper bleibt trocken, ganz ohne Durst bei weißer Zunge. 1277.   Im Anfall starker Frost mit Brecherlichkeit, darauf Hitze mit Kopfschmerz, dann starker Schweiß. 1349.   Tertiana duplex. Der Anfall kommt mit starkem Frost, dann heftiger Hitze und darauf mit starkem Schweiße. 1353.   Zuerst Frost am ganzen Körper, mehr innerlich, dann starke Hitze mit heftigem Kopfschmerz, darauf starker stinkender Schweiß. 1774.   Quartanfieber. Abends bekam sie Reißen in den Füßen, dann Frost, dann Hitze, dann starken, sauer riechenden Schweiß. 1777.   Der Schweiß kommt erst gegen Ende des Hitzestadiums, er dauert mehrere Stunden und ist ziemlich reichlich. 1944.   Sie saß im Bett schweißgebadet und erschöpft, hustete und würgte. 3053.

10   Sauer riechender, übel riechender Schweiß.

Zuerst Frost am ganzen Körper, mehr innerlich, dann starke Hitze mit heftigem Kopfschmerz, darauf starker stinkender Schweiß. 1774.   Quartanfieber. Abends bekam sie Reißen in den Füßen, dann Frost, dann Hitze, dann starken, sauer riechenden Schweiß. 1777.   Der Schweiß ist zuweilen kalt, aber gewöhnlich warm und etwas sauerriechend. 2094.   Übelriechender Axillarschweiß. 3207.

Schweiß / TEMPERATUR

11 Nachtschweiß. Die ganze Nacht. Erwacht schwitzend. Im Schlaf. Wenn er morgens wieder eingeschlafen ist.
Sie träumt, sie stehe, stehe aber nicht fest; aufgewacht, habe sie dann ihr Bett untersucht, ob sie fest liege, und habe sich ganz zusammengekrümmt, um nur gewiß nicht zu fallen; dabei immer etwas schweißig über und über. 675.   Er schwitzt alle Morgen, wenn er nach vorgängigem Erwachen wieder eingeschlafen ist, und wenn er dann aufsteht, ist er so müde und ungestärkt, daß er sich lieber wieder niederlegen möchte. 684.   Nach dem Essen Frost und Schüttelschauder; nachts Ängstlichkeit und Schweiß. 712.   Etwas Kälte empfand sie den ganzen Tag, selbst wenn sie schon eine Zeitlang abends im Bette war. Erst nach einer Stunde wurde sie da warm, und dann kam sie sogar in Schweiß, und schwitzte fort bis früh. 1288.   Nachtschweiße. 1931.   Kälte, in der Nacht Schweiß. 1967.   Schläft nach dem Kieferschmerz die ganze Nacht ruhig und schwitzt. 1993.   Erwachte nach einigen Stunden Schlaf im Schweiße. 2017.   Täglich Anfälle von Fieber, meistens nachmittags und abends, oft die ganze Nacht dauernd, einige Male mit ermattendem nächtlichem Schweiß. 2447.   Hitze am Abend, Schweiß die ganze Nacht, ohne Durst. 2517.   Quotidianfieber, Frost 16 Uhr, Hitze kürzer als der Frost, Schweiß im Schlaf. 2629.   Frost jeden Nachmittag, Fieber am Abend, Schweiß die ganze Nacht. 2643.   Frost mit Durst und Kopfschmerz, Hitze ohne Durst, Schlaf dauert an bis er schwitzt. Erwacht schwitzend. 2731.   Sie saß im Bett schweißgebadet und erschöpft, hustete und würgte. 3053.   Kopfschweiß, immer im Schlaf. 3206.   Schwitzt nachts. 3296.   Manchmal schwitze ich nachts. 3638.   Ich decke mich gut zu, im Laufe der Nacht schwitze ich meist und decke mich wieder ab. 3688.   Schwitzt nachts im Bett. 3691.

12 Andere Modalitäten: Tabakrauchen. In der Ruhe. Beim Sitzen. Bei der Arbeit. Abends. Nachmittags. Vormittags.
Häufiger, warmer Schweiß der Hände, abends. 531.   Nachmittags, durstlose Hitze im ganzen Körper, mit einem Gefühle von Trockenheit in der Haut, doch mit einigem Schweiße im Gesichte. 722.   Gefühl, als sollte über den ganzen Körper der Schweiß mit einem Male hervorbrechen, was auch zum Teil geschah; vormittags. 728.   Von Tabakrauch Schweißausbruch, Übelkeit, Bauchweh. 1270.   Vom Tabakrauchen Übelkeit, Schweißausbruch, Bauchweh. 1280.   Nach Tabakrauchen, Übelkeit mit Schweiß und Leibweh. 1478.   Fliegende Hitze und Schwitzen bei der Arbeit, Frieren in der Ruhe. 2079.   Bei der geringsten Ruhe, schon beim Sitzen, ein allgemeiner, ziemlich kalter Schweiß den ganzen Tag über. 2478.

13 Krampfanfall mit Schweiß. Der Anfall läßt mit Schweiß nach.   Schweiß bessert.
Die Füße wurden ihm steif, er fiel, ein allgemeiner Starrkrampf befiel ihn, der sich durch Schweiß wieder verlor. 803.   Ich fand den Kranken tief atmend, mit verdrehten Augen, blassem, mit kaltem Schweiße bedeckten Gesichte, blauen Lippen, zwischen welchen etwas schaumiger Schleim hervordrang. 1069.   Es wird ihm warm im Kopf, er wird im Gesicht rot, es wird ihm drehend, die Beine fangen an zu zittern, es bricht Schweiß hervor, er fängt an zu schreien, der Atem wird kürzer. 1386.   Zuckender Gesichtsschmerz jeden Nachmittag nach 17 Uhr, mit Gesichtsschweiß. 2354.   Epilepsie: Das Blut stieg in den Kopf, Schwindel, Zittern der Glieder und Schweißausbruch. 2533.   Urticaria am ganzen Körper mit heftigem Jucken, das leicht durch Kratzen gestillt werden kann, die mit dem Schweiß vergeht. 3005.   Dann geht der Frost und die Hitze kommt, auch Schweiß, wirft die Bettdecken weg, 2 Stunden, Schweiß bessert. 3513.

14 Schwäche nach Schweiß. Ohnmacht mit Schweiß.
Er schwitzt alle Morgen, wenn er nach vorgängigem Erwachen wieder eingeschlafen ist, und wenn er dann aufsteht, ist er so müde und ungestärkt, daß er sich lieber wieder niederlegen möchte. 684.   Heftige Angst um die Herzgrube, mit Schwindel, Ohmacht und sehr kalten Schweißen. 732.   Zittern und Convulsionen mit Herzensangst, Schwindel, Ohnmachten und kalten Schweißen. 802.   Beim Aufstehen aus dem Bette matt bis zur Ohnmacht mit Schwindel, Ohrenbrausen und kaltem, allgemeinem Schweiße, es wurde im Sitzen besser. 1003.   Der Schweiß dauert mehrere Stunden und hinterläßt eine allgemeine Mattigkeit. 1084.   Täglich Anfälle von Fieber, meistens nachmittags

und abends, oft die ganze Nacht dauernd, einige Male mit ermattendem nächtlichem Schweiß. 2447. Ohnmacht während des Schweißstadiums oder wenn die Hitze in Schweiß übergeht. 3010. Sie saß im Bett schweißgebadet und erschöpft, hustete und würgte. 3053. Gelegentlich bei Magenschmerzen Synkope mit Schweiß. 3313.

15 Durst oder Durstlosigkeit im Fieberschweiß.
In der Hitz- und Schweißperiode ist kein Durst vorhanden. 1085. Das Fieber kam täglich 17.30 Uhr, die Kälte dauerte eineinhalb Stunden, dann erfolgte eine halbe Stunde lang Hitze mit Durst, dann Schweiß mit Durst, Ohrensausen und Ohrenstechen. 1165. Durst ist vor dem Frost und im Schweiße eingetreten. 1354. Hitze und Schweiß ohne Durst. 1559. Auf starken Frost folgt Hitze mit Mundtrockenheit und geringem Durste, welcher im Schweiße vollends nachließ. 1719. Frost mit Durst, durch äußere Wärme zu tilgen, Hitze und Schweiß ohne Durst. 1727. Quotidianfieber, Beginn morgens mit Kälte und Schauder, begleitet von brennendem Durst, Durstlosigkeit während Hitze und Schweiß, der nur langsam während der Nacht eintritt. 1889. Hitze am Abend, Schweiß die ganze Nacht, ohne Durst. 2517. Während des Frostes heftiger Durst nach kaltem Wasser, er trinkt eimerweise, wenig Durst in der Hitze oder Schweiß. 2647. Schweiß ohne Durst. 3007.

TEMPERATUR   Fieber

1 Der Frost setzt sich teilweise bis in die Hitze hinein fort. Die Füße bleiben kalt auch in der Hitze.
Nachdem der Frost eine Stunde angehalten hat, erscheint Hitze am ganzen Körper, die Füße ausgenommen, welche kalt bleiben, diese wird aber von dem Kranken nicht bemerkt, sondern er klagt immer noch über innerlichen Schauer, obgleich die Wangen rot sind und die Haut warm anzufühlen ist. 1082. Meistenteils Frost, vorzüglich in den Füßen. Nachmittags, Hitze mit roten Wangen und zugleich Frost in den Füßen, mit Kälte derselben. 1136. Typhus: Die Paroxysmen fangen an mit leichtem Kälteüberlaufen mit oder ohne Durst, worauf dann Hitze fast ohne äußere Röte folgt, bisweilen mit Kälteüberlaufen, ohne Durst. 1407. Die Kälte dauert 1 1/2 Stunden, sie wird anfangs nur äußerlich, später nur innerlich verspürt, ist gewöhnlich mäßig, nur manchmal für Augenblicke heftiger, dann zu Schüttelfrost gesteigert. 1938. Die Kälte kommt mit innerer Kopfhitze vor und wird häufig durch jählinges Hitzeüberlaufen unterbrochen. 1939. Bei äußerer Wärme innerer Frostschauder, Hitze im Kopfe und Gesichte, bei kalten Händen und Füßen. 2015. Äußere Hitze mit Röte, bei innerem Frostschauder. 2087. Äußere Hitze und Röte, ohne innere Hitze. 2991.

2 Schweiß spärlich oder er fehlt gänzlich.
Schlummerndes Träumen vor Mitternacht, bei allgemeiner Hitze, ohne Schweiß. 682. Die Nacht allgemeine ängstliche Hitze mit geringem Schweiße um die Nase herum, die meiste Hitze an Händen und Füßen, die jedoch nicht entblößt, sondern immer bedeckt sein wollen, bei kalten Oberschenkeln, Herzklopfen, kurzem Atem und geilen Träumen. 683. Nachthitze von 2 bis 5 Uhr (bei vollem Wachen) über und über, vorzüglich an Händen und Unterfüßen, ohne Schweiß und ohne Durst, und ohne Trockenheitsempfindung. 683a. Starke Hitze, besonders des Kopfes. Der Körper heiß und trocken, nur auf der Stirn etwas Schweiß. 1051. Quartanfieber. Zuerst Frost, darauf etwas Hitze mit wenigem Schweiß. 1341. Nie Schweiß, sondern meistenteils trockene Haut bei Typhus. 1424. Quartanfieber, fing mit 2 Stunden anhaltendem Froste an, bei dem Schmerzen in den Knien vorkamen, dann folgte Hitze mit heftigen Kopfschmerzen und etwas Schweiß zugleich. 1780. Paroxysmus mit heftigem Frost, dann trockene Hitze, ohne darauf folgenden Schweiß. 1782. Nach dem

Frost Brustschmerz, dann folgte Hitze mit etwas Kopfschmerz, ohne nachfolgenden Schweiß. 1803.
Schüttelfrost mit Durst, zwei Stunden lang, dabei Brustbeklemmung und häufiges lockeres Hüsteln.
Hitze gering. Schweiß noch geringer, bleibt oft ganz aus. 1831. Quotidianfieber, Beginn morgens
mit Kälte und Schauder, begleitet von brennendem Durst, Durstlosigkeit während Hitze und Schweiß,
der nur langsam während der Nacht eintritt. 1889. Wenig Schweiß, oft bloß im Gesichte. 2091.
Gefühl, als wollte Schweiß ausbrechen, der aber nicht erfolgt. 2092. Schüttelfrost 9 Uhr, gefolgt
von Hitze, aber nicht von Schweiß. 2292. Sehr selten Schweiß, in der Apyrexie außer leichtem
Schwindel Wohlbefinden. 2407. Hitze mit heftiger Urticaria und tiefem Schlaf. Nur leichter
Schweiß. 2583. Hitze nicht heftig, kein Durst, steht auf und läuft herum. Kein Schweiß. 2653.

3 Frost stark, Hitze und Schweiß gering.
Meistenteils Frost, vorzüglich in den Füßen. Nachmittags, Hitze mit roten Wangen und zugleich Frost
in den Füßen, mit Kälte derselben. 1136. Frost mit Durst, darauf Hitze ohne Durst. Den Frost
habe ich mit und ohne äußere Kälte beobachtet, er war meist ziemlich stark, manchmal sehr stark,
mit Schütteln und Werfen der Glieder. 1142. Der Anfall begann unter heftigem Schüttelfroste, so
daß das Kind in die Höhe geworfen wurde, 3/4 St. dauernd, gleichzeitig waren Glieder- und Kopfschmerzen, mit starkem Durste, vorhanden. Darauf erfolgte länger dauernde Hitze mit Kopfweh und
endlich Schweiß. 1319. Tertianfieber, welches mit Frost und starkem Durste, und darauf folgender mäßiger Hitze, ohne Durst, auftrat. 1322. Gegen Mittag tritt Dehnen und Gähnen auf, dann
starker Frost mit Durst, der Anfall hält 4 Stunden an. 1718. Auf starken Frost folgt Hitze mit
Mundtrockenheit und geringem Durste, welcher im Schweiße vollends nachließ. 1719. Paroxysmus mit heftigem Frost, dann trockene Hitze, ohne darauf folgenden Schweiß. 1782. Kaltes
Fieber, die Anfälle kommen jeden dritten Tag. 1830. Schüttelfrost mit Durst, zwei Stunden lang,
dabei Brustbeklemmung und häufiges lockeres Hüsteln. Hitze gering. Schweiß noch geringer, bleibt
oft ganz aus. 1831. Frost heftig und hervorstechend, dauert etwa eine Stunde, gebessert durch
äußere Wärme, mit intensivem Durst nur im Frost. 2404. Quotidianfieber, Frost 16 Uhr, Hitze
kürzer als der Frost, Schweiß im Schlaf. 2629.

4 Hitze stark, Frost geringer als die Hitze.
Quartanfieber. Der Frost zwar nicht heftig, dauerte zwei Stunden lang, darauf starke allgemeine Hitze
mit heftigem Kopfschmerz, dann Schweiß. 1344. Im späteren Verlaufe des Typhus geht der Hitze
garkein Frost voraus. 1408. Sehr hohes Fieber. 1611. Gastrisches Fieber, Intensive allgemeine
Hitze. 1625. Zuerst Frost am ganzen Körper, mehr innerlich, dann starke Hitze mit heftigem
Kopfschmerz, darauf starker stinkender Schweiß. 1774. Das Hitzestadium ist mehr ausgebildet,
dauert in einem höheren Grade von 4.30 bis 7.30, in einem geringeren bis gegen Mitternacht. 1941.
Hitze länger als der Frost. 2063. Fieber jeden zweiten Tag, der Frost kam mittags, Hitze dauert 5
Stunden. 2580.

5 Frost und Hitze abwechselnd.
Die Kälte kommt mit innerer Kopfhitze vor und wird häufig durch jählinges Hitzeüberlaufen unter-
brochen. 1939. Beständiger schneller Wechsel von Hitze und Kälte. 2089. Anhaltende schnelle
Wechsel zwischen Hitze und Kälte. 2997. Kann keine Wärme vertragen, ich reiße das Fenster auf,
dann kommt eine Unterkühlung, dann lasse ich mir ein heißes Bad einlaufen, das wechselt. 3462.
Ich decke mich gut zu, im Laufe der Nacht schwitze ich meist und decke mich wieder ab. 3688.

6 Hitze mit Schweiß gleichzeitig.
Die Nacht allgemeine ängstliche Hitze mit geringem Schweiße um die Nase herum, die meiste Hitze an
Händen und Füßen, die jedoch nicht entblößt, sondern immer bedeckt sein wollen, bei kalten Ober-
schenkeln, Herzklopfen, kurzem Atem und geilen Träumen. 683. Nachmittags, durstlose Hitze im
ganzen Körper, mit einem Gefühle von Trockenheit in der Haut, doch mit einigem Schweiße im
Gesichte. 722. Starke Hitze, besonders des Kopfes. Der Körper heiß und trocken, nur auf der
Stirn etwas Schweiß. 1051. Der Frost dauert zwei Stunden. Dann mit einem Male Hitze mit

TEMPERATUR / Fieber

heftigem Schweiß, aber bloß im Gesicht, im Rücken sehr wenig, der Haarkopf und übrige Körper bleibt trocken, ganz ohne Durst bei weißer Zunge. 1277.   Nach geringfügigen Anlässen, auch nach dem Essen weniger Speise, trat gleich Hitze und Schweiß ein. 1305.   Quartanfieber. Zuerst Frost, darauf etwas Hitze mit wenigem Schweiß. 1341.   Quartanfieber, fing mit 2 Stunden anhaltendem Froste an, bei dem Schmerzen in den Knien vorkamen, dann folgte Hitze mit heftigen Kopfschmerzen und etwas Schweiß zugleich. 1780.   Fliegende Hitze und Schwitzen bei der Arbeit, Frieren in der Ruhe. 2079.   Dann geht der Frost und die Hitze kommt, auch Schweiß, wirft die Bettdecken weg, 2 Stunden, Schweiß bessert. 3513.   Manchmal Hitzegefühl und dann kommen so Schweißwellen. 3541.

7 Gähnen, Dehnen und Recken vor dem Fieberanfall.
Den Fieberanfällen geht eine Zeit lang öfteres starkes Gähnen, später Dehnen und Recken der Glieder vorher. 1080.   Typhus: Fühlt sich schon eine geraume Zeit vorher unbehaglich, dann tritt auf einmal, ohne sich stufenweise zu verschlimmern, ein Paroxysmus auf. Überhaupt treten die Anfälle mit einer größeren Heftigkeit auf. 1400.   Gegen Mittag tritt Dehnen und Gähnen auf, dann starker Frost mit Durst, der Anfall hält 4 Stunden an. 1718.   Vor dem Frost gewaltiges Gähnen und Strecken, Durst. 2581.   Vor dem Frost Strecken und Gähnen. 2651.   Als Prodrom Gähnen und Strecken, manchmal heftiges Schütteln. 2968.

8 Allgemeine Mattigkeit nach dem Fieberanfall.
Der Schweiß dauert mehrere Stunden und hinterläßt eine allgemeine Mattigkeit. 1084.   In der fieberfreien Zeit bei der geringsten Bewegung große Müdigkeit, und beim Gehen Zusammenknicken der Knie. 1091.   Nach dem Fieber Abgeschlagenheit, belegte Zunge. 1321.   Apyrexie: der Kopfschmerz hält an, fühlt sich sehr angegriffen, wenig Eßlust. 1947.   Wegen großer Mattigkeit und Schläfrigkeit mußte sie sich niederlegen (Fieber). 2016.   Die kurzen und nicht sehr intensiven Wechselfieberanfälle haben den Kranken sehr geschwächt. 2069.   Täglich Anfälle von Fieber, meistens nachmittags und abends, oft die ganze Nacht dauernd, einige Male mit ermattendem nächtlichem Schweiß. 2447.   Die Tage nach Fieberanfall Mattigkeit. 2477.   Nach dem Frostanfall mehrere Stunden lang große Erschöpfung. 2648.   Jeden zweiten Tag Frostanfall, Pat. schwer mitgenommen. 2912.   Hungrig nach dem Fieberanfall. 3006.   Kann nach dem Fieber noch nicht aufstehen. 3514.

9 Apyrexie vollständig, fühlt sich wohl.
So wie das Fieber vorüber, schmeckt das Essen, den folgenden Tag beständiger Durst. 1278.   Sehr selten Schweiß, in der Apyrexie außer leichtem Schwindel Wohlbefinden. 2407.   Apyrexie vollständig, kann wie gewöhnlich arbeiten, aber Engegefühl des Kopfes bleibt. 2604.   Apyrexie vollständig, arbeitet wie gewöhnlich. 2654.   Tertianfieber, Frost und Hitze heftig, Frost länger als die Hitze, Apyrexie vollständig. 2730.   Hungrig nach dem Fieberanfall. 3006.

10 Beschwerden in der Apyrexie: Appetitmangel. Bauchschmerzen. Kopfschmerzen.
Einige Tage nach dem Fieberanfall Appetitmangel. 1088.   In der Apyrexie: Schwere im Kopfe, Klopfen in den Schläfen, Gefühl, als wäre der Kopf kleiner. 1722.   In der Apyrexie Brennen im Kopfe bei kühlen Händen und Füßen. 1723.   Magenschmerzen in der Apyrexie. 1776.   In der Apyrexie Bauchschmerz. 1786.   In der Apyrexie verminderter Appetit. 1832.   Apyrexie: der Kopfschmerz hält an, fühlt sich sehr angegriffen, wenig Eßlust. 1947.

11 Pulsveränderungen. Temperaturverhalten.
Früh 8 Uhr wieder Fieberfrost, Puls klein und beschleunigt. 1004.   Der Puls klein und während des Fieberanfalles etwas geschwinder. 1097.   Sehr hohes Fieber. 1611.   Gastrisches Fieber, Puls kräftig, beschleunigt. 1626.   Während des heftigsten Frostgefühls kaum Temperaturerhöhung. 1940.   Die objektive Temperatur ist mäßig erhöht, Puls 110. 1943.

Fieber / TEMPERATUR

12 Beginn und Dauer der einzelnen Fieberstadien.
Nachmittags, Fieber. 714.   Nachts 1 Uhr Fieberhitze, 1 Stunde hindurch, besonders im Gesichte. 1000.   Früh 4 Uhr heftiger allgemeiner Frost 2 Stunden lang. 1001.   Früh 8 Uhr wieder Fieberfrost. 1004.   Nachmittags gegen 2 Uhr tritt heftiger Schüttelfrost ein. 1081.   Nachdem der Frost eine Stunde angehalten hat, erscheint Hitze. 1082.   Nur erst mit dem eine Stunde nach der Hitze eintretenden allgemeinen Schweiße verliert sich der Schauer. 1083.   Der Schweiß dauert mehrere Stunden. 1084.   Fieber kam täglich um 2 Uhr, begann mit Kälte, welche eine halbe Stunde andauerte, dann kam Hitze, welche gleichfalls eine halbe Stunde währte. 1164.   Das Fieber kam täglich 17.30 Uhr, die Kälte dauerte eineinhalb Stunden, dann erfolgte eine halbe Stunde lang Hitze. 1165.   8 Uhr Frostanfall. 1175.   Wechselfieber. Morgens 8 Uhr werden die Finger weiß und kalt. 1275.   Der Frost dauert zwei Stunden. 1277.   Sie bekam abends Frost. 1300.   Heftige Fieberanfälle, welche täglich des Nachmittags wiederkehrten und jedesmal postponierten. 1318.   Der Anfall begann unter heftigem Schüttelfroste, 3/4 St. dauernd, darauf erfolgte länger dauernde Hitze. 1319.   Zweistündiger Schüttelfrost. 1320.   Quartanfieber. Der Frost dauerte zwei Stunden lang. 1344.   Das Fieber fängt nachmittags an und währt bisweilen die Nacht hindurch (Typhus). 1401.   Gegen Mittag tritt Dehnen und Gähnen auf, dann starker Frost mit Durst, der Anfall hält 4 Stunden an. 1718.   Quotidianfieber, kam nachmittags. 1784.   Dreitägiges Fieber, welches mit gelindem Frost anfing, der nur 1/2 Stunde dauerte. 1802.   Schüttelfrost zwei Stunden lang. 1831.   Jeden Nachmittag, Schlag 3 Uhr, erscheint ein Fieberparoxysmus. 1937.   Die Kälte dauert 1 1/2 Stunden. 1938.   Hitzestadium dauert in einem höheren Grade von 4.30 bis 7.30, in einem geringeren bis gegen Mitternacht. 1941.   Frost 8.30 Uhr. 2291.   Schüttelfrost 9 Uhr. 2292.   Unregelmäßiges Wechselfieber, kommt zu allen Zeiten und mit allen Abständen. 2403.   Täglich Anfälle von Fieber, meistens nachmittags und abends, oft die ganze Nacht dauernd. 2447.   Jeden Donnerstag früh Wechselfieberparoxysmus. 2481.   Frost jeden Nachmittag. 2516.   Hitze am Abend, Schweiß die ganze Nacht. 2517.   Fieber jeden zweiten Tag, der Frost kam mittags, Hitze dauert 5 Stunden. 2580.   Tertianfieber, 10 Uhr jeden Tag. Frost 3 Stunden, Hitze bis Mitternacht. 2600.   Quotidianfieber, Frost 16 Uhr, Hitze kürzer als der Frost. 2629.   Frost jeden Nachmittag, Fieber am Abend, Schweiß die ganze Nacht. 2643.   Heftiger Frost jeden zweiten Tag, jeder 4 Stunden früher als der vorhergehende, dauert 2 Stunden. 2645.   Doppeltes Tertianfieber, Beginn 14 Uhr, abwechselnd an einem Tag leichter, am anderen heftig. 2650.   Frost 7-9 Uhr. 2911.   Frostanfälle bei Sonnenuntergang, am späten Nachmittag oder am Abend, dann Hitze fast die ganze Nacht. 2967.

13 Quotidian-, Tertian- oder Quartanfieber, meist anteponierend. Im Frühjahr. Nach Chininmißbrauch.
Diente in ein- und dreitägigen Fiebern, und bei vorsetzendem Typus. 1146.   Fieber alle 3 Tage. 1310.   Heftige Fieberanfälle, welche jedesmal postponierten. 1318.   Tertianfieber. 1322.   Tertianfieber. 1324.   Quartanfieber. 1341.   Quartanfieber. 1344.   Tertianfieber, welches immer nur eine Stunde vorschritt. 1348.   Tertiana duplex. 1353.   Quartanfieber. 1777.   Quartanfieber. 1780.   Quotidianfieber. 1784.   Dreitägiges Fieber. 1802.   Quotidianfieber. 1804.   Kaltes Fieber, die Anfälle kommen jeden dritten Tag. 1830.   Quotidianfieber. 1889.   Tertianfieber. 2062.   Frost zunächst jeweils 5 Stunden anteponierend, dann 1 Stunde postponierend. 2379.   Wechselfieber jeden Frühling. 2401.   Unregelmäßiges Wechselfieber, kommt zu allen Zeiten und mit allen Abständen. 2403.   Fieber jeden zweiten Tag. 2580.   Tertianfieber. 2600.   Quotidianfieber. 2629.   Heftiger Frost jeden zweiten Tag, jeder 4 Stunden früher als der vorhergehende. 2645.   Doppeltes Tertianfieber, Beginn 14 Uhr, abwechselnd an einem Tag leichter, am anderen heftig. 2650.   Jeden zweiten Tag Frostanfall. 2912.   Fieber unregelmäig, Typ dauernd wechselnd, besonders durch Chininmißbrauch. 2964.   Fieber in der Regel postponierend, als Ausnahme anteponierend. 2965.   Fieber kommen nach Unterdrückung durch Chinin in jedem Frühjahr wieder. 2966.

KOPFSCHMERZEN   Orte

**1   Eine Benommenheit im ganzen Kopf wird zu einem Schmerz in einem Kopfteil.
Ein Schmerz in einem Kopfteil wird zu einem Schmerz im ganzen Kopf.**
Benommenheit des Kopfes, welche sich in drückenden Schmerz im Scheitel umwandelte; dieser zog sich später nach der Stirne und nach dem linken Auge herab. 24.   Rauschähnliche Benommenheit des Kopfes, den ganzen Tag andauernd, und mehrmals in wirkliche drückende Schmerzen der Stirne und besonders der rechten Hälfte derselben übergehend und das Denken sehr erschwerend. 26.   Eingenommenheit des Kopfes, früh beim Erwachen, in wirklich drückenden Kopfschmerz sich verwandelnd, der sich besonders in der Stirne fixierte, und die Augen so angriff, daß die Bewegung der Augenlider und der Augäpfel in ihnen schmerzhaft wurde, durch Treppensteigen und jede andere Körperbewegung gesteigert. 27.   Drückender Schmerz in der rechten Stirnhälfte, ging von da zur linken über, überzog aber später den ganzen Kopf. 35.   Dumpfer, drückender Kopfschmerz, der sich über den ganzen Kopf verbreitete. 44.   Früh beim Erwachen Kopfschmerz, als wenn das Gehirn zertrümmert und zermalmt wäre; beim Aufstehen vergeht er und es wird ein Zahnschmerz daraus, als wenn der Zahnnerv zertrümmert und zermalmt wäre, welcher ähnliche Schmerz dann ins Kreuz übergeht; beim Nachdenken erneuert sich jenes Kopfweh. 78.   Rauschähnliche Benommenheit des Kopfes, welche den ganzen Tag hindurch continuierte und mehrmals in wirkliche drückende Schmerzen der Stirne und besonders der rechten Hälfte derselben überging, auch das Denken sehr erschwerte. 810.   Die Eingenommenheit des Kopfes fand sich nach einer ruhig durchschlafenen Nacht wieder ein, verwandelte sich aber bald in wirklichen drückenden Kopfschmerz, der sich besonders in der Stirne fixierte und die Augen so angriff, daß die Bewegung der Augenlider und der Augäpfel in ihnen schmerzhaft wurde. Beim Treppensteigen und bei jeder anderen kräftigeren Körperbewegung zeigte sich der erwähnte Kopfschmerz heftiger. 810a.   Der Kopf war von 9 bis 12 Uhr auf eine lästige Weise benommen, wozu sich noch stechende Schmerzen in der ganzen Stirne und im rechten Hinterkopfe gesellten. Die Schmerzen in der letzteren Gegend äußerten sich jedoch mehr drückend als stechend. 827a.   Benommenheit des Kopfes, welche sich 21 Uhr in drückenden Schmerz im Scheitel verwandelte. Um 22 Uhr zog sich dieser Schmerz mehr nach der Stirne und nach dem linken Auge herab, ob er gleich den ganzen Kopf einnahm. Mit diesem Schmerze begannen meine Augen, besonders aber das linke, zu brennen und zu tränen, die Augenlider schwollen an und die Meibomschen Drüsen sonderten viel Schleim ab. 837.   In kurzen Abständen erscheinendes und von innen nach außen zu kommendes heftiges Pressen im ganzen Kopfe, mitunter auch Reißen in der Stirne, welches beides durch ruhiges Liegen vermindert wird, schon den Morgen vor dem Fieberanfalle anfängt, aber während desselben am stärksten ist. 1086.   Nach 12 Stunden wandert der zusammendrückende und brennende Schmerz zum Scheitel und bleibt dort mehrere Stunden. 2312.

2   Die Schmerzen wandern von einem Teil des Kopfes zum anderen, von einer Seite zur anderen.
Gefühl im Kopfe, als überfiele ihn plötzlich ein Schnupfen; ein dumpfes Drücken im Vorderkopfe zog bestimmt bis in die Nasenhöhlen hinab und brachte daselbst fast 10 Minuten lang das Gefühl hervor, was ein heftiger Schnupfen daselbst zu veranlassen pflegt; dieses Drücken wendete sich nach 10 Minuten nach anderen Partien des Kopfes und wechselte so, kam wieder und verschwand. 31.   Drücken in der Stirngegend, das bald nach dieser, bald nach jener Stelle des Kopfes hinzog, aber nirgends anhielt; selbst bis unter die Augenhöhlen und in die Wangen verbreitete sich dieser Schmerz. 36.   In den Nachmittagsstunden entstand gelinde drückender Schmerz in der Stirngegend, aber es mischte sich bald ein neuer Schmerz im Hinterhaupte seitlich über dem Processus mastoideus dazu, welcher sich bisweilen den Gehörorganen mitteilte, dann das Hören abzustumpfen schien. Nachdem diese gewichen waren, trat ein ziemlich merkbares Drücken in der Brusthöhle gleich hinter dem Sternum ein und währte bis 22 Uhr. 831.   Es wurde ihm, als überfiele ihn plötzlich ein Schnupfen, denn das beginnende dumpfe Drücken im Vorderkopfe zog bestimmt bis in die Nasenhöhlen hinab und brachte daselbst fast 10 Minuten lang das Gefühl hervor, das ein heftiger Schnupfen daselbst zu veranlassen

pflegt. 833.   Einen Tag vor den Regeln fühlt sie schon eine Schwere und einen Druck in der Stirn bis in die Augen, diese Empfindungen ziehen sich dann mehr nach der einen oder der anderen Seite der Stirn über die Augenhöhlen oder bis auf den Wirbel. 1364.   Der Kopfschmerz beginnt mit einem tiefliegenden Schmerz in den Augen, geht zu Hinterkopf und Nacken und befällt schließlich den Scheitel. 2280.   Vor Beginn der Kopfschmerzen Gefühl von Leere in Magen und Brust, Steifheit des Nackens und der Trapecii. 2311.   Nach 12 Stunden wandert der zusammendrückende und brennende Schmerz zum Scheitel und bleibt dort mehrere Stunden. 2312.   Vom Scheitel wandert der Schmerz zum Vorderkopf und Augen, diese fühlen sich heiß und schwer. 2313.   Schießende Schmerzen in einer Schläfe oder von einer Schläfe zur anderen. 2385.   Der Kopfschmerz wandert um den Hinterkopf herum. 2547.   Die Schmerzen wechseln den Ort, sie kommen allmählich und gehen plötzlich, oder sie kommen und gehen plötzlich. 3118.   Kopfschmerz hinter den Augen, einmal die eine, dann die andere Seite. 3521.   Oft hier vorn auf der Stirn, auf der einen oder anderen Seite, das wechselt, ganz besonders starke Schmerzen. 3618.   Das ist im Kopf, das strahlt auch hier herüber, es ist einfach ein Ausstahlen. 3657.

3   Die Schmerzen wandern vom Kopf zu anderen Körperteilen oder von anderen Körperteilen zum Kopf. Schmerzen gleichzeitig im Kopf und in anderen Körperteilen.

Von kalter Luft (Erkältung?) Reißen im rechten Arme und auf der rechten Seite des Kopfes. 519. In den Nachmittagsstunden entstand gelinde drückender Schmerz in der Stirngegend, aber es mischte sich bald ein neuer Schmerz im Hinterhaupte seitlich über dem Processus mastoideus dazu, welcher sich bisweilen den Gehörorganen mitteilte, dann das Hören abzustumpfen schien. Nachdem diese gewichen waren, trat ein ziemlich merkbares Drücken in der Brusthöhle gleich hinter dem Sternum ein und währte bis 22 Uhr. 831.   Die Nächte brachte sie, der heftigen Kopf- und Armschmerzen wegen, ganz schlaflos zu. 1054.   Reißen im Kopfe und einem Arme. 1599.   Reißen im rechten Arme, den Knien, den Knöcheln, im Kopfe. 1602.   Heftiges Brennen, das vom Magen und Herzen ausgehend sich über den Rücken zum Scheitel und in die Glieder erstreckte. 1854.   Starkes Klopfen mit Taubheit in den Händen, erstreckt sich den Arm hinauf zum Kopf und wechselt von einem Arm zum anderen, nach 1 oder 2 Minuten plötzlich aufhörend. 1867.   Manchmal scheint sich der Bauchschmerz das Rückgrat hinauf zum Kopf zu erstrecken, er fühlt sich dann sehr seltsam, weiß kaum was los ist und fürchtet zu fallen. 2267.   Kopfschmerz in beiden Schläfen, dabei Rücken- und Nackenschmerz. 2273.   Nach heftigem Schreck Sengeln in den Beinen, später ähnliches Gefühl im Kopf, mitunter Kriebeln und Reifgefühl um die Schläfen. 2453.   Nach heftigem Verdruß kriebelnde Empfindung, welche allmählich vom heiligen Beine alle Tage höher, bis zwischen die Schultern und endlich bis in den Nacken stieg. Nacken plötzlich steif. 2475.   Frösteln im Gesicht und auf den Armen, mit Zähneklappern und Gänsehaut. 2977.   Komisches Gefühl von unten herauf bis in den Kopf, Leeregefühl im Kopf. 3437.

4   Stirn und Hinterkopf gleichzeitig. Augen und Hinterkopf. Nacken und Schläfen. Nasenwurzel und Nacken oder Hinterkopf.

Reißendes Kopfweh in der Stirne und hinter dem linken Ohre, welches beim Liegen auf dem Rücken erträglich ist, durch Aufrichten des Kopfes sich verstärkt, bei Hitze und Röte der Wangen und heißen Händen. 47.   Stechende Schmerzen in der ganzen Stirne und im rechten Hinterkopfe. 73.   Der Kopf war von 9 bis 12 Uhr auf eine lästige Weise benommen, wozu sich noch stechende Schmerzen in der ganzen Stirne und im rechten Hinterkopfe gesellten. Die Schmerzen in der letzteren Gegend äußerten sich jedoch mehr drückend als stechend. 827a.   In der Stirne und besonders über den Augenbrauen äußerte sich der Schmerz stechend, im Hinterkopfe dagegen und auf der rechten Seite mehr drückend. Im rechten Auge ließ sich ein Drücken nach außen wahrnehmen, es kam ihm vor, als solle der Augapfel aus seiner Höhle hervortreten. 829.   In den Nachmittagsstunden entstand gelinde drückender Schmerz in der Stirngegend, aber es mischte sich bald ein neuer Schmerz im Hinterhaupte seitlich über dem Processus mastoideus dazu, welcher sich bisweilen den Gehörorganen mitteilte, dann das Hören abzustumpfen schien. Nachdem diese gewichen waren, trat ein ziemlich

Ignatia

merkbares Drücken in der Brusthöhle gleich hinter dem Sternum ein und währte bis 22 Uhr. 831. Anfälle von drückendem, klemmendem Schmerz in der Stirne und dem Hinterkopfe, wobei das Gesicht rot wurde, die Augen tränten und die Sehkraft abnahm. 1019. Große Ängstlichkeit und Kopfweh besonders in Nacken und Schläfen. 1750. Kopfschmerz in beiden Schläfen, dabei Rücken- und Nackenschmerz. 2273. Kopfschmerz vom Nacken über den Kopf bis in die Augen, sehr schlecht während der Periode. 2781. Migräne einmal im Monat von der rechten Nackenhälfte zum rechten Auge. 3316. Zuerst Kopfschmerzen über dem rechten Auge und im Hinterkopf, linke Gesichtsseite gefühllos, dann wird ihr schwach. 3388. Migräne rechts, das geht bis in das Ohr hinein und das sitzt auch im Genick, der Schmerz geht durch das Auge durch. 3446. Kopfschmerzen an der Nasenwurzel, Nacken dabei verspannt. 3542. Bohren in der Nasenwurzel, auch etwas zu den Augen rüber, und Hinterhauptshöcker. 3547. Druck in der Stirn, wie wenn man gelaufen ist, nur daß es nicht geklopft hat. Ich habe das Gefühl, daß das dann auch nach hinten zieht. 3574. Kopfweh da oben, geht bis aufs linke Auge und in den linken Nacken. 3591.

5   Mehrere andere Stellen zugleich: Ohr und Schläfe. Stirn und Brust. Gesicht und Hals. Scheitel und Nasenwurzel.
Das verschiedene Drücken an und in mehreren Teilen des Kopfes zugleich macht ihn mürrisch und verdrüßlich. 741. Abends halb neun Uhr überraschte ihn plötzlich das Drücken im Kopfe, das sich bald an dieser, bald an jener Stelle besonders hervortat, das aber das Einschlafen nicht hinderte. 834. Im rechten Innenohr heftiger Schmerz bis zur rechten Schläfe. 1755. Oft preßte sie die Hände fest an die Stirne oder griff nach der linken Rippenreihe, der Atem setzte manchmal lange aus. 1845. Stiche in der rechten Schläfe und im Ohre, die Seite darf nicht berührt werden, es schmerzt dann wie Blutschwär. 1893. Der rechtsseitige Gesichtsschmerz erstreckt sich bis in den Hals, welcher ihr wie aufgetrieben und heiß vorkam. 2350. Kopfschmerz vom Scheitel bis zur Nasenwurzel, im Anfang monatlich, zuletzt jeden Freitag, 12-24 Stunden lang. 2424. Heftiger Schmerz in verschiedenen Teilen an kleinen Stellen, nur bemerkbar bei Berührung der Stellen. 2599. Manchmal Stechen im Kopf an verschiedenen Stellen, besser durch Draufdrücken, besonders Druck im Nacken bessert. 3445. Das ist im Kopf, das strahlt auch hier herüber, es ist einfach ein Ausstrahlen. 3657.

6   Scheitel. Wirbel.
Benommenheit des Kopfes, welche sich in drückenden Schmerz im Scheitel umwandelte; dieser zog sich später nach der Stirne und nach dem linken Auge herab. 24. Drückender, zusammenziehender Schmerz in der Gegend des Scheitels sich nach der Stirne zu wendend. 38. Drückender, zusammenziehender Schmerz in der Gegend des Scheitels, welcher sich aber vor nach der Stirn wendete und an dieser Stelle bis 16 Uhr aushielt. 805. Benommenheit des Kopfes, welche sich 21 Uhr in drückenden Schmerz im Scheitel verwandelte. Um 22 Uhr zog sich dieser Schmerz mehr nach der Stirne und nach dem linken Auge herab, ob er gleich den ganzen Kopf einnahm. 837. Mitten auf dem Kopfe einen Schmerz, als wenn es da klopfte. 1329. Einen Tag vor den Regeln fühlt sie schon eine Schwere und einen Druck in der Stirn bis in die Augen, diese Empfindungen ziehen sich dann mehr nach der einen oder der anderen Seite der Stirn über die Augenhöhlen oder bis auf den Wirbel. 1364. Kopfschmerz in der rechten Schläfe, nach dem Scheitel hin, als wollte er denselben auseinandersprengen. 1395. Der Hauptschmerz wühlt im Scheitel und strahlt nach den Seiten herab. 1665. Heftiges Brennen, das vom Magen und Herzen ausgehend sich über den Rücken zum Scheitel und in die Glieder erstreckte. 1854. Schmerz über den Scheitel, mit Gefühl von Schauder, Lanzinieren. 1914. Stirnkopfschmerz mit einem Gefühl im Scheitel, das seinen Geist angreift. 2269. Der Kopfschmerz beginnt mit einem tiefliegenden Schmerz in den Augen, geht zu Hinterkopf und Nacken und befällt schließlich den Scheitel. 2280. Nach 12 Stunden wandert der zusammendrückende und brennende Schmerz zum Scheitel und bleibt dort mehrere Stunden. 2312. Vom Scheitel wandert der Schmerz zum Vorderkopf und Augen, diese fühlen sich heiß und schwer. 2313. Schwerer Druck auf dem Scheitel. 2357. Ciliarneuralgie, bis zum Scheitel ausstrahlend, macht Übelkeit. 2364. Kopfschmerz vom Scheitel bis zur Nasenwurzel, im Anfang monatlich, zuletzt jeden Freitag, 12-24 Stunden lang. 2424. Schmerz wie ein enges Band quer über den

Scheitel. 2523.   Schmerzen, welche sich vom Auge nach dem Wirbel des Kopfes erstreckten, mit Übelkeit. oft mit Halsanschwellung abwechselnd. 2641.   Scheitelkopfschmerz mit Übelkeit. 2798.   Anfälle von Kopfschmerzen mit Brennen, stets halbseitig, rechts oder links vom Scheitel, besser auf Druck. 2902.   Scheitelkopfschmerz. 3086.   Schlechte Verdauung, im Zusammenhang damit Kopfschmerzen, meist oben auf dem Scheitel. 3102.   Pulsierender Schmerz im Hinterkopf oben. 3483.   Kopfweh da oben, geht bis aufs linke Auge und in den linken Nacken. 3591.   Oben im Scheitel Schmerz, als würde ein Nagel eingeschlagen. 3594.

7   Gehirn.
Gleich nach dem Mittagsschlafe, Kopfweh: ein allgemeines Drücken durch das ganze Gehirn, als wenn des Gehirns, oder des Blutes zu viel im Kopfe wäre, durch Lesen und Schreiben allmählich vermehrt. 46.   Kopfweh, wie ein Drücken mit etwas Hartem auf der Oberfläche des Gehirns, anfallsweise wiederkehrend. 59.   Beim Gehen in freier Luft drückender Kopfschmerz in der einen Gehirnhälfte, welcher durch Reden und Nachdenken sich vermehrt. 64.   Früh beim Erwachen Kopfschmerz, als wenn das Gehirn zertrümmert und zermalmt wäre; beim Aufstehen vergeht er und es wird ein Zahnschmerz daraus, als wenn der Zahnnerv zertrümmert und zermalmt wäre, welcher ähnliche Schmerz dann ins Kreuz übergeht; beim Nachdenken erneuert sich jenes Kopfweh. 78.   Eingenommenheit des Kopfes, wie ein starkes Drücken, vorzüglich in der rechten Stirngegend, als wenn sie von jemandem geschlagen worden wäre, mit bohrendem, scharfstechendem Reißen tief im Gehirne. 1044.   Ihr Kopf wird von einem wahren zertrümmernden Schmerze ergriffen, es ist ihr als wäre der Schädel zu eng und das Hirn wolle ihn zersprengen. 1663.   Sonderbar zusammendrückendes Gefühl im Gehirn vor den Konvulsionen Gebärender. 2143.   Intensiver Schmerz über dem rechten Auge, durch das foramen supraorbitale, als wenn eine Nadel durchgestochen würde ins Gehirn, Druck von außen nach innen. 2190.   Gefühl als ob das Hirn sich schwammartig ausdehnt und im Kopf hin- und herschlottert. 2904.

8   Eine Stirnseite. Stirn und Schläfe einer Seite. Ein Stirnhügel.
Drückender Schmerz, der sich von der Stirne nach einer Seite, entweder nach der rechten oder linken herabzog. 41.   Tief unter der rechten Seite des Stirnbeins, ein drückender Schmerz. 53.   Unter dem linken Stirnhügel ein betäubendes, absetzendes Drücken. 54.   Wütender Kopfschmerz; ein anhaltendes Wühlen unter dem rechten Stirnhügel und auf der rechten Seite des Stirnbeins. 63.   Rauschähnliche Benommenheit des Kopfes, welche den ganzen Tag hindurch continuierte und mehrmals in wirkliche drückende Schmerzen der Stirne und besonders der rechten Hälfte derselben überging, auch das Denken sehr erschwerte. 810.   Eingenommenheit des Kopfes, wie ein starkes Drücken, vorzüglich in der rechten Stirngegend, als wenn sie von jemandem geschlagen worden wäre, mit bohrendem, scharfstechendem Reißen tief im Gehirne. 1044.   Die leiseste Berührung an der linken Seite der Stirn war ihr unerträglich. 1171.   Heftig drückend wühlende Schmerzen, die sich vom rechten Schläfenbein zur Stirn hin verbreiten und stark auf das rechte Auge drücken. 2104.   Jedesmal vor Eintritt der Regel unter dem rechten Stirnhöcker ein so furchtbarer Schmerz, daß sie sich ins Bett legen mußte und sich durch lautes Schreien und Stöhnen zu helfen glaubte. 2497.   Schmerz über rechtem Auge bis zur Schläfe, ausgelöst durch Luftzug, mehr im Winter. 2569.   Rechtsseitiger frontotemporaler Kopfschmerz beim Erwachen, verstärkt durch Bewegung und Tabakrauch, gebessert durch Einhüllen des Kopfes. 3151.

9   Stirn. Stirn und Schläfen. Vorderkopf. Besonders in der Stirn.
Gelind drückende Schmerzen in der Stirngegend, durch das Sonnenlicht verschlimmert. 32.   Stechender Schmerz in der Stirn und zu den Schläfen heraus. 844.   Nachts 1 Uhr Fieberhitze, 1 Stunde hindurch, besonders im Gesichte, mit klopfendem Kopfschmerz in der Stirne und wenig Durst. 1000.   Reißen über die Stirn, mit Drücken im Vorderkopfe. 1111.   Reißen in der Stirne. 1138.   Kopfschmerz, der besonders in der Stirn recht heftig war. 1147.   Vor und während der Regel beklagte sie sich über Schwere und Hitze im Kopfe, heftige drückende Schmerzen in der Stirne, Empfindlichkeit der Augen gegen das Licht, Ohrenklingen. 1177.   Stechendes Kopfweh in der

Stirn. 1180. Fieber alle 3 Tage, Frost, verbunden mit großem Durst, Übelkeiten, auch zuweilen Erbrechen, darauf Hitze ohne Durst, reißendes Kopfweh in der Stirn. 1310. Im Frost Schmerzen in der Stirn. 1430. Heftige stechende Kopfschmerzen, besonders in der Stirn. 1613. Litt an zweifachem Kopfweh, nie gleichzeitig auftretend, entweder Stiche in den Schläfen, oder Drücken in der Stirn, beides nach vorgängigem Düsterwerden vor den Augen. 1668. Hitze und Empfindlichkeit des ganzen Körpers und besonders der Stirnregion. 1695. Beim Bücken Schwere in der Stirn, als wäre ein Eimer voll Wasser daselbst. 1891. Schmerzen im Vorderkopf und Schwindligkeit. 1908. Schmerz hauptsächlich über die Stirn, immer durch jede Erregung verschlimmert, kann nicht das geringste Geräusch vertragen. 2014. Zusammenschnürende, nach einwärts pressende Kopfschmerzen an der Stirn. 2039. Im Fieberstadium Kopfschmerz, klopfendes wehes Völlegefühl in der Stirngegend. 2065. Stirnkopfschmerz wie ein Gewicht. 2741. Hartnäckige Stirnkopfschmerzen. 3145. Kopfschmerz in der Stirn an einer kleinen Stelle. 3411. Kopfschmerzen, manchmal klopfe ich auf die Stirn, das erleichtert. Klopfen oder fest drücken. 3548.

10 Schläfen. Eine Schläfe.

Heftiges Kopfweh drückender Art in den Schläfen. 39. Ungeheures Drücken in beiden, vorzüglich der rechten Schläfe. 52. Ein Drücken in den Schläfen; zuweilen gesellt sich ein tiefer Schlaf dazu. 60. Kopfweh, als wenn es die Schläfen herauspreßte. 61. Früh (im Bette) beim Liegen auf der einen oder anderen Seite, ein wütender Kopfschmerz, als wenn es zu den Schläfen herausdringen wollte, durch Liegen auf dem Rücken erleichtert. 62. Tiefe Stiche in der rechten Schläfe. 68. Heftiges Kopfweh drückender Art in den Schläfen und dreimal Durchfall an demselben Tage. 806. Durch starke Bewegung, vieles Sprechen, Tabakrauch, Branntwein, Parfümerien entsteht Kopfweh, wie wenn ein Nagel aus den Schläfen herausdrückte. 1182. Kopfschmerz in der rechten Schläfe, nach dem Scheitel hin, als wollte er denselben auseinandersprengen. 1395. Heftige Kopfschmerzen wie zwei Nägel, die in die Schläfen eingeschlagen werden. 1629. Litt an zweifachem Kopfweh, nie gleichzeitig auftretend, entweder Stiche in den Schläfen, oder Drücken in der Stirn, beides nach vorgängigem Düsterwerden vor den Augen. 1668. In der Apyrexie: Schwere im Kopfe, Klopfen in den Schläfen, Gefühl, als wäre der Kopf kleiner. 1722. Nach dem Husten verschwanden die Sehstörungen, der Kopf blieb verwirrt und die Schläfen klopften weiter. 1758. Das Gesicht wird rot, Kopfschmerz, Klopfen in den Schläfen, Summen in den Ohren, sieht Blitze. 1869. Heftiger Schmerz in den Schläfen von unregelmäßiger Atmung begleitet. 2080. Der Husten war trocken, verursachte pressenden Schmerz in den Schläfen und wurde von kitzelndem Reiz im Kehlkopf erregt. 2111. Heftiger bohrender Schmerz in der linken Schläfe, schlechter beim Niederlegen abends, teilweise Besserung durch Liegen auf der schmerzhaften Seite. 2307. Schießende Schmerzen in einer Schläfe oder von einer Schläfe zur anderen. 2385. Nach heftigem Schreck Sengeln in den Beinen, später ähnliches Gefühl im Kopf, mitunter Kriebeln und Reifgefühl um die Schläfen. 2453. Häufig Kopfschmerzen in den Schläfen. 2541. Stechende Schmerzen in der rechten Schläfe. 2620. Migräne an kleiner Stelle in der Schläfe, kommt und geht allmählich, Erbrechen erleichtert die Schmerzen. 2755. Schmerz wie ein Nagel, der in die Schläfe eingetrieben wird. 2794.

11 Eine Kopfseite.

Benommenheit des Kopfes mit Schmerzen in der rechten Seite desselben, besonders im Hinterkopfe, das Denken und Sprechen erschwerend. 23. Drückende Schmerzen in der rechten Kopfseite und im Hinterkopfe. 40. Zusammenschnürende Empfindung in den Hypochondern, wie bei Leibesverstopfung, mit einem einseitigen Kopfweh, wie von einem ins Gehirn eingedrückten Nagel, früh. 297. Von kalter Luft (Erkältung?) Reißen im rechten Arme und auf der rechten Seite des Kopfes. 519. Bei mäßig kalter, obgleich nicht freier Luft, bekommt er unmäßigen Frost, und wird über und über ganz kalt, mit halbseitigem Kopfweh. 699. Gegen 9 Uhr erschien Benommenheit des Kopfes, wozu sich Schmerzen in der rechten Seite desselben, besonders im Hinterkopfe, weniger dagegen in der Stirne mischten. Beide Symptome erschwerten nicht allein das Denken, sondern sogar auch das Sprechen. 828. Nervöser Kopfschmerz, es bohrt an den Seiten heraus. 1183. Bisweilen einzelne Stiche in den Seiten, gleich bei Ruhe und Bewegung. 1230. Kopfweh, wie von einem, von innen nach außen drückenden Nagel in den Schläfen oder Kopfseiten. 1437. Der Hauptschmerz wühlt im Scheitel und strahlt nach den Seiten herab. 1665. Reißen in der linken Kopf- und Gesichtshälfte. 1721. Meist nach Gemütsbewegungen plötzlich halbseitiger Kopfschmerz. 2103. Schmerz in der Kopfseite, als wenn ein Nagel herausgetrieben würde, besser durch darauf Liegen. 2199. Kopfschmerz der rechten Seite, als ob daselbst ein Schwären durch wollte. 2257. Schmerz in einer Stelle im rechten Seitenbein, vermehrt durch Bücken. Schmerz in der rechten Brust. 2421. Dumpfe Schmerzen, besonders in der rechten Kopfseite. 2621. Heftige Schmerzen in der rechten Kopfseite mit saurem Speisenerbrechen. 2887. Anfälle von Kopfschmerzen mit Brennen, stets halbseitig, rechts oder links vom Scheitel, besser auf Druck. 2902. Kopfschmerz, als wenn ein Nagel durch die Seite herausgetrieben wird, besser durch darauf Liegen. 2946. Kopfweh einseitig, an einer kleinen Stelle. 3422. Einseitiges Kopfweh, wenn ich etwas darauf decke oder wenn ich darauf liege, ist es besser. 3425. Morgens im Bett Schmerzen in der linken Nackenseite innerlich bis zur linken Kopfseite, bei Bewegung, aber entschieden besser nach dem Aufstehen. 3580. Linksseitige Kopfschmerzen wie wenn Ameisen laufen würden. 3593. Kopfschmerzen über den ganzen Kopf verteilt, mehr rechts. Ein gespanntes, ein ziemlich angespanntes Gefühl, als ob alles sich zusammenzieht, immer wieder durchzieht. 3605.

12 Parotis. Vor dem Ohr.
Stechender Druck am Jochbeine, vor dem linken Ohre. 112. Stechen auf der einen Seite am Halse, in der Ohrdrüse, außer dem Schlingen. 170. Geschwulst der Ohrdrüse rechts, mit Stichen in derselben, außer dem Schlingen. 1115. In der Ruhe fahren einzelne Stiche durch die Ohrspeicheldrüse. 1134.

13 Ohr. Hinterkopf und Ohr. Hinter dem Ohr. Vom Hals zum Ohr.
Schmerz im Hinterhaupte, seitlich über dem Processus mastoideus, der sich bisweilen den Gehörorganen mitteilte und dann das Hören abzustumpfen schien. 29. Reißendes Kopfweh in der Stirne und hinter dem linken Ohre, welches beim Liegen auf dem Rücken erträglich ist, durch Aufrichten des Kopfes sich verstärkt, bei Hitze und Röte der Wangen und heißen Händen. 47. Fühlt ein Klopfen im Inneren des Ohres. 114. Schmerz im inneren Ohre. 117. Stiche im Inneren des Ohres. 118. Es sticht in der Gaumendecke bis ins innere Ohr. 153. Das eine Ohr und die eine Wange ist rot und brennt. 715. In den Nachmittagsstunden entstand gelinde drückender Schmerz in der Stirngegend, aber es mischte sich bald ein neuer Schmerz im Hinterhaupte seitlich über dem Processus mastoideus dazu, welcher sich bisweilen den Gehörorganen mitteilte, dann das Hören abzustumpfen schien. 831. Ziehen und Stechen in beiden Ohren, welches durch Zuhalten derselben gemindert wurde. 1113. Stechende Schmerzen im Halse, außer und während dem Schlingen, am ärgsten aber beim Schlingen. Stiche bis ins Ohr beim Schlingen. 1131. Stiche am Gaumen, bis ins Ohr hinein. 1459. Im rechten Innenohr heftiger Schmerz bis zur rechten Schläfe. 1755. Stiche in der rechten Schläfe und im Ohre, die Seite darf nicht berührt werden, es schmerzt dann wie Blutschwär. 1893. Klopfen im Ohr, im Kopf, im ganzen Körper, Herzklopfen und Atemnot beim Treppensteigen. 2506. Rechtsseitiger ohrstechender Kopfschmerz anfallsweise, Besserung durch Wärme, 2612. Ein Ohr, eine Backe, eine Gesichtsseite rot und brennend. 2994. Das Kopfweh zieht bis ins Ohr, es ist wie ein Zug. 3424. Migräne rechts, das geht bis in das Ohr hinein und das sitzt auch im Genick, der Schmerz geht durch das Auge durch. 3446. Beim Schlucken sticht es mich durch die Ohren hinaus. 3488.

14 Hinterkopf. Eine Seite des Hinterkopfes. Nacken und Hinterkopf.
Leichter Schwindel, der in drückenden Kopfschmerz in der rechten Hinterhauptshälfte überging, den ganzen Tag. 7. Schwere des Kopfs, als wenn er (wie nach allzu tiefem Bücken) zu sehr mit Blut angefüllt wäre, mit reißendem Schmerze im Hinterhaupte, welcher beim Niederlegen auf den Rücken sich mindert, beim aufrechten Sitzen sich verschlimmert, aber bei tiefem Vorbücken des Kopfs im Sitzen sich am meisten besänftigt. 19. Benommenheit des Kopfes mit Schmerzen in der rechten Seite desselben, besonders im Hinterkopfe, das Denken und Sprechen erschwerend. 23. Drücken-

de Schmerzen in der rechten Kopfseite und im Hinterkopfe. 40. Drückender und pressender Schmerz in der rechten Hälfte des Hinterhauptes, bis zum Schlafengehen. 42. Drückende Schmerzen im rechten Hinterkopfe. 43. Schmerz, als würde das Hinterhauptbein eingedrückt. 56. Wurde von einem leichten Schwindel befallen, welcher in drückenden Kopfschmerz in der rechten Hälfte des Hinterhauptes überging. 807. Nicht unbedeutende Benommenheit des ganzen Kopfes, als nach einer einstündigen Dauer der Kopf wieder freier wurde, vermehrte sich der Schmerz in der rechten Hälfte des Hinterhauptes, wurde drückend und pressend und wich bis abends zum Einschlafen keinen Augenblick. 808. Gegen 9 Uhr erschien Benommenheit des Kopfes, wozu sich Schmerzen in der rechten Seite desselben, besonders im Hinterkopfe, weniger dagegen in der Stirne mischten. Beide Symptome erschwerten nicht allein das Denken, sondern sogar auch das Sprechen. 828. In der Stirne und besonders über den Augenbrauen äußerte sich der Schmerz stechend, im Hinterkopfe dagegen und auf der rechten Seite mehr drückend. 829. Ziehen im Hinterkopf wie an einem Stricke. 1894. Im Kälte- und Hitzestadium lästiger, insbesondere das Hinterhaupt einnehmender Kopfschmerz. 1946. Hinterkopfschmerz, schlechter durch Kälte, Rauchen, Schnupfen, Tabakriechen, besser durch äußere Wärme. 2223. Appetit besser als sonst, während des Essens Hinterkopfschmerz viel besser, aber bald nachher wieder schlechter. 2224. Der Kopfschmerz beginnt mit einem tiefliegenden Schmerz in den Augen, geht zu Hinterkopf und Nacken und befällt schließlich den Scheitel. 2280. Jeden Nachmittag 15.30 Uhr sehr unangenehme kriebelnde Empfindung vom Nacken herauf bis über den Hinterkopf, dauert bis zum Schlafengehen. 2479. Der Kopfschmerz wandert um den Hinterkopf herum. 2547. Zuerst Kopfschmerzen über dem rechten Auge und im Hinterkopf, linke Gesichtsseite gefühllos, dann wird ihr schwach. 3388. Pulsierender Schmerz im Hinterkopf oben. 3483. Kopfweh im Hinterkopf, vorn nicht, das kann ich nicht aushalten. 3534. Bohren in der Nasenwurzel, auch etwas zu den Augen rüber, und Hinterhauptshöcker. 3547.

15 Stirn und Augen. Über dem Auge. Druck auf die Augen.

Schmerz in der Stirngegend, der sich bald mehr nach dem rechten, bald nach dem linken Augapfel hin erstreckte, und durch Körperbewegung verschlimmert wurde. 28. Dumpfer Kopfschmerz, der sich mehr auf die rechte Stirnhälfte beschränkte und sich von da aus zugleich mit auf das rechte Auge ausdehnte und dieses Organ gegen das Licht sehr empfindlich stimmte. 30. Heftig drückende Kopfschmerzen, besonders in der Stirngegend und um die Augenhöhlen herum, immer heftiger werdend und bis zum Abend andauernd. 33. Drückender Schmerz, besonders in der rechten Stirnhälfte, welcher nach dem rechten Auge herabzog und sich da besonders so äußerte, als wollte er den rechten Augapfel herausdrücken, nachmittags. 37. Gegen Mittag drückender Schmerz in der Stirne und Drücken in beiden Augen, bis 15 Uhr anhaltend. 805a. Schlief abends ruhig ein, fühlte aber beim Erwachen des Morgens, daß er von heftigen drückenden Kopfschmerzen besonders in der Stirngegend und um die Augenhöhlen, belästigt war. Diese Schmerzen nahmen von Stunde zu Stunde zu, bis ihn zeitig am Abend der Schlaf wieder übereilte. 809. Gegen 13 Uhr bildete sich dumpfer Kopfschmerz aus, der sich mehr auf die rechte Stirnhälfte beschränkte und sich von da aus zugleich mit auf das rechte Auge ausdehnte und dieses Organ gegen das Licht sehr empfindlich stimmte. Dieser Schmerz im rechten Auge vermehrte sich, wenn ein Teil desselben bewegt wurde. 811. Einen Tag vor den Regeln fühlt sie schon eine Schwere und einen Druck in der Stirn bis in die Augen, diese Empfindungen ziehen sich dann mehr nach der einen oder der anderen Seite der Stirn über die Augenhöhlen oder bis auf den Wirbel. 1364. Vor oder nach Krampfanfall herausdrehender heftiger Schmerz in Stirn und Augen. 1828. Heftig drückend wühlende Schmerzen, die sich vom rechten Schläfenbein zur Stirn hin verbreiten und stark auf das rechte Auge drücken. 2104. Morgens Kopfweh und etwas benommen. Schmerz in der Stirn mit Druck auf die Augen. 2130. Schmerz über dem rechten Auge verstärkt durch Geräusche, Händewaschen in kaltem Wasser, Vorwärtsbeugen des Kopfes, hartes Auftreten, Besser durch leichten Druck, Rückenlage, Hitze. 2194. Schmerz wie von einer Beule über dem rechten Auge, besonders beim Niederbeugen des Kopfes, der Fleck ist druckempfindlich, der Schmerz wird durch Wind hervorgerufen. 2522. Schmerz über rechtem Auge bis zur Schläfe, ausgelöst durch Luftzug, mehr im Winter. 2569. Stirnkopfschmerz bis in die Augen, schlechter durch Licht. 3403. Druck im Kopf auf die Augen, äußerer Druck bessert. 3433.

Schmerz in der Stirn über den Augenbrauen. 3516. Kopfschmerz so halb über den Augen, vielleicht ein langes Ziehen, besser, wenn ich über den Augen massiere. 3523. Druck, Schwere über den Augen, wenn es anderes Wetter gibt. 3658. Auf dem rechten Auge Druck, es tat richtig weh, wenn ich das Auge gedreht habe. 3669.

16   Augenbrauen. Unter der Augenbraue. Hinter dem Oberlid. Über den Augenhöhlen. Über der Augenbraue. Foramen supraorbitale.

Drückender Schmerz hinter und über dem oberen Augenlide beider Augen, 2 Stunden lang. 34. Unter den linken Augenbraubogen ein heftiges Drücken. 55. Pucken (Pochen) im Kopfe, über dem rechten Augenhöhlbogen. 70. Stechende Schmerzen in der Stirne und über den Augenbrauen. 72. Äußerer Kopfschmerz: es zieht von den Schläfen über die Augenhöhlen; bei der Berührung schmerzt es wie zerschlagen. 76. Müdigkeit, als wenn es ihm die Augenlider zuziehen wollte. 635. Drückender Schmerz hinter und über dem oberen Augenlide beider Augen, zwei Stunden lang anhaltend. 813. Gegen 20 Uhr Schwere und Eingenommenheit des Kopfes, schmerzendes Drücken über den Augen nebst Drücken in den Augäpfeln selbst, besonders wenn er ins Licht sah. 815. Gegen 10 Uhr zeigte sich eine leichte Benommenheit im ganzen Kopfe, ziemlich ähnlich derjenigen, welche einem Schnupfen vorauszugehen pflegt. Sie wurde von einem leichten Drucke in der rechten Stirngegend über dem dasigen Augenbrauenbogen begleitet. 827. In der Stirne und besonders über den Augenbrauen äußerte sich der Schmerz stechend, im Hinterkopfe dagegen und auf der rechten Seite mehr drückend. Im rechten Auge ließ sich ein Drücken nach außen wahrnehmen, es kam ihm vor, als solle der Augapfel aus seiner Höhle hervortreten. 829. Ungeheurer Schmerz an der linken Seite der Stirn über den Augenbrauen, der sich nach derselben Seite hinzog, in so hohem Grade, daß sie wie ein unbändiges Kind weinte und jammerte, und Tag und Nacht davon gefoltert wurde. 1170. Einen Tag vor den Regeln fühlt sie schon eine Schwere und einen Druck in der Stirn bis in die Augen, diese Empfindungen ziehen sich dann mehr nach einen oder der anderen Seite der Stirn über die Augenhöhlen oder bis auf den Wirbel. 1364. Heftiges Kopfweh in der Stirn und über den Augen, der das Öffnen der Augen nicht erlaubt, gewöhnlich klopfend, Helle verschlimmert. 1410. Jeden Morgen 8 Uhr klopfende Schmerzen, die in der rechten Stirn über dem inneren Ende der Augenbraue anfangen, im Bogen um das rechte Auge herumlaufen und um 10.30 ihren Höhepunkt erreichen, um dann wieder allmählich abzunehmen. 1994. Reißender Schmerz links am foramen supraorbitale, ähnlich wie wenn man an einer Schnur reiße, auch Reißen und Stechen im linken Auge. 2074. Intensiver Schmerz über dem rechten Auge, durch das foramen supraorbitale, als wenn eine Nadel durchgestochen würde ins Gehirn, Druck von außen nach innen. 2190. Wenn ich einen Schreck durch etwas Lautes habe, fängt Schwindel an und Stechen im Kopf, meistens unter den Augenbrauen. Übelkeit dabei. 3508.

17   Augapfel. Hinter den Augen.

Drückender Schmerz hinter und über dem oberen Augenlide beider Augen, 2 Stunden lang. 34. Stiche im rechten Auge. 92. Drücken im rechten Auge nach außen, als solle der Augapfel aus seiner Höhle hervortreten. 93. Schmerzhaftes Drücken über den Augen und in den Augäpfeln selbst, besonders beim Sehen ins Licht. 94. In der Stirne und besonders über den Augenbrauen äußerte sich der Schmerz stechend, im Hinterkopfe dagegen und auf der rechten Seite mehr drückend. Im rechten Auge ließ sich ein Drücken nach außen wahrnehmen, es kam ihm vor, als solle der Augapfel aus seiner Höhle hervortreten. 829. Nachmittags überraschte mich der drückende Kopfschmerz, dieses Mal besonders in der rechten Stirnhälfte, welcher nach dem rechten Auge herabzog und sich da besonders so äußerte, als wollte er mir den rechten Augapfel herausdrücken. Gleichzeitig fand sich Brennen in den Augen und vermehrte Absonderung der Tränen ein, auch wurde von den Meibomschen Drüsen mehr Schleim ausgeschieden. 838c. Schmerzen in dem früher verletzten Auge besonders bei Wetterwechsel, nach Aufregung oder Anstrengung. 1690. Heftige lanzinierende Schmerzen vom Augenhintergrund ausstrahlend zum linken Stirnhöcker. Gefühl als wühle ein Wurm dort. 1692. Kopfschmerz mit Spannung in den Augen. 1920. Der Schmerz ist messerstechend im Auge und macht den Pat. fast verrückt durch seine Heftigkeit. 2281. Zuweilen durchfuhr ein zuckender Schmerz das linke Auge, am unangenehmsten war ein Gefühl von Druck und Schwere, als sollte es herausfallen, namentlich bei Anstrengung wie Lesen, Nähen. 2423.   Kopfschmerz hinter den Augen, einmal die eine, dann die andere Seite. 3521.

18   Augen äußerlich.
Eine fremde Empfindung im Kopfe, eine Art Trunkenheit, wie von Branntwein, mit Brennen in den Augen. 14.   Bei Verschließung der Augenlider Schmerz im äußeren Augenwinkel, wie Wundheit. 82.   Im äußeren Augenwinkel stechendes Reißen; die Augen schwären früh zu und tränen vormittags. 85.   Beständig Drücken unter dem oberen Augenlide wie vom Sande, in der Sonne Brennen und Stechen der Augen und Tränenauslaufen. 1195.   Schmerzhaftes Reiben in den Augen, beim Öffnen und Drehen der Augen werden die Kopfschmerzen verstärkt. 1614.

19   Nasenwurzel. Vom Vorderkopf zur Nase.
Gefühl im Kopfe, als überfiele ihn plötzlich ein Schnupfen; ein dumpfes Drücken im Vorderkopfe zog bestimmt bis in die Nasenhöhlen hinab und brachte daselbst fast 10 Minuten lang das Gefühl hervor, was ein heftiger Schnupfen daselbst zu veranlassen pflegt; dieses Drücken wendete sich nach 10 Minuten nach anderen Partien des Kopfes und wechselte so, kam wieder und verschwand. 31.   des Kopfweh in der Stirne, über der Nasenwurzel, welches den Kopf vorzubücken nötigt; hierauf Brecherlichkeit. 51.   Klammartiges Kopfweh über der Nasenwurzel, in der Gegend des inneren Augenwinkels. 57.   Über der rechten Augenhöhle, an der Nasenwurzel, drückendes und etwas ziehendes Kopfweh, durch tiefes Bücken erneuert. 58.   Es wurde ihm, als überfiele ihn plötzlich ein Schnupfen, denn das beginnende dumpfe Drücken im Vorderkopfe zog bestimmt bis in die Nasenhöhlen hinab und brachte daselbst fast 10 Minuten lang das Gefühl hervor, das ein heftiger Schnupfen daselbst zu veranlassen pflegt. 833.   Von innen heraus drückender oder stechender Schmerz in der Stirn und Nasenwurzel. 1436.   Kopfschmerz vom Scheitel bis zur Nasenwurzel, im Anfang monatlich, zuletzt jeden Freitag, 12-24 Stunden lang. 2424.   Stirnhöhlenkatarrh, wenn die Beschwerden auf die Nasenwurzel zwischen den Augen beschränkt sind. 2543.   Bruder gestorben. Heftiger Schmerz im Kopf gerade über der Nasenwurzel. 3115.   Druck im Kopf auf die Nase herunter. 3442.   Kopfschmerzen an der Nasenwurzel, Nacken dabei verspannt. 3542.   Bohren in der Nasenwurzel, auch etwas zu den Augen rüber, und Hinterhauptshöcker. 3547.

20   Gesicht. Wangen. Jochbein.
Drücken in der Stirngegend, das bald nach dieser, bald nach jener Stelle des Kopfes hinzog, aber nirgends anhielt; selbst bis unter die Augenhöhlen und in die Wangen verbreitete sich dieser Schmerz. 36.   Feine Stiche in den Backen. 110.   Vor dem Einschlafen Druck in beiden Jochbeinen. 111.   Stechender Druck am Jochbeine, vor dem linken Ohre. 112.   Im Jochbeinfortsatze des linken Oberkiefers, ein absetzender, lähmungsartiger Druck. 113.   Reißen in der rechten Backe, unbestimmlicher Zahnschmerz der rechten Backzähne. 1114.   Zusammendrückende Schmerzen unter dem Augenhöhlen, am heftigsten morgens. 1576.   Reißen in der linken Kopf- und Gesichtshälfte. 1721.   Gesichtsschmerz, welcher bohrend und stechend von den Zähnen aufwärts durch das Jochbein zu den Augenknochen die rechte Seite des Gesichts einnahm. 1737.   Schmerz im rechten Jochbeine und Klammschmerz im rechten Kinnbacken. 1895.   Jeden Abend, nachdem sie etwa eine halbe Stunde im Bett gelegen hat, Schmerzen im rechten Unterkiefer bis zur Schläfe, dauert 1-1 1/2 Stunden ohne Unterbrechung, aber in Exacerbationen. 1992.   Prosopalgie nach durch Pulsatilla behobenem Harnfluß. 2071.   Alle 3 Wochen links Gesichtsschmerz mit leichtem Zahnschmerz. 2195.   Gesichtsschmerz rechts, mit Anschwellung der Ohrspeicheldrüse, Schmerzhaftigkeit des Zahnfleisches und der Gesichtsmuskeln. 2349.   Der rechtsseitige Gesichtsschmerz erstreckt sich bis in den Hals, welcher ihr wie aufgetrieben und heiß vorkam. 2350.   Schreckliche Schmerzen wie Messerstiche in der linken Gesichtsseite. 2485.   Mitunter so schmerzhaftes krampfhaftes Zucken in der linken Gesichtsseite, daß sie weinen und mitleiderregende Schreie ausstoßen muß. 2486.   Linksseitige Kopf- und Gesichtsneuralgie. 3063.   Zuerst Kopfschmerzen über dem rechten Auge und im Hinterkopf, linke Gesichtsseite gefühllos, dann wird ihr schwach. 3388.

21   Temperaturempfindungen im Gesicht.
Schauderfrost im Gesichte und an den Armen, mit Zähneklappern und Gänsehaut. 703.   Schauder mit Gänsehaut über die Oberschenkel und Vorderarme; hierauf auch an den Backen. 705.   Hitze des Gesichts bei Kälte der Füße und Hände. 708.   Das eine Ohr und die eine Wange ist rot und brennt. 715.   Nachts 1 Uhr Fieberhitze, 1 Stunde hindurch, besonders im Gesichte, mit klopfendem Kopfschmerz in der Stirne und wenig Durst. 1000.   Halbseitige, brennende Gesichtshitze. 2090.   Frösteln im Gesicht und auf den Armen, mit Zähneklappern und Gänsehaut. 2977.   Ein Ohr, eine Backe, eine Gesichtsseite rot und brennend. 2994.   Hitze des Gesichts mit Kälte der Hände und Füße. 2996.

22   Unterkiefer. Unterkieferdrüsen.
Drücken unter den beiden Ästen des Unterkiefers, als würde das Fleisch unter den Unterkiefer hinunter gedrückt, bei Ruhe und Bewegung. 132.   Schmerz in Gelenke des Unterkinnbackens, früh, beim Liegen. 142.   Drückender Schmerz in den Halsdrüsen (Unterkieferdrüsen). 172.   In der vorderen Unterkieferdrüse Schmerz, als wenn sie von außen zusammengedrückt würde, bei Bewegung des Halses und außer derselben. 173.   Schmerzhafte Unterkieferdrüse, nach dem Gehen in freier Luft. 174.   Schmerz in der Drüse unter der Kinnbackenecke bei Bewegung des Halses. 175.   Erst drückender, dann ziehender Schmerz in den Unterkieferdrüsen. 176.   Ziehender Schmerz in den Unterkieferdrüsen, welcher in den Kinnbacken übergeht, worauf diese Drüsen anschwellen. 177.   Schmerz im rechten Jochbeine und Klammschmerz im rechten Kinnbacken. 1895.   Jeden Abend, nachdem sie etwa eine halbe Stunde im Bett gelegen hat, Schmerzen im rechten Unterkiefer bis zur Schläfe, dauert 1-1 1/2 Stunden ohne Unterbrechung, aber in Exacerbationen. 1992.   Heftige Zahnschmerzen ziehen und reißen durch den ganzen Kiefer, verschlimmern sich durch warme Speisen und Getränke, bessern sich in der Ruhe und wenn der Kopf fest gegen ein Kissen gedrückt wird. 2870.

23   Zähne.
Früh beim Erwachen Kopfschmerz, als wenn das Gehirn zertrümmert und zermalmt wäre; beim Aufstehen vergeht er und es wird ein Zahnschmerz daraus, als wenn der Zahnnerv zertrümmert und zermalmt wäre, welcher ähnliche Schmerz dann ins Kreuz übergeht; beim Nachdenken erneuert sich jenes Kopfweh. 78.   (Früh) Schmerz der Zähne, wie von Lockerheit. 135.   Der eine Vorderzahn schmerzt wie taub und wie lose, bei jeder Berührung mit der Zunge schmerzhafter. 136.   Die Zähne sind lose und schmerzen. 137.   Unbeweglicher Wundheitsschmerz in den vordersten Backzähnen, vorzüglich beim Lesen. 138.   Zahnweh der Backzähne, als wenn sie nebst ihren Nerven zertrümmert und zermalmt wären. 139.   Raffende, wühlende Schmerzen in den Schneidezähnen, abends. 141.   Der Tabakrauch beißt vorn an der Zunge und erregt (stumpfen?) Schmerz in den Schneidezähnen. 200.   Reißen in der rechten Backe, unbestimmlicher Zahnschmerz der rechten Backzähne. 1114.   Zahnweh von Erkältung in den Backenzähnen, als wenn sie zertrümmert wären. 1456.   Heftige, wütende, lanzinierende Schmerzen in einem hohlen Backenzahn, morgens, und besonders nach dem Essen, kein Schmerz während des Essens. Wärme erleichtert, ebenso wie Gehen und Bewegung. Möchte die Kiefer zusammenbeißen, dabei keine Verstärkung der Schmerzen. 1659.   Der Schmerz im hohlen Zahne erstreckt sich nicht auf die Umgebung. 1660.   Gesichtsschmerz, welcher bohrend und stechend von den Zähnen aufwärts durch das Jochbein zu den Augenknochen die rechte Seite des Gesichts einnahm. 1737.   Alle 3 Wochen links Gesichtsschmerz mit leichtem Zahnschmerz. 2195.   Gesichtsschmerz rechts, mit Anschwellung der Ohrspeicheldrüse, Schmerzhaftigkeit des Zahnfleisches und der Gesichtsmuskeln. 2349.   Zahnschmerz in gesunden Zähnen bei jeder Anstrengung, geistig oder körperlich, z. B. beim Rennen oder bei Schularbeiten. 2610.   Heftige Zahnschmerzen ziehen und reißen durch den ganzen Kiefer, verschlimmern sich durch warme Speisen und Getränke, bessern sich in der Ruhe und wenn der Kopf fest gegen ein Kissen gedrückt wird. 2870.

24   Halsseiten.
Stechen auf der einen Seite am Halse, in der Ohrdrüse, außer dem Schlingen. 170.   Schmerz am

Halse beim Befühlen, als wenn da Drüsen geschwollen wären. 171. Hitze und Brennen im Nacken, oder auf der einen Seite des Halses, äußerlich. 491. Am Halse, gleich über der linken Schulter, ein schmerzliches Drücken. 492. Jücken am Handgelenke, am Ellbogengelenke, und am Halse. 615. Oft steigt es ins Genick und in den Hals, den es zuschnüren will. 1897. Der rechtsseitige Gesichtsschmerz erstreckt sich bis in den Hals, welcher ihr wie aufgetrieben und heiß vorkam. 2350. Schmerz im Epigastrium bis zum Hals und hinten auf den Schultern. 3350.

25 Nacken. Eine Seite des Nackens. Halswirbel.
Früh, in dem Bette, scharfdrückender Schmerz in den Halswirbeln in der Ruhe. 486. Stechen im Genicke. 487. Stechend reißender Schmerz im Genicke. 488. Reißender Schmerz im Nacken, wenn man den Hals bewegt, wie vom Verdrehen des Halses. 489. Steifigkeit des Nackens. 490. Nachts auf der einen oder der anderen Seite, worauf man liegt, Schmerz, wie zerschlagen, in den Gelenken des Halses, des Rückens und der Schulter, welcher bloß im Liegen auf dem Rücken vergeht. 601. Der Nacken wurde steif, der Kopf zitterte, in Armen und Beinen erschienen Zuckungen mit halbem Bewußtsein. (Hysterische Krämpfe). 1022. Rheumatisches Ziehen im Nacken, mit Steifheit desselben. 1123. Stiche im Nacken. 1204. Schmerz im Genick, wie steif. 1411. Große Ängstlichkeit und Kopfweh besonders in Nacken und Schläfen. 1750. Der geringste Ärger, Bestraftwerden, jeder Zornausbruch verursacht einen intensiven, lanzinierenden Schmerz vom Nacken bis zum Sacrum. 1754. Der Nacken erschien ihr wie steif. 2112. Kopfschmerz in beiden Schläfen, dabei Rücken- und Nackenschmerz. 2273. Vor Beginn der Kopfschmerzen Gefühl von Leere in Magen und Brust, Steifheit des Nackens und der Trapecii. 2311. Nach heftigem Verdruß kriebelnde Empfindung, welche allmählich vom heiligen Beine alle Tage höher, bis zwischen die Schultern und endlich bis in den Nacken stieg. Nacken plötzlich steif. 2475. Kopfschmerz vom Nacken über den Kopf bis in die Augen, sehr schlecht während der Periode. 2781. Migräne einmal im Monat von der rechten Nackenhälfte zum rechten Auge. 3316. Migräne rechts, das geht bis in das Ohr hinein und das sitzt auch im Genick, der Schmerz geht durch das Auge durch. 3446. Bei Seitenlage Nackenschmerzen. 3532. Kopfschmerzen an der Nasenwurzel, Nacken dabei verspannt. 3542. Morgens im Bett Schmerzen in der linken Nackenseite innerlich bis zur linken Kopfseite, bei Bewegung, aber entschieden besser nach dem Aufstehen. 3580. Kopfweh da oben, geht bis aufs linke Auge und in den linken Nacken. 3591. Wenn ich liege, pocht es mir hier im Nacken, ich spüre den Herzschlag dann auch im Unterbauch und in den Armen, eigentlich im ganzen Körper. 3665.

KOPFSCHMERZEN   Empfindungen

1 Benommenheit oder Schwindel im ganzen Kopf geht über in drückenden Schmerz an einzelnen Stellen.
Leichter Schwindel, der in drückenden Kopfschmerz in der rechten Hinterhauptshälfte überging, den ganzen Tag. 7. Benommenheit des Kopfes, welche sich in drückenden Schmerz im Scheitel umwandelte; dieser zog sich später nach der Stirne und nach dem linken Auge herab. 24. Rauschähnliche Benommenheit des Kopfes, den ganzen Tag andauernd, und mehrmals in wirkliche drückende Schmerzen der Stirne und besonders der rechten Hälfte derselben übergehend und das Denken sehr erschwerend. 26. Eingenommenheit des Kopfes, früh beim Erwachen, in wirklich drückenden Kopfschmerz sich verwandelnd, der sich besonders in der Stirne fixierte, und die Augen so angriff, daß die Bewegung der Augenlider und der Augäpfel in ihnen schmerzhaft wurde, durch Treppensteigen und jede andere Körperbewegung gesteigert. 27. Früh beim Erwachen Kopfschmerz, als wenn das Gehirn zertrümmert und zermalmt wäre; beim Aufstehen vergeht er und es wird ein Zahnschmerz daraus, als wenn der Zahnnerv zertrümmert und zermalmt wäre, welcher ähnliche Schmerz dann ins

Kreuz übergeht; beim Nachdenken erneuert sich jenes Kopfweh. 78. Wurde von einem leichten Schwindel befallen, welcher in drückenden Kopfschmerz in der rechten Hälfte des Hinterhauptes überging. 807. Nicht unbedeutende Benommenheit des ganzen Kopfes, als nach einer einstündigen Dauer der Kopf wieder freier wurde, vermehrte sich der Schmerz in der rechten Hälfte des Hinterhauptes, wurde drückend und pressend und wich bis abends zum Einschlafen keinen Augenblick. 808. Rauschähnliche Benommenheit des Kopfes, welche den ganzen Tag hindurch continuierte und mehrmals in wirkliche drückende Schmerzen der Stirne und besonders der rechten Hälfte derselben überging, auch das Denken sehr erschwerte. 810. Die Eingenommenheit des Kopfes fand sich nach einer ruhig durchschlafenen Nacht wieder ein, verwandelte sich aber bald in wirklichen drückenden Kopfschmerz, der sich besonders in der Stirne fixierte und die Augen so angriff, daß die Bewegung der Augenlider und der Augäpfel in ihnen schmerzhaft wurde. Beim Treppensteigen und bei jeder anderen kräftigeren Körperbewegung zeigte sich der erwähnte Kopfschmerz heftiger. 810a. Der Kopfschmerz währte halbe oder ganze Stunden lang, schwand dann gänzlich, setzte ebenso lange aus und bildete einen neuen Anfall von den genannten Zeiträumen und bestand in diesem Wechsel bis zum Abend fort. 821. Benommenheit des Kopfes, welche sich 21 Uhr in drückenden Schmerz im Scheitel verwandelte. Um 22 Uhr zog sich dieser Schmerz mehr nach der Stirne und nach dem linken Auge herab, ob er gleich den ganzen Kopf einnahm. Mit diesem Schmerze begannen meine Augen, besonders aber das linke, zu brennen und zu tränen, die Augenlider schwollen an und die Meibomschen Drüsen sonderten viel Schleim ab. 837. Eingenommenheit des Kopfes, wie ein starkes Drücken, vorzüglich in der rechten Stirngegend, als wenn sie von jemandem geschlagen worden wäre, mit bohrendem, scharfstechendem Reißen tief im Gehirne. 1044.

2 Mehrere verschiedene Empfindungen an mehreren verschiedenen Stellen im Kopf.
Schwere des Kopfs, als wenn er (wie nach allzu tiefem Bücken) zu sehr mit Blut angefüllt wäre, mit reißendem Schmerze im Hinterhaupte, welcher beim Niederlegen auf den Rücken sich mindert, beim aufrechten Sitzen sich verschlimmert, aber bei tiefem Vorbücken des Kopfs im Sitzen sich am meisten besänftigt. 19. Gefühl im Kopfe, als überfiele ihn plötzlich ein Schnupfen; ein dumpfes Drücken im Vorderkopfe zog bestimmt bis in die Nasenhöhlen hinab und brachte daselbst fast 10 Minuten lang das Gefühl hervor, was ein heftiger Schnupfen daselbst zu veranlassen pflegt; dieses Drücken wendete sich nach 10 Minuten nach anderen Partien des Kopfes und wechselte so, kam wieder und verschwand. 31. Das verschiedene Drücken an und in mehreren Teilen des Kopfes zugleich macht ihn mürrisch und verdrüßlich. 741. Der Kopf war von 9 bis 12 Uhr auf eine lästige Weise benommen, wozu sich noch stechende Schmerzen in der ganzen Stirne und im rechten Hinterkopfe gesellten. Die Schmerzen in der letzteren Gegend äußerten sich jedoch mehr drückend als stechend. 827a. Gegen 9 Uhr erschien Benommenheit des Kopfes, wozu sich Schmerzen in der rechten Seite desselben, besonders im Hinterkopfe, weniger dagegen in der Stirne mischten. Beide Symptome erschwerten nicht allein das Denken, sondern sogar auch das Sprechen. 828. In der Stirne und besonders über den Augenbrauen äußerte sich der Schmerz stechend, im Hinterkopfe dagegen und auf der rechten Seite mehr drückend. Im rechten Auge ließ sich ein Drücken nach außen wahrnehmen, es kam ihm vor, als solle der Augapfel aus seiner Höhle hervortreten. 829. In den Nachmittagsstunden entstand gelinde drückender Schmerz in der Stirngegend, aber es mischte sich bald ein neuer Schmerz im Hinterhaupte seitlich über dem Processus mastoideus dazu, welcher sich bisweilen den Gehörorganen mitteilte, dann das Hören abzustumpfen schien. Nachdem diese gewichen waren, trat ein ziemlich merkbares Drücken in der Brusthöhle gleich hinter dem Sternum ein und währte bis 22 Uhr. 831. Abends halb neun Uhr überraschte mich plötzlich das Drücken im Kopfe, das sich bald an dieser, bald an jener Stelle besonders hervortat, das aber das Einschlafen nicht hinderte. 834. Nachmittags überraschte mich der drückende Kopfschmerz, dieses Mal besonders in der rechten Stirnhälfte, welcher nach dem rechten Auge herabzog und sich da besonders so äußerte, als wollte er mir den rechten Augapfel herausdrücken. Gleichzeitig fand sich Brennen in den Augen und vermehrte Absonderung der Tränen ein, auch wurde von den Meibomschen Drüsen mehr Schleim ausgeschieden. 838c. Eingenommenheit des Kopfes, wie ein starkes Drücken, vorzüglich in der rechten Stirngegend, als wenn sie von jemandem geschlagen worden wäre, mit bohrendem, scharfstechendem Reißen tief im Gehirne. 1044.

KOPFSCHMERZEN / Empfindungen

In kurzen Abständen erscheinendes und von innen nach außen zu kommendes heftiges Pressen im ganzen Kopfe, mitunter auch Reißen in der Stirne, welches beides durch ruhiges Liegen vermindert wird, schon den Morgen vor dem Fieberanfalle anfängt, aber während desselben am stärksten ist. 1086. Ziehen und Stechen in beiden Ohren, welches durch Zuhalten derselben gemindert wurde. 1113. Vor und während der Regel beklagte sie sich über Schwere und Hitze im Kopfe, heftige drückende Schmerzen in der Stirne, Empfindlichkeit der Augen gegen das Licht, Ohrenklingen. 1177. Litt an zweifachem Kopfweh, nie gleichzeitig auftretend, entweder Stiche in den Schläfen, oder Drücken in der Stirn, beides nach vorgängigem Düsterwerden vor den Augen. 1668. In der Apyrexie: Schwere im Kopfe, Klopfen in den Schläfen, Gefühl, als wäre der Kopf kleiner. 1722. Nach 12 Stunden wandert der zusammendrückende und brennende Schmerz zum Scheitel und bleibt dort mehrere Stunden. 2312. Vom Scheitel wandert der Schmerz zum Vorderkopf und Augen, diese fühlen sich heiß und schwer. 2313. Nach heftigem Schreck Sengen in den Beinen, später ähnliches Gefühl im Kopf, mitunter Kriebeln und Reifgefühl um die Schläfen. 2453. Druck in der Stirn, wie wenn man gelaufen ist, nur daß es nicht geklopft hat. Ich habe das Gefühl, daß das dann auch nach hinten zieht. 3574.

3 Auswärtsdrückender Nagelkopfschmerz.

Kopfweh, wie ein Drücken mit etwas Hartem auf der Oberfläche des Gehirns, anfallsweise wiederkehrend. 59. Früh (im Bette) beim Liegen auf der einen oder anderen Seite, ein wütender Kopfschmerz, als wenn es zu den Schläfen herausdringen wollte, durch Liegen auf dem Rücken erleichtert. 62. Zusammenschnürende Empfindung in den Hypochondern, wie bei Leibesverstopfung, mit einem einseitigen Kopfweh, wie von einem ins Gehirn eingedrückten Nagel, früh. 297. Stechender Schmerz in der Stirn und zu den Schläfen heraus. 844. Durch starke Bewegung, vieles Sprechen, Tabakrauch, Branntwein, Parfümerien entsteht Kopfweh, wie wenn ein Nagel aus den Schläfen herausdrückte. 1182. Kopfweh, wie von einem, von innen nach außen drückenden Nagel in den Schläfen oder Kopfseiten. 1437. Heftige Kopfschmerzen wie zwei Nägel, die in die Schläfen eingeschlagen werden. Druck über den Kopf, manchmal Clavus. braucht Kälteanwendung bei Kopfschmerzen. 1929. Schmerz in der Kopfseite, als wenn ein Nagel herausgetrieben würde, besser durch darauf Liegen. 2199. Kopfschmerz der rechten Seite, als ob daselbst ein Schwären durch wollte. 2257. Migräne an kleiner Stelle in der Schläfe, kommt und geht allmählich, Erbrechen erleichtert die Schmerzen. 2755. Schmerz wie ein Nagel, der in die Schläfe eingetrieben wird. 2794. Kopfschmerz, als wenn ein Nagel durch die Seite herausgetrieben wird, besser durch darauf Liegen. 2946. Druck wie von einem scharfen Instrument von innen nach außen. 3117. Beim Schlucken sticht es mich durch die Ohren hinaus. 3488. Oben im Scheitel Schmerz, als würde ein Nagel eingeschlagen. 3594.

4 Nach außen pressender Kopfschmerz. Der Augapfel wird herausgedrückt. Auseinandersprengen. Herausdrehen.

Drückender Schmerz, besonders in der rechten Stirnhälfte, welcher nach dem rechten Auge herabzog und sich da besonders so äußerte, als wollte er den rechten Augapfel herausdrücken, nachmittags. 37. Kopfweh, als wenn die Schläfen herausgepreßt. 61. Beim Reden und stark Sprechen entsteht ein Kopfschmerz, als wenn der Kopf zerspringen wollte, welcher beim stillen Lesen und Schreiben ganz vergeht. 65. Drücken im rechten Auge nach außen, als solle der Augapfel aus seiner Höhle hervortreten. 93. In der Stirne und besonders über den Augenbrauen äußerte sich der Schmerz stechend, im Hinterkopfe dagegen und auf der rechten Seite mehr drückend. Im rechten Auge ließ sich ein Drücken nach außen wahrnehmen, es kam ihm vor, als solle der Augapfel aus seiner Höhle hervortreten. 829. Nachmittags überraschte mich der drückende Kopfschmerz, dieses Mal besonders in der rechten Stirnhälfte, welcher nach dem rechten Auge herabzog und sich da besonders so äußerte, als wollte er mir den rechten Augapfel herausdrücken. Gleichzeitig fand sich Brennen in den Augen und vermehrte Absonderung der Tränen ein, auch wurde von den Meibomschen Drüsen mehr Schleim ausgeschieden. 838c. Er klagte nach dem Anfall über starke Übelkeit, heftigen nach außen pressenden Kopfschmerz, der sich durch Aufrichten und Bewegen vermehrte und Schwindel verursachte,

Zerschlagenheit am ganzen Körper und Schläfrigkeit. 1074. In kurzen Abständen erscheinendes und von innen nach außen zu kommendes heftiges Pressen im ganzen Kopfe, mitunter auch Reißen in der Stirne, welches beides durch ruhiges Liegen vermindert wird, schon den Morgen vor dem Fieberanfalle anfängt, aber während desselben am stärksten ist. 1086. Nervöser Kopfschmerz, es bohrt an den Seiten heraus. 1183. Kopfschmerz in der rechten Schläfe, nach dem Scheitel hin, als wollte er denselben auseinandersprengen. 1395. Von innen heraus drückender oder stechender Schmerz in der Stirn und Nasenwurzel. 1436. Ihr Kopf wird von einem wahren zertrümmernden Schmerze ergriffen, es ist ihr als wäre der Schädel zu eng und das Hirn wolle ihn zersprengen. 1663. Vor oder nach Krampfanfall herausdrehender heftiger Schmerz in Stirn und Augen. 1828. Zuweilen durchfur ein zuckender Schmerz das linke Auge, am unangenehmsten war ein Gefühl von Druck und Schwere, als sollte es herausfallen, namentlich bei Anstrengung wie Lesen, Nähen. 2423. Gefühl als ob das Hirn sich schwammartig ausdehnt und im Kopf hin- und herschlottert. 2904. Druck von innen nach außen, Gefühl, als sei sehr viel Blut im Kopf, Spannung, besser durch Liegen und Vorwärtsbeugen. 3578.

5 Von Blut allzusehr angefüllt. Wie geschwollen. Völle. Kongestiv.
Es ist, als wenn der Kopf von Blut allzusehr angefüllt wäre; und die innere Nase ist gegen die äußere Luft sehr empfindlich, wie bei einem bevorstehenden Nasenbluten. 18. Schwere des Kopfs, als wenn er (wie nach allzu tiefem Bücken) zu sehr mit Blut angefüllt wäre, mit reißendem Schmerze im Hinterhaupte, welcher beim Niederlegen auf den Rücken sich mindert, beim aufrechten Sitzen sich verschlimmert, aber bei tiefem Vorbücken des Kopfs im Sitzen sich am meisten besänftigt. 19. Gleich nach dem Mittagsschlafe, Kopfweh: ein allgemeines Drücken durch das ganze Gehirn, als wenn des Gehirns, oder des Blutes zu viel im Kopfe wäre, durch Lesen und Schreiben allmählich vermehrt. 46. Schmerz am Halse beim Befühlen, als wenn da Drüsen geschwollen wären. 171. Im Fieberstadium Kopfschmerz, klopfendes wehes Völlegefühl in der Stirngegend. 2065. Bei stetem Stockschnupfen Vollsein und Schwere im Kopf. 2299. Heftige kongestive Kopfschmerzen mit Benommenheit. 2898. Kind kommt mit kongestiven Kopfschmerzen nach Hause, die durch Wärmeanwendung gebessert werden. 3076. Druck von innen nach außen, Gefühl, als sei sehr viel Blut im Kopf, Spannung, besser durch Liegen und Vorwärtsbeugen. 3578.

6 Leeregefühl. Gefühl von Leichtigkeit. Wüstsein.
Gefühl von Hohlheit und Leere im Kopfe. 2. Wüstheit im Kopfe, früh nach dem Aufstehen. 11. Der Kopf ziemlich leicht, ohne Schmerz. 1038. Epilepsie, verfiel nach dem Anfalle in einen tiefen Schlaf, aus dem er mit Schmerz und Wüstsein des Kopfes erwachte. 1789. Der Kopf erschien ihr zu leicht. 1795. Komisches Gefühl von unten herauf bis in den Kopf, Leeregefühl im Kopf. 3437. Benommenheit und Übelkeit im Stehen noch mehr, wenn ich hinkniee und mit meinem Sohn spiele, habe ich das Gefühl, daß der Kopf besser durchblutet ist, die Übelkeit ist dann auch besser. 3656.

7 Zusammendrücken. Wie eingedrückt. Klammartig. Als würde das Fleisch hintergedrückt. Schädel wie zu eng. Als wäre der Kopf kleiner. Reifengefühl. Wie ein enges Band über dem Scheitel.
Drückender, zusammenziehender Schmerz in der Gegend des Scheitels sich nach der Stirne zu wendend. 38. Schmerz, als würde das Hinterhauptbein eingedrückt. 56. Klammartiges Kopfweh über der Nasenwurzel, in der Gegend des inneren Augenwinkels. 57. Drücken unter den beiden Ästen des Unterkiefers, als würde das Fleisch unter den Unterkiefer hinunter gedrückt, bei Ruhe und Bewegung. 132. In der vorderen Unterkieferdrüse Schmerz, als wenn sie von außen zusammengedrückt würde, bei Bewegung des Halses und außer derselben. 173. Drückender, zusammenziehender Schmerz in der Gegend des Scheitels, welcher sich aber vor nach der Stirn wendete und an dieser Stelle bis 16 Uhr aushielt. 805. Anfälle von drückendem, klemmendem Schmerz in der Stirne und dem Hinterkopfe, wobei das Gesicht rot wurde, die Augen tränten und die Sehkraft abnahm. 1019. Zusammendrückende Schmerzen unter dem Augenhöhlen, am heftigsten morgens. 1576. Ihr Kopf wird von einem wahren zertrümmernden Schmerze ergriffen, es ist ihr als wäre der Schädel zu eng und

das Hirn wolle ihn zersprengen. 1663.   In der Apyrexie: Schwere im Kopfe, Klopfen in den Schläfen, Gefühl, als wäre der Kopf kleiner. 1722.   Oft steigt es ins Genick und in den Hals, den es zuschnüren will. 1897.   Zusammenschnürende, nach einwärts pressende Kopfschmerzen an der Stirn. 2039.   Sonderbar zusammendrückendes Gefühl im Gehirn vor den Konvulsionen Gebärender. 2143.   Nach 12 Stunden wandert der zusammendrückende und brennende Schmerz zum Scheitel und bleibt dort mehrere Stunden. 2312.   Nach heftigem Schreck Sengeln in den Beinen, später ähnliches Gefühl im Kopf, mitunter Kriebeln und Reifgefühl um die Schläfen. 2453.   Schmerz wie ein enges Band quer über den Scheitel. 2523.   Apyrexie vollständig, kann wie gewöhnlich arbeiten, aber Engegefühl des Kopfes bleibt. 2604.   Kopfschmerzen über den ganzen Kopf verteilt, mehr rechts. Ein gespanntes, ein ziemlich angespanntes Gefühl, als ob alles sich zusammenzieht, immer wieder durchzieht. 3605.   Irgendwie zusammengepreßt wird der Kopf, innen drin. Eher wie ein Helm, nicht wie ein Ring. 3617.

8   Schweregefühl. Wie ein Gewicht. Wie ein Eimer Wasser.
Der Kopf ist schwer. 15.   Schwere des Kopfs, als wenn er (wie nach allzu tiefem Bücken) zu sehr mit Blut angefüllt wäre, mit reißendem Schmerze im Hinterhaupte, welcher beim Niederlegen auf den Rücken sich mindert, beim aufrechten Sitzen sich verschlimmert, aber bei tiefem Vorbücken des Kopfs im Sitzen sich am meisten besänftigt. 19.   Schwere und Eingenommenheit des Kopfes. 25. Gegen 20 Uhr Schwere und Eingenommenheit des Kopfes, schmerzendes Drücken über den Augen nebst Drücken in den Augäpfeln selbst, besonders wenn er ins Licht sah. 815.   Vor und während der Regel beklagte sie sich über Schwere und Hitze im Kopfe, heftige drückende Schmerzen in der Stirne, Empfindlichkeit der Augen gegen das Licht, Ohrenklingen. 1177.   Einen Tag vor den Regeln fühlt sie schon eine Schwere und einen Druck in der Stirn bis in die Augen, diese Empfindungen ziehen sich dann mehr nach der einen oder der anderen Seite der Stirn über die Augenhöhlen oder bis auf den Wirbel. 1364.   Schwere im Kopfe. 1434.   Kopfschmerz mit Schweregefühl. 1645. In der Apyrexie: Schwere im Kopfe, Klopfen in den Schläfen, Gefühl, als wäre der Kopf kleiner. 1722.   Beim Bücken Schwere in der Stirn, als wäre ein Eimer voll Wasser daselbst. 1891.   Kopfweh mit Schwere und Hitze im Kopfe, beim Monatlichen. 2144.   Bei stetem Stockschnupfen Vollsein und Schwere im Kopf. 2299.   Vom Scheitel wandert der Schmerz zum Vorderkopf und Augen, diese fühlen sich heiß und schwer. 2313.   Schwere des Kopfes. 2334.   Schwerer Druck auf dem Scheitel. 2357.   Zuweilen durchfuhr ein zuckender Schmerz das linke Auge, am unangenehmsten war ein Gefühl von Druck und Schwere, als sollte es herausfallen, namentlich bei Anstrengung wie Lesen, Nähen. 2423.   Traumatische Epilepsie, als Aura Melancholie, Schweregefühl des Kopfes, Aphasie. 2430.   Stirnkopfschmerz wie ein Gewicht. 2741.   Allgemeine Mattigkeit. Schwere im Kopf. 2845.   Druck, Schwere über den Augen, wenn es anderes Wetter gibt. 3658. Auf dem rechten Auge Druck, es tat richtig weh, wenn ich das Auge gedreht habe. 3669.

9   Lanzinieren. Messerstechen. Eine Nadel wird tief eingestochen. Einzelne Stiche. Tiefe Stiche.
Tiefe Stiche in der rechten Schläfe. 68.   Einzelne Stiche fahren ihm durch den Kopf. 74.   Zusammenschnürende Empfindung in den Hypochondern, wie bei Leibesverstopfung, mit einem einseitigen Kopfweh, wie von einem ins Gehirn eingedrückten Nagel, früh. 297.   Einzelne Stiche fuhren ihm durch den Kopf. 812a.   Eingenommenheit des Kopfes, wie ein starkes Drücken, vorzüglich in der rechten Stirngegend, als wenn sie von jemandem geschlagen worden wäre, mit bohrendem, scharfstechendem Reißen tief im Gehirne. 1044.   In der Ruhe fahren einzelne Stiche durch die Ohrspeicheldrüse. 1134.   Heftige stechende Kopfschmerzen, besonders in der Stirn. 1613.   Heftige Kopfschmerzen wie zwei Nägel, die in die Schläfen eingeschlagen werden. 1629.   Heftige, wütende, lanzinierende Schmerzen in einem hohlen Backenzahn, morgens, und besonders nach dem Essen, kein Schmerz während des Essens. Wärme erleichtert, ebenso wie Gehen und Bewegung. Möchte die Kiefer zusammenbeißen, dabei keine Verstärkung der Schmerzen. 1659.   Heftige lanzinierende Schmerzen vom Augenhintergrund ausstrahlend zum linken Stirnhöcker. Gefühl als wühle ein Wurm dort. 1692.   Gesichtsschmerz, welcher bohrend und stechend von den Zähnen aufwärts durch das

Jochbein zu den Augenknochen die rechte Seite des Gesichts einnahm. 1737. Der geringste Ärger, Bestraftwerden, jeder Zornausbruch verursacht einen intensiven, lanzinierenden Schmerz vom Nacken bis zum Sacrum. 1754. Schmerz über den Scheitel, mit Gefühl von Schauder, Lanzinieren. 1914. Reißender Schmerz links am foramen supraorbitale, ähnlich wie wenn man an einer Schnur reiße, auch Reißen und Stechen im linken Auge. 2074. Intensiver Schmerz über dem rechten Auge, durch das foramen supraorbitale, als wenn eine Nadel durchgestochen würde ins Gehirn, Druck von außen nach innen. 2190. Der Schmerz ist messerstechend im Auge und macht den Pat. fast verrückt durch seine Heftigkeit. 2281. Schreckliche Schmerzen wie Messerstiche in der linken Gesichtsseite. 2485. Schmerz wie ein Nagel, der in die Schläfe eingetrieben wird. 2794. Kopfschmerz als ob eine Nadel ins Gehirn gebohrt würde, im Kühlen und im Dunklen leichter. 3176. Scharfer, stechender Migräneschmerz. 3447. Oben im Scheitel Schmerz, als würde ein Nagel eingeschlagen. 3594.

10 Wühlen. Gefühl von Bewegung. Verwirrt. Dubbern. Toben.
Wütender Kopfschmerz; ein anhaltendes Wühlen unter dem rechten Stirnhügel und auf der rechten Seite des Stirnbeins. 63. Wechselfieber. Morgens 8 Uhr werden die Finger weiß und kalt, der Kopf tut sehr weh, als wenn es sich darin bewegte. 1275. Der Hauptschmerz wühlt im Scheitel und strahlt nach den Seiten herab. 1665. Heftige lanzinierende Schmerzen vom Augenhintergrund ausstrahlend zum linken Stirnhöcker. Gefühl als wühle ein Wurm dort. 1692. Nach dem Husten verschwanden die Sehstörungen, der Kopf blieb verwirrt und die Schläfen klopften weiter. 1758. Unerträgliches Kopfweh, beim Gehen dubbert's im Kopf, das geringste Geräusch vermehrt den Schmerz. 1890. Heftig drückend wühlende Schmerzen, die sich vom rechten Schläfenbein zur Stirn hin verbreiten und stark auf das rechte Auge drücken. 2104. Rechtsseitiger Gesichtsschmerz, die Schläfengegend war heiß und tobte. 2352. Gefühl als ob das Hirn sich schwammartig ausdehnt und im Kopf hin- und herschlottert. 2904. Migräne, Schmerzen sehr wechselnd, meist wie ein unerträglicher Drache. 3037. Ich habe das Gefühl, daß alles im Kopf abläuft. 3575. Linksseitige Kopfschmerzen wie wenn Ameisen laufen würden. 3593.

11 Kriebeln. Ameisenlaufen. Jucken. Als wenn sie kratzen müßte im Kopf.
Der eine Vorderzahn schmerzt wie taub und wie lose, bei jeder Berührung mit der Zunge schmerzhafter. 136. Seit Schreck und Angst Kopfschmerz, nach dem Kopfschmerz Jucken auf dem Haarkopfe. 1334. Nach heftigem Verdruß kriebelnde Empfindung, welche allmählich vom heiligen Beine alle Tage höher, bis zwischen die Schultern und endlich bis in den Nacken stieg. 2475. Jeden Nachmittag 15.30 Uhr sehr unangenehme kriebelnde Empfindung vom Nacken herauf bis über den Hinterkopf, dauert bis zum Schlafengehen. 2479. Zuerst Kopfschmerzen über dem rechten Auge und im Hinterkopf, linke Gesichtsseite gefühllos, dann wird ihr schwach. 3388. Schmerz im Kopf, als wenn ich kratzen müßte, aber es geht nicht weg davon. 3487. Linksseitige Kopfschmerzen wie wenn Ameisen laufen würden. 3593.

12 Bohren.
Eingenommenheit des Kopfes, wie ein starkes Drücken, vorzüglich in der rechten Stirngegend, als wenn sie von jemandem geschlagen worden wäre, mit bohrendem, scharfstechendem Reißen tief im Gehirne. 1044. Nervöser Kopfschmerz, es bohrt an den Seiten heraus. 1183. Nach heftigem Ärger, Schwindel, bohrendes Kopfweh, eine solche Gedankenschwäche, daß er den Verstand zu verlieren glaubt. Dabei Schmerzen aller Glieder. 1272. Bei der Fieberhitze Stechen in allen Gliedern, bohrendes Kopfweh, Durst. 1274. Gesichtsschmerz, welcher bohrend und stechend von den Zähnen aufwärts durch das Jochbein zu den Augenknochen die rechte Seite des Gesichts einnahm. 1737. Heftiger bohrender Schmerz in der linken Schläfe, schlechter beim Niederlegen abends, teilweise Besserung durch Liegen auf der schmerzhaften Seite. 2307. Bohren in der Nasenwurzel, auch etwas zu den Augen rüber, und Hinterhauptshöcker. 3547.

13 Reißen. Zerreißender Schmerz. Stechendes Reißen. Schießen.

KOPFSCHMERZEN / Empfindungen

Schwere des Kopfs, als wenn er (wie nach allzu tiefem Bücken) zu sehr mit Blut angefüllt wäre, mit reißendem Schmerze im Hinterhaupte, welcher beim Niederlegen auf den Rücken sich mindert, beim aufrechten Sitzen sich verschlimmert, aber bei tiefem Vorbücken des Kopfs im Sitzen sich am meisten besänftigt. 19.   Reißendes Kopfweh in der Stirne und hinter dem linken Ohre, welches beim Liegen auf dem Rücken erträglich ist, durch Aufrichten des Kopfes sich verstärkt, bei Hitze und Röte der Wangen und heißen Händen. 47.   Zerreißender Kopfschmerz nach Mitternacht beim Liegen auf der Seite, welcher beim Liegen auf dem Rücken vergeht. 48.   Im äußeren Augenwinkel stechendes Reißen; die Augen schwären früh zu und tränen vormittags. 85.   Stechend reißender Schmerz im Genicke. 488.   Reißender Schmerz im Nacken, wenn man den Hals bewegt, wie vom Verdrehen des Halses. 489.   Von kalter Luft (Erkältung?) Reißen im rechten Arme und auf der rechten Seite des Kopfes. 519.   In kurzen Abständen erscheinendes und von innen nach außen zu kommendes heftiges Pressen im ganzen Kopfe, mitunter auch Reißen in der Stirne, welches beides durch ruhiges Liegen vermindert wird, schon den Morgen vor dem Fieberanfalle anfängt, aber während desselben am stärksten ist. 1086.   Ziehen und Stechen in beiden Ohren, welches durch Zuhalten derselben gemindert wurde. 1113.   Reißen in der rechten Backe, unbestimmlicher Zahnschmerz der rechten Backzähne. 1114.   Reißen in der Stirne. 1138.   Fieber alle 3 Tage, Frost, verbunden mit großem Durst, Übelkeiten, auch zuweilen Erbrechen, darauf Hitze ohne Durst, reißendes Kopfweh in der Stirn. 1310.   Reißen im Kopfe und e nem Arme. 1599.   Reißen im rechten Arme, den Knien, den Knöcheln, im Kopfe. 1602.   Reißen in der linken Kopf- und Gesichtshälfte. 1721.   Reißender Schmerz links am foramen supraorbitale, ähnlich wie wenn man an einer Schnur reiße, auch Reißen und Stechen im linken Auge. 2074.   Schießende Schmerzen in einer Schläfe oder von einer Schläfe zur anderen. 2385.

14   Wie zertrümmert. Wie zerschlagen.
Äußerer Kopfschmerz: es zieht von den Schläfen über die Augenhöhlen; bei der Berührung schmerzt es wie zerschlagen. 76.   Kopfweh, wie Zerschlagenheit. 77.   Früh beim Erwachen Kopfschmerz, als wenn das Gehirn zertrümmert und zermalmt wäre; beim Aufstehen vergeht er und es wird ein Zahnschmerz daraus, als wenn der Zahnnerv zertrümmert und zermalmt wäre, welcher ähnliche Schmerz dann ins Kreuz übergeht; beim Nachdenken erneuert sich jenes Kopfweh. 78.   Zahnweh der Backzähne, als wenn sie nebst ihren Nerven zertrümmert und zermalmt wären. 139.   Reißender Schmerz im Nacken, wenn man den Hals bewegt, wie vom Verdrehen des Halses. 489.   Nachts auf der einen oder der anderen Seite, worauf man liegt, Schmerz, wie zerschlagen, in den Gelenken des Halses, des Rückens und der Schulter, welcher bloß im Liegen auf dem Rücken vergeht. 601.   Zahnweh von Erkältung in den Backenzähnen, als wenn sie zertrümmert wären. 1456.   Ihr Kopf wird von einem wahren zertrümmernden Schmerze ergriffen, es ist ihr als wäre der Schädel zu eng und das Hirn wolle ihn zersprengen. 1663.

15   Berührungsempfindliche Stellen.
Äußeres Kopfweh; beim Anfühlen tut der Kopf weh. 75.   Äußerer Kopfschmerz: es zieht von den Schläfen über die Augenhöhlen; bei der Berührung schmerzt es wie zerschlagen. 76.   Einfacher, bloß bei Berührung fühlbarer, heftiger Schmerz, hie und da, auf einer kleinen Stelle, z. B. an den Rippen u. s. w. 618.   Die leiseste Berührung an der linken Seite der Stirn war ihr unerträglich. 1171.   Schmerz in der linken Stirnseite, zugleich zeigte sich in der Gegend des linken Stirnhügels ein kleines rundes Fleckchen von der Größe eines Flohstiches und von bräunlich roter dunkler Farbe, das einen schwarzen Punkt in der Mitte hatte und bei der geringsten Berührung so schmerzend war, daß sie laut aufschrie und ihr Tränen aus den Augen liefen. 1172.   Stiche in der rechten Schläfe und im Ohre, die Seite darf nicht berührt werden, es schmerzt dann wie Blutschwär. 1893.   Am Tag nach dem Kopfschmerz Kopfhaut empfindlich und Gefühl, als könne der Schmerz jederzeit durch eine Kleinigkeit wiederkommen. 2286.   Schmerz wie von einer Beule über dem rechten Auge, besonders beim Niederbeugen des Kopfes, der Fleck ist druckempfindlich, der Schmerz wird durch Wind hervorgerufen. 2522.   Heftiger Schmerz in verschiedenen Teilen an kleinen Stellen, nur bemerkbar bei Berührung der Stellen. 2599.

16 Klopfen. Zucken.
Zuckender Schmerz im Kopfe beim Steigen. 49.   Zuckender Kopfschmerz, welcher sich vermehrt, wenn man die Augen aufschlägt. 50.   Klopfender (puckender) Kopfschmerz. 69.   Pucken (Pochen) im Kopfe, über dem rechten Augenhöhlbogen. 70.   Kopfweh bei jedem Schlage der Arterien. 71.   Fühlt ein Klopfen im Inneren des Ohres. 114.   Nachts 1 Uhr Fieberhitze, 1 Stunde hindurch, besonders im Gesichte, mit klopfendem Kopfschmerz in der Stirne und wenig Durst. 1000.   Mitten auf dem Kopfe einen Schmerz, als wenn es da klopfte. 1329.   Heftiges Kopfweh in der Stirn und über den Augen, der das Öffnen der Augen nicht erlaubt, gewöhnlich klopfend, Helle verschlimmert. 1410.   In der Apyrexie: Schwere im Kopfe, Klopfen in den Schläfen, Gefühl, als wäre der Kopf kleiner. 1722.   Nach dem Husten verschwanden die Sehstörungen, der Kopf blieb verwirrt und die Schläfen klopften weiter. 1758.   Starkes Klopfen mit Taubheit in den Händen, erstreckt sich den Arm hinauf zum Kopf und wechselt von einem Arm zum anderen, nach 1 oder 2 Minuten plötzlich aufhörend. 1867.   Das Gesicht wird rot, Kopfschmerz, Klopfen in den Schläfen, Summen in den Ohren, sieht Blitze. 1869.   Jeden Morgen 8 Uhr klopfende Schmerzen, die in der rechten Stirn über dem inneren Ende der Augenbraue anfangen, im Bogen um das rechte Auge herumlaufen und um 10.30 ihren Höhepunkt erreichen, um dann wieder allmählich abzunehmen. 1994.   Im Fieberstadium Kopfschmerz, klopfendes wehes Völlegefühl in der Stirngegend. 2065.   Bei der Rückkehr ihres totgeglaubten Gatten Kopfkongestion, klopfende Schläfen, lautes hysterisches Lachen, danach krampfhaftes Weinen. 2330.   Zuckender Gesichtsschmerz jeden Nachmittag nach 17 Uhr, mit Gesichtsschweiß. 2354.   Zuweilen durchfuhr ein zuckender Schmerz das linke Auge, am unangenehmsten war ein Gefühl von Druck und Schwere, als sollte es herausfallen, namentlich bei Anstrengung wie Lesen, Nähen. 2423.   Klopfen im Ohr, im Kopf, im ganzen Körper, Herzklopfen und Atemnot beim Treppensteigen. 2506.   Unangenehmes Zucken im Kopf oder des Kopfes. 2628.   Während der Hitze klopfender Kopfschmerz. 3001.   Pulsierender Schmerz im Hinterkopf oben. 3483.   Wenn ich liege, pocht es mir hier im Nacken, ich spüre den Herzschlag dann auch im Unterbauch und in den Armen, eigentlich im ganzen Körper. 3665.

17 Einfache Benommenheit. Betäubendes Drücken. Wie betrunken. Wüstheit.
Wüstheit im Kopfe, früh nach dem Aufstehen. 11.   Düsterheit und Eingenommenheit des Kopfes. 12.   Eine fremde Empfindung im Kopfe, eine Art Trunkenheit, wie von Branntwein, mit Brennen in den Augen. 14.   Benommenheit des Kopfes mit Schmerzen in der rechten Seite desselben, besonders im Hinterkopfe, das Denken und Sprechen erschwerend. 23.   Schwere und Eingenommenheit des Kopfes. 25.   Rauschähnliche Benommenheit des Kopfes, den ganzen Tag andauernd, und mehrmals in wirkliche drückende Schmerzen der Stirne und besonders der rechten Hälfte derselben übergehend und das Denken sehr erschwerend. 26.   Unter dem linken Stirnhügel ein betäubendes, absetzendes Drücken. 54.   Gegen 20 Uhr Schwere und Eingenommenheit des Kopfes, schmerzendes Drücken über den Augen nebst Drücken in den Augäpfeln selbst, besonders wenn er ins Licht sah. 815.   Gegen 10 Uhr zeigte sich eine leichte Benommenheit im ganzen Kopfe, ziemlich ähnlich derjenigen, welche einem Schnupfen vorauszugehen pflegt. Sie wurde von einem leichten Drucke in der rechten Stirngegend über dem dasigen Augenbrauenbogen begleitet. 827.   Gegen 9 Uhr erschien Benommenheit des Kopfes, wozu sich Schmerzen in der rechten Seite desselben, besonders im Hinterkopfe, weniger dagegen in der Stirne mischten. Beide Symptome erschwerten nicht allein das Denken, sondern sogar auch das Sprechen. 828.   Eingenommenheit des Kopfes, wie ein starkes Drücken, vorzüglich in der rechten Stirngegend, als wenn sie von jemandem geschlagen worden wäre, mit bohrendem, scharfstechendem Reißen tief im Gehirne. 1044.   Wegen Kopfschmerzen kann sie nicht gut sehen, es ist ihr, als wäre der Verstand benommen. 1892.   Morgens Kopfweh und etwas benommen. Schmerz in der Stirn mit Druck auf die Augen. 2130.   Heftige kongestive Kopfschmerzen mit Benommenheit. 2898.   Die Benommenheit ist einfach so, daß man sich nicht richtig konzentrieren kann. Es kann ein leichtes Schwindelgefühl dabei sein. 3652.   Leicht bedusselt, einfach keinen klaren Kopf, als ob man am Abend getrunken hätte, so ein Katerkopfschmerz. 3653.   Migräne, das Gefühl von Benommenheit ist dauernd da, es wird anfallsweise stärker mit Erbrechen. 3654.   Benommenheit und Übelkeit im Stehen noch mehr, wenn ich

KOPFSCHMERZEN / Empfindungen

hinkniee und mit meinem Sohn spiele, habe ich das Gefühl, daß der Kopf besser durchblutet ist, die Übelkeit ist dann auch besser. 3656.

18 Einfaches Drücken. Pressen.

Gelind drückende Schmerzen in der Stirngegend, durch das Sonnenlicht verschlimmert. 32. Heftig drückende Kopfschmerzen, besonders in der Stirngegend und um die Augenhöhlen herum, immer heftiger werdend und bis zum Abend andauernd. 33. Drückender Schmerz hinter und über dem oberen Augenlide beider Augen, 2 Stunden lang. 34. Heftiges Kopfweh drückender Art in den Schläfen. 39. Drückende Schmerzen in der rechten Kopfseite und im Hinterkopfe. 40. Drückender und pressender Schmerz in der rechten Hälfte des Hinterhauptes, bis zum Schlafengehen. 42. Drückende Schmerzen im rechten Hinterkopfe. 43. Drückender Kopfschmerz, vermehrt, wenn er Speisen zu sich nahm. 45. Drückendes Kopfweh in der Stirne, über der Nasenwurzel, welches den Kopf vorzubücken nötigt; hierauf Brecherlichkeit. 51. Ungeheures Drücken in beiden, vorzüglich der rechten Schläfe. 52. Tief unter der rechten Seite des Stirnbeins, ein drückender Schmerz. 53. Unter den linken Augenbraubogen ein heftiges Drücken. 55. Ein Drücken in den Schläfen; zuweilen gesellt sich ein tiefer Schlaf dazu. 60. Beim Gehen in freier Luft drückender Kopfschmerz in der einen Gehirnhälfte, welcher durch Reden und Nachdenken sich vermehrt. 64. Schmerzhaftes Drücken über den Augen und in den Augäpfeln selbst, besonders beim Sehen ins Licht. 94. Vor dem Einschlafen Druck in beiden Jochbeinen. 111. Drückender Schmerz in den Halsdrüsen (Unterkieferdrüsen). 172. Am Halse, gleich über der linken Schulter, ein schmerzliches Drücken. 492. Gegen Mittag drückender Schmerz in der Stirne und Drücken in beiden Augen, bis 15 Uhr anhaltend. 805a. Heftiges Kopfweh drückender Art in den Schläfen und dreimal Durchfall an demselben Tage. 806. Schlief abends ruhig ein, fühlte aber beim Erwachen des Morgens, daß er von heftigen drückenden Kopfschmerzen besonders in der Stirngegend und um die Augenhöhlen, belästigt war. Diese Schmerzen nahmen von Stunde zu Stunde zu, bis ihn zeitig am Abend der Schlaf wieder übereilte. 809. Drückender Schmerz hinter und über dem oberen Augenlide beider Augen, zwei Stunden lang anhaltend. 813. Kopfschmerz beim Erwachen drückender Art im ganzen Kopfe. 2078. Der Husten war trocken, verursachte pressenden Schmerz in den Schläfen und wurde von kitzelndem Reiz im Kehlkopf erregt. 2111. Morgens Kopfweh und etwas benommen. Schmerz in der Stirn mit Druck auf die Augen. 2130. Drückender Kopfschmerz, schlechter von Tabakrauch, in einem vollgerauchten Raum. 2551. Druck im Kopf auf die Augen, äußerer Druck bessert. 3433. Druck im Kopf auf die Nase herunter. 3442. Druck im Kopf bei Wetterwechsel und Aufregung. 3443.

19 Ziehen. Spannen. Ziehen und Stechen. Ziehen und Reißen.

Über der rechten Augenhöhle, an der Nasenwurzel, drückendes und etwas ziehendes Kopfweh, durch tiefes Bücken erneuert. 58. Erst drückender, dann ziehender Schmerz in den Unterkieferdrüsen. 176. Ziehender Schmerz in den Unterkieferdrüsen, welcher in den Kinnbacken übergeht, worauf diese Drüsen anschwellen. 177. Ziehen und Stechen in beiden Ohren, welches durch Zuhalten derselben gemindert wurde. 1113. Rheumatisches Ziehen im Nacken, mit Steifheit desselben. 1123. Ziehen im Hinterkopf wie an einem Stricke. 1894. Kopfschmerz mit Spannung in den Augen. 1920. Heftige Zahnschmerzen ziehen und reißen durch den ganzen Kiefer, verschlimmern sich durch warme Speisen und Getränke, bessern sich in der Ruhe und wenn der Kopf fest gegen ein Kissen gedrückt wird. 2870. Das Kopfweh zieht bis ins Ohr, es ist wie ein Zug. 3424. Kopfschmerz so halb über den Augen, vielleicht ein langes Ziehen, besser, wenn ich über den Augen massiere. 3523. Kopfschmerzen an der Nasenwurzel, Nacken dabei verspannt. 3542. Druck in der Stirn, wie wenn man gelaufen ist, nur daß es nicht geklopft hat. Ich habe das Gefühl, daß das dann auch nach hinten zieht. 3574. Druck von innen nach außen, Gefühl, als sei sehr viel Blut im Kopf, Spannung, besser durch Liegen und Vorwärtsbeugen. 3578. Kopfschmerzen über den ganzen Kopf verteilt, mehr rechts. Ein gespanntes, ein ziemlich angespanntes Gefühl, als ob alles sich zusammenzieht, immer wieder durchzieht. 3605.

20 Dumpfer Schmerz. Dumpfes Drücken. Stumpfer Schmerz.
Dumpfer Kopfschmerz, der sich mehr auf die rechte Stirnhälfte beschränkte und sich von da aus zugleich mit auf das rechte Auge ausdehnte und dieses Organ gegen das Licht sehr empfindlich stimmte. 30.   Gefühl im Kopfe, als überfiele ihn plötzlich ein Schnupfen; ein dumpfes Drücken im Vorderkopfe zog bestimmt bis in die Nasenhöhlen hinab und brachte daselbst fast 10 Minuten lang das Gefühl hervor, was ein heftiger Schnupfen daselbst zu veranlassen pflegt; dieses Drücken wendete sich nach 10 Minuten nach anderen Partien des Kopfes und wechselte so, kam wieder und verschwand. 31.   Dumpfer, drückender Kopfschmerz, der sich über den ganzen Kopf verbreitete. 44.   Der Tabakrauch beißt vorn an der Zunge und erregt (stumpfen?) Schmerz in den Schneidezähnen. 200.   Gegen 13 Uhr bildete sich dumpfer Kopfschmerz aus, der sich mehr auf die rechte Stirnhälfte beschränkte und sich von da aus zugleich mit auf das rechte Auge ausdehnte und dieses Organ gegen das Licht sehr empfindlich stimmte. Dieser Schmerz im rechten Auge vermehrte sich, wenn ein Teil desselben bewegt wurde. 811.   Es wurde ihm, als überfiele ihn plötzlich ein Schnupfen, denn das beginnende dumpfe Drücken im Vorderkopfe zog bestimmt bis in die Nasenhöhlen hinab und brachte daselbst fast 10 Minuten lang das Gefühl hervor, das ein heftiger Schnupfen daselbst zu veranlassen pflegt. 833.   Dumpfe Schmerzen, besonders in der rechten Kopfseite. 2621.

21 Steifigkeit.
Steifigkeit des Nackens. 490.   Der Nacken wurde steif, der Kopf zitterte, in Armen und Beinen erschienen Zuckungen mit halbem Bewußtsein. (Hysterische Krämpfe). 1022.   Rheumatisches Ziehen im Nacken, mit Steifheit desselben. 1123.   Schmerz im Genick, wie steif. 1411.   Der Nacken erschien ihr wie steif. 2112.   Vor Beginn der Kopfschmerzen Gefühl von Leere in Magen und Brust, Steifheit des Nackens und der Trapecii. 2311.   Nach heftigem Verdruß kriebelnde Empfindung, welche allmählich vom heiligen Beine alle Tage höher, bis zwischen die Schultern und endlich bis in den Nacken stieg. Nacken plötzlich steif. 2475.

22 Einfaches Stechen.
Schwindel mit einzelnen Stichen im Kopfe. 8.   Stechende Schmerzen in der Stirne und über den Augenbrauen. 72.   Stechende Schmerzen in der ganzen Stirne und im rechten Hinterkopfe. 73.   Stiche im rechten Auge. 92.   Feine Stiche in den Backen. 110.   Stiche im Inneren des Ohres. 118.   Es sticht in der Gaumendecke bis ins innere Ohr. 153.   Stechen auf der einen Seite am Halse, in der Ohrdrüse, außer dem Schlingen. 170.   Stechen im Genicke. 487.   Geschwulst der Ohrdrüse rechts, mit Stichen in derselben, außer dem Schlingen. 1115.   Stechende Schmerzen im Halse, außer und während dem Schlingen, am ärgsten aber beim Schlingen. Stiche bis ins Ohr beim Schlingen. 1131.   Stechendes Kopfweh in der Stirn. 1180.   Stiche im Nacken. 1204.   Stiche am Gaumen, bis ins Ohr hinein. 1459.   Stiche in der rechten Schläfe und im Ohre, die Seite darf nicht berührt werden, es schmerzt dann wie Blutschwär. 1893.   Rechtsseitiger ohrstechender Kopfschmerz anfallsweise, Besserung durch Wärme, 2612.   Stechende Schmerzen in der rechten Schläfe. 2620.   Stechender Kopfschmerz. 3391.   Manchmal Stechen im Kopf an verschiedenen Stellen, besser durch Draufdrücken, besonders Druck im Nacken bessert. 3445.   Wenn ich einen Schreck durch etwas Lautes habe, fängt Schwindel an und Stechen im Kopf, meistens unter den Augenbrauen. Übelkeit dabei. 3508.

23 Brennen. Hitze bei Schmerzen. Wundheitsschmerz.
Bei Verschließung der Augenlider Schmerz im äußeren Augenwinkel, wie Wundheit. 82.   Unbeweglicher Wundheitsschmerz in den vordersten Backzähnen, vorzüglich beim Lesen. 138.   Hitze und Brennen im Nacken, oder auf der einen Seite des Halses, äußerlich. 491.   Das eine Ohr und die eine Wange ist rot und brennt. 715.   Vor und während der Regel beklagte sie sich über Schwere und Hizte im Kopfe, heftige drückende Schmerzen in der Stirne, Empfindlichkeit der Augen gegen das Licht, Ohrenklingen. 1177.   Beständig Drücken unter dem oberen Augenlide wie vom Sande, in der Sonne Brennen und Stechen der Augen und Tränenauslaufen. 1195.   Hitze und Empfindlichkeit des ganzen Körpers und besonders der Stirnregion. 1695.   In der Apyrexie Brennen im Kopfe

bei kühlen Händen und Füßen. 1723.   Heftiges Brennen, das vom Magen und Herzen ausgehend sich über den Rücken zum Scheitel und in die Glieder erstreckte. 1854.   Halbseitige, brennende Gesichtshitze. 2090.   Kopfweh mit Schwere und Hitze im Kopfe, beim Monatlichen. 2144.   Nach 12 Stunden wandert der zusammendrückende und brennende Schmerz zum Scheitel und bleibt dort mehrere Stunden. 2312.   Vom Scheitel wandert der Schmerz zum Vorderkopf und Augen, diese fühlen sich heiß und schwer. 2313.   Der rechtsseitige Gesichtsschmerz erstreckt sich bis in den Hals, welcher ihr wie aufgetrieben und heiß vorkam. 2350.   Rechtsseitiger Gesichtsschmerz, die Schläfengegend war heiß und tobte. 2352.   Anfälle von Kopfschmerzen mit Brennen, stets halbseitig, rechts oder links vom Scheitel, besser auf Druck. 2902.   Migräne, das japanische Öl war angenehm, im Kopf ist es warm geworden, ich war frischer, es hat abgekühlt. 3647.

24 Fieberhitze. Frostschauder.

Hitze im Kopfe. 1.   Schauderfrost im Gesichte und an den Armen, mit Zähneklappern und Gänsehaut. 703.   Schauder mit Gänsehaut über die Oberschenkel und Vorderarme; hierauf auch an den Backen. 705.   Hitze des Gesichts bei Kälte der Füße und Hände. 708.   Hitze steigt nach dem Kopfe, ohne Durst. 723.   Starke Hitze, besonders des Kopfes. Der Körper heiß und trocken, nur auf der Stirn etwas Schweiß. 1051.   Schmerz über den Scheitel, mit Gefühl von Schauder, Lanzinieren. 1914.   Die Kälte kommt mit innerer Kopfhitze vor und wird häufig durch jählinges Hitzeüberlaufen unterbrochen. 1939.   Die Hitze ist allgemein, aber doch vorzüglich eine innere und am lästigsten im Kopfe. 1942.   Bei äußerer Wärme innerer Frostschauder, Hitze im Kopfe und Gesichte, bei kalten Händen und Füßen. 2015.   Nachts Hitze im Kopf, Herzklopfen, Schlaflosigkeit und öfteres Seufzen. 2129.   Eine Wange heiß, die andere nicht. 2399.   Frösteln im Gesicht und auf den Armen, mit Zähneklappern und Gänsehaut. 2977.   Ich halte den Nacken warm. 3533.

25 Andere Empfindungen: Lockerung der Zähne. Reiben in den Augen. Wie ein Block im Kopf. Der Schmerz greift den Geist an. Merkwürdiges Gefühl.

Eine fremde Empfindung im Kopfe, eine Art Trunkenheit, wie von Branntwein, mit Brennen in den Augen. 14.   (Früh) Schmerz der Zähne, wie von Lockerheit. 135.   Der eine Vorderzahn schmerzt wie taub und wie lose, bei jeder Berührung mit der Zunge schmerzhafter. 136.   Nach heftigem Ärger, Schwindel, bohrendes Kopfweh, eine solche Gedankenschwäche, daß er den Verstand zu verlieren glaubt. Dabei Schmerzen aller Glieder. 1272.   Schmerzhaftes Reiben in den Augen, beim Öffnen und Drehen der Augen werden die Kopfschmerzen verstärkt. 1614.   Gefühl wie ein Block im Kopf. 1921.   Stirnkopfschmerz mit einem Gefühl im Scheitel, das seinen Geist angreift. 2269.   Pat. fürchtet, daß sein Verstand angegriffen werden könnte wenn der Kopfschmerz noch länger dauert. 2289.   Merkwürdiges Gefühl im Kopf. 2692.   Komisches Gefühl von unten herauf bis in den Kopf, Leeregefühl im Kopf. 3437.   Die Benommenheit ist einfach so, daß man sich nicht richtig konzentrieren kann. Es kann ein leichtes Schwindelgefühl dabei sein. 3652.

26 Schmerz absetzend, intermittierend, anfallsweise.

Unter dem linken Stirnhügel ein betäubendes, absetzendes Drücken. 54.   Kopfweh, wie ein Drücken mit etwas Hartem auf der Oberfläche des Gehirns, anfallsweise wiederkehrend. 59.   Im Jochbeinfortsatze des linken Oberkiefers, ein absetzender, lähmungsartiger Druck. 113.   Der Kopfschmerz währte halbe oder ganze Stunden lang, schwand dann gänzlich, setzte ebenso lange aus und bildete einen neuen Anfall von den genannten Zeiträumen und bestand in diesem Wechsel bis zum Abend fort. 821.   Anfälle von drückendem, klemmendem Schmerz in der Stirne und dem Hinterkopfe, wobei das Gesicht rot wurde, die Augen tränten und die Sehkraft abnahm. 1019.   In kurzen Abständen erscheinendes und von innen nach außen zu kommendes heftiges Pressen im ganzen Kopfe, mitunter auch Reißen in der Stirne, welches beides durch ruhiges Liegen vermindert wird, schon den Morgen vor dem Fieberanfalle anfängt, aber während desselben am stärksten ist. 1086.   Hat stets Schmerzen im Kopfe, aber von Zeit zu Zeit erreichen sie eine solche Höhe, daß sie glaubt, sterben zu müssen. 1662.   Rechtsseitiger ohrstechender Kopfschmerz anfallsweise, Besserung durch Wärme, 2612.   Migräne, das Gefühl von Benommenheit ist dauernd da, es wird anfallsweise stärker mit Erbrechen. 3654.

27 Schmerzen kommen plötzlich oder allmählich.
Heftig drückende Kopfschmerzen, besonders in der Stirngegend und um die Augenhöhlen herum, immer heftiger werdend und bis zum Abend andauernd. 33.   Die halbseitigen Kopfschmerzen befallen plötzlich, meistens früh gleich nach dem Erwachen oder bald nach dem Aufstehen, nehmen dann zu bis nachmittags und mildern sich dann. Abends und nachts hat sie nie Kopfschmerzen. 2106. Die Schmerzen nehmen langsam zu, werden sehr heftig und hören nur auf, wenn sie vollkommen erschöpft ist. 2366.   Schmerz vom Auge zum Wirbel fing sehr schwach an, steigerte sich allmählich bis zu enormer Heftigkeit und hörte erst mit voller Erschöpfung der Pat. auf. 2642.   Migräne an kleiner Stelle in der Schläfe, kommt und geht allmählich, Erbrechen erleichtert die Schmerzen. 2755. Die Schmerzen wechseln den Ort, sie kommen allmählich und gehen plötzlich, oder sie kommen und gehen plötzlich. 3118.   Das Kopfweh kommt wie angeflogen. 3423.

KOPFSCHMERZEN   Zeit

1 Beginnt morgens im Bett, nimmt zu bis nach Mittag, dauert bis zum Schlafengehen.
Leichter Schwindel, der in drückenden Kopfschmerz in der rechten Hinterhauptshälfte überging, den ganzen Tag. 7.   Rauschähnliche Benommenheit des Kopfes, den ganzen Tag andauernd, und mehrmals in wirkliche drückende Schmerzen der Stirne und besonders der rechten Hälfte derselben übergehend und das Denken sehr erschwerend. 26.   Heftig drückende Kopfschmerzen, besonders in der Stirngegend und um die Augenhöhlen herum, immer heftiger werdend und bis zum Abend andauernd. 33.   Drückender und pressender Schmerz in der rechten Hälfte des Hinterhauptes, bis zum Schlafengehen. 42.   Drückender, zusammenziehender Schmerz in der Gegend des Scheitels, welcher sich aber vor nach der Stirn wendete und an dieser Stelle bis 16 Uhr aushielt. 805.   Gegen Mittag drückender Schmerz in der Stirne und Drücken in beiden Augen, bis 15 Uhr anhaltend. 805a. Nicht unbedeutende Benommenheit des ganzen Kopfes, als nach einer einstündigen Dauer der Kopf wieder freier wurde, vermehrte sich der Schmerz in der rechten Hälfte des Hinterhauptes, wurde drückend und pressend und wich bis abends zum Einschlafen keinen Augenblick. 808.   Schlief abends ruhig ein, fühlte aber beim Erwachen des Morgens, daß er von heftigen drückenden Kopfschmerzen besonders in der Stirngegend und um die Augenhöhlen, belästigt war. Diese Schmerzen nahmen von Stunde zu Stunde zu, bis ihn zeitig am Abend der Schlaf wieder übereilte. 809.   Der Kopfschmerz währte halbe oder ganze Stunden lang, schwand dann gänzlich, setzte ebenso lange aus und bildete einen neuen Anfall von den genannten Zeiträumen und bestand in diesem Wechsel bis zum Abend fort. 821.   In den Nachmittagsstunden entstand gelinde drückender Schmerz in der Stirngegend, aber es mischte sich bald ein neuer Schmerz im Hinterhaupte seitlich über dem Processus mastoideus dazu, welcher sich bisweilen den Gehörorganen mitteilte, dann das Hören abzustumpfen schien. Nachdem diese gewichen waren, trat ein ziemlich merkbares Drücken in der Brusthöhle gleich hinter dem Sternum ein und währte bis 22 Uhr. 831.   Nachmittags gegen 2 Uhr tritt heftiger Schüttelfrost ein, vorzüglich am Rücken und den Armen, wobei er Durst auf kaltes Wasser hat. 1081.   In kurzen Abständen erscheinendes und von innen nach außen zu kommendes heftiges Pressen im ganzen Kopfe, mitunter auch Reißen in der Stirne, welches beides durch ruhiges Liegen vermindert wird, schon den Morgen vor dem Fieberanfalle anfängt, aber während desselben am stärksten ist. 1086.   Das Leiden (Gesichtsschmerz) trat mehrmals am Tage ein und war ungemein schmerzhaft. 1738.   Jeden Morgen 8 Uhr klopfende Schmerzen, die in der rechten Stirn über dem inneren Ende der Augenbraue anfangen, im Bogen um das rechte Auge herumlaufen und um 10.30 ihren Höhepunkt erreichen, um dann wieder allmählich abzunehmen. 1994.   Supraorbitalneuralgie

täglich, beginnt 5 Uhr, vermindert sich gegen 14 Uhr und dauert noch bis zum Schlafengehen fort. 2076. Die halbseitigen Kopfschmerzen befallen plötzlich, meistens früh gleich nach dem Erwachen oder bald nach dem Aufstehen, nehmen dann zu bis nachmittags und mildern sich dann. Abends und nachts hat sie nie Kopfschmerzen. 2106. Augenschmerz beginnt morgens oder 9 Uhr, hört 14 Uhr auf. 2193. Kopfschmerz beginnt beim Aufstehen morgens und nimmt bis 16 Uhr zu, verschwindet meistens erst nach dem Nachtschlaf. 2282. Jeden Nachmittag 15.30 Uhr sehr unangenehme kriebelnde Empfindung vom Nacken herauf bis über den Hinterkopf, dauert bis zum Schlafengehen. 2479. Schmerz rechts über dem Auge scharf, intensiv, kommt morgens beim Erwachen, dauert eine oder zwei Stunden und kann jederzeit nachmittags oder abends wiederkommen. 2570. Migräne beginnt morgens beim Erwachen oder abends. 2756.

2 Morgens im Bett. Beim Erwachen. Vergeht beim Aufstehen.

Früh, im Bette, beim Erwachen und Öffnen der Augen arger Kopfschmerz, welcher beim Aufstehen vergeht. 22. Eingenommenheit des Kopfes, früh beim Erwachen, in wirklich drückenden Kopfschmerz sich verwandelnd, der sich besonders in der Stirne fixierte, und die Augen so angriff, daß die Bewegung der Augenlider und der Augäpfel in ihnen schmerzhaft wurde, durch Treppensteigen und jede andere Körperbewegung gesteigert. 27. Zuckender Kopfschmerz, welcher sich vermehrt, wenn man die Augen aufschlägt. 50. Früh (im Bette) beim Liegen auf der einen oder anderen Seite, ein wütender Kopfschmerz, als wenn es zu den Schläfen herausdringen wollte, durch Liegen auf dem Rücken erleichtert. 62. Früh beim Erwachen Kopfschmerz, als wenn das Gehirn zertrümmert und zermalmt wäre; beim Aufstehen vergeht er und es wird ein Zahnschmerz daraus, als wenn der Zahnnerv zertrümmert und zermalmt wäre, welcher ähnliche Schmerz dann ins Kreuz übergeht; beim Nachdenken erneuert sich jenes Kopfweh. 78. Schmerz in Gelenke des Unterkinnbackens, früh, beim Liegen. 142. Früh, in dem Bette, scharfdrückender Schmerz in den Halswirbeln in der Ruhe. 486. Heftige, wütende, lanzinierende Schmerzen in einem hohlen Backenzahn, morgens, und besonders nach dem Essen, kein Schmerz während des Essens. Wärme erleichtert, ebenso wie Gehen und Bewegung. Möchte die Kiefer zusammenbeißen, dabei keine Verstärkung der Schmerzen. 1659. Kopfschmerz beim Erwachen drückender Art im ganzen Kopfe. 2078. Rechtsseitiger frontotemporaler Kopfschmerz beim Erwachen, verstärkt durch Bewegung und Tabakrauch, gebessert durch Einhüllen des Kopfes. 3151. Kopfschmerzen meist morgens beim Aufwachen. 3543. Morgens im Bett Schmerzen in der linken Nackenseite innerlich bis zur linken Kopfseite, bei Bewegung, aber entschieden besser nach dem Aufstehen. 3580.

3 Morgens nach dem Aufstehen. Vormittags. Morgens am heftigsten. Nach dem Mittagsschlaf. 13 Uhr.

Wüstheit im Kopfe, früh nach dem Aufstehen. 11. Gleich nach dem Mittagsschlafe, Kopfweh: ein allgemeines Drücken durch das ganze Gehirn, als wenn des Gehirns, oder des Blutes zu viel im Kopfe wäre, durch Lesen und Schreiben allmählich vermehrt. 46. Im äußeren Augenwinkel stechendes Reißen; die Augen schwären früh zu und tränen vormittags. 85. Zusammenschnürende Empfindung in den Hypochondern, wie bei Leibesverstopfung, mit einem einseitigen Kopfweh, wie von einem ins Gehirn eingedrückten Nagel, früh. 297. Die Eingenommenheit des Kopfes fand sich nach einer ruhig durchschlafenen Nacht wieder ein, verwandelte sich aber bald in wirklichen drückenden Kopfschmerz, der sich besonders in der Stirne fixierte und die Augen so angriff, daß die Bewegung der Augenlider und der Augäpfel in ihnen schmerzhaft wurde. Beim Treppensteigen und bei jeder anderen kräftigeren Körperbewegung zeigte sich der erwähnte Kopfschmerz heftiger. 810a. Gegen 13 Uhr bildete sich dumpfer Kopfschmerz aus, der sich mehr auf die rechte Stirnhälfte beschränkte und sich von da aus zugleich mit auf das rechte Auge ausdehnte und dieses Organ gegen das Licht sehr empfindlich stimmte. Dieser Schmerz im rechten Auge vermehrte sich, wenn ein Teil desselben bewegt wurde. 811. Gegen 10 Uhr zeigte sich eine leichte Benommenheit im ganzen Kopfe, ziemlich ähnlich derjenigen, welche einem Schnupfen vorauszugehen pflegt. Sie wurde von einem leichten Drucke in der rechten Stirngegend über dem dasigen Augenbrauenbogen begleitet. 827. Der Kopf war von 9 bis 12 Uhr auf eine lästige Weise benommen, wozu sich noch stechende

Schmerzen in der ganzen Stirne und im rechten Hinterkopfe gesellten. Die Schmerzen in der letzteren Gegend äußerten sich jedoch mehr drückend als stechend. 827a. Der Kopfschmerz fing 8 Uhr an. 1174. Wechselfieber. Morgens 8 Uhr werden die Finger weiß und kalt, der Kopf tut sehr weh, als wenn es sich darin bewegte. 1275. Zusammendrückende Schmerzen unter dem Augenhöhlen, am heftigsten morgens. 1576. Exacerbationen des Augenschmerzes gewöhnlich nachts und morgens, stärker im Liegen und in der Sonne, Bewegung tat gut. 1693. Morgens Kopfweh und etwas benommen. Schmerz in der Stirn mit Druck auf die Augen. 2130. Periodische Kopfschmerzen, die jede Woche zum gleichen Tag und zur gleichen Stunde kommen und 48 Stunden anhalten, sie kommen und gehen 11 Uhr. 2310. Gesichtsschmerzkrisen hervorgerufen durch Bewegung, Mahlzeiten und Aufstehen morgens. 2487. Kopfschmerz verstärkt morgens, durch Kaffee, Tabak, Geräusch, Alkohol, Lesen und Schreiben, Sonnenlicht und Bewegung der Augen. 2592. Durchfall und Kopfschmerzen schlechter am Vormittag und von Kaffee. 2625.

4   Abends. Nachmittags. Nachts. Am Ende des Tages. Vor dem Einschlafen. Nach 17 Uhr. 20 Uhr. 20.30 Uhr. 21 Uhr. 1 Uhr. Nach Mitternacht.
Drückender Schmerz, besonders in der rechten Stirnhälfte, welcher nach dem rechten Auge herabzog und sich da besonders so äußerte, als wollte er den rechten Augapfel herausdrücken, nachmittags. 37. Zerreißender Kopfschmerz nach Mitternacht beim Liegen auf der Seite, welcher beim Liegen auf dem Rücken vergeht. 48. Vor dem Einschlafen Druck in beiden Jochbeinen. 111. Raffende, wühlende Schmerzen in den Schneidezähnen, abends. 141. Nachts auf der einen oder der anderen Seite, worauf man liegt, Schmerz, wie zerschlagen, in den Gelenken des Halses, des Rückens und der Schulter, welcher bloß im Liegen auf dem Rücken vergeht. 601. Gegen 20 Uhr Schwere und Eingenommenheit des Kopfes, schmerzendes Drücken über den Augen nebst Drücken in den Augäpfeln selbst, besonders wenn er ins Licht sah. 815. Abends halb neun Uhr überraschte ihn plötzlich das Drücken im Kopfe, das sich bald an dieser, bald an jener Stelle besonders hervortat, das aber das Einschlafen nicht hinderte. 834. Benommenheit des Kopfes, welche sich 21 Uhr in drückenden Schmerz im Scheitel verwandelte. Um 22 Uhr zog sich dieser Schmerz mehr nach der Stirne und nach dem linken Auge herab, ob er gleich den ganzen Kopf einnahm. Mit diesem Schmerze begannen meine Augen, besonders aber das linke, zu brennen und zu tränen, die Augenlider schwollen an und die Meibomschen Drüsen sonderten viel Schleim ab. 837. Nachmittags überraschte mich der drückende Kopfschmerz, dieses Mal besonders in der rechten Stirnhälfte, welcher nach dem rechten Auge herabzog und sich da besonders so äußerte, als wollte er mir den rechten Augapfel herausdrücken. Gleichzeitig fand sich Brennen in den Augen und vermehrte Absonderung der Tränen ein, auch wurde von den Meibomschen Drüsen mehr Schleim ausgeschieden. 838c. Nachts 1 Uhr Fieberhitze, 1 Stunde hindurch, besonders im Gesichte, mit klopfendem Kopfschmerz in der Stirne und wenig Durst. 1000. Die Nächte brachte sie, der heftigen Kopf- und Armschmerzen wegen, ganz schlaflos zu. 1054. Exacerbationen des Augenschmerzes gewöhnlich nachts und morgens, stärker im Liegen und in der Sonne, Bewegung tat gut. 1693. Die Anfälle von Kopfschmerz kommen gewöhnlich alle Nachmittage oder abends beim Bettgehen, sie hat dann jedesmal Frost mit Trockenheit im Munde. 1899. Jeden Abend, nachdem sie etwa eine halbe Stunde im Bett gelegen hat, Schmerzen im rechten Unterkiefer bis zur Schläfe, dauert 1-1 1/2 Stunden ohne Unterbrechung, aber in Exacerbationen. 1992. Supraorbitalneuralgie war abends im warmen Zimmer entstanden. 2075. Abends Kälte und Druckschmerz in der Stirn, verlangt oft Wasser zu trinken, nach dessen Genuß sie bittere, schleimige Flüssigkeit aufstößt. 2128. Heftiger bohrender Schmerz in der linken Schläfe, schlechter beim Niederlegen abends, teilweise Besserung durch Liegen auf der schmerzhaften Seite. 2307. Tic douloureux mit Kopfkongestion, schlaflose Nächte. 2309. In der ersten Nacht während des Kopfschmerzanfalls kann sie nicht schlafen, obwohl sie vor den geschlossenen Augen Figuren und Objekte sich bewegen sieht. 2315. Zuckender Gesichtsschmerz jeden Nachmittag nach 17 Uhr, mit Gesichtsschweiß. 2354. Migräne beginnt morgens beim Erwachen oder abends. 2756. Kindliche Kopfschmerzen, Kopfermüdung, kommen am Ende des Tages nach einer Stressperiode. 3070. Tagsüber Kopfweh etwas besser, abends und nachts stärker. 3592.

5 Dauer. Periodizität: 1, 2, 3, 8, 12 Stunden lang. 1, 2, 3, 4, 8 Tage lang. Am Wochenende. Jeden Sonntag. Jeden Freitag. Am gleichen Tag zur gleichen Stunde. Alle 1, 2, 3 Monate.
Drückender Schmerz hinter und über dem oberen Augenlide beider Augen, 2 Stunden lang. 34. Drückender Schmerz hinter und über dem oberen Augenlide beider Augen, zwei Stunden lang anhaltend. 813.   Der Kopfschmerz währte halbe oder ganze Stunden lang, schwand dann gänzlich, setzte ebenso lange aus und bildete einen neuen Anfall von den genannten Zeiträumen und bestand in diesem Wechsel bis zum Abend fort. 821.   Es wurde ihm, als überfiele ihn plötzlich ein Schnupfen, denn das beginnende dumpfe Drücken im Vorderkopfe zog bestimmt bis in die Nasenhöhlen hinab und brachte daselbst fast 10 Minuten lang das Gefühl hervor, das ein heftiger Schnupfen daselbst zu veranlassen pflegt. 833.   Ungeheurer Schmerz an der linken Seite der Stirn über den Augenbrauen, der sich nach derselben Seite hinzog, in so hohem Grade, daß sie wie ein unbändiges Kind weinte und jammerte, und Tag und Nacht davon gefoltert wurde. 1170.   Die Regel erscheint und nun steigert sich der Kopfschmerz so, daß er regelmäßig 6 Stunden zu- und ebensolange abnimmt. 1365.   Der Kopfschmerz verläßt sie selten unter 2-3 Tagen, und während der ganzen Zeit der Regeln muß sie das Bett hüten. 1369.   Jeden Abend, nachdem sie etwa eine halbe Stunde im Bett gelegen hat, Schmerzen im rechten Unterkiefer bis zur Schläfe, dauert 1-1 1/2 Stunden ohne Unterbrechung, aber in Exacerbationen. 1992.   Migräne alle 2-3 Monate, Dauer 3 Tage bis 3 Wochen. 2189.   Der Kopfschmerz kommt monatlich, meist am Sonntag, auch zu Weihnachten. 2287.   Periodische Kopfschmerzen, die jede Woche zum gleichen Tag und zur gleichen Stunde kommen und 48 Stunden anhalten, sie kommen und gehen 11 Uhr. 2310.   Nach 12 Stunden wandert der zusammendrückende und brennende Schmerz zum Scheitel und bleibt dort mehrere Stunden. 2312.   Kopfschmerz vom Scheitel bis zur Nasenwurzel, im Anfang monatlich, zuletzt jeden Freitag, 12-24 Stunden lang. 2424.   Migräne mit Übelkeit, etwa alle 4 Wochen, 8 Stunden lang. 2754.   Kopfschmerzanfälle dauern 3-4 Tage. 2903.   Kopfschmerzanfälle kommen 2 Tage nach Gemütsbewegung, 1-2 Tage vorher ist sie besonders lebhaft und aufgeräumt. 2906.   Neigt zu periodischem Kopfschmerz. 3158.   Migräne einmal im Monat von der rechten Nackenhälfte zum rechten Auge. 3316.   Kopfschmerz dauert mindestens eine Woche lang. 3412.   Am Wochenende ständig Kopfschmerzen mit Übelkeit, nach Erbrechen wird es besser. 3520.

KOPFSCHMERZEN   Modalitäten

1 Daraufliegen bessert. Druck bessert. Daraufschlagen scheint zu bessern.
Ziehen und Stechen in beiden Ohren, welches durch Zuhalten derselben gemindert wurde. 1113. Oft preßte sie die Hände fest an die Stirne oder griff nach der linken Rippenreihe, der Atem setzte manchmal lange aus. 1845.   Schmerz über dem rechten Auge verstärkt durch Geräusche, Händewaschen in kaltem Wasser, Vorwärtsbeugen des Kopfes, hartes Auftreten, besser durch leichten Druck, Rückenlage, Hitze. 2194.   Schmerz in der Kopfseite, als wenn ein Nagel herausgetrieben würde, besser durch darauf Liegen. 2199.   Heftiger Kopfschmerz besser durch Druck und Ruhe, stärker durch Licht, Geräusch und Denken. 2272.   Heftiger bohrender Schmerz in der linken Schläfe, schlechter beim Niederlegen abends, teilweise Besserung durch Liegen auf der schmerzhaften Seite. 2307.   Kopfschmerz besser durch Lagewechsel und Liegen auf der schmerzhaften Seite. 2593. Heftige Zahnschmerzen ziehen und reißen durch den ganzen Kiefer, verschlimmern sich durch warme Speisen und Getränke, bessern sich in der Ruhe und wenn der Kopf fest gegen ein Kissen gedrückt wird. 2870.   Anfälle von Kopfschmerzen mit Brennen, stets halbseitig, rechts oder links vom Scheitel, besser auf Druck. 2902.   Kopfschmerz, als wenn ein Nagel durch die Seite herausgetrieben wird, besser durch darauf Liegen. 2946.   Rheumatische Schmerzen besser durch festen Druck. 3084.   Liegen auf der kranken Seite bessert die Kopfschmerzen. 3228.   Einseitiges Kopfweh,

wenn ich etwas darauf decke oder wenn ich darauf liege, ist es besser. 3425. Druck im Kopf auf die Augen, äußerer Druck bessert. 3433. Manchmal Stechen im Kopf an verschiedenen Stellen, besser durch Draufdrücken, besonders Druck im Nacken bessert. 3445. Ich habe Zeiten gehabt, wo ich den Migränekopfschmerz durch einen Schlag mit der Hand betäuben wollte. 3455. Kopfweh besser durch Liegen auf der schmerzhaften Seite. 3460. Kopfschmerz so halb über den Augen, vielleicht ein langes Ziehen, besser, wenn ich über den Augen massiere. 3523. Kopfschmerz, wenn ich auf eine bestimmte Stelle draufdrücke, ist der Schmerz für einen Moment weg, kommt dann aber bald wieder. 3524. Kopfschmerzen, manchmal klopfe ich auf die Stirn, das erleichtert. Klopfen oder fest drücken. 3548.

2   Tabakrauchen. Wenn jemand raucht im Zimmer. Starke Gerüche.

Der Tabakrauch beißt vorn an der Zunge und erregt (stumpfen?) Schmerz in den Schneidezähnen. 200. Durch starke Bewegung, vieles Sprechen, Tabakrauch, Branntwein, Parfümerien entsteht Kopfweh, wie wenn ein Nagel aus den Schläfen herausdrückte. 1182. Die Kopfschmerzen werden verschlimmert durch Kaffee, Branntwein, Tabakrauchen, Geräusch und Gerüche. 1439. Kopfschmerz verstärkt durch Rauchen oder Schnupfen, oder in einem Raum, wo ein anderer raucht. 2202. Hinterkopfschmerz, schlechter durch Kälte, Rauchen, Schnupfen, Tabakriechen, besser durch äußere Wärme. 2223. Drückender Kopfschmerz, schlechter von Tabakrauch, in einem vollgerauchten Raum. 2551. Kopfschmerz verstärkt morgens, durch Kaffee, Tabak, Geräusch, Alkohol, Lesen und Schreiben, Sonnenlicht und Bewegung der Augen. 2592. Kann Tabak nicht vertragen, erregt oder verstärkt Kopfschmerz. 2947. Schmerzen und Kopfschmerz verstärkt durch Kaffee und Tabak. 3026. Rechtsseitiger frontotemporaler Kopfschmerz beim Erwachen, verstärkt durch Bewegung und Tabakrauch, gebessert durch Einhüllen des Kopfes. 3151. Kopfweh nur tags durch Kaffee und starke Gerüche. 3205. Licht, Gerüche sind unerträglich bei Kopfschmerzen. 3461.

3   Angestrengte Aufmerksamkeit beim Lesen, Zuhören oder Reden verstärkt den Kopfschmerz, während freies Nachdenken oder stilles Lesen und Schreiben eher bessert. Sprechen und Denken durch die Kopfschmerzen erschwert.

Benommenheit des Kopfes mit Schmerzen in der rechten Seite desselben, besonders im Hinterkopfe, das Denken und Sprechen erschwerend. 23. Rauschähnliche Benommenheit des Kopfes, den ganzen Tag andauernd, und mehrmals in wirkliche drückende Schmerzen der Stirne und besonders der rechten Hälfte derselben übergehend und das Denken sehr erschwerend. 26. Beim Gehen in freier Luft drückender Kopfschmerz in der einen Gehirnhälfte, welcher durch Reden und Nachdenken sich vermehrt. 64. Beim Reden und stark Sprechen entsteht ein Kopfschmerz, als wenn der Kopf zerspringen wollte, welcher beim stillen Lesen und Schreiben ganz vergeht. 65. Beim Reden verstärktes Kopfweh. 66. Beim Lesen und angestrengter Aufmerksamkeit auf den Redner vermehrt sich das Kopfweh, nicht aber durch bloßes, freies Nachdenken. 67. Rauschähnliche Benommenheit des Kopfes, welche den ganzen Tag hindurch continuierte und mehrmals in wirkliche drückende Schmerzen der Stirne und besonders der rechten Hälfte derselben überging, auch das Denken sehr erschwerte. 810. Schwindel in einem so hohen Grade, daß er beim Gehen wankte und sich nur mit Mühe aufrecht erhalten konnte. Einzelne Stiche fuhren ihm durch den Kopf, es stellte sich Ohrenbrausen ein und vor den Augen bewegten sich scheinbar die vorliegenden Gegenstände. Daher vermochte er auch kaum, einen Gedanken auf einen Augenblick festzuhalten. 812a. Gegen 9 Uhr erschien Benommenheit des Kopfes, wozu sich Schmerzen in der rechten Seite desselben, besonders im Hinterkopfe, weniger dagegen in der Stirne mischten. Beide Symptome erschwerten nicht allein das Denken, sondern sogar auch das Sprechen. 828. Durch starke Bewegung, vieles Sprechen, Tabakrauch, Branntwein, Parfümerien entsteht Kopfweh, wie wenn ein Nagel aus den Schläfen herausdrückte. 1182. Schmerz wie Reißen durch alle Glieder, als wenn es herausbrechen wollte, der Kopfschmerz wird so heftig, daß sie ohnmächtig wird, jeder starke Ton, starkes Reden, schon jeder hörbare Fußtritt ist ihr zuwider. 1184. Jedes Geräusch, Sprechen, jede Bewegung etc. vermehrt Kopfschmerz, Erbrechen und Delir. Das Tageslicht ist ihr unerträglich. 1368. Entsetzliche Kopfschmerzen, sobald er anfängt fürs Examen zu arbeiten. 3243. Während eines intensiven

Gesprächs habe ich plötzlich ein schwer zu beschreibendes Gefühl gehabt: Das Gefühl, als sei der Kopf frei, hat sich verschärft, als hätte man zu viel Kaffee getrunken. 3570.

4   Vorwärtsbeugen des Kopfes, tiefes Bücken, Kopf auf den Tisch legen bessern.
Er hängt den Kopf vor. 16.   Er legt den Kopf vorwärts auf den Tisch. 17.   Schwere des Kopfs, als wenn er (wie nach allzu tiefem Bücken) zu sehr mit Blut angefüllt wäre, mit reißendem Schmerze im Hinterhaupte, welcher beim Niederlegen auf den Rücken sich mindert, beim aufrechten Sitzen sich verschlimmert, aber bei tiefem Vorbücken des Kopfs im Sitzen sich am meisten besänftigt. 19. Drückendes Kopfweh in der Stirne, über der Nasenwurzel, welches den Kopf vorzubücken nötigt; hierauf Brecherlichkeit. 51.   Kopfweh, durch Bücken vermehrt oder vermindert. 1435.   Die geringste Bewegung erhöht die Kopfschmerzen, Pat. muß ruhig auf dem Rücken liegen mit geschlossenen Augen oder sitzend den Kopf auf den Tisch auflegen. 2108.   Druck von innen nach außen, Gefühl, als sei sehr viel Blut im Kopf, Spannung, besser durch Liegen und Vorwärtsbeugen. 3578. Benommenheit und Übelkeit im Stehen noch mehr, wenn ich hinkniee und mit meinem Sohn spiele, habe ich das Gefühl, daß der Kopf besser durchblutet ist, die Übelkeit ist dann auch besser. 3656.

5   Seitenlage. Rückenlage bessert.
Schwere des Kopfs, als wenn er (wie nach allzu tiefem Bücken) zu sehr mit Blut angefüllt wäre, mit reißendem Schmerze im Hinterhaupte, welcher beim Niederlegen auf den Rücken sich mindert, beim aufrechten Sitzen sich verschlimmert, aber bei tiefem Vorbücken des Kopfs im Sitzen sich am meisten besänftigt. 19.   Reißendes Kopfweh in der Stirne und hinter dem linken Ohre, welches beim Liegen auf dem Rücken erträglich ist, durch Aufrichten des Kopfes sich verstärkt, bei Hitze und Röte der Wangen und heißen Händen. 47.   Zerreißender Kopfschmerz nach Mitternacht beim Liegen auf der Seite, welcher beim Liegen auf dem Rücken vergeht. 48.   Früh (im Bette) beim Liegen auf der einen oder anderen Seite, ein wütender Kopfschmerz, als wenn es zu den Schläfen herausdringen wollte, durch Liegen auf dem Rücken erleichtert. 62.   Nachts auf der einen oder der anderen Seite, worauf man liegt, Schmerz, wie zerschlagen, in den Gelenken des Halses, des Rückens und der Schulter, welcher bloß im Liegen auf dem Rücken vergeht. 601.   Wenn er sich ins Bett legt, sich gerade ausstreckt, den Kopf und Rücken etwas nach hinten neigt, und dann warm wird, ist ihm noch am besten. 1330.   Die geringste Bewegung erhöht die Kopfschmerzen, Pat. muß ruhig auf dem Rücken liegen mit geschlossenen Augen oder sitzend den Kopf auf den Tisch auflegen. 2108.   Sie lag ruhig auf dem Rücken, weil die geringste Bewegung den Kopfschmerz erhöhte. 2132.   Schmerz über dem rechten Auge verstärkt durch Geräusche, Händewaschen in kaltem Wasser, Vorwärtsbeugen des Kopfes, hartes Auftreten, Besser durch leichten Druck, Rückenlage, Hitze. 2194.   Bei Seitenlage Nackenschmerzen. 3532.   Kopfweh, Hinlegen bessert manchmal, besser, wenn ich auf dem Rücken liege, wenn ich mich auf die Seite drehe, kommt es wieder. 3606.

6   Liegen. Ruhe. Aufstehen bessert. Lagewechsel bessert. Herumgehen bessert.
Früh, im Bette, beim Erwachen und Öffnen der Augen arger Kopfschmerz, welcher beim Aufstehen vergeht. 22.   Früh beim Erwachen Kopfschmerz, als wenn das Gehirn zertrümmert und zermalmt wäre; beim Aufstehen vergeht er und es wird ein Zahnschmerz daraus, als wenn der Zahnnerv zertrümmert und zermalmt wäre, welcher ähnliche Schmerz dann ins Kreuz übergeht; beim Nachdenken erneuert sich jenes Kopfweh. 78.   Schmerz in Gelenke des Unterkinnbackens, früh, beim Liegen. 142.   Früh, in dem Bette, scharfdrückender Schmerz in den Halswirbeln in der Ruhe. 486.   Heftige, wütende, lanzinierende Schmerzen in einem hohlen Backenzahn, morgens, und besonders nach dem Essen, kein Schmerz während des Essens. Wärme erleichtert, ebenso wie Gehen und Bewegung. Möchte die Kiefer zusammenbeißen, dabei keine Verstärkung der Schmerzen. 1659.   Kopfschmerz, sie bekommt Zähneknirschen und Zuckungen in der Gliedern, Schweiß bricht aus, nachher ist sie todesmatt. 1664.   Jeden Abend, nachdem sie etwa eine halbe Stunde im Bett gelegen hat, Schmerzen im rechten Unterkiefer bis zur Schläfe, dauert 1-1 1/2 Stunden ohne Unterbrechung, aber in Exacerbationen. 1992.   Heftiger bohrender Schmerz in der linken Schläfe, schlechter beim Niederlegen abends, teilweise Besserung durch Liegen auf der schmerzhaften Seite. 2307.   Bei den

Modalitäten / KOPFSCHMERZEN

heftigen Kopfschmerzen kann sie sich nicht niederlegen, aber muß mit geschlossenen Augen in einem dunklen Raum bleiben. 2316. Kopfschmerz besser durch Lagewechsel und Liegen auf der schmerzhaften Seite. 2593. Kopfschmerzen stärker beim Hinlegen. 3444. Morgens im Bett Schmerzen in der linken Nackenseite innerlich bis zur linken Kopfseite, bei Bewegung, aber entschieden besser nach dem Aufstehen. 3580. Wenn ich auf der Station herumlaufen muß, spüre ich das Kopfweh nicht so. Wenn ich dann einen Moment ausruhe, merke ich es ziemlich stark. 3607. Wenn ich liege, pocht es mir hier im Nacken, ich spüre den Herzschlag dann auch im Unterbauch und in den Armen, eigentlich im ganzen Körper. 3665.

7   Bücken. Aufrichten vom Bücken bessert.
Kopfweh, welches sich vom Vorbücken vermehrt. 20. Gleich nach Tiefbücken entstehender Kopfschmerz, welcher beim Aufrichten schnell wieder vergeht. 21. Über der rechten Augenhöhle, an der Nasenwurzel, drückendes und etwas ziehendes Kopfweh, durch tiefes Bücken erneuert. 58. Kopfweh, durch Bücken vermehrt oder vermindert. 1435. Beim Bücken Schwere in der Stirn, als wäre ein Eimer voll Wasser daselbst. 1891. Schmerz über dem rechten Auge verstärkt durch Geräusche, Händewaschen in kaltem Wasser, Vorwärtsbeugen des Kopfes, hartes Auftreten, Besser durch leichten Druck, Rückenlage, Hitze. 2194. Schmerz in einer Stelle im rechten Seitenbein, vermehrt durch Bücken. Schmerz in der rechten Brust. 2421. Schmerz wie von einer Beule über dem rechten Auge, besonders beim Niederbeugen des Kopfes, der Fleck ist druckempfindlich, der Schmerz wird durch Wind hervorgerufen. 2522. Bücken verstärkt die Kopfschmerzen. 3389.

8   Bewegung. Jede Bewegung. Anstrengung. Ruhe, Liegen bessert.
Eingenommenheit des Kopfes, früh beim Erwachen, in wirklich drückenden Kopfschmerz sich verwandelnd, der sich besonders in der Stirne fixierte, und die Augen so angriff, daß die Bewegung der Augenlider und der Augäpfel in ihnen schmerzhaft wurde, durch Treppensteigen und jede andere Körperbewegung gesteigert. 27. Schmerz in der Stirngegend, der sich bald mehr nach dem rechten, bald nach dem linken Augapfel hin erstreckte, und durch Körperbewegung verschlimmert wurde. 28. Zuckender Schmerz im Kopfe beim Steigen. 49. Schmerz in der Drüse unter der Kinnbackenecke bei Bewegung des Halses. 175. Reißender Schmerz im Nacken, wenn man den Hals bewegt, wie vom Verdrehen des Halses. 489. Die Eingenommenheit des Kopfes fand sich nach einer ruhig durchschlafenen Nacht wieder ein, verwandelte sich aber bald in wirklichen drückenden Kopfschmerz, der sich besonders in der Stirne fixierte und die Augen so angriff, daß die Bewegung der Augenlider und der Augäpfel in ihnen schmerzhaft wurde. Beim Treppensteigen und bei jeder anderen kräftigeren Körperbewegung zeigte sich der erwähnte Kopfschmerz heftiger. 810a. Er klagte nach dem Anfall über starke Übelkeit, heftigen nach außen pressenden Kopfschmerz, der sich durch Aufrichten und Bewegen vermehrte und Schwindel verursachte, Zerschlagenheit am ganzen Körper und Schläfrigkeit. 1074. In kurzen Abständen erscheinendes und von innen nach außen zu kommendes heftiges Pressen im ganzen Kopfe, mitunter auch Reißen in der Stirne, welches beides durch ruhiges Liegen vermindert wird, schon den Morgen vor dem Fieberanfalle anfängt, aber während desselben am stärksten ist. 1086. Durch starke Bewegung, vieles Sprechen, Tabakrauch, Branntwein, Parfümerien entsteht Kopfweh, wie wenn ein Nagel aus den Schläfen herausdrückte. 1182. Jedes Geräusch, Sprechen, jede Bewegung etc. vermehrt Kopfschmerz, Erbrechen und Delir. Das Tageslicht ist ihr unerträglich. 1368. Schmerzen in dem früher verletzten Auge besonders bei Wetterwechsel, nach Aufregung oder Anstrengung. 1690. Unerträgliches Kopfweh, beim Gehen dubbert's im Kopf, das geringste Geräusch vermehrt den Schmerz. 1890. Die geringste Bewegung erhöht die Kopfschmerzen, Pat. muß ruhig auf dem Rücken liegen mit geschlossenen Augen oder sitzend den Kopf auf den Tisch auflegen. 2108. Sie lag ruhig auf dem Rücken, weil die geringste Bewegung den Kopfschmerz erhöhte. 2132. Heftiger Kopfschmerz besser durch Druck und Ruhe, stärker durch Licht, Geräusch und Denken. 2272. Gesichtsschmerzkrisen hervorgerufen durch Bewegung, Mahlzeiten und Aufstehen morgens. 2487. Jedesmal vor Eintritt der Regel unter dem rechten Stirnhöcker ein so furchtbarer Schmerz, daß sie sich ins Bett legen mußte und sich durch lautes Schreien und Stöhnen zu helfen glaubte. 2497. Zahnschmerz in

gesunden Zähnen bei jeder Anstrengung, geistig oder körperlich, z. B. beim Rennen oder bei Schularbeiten. 2610.   Heftige Zahnschmerzen ziehen und reißen durch den ganzen Kiefer, verschlimmern sich durch warme Speisen und Getränke, bessern sich in der Ruhe und wenn der Kopf fest gegen ein Kissen gedrückt wird. 2870.   Rechtsseitiger frontotemporaler Kopfschmerz beim Erwachen, verstärkt durch Bewegung und Tabakrauch, gebessert durch Einhüllen des Kopfes. 3151.   Beim Schlucken sticht es mich durch die Ohren hinaus. 3488.   Druck von innen nach außen, Gefühl, als sei sehr viel Blut im Kopf, Spannung, besser durch Liegen und Vorwärtsbeugen. 3578.   Migräne, das Gefühl von Benommenheit ist dauernd da, es wird anfallsweise stärker mit Erbrechen. 3654.

9   Augenbewegung. Augenanstrengung. Lesen, Schreiben, Nähen.

Eingenommenheit des Kopfes, früh beim Erwachen, in wirklich drückenden Kopfschmerz sich verwandelnd, der sich besonders in der Stirne fixierte, und die Augen so angriff, daß die Bewegung der Augenlider und der Augäpfel in ihnen schmerzhaft wurde, durch Treppensteigen und jede andere Körperbewegung gesteigert. 27.   Zuckender Kopfschmerz, welcher sich vermehrt, wenn man die Augen aufschlägt. 50.   Unbeweglicher Wundheitsschmerz in den vordersten Backzähnen, vorzüglich beim Lesen. 138.   Die Eingenommenheit des Kopfes fand sich nach einer ruhig durchschlafenen Nacht wieder ein, verwandelte sich aber bald in wirklichen drückenden Kopfschmerz, der sich besonders in der Stirne fixierte und die Augen so angriff, daß die Bewegung der Augenlider und der Augäpfel in ihnen schmerzhaft wurde. Beim Treppensteigen und bei jeder anderen kräftigeren Körperbewegung zeigte sich der erwähnte Kopfschmerz heftiger. 810a.   Gegen 13 Uhr bildete sich dumpfer Kopfschmerz aus, der sich mehr auf die rechte Stirnhälfte beschränkte und sich von da aus zugleich mit auf das rechte Auge ausdehnte und dieses Organ gegen das Licht sehr empfindlich stimmte. Dieser Schmerz im rechten Auge vermehrte sich, wenn ein Teil desselben bewegt wurde. 811.   Schmerzhaftes Reiben in den Augen, beim Öffnen und Drehen der Augen werden die Kopfschmerzen verstärkt. 1614.   Zuweilen durchfuhr ein zuckender Schmerz das linke Auge, am unangenehmsten war es im Gefühl von Druck und Schwere, als sollte es herausfallen, namentlich bei Anstrengung wie Lesen, Nähen. 2423.   Kopfschmerz verstärkt morgens, durch Kaffee, Tabak, Geräusch, Alkohol, Lesen und Schreiben, Sonnenlicht und Bewegung der Augen. 2592.   Allgemeine Erschöpfung, Lesen und Nähen machen Kopfschmerz und Übelkeit. 2779.   Auf dem rechten Auge Druck, es tat richtig weh, wenn ich das Auge gedreht habe. 3669.

10   Berührung.

Äußeres Kopfweh; beim Anfühlen tut der Kopf weh. 75.   Äußerer Kopfschmerz: es zieht von den Schläfen über die Augenhöhlen; bei der Berührung schmerzt es wie zerschlagen. 76.   Der eine Vorderzahn schmerzt wie taub und wie lose, bei jeder Berührung mit der Zunge schmerzhafter. 136.   Schmerz am Halse beim Befühlen, als wenn da Drüsen geschwollen wären. 171.   Einfacher, bloß bei Berührung fühlbarer, heftiger Schmerz, hie und da, auf einer kleinen Stelle, z. B. an den Rippen u. s. w. 618.   Die leiseste Berührung an der linken Seite der Stirn war ihr unerträglich. 1171.   Schmerz in der linken Stirnseite, zugleich zeigte sich in der Gegend des linken Stirnhügels ein kleines rundes Fleckchen von der Größe eines Flohstiches und von bräunlich roter dunkler Farbe, das einen schwarzen Punkt in der Mitte hatte und bei der geringsten Berührung so schmerzend war, daß sie laut aufschrie und ihr Tränen aus den Augen liefen. 1172.   Stiche in der rechten Schläfe und im Ohre, die Seite darf nicht berührt werden, es schmerzt dann wie Blutschwär. 1893.   Am Tag nach dem Kopfschmerz Kopfhaut empfindlich und Gefühl, als könne der Schmerz jederzeit durch eine Kleinigkeit wiederkommen. 2286.   Schmerz wie von einer Beule über dem rechten Auge, besonders beim Niederbeugen des Kopfes, der Fleck ist druckempfindlich, der Schmerz wird durch Wind hervorgerufen. 2522.   Heftiger Schmerz in verschiedenen Teilen an kleinen Stellen, nur bemerkbar bei Berührung der Stellen. 2599.

11   Geräusche.

Ziehen und Stechen in beiden Ohren, welches durch Zuhalten derselben gemindert wurde. 1113.   Schmerz wie Reißen durch alle Glieder, als wenn es herausbrechen wollte, der Kopfschmerz wird so heftig, daß sie ohnmächtig wird, jeder starke Ton, starkes Reden, schon jeder hörbare Fußtritt ist ihr zuwider. 1184.   Jedes Geräusch, Sprechen, jede Bewegung etc. vermehrt Kopfschmerz, Erbrechen und Delir. Das Tageslicht ist ihr unerträglich. 1368.   Die Kopfschmerzen werden verschlimmert durch Kaffee, Branntwein, Tabakrauchen, Geräusch und Gerüche. 1439.   Kopfweh nach Ärger und durch Geräusch verschlimmert. 1670.   Unerträgliches Kopfweh, beim Gehen dubbert's im Kopf, das geringste Geräusch vermehrt den Schmerz. 1890.   Schmerz hauptsächlich über die Stirn, immer durch jede Erregung verschlimmert, kann nicht das geringste Geräusch vertragen. 2014.   Schmerz über dem rechten Auge verstärkt durch Geräusche, Händewaschen in kaltem Wasser, Vorwärtsbeugen des Kopfes, hartes Auftreten, besser durch leichten Druck, Rückenlage, Hitze. 2194.   Heftiger Kopfschmerz besser durch Druck und Ruhe, stärker durch Licht, Geräusch und Denken. 2272.   Wärme bessert, Geräusche, aber nicht Licht, verstärken den Kopfschmerz. 2283.   Kopfschmerz verstärkt morgens, durch Kaffee, Tabak, Geräusch, Alkohol, Lesen und Schreiben, Sonnenlicht und Bewegung der Augen. 2592.   Licht, Gerüche sind unerträglich bei Kopfschmerzen. 3461.   Wenn ich einen Schreck durch etwas Lautes habe, fängt Schwindel an und Stechen im Kopf, meistens unter den Augenbrauen. Übelkeit dabei. 3508.

12 Licht.
Dumpfer Kopfschmerz, der sich mehr auf die rechte Stirnhälfte beschränkte und sich von da aus zugleich mit auf das rechte Auge ausdehnte und dieses Organ gegen das Licht sehr empfindlich stimmte. 30.   Gelind drückende Schmerzen in der Stirngegend, durch das Sonnenlicht verschlimmert. 32.   Schmerzhaftes Drücken über den Augen und in den Augäpfeln selbst, besonders beim Sehen ins Licht. 94.   Gegen 13 Uhr bildete sich dumpfer Kopfschmerz aus, der sich mehr auf die rechte Stirnhälfte beschränkte und sich von da aus zugleich mit auf das rechte Auge ausdehnte und dieses Organ gegen das Licht sehr empfindlich stimmte. Dieser Schmerz im rechten Auge vermehrte sich, wenn ein Teil desselben bewegt wurde. 811.   Gegen 20 Uhr Schwere und Eingenommenheit des Kopfes, schmerzendes Drücken über den Augen nebst Drücken in den Augäpfeln selbst, besonders wenn er ins Licht sah. 815.   Vor und während der Regel beklagte sie sich über Schwere und Hitze im Kopfe, heftige drückende Schmerzen in der Stirne, Empfindlichkeit der Augen gegen das Licht, Ohrenklingen. 1177.   Jedes Geräusch, Sprechen, jede Bewegung etc. vermehrt Kopfschmerz, Erbrechen und Delir. Das Tageslicht ist ihr unerträglich. 1368.   Heftiges Kopfweh in der Stirn und über den Augen, der das Öffnen der Augen nicht erlaubt, gewöhnlich klopfend, Helle verschlimmert. 1410.   Kopfschmerz, das Tageslicht wird nicht vertragen. 2105.   Die geringste Bewegung erhöht die Kopfschmerzen, Pat. muß ruhig auf dem Rücken liegen mit geschlossenen Augen oder sitzend den Kopf auf den Tisch auflegen. 2108.   Heftiger Kopfschmerz besser durch Druck und Ruhe, stärker durch Licht, Geräusch und Denken. 2272.   Kopfschmerz, konnte nicht das mindeste Licht ertragen. 2498.   Kopfschmerz verstärkt morgens, durch Kaffee, Tabak, Geräusch, Alkohol, Lesen und Schreiben, Sonnenlicht und Bewegung der Augen. 2592.   Kopfschmerzen schlimmer von Licht. 2909.   Kopfschmerz als ob eine Nadel ins Gehirn gebohrt würde, im Kühlen und im Dunklen leichter. 3176.   Stirnkopfschmerz bis in die Augen, schlechter durch Licht. 3403.   Licht, Gerüche sind unerträglich bei Kopfschmerzen. 3461.

13 Kaffee. Tee. Alkohol.
Durch starke Bewegung, vieles Sprechen, Tabakrauch, Branntwein, Parfümerien entsteht Kopfweh, wie wenn ein Nagel aus den Schläfen herausdrückte. 1182.   Die Kopfschmerzen werden verschlimmert durch Kaffee, Branntwein, Tabakrauchen, Geräusch und Gerüche. 1439.   Kopfschmerz verstärkt morgens, durch Kaffee, Tabak, Geräusch, Alkohol, Lesen und Schreiben, Sonnenlicht und Bewegung der Augen. 2592.   Durchfall und Kopfschmerzen schlechter am Vormittag und von Kaffee. 2625.   Schmerzen und Kopfschmerz verstärkt durch Kaffee und Tabak. 3026.   Migräne, Kaffee lindert für den Augenblick, Alkohol verschlimmert. 3038.   Kopfweh nur tags durch Kaffee und starke Gerüche. 3205.   Kaffee macht Kopfschmerzen und Herzklopfen. 3256.   Kopfschmerzen manchmal nach Biertrinken. 3544.   Wenn ich Tee trinke, habe ich verstärkt Kopfschmerzen, mir wird manchmal sogar übel. 3616.

14 Schlechter nach dem Essen, besser während des Essens. Zu hastiges Essen.
Drückender Kopfschmerz, vermehrt, wenn er Speisen zu sich nahm. 45. Gegen das Ende der Mahlzeit fängt der Zahnschmerz an und erhöht sich nach dem Essen noch mehr. 140. Heftige, wütende, lanzinierende Schmerzen in einem hohlen Backenzahn, morgens, und besonders nach dem Essen, kein Schmerz während des Essens. Wärme erleichtert, ebenso wie Gehen und Bewegung. Möchte die Kiefer zusammenbeißen, dabei keine Verstärkung der Schmerzen. 1659. Kopfschmerz und Schwindel durch Essen verstärkt. 1916. Appetit besser als sonst, während des Essens Hinterkopfschmerz viel besser, aber bald nachher wieder schlechter. 2224. Gesichtsschmerzkrisen hervorgerufen durch Bewegung, Mahlzeiten und Aufstehen morgens. 2487. Heftige Zahnschmerzen ziehen und reißen durch den ganzen Kiefer, verschlimmern sich durch warme Speisen und Getränke, bessern sich in der Ruhe und wenn der Kopf fest gegen ein Kissen gedrückt wird. 2870. Zahnschmerz schlimmer in den Eßpausen, besser während des Essens. 2872. Migräne durch zu hastiges Essen. 3449. Essen bessert Kopfschmerzen und allgemein. 3659.

15 Kalte Luft. Luftzug. Gehen im Freien. Warm einhüllen bessert.
Beim Gehen in freier Luft drückender Kopfschmerz in der einen Gehirnhälfte, welcher durch Reden und Nachdenken sich vermehrt. 64. Schmerzhafte Unterkieferdrüse, nach dem Gehen in freier Luft. 174. Drückend stechender Schmerz im Rückgrate, beim Gehen in freier Luft. 495. Von kalter Luft (Erkältung?) Reißen im rechten Arme und auf der rechten Seite des Kopfes. 519. Ziehen und Stechen in beiden Ohren, welches durch Zuhalten derselben gemindert wurde. 1113. Wenn er sich ins Bett legt, sich gerade ausstreckt, den Kopf und Rücken etwas nach hinten neigt, und dann warm wird, ist ihm noch am besten. 1330. Zahnweh von Erkältung in den Backenzähnen, als wenn sie zertrümmert wären. 1456. Heftige, wütende, lanzinierende Schmerzen in einem hohlen Backenzahn, morgens, und besonders nach dem Essen, kein Schmerz während des Essens. Wärme erleichtert, ebenso wie Gehen und Bewegung. Möchte die Kiefer zusammenbeißen, dabei keine Verstärkung der Schmerzen. 1659. Verlangen nach Wärme, wenn sie Kopfschmerzen hat. 1922. Schmerz über dem rechten Auge verstärkt durch Geräusche, Händewaschen in kaltem Wasser, Vorwärtsbeugen des Kopfes, hartes Auftreten, Besser durch leichten Druck, Rückenlage, Hitze. 2194. Hinterkopfschmerz, schlechter durch Kälte, Rauchen, Schnupfen, Tabakriechen, besser durch äußere Wärme. 2223. Wärme bessert, Geräusche, aber nicht Licht, verstärken den Kopfschmerz. 2283. Schmerz wie von einer Beule über dem rechten Auge, besonders beim Niederbeugen des Kopfes, der Fleck ist druckempfindlich, der Schmerz wird durch Wind hervorgerufen. 2522. Schmerz über rechtem Auge bis zur Schläfe, ausgelöst durch Luftzug, mehr im Winter. 2569. Zahnschmerz bei geringster Kälteeinwirkung oder bei Luftzug. 2611. Rechtsseitiger ohrstechender Kopfschmerz anfallsweise, Besserung durch Wärme, 2612. Kind kommt mit kongestiven Kopfschmerzen nach Hause, die durch Wärmeanwendung gebessert werden. 3076. Rechtsseitiger frontotemporaler Kopfschmerz beim Erwachen, verstärkt durch Bewegung und Tabakrauch, gebessert durch Einhüllen des Kopfes. 3151. Einseitiges Kopfweh, wenn ich etwas darauf decke oder wenn ich darauf liege, ist es besser. 3425. Ich halte den Nacken warm. 3533.

16 Wärme. Wetterwechsel.
Schmerzen in dem früher verletzten Auge besonders bei Wetterwechsel, nach Aufregung oder Anstrengung. 1690. Exacerbationen des Augenschmerzes gewöhnlich nachts und morgens, stärker im Liegen und in der Sonne, Bewegung tat gut. 1693. Supraorbitalneuralgie war abends im warmen Zimmer entstanden. 2075. Heftige Zahnschmerzen ziehen und reißen durch den ganzen Kiefer, verschlimmern sich durch warme Speisen und Getränke, bessern sich in der Ruhe und wenn der Kopf fest gegen ein Kissen gedrückt wird. 2870. Kopfschmerz als ob eine Nadel ins Gehirn gebohrt würde, im Kühlen und im Dunklen leichter. 3176. Druck im Kopf bei Wetterwechsel und Aufregung. 3443. Migräne, das japanische Öl war angenehm, im Kopf ist es warm geworden, ich war frischer, es hat abgekühlt. 3647. Druck, Schwere über den Augen, wenn es anderes Wetter gibt. 3658.

17 Periode.
Vor und während der Regel beklagte sie sich über Schwere und Hitze im Kopfe, heftige drückende Schmerzen in der Stirne, Empfindlichkeit der Augen gegen das Licht, Ohrenklingen. 1177. Einen Tag vor den Regeln fühlt sie schon eine Schwere und einen Druck in der Stirn bis in die Augen, diese Empfindungen ziehen sich dann mehr nach der einen oder der anderen Seite der Stirn über die Augenhöhlen oder bis auf den Wirbel. 1364. Die Regel erscheint und nun steigert sich der Kopfschmerz so, daß er regelmäßig 6 Stunden zu- und ebensolange abnimmt. 1365. Der Kopfschmerz verläßt sie selten unter 2-3 Tagen, und während der ganzen Zeit der Regeln muß sie das Bett hüten. 1369. Um die Zeit der Periode verschlimmert sich der Kopfschmerz am meisten. 1667. Kopfschmerz verstärkt während der Periode. 1919. Nach der Entbindung, bei der sie viel Blut verlor, wurden die Kopfschmerzen stärker. 1930. Kopfweh mit Schwere und Hitze im Kopfe, beim Monatlichen. 2144. Jedesmal vor Eintritt der Regel unter dem rechten Stirnhöcker ein so furchtbarer Schmerz, daß sie sich ins Bett legen mußte und sich durch lautes Schreien und Stöhnen zu helfen glaubte. 2497. Kopfschmerz und Wehtun in den Oberschenkeln vor der spärlichen Periode, besser wenn die Blutung beginnt. 2748. Kopfschmerz vom Nacken über den Kopf bis in die Augen, sehr schlecht während der Periode. 2781. Migräne stärker vor der Menstruation und in der Mitte des Zyklus. 3650.

18 Folgen von Ärger, Kummer, Schreck.
Nach heftigem Ärger, Schwindel, bohrendes Kopfweh, eine solche Gedankenschwäche, daß er den Verstand zu verlieren glaubt. Dabei Schmerzen aller Glieder. 1272. Seit Schreck und Angst Kopfschmerz, nach dem Kopfschmerz Jucken auf dem Haarkopfe. 1334. Kopfweh von Verdruß und innerem Grame. 1438. Kopfweh nach Ärger und durch Geräusch verschlimmert. 1670. Schmerzen in dem früher verletzten Auge besonders bei Wetterwechsel, nach Aufregung oder Anstrengung. 1690. Heftiger Verdruß, bald darauf so schreckliche Schmerzen in dem und um das früher verletzte Auge, daß er Tag und Nacht Tobsuchtsanfälle bekam. 1691. Der geringste Ärger, Bestraftwerden, jeder Zornausbruch verursacht einen intensiven, lanzinierenden Schmerz vom Nacken bis zum Sacrum. 1754. Schmerz hauptsächlich über die Stirn, immer durch jede Erregung verschlimmert, kann nicht das geringste Geräusch vertragen. 2014. Meist nach Gemütsbewegungen plötzlich halbseitiger Kopfschmerz. 2103. Heftiger Kopfschmerz besser durch Druck und Ruhe, stärker durch Licht, Geräusch und Denken. 2272. Bei der Rückkehr ihres totgeglaubten Gatten Kopfkongestion, klopfende Schläfen, lautes hysterisches Lachen, danach krampfhaftes Weinen. 2330. Gesichtsschmerzanfälle meistens in Folge eines Verdrußes, einer Kränkung oder eine heftigen Gemütsbewegung. 2353. Nach heftigem Schreck Sengeln in den Beinen, später ähnliches Gefühl im Kopf, mitunter Kriebeln und Reifgefühl um die Schläfen. 2453. Nach heftigem Verdruß kriebelnde Empfindung, welche allmählich vom heiligen Beine alle Tage höher, bis zwischen die Schultern und endlich bis in den Nacken stieg. Nacken plötzlich steif. 2475. Kopfschmerzanfälle kommen 2 Tage nach Gemütsbewegung, 1-2 Tage vorher ist sie besonders lebhaft und aufgeräumt. 2906. Bruder gestorben. Heftiger Schmerz im Kopf gerade über der Nasenwurzel. 3115. Die kleinste Widrigkeit löst Kopf- und Magenschmerzen aus. 3222. Migräne kann durch Aufregung ausgelöst werden. 3448. Migräne nach Trauernachricht. 3465. Die Kopfschmerzen fingen an, als ich sah, wie meine Mutter langsam zu Grunde ging. 3474. Wenn ich einen Schreck durch etwas Lautes habe, fängt Schwindel an und Stechen im Kopf, meistens unter den Augenbrauen. Übelkeit dabei. 3508.

19 Geistige Anstrengung. Aufregung.
Früh beim Erwachen Kopfschmerz, als wenn das Gehirn zertrümmert und zermalmt wäre; beim Aufstehen vergeht er und es wird ein Zahnschmerz daraus, als wenn der Zahnnerv zertrümmert und zermalmt wäre, welcher ähnliche Schmerz dann ins Kreuz übergeht; beim Nachdenken erneuert sich jenes Kopfweh. 78. Nach heftigem Ärger, Schwindel, bohrendes Kopfweh, eine solche Gedankenschwäche, daß er den Verstand zu verlieren glaubt. Dabei Schmerzen aller Glieder. 1272. Zahnschmerz in gesunden Zähnen bei jeder Anstrengung, geistig oder körperlich, z. B. beim Rennen oder bei Schularbeiten. 2610. Kindliche Kopfschmerzen, Kopfermüdung, kommen am Ende des Tages

KOPFSCHMERZEN / Modalitäten

nach einer Stressperiode. 3070. Entsetzliche Kopfschmerzen, sobald er anfängt fürs Examen zu arbeiten. 3243. Druck im Kopf bei Wetterwechsel und Aufregung. 3443. Migräne durch zu hastiges Essen. 3449. Bei geistiger Anstrengung habe ich das Kopfweh besonders stark gespürt. 3484. Unruhe nicht körperlich, sondern nervlich, wenn der Bus über eine Unebenheit fährt, kippe ich sofort in eine Migräne hinein, dann ist der ganze Kreislauf durcheinandergekommen. 3507. Kopfschmerzen, wenn sie den ganzen Tag Schule hat. 3569.

20 Andere Modalitäten: Husten. Erschütterung. Aufrecht Sitzen. Vollmond. Besser durch Erbrechen, reichliches Harnlassen, Nasenabsonderung, Gähnen.
Schwere des Kopfs, als wenn er (wie nach allzu tiefem Bücken) zu sehr mit Blut angefüllt wäre, mit reißendem Schmerze im Hinterhaupte, welcher beim Niederlegen auf den Rücken sich mindert, beim aufrechten Sitzen sich verschlimmert, aber bei tiefem Vorbücken des Kopfs im Sitzen sich am meisten besänftigt. 19. Nach dem Husten verschwanden die Sehstörungen, der Kopf blieb verwirrt und die Schläfen klopften weiter. 1758. Der Husten war trocken, verursachte pressenden Schmerz in den Schläfen und wurde von kitzelndem Reiz im Kehlkopf erregt. 2111. Schmerz über dem rechten Auge verstärkt durch Geräusche, Händewaschen in kaltem Wasser, Vorwärtsbeugen des Kopfes, hartes Auftreten, Besser durch leichten Druck, Rückenlage, Hitze. 2194. Läßt blassen Urin während des Kopfschmerzanfalls. 2288. Erbrechen, Schwindel, auch im Liegen mit geschlossenen Augen, Kopfschmerz nach dem Brechen besser. 2905. Krampfhaftes Gähnen erleichtert die Kopfschmerzen. 2907. Kopfschmerz besser durch Harnlassen. 3226. Unruhe nicht körperlich, sondern nervlich, wenn der Bus über eine Unebenheit fährt, kippe ich sofort in eine Migräne hinein, dann ist der ganze Kreislauf durcheinandergekommen. 3507. Kopfweh öfters bei Vollmond. 3509. Am Wochenende ständig Kopfschmerzen mit Übelkeit, nach Erbrechen wird es besser. 3520. Kopfschmerz besser, seitdem Eiter durch die Nase heruntergekommen st. 3595. Migräne, ab und zu kommt es zum Erbrechen, dann ist es geschwind besser. 3649.

KOPFSCHMERZEN   Begleitsymptome

1 Denkstörung. Leichte Bewußtseinsstörung.
Benommenheit des Kopfes mit Schmerzen in der rechten Seite desselben, besonders im Hinterkopfe, das Denken und Sprechen erschwerend. 23. Rauschähnliche Benommenheit des Kopfes, den ganzen Tag andauernd, und mehrmals in wirkliche drückende Schmerzen der Stirne und besonders der rechten Hälfte derselben übergehend und das Denken sehr erschwerend. 26. Rauschähnliche Benommenheit des Kopfes, welche den ganzen Tag hindurch continuierte und mehrmals in wirkliche drückende Schmerzen der Stirne und besonders der rechten Hälfte derselben überging, auch das Denken sehr erschwerte. 810. Schwindel in einem so hohen Grade, daß er beim Gehen wankte und sich nur mit Mühe aufrecht erhalten konnte. Einzelne Stiche fuhren ihm durch den Kopf, es stellte sich Ohrenbrausen ein und vor den Augen bewegten sich scheinbar die vorliegenden Gegenstände. Daher vermochte er auch kaum, einen Gedanken auf einen Augenblick festzuhalten. 812a. Gegen 9 Uhr erschien Benommenheit des Kopfes, wozu sich Schmerzen in der rechten Seite desselben, besonders im Hinterkopfe, weniger dagegen in der Stirne mischten. Beide Symptome erschwerten nicht allein das Denken, sondern sogar auch das Sprechen. 828. Kopfweh, welches die Besinnung schwächt. 1181. Schmerz wie Reißen durch alle Glieder, als wenn es herausbrechen wollte, der Kopfschmerz wird so heftig, daß sie ohnmächtig wird, jeder starke Ton, starkes Reden, schon jeder hörbare Fußtritt ist ihr zuwider. 1184. Nach heftigem Ärger, Schwindel, bohrendes Kopfweh, eine solche Gedankenschwäche, daß er den Verstand zu verlieren glaubt. Dabei Schmerzen aller Glieder. 1272. Wegen Kopfschmerzen kann sie nicht gut sehen, es ist ihr, als wäre der Verstand benommen. 1892. Manchmal scheint sich der Bauchschmerz das Rückgrat hinauf zum Kopf zu

erstrecken, er fühlt sich dann sehr seltsam, weiß kaum was los ist und fürchtet zu fallen. 2267. Stirnkopfschmerz mit einem Gefühl im Scheitel, das seinen Geist angreift. 2269. Pat. fürchtet, daß sein Verstand angegriffen werden könnte wenn der Kopfschmerz noch länger dauert. 2289. Wenn die Sehstörungen nachlassen, sieht er zwar die Worte beim Lesen, er kann aber keinen Sinn mit ihnen verbinden. 2549.

2   Benommenheit.

Benommenheit des Kopfes, welche sich in drückenden Schmerz im Scheitel umwandelte; dieser zog sich später nach der Stirne und nach dem linken Auge herab. 24. Schwere und Eingenommenheit des Kopfes. 25. Nicht unbedeutende Benommenheit des ganzen Kopfes, als nach einer einstündigen Dauer der Kopf wieder freier wurde, vermehrte sich der Schmerz in der rechten Hälfte des Hinterhauptes, wurde drückend und pressend und wich bis abends zum Einschlafen keinen Augenblick. 808. Die Eingenommenheit des Kopfes fand sich nach einer ruhig durchschlafenen Nacht wieder ein, verwandelte sich aber bald in wirklichen drückenden Kopfschmerz, der sich besonders in der Stirne fixierte und die Augen so angriff, daß die Bewegung der Augenlider und der Augäpfel in ihnen schmerzhaft wurde. Beim Treppensteigen und bei jeder anderen kräftigeren Körperbewegung zeigte sich der erwähnte Kopfschmerz heftiger. 810a. Gegen 20 Uhr Schwere und Eingenommenheit des Kopfes, schmerzendes Drücken über den Augen nebst Drücken in den Augäpfeln selbst, besonders wenn er ins Licht sah. 815. Gegen 10 Uhr zeigte sich eine leichte Benommenheit im ganzen Kopfe, ziemlich ähnlich derjenigen, welche einem Schnupfen vorauszugehen pflegt. Sie wurde von einem leichten Drucke in der rechten Stirngegend über dem dasigen Augenbrauenbogen begleitet. 827. Benommenheit des Kopfes, welche sich 21 Uhr in drückenden Schmerz im Scheitel verwandelte. Um 22 Uhr zog sich dieser Schmerz mehr nach der Stirne und nach dem linken Auge herab, ob er gleich den ganzen Kopf einnahm. Mit diesem Schmerze begannen meine Augen, besonders aber das linke, zu brennen und zu tränen, die Augenlider schwollen an und die Meibomschen Drüsen sonderten viel Schleim ab. 837. Eingenommenheit des Kopfes, wie ein starkes Drücken, vorzüglich in der rechten Stirngegend, als wenn sie von jemandem geschlagen worden wäre, mit bohrendem, scharfstechendem Reißen tief im Gehirne. 1044. Morgens Kopfweh und etwas benommen. Schmerz in der Stirn mit Druck auf die Augen. 2130. Heftige kongestive Kopfschmerzen mit Benommenheit. 2898. Migräneanfall: die Übelkeit tritt verstärkt auf, ich bin viel viel mehr benommen. 3648. Leicht bedusselt, einfach keinen klaren Kopf, als ob man am Abend getrunken hätte, so ein Katerkopfschmerz. 3653. Migräne, das Gefühl von Benommenheit ist dauernd da, es wird anfallsweise stärker mit Erbrechen. 3654. Benommenheit und Übelkeit im Stehen noch mehr, wenn ich hinkniee und mit meinem Sohn spiele, habe ich das Gefühl, daß der Kopf besser durchblutet ist, die Übelkeit ist dann auch besser. 3656.

3   Gemütszustand: Besonders lebhaft vor dem Anfall. Mürrisch. Weinen. Toben. Glaubt verrückt zu werden. Reizbar. Melancholisch. Angst. Delir.

Das verschiedene Drücken an und in mehreren Teilen des Kopfes zugleich macht ihn mürrisch und verdrüßlich. 741. Ungeheurer Schmerz an der linken Seite der Stirn über den Augenbrauen, der sich nach derselben Seite hinzog, in so hohem Grade, daß sie wie ein unbändiges Kind weinte und jammerte, und Tag und Nacht davon gefoltert wurde. 1170. Schmerz in der linken Stirnseite, zugleich zeigte sich in der Gegend des linken Stirnhügels ein kleines rundes Fleckchen von der Größe eines Flohstiches und von bräunlich roter dunkler Farbe, das einen schwarzen Punkt in der Mitte hatte und bei der geringsten Berührung so schmerzend war, daß sie laut aufschrie und ihr Tränen aus den Augen liefen. 1172. Jedes Geräusch, Sprechen, jede Bewegung etc. vermehrt Kopfschmerz, Erbrechen und Delir. Das Tageslicht ist ihr unerträglich. 1368. Heftiger Verdruß, bald darauf so schreckliche Schmerzen in dem und um das früher verletzte Auge, daß er Tag und Nacht Tobsuchtsanfälle bekam. 1691. Große Ängstlichkeit und Kopfweh besonders in Nacken und Schläfen. 1750. In Kopfschmerzzeiten sehr reizbar, empfindlich und zum Weinen geneigt. 2109. Manchmal rasendes Delirium (Augenschmerz). 2191. Der Schmerz ist messerstechend im Auge und macht den Pat. fast verrückt durch seine Heftigkeit. 2281. Am Tag vor dem Kopfschmerz Reizbarkeit.

2285. Nach jedem Kopfschmerzanfall Schlaflosigkeit, profuser, blasser Urinabgang, Melancholie und viel Seufzen. 2317. Mitunter so schmerzhaftes krampfhaftes Zucken in der linken Gesichtsseite, daß sie weinen und mitleiderregende Schreie ausstoßen muß. 2486. Jedesmal vor Eintritt der Regel unter dem rechten Stirnhöcker ein so furchtbarer Schmerz, daß sie sich ins Bett legen mußte und sich durch lautes Schreien und Stöhnen zu helfen glaubte. 2497. Kopfschmerzanfälle kommen 2 Tage nach Gemütsbewegung, 1-2 Tage vorher ist sie besonders lebhaft und aufgeräumt. 2906. Ich habe Zeiten gehabt, wo ich den Migränekopfschmerz durch einen Schlag mit der Hand betäuben wollte. 3455.

4 Schläfrigkeit. Schlaflosigkeit nach dem Anfall.

Ein Drücken in den Schläfen; zuweilen gesellt sich ein tiefer Schlaf dazu. 60. Er klagte nach dem Anfall über starke Übelkeit, heftigen nach außen pressenden Kopfschmerz, der sich durch Aufrichten und Bewegen vermehrte und Schwindel verursachte, Zerschlagenheit am ganzen Körper und Schläfrigkeit. 1074. Epilepsie, verfiel nach dem Anfalle in einen tiefen Schlaf, aus dem er mit Schmerz und Wüstsein des Kopfes erwachte. 1789. Kopfschmerz mit Schwindel und Erbrechen, worauf jedesmal einige Stunden Schlaf und hierauf Besserung eintritt. 1824. Tic douloureux mit Kopfkongestion, schlaflose Nächte. 2309. In der ersten Nacht während des Kopfschmerzanfalls kann sie nicht schlafen, obwohl sie vor den geschlossenen Augen Figuren und Objekte sich bewegen sieht. 2315. Nach jedem Kopfschmerzanfall Schlaflosigkeit, profuser, blasser Urinabgang, Melancholie und viel Seufzen. 2317. Schläfrig bei den Kopfschmerzen, würde am liebsten immer die Augen zuhalten. 3545.

5 Schwindel.

Leichter Schwindel, der in drückenden Kopfschmerz in der rechten Hinterhauptshälfte überging, den ganzen Tag. 7. Schwindel mit einzelnen Stichen im Kopfe. 8. Wurde von einem leichten Schwindel befallen, welcher in drückenden Kopfschmerz in der rechten Hälfte des Hinterhauptes überging. 807. Schwindel in einem so hohen Grade, daß er beim Gehen wankte und sich nur mit Mühe aufrecht erhalten konnte. Einzelne Stiche fuhren ihm durch den Kopf, es stellte sich Ohrenbrausen ein und vor den Augen bewegten sich scheinbar die vorliegenden Gegenstände. Daher vermochte er auch kaum, einen Gedanken auf einen Augenblick festzuhalten. 812a. Schwindel und leichtes vorübergehendes Kopfweh, danach vermehrte Wärme im Magen und eine halbe Stunde lang reichlichere Speichelabsonderung. 819. Er klagte nach dem Anfall über starke Übelkeit, heftigen nach außen pressenden Kopfschmerz, der sich durch Aufrichten und Bewegen vermehrte und Schwindel verursachte, Zerschlagenheit am ganzen Körper und Schläfrigkeit. 1074. Nach heftigem Ärger, Schwindel, bohrendes Kopfweh, eine solche Gedankenschwäche, daß er den Verstand zu verlieren glaubt. Dabei Schmerzen aller Glieder. 1272. Kopfschmerz mit Schwindel und Erbrechen, worauf jedesmal einige Stunden Schlaf und hierauf Besserung eintritt. 1824. Schmerzen im Vorderkopf und Schwindligkeit. 1908. Manchmal scheint sich der Bauchschmerz das Rückgrat hinauf zum Kopf zu erstrecken, er fühlt sich dann sehr seltsam, weiß kaum was los ist und fürchtet zu fallen. 2267. Hitzestadium immer gut entwickelt, mit viel Kopfschmerz und Schwindel, aber keinem Durst. 2406. Erbrechen, Schwindel, auch im Liegen mit geschlossenen Augen, Kopfschmerz nach dem Brechen besser. 2905. Wenn ich einen Schreck durch etwas Lautes habe, fängt Schwindel an und Stechen im Kopf, meistens unter den Augenbrauen. Übelkeit dabei. 3508.

6 Frieren.

Bei mäßig kalter, obgleich nicht freier Luft, bekommt er unmäßigen Frost, und wird über und über ganz kalt, mit halbseitigem Kopfweh. 699. Wechselfieber. Morgens 8 Uhr werden die Finger weiß und kalt, der Kopf tut sehr weh, als wenn es sich darin bewegte. 1275. Im Frost Schmerzen in der Stirn. 1430. Während des Kopfwehs viel Durst, Übelkeit, Herzklopfen mit Angst, viel Gähnen und Frost mit Zähneklappern. 1669. Die Anfälle von Kopfschmerz kommen gewöhnlich alle Nachmittage oder abends beim Bettgehen, sie hat dann jedesmal Frost mit Trockenheit im Munde. 1899. Schmerz über den Scheitel, mit Gefühl von Schauder, Lanzinieren. 1914. Verlangen nach Wärme, wenn sie Kopfschmerzen hat. 1922.   Abends Kälte und Druckschmerz in der Stirn, verlangt oft Wasser zu trinken, nach dessen Genuß sie bittere, schleimige Flüssigkeit aufstößt. 2128.   Frost jeden Nachmittag mit großem Durst, Kopf- und Rückenschmerzen. 2516.   Frost mit Durst und Kopfschmerz, Hitze ohne Durst, Schlaf dauert an bis er schwitzt. Erwacht schwitzend. 2731.   Frost mit einseitigem Kopfschmerz. 2972.

7   Im Fieber, vor allem im Hitzestadium.

Nachts 1 Uhr Fieberhitze, 1 Stunde hindurch, besonders im Gesichte, mit klopfendem Kopfschmerz in der Stirne und wenig Durst. 1000.   In kurzen Abständen erscheinendes und von innen nach außen zu kommendes heftiges Pressen im ganzen Kopfe, mitunter auch Reißen in der Stirne, welches beides durch ruhiges Liegen vermindert wird, schon den Morgen vor dem Fieberanfalle anfängt, aber während desselben am stärksten ist. 1086.   Bei der Fieberhitze Stechen in allen Gliedern, bohrendes Kopfweh, Durst. 1274.   Fieber alle 3 Tage, Frost, verbunden mit großem Durst, Übelkeiten, auch zuweilen Erbrechen, darauf Hitze ohne Durst, reißendes Kopfweh in der Stirn. 1310.   Der Anfall begann unter heftigem Schüttelfroste, so daß das Kind in die Höhe geworfen wurde, 3/4 St. dauernd, gleichzeitig waren Glieder- und Kopfschmerzen, mit starkem Durste, vorhanden. Darauf erfolgte länger dauernde Hitze mit Kopfweh und endlich Schweiß. 1319.   Zweistündiger Schüttelfrost mit starkem Durste, darauf Hitze ohne Durst, in beiden Kopfweh. 1320.   Quartanfieber. Der Frost zwar nicht heftig, dauerte zwei Stunden lang, darauf starke allgemeine Hitze mit heftigem Kopfschmerz, dann Schweiß. 1344.   Im Anfall starker Frost mit Brecherlichkeit, darauf Hitze mit Kopfschmerz, dann starker Schweiß. 1349.   Zuerst bekam sie Frost in den Füßen, dann im Kreuze, dann bekam sie Hitze mit Kopfschmerz, dann Schweiß allgemein. 1358.   Fieber mit starkem Frost, darauf starke, mit Delirium verbundene Hitze mit heftigen Kopfschmerzen, darauf Schweiß. 1772.   Zuerst Frost am ganzen Körper, mehr innerlich, dann starke Hitze mit heftigem Kopfschmerz, darauf starker stinkender Schweiß. 1774.   Quartanfieber, fing mit 2 Stunden anhaltendem Froste an, bei dem Schmerzen in den Knien vorkamen, dann folgte Hitze mit heftigen Kopfschmerzen und etwas Schweiß zugleich. 1780.   Nach dem Frost Brustschmerz, dann folgte Hitze mit etwas Kopfschmerz, ohne nachfolgenden Schweiß. 1803.   Quotidianfieber, zuerst gelinder Frost, dann folgte Hitze mit Delirium und Kopfschmerz mit etwas Durst, dann Schweiß. 1804.   Das Fieber begann mit Unwohlsein, Kopfschmerz, öfterem ziemlich heftigem Frösteln, Aufstoßen, Gefühl von Vollheit des Magens, leichten, zusammenziehenden Schmerzen im Bauch und 3-4 mal täglich Durchfall. 1936.   Im Kälte- und Hitzestadium lästiger, insbesondere das Hinterhaupt einnehmender Kopfschmerz, beim Aufsitzen leicht Übelkeiten und Zusammenschnüren in der Magengegend. 1946.   Im Fieberstadium Kopfschmerz, klopfendes wehes Völlegefühl in der Stirngegend. 2065.   Hitzestadium immer gut entwickelt, mit viel Kopfschmerz und Schwindel, aber keinem Durst. 2406.   Während der Hitze klopfender Kopfschmerz. 3001.

8   Gähnen. Seufzen. Atemstörung. Globusgefühl im Hals.

In den Nachmittagsstunden entstand gelinde drückender Schmerz in der Stirngegend, aber es mischte sich bald ein neuer Schmerz im Hinterhaupte seitlich über dem Processus mastoideus dazu, welcher sich bisweilen den Gehörorganen mitteilte, dann das Hören abzustumpfen schien. Nachdem diese gewichen waren, trat ein ziemlich merkbares Drücken in der Brusthöhle gleich hinter dem Sternum ein und währte bis 22 Uhr. 831.   Während des Kopfwehs viel Durst, Übelkeit, Herzklopfen mit Angst, viel Gähnen und Frost mit Zähneklappern. 1669.   Heftiger Schmerz in den Schläfen von unregelmäßiger Atmung begleitet. 2080.   Nach jedem Kopfschmerzanfall Schlaflosigkeit, profuser, blasser Urinabgang, Melancholie und viel Seufzen. 2317.   Ciliarneuralgie wechselt ab mit Globus hystericus. 2365.   Schmerzen, welche sich vom Auge nach dem Wirbel des Kopfes erstreckten, mit Übelkeit. oft mit Halsanschwellung abwechselnd. 2641.   Krampfhaftes Gähnen erleichtert die Kopfschmerzen. 2907.

9   Bei Krampfanfällen.

Hysterische Krämpfe, zuerst Kopfschmerzen, rotes Gesicht, dann Schlundkrampf, Zusammenschnüren der Brust und Zuckungen. 1018.   War der Krampfanfall schwach, so erscheint nach demselben Kopfschmerz, war der Anfall stark, so bleibt der Kopfschmerz aus. 1394.   Kopfschmerz, sie bekommt Zähneknirschen und Zuckungen in der Gliedern, Schweiß bricht aus, nachher ist sie todesmatt. 1664.   Epilepsie, verfiel nach dem Anfalle in einen tiefen Schlaf, aus dem er mit Schmerz und Wüstsein des Kopfes erwachte. 1789.   Vor oder nach Krampfanfall herausdrehender heftiger Schmerz in Stirn und Augen. 1828.   Sonderbar zusammendrückendes Gefühl im Gehirn vor den Konvulsionen Gebärender. 2143.   Traumatische Epilepsie, als Aura Melancholie, Schweregefühl des Kopfes, Aphasie. 2430.

10 Hauterscheinungen.
Schmerz in der linken Stirnseite, zugleich zeigte sich in der Gegend des linken Stirnhügels ein kleines rundes Fleckchen von der Größe eines Flohstiches und von bräunlich roter dunkler Farbe, das einen schwarzen Punkt in der Mitte hatte und bei der geringsten Berührung so schmerzend war, daß sie laut aufschrie und ihr Tränen aus den Augen liefen. 1172.   Seit Schreck und Angst Kopfschmerz, nach dem Kopfschmerz Jucken auf dem Haarkopfe. 1334.   Am Tag nach dem Kopfschmerz Kopfhaut empfindlich und Gefühl, als könne der Schmerz jederzeit durch eine Kleinigkeit wiederkommen. 2286.

11 Sehstörungen. Lichtempfindlichkeit.
Dumpfer Kopfschmerz, der sich mehr auf die rechte Stirnhälfte beschränkte und sich von da aus zugleich mit auf das rechte Auge ausdehnte und dieses Organ gegen das Licht sehr empfindlich stimmte. 30.   Vor und während der Regel beklagte sie sich über Schwere und Hitze im Kopfe, heftige drückende Schmerzen in der Stirne, Empfindlichkeit der Augen gegen das Licht, Ohrenklingen. 1177.   Litt an zweifachem Kopfweh, nie gleichzeitig auftretend, entweder Stiche in den Schläfen, oder Drücken in der Stirn, beides nach vorgängigem Düsterwerden vor den Augen. 1668.   Das Gesicht wird rot, Kopfschmerz, Klopfen in den Schläfen, Summen in den Ohren, sieht Blitze. 1869.   Wegen Kopfschmerzen kann sie nicht gut sehen, es ist ihr, als wäre der Verstand benommen. 1892.   Vor dem Kopfschmerz direkt über der rechten Augenbraue ein Zickzackrad mit Farbenspiel. 2548.   Wenn die Sehstörungen nachlassen, sieht er zwar die Worte beim Lesen, er kann aber keinen Sinn mit ihnen verbinden. 2549.

12 Augenreizung.
Benommenheit des Kopfes, welche sich 21 Uhr in drückenden Schmerz im Scheitel verwandelte. Um 22 Uhr zog sich dieser Schmerz mehr nach der Stirne und nach dem linken Auge herab, ob er gleich den ganzen Kopf einnahm. Mit diesem Schmerze begannen meine Augen, besonders aber das linke, zu brennen und zu tränen, die Augenlider schwollen an und die Meibomschen Drüsen sonderten viel Schleim ab. 837.   Nachmittags überraschte mich der drückende Kopfschmerz, dieses Mal besonders in der rechten Stirnhälfte, welcher nach dem rechten Auge herabzog und sich da besonders so äußerte, als wollte er mir den rechten Augapfel herausdrücken. Gleichzeitig fand sich Brennen in den Augen und vermehrte Absonderung der Tränen ein, auch wurde von den Meibomschen Drüsen mehr Schleim ausgeschieden. 838c.   Anfälle von drückendem, klemmendem Schmerz in der Stirne und dem Hinterkopfe, wobei das Gesicht rot wurde, die Augen tränten und die Sehkraft abnahm. 1019.   Auf der Höhe des Schmerzes tränt das rechte Auge sehr und wird etwas rot, auch das linke Auge tränt etwas. 1995.   Supraorbitalneuralgie, das Auge tränte etwas, die Lider waren wenig geschwollen und sanft gerötet, die Tarsalteile waren hellrot mäßig injiziert. 2077.   Schmerz rechts über dem Auge mit Gefäßerweiterung im rechten Auge. 2571.

13 Ohrgeräusche. Schwerhörigkeit.
Schmerz im Hinterhaupte, seitlich über dem Processus mastoideus, der sich bisweilen den Gehörorganen mitteilte und dann das Hören abzustumpfen schien. 29.   Schwindel in einem so hohen Grade, daß er beim Gehen wankte und sich nur mit Mühe aufrecht erhalten konnte. Einzelne Stiche fuhren ihm durch den Kopf, es stellte sich Ohrenbrausen ein und vor den Augen bewegten sich

scheinbar die vorliegenden Gegenstände. Daher vermochte er auch kaum, einen Gedanken auf einen Augenblick festzuhalten. 812a.   In den Nachmittagsstunden entstand gelinde drückender Schmerz in der Stirngegend, aber es mischte sich bald ein neuer Schmerz im Hinterhaupte seitlich über dem Processus mastoideus dazu, welcher sich bisweilen den Gehörorganen mitteilte, dann das Hören abzustumpfen schien. Nachdem diese gewichen waren, trat ein ziemlich merkbares Drücken in der Brusthöhle gleich hinter dem Sternum ein und währte bis 22 Uhr. 831.   Vor und während der Regel beklagte sie sich über Schwere und Hitze im Kopfe, heftige drückende Schmerzen in der Stirne, Empfindlichkeit der Augen gegen das Licht, Ohrenklingen. 1177.   Das Gesicht wird rot, Kopfschmerz, Klopfen in den Schläfen, Summen in den Ohren, sieht Blitze. 1869.   Kopfschmerzen, Sausen im Ohr. 2505.

14 Nasenreizung.
Es ist, als wenn der Kopf von Blut allzusehr angefüllt wäre; und die innere Nase ist gegen die äußere Luft sehr empfindlich, wie bei einem bevorstehenden Nasenbluten. 18.   Gefühl im Kopfe, als überfiele ihn plötzlich ein Schnupfen; ein dumpfes Drücken im Vorderkopfe zog bestimmt bis in die Nasenhöhlen hinab und brachte daselbst fast 10 Minuten lang das Gefühl hervor, was ein heftiger Schnupfen daselbst zu veranlassen pflegt; dieses Drücken wendete sich nach 10 Minuten nach anderen Partien des Kopfes und wechselte so, kam wieder und verschwand. 31.   Gegen 10 Uhr zeigte sich eine leichte Benommenheit im ganzen Kopfe, ziemlich ähnlich derjenigen, welche einem Schnupfen vorauszugehen pflegt. Sie wurde von einem leichten Drucke in der rechten Stirngegend über dem dasigen Augenbrauenbogen begleitet. 827.   Es wurde ihm, als überfiele ihn plötzlich ein Schnupfen, denn das beginnende dumpfe Drücken im Vorderkopfe zog bestimmt bis in die Nasenhöhlen hinab und brachte daselbst fast 10 Minuten lang das Gefühl hervor, das ein heftiger Schnupfen daselbst zu veranlassen pflegt. 833.   Kopfschmerz besser, seitdem Eiter durch die Nase heruntergekommen ist. 3595.

15 Hitzegefühl im Gesicht. Gesichtsröte.
Reißendes Kopfweh in der Stirne und hinter dem linken Ohre, welches beim Liegen auf dem Rücken erträglich ist, durch Aufrichten des Kopfes sich verstärkt, bei Hitze und Röte der Wangen und heißen Händen. 47.   Anfälle von drückendem, klemmendem Schmerz in der Stirne und dem Hinterkopfe, wobei das Gesicht rot wurde, die Augen tränten und die Sehkraft abnahm. 1019.   Das Gesicht wird rot, Kopfschmerz, Klopfen in den Schläfen, Summen in den Ohren, sieht Blitze. 1869.   Ich meine, ich hätte Fieber bei den Kopfschmerzen. 3390.

16 Erbrechen.
Sowie der Kopfschmerz einen gewissen Grad erreicht hat, beginnt das Erbrechen, welches oft wiederkehrt. 1366.   Jedes Geräusch, Sprechen, jede Bewegung etc. vermehrt Kopfschmerz, Erbrechen und Delir. Das Tageslicht ist ihr unerträglich. 1368.   Kopfschmerz mit Schwindel und Erbrechen, worauf jedesmal einige Stunden Schlaf und hierauf Besserung eintritt. 1824.   Appetit fehlte gänzlich, Durst war vermehrt, öfteres Erbrechen (Kopfschmerz). 2499.   Heftige Schmerzen in der rechten Kopfseite mit saurem Speisenerbrechen. 2887.   Erbrechen, Schwindel, auch im Liegen mit geschlossenen Augen, Kopfschmerz nach dem Brechen besser. 2905.   Am Wochenende ständig Kopfschmerzen mit Übelkeit, nach Erbrechen wird es besser. 3520.   Migräneanfall: die Übelkeit tritt verstärkt auf, ich bin viel viel mehr benommen. 3648.   Migräne, ab und zu kommt es zum Erbrechen, dann ist es geschwind besser. 3649.   Migräne, das Gefühl von Benommenheit ist dauernd da, es wird anfallsweise stärker mit Erbrechen. 3654.

17 Übelkeit. Aufstoßen. Speichelfluß.
Drückendes Kopfweh in der Stirne, über der Nasenwurzel, welches den Kopf vorzubücken nötigt; hierauf Brecherlichkeit. 51.   Schwindel und leichtes vorübergehendes Kopfweh, danach vermehrte Wärme im Magen und eine halbe Stunde lang reichlichere Speichelabsonderung. 819.   Er klagte nach dem Anfall über starke Übelkeit, heftigen nach außen pressenden Kopfschmerz, der sich durch

Aufrichten und Bewegen vermehrte und Schwindel verursachte, Zerschlagenheit am ganzen Körper und Schläfrigkeit. 1074. Wenn sie morgens aufsteht, Knurren im Leibe, wie wenn ein gesunder Mensch hungrig ist, bei Übelkeit, sie muß etwas essen, manchmal geschmackloses Aufstoßen bei beständigem Kopfweh. 1227. Während des Kopfwehs viel Durst, Übelkeit, Herzklopfen mit Angst, viel Gähnen und Frost mit Zähneklappern. 1669. Kopfschmerzanfälle beginnen zuweilen mit etwas Übelkeit und Luftaufstoßen. 2107. Abends Kälte und Druckschmerz in der Stirn, verlangt oft Wasser zu trinken, nach dessen Genuß sie bittere, schleimige Flüssigkeit aufstößt. 2128. Etwas Übelkeit bei Kopfschmerzen. 2308. Am Ende der Kopfschmerzen Übelkeit und Speichelfluß, kein Erbrechen. 2314. Etwas Speichelfluß bei Gesichtsschmerz. 2351. Ciliarneuralgie, bis zum Scheitel ausstrahlend, macht Übelkeit. 2364. Schmerzen, welche sich vom Auge nach dem Wirbel des Kopfes erstreckten, mit Übelkeit. oft mit Halsanschwellung abwechselnd. 2641. Migräne mit Übelkeit, etwa alle 4 Wochen, 8 Stunden lang. 2754. Allgemeine Erschöpfung, Lesen und Nähen machen Kopfschmerz und Übelkeit. 2779. Scheitelkopfschmerz mit Übelkeit. 2798. Schlechte Verdauung, im Zusammenhang damit Kopfschmerzen, meist oben auf dem Scheitel. 3102. Wenn ich einen Schreck durch etwas Lautes habe, fängt Schwindel an und Stechen im Kopf, meistens unter den Augenbrauen. Übelkeit dabei. 3508. Wenn ich Tee trinke, habe ich verstärkt Kopfschmerzen, mir wird manchmal sogar übel. 3616. Benommenheit und Übelkeit im Stehen noch mehr, wenn ich hinkniee und mit meinem Sohn spiele, habe ich das Gefühl, daß der Kopf besser durchblutet ist, die Übelkeit ist dann auch besser. 3656.

18   Hunger.
Wenn sie morgens aufsteht, Knurren im Leibe, wie wenn ein gesunder Mensch hungrig ist, bei Übelkeit, sie muß etwas essen, manchmal geschmackloses Aufstoßen bei beständigem Kopfweh. 1227. Der Appetit bleibt gut trotz Kopfschmerz. 2284. Vor Beginn der Kopfschmerzen Gefühl von Leere in Magen und Brust, Steifheit des Nackens und der Trapecii. 2311. Hungrig solange die Kopfschmerzen anhielten. 2801. Heißhunger vor den Kopfschmerzanfällen. 2908. Migräne durch zu hastiges Essen. 3449. Am Wochenende, wenn ich die Kopfschmerzen habe, ständig ein leichter, nagender Schmerz im Magen. 3522.

19   Durst.
Während des Kopfwehs viel Durst, Übelkeit, Herzklopfen mit Angst, viel Gähnen und Frost mit Zähneklappern. 1669. Die Anfälle von Kopfschmerz kommen gewöhnlich alle Nachmittage oder abends beim Bettgehen, sie hat dann jedesmal Frost mit Trockenheit im Munde. 1899. Abends Kälte und Druckschmerz in der Stirn, verlangt oft Wasser zu trinken, nach dessen Genuß sie bittere, schleimige Flüssigkeit aufstößt. 2128. Appetit fehlte gänzlich, Durst war vermehrt, öfteres Erbrechen (Kopfschmerz). 2499.

20   Magenschmerz. Darmstörungen.
Heftiges Kopfweh drückender Art in den Schläfen und dreimal Durchfall an demselben Tage. 806. Vor dem Anfall von Gesichtsschmerz jedesmal Stiche, nach demselben Wühlen und Blähungsanhäufung im Bauche. 1739. Durchfall und Kopfschmerzen schlechter am Vormittag und von Kaffee. 2625. Die kleinste Widrigkeit löst Kopf- und Magenschmerzen aus. 3222. Am Wochenende, wenn ich die Kopfschmerzen habe, ständig ein leichter, nagender Schmerz im Magen. 3522.

21   Vermehrte Harnabsonderung.
Läßt blassen Urin während des Kopfschmerzanfalls. 2288. Nach jedem Kopfschmerzanfall Schlaflosigkeit, profuser, blasser Urinabgang, Melancholie und viel Seufzen. 2317. Mußte gegen sonst sehr viel Wasser lassen (Kopfschmerzen). 2500. Kopfschmerz besser durch Harnlassen. 3226.

22   Andere Begleitsymptome: Herzklopfen. Schweiß. Mattigkeit.
Während des Kopfwehs viel Durst, Übelkeit, Herzklopfen mit Angst, viel Gähnen und Frost mit Zähneklappern. 1669. Zuckender Gesichtsschmerz jeden Nachmittag nach 17 Uhr, mit Gesichts-

schweiß. 2354. Allgemeine Mattigkeit. Schwere im Kopf. 2845. Kaffee macht Kopfschmerzen und Herzklopfen. 3256. Zuerst Kopfschmerzen über dem rechten Auge und im Hinterkopf, linke Gesichtsseite gefühllos, dann wird ihr schwach. 3388.

RÜCKENSCHMERZEN   Orte

1 Bauchschmerzen das Rückgrat hinauf zum Kopf. Vom Magen über den Rücken zum Scheitel. Von der Milzgegend in die Brust und zur Wirbelsäule.
Gefühl, als würden die Bauchwände nach außen und das Zwerchfell nach obenhin gedehnt; am stärksten äußerte sich dieser Schmerz in der Milzgegend und nach hinten, nach der Wirbelsäule zu, abwechselnd bald mehr da, bald wieder mehr dort; auch erstreckte er sich mehrmals bis zur Brusthöhle herauf, artete daselbst in ein empfindliches Brennen aus; wendete sich jedoch am meisten und am heftigsten nach der Wirbelsäule in der Gegend des Sonnengeflechtes; Aufstoßen von Luft milderte diesen Schmerz. 279. Im Kreuze (und auf der Brust) ein spannender Schmerz beim Aufrechtstehen. 499. Gegen 10 Uhr schmerzhafte Empfindungen vom Magen ausgehend und sich nach der Milz hin erstreckend und ebenso auch nach der Wirbelsäule sich hinrichtend. Diese verwandelten sich um 11 Uhr in vorübergehendes Stechen, das sich aus dem Oberbauche gleichsam nach der Brusthöhle herauf erstreckte, die Brustorgane aber nicht ergriff. 835b. Der Oberbauchschmerz schwieg bis 15 Uhr ganz, von da an stellte er sich aber wieder bis zum Abend bisweilen ein, wurde mitunter ziemlich heftig und erstreckte sich besonders mehrmals bis zur Brusthöhle herauf, artete da auch zuweilen in ein empfindliches Brennen aus, wendete sich jedoch am meisten und am heftigsten nach der Wirbelsäule in der Gegend des Ganglion coeliacum. Während dieser Anfälle entleerte sich der Magen öfters der Luft durch Aufstoßen und dies jedes Mal mit einer kurzdauernden Milderung des Schmerzes. 838a. Heftiges Brennen, das vom Magen und Herzen ausgehend sich über den Rücken zum Scheitel und in die Glieder erstreckte. 1854. Manchmal scheint sich der Bauchschmerz das Rückgrat hinauf zum Kopf zu erstrecken, er fühlt sich dann sehr seltsam, weiß kaum was los ist und fürchtet zu fallen. 2267. Vor Beginn der Kopfschmerzen Gefühl von Leere in Magen und Brust, Steifheit des Nackens und der Trapecii. 2311. Schmerz im Epigastrium bis zum Hals und hinten auf den Schultern. 3350. Komisches Gefühl von unten herauf bis in den Kopf. 3437. Jucken und Beißen hinten unter dem Schulterblatt und und vorn in der Brust, innen drin, nicht auf der Haut. 3501.

2 Vom Magen zum Rücken.
Schmerzhafte Empfindungen vom Magen ausgehend und sich nach der Milz und der Wirbelsäule hinrichtend. 254. Schmerz im Oberbauche, wie vom Verheben. 280. Zuerst Gefühl, als läge ein Stein im Magen, dies dauert einige Stunden, dann wird ihm übel, die Magengegend schwillt an, so stark, daß er eine ordentliche Wulst in der Herzgrube hat, die sich zu beiden Seiten, unter den kurzen Rippen hindurch, bis zum Rückgrat erstreckt. 1327. Schmerzen im Magen und im Rücken immer etwas besser nach dem Essen. 2712. Schmerz im Epigastrium eine halbe Stunde nach dem Essen, Druck bessert. Außerdem Schmerzen im Bauch und zwischen den Schultern. 2738. Heftige Magenkrämpfe, Lendenschmerzen und Schmerzen zwischen den Schulterblättern. 3160.

3 Vom Sacrum zum Nacken und in den Kopf. Aufsteigend bis zum Hals.
Schmerzen im Sacrum, in den Nieren und in den Schultern, nachts manchmal Gefühl wie von heftigen Faustschlägen. 1655. Oft steigt es ins Genick und in den Hals, den es zuschnüren will. 1897. Nach heftigem Verdruß kriebelnde Empfindung, welche allmählich vom heiligen Beine alle Tage höher, bis zwischen die Schultern und endlich bis in den Nacken stieg. Nacken plötzlich steif. 2475.

4 Schmerz wandert vom Kopf zu den Zähnen und dann zum Kreuz. Vom Nacken bis zum Sacrum. Kopfschmerz und Rückenschmerz.
Früh beim Erwachen Kopfschmerz, als wenn das Gehirn zertrümmert und zermalmt wäre; beim Aufstehen vergeht er und es wird ein Zahnschmerz daraus, als wenn der Zahnnerv zertrümmert und zermalmt wäre, welcher ähnliche Schmerz dann ins Kreuz übergeht; beim Nachdenken erneuert sich jenes Kopfweh. 78.   Der geringste Ärger, Bestraftwerden, jeder Zornausbruch verursacht einen intensiven, lanzinierenden Schmerz vom Nacken bis zum Sacrum. 1754.

5 Vom Kreuz zum Oberschenkel und bis zum Fuß. Vom Sacrum zu den Ovarien.
Früh, beim Aufstehen aus dem Bette, Steifigkeit der Knie und Gelenke des Fußes, des Oberschenkels und des Kreuzes. 540.   Stechender Schmerz im Kreuz, von da ziehend stechende schneidende Schmerzen über die Hüften durch die Schenkel, Kniekehlen über das Fußspann nach den Zehen. 1260.   Schneidende Stiche vom Kreuze aus durch die Lenden in die Schenkel herunterfahrend, wie mit einem schneidenden Messer. 1527.   Kreuzschmerz durch die Lenden und die Oberschenkel hinunter. 2363.   Schmerz im Sacrum, schlechter im Liegen, über die Hüften bis zu den Ovarien, wo er als ein schneidendes Wehtun bleibt, schlechter durch Reiben, Bewegung und Hitze. 2728.

6 Vom Nacken aus aufsteigend. Nackenschmerz bei Kopfschmerz.
Große Ängstlichkeit und Kopfweh besonders in Nacken und Schläfen. 1750.   Kopfschmerz in beiden Schläfen, dabei Rücken- und Nackenschmerz. 2273.   Der Kopfschmerz beginnt mit einem tiefliegenden Schmerz in den Augen, geht zu Hinterkopf und Nacken und befällt schließlich den Scheitel. 2280.   Jeden Nachmittag 15.30 Uhr sehr unangenehme kriebelnde Empfindung vom Nacken herauf bis über den Hinterkopf, dauert bis zum Schlafengehen. 2479.   Kopfschmerz vom Nacken über den Kopf bis in die Augen, sehr schlecht während der Periode. 2781.   Migräne einmal im Monat von der rechten Nackenhälfte zum rechten Auge. 3316.   Migräne rechts, das geht bis in das Ohr hinein und das sitzt auch im Genick, der Schmerz geht durch das Auge durch. 3446.   Kopfschmerzen an der Nasenwurzel, Nacken dabei verspannt. 3542.   Morgens im Bett Schmerzen in der linken Nackenseite innerlich bis zur linken Kopfseite, bei Bewegung, aber entschieden besser nach dem Aufstehen. 3580.   Kopfweh da oben, geht bis aufs linke Auge und in den linken Nacken. 3591.

7 Nacken. Halswirbel. Halsseiten.
Früh, in dem Bette, scharfdrückender Schmerz in den Halswirbeln in der Ruhe. 486.   Stechen im Genicke. 487.   Stechend reißender Schmerz im Genicke. 488.   Reißender Schmerz im Nacken, wenn man den Hals bewegt, wie vom Verdrehen des Halses. 489.   Steifigkeit des Nackens. 490.   Hitze und Brennen im Nacken, oder auf der einen Seite des Halses, äußerlich. 491.   Am Halse, gleich über der linken Schulter, ein schmerzliches Drücken. 492.   Nachts auf der einen oder der anderen Seite, worauf man liegt, Schmerz, wie zerschlagen, in den Gelenken des Halses, des Rückens und der Schulter, welcher bloß im Liegen auf dem Rücken vergeht. 601.   Der Nacken wurde steif, der Kopf zitterte, in Armen und Beinen erschienen Zuckungen mit halbem Bewußtsein. (Hysterische Krämpfe). 1022.   Rheumatisches Ziehen im Nacken, mit Steifheit desselben. 1123.   Stiche im Nacken. 1204.   Schmerz im Genick, wie steif. 1411.   Früh im Bette, im Liegen auf dem Rücken, Schmerz im heiligen Beine. 1528.   Der Nacken erschien ihr wie steif. 2112.   Bei Seitenlage Nackenschmerzen. 3532.   Ich halte den Nacken warm. 3533.   Wenn ich liege, pocht es mir hier im Nacken, ich spüre den Herzschlag dann auch im Unterbauch und in den Armen, eigentlich im ganzen Körper. 3665.

8 Wirbelsäule.
Schmerzhafte Empfindungen vom Magen ausgehend und sich nach der Milz und der Wirbelsäule hinrichtend. 254.   Gefühl, als würden die Bauchwände nach außen und das Zwerchfell nach obenhin gedehnt; am stärksten äußerte sich dieser Schmerz in der Milzgegend und nach hinten, nach der Wirbelsäule zu, abwechselnd bald mehr da, bald wieder mehr dort; auch erstreckte er sich mehr-

mals bis zur Brusthöhle herauf, artete daselbst in ein empfindliches Brennen aus; wendete sich jedoch am meisten und am heftigsten nach der Wirbelsäule in der Gegend des Sonnengeflechtes; Aufstoßen von Luft milderte diesen Schmerz. 279.   In der Mitte des Rückgrates, etwas nach der linken Seite zu, ein tiefer, reißender Schmerz. 494.   Drückend stechender Schmerz im Rückgrate, beim Gehen in freier Luft. 495.   Gegen 10 Uhr schmerzhafte Empfindungen vom Magen ausgehend und sich nach der Milz hin erstreckend und ebenso auch nach der Wirbelsäule sich hinrichtend. Diese verwandelten sich um 11 Uhr in vorübergehendes Stechen, das sich aus dem Oberbauche gleichsam nach der Brusthöhle herauf erstreckte, die Brustorgane aber nicht ergriff. 835b.   Der Oberbauchschmerz schwieg bis 15 Uhr ganz, von da an stellte er sich aber wieder bis zum Abend bisweilen ein, wurde mitunter ziemlich heftig und erstreckte sich besonders mehrmals bis zur Brusthöhle herauf, artete da auch zuweilen in ein empfindliches Brennen aus, wendete sich jedoch am meisten und am heftigsten nach der Wirbelsäule in der Gegend des Ganglion coeliacum. Während dieser Anfälle entleerte sich der Magen öfters der Luft durch Aufstoßen und dies jedes Mal mit einer kurzdauernden Milderung des Schmerzes. 838a.   Zuerst Gefühl, als läge ein Stein im Magen, dies dauert einige Stunden, dann wird ihm übel, die Magengegend schwillt an, so stark, daß er eine ordentiche Wulst in der Herzgrube hat, die sich zu beiden Seiten, unter den kurzen Rippen hindurch, bis zum Rückgrat erstreckt. 1327.   Beim Aufsitzen Schmerzen im Rückgrat. 1708.   In allen Gliedern und längs des Rückgrates Kälterieseln. 1821.   Wirbelsäule zwischen den Schultern bei Druck schmerzhaft. 1855.

9 Schulterblätter. Zwischen den Schulterblättern. Spitze des Schulterblattes.
Einfacher Schmerz im Schulterblatte, durch Bewegung des Armes, und wenn der Arm hängt, vermehrt. 496.   Früh etliche Stiche an der Spitze des Schulterblattes. 497.   Wirbelsäule zwischen den Schultern bei Druck schmerzhaft. 1855.   Schmerz im Epigastrium eine halbe Stunde nach dem Essen, Druck bessert. Außerdem Schmerzen im Bauch und zwischen den Schultern. 2738.   Heftige Magenkrämpfe, Lendenschmerzen und Schmerzen zwischen den Schulterblättern. 3160.   Jucken und Beißen hinten unter dem Schulterblatt und vorn in der Brust, innen drin, nicht auf der Haut. 3501.   Gefühl, als ob er keine Luft kriegt. Will richtig tief Luft holen, zusammen mit Verspannung und Stechen zwischen den Schulterblättern. 3633.

10 Links vom dorsalen Rückgrat. Linke Lendengegend.
Ziehende Schmerzen in der linken Lendengegend, wenige Minuten andauernd. 287.   Links, unweit des Rückgrates, wo sich die wahren von den falschen Rippen scheiden, ein stumpfes Stechen. 493.   In der Mitte des Rückgrates, etwas nach der linken Seite zu, ein tiefer, reißender Schmerz. 494.   Durchfall, intensiv schmerzhafter Tenesmus nur nach Entleerung, ständige dumpfe Schmerzen und Empfindlichkeit in der linken Lendengegend. 2226.

11 Letzte Rückenwirbel. Falsche Rippen. Lenden. Nieren.
Ziehende Schmerzen in der linken Lendengegend, wenige Minuten andauernd. 287.   Steifigkeit der Knie und der Lenden, welche bei Bewegung Schmerz macht. 546.   Einfacher, bloß bei Berührung fühlbarer, heftiger Schmerz, hie und da, auf einer kleinen Stelle, z. B. an den Rippen u. s. w. 618.   Stämmen der Blähungen unter den kurzen Rippen mit Kreuzschmerzen. 1016.   Kreuzschmerzen hinten in der Nierengegend. Drücken in der Gegend der kurzen Rippen auf beiden Seiten. 1040.   Bisweilen einzelne Stiche in den Seiten, gleich bei Ruhe und Bewegung. 1230.   Schmerz in den Lenden. 1623.   Oft preßte sie die Hände fest an die Stirne oder griff nach der linken Rippenreihe, der Atem setzte manchmal lange aus. 1845.   An den letzten Rückenwirbeln eine schmerzhafte Stelle, deren leiseste Berührung augenblicklich einen Anfall hervorrief. 1849.   Kreuzschmerzen über die Nierengegend, morgens im Bett, bei der Arbeit, beim Bücken. 2862.   Hitze mit Schwere und Wundheitsgefühl in der Lebergegend, dumpfem Wehtun und Empfindlichkeit in den Lenden. 2064.

12 Sacrum.
Ein Klopfen im Kreuze (heiligen Beine). 498.   Schmerz im heiligen Beine, auch beim Liegen auf

dem Rücken, früh im Bette. 501. Hämorrhoidalschmerz im After und Drücken in der Kreuzbeingegend. 2009. Dumpfe Kreuzbeinschmerzen wenn ich länger sitze, besser durch Herumgehen und nach Schlaf, Bauchlage bessert, in Rückenlage stärker. 3485. Ständige Verspannung im Kreuzbein, Liegen ist spürbar angenehm, möglichst auf dem Rücken oder auf dem Bauch, Seitenlage bringt keine Besserung. 3525.

13 Gesäß. Hüften.
Über der linken Hüfte, ein absetzendes, tief innerliches Drücken. 339. Männliches Unvermögen, mit Gefühl von Schwäche in den Hüften. 426. Nachts muß sie auf dem Rücken liegen, so wie sie sich auf die Seite legt, entsteht Stechen in den Hüften. 1262. Hin und wieder, ganz plötzlich, rechts über dem Gesäß, kann nach einer Weile nicht mehr sitzen, kann das Bein nicht durchstrecken im Sitzen oder Liegen, auch wenn ich es anhebe im Stehen oder Liegen, Gehen bessert. 3519. Ischias links, im Gesäß habe ich das Gefühl, daß etwas verspannt ist. 3645. Links im Gesäß, es ist ein Punkt, aber es strahlt immer zur Seite aus, nach außen. 3646.

RÜCKENSCHMERZEN Empfindungen

1 Kriebeln innerlich. Allmählich aufsteigendes Kriebeln. Kälterieseln.
Ein Kriebeln, wie innerlich, in den Knochen des ganzen Körpers. 596. In allen Gliedern und längs des Rückgrates Kälterieseln. 1821. Nach heftigem Verdruß kriebelnde Empfindung, welche allmählich am heiligen Beine alle Tage höher, bis zwischen die Schultern und endlich bis in den Nacken stieg. Nacken plötzlich steif. 2475. Nach Verdruß Kriebeln im Rücken, zugleich heftiger Fieberfrost mehrere Stunden lang und starke Hitze, welche bis in die Nacht dauerte und mit Schweiß endigte. 2476. Jeden Nachmittag 15.30 Uhr sehr unangenehme kriebelnde Empfindung vom Nacken herauf bis über den Hinterkopf, dauert bis zum Schlafengehen. 2479.

2 Eigentümliche, schwer zu beschreibende Schmerzen, aus Raffen, Stechen, Ziehen und Arbeiten zusammengesetzt. Ziehend stechend schneidende Schmerzen. Dehnen artet in Brennen aus. Schmerzen verwandeln sich.
Gefühl, als würden die Bauchwände nach außen und das Zwerchfell nach obenhin gedehnt; am stärksten äußerte sich dieser Schmerz in der Milzgegend und nach hinten, nach der Wirbelsäule zu, abwechselnd bald mehr da, bald wieder mehr dort; auch erstreckte er sich mehrmals bis zur Brusthöhle herauf, artete daselbst in ein empfindliches Brennen aus; wendete sich jedoch am meisten und am heftigsten nach der Wirbelsäule in der Gegend des Sonnengeflechtes; Aufstoßen von Luft milderte diesen Schmerz. 279. Gegen 10 Uhr schmerzhafte Empfindungen vom Magen ausgehend und sich nach der Milz hin erstreckend und ebenso auch nach der Wirbelsäule sich hinrichtend. Diese verwandelten sich um 11 Uhr in vorübergehendes Stechen, das sich aus dem Oberbauche gleichsam nach der Brusthöhle herauf erstreckte, die Brustorgane aber nicht ergriff. 835b. Der Oberbauchschmerz schwieg bis 15 Uhr ganz, von da an stellte er sich aber wieder bis zum Abend bisweilen ein, wurde mitunter ziemlich heftig und erstreckte sich besonders mehrmals bis zur Brusthöhle herauf, artete da auch zuweilen in ein empfindliches Brennen aus, wendete sich jedoch am meisten und am heftigsten nach der Wirbelsäule in der Gegend des Ganglion coeliacum. Während dieser Anfälle entleerte sich der Magen öfters der Luft durch Aufstoßen und dies jedes Mal mit einer kurzdauernden Milderung des Schmerzes. 838a. Heftiger Kreuzschmerz eigentümlicher Art, wie aus Raffen, Stechen, Ziehen und Arbeiten zusammengesetzt. 847. Heftige Rücken- und Gliederschmerzen, die Patient gewöhnlich nicht beschreiben kann. 1421. Gefühl, als ob er keine Luft kriegt. Will richtig tief Luft holen, zusammen mit Verspannung und Stechen zwischen den Schulterblättern. 3633.

3 **Zertrümmert und zermalmt. Wie vom Verheben. Wie vom Verdrehen. Drückende Zerschlagenheit. Gelenke wie auseinandergerissen.**
Früh beim Erwachen Kopfschmerz, als wenn das Gehirn zertrümmert und zermalmt wäre; beim Aufstehen vergeht er und es wird ein Zahnschmerz daraus, als wenn der Zahnnerv zertrümmert und zermalmt wäre, welcher ähnliche Schmerz dann ins Kreuz übergeht; beim Nachdenken erneuert sich jenes Kopfweh. 78.　Schmerz im Oberbauche, wie vom Verheben. 280.　Reißender Schmerz im Nacken, wenn man den Hals bewegt, wie vom Verdrehen des Halses. 489.　Drückender Zerschlagenheitsschmerz im Kreuze beim Liegen auf dem Rücken, früh im Bette. 502.　Nachts auf der einen oder der anderen Seite, worauf man liegt, Schmerz, wie zerschlagen, in den Gelenken des Halses, des Rückens und der Schulter, welcher bloß im Liegen auf dem Rücken vergeht. 601.　Bei Tertianfieber unwillkürliches Strecken, danach quälende Knochenschmerzen, Rückenschmerz, als sollten die Gelenke auseinandergerissen werden. 2247.

4 **Dehnen. Ziehen. Tief innerliches Drücken. Spannen.**
Gefühl, als würden die Bauchwände nach außen und das Zwerchfell nach obenhin gedehnt; am stärksten äußerte sich dieser Schmerz in der Milzgegend und nach hinten, nach der Wirbelsäule zu, abwechselnd bald mehr da, bald wieder mehr dort; auch erstreckte er sich mehrmals bis zur Brusthöhle herauf, artete daselbst in ein empfindliches Brennen aus; wendete sich jedoch am meisten und am heftigsten nach der Wirbelsäule in der Gegend des Sonnengeflechtes; Aufstoßen von Luft milderte diesen Schmerz. 279.　Ziehende Schmerzen in der linken Lendengegend, wenige Minuten andauernd. 287.　Über der linken Hüfte, ein absetzendes, tief innerliches Drücken. 339.　Früh, in dem Bette, scharfdrückender Schmerz in den Halswirbeln in der Ruhe. 486.　Heftiger Kreuzschmerz eigentümlicher Art, wie aus Raffen, Stechen, Ziehen und Arbeiten zusammengesetzt. 847.　Stämmen der Blähungen unter den kurzen Rippen mit Kreuzschmerzen. 1016.　Kreuzschmerzen hinten in der Nierengegend. Drücken in der Gegend der kurzen Rippen auf beiden Seiten. 1040.　Zuerst Gefühl, als läge ein Stein im Magen, dies dauert einige Stunden, dann wird ihm übel, die Magengegend schwillt an, so stark, daß er eine ordentliche Wulst in der Herzgrube hat, die sich zu beiden Seiten, unter den kurzen Rippen hindurch, bis zum Rückgrat erstreckt. 1327.

5 **Dumpfe Schmerzen. Drücken.**
Am Halse, gleich über der linken Schulter, ein schmerzliches Drücken. 492.　Links, unweit des Rückgrates, wo sich die wahren von den falschen Rippen scheiden, ein stumpfes Stechen. 493.　Drückend stechender Schmerz im Rückgrate, beim Gehen in freier Luft. 495.　Drückender Zerschlagenheitsschmerz im Kreuze beim Liegen auf dem Rücken, früh im Bette. 502.　Kreuzschmerzen hinten in der Nierengegend. Drücken in der Gegend der kurzen Rippen auf beiden Seiten. 1040.　Hämorrhoidalschmerz im After und Drücken in der Kreuzbeingegend. 2009.　Hitze mit Schwere und Wundheitsgefühl in der Lebergegend, dumpfem Wehtun und Empfindlichkeit in den Lenden. 2064.　Durchfall, intensiv schmerzhafter Tenesmus nur nach Entleerung, ständige dumpfe Schmerzen und Empfindlichkeit in der linken Lendengegend. 2226.　Dumpfe Kreuzbeinschmerzen wenn ich länger sitze, besser durch Herumgehen und nach Schlaf, Bauchlage bessert, in Rückenlage stärker. 3485.

6 **Steifigkeit. Verspannung.**
Steifigkeit des Nackens. 490.　Im Kreuze (und auf der Brust) ein spannender Schmerz beim Aufrechtstehen. 499.　Früh, beim Aufstehen aus dem Bette, Steifigkeit der Knie und Gelenke des Fußes, des Oberschenkels und des Kreuzes. 540.　Steifigkeit der Knie und der Lenden, welche bei Bewegung Schmerz macht. 546.　Der Nacken wurde steif, der Kopf zitterte, in Armen und Beinen erschienen Zuckungen mit halbem Bewußtsein. (Hysterische Krämpfe). 1022.　Rheumatisches Ziehen im Nacken, mit Steifheit desselben. 1123.　Schmerz im Genick, wie steif. 1411.　Der Nacken erschien ihr wie steif. 2112.　Vor Beginn der Kopfschmerzen Gefühl von Leere in Magen und Brust, Steifheit des Nackens und der Trapecii. 2311.　Ständige Verspannung im Kreuzbein, Liegen ist spürbar angenehm, möglichst auf dem Rücken oder auf dem Bauch, Seitenlage bringt keine

Besserung. 3525.   Kopfschmerzen an der Nasenwurzel, Nacken dabei verspannt. 3542.   Gefühl, als ob er keine Luft kriegt. Will richtig tief Luft holen, zusammen mit Verspannung und Stechen zwischen den Schulterblättern. 3633.   Ischias links, im Gesäß habe ich das Gefühl, daß etwas verspannt ist. 3645.

7   Müde. Schwach.
Männliches Unvermögen, mit Gefühl von Schwäche in den Hüften. 426.   Kreuz müde, schwach, geht gebeugt, kann sich erst nach einer Weile Gehen aufrichten. 2863.

8   Reißen. Scharfdrücken. Stumpfes Stechen. Drückendes Stechen. Tiefes Reißen. Schneiden. Lanzinieren.
Früh, in dem Bette, scharfdrückender Schmerz in den Halswirbeln in der Ruhe. 486.   Stechend reißender Schmerz im Genicke. 488.   Reißender Schmerz im Nacken, wenn man den Hals bewegt, wie vom Verdrehen des Halses. 489.   Links, unweit des Rückgrates, wo sich die wahren von den falschen Rippen scheiden, ein stumpfes Stechen. 493.   In der Mitte des Rückgrates, etwas nach der linken Seite zu, ein tiefer, reißender Schmerz. 494.   Drückend stechender Schmerz im Rückgrate, beim Gehen in freier Luft. 495.   Heftiger Kreuzschmerz eigentümlicher Art, wie aus Raffen, Stechen, Ziehen und Arbeiten zusammengesetzt. 847.   Stechender Schmerz im Kreuz, von da ziehend stechende schneidende Schmerzen über die Hüften durch die Schenkel, Kniekehlen über das Fußspann nach den Zehen. 1260.   Schneidende Stiche vom Kreuze aus durch die Lenden in die Schenkel herunterfahrend, wie mit einem schneidenden Messer. 1527.   Der geringste Ärger, Bestraftwerden, jeder Zornausbruch verursacht einen intensiven, lanzinierenden Schmerz vom Nacken bis zum Sacrum. 1754.   Schmerz im Sacrum, schlechter im Liegen, über die Hüften bis zu den Ovarien, wo er als ein schneidendes Wehtun bleibt, schlechter durch Reiben, Bewegung und Hitze. 2728.   Gefühl, als ob er keine Luft kriegt. Will richtig tief Luft holen, zusammen mit Verspannung und Stechen zwischen den Schulterblättern. 3633.

9   Einfaches Stechen.
Stechen im Genicke. 487.   Früh etliche Stiche an der Spitze des Schulterblattes. 497.   Stiche im Kreuze. 500.   Gegen 10 Uhr schmerzhafte Empfindungen vom Magen ausgehend und sich nach der Milz hin erstreckend und ebenso auch nach der Wirbelsäule sich hinrichtend. Diese verwandelten sich um 11 Uhr in vorübergehendes Stechen, das sich aus dem Oberbauche gleichsam nach der Brusthöhle herauf erstreckte, die Brustorgane aber nicht ergriff. 835b.   Stiche im Nacken. 1204.   Bisweilen einzelne Stiche in den Seiten, gleich bei Ruhe und Bewegung. 1230.   Nachts muß sie auf dem Rücken liegen, so wie sie sich auf die Seite legt, entsteht Stechen in den Hüften. 1262.

10   An kleiner Stelle. Berührungsempfindliche Stelle. Es ist ein Punkt.
Einfacher, bloß bei Berührung fühlbarer, heftiger Schmerz, hie und da, auf einer kleinen Stelle, z. B. an den Rippen u. s. w. 618.   An den letzten Rückenwirbeln eine schmerzhafte Stelle, deren leiseste Berührung augenblicklich einen Anfall hervorrief. 1849.   Links im Gesäß, es ist ein Punkt, aber es strahlt immer zur Seite aus, nach außen. 3646.

11   Brennen. Hitze. Empfindliches Brennen.
Gefühl, als würden die Bauchwände nach außen und das Zwerchfell nach obenhin gedehnt; am stärksten äußerte sich dieser Schmerz in der Milzgegend und nach hinten, nach der Wirbelsäule zu, abwechselnd bald mehr da, bald wieder mehr dort; auch erstreckte er sich mehrmals bis zur Brusthöhle herauf, artete daselbst in ein empfindliches Brennen aus; wendete sich jedoch am meisten und am heftigsten nach der Wirbelsäule in der Gegend des Sonnengeflechtes; Aufstoßen von Luft milderte diesen Schmerz. 279.   Hitze und Brennen im Nacken, oder auf der einen Seite des Halses, äußerlich. 491.   Der Oberbauchschmerz schwieg bis 15 Uhr ganz, von da an stellte er sich aber wieder bis zum Abend bisweilen ein, wurde mitunter ziemlich heftig und erstreckte sich besonders mehrmals bis zur Brusthöhle herauf, artete da auch zuweilen in ein empfindliches Brennen aus, wendete sich

jedoch am meisten und am heftigsten nach der Wirbelsäule in der Gegend des Ganglion coeliacum. Während dieser Anfälle entleerte sich der Magen öfters der Luft durch Aufstoßen und dies jedes Mal mit einer kurzdauernden Milderung des Schmerzes. 838a. Heftiges Brennen, das vom Magen und Herzen ausgehend sich über den Rücken zum Scheitel und in die Glieder erstreckte. 1854.

12 Kälte. Frost. Gleichzeitig an den Oberarmen.
Frost und Kälte, besonders am hinteren Teile des Körpers; beides läßt sich aber sogleich durch eine warme Stube oder einen warmen Ofen vertreiben. 701.   Frost im Rücken und über die Arme. 702. Nachmittags gegen 2 Uhr tritt heftiger Schüttelfrost ein, vorzüglich am Rücken und den Armen, wobei er Durst auf kaltes Wasser hat. 1081.   Zuerst bekam sie Frost in den Füßen, dann im Kreuze, dann bekam sie Hitze mit Kopfschmerz, dann Schweiß allgemein. 1358.   In allen Gliedern und längs des Rückgrates Kälterieseln. 1821.   Frost beginnt in den Oberarmen und breitet sich aus zum Rücken und Brust. 2970.   Kälte und Frösteln des ganzen Körpers oder nur der rückwärtigen Teile, sofort besser im warmen Raum oder am warmen Ofen. 2974.   Frösteln auf dem Rücken oder auf den Oberarmen, mit Hitze der Ohren. 2975.   Ich halte den Nacken warm. 3533.

13 Klopfen. Wie von Faustschlägen.
Ein Klopfen im Kreuze (heiligen Beine). 498.   Schmerzen im Sacrum, in den Nieren und in den Schultern, nachts manchmal Gefühl wie von heftigen Faustschlägen. 1655.   Wenn ich liege, pocht es mir hier im Nacken, ich spüre den Herzschlag dann auch im Unterbauch und in den Armen, eigentlich im ganzen Körper. 3665.

14 Andere Empfindungen: Jucken. Plötzlich.
Jucken und Beißen hinten unter dem Schulterblatt und und vorn in der Brust, innen drin, nicht auf der Haut. 3501.   Hin und wieder, ganz plötzlich, rechts über dem Gesäß, kann nach einer Weile nicht mehr sitzen, kann das Bein nicht durchstrecken im Sitzen oder Liegen, auch wenn ich es anhebe im Stehen oder Liegen, Gehen bessert. 3519.

RÜCKENSCHMERZEN   Modalitäten

1 Rückenlage bessert. In Seitenlage.
Nachts auf der einen oder der anderen Seite, worauf man liegt, Schmerz, wie zerschlagen, in den Gelenken des Halses, des Rückens und der Schulter, welcher bloß im Liegen auf dem Rücken vergeht. 601.   Nachts muß sie auf dem Rücken liegen, so wie sie sich auf die Seite legt, entsteht Stechen in den Hüften. 1262.   Ständige Verspannung im Kreuzbein, Liegen ist spürbar angenehm, möglichst auf dem Rücken oder auf dem Bauch, Seitenlage bringt keine Besserung. 3525.   Bei Seitenlage Nackenschmerzen. 3532.

2 In Rückenlage. Seitenlage bessert, Bauchlage bessert.
Schmerz im heiligen Beine, auch beim Liegen auf dem Rücken, früh im Bette. 501.   Früh im Bette, im Liegen auf dem Rücken, Schmerz im heiligen Beine. 1528.   Rückenschmerzen besser durch Gehen, schlechter in Rückenlage und Bauchlage, besser in Seitenlage. 3405.   Dumpfe Kreuzbeinschmerzen wenn ich länger sitze, besser durch Herumgehen und nach Schlaf, Bauchlage bessert, in Rückenlage stärker. 3485.

3 In der Ruhe. Liegen im Bett. Länger Sitzen. Herunterhängenlassen des Armes. Besser durch Gehen. Besser nach Aufstehen.
Früh, in dem Bette, scharfdrückender Schmerz in den Halswirbeln in der Ruhe. 486.   Einfacher

Schmerz im Schulterblatte, durch Bewegung des Armes, und wenn der Arm hängt, vermehrt. 496. Schmerz im Sacrum, schlechter im Liegen, über die Hüften bis zu den Ovarien, wo er als ein schneidendes Wehtun bleibt, schlechter durch Reiben, Bewegung und Hitze. 2728. Rückenschmerzen besser durch Gehen, schlechter in Rückenlage und Bauchlage, besser in Seitenlage. 3405. Dumpfe Kreuzbeinschmerzen wenn ich länger sitze, besser durch Herumgehen und nach Schlaf, Bauchlage bessert, in Rückenlage stärker. 3485. Hin und wieder, ganz plötzlich, rechts über dem Gesäß, kann nach einer Weile nicht mehr sitzen, kann das Bein nicht durchstrecken im Sitzen oder Liegen, auch wenn ich es anhebe im Stehen oder Liegen, Gehen bessert. 3519. Morgens im Bett Schmerzen in der linken Nackenseite innerlich bis zur linken Kopfseite, bei Bewegung, aber entschieden besser nach dem Aufstehen. 3580. Wenn ich liege, pocht es mir hier im Nacken, ich spüre den Herzschlag dann auch im Unterbauch und in den Armen, eigentlich im ganzen Körper. 3665.

4   Bewegung. Gehen im Freien. Aufstehen. Aufsitzen. Besser im Liegen.
Reißender Schmerz im Nacken, wenn man den Hals bewegt, wie vom Verdrehen des Halses. 489. Drückend stechender Schmerz im Rückgrate, beim Gehen in freier Luft. 495. Einfacher Schmerz im Schulterblatte, durch Bewegung des Armes, und wenn der Arm hängt, vermehrt. 496. Früh, beim Aufstehen aus dem Bette, Steifigkeit der Knie und Gelenke des Fußes, des Oberschenkels und des Kreuzes. 540. Steifigkeit der Knie und der Lenden, welche bei Bewegung Schmerz macht. 546. Beim Aufsitzen Schmerzen im Rückgrat. 1708. Rückenschmerzen besser im Liegen. 2765. Jucken in der Brust, da muß ich manchmal stehenbleiben und tief Luft holen, da bessert es sich. 3502. Jucken in der Brust, wenn ich ein bißchen schneller laufe, aber ich kann nicht langsam laufen, und wenn ich es bezahlt kriege. Ich sage dann immer: Da ziehe ich Wurzeln! 3503. Ständige Verspannung im Kreuzbein, Liegen ist spürbar angenehm, möglichst auf dem Rücken oder auf dem Bauch, Seitenlage bringt keine Besserung. 3525.

5   Bücken. Geht gebeugt, kann sich erst nach einer Weile aufrichten. Aufrechtstehen.
Im Kreuze (und auf der Brust) ein spannender Schmerz beim Aufrechtstehen. 499. Beim Bücken schmerzt der Rücken. 1607. Kreuzschmerzen über die Nierengegend, morgens im Bett, bei der Arbeit, beim Bücken. 2862. Kreuz müde, schwach, geht gebeugt, kann sich erst nach einer Weile Gehen aufrichten. 2863.

6   Berührung. Druck.
Nachts auf der einen oder der anderen Seite, worauf man liegt, Schmerz, wie zerschlagen, in den Gelenken des Halses, des Rückens und der Schulter, welcher bloß im Liegen auf dem Rücken vergeht. 601. Einfacher, bloß bei Berührung fühlbarer, heftiger Schmerz, hie und da, auf einer kleinen Stelle, z. B. an den Rippen u. s. w. 618. Oft preßte sie die Hände fest an die Stirne oder griff nach der linken Rippenreihe, der Atem setzte manchmal lange aus. 1845. An den letzten Rückenwirbeln eine schmerzhafte Stelle, deren leiseste Berührung augenblicklich einen Anfall hervorrief. 1849. Wirbelsäule zwischen den Schultern bei Druck schmerzhaft. 1855. Hitze mit Schwere und Wundheitsgefühl in der Lebergegend, dumpfem Wehtun und Empfindlichkeit in den Lenden. 2064. Rheumatische Schmerzen besser durch festen Druck. 3084.

7   Durch Ärger, Bestraftwerden.
Der geringste Ärger, Bestraftwerden, jeder Zornausbruch verursacht einen intensiven, lanzinierenden Schmerz vom Nacken bis zum Sacrum. 1754. Nach heftigem Verdruß kriebelnde Empfindung, welche allmählich vom heiligen Beine alle Tage höher, bis zwischen die Schultern und endlich bis in den Nacken stieg. Nacken plötzlich steif. 2475. Nach Verdruß Kriebeln im Rücken, zugleich heftiger Fieberfrost mehrere Stunden lang und starke Hitze, welche bis in die Nacht dauerte und mit Schweiß endigte. 2476.

8   Luftaufstoßen bessert. Essen bessert.
Gefühl, als würden die Bauchwände nach außen und das Zwerchfell nach obenhin gedehnt; am stärk-

sten äußerte sich dieser Schmerz in der Milzgegend und nach hinten, nach der Wirbelsäule zu, abwechselnd bald mehr da, bald wieder mehr dort; auch erstreckte er sich mehrmals bis zur Brusthöhle herauf, artete daselbst in ein empfindliches Brennen aus; wendete sich jedoch am meisten und am heftigsten nach der Wirbelsäule in der Gegend des Sonnengeflechtes; Aufstoßen von Luft milderte diesen Schmerz. 279. Der Oberbauchschmerz schwieg bis 15 Uhr ganz, von da an stellte er sich aber wieder bis zum Abend bisweilen ein, wurde mitunter ziemlich heftig und erstreckte sich besonders mehrmals bis zur Brusthöhle herauf, artete da auch zuweilen in ein empfindliches Brennen aus, wendete sich jedoch am meisten und am heftigsten nach der Wirbelsäule in der Gegend des Ganglion coeliacum. Während dieser Anfälle entleerte sich der Magen öfters der Luft durch Aufstoßen und dies jedes Mal mit einer kurzdauernden Milderung des Schmerzes. 838a. Schmerzen im Magen und im Rücken immer etwas besser nach dem Essen. 2712.

9   Morgens im Bett.
Früh beim Erwachen Kopfschmerz, als wenn das Gehirn zertrümmert und zermalmt wäre; beim Aufstehen vergeht er und es wird ein Zahnschmerz daraus, als wenn der Zahnnerv zertrümmert und zermalmt wäre, welcher ähnliche Schmerz dann ins Kreuz übergeht; beim Nachdenken erneuert sich jenes Kopfweh. 78. Früh, in dem Bette, scharfdrückender Schmerz in den Halswirbeln in der Ruhe. 486. Früh etliche Stiche an der Spitze des Schulterblattes. 497. Schmerz im heiligen Beine, auch beim Liegen auf dem Rücken, früh im Bette. 501. Drückender Zerschlagenheitsschmerz im Kreuze beim Liegen auf dem Rücken, früh im Bette. 502. Früh, beim Aufstehen aus dem Bette, Steifigkeit der Knie und Gelenke des Fußes, des Oberschenkels und des Kreuzes. 540. Früh im Bette, im Liegen auf dem Rücken, Schmerz im heiligen Beine. 1528. Kreuzschmerzen über die Nierengegend, morgens im Bett, bei der Arbeit, beim Bücken. 2862. Morgens im Bett Schmerzen in der linken Nackenseite innerlich bis zur linken Kopfseite, bei Bewegung, aber entschieden besser nach dem Aufstehen. 3580.

10   Andere Zeiten: Nachts. Nachmittags. 10 Uhr. 14 Uhr. 15.30 Uhr. Dauer. Häufigkeit.
Ziehende Schmerzen in der linken Lendengegend, wenige Minuten andauernd. 287. Nachts auf der einen oder der anderen Seite, worauf man liegt, Schmerz, wie zerschlagen, in den Gelenken des Halses, des Rückens und der Schulter, welcher bloß im Liegen auf dem Rücken vergeht. 601. Gegen 10 Uhr schmerzhafte Empfindungen vom Magen ausgehend und sich nach der Milz hin erstreckend und ebenso auch nach der Wirbelsäule sich hinrichtend. Diese verwandelten sich um 11 Uhr in vorübergehendes Stechen, das sich aus dem Oberbauche gleichsam nach der Brusthöhle herauf erstreckte, die Brustorgane aber nicht ergriff. 835b. Der Oberbauchschmerz schwieg bis 15 Uhr ganz, von da an stellte er sich aber wieder bis zum Abend bisweilen ein, wurde mitunter ziemlich heftig und erstreckte sich besonders mehrmals bis zur Brusthöhle herauf, artete da auch zuweilen in ein empfindliches Brennen aus, wendete sich jedoch am meisten und am heftigsten nach der Wirbelsäule in der Gegend des Ganglion coeliacum. Während dieser Anfälle entleerte sich der Magen öfters der Luft durch Aufstoßen und dies jedes Mal mit einer kurzdauernden Milderung des Schmerzes. 838a. Nachts muß sie auf dem Rücken liegen, so wie sie sich auf die Seite legt, entsteht Stechen in den Hüften. 1262. Schmerzen im Sacrum, in den Nieren und in den Schultern, nachts manchmal Gefühl wie von heftigen Faustschlägen. 1655. Nach Verdruß Kriebeln im Rücken, zugleich heftiger Fieberfrost mehrere Stunden lang und starke Hitze, welche bis in die Nacht dauerte und mit Schweiß endigte. 2476. Jeden Nachmittag 15.30 Uhr sehr unangenehme kriebelnde Empfindung vom Nacken herauf bis über den Hinterkopf, dauert bis zum Schlafengehen. 2479. Frost jeden Nachmittag mit großem Durst, Kopf- und Rückenschmerzen. 2516. Migräne einmal im Monat von der rechten Nackenhälfte zum rechten Auge. 3316.

11   Begleitsymptome.
Männliches Unvermögen, mit Gefühl von Schwäche in den Hüften. 426. Der Nacken wurde steif, der Kopf zitterte, in Armen und Beinen erschienen Zuckungen mit halbem Bewußtsein. (Hysterische

Krämpfe). 1022.　　Etwas Durst vor dem Frost, im Frost Rückenschmerz, in der Hitze Schlaf. 1778.
An den letzten Rückenwirbeln eine schmerzhafte Stelle, deren leiseste Berührung augenblicklich einen
Anfall hervorrief. 1849.　　Hämorrhoidalschmerz im After und Drücken in der Kreuzbeingegend.
2009.　　Hitze mit Schwere und Wundheitsgefühl in der Lebergegend, dumpfem Wehtun und Empfindlichkeit in den Lenden. 2064.　　Durchfall, intensiv schmerzhafter Tenesmus nur nach Entleerung, ständige dumpfe Schmerzen und Empfindlichkeit in der linken Lendengegend. 2226.　　Bei
Tertianfieber unwillkürliches Strecken, danach quälende Knochenschmerzen, Rückenschmerz, als
sollten die Gelenke auseinandergerissen werden. 2247.　　Manchmal scheint sich der Bauchschmerz
das Rückgrat hinauf zum Kopf zu erstrecken, er fühlt sich dann sehr seltsam, weiß kaum was los ist
und fürchtet zu fallen. 2267.　　Kopfschmerz in beiden Schläfen, dabei Rücken- und Nackenschmerz.
2273.　　Nach Verdruß Kriebeln im Rücken, zugleich heftiger Fieberfrost mehrere Stunden lang und
starke Hitze, welche bis in die Nacht dauerte und mit Schweiß endigte. 2476.　　Frost jeden Nachmittag mit großem Durst, Kopf- und Rückenschmerzen. 2516.　　Während des Frostes Rückenschmerz. 2985.　　Gefühl, als ob er keine Luft kriegt. Will richtig tief Luft holen, zusammen mit
Verspannung und Stechen zwischen den Schulterblättern. 3633.

ARMSCHMERZEN　　　　　　　　　　　　　　　　　　　　　　　　　　　　Orte

1　Brust und Schulter. Am Hals über der Schulter. Achselhöhle.
Am Halse, gleich über der linken Schulter, ein schmerzliches Drücken. 492.　　Namenloser, heftiger,
rheumatischer Verrenkungsschmerz, als wenn ihr das Fleisch von den Knochen abgelöst würde; von
der Achselhöhle bis in die Fingerspitzen. 1047.　　Beim Husten ein Stich wie mit einem Nagel in der
rechten Brustseite, nach der Schulter durch. 1247.　　Sie bekam abends Frost und rheumatische
Schmerzen stechender Art in der rechten Brustseite, in den Schultern und mehreren anderen Teilen.
1300.　　Periode alle 5 Wochen nach vorgängigem starkem, aber schmerzlosem Weißflusse und
heftigen Schmerzen in den Achselgruben. 1672.　　Dumpfer Schmerz unter der linken Schulter
morgens, nicht verstärkt nach dem Essen. 2751.　　Jeder Gang ins Freie löst in der Nacht Herzschmerzen bis zur linken Schulter und Arm, mit Kälte und Angst, aus. 3127.　　Schmerz im Epigastrium bis zum Hals und hinten auf den Schultern. 3350.

2　Schulter. Schultergelenk. Schulterkopf.
Im Schultergelenke Schmerz, wie ausgerenkt bei Bewegung der Arme. 503.　　Im Gelenke des
Oberarmes, bei Zurückbiegung des Armes, ein Schmerz, wie nach angestrengter Arbeit, oder wie
zerschlagen. 504.　　Im Gelenke des Oberarmes ein greifender, raffender, walkender, zum Teil
ziehender Schmerz, in der Ruhe (welcher bei Bewegung stechend wird). 505.　　Im Gelenke des
Oberarmes ein rheumatischer Schmerz, oder wie zerschlagen, beim Gehen in freier Luft. 506.　　Schmerz
im Oberarmgelenke, als wenn er ausgerenkt wäre. 507.　　Beim Liegen auf der rechten Seite, abends
im Bette, schmerzt der Schulterkopf der linken Seite wie zerschlagen, und der Schmerz vergeht, wenn
man sich auf den schmerzenden Arm legt. 512.　　Früh, im Bette, Schmerz wie Zerschlagenheit in
dem Schulterkopfe der Seite, auf welcher man liegt, welcher vergeht, wenn man sich auf die entgegengesetzte Seite oder auf den Rücken legt. 515.　　Nachts auf der einen oder der anderen Seite,
worauf man liegt, Schmerz, wie zerschlagen, in den Gelenken des Halses, des Rückens und der Schulter, welcher bloß im Liegen auf dem Rücken vergeht. 601.　　In den Gelenken der Schulter, des
Hüftbeins und der Knie, ein Schmerz, wie von Verstauchung oder Verrenkung. 602.　　Im Gelenke
des Oberarms, bei Zurückbiegung des Arms, empfindet er einen überaus heftigen Schmerz, wie nach
übermäßiger Arbeit, wie zerschlagen, oder als wäre der Oberarm verrenkt. 1025.　　Beim Einwärtsdrehen des Arms erleidet er sehr heftiges Stechen im Gelenke. 1026.　　Am Tage Schmerz im rechten Schultergelenk, blos bei der Bewegung wenn er mit der Hand in die Westentasche greift. 1252.

Schneidendes Stechen im Schultergelenke, beim Einwärtsbiegen des Armes. 1530. Nervenschmerz in der rechten Achsel beim Aufheben des Armes und beim Drehen nach einwärts. 1950. Hatte während der trostlosen Krankheit ihrer Mutter Tage lang an ihrem Lager zugebracht und zahllose Nächte durchwacht. Bei Erwähnung der heiligen Sterbesacramente plötzlicher Schulterschmerz. 2010. Wie von einem plötzlichen Schlage in der rechten Schulter berührt, worauf es ihr wie ein lähmender Blitz durch den ganzen Arm bis in die Spitzen von Daumen, Zeige- und Mittelfinger hinabfuhr. 2011. Schmerz in Schultern und Beinen schlechter nachts. 2268.

3   Oberarm. Biceps. Triceps.
Im dreieckigen Muskel des Oberarmes, ein fipperndes Zucken. 508. Beim Einwärtsdrehen des Armes einfacher Schmerz im zweiköpfigen Muskel. 509. Vom Oberarm bis in die Handwurzel und bis in die Finger ein pulsierendes Ziehen. 518. Frost über die Oberarme bei heißen Ohren. 709. Fieber, erst Frost über die Arme, besonders die Oberarme, dann Hitze und Röte der Wangen, und Hitze der Hände und Füße, ohne Durst, während des Liegens auf dem Rücken. 713. Frost beginnt in den Oberarmen und breitet sich aus zum Rücken und Brust. 2970. Frösteln auf dem Rücken oder auf den Oberarmen, mit Hitze der Ohren. 2975.

4   Ellbogen.
Gleich über dem rechten Ellbogen schmerzliches Ziehen. 520. Jücken am Handgelenke, am Ellbogengelenke, und am Halse. 615. Reißen erst im Daumen, dann unter dem Ellbogengelenke, bei Bewegung und Ruhe gleich, des Nachts aber am heftigsten und nur zu mindern, wenn sie sich auf den schmerzhaften Arm oder denselben über den Kopf legt. 1259.

5   Unterarm.
Abends nach dem Niederlegen, in einem Teile der Muskeln des Vorderarmes, ein Zucken, als wenn eine Maus unter der Haut krabbelte. 516. Frost der Oberschenkel und Unterarme. 2979.

6   Handgelenk. Handwurzelknochen.
Vom Oberarm bis in die Handwurzel und bis in die Finger ein pulsierendes Ziehen. 518. Am Knöchel der Hand, reißender Schmerz, früh nach dem Erwachen. 521. Am Knöchel der Hand und in den Fingern, reißender Schmerz. 522. Ein Starren in der rechten Handwurzel und Gefühl, als wäre sie eingeschlafen. 524. In den Handwurzelknochen der rechten Hand, ein Ziehen. 525. Am Knöchel der linken Hand, ein lähmiger Schmerz, als wenn die Hand verstaucht oder verrenkt wäre. 526. Jücken am Handgelenke, am Ellbogengelenke, und am Halse. 615.

7   Hand.
Warmer Schweiß an der inneren Fläche der Hand und der Finger. 530. Häufiger, warmer Schweiß der Hände, abends. 531. Lauer Schweiß der inneren Handfläche. 532. Bei Berührung eines Haares auf der Hand ein durchdringender, feiner Stich, als wenn ein Splitter da stäke. 534. Hitze der Hände, mit Schauder über den Körper und einer in Weinen ausartenden Ängstlichkeit. 710. Empfindliches Krachen in der Hand, mit Wärmeentwicklung. 1642. Starkes Klopfen mit Taubheit in den Händen, erstreckt sich den Arm hinauf zum Kopf und wechselt von einem Arm zum anderen, nach 1 oder 2 Minuten plötzlich aufhörend. 1867. Zittern der rechten Hand. 3321. Hände abgestorben und taub. 3380. Meine Hände sind oft heiß oder kalt, die Füße immer angenehm warm. 3673.

8   Finger. Zeigefinger. Mittelfinger. Fingerspitzen.
Vom Oberarm bis in die Handwurzel und bis in die Finger ein pulsierendes Ziehen. 518. Am Knöchel der Hand und in den Fingern, reißender Schmerz. 522. Im hintersten Gliede des Zeigefingers Schmerz, als wäre er verrenkt, bei Bewegung. 529. Bei Anstrengung der Finger, ausstreckender Klamm des Mittelfingers (der sich durch Calmieren heben läßt). 536. In dem Mittelfinger der linken Hand zuckt es am meisten, auch streckt sie ihn während des Anfalles steif aus. 1007. Na-

ARMSCHMERZEN / Orte

menloser, heftiger, rheumatischer Verrenkungsschmerz, als wenn ihr das Fleisch von den Knochen abgelöst würde; von der Achselhöhle bis in die Fingerspitzen. 1047. Dauerndes Zucken und Ziehen in den Fingern. 1871. Wie von einem plötzlichen Schlage in der rechten Schulter berührt, worauf es ihr wie ein lähmender Blitz durch den ganzen Arm bis in die Spitzen von Daumen, Zeige- und Mittelfinger hinabfuhr. 2011. Taubheit und Lähmigkeit der linken Körperseite und der Finger beider Hände. 2682.

9   Daumen. Daumengelenke.
Im Daumengelenke, reißender Schmerz, als wenn es verrenkt wäre, früh beim Schlummern im Bette. 523. Einige Stiche im äußersten Daumengelenke. 527. Jückende Stiche am Daumengelenke, welche zu kratzen nötigen. 528. Ein tiefstechend brennender Schmerz an verschiedenen Teilen, z. B. am Mundwinkel, unter dem ersten Daumengelenke u. s. w., ohne Jücken. 604. Reißen erst im Daumen, dann unter dem Ellbogengelenke, bei Bewegung und Ruhe gleich, des Nachts aber am heftigsten und nur zu mindern, wenn sie sich auf den schmerzhaften Arm oder denselben über den Kopf legt. 1259.

10   Schmerzen gehen abwärts oder aufwärts im Arm. Oberarm — Handgelenk — Finger. Achselhöhle — Fingerspitzen. Daumen — Ellbogen. Hände — Arm — Kopf. Schulter — Arm — Fingerspitzen.
Vom Oberarm bis in die Handwurzel und bis in die Finger ein pulsierendes Ziehen. 518. Am Knöchel der Hand und in den Fingern, reißender Schmerz. 522. Namenloser, heftiger, rheumatischer Verrenkungsschmerz, als wenn ihr das Fleisch von den Knochen abgelöst würde; von der Achselhöhle bis in die Fingerspitzen. 1047. Reißen erst im Daumen, dann unter dem Ellbogengelenke, bei Bewegung und Ruhe gleich, des Nachts aber am heftigsten und nur zu mindern, wenn sie sich auf den schmerzhaften Arm oder denselben über den Kopf legt. 1259. Starkes Klopfen mit Taubheit in den Händen, erstreckt sich den Arm hinauf zum Kopf und wechselt von einem Arm zum anderen, nach 1 oder 2 Minuten plötzlich aufhörend. 1867. Wie von einem plötzlichen Schlage in der rechten Schulter berührt, worauf es ihr wie ein lähmender Blitz durch den ganzen Arm bis in die Spitzen von Daumen, Zeige- und Mittelfinger hinabfuhr. 2011. Der Arm tut da hinten runter weh. 3498.

11   Mehrere verschiedene Stellen gleichzeitig. Arm und Kopfseite. Hals, Rücken und Schulter. Hüfte, Knie und Schulter. Handgelenk, Ellbogen und Hals. Knie, Knöchel, Kopf und Arm. Schultern und Beine. Linke Körperseite und Finger.
Von kalter Luft (Erkältung?) Reißen im rechten Arme und auf der rechten Seite des Kopfes. 519. Nachts auf der einen oder der anderen Seite, worauf man liegt, Schmerz, wie zerschlagen, in den Gelenken des Halses, des Rückens und der Schulter, welcher bloß im Liegen auf dem Rücken vergeht. 601. In den Gelenken der Schulter, des Hüftbeins und der Knie, ein Schmerz, wie von Verstauchung oder Verrenkung. 602. Ein tiefstechend brennender Schmerz an verschiedenen Teilen, z. B. am Mundwinkel, unter dem ersten Daumengelenke u. s. w., ohne Jücken. 604. Jücken am Handgelenke, am Ellbogengelenke, und am Halse. 615. Die Nächte brachte sie, der heftigen Kopf- und Armschmerzen wegen, ganz schlaflos zu. 1054. Reißen im Kopfe und einem Arme. 1599. Reißen im rechten Arme, den Knien, den Knöcheln, im Kopfe. 1602. Schmerz in Schultern und Beinen schlechter nachts. 2268. Taubheit und Lähmigkeit der linken Körperseite und der Finger beider Hände. 2682.

12   An kleinen Stellen. Ein Haar.
Bei Berührung eines Haares auf der Hand ein durchdringender, feiner Stich, als wenn ein Splitter da stäke. 534. Einfacher, bloß bei Berührung fühlbarer, heftiger Schmerz, hie und da, auf einer kleinen Stelle, z. B. an den Rippen u. s. w. 618. Heftiger Schmerz in verschiedenen Teilen an kleinen Stellen, nur bemerkbar bei Berührung der Stellen. 2599. In der Haut der Arme analgetische Flecke. 2771. Druck wie von einem scharfen Instrument von innen nach außen. 3117.

13 Knochen. Gelenke. Periost. Muskeln.
In den Armmuskeln Schmerz, wie zerschlagen, wenn der Arm hängt oder aufgehoben wird. 510. Unleidlicher (namenloser) Schmerz in den Knochenröhren und Gelenken des Armes, auf welchem man nicht liegt, früh im Bette, der nur vergeht, wenn man sich auf die andere, schmerzhafte Seite legt. 514. Hie und da in der Beinhaut, in der Mitte der Knochenröhren (nicht in den Gelenken) ein, wie Quetschung schmerzender, flüchtiger Druck, wie mit einem harten Körper, am Tage, vorzüglich aber im Liegen auf der einen oder anderen Seite, abends im Bette, und vergehend, wenn man sich auf den Rücken legt. 600. Namenloser Schmerz in den Knochenröhren des Arms, er glaubt die Knochen seien zerbrochen; nur wenn er nachts auf dem leidenden Teile lag, fühlte er auf Augenblicke Linderung. 1027. Fieber, Schmerzen in den Knochen der Arme, schlechter durch Luftzug. 3515.

14 Frost oder Hitze auf den Armen und in anderen Körperteilen gleichzeitig.
Frost im Rücken und über die Arme. 702. Schauderfrost im Gesichte und an den Armen, mit Zähneklappern und Gänsehaut. 703. Hitze des Gesichts bei Kälte der Füße und Hände. 708. Frost über die Oberarme bei heißen Ohren. 709. Hitze der Hände, mit Schauder über den Körper und einer in Weinen ausartenden Ängstlichkeit. 710. Fieber, erst Frost über die Arme, besonders die Oberarme, dann Hitze und Röte der Wangen, und Hitze der Hände und Füße, ohne Durst, während des Liegens auf dem Rücken. 713. Frost beginnt in den Oberarmen und breitet sich aus zum Rücken und Brust. 2970. Frösteln auf dem Rücken oder auf den Oberarmen, mit Hitze der Ohren. 2975. Frösteln im Gesicht und auf den Armen, mit Zähneklappern und Gänsehaut. 2977. Frost der Oberschenkel und Unterarme. 2979. Hitze des Gesichts mit Kälte der Hände und Füße. 2996.

ARMSCHMERZEN   Empfindungen

1   **Heftiger, unleidlicher, namenloser Schmerz. Knochen wie zerbrochen. Als wenn das Fleisch von den Knochen abgelöst wird. Gelenke wie auseinandergerissen. Verrenkungsschmerz wie von einem Schlag mit plötzlicher Lähmung. Schmerz greifend, raffend, walkend, ziehend, bei Bewegung stechend.**
Im Gelenke des Oberarmes ein greifender, raffender, walkender, zum Teil ziehender Schmerz, in der Ruhe (welcher bei Bewegung stechend wird). 505. Unleidlicher (namenloser) Schmerz in den Knochenröhren und Gelenken des Armes, auf welchem man nicht liegt, früh im Bette, der nur vergeht, wenn man sich auf die andere, schmerzhafte Seite legt. 514. Im Gelenke des Oberarms, bei Zurückbiegung des Arms, empfindet er einen überaus heftigen Schmerz, wie nach übermäßiger Arbeit, wie zerschlagen, oder als wäre der Oberarm verrenkt. 1025. Namenloser Schmerz in den Knochenröhren des Arms, er glaubt die Knochen seien zerbrochen; nur wenn er nachts auf dem leidenden Teile lag, fühlte er auf Augenblicke Linderung. 1027. Namenloser, heftiger, rheumatischer Verrenkungsschmerz, als wenn ihr das Fleisch von den Knochen abgelöst würde; von der Achselhöhle bis in die Fingerspitzen. 1047. Verrenkungsschmerz, dabei konnte der Arm nicht mehr willkürlich bewegt werden, war ganz gelähmt, und konnte nur mittelst des anderen Armes gehoben werden. 1048. Heftige Rücken- und Gliederschmerzen, die Patient gewöhnlich nicht beschreiben kann. 1421. Hatte während der trostlosen Krankheit ihrer Mutter Tage lang an ihrem Lager zugebracht und zahllose Nächte durchwacht. Bei Erwähnung der heiligen Sterbesacramente plötzlicher Schulterschmerz. 2010. Wie von einem plötzlichen Schlage in der rechten Schulter berührt, worauf es ihr wie ein lähmender Blitz durch den ganzen Arm bis in die Spitzen von Daumen, Zeige- und Mittelfinger hinabfuhr. 2011. Von diesem Momente an war sie ihrer Hand und ihres Armes nicht mehr Herrin, beides schien ihr schwer wie Blei, wie nicht mehr ihr eigen. 2012. Sie konnte den Arm nur mühsam heben, was sie mit den Fingern berührte, schien ihr wie mit einem feinen Filze belegt. 2013. Bei Tertianfieber unwillkürliches Strecken, danach quälende Knochenschmerzen, Rückenschmerz, als

ARMSCHMERZEN / Empfindungen

sollten die Gelenke auseinandergerissen werden. 2247.

2   Wie ausgerenkt. Reißen wie verrenkt. Wie verstaucht.
Im Schultergelenke Schmerz, wie ausgerenkt bei Bewegung der Arme. 503.   Schmerz im Oberarmgelenke, als wenn er ausgerenkt wäre. 507.   Im Daumengelenke, reißender Schmerz, als wenn es verrenkt wäre, früh beim Schlummern im Bette. 523.   Am Knöchel der linken Hand, ein lähmiger Schmerz, als wenn die Hand verstaucht oder verrenkt wäre. 526.   Im hintersten Gliede des Zeigefingers Schmerz, als wäre er verrenkt, bei Bewegung. 529.   In den Gelenken der Schulter, des Hüftbeins und der Knie, ein Schmerz, wie von Verstauchung oder Verrenkung. 602.   Im Gelenke des Oberarms, bei Zurückbiegung des Arms, empfindet er einen überaus heftigen Schmerz, wie nach übermäßiger Arbeit, wie zerschlagen, oder als wäre der Oberarm verrenkt. 1025.   Verrenkschmerz in den Gelenken. 1538.

3   Wie zerschlagen. Wie nach angestrengter Arbeit.
Im Gelenke des Oberarmes, bei Zurückbiegung des Armes, ein Schmerz, wie nach angestrengter Arbeit, oder wie zerschlagen. 504.   Im Gelenke des Oberarmes ein rheumatischer Schmerz, oder wie zerschlagen, beim Gehen in freier Luft. 506.   In den Armmuskeln Schmerz, wie zerschlagen, wenn der Arm hängt oder aufgehoben wird. 510.   Beim Liegen auf der rechten Seite, abends im Bette, schmerzt der Schulterkopf der linken Seite wie zerschlagen, und der Schmerz vergeht, wenn man sich auf den schmerzenden Arm legt. 512.   Früh, im Bette, Schmerz wie Zerschlagenheit in dem Schulterkopfe der Seite, auf welcher man liegt, welcher vergeht, wenn man sich auf die entgegengesetzte Seite oder auf den Rücken legt. 515.   Nachts auf der einen oder der anderen Seite, worauf man liegt, Schmerz, wie zerschlagen, in den Gelenken des Halses, des Rückens und der Schulter, welcher bloß im Liegen auf dem Rücken vergeht. 601.   Im Gelenke des Oberarms, bei Zurückbiegung des Arms, empfindet er einen überaus heftigen Schmerz, wie nach übermäßiger Arbeit, wie zerschlagen, oder als wäre der Oberarm verrenkt. 1025.   Er klagte nach dem Anfall über starke Übelkeit, heftigen nach außen pressenden Kopfschmerz, der sich durch Aufrichten und Bewegen vermehrte und Schwindel verursachte, Zerschlagenheit am ganzen Körper und Schläfrigkeit. 1074.   Nach dem Krampfanfall Kraftlosigkeit, Zerschlagenheitsschmerz in den Gliedern. 1396.

4   Äußerst schmerzhaftes Zucken nach schweren Verletzungen.
Im dreieckigen Muskel des Oberarmes, ein fipperndes Zucken. 508.   In dem Mittelfinger der linken Hand zuckt es am meisten, auch streckt sie ihn während des Anfalles steif aus. 1007.   In der Hitze Zucken und Schmerzen in den Gliedern. 1432.   Dauerndes Zucken und Ziehen in den Fingern. 1871.   Die Muskeln haben eine Tendenz zu zucken bei Verletzungen mit Substanzverlust. 2244.   Schmerzhafte Muskelzuckungen nach Verletzung. 2246.

5   Drücken wie von einem harten Körper.
Am Halse, gleich über der linken Schulter, ein schmerzliches Drücken. 492.   Hie und da in der Beinhaut, in der Mitte der Knochenröhren (nicht in den Gelenken) ein, wie Quetschung schmerzender, flüchtiger Druck, wie mit einem harten Körper, am Tage, vorzüglich aber im Liegen auf der einen oder anderen Seite, abends im Bette, und vergehend, wenn man sich auf den Rücken legt. 600.   Beim Husten ein Stich wie mit einem Nagel in der rechten Brustseite, nach der Schulter durch. 1247.   Druck wie von einem scharfen Instrument von innen nach außen. 3117.

6   Stechen. Tiefstechen. Heftiges Stechen. Stich wie mit einem Nagel.
Einige Stiche im äußersten Daumengelenke. 527.   Um die Gelenke oder etwas über denselben, ein anhaltend stechender Schmerz. 603.   Ein tiefstechend brennender Schmerz an verschiedenen Teilen, z. B. am Mundwinkel, unter dem ersten Daumengelenke u. s. w., ohne Jücken. 604.   Beim Einwärtsdrehen des Arms erleidet er sehr heftiges Stechen im Gelenke. 1026.   Beim Husten ein Stich wie mit einem Nagel in der rechten Brustseite, nach der Schulter durch. 1247.   Bei der Fieberhitze Stechen in allen Gliedern, bohrendes Kopfweh, Durst. 1274.   Sie bekam abends Frost

und rheumatische Schmerzen stechender Art in der rechten Brustseite, in den Schultern und mehreren anderen Teilen. 1300.   Schneidendes Stechen im Schultergelenke, beim Einwärtsbiegen des Armes. 1530.   Äußere Hitze, mit innerem Schauder und Stechen in den Gliedern. 1558.

7   Reißen.
Von kalter Luft (Erkältung?) Reißen im rechten Arme und auf der rechten Seite des Kopfes. 519.   Am Knöchel der Hand, reißender Schmerz, früh nach dem Erwachen. 521.   Am Knöchel der Hand und in den Fingern, reißender Schmerz. 522.   Reißen erst im Daumen, dann unter den Ellbogengelenke, bei Bewegung und Ruhe gleich, des Nachts aber am heftigsten und nur zu mindern, wenn sie sich auf den schmerzhaften Arm oder denselben über den Kopf legt. 1259.   Im Fieberanfall Reißen in den Gliedern. 1346.   Bei angestrengter Arbeit Reißen in den Gliedern. 1385.   Reißen im Kopfe und einem Arme. 1599.   Reißen im rechten Arme, den Knien, den Knöcheln, im Kopfe. 1602.   Manchmal Reißen in den Gliedern. 1696.   Durst vor und im Beginn des Frostes, dann nicht mehr, gleichzeitig Gliederreißen und Brecherlichkeit. 1775.

8   Kriebeln wie innerlich. Schmerzhafte Eingeschlafenheit.
Ein Kriebeln, wie innerlich, in den Knochen des ganzen Körpers. 596.   Kriebelnde Eingeschlafenheit in den Gliedmaßen. 597.   Kriebelnde Eingeschlafenheit in den Gliedmaßen. 1537.   Schmerzhaftes Eingeschlafensein in allen Gelenken und in den Kniegelenken. 1641.   In allen Gliedern und längs des Rückgrates Kälterieseln. 1821.

9   Schwere. Lähmung. Schwächegefühl.
Am Knöchel der linken Hand, ein lähmiger Schmerz, als wenn die Hand verstaucht oder verrenkt wäre. 526.   Müdigkeit der Füße und Arme. 598.   Empfindung von Schwäche und Ermattung in den Armen und Füßen. 599.   Mattigkeit in den Gliedern. 630.   Schwere in den Gliedern, vorzüglich in den unteren Extremitäten, mit Schmerz in den Gelenken. 1090.   Vor und während der Regel Frösteln abwechselnd mit Hitze, Ängstlichkeit, Herzklopfen, ohnmachtähnliche Mattigkeit im ganzen Körper, besonders den Extremitäten. 1179.   Großes Schwächegefühl, wenn sie etwas arbeiten muß, fallen die Arme gleich herunter. 1340.   Von diesem Momente an war sie ihrer Hand und ihres Armes nicht mehr Herrin, beides schien ihr schwer wie Blei, wie nicht mehr ihr eigen. 2012.   Nachts nach Sitzen Schwere und Steifheit im linken Arm, gelindert durch kaltes Wasser. 3195.   Zittern der rechten Hand. 3321.   Schweregefühl am Herz und linker Arm wie eingeschlafen. 3432.

10   Gefühllosigkeit. Wie eingeschlafen.
Auf der Seite, auf welcher er liegt, schläft der Arm ein. 511.   Ein Starren in der rechten Handwurzel und Gefühl, als wäre sie eingeschlafen. 524.   Kriebelnde Eingeschlafenheit in den Gliedmaßen. 597.   Taubheitsgefühl im linken Arme, sie muß ihn beständig bewegen. 1250.   Nachts Zingern in den Armen, es läuft darin, wie von etwas Lebendigem. 1251.   Nachts im Bette, Taubheitsgefühl und Laufen, wie von etwas Lebendigem, im Arme. 1531.   Starkes Klopfen mit Taubheit in den Händen, erstreckt sich den Arm hinauf zum Kopf und wechselt von einem Arm zum anderen, nach 1 oder 2 Minuten plötzlich aufhörend. 1867.   Sie konnte den Arm nur mühsam heben, was sie mit den Fingern berührte, schien ihr wie mit einem feinen Filze belegt. 2013.   Eingeschlafenheit und Gefühllosigkeit des rechten Armes vor Schwindel. 2255.   Taubheit und Lähmigkeit der linken Körperseite und der Finger beider Hände. 2682.   In der Haut der Arme analgetische Flecke. 2771.   Hände abgestorben und taub. 3380.   Schweregefühl am Herz und linker Arm wie eingeschlafen. 3432.

11   Als wenn eine Maus unter der Haut krabbelt. Es läuft wie von etwas Lebendigem.
Abends nach dem Niederlegen, in einem Teile der Muskeln des Vorderarmes, ein Zucken, als wenn eine Maus unter der Haut krabbelte. 516.   Nachts Zingern in den Armen, es läuft darin, wie von etwas Lebendigem. 1251.   Nachts im Bette, Taubheitsgefühl und Laufen, wie von etwas Lebendigem, im Arme. 1531.

ARMSCHMERZEN / Empfindungen

12 Feiner Stich unter der Haut. Juckendes Stechen.
Jückende Stiche am Daumengelenke, welche zu kratzen nötigen. 528. Bei Berührung eines Haares auf der Hand ein durchdringender, feiner Stich, als wenn ein Splitter da stäke. 534. Im äußeren, erhabenen Teile der Gelenke, ein brennend stechender, mit Jücken verbundener Schmerz. 605.

13 Jucken.
Jückende Stiche am Daumengelenke, welche zu kratzen nötigen. 528. Im äußeren, erhabenen Teile der Gelenke, ein brennend stechender, mit Jücken verbundener Schmerz. 605. Jücken am Handgelenke, am Ellbogengelenke, und am Halse. 615.

14 Bei Berührung fühlbarer heftiger Schmerz.
Bei Berührung eines Haares auf der Hand ein durchdringender, feiner Stich, als wenn ein Splitter da stäke. 534. Die äußere Haut und die Beinhaut sind schmerzhaft. 616. Einfacher, bloß bei Berührung fühlbarer, heftiger Schmerz, hie und da, auf einer kleinen Stelle, z. B. an den Rippen u. s. w. 618. Heftiger Schmerz in verschiedenen Teilen an kleinen Stellen, nur bemerkbar bei Berührung der Stellen. 2599.

15 Ausstreckender Klamm. Steifheit. Starren.
Ein Starren in der rechten Handwurzel und Gefühl, als wäre sie eingeschlafen. 524. Bei Anstrengung der Finger, ausstreckender Klamm des Mittelfingers (der sich durch Calmieren heben läßt). 536. In dem Mittelfinger der linken Hand zuckt es am meisten, auch streckt sie ihn während des Anfalles steif aus. 1007. Zittern, Verdrehungen und Steifwerden der Glieder wie bei Epilepsie. 1032. Steife Glieder. 1577. Tetanische Steifheit aller Glieder. 1586. Nachts nach Sitzen Schwere und Steifheit im linken Arm, gelindert durch kaltes Wasser. 3195.

16 Ziehen.
Ziehender Schmerz in den Armen. 517. Vom Oberarm bis in die Handwurzel und bis in die Finger ein pulsierendes Ziehen. 518. Gleich über dem rechten Ellbogen schmerzliches Ziehen. 520. In den Handwurzelknochen der rechten Hand, ein Ziehen. 525. Häufiges Ziehen durch alle Glieder. 1258. Dauerndes Zucken und Ziehen in den Fingern. 1871.

17 Klopfen. Pulsieren.
Vom Oberarm bis in die Handwurzel und bis in die Finger ein pulsierendes Ziehen. 518. Starkes Klopfen mit Taubheit in den Händen, erstreckt sich den Arm hinauf zum Kopf und wechselt von einem Arm zum anderen, nach 1 oder 2 Minuten plötzlich aufhörend. 1867. Wenn ich liege, pocht es mir hier im Nacken, ich spüre den Herzschlag dann auch im Unterbauch und in den Armen, eigentlich im ganzen Körper. 3665.

18 Als wenn es herausbrechen wollte. Wie ausgedehnt.
Schmerz wie Reißen durch alle Glieder, als wenn es herausbrechen wollte, der Kopfschmerz wird so heftig, daß sie ohnmächtig wird, jeder starke Ton, starkes Reden, schon jeder hörbare Fußtritt ist ihr zuwider. 1184. Gefühl in den Gelenken und im Körper wie ausgedehnt. 1989.

19 Hitze. Frost.
Die Nacht allgemeine ängstliche Hitze mit geringem Schweiße um die Nase herum, die meiste Hitze an Händen und Füßen, die jedoch nicht entblößt, sondern immer bedeckt sein wollen, bei kalten Oberschenkeln. 683. Nachthitze von 2 bis 5 Uhr (bei vollem Wachen) über und über, vorzüglich an Händen und Unterfüßen, ohne Schweiß und ohne Durst, und ohne Trockenheitsempfindung. 683a. Frost im Rücken und über die Arme. 702. Schauderfrost im Gesichte und an den Armen, mit Zähneklappern und Gänsehaut. 703. Hitze des Gesichts bei Kälte der Füße und Hände. 708. Frost über die Oberarme bei heißen Ohren. 709. Hitze der Hände, mit Schauder über den Körper und einer in Weinen ausartenden Ängstlichkeit. 710. Fieber, erst Frost über die Arme, besonders

die Oberarme, dann Hitze und Röte der Wangen, und Hitze der Hände und Füße, ohne Durst, während des Liegens auf dem Rücken. 713. In allen Gliedern und längs des Rückgrates Kälterieseln. 1821. Heftiges Brennen, das vom Magen und Herzen ausgehend sich über den Rücken zum Scheitel und in die Glieder erstreckte. 1854. Bei äußerer Wärme innerer Frostschauder, Hitze im Kopfe und Gesichte, bei kalten Händen und Füßen. 2015. Hitze meist ohne Durst, Brennen der Hände und Füße. 2602. Frost beginnt in den Oberarmen und breitet sich aus zum Rücken und Brust. 2970. Frösteln auf dem Rücken oder auf den Oberarmen, mit Hitze der Ohren. 2975. Frösteln im Gesicht und auf den Armen, mit Zähneklappern und Gänsehaut. 2977. Frost der Oberschenkel und Unterarme. 2979. Hitze des Gesichts mit Kälte der Hände und Füße. 2996.

20 Andere Empfindungen: Schnarren. Krachen mit Wärmeentwicklung. Vage Schmerzen. Dumpfe Schmerzen. Wandernde Schmerzen.
Schnarren durch die Glieder. 1422. Vage Schmerzen um die Brust und in den Gliedern. 2681. Dumpfer Schmerz unter der linken Schulter morgens, nicht verstärkt nach dem Essen. 2751. Wandernde Schmerzen in den Gliedern. 3183.

ARMSCHMERZEN   Modalitäten

1   Darauliegen bessert. In der Seite, auf der er nicht liegt.
Beim Liegen auf der rechten Seite, abends im Bette, schmerzt der Schulterkopf der linken Seite wie zerschlagen, und der Schmerz vergeht, wenn man sich auf den schmerzenden Arm legt. 512. Unleidlicher (namenloser) Schmerz in den Knochenröhren und Gelenken des Armes, auf welchem man nicht liegt, früh im Bette, der nur vergeht, wenn man sich auf die andere, schmerzhafte Seite legt. 514. Namenloser Schmerz in den Knochenröhren des Arms, er glaubt die Knochen seien zerbrochen; nur wenn er nachts auf dem leidenden Teile lag, fühlte er auf Augenblicke Linderung. 1027. Reißen erst im Daumen, dann unter dem Ellbogengelenke, bei Bewegung und Ruhe gleich, des Nachts aber am heftigsten und nur zu mindern, wenn sie sich auf den schmerzhaften Arm oder denselben über den Kopf legt. 1259. Rheumatische Schmerzen besser durch festen Druck. 3084.

2   Darauliegen. In der Seite, auf der er liegt.
Auf der Seite, auf welcher er liegt, schläft der Arm ein. 511. Früh, im Bette, Schmerz wie Zerschlagenheit in dem Schulterkopfe der Seite, auf welcher man liegt, welcher vergeht, wenn man sich auf die entgegengesetzte Seite oder auf den Rücken legt. 515. Nachts auf der einen oder der anderen Seite, worauf man liegt, Schmerz, wie zerschlagen, in den Gelenken des Halses, des Rückens und der Schulter, welcher bloß im Liegen auf dem Rücken vergeht. 601. Nachts beständiger sehr heftiger Schmerz, er darf sich nicht auf den schmerzenden Arm legen, beim Aufdrücken unschmerzhaft. 1253.

3   Rückenlage bessert.
Früh, im Bette, Schmerz wie Zerschlagenheit in dem Schulterkopfe der Seite, auf welcher man liegt, welcher vergeht, wenn man sich auf die entgegengesetzte Seite oder auf den Rücken legt. 515. Hie und da in der Beinhaut, in der Mitte der Knochenröhren (nicht in den Gelenken) ein, wie Quetschung schmerzender, flüchtiger Druck, wie mit einem harten Körper, am Tage, vorzüglich aber im Liegen auf der einen oder anderen Seite, abends im Bette, und vergehend, wenn man sich auf den Rücken legt. 600. Nachts auf der einen oder der anderen Seite, worauf man liegt, Schmerz, wie zerschlagen, in den Gelenken des Halses, des Rückens und der Schulter, welcher bloß im Liegen auf dem Rücken vergeht. 601.

4   Einwärtsdrehen. Hand in die Westentasche schieben.

ARMSCHMERZEN / Modalitäten

Beim Einwärtsdrehen des Armes einfacher Schmerz im zweiköpfigen Muskel. 509.   Beim Einwärtsdrehen des Arms erleidet er sehr heftiges Stechen im Gelenke. 1026.   Am Tage Schmerz im rechten Schultergelenk, blos bei der Bewegung wenn er mit der Hand in die Westentasche greift. 1252.   Schneidendes Stechen im Schultergelenke, beim Einwärtsbiegen des Armes. 1530.   Nervenschmerz in der rechten Achsel beim Aufheben des Armes und beim Drehen nach einwärts. 1950.

5   Aufheben des Armes. Zurückbiegen des Armes.
Im Gelenke des Oberarmes, bei Zurückbiegung des Armes, ein Schmerz, wie nach angestrengter Arbeit, oder wie zerschlagen. 504.   In den Armmuskeln Schmerz, wie zerschlagen, wenn der Arm hängt oder aufgehoben wird. 510.   Im Gelenke des Oberarms, bei Zurückbiegung des Arms, empfindet er einen überaus heftigen Schmerz, wie nach übermäßiger Arbeit, wie zerschlagen, oder als wäre der Oberarm verrenkt. 1025.   Nervenschmerz in der rechten Achsel beim Aufheben des Armes und beim Drehen nach einwärts. 1950.

6   Hängenlassen des Armes.
Einfacher Schmerz im Schulterblatte, durch Bewegung des Armes, und wenn der Arm hängt, vermehrt. 496.   In den Armmuskeln Schmerz, wie zerschlagen, wenn der Arm hängt oder aufgehoben wird. 510.   Reißen erst im Daumen, dann unter dem Ellbogengelenke, bei Bewegung und Ruhe gleich, des Nachts aber am heftigsten und nur zu mindern, wenn sie sich auf den schmerzhaften Arm oder denselben über den Kopf legt. 1259.

7   Bewegung. Gehen. In der Ruhe andere Empfindungen als bei Bewegung.
Einfacher Schmerz im Schulterblatte, durch Bewegung des Armes, und wenn der Arm hängt, vermehrt. 496.   Im Schultergelenke Schmerz, wie ausgerenkt bei Bewegung der Arme. 503.   Im Gelenke des Oberarmes ein greifender, raffender, walkender, zum Teil ziehender Schmerz, in der Ruhe (welcher bei Bewegung stechend wird). 505.   Im Gelenke des Oberarmes ein rheumatischer Schmerz, oder wie zerschlagen, beim Gehen in freier Luft. 506.   Bei Anstrengung der Finger, ausstreckender Klamm des Mittelfingers (der sich durch Calmieren heben läßt). 536.   Bei angestrengter Arbeit Reißen in den Gliedern. 1385.   Jeder Gang ins Freie löst in der Nacht Herzschmerzen bis zur linken Schulter und Arm, mit Kälte und Angst, aus. 3127.

8   Kälte. Gehen im Freien. Luftzug.
Im Gelenke des Oberarmes ein rheumatischer Schmerz, oder wie zerschlagen, beim Gehen in freier Luft. 506.   Von kalter Luft (Erkältung?) Reißen im rechten Arme und auf der rechten Seite des Kopfes. 519.   Jeder Gang ins Freie löst in der Nacht Herzschmerzen bis zur linken Schulter und Arm, mit Kälte und Angst, aus. 3127.   Fieber, Schmerzen in den Knochen der Arme, schlechter durch Luftzug. 3515.

9   Berührung.
Bei Berührung eines Haares auf der Hand ein durchdringender, feiner Stich, als wenn ein Splitter da stäke. 534.   Einfacher, bloß bei Berührung fühlbarer, heftiger Schmerz, hie und da, auf einer kleinen Stelle, z. B. an den Rippen u. s. w. 618.   Heftiger Schmerz in verschiedenen Teilen an kleinen Stellen, nur bemerkbar bei Berührung der Stellen. 2599.

10   Andere Modalitäten: Husten. Bewegung bessert. Periode. Kummerfolge. Verletzungen mit Substanzverlust. Kaltes Wasser bessert.
Beim Husten ein Stich wie mit einem Nagel in der rechten Brustseite, nach der Schulter durch. 1247.   Taubheitsgefühl im linken Arme, sie muß ihn beständig bewegen. 1250.   Periode alle 5 Wochen nach vorgängigem starkem, aber schmerzlosem Weißflusse und heftigen Schmerzen in den Achselgruben. 1672.   Hatte während der trostlosen Krankheit ihrer Mutter Tage lang an ihrem Lager zugebracht und zahllose Nächte durchwacht. Bei Erwähnung der heiligen Sterbesacramente plötzlicher Schulterschmerz. 2010.   Die Muskeln haben eine Tendenz zu zucken bei Verletzungen mit Substanz-

verlust. 2244.   Schmerzhafte Muskelzuckungen nach Verletzung. 2246.   Großer Kummer durch Scheidung, nach 6 Monaten Gelenkschwellung und Schmerzen, stärker, wenn sie aufgeregt oder deprimiert ist. 3153.   Nachts nach Sitzen Schwere und Steifheit im linken Arm, gelindert durch kaltes Wasser. 3195.

11   Nachts.
Nachts auf der einen oder der anderen Seite, worauf man liegt, Schmerz, wie zerschlagen, in den Gelenken des Halses, des Rückens und der Schulter, welcher bloß im Liegen auf dem Rücken vergeht. 601.   Namenloser Schmerz in den Knochenröhren des Arms, er glaubt die Knochen seien zerbrochen; nur wenn er nachts auf dem leidenden Teile lag, fühlte er auf Augenblicke Linderung. 1027.   Die Nächte brachte sie, der heftigen Kopf- und Armschmerzen wegen, ganz schlaflos zu. 1054.   Nachts Zingern in den Armen, es läuft darin, wie von etwas Lebendigem. 1251.   Nachts beständiger sehr heftiger Schmerz, er darf sich nicht auf den schmerzenden Arm legen, beim Aufdrücken unschmerzhaft. 1253.   Reißen erst im Daumen, dann unter dem Ellbogengelenke, bei Bewegung und Ruhe gleich, des Nachts aber am heftigsten und nur zu mindern, wenn sie sich auf den schmerzhaften Arm oder denselben über den Kopf legt. 1259.   Nachts im Bette, Taubheitsgefühl und Laufen, wie von etwas Lebendigem, im Arme. 1531.   Schmerz in Schultern und Beinen schlechter nachts. 2268.   Nachts nach Sitzen Schwere und Steifheit im linken Arm, gelindert durch kaltes Wasser. 3195.

12   Morgens im Bett.
Unleidlicher (namenloser) Schmerz in den Knochenröhren und Gelenken des Armes, auf welchem man nicht liegt, früh im Bette, der nur vergeht, wenn man sich auf die andere, schmerzhafte Seite legt. 514.   Früh, im Bette, Schmerz wie Zerschlagenheit in dem Schulterkopfe der Seite, auf welcher man liegt, welcher vergeht, wenn man sich auf die entgegengesetzte Seite oder auf den Rücken legt. 515.   Am Knöchel der Hand, reißender Schmerz, früh nach dem Erwachen. 521.   Im Daumengelenke, reißender Schmerz, als wenn es verrenkt wäre, früh beim Schlummern im Bette. 523.   Dumpfer Schmerz unter der linken Schulter morgens, nicht verstärkt nach dem Essen. 2751.

13   Abends im Bett.
Beim Liegen auf der rechten Seite, abends im Bette, schmerzt der Schulterkopf der linken Seite wie zerschlagen, und der Schmerz vergeht, wenn man sich auf den schmerzenden Arm legt. 512.   Hie und da in der Beinhaut, in der Mitte der Knochenröhren (nicht in den Gelenken) ein, wie Quetschung schmerzender, flüchtiger Druck, wie mit einem harten Körper, am Tage, vorzüglich aber im Liegen auf der einen oder anderen Seite, abends im Bette, und vergehend, wenn man sich auf den Rücken legt. 600.

14   Andere Zeiten: Tagsüber. Dauer.
Hie und da in der Beinhaut, in der Mitte der Knochenröhren (nicht in den Gelenken) ein, wie Quetschung schmerzender, flüchtiger Druck, wie mit einem harten Körper, am Tage, vorzüglich aber im Liegen auf der einen oder anderen Seite, abends im Bette, und vergehend, wenn man sich auf den Rücken legt. 600.   Am Tage Schmerz im rechten Schultergelenk, blos bei der Bewegung wenn er mit der Hand in die Westentasche greift. 1252.   Starkes Klopfen mit Taubheit in den Händen, erstreckt sich den Arm hinauf zum Kopf und wechselt von einem Arm zum anderen, nach 1 oder 2 Minuten plötzlich aufhörend. 1867.   Die Schmerzen wechseln den Ort, sie kommen allmählich und gehen plötzlich, oder sie kommen und gehen plötzlich. 3118.

15   Begleitsymptome: Verletzung mit Substanzverlust. Fieber. Schwindel. Kälte mit Angst.
Eingeschlafenheit und Gefühllosigkeit des rechten Armes vor Schwindel. 2255.   Frost 7-9 Uhr, dann Gallerbrechen, vorher heftige Gliederschmerzen. 2911.   Jeder Gang ins Freie löst in der Nacht Herzschmerzen bis zur linken Schulter und Arm, mit Kälte und Angst, aus. 3127.   Fieber, Schmerzen in den Knochen der Arme, schlechter durch Luftzug. 3515.

BEINSCHMERZEN   Orte

1 Vom Kreuz in die Oberschenkel und Beine.
Früh, beim Aufstehen aus dem Bette, Steifigkeit der Knie und Gelenke des Fußes, des Oberschenkels und des Kreuzes. 540.   Steifigkeit der Knie und der Lenden, welche bei Bewegung Schmerz macht. 546.   Stechender Schmerz im Kreuz, von da ziehend stechende schneidende Schmerzen über die Hüften durch die Schenkel, Kniekehlen über das Fußspann nach den Zehen. 1260.   Zuerst bekam sie Frost in den Füßen, dann im Kreuze, dann bekam sie Hitze mit Kopfschmerz, dann Schweiß allgemein. 1358.   Schneidende Stiche vom Kreuze aus durch die Lenden in die Schenkel herunterfahrend, wie mit einem schneidenden Messer. 1527.   Kreuzschmerz durch die Lenden und die Oberschenkel hinunter. 2363.

2 Hüfte. Über der Hüfte. Hüftknochen. Über dem Gesäß. Im Gesäß.
Über der linken Hüfte, ein absetzendes, tief innerliches Drücken. 339.   Männliches Unvermögen, mit Gefühl von Schwäche in den Hüften. 426.   Stechen im Hüftgelenke. 537.   Früh (von 4 bis 8 Uhr) im Hüftgelenke und im Knie, stechender Schmerz, beim Gehen und Bewegen der Füße. 538.   Stechender Schmerz im Kreuz, von da ziehend stechende schneidende Schmerzen über die Hüften durch die Schenkel, Kniekehlen über das Fußspann nach den Zehen. 1260.   Nachts muß sie auf dem Rücken liegen, so wie sie sich auf die Seite legt, entsteht Stechen in den Hüften. 1262.   Schneidendes Stechen im Hüft- und Kniegelenke. 1533.   Schmerz klopfend, der das Hüftgelenk zu zersprengen drohte. 2042.   Schmerz vom Hüftknochen zur Ferse. 3306.   Hin und wieder, ganz plötzlich, rechts über dem Gesäß, kann nach einer Weile nicht mehr sitzen, kann das Bein nicht durchstrecken im Sitzen oder Liegen, auch wenn ich es anhebe im Stehen oder Liegen, Gehen bessert. 3519.   Links im Gesäß, es ist ein Punkt, aber es strahlt immer zur Seite aus, nach außen. 3646.

3 Oberschenkel. Hinterseite der Oberschenkel.
Beim Sitzen, in den hinteren Oberschenkelmuskeln, Schmerz, als wenn sie zerschlagen wären. 541.   Mitten auf dem linken Oberschenkel ein tiefes, heftiges Drücken. 542.   Blutschwäre am inneren Teile des Oberschenkels. 548.   Ein Spannen in den Unterschenkeln bis über das Knie, mit Schwere der Schenkel. 557.   Heftige Krämpfe in der Hinterseite der Oberschenkel bei Rückenlage, wesentlich stärker 3 Uhr morgens. 2210.   Kleiner umschriebener schmerzhafter Fleck oben außen im rechten Oberschenkel. 2737.   Kopfschmerz und Wehtun in den Oberschenkeln vor der spärlichen Periode, besser wenn die Blutung beginnt. 2748.   Frost der Oberschenkel und Unterarme. 2979.

4 Kniegelenke. Kniekehlen. Unter dem Knie. Über dem Knie.
Früh (von 4 bis 8 Uhr) im Hüftgelenke und im Knie, stechender Schmerz, beim Gehen und Bewegen der Füße. 538.   Heftiges Stechen auf der inneren Seite, unterhalb des linken Knies. 543.   Nach Treppensteigen, eine Steifigkeit im Kniegelenke, die sie an der Bewegung hindert. 545.   Knarren und Knacken der Knie. 589.   Frost um die, äußerlich nicht kalten, Knie. 591.   Heiße Knie (mit kitzelndem Jücken des einen Knies) bei kalter Nase. 592.   Einknicken der Knie vor Schwäche. 627.   In der fieberfreien Zeit bei der geringsten Bewegung große Müdigkeit, und beim Gehen Zusammenknicken der Knie. 1091.   Stechender Schmerz im Kreuz, von da ziehend stechende schneidende Schmerzen über die Hüften durch die Schenkel, Kniekehlen über das Fußspann nach den Zehen. 1260.   Schneidendes Stechen im Hüft- und Kniegelenke. 1533.   Reißen im rechten Arme, den Knien, den Knöcheln, im Kopfe. 1602.   Prostration, Zittern der Knie bei jedem Schritt. 1644.   Einschlafen der Knie und der Beine im Sitzen. 1749.   Quartanfieber, fing mit 2 Stunden anhaltendem Froste an, bei dem Schmerzen in den Knien vorkamen, dann folgte Hitze mit heftigen Kopfschmerzen und etwas Schweiß zugleich. 1780.   Gefühllosigkeit über dem rechten Knie und Spannen beim Ausstrecken des Beines. 1951.   Die Knie geben nach. 2607.   Frösteln um die Knie, die auch äußerlich kalt sind. 2976.   Heiße Knie mit kalter Nase. 2995.   Schlappheit, Apathie,

Einknicken der Knie. 3023.

5   Unterschenkel bis über das Knie. Ganzer Unterschenkel.
Nach dem Essen, beim Sitzen, Eingeschlafenheit des (Ober- und) Unterschenkels. 549.   Einschlafen der Unterschenkel bis über's Knie, abends beim Sitzen. 553.   Im ganzen linken Unterschenkel, ein lähmungsartiger Schmerz, beim Gehen erweckt, und auch nachher im Sitzen fortdauernd. 554. Im ganzen linken Unterschenkel, schmerzliches Ziehen, im Bette vor dem Einschlafen; es läßt bisweilen nach, kommt aber heftiger zurück. 555.   Eingeschlafenheit des Unterschenkels beim Sitzen unter der Mittagsmahlzeit. 556.   Ein Spannen in den Unterschenkeln bis über das Knie, mit Schwere der Schenkel. 557.   Kälte der Füße und Unterschenkel bis über die Knie. 590.   Frost der Füße und Unterschenkel. 2978.

6   Schienbein. Vordere Schienbeinmuskeln.
Einzelne, große Stiche auf der rechten Brustseite außer dem Atemholen; auch am Schienbeine. 459. Drückender Schmerz im Schienbeine beim Gehen. 569.   In den vorderen Schienbeinmuskeln ein wellenartiger, gleichsam greifender und walkender, reißend drückender Schmerz, vorzüglich bei der Bewegung. 570.   Quälende Neuralgie des Ischias und Peronaeus, heftiger, reißender, grabender, bohrender Schmerz, der 1 oder 1 1/2 Stunden dauert und dann langsam nachläßt. 2241.

7   Wade.
Feinstechendes Kriebeln in den Füßen (der Haut der Waden), nach Mitternacht, welches nicht zu ruhen oder im Bette zu bleiben erlaubt. 552.   Ein Strammen (eine Art Klamm (Crampus) oder wenigstens der Anfang dazu) in den Waden, wenn man den Schenkel ausstreckt, oder geht. 558. Klamm der Wade, während des Gehens, welcher im Stehen und in der Ruhe vergeht. 559.   Anwandlungen von Klamm in der Wade, während des Sitzens, beim Mittagsmahle. 561.   Klamm in der Wade ganz früh im Bette, bei der Biegung des Schenkels, welcher beim Ausstrecken des Beines oder beim Anstemmen vergeht. 562.   Unter der linken Wade oder in der linken Wade hat es manchmal ziemlich wehgetan. 3615.

8   Fußgelenk. Über dem äußeren Knöchel. Unter dem Fußknöchel.
Drücken erst in der linken, dann in der rechten Brust, dann im Fußgelenke. 461.   Über dem äußeren Knöchel des rechten Fußes absetzender Druck. 564.   Drücken im linken Fußgelenke (mit einem inneren Kitzel) der ihn zu einer zittrigen Bewegung des linken Fußes nötigte, um sich zu erleichtern. 571.   Im Fußgelenke, früh, beim Gehen Schmerz, wie von Verrenkung (doch nicht stechend). 572.   Stechender Schmerz unter dem Fußknöchel bei Bewegung. 582.   Steifheit des Unterfußgelenkes. 593.   Reißen im rechten Arme, den Knien, den Knöcheln, im Kopfe. 1602.

9   Achillessehne.
Ein reißender Schmerz in der Hinterseite beider Beine, besonders in den Achillessehnen und ihren Muskeln, so, als ob die Teile zerschnitten würden. Er stellte sich besonders dann heftig ein, wenn er im Gehen stehenblieb (die Teile also anstrengte). 850.   Beim Auftreten Schmerzen in der Achillessehne, wie geschwollen. 3660.

10   Ferse. Fersenballen. Knochenhaut, Knochen der Ferse.
Im Ballen der Ferse, eine taube Bollheit (wie eingeschlafen) im Gehen. 566.   Im Ballen der Ferse oder vielmehr in der Knochenhaut des Sprungbeines, ein Schmerz, wie zerstoßen, oder wie von einem Sprunge von einer großen Höhe herab. 567.   Im Ballen der Ferse, oder vielmehr in der Beinhaut des Fersenbeines, Schmerz im Gehen, wie von innerer Wundheit. 568.   Innerlich im Ballen der Ferse, ein juckend zuckender Schmerz, vorzüglich früh im Bette. 574.   Reißend brennender Schmerz im Fersenknochen, früh beim Erwachen. 575.   Ein juckendes Brennen (wie von Frostbeulen) in der Ferse und anderen Teilen des Fußes. 580.   Ganz früh, mehrere Stiche in der Ferse. 583.   Bei Bewegung Stechen im calcaneus und unter der Fußsohle. 1255.   Nachts heftiges Brennen in beiden

Fersen, wenn er die Fersen gegeneinander hält, brennen sie wie zwei glühende Kohlen, faßt er aber mit der Hand hin, so sind beide Fersen kalt anzufühlen. 1256. Nächtliches Brennen in den Fersen, wenn er sie aneinander hält, während sie beim Befühlen kalt scheinen. 1536. Sehr schmerzhafte Schwellung unter der Ferse. 3298. Schmerz vom Hüftknochen zur Ferse. 3306.

11 Fußsohle.
Schmerzhafte Empfindlichkeit der Fußsohlen im Gehen. 594. Geschwürschmerz in den Fußsohlen, sie vertragen nicht die leiseste Berührung. 1010. Stiche unter den Fußsohlen. 1254. Bei Bewegung Stechen im calcaneus und unter der Fußsohle. 1255. In den Fußsohlen, Geschwürschmerz oder Stiche. 1535.

12 Fuß. Innenrand. Fußrücken. Fußseite. Fußspann. Knochen, Muskeln des Fußes.
Kriebeln wie in den Knochen der Füße nicht wie von Eingeschlafenheit. 551. Anwandlungen von Klamm in den Muskeln des Unterfußes und der Zehen, beim Sitzen. 560. Absetzendes Stechen am inneren Rande des Unterfußes. 563. Im rechten Unterfuße, heftiges Ziehen. 565. Auf dem Fußrücken ein reißender Schmerz. 573. Auf dem Fußrücken eine Stelle, welche brennend jückend schmerzt in der Ruhe. 576. Ein jückendes Brennen (wie von Frostbeulen) in der Ferse und anderen Teilen des Fußes. 580. Auf der Seite des Fußes brennend stechender, oder brennend schneidender Schmerz. 581. Stechender Schmerz im Kreuz, von da ziehend stechende schneidende Schmerzen über die Hüften durch die Schenkel, Kniekehlen über das Fußspann nach den Zehen. 1260. Sie ist sehr schwach, mit Zittern und Wehtun der Beine und so starkem Schweregefühl im linken Fuß, daß sie ihn beim Gehen nachschleppt. 1870.

13 Füße (=Beine).
(Der Gebrauch des Wortes „Unterfuß" und das Symptom Nr. 552 „Feinstechendes Kriebeln in den Füßen (der Haut der Waden)" zeigt, daß die Bezeichnung „Füße" auch im deutschen Text manchmal mit der Bedeutung „Beine" gebraucht wird, ähnlich wie im englischen „leg".)
Wie steif in den Füßen, früh. 547. Kriebeln in den Füßen. 550. Feinstechendes Kriebeln in den Füßen (der Haut der Waden), nach Mitternacht, welches nicht zu ruhen oder im Bette zu bleiben erlaubt. 552. In der Abenddämmerung Müdigkeit der Füße, wie vom weit Gehen, bei stillem Gemüte. 584. Konnte die Füße nicht fortbringen, als wenn er recht weit gegangen wäre. 585. Schwere der Füße. 586. Schwere des einen Fußes. 587. Schwäche der Füße. 588. Beim Gehen im Freien, eine Schwere in den Füßen, mit Ängstlichkeit, was sich in der Stube verlor, wogegen aber Mißmut eintrat. 626. Die Füße wurden ihm steif, er fiel, ein allgemeiner Starrkrampf befiel ihn, der sich durch Schweiß wieder verlor. 803. Am Tage sind die Füße schwer. 1257. Schmerzen in den Füßen. 1357. Quartanfieber. Abends bekam sie Reißen in den Füßen, dann Frost, dann Hitze, dann starken, sauer riechenden Schweiß. 1777. Unruhige Füße, muß sie ruckweise bewegen. 2787.

14 Temperaturempfindungen in den Füßen oder den Händen und Füßen.
Kälte der Füße und Unterschenkel bis über die Knie. 590. Füße sind brennend heiß. 595. Die Nacht allgemeine ängstliche Hitze mit geringem Schweiße um die Nase herum, die meiste Hitze an Händen und Füßen, die jedoch nicht entblößt, sondern immer bedeckt sein wollen, bei kalten Oberschenkeln. 683. Nachthitze von 2 bis 5 Uhr (bei vollem Wachen) und über, vorzüglich an Händen und Unterfüßen, ohne Schweiß und ohne Durst, und ohne Trockenheitsempfindung. 683a. Frost, besonders an den Füßen. 706. Hitze des Gesichts bei Kälte der Füße und Hände. 708. Fieber, erst Frost über die Arme, besonders die Oberarme, dann Hitze und Röte der Wangen, und Hitze der Hände und Füße, ohne Durst, während des Liegens auf dem Rücken. 713. Meistenteils Frost, vorzüglich in den Füßen. Nachmittags, Hitze mit roten Wangen und zugleich Frost in den Füßen, mit Kälte derselben. 1136. Bei der Hitze sind kalte Füße und innerlicher Schauder, zugleich mit Backenröte beobachtet worden. 1145. Zuerst bekam sie Frost in den Füßen, dann im Kreuze, dann bekam sie Hitze mit Kopfschmerz, dann Schweiß allgemein. 1358. Bei äußerer Wärme

innerer Frostschauder, Hitze im Kopfe und Gesichte, bei kalten Händen und Füßen. 2015. Füße oft brennend heiß oder kalt, häufig Gefühl von kalten und feuchten Strümpfen. 2398. Hitze meist ohne Durst, Brennen der Hände und Füße. 2602. Kalte Füße, ihr wird sehr heiß am ganzen Körper im Bett. 2784. Hitze des Gesichts mit Kälte der Hände und Füße. 2996. Während der Hitze Speiseerbrechen mit Kälte der Füße und krampfhaftem Zucken der Glieder. 3004. Oft kalte Füße. Kalte Beine bis zum Unterleib. 3381. Die Füße sind immer kalt. 3429. Leicht kalte Füße im Sitzen. 3486.

15 Zehen. Hühnerauge.

Anwandlungen von Klamm in den Muskeln des Unterfußes und der Zehen, beim Sitzen. 560. Brennender Schmerz im Hühnerauge, im Sitzen. 577. Brennender Schmerz bei Druck in einem bisher unschmerzhaften Hühnerauge am Fuße. 578. Die Schuhe drücken empfindlich auf dem oberen Teile der Zehen; Hühneraugen fangen an, brennend zu schmerzen. 579. Stechender Schmerz im Kreuz, von da ziehend stechende schneidende Schmerzen über die Hüften durch die Schenkel, Kniekehlen über das Fußspann nach den Zehen. 1260.

16 Hinterseite. Innenseite. Außenseite.

Beim Sitzen, in den hinteren Oberschenkelmuskeln, Schmerz, als wenn sie zerschlagen wären. 541. Heftiges Stechen auf der inneren Seite, unterhalb des linken Knies. 543. Blutschwäre am inneren Teile des Oberschenkels. 548. Absetzendes Stechen am inneren Rande des Unterfußes. 563. Über dem äußeren Knöchel des rechten Fußes absetzender Druck. 564. Im äußeren, erhabenen Teile der Gelenke, ein brennend stechender, mit Jücken verbundener Schmerz. 605. Ein reißender Schmerz in der Hinterseite beider Beine, besonders in den Achillessehnen und ihren Muskeln, so, als ob die Teile zerschnitten würden. Er stellte sich besonders dann heftig ein, wenn er im Gehen stehenblieb (die Teile also anstrengte). 850. Stechender Schmerz im Kreuz, von da ziehend stechende schneidende Schmerzen über die Hüften durch die Schenkel, Kniekehlen über das Fußspann nach den Zehen. 1260. Heftige Krämpfe in der Hinterseite der Oberschenkel bei Rückenlage, wesentlich stärker 3 Uhr morgens. 2210.

17 Kleine Stellen.

Mitten auf dem linken Oberschenkel ein tiefes, heftiges Drücken. 542. Auf dem Fußrücken eine Stelle, welche brennend jückend schmerzt in der Ruhe. 576. Hie und da in der Beinhaut, in der Mitte der Knochenröhren (nicht in den Gelenken) ein, wie Quetschung schmerzender, flüchtiger Druck, wie mit einem harten Körper, am Tage, vorzüglich aber im Liegen auf der einen oder anderen Seite, abends im Bette, und vergehend, wenn man sich auf den Rücken legt. 600. Heftiger Schmerz in verschiedenen Teilen an kleinen Stellen, nur bemerkbar bei Berührung der Stellen. 2599. Kleiner umschriebener schmerzhafter Fleck oben außen im rechten Oberschenkel. 2737. Ischias rechts, die Punkte, wo Nerven durch Fascien durchtreten sind schmerzhaft. 2789. Links im Gesäß, es ist ein Punkt, aber es strahlt immer zur Seite aus, nach außen. 3646.

18 Knochen. Gelenke. Periost.

Kriebeln wie in den Knochen der Füße nicht wie von Eingeschlafenheit. 551. Ein Kriebeln, wie innerlich, in den Knochen des ganzen Körpers. 596. Hie und da in der Beinhaut, in der Mitte der Knochenröhren (nicht in den Gelenken) ein, wie Quetschung schmerzender, flüchtiger Druck, wie mit einem harten Körper, am Tage, vorzüglich aber im Liegen auf der einen oder anderen Seite, abends im Bette, und vergehend, wenn man sich auf den Rücken legt. 600. In den Gelenken der Schulter, des Hüftbeins und der Knie, ein Schmerz, wie von Verstauchung oder Verrenkung. 602. Um die Gelenke oder etwas über denselben, ein anhaltend stechender Schmerz. 603. Im äußeren, erhabenen Teile der Gelenke, ein brennend stechender, mit Jücken verbundener Schmerz. 605. Die äußere Haut und die Beinhaut sind schmerzhaft. 616. Schwere in den Gliedern, vorzüglich in den unteren Extremitäten, mit Schmerz in den Gelenken. 1090. Verrenkschmerz in den Gelenken. 1538. Schmerzhaftes Eingeschlafensein in allen Gelenken und in den Kniegelenken. 1641. Gefühl in den Gelenken und im Körper wie ausgedehnt. 1989. Bei Tertianfieber unwillkürliches Strecken, danach quälende Knochenschmerzen, Rückenschmerz, als sollten die Gelenke auseinandergerissen werden. 2247. Großer Kummer durch Scheidung, nach 6 Monaten Gelenkschwellung und Schmerzen, stärker, wenn sie aufgeregt oder deprimiert ist. 3153.

BEINSCHMERZEN   Empfindungen

1   **Kriebeln in den Knochen nicht wie von Eingeschlafenheit. Kann deshalb die Beine nicht ruhig halten.**
Kriebeln in den Füßen. 550.   Kriebeln wie in den Knochen der Füße nicht wie von Eingeschlafenheit. 551.   Feinstechendes Kriebeln in den Füßen (der Haut der Waden), nach Mitternacht, welches nicht zu ruhen oder im Bette zu bleiben erlaubt. 552.   Drücken im linken Fußgelenke (mit einem inneren Kitzel) der ihn zu einer zittrigen Bewegung des linken Fußes nötigte, um sich zu erleichtern. 571.   Ein Kriebeln, wie innerlich, in den Knochen des ganzen Körpers. 596.   Kriebelnde Eingeschlafenheit in den Gliedmaßen. 597.   Kriebelnde Eingeschlafenheit in den Gliedmaßen. 1537. Bei Tertianfieber unwillkürliches Strecken, danach quälende Knochenschmerzen, Rückenschmerz, als sollten die Gelenke auseinandergerissen werden. 2247.   Heftiger Schüttelfrost mit Durst, Wehtun der Beine und Bewußtlosigkeit, Hitze ohne Durst. 2630.   Kopfschmerz und Wehtun in den Oberschenkeln vor der spärlichen Periode, besser wenn die Blutung beginnt. 2748.   Unruhige Füße, muß sie ruckweise bewegen. 2787.   Unter der linken Wade oder in der linken Wade hat es manchmal ziemlich wehgetan. 3615.

2   **Leichtigkeit. Es hebt ihm die Knie in die Höhe beim Gehen.**
Er konnte nicht gehen, und mußte sich durchaus setzen, weil es ihm im Gehen unwillkürlich die Knie in die Höhe hob. 544.   Beim Gehen, unwillkürliches in die Höhe Ziehen der Knie. 1534.   In den sehr mageren Beinen Gefühl zu großer Leichtigkeit mit schwankendem Gange. 1822.

3   **Von innen nach außen. Ausdehnen. Herausbrechen. Zerspringen. Wie geschwollen.**
Schmerz wie Reißen durch alle Glieder, als wenn es herausbrechen wollte, der Kopfschmerz wird so heftig, daß sie ohnmächtig wird, jeder starke Ton, starkes Reden, schon jeder hörbare Fußtritt ist ihr zuwider. 1184.   Gefühl in den Gelenken und im Körper wie ausgedehnt. 1989.   Schmerz klopfend, der das Hüftgelenk zu zersprengen drohte. 2042.   Druck wie von einem scharfen Instrument von innen nach außen. 3117.   Sehr schmerzhafte Schwellung unter der Ferse. 3298.   Beim Auftreten Schmerzen in der Achillessehne, wie geschwollen. 3660.

4   **Müdigkeit der Beine, wie zu weit gegangen.**
Männliches Unvermögen, mit Gefühl von Schwäche in den Hüften. 426.   In der Abenddämmerung Müdigkeit der Füße, wie vom weit Gehen, bei stillem Gemüte. 584.   Konnte die Füße nicht fortbringen, als wenn er recht weit gegangen wäre. 585.   Schwäche der Füße. 588.   Müdigkeit der Füße und Arme. 598.   Empfindung von Schwäche und Ermattung in den Armen und Füßen. 599. Mattigkeit in den Gliedern. 630.   Vor und während der Regel Frösteln abwechselnd mit Hitze, Ängstlichkeit, Herzklopfen, ohnmachtähnliche Mattigkeit im ganzen Körper, besonders den Extremitäten. 1179.   Nach dem Krampfanfall Kraftlosigkeit, Zerschlagenheitsschmerz in den Gliedern. 1396.   Durst vor, in und nach dem Froste vor der Hitze, mit Schmerzen und Abgeschlagenheit in den Untergliedern und Durchfall begleitet. 1783.

5   **Zerschlagenheit. Wie von Verrenkung oder Quetschung.**
Beim Sitzen, in den hinteren Oberschenkelmuskeln, Schmerz, als wenn sie zerschlagen wären. 541.

Im Ballen der Ferse oder vielmehr in der Knochenhaut des Sprungbeines, ein Schmerz, wie zerstoßen, oder wie von einem Sprunge von einer großen Höhe herab. 567. Im Fußgelenke, früh, beim Gehen Schmerz, wie von Verrenkung (doch nicht stechend). 572. Hie und da in der Beinhaut, in der Mitte der Knochenröhren (nicht in den Gelenken) ein, wie Quetschung schmerzender, flüchtiger Druck, wie mit einem harten Körper, am Tage, vorzüglich aber im Liegen auf der einen oder anderen Seite, abends im Bette, und vergehend, wenn man sich auf den Rücken legt. 600. In den Gelenken der Schulter, des Hüftbeins und der Knie, ein Schmerz, wie von Verstauchung oder Verrenkung. 602. Nach dem Krampfanfall Kraftlosigkeit, Zerschlagenheitsschmerz in den Gliedern. 1396. Verrenkschmerz in den Gelenken. 1538.

6 Eingeschlafensein. Gefühllosigkeit. Taubheit.

Nach dem Essen, beim Sitzen, Eingeschlafenheit des (Ober- und) Unterschenkels. 549. Einschlafen der Unterschenkel bis über's Knie, abends beim Sitzen. 553. Eingeschlafenheit des Unterschenkels beim Sitzen unter der Mittagsmahlzeit. 556. Im Ballen der Ferse, eine taube Bollheit (wie eingeschlafen) im Gehen. 566. Kriebelnde Eingeschlafenheit in den Gliedmaßen. 597. Kriebelnde Eingeschlafenheit in den Gliedmaßen. 1537. Schmerzhaftes Eingeschlafensein in allen Gelenken und in den Kniegelenken. 1641. Einschlafen der Knie und der Beine im Sitzen. 1749. Gefühllosigkeit über dem rechten Knie und Spannen beim Ausstrecken des Beines. 1951. Taubheit und Lähmigkeit der linken Körperseite und der Finger beider Hände. 2682.

7 Schneidendes Stechen wie mit einem Messer. Graben. Bohren.

Auf der Seite des Fußes brennend stechender, oder brennend schneidender Schmerz. 581. Ein reißender Schmerz in der Hinterseite beider Beine, besonders in den Achillessehnen und ihren Muskeln, so, als ob die Teile zerschnitten würden. Er stellte sich besonders dann heftig ein, wenn er im Gehen stehenblieb (die Teile also anstrengte). 850. Stechender Schmerz im Kreuz, von da ziehend stechende schneidende Schmerzen über die Hüften durch die Schenkel, Kniekehlen über das Fußspann nach den Zehen. 1260. Der Schmerz (im Bein) ist wie wenn mit einem Messer durchgeschnitten und gestochen würde. 1261. Schneidende Stiche vom Kreuze aus durch die Lenden in die Schenkel herunterfahrend, wie mit einem schneidenden Messer. 1527. Schneidendes Stechen im Hüft- und Kniegelenke. 1533. Quälende Neuralgie des Ischias und Peronaeus, heftiger, reißender, grabender, bohrender Schmerz, der 1 oder 1 1/2 Stunden dauert und dann langsam nachläßt. 2241.

8 Reißen.

Auf dem Fußrücken ein reißender Schmerz. 573. Reißend brennender Schmerz im Fersenknochen, früh beim Erwachen. 575. Ein reißender Schmerz in der Hinterseite beider Beine, besonders in den Achillessehnen und ihren Muskeln, so, als ob die Teile zerschnitten würden. Er stellte sich besonders dann heftig ein, wenn er im Gehen stehenblieb (die Teile also anstrengte). 850. Schmerz wie Reißen durch alle Glieder, als wenn es herausbrechen wollte, der Kopfschmerz wird so heftig, daß sie ohnmächtig wird, jeder starke Ton, starkes Reden, schon jeder hörbare Fußtritt ist ihr zuwider. 1184. Im Fieberanfall Reißen in den Gliedern. 1346. Bei angestrengter Arbeit Reißen in den Gliedern. 1385. Reißen im rechten Arme, den Knien, den Knöcheln, im Kopfe. 1602. Manchmal Reißen in den Gliedern. 1696. Durst vor und im Beginn des Frostes, dann nicht mehr, gleichzeitig Gliederreißen und Brecherlichkeit. 1775. Quartanfieber. Abends bekam sie Reißen in den Füßen, dann Frost, dann Hitze, dann starken, sauer riechenden Schweiß. 1777. Abends Frostschütteln, welchem etwas Reißen im Beine vorherging. 2052. Quälende Neuralgie des Ischias und Peronaeus, heftiger, reißender, grabender, bohrender Schmerz, der 1 oder 1 1/2 Stunden dauert und dann langsam nachläßt. 2241.

9 Einfaches Stechen. Blitzartig.

Einzelne, große Stiche auf der rechten Brustseite außer dem Atemholen; auch am Schienbeine. 459. Stechen im Hüftgelenke. 537. Früh (von 4 bis 8 Uhr) im Hüftgelenke und im Knie, stechender Schmerz, beim Gehen und Bewegen der Füße. 538. Heftiges Stechen auf der inneren Seite, unterhalb des linken Knies. 543. Absetzendes Stechen am inneren Rande des Unterfußes. 563. Stechender Schmerz unter dem Fußknöchel bei Bewegung. 582. Ganz früh, mehrere Stiche in der Ferse. 583. In der Abenddämmerung Müdigkeit der Füße, wie vom weit Gehen, bei stillem Gemüte. 584. Um die Gelenke oder etwas über denselben, ein anhaltend stechender Schmerz. 603. Stiche unter den Fußsohlen. 1254. Bei Bewegung Stechen im calcaneus und unter der Fußsohle. 1255. Nachts muß sie auf dem Rücken liegen, so wie sie sich auf die Seite legt, entsteht Stechen in den Hüften. 1262. Bei der Fieberhitze Stechen in allen Gliedern, bohrendes Kopfweh, Durst. 1274. In den Fußsohlen, Geschwürschmerz oder Stiche. 1535. Äußere Hitze, mit innerem Schauder und Stechen in den Gliedern. 1558. Ischias rechts, die Schmerzen waren blitzartig, in heftigen Schlägen, besonders nachts, sie zwangen dazu, dauernd die Lage zu wechseln. Tagsüber litt er wenig. 2790.

10   Brennendes Stechen, Reißen oder Schneiden.
Reißend brennender Schmerz im Fersenknochen, früh beim Erwachen. 575. Auf der Seite des Fußes brennend stechender, oder brennend schneidender Schmerz. 581. Im äußeren, erhabenen Teile der Gelenke, ein brennend stechender, mit Jücken verbundener Schmerz. 605.

11   Heftiges Brennen. Hitze.
Brennender Schmerz im Hühnerauge, im Sitzen. 577. Brennender Schmerz bei Druck in einem bisher unschmerzhaften Hühnerauge am Fuße. 578. Die Schuhe drücken empfindlich auf dem oberen Teile der Zehen; Hühneraugen fangen an, brennend zu schmerzen. 579. Heiße Knie (mit kitzelndem Jücken des einen Knies) bei kalter Nase. 592. Füße sind brennend heiß. 595. Die Nacht allgemeine ängstliche Hitze mit geringem Schweiße um die Nase herum, die meiste Hitze an Händen und Füßen, die jedoch nicht entblößt, sondern immer bedeckt sein wollen, bei kalten Oberschenkeln. 683. Nachthitze von 2 bis 5 Uhr (bei vollem Wachen) über und über, vorzüglich an Händen und Unterfüßen, ohne Schweiß und ohne Durst, und ohne Trockenheitsempfindung. 683a. Fieber, erst Frost über die Arme, besonders die Oberarme, dann Hitze und Röte der Wangen, und Hitze der Hände und Füße, ohne Durst, während des Liegens auf dem Rücken. 713. Nachts heftiges Brennen in beiden Fersen, wenn er die Fersen gegeneinander hält, brennen sie wie zwei glühende Kohlen, faßt er aber mit der Hand hin, so sind beide Fersen kalt anzufühlen. 1256. Nächtliches Brennen in den Fersen, wenn er sie aneinander hält, während sie beim Befühlen kalt scheinen. 1536. Füße oft brennend heiß oder kalt, häufig Gefühl von kalten und feuchten Strümpfen. 2398. Nach heftigem Schreck Sengeln in den Beinen, später ähnliches Gefühl im Kopf, mitunter Kriebeln und Reifgefühl um die Schläfen. 2453. Hitze meist ohne Durst, Brennen der Hände und Füße. 2602. Heiße Knie mit kalter Nase. 2995. Das linke Bein habe ich viel auf der Decke, es sucht nach der Kühle. 3596.

12   Geschwürsschmerz. Innere Wundheit.
Im Ballen der Ferse, oder vielmehr in der Beinhaut des Fersenbeines, Schmerz im Gehen, wie von innerer Wundheit. 568. Geschwürschmerz in den Fußsohlen, sie vertragen nicht die leiseste Berührung. 1010. In den Fußsohlen, Geschwürschmerz oder Stiche. 1535.

13   Sehr schmerzhaftes Zucken bei schweren Verletzungen.
Fast lähmige Unbeweglichkeit der Untergliedmaßen mit einzelnem Zucken darin. 539. Innerlich im Ballen der Ferse, ein jückend zuckender Schmerz, vorzüglich früh im Bette. 574. In der Hitze Zucken und Schmerzen in den Gliedern. 1432. Die Muskeln haben eine Tendenz zu zucken bei Verletzungen mit Substanzverlust. 2244. Schmerzhafte Muskelzuckungen nach Verletzung. 2246. Während der Hitze Speiseerbrechen mit Kälte der Füße und krampfhaftem Zucken der Glieder. 3004.

14   Schmerzen an kleinen Stellen. Berührungsempfindlichkeit.
Auf dem Fußrücken eine Stelle, welche brennend jückend schmerzt in der Ruhe. 576. Schmerzhafte Empfindlichkeit der Fußsohlen im Gehen. 594. Hie und da in der Beinhaut, in der Mitte der

Knochenröhren (nicht in den Gelenken) ein, wie Quetschung schmerzender, flüchtiger Druck, wie mit einem harten Körper, am Tage, vorzüglich aber im Liegen auf der einen oder anderen Seite, abends im Bette, und vergehend, wenn man sich auf den Rücken legt. 600.   Die äußere Haut und die Beinhaut sind schmerzhaft. 616.   Geschwürschmerz in den Fußsohlen, sie vertragen nicht die leiseste Berührung. 1010.   Heftiger Schmerz in verschiedenen Teilen an kleinen Stellen, nur bemerkbar bei Berührung der Stellen. 2599.   Kleiner umschriebener schmerzhafter Fleck oben außen im rechten Oberschenkel. 2737.   Druck wie von einem scharfen Instrument von innen nach außen. 3117.   Links im Gesäß, es ist ein Punkt, aber es strahlt immer zur Seite aus, nach außen. 3646.

15   Brennendes Jucken. Jucken und Zucken. Jucken.
Innerlich im Ballen der Ferse, ein jückend zuckender Schmerz, vorzüglich früh im Bette. 574.   Auf dem Fußrücken eine Stelle, welche brennend jückend schmerzt in der Ruhe. 576.   Ein jückendes Brennen (wie von Frostbeulen) in der Ferse und anderen Teilen des Fußes. 580.   Heiße Knie (mit kitzelndem Jücken des einen Knies) bei kalter Nase. 592.   Im äußeren, erhabenen Teile der Gelenke, ein brennend stechender, mit Jücken verbundener Schmerz. 605.

16   Schwere.
Ein Spannen in den Unterschenkeln bis über das Knie, mit Schwere der Schenkel. 557.   Schwere der Füße. 586.   Schwere des einen Fußes. 587.   Beim Gehen im Freien, eine Schwere in den Füßen, mit Ängstlichkeit, was sich in der Stube verlor, wogegen aber Mißmut eintrat. 626.   Schwere in den Gliedern, vorzüglich in den unteren Extremitäten, mit Schmerz in den Gelenken. 1090.   Am Tage sind die Füße schwer. 1257.   Sie ist sehr schwach, mit Zittern und Wehtun der Beine und so starkem Schweregefühl im linken Fuß, daß sie ihn beim Gehen nachschleppt. 1870.   Schwere Beine. 3480.

17   Einknicken der Knie. Lähmigkeit. Zittern.
Fast lähmige Unbeweglichkeit der Untergliedmaßen mit einzelnem Zucken darin. 539.   Im ganzen linken Unterschenkel, ein lähmungsartiger Schmerz, beim Gehen erweckt, und auch nachher im Sitzen fortdauernd. 554.   Einknicken der Knie vor Schwäche. 627.   Das Gehen ist unsicher, weshalb sie, auch bei einem Gefühle allgemeiner Kraftlosigkeit, fast den ganzen Tag sitzen bleibt. 1066.   In der fieberfreien Zeit bei der geringsten Bewegung große Müdigkeit, und beim Gehen Zusammenknicken der Knie. 1091.   Prostration, Zittern der Knie bei jedem Schritt. 1644.   Sie ist sehr schwach, mit Zittern und Wehtun der Beine und so starkem Schweregefühl im linken Fuß, daß sie ihn beim Gehen nachschleppt. 1870.   Die Knie geben nach. 2607.   Taubheit und Lähmigkeit der linken Körperseite und der Finger beider Hände. 2682.   Während des Frostes Lähmigkeit der Beine. 2986.   Schlappheit, Apathie, Einknicken der Knie. 3023.

18   Steifigkeit.
Früh, beim Aufstehen aus dem Bette, Steifigkeit der Knie und Gelenke des Fußes, des Oberschenkels und des Kreuzes. 540.   Nach Treppensteigen, eine Steifigkeit im Kniegelenke, die sie an der Bewegung hindert. 545.   Steifigkeit der Knie und der Lenden, welche bei Bewegung Schmerz macht. 546.   Wie steif in den Füßen, früh. 547.   Steifheit des Unterfußgelenkes. 593.   Die Füße wurden ihm steif, er fiel, ein allgemeiner Starrkrampf befiel ihn, der sich durch Schweiß wieder verlor. 803.   Steife Glieder. 1577.

19   Drücken.
Über der linken Hüfte, ein absetzendes, tief innerliches Drücken. 339.   Drücken erst in der linken, dann in der rechten Brust, dann im Fußgelenke. 461.   Mitten auf dem linken Oberschenkel ein tiefes, heftiges Drücken. 542.   Über dem äußeren Knöchel des rechten Fußes absetzender Druck. 564.   Drückender Schmerz im Schienbeine beim Gehen. 569.   In den vorderen Schienbeinmuskeln ein wellenartiger, gleichsam greifender und walkender, reißend drückender Schmerz, vorzüglich bei der Bewegung. 570.   Drücken im linken Fußgelenke (mit einem inneren Kitzel) der ihn zu einer

BEINSCHMERZEN / Empfindungen

zittrigen Bewegung des linken Fußes nötigte, um sich zu erleichtern. 571. Hie und da in der Beinhaut, in der Mitte der Knochenröhren (nicht in den Gelenken) ein, wie Quetschung schmerzender, flüchtiger Druck, wie mit einem harten Körper, am Tage, vorzüglich aber im Liegen auf der einen oder anderen Seite, abends im Bette, und vergehend, wenn man sich auf den Rücken legt. 600. Druck wie von einem scharfen Instrument von innen nach außen. 3117.

20 Spannen. Verspannt.
Ein Spannen in den Unterschenkeln bis über das Knie, mit Schwere der Schenkel. 557. Ein Strammen (eine Art Klamm (Crampus) oder wenigstens der Anfang dazu) in den Waden, wenn man den Schenkel ausstreckt, oder geht. 558. Gefühllosigkeit über dem rechten Knie und Spannen beim Ausstrecken des Beines. 1951. Ischias links, im Gesäß habe ich das Gefühl, daß etwas verspannt ist. 3645.

21 Ziehen.
Im ganzen linken Unterschenkel, schmerzliches Ziehen, im Bette vor dem Einschlafen; es läßt bisweilen nach, kommt aber heftiger zurück. 555. Im rechten Unterfuße, heftiges Ziehen. 565. Häufiges Ziehen durch alle Glieder. 1258. Stechender Schmerz im Kreuz, von da ziehend stechende schneidende Schmerzen über die Hüften durch die Schenkel, Kniekehlen über das Fußspann nach den Zehen. 1260.

22 Klamm. Krampf.
Ein Strammen (eine Art Klamm (Crampus) oder wenigstens der Anfang dazu) in den Waden, wenn man den Schenkel ausstreckt, oder geht. 558. Klamm der Wade, während des Gehens, welcher im Stehen und in der Ruhe vergeht. 559. Anwandlungen von Klamm in den Muskeln des Unterfußes und der Zehen, beim Sitzen. 560. Anwandlungen von Klamm in der Wade, während des Sitzens, beim Mittagsmahle. 561. Klamm in der Wade ganz früh im Bette, bei der Biegung des Schenkels, welcher beim Ausstrecken des Beines oder beim Anstemmen vergeht. 562. Heftige Krämpfe in der Hinterseite der Oberschenkel bei Rückenlage, wesentlich stärker 3 Uhr morgens. 2210.

23 Kälte. Frost. Gefühl von kalten, feuchten Strümpfen.
Kälte der Füße und Unterschenkel bis über die Knie. 590. Frost um die, äußerlich nicht kalten, Knie. 591. Frost, besonders an den Füßen. 706. Hitze des Gesichts bei Kälte der Füße und Hände. 708. Meistenteils Frost, vorzüglich in den Füßen. Nachmittags, Hitze mit roten Wangen und zugleich Frost in den Füßen, mit Kälte derselben. 1136. Bei der Hitze sind kalte Füße und innerlicher Schauder, zugleich mit Backenröte beobachtet worden. 1145. Zuerst bekam sie Frost in den Füßen, dann im Kreuze, dann bekam sie Hitze mit Kopfschmerz, dann Schweiß allgemein. 1358. In allen Gliedern und längs des Rückgrates Kälterieseln. 1821. Bei äußerer Wärme innerer Frostschauder, Hitze im Kopfe und Gesichte, bei kalten Händen und Füßen. 2015. Füße oft brennend heiß oder kalt, häufig Gefühl von kalten und feuchten Strümpfen. 2398. Kalte Füße, ihr wird sehr heiß am ganzen Körper im Bett. 2784. Frösteln um die Knie, die auch äußerlich kalt sind. 2976. Frost der Füße und Unterschenkel. 2978. Frost der Oberschenkel und Unterarme. 2979. Hitze des Gesichts mit Kälte der Hände und Füße. 2996. Während der Hitze Speiseerbrechen mit Kälte der Füße und krampfhaftem Zucken der Glieder. 3004. Oft kalte Füße. Kalte Beine bis zum Unterleib. 3381. Die Füße sind immer kalt. 3429. Leicht kalte Füße im Sitzen. 3486.

24 Absetzender Schmerz. Wellenartiger Schmerz. Wandernder Schmerz.
Über der linken Hüfte, ein absetzendes, tief innerliches Drücken. 339. Absetzendes Stechen am inneren Rande des Unterfußes. 563. Über dem äußeren Knöchel des rechten Fußes absetzender Druck. 564. In den vorderen Schienbeinmuskeln ein wellenartiger, gleichsam greifender und walkender, reißend drückender Schmerz, vorzüglich bei der Bewegung. 570. Die Schmerzen wechseln den Ort, sie kommen allmählich und gehen plötzlich, oder sie kommen und gehen plötzlich.

3118. Wandernde Schmerzen in den Gliedern. 3183. Hin und wieder, ganz plötzlich, rechts über dem Gesäß, kann nach einer Weile nicht mehr sitzen, kann das Bein nicht durchstrecken im Sitzen oder Liegen, auch wenn ich es anhebe im Stehen oder Liegen, Gehen bessert. 3519.

25 Andere Empfindungen: Knarren. Schnarren. Greifen und Walken. Klopfen. Vage.
In den vorderen Schienbeinmuskeln ein wellenartiger, gleichsam greifender und walkender, reißend drückender Schmerz, vorzüglich bei der Bewegung. 570. Knarren und Knacken der Knie. 589. Schnarren durch die Glieder. 1422. Schmerz klopfend, der das Hüftgelenk zu zersprengen drohte. 2042. Vage Schmerzen um die Brust und in den Gliedern. 2681.

BEINSCHMERZEN   Modalitäten

1   Muß sich bewegen. Bewegung bessert. In der Ruhe. Im Liegen. Nach Aufstehen besser.
Feinstechendes Kriebeln in den Füßen (der Haut der Waden), nach Mitternacht, welches nicht zu ruhen oder im Bette zu bleiben erlaubt. 552. Drücken im linken Fußgelenke (mit einem inneren Kitzel) der ihn zu einer zittrigen Bewegung des linken Fußes nötigte, um sich zu erleichtern. 571. Auf dem Fußrücken eine Stelle, welche brennend jückend schmerzt in der Ruhe. 576. 3-4 Ischiasanfälle pro Tag, mehr in der Nacht, wo sie aufstehen und herumgehen muß. 2242. Ischias rechts, die Schmerzen waren blitzartig, in heftigen Schlägen, besonders nachts, sie zwangen dazu, dauernd die Lage zu wechseln. Tagsüber litt er wenig. 2790. Hin und wieder, ganz plötzlich, rechts über dem Gesäß, kann nach einer Weile nicht mehr sitzen, kann das Bein nicht durchstrecken im Sitzen oder Liegen, auch wenn ich es anhebe im Stehen oder Liegen, Gehen bessert. 3519. Nach Dauerlauf ist der Ischiasschmerz besser. 3640. Ischias links, morgens vor dem Aufstehen spüre ich es immer stark. 3644.

2   Ausstrecken. Beugen. Anheben.
Ein Strammen (eine Art Klamm (Crampus) oder wenigstens der Anfang dazu) in den Waden, wenn man den Schenkel ausstreckt, oder geht. 558. Klamm in der Wade ganz früh im Bette, bei der Biegung des Schenkels, welcher beim Ausstrecken des Beines oder beim Anstemmen vergeht. 562. Gefühllosigkeit über dem rechten Knie und Spannen beim Ausstrecken des Beines. 1951. Hin und wieder, ganz plötzlich, rechts über dem Gesäß, kann nach einer Weile nicht mehr sitzen, kann das Bein nicht durchstrecken im Sitzen oder Liegen, auch wenn ich es anhebe im Stehen oder Liegen, Gehen bessert. 3519.

3   Anstrengung. Stehenbleiben im Gehen. Treppensteigen. Aufstehen.
Früh, beim Aufstehen aus dem Bette, Steifigkeit der Knie und Gelenke des Fußes, des Oberschenkels und des Kreuzes. 540. Nach Treppensteigen, eine Steifigkeit im Kniegelenke, die sie an der Bewegung hindert. 545. Ein reißender Schmerz in der Hinterseite beider Beine, besonders in den Achillessehnen und ihren Muskeln, so, als ob die Teile zerschnitten würden. Er stellte sich besonders dann heftig ein, wenn er im Gehen stehenblieb (die Teile also anstrengte). 850. Bei angestrengter Arbeit Reißen in den Gliedern. 1385. Ischias links, es tut besonders weh wenn ich darauf gestanden bin und immer wieder nachts. 3641.

4   Bewegung.
Früh (von 4 bis 8 Uhr) im Hüftgelenke und im Knie, stechender Schmerz, beim Gehen und Bewegen der Füße. 538. Nach Treppensteigen, eine Steifigkeit im Kniegelenke, die sie an der Bewegung hindert. 545. Steifigkeit der Knie und der Lenden, welche bei Bewegung Schmerz macht. 546.

Stechender Schmerz unter dem Fußknöchel bei Bewegung. 582. Bei Bewegung Stechen im calcaneus und unter der Fußsohle. 1255.

5 Gehen. Auftreten.
Früh (von 4 bis 8 Uhr) im Hüftgelenke und im Knie, stechender Schmerz, beim Gehen und Bewegen der Füße. 538. Er konnte nicht gehen, und mußte sich durchaus setzen, weil es ihm im Gehen unwillkürlich die Knie in die Höhe hob. 544. Im ganzen linken Unterschenkel, ein lähmungsartiger Schmerz, beim Gehen erweckt, und auch nachher im Sitzen fortdauernd. 554. Ein Strammen (eine Art Klamm (Crampus) oder wenigstens der Anfang dazu) in den Waden, wenn man den Schenkel ausstreckt, oder geht. 558. Klamm der Wade, während des Gehens, welcher im Stehen und in der Ruhe vergeht. 559. Im Ballen der Ferse, eine taube Bollheit (wie eingeschlafen) im Gehen. 566. Im Ballen der Ferse, oder vielmehr in dem Beinhaut des Fersenbeines, Schmerz im Gehen, wie von innerer Wundheit. 568. Drückender Schmerz im Schienbeine beim Gehen. 569. Im Fußgelenke, früh, beim Gehen Schmerz, wie von Verrenkung (doch nicht stechend). 572. Schmerzhafte Empfindlichkeit der Fußsohlen im Gehen. 594. Beim Gehen im Freien, eine Schwere in den Füßen, mit Ängstlichkeit, was sich in der Stube verlor, wogegen aber Mißmut eintrat. 626. Beim Gehen, unwillkürliches in die Höhe Ziehen der Knie. 1534. Beim Auftreten Schmerzen in der Achillessehne, wie geschwollen. 3660.

6 Seitenlage. Rückenlage.
Hie und da in der Beinhaut, in der Mitte der Knochenröhren (nicht in den Gelenken) ein, wie Quetschung schmerzender, flüchtiger Druck, wie mit einem harten Körper, am Tage, vorzüglich aber im Liegen auf der einen oder anderen Seite, abends im Bette, und vergehend, wenn man sich auf den Rücken legt. 600. Nachts muß sie auf dem Rücken liegen, so wie sie sich auf die Seite legt, entsteht Stechen in den Hüften. 1262. Heftige Krämpfe in der Hinterseite der Oberschenkel bei Rückenlage, wesentlich stärker 3 Uhr morgens. 2210. Ischias links, es tut weh, wenn ich nachts auf der rechten Seite liege. 3642.

7 Sitzen.
Beim Sitzen, in den hinteren Oberschenkelmuskeln, Schmerz, als wenn sie zerschlagen wären. 541. Nach dem Essen, beim Sitzen, Eingeschlafenheit des (Ober- und) Unterschenkels. 549. Einschlafen der Unterschenkel bis über's Knie, abends beim Sitzen. 553. Im ganzen linken Unterschenkel, ein lähmungsartiger Schmerz, beim Gehen erweckt, und auch nachher im Sitzen fortdauernd. 554. Eingeschlafenheit des Unterschenkels beim Sitzen unter der Mittagsmahlzeit. 556. Anwandlungen von Klamm in den Muskeln des Unterfußes und der Zehen, beim Sitzen. 560. Anwandlungen von Klamm in der Wade, während des Sitzens, beim Mittagsmahle. 561. Brennender Schmerz im Hühnerauge, im Sitzen. 577. Hin und wieder, ganz plötzlich, rechts über dem Gesäß, kann nach einer Weile nicht mehr sitzen, kann das Bein nicht durchstrecken im Sitzen oder Liegen, auch wenn ich es anhebe im Stehen oder Liegen, Gehen bessert. 3519.

8 Berührung.
Brennender Schmerz bei Druck in einem bisher unschmerzhaften Hühnerauge am Fuße. 578. Die Schuhe drücken empfindlich auf dem oberen Teile der Zehen; Hühneraugen fangen an, brennend zu schmerzen. 579. Geschwürschmerz in den Fußsohlen, sie vertragen nicht die leiseste Berührung. 1010. Nachts heftiges Brennen in beiden Fersen, wenn er die Fersen gegeneinander hält, brennen sie wie zwei glühende Kohlen, faßt er aber mit der Hand hin, so sind beide Fersen kalt anzufühlen. 1256. Nächtliches Brennen in den Fersen, wenn er sie aneinander hält, während sie beim Befühlen kalt scheinen. 1536. Heftiger Schmerz in verschiedenen Teilen an kleinen Stellen, nur bemerkbar bei Berührung der Stellen. 2599.

9 Fester Druck bessert. Fest Einbinden bessert.
Rheumatische Schmerzen besser durch festen Druck. 3084. Muß die Beine fest einbinden, dann

ist die Unruhe besser. 3690.

10 Kälte. Luftzug. Naßkaltes Wetter.
Beim Gehen im Freien, eine Schwere in den Füßen, mit Ängstlichkeit, was sich in der Stube verlor, wogegen aber Mißmut eintrat. 626.   Hüftneuralgie, die kalte Dusche oder das Schwitzen im Dampfbade waren noch die einzigen Linderungsmittel, aber nur für den Moment. 2043.   Luftzug und naßkaltes Wetter verstärkt den Ischiasschmerz. 3639.   Ischias links, wenn das Bein kalt wird, tut es grundsätzlich weh. 3643.

11 Essen.
Nach dem Essen, beim Sitzen, Eingeschlafenheit des (Ober- und) Unterschenkels. 549.   Eingeschlafenheit des Unterschenkels beim Sitzen unter der Mittagsmahlzeit. 556.   Anwandlungen von Klamm in der Wade, während des Sitzens, beim Mittagsmahle. 561.

12 Schreck. Kummer.
Nach heftigem Schreck Sengeln in den Beinen, später ähnliches Gefühl im Kopf, mitunter Kriebeln und Reifgefühl um die Schläfen. 2453.   Großer Kummer durch Scheidung, nach 6 Monaten Gelenkschwellung und Schmerzen, stärker, wenn sie aufgeregt oder deprimiert ist. 3153.   Vor Ischias hatte die Tochter gegen ihren Willen geheiratet. 3307.

13 Periode.
Kopfschmerz und Wehtun in den Oberschenkeln vor der spärlichen Periode, besser wenn die Blutung beginnt. 2748.

14 Morgens. Ganz früh. 3 Uhr. 4-8 Uhr. Morgens im Bett.
Früh (von 4 bis 8 Uhr) im Hüftgelenke und im Knie, stechender Schmerz, beim Gehen und Bewegen der Füße. 538.   Früh, beim Aufstehen aus dem Bette, Steifigkeit der Knie und Gelenke des Fußes, des Oberschenkels und des Kreuzes. 540.   Wie steif in den Füßen, früh. 547.   Klamm in der Wade ganz früh im Bette, bei der Biegung des Schenkels, welcher beim Ausstrecken des Beines oder beim Anstemmen vergeht. 562.   Im Fußgelenke, früh, beim Gehen Schmerz, wie von Verrenkung (doch nicht stechend). 572.   Innerlich im Ballen der Ferse, ein jückend zuckender Schmerz, vorzüglich früh im Bette. 574.   Reißend brennender Schmerz im Fersenknochen, früh beim Erwachen. 575.   Ganz früh, mehrere Stiche in der Ferse. 583.   Heftige Krämpfe in der Hinterseite der Oberschenkel bei Rückenlage, wesentlich stärker 3 Uhr morgens. 2210.   3-4 Ischiasanfälle pro Tag, mehr in der Nacht, wo sie aufstehen und herumgehen muß. 2242.   Frost 7-9 Uhr, dann Galleerbrechen, vorher heftige Gliederschmerzen. 2911.   Ischias links, morgens vor dem Aufstehen spüre ich es immer stark. 3644.

15 Nachts. Nach Mitternacht. 3 Uhr.
Feinstechendes Kriebeln in den Füßen (der Haut der Waden), nach Mitternacht, welches nicht zu ruhen oder im Bette zu bleiben erlaubt. 552.   Nachts heftiges Brennen in beiden Fersen, wenn er die Fersen gegeneinander hält, brennen sie wie zwei glühende Kohlen, faßt er aber mit der Hand hin, so sind beide Fersen kalt anzufühlen. 1256.   Nachts muß sie auf dem Rücken liegen, so wie sie sich auf die Seite legt, entsteht Stechen in den Hüften. 1262.   Nächtliches Brennen in den Fersen, wenn er sie aneinander hält, während sie beim Befühlen kalt scheinen. 1536.   Heftige Krämpfe in der Hinterseite der Oberschenkel bei Rückenlage, wesentlich stärker 3 Uhr morgens. 2210.   Schmerz in Schultern und Beinen schlechter nachts. 2268.   Ischias rechts, die Schmerzen waren blitzartig, in heftigen Schlägen, besonders nachts, sie zwangen dazu, dauernd die Lage zu wechseln. Tagsüber litt er wenig. 2790.   Ischias links, es tut besonders weh wenn ich darauf gestanden bin und immer wieder nachts. 3641.   Ischias links, es tut weh, wenn ich nachts auf der rechten Seite liege. 3642.

16 Abends. Abends im Sitzen. Abends im Bett. In der Abenddämmerung.

Einschlafen der Unterschenkel bis über's Knie, abends beim Sitzen. 553.   Im ganzen linken Unterschenkel, schmerzliches Ziehen, im Bette vor dem Einschlafen; es läßt bisweilen nach, kommt aber heftiger zurück. 555.   In der Abenddämmerung Müdigkeit der Füße, wie vom weit Gehen, bei stillem Gemüte. 584.   Hie und da in der Beinhaut, in der Mitte der Knochenröhren (nicht in den Gelenken) ein, wie Quetschung schmerzender, flüchtiger Druck, wie mit einem harten Körper, am Tage, vorzüglich aber im Liegen auf der einen oder anderen Seite, abends im Bette, und vergehend, wenn man sich auf den Rücken legt. 600.   Quartanfieber. Abends bekam sie Reißen in den Füßen, dann Frost, dann Hitze, dann starken, sauer riechenden Schweiß. 1777.   Abends Frostschütteln, welchem etwas Reißen im Beine vorherging. 2052.

17 Beim Mittagessen. Tagsüber.
Eingeschlafenheit des Unterschenkels beim Sitzen unter der Mittagsmahlzeit. 556.   Anwandlungen von Klamm in der Wade, während des Sitzens, beim Mittagsmahle. 561.   Am Tage sind die Füße schwer. 1257.

18 Andere Zeiten: Dauer. Periodizität.
Von Neujahr bis Mai täglich wiederkehrende, regelmäßig intermittierende Hüftneuralgie. 2041. Quälende Neuralgie des Ischias und Peronaeus, heftiger, reißender, grabender, bohrender Schmerz, der 1 oder 1 1/2 Stunden dauert und dann langsam nachläßt. 2241.   3-4 Ischiasanfälle pro Tag, mehr in der Nacht, wo sie aufstehen und herumgehen muß. 2242.   Die Schmerzen wechseln den Ort, sie kommen allmählich und gehen plötzlich, oder sie kommen und gehen plötzlich. 3118.

19 Bei Fieber.
Bei der Fieberhitze Stechen in allen Gliedern, bohrendes Kopfweh, Durst. 1274.   Im Fieberanfall Reißen in den Gliedern. 1346.   In der Hitze Zucken und Schmerzen in den Gliedern. 1432.   Äussere Hitze, mit innerem Schauder und Stechen in den Gliedern. 1558.   Durst vor und im Beginn des Frostes, dann nicht mehr, gleichzeitig Gliederreißen und Brecherlichkeit. 1775.   Quartanfieber. Abends bekam sie Reißen in den Füßen, dann Frost, dann Hitze, dann starken, sauer riechenden Schweiß. 1777.   Quartanfieber, fing mit 2 Stunden anhaltendem Froste an, bei dem Schmerzen in den Knien vorkamen, dann folgte Hitze mit heftigen Kopfschmerzen und etwas Schweiß zugleich. 1780.   Durst vor, in und nach dem Froste vor der Hitze, mit Schmerzen und Abgeschlagenheit in den Untergliedern und Durchfall begleitet. 1783.   Leises Frösteln mit Durst beim Auftreten der Hüftneuralgie, später etwas fliegende Hitze besonders im Gesicht ohne Durst. 2044.   Abends Frostschütteln, welchem etwas Reißen im Beine vorherging. 2052.   Vor den Ischiasanfällen intensive Kälte und Schauder. 2243.   Bei Tertianfieber unwillkürliches Strecken, danach quälende Knochenschmerzen, Rückenschmerz, als sollten die Gelenke auseinandergerissen werden. 2247. Heftiger Schüttelfrost mit Durst, Wehtun der Beine und Bewußtlosigkeit, Hitze ohne Durst. 2630. Frost 7-9 Uhr, dann Galleerbrechen, vorher heftige Gliederschmerzen. 2911.   Während des Frostes Lähmigkeit der Beine. 2986.

20 Bei Kopfschmerzen.
Schmerz wie Reißen durch alle Glieder, als wenn es herausbrechen wollte, der Kopfschmerz wird so heftig, daß sie ohnmächtig wird, jeder starke Ton, starkes Reden, schon jeder hörbare Fußtritt ist ihr zuwider. 1184.   Nach heftigem Ärger, Schwindel, bohrendes Kopfweh, eine solche Gedankenschwäche, daß er den Verstand zu verlieren glaubt. Dabei Schmerzen aller Glieder. 1272.   Kopfschmerz und Wehtun in den Oberschenkeln vor der spärlichen Periode, besser wenn die Blutung beginnt. 2748.

21 Andere Begleitsymptome: Impotenz. Stilles Gemüt. Ängstlichkeit. Nach Krampfanfall. Verletzungen mit Substanzverlust.
Männliches Unvermögen, mit Gefühl von Schwäche in den Hüften. 426.   In der Abenddämmerung Müdigkeit der Füße, wie vom weit Gehen, bei stillem Gemüte. 584.   Beim Gehen im Freien, eine

Schwere in den Füßen, mit Ängstlichkeit, was sich in der Stube verlor, wogegen aber Mißmut eintrat. 626.   Nach dem Krampfanfall Kraftlosigkeit, Zerschlagenheitsschmerz in den Gliedern. 1396. Die Muskeln haben eine Tendenz zu zucken bei Verletzungen mit Substanzverlust. 2244.

BRUSTSCHMERZEN   Orte

1   Aus dem Oberbauch in die Brusthöhle. Das Zwerchfell wird nach oben hin in die Brusthöhle gedehnt.
Schmerzhafte Empfindung, als wenn etwas aus dem Oberbauche nach der Brusthöhle heraufdrückte. 277.   Gefühl, als würden die Bauchwände nach außen und das Zwerchfell nach obenhin gedehnt; am stärksten äußerte sich dieser Schmerz in der Milzgegend und nach hinten, nach der Wirbelsäule zu, abwechselnd bald mehr da, bald wieder mehr dort; auch erstreckte er sich mehrmals bis zur Brusthöhle herauf, artete daselbst in ein empfindliches Brennen aus; wendete sich jedoch am meisten und am heftigsten nach der Wirbelsäule in der Gegend des Sonnengeflechtes; Aufstoßen von Luft milderte diesen Schmerz. 279.   Stechen, das sich aus dem Oberbauche gleichsam nach der Brusthöhle herauf erstreckte, die Bauchorgane aber nicht ergriff. 293.   Kneipendes Leibweh, gerade in der Nabelgegend, Erbrechen erregend, worauf der Schmerz in die linke Brustseite übergeht, aus Kneipen und feinem Stechen zusammengesetzt. 332.   Gegen 10 Uhr schmerzhafte Empfindungen vom Magen ausgehend und sich nach der Milz hin erstreckend und ebenso auch nach der Wirbelsäule sich hinrichtend. Diese verwandelten sich um 11 Uhr in vorübergehendes Stechen, das sich aus dem Oberbauche gleichsam nach der Brusthöhle herauf erstreckte, die Brustorgane aber nicht ergriff. 835b.   Halb 9 Uhr stellten sich eigentümliche dehnende Schmerzen im Magen, sondern im Oberbauche ein. Es schien mir, als würden die Bauchwände nach außen und das Zwerchfell nach oben hin gedehnt, am stärksten äußerte sich dieser Schmerz in der Gegend der Milz und nach hinten, nach der Wirbelsäule zu, abwechselnd bald mehr da, bald mehr dort. 838.   Der Oberbauchschmerz schwieg bis 15 Uhr ganz, von da an stellte er sich aber wieder bis zum Abend bisweilen ein, wurde mitunter ziemlich heftig und erstreckte sich besonders mehrmals bis zur Brusthöhle herauf, artete da auch zuweilen in ein empfindliches Brennen aus, wendete sich jedoch am meisten und am heftigsten nach der Wirbelsäule in der Gegend des Ganglion coeliacum. Während dieser Anfälle entleerte sich der Magen öfters der Luft durch Aufstoßen und dies jedes Mal mit einer kurzdauernden Milderung des Schmerzes. 838a.   18 Uhr schmerzhaft Empfindung, der zu Folge es mir vorkam, als wenn etwas aus dem Oberbauche nach der Brusthöhle herauf drückte. Gleichzeitig empfand ich im Unterbauche mehr schneidende und zusammenziehende Schmerzen. 839.   Krampfhaftes Zusammenschnüren der Brust und des Magens. 1585.   Vor Beginn der Kopfschmerzen Gefühl von Leere in Magen und Brust, Steifheit des Nackens und der Trapecii. 2311.

2   Unterbauchschmerzen erstrecken sich bis zur Brust.
Nach dem Frühstücken steigt eine Art Ängstlichkeit aus dem Unterleibe in die Höhe. 233.   Blähungskolik mit Stichen nach der Brust zu. 303.   Früh Blähungsleibweh im Unterbauche, welches nach der Brust und nach der Seite zu Stiche gibt. 304.   Mit der Periode am Morgen erschein eine heftige, Erstickung drohende Brustbeklemmung, welche wie ein Krampf aus dem Unterleib heraufzusteigen schien, das Atmen glich nur einem Schluchzen und geschah in kurzen Stößen. 1315.

3   Von einer Seite zur anderen.
Erst Drücken in der linken Brust, und darauf Feinstechen in der rechten Brust. 460.   Drücken erst in der linken, dann in der rechten Brust, dann im Fußgelenke. 461.   Kreuzschmerzen hinten in der Nierengegend. Drücken in der Gegend der kurzen Rippen auf beiden Seiten. 1040.   Beim Umdrehen im Bett Gefühl als flösse eine Flüssigkeit durch ein enges Ventil in ihrer Brust von einer Seite zur

anderen. 2684.

4 Von vorn bis hinten. Innen in der Brust.
Heftiges Brennen, das vom Magen und Herzen ausgehend sich über den Rücken zum Scheitel und in die Glieder erstreckte. 1854.   Der stechende Schmerz in der linken Seite unter den letzten Rippen erstreckt sich selten nach dem Rücken, eher herauf oder die Rippen entlang nach links. Die Stiche gehen herauf, erstrecken sich bis in die äußere Brust links. 1962.   Jucken und Beißen hinten unter dem Schulterblatt und und vorn in der Brust, innen drin, nicht auf der Haut. 3501.

5 Vom Herz zum Hals. Vom Herz nach oben.
Konvulsionen, Stöße in der Brust, Zusammenziehung der Brust, mühsames und schnelles Atmen, Auftreibung des Halses. 1827.   Der stechende Schmerz in der linken Seite unter den letzten Rippen erstreckt sich selten nach dem Rücken, eher herauf oder die Rippen entlang nach links. Die Stiche gehen herauf, erstrecken sich bis in die äußere Brust links. 1962.   Angst um das Herz, die in die Brust aufsteigt. 2680.   Pektangina, jedesmal beim Anfall Gefühl einer Kugel im Halse. 3104.   Druck am Herz, es würgt bis in den Hals. 3478.   Wenn ich ein bißchen laufe, dann tut es mich im Hals, nein, in der Brust runter jucken, so wie beißen, das geht bis ans Herz. 3497.

6 Vom Magen herauf zum Hals. Von unten herauf zum Kopf.
Unterdrücktes, versagendes Aufstoßen (früh im Bette), welches drückenden Schmerz am Magenmunde, in der Speiseröhre bis oben in den Schlund verursacht. 245.   Ein kolikartiger Schmerz, als wenn die Eingeweide platzen sollten, im Oberbauche, fast wie ein Magenschmerz, welcher sich bis in die Kehle erstreckt, früh im Bette, beim Liegen auf der Seite; welcher vergeht, wenn man sich auf den Rücken legt. 283.   Von der Herzgrube herauf bis in den Hals Drücken mit Atembeengung, welches durch Aufstoßen gemildert wird. 1413.   Der Atem wird ihr beklommen, die Beklemmung geht vom Magen aus und erstreckt sich bis in den Hals. 1860.   Beklommener Atem, wie vom Magen aus in den Hals. 1997.   Nach dem Essen Druck in der Magengrube wie ein Kloß, der öfters bis in den Hals hochsteigt. 3093.   Schmerz im Epigastrium bis zum Hals und hinten auf den Schultern. 3350.   Komisches Gefühl von unten herauf bis in den Kopf, Leeregefühl im Kopf. 3437.

7 Speiseröhre. Vom Hals nach unten. Über der Cardia.
Ein Kratzen oben am Kehlkopfe, wie von Sodbrennen (abends). 238.   Unterdrücktes, versagendes Aufstoßen (früh im Bette), welches drückenden Schmerz am Magenmunde, in der Speiseröhre bis oben in den Schlund verursacht. 245.   Dann wurde der Schlund krampfhaft zusammengezogen, das Schlingen erschwert, wobei vieles Aufstoßen erfolgte, welches dem Schluchzen nahe kam. (Hysterische Krämpfe). 1020.   Nach dem Essen Gefühl, als wenn etwas von den Speisen in der Kehle stecken geblieben wäre, welches er durch Schlucken oder Racksen entfernen wollte, es ging aber weder hinunter noch hinauf, es verursachte ihm einen Druck längs des ganzen Oesophagus, und Vollheit auf der Brust, mit Reiz zum Husten, er zwang sich daher öfter zum Husten, wodurch, wenn er etwas Schleim aushustete, er auf der Brust auf einige Minuten Erleichterung fühlte, die Rauhigkeit im Hals wurde aber dadurch vermehrt. 1119.   Alle 8-15 Stunden plötzlicher krampfhafter Hustenanfall mit Zusammenziehen am Nabel, Magen, Luftröhre und Speiseröhre, mit Verdunkelung des Sehens und unzähligen Funken vor Augen. 1756.   Hatte sie etwas zu sich genommen, Gefühl, als wenn das Genossene über dem Magenmunde stehen bleibe. 1982.   Nach jeder Mahlzeit heftige Magenkrämpfe, die mit einem schmerzhaften Pflockgefühl in der Kehlkopfgegend beginnen, sich gegen den Magen hinunterziehen und sich steigern bis zum Erbrechen. 3090.   Die Speise blieb ihm in der Tiefe der Brust stecken, nach einigen Bissen mußte er alles wieder auswürgen. 3097.   Jedesmal am Ort des Todes ihrer Schwester würgte es sie und schließlich blieb ihr der Kloß ganz unten im Brustraum stecken und sie bekam nichts mehr hinunter. 3106.   Wie ein hartgekochtes Ei in der Speiseröhre. 3146.   Kloß in der Brust, unter dem Sternum, glaubte den Finger in den Hals stecken zu müssen, damit es herauskommt. 3408.

8   Vom Herz zur Schulter und Arm. Brust und Arme.
Beim Husten ein Stich wie mit einem Nagel in der rechten Brustseite, nach der Schulter durch. 1247. Sie bekam abends Frost und rheumatische Schmerzen stechender Art in der rechten Brustseite, in den Schultern und mehreren anderen Teilen. 1300.   Heftiges Brennen, das vom Magen und Herzen ausgehend sich über den Rücken zum Scheitel und in die Glieder erstreckte. 1854.   Frost beginnt in den Oberarmen und breitet sich aus zum Rücken und Brust. 2970.   Jeder Gang ins Freie löst in der Nacht Herzschmerzen bis zur linken Schulter und Arm, mit Kälte und Angst, aus. 3127.   Schweregefühl am Herz und linker Arm wie eingeschlafen. 3432.

9   Vorn am oder auf dem Brustbein.
Ein Drücken in der Gegend der Mitte des Brustbeines, wie mit einem scharfen Körper. 463.   Ein Drücken in der Mitte des Brustbeines bald nach dem Essen. 464.   Beim Vorbücken ein Schmerz vorn auf der Brust, zu beiden Seiten des Brustbeines, als wenn die zusammengeschobenen Rippen schmerzhaft aneinander träfen (früh). 470.   Ein spannender Schmerz vorn auf der Brust, wenn er (beim Sitzen) sich gerade aufrichtet. 471.   Ein spannender Schmerz über die Brust, wenn man aufrecht steht. 472.   Das Einatmen wird wie von einer aufliegenden Last gehindert; das Ausatmen ist desto leichter. 478.   Schmerz auf dem Brustbeine, wie zerschlagen, auch vom Anfühlen erregbar. 483.

10   Hinter dem Brustbein. Luftröhre.
Drücken in der Brusthöhle, gleich hinter dem Bustbeine. 462.   In den Nachmittagsstunden entstand gelinde drückender Schmerz in der Stirngegend, aber es mischte sich bald ein neuer Schmerz im Hinterhaupte seitlich über dem Processus mastoideus dazu, welcher sich bisweilen den Gehörorganen mitteilte, dann das Hören abzustumpfen schien. Nachdem diese gewichen waren, trat ein ziemlich merkbares Drücken in der Brusthöhle gleich hinter dem Sternum ein und währte bis 22 Uhr. 831.   Chronischer Husten, trocken, auch nachts, aus der Luftröhre kommend, Bauchschmerz errregend, mit Schmerz und Beengung in der Brust. 1110.   Hohler Krampfhusten, schlechter abends, mit nur wenig Auswurf, hinterläßt Schmerz in der Trachea. 2321.   Lockerer, rasselnder Husten mit Reizung hinter dem unterem Sternum. 2866.   Druckempfindlichkeit unterhalb des Xiphoid in der Mittellinie. 3096.   Kloß in der Brust, unter dem Sternum, glaubte den Finger in den Hals stecken zu müssen, damit es herauskommt. 3408.   Stechen oder Drücken unter dem Brustbein. 3494.

11   Rechte Brustseite.
Einzelne, große Stiche auf der rechten Brustseite außer dem Atemholen; auch am Schienbeine. 459.   Ein Klopfen auf der rechten Brust. 484.   Beim Husten ein Stich wie mit einem Nagel in der rechten Brustseite, nach der Schulter durch. 1247.   Sie bekam abends Frost und rheumatische Schmerzen stechender Art in der rechten Brustseite, in den Schultern und mehreren anderen Teilen. 1300.   Schmerz in einer Stelle im rechten Seitenbein, vermehrt durch Bücken. Schmerz in der rechten Brust. 2421.

12   Linke Brustseite. Linke Rippen.
Stechen in der linken Seite. 457.   Öftere Stiche in der Brustseite, in der Gegend der letzten Rippe, außer dem Atemholen, nach dem Gange des Pulses. 458.   Oft preßte sie die Hände fest an die Stirne oder griff nach der linken Rippenreihe, der Atem setzte manchmal lange aus. 1845.   Der stechende Schmerz in der linken Seite unter den letzten Rippen erstreckt sich selten nach dem Rücken, eher herauf oder die Rippen entlang nach links. Die Stiche gehen herauf, erstrecken sich bis in die äußere Brust links. 1962.   Stiche in der linken Seite schlimmer beim Gehen oder Fehltreten. 1963.   Zeitweise nimmt sie die linke Hand an die linke Brustkorbseite, die anscheinend schmerzt. 3305.   Leichter Schmerz unter den Rippen links, mehr ein Punktschmerz. 3611.

13   Herz.
Stechen in der Herzgegend beim Ausatmen. 456.   Zittern und Convulsionen mit Herzensangst,

BRUSTSCHMERZEN / Orte

Schwindel, Ohnmachten und kalten Schweißen. 802.   Nachts Herzklopfen mit Stichen am Herzen. 1249.   Nächtliches Herzklopfen, mit Stichen am Herzen. 1525.   Heftiger, akuter Herzschmerz, der jedesmal kommt, wenn er auf der rechten Seite liegt, er hört auf durch Lagewechsel. 1767.   Gegen Abend in der Kirche Zusammenziehen am Herzen, darauf Herzklopfen, dabei Angst. 1971.   Nach freudiger Überraschung Gefühl als versuche das Herz schmerzhaft in einem Käfig zu schlagen. 2331.   Epilepsie, als petit mal Cardialgie, Anfälle immer nachts. 2432.   Fast dauernder Schmerz in der Herzgegend, stärker bei Anstrengung. 2572.   Herzklopfen, sobald sie sich hinlegt, Gefühl, als ob das Herz rollte oder rotierte statt zu schlagen, hierdurch Erstickungsgefühl. 2750.   Gefühl von Bedrängung im Herzen, wie zusammengepreßt von einer Hand, unter Luftmangel und furchtbarem Angstgefühl. 2853.   11 und 16 Uhr Herzschmerzen mit leichtem Schwindel. 3034.   Pektangina, jedesmal beim Anfall Gefühl einer Kugel im Halse. 3104.   Heftige Anfälle von Weinen und Schluchzen, daß ihr das Herz zittert. 3328.   Druck am Herz in der Ruhe, abends im Bett, für eine halbe Stunde. 3402.   Ich kann auf der linken Seite nicht mehr liegen, da bleibt mir das Herz stehen. 3499.

14 Kurze Rippen. Rippenreihe.
Öftere Stiche in der Brustseite, in der Gegend der letzten Rippe, außer dem Atemholen, nach dem Gange des Pulses. 458.   Einfacher, bloß bei Berührung fühlbarer, heftiger Schmerz, hie und da, auf einer kleinen Stelle, z. B. an den Rippen u. s. w. 618.   Stämmen der Blähungen unter den kurzen Rippen mit Kreuzschmerzen. 1016.   Kreuzschmerzen hinten in der Nierengegend. Drücken in der Gegend der kurzen Rippen auf beiden Seiten. 1040.   Oft preßte sie die Hände fest an die Stirne oder griff nach der linken Rippenreihe, der Atem setzte manchmal lange aus. 1845.   Der stechende Schmerz in der linken Seite unter den letzten Rippen erstreckt sich selten nach dem Rücken, eher herauf oder die Rippen entlang nach links. Die Stiche gehen herauf, erstrecken sich bis in die äußere Brust links. 1962.   Leichter Schmerz unter den Rippen links, mehr ein Punktschmerz. 3611.

15 Mammae. Brustwarze.
Erst Drücken in der linken Brust, und darauf Feinstechen in der rechten Brust. 460.   Drücken erst in der linken, dann in der rechten Brust, dann im Fußgelenke. 461.   Bei Tiefatmen, ein Stich in der Brustwarze, bei Blähungsbewegungen im Unterleibe. 485.   Der stechende Schmerz in der linken Seite unter den letzten Rippen erstreckt sich selten nach dem Rücken, eher herauf oder die Rippen entlang nach links. Die Stiche gehen herauf, erstrecken sich bis in die äußere Brust links. 1962.   Stechen in den Brüsten. 2397.   Schmerz in einer Stelle im rechten Seitenbein, vermehrt durch Bücken. Schmerz in der rechten Brust. 2421.   Druck in der Umgebung der linken Mamma, besser durch Druck von außen. 3476.   Schmerz über der linken Mamma, wenn ich reindrücke, tut es weh. 3661.   Schmerz über der linken Mamma, es ist ganz konzentriert auf diesen kleinen Punkt. 3663.

16 Achselhöhle.
Periode alle 5 Wochen nach vorgängigem starkem, aber schmerzlosem Weißflusse und heftigen Schmerzen in den Achselgruben. 1672.   Dumpfer Schmerz unter der linken Schulter morgens, nicht verstärkt nach dem Essen. 2751.

17 An einer kleinen Stelle.
Beim Husten ein Stich wie mit einem Nagel in der rechten Brustseite, nach der Schulter durch. 1247.   Heftiger Schmerz in verschiedenen Teilen an kleinen Stellen, nur bemerkbar bei Berührung der Stellen. 2599.   Druck wie von einem scharfen Instrument von innen nach außen. 3117.   Schmerz über der linken Mamma, es ist ganz konzentriert auf diesen kleinen Punkt. 3663.

BRUSTSCHMERZEN Empfindungen

1 Dehnen nach oben vom Oberbauch zum Brustraum.
Schmerzhafte Empfindung, als wenn etwas aus dem Oberbauche nach der Brusthöhle heraufdrückte. 277.   Gefühl, als würden die Bauchwände nach außen und das Zwerchfell nach obenhin gedehnt; am stärksten äußerte sich dieser Schmerz in der Milzgegend und nach hinten, nach der Wirbelsäule zu, abwechselnd bald mehr da, bald wieder mehr dort; auch erstreckte er sich mehrmals bis zur Brusthöhle herauf, artete daselbst in ein empfindliches Brennen aus; wendete sich jedoch am meisten und am heftigsten nach der Wirbelsäule hin in der Gegend des Sonnengeflechtes; Aufstoßen von Luft milderte diesen Schmerz. 279.   Halb 9 Uhr stellten sich eigentümliche dehnende Schmerzen nicht im Magen, sondern im Oberbauche ein. Es schien mir, als würden die Bauchwände nach außen und das Zwerchfell nach oben hin gedehnt, am stärksten äußerte sich dieser Schmerz in der Gegend der Milz und nach hinten, nach der Wirbelsäule zu, abwechselnd bald mehr da, bald mehr dort. 838.   18 Uhr schmerzhaft Empfindung, der zu Folge es mir vorkam, als wenn etwas aus dem Oberbauche nach der Brusthöhle herauf drückte. Gleichzeitig empfand ich im Unterbauche mehr schneidende und zusammenziehende Schmerzen. 839.   Stämmen der Blähungen unter den kurzen Rippen mit Kreuzschmerzen. 1016.

2 Als fließe beim Umdrehen eine Flüssigkeit durch ein Ventil von einer Seite zur anderen.
Beim Umdrehen im Bett Gefühl als flösse eine Flüssigkeit durch ein enges Ventil in ihrer Brust von einer Seite zur anderen. 2684.

3 Das Herz rollt oder rotiert.
Herzklopfen, sobald sie sich hinlegt, Gefühl, als ob das Herz rollte oder rotierte statt zu schlagen, hierdurch Erstickungsgefühl. 2750.

4 Gefühl, als versuche das Herz schmerzhaft in einem Käfig zu schlagen.
Öfteres, durch eine Art Unbeweglichkeit und Unnachgiebigkeit der Brust abgebrochenes Gähnen. 695.   Gegen Abend in der Kirche Zusammenziehen am Herzen, darauf Herzklopfen, dabei Angst. 1971.   Nach freudiger Überraschung Gefühl als versuche das Herz schmerzhaft in einem Käfig zu schlagen. 2331.   Gefühl von Bedrängung im Herzen, wie zusammengepreßt von einer Hand, unter Luftmangel und furchtbarem Angstgefühl. 2853.   3-4 Uhr Tachykardien, Herzstocken, Erschrecken. 3264.

5 Das Herz bleibt stehen. Herzstocken.
3-4 Uhr Tachykardien, Herzstocken, Erschrecken. 3264.   Ich kann auf der linken Seite nicht mehr liegen, da bleibt mir das Herz stehen. 3499.

6 Als berührten sich die zusammengeschobenen Rippen schmerzhaft beim Vorwärtsbeugen.
Beim Vorbücken ein Schmerz vorn auf der Brust, zu beiden Seiten des Brustbeines, als wenn die zusammengeschobenen Rippen schmerzhaft aneinander träfen (früh). 470.

7 Spannen. Unnachgiebigkeit der Brust.
Ein spannender Schmerz vorn auf der Brust, wenn er (beim Sitzen) sich gerade aufrichtet. 471.   Ein spannender Schmerz über die Brust, wenn man aufrecht steht. 472.   Im Kreuze (und auf der Brust) ein spannender Schmerz beim Aufrechtstehen. 499.   Öfteres, durch eine Art Unbeweglichkeit und Unnachgiebigkeit der Brust abgebrochenes Gähnen. 695.

8 Wie Jucken und Beißen in der Brust.

Wenn ich ein bißchen laufe, dann tut es mich im Hals, nein, in der Brust runter jucken, so wie beißen, das geht bis ans Herz. 3497.

9 Die Speisen bleiben über dem Magen stecken. Wie ein hartgekochtes Ei in der Speiseröhre. Es würgt vom Mageneingang zum Hals. Druck in der Speiseröhre.
Unterdrücktes, versagendes Aufstoßen (früh im Bette), welches drückenden Schmerz am Magenmunde, in der Speiseröhre bis oben in den Schlund verursacht. 245. Erschwerte Respiration, erschwertes Schlucken des Getränkes. 1109. Nach dem Essen Gefühl, als wenn etwas von den Speisen in der Kehle stecken geblieben wäre, welches er durch Schlucken oder Racksen entfernen wollte, es ging aber weder hinunter noch hinauf, es verursachte ihm einen Druck längs des ganzen Oesophagus, und Vollheit auf der Brust, mit Reiz zum Husten, er zwang sich daher öfter zum Husten, wodurch, wenn er etwas Schleim aushustete, er auf der Brust auf einige Minuten Erleichterung fühlte, die Rauhigkeit im Hals wurde aber dadurch nur vermehrt. 1119. Hatte sie etwas zu sich genommen, Gefühl, als wenn das Genossene über dem Magenmunde stehen bleibe. 1982. Nach jeder Mahlzeit heftige Magenkrämpfe, die mit einem schmerzhaften Pflockgefühl in der Kehlkopfgegend beginnen, sich gegen den Magen hinunterziehen und sich steigern bis zum Erbrechen. 3090. Nach dem Essen Druck in der Magengrube wie ein Kloß, der öfters bis in den Hals hochsteigt. 3093. Die Speise blieb ihm in der Tiefe der Brust stecken, nach einigen Bissen mußte er alles wieder auswürgen. 3097. Oesophaguskrampf erstmalig nach einem Streit mit dem Vater, wo ihn die Ungerechtigkeit würgte. 3098. Sie würgte die Angst um ihren Mann, der beinahe gestorben wäre. Jeder Bissen blieb ihr stecken und kam wieder hoch. 3099. Jedesmal am Ort des Todes ihrer Schwester würgte es sie und schließlich blieb ihr der Kloß ganz unten im Brustraum stecken und sie bekam nichts mehr hinunter. 3106. Wie ein hartgekochtes Ei in der Speiseröhre. 3146. Kloß in der Brust, unter dem Sternum, glaubte den Finger in den Hals stecken zu müssen, damit es herauskommt. 3408. Druck am Herz, es würgt bis in den Hals. 3478.

10 Gefühl, keine Luft zu bekommen. Brustbeklemmung. Atembeklemmung.
Bei Brustbeklemmung Drücken in der Herzgrube, welches sich beim Einatmen vermehrt und zu Stichen in der Herzgrube schnell übergeht. 465. Beklemmung der Brust und des Atemholens. 466. Mußte oft tief Atem holen, und das Tiefatmen minderte das Drücken auf der Brust Augenblicke. 480. Konvulsionen, Brustbeklemmung, kann keine Luft bekommen, glaubt ersticken zu müssen. 1012. Dumpf drückender Schmerz in der Herzgrube. Beklemmung der Brust. 1087. Erschwerte Respiration, erschwertes Schlucken des Getränkes. 1109. Sie fühlt eine Beklemmung auf der Brust zum Ersticken, und muß sich nun unwillkürlich in die Höhe strecken, wobei der Kopf nach rückwärts zwischen die Schultern gezogen wird. 1291. Krampfanfall, die Respiration war beklemmt. 1299. Mit der Periode am Morgen erschien eine heftige, Erstickung drohende Brustbeklemmung, welche wie ein Krampf aus dem Unterleib heraufzusteigen schien, das Atmen glich nur einem Schluchzen und geschah in kurzen Stößen. 1315. Von der Herzgrube herauf bis in den Hals Drücken mit Atembeengung, welches durch Aufstoßen gemildert wird. 1413. Nächtliche Brustbeklemmungen, besonders nach Mitternacht. 1514. Atembeklemmung mit Zuckungen und Konvulsionen abwechselnd. 1515. Trägheit beim Gehen durch das Gewicht des Körpers, Brustbeklemmung beim Treppensteigen, muß stehenbleiben. 1748. Schüttelfrost mit Durst, zwei Stunden lang, dabei Brustbeklemmung und häufiges lockeres Hüsteln. Hitze gering. Schweiß noch geringer, bleibt oft ganz aus. 1831. Atem beklommen. 1856. Der Atem wird ihr beklommen, die Beklemmung geht vom Magen aus und erstreckt sich bis in den Hals. 1860. Beklommener Atem, wie vom Magen aus in den Hals. 1997. Periodische Beklemmungen auf der Brust. 3182. Jucken in der Brust, da muß ich manchmal stehenbleiben und tief Luft holen, da bessert es sich. 3502. Es zieht auf der Brust und dann Atemschwierigkeiten. Wenn ich dann Luft holen will, geht das garnicht richtig. 3558. Richtig schmerzhaft ist es nicht, ich muß ganz tief Luft holen. Leichtes Brennen und Stechen dabei. 3559. Husten, manchmal wird mir richtig übel davon, ich bekomme keine Luft mehr und habe Schmerzen in der Brust. 3621.

Empfindungen / BRUSTSCHMERZEN

11 Krampfhaftes Zusammenziehen der Brust. Engbrüstigkeit.
Engbrüstigkeit. 467.   Beklemmung der Brust nach Mitternacht, als wenn die Brust zu enge wäre, wodurch das Atmen gehindert wird. 469.   Hysterische Krämpfe, zuerst Kopfschmerzen, rotes Gesicht, dann Schlundkrampf, Zusammenschnüren der Brust und Zuckungen. 1018.   Dann wurde der Schlund krampfhaft zusammengezogen, das Schlingen erschwert, wobei vieles Aufstoßen erfolgte, welches dem Schluchzen nahe kam. (Hysterische Krämpfe). 1020.   Die Brust wurde zusammengezogen, das Atemholen erschwert. (Hysterische Krämpfe). 1021.   Chronischer Husten, trocken, auch nachts, aus der Luftröhre kommend, Bauchschmerz errregend, mit Schmerz und Beengung in der Brust. 1110.   Nicht zu beschreibendes Gefühl in der Herzgrube, wobei es an der Herzgrube herüber zu eng ist mit Kurzatmigkeit, als wenn der untere Teil mit einem Schnürleib zusammengezogen wäre, gewöhnlich mit heftigem Herzklopfen. 1415.   Krampfhafte Zusammenschnürung der Brust. 1524.   Krampfhaftes Zusammenschnüren der Brust und des Magens. 1585.   Alle 8-15 Stunden plötzlicher krampfhafter Hustenanfall mit Zusammenziehen am Nabel, Magen, Luftröhre und Speiseröhre, mit Verdunkelung des Sehens und unzähligen Funken vor Augen. 1756.   Konvulsionen, Stöße in der Brust, Zusammenziehung der Brust, mühsames und schnelles Atmen, Auftreibung des Halses. 1827.   Übelkeit mit großer Unruhe und Angst, drückende Schmerzen, Brecherlichkeitsgefühl in der Magengegend mit Beklemmung und krampfhafter Zusammenschnürung der Brust. 2006.   Er strengte sich beim Ringen an, welches seine Brust etwas beengte. Nun saß er ruhig, aber die Engbrüstigkeit nahm zu und stieg bis tief in die Nacht zu einer großen Höhe. 2471.   Kloßgefühl im Hals und Engegefühl in der Brust, besser während des Essens. 3253.

12 Gefühl von Angst und Beklemmung in der Brust. Das Herz wird zusammengepreßt mit Angst.
Nach dem Frühstücken steigt eine Art Ängstlichkeit aus dem Unterleibe in die Höhe. 233.   Gefühl von Angst und Beklemmung der Brust weckt ihn nachts 12 Uhr aus dem Schlafe; er mußte oft und tief Atem holen und konnte erst nach 1 Stunde wieder einschlafen. 468.   Zittern und Convulsionen mit Herzensangst, Schwindel, Ohnmachten und kalten Schweißen. 802.   Gegen 24 Uhr weckte ihn ein Gefühl von Angst und Beklemmung der Brust aus dem Schlafe, er mußte deswegen oft und tief Atem holen und konnte erst nach Verlaufe von einer Stunde wieder einschlafen. 826.   Gegen Abend in der Kirche Zusammenziehen am Herzen, darauf Herzklopfen, dabei Angst. 1971.   Übelkeit mit großer Unruhe und Angst, drückende Schmerzen, Brecherlichkeitsgefühl in der Magengegend mit Beklemmung und krampfhafter Zusammenschnürung der Brust. 2006.   Bei Angstanfällen Brustbeklemmung, häufiges Seufzen. 2098.   Angst um das Herz, die in die Brust aufsteigt. 2680.   Gefühl von Bedrängung im Herzen, wie zusammengepreßt von einer Hand, unter Luftmangel und furchtbarem Angstgefühl. 2853.   Jeder Gang ins Freie löst in der Nacht Herzschmerzen bis zur linken Schulter und Arm, mit Kälte und Angst, aus. 3127.

13 Völlegefühl.
Ein kolikartiger Schmerz, als wenn die Eingeweide platzen sollten, im Oberbauche, fast wie ein Magenschmerz, welcher sich bis in die Kehle erstreckt, früh im Bette, beim Liegen auf der Seite; welcher vergeht, wenn man sich auf den Rücken legt. 283.   Vollheit auf der Brust. 477.   Nach dem Essen Gefühl, als wenn etwas von den Speisen in der Kehle stecken geblieben wäre, welches er durch Schlucken oder Racksen entfernen wollte, es ging aber weder hinunter noch hinauf, es verursachte ihm einen Druck längs des ganzen Oesophagus, und Vollheit auf der Brust, mit Reiz zum Husten, er zwang sich daher öfter zum Husten, wodurch, wenn er etwas Schleim aushustete, er auf der Brust auf einige Minuten Erleichterung fühlte, die Rauhigkeit im Hals wurde aber dadurch nur vermehrt. 1119.

14 Leeregefühl. Wie hohl. Wie ein Loch. So dunkel in der Brust.
Vor Beginn der Kopfschmerzen Gefühl von Leere in Magen und Brust, Steifheit des Nackens und der Trapecii. 2311.   Ein unangenehmes, nicht ganz schmerzhaftes Gefühl in der Brust, wie unsicher, schwach und müde. 2326.   Schmerz über der linken Mamma, ich habe das Gefühl, als wäre da ein

Hohlraum, so ein Lochgefühl, als wäre es da so dumpf und dunkel in der Brust. 3662.

15 Drücken wird zu Stechen oder Brennen.
Gefühl, als würden die Bauchwände nach außen und das Zwerchfell nach obenhin gedehnt; am stärksten äußerte sich dieser Schmerz in der Milzgegend und nach hinten, nach der Wirbelsäule zu, abwechselnd bald mehr da, bald wieder mehr dort; auch erstreckte er sich mehrmals bis zur Brusthöhle herauf, artete daselbst in ein empfindliches Brennen aus; wendete sich jedoch am meisten und am heftigsten nach der Wirbelsäule in der Gegend des Sonnengeflechtes; Aufstoßen von Luft milderte diesen Schmerz. 279.   Kneipendes Leibweh, gerade in der Nabelgegend, Erbrechen erregend, worauf der Schmerz in die linke Brustseite übergeht, aus Kneipen und feinem Stechen zusammengesetzt. 332.   Erst Drücken in der linken Brust, und darauf Feinstechen in der rechten Brust. 460.   Bei Brustbeklemmung Drücken in der Herzgrube, welches sich beim Einatmen vermehrt und zu Stichen in der Herzgrube schnell übergeht. 465.   Gegen 10 Uhr schmerzhafte Empfindungen vom Magen ausgehend und sich nach der Milz hin erstreckend und ebenso auch nach der Wirbelsäule sich hinrichtend. Diese verwandelten sich um 11 Uhr in vorübergehendes Stechen, das sich aus dem Oberbauche gleichsam nach der Brusthöhle herauf erstreckte, die Brustorgane aber nicht ergriff. 835b.   Der Oberbauchschmerz schwieg bis 15 Uhr ganz, von da an stellte er sich aber wieder bis zum Abend bisweilen ein, wurde mitunter ziemlich heftig und erstreckte sich besonders mehrmals bis zur Brusthöhle herauf, artete da auch zuweilen in ein empfindliches Brennen aus, wendete sich jedoch am meisten und am heftigsten nach der Wirbelsäule in der Gegend des Ganglion coeliacum. Während dieser Anfälle entleerte sich der Magen öfters der Luft durch Aufstoßen und dies jedes Mal mit einer kurzdauernden Milderung des Schmerzes. 838a.

16 Druck an kleiner Stelle, wie von einem scharfen Körper, von innen nach außen.
Ein Drücken in der Gegend der Mitte des Brustbeines, wie mit einem scharfen Körper. 463.   Einfacher, bloß bei Berührung fühlbarer, heftiger Schmerz, hie und da, auf einer kleinen Stelle, z. B. an den Rippen u. s. w. 618.   Heftiger Schmerz in verschiedenen Teilen an kleinen Stellen, nur bemerkbar bei Berührung der Stellen. 2599.   Druck wie von einem scharfen Instrument von innen nach außen. 3117.   Stechen oder Drücken unter dem Brustbein. 3494.   Leichter Schmerz unter den Rippen links, mehr ein Punktschmerz. 3611.   Schmerz über der linken Mamma, es ist ganz konzentriert auf diesen kleinen Punkt. 3663.

17 Einfaches Drücken.
Drücken erst in der linken, dann in der rechten Brust, dann im Fußgelenke. 461.   Drücken in der Brusthöhle, gleich hinter dem Bustbeine. 462.   Ein Drücken in der Mitte des Brustbeines bald nach dem Essen. 464.   Drücken und Pressen auf der Brust. 473.   In den Nachmittagsstunden entstand gelinde drückender Schmerz in der Stirngegend, aber es mischte sich bald ein neuer Schmerz im Hinterhaupte seitlich über dem Processus mastoideus dazu, welcher sich bisweilen den Gehörorganen mitteilte, dann das Hören abzustumpfen schien. Nachdem diese gewichen waren, trat ein ziemlich merkbares Drücken in der Brusthöhle gleich hinter dem Sternum ein und währte bis 22 Uhr. 831.   Kreuzschmerzen hinten in der Nierengegend. Drücken in der Gegend der kurzen Rippen auf beiden Seiten. 1040.   Drücken in der Brust. 1522.   Druck am Herz in der Ruhe, abends im Bett, für eine halbe Stunde. 3402.   Druck in der Umgebung der linken Mamma, besser durch Druck von außen. 3476.

18 Schwere.
Das Einatmen wird wie von einer aufliegenden Last gehindert; das Ausatmen ist desto leichter. 478. Schweregefühl am Herz und linker Arm wie eingeschlafen. 3432.

19 Nur bei Berührung spürbar. Wie zerschlagen.
Schmerz auf dem Brustbeine, wie zerschlagen, auch vom Anfühlen erregbar. 483.   Einfacher, bloß bei Berührung fühlbarer, heftiger Schmerz, hie und da, auf einer kleinen Stelle, z. B. an den Rippen u.

s. w. 618.   Druckempfindlichkeit unterhalb des Xiphoid in der Mittellinie. 3096.   Schmerz über der linken Mamma, wenn ich reindrücke, tut es weh. 3661.

20   Stechen.
Stechen, das sich aus dem Oberbauche gleichsam nach der Brusthöhle herauf erstreckte, die Bauchorgane aber nicht ergriff. 293.   Blähungskolik mit Stichen nach der Brust zu. 303.   Früh Blähungsleibweh im Unterbauche, welches nach der Brust und nach der Seite zu Stiche gibt. 304.   Kneipendes Leibweh, gerade in der Nabelgegend, Erbrechen erregend, worauf der Schmerz in die linke Brustseite übergeht, aus Kneipen und feinem Stechen zusammengesetzt. 332.   Stechen in der Herzgegend beim Ausatmen. 456.   Stechen in der linken Seite. 457.   Öftere Stiche in der Brustseite, in der Gegend der letzten Rippe, außer dem Atemholen, nach dem Gange des Pulses. 458.   Einzelne, große Stiche auf der rechten Brustseite außer dem Atemholen; auch am Schienbeine. 459.   Bei Tiefatmen, ein Stich in der Brustwarze, bei Blähungsbewegungen im Unterleibe. 485.   Bisweilen einzelne Stiche in den Seiten, gleich bei Ruhe und Bewegung. 1230.   Beim Husten ein Stich wie mit einem Nagel in der rechten Brustseite, nach der Schulter durch. 1247.   Nachts Herzklopfen mit Stichen am Herzen. 1249.   Sie bekam abends Frost und rheumatische Schmerzen stechender Art in der rechten Brustseite, in den Schultern und mehreren anderen Teilen. 1300.   Stiche in der Brust, von Blähungskolik. 1523.   Nächtliches Herzklopfen, mit Stichen am Herzen. 1525.   Der stechende Schmerz in der linken Seite unter den letzten Rippen erstreckt sich selten nach dem Rücken, eher herauf oder die Rippen entlang nach links. Die Stiche gehen herauf, erstrecken sich bis in die äußere Brust links. 1962.   Stechen in den Brüsten. 2397.   Zeitweise Bruststiche. 2844.

21   Andere Empfindungen: Wie Sodbrennen. Klopfen. Heftig, akut. Brennen. Vage. Stumpf. Frost. Zittern. Komisches Gefühl.
Ein Kratzen oben am Kehlkopfe, wie von Sodbrennen (abends). 238.   Ein Klopfen auf der rechten Brust. 484.   Periode alle 5 Wochen nach vorgängigem starkem, aber schmerzlosem Weißflusse und heftigen Schmerzen in den Achselgruben. 1672.   Heftiger, akuter Herzschmerz, der jedesmal kommt, wenn er auf der rechten Seite liegt, er hört auf durch Lagewechsel. 1767.   Heftiges Brennen, das vom Magen und Herzen ausgehend sich über den Rücken zum Scheitel und in die Glieder erstreckte. 1854.   Vage Schmerzen um die Brust und in den Gliedern. 2681.   Dumpfer Schmerz unter der linken Schulter morgens, nicht verstärkt nach dem Essen. 2751.   Frost beginnt in den Oberarmen und breitet sich aus zum Rücken und Brust. 2970.   Heftige Anfälle von Weinen und Schluchzen, daß ihr das Herz zittert. 3328.   Komisches Gefühl von unten herauf bis in den Kopf, Leeregefühl im Kopf. 3437.

BRUSTSCHMERZEN   Modalitäten

1   Anstrengung. Treppensteigen.
Bisweilen einzelne Stiche in den Seiten, gleich bei Ruhe und Bewegung. 1230.   Trägheit beim Gehen durch das Gewicht des Körpers, Brustbeklemmung beim Treppensteigen, muß stehenbleiben. 1748.   Stiche in der linken Seite schlimmer beim Gehen oder Fehltreten. 1963.   Er strengte sich beim Ringen an, welches seine Brust etwas beengte. Nun saß er ruhig, aber die Engbrüstigkeit nahm zu und stieg bis tief in die Nacht zu einer großen Höhe. 2471.   Fast dauernder Schmerz in der Herzgegend, stärker bei Anstrengung. 2572.   Wenn ich ein bißchen laufe, dann tut es mich im Hals, nein, in der Brust runter jucken, so wie beißen, das geht bis ans Herz. 3497.   Jucken in der Brust, wenn ich ein bißchen schneller laufe, aber ich kann nicht langsam laufen, und wenn ich es bezahlt kriege. Ich sage dann immer: Da ziehe ich Wurzeln! 3503.

2 Ausatmen. Einatmen.
Stechen in der Herzgegend beim Ausatmen. 456. Öftere Stiche in der Brustseite, in der Gegend der letzten Rippe, außer dem Atemholen, nach dem Gange des Pulses. 458. Einzelne, große Stiche auf der rechten Brustseite außer dem Atemholen; auch am Schienbeine. 459. Bei Brustbeklemmung Drücken in der Herzgrube, welches sich beim Einatmen vermehrt und zu Stichen in der Herzgrube schnell übergeht. 465. Das Einatmen wird wie von einer aufliegenden Last gehindert; das Ausatmen ist desto leichter. 478. Mußte oft tief Atem holen, und das Tiefatmen minderte das Drücken auf der Brust Augenblicke. 480. Bei Tiefatmen, ein Stich in der Brustwarze, bei Blähungsbewegungen im Unterleibe. 485.

3 Husten. Fehltreten.
Beim Husten ein Stich wie mit einem Nagel in der rechten Brustseite, nach der Schulter durch. 1247. Stiche in der linken Seite schlimmer beim Gehen oder Fehltreten. 1963. Hohler Krampfhusten, schlechter abends, mit nur wenig Auswurf, hinterläßt Schmerz in der Trachea. 2321. Lockerer, rasselnder Husten mit Reizung hinter dem unterem Sternum. 2866. Husten, manchmal wird mir richtig übel davon, ich bekomme keine Luft mehr und habe Schmerzen in der Brust. 3621.

4 Bücken. Gerade Aufrichten.
Beim Vorbücken ein Schmerz vorn auf der Brust, zu beiden Seiten des Brustbeines, als wenn die zusammengeschobenen Rippen schmerzhaft aneinander träfen (früh). 470. Ein spannender Schmerz vorn auf der Brust, wenn er (beim Sitzen) sich gerade aufrichtet. 471. Ein spannender Schmerz über die Brust, wenn man aufrecht steht. 472. Im Kreuze (und auf der Brust) ein spannender Schmerz beim Aufrechtstehen. 499. Beim Husten ein Stich wie mit einem Nagel in der rechten Brustseite, nach der Schulter durch. 1247.

5 In der Ruhe. Lagewechsel bessert. Jedesmal beim Hinlegen.
Heftiger, akuter Herzschmerz, der jedesmal kommt, wenn er auf der rechten Seite liegt, er hört auf durch Lagewechsel. 1767. Herzklopfen, sobald sie sich hinlegt, Gefühl, als ob das Herz rollte oder rotierte statt zu schlagen, hierdurch Erstickungsgefühl. 2750. Druck am Herz in der Ruhe, abends im Bett, für eine halbe Stunde. 3402.

6 Linkslage. Rechtslage. Umdrehen. Hinlegen. Rückenlage bessert.
Ein kolikartiger Schmerz, als wenn die Eingeweide platzen sollten, im Oberbauche, fast wie ein Magenschmerz, welcher sich bis in die Kehle erstreckt, früh im Bette, beim Liegen auf der Seite; welcher vergeht, wenn man sich auf den Rücken legt. 283. Heftiger, akuter Herzschmerz, der jedesmal kommt, wenn er auf der rechten Seite liegt, er hört auf durch Lagewechsel. 1767. Beim Umdrehen im Bett Gefühl als flösse eine Flüssigkeit durch ein enges Ventil in ihrer Brust von einer Seite zur anderen. 2684. Herzklopfen, sobald sie sich hinlegt, Gefühl, als ob das Herz rollte oder rotierte statt zu schlagen, hierdurch Erstickungsgefühl. 2750. Unmöglichkeit, links zu liegen. 3192. Herzbeschwerden bei Linkslage, Leberbeschwerden bei Rechtslage. 3357. Ich kann auf der linken Seite nicht mehr liegen, da bleibt mir das Herz stehen. 3499.

7 Druck bessert.
Oft preßte sie die Hände fest an die Stirne oder griff nach der linken Rippenreihe, der Atem setzte manchmal lange aus. 1845. Druck in der Umgebung der linken Mamma, besser durch Druck von außen. 3476.

8 Durch Berührung erregt. Nur bei Berührung fühlbar.
Schmerz auf dem Brustbeine, wie zerschlagen, auch vom Anfühlen erregbar. 483. Einfacher, bloß bei Berührung fühlbarer, heftiger Schmerz, hie und da, auf einer kleinen Stelle, z. B. an den Rippen u. s. w. 618. Heftiger Schmerz in verschiedenen Teilen an kleinen Stellen, nur bemerkbar bei Berührung der Stellen. 2599. Schmerz über der linken Mamma, wenn ich reindrücke, tut es weh. 3661.

9   Luftaufstoßen bessert.

Unterdrücktes, versagendes Aufstoßen (früh im Bette), welches drückenden Schmerz am Magenmunde, in der Speiseröhre bis oben in den Schlund verursacht. 245.   Gefühl, als würden die Bauchwände nach außen und das Zwerchfell nach obenhin gedehnt; am stärksten äußerte sich dieser Schmerz in der Milzgegend und nach hinten, nach der Wirbelsäule zu, abwechselnd bald mehr da, bald wieder mehr dort; auch erstreckte er sich mehrmals bis zur Brusthöhle herauf, artete daselbst in ein empfindliches Brennen aus; wendete sich jedoch am meisten und am heftigsten nach der Wirbelsäule in der Gegend des Sonnengeflechtes; Aufstoßen von Luft milderte diesen Schmerz. 279.   Der Oberbauchschmerz schwieg bis 15 Uhr ganz, von da an stellte er sich aber wieder bis zum Abend bisweilen ein, wurde mitunter ziemlich heftig und erstreckte sich besonders mehrmals bis zur Brusthöhle herauf, artete da auch zuweilen in ein empfindliches Brennen aus, wendete sich jedoch am meisten und am heftigsten nach der Wirbelsäule in der Gegend des Ganglion coeliacum. Während dieser Anfälle entleerte sich der Magen öfters der Luft durch Aufstoßen und dies jedes Mal mit einer kurzdauernden Milderung des Schmerzes. 838a.   Dann wurde der Schlund krampfhaft zusammengezogen, das Schlingen erschwert, wobei vieles Aufstoßen erfolgte, welches dem Schluchzen nahe kam. (Hysterische Krämpfe). 1020.   Von der Herzgrube herauf bis in den Hals Drücken mit Atembeengung, welches durch Aufstoßen gemildert wird. 1413.

10   Nach dem Essen. Essen bessert. Speisen bleiben stecken.

Ein Drücken in der Mitte des Brustbeines bald nach dem Essen. 464.   Nach dem Essen Gefühl, als wenn etwas von den Speisen in der Kehle stecken geblieben wäre, welches er durch Schlucken oder Racksen entfernen wollte, es ging aber weder hinunter noch hinauf, es verursachte ihm einen Druck längs des ganzen Oesophagus, und Vollheit auf der Brust, mit Reiz zum Husten, er zwang sich daher öfter zum Husten, wodurch, wenn er etwas Schleim aushustete, er auf der Brust auf einige Minuten Erleichterung fühlte, die Rauhigkeit im Hals wurde aber dadurch nur vermehrt. 1119.   Hatte sie etwas zu sich genommen, Gefühl, als wenn das Genossene über dem Magenmunde stehen bleibe. 1982.   Dumpfer Schmerz unter der linken Schulter morgens, nicht verstärkt nach dem Essen. 2751.   Nach jeder Mahlzeit heftige Magenkrämpfe, die mit einem schmerzhaften Pflockgefühl in der Kehlkopfgegend beginnen, sich gegen den Magen hinunterziehen und sich steigern bis zum Erbrechen. 3090.   Nach dem Essen Druck in der Magengrube wie ein Kloß, der öfters bis in den Hals hochsteigt. 3093.   Die Speise blieb ihm in der Tiefe der Brust stecken, nach einigen Bissen mußte er alles wieder auswürgen. 3097.   Jedesmal am Ort des Todes ihrer Schwester würgte es sie und schließlich blieb ihr der Kloß ganz unten im Brustraum stecken und sie bekam nichts mehr hinunter. 3106.   Kloßgefühl im Hals und Engegefühl in der Brust, besser während des Essens. 3253.   Kloß in der Brust, unter dem Sternum, glaubte den Finger in den Hals stecken zu müssen, damit es herauskommt. 3408.

11   Gemütserregung.

Nach freudiger Überraschung Gefühl als versuche das Herz schmerzhaft in einem Käfig zu schlagen. 2331.   Oesophaguskrampf erstmalig nach einem Streit mit dem Vater, wo ihn die Ungerechtigkeit würgte. 3098.   Sie würgte die Angst um ihren Mann, der beinahe gestorben wäre. Jeder Bissen blieb ihr stecken und kam wieder hoch. 3099.   Jedesmal am Ort des Todes ihrer Schwester würgte es sie und schließlich blieb ihr der Kloß ganz unten im Brustraum stecken und sie bekam nichts mehr hinunter. 3106.

12   Periode.

Mit der Periode am Morgen erschien eine heftige, Erstickung drohende Brustbeklemmung, welche wie ein Krampf aus dem Unterleib heraufzusteigen schien, das Atmen glich nur einem Schluchzen und geschah in kurzen Stößen. 1315.   Periode alle 5 Wochen nach vorgängigem starkem, aber schmerzlosem Weißflusse und heftigen Schmerzen in den Achselgruben. 1672.

13   Andere Modalitäten: Erbrechen. In der Kirche. Gehen im Freien.

Kneipendes Leibweh, gerade in der Nabelgegend, Erbrechen erregend, worauf der Schmerz in die linke Brustseite übergeht, aus Kneipen und feinem Stechen zusammengesetzt. 332. Gegen Abend in der Kirche Zusammenziehen am Herzen, darauf Herzklopfen, dabei Angst. 1971. Jeder Gang ins Freie löst in der Nacht Herzschmerzen bis zur linken Schulter und Arm, mit Kälte und Angst, aus. 3127.

14 Nachmittags, abends. Bis 22 Uhr. 19 Uhr bis abends. 18Uhr. 16 Uhr.

In den Nachmittagsstunden entstand gelinde drückender Schmerz in der Stirngegend, aber es mischte sich bald ein neuer Schmerz im Hinterhaupte seitlich über dem Processus mastoideus dazu, welcher sich bisweilen den Gehörorganen mitteilte, dann das Hören abzustumpfen schien. Nachdem diese gewichen waren, trat ein ziemlich merkbares Drücken in der Brusthöhle gleich hinter dem Sternum ein und währte bis 22 Uhr. 831. Der Oberbauchschmerz schwieg bis 15 Uhr ganz, von da an stellte er sich aber wieder bis zum Abend bisweilen ein, wurde mitunter ziemlich heftig und erstreckte sich besonders mehrmals bis zur Brusthöhle herauf, artete da auch zuweilen in ein empfindliches Brennen aus, wendete sich jedoch am meisten und am heftigsten nach der Wirbelsäule in der Gegend des Ganglion coeliacum. Während dieser Anfälle entleerte sich der Magen öfters der Luft durch Aufstoßen und dies jedes Mal mit einer kurzdauernden Milderung des Schmerzes. 838a. 18 Uhr schmerzhaft Empfindung, der zu Folge es mir vorkam, als wenn etwas aus dem Oberbauche nach der Brusthöhle herauf drückte. Gleichzeitig empfand ich im Unterbauche mehr schneidende und zusammenziehende Schmerzen. 839. Sie bekam abends Frost und rheumatische Schmerzen stechender Art in der rechten Brustseite, in den Schultern und mehreren anderen Teilen. 1300. Gegen Abend in der Kirche Zusammenziehen am Herzen, darauf Herzklopfen, dabei Angst. 1971. Regelmäßig jeden Montag nachmittag steigende Engbrüstigkeit, nachgängige Ermattung. 2474. 11 und 16 Uhr Herzschmerzen mit leichtem Schwindel. 3034. Druck am Herz in der Ruhe, abends im Bett, für eine halbe Stunde. 3402.

15 Nachts. Mitternacht. Nach Mitternacht. 3—4 Uhr.

Gefühl von Angst und Beklemmung der Brust weckt ihn nachts 12 Uhr aus dem Schlafe; er mußte oft und tief Atem holen und konnte erst nach 1 Stunde wieder einschlafen. 468. Beklemmung der Brust nach Mitternacht, als wenn die Brust zu enge wäre, wodurch das Atmen gehindert wird. 469. Gegen 24 Uhr weckte ihn ein Gefühl von Angst und Beklemmung der Brust aus dem Schlafe, er mußte deswegen oft und tief Atem holen und konnte erst nach Verlaufe von einer Stunde wieder einschlafen. 826. Nachts Herzklopfen mit Stichen am Herzen. 1249. Nächtliche Brustbeklemmung, besonders nach Mitternacht. 1514. Nächtliches Herzklopfen, mit Stichen am Herzen. 1525. Schlaf durch die Herzschmerzen gestört, schreckliche Träume, starkes Herzklopfen im Schlaf. 1768. Er strengte sich beim Ringen an, welches seine Brust etwas beengte. Nun saß er ruhig, aber die Engbrüstigkeit nahm zu und stieg bis tief in die Nacht zu einer großen Höhe. 2471. Jeder Gang ins Freie löst in der Nacht Herzschmerzen bis zur linken Schulter und Arm, mit Kälte und Angst, aus. 3127. 3-4 Uhr Tachykardien, Herzstocken, Erschrecken. 3264.

16 Früh. Früh im Bette.

Unterdrücktes, versagendes Aufstoßen (früh im Bette), welches drückenden Schmerz am Magenmunde, in der Speiseröhre bis oben in den Schlund verursacht. 245. Ein kolikartiger Schmerz, als wenn die Eingeweide platzen sollten, im Oberbauche, fast wie ein Magenschmerz, welcher sich bis in die Kehle erstreckt, früh im Bette, beim Liegen auf der Seite; welcher vergeht, wenn man sich auf den Rücken legt. 283. Früh Blähungsleibweh im Unterbauche, welches nach der Brust und nach der Seite zu Stiche gibt. 304. Mit der Periode am Morgen erschien eine heftige, Erstickung drohende Brustbeklemmung, welche wie ein Krampf aus dem Unterleib heraufzusteigen schien, das Atmen glich nur einem Schluchzen und geschah in kurzen Stößen. 1315. Dumpfer Schmerz unter der linken Schulter morgens, nicht verstärkt nach dem Essen. 2751.

17 Vormittags. 10, 11 Uhr. 8.30 Uhr. 11 Uhr.

Gegen 10 Uhr schmerzhafte Empfindungen vom Magen ausgehend und sich nach der Milz hin erstreckend und ebenso auch nach der Wirbelsäule sich hinrichtend. Diese verwandelten sich um 11 Uhr in vorübergehendes Stechen, das sich aus dem Oberbauche gleichsam nach der Brusthöhle herauf erstreckte, die Brustorgane aber nicht ergriff. 835b. Halb 9 Uhr stellten sich eigentümliche dehnende Schmerzen nicht im Magen, sondern im Oberbauche ein. Es schien mir, als würden die Bauchwände nach außen und das Zwerchfell nach oben hin gedehnt, am stärksten äußerte sich dieser Schmerz in der Gegend der Milz und nach hinten, nach der Wirbelsäule zu, abwechselnd bald mehr da, bald mehr dort. 838. 11 und 16 Uhr Herzschmerzen mit leichtem Schwindel. 3034.

18 Andere Zeiten: Plötzlich. Periodisch.
Die Schmerzen wechseln den Ort, sie kommen allmählich und gehen plötzlich, oder sie kommen und gehen plötzlich. 3118. Periodische Beklemmungen auf der Brust. 3182.

19 Mit Beinschmerzen.
Einzelne, große Stiche auf der rechten Brustseite außer dem Atemholen; auch am Schienbeine. 459. Drücken erst in der linken, dann in der rechten Brust, dann im Fußgelenke. 461.

20 Mit Kopfschmerzen.
In den Nachmittagsstunden entstand gelinde drückender Schmerz in der Stirngegend, aber es mischte sich bald ein neuer Schmerz im Hinterhaupte seitlich über dem Processus mastoideus dazu, welcher sich bisweilen den Gehörorganen mitteilte, dann das Hören abzustumpfen schien. Nachdem diese gewichen waren, trat ein ziemlich merkbares Drücken in der Brusthöhle gleich hinter dem Sternum ein und währte bis 22 Uhr. 831. Vor Beginn der Kopfschmerzen Gefühl von Leere in Magen und Brust, Steifheit des Nackens und der Trapecii. 2311. Schmerz in einer Stelle im rechten Seitenbein, vermehrt durch Bücken. Schmerz in der rechten Brust. 2421.

21 Mit Bauchschmerzen.
Bei Tiefatmen, ein Stich in der Brustwarze, bei Blähungsbewegungen im Unterleibe. 485. 18 Uhr schmerzhaft Empfindung, der zu Folge es mir vorkam, als wenn etwas aus dem Oberbauche nach der Brusthöhle herauf drückte. Gleichzeitig empfand ich im Unterbauche mehr schneidende und zusammenziehende Schmerzen. 839. Stiche in der Brust, von Blähungskolik. 1523.

22 Bei Fieber.
Sie bekam abends Frost und rheumatische Schmerzen stechender Art in der rechten Brustseite, in den Schultern und mehreren anderen Teilen. 1300. Tertianfieber mit Frost und Durst, darauf folgende Hitze mit Brustbeklemmung. 1324. Nach dem Frost Brustschmerz, dann folgte Hitze mit etwas Kopfschmerz, ohne nachfolgenden Schweiß. 1803. Schüttelfrost mit Durst, zwei Stunden lang, dabei Brustbeklemmung und häufiges lockeres Hüsteln. Hitze gering. Schweiß noch geringer, bleibt oft ganz aus. 1831.

23 Mattigkeit. Schwindel.
Mehrere Tage lang nach kurzzeitiger körperlicher Anstrengung und Engbrüstigkeit beträchtliche Mattigkeit. 2472. Regelmäßig jeden Montag nachmittag steigende Engbrüstigkeit, nachgängige Ermattung. 2474. 11 und 16 Uhr Herzschmerzen mit leichtem Schwindel. 3034. Schweregefühl am Herz und linker Arm wie eingeschlafen. 3432.

24 Andere Begleitsymptome: Rückenschmerz. Weinen. Übelkeit. Angst. Globusgefühl.
Stämmen der Blähungen unter den kurzen Rippen mit Kreuzschmerzen. 1016. Heftiges Weinen mit starkem Tränenstrom vor jedem Anfall von Brustbeklemmung. 1316. Übelkeit mit großer Unruhe und Angst, drückende Schmerzen, Brecherlichkeitsgefühl in der Magengegend mit Beklemmung und krampfhafter Zusammenschnürung der Brust. 2006. Pektangina, jedesmal beim Anfall Gefühl einer Kugel im Halse. 3104.

BAUCHSCHMERZEN Orte

1   Vom Oberbauch in den Brustraum hinauf.

Nach dem Frühstücken steigt eine Art Ängstlichkeit aus dem Unterleibe in die Höhe. 233.   Ziehen, als sollten die Magenwände ausgedehnt werden, bisweilen auch Drücken im Magen. 259.   Schmerzhafte Empfindung, als wenn etwas aus dem Oberbauche nach der Brusthöhle heraufdrückte. 277.   Gefühl, als würden die Bauchwände nach außen und das Zwerchfell nach obenhin gedehnt; am stärksten äußerte sich dieser Schmerz in der Milzgegend und nach hinten, nach der Wirbelsäule zu, abwechselnd bald mehr da, bald wieder mehr dort; auch erstreckte er sich mehrmals bis zur Brusthöhle herauf, artete daselbst in ein empfindliches Brennen aus; wendete sich jedoch am meisten und am heftigsten nach der Wirbelsäule in der Gegend des Sonnengeflechtes; Aufstoßen von Luft milderte diesen Schmerz. 279.   Stechen, das sich aus dem Oberbauche gleichsam nach der Brusthöhle herauf erstreckte, die Bauchorgane aber nicht ergriff. 293.   Blähungskolik mit Stichen nach der Brust zu. 303.   Früh Blähungsleibweh im Unterbauche, welches nach der Brust und nach der Seite zu Stiche gibt. 304.   Kneipendes Leibweh, gerade in der Nabelgegend, Erbrechen erregend, worauf der Schmerz in die linke Brustseite übergeht, aus Kneipen und feinem Stechen zusammengesetzt. 332.   Bei Brustbeklemmung Drücken in der Herzgrube, welches sich beim Einatmen vermehrt und zu Stichen in der Herzgrube schnell übergeht. 465.   Eigentümliche Regungen im Magen, bisweilen Ziehen, als sollten die Magenwände ausgedehnt werden, bisweilen Drücken, beides aber nicht eigentlich schmerzhaft. Abwechselnd schien der Magen bisweilen wie überfüllt, bisweilen wieder wie leer, mit welchem letzteren Gefühle sich jedesmal Heißhunger äußerte. 835a.   Gegen 10 Uhr schmerzhafte Empfindungen vom Magen ausgehend und sich nach der Milz hin erstreckend und ebenso auch nach der Wirbelsäule sich hinrichtend. Diese verwandelten sich um 11 Uhr in vorübergehendes Stechen, das sich aus dem Oberbauche gleichsam nach der Brusthöhle herauf erstreckte, die Brustorgane aber nicht ergriff. 835b.   Halb 9 Uhr stellten sich eigentümliche dehnende Schmerzen nicht im Magen, sondern im Oberbauche ein. Es schien mir, als würden die Bauchwände nach außen und das Zwerchfell nach oben hin gedehnt, am stärksten äußerte sich dieser Schmerz in der Gegend der Milz und nach hinten, nach der Wirbelsäule zu, abwechselnd bald mehr da, bald mehr dort. 838.   Der Oberbauchschmerz schwieg bis 15 Uhr ganz, von da an stellte er sich aber wieder bis zum Abend bisweilen ein, wurde mitunter ziemlich heftig und erstreckte sich besonders mehrmals bis zur Brusthöhle herauf, artete da auch zuweilen in ein empfindliches Brennen aus, wendete sich jedoch am meisten und am heftigsten nach der Wirbelsäule in der Gegend des Ganglion coeliacum. Während dieser Anfälle entleerte sich der Magen öfters der Luft durch Aufstoßen und dies jedes Mal mit einer kurzdauernden Milderung des Schmerzes. 838a.   18 Uhr schmerzhaft Empfindung, der zu Folge es mir vorkam, als wenn etwas aus dem Oberbauche nach der Brusthöhle herauf drückte. Gleichzeitig empfand ich im Unterbauche mehr schneidende und zusammenziehende Schmerzen. 839.   Mit der Periode am Morgen erschien eine heftige, Erstickung drohende Brustbeklemmung, welche wie ein Krampf aus dem Unterleib heraufzusteigen schien, das Atmen glich nur einem Schluchzen und geschah in kurzen Stößen. 1315.   Krampfhaftes Zusammenschnüren der Brust und des Magens. 1585.   Der stechende Schmerz in der linken Seite unter den letzten Rippen erstreckt sich selten nach dem Rücken, eher herauf oder die Rippen entlang nach links. Die Stiche gehen herauf, erstrecken sich bis in die äußere Brust links. 1962.   Vor Beginn der Kopfschmerzen Gefühl von Leere in Magen und Brust, Steifheit des Nackens und der Trapecii. 2311.

2   Magen, Oberbauch bis in den Rücken, bis zur Wirbelsäule, bis zum Ganglion coeliacum.

Schmerzhafte Empfindungen vom Magen ausgehend und sich nach der Milz und der Wirbelsäule hinrichtend. 254.   Drücken im Magen und in der Gegend des Sonnengeflechtes. 257.   Gefühl, als würden die Bauchwände nach außen und das Zwerchfell nach obenhin gedehnt; am stärksten äußerte sich dieser Schmerz in der Milzgegend und nach hinten, nach der Wirbelsäule zu, abwechselnd bald mehr da, bald wieder mehr dort; auch erstreckte er sich mehrmals bis zur Brusthöhle herauf, artete daselbst in ein empfindliches Brennen aus; wendete sich jedoch am meisten und am heftigsten nach der Wirbelsäule in der Gegend des Sonnengeflechtes; Aufstoßen von Luft milderte diesen Schmerz. 279. Gegen 10 Uhr schmerzhafte Empfindungen vom Magen ausgehend und sich nach der Milz hin erstreckend und ebenso auch nach der Wirbelsäule sich hinrichtend. Diese verwandelten sich um 11 Uhr in vorübergehendes Stechen, das sich aus dem Oberbauche gleichsam nach der Brusthöhle herauf erstreckte, die Brustorgane aber nicht ergriff. 835b. Halb 9 Uhr stellten sich eigentümliche dehnende Schmerzen nicht im Magen, sondern im Oberbauche ein. Es schien mir, als würden die Bauchwände nach außen und das Zwerchfell nach oben hin gedehnt, am stärksten äußerte sich dieser Schmerz in der Gegend der Milz und nach hinten, nach der Wirbelsäule zu, abwechselnd bald mehr da, bald mehr dort. 838. Der Oberbauchschmerz schwieg bis 15 Uhr ganz, von da an stellte er sich aber wieder bis zum Abend bisweilen ein, wurde mitunter ziemlich heftig und erstreckte sich besonders mehrmals bis zur Brusthöhle herauf, artete da auch zuweilen in ein empfindliches Brennen aus, wendete sich jedoch am meisten und am heftigsten nach der Wirbelsäule in der Gegend des Ganglion coeliacum. Während dieser Anfälle entleerte sich der Magen öfters der Luft durch Aufstoßen und dies jedes Mal mit einer kurzdauernden Milderung des Schmerzes. 838a. Heftige Auftreibung der Hypochondrien, besonders in den Seiten, im Scrobiculo und Kreuze. Wegen der Vollheit und Anspannung unter den Rippen konnte sie nicht Atem holen. Es war ihr stets ängstlich dabei. Sie mußte sich die Kleider öffnen. 845. Zuerst Gefühl, als läge ein Stein im Magen, dies dauert einige Stunden, dann wird ihm übel, die Magengegend schwillt an, so stark, daß er eine ordentliche Wulst in der Herzgrube hat, die sich zu beiden Seiten, unter den kurzen Rippen hindurch, bis zum Rückgrat erstreckt. 1327. Heftiges Brennen, das vom Magen und Herzen ausgehend sich über den Rücken zum Scheitel und in die Glieder erstreckte. 1854. Der stechende Schmerz in der linken Seite unter den letzten Rippen erstreckt sich selten nach dem Rücken, eher herauf oder die Rippen entlang nach links. Die Stiche gehen herauf, erstrecken sich bis in die äußere Brust links. 1962. Manchmal scheint sich der Bauchschmerz das Rückgrat hinauf zum Kopf zu erstrecken, er fühlt sich dann sehr seltsam, weiß kaum was los ist und fürchtet zu fallen. 2267. Schmerzen im Magen und im Rücken immer etwas besser nach dem Essen. 2712. Schmerz im Sacrum, schlechter im Liegen, über die Hüften bis zu den Ovarien, wo er als ein schneidendes Wehtun bleibt, schlechter durch Reiben, Bewegung und Hitze. 2728. Schmerz im Epigastrium eine halbe Stunde nach dem Essen, Druck bessert. Außerdem Schmerzen im Bauch und zwischen den Schultern. 2738. Heftige Magenkrämpfe, Lendenschmerzen und Schmerzen zwischen den Schulterblättern. 3160. Schmerz im Epigastrium bis zum Hals und hinten auf den Schultern. 3350. Krampfartige Bauchschmerzen bis in den Rücken vor der Periode. Krümmt sich zusammen dabei. 3609.

3 Über dem oberen Magenmund. Im unteren Teil der Speiseröhre. Bis oben herauf. Bis zum Hals herauf.

Wenn sie (mittags) etwas gegessen hat, ist es, als ob die Speisen über dem oberen Magenmunde stehen blieben und nicht hinunter in den Magen könnten. 224. Abends vor dem Einschlafen und früh stehen die Speisen gleichsam bis oben herauf. 225. Unterdrücktes, versagendes Aufstoßen (früh im Bette), welches drückenden Schmerz am Magenmunde, in der Speiseröhre bis oben in den Schlund verursacht. 245. Ein kolikartiger Schmerz, als wenn die Eingeweide platzen sollten, im Oberbauche, fast wie ein Magenschmerz, welcher sich bis in die Kehle erstreckt, früh im Bette, beim Liegen auf der Seite; welcher vergeht, wenn man sich auf den Rücken legt. 283. Der Appetit kehrte noch nicht zurück, sie hatte keinen Wohlgeschmack an den Speisen und gleich nach dem Essen war ihr alles voll im Magen und schien bis oben herauf zu stehen, weshalb sie oft schlucken mußte. 1014. Von der Herzgrube herauf bis in den Hals Drücken mit Atembeengung, welches durch Aufstoßen gemildert wird. 1413. Früh, beim Erwachen, hohler, trockener Husten, von Kitzel über dem Magen. 1519. Alle 8-15 Stunden plötzlicher krampfhafter Hustenanfall mit Zusammenziehen am Nabel, Magen, Luftröhre und Speiseröhre, mit Verdunkelung des Sehens und unzähligen Funken vor Augen. 1756. Der Atem wird ihr beklommen, die Beklemmung geht vom Magen aus und erstreckt sich bis in den Hals. 1860. Hatte sie etwas zu sich genommen, Gefühl, als wenn das Genossene über dem Magenmunde stehen bleibe. 1982.   Beklommener Atem, wie vom Magen aus in den Hals. 1997.   Nach jeder Mahlzeit heftige Magenkrämpfe, die mit einem schmerzhaften Pflockgefühl in der Kehlkopfgegend beginnen, sich gegen den Magen hinunterziehen und sich steigern bis zum Erbrechen. 3090.   Nach dem Essen Druck in der Magengrube wie ein Kloß, der öfters bis in den Hals hochsteigt. 3093.   Druckempfindlichkeit unterhalb des Xiphoid in der Mittellinie. 3096.   Wie ein hartgekochtes Ei in der Speiseröhre. 3146.   Schmerz im Epigastrium bis zum Hals und hinten auf den Schultern. 3350.

4   Milzgegend. Linkes Hypochondrium.

Schmerzhafte Empfindungen vom Magen ausgehend und sich nach der Milz und der Wirbelsäule hinrichtend. 254.   Schmerzhaftes Drücken in der Gegend der Milz und des Magengrundes, abwechselnd verschwindend und wiederkehrend. 274.   Stechen und Brennen in der Milzgegend, mehrmals repetierend. 275.   Gefühl, als würden die Bauchwände nach außen und das Zwerchfell nach obenhin gedehnt; am stärksten äußerte sich dieser Schmerz in der Milzgegend und nach hinten, nach der Wirbelsäule zu, abwechselnd bald mehr da, bald wieder mehr dort; auch erstreckte er sich mehrmals bis zur Brusthöhle herauf, artete daselbst in ein empfindliches Brennen aus; wendete sich jedoch am meisten und am heftigsten nach der Wirbelsäule in der Gegend des Sonnengeflechtes; Aufstoßen von Luft milderte diesen Schmerz. 279.   Links neben dem Nabel, ein schmerzliches Drücken. 317.   Links über dem Nabel, ein scharfes Stechen. 318.   Schmerzhaftes Drücken in der Gegend der Milz und des Magengrundes, welches mehrere Minuten continuierte, dann eine halbe Stunde aussetzte und so abwechselnd bis gegen Mittag wiederkehrte und verschwand. 824.   Gegen 10 Uhr schmerzhafte Empfindungen vom Magen ausgehend und sich nach der Milz hin erstreckend und ebenso auch nach der Wirbelsäule sich hinrichtend. Diese verwandelten sich um 11 Uhr in vorübergehendes Stechen, das sich aus dem Oberbauche gleichsam nach der Brusthöhle herauf erstreckte, die Brustorgane aber nicht ergriff. 835b.   Bei Palpation Schmerzempfindung in der Milzgegend. 1707.   Stechender, drückender Schmerz und Schweregefühl in der linken Seite unter den linken Rippen. 1958.   Liegt sie auf der linken Seite, so knurrt es im linken Hypochonder, wie im Leibe. 1960.   Der stechende Schmerz in der linken Seite unter den letzten Rippen erstreckt sich selten nach dem Rücken, eher herauf oder die Rippen entlang nach links. Die Stiche gehen herauf, erstrecken sich bis in die äußere Brust links. 1962.   Schmerz im linken Hypochondrium stärker durch Druck und anhaltendes Gehen. 2340.   Leichter Schmerz unter den Rippen links, mehr ein Punktschmerz. 3611.

5   Lebergegend. Rechtes Hypochondrium.

Ein scharfer, kneipender Druck in der Herzgrube und der rechten Unterrippengegend. 282.   Schmerzhaftes Gefühl von Zusammenziehen und Spannen im rechten Hypochondrium. 1637.   Auftreibung in der Lebergegend, schmerzhaft bei leichter Berührung. 1654.   Druck am Magen mit schießenden Schmerzen in der rechten Seite und in der Gegend des Zwölffingerdarms. 1863.   Hitze mit Schwere- und Wundheitsgefühl in der Lebergegend, dumpfem Wehtun und Empfindlichkeit in den Lenden. 2064.   Druckschmerz im Epigastrium und rechten Hypochondrium. 2605.   Scharfe schneidende Schmerzen im rechten Hypochondrium und Coecum. 2670.   Tonusvermehrung des rechten rectus abdominis gegenüber links, bei tiefer Palpation duodenum druckschmerzhaft. 3112.   Verstopfung, Leber etwas empfindlich. 3147.   Herzbeschwerden bei Linkslage, Leberbeschwerden bei Rechtslage. 3357.   Wundes Gefühl im rechten Oberbauch. 3453.

6   Auf beiden Oberbauchseiten unter den Rippen. Im Oberbauch. In beiden Hypochondrien.

Brennende, drückende und ziehende Schmerzen im Magen, in der Gegend der Leber und der Milz. 261.   Eine besondere Schwächeempfindung in der Gegend des Oberbauches und der Herzgrube. 267.   Langsam aufeinander folgender, stechend zuckender Schmerz in der Oberbauchgegend und der Herzgrube. 271.   Dehnende Schmerzen im Oberbauche. 278.   Schmerz im Oberbauche, wie vom Verheben. 280.   Ein Drücken in beiden Seiten des Oberbauches oder der Hypochondern. 281.   Eine Art Leibweh: ein zusammenziehender Schmerz von beiden Seiten, gleich unter den Rippen. 296.   Zusammenschnürende Empfindung in den Hypochondern, wie bei Leibesverstopfung, mit einem einseitigen Kopfweh, wie von einem ins Gehirn eingedrückten Nagel, früh. 297. Krampfhafte Blähungskolik im Oberbauche, abends beim Einschlafen und früh beim Erwachen. 298. Vergebliches Nötigen und Drängen zum Stuhle und Nottun in den Därmen des Oberbauches, am meisten bald nach dem Essen. 358. Heftiger Drang zum Stuhle, mehr in den oberen Gedärmen und im Oberbauche; es tut ihm sehr Not, und dennoch geht nicht genug Stuhlgang, obwohl weich, ab; das Nottun hält noch lange nach Abgang des Stuhles an. 360. Brennende, drückende und ziehende Schmerzen im Magen, in der Gegend der Leber und der Milz. 823. Heftige Auftreibung der Hypochondrien, besonders in den Seiten, im Scrobiculo und Kreuze. Wegen der Vollheit und Anspannung unter den Rippen konnte sie nicht Atem holen. Es war ihr stets ängstlich dabei. Sie mußte sich die Kleider öffnen. 845. Stämmen der Blähungen unter den kurzen Rippen mit Kreuzschmerzen. 1016. Zuerst Gefühl, als läge ein Stein im Magen, dies dauert einige Stunden, dann wird ihm übel, die Magengegend schwillt an, so stark, daß er eine ordentliche Wulst in der Herzgrube hat, die sich zu beiden Seiten, unter den kurzen Rippen hindurch, bis zum Rückgrat erstreckt. 1327. Vollheit und Aufgetriebenheit in den Hypochondrien. 1484. Vergeblicher Stuhldrang, mehr in den oberen Gedärmen. 1498. Der Schmerz kam von den Lenden, ging unterhalb des Nabels um den Bauch herum, einmal hierhin, einmal dorthin. 2264. Heftiger Stuhldrang, der mehr im Oberbauch gefühlt wird. 2952.

7   Nabelgegend. Neben dem Nabel. Unter dem Nabel.
Drücken in der Gegend des Magengrundes, bisweilen aussetzend. 255. Schmerzhaftes Drücken in der Gegend der Milz und des Magengrundes, abwechselnd verschwindend und wiederkehrend. 274. Drücken in der Nabelgegend. 276. Auftreiben in der Nabelgegend und Schneiden daselbst, 1/4 Stunde lang. 285. Schneiden in der Nabelgegend. 288. Empfindung im Unterleibe, in der Gegend des Nabels, als wenn etwas Lebendiges darin wäre. 300. Blähungskolik über dem Nabel, abwechselnd mit häufigem Zusammenlaufen des Speichels im Munde. 305. Jücken gerade im Nabel. 316. Links neben dem Nabel, ein schmerzliches Drücken. 317. Links über dem Nabel, ein scharfes Stechen. 318. Feinstechendes Leibweh unterhalb des Nabels. 330. Kneipendes Leibweh, gerade in der Nabelgegend, Erbrechen erregend, worauf der Schmerz in die linke Brustseite übergeht, aus Kneipen und feinem Stechen zusammengesetzt. 332. Um 10 Uhr wurde der Unterleib angegriffen und eine halbe Stunde lang aufgetrieben, worauf sich Drücken in der Nabelgegend einfand. 828a. Rechts, hart am Nabel, ein schmerzliches Drücken an einer kleinen Stelle, welches sich beim tieferen Einatmen und freiwilligen Auftreiben des Unterleibes vermehrte und zum Hineinziehen des Nabels nötigte, wodurch es zuweilen nachließ. Mit Knurren im Bauche. 848. Bei der geringsten Bewegung Schmerz im Leib, besonders in der Nabelgegend, wie zerrissen und mit Blut unterlaufen, fast wie nach einer Niederkunft. In der Herzgrube nur Schmerz bei starkem Aufdrücken. 1002. Drehen um den Nabel, Schneiden im Unterleibe, dabei wie Wehen zur Geburt. 1214. Nach dem Essen lautes geschmackloses Aufstoßen, Drehen um den Nabel, Wasserauslaufen. 1239. Nicht zu beschreibendes Gefühl in der Herzgrube, wobei es an der Herzgrube herüber zu eng ist mit Kurzatmigkeit, als wenn der untere Teil mit einem Schnürleib zusammengezogen wäre, gewöhnlich mit heftigem Herzklopfen. 1415. Drehen und Winden um den Nabel. 1486. Schmerz etwas über dem Nabel, den ganzen Tag, Während des Essens habe ich Ruhe, eine Viertelstunde später geht es dann weiter. 3535.

8   Lenden. Seiten.
Ziehende Schmerzen in der linken Lendengegend, wenige Minuten andauernd. 287. Bisweilen einzelne Stiche in den Seiten, gleich bei Ruhe und Bewegung. 1230. Schmerz in den Lenden. 1623. Hitze mit Schwere- und Wundheitsgefühl in der Lebergegend, dumpfem Wehtun und Empfindlichkeit in den Lenden. 2064. Der Schmerz kam von den Lenden, ging unterhalb des Nabels um den Bauch herum, einmal hierhin, einmal dorthin. 2264. Heftige Magenkrämpfe, Lendenschmerzen und Schmerzen zwischen den Schulterblättern. 3160.

9   Linke Unterbauchseite.

Ziehende Schmerzen in der linken Lendengegend, wenige Minuten andauernd. 287. Schmerzliches Drücken in der linken Seite des Unterbauches. 324. Heftiges Drücken in der linken Bauchseite. 325. Stechen in der linken Seite des Unterbauches. 327. Leibweh, erst kneipend, dann stechend, in einer von beiden Seiten des Unterleibes. 331. Stechend zuckender Schmerz im linken Schoße abends beim Liegen im Bette. 337. Empfindung im linken Schoße, als wollte ein Bruch heraustreten. 338. Über der linken Hüfte, ein absetzendes, tief innerliches Drücken. 339. Stechen in der linken Seite. 457. Stiche in der linken Seite schlimmer beim Gehen oder Fehltreten. 1963. Schmerz im Epigastrium und in der Unterbauchgegend links. 2452. Anfallsweise Schmerz in der linken Bauchseite. 2837. Bauchschmerz links morgens im Liegen, besser beim Aufstehen. 3612.

10 Rechte Unterbauchseite. Coecum.
Schneidender Schmerz in der rechten Seite des Unterleibes. 289. Ein anhaltendes Kneipen auf einer kleinen Stelle im rechten Unterbauche, in der Gegend des Blinddarmes, vorzüglich beim Gehen (im Freien). 322. Leibweh, erst kneipend, dann stechend, in einer von beiden Seiten des Unterleibes. 331. Ein klammartiger, bald einwärtspressender, bald auswärtsdringender Schmerz in der Schoßgegend, welcher sich bis in die rechte Unterbauchgegend zieht; wenn sie sich auf den Rücken legt oder die schmerzhaften Teile drückt, vergeht der Schmerz. 1028. In ihren lichten Momenten führt die Kranke die Hand auf den Unterleib, mit dem Ausdrucke des Schmerzes; ich soll in der rechten Unterbauchseite eine Geschwulst von der Größe eines Kinderkopfes bemerken, das war ihr globus hystericus, der ihr Erstickungsgefühl verursachte. 1035. In der rechten Bauchseite liegt es wie ein Klumpen, den sie fühlen kann, der Leib überhaupt ist voller Schmerz, sie darf ihn nicht berühren. 1898. Scharfes Stechen im rechten Ovar. 2519. Scharfe schneidende Schmerzen im rechten Hypochondrium und Coecum. 2670.

11 Hypogastrium. Uterus. Ovarien. Unterbauch.
(Das Wort Unterleib wird im deutschen Text oft im Sinne von „abdomen" gebraucht.)
Schneidende und zusammenziehende Schmerzen im Unterbauche. 290. Früh Blähungsleibweh im Unterbauche, welches nach der Brust und nach der Seite zu Stiche gibt. 304. Beklemmung im Unterleibe mit Schneiden. 319. Drücken im Unterbauche. 323. Ein scharfer Druck auf die Harnblase, wie von versetzten Blähungen, nach dem Abendessen. 389. Heftiges, zusammenkrampfendes Pressen an der Bärmutter, wie Geburtswehen, worauf ein eitriger, fressender, weißer Fluß erfolgt. 432. Schmerzen im Hypogastrium. 1352. Mutterkrämpfe, mit schneidend stechendem und wehenartigem Schmerze. 1488. Uterinkrämpfe während der Regel. 1513. Nach häufigem Schrecken wurden die Menstrualkoliken heftiger. 1851. Unterbauchbeschwerden, schwer zu beschreibende Schmerzen. 1876. Krampfhafter Schmerz mit Zusammenballen in der Gebärmutter, der ihr Übelkeit verursacht. 2026. Unterdrückter Gram verursacht Frühgeburt, enttäuschte Liebe Ovarienleiden, nach unterdrücktem Ärger Veitstanz bei Schwangeren. 2142. Arges Wundheitsgefühl in der Herzgrube, bei Uterinschmerzen. 2148. Ovarienleiden, entwickelt nach getäuschter Liebe, mit unwillkürlichem Seufzen und großer Verzweiflung. 2159. Uterinkrämpfe mit schneidenden Stichen, krampfhafte Schmerzen im Uterus. 2160. Schmerzen in der Eierstocksgegend, ein Ziehen nach unten. 3135. Wenn ich liege, pocht es mir hier im Nacken, ich spüre den Herzschlag dann auch im Unterbauch und in den Armen, eigentlich im ganzen Körper. 3665.

12 Leisten. Schoßgegend. Peniswurzel.
Stechend zuckender Schmerz im linken Schoße abends beim Liegen im Bette. 337. Empfindung im linken Schoße, als wollte ein Bruch heraustreten. 338. Wütender, absatzweise aufeinander folgender, raffender, reißend drückender Schmerz an der Wurzel der männlichen Rute, vorzüglich beim Gehen, welcher, wenn man sich im Stehen mit dem Kreuze anlehnt, vergeht. 406. Ein klammartiger, bald einwärtspressender, bald auswärtsdringender Schmerz in der Schoßgegend, welcher sich bis in die rechte Unterbauchgegend zieht; wenn sie sich auf den Rücken legt oder die schmerzhaften Teile drückt, vergeht der Schmerz. 1028. Schmerz in der Schoßgegend, wobei ihr der Atem

ausbleibt, mit Wabblichkeit und Gefühl von Schwäche in der Herzgrube. 1029. Herausdrückender Schmerz im Schoße. 1491.

13 Vom After das Rectum hinauf.
Allgemeines Drängen im Unterleibe nach dem After zu. 284. Ziehen und Kneipen im Unterleibe: es kam in den Mastdarm, wie Pressen, mit Wabblichkeit und Schwäche in der Herzgrube und Gesichtsblässe (zwei Tage vor dem Monatlichen). 335. Vergeblicher Drang zum Stuhle im Mastdarme, nicht im After. 357. Krampfhafte Spannung im Mastdarme den ganzen Tag. 363. Scharf drückender Schmerz tief im Mastdarme nach dem Stuhlgange, wie von eingesperrten Blähungen (wie nach einer übereilten Ausleerung zu erfolgen pflegt – eine Art Proktalgie). 364. Mehrmaliges Schneiden, etwas tief im Mastdarme. 369. Ein großer Stich vom After tief in den Mastdarm hinein. 370. Schmerz im Mastdarme, wie von Hämorrhoiden, zusammenschnürend und schründend, wie von einer berührten Wunde. 379. Eine bis zwei Stunden nach dem Stuhlgange, Schmerz im Mastdarme, wie von blinder Goldader, aus Zusammenziehen und Wundheitsschmerz gemischt. 380. Blinde Hämorrhoiden mit Schmerz, aus Drücken und Wundheit (am After und im Mastdarme) zusammengesetzt, schmerzhafter im Sitzen und Stehen, gelinder im Gehen, doch am schlimmsten erneuert nach dem Genusse der freien Luft. 383. Durchlauf mit Schwingen im Mastdarme. 1217. Heftige, anhaltende, Schlaf und Ruhe raubende, stechende und wund brennende Schmerzen im Mastdarm. 2000. Afterknoten mit Schmerzen, die weit in den Mastdarm hineinschießen, und wie es scheint, hinauf in den Bauch. 2156. Afterfissuren mit schmerzloser Zusammenziehung im After mehrere Tage lang; bald nach dem Stuhlgange Schmerz im After, weit nach oben schießend, oder Zusammenschnüren und Schründen als würde eine Wunde berührt. 2157. Dumpfer, zerrender Schmerz im ganzen Becken, dauernde Spannung und häufiges Zusammenschnüren des Afters, danach ein scharfer Stich vom Anus den Mastdarm hinauf. 2214. Hämorrhoiden nach Entbindung, scharfer, schmerzhafter Druck im After selbst nach weichem Stuhl, scharfe Stiche vom Anus zum Rectum. 2227. Nach Stuhl heftiger, zusammenziehender Schmerz im Anus und Stiche das Rectum hinauf, jeden Tag 17 Uhr hört der Schmerz plötzlich auf. 2323. Stiche das Rectum hinauf, Jucken um den Anus. 2671. Zu verschiedenen Zeiten während des Tages scharfe, stechende Schmerzen, die vom After das Rectum hinaufschießen. 2804. Schmerz im Rectum beim Husten. 2805. Scharfe Stiche von den Hämorrhoiden das Rectum hinauf. 2956.

BAUCHSCHMERZEN   Empfindungen

1 Gefühl als würde das Zwerchfell nach oben bis in den Brustraum hinein gedehnt.
Unterdrücktes, versagendes Aufstoßen (früh im Bette), welches drückenden Schmerz am Magenmunde, in der Speiseröhre bis oben in den Schlund verursacht. 245. Ziehen, als sollten die Magenwände ausgedehnt werden, bisweilen auch Drücken im Magen. 259. Schmerzhafte Empfindung, als wenn etwas aus dem Oberbauche nach der Brusthöhle heraufdrückte. 277. Dehnende Schmerzen im Oberbauche. 278. Gefühl, als würden die Bauchwände nach außen und das Zwerchfell nach obenhin gedehnt; am stärksten äußerte sich dieser Schmerz in der Milzgegend und nach hinten, nach der Wirbelsäule zu, abwechselnd bald mehr, bald wieder mehr dort; auch erstreckte er sich mehrmals bis zur Brusthöhle herauf, artete daselbst in ein empfindliches Brennen aus; wendete sich jedoch am meisten und am heftigsten nach der Wirbelsäule in der Gegend des Sonnengeflechtes; Aufstoßen von Luft milderte diesen Schmerz. 279. Ein kolikartiger Schmerz, als wenn die Eingeweide platzen sollten, im Oberbauche, fast wie ein Magenschmerz, welcher sich bis in die Kehle erstreckt, früh im Bette, beim Liegen auf der Seite; welcher vergeht, wenn man sich auf den Rücken legt. 283. Blähungskolik mit Stichen nach der Brust zu. 303. Gleich nach dem Essen, schneidend stechendes Leibweh, welches in Aufblähung sich verwandelte. 321. Ein kneipendes Aufblähen im ganzen

Unterleibe gleich nach dem Essen, bloß wenn er steht, und schlimmer, wenn er geht, durch fortgesetztes Gehen bis zum Unerträglichen erhöht, ohne daß Blähungen daran Schuld zu sein scheinen; beim ruhigen Sitzen vergeht es bald, ohne Abgang von Blähungen. 326.   Um 10 Uhr wurde der Unterleib angegriffen und eine halbe Stunde lang aufgetrieben, worauf sich Drücken in der Nabelgegend einfand. 828a.   Eigentümliche Regungen im Magen, bisweilen Ziehen, als sollten die Magenwände ausgedehnt werden, bisweilen Drücken, beides aber nicht eigentlich schmerzhaft. Abwechselnd schien der Magen bisweilen wie überfüllt, bisweilen wieder wie leer, mit welchem letzteren Gefühle sich jedesmal Heißhunger äußerte. 835a.   Halb 9 Uhr stellten sich eigentümliche dehnende Schmerzen nicht im Magen, sondern im Oberbauche ein. Es schien mir, als würden die Bauchwände nach außen und das Zwerchfell nach oben hin gedehnt, am stärksten äußerte sich dieser Schmerz in der Gegend der Milz und nach hinten, nach der Wirbelsäule zu, abwechselnd bald mehr da, bald mehr dort. 838.   18 Uhr schmerzhaft Empfindung, der zu Folge es mir vorkam, als wenn etwas aus dem Oberbauche nach der Brusthöhle herauf drückte. Gleichzeitig empfand ich im Unterbauche mehr schneidende und zusammenziehende Schmerzen. 839.   Heftige Auftreibung der Hypochondrien, besonders in den Seiten, im Scrobiculo und Kreuze. Wegen der Vollheit und Anspannung unter den Rippen konnte sie nicht Atem holen. Es war ihr stets ängstlich dabei. Sie mußte sich die Kleider öffnen. 845.   Stämmen der Blähungen unter den kurzen Rippen mit Kreuzschmerzen. 1016.   Zuerst Gefühl, als läge ein Stein im Magen, dies dauert einige Stunden, dann wird ihm übel, die Magengegend schwillt an, so stark, daß er eine ordentliche Wulst in der Herzgrube hat, die sich zu beiden Seiten, unter den kurzen Rippen hindurch, bis zum Rückgrat erstreckt. 1327.   Auftreibung in der Lebergegend, schmerzhaft bei leichter Berührung. 1654.   Der stechende Schmerz in der linken Seite unter den letzten Rippen erstreckt sich selten nach dem Rücken, eher herauf oder die Rippen entlang nach links. Die Stiche gehen herauf, erstrecken sich bis in die äußere Brust links. 1962.   Magendrücken Tag und Nacht, kann nichts genießen, der Schmerz ist herausdrückend, die Magengegend ist angeschwollen. 1965. Druckschmerzen im Magen, wie aufgebläht, wenn ich dagegendrücke, wird es besser. 3536.

2   Gefühl von Hinsein und Leere oder Schwäche und Hohlheit im Epigastrium.
Schwäche und Hohlheit im Scrobiculo. 846.   Feines Stechen in der Herzgrube, die beim Daraufdrücken empfindlich ist, nebst einem Gefühle von Schwäche und Leerheit daselbst. 1102.   In der Magengegend Drücken, Schaffen, Drehen, Leerheits- und Schwächegefühl, bei Berührung etwas schmerzhaft. 1419.   Schwäche- und Leerheitsgefühl in der Herzgrube. 1483.   Lästiges Leerheitsgefühl in der Herzgrube, sie fühlt sich schwach, ohnmächtig, hohl da, was nicht erleichtert wird durch Essen, mit seufzenden Atemzügen. 2147.   Gefühl von Leere, Schwäche, Einsinken oder Ohnmacht in der Magengrube, so daß sie fast dauernd krampfhaft gähnen mußte. Fast renkte sie sich den Unterkiefer aus dabei. 2290.   Merkwürdiges Gefühl von Einsinken und Leere in der Magengrube. 2328. Leeregefühl und Hinsein in der Magengrube, nicht besser durch Essen. 2359.   Hinsein und Leeregefühl im Epigastrium. 2395.   Als Folge von Gemütsbewegungen Schwäche und Leerheitsgefühl im Epigastrium, so daß selbst nachts Speisen genossen werden mußten. 2518.   Unwillkürliches Seufzen und ein Schwäche- und Leeregefühl in der Magengrube. 2937.   Die Müdigkeit spüre ich im Magen, als ob ich Hunger habe. 3340.

3   Leeregefühl im Magen. Gefühl, als hätte man lange gefastet. Leeregefühl abwechselnd mit Völlegefühl.
Abwechselnd schien der Magen bisweilen wie überfüllt, bisweilen wieder wie leer, mit welchem letzterem Gefühle sich jedesmal Heißhunger verband. 258.   Gefühl im Magen, als wenn man lange gefastet hätte, wie von Leerheit mit fadem Geschmacke im Munde und Mattigkeit in allen Gliedern. 263.   Gefühl von Nüchternheit um den Magen und Entkräftung des Körpers. 265.   Eigentümliche Regungen im Magen, bisweilen Ziehen, als sollten die Magenwände ausgedehnt werden, bisweilen Drücken, beides aber nicht eigentlich schmerzhaft. Abwechselnd schien der Magen bisweilen wie überfüllt, bisweilen wieder wie leer, mit welchem letzteren Gefühle sich jedesmal Heißhunger äußerte. 835a.   Vor und während der Regel Gefühl von Leere im Magen, zusammenziehender Schmerz im Unterleibe. 1178.   Gefühl, als ob sie lange gefastet hätte, mit pappigem Geschmack und Mattigkeit

in den Gliedern. 2146.   Vor Beginn der Kopfschmerzen Gefühl von Leere in Magen und Brust, Steifheit des Nackens und der Trapecii. 2311.   Häufig Leeregefühl in der Magengrube. 2542. Leeregefühl im Magen nicht besser durch Essen. 2928.   Häufig Gefühl einer Leere im Magen, wogegen Essen nichts half. 3210.

4   Weichlich, Schwäche, schlaffes Herabhängen in Magen oder Bauch.
Nagender Heißhunger, wobei es ihm bisweilen weichlich und brecherlich wurde, er legte sich nach Verlauf einer halben Stunde, ohne daß er irgend etwas zu seiner Befriedigung getan hatte. 218. Lätschig im Magen; Magen und Gedärme scheinen ihm schlaff herabzuhängen. 266.   Eine besondere Schwächeempfindung in der Gegend des Oberbauches und der Herzgrube. 267.   Ziehen und Kneipen im Unterleibe: es kam in den Mastdarm, wie Pressen, mit Wabblichkeit und Schwäche in der Herzgrube und Gesichtsblässe (zwei Tage vor dem Monatlichen). 335.   Sehr matt am ganzen Körper; wenn er geht, ist es ihm, als wenn der Atem fehlen wollte, es wird ihm weichlich in der Herzgrube und dann Husten. 476.   Mattigkeit, wie von einer Schwäche um die Herzgrube herum; es wird ihm weichlich; er muß sich legen. 632.   Schmerz in der Schoßgegend, wobei ihr der Atem ausbleibt, mit Wabblichkeit und Gefühl von Schwäche in der Herzgrube. 1029.   Schwächegefühl im Bauch mit seufzendem Atemholen. Zittriges Gefühl im Bauch und im ganzen Körper. 1335.   Nach viel Kummer Gefühl von Schwäche und Müdigkeit im Epigastrium, mit brennendem Stechen. 1988. Ohnmachtähnliches Schwächegefühl besonders in der Magengrube. 2318.   Schlaffes Gefühl im Magen und Därmen. 2622.   Druck und Hinabsenkungsempfindung in der Herzgrube, mit Zusammenschnürung im Halse beim Essen. 2685.   Ohnmachtähnliches Gefühl im Magen. 2762.   Flau im Magen. 3427.   Nach kalt Trinken merkwürdiges Gefühl im Magen, wie Ohnmacht, ein Schmerz ist es nicht. 3511.

5   Wie ein Kloß im unteren Teil der Speiseröhre. Als ob die Speisen über dem oberen Magenmund stehenbleiben.
Wenn sie (mittags) etwas gegessen hat, ist es, als ob die Speisen über dem oberen Magenmunde stehen blieben und nicht hinunter in den Magen könnten. 224.   Hatte sie etwas zu sich genommen, Gefühl, als wenn das Genossene über dem Magenmunde stehen bleibe. 1982.   Nach jeder Mahlzeit heftige Magenkrämpfe, die mit einem schmerzhaften Pflockgefühl in der Kehlkopfgegend beginnen, sich gegen den Magen hinunterziehen und sich steigern bis zum Erbrechen. 3090.   Nach dem Essen Druck in der Magengrube wie ein Kloß, der öfters bis in den Hals hochsteigt. 3093.   Wie ein hartgekochtes Ei in der Speiseröhre. 3146.

6   Knurren im Bauch wie von Hunger. Gluckern. Kollern.
In den Nachmittagsstunden ließ sich zuweilen Poltern im Unterleibe vernehmen. 825.   Rechts, hart am Nabel, ein schmerzliches Drücken an einer kleinen Stelle, welches sich beim tieferen Einatmen und freiwilligen Auftreiben des Unterleibes vermehrte und zum Hineinziehen des Nabels nötigte, wodurch es zuweilen nachließ. Mit Knurren im Bauche. 848.   Leibschneiden mit Blähungskolik, Knurren, Unruhe und bisweilen Schmerz in den Gedärmen. 1121.   Wenn sie morgens aufsteht, Knurren im Leibe, wie wenn ein gesunder Mensch hungrig ist, bei Übelkeit, sie muß etwas essen, manchmal geschmackloses Aufstoßen bei beständigem Kopfweh. 1227.   Knurren im Bauche, wie von Hunger. 1493.   Liegt sie auf der linken Seite, so knurrt es im linken Hypochonder, wie im Leibe. 1960. Rumpeln im Bauch, Bauchkneifen. 2623.   Gluckern und Kollern im Magen. 3415.   Gluckern im Bauch und ständig Aufstoßen. 3563.

7   Heißhunger. Schmerzhafter Hunger.
Nagender Heißhunger, wobei es ihm bisweilen weichlich und brecherlich wurde, er legte sich nach Verlauf einer halben Stunde, ohne daß er irgend etwas zu seiner Befriedigung getan hatte. 218. Abwechselnd schien der Magen bisweilen wie überfüllt, bisweilen wieder wie leer, mit welchem letzterem Gefühle sich jedesmal Heißhunger verband. 258.   Eigentümliche Regungen im Magen, bisweilen Ziehen, als sollten die Magenwände ausgedehnt werden, bisweilen Drücken, beides aber

BAUCHSCHMERZEN / Empfindungen

nicht eigentlich schmerzhaft. Abwechselnd schien der Magen bisweilen wie überfüllt, bisweilen wieder wie leer, mit welchem letzteren Gefühle sich jedesmal Heißhunger äußerte. 835a. Die Müdigkeit spüre ich im Magen, als ob ich Hunger habe. 3340. Ganz furchtbares Hungergefühl, wenn ich gegessen habe, ist es manchmal besser, feuchtheißer Wickel tut gut, nachts habe ich Ruhe. 3529. Das Hungergefühl ist ganz arg, es tut richtig weh, ich kann es manchmal garnicht aushalten. 3530.

8 Nagen. Quälen.
Nagender Heißhunger, wobei es ihm bisweilen weichlich und brecherlich wurde, er legte sich nach Verlauf einer halben Stunde, ohne daß er irgend etwas zu seiner Befriedigung getan hatte. 218. Immer Quälen in der Herzgrube mit Übelkeit ohne Erbrechen, Kneipen im Leibe, dann einige dünne Stuhlgänge worauf das Leibweh nachläßt. 1228. In der Magengegend Drücken, Schaffen, Drehen, Leerheits- und Schwächegefühl, bei Berührung etwas schmerzhaft. 1419. Nagendes Gefühl im Magen vormittags, durch Essen erleichtert. 2020. Magenschmerz nagend, scharf, besser durch Vorwärtsbeugen. 2759. Am Wochenende, wenn ich die Kopfschmerzen habe, ständig ein leichter, nagender Schmerz im Magen. 3522.

9 Wie ein Klumpen. Wie ein Stein.
In ihren lichten Momenten führt die Kranke die Hand auf den Unterleib, mit dem Ausdrucke des Schmerzes; ich soll in der rechten Unterbauchseite eine Geschwulst von der Größe eines Kinderkopfes bemerken, das war ihr globus hystericus, der ihr Erstickungsgefühl verursachte. 1035. Zuerst Gefühl, als läge ein Stein im Magen, dies dauert einige Stunden, dann wird ihm übel, die Magengegend schwillt an, so stark, daß er eine ordentliche Wulst in der Herzgrube hat, die sich zu beiden Seiten, unter den kurzen Rippen hindurch, bis zum Rückgrat erstreckt. 1327. In der rechten Bauchseite liegt es wie ein Klumpen, den sie fühlen kann, der Leib überhaupt ist voller Schmerz, sie darf ihn nicht berühren. 1898. Klumpenartiges Druckgefühl im Magen. 3101.

10 Völlegefühl im Magen. Völlegefühl bis oben hin. Völlegefühl abwechselnd mit Leeregefühl.
Abends vor dem Einschlafen und früh stehen die Speisen gleichsam bis oben herauf. 225. Ängstlich schmerzhafte Vollheit im Unterleibe, nach dem (Abend-) Essen. 237. Abwechselnd schien der Magen bisweilen wie überfüllt, bisweilen wieder wie leer, mit welchem letzterem Gefühle sich jedesmal Heißhunger verband. 258. Eigentümliche Regungen im Magen, bisweilen Ziehen, als sollten die Magenwände ausgedehnt werden, bisweilen Drücken, beides aber nicht eigentlich schmerzhaft. Abwechselnd schien der Magen bisweilen wie überfüllt, bisweilen wieder wie leer, mit welchem letzteren Gefühle sich jedesmal Heißhunger äußerte. 835a. Heftige Auftreibung der Hypochondrien, besonders in den Seiten, im Scrobiculo und Kreuze. Wegen der Vollheit und Anspannung unter den Rippen konnte sie nicht Atem holen. Es war ihr stets ängstlich dabei. Sie mußte sich die Kleider öffnen. 845. Der Appetit kehrte noch nicht zurück, sie hatte keinen Wohlgeschmack an den Speisen und gleich nach dem Essen war ihr alles voll im Magen und schien bis oben herauf zu stehen, weshalb sie oft schlucken mußte. 1014. Schmerz und Drücken, Vollheitsgefühl in der Herzgrube. Leibschneiden und Schmerzen, durch Druck auf den Leib vermehrt. 1157. Von der Herzgrube herauf bis in den Hals Drücken mit Atembeengung, welches durch Aufstoßen gemildert wird. 1413. Vollheit und Aufgetriebenheit in den Hypochondrien. 1484. Das Fieber begann mit Unwohlsein, Kopfschmerz, öfterem ziemlich heftigem Frösteln, Aufstoßen, Gefühl von Vollheit des Magens, leichten, zusammenziehenden Schmerzen im Bauch und 3-4 mal täglich Durchfall. 1936. Stets Beschwerden im Magen, Blähungen, Aufstoßen, Gefühl als ob sie zu viel gegessen hätte. 2507. Nach Essen Völlegefühl, viel saures Aufstoßen, ab und zu Brechreiz. 3109. Rasch satt und große Völle des Magens nach dem ersten Bissen. 3211.

11 Druck nach außen.
Empfindung im linken Schoße, als wollte ein Bruch heraustreten. 338. Ein klammartiger, bald einwärtspressender, bald auswärtsdringender Schmerz in der Schoßgegend, welcher sich bis in die

rechte Unterbauchgegend zieht; wenn sie sich auf den Rücken legt oder die schmerzhaften Teile drückt, vergeht der Schmerz. 1028.   Herausdrückender Schmerz im Schoße. 1491.   Magendrücken Tag und Nacht, kann nichts genießen, der Schmerz ist herausdrückend, die Magengegend ist angeschwollen. 1965.   Druck wie von einem scharfen Instrument von innen nach außen. 3117. Schmerzen in der Eierstocksgegend, ein Ziehen nach unten. 3135.

12 Hinaufschießen oder -stechen
Ein großer Stich vom After tief in den Mastdarm hinein. 370.   Große Stiche im After. 371. Der stechende Schmerz in der linken Seite unter den letzten Rippen erstreckt sich selten nach dem Rücken, eher herauf oder die Rippen entlang nach links. Die Stiche gehen herauf, erstrecken sich bis in die äußere Brust links. 1962.   Afterknoten mit Schmerzen, die weit in den Mastdarm hineinschießen, und wie es scheint, hinauf in den Bauch. 2156.   Afterfissuren mit schmerzloser Zusammenziehung im After mehrere Tage lang; bald nach dem Stuhlgange Schmerz im After, weit nach oben schießend, oder Zusammenschnüren und Schründen als würde eine Wunde berührt. 2157. Dumpfer, zerrender Schmerz im ganzen Becken, dauernde Spannung und häufiges Zusammenschnüren des Afters, danach ein scharfer Stich vom Anus den Mastdarm hinauf. 2214.   Hämorrhoiden nach Entbindung, scharfer, schmerzhafter Druck im After selbst nach weichem Stuhl, scharfe Stiche vom Anus zum Rectum. 2227.   Nach Stuhl heftiger, zusammenziehender Schmerz im Anus und Stiche das Rectum hinauf, jeden Tag 17 Uhr hört der Schmerz plötzlich auf. 2323.   Stiche das Rectum hinauf, Jucken um den Anus. 2671.   Zu verschiedenen Zeiten während des Tages scharfe, stechende Schmerzen, die vom After das Rectum hinaufschießen. 2804.   Scharfe Stiche von den Hämorrhoiden das Rectum hinauf. 2956.

13 Aufsteigende Ängstlichkeit im Bauch.
Nach dem Frühstücken steigt eine Art Ängstlichkeit aus dem Unterleibe in die Höhe. 233.   Ängstlich schmerzhafte Vollheit im Unterleibe, nach dem (Abend-) Essen. 237.   Nach dem Essen Zittern und eine Art Angst im Magen, bisweilen mit Übelkeit. 1877.   Übelkeit mit großer Unruhe und Angst, drückende Schmerzen, Brecherlichkeitsgefühl in der Magengegend mit Beklemmung und krampfhafter Zusammenschnürung der Brust. 2006.

14 An einer kleinen Stelle Drücken.
Rechts, hart am Nabel, ein schmerzliches Drücken an einer kleinen Stelle, welches sich beim tieferen Einatmen und freiwilligen Auftreiben des Unterleibes vermehrte und zum Hineinziehen des Nabels nötigte, wodurch es zuweilen nachließ. Mit Knurren im Bauche. 848.   Druck wie von einem scharfen Instrument von innen nach außen. 3117.   Leichter Schmerz unter den Rippen links, mehr ein Punktschmerz. 3611.

15 Absetzendes Drücken. Drücken hier und da.
Drücken in der Gegend des Magengrundes, bisweilen aussetzend. 255.   Schmerzhaftes Drücken in der Gegend der Milz und des Magengrundes, abwechselnd verschwindend und wiederkehrend. 274. Stechen und Brennen in der Milzggegend, mehrmals repetierend. 275.   Über der linken Hüfte, ein absetzendes, tief innerliches Drücken. 339.   Abends, im Bette, Blähungskolik; eine Art im Bauche hie- und dahintretendes Drücken, bei jedesmaligem Aufwachen die Nacht erneuert. 651.   Schmerzhaftes Drücken in der Gegend der Milz und des Magengrundes, welches mehrere Minuten continuierte, dann eine halbe Stunde aussetzte und so abwechselnd bis gegen Mittag wiederkehrte und verschwand. 824.   Anfallsweise Schmerz in der linken Bauchseite. 2837.

16 Einfaches Drücken.
Fixer und drückender Schmerz in der Magengegend, 10 Minuten lang. 256.   Drücken im Magen und in der Gegend des Sonnengeflechtes. 257.   Drücken in der Herzgrube. 268.   Drücken in der Nabelgegend. 276.   Ein Drücken in beiden Seiten des Oberbauches oder der Hypochondern. 281. Links neben dem Nabel, ein schmerzliches Drücken. 317.   Drücken im Unterbauche. 323.   Schmerz-

liches Drücken in der linken Seite des Unterbauches. 324.   Heftiges Drücken in der linken Bauchseite. 325.   Hinterläßt Neigung zu Halsdrüsengeschwulst, Zahnweh und Zahnlockerheit, sowie zu Magendrücken. 622.   Um 10 Uhr wurde der Unterleib angegriffen und eine halbe Stunde lang aufgetrieben, worauf sich Drücken in der Nabelgegend einfand. 828a.   Dumpf drückender Schmerz in der Herzgrube. Beklemmung der Brust. 1087.   Gegen Mittag fängt es an zu drücken in der Herzgrube, beim äußeren Druck ist die Grube unschmerzhaft. 1232.   In der Apyrexie Gesichtsblässe, wenig Appetit, Druckschmerz in der Herzgrube, Mattigkeit in den Gliedern. 1311.   Legt er sich beim Ausbruch der Epilepsie nieder, so entsteht ein sehr schmerzhaftes Drücken in der Herzgrube. 1387.   Drücken in der Herzgrube. 1482.   Magendrücken nach dem Essen, in der Nacht ärger als am Tage mit Übelkeit. 1952.   Nächtliches Magendrücken. 1964.   Übelkeit mit großer Unruhe und Angst, drückende Schmerzen, Brecherlichkeitsgefühl in der Magengegend mit Beklemmung und krampfhafter Zusammenschnürung der Brust. 2006.   Epilepsie: beim Hinlegen schmerzhafter Druck in der Magengrube, er fing an zu schreien. 2534.   Druckschmerz im Epigastrium und rechten Hypochondrium. 2605.   Drückender Schmerz in der Magengrube. 3021.   Übelkeit bei Belastungen bis zum Erbrechen, Druck im Magen. 3284.   Drücken und Schmerzen im Magen, eine Woche vor der Regel. 3505.

17   Berührungs- und Druckempfindlichkeit.
In der Magengegend Drücken, Schaffen, Drehen, Leerheits- und Schwächegefühl, bei Berührung etwas schmerzhaft. 1419.   Epigastrium schmerzhaft bei Berührung. 1622.   Auftreibung in der Lebergegend, schmerzhaft bei leichter Berührung. 1654.   Leib etwas aufgetrieben und bei Berührung schmerzhaft. 1716.   Empfindlichkeit der Magengrube bei Druck. 1853.   In der rechten Bauchseite liegt es wie ein Klumpen, den sie fühlen kann, der Leib überhaupt ist voller Schmerz, sie darf ihn nicht berühren. 1898.   Druck in der Herzgrube, die beim Befühlen sehr empfindlich war. 1983.   Gebärmutterentzündung, Schmerzen werden vermehrt oder erneut ganz besonders nach Berühren der Teile. 2161.   Magen berührungsempfindlich. Muß das Korsett ausziehen. 2760.   Der Druck vom warmen Wickel bei Bauchschmerzen war zu fest. 3565.

18   Zusammenziehen.
Schneidende und zusammenziehende Schmerzen im Unterbauche. 290.   Eine Art Leibweh: ein zusammenziehender Schmerz von beiden Seiten, gleich unter den Rippen. 296.   Zusammenschnürende Empfindung in den Hypochondern, wie bei Leibesverstopfung, mit einem einseitigen Kopfweh, wie von einem ins Gehirn eingedrückten Nagel, früh. 297.   Beklemmung im Unterleibe und Schneiden. 319.   Heftiges, zusammenkrampfendes Pressen an der Bärmutter, wie Geburtswehen, worauf ein eitriger, fressender, weißer Fluß erfolgt. 432.   18 Uhr schmerzhaft Empfindung, der zu Folge es mir vorkam, als wenn etwas aus dem Oberbauche nach der Brusthöhle herauf drückte. Gleichzeitig empfand ich im Unterbauche mehr schneidende und zusammenziehende Schmerzen. 839.   Ein klammartiger, bald einwärtspressender, bald auswärtsdringender Schmerz in der Schoßgegend, welcher sich bis in die rechte Unterbauchgegend zieht; wenn sie sich auf den Rücken legt oder die schmerzhaften Teile drückt, vergeht der Schmerz. 1028.   Vor und während der Regel Gefühl von Leere im Magen, zusammenziehender Schmerz im Unterleibe. 1178.   Zusammenkneifen des Unterleibes. 1215.   Nicht zu beschreibendes Gefühl in der Herzgrube, wobei es an der Herzgrube herüber zu eng ist mit Kurzatmigkeit, als wenn der untere Teil mit einem Schnürleib zusammengezogen wäre, gewöhnlich mit heftigem Herzklopfen. 1415.   Krampfhaftes Zusammenschnüren der Brust und des Magens. 1585.   Krampfhaftes Zusammenziehen im Epigastrium. 1636.   Schmerzhaftes Gefühl von Zusammenziehen und Spannen im rechten Hypochondrium. 1637.   Alle 8-15 Stunden plötzlicher krampfhafter Hustenanfall mit Zusammenziehen am Nabel, Magen, Luftröhre und Speiseröhre, mit Verdunkelung des Sehens und unzähligen Funken vor Augen. 1756.   Der Atem wird ihr beklommen, die Beklemmung geht vom Magen aus und erstreckt sich bis in den Hals. 1860.   Das Fieber begann mit Unwohlsein, Kopfschmerz, öfterem ziemlich heftigem Frösteln, Aufstoßen, Gefühl von Vollheit des Magens, leichten, zusammenziehenden Schmerzen im Bauch und 3-4 mal täglich Durchfall. 1936.   Beklommener Atem, wie vom Magen aus in den Hals. 1997.   Krampfhafter Schmerz mit

Zusammenballen in der Gebärmutter, der ihr Übelkeit verursacht. 2026.　Zusammenziehende Kolik. 2149.　Während des Monatlichen Lichtscheu, zusammenziehende Kolik, Angst und Herzklopfen, Mattigkeit und Ohnmacht. 2162.

19　Kneipen.
Ein scharfer, kneipender Druck in der Herzgrube und der rechten Unterrippengegend. 282.　Ein anhaltendes Kneipen auf einer kleinen Stelle im rechten Unterbauche, in der Gegend des Blinddarmes, vorzüglich beim Gehen (im Freien). 322.　Ein drückendes Kneipen im Unterleibe nach dem mindesten Obstgenusse, vorzüglich im Stehen und Gehen, welches im Sitzen vergeht. 328.　Kneipende Kolik in allen Därmen, selbst entfernt von einer Mahlzeit, beim Gehen in freier Luft. 329.　Leibweh, erst kneipend, dann stechend, in einer von beiden Seiten des Unterleibes. 331.　Kneipendes Leibweh, gerade in der Nabelgegend, Erbrechen erregend, worauf der Schmerz in die linke Brustseite übergeht, aus Kneipen und feinem Stechen zusammengesetzt. 332.　Kneipen im Unterleibe. 333.　Kneipendes Leibweh in freier Luft, als wenn Durchfall entstehen wollte. 334.　Ziehen und Kneipen im Unterleibe: es kam in den Mastdarm, wie Pressen, mit Wabblichkeit und Schwäche in der Herzgrube und Gesichtsblässe (zwei Tage vor dem Monatlichen). 335.　Abends nach dem Niederlegen, zwei Stunden lang, scharf drückender Schmerz im Mastdarme (Proktalgie), ohne Erleichterung in irgendeiner Lage, welcher sich ohne Blähungsabgang von selbst legt. 365.　Kneipen im Unterleibe mit schleimigen Stuhlgängen. 1103.　Schreckliches Kneifen und Schneiden im Bauch vor und nach der Periode. 2388.　Rumpeln im Bauch, Bauchkneifen. 2623.

20　Krampfen. Wehenartige Schmerzen.
Magenkrampfähnliche Schmerzen. 260.　Gefühl im Unterleibe, als hätte ein Abführmittel angefangen zu wirken. 295.　Krampfhafte Blähungskolik im Oberbauche, abends beim Einschlafen und früh beim Erwachen. 298.　Krampfhafte Spannung im Mastdarme den ganzen Tag. 363.　Periodische Unterleibskrämpfe, bei einer sensiblen Frau. 1167.　Magenkrampf. 1226.　Mit der Periode am Morgen erschien eine heftige, Erstickung drohende Brustbeklemmung, welche wie ein Krampf aus dem Unterleib heraufzusteigen schien, das Atmen glich nur einem Schluchzen und geschah in kurzen Stößen. 1315.　Mutterkrämpfe, mit schneidend stechendem und wehenartigem Schmerze. 1488.　Uterinkrämpfe während der Regel. 1513.　Sparsame Menstruation, dabei jedesmal heftige Krämpfe und Schmerzen, mit Gefühl als sollte sie gebären. 2045.　Jedesmal mit Beginn der Menstruation Krämpfe und Schmerzen. 2048.　Uterinkrämpfe mit schneidenden Stichen, krampfhafte Schmerzen im Uterus. 2160.　Weißfluß nach heftigen wehenartigen Schmerzen, eitrig und wundmachend. 2165.　Krampfhafte Magenschmerzen, kann kaum atmen, schlimmer von Kaffee, besser bei und nach dem Essen. 2502.　Nach jeder Mahlzeit heftige Magenkrämpfe, die mit einem schmerzhaften Pflockgefühl in der Kehlkopfgegend beginnen, sich gegen den Magen hinunterziehen und sich steigern bis zum Erbrechen. 3090.　Seit Panik brach sie ständig alle Nahrung aus, hatte lebhafte Leibkrämpfe und war zu nichts mehr fähig. 3100.　Neigt zu visceralen Spasmen nach Cholecystektomie. 3159.　Heftige Magenkrämpfe, Lendenschmerzen und Schmerzen zwischen den Schulterblättern. 3160.　Krampfartige Bauchschmerzen bis in den Rücken vor der Periode. Krümmt sich zusammen dabei. 3609.

21　Stechen. Zuckendes Stechen.
Heftiges Stechen in der Herzgrube. 269.　Langsam aufeinander folgender, stechend zuckender Schmerz in der Oberbauchgegend und der Herzgrube. 271.　Erst starkes, dann feines Stechen in der Herzgrube. 272.　Stechen, das sich aus dem Oberbauche gleichsam nach der Brusthöhle herauf erstreckte, die Bauchorgane aber nicht ergriff. 293.　Blähungskolik mit Stichen nach der Brust zu. 303.　Früh Blähungsleibweh im Unterbauche, welches nach der Brust und nach der Seite zu Stiche gibt. 304.　Links über dem Nabel, ein scharfes Stechen. 318.　Stechen in der linken Seite des Unterbauches. 327.　Stechend zuckender Schmerz im linken Schoße abends beim Liegen im Bette. 337.　Stechen in der linken Seite. 457.　Heut fing es in dem kleinen Finger der rechten Hand an zu zucken, von fortwährendem Stechen im Unterleibe begleitet, nach Mittag am stärksten. 1009.

Bisweilen einzelne Stiche in den Seiten, gleich bei Ruhe und Bewegung. 1230. Stechen in der Magengegend. 1480. Stechende, lanzinierende Koliken, die ihn zwingen, sich vorwärts zu beugen. 1638. Stiche in der linken Seite schlimmer beim Gehen oder Fehltreten. 1963. Scharfes Stechen im rechten Ovar. 2519.

22 Feinstechen.
Feines Stechen am Magen. 270. Erst starkes, dann feines Stechen in der Herzgrube. 272. Feinstechendes Leibweh unterhalb des Nabels. 330. Kneipendes Leibweh, gerade in der Nabelgegend, Erbrechen erregend, worauf der Schmerz in die linke Brustseite übergeht, aus Kneipen und feinem Stechen zusammengesetzt. 332. Feines Stechen in der Herzgrube, die beim Daraufdrücken empfindlich ist, nebst einem Gefühle von Schwäche und Leerheit daselbst. 1102.

23 Brennendes Stechen.
Stechen und Brennen in der Milzgegend, mehrmals repetierend. 275. Stechen und Wundschmerz im Magen. 1621. Wundheitsgefühl im Magen, bei Bewegung wird der Schmerz schneidend. 1953. Brennen oder Schießen im Epigastrium. 2319.

24 Schneiden.
Auftreiben in der Nabelgegend und Schneiden daselbst, 1/4 Stunde lang. 285. Schneiden in der Nabelgegend. 288. Schneidender Schmerz in der rechten Seite des Unterleibes. 289. Schneidende und zusammenziehende Schmerzen im Unterbauche. 290. Beträchtliches Schneiden im Unterleibe, zu Stuhle zu gehen nötigend, wodurch weichflüssige Faeces ausgeleert wurden. 291. Schneiden, sich über den ganzen Unterleib verbreitend und mit einem Durchfallstuhle endigend. 292. Beklemmung im Unterleibe und Schneiden. 319. Schneiden im Leibe. 320. Nach vorgängigem Schneiden, Durchfallstuhl. 347. Mehrmaliges Schneiden, etwas tief im Mastdarme. 369. Leibschneiden mit Blähungskolik, Knurren, Unruhe und bisweilen Schmerz in den Gedärmen. 1121. Faule, stinkende Stühle, zwei bis dreimal täglich, mit Schneiden und Leibweh vor dem Stuhlgange. 1158. Schreckliches Kneifen und Schneiden im Bauch vor und nach der Periode. 2388. Scharfe schneidende Schmerzen im rechten Hypochondrium und Coecum. 2670. Schmerz im Sacrum, schlechter im Liegen, über die Hüften bis zu den Ovarien, wo er als ein schneidendes Wehtun bleibt, schlechter durch Reiben, Bewegung und Hitze. 2728. Schneidende Magenschmerzen 20 Minuten nach Essen, mit Stuhldrang. 3416.

25 Unangenehmes Wärmegefühl.
Vermehrte Wärme im Magen. 262. Schwindel und leichtes vorübergehendes Kopfweh, danach vermehrte Wärme im Magen und eine halbe Stunde lang reichlichere Speichelabsonderung. 819. Unangenehmes Wärmegefühl im Magen. 3417.

26 Brennen.
Magenbrennen. 253. Brennende, drückende und ziehende Schmerzen im Magen, in der Gegend der Leber und der Milz. 261. Stechen und Brennen in der Milzgegend, mehrmals repetierend. 275. Gefühl, als würden die Bauchwände nach außen und das Zwerchfell nach obenhin gedehnt; am stärksten äußerte sich dieser Schmerz in der Milzgegend und nach hinten, nach der Wirbelsäule zu, abwechselnd bald mehr da, bald wieder mehr dort; auch erstreckte er sich mehrmals bis zur Brusthöhle herauf, artete daselbst in ein empfindliches Brennen aus; wendete sich jedoch am meisten und am heftigsten nach der Wirbelsäule in der Gegend des Sonnengeflechtes; Aufstoßen von Luft milderte diesen Schmerz. 279. Brennende, drückende und ziehende Schmerzen im Magen, in der Gegend der Leber und der Milz. 823. Der Oberbauchschmerz schwieg bis 15 Uhr ganz, von da an stellte er sich aber wieder bis zum Abend bisweilen ein, wurde mitunter ziemlich heftig und erstreckte sich besonders mehrmals bis zur Brusthöhle herauf, artete da auch zuweilen in ein empfindliches Brennen aus, wendete sich jedoch am meisten und am heftigsten nach der Wirbelsäule in der Gegend des Ganglion coeliacum. Während dieser Anfälle entleerte sich der Magen öfters der Luft durch Aufstoßen

und dies jedes Mal mit einer kurzdauernden Milderung des Schmerzes. 838a. Aufschwulken des Genossenen, Schlucksen, Brennen im Magen. 1101. Nach Branntweintrinken entsteht heftiges Brennen im Magen. 1216. Nach Branntwein brennt es im Magen. 1243. Brennen im Magen, besonders nach Branntwein. 1481. Nach dem Essen Brennen im Magen. 1852. Heftiges Brennen, das vom Magen und Herzen ausgehend sich über den Rücken zum Scheitel und in die Glieder erstreckte. 1854. Brennen und Druckempfindlichkeit im Epigastrium. 1882. Nach viel Kummer Gefühl von Schwäche und Müdigkeit im Epigastrium, mit brennendem Stechen. 1988. Brennen oder Schießen im Epigastrium. 2319. Brennen im Magen. 3295.

27 Wundheitsgefühl.
Ein bloß beim Draufdrücken fühlbarer Schmerz in der Herzgrube, als wenn es da innerlich wund wäre. 273. Stechen und Wundschmerz im Magen. 1621. Wundheitsgefühl im Magen, bei Bewegung wird der Schmerz schneidend. 1953. Hitze mit Schwere- und Wundheitsgefühl in der Lebergegend, dumpfem Wehtun und Empfindlichkeit in den Lenden. 2064. Arges Wundheitsgefühl in der Herzgrube, bei Uterinschmerzen. 2148. Wundes Gefühl im rechten Oberbauch. 3453.

28 Kältegefühl im Bauch.
Kälte im Magen. 252. Empfindlichkeit der Haut gegen Zugluft; es ist ihm im Unterleibe, als wenn er sich verkälten würde. 617. Frost, das Kältegefühl ging vom Bauche aus. 1143.

29 Zerschlagenheit. Wie verhoben. Ziehen. Reißen.
Schmerz im Oberbauche, wie vom Verheben. 280. Ziehende Schmerzen in der linken Lendengegend, wenige Minuten andauernd. 287. Reißender Schmerz im Leibe. 336. Bei der geringsten Bewegung Schmerz im Leib, besonders in der Nabelgegend, wie zerrissen und mit Blut unterlaufen, fast wie nach einer Niederkunft. In der Herzgrube nur Schmerz bei starkem Aufdrücken. 1002. Bauchschmerz, dumpfes Wehtun, am schlimmsten eine Stunde vor den Mahlzeiten und nachts im Bett. 2265.

30 Klopfen. Pulsieren.
Klopfen im Unterleibe. 315. Zuweilen Klopfen im Unterleibe. 1041. Unruhe, Schlaflosigkeit, nächtliche Pulsationen im Bauch. 2529.

31 Als wäre etwas Lebendiges drin. Unruhe. Zittern. Schwingen. Arbeiten.
Empfindung im Unterleibe, in der Gegend des Nabels, als wenn etwas Lebendiges darin wäre. 300. Leibschneiden mit Blähungskolik, Knurren, Unruhe und bisweilen Schmerz in den Gedärmen. 1121. Durchlauf mit Schwingen im Mastdarme. 1217. Schwächegefühl im Bauch mit seufzendem Atemholen. Zittriges Gefühl im Bauch und im ganzen Körper. 1335. In der Magengegend Drücken, Schaffen, Drehen, Leerheits- und Schwächegefühl, bei Berührung etwas schmerzhaft. 1419. Magenzittern. 1954.

32 Drehen. Winden. Quälen.
Drehen um den Nabel, Schneiden im Unterleibe, dabei wie Wehen zur Geburt. 1214. Immer Quälen in der Herzgrube mit Übelkeit ohne Erbrechen, Kneipen im Leibe, dann einige dünne Stuhlgänge worauf das Leibweh nachläßt. 1228. Nach dem Essen lautes geschmackloses Aufstoßen, Drehen um den Nabel, Wasserauslaufen. 1239. Drehen und Winden um den Nabel. 1486.

33 Andere Empfindungen: Atmung. Erschütterung. Kitzel. Kriebeln. Taubheit.
Langsame Einatmung, wozu er tief aus dem Unterleibe ausheben muß; (muß den Atem tief aus dem Leibe holen). 481. Bisweilen schmerzhaftes Räuspern, welches den Unterleib schmerzhaft erschüttert. 1005. Früh, beim Erwachen, hohler, trockener Husten, von Kitzel über dem Magen. 1519. Unangenehmer Schmerz in der Magengrube. 1653. In allen Teilen Kriebeln, wie eingeschlafen. Vorzüglich dünkte ihr die Herzgrube wie gefühllos. 1794. Unterbauchbeschwerden, schwer zu

beschreibende Schmerzen. 1876.

34 Scharfe Bauchschmerzen verwandeln sich in Aufblähung. Scharfer Druck wie von Blähungen. Blähungskolik.
Ein kolikartiger Schmerz, als wenn die Eingeweide platzen sollten, im Oberbauche, fast wie ein Magenschmerz, welcher sich bis in die Kehle erstreckt, früh im Bette, beim Liegen auf der Seite; welcher vergeht, wenn man sich auf den Rücken legt. 283. Nächtliche Blähungskolik. 302. Blähungskolik mit Stichen nach der Brust zu. 303. Früh Blähungsleibweh im Unterbauche, welches nach der Brust und nach der Seite zu Stiche gibt. 304. Blähungskolik über dem Nabel, abwechselnd mit häufigem Zusammenlaufen des Speichels im Munde. 305. Gleich nach dem Essen, schneidendes stechendes Leibweh, welches in Aufblähung sich verwandelte. 321. Ein kneipendes Aufblähen im ganzen Unterleibe gleich nach dem Essen, bloß wenn er steht, und schlimmer, wenn er geht, durch fortgesetztes Gehen bis zum Unerträglichen erhöht, ohne daß Blähungen daran Schuld zu sein scheinen; beim ruhigen Sitzen vergeht es bald, ohne Abgang von Blähungen. 326. Kneipendes Leibweh in freier Luft, als wenn Durchfall entstehen wollte. 334. Scharf drückender Schmerz tief im Mastdarme nach dem Stuhlgange, wie von eingesperrten Blähungen (wie nach einer übereilten Ausleerung zu erfolgen pflegt – eine Art Proktalgie). 364. Ein scharfer Druck auf die Harnblase, wie von versetzten Blähungen, nach dem Abendessen. 389. Abends, im Bette, Blähungskolik; eine Art im Bauche hie und dahin tretendes Drücken, bei jedesmaligem Aufwachen die Nacht erneuert. 651. Um 10 Uhr wurde der Unterleib angegriffen und eine halbe Stunde lang aufgetrieben, worauf sich Drücken in der Nabelgegend einfand. 828a. Leibschneiden mit Blähungskolik, Knurren, Unruhe und bisweilen Schmerz in den Gedärmen. 1121. Immer Quälen in der Herzgrube mit Übelkeit ohne Erbrechen, Kneipen im Leibe, dann einige dünne Stuhlgänge worauf das Leibweh nachläßt. 1228. Nächtliche Blähungskolik. 1492. Auftreibung des Magens und des Unterleibes und plötzlicher Magenkrampf nach dem Essen. 1752. Nach Krampfanfall ermattet, Grimmen im Bauche und Auftreibung. 1829. Oft Leibschmerzen von eingeklemmten Blähungen. 3214.

35 Die Schmerzqualität verändert sich.
Gefühl, als würden die Bauchwände nach außen und das Zwerchfell nach obenhin gedehnt; am stärksten äußerte sich dieser Schmerz in der Milzgegend und nach hinten, nach der Wirbelsäule zu, abwechselnd bald mehr da, bald wieder mehr dort; auch erstreckte er sich mehrmals bis zur Brusthöhle herauf, artete daselbst in ein empfindliches Brennen aus; wendete sich jedoch am meisten und am heftigsten nach der Wirbelsäule in der Gegend des Sonnengeflechtes; Aufstoßen von Luft milderte diesen Schmerz. 279. Leibweh, erst kneipend, dann stechend, in einer von beiden Seiten des Unterleibes. 331. Bei Brustbeklemmung Drücken in der Herzgrube, welches sich beim Einatmen vermehrt und zu Stichen in der Herzgrube schnell übergeht. 465. Gegen 10 Uhr schmerzhafte Empfindungen vom Magen ausgehend und sich nach der Milz hin erstreckend und ebenso auch nach der Wirbelsäule sich hinrichtend. Diese verwandelten sich um 11 Uhr in vorübergehendes Stechen, das sich aus dem Oberbauche gleichsam nach der Brusthöhle herauf erstreckte, die Brustorgane aber nicht ergriff. 835b. Der Oberbauchschmerz schwieg bis 15 Uhr ganz, von da an stellte er sich aber wieder bis zum Abend bisweilen ein, wurde mitunter ziemlich heftig und erstreckte sich besonders mehrmals bis zur Brusthöhle herauf, artete da auch zuweilen in ein empfindliches Brennen aus, wendete sich jedoch am meisten und am heftigsten nach der Wirbelsäule in der Gegend des Ganglion coeliacum. Während dieser Anfälle entleerte sich der Magen öfters der Luft durch Aufstoßen und dies jedes Mal mit einer kurzdauernden Milderung des Schmerzes. 838a.

36 Aus verschiedenen Schmerzqualitäten zusammengesetzte Schmerzen an einer Stelle.
Brennende, drückende und ziehende Schmerzen im Magen, in der Gegend der Leber und der Milz. 261. Brennende, drückende und ziehende Schmerzen im Magen, in der Gegend der Leber und der Milz. 823. In der Magengegend Drücken, Schaffen, Drehen, Leerheits- und Schwächegefühl, bei Berührung etwas schmerzhaft. 1419. Mutterkrämpfe, mit schneidend stechendem und wehenarti-

gem Schmerze. 1488.   Stechender, drückender Schmerz und Schweregefühl in der linken Seite unter den linken Rippen. 1958.   Nach viel Kummer Gefühl von Schwäche und Müdigkeit im Epigastrium, mit brennendem Stechen. 1988.   Uterinkrämpfe mit schneidenden Stichen, krampfhafte Schmerzen im Uterus. 2160.

37   Schmerzen in einem Bauchteil anders als in einem anderen.
Ziehen und Kneipen im Unterleibe: es kam in den Mastdarm, wie Pressen, mit Wabblichkeit und Schwäche in der Herzgrube und Gesichtsblässe (zwei Tage vor dem Monatlichen). 335.   18 Uhr schmerzhaft Empfindung, der zu Folge es mir vorkam, als wenn etwas aus dem Oberbauche nach der Brusthöhle herauf drückte. Gleichzeitig empfand ich im Unterbauche mehr schneidende und zusammenziehende Schmerzen. 839.   Schmerz und Drücken, Vollheitsgefühl in der Herzgrube. Leibschneiden und Schmerzen, durch Druck auf den Leib vermehrt. 1157.   Drehen um den Nabel, Schneiden im Unterleibe, dabei wie Wehen zur Geburt. 1214.   Druck am Magen mit schießenden Schmerzen in der rechten Seite und in der Gegend des Zwölffingerdarms. 1863.   Hitze mit Schwere- und Wundheitsgefühl in der Lebergegend, dumpfem Wehtun und Empfindlichkeit in den Lenden. 2064.

BAUCHSCHMERZEN   Modalitäten

1   Essen bessert. Eine Stunde vor den Mahlzeiten.
Nagendes Gefühl im Magen vormittags, durch Essen erleichtert. 2020.   Lästiges Leerheitsgefühl in der Herzgrube, sie fühlt sich schwach, ohnmächtig, hohl da, was nicht erleichtert wird durch Essen, mit seufzenden Atemzügen. 2147.   Bauchschmerz, dumpfes Wehtun, am schlimmsten eine Stunde vor den Mahlzeiten und nachts im Bett. 2265.   Leeregefühl und Hinsein in der Magengrube, nicht besser durch Essen. 2359.   Krampfhafte Magenschmerzen, kann kaum atmen, schlimmer von Kaffee, besser bei und nach dem Essen. 2502.   Als Folge von Gemütsbewegungen Schwäche und Leerheitsgefühl im Epigastrium, so daß selbst nachts Speisen genossen werden mußten. 2518.   Schmerzen im Magen und im Rücken immer etwas besser nach dem Essen. 2712.   Leeregefühl im Magen nicht besser durch Essen. 2928.   Häufig Magenschmerzen, die durch Essen immer gebessert werden. 3110.   Häufig Gefühl einer Leere im Magen, wogegen Essen nichts half. 3210.   Essen bessert Magenschmerzen. 3221.   Magenschmerzen, die sich durch Essen bessern. 3227.   Magenschmerzen, muß essen, nur besser durch Milch oder frische Milchprodukte. 3312.   Ganz furchtbares Hungergefühl, wenn ich gegessen habe, ist es manchmal Bauchschmerz links besser, wenn ich etwas gegessen habe, wenn ich so richtig vollgegessen bin. 3613.

2   Einzelne Nahrungsmittel: Obst. Branntwein. Tabak. Kaffee. Süße Speisen. Alles außer Suppe. Feine Speisen. Schwere Speisen verträgt er besser. Milch bessert. Kalt Trinken.
Ein drückendes Kneipen im Unterleibe nach dem mindesten Obstgenusse, vorzüglich im Stehen und Gehen, welches im Sitzen vergeht. 328.   Nach Branntweintrinken entsteht heftiges Brennen im Magen. 1216.   Tabak widersteht ihm, es entsteht Leibweh nach Tabakrauchen. 1242.   Nach Branntwein brennt es im Magen. 1243.   Durch Branntweintrinken werden die Leibschmerzen heftiger. 1266.   Von Kaffee Leibweh und Durchlauf. 1268.   Von süßen Speisen Leibweh. 1269.   Von Tabakrauch Schweißausbruch, Übelkeit, Bauchweh. 1270.   Vom Kaffee gleich Leibweh und Durchlauf, so auch von anderen sehr süßen Speisen. 1279.   Vom Tabakrauchen Übelkeit, Schweißausbruch, Bauchweh. 1280.   Nach Tabakrauchen, Übelkeit mit Schweiß und Leibweh. 1478.   Brennen im Magen, besonders nach Branntwein. 1481.   Die Leibschmerzen verschlimmern sich nach süßen Speisen, Kaffee und Branntwein. 1490.   Konnte nur Suppen und

andere dünnflüssige Nahrungsmittel ohne Nachteil verzehren. 2005. Krampfhafte Magenschmerzen, kann kaum atmen, schlimmer von Kaffee, besser bei und nach dem Essen. 2502. Schmerz im Epigastrium mit sehr saurem Erbrechen nach Essen, besonders nach Obst, manchmal erst nach 2-3 Stunden. 2758. Höchst feine, leicht verdauliche Speisen bekamen ihm garnicht, während er schwere Speisen viel lieber hatte und er sie auch viel besser ertrug. 3215. Magenschmerzen, muß essen, nur besser durch Milch oder frische Milchprodukte. 3312. Nach kalt Trinken merkwürdiges Gefühl im Magen, wie Ohnmacht, ein Schmerz ist es nicht. 3511.

3 Nach dem Essen. Eine halbe Stunde nach dem Essen. Nach den ersten Bissen. 2-3 Stunden nach dem Essen. 20 Minuten nach Essen.

Wenn sie (mittags) etwas gegessen hat, ist es, als ob die Speisen über dem oberen Magenmunde stehen blieben und nicht hinunter in den Magen könnten. 224. Nach dem Frühstücken steigt eine Art Ängstlichkeit aus dem Unterleibe in die Höhe. 233. Nach dem Essen ist der Unterleib wie aufgetrieben. 235. Nach dem Essen wird der Unterleib angespannt, der Mund trocken und bitter, ohne Durst; die eine Wange ist rot (abends). 236. Ängstlich schmerzhafte Vollheit im Unterleibe, nach dem (Abend-) Essen. 237. Gleich nach dem Essen, schneidend stechendes Leibweh, welches in Aufblähung sich verwandelte. 321. Ein kneipendes Aufblähen im ganzen Unterleibe gleich nach dem Essen, bloß wenn er steht, und schlimmer, wenn er geht, durch fortgesetztes Gehen bis zum Unerträglichen erhöht, ohne daß Blähungen daran Schuld zu sein scheinen; beim ruhigen Sitzen vergeht es bald, ohne Abgang von Blähungen. 326. Ein scharfer Druck auf die Harnblase, wie von versetzten Blähungen, nach dem Abendessen. 389. Nach dem Essen lautes geschmackloses Aufstoßen, Drehen um den Nabel, Wasserauslaufen. 1239. Leibschmerz besonders nach dem Essen. 1605. Auftreibung des Magens und des Unterleibes und plötzlicher Magenkrampf nach dem Essen. 1752. Stuhlgang mit oder ohne Schmerzen drei oder vier Stunden nach den Mahlzeiten. 1753. Gastralgie besser durch vollkommene Nahrungskarenz. 1765. Nach dem Essen Brennen im Magen. 1852. Nach dem Essen Zittern und eine Art Angst im Magen, bisweilen mit Übelkeit. 1877. Magendrücken nach dem Essen, in der Nacht ärger als am Tage mit Übelkeit. 1952. Magendrücken Tag und Nacht, kann nichts genießen, der Schmerz ist herausdrückend, die Magengegend ist angeschwollen. 1965. Hatte sie etwas zu sich genommen, Gefühl, als wenn das Genossene über dem Magenmunde stehen bleibe. 1982. Verweigert die Speisen, heftiger Schmerz in der Magengrube. 2483. Mag nicht essen. Der Magen tut weh, das Essen bekommt nicht und der Darm ist träge. 2540. Schmerz im Epigastrium eine halbe Stunde nach dem Essen, Druck bessert. Außerdem Schmerzen im Bauch und zwischen den Schultern. 2738. Schmerz im Epigastrium mit sehr saurem Erbrechen nach Essen, besonders nach Obst, manchmal erst nach 2-3 Stunden. 2758. Nach jeder Mahlzeit heftige Magenkrämpfe, die mit einem schmerzhaften Pflockgefühl in der Kehlkopfgegend beginnen, sich gegen den Magen hinunterziehen und sich steigern bis zum Erbrechen. 3090. Nach dem Essen Druck in der Magengrube wie ein Kloß, der öfters bis in den Hals hochsteigt. 3093. Nach Essen Völlegefühl, viel saures Aufstoßen, ab und zu Brechreiz. 3109. Nach durchgemachtem Ärger: Nach den Mahlzeiten Auftreibung, manchmal mit Schmerzen. 3140. Rasch satt und große Völle des Magens nach dem ersten Bissen. 3211. Schneidende Magenschmerzen 20 Minuten nach Essen, mit Stuhldrang. 3416. Schmerz etwas über dem Nabel, den ganzen Tag, während des Essens habe ich Ruhe, eine Viertelstunde später geht es dann weiter. 3535. Bauchschmerzen, sie hat nichts getrunken. 3566.

4 Aufstoßen bessert.

Unterdrücktes, versagendes Aufstoßen (früh im Bette), welches drückenden Schmerz am Magenmunde, in der Speiseröhre bis oben in den Schlund verursacht. 245. Gefühl, als würden die Bauchwände nach außen und das Zwerchfell nach obenhin gedehnt; am stärksten äußerte sich dieser Schmerz in der Milzgegend und nach hinten, nach der Wirbelsäule zu, abwechselnd bald mehr da, bald wieder mehr dort; auch erstreckte er sich mehrmals bis zur Brusthöhle herauf, artete daselbst in ein empfindliches Brennen aus; wendete sich jedoch am meisten und am heftigsten nach der Wirbelsäule in der Gegend des Sonnengeflechtes; Aufstoßen von Luft milderte diesen Schmerz. 279. Der Oberbauchschmerz schwieg bis 15 Uhr ganz, von da an stellte er sich aber wieder bis zum Abend bisweilen ein, wurde mitunter ziemlich heftig und erstreckte sich besonders mehrmals bis zur Brusthöhle herauf, artete da auch zuweilen in ein empfindliches Brennen aus, wendete sich jedoch am meisten und am heftigsten nach der Wirbelsäule in der Gegend des Ganglion coeliacum. Während dieser Anfälle entleerte sich der Magen öfters der Luft durch Aufstoßen und dies jedes Mal mit einer kurzdauernden Milderung des Schmerzes. 838a. Von der Herzgrube herauf bis in den Hals Drücken mit Atembeengung, welches durch Aufstoßen gemildert wird. 1413.

5 Fester Druck bessert. Einziehen des Bauches bessert. Muß sich vorwärtsbeugen.
Rechts, hart am Nabel, ein schmerzliches Drücken an einer kleinen Stelle, welches sich beim tieferen Einatmen und freiwilligen Auftreiben des Unterleibes vermehrte und zum Hineinziehen des Nabels nötigte, wodurch es zuweilen nachließ. Mit Knurren im Bauche. 848. Ein klammartiger, bald einwärtspressender, bald auswärtsdringender Schmerz in der Schoßgegend, welcher sich bis in die rechte Unterbauchgegend zieht; wenn sie sich auf den Rücken legt oder die schmerzhaften Teile drückt, vergeht der Schmerz. 1028. Stechende, lanzinierende Koliken, die ihn zwingen, sich vorwärts zu beugen. 1638. Schmerz im Epigastrium eine halbe Stunde nach dem Essen, Druck bessert. Außerdem Schmerzen im Bauch und zwischen den Schultern. 2738. Magenschmerz nagend, scharf, besser durch Vorwärtsbeugen. 2759. Druckschmerzen im Magen, wie aufgebläht, wenn ich dagegendrücke, wird es besser. 3536. Bauchschmerzen, lag ruhig und ganz flach auf dem Rücken, ging etwas gebeugt. 3564. Der Afterschmerz wird allmählich unangenehmer und zwingt immer häufiger zum Pressen. 3584. Krampfartige Bauchschmerzen bis in den Rücken vor der Periode. Krümmt sich zusammen dabei. 3609.

6 Berührung. Druck. Kleiderdruck.
Ein bloß beim Draufdrücken fühlbarer Schmerz in der Herzgrube, als wenn es da innerlich wund wäre. 273. Heftige Auftreibung der Hypochondrien, besonders in den Seiten, im Scrobiculo und Kreuze. Wegen der Vollheit und Anspannung unter den Rippen konnte sie nicht Atem holen. Es war ihr stets ängstlich dabei. Sie mußte sich die Kleider öffnen. 845. Feines Stechen in der Herzgrube, die beim Daraufdrücken empfindlich ist, nebst einem Gefühle von Schwäche und Leerheit daselbst. 1102. Schmerz und Drücken, Vollheitsgefühl in der Herzgrube. Leibschneiden und Schmerzen, durch Druck auf den Leib vermehrt. 1157. In der Magengegend Drücken, Schaffen, Drehen, Leerheits- und Schwächegefühl, bei Berührung etwas schmerzhaft. 1419. Epigastrium schmerzhaft bei Berührung. 1622. Auftreibung in der Lebergegend, schmerzhaft bei leichter Berührung. 1654. Bei Palpation Schmerzempfindung in der Milzgegend. 1707. Leib etwas aufgetrieben und bei Berührung schmerzhaft. 1716. Empfindlichkeit der Magengrube bei Druck. 1853. Brennen und Druckempfindlichkeit im Epigastrium. 1882. In der rechten Bauchseite liegt es wie ein Klumpen, den sie fühlen kann, der Leib überhaupt ist voller Schmerz, sie darf ihn nicht berühren. 1898. Druck in der Herzgrube, die beim Befühlen sehr empfindlich war. 1983. Druck auf die Magengegend vermehrt den Schmerz ungemein. 2007. Anschwellen der Magengegend, so daß sie oft ihre Kleider zu lösen hat oder diese beim Anziehen nicht zusammenzubringen sind. 2021. Hitze mit Schwere- und Wundheitsgefühl in der Lebergegend, dumpfem Wehtun und Empfindlichkeit in den Lenden. 2064. Gebärmutterentzündung, Schmerzen werden vermehrt oder erneut ganz besonders nach Berühren der Teile. 2161. Bauch aufgetrieben, druckempfindlich. 2302. Schmerz im linken Hypochondrium stärker durch Druck und anhaltendes Gehen. 2340. Druckschmerz im Epigastrium und rechten Hypochondrium. 2605. Magen berührungsempfindlich. Muß das Korsett ausziehen. 2760. Etwas Empfindlichkeit im Epigastrium. 2841. Druckempfindlichkeit unterhalb des Xiphoid in der Mittellinie. 3096. Tonusvermehrung des rechten rectus abdominis gegenüber links, bei tiefer Palpation duodenum druckschmerzhaft. 3112. Verstopfung, Leber etwas empfindlich. 3147. Gürtel und Kragen werden schlecht vertragen. 3356. Herzbeschwerden bei Linkslage, Leberbeschwerden bei Rechtslage. 3357. Der Druck vom warmen Wickel bei Bauchschmerzen war zu fest. 3565.

BAUCHSCHMERZEN / Modalitäten

7 Räuspern. Husten. Erbrechen. Aufstoßen. Tief Atmen.
Unterdrücktes, versagendes Aufstoßen (früh im Bette), welches drückenden Schmerz am Magenmunde, in der Speiseröhre bis oben in den Schlund verursacht. 245.   Kneipendes Leibweh, gerade in der Nabelgegend, Erbrechen erregend, worauf der Schmerz in die linke Brustseite übergeht, aus Kneipen und feinem Stechen zusammengesetzt. 332.   Bei Brustbeklemmung Drücken in der Herzgrube, welches sich beim Einatmen vermehrt und zu Stichen in der Herzgrube schnell übergeht. 465.   Rechts, hart am Nabel, ein schmerzliches Drücken an einer kleinen Stelle, welches sich beim tieferen Einatmen und freiwilligen Auftreiben des Unterleibes vermehrte und zum Hineinziehen des Nabels nötigte, wodurch es zuweilen nachließ. Mit Knurren im Bauche. 848.   Bisweilen schmerzhaftes Räuspern, welches den Unterleib schmerzhaft erschüttert. 1005.   Chronischer Husten, trocken, auch nachts, aus der Luftröhre kommend, Bauchschmerz errregend, mit Schmerz und Beengung in der Brust. 1110.   Krampfhafte Magenschmerzen, kann kaum atmen, schlimmer von Kaffee, besser bei und nach dem Essen. 2502.   Schmerz im Rectum beim Husten. 2805.

8 Rückenlage bessert. Linkslage. Rechtslage. Liegen auf dem Rücken mit abgesenktem Kopf und angehobenen Beinen bessert.
Ein kolikartiger Schmerz, als wenn die Eingeweide platzen sollten, im Oberbauche, fast wie ein Magenschmerz, welcher sich bis in die Kehle erstreckt, früh im Bette, beim Liegen auf der Seite; welcher vergeht, wenn man sich auf den Rücken legt. 283.   Ein klammartiger, bald einwärtspressender, bald auswärtsdringender Schmerz in der Schoßgegend, welcher sich bis in die rechte Unterbauchgegend zieht; wenn sie sich auf den Rücken legt oder die schmerzhaften Teile drückt, vergeht der Schmerz. 1028.   Liegt sie auf der linken Seite, so knurrt es im linken Hypochonder, wie im Leibe. 1960.   Die falschen Wehen waren erträglicher durch Liegen auf dem Rücken ohne Kopfkissen und Anheben der Matratze am Fußende. 2384.   Unterleibsschmerzen, drohender Abort durch Schreck, gebessert durch Entfernen des Kopfkissens und Anheben des Fußendes. 2525.   Herzbeschwerden bei Linkslage, Leberbeschwerden bei Rechtslage. 3357.   Bauchschmerzen, lag ruhig und ganz flach auf dem Rücken, ging etwas gebeugt. 3564.

9 Liegen. Hinlegen.
Stechend zuckender Schmerz im linken Schoße abends beim Liegen im Bette. 337.   Legt er sich beim Ausbruch der Epilepsie nieder, so entsteht ein sehr schmerzhaftes Drücken in der Herzgrube. 1387.   Epilepsie: beim Hinlegen schmerzhafter Druck in der Magengrube, er fing an zu schreien. 2534.   Schmerz im Sacrum, schlechter im Liegen, über die Hüften bis zu den Ovarien, wo er als ein schneidendes Wehtun bleibt, schlechter durch Reiben, Bewegung und Hitze. 2728.   Bauchschmerz links morgens im Liegen, besser beim Aufstehen. 3612.

10 Gehen. Stehen. Gehen im Freien. Bewegung. Ruhig Sitzen bessert.
Ein anhaltendes Kneipen auf einer kleinen Stelle im rechten Unterbauche, in der Gegend des Blinddarmes, vorzüglich beim Gehen (im Freien). 322.   Ein kneipendes Aufblähen im ganzen Unterleibe gleich nach dem Essen, bloß wenn er steht, und schlimmer, wenn er geht, durch fortgesetztes Gehen bis zum Unerträglichen erhöht, ohne daß Blähungen daran Schuld zu sein scheinen; beim ruhigen Sitzen vergeht es bald, ohne Abgang von Blähungen. 326.   Kneipende Kolik in allen Därmen, selbst entfernt von einer Mahlzeit, beim Gehen in freier Luft. 329.   Feinstechendes Leibweh unterhalb des Nabels. 330.   Bei der geringsten Bewegung Schmerz im Leib, besonders in der Nabelgegend, wie zerrissen und mit Blut unterlaufen, fast wie nach einer Niederkunft. In der Herzgrube nur Schmerz bei starkem Aufdrücken. 1002.   Regeln häufig verspätet und spärlich, während derselben starke Unterbauchbeschwerden, verstärkt durch Gehen. 1878.   Wundheitsgefühl im Magen, bei Bewegung wird der Schmerz schneidend. 1953.   Stiche in der linken Seite schlimmer beim Gehen oder Fehltreten. 1963.   Schmerz im linken Hypochondrium stärker durch Druck und anhaltendes Gehen. 2340.   Schmerz und Übelkeit im Magen im Stehen, muß sich hinsetzen. 2394.   Bauchschmerzen, lag ruhig und ganz flach auf dem Rücken, ging etwas gebeugt. 3564.

Modalitäten / BAUCHSCHMERZEN

11 Im Freien. Zugluft. Durch Erkältung. Muß baden. Feuchtheißer Wickel bessert.
Ein anhaltendes Kneipen auf einer kleinen Stelle im rechten Unterbauche, in der Gegend des Blinddarmes, vorzüglich beim Gehen (im Freien). 322.   Kneipende Kolik in allen Därmen, selbst entfernt von einer Mahlzeit, beim Gehen in freier Luft. 329.   Kneipendes Leibweh in freier Luft, als wenn Durchfall entstehen wollte. 334.   Empfindlichkeit der Haut gegen Zugluft; es ist ihm im Unterleibe, als wenn er sich verkälten würde. 617.   Durch Erkältung infolge eines im Gewitterregen durchnäßten, vorher erhitzten Körpers anfallsweises Magenleiden. 1325.   Die Magenschmerzen entstehen auch, wenn er ein bißchen vom Regen durchnäßt wird, oder ein von Schweiß durchnäßtes Hemd nicht gleich auszieht und mit einem trockenen vertauschen kann. 1331.   Muß jedesmal baden wenn er einen Kolikanfall hat. 1643.   Ganz furchtbares Hungergefühl, wenn ich gegessen habe, ist es manchmal besser, feuchtheißer Wickel tut gut, nachts habe ich Ruhe. 3529.   Der Druck vom warmen Wickel bei Bauchschmerzen war zu fest. 3565.

12 Kränkung. Schreck. Kummer.
Sehr empfindliches Gemüt, zu innerlicher Kränkung geneigt, ärgert sich leicht und heftig, danach gleich Anfall des Magenleidens. 1326.   Nach häufigem Schrecken wurden die Menstrualkoliken heftiger. 1851.   Nach viel Kummer Gefühl von Schwäche und Müdigkeit im Epigastrium, mit brennendem Stechen. 1988.   Unterdrückter Gram verursacht Frühgeburt, enttäuschte Liebe Ovarienleiden, nach unterdrücktem Ärger Veitstanz bei Schwangeren. 2142.   Nach Schreck Zittern, am nächsten Tag falsche Wehen. 2383.   Durch Schreck heftiger Schmerz im Epigastrium, anhaltend, zeitweise bedeutend verschlimmert. 2449.   Als Folge von Gemütsbewegungen Schwäche und Leerheitsgefühl im Epigastrium, so daß selbst nachts Speisen genossen werden mußten. 2518.   Unterleibsschmerzen, drohender Abort durch Schreck, gebessert durch Entfernen des Kopfkissens und Anheben des Fußendes. 2525.   Seit Panik brach sie ständig alle Nahrung aus, hatte lebhafte Leibkrämpfe und war zu nichts mehr fähig. 3100.   Seit ungerechter Entlassung Durchfälle mit krampfhaften Magenschmerzen. 3107.   Nach durchgemachtem Ärger: Nach den Mahlzeiten Auftreibung, manchmal mit Schmerzen. 3140.   Magenbeschwerden seit Tod des Ehemannes. 3148.   Die kleinste Widrigkeit löst Kopf- und Magenschmerzen aus. 3222.   Übelkeit bei Belastungen bis zum Erbrechen, Druck im Magen. 3284.

13 Periode.
Ziehen und Kneipen im Unterleibe: es kam in den Mastdarm, wie Pressen, mit Wabblichkeit und Schwäche in der Herzgrube und Gesichtsblässe (zwei Tage vor dem Monatlichen). 335.   Vor und während der Regel Gefühl von Leere im Magen, zusammenziehender Schmerz im Unterleibe. 1178.   Mit der Periode am Morgen erschien eine heftige, Erstickung drohende Brustbeklemmung, welche wie ein Krampf aus dem Unterleib heraufzusteigen schien, das Atmen glich nur einem Schluchzen und geschah in kurzen Stößen. 1315.   Uterinkrämpfe während der Regel. 1513.   Regeln häufig verspätet und spärlich, während derselben starke Unterbauchbeschwerden, verstärkt durch Gehen. 1878.   Sparsame Menstruation, dabei jedesmal heftige Krämpfe und Schmerzen, mit Gefühl als sollte sie gebären. 2045.   Jedesmal mit Beginn der Menstruation Krämpfe und Schmerzen. 2048.   Während des Monatlichen Lichtscheu, zusammenziehende Kolik, Angst und Herzklopfen, Mattigkeit und Ohnmacht. 2162.   Schreckliches Kneifen und Schneiden im Bauch vor und nach der Periode. 2388.   Fluor albus nach den Menses, heftige Leibschmerzen vorher. 2460.   Drücken und Schmerzen im Magen, eine Woche vor der Regel. 3505.

14 Stuhlgang. Blähungsabgang. Nach Stuhlgang. Vor Stuhlgang. Stuhlgang bessert. Nach weichem Stuhl.
Ein kneipendes Aufblähen im ganzen Unterleibe gleich nach dem Essen, bloß wenn er steht, und schlimmer, wenn er geht, durch fortgesetztes Gehen bis zum Unerträglichen erhöht, ohne daß Blähungen daran Schuld zu sein scheinen; beim ruhigen Sitzen vergeht es bald, ohne Abgang von Blähungen. 326.   Scharf drückender Schmerz tief im Mastdarme nach dem Stuhlgange, wie von eingesperrten Blähungen (wie nach einer übereilten Ausleerung zu erfolgen pflegt – eine Art Proktalgie). 364.

Faule, stinkende Stühle, zwei bis dreimal täglich, mit Schneiden und Leibweh vor dem Stuhlgange. 1158.   Durchlauf mit Schwingen im Mastdarme. 1217.   Immer Quälen in der Herzgrube mit Übelkeit ohne Erbrechen, Kneipen im Leibe, dann einige dünne Stuhlgänge woraufdas Leibweh nachläßt. 1228.   Afterfissuren mit schmerzloser Zusammenziehung im After mehrere Tage lang; bald nach dem Stuhlgange Schmerz im After, weit nach oben schießend, oder Zusammenschnüren und Schründen als würde eine Wunde berührt. 2157.   Hämorrhoiden nach Entbindung, scharfer, schmerzhafter Druck im After selbst nach weichem Stuhl, scharfe Stiche vom Anus zum Rectum. 2227.   Nach Stuhl heftiger, zusammenziehender Schmerz im Anus und Stiche das Rectum hinauf, jeden Tag 17 Uhr hört der Schmerz plötzlich auf. 2323.

15   Abends. 18 Uhr. 19-20 Uhr.

Abends vor dem Einschlafen und früh stehen die Speisen gleichsam bis oben herauf. 225.   Nach dem Essen wird der Unterleib angespannt, der Mund trocken und bitter, ohne Durst; die eine Wange ist rot (abends). 236.   Ängstlich schmerzhafte Vollheit im Unterleibe, nach dem (Abend-) Essen. 237.   Krampfhafte Blähungskolik im Oberbauche, abends beim Einschlafen und früh beim Erwachen. 298.   Stechend zuckender Schmerz im linken Schoße abends beim Liegen im Bette. 337.   Abends nach dem Niederlegen, zwei Stunden lang, scharf drückender Schmerz im Mastdarme (Proktalgie), ohne Erleichterung in irgendeiner Lage, welcher sich ohne Blähungsabgang von selbst legt. 365.   Zusammenziehung des Afters (abends), welche Tags darauf um dieselbe Stunde wiederkommt, schmerzhaft beim Gehen, am meisten aber beim Stehen, unschmerzhaft aber im Sitzen, mit Zusammenfluß eines faden Speichels im Munde. 368.   Ein scharfer Druck auf die Harnblase, wie von versetzten Blähungen, nach dem Abendessen. 389.   Abends, im Bette, Blähungskolik; eine Art im Bauche hie und dahin tretendes Drücken, bei jedesmaligem Aufwachen die Nacht erneuert. 651.   18 Uhr schmerzhaft Empfindung, der zu Folge es mir vorkam, als wenn etwas aus dem Oberbauche nach der Brusthöhle herauf drückte. Gleichzeitig empfand ich im Unterbauche mehr schneidende und zusammenziehende Schmerzen. 839.   Qualvollste Magenschmerzen, welche sich gewöhnlich 19-20 Uhr, noch häufiger gegen Mitternacht einstellten, 2-3 Stunden andauerten und allmählich verschwanden. 2003.

16   Nachts. Gegen Mitternacht.

Nächtliche Blähungskolik. 302.   Abends, im Bette, Blähungskolik; eine Art im Bauche hie und dahin tretendes Drücken, bei jedesmaligem Aufwachen die Nacht erneuert. 651.   Der Magenschmerz ließ ihn des Nachts nicht schlafen. 1104.   Nächtliche Blähungskolik. 1492.   Magendrücken nach dem Essen, in der Nacht ärger als am Tage mit Übelkeit. 1952.   Nächtliches Magendrücken. 1964.   Qualvollste Magenschmerzen, welche sich gewöhnlich 19-20 Uhr, noch häufiger gegen Mitternacht einstellten, 2-3 Stunden andauerten und allmählich verschwanden. 2003.   Bauchschmerz, dumpfes Wehtun, am schlimmsten eine Stunde vor den Mahlzeiten und nachts im Bett. 2265.   Unruhe, Schlaflosigkeit, nächtliche Pulsationen im Bauch. 2529.

17   Morgens.

Abends vor dem Einschlafen und früh stehen die Speisen gleichsam bis oben herauf. 225.   Unterdrücktes, versagendes Aufstoßen (früh im Bette), welches drückenden Schmerz am Magenmunde, in der Speiseröhre bis oben in den Schlund verursacht. 245.   Krampfhafte Blähungskolik im Oberbauche, abends beim Einschlafen und früh beim Erwachen. 298.   Leibweh: anhaltender Zerschlagenheitsschmerz der Gedärme, früh im Bette. 299.   Früh Blähungsleibweh im Unterbauche, welches nach der Brust und nach der Seite zu Stiche gibt. 304.   Wenn sie morgens aufsteht, Knurren im Leibe, wie wenn ein gesunder Mensch hungrig ist, bei Übelkeit, sie muß etwas essen, manchmal geschmackloses Aufstoßen bei beständigem Kopfweh. 1227.   Bauchschmerz links morgens im Liegen, besser beim Aufstehen. 3612.

18   Vormittags. Nach dem Frühstück. Bis Mittag. 10 Uhr. 10-11 Uhr. 8.30 Uhr.

Nach dem Frühstücken steigt eine Art Ängstlichkeit aus dem Unterleibe in die Höhe. 233.   Schmerz-

Modalitäten / BAUCHSCHMERZEN

haftes Drücken in der Gegend der Milz und des Magengrundes, welches mehrere Minuten continuierte, dann eine halbe Stunde aussetzte und so abwechselnd bis gegen Mittag wiederkehrte und verschwand. 824.　Um 10 Uhr wurde der Unterleib angegriffen und eine halbe Stunde lang aufgetrieben, worauf sich Drücken in der Nabelgegend einfand. 828a.　Gegen 10 Uhr schmerzhafte Empfindungen vom Magen ausgehend und sich nach der Milz hin erstreckend und ebenso auch nach der Wirbelsäule sich hinrichtend. Diese verwandelten sich um 11 Uhr in vorübergehendes Stechen, das sich aus dem Oberbauche gleichsam nach der Brusthöhle herauf erstreckte, die Brustorgane aber nicht ergriff. 835b.　Gegend der Milz und nach hinten, nach der Wirbelsäule zu, abwechselnd bald mehr da, bald mehr dort. 838.　Nagendes Gefühl im Magen vormittags, durch Essen erleichtert. 2020.

19　Mittags.
Wenn sie (mittags) etwas gegessen hat, ist es, als ob die Speisen über dem oberen Magenmunde stehen blieben und nicht hinunter in den Magen könnten. 224.　Schmerzhaftes Drücken in der Gegend der Milz und des Magengrundes, welches mehrere Minuten continuierte, dann eine halbe Stunde aussetzte und so abwechselnd bis gegen Mittag wiederkehrte und verschwand. 824.　Gegen Mittag fängt es an zu drücken in der Herzgrube, beim äußeren Druck ist die Grube unschmerzhaft. 1232.

20　Nachmittags. Ab 15 Uhr. Bis 17 Uhr. Ab 17 Uhr.
In den Nachmittagsstunden ließ sich zuweilen Poltern im Unterleibe vernehmen. 825.　Der Oberbauchschmerz schwieg bis 15 Uhr ganz, von da an stellte er sich aber wieder bis zum Abend bisweilen ein, wurde mitunter ziemlich heftig und erstreckte sich besonders mehrmals bis zur Brusthöhle herauf, artete da auch zuweilen in ein empfindliches Brennen aus, wendete sich jedoch am meisten und am heftigsten nach der Wirbelsäule in der Gegend des Ganglion coeliacum. Während dieser Anfälle entleerte sich der Magen öfters der Luft durch Aufstoßen und dies jedes Mal mit einer kurzdauernden Milderung des Schmerzes. 838a.　Nach Stuhl heftiger, zusammenziehender Schmerz im Anus und Stiche das Rectum hinauf, jeden Tag 17 Uhr hört der Schmerz plötzlich auf. 2323.　Die Magenschmerzen beginnen jeden Tag 17 Uhr und enden mit Erbrechen. 3150.

21　Dauer.
Nagender Heißhunger, wobei es ihm bisweilen weichlich und brecherlich wurde, er legte sich nach Verlauf einer halben Stunde, ohne daß er irgend etwas zu seiner Befriedigung getan hatte. 218.　Fixer und drückender Schmerz in der Magengegend, 10 Minuten lang. 256.　Auftreiben in der Nabelgegend und Schneiden daselbst, 1/4 Stunde lang. 285.　Ziehende Schmerzen in der linken Lendengegend, wenige Minuten andauernd. 287.　Krampfhafte Spannung im Mastdarme den ganzen Tag. 363.　Abends nach dem Niederlegen, zwei Stunden lang, scharf drückender Schmerz im Mastdarme (Proktalgie), ohne Erleichterung in irgendeiner Lage, welcher sich ohne Blähungsabgang von selbst legt. 365.　Schmerzhaftes Drücken in der Gegend der Milz und des Magengrundes, welches mehrere Minuten continuierte, dann eine halbe Stunde aussetzte und so abwechselnd bis gegen Mittag wiederkehrte und verschwand. 824.　Periodische Unterleibskrämpfe, bei einer sensiblen Frau. 1167.　Zuerst Gefühl, als läge ein Stein im Magen, dies dauert einige Stunden, dann wird ihm übel, die Magengegend schwillt an, so stark, daß er eine ordentliche Wulst in der Herzgrube hat, die sich zu beiden Seiten, unter den kurzen Rippen hindurch, bis zum Rückgrat erstreckt. 1327.　Qualvollste Magenschmerzen, welche sich gewöhnlich 19-20 Uhr einstellten, noch häufiger gegen Mitternacht einstellten, 2-3 Stunden andauerten und allmählich verschwanden. 2003.　Ganz furchtbares Hungergefühl, wenn ich gegessen habe, ist es manchmal besser, feuchtheißer Wickel tut gut, nachts habe ich Ruhe. 3529.　Schmerz etwas über dem Nabel, den ganzen Tag, Während des Essens habe ich Ruhe, eine Viertelstunde später geht es dann weiter. 3535.

22　Mit Angst.
Nach dem Frühstücken steigt eine Art Ängstlichkeit aus dem Unterleibe in die Höhe. 233.　Ängstlich schmerzhafte Vollheit im Unterleibe, nach dem (Abend-) Essen. 237.　Heftige Auftreibung der Hypochondrien, besonders in den Seiten, im Scrobiculo und Kreuze. Wegen der Vollheit und Anspan-

nung unter den Rippen konnte sie nicht Atem holen. Es war ihr stets ängstlich dabei. Sie mußte sich die Kleider öffnen. 845.   Nach dem Essen Zittern und eine Art Angst im Magen, bisweilen mit Übelkeit. 1877.   Übelkeit mit großer Unruhe und Angst, drückende Schmerzen, Brecherlichkeitsgefühl in der Magengegend mit Beklemmung und krampfhafter Zusammenschnürung der Brust. 2006. Während des Monatlichen Lichtscheu, zusammenziehende Kolik, Angst und Herzklopfen, Mattigkeit und Ohnmacht. 2162.   Bauchschmerzen, sie hat ruhig gelegen, und sie hat gesagt: Mamma, ich bin ganz unruhig, bleib bei mir sitzen! 3567.

23   Mit Schwäche, Ohnmächtigkeit.
Gefühl im Magen, als wenn man lange gefastet hätte, wie von Leerheit mit fadem Geschmacke im Munde und Mattigkeit in allen Gliedern. 263.   Gefühl von Nüchternheit um den Magen und Entkräftung des Körpers. 265.   Ziehen und Kneipen im Unterleibe: es kam in den Mastdarm, wie Pressen, mit Wabblichkeit und Schwäche in der Herzgrube und Gesichtsblässe (zwei Tage vor dem Monatlichen). 335.   Sehr matt am ganzen Körper; wenn er geht, ist es ihm, als wenn der Atem fehlen wollte, es wird ihm weichlich in der Herzgrube und dann Husten. 476.   Mattigkeit, wie von einer Schwäche um die Herzgrube herum; es wird ihm weichlich; er muß sich legen. 632.   In der Apyrexie Gesichtsblässe, wenig Appetit, Druckschmerz in der Herzgrube, Mattigkeit in den Gliedern. 1311.   Engigkeit in der Herzgrube nicht selten bis zur Ohnmacht erhöht, mit verschlossenen Augen scheint der Atem ganz still zu stehen. 1416.   Nach Krampfanfall ermattet, Grimmen im Bauche und Auftreibung. 1829.   Gefühl, als ob sie lange gefastet hätte, mit pappigem Geschmack und Mattigkeit in den Gliedern. 2146.   Während des Monatlichen Lichtscheu, zusammenziehende Kolik, Angst und Herzklopfen, Mattigkeit und Ohnmacht. 2162.   Der Bauchschmerz macht Ohnmächtigkeit und Übelkeit. 2266.   Gelegentlich bei Magenschmerzen Synkope mit Schweiß. 3313.

24   Bei Krämpfen.
Heut fing es in dem kleinen Finger der rechten Hand an zu zucken, von fortwährendem Stechen im Unterleibe begleitet, nach Mittag am stärksten. 1009.   In ihren lichten Momenten führt die Kranke die Hand auf den Unterleib, mit dem Ausdrucke des Schmerzes; ich soll in der rechten Unterbauchseite eine Geschwulst von der Größe eines Kinderkopfes bemerken, das war ihr globus hystericus, der ihr Erstickungsgefühl verursachte. 1035.   Legt er sich beim Ausbruch der Epilepsie nieder, so entsteht ein sehr schmerzhaftes Drücken in der Herzgrube. 1387.   Nach Krampfanfall ermattet, Grimmen im Bauche und Auftreibung. 1829.   Epilepsie: beim Hinlegen schmerzhafter Druck in der Magengrube, er fing an zu schreien. 2534.

25   Bei Fieber.
Nachmittags, Fieber: Schauder, mit Leibweh; hierauf Schwäche und Schlaf mit brennender Hitze des Körpers. 714.   Schmerzen in der Magengegend (Fieber). 1362.   In der Hitze Schmerzen in der Magengegend. 1431.   Magenschmerzen in der Apyrexie. 1776.   In der Apyrexie Bauchschmerz. 1786.   Das Fieber begann mit Unwohlsein, Kopfschmerz, öfterem ziemlich heftigem Frösteln, Aufstoßen, Gefühl von Vollheit des Magens, leichten, zusammenziehenden Schmerzen im Bauch und 3-4 mal täglich Durchfall. 1936.   Hitze mit Schwere- und Wundheitsgefühl in der Lebergegend, dumpfem Wehtun und Empfindlichkeit in den Lenden. 2064.   Schmerz vom Sacrum zu den Ovarien macht Schüttelfrost und Zähneklappern. 2729.   Während des Frostes Kolik, Übelkeit, Speise-, Schleim- oder Galleerbrechen. 2983.   Während der Hitze Schmerz in Magen und Darm. 3003.

26   Mit Kopfschmerz, Schwindel.
Zusammenschnürende Empfindung in den Hypochondern, wie bei Leibesverstopfung, mit einem einseitigen Kopfweh, wie von einem ins Gehirn eingedrückten Nagel, früh. 297.   Schwindel und leichtes vorübergehendes Kopfweh, danach vermehrte Wärme im Magen und eine halbe Stunde lang reichlichere Speichelabsonderung. 819.   Manchmal scheint sich der Bauchschmerz das Rückgrat

hinauf zum Kopf zu erstrecken, er fühlt sich dann sehr seltsam, weiß kaum was los ist und fürchtet zu fallen. 2267.   Vor Beginn der Kopfschmerzen Gefühl von Leere in Magen und Brust, Steifheit des Nackens und der Trapecii. 2311.   Die kleinste Widrigkeit löst Kopf- und Magenschmerzen aus. 3222.   Am Wochenende, wenn ich die Kopfschmerzen habe, ständig ein leichter, nagender Schmerz im Magen. 3522.

27   Mit Speichelfluß, schlechtem Mundgeschmack.
Gefühl im Magen, als wenn man lange gefastet hätte, wie von Leerheit mit fadem Geschmacke im Munde und Mattigkeit in allen Gliedern. 263.   Blähungskolik über dem Nabel, abwechselnd mit häufigem Zusammenlaufen des Speichels im Munde. 305.   Schwindel und leichtes vorübergehendes Kopfweh, danach vermehrte Wärme im Magen und eine halbe Stunde lang reichlichere Speichelabsonderung. 819.   Nach dem Essen lautes geschmackloses Aufstoßen, Drehen um den Nabel, Wasserauslaufen. 1239.   Gefühl, als ob sie lange gefastet hätte, mit pappigem Geschmack und Mattigkeit in den Gliedern. 2146.

28   Mit Globusgefühl oder Zusammenziehen im Hals.
Druck und Hinabsenkungsempfindung in der Herzgrube, mit Zusammenschnürung im Halse beim Essen. 2685.   Nach jeder Mahlzeit heftige Magenkrämpfe, die mit einem schmerzhaften Pflockgefühl in der Kehlkopfgegend beginnen, sich gegen den Magen hinunterziehen und sich steigern bis zum Erbrechen. 3090.   Nach dem Essen Druck in der Magengrube wie ein Kloß, der öfters bis in den Hals hochsteigt. 3093.

29   Mit Atemnot, Seufzen, Gähnen.
Sehr matt am ganzen Körper; wenn er geht, ist es ihm, als wenn der Atem fehlen wollte, es wird ihm weichlich in der Herzgrube und dann Husten. 476.   Schmerz in der Schoßgegend, wobei ihr der Atem ausbleibt, mit Wabblichkeit und Gefühl von Schwäche in der Herzgrube. 1029.   Dumpf drückender Schmerz in der Herzgrube. Beklemmung der Brust. 1087.   Mit der Periode am Morgen erschien eine heftige, Erstickung drohende Brustbeklemmung, welche wie ein Krampf aus dem Unterleib heraufzusteigen schien, das Atmen glich nur einem Schluchzen und geschah in kurzen Stößen. 1315.   Von der Herzgrube herauf bis in den Hals Drücken mit Atembeengung, welches durch Aufstoßen gemildert wird. 1413.   Nicht zu beschreibendes Gefühl in der Herzgrube, wobei es an der Herzgrube herüber zu eng ist mit Kurzatmigkeit, als wenn der untere Teil mit einem Schnürleib zusammengezogen wäre, gewöhnlich mit heftigem Herzklopfen. 1415.   Engigkeit in der Herzgrube nicht selten bis zur Ohnmacht erhöht, mit verschlossenen Augen scheint der Atem ganz still zu stehen. 1416.   Der Atem wird ihr beklommen, die Beklemmung geht vom Magen aus und erstreckt sich bis in den Hals. 1860.   Übelkeit mit großer Unruhe und Angst, drückende Schmerzen, Brecherlichkeitsgefühl in der Magengegend mit Beklemmung und krampfhafter Zusammenschnürung der Brust. 2006.   Lästiges Leerheitsgefühl in der Herzgrube, sie fühlt sich schwach, ohnmächtig, hohl da, was nicht erleichtert wird durch Essen, mit seufzenden Atemzügen. 2147.   Gefühl von Leere, Schwäche, Einsinken oder Ohnmacht in der Magengrube, so daß sie fast dauernd krampfhaft gähnen mußte. Fast renkte sie sich den Unterkiefer aus dabei. 2290.   Unwillkürliches Seufzen und ein Schwäche- und Leeregefühl in der Magengrube. 2937.

30   Mit Übelkeit, Erbrechen.
Kneipendes Leibweh, gerade in der Nabelgegend, Erbrechen erregend, worauf der Schmerz in die linke Brustseite übergeht, aus Kneipen und feinem Stechen zusammengesetzt. 332.   Immer Quälen in der Herzgrube mit Übelkeit ohne Erbrechen, Kneipen im Leibe, dann einige dünne Stuhlgänge worauf das Leibweh nachläßt. 1228.   Von Tabakrauch Schweißausbruch, Übelkeit, Bauchweh. 1270.   Vom Tabakrauchen Übelkeit, Schweißausbruch, Bauchweh. 1280.   Nach Tabakrauchen, Übelkeit mit Schweiß und Leibweh. 1478.   Heftiger Magenschmerz, Erbrechen alles Genossenen, durch Schreck entstanden. 1833.   Nach dem Essen Zittern und eine Art Angst im Magen, bisweilen mit Übelkeit. 1877.   Magendrücken nach dem Essen, in der Nacht ärger als am Tage mit Übelkeit.

BAUCHSCHMERZEN / Modalitäten

1952. Manchmal Schleimerbrechen bei den Magenschmerzen. 2004. Krampfhafter Schmerz mit Zusammenballen in der Gebärmutter, der ihr Übelkeit verursacht. 2026. Der Bauchschmerz macht Ohnmächtigkeit und Übelkeit. 2266. Schmerz im Epigastrium mit sehr saurem Erbrechen nach Essen, besonders nach Obst, manchmal erst nach 2-3 Stunden. 2758. Erbricht alles, was sie zu sich nimmt, gleichzeitig sehr heftiger Schmerz in der Magengrube. 2772. Während des Frostes Kolik, Übelkeit, Speise-, Schleim- oder Galleerbrechen. 2983. Seit Panik brach sie ständig alle Nahrung aus, hatte lebhafte Leibkrämpfe und war zu nichts mehr fähig. 3100. Die Magenschmerzen beginnen jeden Tag 17 Uhr und enden mit Erbrechen. 3150. Übelkeit bei Belastungen bis zum Erbrechen, Druck im Magen. 3284.

31 Mit Aufstoßen.
Aufschwulken des Genossenen, Schlucksen, Brennen im Magen. 1101. Nach dem Essen lautes geschmackloses Aufstoßen, Drehen um den Nabel, Wasserauslaufen. 1239. Das Fieber begann mit Unwohlsein, Kopfschmerz, öfterem ziemlich heftigem Frösteln, Aufstoßen, Gefühl von Vollheit des Magens, leichten, zusammenziehenden Schmerzen im Bauch und 3-4 mal täglich Durchfall. 1936.

32 Bei Durchfall.
Nach vorgängigem Schneiden, Durchfallstuhl. 347. Kneipen im Unterleibe mit schleimigen Stuhlgängen. 1103. Faule, stinkende Stühle, zwei bis dreimal täglich, mit Schneiden und Leibweh vor dem Stuhlgange. 1158. Durchlauf mit Schwingen im Mastdarme. 1217. Immer Quälen in der Herzgrube mit Übelkeit ohne Erbrechen, Kneipen im Leibe, dann einige dünne Stuhlgänge worauf das Leibweh nachläßt. 1228. Von Kaffee Leibweh und Durchlauf. 1268. Vom Kaffee gleich Leibweh und Durchlauf, so auch von anderen sehr süßen Speisen. 1279. Stuhlgang mit oder ohne Schmerzen drei oder vier Stunden nach den Mahlzeiten. 1753. Das Fieber begann mit Unwohlsein, Kopfschmerz, öfterem ziemlich heftigem Frösteln, Aufstoßen, Gefühl von Vollheit des Magens, leichten, zusammenziehenden Schmerzen im Bauch und 3-4 mal täglich Durchfall. 1936. Kolik mit harten Stühlen und vergeblichem Drang. 3022. Seit ungerechter Entlassung Durchfälle mit krampfhaften Magenschmerzen. 3107. Verstopfung, Leber etwas empfindlich. 3147. Schneidende Magenschmerzen 20 Minuten nach Essen, mit Stuhldrang. 3416.

33 Bei Fluor.
Heftiges, zusammenkrampfendes Pressen an der Bärmutter, wie Geburtswehen, worauf ein eitriger, fressender, weißer Fluß erfolgt. 432. Weißfluß nach heftigen wehenartigen Schmerzen, eitrig und wundmachend. 2165. Fluor albus nach den Menses, heftige Leibschmerzen vorher. 2460.

AUGEN   Orte

1 Der Teil des Auges, der vom Oberlid bedeckt wird.
Drückender Schmerz hinter und über dem oberen Augenlide beider Augen, 2 Stunden lang. 34. Abends schmerzt das Innere des oberen Augenlides als wenn es zu trocken wäre. 80. Drückender Schmerz hinter und über dem oberen Augenlide beider Augen, zwei Stunden lang anhaltend. 813. Augenentzündung, am Tage läuft beständig beißendes Wasser aus den Augen, nachts schwären sie zu, Drücken unter dem oberen Augenlide, wie von einem fremden Körper. 1186. Der Augapfel ist so weit entzündet, als er durch das obere Augenlid bedeckt wird, auch die cornea ist soweit dunkel. 1188. Unter dem oberen Augenlide ist der Augapfel sehr rot. 1192. Wenn man die Augenlider aufhebt, ist der Augapfel, blos so weit er vom oberen Augenlide bedeckt wird, entzündet. 1194. Beständig Drücken unter dem oberen Augenlide wie vom Sande, in der Sonne Brennen und Stechen der Augen und Tränenauslaufen. 1195. Drücken in den Augen als wäre Sand unter dem oberen

Augenlide. 1442. Entzündung des oberen Teils des Augapfels, so weit er vom oberen Augenlide bedeckt ist. 1444.

2 Nasenwurzel und innere Augenwinkel. Inneres Ende der Augenbraue.
Klammartiges Kopfweh über der Nasenwurzel, in der Gegend des inneren Augenwinkels. 57. Über der rechten Augenhöhle, an der Nasenwurzel, drückendes und etwas ziehendes Kopfweh, durch tiefes Bücken erneuert. 58. Jücken der Augäpfel im inneren Winkel. 91. Augenentzündung mit Drücken im inneren Winkel, am Tage beständiges Tränenauslaufen, durch Wind heftiger. 1191. Bohren in der Nasenwurzel, auch etwas zu den Augen rüber, und Hinterhauptshöcker. 3547.

3 Unter der Augenbraue. Über dem Oberlid. Auf dem Augapfel.
Schmerz in der Stirngegend, der sich bald mehr nach dem rechten, bald nach dem linken Augapfel hin erstreckte, und durch Körperbewegung verschlimmert wurde. 28. Drückender Schmerz hinter und über dem oberen Augenlide beider Augen, 2 Stunden lang. 34. Unter den linken Augenbraubogen ein heftiges Drücken. 55. Über der rechten Augenhöhle, an der Nasenwurzel, drückendes und etwas ziehendes Kopfweh, durch tiefes Bücken erneuert. 58. Schmerzhaftes Drücken über den Augen und in den Augäpfeln selbst, besonders beim Sehen ins Licht. 94. Drückender Schmerz hinter und über dem oberen Augenlide beider Augen, zwei Stunden lang anhaltend. 813. Gegen 20 Uhr Schwere und Eingenommenheit des Kopfes, schmerzendes Drücken über den Augen nebst Drücken in den Augäpfeln selbst, besonders wenn er ins Licht sah. 815. Wenn ich einen Schreck durch etwas Lautes habe, fängt Schwindel an und Stechen im Kopf, meistens unter den Augenbrauen. Übelkeit dabei. 3508. Kopfschmerz so halb über den Augen, vielleicht ein langes Ziehen, besser, wenn ich über den Augen massiere. 3523. Druck, Schwere über den Augen, wenn es anderes Wetter gibt. 3658. Auf dem rechten Auge Druck, es tat richtig weh, wenn ich das Auge gedreht habe. 3669.

4 Augenbraue. Über den Augenbrauen. Foramen supraorbitale.
Gegen 10 Uhr zeigte sich eine leichte Benommenheit im ganzen Kopfe, ziemlich ähnlich derjenigen, welche einem Schnupfen vorauszugehen pflegt. Sie wurde von einem leichten Drucke in der rechten Stirngegend über dem dasigen Augenbrauenbogen begleitet. 827. In der Stirne und besonders über den Augenbrauen äußerte sich der Schmerz stechend, im Hinterkopfe dagegen und auf der rechten Seite mehr drückend. Im rechten Auge ließ sich ein Drücken nach außen wahrnehmen, es kam ihm vor, als solle der Augapfel aus seiner Höhle hervortreten. 829. Jeden Morgen 8 Uhr klopfende Schmerzen, die in der rechten Stirn über dem inneren Ende der Augenbraue anfangen, im Bogen um das rechte Auge herumlaufen und um 10.30 ihren Höhepunkt erreichen, um dann wieder allmählich abzunehmen. 1994. Reißender Schmerz links am foramen supraorbitale, ähnlich wie wenn man an einer Schnur reiße, auch Reißen und Stechen im linken Auge. 2074. Intensiver Schmerz über dem rechten Auge, durch das foramen supraorbitale, als wenn eine Nadel durchgestochen würde ins Gehirn, Druck von außen nach innen. 2190. Vor dem Kopfschmerz direkt über der rechten Augenbraue ein Zickzackrad mit Farbenspiel. 2548. Schmerz über rechtem Auge bis zur Schläfe, ausgelöst durch Luftzug, mehr im Winter. 2569.

5 Hinter den Augen. Augapfel.
Drückender Schmerz, besonders in der rechten Stirnhälfte, welcher nach dem rechten Auge herabzog und sich da besonders so äußerte, als wollte er den rechten Augapfel herausdrücken, nachmittags. 37. Drücken im rechten Auge nach außen, als solle der Augapfel aus seiner Höhle hervortreten. 93. Schmerzhaftes Drücken über den Augen und in den Augäpfeln selbst, besonders beim Sehen ins Licht. 94. Gegen 20 Uhr Schwere und Eingenommenheit des Kopfes, schmerzendes Drücken über den Augen nebst Drücken in den Augäpfeln selbst, besonders wenn er ins Licht sah. 815. In der Stirne und besonders über den Augenbrauen äußerte sich der Schmerz stechend, im Hinterkopfe dagegen und auf der rechten Seite mehr drückend. Im rechten Auge ließ sich ein Drücken nach außen wahrnehmen, es kam ihm vor, als solle der Augapfel aus seiner Höhle hervortreten. 829. Nachmittags

überraschte mich der drückende Kopfschmerz, dieses Mal besonders in der rechten Stirnhälfte, welcher nach dem rechten Auge herabzog und sich da besonders so äußerte, als wollte er mir den rechten Augapfel herausdrücken. Gleichzeitig fand sich Brennen in den Augen und vermehrte Absonderung der Tränen ein, auch wurde von den Meibomschen Drüsen mehr Schleim ausgeschieden. 838c.   Heftige lanzinierende Schmerzen vom Augenhintergrund ausstrahlend zum linken Stirnhöcker. Gefühl als wühle ein Wurm dort. 1692.   Kopfschmerz hinter den Augen, einmal die eine, dann die andere Seite. 3521.

6   Äußere Augenwinkel.
Bei Verschließung der Augenlider Schmerz im äußeren Augenwinkel, wie Wundheit. 82.   Im äußeren Winkel des linken Auges, Empfindung, als wäre ein Stäubchen hineingefallen, welches die Häute abwechselnd drückte. 84.   Im äußeren Augenwinkel stechendes Reißen; die Augen schwären früh zu und tränen vormittags. 85.   Beißen in den äußeren Augenwinkeln. 88.   Jeden Morgen 8 Uhr klopfende Schmerzen, die in der rechten Stirn über dem inneren Ende der Augenbraue anfangen, im Bogen um das rechte Auge herumlaufen und um 10.30 ihren Höhepunkt erreichen, um dann wieder allmählich abzunehmen. 1994.

7   Oberlid. Lidränder. Lider.
Nagendes Beißen an den Rändern der Augenlider (früh beim Lesen). 87.   Die Eingenommenheit des Kopfes fand sich nach einer ruhig durchschlafenen Nacht wieder ein, verwandelte sich aber bald in wirklichen drückenden Kopfschmerz, der sich besonders in der Stirne fixierte und die Augen so angriff, daß die Bewegung der Augenlider und der Augäpfel in ihnen schmerzhaft wurde. 810a.   Die Venen der oberen Augenlider sind geschwollen und bläulich. 1190.   Die oberen Augenlider sind etwas geschwollen, mit angelaufenen blauen Adern. 1193.   Geschwulst des oberen Augenlides, mit bläulichen Adern. 1443.

8   Um die Augen. Unter den Augen.
Heftig drückende Kopfschmerzen, besonders in der Stirngegend und um die Augenhöhlen herum, immer heftiger werdend und bis zum Abend andauernd. 33.   Drücken in der Stirngegend, das bald nach dieser, bald nach jener Stelle des Kopfes hinzog, aber nirgends anhielt; selbst bis unter die Augenhöhlen und in die Wangen verbreitete sich dieser Schmerz. 36.   Blütchen um das Böse Auge. 89.   Schlief abends ruhig ein, fühlte aber beim Erwachen des Morgens, daß er von heftigen drückenden Kopfschmerzen besonders in der Stirngegend und um die Augenhöhlen, belästigt war. Diese Schmerzen nahmen von Stunde zu Stunde zu, bis ihn zeitig am Abend der Schlaf wieder übereilte. 809.   Heftiger Verdruß, bald darauf so schreckliche Schmerzen in dem und um das früher verletzte Auge, daß er Tag und Nacht Tobsuchtsanfälle bekam. 1691.   Jeden Morgen 8 Uhr klopfende Schmerzen, die in der rechten Stirn über dem inneren Ende der Augenbraue anfangen, im Bogen um das rechte Auge herumlaufen und um 10.30 ihren Höhepunkt erreichen, um dann wieder allmählich abzunehmen. 1994.

9   Eine Stirnseite und das Auge, vorwiegend rechts.
Benommenheit des Kopfes, welche sich in drückenden Schmerz im Scheitel umwandelte; dieser zog sich später nach der Stirne und nach dem linken Auge herab. 24.   Dumpfer Kopfschmerz, der sich mehr auf die rechte Stirnhälfte beschränkte und sich von da aus zugleich mit auf das rechte Auge ausdehnte und dieses Organ gegen das Licht sehr empfindlich stimmte. 30.   Drückender Schmerz, besonders in der rechten Stirnhälfte, welcher nach dem rechten Auge herabzog und sich da besonders so äußerte, als wollte er den rechten Augapfel herausdrücken, nachmittags. 37.   Gegen 13 Uhr bildete sich dumpfer Kopfschmerz aus, der sich mehr auf die rechte Stirnhälfte beschränkte und sich von da aus zugleich mit auf das rechte Auge ausdehnte und dieses Organ gegen das Licht sehr empfindlich stimmte. Dieser Schmerz im rechten Auge vermehrte sich, wenn ein Teil desselben bewegt wurde. 811.   Gegen 10 Uhr zeigte sich eine leichte Benommenheit im ganzen Kopfe. Sie wurde von einem leichten Drucke in der rechten Stirngegend über dem dasigen Augenbrauenbogen begleitet. 827.

In der Stirne und besonders über den Augenbrauen äußerte sich der Schmerz stechend, im Hinterkopfe dagegen und auf der rechten Seite mehr drückend. Im rechten Auge ließ sich ein Drücken nach außen wahrnehmen, es kam ihm vor, als solle der Augapfel aus seiner Höhle hervortreten. 829.   Benommenheit des Kopfes, welche sich 21 Uhr in drückenden Schmerz im Scheitel verwandelte. Um 22 Uhr zog sich dieser Schmerz mehr nach der Stirne und nach dem linken Auge herab, ob er gleich den ganzen Kopf einnahm. Mit diesem Schmerze begannen meine Augen, besonders aber das linke, zu brennen und zu tränen, die Augenlider schwollen an und die Meibomschen Drüsen sonderten viel Schleim ab. 837.   Nachmittags überraschte mich der drückende Kopfschmerz, dieses Mal besonders in der rechten Stirnhälfte, welcher nach dem rechten Auge herabzog und sich da besonders so äußerte, als wollte er mir den rechten Augapfel herausdrücken. Gleichzeitig fand sich Brennen in den Augen und vermehrte Absonderung der Tränen ein, auch wurde von den Meibomschen Drüsen mehr Schleim ausgeschieden. 838c.   Heftige lanzinierende Schmerzen vom Augenhintergrund ausstrahlend zum linken Stirnhöcker. Gefühl als wühle ein Wurm dort. 1692.   Jeden Morgen 8 Uhr klopfende Schmerzen, die in der rechten Stirn über dem inneren Ende der Augenbraue anfangen, im Bogen um das rechte Auge herumlaufen und um 10.30 ihren Höhepunkt erreichen, um dann wieder allmählich abzunehmen. 1994.   Heftig drückend wühlende Schmerzen, die sich vom rechten Schläfenbein zur Stirn hin verbreiten und stark auf das rechte Auge drücken. 2104.   Schmerz über rechtem Auge bis zur Schläfe, ausgelöst durch Luftzug, mehr im Winter. 2569.   Kopfweh da oben, geht bis aufs linke Auge und in den linken Nacken. 3591.

10   Ganze Stirn und beide Augen.
Eingenommenheit des Kopfes, früh beim Erwachen, in wirklich drückenden Kopfschmerz sich verwandelnd, der sich besonders in der Stirne fixierte, und die Augen so angriff, daß die Bewegung der Augenlider und der Augäpfel in ihnen schmerzhaft wurde, durch Treppensteigen und jede andere Körperbewegung gesteigert. 27.   Schmerz in der Stirngegend, der sich bald mehr nach dem rechten, bald nach dem linken Augapfel hin erstreckte, und durch Körperbewegung verschlimmert wurde. 28.   Heftig drückende Kopfschmerzen, besonders in der Stirngegend und um die Augenhöhlen herum, immer heftiger werdend und bis zum Abend andauernd. 33.   Drücken in der Stirngegend, das bald nach dieser, bald nach jener Stelle des Kopfes hinzog, aber nirgends anhielt; selbst bis unter die Augenhöhlen und in die Wangen verbreitete sich dieser Schmerz. 36.   Gegen Mittag drückender Schmerz in der Stirne und Drücken in beiden Augen, bis 15 Uhr anhaltend. 805a.   Schlief abends ruhig ein, fühlte aber beim Erwachen des Morgens, daß er von heftigen drückenden Kopfschmerzen besonders in der Stirngegend und um die Augenhöhlen, belästigt war. Diese Schmerzen nahmen von Stunde zu Stunde zu, bis ihn zeitig am Abend der Schlaf wieder übereilte. 809.   Die Eingenommenheit des Kopfes fand sich nach einer ruhig durchschlafenen Nacht wieder ein, verwandelte sich aber bald in wirklichen drückenden Kopfschmerz, der sich besonders in der Stirne fixierte und die Augen so angriff, daß die Bewegung der Augenlider und der Augäpfel in ihnen schmerzhaft wurde. Beim Treppensteigen und bei jeder anderen kräftigeren Körperbewegung zeigte sich der erwähnte Kopfschmerz heftiger. 810a.   Heftiges Kopfweh in der Stirn und über den Augen, der das Öffnen der Augen nicht erlaubt, gewöhnlich klopfend, Helle verschlimmert. 1410.   Vor oder nach Krampfanfall herausdrehender heftiger Schmerz in Stirn und Augen. 1828.   Kopfschmerz mit Spannung in den Augen. 1920.   Der Kopfschmerz beginnt mit einem tiefliegenden Schmerz in den Augen, geht zu Hinterkopf und Nacken und befällt schließlich den Scheitel. 2280.   Vom Scheitel wandert der Schmerz zum Vorderkopf und Augen, diese fühlen sich heiß und schwer. 2313.   Schmerzen, welche sich vom Auge nach dem Wirbel des Kopfes erstreckten, mit Übelkeit. oft mit Halsanschwellung abwechselnd. 2641.   Stirnkopfschmerz bis in die Augen, schlechter durch Licht. 3403.   Druck im Kopf auf die Augen, äußerer Druck bessert. 3433.

11   Vorwiegend rechtes Auge.
Unter den linken Augenbraubogen ein heftiges Drücken. 55.   Im äußeren Winkel des linken Auges, Empfindung, als wäre ein Stäubchen hineingefallen, welches die Häute abwechselnd drückte. 84.   Stiche im rechten Auge. 92.   Drücken im rechten Auge nach außen, als solle der Augapfel aus

AUGEN / Orte

seiner Höhle hervortreten. 93.   Brennen und Tränen der Augen, besonders des linken. 95.   Entzündung des linken Auges. 96.   Nach dem Mittagsschlafe Trübsichtigkeit des rechten Auges, als wenn ein Flor darüber gezogen wäre. 103.   Das blonde Mädchen hat eine sehr blasse Gesichtsfarbe, das rechte Auge ist entzündlich gerötet, die Augenlider geschwollen, nachts schwären sie zu. 1058.   Auf der Höhe des Schmerzes tränt das rechte Auge sehr und wird etwas rot, auch das linke Auge tränt etwas. 1995.   Reißender Schmerz links am foramen supraorbitale, ähnlich wie wenn man an einer Schnur reiße, auch Reißen und Stechen im linken Auge. 2074.   Intensiver Schmerz über dem rechten Auge, durch das foramen supraorbitale, als wenn eine Nadel durchgestochen würde ins Gehirn, Druck von außen nach innen. 2190.   Das linke Auge schien kleiner durch Herabsinken des Oberlides, es tränte gern bei einiger Anstrengung und namentlich im Freien und die Sehkraft war schwächer. 2422.   Vor dem Kopfschmerz direkt über der rechten Augenbraue ein Zickzackrad mit Farbenspiel. 2548.   Migräne rechts, das geht bis in das Ohr hinein und das sitzt auch im Genick, der Schmerz geht durch das Auge durch. 3446.

AUGEN   Empfindungen, Sehstörungen

1   Als wenn eine Träne im Auge wäre, die das Sehen behindert.
Abends beim Lesen ist's ihm vor dem einen Auge so trübe, als wenn eine Träne darin wäre, die er herauswischen sollte, und doch ist nichts Wässriges darin. 81.   Trübheit der Augen, besonders abends mit Gefühl, als wenn Tränen darin wären, die er abwischen müßte. 1112.

2   Als würde der Augapfel aus der Höhle herausgedrückt.
Drückender Schmerz, besonders in der rechten Stirnhälfte, welcher nach dem rechten Auge herabzog und sich da besonders so äußerte, als wollte er den rechten Augapfel herausdrücken, nachmittags. 37.   Drücken im rechten Auge nach außen, als solle der Augapfel aus seiner Höhle hervortreten. 93.   Gegen 20 Uhr Schwere und Eingenommenheit des Kopfes, schmerzendes Drücken über den Augen nebst Drücken in den Augäpfeln selbst, besonders wenn er ins Licht sah. 815.   In der Stirne und besonders über den Augenbrauen äußerte sich der Schmerz stechend, im Hinterkopfe dagegen und auf der rechten Seite mehr drückend. Im rechten Auge ließ sich ein Drücken nach außen wahrnehmen, es kam ihm vor, als solle der Augapfel aus seiner Höhle hervortreten. 829.   Nachmittags überraschte mich der drückende Kopfschmerz, dieses Mal besonders in der rechten Stirnhälfte, welcher nach dem rechten Auge herabzog und sich da besonders so äußerte, als wollte er mir den rechten Augapfel herausdrücken. Gleichzeitig fand sich Brennen in den Augen und vermehrte Absonderung der Tränen ein, auch wurde von den Meibomschen Drüsen mehr Schleim ausgeschieden. 838c.   Vor oder nach Krampfanfall herausdrehender heftiger Schmerz in Stirn und Augen. 1828.   Der Kopfschmerz beginnt mit einem tiefliegenden Schmerz in den Augen, geht zu Hinterkopf und Nacken und befällt schließlich den Scheitel. 2280.   Zuweilen durchfuhr ein zuckender Schmerz das linke Auge, am unangenehmsten war ein Gefühl von Druck und Schwere, als sollte es herausfallen, namentlich bei Anstrengung wie Lesen, Nähen. 2423.

3   Augenmüdigkeit, als ob es die Lider zuzieht.
Müdigkeit, als wenn es ihm die Augenlider zuziehen wollte. 635.   Sie setzte sich im Bette auf und begann ungefragt ein Gespräch. Dabei hatte sie die Augen halb geschlossen, gab Antwort auf jede Frage und Auskunft über alles Vergangene. 1846.   Schläfrigkeit, eine Art Schwäche in den Augen 1972.   Die Augen werden leicht müde. 2358.   Das linke Auge schien kleiner durch Herabsinken des Oberlides, es tränte gern bei einiger Anstrengung und namentlich im Freien und die Sehkraft war schwächer. 2422.   Die Augen werden leicht müde bei Gebrauch, besonders wenn sie Bauchschmerzen hat. 2839.   Schläfrig bei den Kopfschmerzen, würde am liebsten immer die Augen zuhalten.

3545.

4   Als wenn ein Sandkorn unter dem Oberlid rollt.
Abends schmerzt das Innere des oberen Augenlides als wenn es zu trocken wäre. 80.   Im äußeren Winkel des linken Auges, Empfindung, als wäre ein Stäubchen hineingefallen, welches die Häute abwechselnd drückte. 84.   Die Augenlider sind früh zugeklebt; es drückt innerhalb des Auges, als wenn ein Sandkorn drin wäre; bei Eröffnung der Augenlider sticht es drin. 86.   Gefühl eines Sandkornes, das unter den Lidern rollt. 1169.   Augenentzündung, am Tage läuft beständig beißendes Wasser aus den Augen, nachts schwären sie zu, Drücken unter dem oberen Augenlide, wie von einem fremden Körper. 1186.   Drücken in Augen wie vom Sande. 1187.   Beständig Drücken unter dem oberen Augenlide wie vom Sande, in der Sonne Brennen und Stechen der Augen und Tränenauslaufen. 1195.   Drücken in den Augen als wäre Sand unter dem oberen Augenlide. 1442.   Schmerzhaftes Reiben in den Augen, beim Öffnen und Drehen der Augen werden die Kopfschmerzen verstärkt. 1614.

5   Nadeldurchstechen. Zuckendes Durchfahren. Lanzinieren.
Im äußeren Augenwinkel stechendes Reißen; die Augen schwären früh zu und tränen vormittags. 85.   Die Augenlider sind früh zugeklebt; es drückt innerhalb des Auges, als wenn ein Sandkorn drin wäre; bei Eröffnung der Augenlider sticht es drin. 86.   Stiche im rechten Auge. 92.   In der Stirne und besonders über den Augenbrauen äußerte sich der Schmerz stechend, im Hinterkopfe dagegen und auf der rechten Seite mehr drückend. Im rechten Auge ließ sich ein Drücken nach außen wahrnehmen, es kam ihm vor, als solle der Augapfel aus seiner Höhle hervortreten. 829.   Heftige lanzinierende Schmerzen vom Augenhintergrund ausstrahlend zum linken Stirnhöcker. Gefühl als wühle ein Wurm dort. 1692.   Reißender Schmerz links am foramen supraorbitale, ähnlich wie wenn man an einer Schnur reiße, auch Reißen und Stechen im linken Auge. 2074.   Intensiver Schmerz über dem rechten Auge, durch das foramen supraorbitale, als wenn eine Nadel durchgestochen würde ins Gehirn, Druck von außen nach innen. 2190.   Der Schmerz ist messerstechend im Auge und macht den Pat. fast verrückt durch seine Heftigkeit. 2281.   Zuweilen durchfuhr ein zuckender Schmerz das linke Auge, am unangenehmsten war ein Gefühl von Druck und Schwere, als sollte es herausfallen, namentlich bei Anstrengung wie Lesen, Nähen. 2423.   Schmerz rechts über dem Auge scharf, intensiv, kommt morgens beim Erwachen, dauert eine oder zwei Stunden und kann jederzeit nachmittags oder abends wiederkommen. 2570.   Kopfschmerz als ob eine Nadel ins Gehirn gebohrt würde, im Kühlen und im Dunklen leichter. 3176.   Wenn ich einen Schreck durch etwas Lautes habe, fängt Schwindel an und Stechen im Kopf, meistens unter den Augenbrauen. Übelkeit dabei. 3508.

6   Schmerzen so stark, daß er Tobsuchtsanfälle bekommt.
Heftiger Verdruß, bald darauf so schreckliche Schmerzen in dem und um das früher verletzte Auge, daß er Tag und Nacht Tobsuchtsanfälle bekam. 1691.   Intensiver Schmerz über dem rechten Auge, durch das foramen supraorbitale, als wenn eine Nadel durchgestochen würde ins Gehirn, Druck von außen nach innen. 2190.   Der Schmerz ist messerstechend im Auge und macht den Pat. fast verrückt durch seine Heftigkeit. 2281.   Die Schmerzen nehmen langsam zu, werden sehr heftig und hören nur auf, wenn sie vollkommen erschöpft ist. 2366.   Schmerz vom Auge zum Wirbel fing sehr schwach an, steigerte sich allmählich bis zu enormer Heftigkeit und hörte erst mit voller Erschöpfung der Pat. auf. 2642.

7   Nagen. Wühlen. Wie ein Wurm. Wie eine Schnur.
Nagendes Beißen an den Rändern der Augenlider (früh beim Lesen). 87.   Heftige lanzinierende Schmerzen vom Augenhintergrund ausstrahlend zum linken Stirnhöcker. Gefühl als wühle ein Wurm dort. 1692.   Reißender Schmerz links am foramen supraorbitale, ähnlich wie wenn man an einer Schnur reiße, auch Reißen und Stechen im linken Auge. 2074.   Heftig drückend wühlende Schmerzen, die sich vom rechten Schläfenbein zur Stirn hin verbreiten und stark auf das rechte Auge drücken. 2104.   Bohren in der Nasenwurzel, auch etwas zu den Augen rüber, und Hinterhauptshöcker.

3547.

8 Drücken. Schweregefühl.

Benommenheit des Kopfes, welche sich in drückenden Schmerz im Scheitel umwandelte; dieser zog sich später nach der Stirne und nach dem linken Auge herab. 24. Eingenommenheit des Kopfes, früh beim Erwachen, in wirklich drückenden Kopfschmerz sich verwandelnd, der sich besonders in der Stirne fixierte, und die Augen so angriff, daß die Bewegung der Augenlider und der Augäpfel in ihnen schmerzhaft wurde, durch Treppensteigen und jede andere Körperbewegung gesteigert. 27. Drückender Schmerz hinter und über dem oberen Augenlide beider Augen, 2 Stunden lang. 34. Drückender Schmerz hinter und über dem oberen Augenlide beider Augen, 2 Stunden lang. 34. Unter den linken Augenbraubogen ein heftiges Drücken. 55. Schmerzhaftes Drücken über den Augen und in den Augäpfeln selbst, besonders beim Sehen ins Licht. 94. Gegen Mittag drückender Schmerz in der Stirne und Drücken in beiden Augen, bis 15 Uhr anhaltend. 805a. Schlief abends ruhig ein, fühlte aber beim Erwachen des Morgens, daß er von heftigen drückenden Kopfschmerzen besonders in der Stirngegend und um die Augenhöhlen, belästigt war. Diese Schmerzen nahmen von Stunde zu Stunde zu, bis ihn zeitig am Abend der Schlaf wieder übereilte. 809. Gegen 13 Uhr bildete sich dumpfer Kopfschmerz aus, der sich mehr auf die rechte Stirnhälfte beschränkte und sich von da aus zugleich mit auf das rechte Auge ausdehnte und dieses Organ gegen das Licht sehr empfindlich stimmte. Dieser Schmerz im rechten Auge vermehrte sich, wenn ein Teil desselben bewegt wurde. 811. Drückender Schmerz hinter und über dem oberen Augenlide beider Augen, zwei Stunden lang anhaltend. 813. Gegen 10 Uhr zeigte sich eine leichte Benommenheit im ganzen Kopfe, ziemlich ähnlich derjenigen, welche einem Schnupfen vorauszugehen pflegt. Sie wurde von einem leichten Drucke in der rechten Stirngegend über dem dasigen Augenbrauenbogen begleitet. 827. Benommenheit des Kopfes, welche sich 21 Uhr in drückenden Schmerz im Scheitel verwandelte. Um 22 Uhr zog sich dieser Schmerz mehr nach der Stirne und nach dem linken Auge herab, ob er gleich den ganzen Kopf einnahm. Mit diesem Schmerze begannen meine Augen, besonders aber das linke, zu brennen und zu tränen, die Augenlider schwollen an und die Meibomschen Drüsen sonderten viel Schleim ab. 837. Heftig drückend wühlende Schmerzen, die sich vom rechten Schläfenbein zur Stirn hin verbreiten und stark auf das rechte Auge drücken. 2104. Vom Scheitel wandert der Schmerz zum Vorderkopf und Augen, diese fühlen sich heiß und schwer. 2313. Zuweilen durchfuhr ein zuckender Schmerz das linke Auge, am unangenehmsten war ein Gefühl von Druck und Schwere, als sollte es herausfallen, namentlich bei Anstrengung wie Lesen, Nähen. 2423. Druck, Schwere über den Augen, wenn es anderes Wetter gibt. 3658. Auf dem rechten Auge Druck, es tat richtig weh, wenn ich das Auge gedreht habe. 3669.

9 Ziehen. Spannen. Klammartig.

Klammartiges Kopfweh über der Nasenwurzel, in der Gegend des inneren Augenwinkels. 57. Über der rechten Augenhöhle, an der Nasenwurzel, drückendes und etwas ziehendes Kopfweh, durch tiefes Bücken erneuert. 58. Kopfschmerz mit Spannung in den Augen. 1920. Kopfschmerz so halb über den Augen, vielleicht ein langes Ziehen, besser, wenn ich über den Augen massiere. 3523.

10 Klopfen.

Heftiges Kopfweh in der Stirn und über den Augen, der das Öffnen der Augen nicht erlaubt, gewöhnlich klopfend, Helle verschlimmert. 1410. Jeden Morgen 8 Uhr klopfende Schmerzen, die in der rechten Stirn über dem inneren Ende der Augenbraue anfangen, im Bogen um das rechte Auge herumlaufen und um 10.30 ihren Höhepunkt erreichen, um dann wieder allmählich abzunehmen. 1994.

11 Brennen. Hitzegefühl.

Eine fremde Empfindung im Kopfe, eine Art Trunkenheit, wie von Branntwein, mit Brennen in den Augen. 14. Brennen und Tränen der Augen, besonders des linken. 95. Benommenheit des Kopfes, welche sich 21 Uhr in drückenden Schmerz im Scheitel verwandelte. Um 22 Uhr zog sich dieser Schmerz mehr nach der Stirne und nach dem linken Auge herab, ob er gleich den ganzen Kopf

Empfindungen / AUGEN

einnahm. Mit diesem Schmerze begannen meine Augen, besonders aber das linke, zu brennen und zu tränen, die Augenlider schwollen an und die Meibomschen Drüsen sonderten viel Schleim ab. 837. Nachmittags überraschte mich der drückende Kopfschmerz, dieses Mal besonders in der rechten Stirnhälfte, welcher nach dem rechten Auge herabzog und sich da besonders so äußerte, als wollte er mir den rechten Augapfel herausdrücken. Gleichzeitig fand sich Brennen in den Augen und vermehrte Absonderung der Tränen ein, auch wurde von den Meibomschen Drüsen mehr Schleim ausgeschieden. 838c.   Beständig Drücken unter dem oberen Augenlide wie vom Sande, in der Sonne Brennen und Stechen der Augen und Tränenauslaufen. 1195.   Vom Scheitel wandert der Schmerz zum Vorderkopf und Augen, diese fühlen sich heiß und schwer. 2313.   Brennen der Augen. 2657.   Die Augen brennen im warmen Zimmer und im Rauch. 3396.

12   Jucken. Beißen. Wie wund.
Bei Verschließung der Augenlider Schmerz im äußeren Augenwinkel, wie Wundheit. 82.   Nagendes Beißen an den Rändern der Augenlider (früh beim Lesen). 87.   Beißen in den äußeren Augenwinkeln. 88.   Jücken im inneren Auge. 90.   Jücken der Augäpfel im inneren Winkel. 91.   Beständig Drücken unter dem oberen Augenlide wie vom Sande, in der Sonne Brennen und Stechen der Augen und Tränenauslaufen. 1195.   Heuschnupfen, Nase und Augen laufen, Jucken, Niesreiz, heftiges, mehrfaches Niesen. 3550.

13   Weißglänzende, flimmernde Zickzacke in Halbmondform.
Ein Kreis weiß glänzender, flimmernder Zickzacke außer dem Gesichtspunkte beim Sehen, wobei gerade die Buchstaben, auf die man das Auge richtet, unsichtbar werden, die daneben aber deutlicher. 104.   Ein zickzackartiges und schlangenförmiges, weißes Flimmern seitwärts des Gesichtspunktes, bald nach dem Mittagessen. 105.   Schwindel mit Flirren vor den Augen. 1043.   Zickzackartiges Flimmern vor den Augen. 1446.   Skotom durch Bewegung. 2066.   Vor dem Kopfschmerz direkt über der rechten Augenbraue ein Zickzackrad mit Farbenspiel. 2548.   Feurige Zickzackerscheinungen vor den Augen (Augenleiden). 2616.   Ich sehe im Auge so Zickzack. Wie der Viertelmond ein Bogen im Zickzack. So hell wie ein Neonlicht. 3491.

14   Die Buchstaben, auf die das Auge gerichtet wird, werden unsichtbar, die danebenstehenden werden deutlicher.
Ein Kreis weiß glänzender, flimmernder Zickzacke außer dem Gesichtspunkte beim Sehen, wobei gerade die Buchstaben, auf die man das Auge richtet, unsichtbar werden, die daneben aber deutlicher. 104.   Unsichtbarkeit der Buchstaben, auf die man die Augen richtet, und größere Deutlichkeit der danebenstehenden Buchstaben. Es kam mir vor als wären die mittleren Buchstaben des Wortes, welches ich gerade lesen wollte, mit Kreide überstrichen, während die Anfangs- und Endsilben eines längeren Wortes oder die Anfangs- oder Endbuchstaben eines einsilbigen Wortes an Deutlichkeit gewonnen hatten. 852.

15   Die Gegenstände scheinen sich vor den Augen zu bewegen.
Die Gegenstände bewegten sich vor den Augen scheinbar. 100.   Schwindel in einem so hohen Grade, daß er beim Gehen wankte und sich nur mit Mühe aufrecht erhalten konnte. Einzelne Stiche fuhren ihm durch den Kopf, es stellte sich Ohrenbrausen ein und vor den Augen bewegten sich scheinbar die vorliegenden Gegenstände. Daher vermochte er auch kaum, einen Gedanken auf einen Augenblick festzuhalten. 812a.

16   Dunkelsehen.
Litt an zweifachem Kopfweh, nie gleichzeitig auftretend, entweder Stiche in den Schläfen, oder Drücken in der Stirn, beides nach vorgängigem Düsterwerden vor den Augen. 1668.   Alle 8-15 Stunden plötzlicher krampfhafter Hustenanfall mit Zusammenziehen am Nabel, Magen, Luftröhre und Speiseröhre, mit Verdunkelung des Sehens und unzähligen Funken vor Augen. 1756.   Der epileptische Anfall kommt beinahe alle drei Tage abends oder in der Nacht, voraus geht Tagesblindheit.

AUGEN / Empfindungen

1801.

17 Trübsehen. Schwachsehen. Wie ein Flor vor den Augen.
Nach dem Mittagsschlafe Trübsichtigkeit des rechten Auges, als wenn ein Flor darüber gezogen wäre. 103.   Anfälle von drückendem, klemmendem Schmerz in der Stirne und dem Hinterkopfe, wobei das Gesicht rot wurde, die Augen tränten und die Sehkraft abnahm. 1019.   Wegen Kopfschmerzen kann sie nicht gut sehen, es ist ihr, als wäre der Verstand benommen. 1892.   Schwerhörig, sieht alles wie durch einen Nebel. 2336.   Asthenopie und Amblyopie durch weibliche Onanie. 2367.   Schwindligkeit mit Nebelsehen und Trübsehen wenn sie an vielen Leuten auf der Straße vorbeigeht. 2386.   Das linke Auge schien kleiner durch Herabsinken des Oberlides, es tränte gern bei einiger Anstrengung und namentlich im Freien und die Sehkraft war schwächer. 2422.   Schwindel beim Gefahrenwerden und Schleier vor den Augen. 3287.   Schlapp, Schwindel beim Drehen und Heben des Kopfes, Sehstörungen. 3325.

18 Funken. Farben. Blitze. Schwarze Punkte.
Sieht öfters schwarze Punkte und Fleckchen vor den Augen. 1059.   Alle 8-15 Stunden plötzlicher krampfhafter Hustenanfall mit Zusammenziehen am Nabel, Magen, Luftröhre und Speiseröhre, mit Verdunkelung des Sehens und unzähligen Funken vor Augen. 1756.   Das Gesicht wird rot, Kopfschmerz, Klopfen in den Schläfen, Summen in den Ohren, sieht Blitze. 1869.   Vor dem Kopfschmerz direkt über der rechten Augenbraue ein Zickzackrad mit Farbenspiel. 2548.

AUGEN   Befunde

1   Entzündung nur in dem Teil des Auges, der vom Oberlid bedeckt wird.
Der Augapfel ist so weit entzündet, als er durch das obere Augenlid bedeckt wird, auch die cornea ist soweit dunkel. 1188.   Unter dem oberen Augenlide ist der Augapfel sehr rot. 1192.   Wenn man die Augenlider aufhebt, ist der Augapfel, blos so weit er vom oberen Augenlide bedeckt wird, entzündet. 1194.   Entzündung des oberen Teils des Augapfels, so weit er vom oberen Augenlide bedeckt ist. 1444.

2   Ophthalmie mit Lidkrampf, scharfem Tränenfluß am Tag, Zuschwären der Augen in der Nacht.
Im äußeren Augenwinkel stechendes Reißen; die Augen schwären früh zu und tränen vormittags 85.   Die Augen waren etwas gerötet; drückend schmerzend mit Verschwärung der Augenlider. 1045.   Das blonde Mädchen hat eine sehr blasse Gesichtsfarbe, das rechte Auge ist entzündlich gerötet, die Augenlider geschwollen, nachts schwären sie zu. 1058.   Erhielt einen heftigen Schlag gegen das linke Augenlid, sogleich heftiger Schmerz und Entzündung. Das Auge ist sehr rot und läßt sich nur unter Schmerzen öffnen. Starke Lichtscheu. 1168.   Augenentzündung, am Tage läuft beständig beißendes Wasser aus den Augen, nachts schwären sie zu, Drücken unter dem oberen Augenlide, wie von einem fremden Körper. 1186.   Augenentzündung mit Drücken im inneren Winkel, am Tage beständiges Tränenauslaufen, durch Wind heftiger. 1191.   Am Tage, beißendes Tränen der Augen, besonders im Sonnenlichte, und nächtliches Zuschwären derselben. 1441.   So große Empfindlichkeit gegen Licht und so starker Lidkrampf, daß eine Untersuchung der Augen unmöglich ist. Der geringste Lichtstrahl ist ihr unerträglich. 2613.   Aus den geschlossenen Augen ergießen sich zeitweise scharfe Tränen. 2614.

3   Blepharitis mit Lidschwellung, Tränenfluß und vermehrter Schleimabsonderung.
Anschwellung der Augenlider; die Meibom'schen Drüsen sondern viel Schleim aus. 97.   Vermehrte

Befunde / AUGEN

Schleimabsonderung in beiden Augen. 98.   Benommenheit des Kopfes, welche sich 21 Uhr in drückenden Schmerz im Scheitel verwandelte. Um 22 Uhr zog sich dieser Schmerz mehr nach der Stirne und nach dem linken Auge herab, ob er gleich den ganzen Kopf einnahm. Mit diesem Schmerze begannen meine Augen, besonders aber das linke, zu brennen und zu tränen, die Augenlider schwollen an und die Meibomschen Drüsen sonderten viel Schleim ab. 837.   Nachmittags überraschte mich der drückende Kopfschmerz, dieses Mal besonders in der rechten Stirnhälfte, welcher nach dem rechten Auge herabzog und sich da besonders so äußerte, als wollte er mir den rechten Augapfel herausdrücken. Gleichzeitig fand sich Brennen in den Augen und vermehrte Absonderung der Tränen ein, auch wurde von den Meibomschen Drüsen mehr Schleim ausgeschieden. 838c.   Beständiges Tränen der Augen bei roten Augenlidern. 1189.   Beständig Drücken unter dem oberen Augenlide wie vom Sande, in der Sonne Brennen und Stechen der Augen und Tränenauslaufen. 1195.

4   Venen der Oberlider bläulich geschwollen.
Die Venen der oberen Augenlider sind geschwollen und bläulich. 1190.   Die oberen Augenlider sind etwas geschwollen, mit angelaufenen blauen Adern. 1193.   Geschwulst des oberen Augenlides, mit bläulichen Adern. 1443.

5   Bei Neuralgie tränt das Auge.
Anfälle von drückendem, klemmendem Schmerz in der Stirne und dem Hinterkopfe, wobei das Gesicht rot wurde, die Augen tränten und die Sehkraft abnahm. 1019.   Schmerz in der linken Stirnseite, zugleich zeigte sich in der Gegend des linken Stirnhügels ein kleines rundes Fleckchen von der Größe eines Flohstiches und von bräunlich roter dunkler Farbe, das einen schwarzen Punkt in der Mitte hatte und bei der geringsten Berührung so schmerzend war, daß sie laut aufschrie und ihr Tränen aus den Augen liefen. 1172.   Auf der Höhe des Schmerzes tränt das rechte Auge sehr und wird etwas rot, auch das linke Auge tränt etwas. 1995.   Supraorbitalneuralgie, das Auge tränte etwas, die Lider waren wenig geschwollen und sanft gerötet, die Tarsalteile waren hellrot mäßig injiziert. 2077.   Das linke Auge schien kleiner durch Herabsinken des Oberlides, es tränte gern bei einiger Anstrengung und namentlich im Freien und die Sehkraft war schwächer. 2422.   Schmerz rechts über dem Auge mit Gefäßerweiterung im rechten Auge. 2571.

6   Tränenfluß. Tränen der Augen beim Gähnen, beim Lachen.
Brennen und Tränen der Augen, besonders des linken. 95.   Vermehrte Absonderung der Tränen. 99.   Ungeheures, convulsivisches Gähnen, daß die Augen von Wasser überlaufen, abends vor dem Schlafengehen, und früh nach dem Aufstehen aus dem Bette. 694.   Anfälle von drückendem, klemmendem Schmerz in der Stirne und dem Hinterkopfe, wobei das Gesicht rot wurde, die Augen tränten und die Sehkraft abnahm. 1019.   Dauernder reichlicher scharfer Tränenfluß 1694.   Konvulsionen mit Bewußtlosigkeit, Augenverdrehung, Verzerrungen der Gesichtsmuskeln wie zum Lachen oder Weinen, wobei Tränen aus den Augen fließen. 1826.   Exophthalmus, Tränenfluß und Schmerz in den Augen nach Ausziehen eines Zahnes. 2639.   Heuschnupfen, Nase und Augen laufen, Jucken, Niesreiz, heftiges, mehrfaches Niesen. 3550.   Tränenfluß, Nasenlaufen, Niesen besser nach dem Essen. 3552.

7   Augen morgens verklebt.
Die Augenlider sind früh mit eitrigem Schleime zugeklebt, und wenn er sie aufmacht, so blendet das Licht. 83.   Im äußeren Augenwinkel stechendes Reißen; die Augen schwären früh zu und tränen vormittags. 85.   Die Augenlider sind früh zugeklebt; es drückt innerhalb des Auges, als wenn ein Sandkorn drin wäre; bei Eröffnung der Augenlider sticht es drin. 86.   Das blonde Mädchen hat eine sehr blasse Gesichtsfarbe, das rechte Auge ist entzündlich gerötet, die Augenlider geschwollen, nachts schwären sie zu. 1058.

8   Einfache Entzündung oder Rötung.
Entzündung des linken Auges. 96.   Die Augen waren etwas gerötet; drückend schmerzend mit

Ignatia

AUGEN / Befunde

Verschwärung der Augenlider. 1045.   Öftere Augenentzündung. 1282.   Auge rot, geschwollen und vorstehend. 2192.

9   Augen bei Krämpfen nach oben verdreht, starr auf einen Punkt gerichtet, krampfhafte Bewegungen der Augen.
Redet weinerlich und kläglich im Schlafe; das Einatmen ist schnarchend, mit ganz offenem Munde, und bald ist das eine Auge, bald das andere etwas geöffnet. 666.   Ich fand den Kranken tief atmend, mit verdrehten Augen, blassem, mit kaltem Schweiße bedeckten Gesichte, blauen Lippen, zwischen welchen etwas schaumiger Schleim hervordrang. 1069.   Es wirft ihm den Kopf bald da, bald dorthin, die Augen bewegen sich rasch in ihren Höhlen umher oder sind zuweilen starr auf einen Punkt gerichtet. 1389.   Konvulsivische Bewegungen der Augen. 1445.   Die Augen sind nach oben verdreht. 1584.   Katalepsie, ohne Bewußtsein, Verdrehen der Augen. 1714.   Schmerzhafte Pupillenreaktion auf Licht, jedesmal danach schnelle Oscillationen der Lider. 1769.   Konvulsionen mit Bewußtlosigkeit, Augenverdrehung, Verzerrungen der Gesichtsmuskeln wie zum Lachen oder Weinen, wobei Tränen aus den Augen fließen. 1826.   Während Zahnung plötzlich blasses Gesicht, Werfen und Rollen des Kopfes, schwieriges Schlucken, Delirium, mit krampfhaften Bewegungen der Augäpfel und Lider. 2228.   Vollständige Bewußtlosigkeit, Verdrehen der Augäpfel und Schaum vor dem Mund. 2305.   Epilepsie: er tobte und warf den Kopf von einer Seite zur anderen, die Augen rollten oder fixierten starr einen Punkt. 2535.   Spasmen im Schlund, Augen und Mund. 2914.   Augenrollen, Zähneknirschen, Opisthotonus, Aufbäumen mit unartikuliertem Schreien und wildem Umsichschlagen. 3200.

10   Pupillen eher erweitert als verengt.
Verengert anfangs die Pupillen. 106.   Die Pupillen sind fähiger, sich zu erweitern, als zu verengern. 107.   Leichter zu erweiternde und erweiterte Pupillen. 108.   Die Pupillen sind leicht zu erweitern und ebenso leicht zu verengern. 109.   Kälte und Frostigkeit; die Pupillen erweitern sich nur wenig. 700.   Geräusch ist ihm unerträglich, wobei sich die Pupillen leichter erweitern. 779.   Blaues Gesicht, erweiterte Pupillen. 1108.   Erweiterte Pupillen. 1149.   Pupillen erweitert, ziehen sich im Licht zusammen. 1715.   Schmerzhafte Pupillenreaktion auf Licht, jedesmal danach schnelle Oscillationen der Lider. 1769.   Erweiterte Pupillen. 1917.   Kleine, zusammengezogene Pupillen. 1923.

11   Augenausdruck matt, stumpf, niedergeschlagen.
Das Gesicht blaß, die Augen matt. 1096.   Stumpf aussehende Augen. 1928.   Im Gesichtsausdruck, im Blick und in ihrem Wesen tiefe Niedergeschlagenheit. 2372.

12   Exophthalmus.
Auge rot, geschwollen und vorstehend. 2192.   Exophthalmus, Tränenfluß und Schmerz in den Augen nach Ausziehen eines Zahnes. 2639.   Exophthalmus mit Herzklopfen, Puls 120, kongestives Kopfweh. 2640.

13   Andere Befunde: Gelbsucht. Blütchen um die Augen.
Blütchen um das böse Auge. 89.   Augenweiß gelb. 2857.

AUGEN   Modalitäten

1   Bewegung der Augen macht Kopf- oder Augenschmerzen.
Früh, im Bette, beim Erwachen und Öffnen der Augen arger Kopfschmerz, welcher beim Aufstehen

vergeht. 22.   Eingenommenheit des Kopfes, früh beim Erwachen, in wirklich drückenden Kopfschmerz sich verwandelnd, der sich besonders in der Stirne fixierte, und die Augen so angriff, daß die Bewegung der Augenlider und der Augäpfel in ihnen schmerzhaft wurde, durch Treppensteigen und jede andere Körperbewegung gesteigert. 27.   Zuckender Kopfschmerz, welcher sich vermehrt, wenn man die Augen aufschlägt. 50.   Bei Verschließung der Augenlider Schmerz im äußeren Augenwinkel, wie Wundheit. 82.   Die Augenlider sind früh zugeklebt; es drückt innerhalb des Auges, als wenn ein Sandkorn drin wäre; bei Eröffnung der Augenlider sticht es drin. 86.   Die Eingenommenheit des Kopfes fand sich nach einer ruhig durchschlafenen Nacht wieder ein, verwandelte sich aber bald in wirklichen drückenden Kopfschmerz, der sich besonders in der Stirne fixierte und die Augen so angriff, daß die Bewegung der Augenlider und der Augäpfel in ihnen schmerzhaft wurde. Beim Treppensteigen und bei jeder anderen kräftigeren Körperbewegung zeigte sich der erwähnte Kopfschmerz heftiger. 810a.   Gegen 13 Uhr bildete sich dumpfer Kopfschmerz aus, der sich mehr auf die rechte Stirnhälfte beschränkte und sich von da aus zugleich mit auf das rechte Auge ausdehnte und dieses Organ gegen das Licht sehr empfindlich stimmte. Dieser Schmerz im rechten Auge vermehrte sich, wenn ein Teil desselben bewegt wurde. 811.   Schmerzhaftes Reiben in den Augen, beim Öffnen und Drehen der Augen werden die Kopfschmerzen verstärkt. 1614.   Kopfschmerz verstärkt morgens, durch Kaffee, Tabak, Geräusch, Alkohol, Lesen und Schreiben, Sonnenlicht und Bewegung der Augen. 2592.   Auf dem rechten Auge Druck, es tat richtig weh, wenn ich das Auge gedreht habe. 3669.

2   Lichtscheu. Das Licht blendet. Licht unerträglich.

Die Augenlider sind früh mit eitrigem Schleime zugeklebt, und wenn er sie aufmacht, so blendet das Licht. 83.   Schmerzhaftes Drücken über den Augen und in den Augäpfeln selbst, besonders beim Sehen ins Licht. 94.   Kann den Schein des Lichtes nicht ertragen. 101.   Der Schein des Lichtes ist ihm unerträglich. 102.   Erhielt einen heftigen Schlag gegen das linke Augenlid, sogleich heftiger Schmerz und Entzündung. Das Auge ist sehr rot und läßt sich nur unter Schmerzen öffnen. Starke Lichtscheu. 1168.   Vor und während der Regel beklagte sie sich über Schwere und Hitze im Kopfe, heftige drückende Schmerzen in der Stirne, Empfindlichkeit der Augen gegen das Licht, Ohrenklingen. 1177.   Lichtscheu. 1447.   Lichtscheu. 1615.   Schmerzhafte Pupillenreaktion auf Licht, jedesmal danach schnelle Oscillationen der Lider. 1769.   Lichtscheu. 2145.   Während des Monatlichen Lichtscheu, zusammenziehende Kolik, Angst und Herzklopfen, Mattigkeit und Ohnmacht. 2162.   Photophobie. 2467.   So große Empfindlichkeit gegen Licht und so starker Lidkrampf, daß eine Untersuchung der Augen unmöglich ist. Der geringste Lichtstrahl ist ihr unerträglich. 2613.

3   Licht verstärkt Kopfschmerzen.

Früh, im Bette, beim Erwachen und Öffnen der Augen arger Kopfschmerz, welcher beim Aufstehen vergeht. 22.   Dumpfer Kopfschmerz, der sich mehr auf die rechte Stirnhälfte beschränkte und sich von da aus zugleich mit auf das rechte Auge ausdehnte und dieses Organ gegen das Licht sehr empfindlich stimmte. 30.   Zuckender Kopfschmerz, welcher sich vermehrt, wenn man die Augen aufschlägt. 50.   Gegen 13 Uhr bildete sich dumpfer Kopfschmerz aus, der sich mehr auf die rechte Stirnhälfte beschränkte und sich von da aus zugleich mit auf das rechte Auge ausdehnte und dieses Organ gegen das Licht sehr empfindlich stimmte. Dieser Schmerz im rechten Auge vermehrte sich, wenn ein Teil desselben bewegt wurde. 811.   Gegen 20 Uhr Schwere und Eingenommenheit des Kopfes, schmerzendes Drücken über den Augen nebst Drücken in den Augäpfeln selbst, besonders wenn er ins Licht sah. 815.   Heftiges Kopfweh in der Stirn und über den Augen, der das Öffnen der Augen nicht erlaubt, gewöhnlich klopfend, Helle verschlimmert. 1410.   Bei den heftigen Kopfschmerzen kann sie sich nicht niederlegen, aber muß mit geschlossenen Augen in einem dunklen Raum bleiben. 2316.   Kopfschmerz, konnte nicht das mindeste Licht ertragen. 2498.   Kopfschmerz als ob eine Nadel ins Gehirn gebohrt würde, im Kühlen und im Dunklen leichter. 3176.   Stirnkopfschmerz bis in die Augen, schlechter durch Licht. 3403.

4   Tageslicht. Sonnenlicht.

Gelind drückende Schmerzen in der Stirngegend, durch das Sonnenlicht verschlimmert. 32. Beständig Drücken unter dem oberen Augenlide wie vom Sande, in der Sonne Brennen und Stechen der Augen und Tränenauslaufen. 1195. Jedes Geräusch, Sprechen, jede Bewegung etc. vermehrt Kopfschmerz, Erbrechen und Delir. Das Tageslicht ist ihr unerträglich. 1368. Am Tage, beißendes Tränen der Augen, besonders im Sonnenlichte, und nächtliches Zuschwären derselben. 1441. Exacerbationen des Augenschmerzes gewöhnlich nachts und morgens, stärker im Liegen und in der Sonne, Bewegung tat gut. 1693. Kopfschmerz, das Tageslicht wird nicht vertragen. 2105. Kopfschmerz verstärkt morgens, durch Kaffee, Tabak, Geräusch, Alkohol, Lesen und Schreiben, Sonnenlicht und Bewegung der Augen. 2592.

5   Lesen. Augenanstrengung.
Abends beim Lesen ist's ihm vor dem einen Auge so trübe, als wenn eine Träne darin wäre, die er herauswischen sollte, und doch ist nichts Wässriges darin. 81. Zuweilen durchfuhr ein zuckender Schmerz das linke Auge, am unangenehmsten war ein Gefühl von Druck und Schwere, als sollte es herausfallen, namentlich bei Anstrengung wie Lesen, Nähen. 2423.

6   Bewegung. Ruhe. Anstrengung.
Schmerzen in dem früher verletzten Auge besonders bei Wetterwechsel, nach Aufregung oder Anstrengung. 1690. Exacerbationen des Augenschmerzes gewöhnlich nachts und morgens, stärker im Liegen und in der Sonne, Bewegung tat gut. 1693. Skotom durch Bewegung. 2066. Zickzacksehen, wenn ich lange auf bin und schwer schaffe, dann kommt es nach dem Mittagessen, Liegen bessert, wenn ich aufstehe, sehe ich nichts mehr. 3492.

7   Aufregung. Verdruß. Masturbation.
Schmerzen in dem früher verletzten Auge besonders bei Wetterwechsel, nach Aufregung oder Anstrengung. 1690. Heftiger Verdruß, bald darauf so schreckliche Schmerzen in dem und um das früher verletzte Auge, daß er Tag und Nacht Tobsuchtsanfälle bekam. 1691. Asthenopie und Amblyopie durch weibliche Onanie. 2367.

8   Wind. Wetterwechsel. Im Freien.
Augenentzündung mit Drücken im inneren Winkel, am Tage beständiges Tränenauslaufen, durch Wind heftiger. 1191. Schmerzen in dem früher verletzten Auge besonders bei Wetterwechsel, nach Aufregung oder Anstrengung. 1690. Das linke Auge schien kleiner durch Herabsinken des Oberlides, es tränte gern bei einiger Anstrengung und namentlich im Freien und die Sehkraft war schwächer. 2422.

9   Wärme. Sonne. Kalter Wind bessert.
Beständig Drücken unter dem oberen Augenlide wie vom Sande, in der Sonne Brennen und Stechen der Augen und Tränenauslaufen. 1195. Kalter Wind kühlt und deuchtet ihr wohl. 1196. Exacerbationen des Augenschmerzes gewöhnlich nachts und morgens, stärker im Liegen und in der Sonne, Bewegung tat gut. 1693. Die Augen brennen im warmen Zimmer und im Rauch. 3396.

10   Nach Essen.
Ein zickzackartiges und schlangenförmiges, weißes Flimmern seitwärts des Gesichtspunktes, bald nach dem Mittagessen. 105. Zickzacksehen, wenn ich lange auf bin und schwer schaffe, dann kommt es nach dem Mittagessen, Liegen bessert, wenn ich aufstehe, sehe ich nichts mehr. 3492.

11   Periode.
Vor und während der Regel beklagte sie sich über Schwere und Hitze im Kopfe, heftige drückende Schmerzen in der Stirne, Empfindlichkeit der Augen gegen das Licht, Ohrenklingen. 1177. Während des Monatlichen Lichtscheu, zusammenziehende Kolik, Angst und Herzklopfen, Mattigkeit und Ohnmacht. 2162.

Modalitäten / AUGEN

12 Gähnen. Husten. Geräusch.
Ungeheures, convulsivisches Gähnen, daß die Augen von Wasser überlaufen, abends vor dem Schlafengehen, und früh nach dem Aufstehen aus dem Bette. 694.   Geräusch ist ihm unerträglich, wobei sich die Pupillen leichter erweitern. 779.   Alle 8-15 Stunden plötzlicher krampfhafter Hustenanfall mit Zusammenziehen am Nabel, Magen, Luftröhre und Speiseröhre, mit Verdunkelung des Sehens und unzähligen Funken vor Augen. 1756.   Nach dem Husten verschwanden die Sehstörungen, der Kopf blieb verwirrt und die Schläfen klopften weiter. 1758.

13 Verletzung.
Erhielt einen heftigen Schlag gegen das linke Augenlid, sogleich heftiger Schmerz und Entzündung. Das Auge ist sehr rot und läßt sich nur unter Schmerzen öffnen. Starke Lichtscheu. 1168.   Schmerzen in dem früher verletzten Auge besonders bei Wetterwechsel, nach Aufregung oder Anstrengung. 1690.   Exophthalmus, Tränenfluß und Schmerz in den Augen nach Ausziehen eines Zahnes. 2639.

14 Zeit.
Abends schmerzt das Innere des oberen Augenlides als wenn es zu trocken wäre. 80.   Abends beim Lesen ist's ihm vor dem einen Auge so trübe, als wenn eine Träne darin wäre, die er herauswischen sollte, und doch ist nichts Wässriges darin. 81.   Im äußeren Augenwinkel stechendes Reißen; die Augen schwären früh zu und tränen vormittags. 85.   Nach dem Mittagsschlafe Trübsichtigkeit des rechten Auges, als wenn ein Flor darüber gezogen wäre. 103.   Ein zickzackartiges und schlangenförmiges, weißes Flimmern seitwärts des Gesichtspunktes, bald nach dem Mittagessen. 105.   Exacerbationen des Augenschmerzes gewöhnlich nachts und morgens, stärker im Liegen und in der Sonne, Bewegung tat gut. 1693.   Augenschmerz beginnt morgens oder 9 Uhr, hört 14 Uhr auf. 2193.   Zickzacksehen, wenn ich lange auf bin und schwer schaffe, dann kommt es nach dem Mittagessen. 3492.

15 Bei Kopfschmerzen.
Benommenheit des Kopfes, welche sich 21 Uhr in drückenden Schmerz im Scheitel verwandelte. Um 22 Uhr zog sich dieser Schmerz mehr nach der Stirne und nach dem linken Auge herab, ob er gleich den ganzen Kopf einnahm. Mit diesem Schmerze begannen meine Augen, besonders aber das linke, zu brennen und zu tränen, die Augenlider schwollen an und die Meibomschen Drüsen sonderten viel Schleim ab. 837.   Nachmittags überraschte mich der drückende Kopfschmerz, dieses Mal besonders in der rechten Stirnhälfte, welcher nach dem rechten Auge herabzog und sich da besonders so äußerte, als wollte er mir den rechten Augapfel herausdrücken. Gleichzeitig fand sich Brennen in den Augen und vermehrte Absonderung der Tränen ein, auch wurde von den Meibomschen Drüsen mehr Schleim ausgeschieden. 838c.   Anfälle von drückendem, klemmendem Schmerz in der Stirne und dem Hinterkopfe, wobei das Gesicht rot wurde, die Augen tränten und die Sehkraft abnahm. 1019.   Litt an zweifachem Kopfweh, nie gleichzeitig auftretend, entweder Stiche in den Schläfen, oder Drücken in der Stirn, beides nach vorgängigem Düsterwerden vor den Augen. 1668.   Wegen Kopfschmerzen kann sie nicht gut sehen, es ist ihr, als wäre der Verstand benommen. 1892.   Vor dem Kopfschmerz direkt über der rechten Augenbraue ein Zickzackrad mit Farbenspiel. 2548.   Wenn die Sehstörungen nachlassen, sieht er zwar die Worte beim Lesen, er kann aber keinen Sinn mit ihnen verbinden. 2549.

16 Bei Schwindel.
Eine fremde Empfindung im Kopfe, eine Art Trunkenheit, wie von Branntwein, mit Brennen in den Augen. 14.   Schwindel in einem so hohen Grade, daß er beim Gehen wankte und sich nur mit Mühe aufrecht erhalten konnte. Einzelne Stiche fuhren ihm durch den Kopf, es stellte sich Ohrenbrausen ein und vor den Augen bewegten sich scheinbar die vorliegenden Gegenstände. Daher vermochte er auch kaum, einen Gedanken auf einen Augenblick festzuhalten. 812a.   Schwindel mit Flirren vor den Augen. 1043.   Schwindligkeit mit Nebelsehen und Trübsehen wenn sie an vielen

AUGEN / Modalitäten

Leuten auf der Straße vorbeigeht. 2386. Schwindel beim Gefahrenwerden und Schleier vor den Augen. 3287. Schlapp, Schwindel beim Drehen und Heben des Kopfes, Sehstörungen. 3325.

17 Andere Begleitsymptome: Frost. Epilepsie. Bauchschmerzen.
Kälte und Frostigkeit; die Pupillen erweitern sich nur wenig. 700. Der epileptische Anfall kommt beinahe alle drei Tage abends oder in der Nacht, voraus geht Tagesblindheit. 1801. Konvulsionen mit Bewußtlosigkeit, Augenverdrehung, Verzerrungen der Gesichtsmuskeln wie zum Lachen oder Weinen, wobei Tränen aus den Augen fließen. 1826. Die Augen werden leicht müde bei Gebrauch, besonders wenn sie Bauchschmerzen hat. 2839.

OHREN

1 Kopfschmerz, der die Ohren einbezieht.
Schmerz im Hinterhaupte, seitlich über dem Processus mastoideus, der sich bisweilen den Gehörorganen mitteilte und dann das Hören abzustumpfen schien. 29. Reißendes Kopfweh in der Stirne und hinter dem linken Ohre, welches beim Liegen auf dem Rücken erträglich ist, durch Aufrichten des Kopfes sich verstärkt, bei Hitze und Röte der Wangen und heißen Händen. 47. In den Nachmittagsstunden entstand gelinde drückender Schmerz in der Stirngegend, aber es mischte sich bald ein neuer Schmerz im Hinterhaupte seitlich über dem Processus mastoideus dazu, welcher sich bisweilen den Gehörorganen mitteilte, dann das Hören abzustumpfen schien. 831. Im rechten Innenohr heftiger Schmerz bis zur rechten Schläfe. 1755. Rechtsseitiger ohrstechender Kopfschmerz anfallsweise, Besserung durch Wärme, 2612. Das Kopfweh zieht bis ins Ohr, es ist wie ein Zug. 3424. Migräne rechts, das geht bis in das Ohr hinein und das sitzt auch im Genick, der Schmerz geht durch das Auge durch. 3446.

2 Vom Hals zum Ohr.
Es sticht in der Gaumendecke bis ins innere Ohr. 153. Stechende Schmerzen im Halse, außer und während dem Schlingen, am ärgsten aber beim Schlingen. Stiche bis ins Ohr beim Schlingen. 1131. Stiche am Gaumen, bis ins Ohr hinein. 1459.

3 Hinter dem Ohr. Processus mastoideus.
Schmerz im Hinterhaupte, seitlich über dem Processus mastoideus, der sich bisweilen den Gehörorganen mitteilte und dann das Hören abzustumpfen schien. 29. Reißendes Kopfweh in der Stirne und hinter dem linken Ohre, welches beim Liegen auf dem Rücken erträglich ist, durch Aufrichten des Kopfes sich verstärkt, bei Hitze und Röte der Wangen und heißen Händen. 47. In den Nachmittagsstunden entstand gelinde drückender Schmerz in der Stirngegend, aber es mischte sich bald ein neuer Schmerz im Hinterhaupte seitlich über dem Processus mastoideus dazu, welcher sich bisweilen den Gehörorganen mitteilte, dann das Hören abzustumpfen schien. 831.

4 Vor dem Ohr. Parotis.
Stechender Druck am Jochbeine, vor dem linken Ohre. 112. Geschwulst der Ohrdrüse rechts, mit Stichen in derselben, außer dem Schlingen. 1115. In der Ruhe fahren einzelne Stiche durch die Ohrspeicheldrüse. 1134.

5 Im Inneren des Ohres.
Fühlt ein Klopfen im Inneren des Ohres. 114. Schmerz im inneren Ohre. 117. Stiche im Inneren des Ohres. 118. Es sticht in der Gaumendecke bis ins innere Ohr. 153. Im rechten Innenohr heftiger Schmerz bis zur rechten Schläfe. 1755.

OHREN

6 Geräusche sind unerträglich.
Vernunftwidriges Klagen über allzu starkes Geräusch. 778.   Geräusch ist ihm unerträglich, wobei sich die Pupillen leichter erweitern. 779.   Beschwert sich über Geräusche, die andere kaum hören. 2414.   Wenn es Schularbeiten machen will, macht es jedes Geräusch verrückt, es bekommt Wutanfälle und bricht in Tränen aus. 3074.   Höchst geräuschempfindlich. 3120.   Sehr geräuschempfindlich. 3190.   Überempfindlich gegen Geräusche. 3362.   Wenn ich einen Schreck durch etwas Lautes habe, fängt Schwindel an und Stechen im Kopf, meistens unter den Augenbrauen. Übelkeit dabei. 3508.

7 Hört im Schlaf jedes Geräusch.
Schlaf so leise, daß man alles dabei hört, z. B. weit entfernten Glockenschlag. 650.   Schreckhafte Erschütterung, früh, beim Erwachen aus einem so leichten Schlafe, worin sie jeden Glockenschlag hört. 669.   Der Schlaf ist nicht mehr fest, das leiseste Geräusch im Nebenzimmer wird von ihr gehört und beunruhigt sie. 1378.   Leiser Schlaf, so daß man alles dabei hört. 1553.   Konnte nicht schlafen, nicht nur wegen des Juckens, sondern weil das kleinste Geräusch sie weckte. 2721.

8 Hört die tiefen Töne nicht.
Gefühllosigkeit gegen Musik. 121.   Er hört die tiefen Töne nicht und er kann die Modulationen des Gesangs nicht erfassen. 1771.

9 Schwerhörigkeit für Geräusche, aber nicht für Sprache.
Schwerhörigkeit. 1198.   Schwerhörigkeit bei reinen Gehörgängen, die Taschenuhr hört er nur 4 Zoll, Menschenstimme versteht er besser. 1201.   Harthörigkeit, aber nicht für Menschensprache. 1449.   Das linke Ohr ist fast taub. 1606.   Schwerhörig, sieht alles wie durch einen Nebel. 2336.

10 Sausen wie von Wind. Brausen.
Ohrenbrausen. 116.   Schwindel in einem so hohen Grade, daß er beim Gehen wankte und sich nur mit Mühe aufrecht erhalten konnte. Einzelne Stiche fuhren ihm durch den Kopf, es stellte sich Ohrenbrausen ein und vor den Augen bewegten sich scheinbar die vorliegenden Gegenstände. Daher vermochte er auch kaum, einen Gedanken auf einen Augenblick festzuhalten. 812a.   Sausen in den Ohren wie vom Winde, die Ohren laufen aus und es entstehen Schorfe unter dem Ohre. 1199.   Brausen vor den Ohren wie von starkem Winde. 1200.   Brausen vor den Ohren, wie von starkem Winde. 1448.   Ohrensausen. 1646.   Das Gesicht wird rot, Kopfschmerz, Klopfen in den Schläfen, Summen in den Ohren, sieht Blitze. 1869.   Epilepsie endet mit noch länger zurückbleibendem Sausen und Tönen in und außer den Ohren. 2037.   Kopfschmerzen, Sausen im Ohr. 2505.   Ohrensausen gebessert durch Musik. 2925.

11 Klingen. Tönen. Zirpen.
Ohrenklingen. 115.   Vor und während der Regel beklagte sie sich über Schwere und Hitze im Kopfe, heftige drückende Schmerzen in der Stirne, Empfindlichkeit der Augen gegen das Licht, Ohrenklingen. 1177.   Sogar tagsüber hatte sie oft merkwürdige Visionen, z. B. einen Mann, der an der Decke aufgehängt war, Stimmen und Rufe von Leuten, die sich in ihrer Nähe unterhielten. 1905.   Epilepsie endet mit noch länger zurückbleibendem Sausen und Tönen in und außer den Ohren. 2037.   Mit Augenleiden von Ohrgeräuschen geplagt, wie Zirpen eines Grashüpfers. 2617.

12 Stechen. Reißen.
Reißendes Kopfweh in der Stirne und hinter dem linken Ohre, welches beim Liegen auf dem Rücken erträglich ist, durch Aufrichten des Kopfes sich verstärkt, bei Hitze und Röte der Wangen und heißen Händen. 47.   Stechender Druck am Jochbeine, vor dem linken Ohre. 112.   Stiche im Inneren des Ohres. 118.   Es sticht in der Gaumendecke bis ins innere Ohr. 153.   Ziehen und Stechen in beiden Ohren, welches durch Zuhalten derselben gemindert wurde. 1113.   Geschwulst der Ohrdrüse rechts, mit Stichen in derselben, außer dem Schlingen. 1115.   Stechende Schmerzen im Halse,

außer und während dem Schlingen, am ärgsten aber beim Schlingen. Stiche bis ins Ohr beim Schlingen. 1131.   In der Ruhe fahren einzelne Stiche durch die Ohrspeicheldrüse. 1134.   Stiche am Gaumen, bis ins Ohr hinein. 1459.   Rechtsseitiger ohrstechender Kopfschmerz anfallsweise, Besserung durch Wärme, 2612.

13   Andere Empfindungen: Ziehen. Drücken. Klopfen. Jucken.
Stechender Druck am Jochbeine, vor dem linken Ohre. 112.   Fühlt ein Klopfen im Inneren des Ohres. 114.   Jücken im Gehörgange. 119.   Ziehen und Stechen in beiden Ohren, welches durch Zuhalten derselben gemindert wurde. 1113.   Klopfen im Ohr, im Kopf, im ganzen Körper, Herzklopfen und Atemnot beim Treppensteigen. 2506.   Das Kopfweh zieht bis ins Ohr, es ist wie ein Zug. 3424.

14   Heiße, rote Ohren.
Frost über die Oberarme bei heißen Ohren. 709.   Frösteln auf dem Rücken oder auf den Oberarmen, mit Hitze der Ohren. 2975.   Ein Ohr, eine Backe, eine Gesichtsseite rot und brennend. 2994.

15   Ausfluß aus den Ohren.
Sausen in den Ohren wie vom Winde, die Ohren laufen aus und es entstehen Schorfe unter dem Ohre. 1199.   Es zeigte sich Blut in dem einen Ohre. 1598.

16   Musik bessert Ohrensausen. Musik ist ungemein angenehm.
Musik macht ungemeine und angenehme Empfindung. 120.   Gefühllosigkeit gegen Musik. 121.   Ohrensausen gebessert durch Musik. 2925.

17   Ohrschmerzen besser durch Zuhalten der Ohren.
Ziehen und Stechen in beiden Ohren, welches durch Zuhalten derselben gemindert wurde. 1113.

18   Geräusche verstärken Kopfschmerzen.
Krampfanfälle durch Geräusch oder Berührung hervorgerufen (Hund). 841.   Schmerz wie Reißen durch alle Glieder, als wenn es herausbrechen wollte, der Kopfschmerz wird so heftig, daß sie ohnmächtig wird, jeder starke Ton, starkes Reden, schon jeder hörbare Fußtritt ist ihr zuwider. 1184.   Jedes Geräusch, Sprechen, jede Bewegung etc. vermehrt Kopfschmerz, Erbrechen und Delir. Das Tageslicht ist ihr unerträglich. 1368.   Die Kopfschmerzen werden verschlimmert durch Kaffee, Branntwein, Tabakrauchen, Geräusch und Gerüche. 1439.   Kopfweh nach Ärger und durch Geräusch verschlimmert. 1670.   Unerträgliches Kopfweh, beim Gehen dubbert's im Kopf, das geringste Geräusch vermehrt den Schmerz. 1890.   Schmerz hauptsächlich über die Stirn, immer durch jede Erregung verschlimmert, kann nicht das geringste Geräusch vertragen. 2014.   Wärme bessert, Geräusche, aber nicht Licht, verstärken den Kopfschmerz. 2283.

19   Andere Modalitäten: Ruhe. Periode. Wärme bessert.
In der Ruhe fahren einzelne Stiche durch die Ohrspeicheldrüse. 1134.   Vor und während der Regel beklagte sie sich über Schwere und Hitze im Kopfe, heftige drückende Schmerzen in der Stirne, Empfindlichkeit der Augen gegen das Licht, Ohrenklingen. 1177.   Rechtsseitiger ohrstechender Kopfschmerz anfallsweise, Besserung durch Wärme, 2612.

20   Kopfschmerzen machen Schwerhörigkeit.
Schmerz im Hinterhaupte, seitlich über dem Processus mastoideus, der sich bisweilen den Gehörorganen mitteilte und dann das Hören abzustumpfen schien. 29.   In den Nachmittagsstunden entstand gelinde drückender Schmerz in der Stirngegend, aber es mischte sich bald ein neuer Schmerz im Hinterhaupte seitlich über dem Processus mastoideus dazu, welcher sich bisweilen den Gehörorganen mitteilte, dann das Hören abzustumpfen schien. 831.

OHREN

21 Ohrgeräusche bei Kopfschmerzen, bei Schwindel, nach Epilepsie.
Schwindel in einem so hohen Grade, daß er beim Gehen wankte und sich nur mit Mühe aufrecht erhalten konnte. Einzelne Stiche fuhren ihm durch den Kopf, es stellte sich Ohrenbrausen ein und vor den Augen bewegten sich scheinbar die vorliegenden Gegenstände. Daher vermochte er auch kaum, einen Gedanken auf einen Augenblick festzuhalten. 812a.   Beim Aufstehen aus dem Bette matt bis zur Ohnmacht mit Schwindel, Ohrenbrausen und kaltem, allgemeinem Schweiße, es wurde im Sitzen besser. 1003.   Vor und während der Regel beklagte sie sich über Schwere und Hitze im Kopfe, heftige drückende Schmerzen in der Stirne, Empfindlichkeit der Augen gegen das Licht, Ohrenklingen. 1177.   Das Gesicht wird rot, Kopfschmerz, Klopfen in den Schläfen, Summen in den Ohren, sieht Blitze. 1869.   Epilepsie endet mit noch länger zurückbleibendem Sausen und Tönen in und außer den Ohren. 2037.   Kopfschmerzen, Sausen im Ohr. 2505.

NASE

1 Benommenheit und Druck im Vorderkopf bis in die Nasenhöhlen, als käme plötzlich ein heftiger Schnupfen.
Es ist, als wenn der Kopf von Blut allzusehr angefüllt wäre; und die innere Nase ist gegen die äußere Luft sehr empfindlich, wie bei einem bevorstehenden Nasenbluten. 18.   Gefühl im Kopfe, als überfiele ihn plötzlich ein Schnupfen; ein dumpfes Drücken im Vorderkopfe zog bestimmt bis in die Nasenhöhlen hinab und brachte daselbst fast 10 Minuten lang das Gefühl hervor, was ein heftiger Schnupfen daselbst zu veranlassen pflegt; dieses Drücken wendete sich nach 10 Minuten nach anderen Partien des Kopfes und wechselte so, kam wieder und verschwand. 31.   Gegen 10 Uhr zeigte sich eine leichte Benommenheit im ganzen Kopfe, ziemlich ähnlich derjenigen, welche einem Schnupfen vorauszugehen pflegt. Sie wurde von einem leichten Drucke in der rechten Stirngegend über dem dasigen Augenbrauenbogen begleitet. 827.   Es wurde ihm, als überfiele ihn plötzlich ein Schnupfen, denn das beginnende dumpfe Drücken im Vorderkopfe zog bestimmt bis in die Nasenhöhlen hinab und brachte daselbst fast 10 Minuten lang das Gefühl hervor, das ein heftiger Schnupfen daselbst zu veranlassen pflegt. 833.   Bei stetem Stockschnupfen Vollsein und Schwere im Kopf. 2299.   Druck im Kopf auf die Nase herunter. 3442.

2 Nasenwurzel.
Stirnhöhlenkatarrh, wenn die Beschwerden auf die Nasenwurzel zwischen den Augen beschränkt sind. 2543.   Kopfschmerzen an der Nasenwurzel, Nacken dabei verspannt. 3542.   Bohren in der Nasenwurzel, auch etwas zu den Augen rüber, und Hinterhauptshöcker. 3547.

3 Nase innen wund und empfindlich gegen die eingeatmete Luft.
Wundheit der Nasenlöcher am inneren Winkel.
Es ist, als wenn der Kopf von Blut allzusehr angefüllt wäre; und die innere Nase ist gegen die äußere Luft sehr empfindlich, wie bei einem bevorstehenden Nasenbluten. 18.   Empfindung von Geschwürigkeit und Wundheit am inneren Winkel des einen, oder beider Nasenlöcher. 437.   Wundheit und Empfindlichkeit der inneren Nase, mit Geschwulst derselben. 1450.

4 Trockenheit.
Die Nase trocken. 1046.   Trockene Schleimhaut in der Nase. 3628.   Erst läuft morgens beim Aufstehen die Nase, dann trocknet sie aus und wird borkig. 3632.

5 Jucken. Kitzeln.
In beiden Nasenlöchern ein kriebelndes Jücken. 436.   Kitzel in der Nase. 439.   Jucken der Nase.

2579. Heuschnupfen, Nase und Augen laufen, Jucken, Niesreiz, heftiges, mehrfaches Niesen. 3550.

6 Kälte.
Heiße Knie (mit kitzelndem Jücken des einen Knies) bei kalter Nase. 592. Heiße Knie mit kalter Nase. 2995.

7 Fließschnupfen mit Tränenfluß und Niesen morgens und in der Kälte, Verstopfung der Nase nachts in der Wärme.
Heuschnupfen, Nase und Augen laufen, Jucken, Niesreiz, heftiges, mehrfaches Niesen. 3550. Wenn ich nachmittags ins Gras gehe, verstopft sich nachts die Nase. 3551. Plötzliche Kälte morgens läßt die Nase laufen, in der Wärme nachts ist sie eher verstopft. 3553. Ich habe ständig Schnupfen, die Nase ist fast immer verstopft, zeitweise läuft sie sehr stark. 3624. Erst läuft morgens beim Aufstehen die Nase, dann trocknet sie aus und wird borkig. 3632.

8 Ein Nasenloch wie mit einem Blättchen verschlossen.
Verstopfung des einen Nasenloches, als wenn ein Blättchen inwendig vorläge; nicht wie von Stockschnupfen. 443.

9 Verstopfung. Stockschnupfen.
Katarrh, Stockschnupfen. 444. Die Nase ist geschwollen, die Geschwulst geht auf die Backen über, innerlich ist die Nase verstopft, es bilden sich Krusten in derselben. 1060. Bei stetem Stockschnupfen Vollsein und Schwere im Kopf. 2299. Verstopfte Nase. 3355.

10 Erst Tröpfeln, dann Schnupfen. Fließschnupfen.
Erst Tröpfeln aus der Nase, dann Schnupfen. 441. Fließender Schnupfen. 442. Fließschnupfen und Husten. 2110.

11 Niesen.
Heuschnupfen, Nase und Augen laufen, Jucken, Niesreiz, heftiges, mehrfaches Niesen. 3550. Tränenfluß, Nasenlaufen, Niesen besser nach dem Essen. 3552.

12 Schwellung.
Die Nase ist geschwollen, die Geschwulst geht auf die Backen über, innerlich ist die Nase verstopft, es bilden sich Krusten in derselben. 1060. Nase wird bisweilen rot, etwas dick und innerlich böse. 1197. Wundheit und Empfindlichkeit der inneren Nase, mit Geschwulst derselben. 1450.

13 Krusten, Borken.
Die Nase ist geschwollen, die Geschwulst geht auf die Backen über, innerlich ist die Nase verstopft, es bilden sich Krusten in derselben. 1060. Erst läuft morgens beim Aufstehen die Nase, dann trocknet sie aus und wird borkig. 3632.

14 Rötung. Geschwüre.
Die Nasenlöcher sind geschwürig. 438. Nase wird bisweilen rot, etwas dick und innerlich böse. 1197.

15 Nasenbluten.
Es ist, als wenn der Kopf von Blut allzusehr angefüllt wäre; und die innere Nase ist gegen die äußere Luft sehr empfindlich, wie bei einem bevorstehenden Nasenbluten. 18. Nasenbluten. 440.

16 Überempfindlichkeit gegen Tabakrauch.
Kann Tabak nicht vertragen, erregt oder verstärkt Kopfschmerz. 2947. Abneigung gegen Tabak-

NASE

rauch. 3179. Hochgradige Geruchsempfindlichkeit, besonders gegen Tabak, Küchendunst und Parfüm. 3189. Tabakrauch im Zimmer macht Übelkeit. 3257. Starke Abneigung gegen Rauch. 3278.

17 Überempfindlichkeit gegen Gerüche von Blumen, Parfum, Küche.
Nach starkem Blumengeruch fiel sie in einen anhaltenden Schlaf, was bei ihr stets ein ominöser Vorbote ist. 2251. Hochgradige Geruchsempfindlichkeit, besonders gegen Tabak, Küchendunst und Parfüm. 3189. Kopfweh nur tags durch Kaffee und starke Gerüche. 3205. Gerüche verstärken den Brechreiz. 3463.

18 Andere Modalitäten: Besserung durch Essen, Tee, Kaffee, Schokolade. Verschlechterung durch Alkohol. Kopfschmerz besser durch eitrigen Nasenausfluß.
Tränenfluß, Nasenlaufen, Niesen besser nach dem Essen. 3552. Tee, Kaffee, Schokolade bessern den Heuschnupfen. 3554. Alkohol kann den Heuschnupfen verschlimmern. 3556. Kopfschmerz besser, seitdem Eiter durch die Nase heruntergekommen ist. 3595.

MUND, HALS   Orte

1 Vom Kopf in die Zähne. Vom Gesicht in die Zähne. Vom Gesicht in den Hals.
Früh beim Erwachen Kopfschmerz, als wenn das Gehirn zertrümmert und zermalmt wäre; beim Aufstehen vergeht er und es wird ein Zahnschmerz daraus, als wenn der Zahnnerv zertrümmert und zermalmt wäre, welcher ähnliche Schmerz dann ins Kreuz übergeht; beim Nachdenken erneuert sich jenes Kopfweh. 78. Alle 3 Wochen links Gesichtsschmerz mit leichtem Zahnschmerz. 2195. Der rechtsseitige Gesichtsschmerz erstreckt sich bis in den Hals, welcher ihr wie aufgetrieben und heiß vorkam. 2350. Schmerzen, welche sich vom Auge nach dem Wirbel des Kopfes erstreckten, mit Übelkeit. oft mit Halsanschwellung abwechselnd. 2641.

2 Mundwinkel. Lippenrot. Lippen.
Stechen in den Lippen, vorzüglich wenn man sie bewegt. 122. Stechen in der Unterlippe, auch wenn sie nicht bewegt wird. 123. Die Lippen sind aufgeborsten und bluten. 129. Der eine Lippenwinkel wird geschwürig (Käke). 130. Die Lippen sind aufgesprungen und trocken. 1095. Die Mundwinkel und das Rote der Lippen mit kleinen Schorfen und Ausschlag besetzt. 1132. Trockenheit und Zittern der Lippen. 1150. Trockene, aufgesprungene, blutende Lippen. 1455. Ausschlag auf Lippen und Mundwinkeln, Lippen trocken und rissig. 3019.

3 Innenfläche der Unterlippe.
Stechen in der Unterlippe, auch wenn sie nicht bewegt wird. 123. Ein höchst durchdringendes feines Stechen an der Unterlippe bei Berührung eines Barthaares daselbst, als wenn ein Splitter da eingestochen wäre. 124. Die innere Fläche der Unterlippe schmerzt, als wenn sie roh und wund wäre. 125. Die Unterlippe ist auf der inneren Fläche geschwürig (ohne Schmerz). 126. An der inneren Fläche der Unterlippe wird eine erhabene Hautdrüse geschwürig, mit Wundheitsschmerz. 127. An der inwendigen Seite der Unterlippe ein erhabenes Drüschen, welches wie wund schmerzt. 128. Blütenartige Knötchen, bloß bei Berührung schmerzhaft, gleich unter der Unterlippe. 131.

4 Zahnfleisch.
Die innere Seite des Zahnfleisches schmerzt wie taub, als wenn es verbrannt wäre. 134. Zahnfleisch von den Zähnen zurückgezogen, gewulstet, dunkelgefärbt, bei Berührung etwas schmerzhaft und leicht blutend. 1978. Gesichtsschmerz rechts, mit Anschwellung der Ohrspeicheldrüse, Schmerz-

haftigkeit des Zahnfleisches und der Gesichtsmuskeln. 2349.

5 Schneidezähne.
Der eine Vorderzahn schmerzt wie taub und wie lose, bei jeder Berührung mit der Zunge schmerzhafter. 136. Unbeweglicher Wundheitsschmerz in den vordersten Backzähnen, vorzüglich beim Lesen. 138. Raffende, wühlende Schmerzen in den Schneidezähnen, abends. 141. Der Tabakrauch beißt vorn an der Zunge und erregt (stumpfen?) Schmerz in den Schneidezähnen. 200.

6 Backzähne rechts. Hohler Backzahn. Gesunde Zähne.
Unbeweglicher Wundheitsschmerz in den vordersten Backzähnen, vorzüglich beim Lesen. 138. Zahnweh der Backzähne, als wenn sie nebst ihren Nerven zertrümmert und zermalmt wären. 139. Reißen in der rechten Backe, unbestimmlicher Zahnschmerz der rechten Backzähne. 1114. Zahnweh von Erkältung in den Backenzähnen, als wenn sie zertrümmert wären. 1456. Heftige, wütende, lanzinierende Schmerzen in einem hohlen Backenzahn, morgens, und besonders nach dem Essen, kein Schmerz während des Essens. Wärme erleichtert, ebenso wie Gehen und Bewegung. Möchte die Kiefer zusammenbeißen, dabei keine Verstärkung der Schmerzen. 1659. Der Schmerz im hohlen Zahne erstreckt sich nicht auf die Umgebung. 1660. Schmerzen in hohlen Zähnen links unten, die während des Essens und beim Tabakrauchen sich verschlimmern oder hervorgerufen werden, vertragen auch die Berührung der Zunge nicht. 2121. Bei Eintritt der Menses Schmerzen in den oberen Backenzähnen rechts. 2124. Zahnschmerz in gesunden Zähnen bei jeder Anstrengung, geistig oder körperlich, z. B. beim Rennen oder bei Schularbeiten. 2610. Loser Zahn, Schmerz gebessert durch festen Druck von außen, leichte Berührung verschlimmert. 2836.

7 Unterkiefer.
Drücken unter den beiden Ästen des Unterkiefers, als würde das Fleisch unter den Unterkiefer hinunter gedrückt, bei Ruhe und Bewegung. 132. Es will ihm unwillkürlich den Unterkiefer aufwärts ziehen und die Kinnbacken verschließen, welches ihn am Sprechen hindert, eine halbe Stunde lang. 133. Schmerz im Gelenke des Unterkinnbackens, früh, beim Liegen. 142. Ziehender Schmerz in den Unterkieferdrüsen, welcher in den Kinnbacken übergeht, worauf diese Drüsen anschwellen. 177. Schmerz im rechten Jochbeine und Klammschmerz im rechten Kinnbacken. 1895. Jeden Abend, nachdem sie etwa eine halbe Stunde im Bett gelegen hat, Schmerzen im rechten Unterkiefer bis zur Schläfe, dauert 1-1 1/2 Stunden ohne Unterbrechung, aber in Exacerbationen. 1992. Heftige Zahnschmerzen ziehen und reißen durch den ganzen Kiefer, verschlimmern sich durch warme Speisen und Getränke, bessern sich in der Ruhe und wenn der Kopf fest gegen ein Kissen gedrückt wird. 2870.

8 Unterkieferdrüsen. Halsdrüsen.
Drücken und Ziehen in den Unterzungendrüsen. 155. Drückender Schmerz in den Halsdrüsen (Unterkieferdrüsen). 172. In der vorderen Unterkieferdrüse Schmerz, als wenn sie von außen zusammengedrückt würde, bei Bewegung des Halses und außer derselben. 173. Schmerzhafte Unterkieferdrüse, nach dem Gehen in freier Luft. 174. Schmerz in der Drüse unter der Kinnbackenecke bei Bewegung des Halses. 175. Erst drückender, dann ziehender Schmerz in den Unterkieferdrüsen. 176. Ziehender Schmerz in den Unterkieferdrüsen, welcher in den Kinnbacken übergeht, worauf diese Drüsen anschwellen. 177. Hinterläßt Neigung zu Halsdrüsengeschwulst, Zahnweh und Zahnlockerheit, sowie zu Magendrücken. 622. Die früheren Dosen hatten mir die Drüsen unter der Zunge aufgeregt. Ich empfand von 10 bis 12 Uhr Drücken und Ziehen in diesen Drüsen. 835c. Schluckbeschwerden, mehr rechts. Lymphknoten, besser durch Wärme. 3538. Die Schilddrüse tut weh. 3561.

9 Zungenspitze. Zungenbändchen. Vordere Zunge.
Die halbe vordere Zunge beim Reden, wie taub – beim Essen wie verbrannt oder wund. 143. (Früh nach dem Erwachen im Bette) die Zungenspitze äußerst schmerzhaft (Schründen, Reißen), als wenn

sie verbrannt oder verwundet wäre. 144. Es ist ihm scharf auf der Zungenspitze, als wenn sie wund wäre. 145. Feines Stechen in der äußersten Zungenspitze. 146. Nadelstiche am Zungenbändchen. 147. Er beißt sich beim Reden oder Kauen leicht in die eine Seite der Zunge hinten. 148. Der Tabakrauch beißt vorn an der Zunge und erregt (stumpfen?) Schmerz in den Schneidezähnen. 200. Brennen auf der Zunge. 251. Rechte Seite der Zunge angeschwollen und dick, kann nicht gut sprechen. 1896. Brennendes Stechen im Hals, ein ähnliches Stechen in der Zungenspitze. 1990.

10 Mündung des Speichelganges.
Schmerzhafte Geschwulst der Mündung des Speichelganges. 149. Er beißt sich beim Kauen leicht in die innere Backe bei der Mündung des Speichelganges. 150. Zungenpapillen vergrößert, Mundschleimhaut tiefrot, an mehreren Stellen korrodiert und wundschmerzend, Speicheldrüsenausführungsgänge geschwollen. 1987.

11 Ganze Mundschleimhaut.
Gefühl, als wenn die sämtlichen Flächen der inneren Mundwände wund zu werden im Begriff ständen. 154. Meine Speicheldrüsen sonderten immerwährend einen ganz weißen, gischtigen Speichel in größerer Menge als gewöhnlich ab, auch schien es mir öfters, als wenn die sämtlichen Flächen der inneren Mundwände wund zu werden im Begriffe ständen. 838b. Röte und Entzündung der ganzen Mundhöhle. 1458. Als wenn die ganze Mundhöhle mit einem Felle oder Pelze ausgekleidet wäre, so daß sie das in den Mund gebrachte Getränk gar nicht fühlt. 1976. Zungenpapillen vergrößert, Mundschleimhaut tiefrot, an mehreren Stellen korrodiert und wundschmerzend, Speicheldrüsenausführungsgänge geschwollen. 1987.

12 Harter Gaumen.
Empfindung in der Gaumendecke, als wenn sie wund wäre (wie von öfterem Niederschlingen des Speichels). 151. Empfindung, als wenn die Gaumendecke geschwollen oder mit zähem Schleime bedeckt wäre. 152. Es sticht in der Gaumendecke bis ins innere Ohr. 153. Dicker, schleimiger Zungenbelag von schmutzig gelbem Aussehen, mit Trockenheit am Gaumen und im Rachen. 1151. Stiche am Gaumen, bis ins Ohr hinein. 1459.

13 Vom Gaumen oder Hals zum Ohr.
Es sticht in der Gaumendecke bis ins innere Ohr. 153. Stechende Schmerzen im Halse, außer und während dem Schlingen, am ärgsten aber beim Schlingen. Stiche bis ins Ohr beim Schlingen. 1131. Stiche am Gaumen, bis ins Ohr hinein. 1459. Beim Schlucken sticht es mich durch die Ohren hinaus. 3488.

14 Rachen. Schlund. Kleine Stelle links im Hals. Rechts im Hals.
Stechen beim Schlingen, tief im Schlunde, welches durch ferneres Schlingen vergeht und außer dem Schlingen wiederkommt. 159. Gaumen, Mandeln und Zapfen entzündlich stark gerötet, Gefühl, als wenn diese Teile roh, und von der Oberhaut entblößt wären. Der Zapfen ist verlängert. 1116. Dicker, schleimiger Zungenbelag von schmutzig gelbem Aussehen, mit Trockenheit am Gaumen und im Rachen. 1151. Häufige Wundheit des Halses etwas unterhalb des Kehlkopfes und an einer kleinen Stelle auf der linken Halsseite beim Schlucken. 2022. Schluckbeschwerden, mehr rechts. Lymphknoten, besser durch Wärme. 3538. Wenn ich viel husten muß, tut der Hals weh, ziemlich weit oben, im Rachenraum. 3623.

15 Tief im Halse.
Nadelstiche, dicht nacheinander, tief im Halse, außer dem Schlingen. 158. Stechen beim Schlingen, tief im Schlunde, welches durch ferneres Schlingen vergeht und außer dem Schlingen wiederkommt. 159. (Abends) würgende (zusammenziehende) Empfindung in der Mitte des Schlundes, als wenn da ein großer Bissen oder Pflock stäke, mehr außer dem Schlingen, als während desselben zu fühlen.

163. Schmerz tief im Halse, während und außer dem Schlingen. 1078.

16 Unter dem Kehlkopf. Über dem Halsgrübchen.
Halsweh: reißender Schmerz am Luftröhrkopfe, der sich beim Schlingen, beim Atemholen und Husten vermehrt. 168. Ein Kratzen oben am Kehlkopfe, wie von Sodbrennen (abends). 238. Sehr kurzer, oft ganz trockener Husten, dessen Erregungsreiz in der Halsgrube, wie von eingeatmetem Federstaube, nicht durch's Husten vergeht, sondern sich desto öfterer erneuert, je mehr man sich dem Husten überläßt, vorzüglich gegen Abend schlimmer. 449. Eine jählinge (nicht kitzelnde) Unterbrechung des Atmens oben in der Luftröhre über dem Halsgrübchen, die unwiderstehlich zum kurzen, gewaltsamen Husten reizt, abends. 450. Eine zusammenschnürende Empfindung im Halsgrübchen, welche Husten erregt, wie von Schwefeldampfe. 451. Häufige Wundheit des Halses etwas unterhalb des Kehlkopfes und an einer kleinen Stelle auf der linken Halsseite beim Schlucken. 2022. Beim Schlucken, das tut nicht weh, aber es ist so ein komisches Gefühl, als wenn das geschwollen wäre, unter dem Kehlkopf. 3426. Hals wie abgeschnürt, als wenn es unter dem Kehlkopf hineindrücken würde. 3479. Ein bißchen Kloßgefühl in der Halsgrube, wenn ich nicht schlucke, wenn ich schlucke, geht es einen Moment weg und kommt dann wieder. 3614.

17 Speiseröhre.
Abends vor dem Einschlafen und früh stehen die Speisen gleichsam bis oben herauf. 225. Unterdrücktes, versagendes Aufstoßen (früh im Bette), welches drückenden Schmerz am Magenmunde, in der Speiseröhre bis oben in den Schlund verursacht. 245. Ein kolikartiger Schmerz, als wenn die Eingeweide platzen sollten, im Oberbauche, fast wie ein Magenschmerz, welcher sich bis in die Kehle erstreckt, früh im Bette, beim Liegen auf der Seite; welcher vergeht, wenn man sich auf den Rücken legt. 283. Der Appetit kehrte noch nicht zurück, sie hatte keinen Wohlgeschmack an den Speisen und gleich nach dem Essen war ihr alles voll im Magen und schien bis oben herauf zu stehen, weshalb sie oft schlucken mußte. 1014. Nach dem Essen Gefühl, als wenn etwas von den Speisen in der Kehle stecken geblieben wäre, welches er durch Schlucken oder Racksen entfernen wollte, es ging aber weder hinunter noch hinauf, es verursachte ihm einen Druck längs des ganzen Oesophagus, und Vollheit auf der Brust, mit Reiz zum Husten, er zwang sich daher öfter zum Husten, wodurch, wenn er etwas Schleim aushustete, er auf der Brust auf einige Minuten Erleichterung fühlte, die Rauhigkeit im Hals wurde aber dadurch nur vermehrt. 1119. Von der Herzgrube herauf bis in den Hals Drücken mit Atembeengung, welches durch Aufstoßen gemildert wird. 1413. Der Atem wird ihr beklommen, die Beklemmung geht vom Magen aus und erstreckt sich bis in den Hals. 1860. Beklommener Atem, wie vom Magen aus in den Hals. 1997. Konnte feste Speisen nicht mehr hinunterschlingen, Flüssigkeiten passierten tropfenweise. 2425. Der Oesophaguskrampf kam plötzlich nach einem Ärger. 2426. Gefühl einer aufsteigenden Kugel in der Speiseröhre. 2900. Nach jeder Mahlzeit heftige Magenkrämpfe, die mit einem schmerzhaften Pflockgefühl in der Kehlkopfgegend beginnen, sich gegen den Magen hinunterziehen und sich steigern bis zum Erbrechen. 3090. Nach dem Essen Druck in der Magengrube wie ein Kloß, der öfters bis in den Hals hochsteigt. 3093. Wie ein hartgekochtes Ei in der Speiseröhre. 3146. Paroxysmale Tachykardie 1 Stunde nach Zubettgehen, das Herz sitzt wie ein Kloß im Hals. 3185. Schmerz im Epigastrium bis zum Hals und hinten auf den Schultern. 3350. Kloß in der Brust, unter dem Sternum, glaubte den Finger in den Hals stecken zu müssen, damit es herauskommt. 3408. Druck am Herz, es würgt bis in den Hals. 3478.

MUND, HALS   Empfindungen, Befunde

1   Pflock oder Schleimklumpen im Hals, muß dauernd schlucken. Eine Kugel steigt auf.

Empfindung, als wenn ein Pflock im Schlunde stäke, außer dem Schlingen bemerkbar. 162. (Abends) würgende (zusammenziehende) Empfindung in der Mitte des Schlundes, als wenn da ein großer Bissen oder Pflock stäke, mehr außer dem Schlingen, als während desselben zu fühlen. 163. Der Appetit kehrte noch nicht zurück, sie hatte keinen Wohlgeschmack an den Speisen und gleich nach dem Essen war ihr alles voll im Magen und schien bis oben herauf zu stehen, weshalb sie oft schlucken mußte. 1014. Öftere Neigung zum Schlucken, mit Gefühl, als wenn ein Pflock im Halse stäke, den er (glaubend es sei Schleim) hinunterschlucken wollte. 1118. Nach dem Essen Gefühl, als wenn etwas von den Speisen in der Kehle stecken geblieben wäre, welches er durch Schlucken oder Racksen entfernen wollte, es ging aber weder hinunter noch hinauf, es verursachte ihm einen Druck längs des ganzen Oesophagus, und Vollheit auf der Brust, mit Reiz zum Husten, er zwang sich daher öfter zum Husten, wodurch, wenn er etwas Schleim aushustete, er auf der Brust auf einige Minuten Erleichterung fühlte, die Rauhigkeit im Hals wurde aber dadurch nur vermehrt. 1119. Halsweh außer dem Schlingen, wie von einem Pflocke. 1461. Muß dauernd schlucken wegen eines Klumpens im Hals. 2827. Gefühl eines aufsteigenden Kloßes, der den Atem versetzt und den Hals zusammenschnürt. 2847. Gefühl einer aufsteigenden Kugel in der Speiseröhre. 2900. Nach dem Essen Druck in der Magengrube wie ein Kloß, der öfters bis in den Hals hochsteigt. 3093. Globusgefühl, das sich beim Schlucken fester Speisen bessert. 3277. Globusgefühl. Halsschmerzen mit Besserung bei Schlucken von Festem. 3290. Ein bißchen Kloßgefühl in der Halsgrube, wenn ich nicht schlucke, wenn ich schlucke, geht es einen Moment weg und kommt dann wieder. 3614.

2 Ein Pflock oder Kloß steckt im Hals.

Es sticht im Halse, außer dem Schlingen; beim Schlingen ist es, als wenn man über einen Knochen wegschluckte, wobei es knubst. 157. Halsweh, wie ein Knäutel oder Knollen im Halse, welcher bei dem Schlingen wie wund schmerzt. 164. Furcht, etwas zu genießen, es möchte im Halse stecken bleiben. 1120. Wie ein Knollen im Halse, mit Wundheitsschmerz daran beim Schlingen. 1462. Ciliarneuralgie wechselt ab mit Globus hystericus. 2365. Klumpengefühl, würgendes Gefühl im Hals. 2552. Kloß im Hals beim Schlucken. 2627. Dauerndes Gefühl eines Fremdkörpers im Hals, schlucken schien dadurch unmöglich. 2769. Nach jeder Mahlzeit heftige Magenkrämpfe, die mit einem schmerzhaften Pflockgefühl in der Kehlkopfgegend beginnen, sich gegen den Magen hinunterziehen und sich steigern bis zum Erbrechen. 3090. Pektangina, jedesmal beim Anfall Gefühl einer Kugel im Halse. 3104. Wie ein hartgekochtes Ei in der Speiseröhre. 3146. Paroxysmale Tachykardie 1 Stunde nach Zubettgehen, das Herz sitzt wie ein Kloß im Hals. 3185. Kloßgefühl im Halse. 3248. Kloßgefühl im Hals und Engegefühl in der Brust, besser während des Essens. 3253. Kloßgefühl. 3279. Globusgefühl im Hals. 3359. Globusgefühl. 3392. Beim Schlucken, das tut nicht weh, aber es ist so ein komisches Gefühl, als wenn das geschwollen wäre, unter dem Kehlkopf. 3426. Kloßgefühl im Hals. 3482. Kloßgefühl im Hals. 3493. Als wenn im Hals etwas stecken täte und das geht nicht runter und nicht rauf. 3504. Kloß im Hals, wenn sie in Eile ist. 3518. Kloß im Hals, er löst sich nicht. 3588. Kloßgefühl im Hals mit depressiver Stimmung verbunden. 3635. Der Kloß scheint fest zu sitzen, ein ständiges Gefühl, daß da etwas ist, beim Schlucken verändert es sich nicht. 3637. Angst: Teilweise ist es einfach, daß ich einen Kloß im Hals habe. 3676.

3 Wie geschwollen. Wie aufgetrieben.

Empfindung, als wenn die Gaumendecke geschwollen oder mit zähem Schleime bedeckt wäre. 152. Schmerz am Halse beim Befühlen, als wenn da Drüsen geschwollen wären. 171. Das Sprechen fällt ihr schwer, die Zunge ist gleichsam wie zu lang. 1063. Der rechtseitige Gesichtsschmerz erstreckt sich bis in den Hals, welcher ihr wie aufgetrieben und heiß vorkam. 2350. Gefühl von Schwellung und Schwäche im Hals. Gelegentlich Engegefühl die Trachea hinunter. 2744. Beim Schlucken, das tut nicht weh, aber es ist so ein komisches Gefühl, als wenn das geschwollen wäre, unter dem Kehlkopf. 3426. Schwellungsgefühl im Hals, es tut nicht weh, aber es ist irgendwie ständig da. 3634.

MUND, HALS / Empfindungen, Befunde

4 Zusammenschnüren. Würgen. Zusammendrücken.
(Abends) würgende (zusammenziehende) Empfindung in der Mitte des Schlundes, als wenn da ein großer Bissen oder Pflock stäke, mehr außer dem Schlingen, als während desselben zu fühlen. 163. In der vorderen Unterkieferdrüse Schmerz, als wenn sie von außen zusammengedrückt würde, bei Bewegung des Halses und außer derselben. 173. Eine zusammenschnürende Empfindung im Halsgrübchen, welche Husten erregt, wie von Schwefeldampfe. 451. Der Atem wird ihr beklommen, die Beklemmung geht vom Magen aus und erstreckt sich bis in den Hals. 1860. Schmerz im rechten Jochbeine und Klammschmerz im rechten Kinnbacken. 1895. Oft steigt es ins Genick und in den Hals, den es zuschnüren will. 1897. Beklommener Atem, wie vom Magen aus in den Hals. 1997. Bei Hysterischen, wenn sie in einen angstvollen Zustand geraten, in dem sie um Hilfe schreien, mit erstickender Zusammenschnürung des Halses, schwierigem Hinunterschlucken und der Anfall mit einem tiefen Seufzer endet. 2179. Bei einem Flußbad plötzlich würgendes, erstickendes Gefühl und Unfähigkeit zu schlucken, Anfälle mehrmals täglich etwa eine Minute anhaltend, mit nervöser Reizbarkeit. 2429. Klumpengefühl, würgendes Gefühl im Hals. 2552. Druck und Hinabsenkungsempfindung in der Herzgrube, mit Zusammenschnürung im Halse beim Essen. 2685. Ab und zu Zusammenschnüren in der rechten Seite des Pharynx, beim Singen brennender, stechender Schmerz rechts vom Larynx. 2725. Gefühl von Schwellung und Schwäche im Hals. Gelegentlich Engegefühl die Trachea hinunter. 2744. Gefühl eines aufsteigenden Kloßes, der den Atem versetzt und den Hals zusammenschnürt. 2847. Gefühl von Konstriktion des Halses und Übelkeit. 3161. Schlundkrampf, Würgen beim Essen. 3282. Im Hals zieht sich etwas zusammen, kann nicht schlucken. 3370. Ganz starker Druck hier im Hals, innerlich, es tut nicht weh, Engegefühl, es macht einen richtig nervös. 3421. Druck am Herz, es würgt bis in den Hals. 3478. Hals wie abgeschnürt, als wenn es unter dem Kehlkopf hineindrücken würde. 3479.

5 Wundheitsschmerz. Gefühl, als ob es wund werden wollte.
Die innere Fläche der Unterlippe schmerzt, als wenn sie roh und wund wäre. 125. An der inneren Fläche der Unterlippe wird eine erhabene Hautdrüse geschwürig, mit Wundheitsschmerz. 127. An der inwendigen Seite der Unterlippe ein erhabenes Drüschen, welches wie wund schmerzt. 128. Unbeweglicher Wundheitsschmerz in den vordersten Backzähnen, vorzüglich beim Lesen. 138. Es ist ihm scharf auf der Zungenspitze, als wenn sie wund wäre. 145. Empfindung in der Gaumendecke, als wenn sie wund wäre (wie von öfterem Niederschlingen des Speichels). 151. Gefühl, als wenn die sämtlichen Flächen der inneren Mundwände wund zu werden im Begriff ständen. 154. Halsweh, wie ein Knäutel oder Knollen im Halse, welcher bei dem Schlingen wie wund schmerzt. 164. Halsweh: der innere Hals schmerzt, als wenn er roh und wund wäre. 166. Schmerz im Halse, wie von Wundheit, bloß beim Schlingen bemerkbar. 167. Meine Speicheldrüsen sonderten immerwährend einen ganz weißen, gischtigen Speichel in größerer Menge als gewöhnlich ab, auch schien es mir öfters, als wenn die sämtlichen Flächen der inneren Mundwände wund zu werden im Begriffe ständen. 838b. Gaumen, Mandeln und Zapfen entzündlich stark gerötet, Gefühl, als wenn diese Teile roh, und von der Oberhaut entblößt wären. Der Zapfen ist verlängert. 1116. Wie ein Knollen im Halse, mit Wundheitsschmerz daran beim Schlingen. 1462. Zungenpapillen vergrößert, Mundschleimhaut tiefrot, an mehreren Stellen korrodiert und wundschmerzend, Speicheldrüsenausführungsgänge geschwollen. 1987. Häufige Wundheit des Halses etwas unterhalb des Kehlkopfes und an einer kleinen Stelle auf der linken Halsseite beim Schlucken. 2022. Unerträglich wund im Hals und Kloßgefühl. 3459. Ich habe gedacht, ich kriege vielleicht Schluckbeschwerden. 3526.

6 Brennen. Wie verbrannt. Brennendes Stechen.
Die innere Seite des Zahnfleisches schmerzt wie taub, als wenn es verbrannt wäre. 134. Die halbe vordere Zunge beim Reden, wie taub — beim Essen wie verbrannt oder wund. 143. (Früh nach dem Erwachen im Bette) die Zungenspitze äußerst schmerzhaft (Schründen, Reißen), als wenn sie verbrannt oder verwundet wäre. 144. Ein Kratzen oben am Kehlkopfe, wie von Sodbrennen (abends). 238. Brennen auf der Zunge. 251. Brennendes Stechen im Hals, ein ähnliches Stechen in der Zungenspitze. 1990. Ab und zu Zusammenschnüren in der rechten Seite des

Pharynx, beim Singen brennender, stechender Schmerz rechts vom Larynx. 2725. Starkes Zungenbrennen mit metallischem Geschmack und Mundtrockenheit, jedoch ohne Durst. 3174.

7 Beißen. Schründen. Kratzen. Rauhigkeit. Scharfer Schmerz.
(Früh nach dem Erwachen im Bette) die Zungenspitze äußerst schmerzhaft (Schründen, Reißen), als wenn sie verbrannt oder verwundet wäre. 144. Es ist ihm scharf auf der Zungenspitze, als wenn sie wund wäre. 145. Der Tabakrauch beißt vorn an der Zunge und erregt (stumpfen?) Schmerz in den Schneidezähnen. 200. Ein Kratzen oben am Kehlkopfe, wie von Sodbrennen (abends). 238. Nach dem Essen Gefühl, als wenn etwas von den Speisen in der Kehle stecken geblieben wäre, welches er durch Schlucken oder Racksen entfernen wollte, es ging aber weder hinunter noch hinauf, es verursachte ihm einen Druck längs des ganzen Oesophagus, und Vollheit auf der Brust, mit Reiz zum Husten, er zwang sich daher öfter zum Husten, wodurch, wenn er etwas Schleim aushustete, er auf der Brust auf einige Minuten Erleichterung fühlte, die Rauhigkeit im Hals wurde aber dadurch nur vermehrt. 1119.

8 Reißen.
(Früh nach dem Erwachen im Bette) die Zungenspitze äußerst schmerzhaft (Schründen, Reißen), als wenn sie verbrannt oder verwundet wäre. 144. Halsweh: reißender Schmerz am Luftröhrkopfe, der sich beim Schlingen, beim Atemholen und Husten vermehrt. 168. Reißen in der rechten Backe, unbestimmlicher Zahnschmerz der rechten Backzähne. 1114. Heftige Zahnschmerzen ziehen und reißen durch den ganzen Kiefer, verschlimmern sich durch warme Speisen und Getränke, bessern sich in der Ruhe und wenn der Kopf fest gegen ein Kissen gedrückt wird. 2870.

9 Tiefes Stechen.
Es sticht in der Gaumendecke bis ins innere Ohr. 153. Es sticht im Halse, außer dem Schlingen; beim Schlingen ist es, als wenn man über einen Knochen wegschluckte, wobei es knubst. 157. Stechen beim Schlingen, tief im Schlunde, welches durch ferneres Schlingen vergeht und außer dem Schlingen wiederkommt. 159. Halsweh: es sticht drin außer dem Schlingen, auch etwas während des Schlingens, je mehr er dann schlingt, desto mehr vergeht es; wenn er etwas Derbes, wie Brot geschluckt hatte, war es, als wenn das Stechen ganz vergangen wäre. 160. Halsweh: Stiche, die während des Schlingens nicht sind. 161. Stechendes Halsweh außer dem Schlingen, durch Husten, tiefes Atmen und Singen sehr vermehrt. 1117. Stechende Schmerzen im Halse, außer und während dem Schlingen, am ärgsten aber beim Schlingen. Stiche bis ins Ohr beim Schlingen. 1131. Stiche im Halse. 1203. Stiche am Gaumen, bis ins Ohr hinein. 1459. Stiche im Schlunde, außer (nicht bei) dem Schlingen. 1460. Halsentzündung mit Splitterschmerzen unabhängig vom Schlucken. 1573. Stechen im Halse. 1604. Stechen im Hals wenn man nicht schluckt, nur zwischen den Schluckakten. 2594. Beim Schlucken sticht es mich durch die Ohren hinaus. 3488.

10 Oberflächliches Stechen.
Stechen in den Lippen, vorzüglich wenn man sie bewegt. 122. Stechen in der Unterlippe, auch wenn sie nicht bewegt wird. 123. Ein höchst durchdringendes feines Stechen an der Unterlippe bei Berührung eines Barthaares daselbst, als wenn ein Splitter da eingestochen wäre. 124. Feines Stechen in der äußersten Zungenspitze. 146. Nadelstiche am Zungenbändchen. 147. Nadelstiche, dicht nacheinander, tief im Halse, außer dem Schlingen. 158. Stechen auf der einen Seite am Halse, in der Ohrdrüse, außer dem Schlingen. 170. Brennendes Stechen im Hals, ein ähnliches Stechen in der Zungenspitze. 1990. Ab und zu Zusammenschnüren in der rechten Seite des Pharynx, beim Singen brennender, stechender Schmerz rechts vom Larynx. 2725.

11 Drücken. Ziehen.
Drücken unter den beiden Ästen des Unterkiefers, als würde das Fleisch unter den Unterkiefer hinunter gedrückt, bei Ruhe und Bewegung. 132. Drücken und Ziehen in den Unterzungendrüsen. 155. Drücken im Halse. 165. Drückender Schmerz in den Halsdrüsen (Unterkieferdrüsen). 172. Erst

MUND, HALS / Empfindungen, Befunde

drückender, dann ziehender Schmerz in den Unterkieferdrüsen. 176. Ziehender Schmerz in den Unterkieferdrüsen, welcher in den Kinnbacken übergeht, worauf diese Drüsen anschwellen. 177. Die früheren Dosen hatten mir die Drüsen unter der Zunge aufgeregt. Ich empfand von 10 bis 12 Uhr Drücken und Ziehen in diesen Drüsen. 835c. Von der Herzgrube herauf bis in den Hals Drücken mit Atembeengung, welches durch Aufstoßen gemildert wird. 1413. Ständiger starker Druck im Hals mit mäßigen Schluckbeschwerden. Glaubte, ein ähnliches Halsleiden wie sein verstorbener Vater zu haben. 3324. Druck im Hals. Muß den Kragen lösen. 3394. Hals wie abgeschnürt, als wenn es unter dem Kehlkopf hineindrücken würde. 3479. Druck im Hals bei Übelkeit. 3510.

12 Zertrümmert und zermalmt. Raffen. Wühlen.
Früh beim Erwachen Kopfschmerz, als wenn das Gehirn zertrümmert und zermalmt wäre; beim Aufstehen vergeht er und es wird ein Zahnschmerz daraus, als wenn der Zahnnerv zertrümmert und zermalmt wäre, welcher ähnliche Schmerz dann ins Kreuz übergeht; beim Nachdenken erneuert sich jenes Kopfweh. 78. Zahnweh der Backzähne, als wenn sie nebst ihren Nerven zertrümmert und zermalmt wären. 139. Raffende, wühlende Schmerzen in den Schneidezähnen, abends. 141. Zahnweh von Erkältung in den Backenzähnen, als wenn sie zertrümmert wären. 1456.

13 Zähne wie locker.
(Früh) Schmerz der Zähne, wie von Lockerheit. 135. Der eine Vorderzahn schmerzt wie taub und wie lose, bei jeder Berührung mit der Zunge schmerzhafter. 136. Die Zähne erschienen ihr wie locker, Schmerzen erhöhen sich bei Berührung. 2125.

14 Taub. Wie mit Fell ausgekleidet. Kriebeln.
Die innere Seite des Zahnfleisches schmerzt wie taub, als wenn es verbrannt wäre. 134. Der eine Vorderzahn schmerzt wie taub und wie lose, bei jeder Berührung mit der Zunge schmerzhafter. 136. Die halbe vordere Zunge beim Reden, wie taub — beim Essen wie verbrannt oder wund. 143. Kriebeln im Schlunde. 169. Als wenn die ganze Mundhöhle mit einem Felle oder Pelze ausgekleidet wäre, so daß sie das in den Mund gebrachte Getränk gar nicht fühlt. 1976.

15 Andere Empfindungen: Knubsen. Lanzinieren. Schwäche. Hitze.
Es sticht im Halse, außer dem Schlingen; beim Schlingen ist es, als wenn man über einen Knochen wegschluckte, wobei es knubst. 157. Heftige, wütende, lanzinierende Schmerzen in einem hohlen Backenzahn, morgens, und besonders nach dem Essen, kein Schmerz während des Essens. Wärme erleichtert, ebenso wie Gehen und Bewegung. Möchte die Kiefer zusammenbeißen, dabei keine Verstärkung der Schmerzen. 1659. Der rechtsseitige Gesichtsschmerz erstreckt sich bis in den Hals, welcher ihr aufgetrieben und heiß vorkam. 2350. Gefühl von Schwellung und Schwäche im Hals. Gelegentlich Engegefühl die Trachea hinunter. 2744. Die Vorderseite des Halses wird heiß. 3374.

16 Heftiger Durst auf große Mengen kalten Wassers. Trinkt im Frost die Wasserleitung leer.
Ungewöhnlicher und heftiger Durst, selbst in der Nacht. 227. Früh 4 Uhr heftiger allgemeiner Frost mit Zähneklappern und starkem Durst 2 Stunden lang, wobei sie jedoch innerlich mehr warm war. 1001. Nachmittags gegen 2 Uhr tritt heftiger Schüttelfrost ein, vorzüglich am Rücken und den Armen, wobei er Durst auf kaltes Wasser hat. 1081. Der Durst im Frost war meist stark, öfters ungeheuer stark, gewöhnlich war er gleich mit dem Eintritte des Frostes da. 1144. Viel Durst auf Wasser, sie hat kaum getrunken und verlangt schon wieder zu trinken. 1156. Brennender Durst. 1620. Abneigung gegen Fleisch. Durst. Verlangen nach Wasser. 1651. Quotidianfieber, Beginn morgens mit Kälte und Schauder, begleitet von brennendem Durst, Durstlosigkeit während Hitze und Schweiß, der nur langsam während der Nacht eintritt. 1889. Tertianfieber, Frost mit heftigem Durst, mit Zähneklappern, Schütteln des ganzen Körpers und Gähnen und Strecken. 2062. Während des Frostes heftiger Durst, der im Hitzestadium fast gänzlich fehlte. 2070. Abends Kälte

und Druckschmerz in der Stirn, verlangt oft Wasser zu trinken, nach dessen Genuß sie bittere, schleimige Flüssigkeit aufstößt. 2128. Frost 8.30 Uhr mit großem Durst und Verlangen nach Ofenwärme, hierdurch Erleichterung. 2291. Im Frost großer Durst und Verlangen, warm eingepackt zu werden. 2293. Frost heftig und hervorstechend, dauert etwa eine Stunde, gebessert durch äußere Wärme, mit intensivem Durst nur im Frost. 2404. Sobald der Frost beginnt, geht er zum Küchenofen und trinkt über einem heißen Feuer die Wasserleitung leer, obwohl das Thermometer nur wenig Fieber anzeigt. 2405. Frost jeden Nachmittag mit großem Durst, Kopf- und Rückenschmerzen. 2516. Heftiger Durst nur während des Frostes, zu keiner anderen Zeit. 2644. Während des Frostes heftiger Durst nach kaltem Wasser, er trinkt eimerweise, wenig Durst in der Hitze oder Schweiß. 2647. Durst bei schwerer Arbeit, trinkt große Mengen. 2869. Ungeheurer Durst während des Frostes, trinkt in einer Stunde über 20 Glas kaltes Wasser. Wenn der Frost vorbei ist, geht der Durst weg. 2913. Hitze ohne Durst. 2989.

17 Trockener Mund ohne Durst.
Konnte das Brot nicht hinunter bringen, als wenn es ihm zu trocken wäre. 210. Nach dem Essen wird der Unterleib angespannt, der Mund trocken und bitter, ohne Durst; die eine Wange ist rot (abends). 236. Dicker, schleimiger Zungenbelag von schmutzig gelbem Aussehen, mit Trockenheit am Gaumen und im Rachen. 1151. Bitterer Mund mit Trockenheit ohne Durst, der nur bei Frieren ist. 1412. Auf starken Frost folgt Hitze mit Mundtrockenheit und geringem Durste, welcher im Schweiße vollends nachließ. 1719. Die Anfälle von Kopfschmerz kommen gewöhnlich alle Nachmittage oder abends beim Bettgehen, sie hat dann jedesmal Frost mit Trockenheit im Munde. 1899. Mundschleimhaut trocken. 2840. Trockener Mund. 3142. Starkes Zungenbrennen mit metallischem Geschmack und Mundtrockenheit, jedoch ohne Durst. 3174. Oft trockener Mund und belegte Zunge. 3409.

18 Lippen, Zunge trocken und rissig.
Die Lippen sind aufgeborsten und bluten. 129. Die Lippen sind aufgesprungen und trocken. 1095. Trockenheit und Zittern der Lippen. 1150. Bei Fieber trockene Zunge, bitterer Geschmack, Erbrechen. 1429. Trockene, aufgesprungene, blutende Lippen. 1455. Zunge etwas trocken. 2576. Zunge rein mit 2 oder 3 kleinen Rissen. 2736. Ausschlag auf Lippen und Mundwinkeln, Lippen trocken und rissig. 3019.

19 Mehr Durst als Appetit.
Nachmittags, abends Durst. 696. Sie kann nicht in Schlaf kommen, wegen Hitze und vielem Durst. 1160. So wie das Fieber vorüber, schmeckt das Essen, den folgenden Tag beständiger Durst. 1278. Viel Durst. 1884. Viel Durst. 1955. Mehr Durst als Appetit, letzterer hat sich fast ganz verloren, öftere Übelkeiten. 1961. Viel Durst, kein Appetit. 1966. Appetit fehlte gänzlich, Durst war vermehrt, öfteres Erbrechen (Kopfschmerz). 2499. Trinkt viel, ißt wenig. 2875.

20 Hat keinen Geschmack an den Speisen. Dinge, die früher gut geschmeckt haben, schmecken jetzt schlecht. Bier, Brot und Tabak schmecken bitter. Milch widersteht. Bier schmeckt fade.
Der Geschmack dessen, was man genießt, vorzüglich des Bieres, ist bitter und faulig. 187. Das Bier schmeckt bitter. 188. Das Bier schmeckt fade, abgestanden und wie verrochen. 189. Der Rauch des Tabaks schmeckt ihm bitter. 199. Widerwille gegen das Tabakrauchen, ob es ihm gleich nicht unangenehm schmeckt. 201. Abneigung gegen Milch (vordem sein Lieblingsgetränk); sie widersteht ihm beim Trinken, ob sie ihm gleich natürlich schmeckt, und garnicht ekelhaft. 208. Wenn er etwas abgekochte Milch (sein Lieblingsgetränk) mit Wohlgeschmack getrunken hat, und sein äußerstes Bedürfnis befriedigt ist, widersteht ihm plötzlich die übrige, ohne daß er einen ekelhaften Geschmack dran spürte und ohne eigentliche Übelkeit zu empfinden. 209. Konnte das Brot nicht hinunter bringen, als wenn es ihm zu trocken wäre. 210. Guter Appetit; die Speisen und Getränke

schmecken gut. (Heilwirkung). 219. Beim Essen, Trinken und Tabakrauchen vergeht, sobald das Bedürfnis befriedigt ist, der gute Geschmack zu diesen Genüssen plötzlich, oder geht in einen unangenehmen über, und man ist nicht im Stande, das Mindeste mehr davon zu genießen, obgleich noch eine Art Hunger und Durst übrig ist. 221. Den Geschmack der früh genossenen Milch kann man lange nicht aus dem Munde los werden. 223a. Aufstoßen nach dem Geschmacke des Genossenen. 242. Der Appetit kehrte noch nicht zurück, sie hatte keinen Wohlgeschmack an den Speisen und gleich nach dem Essen war ihr alles voll im Magen und schien bis oben herauf zu stehen, weshalb sie oft schlucken mußte. 1014. Bitterer Geschmack, alles schmeckt ihr bitter. 1154. Alle Speisen haben keinen Geschmack. 1206. Appetit auf dies und jenes, wenn er es kriegt, schmeckt es nicht. 1206a. Brot schmeckt bitter. 1211. Geschmacklosigkeit der Speisen. 1471. Aller Appetit fehlt und der Geschmack ist schlecht. 1608. Jedes Getränk schmeckte ihr bitter. 1984. Die Speisen scheinen geschmacklos. 3017.

21 Fader, lätschiger Geschmack wie von Kreide. Mundgeschmack als wenn er sich den Magen verdorben hätte. Pappiger Geschmack.

Geschmack im Munde, als wenn man sich den Magen verdorben hätte. 178. Kreidegeschmack. 184. Fader, lätschiger Geschmack wie von genossener Kreide. 185. Nach dem Essen (früh und mittags) wässriger, fader Geschmack im Munde, wie von Magenverderbnis oder Überladung. 186. Gefühl im Magen, als wenn man lange gefastet hätte, wie von Leerheit mit fadem Geschmacke im Munde und Mattigkeit in allen Gliedern. 263. Bei Appetit und Geschmack an Essen und Trinken, weichlicher, nüchterner Geschmack im Munde. 264. Zusammenziehung des Afters (abends), welche Tags darauf um dieselbe Stunde wiederkommt, schmerzhaft beim Gehen, am meisten aber beim Stehen, unschmerzhaft aber im Sitzen, mit Zusammenfluß eines faden Speichels im Munde. 368. Eigentümlicher fader lätschiger Geschmack, wie wenn ich Kreide gegessen hätte. 835. Fader weicher Geschmack im Munde, und odiöser Geruch aus demselben. 1130. Fader, lätschiger Geschmack, wie Kreide. 1472. Pappiger Geschmack. 1724. Schlechter Geschmack morgens. 1873. Gefühl, als ob sie lange gefastet hätte, mit pappigem Geschmack und Mattigkeit in den Gliedern. 2146. Fader Mundgeschmack, Speichelspucken. 2632.

22 Bitterer Mundgeschmack. Speisen schmecken bitter. Bitteres Aufstoßen.

Erst ist der Geschmack bitter, nachgehends sauer, mit saurem Aufstoßen. 191. Es schwulkt eine bittere Feuchtigkeit herauf (es stößt auf, und es komnt eine bittere Feuchtigkeit in den Mund). 222. Nach dem Essen wird der Unterleib angespannt, der Mund trocken und bitter, ohne Durst; die eine Wange ist rot (abends). 236. Bitteres Aufstoßen. 241. Behielt den bitteren Nachgeschmack mehrere Stunden im Munde. 820. Übelkeit, bitterer Geschmack, Zunge stark gelb belegt. 1077. Bitterer Geschmack, alles schmeckt ihr bitter. 1154. Bitterer Mund mit Trockenheit ohne Durst, der nur bei Frieren ist. 1412. Bei Fieber trockene Zunge, bitterer Geschmack, Erbrechen. 1429. Bitteres Aufschwulken. 1473. Bitterer Geschmack im Mund. Bitterer Speichel. 1650. Weißbelegte Zunge, bitterer Geschmack im Munde. 1671. Jedes Getränk schmeckte ihr bitter. 1984. Öfteres bitteres Aufstoßen und Aufstoßen der Speisen. 1985. Abends Kälte und Druckschmerz in der Stirn, verlangt oft Wasser zu trinken, nach dessen Genuß sie bittere, schleimige Flüssigkeit aufstößt. 2128. Bitterer Mundgeschmack. 2656.

23 Speichel schmeckt sauer. Sauer Aufstoßen.

Erst ist der Geschmack bitter, nachgehends sauer, mit saurem Aufstoßen. 191. Saurer Geschmack des Speichels (es schmeckt sauer im Munde). 192. Saures Aufstoßen. 243. Saurer Geschmack des Speichels. 1099. Viel saurer Speichel im Munde. 1463. Schaumiger, sauer schmeckender Speichel. 1617. Der Mund ist fast immer mit Speichel erfüllt von säuerlichem Geschmack. 2126. Saurer Geschmack. 2527. Der Speichel schmeckt sauer. 3016.

24 Geschmack schimmlig, salzig, metallisch.

Dumpfiges, multriges, schimmliges Aufstoßen (abends). 244. Salziger Mundgeschmack. Schlechter

Mundgeruch. 2735.   Starkes Zungenbrennen mit metallischem Geschmack und Mundtrockenheit, jedoch ohne Durst. 3174.

25 Möchte die Kiefer zusammenbeißen. Zähneknirschen. Beißt sich leicht in Zunge oder Wange.
Es will ihm unwillkürlich den Unterkiefer aufwärts ziehen und die Kinnbacken verschließen, welches ihn am Sprechen hindert, eine halbe Stunde lang. 133.   Beim Sprechen oder Kauen beißt er sich leicht auf die Zunge oder Backe. 1465.   Heftige, wütende, lanzinierende Schmerzen in einem hohlen Backenzahn, morgens, und besonders nach dem Essen, kein Schmerz während des Essens. Wärme erleichtert, ebenso wie Gehen und Bewegung. Möchte die Kiefer zusammenbeißen, dabei keine Verstärkung der Schmerzen. 1659.   Kopfschmerz, sie bekommt Zähneknirschen und Zuckungen in der Gliedern, Schweiß bricht aus, nachher ist sie todesmatt. 1664.   Beißt sich oft unwillkürlich, zumal im Schlafe, in die Zunge. 1974.   Epilepsie, wobei er sich in die Zunge gebissen. Keine Nachwehen, als etwas Mattigkeit. 2040.   Beim Sprechen oder Kauen beißen sie sich in die Wange oder auf die Zunge. 2206.   Plötzliche und häufige Konvulsionen, zwischen den Anfällen kehrt das Bewußtsein nicht wieder, zusammengebissene Zähne. 2420.   Epilepsie mit Zungenbiß, Daumen eingezogen, Harnabgang, Melancholie. 2436.   Beim Sprechen oder Kauen beißt er sich in die Wange. 2948.   Zähneknirschen im Schlaf bis das Zahnfleisch blutet. 3089.

26 Schlundkrampf. Schlucklähmung.
Hysterische Krämpfe, zuerst Kopfschmerzen, rotes Gesicht, dann Schlundkrampf, Zusammenschnüren der Brust und Zuckungen. 1018.   Dann wurde der Schlund krampfhaft zusammengezogen, das Schlingen erschwert, wobei vieles Aufstoßen erfolgte, welches dem Schluchzen nahe kam. (Hysterische Krämpfe). 1020.   Das Sprechen fällt ihr schwer, die Zunge ist gleichsam wie zu lang. 1063.   Erschwerte Respiration, erschwertes Schlucken des Getränkes. 1109.   Furcht, etwas zu genießen, und möchte im Halse stecken bleiben. 1120.   Die klonischen Krämpfe hatten auch den Hals, die Gesichtsmuskeln und die Zunge ergriffen, so daß Pat. sehr schwer zu verstehen war und die sonderbarsten Grimmassen schnitt. 1911.   Bei Hysterischen, wenn sie in einen angstvollen Zustand geraten, in dem sie um Hilfe schreien, mit erstickender Zusammenschnürung des Halses, schwierigem Hinunterschlucken und der Anfall mit einem tiefen Seufzer endet. 2179.   Bei einem Flußbad plötzlich würgendes, erstickendes Gefühl und Unfähigkeit zu schlucken, Anfälle mehrmals täglich etwa eine Minute anhaltend, mit nervöser Reizbarkeit. 2429.   Vollständiger Verlust des Rachenreflexes. 2770.   Spasmen im Schlund, Augen und Mund. 2914.   Nach jeder Mahlzeit heftige Magenkrämpfe, die mit einem schmerzhaften Pflockgefühl in der Kehlkopfgegend beginnen, sich gegen den Magen hinunterziehen und sich steigern bis zum Erbrechen. 3090.   Schlundkrampf, Würgen beim Essen. 3282.

27 Weißer, schaumiger Speichel in großer Menge. Schaum vor dem Mund. Rötlicher Speichel.
Die Speicheldrüsen sondern einen ganz weißen, gäschigen Speichel in größerer Menge aus. 182. Ausspucken schaumigen Speichels den ganzen Tag. 248.   Meine Speicheldrüsen sonderten immerwährend einen ganz weißen, gischtigen Speichel in größerer Menge als gewöhnlich ab, auch schien es mir öfters, als wenn die sämtlichen Flächen der inneren Mundwände wund zu werden im Begriffe ständen. 838b.   Ich fand den Kranken tief atmend, mit verdrehten Augen, blassem, mit kaltem Schweiße bedeckten Gesichte, blauen Lippen, zwischen welchen etwas schaumiger Schleim hervordrang. 1069.   Schaumiger, sauer schmeckender Speichel. 1617.   Epilepsie, wurde besinnungslos, fiel vom Stuhle, bekam klonische Krämpfe in die Extremitäten, Schaum vor dem Mund, schlug die Daumen ein. 1788.   Speichelfluß, so daß Pat nicht 2 Minuten ohne Entfernung des weißen, schaumigen Speichels liegen konnte. Jede Bewegung der Zunge, wie Sprechen und Kauen vermehrte die Speichelabsonderung. 1980.   Während des Schlafes läuft ein rötlicher Speichel aus ihrem Munde. 2032.   Rötlicher Speichel erschien im Mundwinkel (Krampfanfall). 2185.   Epileptische Anfälle mit Niederstürzen, Bewußtlosigkeit, Einschlagen der Daumen, Konvulsionen, Schaum vor dem Munde,

enden mit Schlaf. 2370.

28 Speichelfluß. Zusammenlaufen des Speichels. Häufiges Speichelspucken. Speichel fließt im Schlaf aus dem Munde.

Vermehrte Speichelabsonderung. 183. Völliger Mangel an Appetit zu Tabak, Speisen und Getränken, mit häufigem Zusammenfluß des Speichels im Munde, ohne doch Ekel vor diesen Dingen oder üblen Geschmack davon zu empfinden. 205. Öfteres Speichelspucken. 246. Auslaufen des Speichels aus dem Munde im Schlafe. 247. ' Blähungskolik über dem Nabel, abwechselnd mit häufigem Zusammenlaufen des Speichels im Munde. 305. Zusammenziehung des Afters (abends), welche Tags darauf um dieselbe Stunde wiederkommt, schmerzhaft beim Gehen, am meisten aber beim Stehen, unschmerzhaft aber im Sitzen, mit Zusammenfluß eines faden Speichels im Munde. 368. Schwindel und leichtes vorübergehendes Kopfweh, danach vermehrte Wärme im Magen und eine halbe Stunde lang reichlichere Speichelabsonderung. 819. Wasserauslaufen und Galleerbrechen. 1213. Nach dem Essen lautes geschmackloses Aufstoßen, Drehen um den Nabel, Wasserauslaufen. 1239. Durch Husten entsteht Übelkeit und Schleimauslaufen. 1246. Krampfanfall, aus dem Munde lief viel Speichel. 1298. Viel saurer Speichel im Munde. 1463. Speichelfluß. 1464. Speichelfluß. 1632. Speichel fließt reichlich aus dem Mund im Schlaf oder wenn sie den Kopf aufs Kopfkissen legt. 1652. Speichel fließt im Schlaf aus dem Mund. 1744. Häufiges Speichelspucken, das sie nicht zu bemerken schien. 1906. Öfteres Zusammenlaufen des Speichels im Munde, das sie zu häufigem Ausspucken nötigt. 1979. Häufiges Zusammenfließen von Speichel im Munde und Anhäufung von Speichel in der Kehle. 2023. Während des Schlafes läuft ein rötlicher Speichel aus ihrem Munde. 2032. Der Mund ist fast immer mit Speichel erfüllt von säuerlichem Geschmack. 2126. Am Ende der Kopfschmerzen Übelkeit und Speichelfluß, kein Erbrechen. 2314. Etwas Speichelfluß bei Gesichtsschmerz. 2351. Fader Mundgeschmack, Speichelspucken. 2632.

29 Schleim im Mund. Membranen im Hals.

Empfindung, als wenn die Gaumendecke geschwollen oder mit zähem Schleime bedeckt wäre. 152. Der Mund ist immer voll Schleim. 180. Der innere Mund ist früh beim Erwachen mit übelriechendem Schleime überzogen. 181. Viel Schleim im Munde, den sie immer auszuwerfen genötigt war. 1017. Viel Schleim im Munde. 1098. Zunge mit zähem, weißem Schleime belegt. 1129. Viel Schleim im Mund, gelblicher Zungenbelag. 1616. Diphtherie, Hals selten schmerzhaft, grüngelbe Flecke. 2376. Diphtherie: Membranen auf beiden Tonsillen und Rachen. 2885.

30 Dauerndes Räuspern.

Bisweilen schmerzhaftes Räuspern, welches den Unterleib schmerzhaft erschüttert. 1005. Muß immer räuspern. 3495. Räuspert sich ständig. 3568.

31 Zungenbelag dick, gelb oder weiß.

Zunge mit zähem, weißem Schleime belegt. 1129. Dicker, schleimiger Zungenbelag von schmutzig gelbem Aussehen, mit Trockenheit am Gaumen und im Rachen. 1151. Nach dem Fieber Abgeschlagenheit, belegte Zunge. 1321. Viel Schleim im Mund, gelblicher Zungenbelag. 1616. Zunge gelblich belegt. 1631. Weißbelegte Zunge, bitterer Geschmack im Munde. 1671. Zunge stark weiß belegt. 1711. Zunge mit dickem, weißlichgelbem Exsudat bedeckt, an den Rändern dunkelrot (Typhus). 1977. Belegte Zunge, Appetitlosigkeit. 2260. Zunge weiß belegt. 2275. Übelriechender Atem, belegte Zunge. 2668. Zunge an der Wurzel schmutzig belegt. 2740. Dick belegte Zunge. 3065. Zunge etwas weiß belegt. 3095. Oft trockener Mund und belegte Zunge. 3409. Morgens stark belegte Zunge. 3630.

32 Zunge rein. Zahneindrücke. Rote Zungenränder. Landkartenzunge. Glänzende Zunge.

Rote und unreine Zunge, Übelkeit, Borborygmen, brennendes Aufstoßen, Erbrechen aller Speisen. 1763. Zunge mit dickem, weißlichgelbem Exsudat bedeckt, an den Rändern dunkelrot (Typhus).

1977. Landkartenzunge bei Endokarditis. 2515. Zunge an der Wurzel schmutzig belegt. 2740. Zunge wie von der Schleimhaut entblößt, glänzend. 2763. Zunge rein (Ruhr). 2768. Zunge bei Fieber rein. 3015. Zunge ziemlich rein trotz Magenbeschwerden, zeigt Zahneindrücke. 3258.

33 Zähne locker. Schwieriges Zahnen.
Die Zähne sind lose und schmerzen. 137. Hinterläßt Neigung zu Halsdrüsengeschwulst, Zahnweh und Zahnlockerheit, sowie zu Magendrücken. 622. Schwieriges Zahnen der Kinder mit Konvulsionen. 1457. Loser Zahn, Schmerz gebessert durch festen Druck von außen, leichte Berührung verschlimmert. 2836.

34 Ausschlag, Blütchen, Schorfe auf und an den Lippen.
Die Unterlippe ist auf der inneren Fläche geschwürig. 126. An der inneren Fläche der Unterlippe wird eine erhabene Hautdrüse geschwürig, mit Wundheitsschmerz. 127. An der inwendigen Seite der Unterlippe ein erhabenes Drüschen, welches wie wund schmerzt. 128. Der eine Lippenwinkel wird geschwürig (Käke). 130. Blütenartige Knötchen, bloß bei Berührung schmerzhaft, gleich unter der Unterlippe. 131. Die Mundwinkel und das Rote der Lippen mit kleinen Schorfen und Ausschlag besetzt. 1132. Ausschlag auf Lippen und Mundwinkeln, Lippen trocken und rissig. 3019.

35 Mundgeruch.
Fader weicher Geschmack im Munde, und odiöser Geruch aus demselben. 1130. Es roch recht häßlich aus dem Munde. 1152. Übelriechender Atem, belegte Zunge. 2668. Salziger Mundgeschmack. Schlechter Mundgeruch. 2735.

36 Schwellung.
Schmerzhafte Geschwulst der Mündung des Speichelganges. 149. Ziehender Schmerz in den Unterkieferdrüsen, welcher in den Kinnbacken übergeht, worauf diese Drüsen anschwellen. 177. Hinterläßt Neigung zu Halsdrüsengeschwulst, Zahnweh und Zahnlockerheit, sowie zu Magendrücken. 622. Gaumen, Mandeln und Zapfen entzündlich stark gerötet, Gefühl, als wenn diese Teile roh, und von der Oberhaut entblößt wären. Der Zapfen ist verlängert. 1116. Beide Tonsillen stark geschwollen, entzündet, mehrere kleine Geschwürsöffnungen, mit Eiter gefüllt. Die ganze Rachenhöhle rot, entzündet. 1128. Konvulsionen, Stöße in der Brust, Zusammenziehung der Brust, mühsames und schnelles Atmen, Auftreibung des Halses. 1827. Rechte Seite der Zunge angeschwollen und dick, kann nicht gut sprechen. 1896. Zungenpapillen vergrößert, Mundschleimhaut tiefrot, an mehreren Stellen korrodiert und wundschmerzend, Speicheldrüsenausführungsgänge geschwollen. 1987. Gesichtsschmerz rechts, mit Anschwellung der Ohrspeicheldrüse, Schmerzhaftigkeit des Zahnfleisches und der Gesichtsmuskeln. 2349. Schmerzen, welche sich vom Auge nach dem Wirbel des Kopfes erstreckten, mit Übelkeit, oft mit Halsanschwellung abwechselnd. 2641.

37 Entzündung. Rötung. Geschwüre.
Die Unterlippe ist auf der inneren Fläche geschwürig (ohne Schmerz). 126. An der inneren Fläche der Unterlippe wird eine erhabene Hautdrüse geschwürig, mit Wundheitsschmerz. 127. Der eine Lippenwinkel wird geschwürig (Käke). 130. Gaumen, Mandeln und Zapfen entzündlich stark gerötet, Gefühl, als wenn diese Teile roh, und von der Oberhaut entblößt wären. Der Zapfen ist verlängert. 1116. Beide Tonsillen stark geschwollen, entzündet, mehrere kleine Geschwürsöffnungen, mit Eiter gefüllt. Die ganze Rachenhöhle rot, entzündet. 1128. Röte und Entzündung der ganzen Mundhöhle. 1458. Halsentzündung mit Splitterschmerzen unabhängig vom Schlucken. 1573. Zahnfleisch von den Zähnen zurückgezogen, gewulstet, dunkelgefärbt, bei Berührung etwas schmerzhaft und leicht blutend. 1978. Zungenpapillen vergrößert, Mundschleimhaut tiefrot, an mehreren Stellen korrodiert und wundschmerzend, Speicheldrüsenausführungsgänge geschwollen. 1987. Verhärtete, aber nicht sehr entzündete Tonsillen, manchmal geschwürig. 2208.

MUND, HALS   Modalitäten

1   Schluckschmerz besser durch fortgesetztes Schlucken.
Es sticht im Halse, außer dem Schlingen; beim Schlingen ist es, als wenn man über einen Knochen wegschluckte, wobei es knubst. 157.   Nadelstiche, dicht nacheinander, tief im Halse, außer dem Schlingen. 158.   Stechen beim Schlingen, tief im Schlunde, welches durch ferneres Schlingen vergeht und außer dem Schlingen wiederkommt. 159.   Halsweh: es sticht drin außer dem Schlingen, auch etwas während des Schlingens, je mehr er dann schlingt, desto mehr vergeht es; wenn er etwas Derbes, wie Brot geschluckt hatte, war es, als wenn das Stechen ganz vergangen wäre. 160.   Halsweh: Stiche, die während des Schlingens nicht sind. 161.   Empfindung, als wenn ein Pflock im Schlunde stäke, außer dem Schlingen bemerkbar. 162.   (Abends) würgende (zusammenziehende) Empfindung in der Mitte des Schlundes, als wenn da ein großer Bissen oder Pflock stäke, mehr außer dem Schlingen, als während desselben zu fühlen. 163.   Stechen auf der einen Seite am Halse, in der Ohrdrüse, außer dem Schlingen. 170.   Schmerz tief im Halse, während und außer dem Schlingen. 1078.   Stechendes Halsweh außer dem Schlingen, durch Husten, tiefes Atmen und Singen sehr vermehrt. 1117.   Stiche im Schlunde, außer (nicht bei) dem Schlingen. 1460.   Halsweh außer dem Schlingen, wie von einem Pflocke. 1461.   Halsentzündung mit Splitterschmerzen unabhängig vom Schlucken. 1573.   Stechen im Hals wenn man nicht schluckt, nur zwischen den Schluckakten. 2594.   Halsweh stärker beim Nichtschlucken, besser durch Schlucken. 2892.   Halsweh besser beim Schlucken. 2927.   Halsschmerzen wenn ich nicht schlucke. 3352.   Bevor ich die Periode bekomme habe ich eigentlich immer einen Tag Halsschmerzen, beim Schlucken eigentlich weniger, ich kann das garnicht richtig beschreiben. 3610.   Ein bißchen Kloßgefühl in der Halsgrube, wenn ich nicht schlucke, wenn ich schlucke, geht es einen Moment weg und kommt dann wieder. 3614.

2   Schlucken von festen Sachen bessert.
Halsweh: es sticht drin außer dem Schlingen, auch etwas während des Schlingens, je mehr er dann schlingt, desto mehr vergeht es; wenn er etwas Derbes, wie Brot geschluckt hatte, war es, als wenn das Stechen ganz vergangen wäre. 160.   Halsentzündung, die einzige Erleichterung durch Schlucken von etwas festem. 3080.   Globusgefühl, das sich beim Schlucken fester Speisen bessert. 3277.   Globusgefühl. Halsschmerzen mit Besserung bei Schlucken von Festem. 3290.

3   Schlucken.
Beschwerde beim Hinunterschlucken der Speisen und Getränke. 156.   Es sticht im Halse, außer dem Schlingen; beim Schlingen ist es, als wenn man über einen Knochen wegschluckte, wobei es knubst. 157.   Halsweh, wie ein Knäutel oder Knollen im Halse, welcher bei dem Schlingen wie wund schmerzt. 164.   Schmerz im Halse, wie von Wundheit, bloß beim Schlingen bemerkbar. 167.   Halsweh: reißender Schmerz am Luftröhrkopfe, der sich beim Schlingen, beim Atemholen und Husten vermehrt. 168.   Schmerz tief im Halse, während und außer dem Schlingen. 1078.   Stechende Schmerzen im Halse, außer und während dem Schlingen, am ärgsten aber beim Schlingen. Stiche bis ins Ohr beim Schlingen. 1131.   Wie ein Knollen im Halse, mit Wundheitsschmerz daran beim Schlingen. 1462.   Häufige Wundheit des Halses etwas unterhalb des Kehlkopfes und an einer kleinen Stelle auf der linken Halsseite beim Schlucken. 2022.   Kloß im Hals beim Schlucken. 2627.   Beim Schlucken sticht es mich durch die Ohren hinaus. 3488.

4   Essen bessert. Nach Essen.
Nach dem Essen (früh und mittags) wässriger, fader Geschmack im Munde, wie von Magenverderbnis oder Überladung. 186.   Nach dem Essen wird der Unterleib angespannt, der Mund trocken und bitter, ohne Durst; die eine Wange ist rot (abends). 236.   Der Appetit kehrte noch nicht zurück, sie hatte keinen Wohlgeschmack an den Speisen und gleich nach dem Essen war ihr alles voll im Magen und schien bis oben herauf zu stehen, weshalb sie oft schlucken mußte. 1014.   Nach dem Essen

Modalitäten / MUND, HALS

Gefühl, als wenn etwas von den Speisen in der Kehle stecken geblieben wäre, welches er durch Schlucken oder Racksen entfernen wollte, es ging aber weder hinunter noch hinauf, es verursachte ihm einen Druck längs des ganzen Oesophagus, und Vollheit auf der Brust, mit Reiz zum Husten, er zwang sich daher öfter zum Husten, wodurch, wenn er etwas Schleim aushustete, er auf der Brust auf einige Minuten Erleichterung fühlte, die Rauhigkeit im Hals wurde aber dadurch nur vermehrt. 1119. Nach dem Essen lautes geschmackloses Aufstoßen, Drehen um den Nabel, Wasserauslaufen. 1239. Heftige, wütende, lanzinierende Schmerzen in einem hohlen Backenzahn, morgens, und besonders nach dem Essen, kein Schmerz während des Essens. Wärme erleichtert, ebenso wie Gehen und Bewegung. Möchte die Kiefer zusammenbeißen, dabei keine Verstärkung der Schmerzen. 1659. Zahnschmerz schlimmer in den Eßpausen, besser während des Essens. 2872. Zungenbrennen besser auf Essen und Trinken. 3175. Kloßgefühl im Hals und Engegefühl in der Brust, besser während des Essens. 3253. Halsweh, wenn ich lange nichts esse oder nichts spreche, ist es am ärgsten. 3489. Halsweh, Essen oder Trinken erleichtert. 3490.

5 Tabakrauchen.
Der Tabakrauch beißt vorn an der Zunge und erregt (stumpfen?) Schmerz in den Schneidezähnen. 200. Beim Essen, Trinken und Tabakrauchen vergeht, sobald das Bedürfnis befriedigt ist, der gute Geschmack zu diesen Genüssen plötzlich, oder geht in einen unangenehmen über, und man ist nicht im Stande, das Mindeste mehr davon zu genießen, obgleich noch eine Art Hunger und Durst übrig ist. 221. Schmerzen in hohlen Zähnen links unten, die während des Essens und beim Tabakrauchen sich verschlimmern oder hervorgerufen werden, vertragen auch die Berührung der Zunge nicht. 2121.

6 Essen.
Die halbe vordere Zunge beim Reden, wie taub — beim Essen wie verbrannt oder wund. 143. Beim Essen, Trinken und Tabakrauchen vergeht, sobald das Bedürfnis befriedigt ist, der gute Geschmack zu diesen Genüssen plötzlich, oder geht in einen unangenehmen über, und man ist nicht im Stande, das Mindeste mehr davon zu genießen, obgleich noch eine Art Hunger und Durst übrig ist. 221. Schmerzen in hohlen Zähnen links unten, die während des Essens und beim Tabakrauchen sich verschlimmern oder hervorgerufen werden, vertragen auch die Berührung der Zunge nicht. 2121. Druck und Hinabsenkungsempfindung in der Herzgrube, mit Zusammenschnürung im Halse beim Essen. 2685. Schlundkrampf, Würgen beim Essen. 3282.

7 Ruhe. Liegen.
Stechen in der Unterlippe, auch wenn sie nicht bewegt wird. 123. Schmerz im Gelenke des Unterkinnbackens, früh, beim Liegen. 142. In der vorderen Unterkieferdrüse Schmerz, als wenn sie von außen zusammengedrückt würde, bei Bewegung des Halses und außer derselben. 173. Heftige, wütende, lanzinierende Schmerzen in einem hohlen Backenzahn, morgens, und besonders nach dem Essen, kein Schmerz während des Essens. Wärme erleichtert, ebenso wie Gehen und Bewegung. Möchte die Kiefer zusammenbeißen, dabei keine Verstärkung der Schmerzen. 1659. Jeden Abend, nachdem sie etwa eine halbe Stunde im Bett gelegen hat, Schmerzen im rechten Unterkiefer bis zur Schläfe, dauert 1-1 1/2 Stunden ohne Unterbrechung, aber in Exacerbationen. 1992.

8 Bewegung der Teile.
Stechen in den Lippen, vorzüglich wenn man sie bewegt. 122. Die halbe vordere Zunge beim Reden, wie taub — beim Essen wie verbrannt oder wund. 143. In der vorderen Unterkieferdrüse Schmerz, als wenn sie von außen zusammengedrückt würde, bei Bewegung des Halses und außer derselben. 173. Schmerz in der Drüse unter der Kinnbackenecke bei Bewegung des Halses. 175. Zahnschmerz in gesunden Zähnen bei jeder Anstrengung, geistig oder körperlich, z. B. beim Rennen oder bei Schularbeiten. 2610. Durst bei schwerer Arbeit, trinkt große Mengen. 2869. Heftige Zahnschmerzen ziehen und reißen durch den ganzen Kiefer, verschlimmern sich durch warme Speisen und Getränke, bessern sich in der Ruhe und wenn der Kopf fest gegen ein Kissen gedrückt wird. 2870.

9 Druck bessert.
Heftige, wütende, lanzinierende Schmerzen in einem hohlen Backenzahn, morgens, und besonders nach dem Essen, kein Schmerz während des Essens. Wärme erleichtert, ebenso wie Gehen und Bewegung. Möchte die Kiefer zusammenbeißen, dabei keine Verstärkung der Schmerzen. 1659. Loser Zahn, Schmerz gebessert durch festen Druck von außen, leichte Berührung verschlimmert. 2836. Heftige Zahnschmerzen ziehen und reißen durch den ganzen Kiefer, verschlimmern sich durch warme Speisen und Getränke, bessern sich in der Ruhe und wenn der Kopf fest gegen ein Kissen gedrückt wird. 2870.

10 Berührung.
Ein höchst durchdringendes feines Stechen an der Unterlippe bei Berührung eines Barthaares daselbst, als wenn ein Splitter da eingestochen wäre. 124. Der eine Vorderzahn schmerzt wie taub und wie lose, bei jeder Berührung mit der Zunge schmerzhafter. 136. Schmerz am Halse beim Befühlen, als wenn da Drüsen geschwollen wären. 171. Schmerzen in hohlen Zähnen links unten, die während des Essens und beim Tabakrauchen sich verschlimmern oder hervorgerufen werden, vertragen auch die Berührung der Zunge nicht. 2121. Die Zähne erschienen ihr wie locker, Schmerzen erhöhen sich bei Berührung. 2125.

11 Kleiderdruck.
Ein enger Kragen wird nicht gut ertragen. 3348. Gürtel und Kragen werden schlecht vertragen. 3356. Ein Kragen wird wegen der Wärme schlecht ertragen. 3378. Druck im Hals. Muß den Kragen lösen. 3394. Ein Kragen wird schlecht vertragen. 3404. Ein Kragen ist unangenehm. 3435. Oft verschlimmert ein enger Kragen. 3468.

12 Warme Speisen und Getränke. Wärme.
Heftige Zahnschmerzen ziehen und reißen durch den ganzen Kiefer, verschlimmern sich durch warme Speisen und Getränke, bessern sich in der Ruhe und wenn der Kopf fest gegen ein Kissen gedrückt wird. 2870. Ein Kragen wird wegen der Wärme schlecht ertragen. 3378.

13 Erkältung. Luftzug. Kälte. Wärme bessert.
Schmerzhafte Unterkieferdrüse, nach dem Gehen in freier Luft. 174. Zahnweh von Erkältung in den Backenzähnen, als wenn sie zertrümmert wären. 1456. Heftige, wütende, lanzinierende Schmerzen in einem hohlen Backenzahn, morgens, und besonders nach dem Essen, kein Schmerz während des Essens. Wärme erleichtert, ebenso wie Gehen und Bewegung. Möchte die Kiefer zusammenbeißen, dabei keine Verstärkung der Schmerzen. 1659. Bei einem Flußbad plötzlich würgendes, erstickendes Gefühl und Unfähigkeit zu schlucken, Anfälle mehrmals täglich etwa eine Minute anhaltend, mit nervöser Reizbarkeit. 2429. Zahnschmerz bei geringster Kälteeinwirkung oder bei Luftzug. 2611. Wenn ich mal kalte Füße habe, habe ich Halsschmerzen. 3399. Luftzug macht Halsschmerzen. 3410. Schluckbeschwerden, mehr rechts. Lymphknoten, besser durch Wärme. 3538.

14 Lesen. Sprechen bessert. Nach Ärger. Geistige Anstrengung. In Eile.
Unbeweglicher Wundheitsschmerz in den vordersten Backzähnen, vorzüglich beim Lesen. 138. Der Oesophaguskrampf kam plötzlich nach einem Ärger. 2426. Zahnschmerz in gesunden Zähnen bei jeder Anstrengung, geistig oder körperlich, z. B. beim Rennen oder bei Schularbeiten. 2610. Halsweh, wenn ich lange nichts esse oder nichts spreche, ist es am ärgsten. 3489. Kloß im Hals, wenn sie in Eile ist. 3518.

15 Aufstoßen. Aufstoßen bessert.
Unterdrücktes, versagendes Aufstoßen (früh im Bette), welches drückenden Schmerz am Magenmunde, in der Speiseröhre bis oben in den Schlund verursacht. 245. Von der Herzgrube herauf bis in den Hals Drücken mit Atembeengung, welches durch Aufstoßen gemildert wird. 1413.

16 Sprechen. Singen. Husten. Tief Atmen.
Halsweh: reißender Schmerz am Luftröhrkopfe, der sich beim Schlingen, beim Atemholen und Husten vermehrt. 168.   Stechendes Halsweh außer dem Schlingen, durch Husten, tiefes Atmen und Singen sehr vermehrt. 1117.   Vermeidet das Sprechen, fürchtet, die durchströmende Luft könnte sein Halsübel verschlimmern. 1126.   Durch Husten entsteht Übelkeit und Schleimauslaufen. 1246.   Ab und zu Zusammenschnüren in der rechten Seite des Pharynx, beim Singen brennender, stechender Schmerz rechts vom Larynx. 2725.   Wenn ich viel husten muß, tut der Hals weh, ziemlich weit oben, im Rachenraum. 3623.

17 Periode.
Bei Eintritt der Menses Schmerzen in den oberen Backenzähnen rechts. 2124.   Bevor ich die Periode bekomme habe ich eigentlich immer einen Tag Halsschmerzen, beim Schlucken eigentlich weniger, ich kann das garnicht richtig beschreiben. 3610.

18 Andere Modalitäten: Nach Gehen im Freien. Nach Zahnziehen. Schwere Arbeit.
Schmerzhafte Unterkieferdrüse, nach dem Gehen in freier Luft. 174.   Zahnschmerz in gesunden Zähnen bei jeder Anstrengung, geistig oder körperlich, z. B. beim Rennen oder bei Schularbeiten. 2610.   Exophthalmus, Tränenfluß und Schmerz in den Augen nach Ausziehen eines Zahnes. 2639.   Durst bei schwerer Arbeit, trinkt große Mengen. 2869.

19 Morgens. Mittags.
Schmerz im Gelenke des Unterkinnbackens, früh, beim Liegen. 142.   (Früh nach dem Erwachen im Bette) die Zungenspitze äußerst schmerzhaft (Schründen, Reißen), als wenn sie verbrannt oder verwundet wäre. 144.   Der innere Mund ist früh beim Erwachen mit übelriechendem Schleime überzogen. 181.   Nach dem Essen (früh und mittags) wässriger, fader Geschmack im Munde, wie von Magenverderbnis oder Überladung. 186.   Den Geschmack der früh genossenen Milch kann man lange nicht aus dem Munde los werden. 223a.   Abends vor dem Einschlafen und früh stehen die Speisen gleichsam bis oben herauf. 225.   Unterdrücktes, versagendes Aufstoßen (früh im Bette), welches drückenden Schmerz am Magenmunde, in der Speiseröhre bis oben in den Schlund verursacht. 245.   Die früheren Dosen hatten mir die Drüsen unter der Zunge aufgeregt. Ich empfand von 10 bis 12 Uhr Drücken und Ziehen in diesen Drüsen. 835c.   Früh 4 Uhr heftiger allgemeiner Frost mit Zähneklappern und starkem Durst 2 Stunden lang, wobei sie jedoch innerlich mehr warm war. 1001.   Nachmittags gegen 2 Uhr tritt heftiger Schüttelfrost ein, vorzüglich am Rücken und den Armen, wobei er Durst auf kaltes Wasser hat. 1081.   Heftige, wütende, lanzinierende Schmerzen in einem hohlen Backenzahn, morgens, und besonders nach dem Essen, kein Schmerz während des Essens. Wärme erleichtert, ebenso wie Gehen und Bewegung. Möchte die Kiefer zusammenbeißen, dabei keine Verstärkung der Schmerzen. 1659.   Gegen Mittag tritt Dehnen und Gähnen auf, dann starker Frost mit Durst, der Anfall hält 4 Stunden an. 1718.   Schlechter Geschmack morgens. 1873.   Frost 8.30 Uhr mit großem Durst und Verlangen nach Ofenwärme, hierdurch Erleichterung. 2291.   Morgens stark belegte Zunge. 3630.

20 Abends. Nachmittags.
Raffende, wühlende Schmerzen in den Schneidezähnen, abends. 141.   (Abends) würgende (zusammenziehende) Empfindung in der Mitte des Schlundes, als wenn da ein großer Bissen oder Pflock stäke, mehr außer dem Schlingen, als während desselben zu fühlen. 163.   Abends vor dem Einschlafen und früh stehen die Speisen gleichsam bis oben herauf. 225.   Nach dem Essen wird der Unterleib angespannt, der Mund trocken und bitter, ohne Durst; die eine Wange ist rot (abends). 236.   Nachmittags, abends Durst. 696.   Nachmittags gegen 2 Uhr tritt heftiger Schüttelfrost ein, vorzüglich am Rücken und den Armen, wobei er Durst auf kaltes Wasser hat. 1081.   Sie kann nicht in Schlaf kommen, wegen Hitze und vielem Durst. 1160.   Jeden Abend, nachdem sie etwa eine halbe Stunde im Bett gelegen hat, Schmerzen im rechten Unterkiefer bis zur Schläfe, dauert 1-1 1/2 Stunden ohne

Unterbrechung, aber in Exacerbationen. 1992.   Frost jeden Nachmittag mit großem Durst, Kopf- und Rückenschmerzen. 2516.

21 Bei Melancholie, Angst, Nervosität.
Stille, ernsthafte Melancholie; zu keiner Unterredung oder Aufheiterung zu bewegen, mit fadem wässrigen Geschmacke aller Genüsse und geringem Appetite. 787.   Bei Hysterischen, wenn sie in einen angstvollen Zustand geraten, in dem sie um Hilfe schreien, mit erstickender Zusammenschnürung des Halses, schwierigem Hinunterschlucken und der Anfall mit einem tiefen Seufzer endet. 2179.   Ständiger starker Druck im Hals mit mäßigen Schluckbeschwerden. Glaubte, ein ähnliches Halsleiden wie sein verstorbener Vater zu haben. 3324.   Ganz starker Druck hier im Hals, innerlich, es tut nicht weh, Engegefühl, es macht einen richtig nervös. 3421.   Kloßgefühl im Hals mit depressiver Stimmung verbunden. 3635.   Angst: Teilweise ist es einfach, daß ich einen Kloß im Hals habe. 3676.

22 Bei Schwäche. Bei Schwindel.
Gefühl im Magen, als wenn man lange gefastet hätte, wie von Leerheit mit fadem Geschmacke im Munde und Mattigkeit in allen Gliedern. 263.   Schwindel und leichtes vorübergehendes Kopfweh, danach vermehrte Wärme im Magen und eine halbe Stunde lang reichlichere Speichelabsonderung. 819.   Nach dem Fieber Abgeschlagenheit, belegte Zunge. 1321.   Gefühl, als ob sie lange gefastet hätte, mit pappigem Geschmack und Mattigkeit in den Gliedern. 2146.

23 Bei Fieber.
(Durst nur im Frost siehe im Abschnitt Temperatur)
Der Frost dauert zwei Stunden. Dann mit einem Male Hitze mit heftigem Schweiß, aber bloß im Gesicht, im Rücken sehr wenig, der Haarkopf und übrige Körper bleibt trocken, ganz ohne Durst bei weißer Zunge. 1277.   So wie das Fieber vorüber, schmeckt das Essen, den folgenden Tag beständiger Durst. 1278.   Nach dem Fieber Abgeschlagenheit, belegte Zunge. 1321.   Bei Fieber trockene Zunge, bitterer Geschmack, Erbrechen. 1429.   Zur Halsentzündung gesellte sich ein gastrisches Fieber. 1574.

24 Bei Kopfschmerzen. Bei Gesichtsschmerzen.
Schwindel und leichtes vorübergehendes Kopfweh, danach vermehrte Wärme im Magen und eine halbe Stunde lang reichlichere Speichelabsonderung. 819.   Während des Kopfwehs viel Durst, Übelkeit, Herzklopfen mit Angst, viel Gähnen und Frost mit Zähneklappern. 1669.   Die Anfälle von Kopfschmerz kommen gewöhnlich alle Nachmittage oder abends beim Bettgehen, sie hat dann jedesmal Frost mit Trockenheit im Munde. 1899.   Abends Kälte und Druckschmerz in der Stirn, verlangt oft Wasser zu trinken, nach dessen Genuß sie bittere, schleimige Flüssigkeit aufstößt. 2128.   Alle 3 Wochen links Gesichtsschmerz mit leichtem Zahnschmerz. 2195.   Am Ende der Kopfschmerzen Übelkeit und Speichelfluß, kein Erbrechen. 2314.   Gesichtsschmerz rechts, mit Anschwellung der Ohrspeicheldrüse, Schmerzhaftigkeit des Zahnfleisches und der Gesichtsmuskeln. 2349.   Etwas Speichelfluß bei Gesichtsschmerz. 2351.   Ciliarneuralgie wechselt ab mit Globus hystericus. 2365.   Appetit fehlte gänzlich, Durst war vermehrt, öfteres Erbrechen (Kopfschmerz). 2499.   Schmerzen, welche sich vom Auge nach dem Wirbel des Kopfes erstreckten, mit Übelkeit. oft mit Halsanschwellung abwechselnd. 2641.

25 Bei Bauchschmerzen. Bei Brustschmerzen.
Blähungskolik über dem Nabel, abwechselnd mit häufigem Zusammenlaufen des Speichels im Munde. 305.   Zusammenziehung des Afters (abends), welche Tags darauf um dieselbe Stunde wiederkommt, schmerzhaft beim Gehen, am meisten aber beim Stehen, unschmerzhaft aber im Sitzen, mit Zusammenfluß eines faden Speichels im Munde. 368.   Nach dem Essen lautes geschmackloses Aufstoßen, Drehen um den Nabel, Wasserauslaufen. 1239.   Pektangina, jedesmal beim Anfall Gefühl einer Kugel im Halse. 3104.   Paroxysmale Tachykardie 1 Stunde nach Zubettgehen, das Herz sitzt wie

ein Kloß im Hals. 3185.   Druck am Herz, es würgt bis in den Hals. 3478.

26   Bei Übelkeit. Bei Appetitmangel.
Völliger Mangel an Appetit zu Tabak, Speisen und Getränken, mit häufigem Zusammenfluß des Speichels im Munde, ohne doch Ekel vor diesen Dingen oder üblen Geschmack davon zu empfinden. 205.   Gefühl im Magen, als wenn man lange gefastet hätte, wie von Leerheit mit fadem Geschmacke im Munde und Mattigkeit in allen Gliedern. 263.   Stille, ernsthafte Melancholie; zu keiner Unterredung oder Aufheiterung zu bewegen, mit fadem wässrigen Geschmacke aller Genüsse und geringem Appetite. 787.   Übelkeit, bitterer Geschmack, Zunge stark gelb belegt. 1077.   Wasserauslaufen und Galleerbrechen. 1213.   Nach dem Essen lautes geschmackloses Aufstoßen, Drehen um den Nabel, Wasserauslaufen. 1239.   Durch Husten entsteht Übelkeit und Schleimauslaufen. 1246.   Aller Appetit fehlt und der Geschmack ist schlecht. 1608.   Rote und unreine Zunge, Übelkeit, Borborygmen, brennendes Aufstoßen, Erbrechen aller Speisen. 1763.   Gefühl, als ob sie lange gefastet hätte, mit pappigem Geschmack und Mattigkeit in den Gliedern. 2146.   Belegte Zunge, Appetitlosigkeit. 2260.   Druck und Hinabsenkungsempfindung in der Herzgrube, mit Zusammenschnürung im Halse beim Essen. 2685.   Gefühl von Konstriktion des Halses und Übelkeit. 3161.   Druck im Hals bei Übelkeit. 3510.

HUSTEN

1   **Wenn man einmal anfängt zu husten, kann man nicht mehr aufhören. Unterdrückung des Hustens hilft. Husten verstärkt den Husten.**
Abends nach dem Niederlegen ein (nicht kitzelnder) ununterbrochener Reiz zum Hüsteln im Kehlkopfe, der durch Husten nicht vergeht, eher noch durch Unterdrückung des Hustens. 448.   Sehr kurzer, oft ganz trockener Husten, dessen Erregungsreiz in der Halsgrube, wie von eingeatmetem Federstaube, nicht durch's Husten vergeht, sondern sich desto öfterer erneuert, je mehr man sich dem Husten überläßt, vorzüglich gegen Abend schlimmer. 449.   Die Hustenanfälle in umso rascherer Aufeinanderfolge, je mehr sie sich aushustet. 2216.   Je länger er hustet, desto mehr nimmt der Hustenreiz zu. 2598.   Husten umso stärker, je mehr er hustet. 2929.   Je länger er hustet, desto stärker wird der Hustenreiz. 2960.   Krampfhafter Reizhusten immer zu ungelegenen Zeiten, wenn sie einmal anfängt, kann sie nicht mehr aufhören. 3083.   Gab sich Mühe, den Husten zu unterdrücken, da er bemerkt hatte, daß, wenn er einmal zu husten begann, sich der Husten zu immer größerer Heftigkeit steigerte. 3209.   Der Husten kommt anfallsweise, da kann ich überhaupt nicht mehr aufhören beim Husten. 3619.

2   **Stehenbleiben beim Gehen löst Husten aus.**
Es fehlt ihm im Gehen an Atem, und wenn er dann stillsteht, bekommt er Husten. 474.   Jedesmal, wenn er während des Gehens stehenbleibt, hustet er. 2201.   Husten beim Stehenbleiben auf einem Spaziergang. 2930.

3   **Husten ausgelöst durch Atemunterbrechung, Zusammenschnüren wie von Schwefeldampf. Als lege sich etwas vor den Kehlkopf.**
Eine jählinge (nicht kitzelnde) Unterbrechung des Atmens oben in der Luftröhre über dem Halsgrübchen, die unwiderstehlich zum kurzen, gewaltsamen Husten reizt, abends. 450.   Eine zusammenschnürende Empfindung im Halsgrübchen, welche Husten erregt, wie von Schwefeldampfe. 451.   Abendlicher trockener Husten von Reiz im Halsgrübchen, wie von Federstaub oder von Schwefeldampf, durch fortgesetztes Husten immer zunehmend. 1520.   Reiz zum Husten im Kehlkopfe, mit Gefühl, als lege sich etwas vor. 1725.   Alle 8-15 Stunden plötzlicher krampfhafter Hustenanfall mit Zusammenziehen am Nabel, Magen, Luftröhre und Speiseröhre, mit Verdunkelung des Sehens und

unzähligen Funken vor Augen. 1756.

4 Nichtkitzelnder Reiz im Kehlkopf.
Abends nach dem Niederlegen ein (nicht kitzelnder) ununterbrochener Reiz zum Hüsteln im Kehlkopfe, der durch Husten nicht vergeht, eher noch durch Unterdrückung des Hustens. 448.   Reiz zum Husten im Kehlkopfe, mit Gefühl, als lege sich etwas vor. 1725.

5 Kitzelnder trockener Husten wie von Federstaub im Hals.
Sehr kurzer, oft ganz trockener Husten, dessen Erregungsreiz in der Halsgrube, wie von eingeatmetem Federstaube, nicht durch's Husten vergeht, sondern sich desto öfterer erneuert, je mehr man sich dem Husten überläßt, vorzüglich gegen Abend schlimmer. 449.   Abendlicher trockener Husten von Reiz im Halsgrübchen, wie von Federstaub oder von Schwefeldampf, durch fortgesetzten Husten immer zunehmend. 1520.   Der Husten war trocken, verursachte pressenden Schmerz in den Schläfen und wurde von kitzelndem Reiz im Kehlkopf erregt. 2111.   Trockener, unaufhörlicher Husten, als wäre eine Feder im Halse. 2215.   Das schönste Bild beginnender Phthisis stand vor den Augen der Kranken fertig, ab und zu quälender Hustenreiz. 2448.   Unwiderstehlicher Hustenreiz, anhaltender Husten sogar im Schlaf. Kein Auswurf, nur sehr wenig am Morgen. Kein Schmerz oder Heiserkeit. 2658.   Husten, ich habe das Gefühl, als ob hier etwas trockenes, wie Staub sitzt und ich habe da ziemlich viel Auswurf. 3620.

6 Raksen, zwingt sich zum Husten.
Nach dem Essen Gefühl, als wenn etwas von den Speisen in der Kehle stecken geblieben wäre, welches er durch Schlucken oder Racksen entfernen wollte, es ging aber weder hinunter noch hinauf, es verursachte ihm einen Druck längs des ganzen Oesophagus, und Vollheit auf der Brust, mit Reiz zum Husten, er zwang sich daher öfter zum Husten, wodurch, wenn er etwas Schleim aushustete, er auf der Brust auf einige Minuten Erleichterung fühlte, die Rauhigkeit im Hals wurde aber dadurch nur vermehrt. 1119.

7 Reiz über dem Magen.
Nach dem Essen Gefühl, als wenn etwas von den Speisen in der Kehle stecken geblieben wäre, welches er durch Schlucken oder Racksen entfernen wollte, es ging aber weder hinunter noch hinauf, es verursachte ihm einen Druck längs des ganzen Oesophagus, und Vollheit auf der Brust, mit Reiz zum Husten, er zwang sich daher öfter zum Husten, wodurch, wenn er etwas Schleim aushustete, er auf der Brust auf einige Minuten Erleichterung fühlte, die Rauhigkeit im Hals wurde aber dadurch nur vermehrt. 1119.   Husten morgens am heftigsten, durch einen kitzelnden Reiz über dem Magen erregt. 1244.   Früh, beim Erwachen, hohler, trockener Husten, von Kitzel über dem Magen. 1519.

8 Kurzer, trockener Husten.
Sehr kurzer, oft ganz trockener Husten, dessen Erregungsreiz in der Halsgrube, wie von eingeatmetem Federstaube, nicht durch's Husten vergeht, sondern sich desto öfterer erneuert, je mehr man sich dem Husten überläßt, vorzüglich gegen Abend schlimmer. 449.   Eine jählinge (nicht kitzelnde) Unterbrechung des Atmens oben in der Luftröhre über dem Halsgrübchen, die unwiderstehlich zum kurzen, gewaltsamen Husten reizt, abends. 450.   Neigung zu einem kurzen, trocknen Husten. 2031.

9 Hohler, trockener Husten.
Hohler, trockener Husten, früh beim Erwachen aus dem Schlafe. 446.   Früh, beim Erwachen, hohler, trockener Husten, von Kitzel über dem Magen. 1519.   Hohler Krampfhusten, schlechter abends, mit nur wenig Auswurf, hinterläßt Schmerz in der Trachea. 2321.

10 Trockener Husten.
Chronischer Husten, trocken, auch nachts, aus der Luftröhre kommend, Bauchschmerz errregend, mit

Schmerz und Beengung in der Brust. 1110. Trockener Krampfhusten. 1518. Trockene und krampfhafte Hustenanfälle. 1588. Nach dem Fieberanfall heftiger trockener Husten. 1805. Trockener Husten. 1927. Trockener, krampfhafter Husten. 2958.

11 Hüsteln.
Unter Hüsteln zu Tage kommendes Auswerfen von mit Schleim gemengtem, dunkelrotem, wie verbrannt aussehendem Blute. 1313. Schüttelfrost mit Durst, zwei Stunden lang, dabei Brustbeklemmung und häufiges lockeres Hüsteln. Hitze gering. Schweiß noch geringer, bleibt oft ganz aus. 1831.

12 Gewaltsam. Erschütternd.
Eine jählinge (nicht kitzelnde) Unterbrechung des Atmens oben in der Luftröhre über dem Halsgrübchen, die unwiderstehlich zum kurzen, gewaltsamen Husten reizt, abends. 450. Heftiger, erschütternder Husten. 3241.

13 Anfallsweise Krampfhusten.
Trockener Krampfhusten. 1518. Trockene und krampfhafte Hustenanfälle. 1588. Langwieriger Krampfhusten. 1595. Alle 8-15 Stunden plötzlicher krampfhafter Hustenanfall mit Zusammenziehen am Nabel, Magen, Luftröhre und Speiseröhre, mit Verdunkelung des Sehens und unzähligen Funken vor Augen. 1756. Der Hustenanfall dauerte 5-15 Minuten und mehr. 1757. Die Hustenanfälle in umso rascherer Aufeinanderfolge, je mehr sie sich aushustet. 2216. Hohler Krampfhusten, schlechter abends, mit nur wenig Auswurf, hinterläßt Schmerz in der Trachea. 2321. Trockener, krampfhafter Husten. 2958. Krampfhafter Reizhusten immer zu ungelegenen Zeiten, wenn sie einmal anfängt, kann sie nicht mehr aufhören. 3083. Der Husten kommt anfallsweise, da kann ich überhaupt nicht mehr aufhören beim Husten. 3619.

14 Lockerer, rasselnder Husten.
Schüttelfrost mit Durst, zwei Stunden lang, dabei Brustbeklemmung und häufiges lockeres Hüsteln. Hitze gering. Schweiß noch geringer, bleibt oft ganz aus. 1831. Lockerer, rasselnder Husten mit Reizung hinter dem unterem Sternum. 2866.

15 Auswurf erleichtert.
Nach dem Essen Gefühl, als wenn etwas von den Speisen in der Kehle stecken geblieben wäre, welches er durch Schlucken oder Racksen entfernen wollte, es ging aber weder hinunter noch hinauf, es verursachte ihm einen Druck längs des ganzen Oesophagus, und Vollheit auf der Brust, mit Reiz zum Husten, er zwang sich daher öfter zum Husten, wodurch, wenn er etwas Schleim aushustete, er auf der Brust auf einige Minuten Erleichterung fühlte, die Rauhigkeit im Hals wurde aber dadurch nur vermehrt. 1119.

16 Blutiger, gelber Auswurf. Riecht nach altem Schnupfen.
Gelber Brustauswurf, an Geruch und Geschmack wie von altem Schnupfen. 454. Unter Hüsteln zu Tage kommendes Auswerfen von mit Schleim gemengtem, dunkelrotem, wie verbrannt aussehendem Blute. 1313.

17 Zäher Auswurf.
Schwieriger Auswurf aus der Brust. 453. Auswurf weiß, geschmacklos, zäh, reichlich. 2867.

18 Schleimiger, weißer Auswurf.
Es liegt ihm katarrhartig auf der Brust; die Luftröhren sind ihm mit Schleim besetzt. 445. Manchmal kriegt er garnichts los, dann wieder viel, auch wenig weißer Auswurf. 1245. Auswurf weiß, geschmacklos, zäh, reichlich. 2867. Husten mit schleimig eitrigem, eher spärlichem Sputum. 3208. Der Auswurf ist nicht sehr dick, fast klar, weißlich bis durchsichtig. 3625.

19 Einmal wenig, einmal viel Auswurf.
Manchmal kriegt er garnichts los, dann wieder viel, auch wenig weißer Auswurf. 1245. Hohler Krampfhusten, schlechter abends, mit nur wenig Auswurf, hinterläßt Schmerz in der Trachea. 2321. Lockerer, rasselnder Husten mit Reizung hinter dem unterem Sternum. 2866. Auswurf weiß, geschmacklos, zäh, reichlich. 2867. Husten mit schleimig eitrigem, eher spärlichem Sputum. 3208. Husten, ich habe das Gefühl, als ob hier etwas trockenes, wie Staub sitzt und ich habe da ziemlich viel Auswurf. 3620.

20 Abends nach dem Niederlegen.
Abends nach dem Niederlegen, beim Einschlafen, Reiz zum Husten. 447. Abends nach dem Niederlegen ein (nicht kitzelnder) ununterbrochener Reiz zum Hüsteln im Kehlkopfe, der durch Husten nicht vergeht, eher noch durch Unterdrückung des Hustens. 448. Sehr kurzer, oft ganz trockener Husten, dessen Erregungsreiz in der Halsgrube, wie von eingeatmetem Federstaube, nicht durch's Husten vergeht, sondern sich desto öfterer erneuert, je mehr man sich dem Husten überläßt, vorzüglich gegen Abend schlimmer. 449. Eine jählinge (nicht kitzelnde) Unterbrechung des Atmens oben in der Luftröhre über dem Halsgrübchen, die unwiderstehlich zum kurzen, gewaltsamen Husten reizt, abends. 450. Der Kitzelhusten ist abends nach dem Niederlegen am lästigsten und weckte sehr oft aus dem Schlafe. 2118. Hohler Krampfhusten, schlechter abends, mit nur wenig Auswurf, hinterläßt Schmerz in der Trachea. 2321.

21 Morgens beim Erwachen.
Hohler, trockener Husten, früh beim Erwachen aus dem Schlafe. 446. Husten morgens am heftigsten, durch einen kitzelnden Reiz über dem Magen erregt. 1244.

22 Andere Zeiten: Häufigkeit. Dauer. Nachts. Tag und Nacht.
Chronischer Husten, trocken, auch nachts, aus der Luftröhre kommend, Bauchschmerz errregend, mit Schmerz und Beengung in der Brust. 1110. Alle 8-15 Stunden plötzlicher krampfhafter Hustenanfall mit Zusammenziehen am Nabel, Magen, Luftröhre und Speiseröhre, mit Verdunkelung des Sehens und unzähligen Funken vor Augen. 1756. Der Hustenanfall dauerte 5-15 Minuten und mehr. 1757. Hustet seit 2 Wochen, kränkt sich dabei viel und glaubt die Lungensucht zu bekommen. 1834. Der Kitzelhusten ist abends nach dem Niederlegen am lästigsten und weckte sehr oft aus dem Schlafe. 2118. Der Husten quälte ihn Tag und Nacht. 3203. Asthma und Husten, beides unablässig, Tag und Nacht. 3239.

23 Andere Modalitäten: Nach warmen Getränken. Aufsitzen bessert.
Husten nach warmen Getränken. 2959. Sie saß im Bett schweißgebadet und erschöpft, hustete und würgte. 3053.

24 Husten verursacht Halsschmerzen.
Halsweh: reißender Schmerz am Luftröhrkopfe, der sich beim Schlingen, beim Atemholen und Husten vermehrt. 168. Stechendes Halsweh außer dem Schlingen, durch Husten, tiefes Atmen und Singen sehr vermehrt. 1117. Nach dem Essen Gefühl, als wenn etwas von den Speisen in der Kehle stecken geblieben wäre, welches er durch Schlucken oder Racksen entfernen wollte, es ging aber weder hinunter noch hinauf, es verursachte ihm einen Druck längs des ganzen Oesophagus, und Vollheit auf der Brust, mit Reiz zum Husten, er zwang sich daher öfter zum Husten, wodurch, wenn er etwas Schleim aushustete, er auf der Brust auf einige Minuten Erleichterung fühlte, die Rauhigkeit im Hals wurde aber dadurch nur vermehrt. 1119. Hohler Krampfhusten, schlechter abends, mit nur wenig Auswurf, hinterläßt Schmerz in der Trachea. 2321. Wenn ich viel husten muß, tut der Hals weh, ziemlich weit oben, im Rachenraum. 3623.

25 Husten verursacht andere Schmerzen: Penis. Bauch. Brust. Kopf. Anus.
Jeder Stoß des Hustens fährt in die männliche Rute mit schmerzhafter Empfindung, wie ein jählinges

Eindringen des Blutes. 452.   Chronischer Husten, trocken, auch nachts, aus der Luftröhre kommend, Bauchschmerz errregend, mit Schmerz und Beengung in der Brust. 1110.   Beim Husten ein Stich wie mit einem Nagel in der rechten Brustseite, nach der Schulter durch. 1247.   Alle 8-15 Stunden plötzlicher krampfhafter Hustenanfall mit Zusammenziehen am Nabel, Magen, Luftröhre und Speiseröhre, mit Verdunkelung des Sehens und unzähligen Funken vor Augen. 1756.   Nach dem Husten verschwanden die Sehstörungen, der Kopf blieb verwirrt und die Schläfen klopften weiter. 1758.   Der Husten war trocken, verursachte pressenden Schmerz in den Schläfen und wurde von kitzelndem Reiz im Kehlkopf erregt. 2111.   Schmerz im Rectum beim Husten. 2805.   Husten, manchmal wird mir richtig übel davon, ich bekomme keine Luft mehr und habe Schmerzen in der Brust. 3621.

26   Mit Übelkeit.
Sehr matt am ganzen Körper; wenn er geht, ist es ihm, als wenn der Atem fehlen wollte, es wird ihm weichlich in der Herzgrube und dann Husten. 476.   Durch Husten entsteht Übelkeit und Schleimauslaufen. 1246.   Sie saß im Bett schweißgebadet und erschöpft, hustete und würgte. 3053.   Husten, manchmal wird mir richtig übel davon, ich bekomme keine Luft mehr und habe Schmerzen in der Brust. 3621.

27   Mit Atemnot.
Eine jählinge (nicht kitzelnde) Unterbrechung des Atmens oben in der Luftröhre über dem Halsgrübchen, die unwiderstehlich zum kurzen, gewaltsamen Husten reizt, abends. 450.   Es fehlt ihm im Gehen an Atem, und wenn er dann stillsteht, bekommt er Husten. 474.   Sehr matt am ganzen Körper; wenn er geht, ist es ihm, als wenn der Atem fehlen wollte, es wird ihm weichlich in der Herzgrube und dann Husten. 476.   Chronischer Husten, trocken, auch nachts, aus der Luftröhre kommend, Bauchschmerz errregend, mit Schmerz und Beengung in der Brust. 1110.   Alle 8-15 Stunden plötzlicher krampfhafter Hustenanfall mit Zusammenziehen am Nabel, Magen, Luftröhre und Speiseröhre, mit Verdunkelung des Sehens und unzähligen Funken vor Augen. 1756.   Schüttelfrost mit Durst, zwei Stunden lang, dabei Brustbeklemmung und häufiges lockeres Hüsteln. Hitze gering. Schweiß noch geringer, bleibt oft ganz aus. 1831.   Asthma und Husten, beides unablässig, Tag und Nacht. 3239.   Husten, manchmal wird mir richtig übel davon, ich bekomme keine Luft mehr und habe Schmerzen in der Brust. 3621.

28   Bei Fieber. Mit Schnupfen.
Nach dem Fieberanfall heftiger trockener Husten. 1805.   Schüttelfrost mit Durst, zwei Stunden lang, dabei Brustbeklemmung und häufiges lockeres Hüsteln. Hitze gering. Schweiß noch geringer, bleibt oft ganz aus. 1831.   Fließschnupfen und Husten. 2110.   Husten und sehr durstig während des Schüttelfrostes. 2922.

29   Andere Begleitsymptome: Sehstörungen. Angst. Schläfrigkeit.
Alle 8-15 Stunden plötzlicher krampfhafter Hustenanfall mit Zusammenziehen am Nabel, Magen, Luftröhre und Speiseröhre, mit Verdunkelung des Sehens und unzähligen Funken vor Augen. 1756.   Nach dem Husten verschwanden die Sehstörungen, der Kopf blieb verwirrt und die Schläfen klopften weiter. 1758.   Hustet seit 2 Wochen, kränkt sich dabei viel und glaubt die Lungensucht zu bekommen. 1834.   Wird schläfrig nach jedem Hustenanfall. 2200.   Das schönste Bild beginnender Phthisis stand vor den Augen der Kranken fertig, ab und zu quälender Hustenreiz. 2448.

ATMUNG

1   Verlangen nach einem tiefen Atemzug. Muß Gähnen, um richtig Luft zu bekommen. Tiefatmen bessert.
Gefühl von Angst und Beklemmung der Brust weckt ihn nachts 12 Uhr aus dem Schlafe; er mußte oft

ATMUNG

und tief Atem holen und konnte erst nach 1 Stunde wieder einschlafen. 468. Mußte oft tief Atem holen, und das Tiefatmen minderte das Drücken auf der Brust Augenblicke. 480. Gegen 24 Uhr weckte ihn ein Gefühl von Angst und Beklemmung der Brust aus dem Schlafe, er mußte deswegen oft und tief Atem holen und konnte erst nach Verlaufe von einer Stunde wieder einschlafen. 826. Versucht durch tiefe Atemzüge wieder Luft zu bekommen. 1592. Bei den Wehen, tiefe Seufzer, große Traurigkeit: sie muß einen sehr tiefen Atemzug tun, sonst könnte sie garnicht atmen, als könnte die Geburtsarbeit dann nicht vorwärts schreiten. 2167. Geneigtheit, oft einen langen Atemzug zu tun, ein seufzendes Einatmen. 2172. Sie muß einen sehr tiefen Atemzug tun, sonst könnte sie garnicht atmen. 2173. Verlangen nach einem tiefen Atemzug. 3341. An manchen Tagen reichlich Gähnen. Verlangen nach einem tiefen Atemzug. 3361. Verlangen nach einem tiefen Atemzug. Muß den ganzen Tag gähnen. 3379. Bedürfnis, tief Luft zu holen. 3420. Jucken in der Brust, da muß ich manchmal stehenbleiben und tief Luft holen, da bessert es sich. 3502. Kriegt schwer Luft, es kommt nicht ganz durch, kann nicht richtig einatmen, Verlangen, tief einzuatmen, an der frischen Luft ein bißchen besser. 3517. Es zieht auf der Brust und dann Atemschwierigkeiten. Wenn ich dann Luft holen will, geht das garnicht richtig. 3558. Richtig schmerzhaft ist es nicht, ich muß ganz tief Luft holen. Leichtes Brennen und Stechen dabei. 3559. Wenn ich gähne, kriege ich dann auch wieder so richtig tief Luft, dann ist es wieder in Ordnung. 3560. Gefühl, als ob er keine Luft kriegt. Will richtig tief Luft holen, zusammen mit Verspannung und Stechen zwischen den Schulterblättern. 3633.

2 Gähnen um richtig Luft zu bekommen. Gähnen als Prodrom oder nach Anfällen. Gähnen erleichtert die Kopfschmerzen.
Öfteres, durch eine Art Unbeweglichkeit und Unnachgiebigkeit der Brust abgebrochenes Gähnen. 695. Große Mattigkeit und Müdigkeit; es war ihm, als wäre er sehr weit gegangen, er mußte öfters gähnen. 834a. Sie muß viel und fast krampfhaft gähnen. 1062. Den Fieberanfällen geht eine Zeit lang öfteres starkes Gähnen, später Dehnen und Recken der Glieder vorher. 1080. Während des Kopfwehs viel Durst, Übelkeit, Herzklopfen mit Angst, viel Gähnen und Frost mit Zähneklappern. 1669. Gegen Mittag tritt Dehnen und Gähnen auf, dann starker Frost und Durst. 1718. Frost mit heftigem Durst, Schütteln des ganzen Körpers und Gähnen und Strecken. 2062. Gefühl von Leere, Schwäche, Einsinken oder Ohnmacht in der Magengrube, so daß sie fast dauernd krampfhaft gähnen mußte. Fast renkte sie sich den Unterkiefer aus dabei. 2290. Gähnt seit 3 Stunden kontinuierlich. Wenn er das Gähnen nicht zu Ende bringen konnte, waren seine Qualen noch bedeutender. Sperrt gewaltig den Mund auf. 2484. Vor dem Frost gewaltiges Gähnen und Strecken, Durst. 2581. Krampfhaftes Gähnen erleichtert die Kopfschmerzen. 2907. Als Prodrom Gähnen und Strecken, manchmal heftiges Schütteln. 2968. Wenn sie starke Beschwerden hat, muß sie viel gähnen, das Gähnen bringt aber keine Erleichterung. 3103. Nervöse Hypersensibilität, Gähnen, Seufzen, Angstzustände, alles schlimmer durch den geringsten Widerspruch. 3130. An manchen Tagen reichlich Gähnen. Verlangen nach einem tiefen Atemzug. 3361. Verlangen nach einem tiefen Atemzug. Muß den ganzen Tag gähnen. 3379. Wenn ich gähne, kriege ich dann auch wieder so richtig tief Luft, dann ist es wieder in Ordnung. 3560.

3 Seufzen. Tiefes Seufzen. Stöhnen. Seufzen nach Krampfanfall. Seufzende Atmung.
Im Schlafe Stöhnen, Krunken, Ächzen. 657. Der hysterische Krampf endigte mit tiefem Seufzen, worauf betäubter Schlaf eintrat. 1023. Dies dauert 6-8 Minuten, dann hört sie mit dem Schlagen auf, streckt sich gewaltig, und mit einem tiefen Seufzer endet dieser Zustand, hierauf wird sie ganz ruhig. 1293. Bei Angstanfällen Brustbeklemmung, häufiges Seufzen. 2098. Nachts Hitze im Kopf, Herzklopfen, Schlaflosigkeit und öfteres Seufzen. 2129. Sie wünschen allein zu sein, seufzen und schluchzen, wollen sich nicht trösten lassen, sind gramerfüllt. 2136. Lästiges Leerheitsgefühl in der Herzgrube, sie fühlt sich schwach, ohnmächtig, hohl da, was nicht erleichtert wird durch Essen, mit seufzenden Atemzügen. 2147. Drohende Fehlgeburt mit Seufzen und Schluchzen, veranlaßt durch unterdrückten Gram. 2166. Bei den Wehen, tiefe Seufzer, große Traurigkeit: sie muß einen sehr tiefen Atemzug tun, sonst könnte sie garnicht atmen, als könnte die Geburtsarbeit

ATMUNG

dann nicht vorwärts schreiten. 2167. Nachwehen, mit oftem Seufzen und großer Traurigkeit. 2169. Seufzende Atemzüge. 2171. Geneigtheit, oft einen langen Atemzug zu tun, ein seufzendes Einatmen. 2172. Bei Hysterischen, wenn sie in einen angstvollen Zustand geraten, in dem sie um Hilfe schreien, mit erstickender Zusammenschnürung des Halses, schwierigem Hinunterschlucken und der Anfall mit einem tiefen Seufzer endet. 2179. Bei Schwangeren, veitstanzähnliche Beschwerden mit vielem Seufzem und Schluchzen, oder als Folge lange unterdrückten Ärgers. 2180. Nach jedem Kopfschmerzanfall Schlaflosigkeit, profuser, blasser Urinabgang, Melancholie und viel Seufzen. 2317. Merkwürdig tiefe, seufzende Atmung. 2374. Seufzende, ruckweise Atmung. 2557. Stilles Brüten, häufiges, langgezogenes Seufzen. 2883. Tiefer Seufzer. 2884. Schlaf unruhig und nicht erquickend, unterbrochen von unangenehmen ängstlichen Träumen und Stöhnen und Seufzen. 2897. Seufzen (zahnender Säugling). 2916. Beständiges Seufzen. 2919. Unwillkürliches Seufzen und ein Schwäche- und Leeregefühl der Magengrube. 2937. Tiefer Seufzer. 3138. Sprach wenig und seufzte oft. 3217. Viel wortloses Seufzen, klagt aber nicht, möchte ihren Kummer für sich behalten. 3224.

4 Tiefe Atmung. Tiefes Seufzen. Muß den Atem tief aus dem Unterleibe holen.
Langsame Einatmung, wozu er tief aus dem Unterleibe ausheben muß; (muß den Atem tief aus dem Leibe holen). 481. Der hysterische Krampf endigte mit tiefem Seufzen, worauf betäubter Schlaf eintrat. 1023. Der epileptische Anfall war ohne alle Vorboten beim Gehen durch die Stube gekommen, wobei der Kranke bewußtlos niedergesunken und unter äußerst beschleunigtem, tiefem Atem mit Händen und Füßen um sich geworfen hatte. 1072. Dies dauert 6-8 Minuten, dann hört sie mit dem Schlagen auf, streckt sich gewaltig, und mit einem tiefen Seufzer endet dieser Zustand, hierauf wird sie ganz ruhig. 1293. Bei den Wehen, tiefe Seufzer, große Traurigkeit: sie muß einen sehr tiefen Atemzug tun, sonst könnte sie garnicht atmen, als könnte die Geburtsarbeit dann nicht vorwärts schreiten. 2167. Bei Hysterischen, wenn sie in einen angstvollen Zustand geraten, in dem sie um Hilfe schreien, mit erstickender Zusammenschnürung des Halses, schwierigem Hinunterschlucken und der Anfall mit einem tiefen Seufzer endet. 2179. Merkwürdig tiefe, seufzende Atmung. 2374. Stilles Brüten, häufiges, langgezogenes Seufzen. 2883. Tiefer Seufzer. 2884. Tiefer Seufzer. 3138.

5 Als ob sich etwas vor den Kehlkopf legt oder wie eine Zusammenschnürung im Hals, die den Atem unterbricht und Husten erzeugt.
Eine jählinge (nicht kitzelnde) Unterbrechung des Atmens oben in der Luftröhre über dem Halsgrübchen, die unwiderstehlich zum kurzen, gewaltsamen Husten reizt, abends. 450. Eine zusammenschnürende Empfindung im Halsgrübchen, welche Husten erregt, wie von Schwefeldampfe. 451. Reiz zum Husten im Kehlkopfe, mit Gefühl, als lege sich etwas vor. 1725. Bei Hysterischen, wenn sie in einen angstvollen Zustand geraten, in dem sie um Hilfe schreien, mit erstickender Zusammenschnürung des Halses, schwierigem Hinunterschlucken und der Anfall mit einem tiefen Seufzer endet. 2179. Die Brust hob und senkte sich mühsam, Atmung stertorös und oft unterbrochen (Krampfanfall). 2186. Gefühl eines aufsteigenden Kloßes, der den Atem versetzt und den Hals zusammenschnürt. 2847. Ein Kanarienvogel erlitt einen Schock, saß da mit geschlossenen Augen, nahm nichts wahr, der Schnabel senkte sich langsam auf den Boden, unter gelegentlichem nach Luft Schnappen richtete er sich nur vorübergehend wieder auf. 3041. Anfallsweise Erstickungsgefühl mit krampfhaftem Luftschnappen und Luftschlucken. 3166. Ganz starker Druck hier im Hals, innerlich, es tut nicht weh, Engegefühl, es macht einen richtig nervös. 3421.

6 Gefühl von Erstickung durch Bauchschmerzen. Aufstoßen oder Strecken des Halses behebt das Erstickungsgefühl. Der Atem setzt aus.
Während des Schlafes, alle Arten von Atmen wechselweise, kurzes und langsames, heftiges und leises, wegbleibendes, schnarchendes. 659. Konvulsionen, Brustbeklemmung, kann keine Luft bekommen, glaubt ersticken zu müssen. 1012. Schmerz in der Schoßgegend, wobei ihr der Atem ausbleibt, mit Wabblichkeit und Gefühl von Schwäche in der Herzgrube. 1029. In ihren lichten Momenten

führt die Kranke die Hand auf den Unterleib, mit dem Ausdrucke des Schmerzes; ich soll in der rechten Unterbauchseite eine Geschwulst von der Größe eines Kinderkopfes bemerken, das war ihr globus hystericus, der ihr Erstickungsgefühl verursachte. 1035. Erschwerte Respiration, erschwertes Schlucken des Getränkes. 1109. Chronischer Husten, trocken, auch nachts, aus der Luftröhre kommend, Bauchschmerz erregend, mit Schmerz und Beengung in der Brust. 1110. Sie fühlt eine Beklemmung auf der Brust zum Ersticken, und muß sich nun unwillkürlich in die Höhe strecken, wobei der Kopf nach rückwärts zwischen die Schultern gezogen wird. 1291. Mit der Periode am Morgen erschien eine heftige, Erstickung drohende Brustbeklemmung, welche wie ein Krampf aus dem Unterleib heraufzusteigen schien, das Atmen glich wie einem Schluchzen und geschah in kurzen Stößen. 1315. Die Brust arbeitet furchtbar, der Atem geht ungeheuer schnell und bleibt weg, das Gesicht wird leichenfarbig. 1393. Von der Herzgrube herauf bis in den Hals Drücken mit Atembeengung, welches durch Aufstoßen gemildert wird. 1413. Engigkeit in der Herzgrube nicht selten bis zur Ohnmacht erhöht, mit verschlossenen Augen scheint der Atem ganz still zu stehen. 1416. Oft preßte sie die Hände fest an die Stirne oder griff nach der linken Rippenreihe, der Atem setzte manchmal lange aus. 1845. Herzklopfen, sobald sie sich hinlegt, Gefühl, als ob das Herz rollte oder rotierte statt zu schlagen, hierdurch Erstickungsgefühl. 2750. Ein Kanarienvogel erlitt einen Schock, saß da mit geschlossenen Augen, nahm nichts wahr, der Schnabel senkte sich langsam auf den Boden, unter gelegentlichem nach Luft Schnappen richtete er sich nur vorübergehend wieder auf. 3041. Husten, manchmal wird mir richtig übel davon, ich bekomme keine Luft mehr und habe Schmerzen in der Brust. 3621.

7   Die Atembeklemmung geht vom Magen aus und erstreckt sich bis zum Hals.
Bei Brustbeklemmung Drücken in der Herzgrube, welches sich beim Einatmen vermehrt und zu Stichen in der Herzgrube schnell übergeht. 465. Schmerz in der Schoßgegend, wobei ihr der Atem ausbleibt, mit Wabblichkeit und Gefühl von Schwäche in der Herzgrube. 1029. Dumpf drückender Schmerz in der Herzgrube. Beklemmung der Brust. 1087. Mit der Periode am Morgen erschien eine heftige, Erstickung drohende Brustbeklemmung, welche wie ein Krampf aus dem Unterleib heraufzusteigen schien, das Atmen glich nur einem Schluchzen und geschah in kurzen Stößen. 1315. Bei der Anschwellung der Magengegend kurzatmig und ängstlich zu Mute. 1328. Von der Herzgrube herauf bis in den Hals Drücken mit Atembeengung, welches durch Aufstoßen gemildert wird. 1413. Nicht zu beschreibendes Gefühl in der Herzgrube, wobei es an der Herzgrube herüber zu eng ist mit Kurzatmigkeit, als wenn der untere Teil mit einem Schnürleib zusammengezogen wäre, gewöhnlich mit heftigem Herzklopfen. 1415. Engigkeit in der Herzgrube nicht selten bis zur Ohnmacht erhöht, mit verschlossenen Augen scheint der Atem ganz still zu stehen. 1416. Atemmangel von Unterleibsbeschwerden. 1516. Der Atem wird ihr beklommen, die Beklemmung geht vom Magen aus und erstreckt sich bis in den Hals. 1860. Beklommener Atem, wie vom Magen aus in den Hals. 1997. Übelkeit mit großer Unruhe und Angst, drückende Schmerzen, Brecherlichkeitsgefühl in der Magengegend mit Beklemmung und krampfhafter Zusammenschnürung der Brust. 2006. Gefühl eines aufsteigenden Kloßes, der den Atem versetzt und den Hals zusammenschnürt. 2847.

8   Zusammenziehen der Brust, des Halses oder der Magengrube. Engegefühl.
Eine zusammenschnürende Empfindung im Halsgrübchen, welche Husten erregt, wie von Schwefeldampfe. 451. Engbrüstigkeit. 467. Beklemmung der Brust nach Mitternacht, als wenn die Brust zu enge wäre, wodurch das Atmen gehindert wird. 469. Gegen 17 Uhr plötzlich Engbrüstigkeit, verminderte sich gegen 19 Uhr und verlor sich darauf bald ganz. 832. Hysterische Krämpfe, zuerst Kopfschmerzen, rotes Gesicht, dann Schlundkrampf, Zusammenschnüren der Brust und Zuckungen. 1018. Die Brust wurde zusammengezogen, das Atemholen erschwert. (Hysterische Krämpfe). 1021. Nicht zu beschreibendes Gefühl in der Herzgrube, wobei es an der Herzgrube herüber zu eng ist mit Kurzatmigkeit, als wenn der untere Teil mit einem Schnürleib zusammengezogen wäre, gewöhnlich mit heftigem Herzklopfen. 1415. Krampfhafte Zusammenschnürung der Brust. 1524. Konvulsionen, Stöße in der Brust, Zusammenziehung der Brust, mühsames und schnelles Atmen, Auftreibung des Halses. 1827. Übelkeit mit großer Unruhe und Angst, drückende Schmer-

zen, Brecherlichkeitsgefühl in der Magengegend mit Beklemmung und krampfhafter Zusammenschnürung der Brust. 2006.   Bei Hysterischen, wenn sie in einen angstvollen Zustand geraten, in dem sie um Hilfe schreien, mit erstickender Zusammenschnürung des Halses, schwierigem Hinunterschlucken und der Anfall mit einem tiefen Seufzer endet. 2179.   Er strengte sich beim Ringen an, welches seine Brust etwas beengte. Nun saß er ruhig, aber die Engbrüstigkeit nahm zu und stieg bis tief in die Nacht zu einer großen Höhe. 2471.   Gefühl eines aufsteigenden Kloßes, der den Atem versetzt und den Hals zusammenschnürt. 2847.   Gefühl von Bedrängung im Herzen, wie zusammengepreßt von einer Hand, unter Luftmangel und furchtbarem Angstgefühl. 2853.   Kloßgefühl im Hals und Engegefühl in der Brust, besser während des Essens. 3253.   Ganz starker Druck hier im Hals, innerlich, es tut nicht weh, Engegefühl, es macht einen richtig nervös. 3421.

9   Atembeklemmung. Brustbeklemmung.

Beklemmung der Brust und des Atemholens. 466.   Gefühl von Angst und Beklemmung der Brust weckt ihn nachts 12 Uhr aus dem Schlafe; er mußte oft und tief Atem holen und konnte erst nach 1 Stunde wieder einschlafen. 468.   Gegen 24 Uhr weckte ihn ein Gefühl von Angst und Beklemmung der Brust aus dem Schlafe, er mußte deswegen oft und tief Atem holen und konnte erst nach Verlaufe von einer Stunde wieder einschlafen. 826.   Chronischer Husten, trocken, auch nachts, aus der Luftröhre kommend, Bauchschmerz errregend, mit Schmerz und Beengung in der Brust. 1110.   Krampfanfall, die Respiration war beklemmt. 1299.   Tertianfieber mit Frost und Durst, darauf folgende Hitze mit Brustbeklemmung. 1324.   Nächtliche Brustbeklemmung, besonders nach Mitternacht. 1514.   Atembeklemmung mit Zuckungen und Konvulsionen abwechsend. 1515.   Konvulsionen mit Atembeklemmung abwechselnd. 1543.   Trägheit beim Gehen durch das Gewicht des Körpers, Brustbeklemmung beim Treppensteigen, muß stehenbleiben. 1748.   Schüttelfrost mit Durst, zwei Stunden lang, dabei Brustbeklemmung und häufiges lockeres Hüsteln. Hitze gering. Schweiß noch geringer, bleibt oft ganz aus. 1831.   Atem beklommen. 1856.   Bei Angstanfällen Brustbeklemmung, häufiges Seufzen. 2098.   Vor dem Krampfanfall kalte Extremitäten, Atembeklemmung und enorme Flatulenz. 2236.   Periodische Beklemmungen auf der Brust. 3182.

10   Wie eine Last auf der Brust, die das Einatmen hindert. Brust unnachgiebig. Völlegefühl in der Brust.

Vollheit auf der Brust. 477.   Das Einatmen wird wie von einer aufliegenden Last gehindert; das Ausatmen ist desto leichter. 478.   Öfteres, durch eine Art Unbeweglichkeit und Unnachgiebigkeit der Brust abgebrochenes Gähnen. 695.   Heftige Auftreibung der Hypochondrien, besonders in den Seiten, im Scrobiculo und Kreuze. Wegen der Vollheit und Anspannung unter den Rippen konnte sie nicht Atem holen. Es war ihr stets ängstlich dabei. Sie mußte sich die Kleider öffnen. 845.   Nach dem Essen Gefühl, als wenn etwas von den Speisen in der Kehle stecken geblieben wäre, welches er durch Schlucken oder Racksen entfernen wollte, es ging aber weder hinunter noch hinauf, es verursachte ihm einen Druck längs des ganzen Oesophagus, und Vollheit auf der Brust, mit Reiz zum Husten, er zwang sich daher öfter zum Husten, wodurch, wenn er etwas Schleim aushustete, er auf der Brust auf einige Minuten Erleichterung fühlte, die Rauhigkeit im Hals wurde aber dadurch nur vermehrt. 1119.

11   Kurzatmigkeit bei körperlicher Anstrengung.

Es fehlt ihm im Gehen an Atem, und wenn er dann stillsteht, bekommt er Husten. 474.   Konnte, wenn er den Mund zumachte, keinen Atem durch die Nase bekommen. 475.   Sehr matt am ganzen Körper; wenn er geht, ist es ihm, als wenn der Atem fehlen wollte, es wird ihm weichlich in der Herzgrube und dann Husten. 476.   Beim Laufen vergeht die Luft, er sperrt den Mund auf und kriegt keinen Atem. 1248.   Es wird ihm warm im Kopf, er wird im Gesicht rot, es wird ihm drehend, die Beine fangen an zu zittern, es bricht Schweiß hervor, er fängt an zu schreien, der Atem wird kürzer. 1386.   Beim Laufen vergeht ihm der Atem. 1517.   Er strengte sich beim Ringen an, welches seine Brust etwas beengte. Nun saß er ruhig, aber die Engbrüstigkeit nahm zu und stieg bis tief in die Nacht zu einer großen Höhe. 2471.   Klopfen im Ohr, im Kopf, im ganzen Körper,

Herzklopfen und Atemnot beim Treppensteigen. 2506.   Atemnot bei Bewegung, besonders beim Treppensteigen. 2573.

12 Langsame Einatmung, schnelles Ausatmen.

Langsame Einatmung, schnelles Ausatmen. 479.   Langsame Einatmung, wozu er tief aus dem Unterleibe ausheben muß; (muß den Atem tief aus dem Leibe holen). 481.   Während des Schlafes kurzes Einatmen und langsames Ausatmen. 658.   Ist wie im Schlummer; es verdrießt ihn, die Augen zum Sehen, und den Mund zum Reden zu öffnen, bei leisem, langsamem Atmen. 784.   Atmung langsam und stoßweise. 1589.

13 Schneller Atem. Wechselnder Atem.

Kurzer Atem wechselt mit längerem, gelinder mit heftigem ab. 482.   Während des Schlafes, alle Arten von Atmen wechselweise, kurzes und langsames, heftiges und leises, wegbleibendes, schnarchendes. 659.   Äußere Wärme ist ihm unerträglich; dann schneller Atem. 726.   Der epileptische Anfall war ohne alle Vorboten beim Gehen durch die Stube gekommen, wobei der Kranke bewußtlos niedergesunken und unter äußerst beschleunigtem, tiefem Atem mit Händen und Füßen um sich geworfen hatte. 1072.   Die Brust arbeitet furchtbar, der Atem geht ungeheuer schnell und bleibt weg, das Gesicht wird leichenfarbig. 1393.   Konvulsionen, Stöße in der Brust, Zusammenziehung der Brust, mühsames und schnelles Atmen, Auftreibung des Halses. 1827.   Heftiger Schmerz in den Schläfen von unregelmäßiger Atmung begleitet. 2080.

14 Schluchzen. Stoßende Atmung.

Zitterte, schäumte vor dem Munde, schluchzte, atmete ängstlich und schwer, dann fiel sie, Füße und Schweif wurden durch tonische Krämpfe ausgestreckt (Katze). 843.   Dann wurde der Schlund krampfhaft zusammengezogen, das Schlingen erschwert, wobei vieles Aufstoßen erfolgte, welches dem Schluchzen nahe kam. (Hysterische Krämpfe). 1020.   Mit der Periode am Morgen erschien eine heftige, Erstickung drohende Brustbeklemmung, welche wie ein Krampf aus dem Unterleib heraufzusteigen schien, das Atmen glich nur einem Schluchzen und geschah in kurzen Stößen. 1315.   Schluchzendes Aufstoßen. 1475.   Schluchzen nach Essen, Trinken und Tabak. 1476.   Sie wünschen allein zu sein, seufzen und schluchzen, wollen sich nicht trösten lassen, sind gramerfüllt. 2136.   Drohende Fehlgeburt mit Seufzen und Schluchzen, veranlaßt durch unterdrückten Gram. 2166.   Bei Schwangeren, veitstanzähnliche Beschwerden mit vielem Seufzern und Schluchzen, oder als Folge lange unterdrückten Ärgers. 2180.   Erwacht von den Krämpfen mit stoßendem Atem und seine erste Klage ist über Hunger. 2297.   Seufzende, ruckweise Atmung. 2557.   Ein herzzerreißender, zitternder, Atemzug. Schluchzt oft so, wenn sie eingeschlafen ist. 2821.   Ein Kanarienvogel erlitt einen Schock, saß da mit geschlossenen Augen, nahm nichts wahr, der Schnabel senkte sich langsam auf den Boden, unter gelegentlichem nach Luft Schnappen richtete er sich nur vorübergehend wieder auf. 3041.   Bei der Frage nach Schwierigkeiten fängt sie an zu schluchzen. 3219.   Heftige Anfälle von Weinen und Schluchzen, daß ihr das Herz zittert. 3328.

15 Schnarchen. Stertoröse Atmung. Atmung klingt wie der Buchstabe K.

Während des Schlafes, alle Arten von Atmen wechselweise, kurzes und langsames, heftiges und leises, wegbleibendes, schnarchendes. 659.   Während des Schlafes, schnarchendes Einatmen. 661.   Redet weinerlich und kläglich im Schlafe; das Einatmen ist schnarchend, mit ganz offenem Munde, und bald ist das eine Auge, bald das andere etwas geöffnet. 666.   Die Brust hob und senkte sich mühsam, Atmung stertorös und oft unterbrochen (Krampfanfall). 2186.   Konvulsionen durch Kummer mit stertoröser Atmung, klingt wie der Buchstabe K. 2526.   Erregung macht Laryngismus stridulus, so daß sie im ganzen Haus gehört werden kann. 3054.

16 Stimme leise. Kann nicht laut reden. Das Sprechen fällt ihm schwer. Heiserkeit.

Bei dem Essen (abends) fror es ihn an die Füße, trieb es ihm den Unterleib auf (und er ward gänzlich heisch (heiser)). 234.   Heimliche, leise Stimme; er kann nicht laut reden. 780.   Das Sprechen wird ihr sehr sauer. 1263. Wenn der Anfall kommt, wird sie sehr ängstlich, so daß sie um Hilfe zu schreien gezwungen ist, und doch bringt sie nichts als einen kreischenden Ton hervor. 1290. Leise, zitternde Stimme. 1466. Vollständige Aphonie ohne Husten, Schmerzen oder Heiserkeit, nachdem ihr Sohn an Diphtherie gestorben war. 2584. Ich bin sehr oft heiser. 3622.

17 Tiefatmen verursacht Halsweh, Brustschmerzen, Schmerz in der Mamille, Bauchschmerz.
Halsweh: reißender Schmerz am Luftröhrkopfe, der sich beim Schlingen, beim Atemholen und Husten vermehrt. 168. Stechen in der Herzgegend beim Ausatmen. 456. Bei Brustbeklemmung Drücken in der Herzgrube, welches sich beim Einatmen vermehrt und zu Stichen in der Herzgrube schnell übergeht. 465. Bei Tiefatmen, ein Stich in der Brustwarze, bei Blähungsbewegungen im Unterleibe. 485. Rechts, hart am Nabel, ein schmerzliches Drücken an einer kleinen Stelle, welches sich beim tieferen Einatmen und freiwilligen Auftreiben des Unterleibes vermehrte und zum Hineinziehen des Nabels nötigte, wodurch es zuweilen nachließ. Mit Knurren im Bauche. 848. Stechendes Halsweh außer dem Schlingen, durch Husten, tiefes Atmen und Singen sehr vermehrt. 1117. Vermeidet das Sprechen, fürchtet, die durchströmende Luft könnte sein Halsübel verschlimmern. 1126.

18 Wärme. Verlangt frische Luft. In der Fieberhitze.
Die Nacht allgemeine ängstliche Hitze mit geringem Schweiße um die Nase herum, die meiste Hitze an Händen und Füßen, die jedoch nicht entblößt, sondern immer bedeckt sein wollen, bei kalten Oberschenkeln, Herzklopfen, kurzem Atem und geilen Träumen; am meisten, wenn er auf einer von beiden Seiten, weniger, wenn er auf dem Rücken liegt. 683. Äußere Wärme ist ihm unerträglich; dann schneller Atem. 726. Tertianfieber mit Frost und Durst, darauf folgende Hitze mit Brustbeklemmung. 1324. Verlangen nach frischer Luft, sie sitzt am liebsten am geöffneten Fenster. 2465. Am Morgen nach einem warmen Bad erwachte sie sehr kurzatmig und bekam sofort Angst. 2512. Nervosität, Atemstörung, Ohnmachtsanwandlung in einem engen Raum mit vielen Leuten. 3081. Muß sich nachts ans offene Fenster setzen. 3194. Ist nicht gern in fensterlosen Räumen. 3386. Kriegt schwer Luft, es kommt nicht ganz durch, kann nicht richtig einatmen, Verlangen, tief einzuatmen, an der frischen Luft ein bißchen besser. 3517.

19 Schock. Kummer.
Konvulsionen durch Kummer mit stertoröser Atmung, klingt wie der Buchstabe K. 2526. Ein Kanarienvogel erlitt einen Schock, saß da mit geschlossenen Augen, nahm nichts wahr, der Schnabel senkte sich langsam auf den Boden, unter gelegentlichem nach Luft Schnappen richtete er sich nur vorübergehend wieder auf. 3041. Erregung macht Laryngismus stridulus, so daß sie im ganzen Haus gehört werden kann. 3054. Asthma seit tödlichem Verkehrsunfall des Mannes. 3249.

20 Andere Modalitäten: Aufstoßen bessert. Feuchte Kälte. Gähnen erleichtert Kopfschmerzen. Rückenlage bessert. Saurer Wein.
Der Erstickungsanfall hatte sich nach einem Aufstoßen sogleich gegeben. 1039. Atmen kalter und feuchter Luft, Gehen im Straßenschlamm, Eintauchen der Hände in kaltes Wasser macht Asthmaanfall. 1740. Krampfhaftes Gähnen erleichtert die Kopfschmerzen. 2907. Asthma besser bei Rückenlage. 3251. Saurer Wein macht Atemnot. 3629.

21 Vor Anfällen, als Prodrom.
Den Fieberanfällen geht eine Zeit lang öfteres starkes Gähnen, später Dehnen und Recken der Glieder vorher. 1080. Sie fühlt eine Beklemmung auf der Brust zum Ersticken, und muß sich nun unwillkürlich in die Höhe strecken, wobei der Kopf nach rückwärts zwischen die Schultern gezogen wird. 1291. Es wird ihm warm im Kopf, er wird im Gesicht rot, es wird ihm drehend, die Beine fangen an zu zittern, es bricht Schweiß hervor, er fängt an zu schreien, der Atem wird kürzer. 1386. Gegen Mittag tritt Dehnen und Gähnen auf, dann starker Frost mit Durst. 1718. Vor dem Krampfanfall kalte Extremitäten, Atembeklemmung und enorme Flatulenz. 2236. Vor dem Frost gewaltiges

Gähnen und Strecken, Durst. 2581.	Als Prodrom Gähnen und Strecken, manchmal heftiges Schütteln. 2968.

22 Bei Krampfanfällen. Mit Konvulsionen abwechselnd.
Konvulsionen, Brustbeklemmung, kann keine Luft bekommen, glaubt ersticken zu müssen. 1012. Hysterische Krämpfe, zuerst Kopfschmerzen, rotes Gesicht, dann Schlundkrampf, Zusammenschnüren der Brust und Zuckungen. 1018.	Die Brust wurde zusammengezogen, das Atemholen erschwert. (Hysterische Krämpfe). 1021.	In ihren lichten Momenten führt die Kranke die Hand auf den Unterleib, mit dem Ausdrucke des Schmerzes; ich soll in der rechten Unterbauchseite eine Geschwulst von der Größe eines Kinderkopfes bemerken, das war ihr globus hystericus, der ihr Erstickungsgefühl verursachte. 1035.	Der epileptische Anfall war ohne alle Vorboten beim Gehen durch die Stube gekommen, wobei der Kranke bewußtlos niedergesunken und unter äußerst beschleunigtem, tiefem Atem mit Händen und Füßen um sich geworfen hatte. 1072.	Krampfanfall, die Respiration war beklemmt. 1299.	Die Brust arbeitet furchtbar, der Atem geht ungeheuer schnell und bleibt weg, das Gesicht wird leichenfarbig. 1393.	Atembeklemmung mit Zuckungen und Konvulsionen abwechsend. 1515.	Konvulsionen mit Atembeklemmung abwechselnd. 1543.	Bei Angstanfällen Brustbeklemmung, häufiges Seufzen. 2098.	Bei Hysterischen, wenn sie in einen angstvollen Zustand geraten, in dem sie um Hilfe schreien, mit erstickender Zusammenschnürung des Halses, schwierigem Hinunterschlucken und der Anfall mit einem tiefen Seufzer endet. 2179.	Bei Schwangeren, veitstanzähnliche Beschwerden mit vielem Seufzem und Schluchzen, oder als Folge lange unterdrückten Ärgers. 2180.	Die Brust hob und senkte sich mühsam, Atmung stertorös und oft unterbrochen (Krampfanfall). 2186.

23 Bei Fieberfrost.
Gegen Mittag tritt Dehnen und Gähnen auf, dann starker Frost mit Durst. 1718.	Schüttelfrost mit Durst, zwei Stunden lang, dabei Brustbeklemmung und häufiges lockeres Hüsteln. Hitze gering. Schweiß noch geringer, bleibt oft ganz aus. 1831.	Frost mit heftigem Durst, Schütteln des ganzen Körpers und Gähnen und Strecken. 2062.	Vor dem Frost gewaltiges Gähnen und Strecken, Durst. 2581.

24 Nach Anfällen.
Der hysterische Krampf endigte mit tiefem Seufzen, worauf betäubter Schlaf eintrat. 1023.	Dies dauert 6-8 Minuten, dann hört sie mit dem Schlagen auf, streckt sich gewaltig, und mit einem tiefen Seufzer endet dieser Zustand, hierauf wird sie ganz ruhig. 1293.	Bei Hysterischen, wenn sie in einen angstvollen Zustand geraten, in dem sie um Hilfe schreien, mit erstickender Zusammenschnürung des Halses, schwierigem Hinunterschlucken und der Anfall mit einem tiefen Seufzer endet. 2179.	Erwacht von den Krämpfen mit stoßendem Atem und seine erste Klage ist über Hunger. 2297.	Nach jedem Kopfschmerzanfall Schlaflosigkeit, profuser, blasser Urinabgang, Melancholie und viel Seufzen. 2317.

25 Mit nachfolgender Schwäche. Mit Ohnmachtsgefühl in der Magengrube.
Sehr matt am ganzen Körper; wenn er geht, ist es ihm, als wenn der Atem fehlen wollte, es wird ihm weichlich in der Herzgrube und dann Husten. 476.	Schmerz in der Schoßgegend, wobei ihr der Atem ausbleibt, mit Wabblichkeit und Gefühl von Schwäche in der Herzgrube. 1029.	Kraftlosigkeit nach Asthmaanfall. 1741.	Lästiges Leerheitsgefühl in der Herzgrube, sie fühlt sich schwach, ohnmächtig, hohl da, was nicht erleichtert wird durch Essen, mit seufzenden Atemzügen. 2147. Gefühl von Leere, Schwäche, Einsinken oder Ohnmacht in der Magengrube, so daß sie fast dauernd krampfhaft gähnen mußte. Fast renkte sie sich den Unterkiefer aus dabei. 2290.	Mehrere Tage lang nach kurzzeitiger körperlicher Anstrengung und Engbrüstigkeit beträchtliche Mattigkeit. 2472.	Regelmäßig jeden Montag nachmittag steigende Engbrüstigkeit, nachgängige Ermattung. 2474.	Unwillkürliches Seufzen und ein Schwäche- und Leeregefühl in der Magengrube. 2937.	Nervosität, Atemstörung, Ohnmachtsanwandlung in einem engen Raum mit vielen Leuten. 3081.

26 Mit Angst.
Heftige Auftreibung der Hypochondrien, besonders in den Seiten, im Scrobiculo und Kreuze. Wegen der Vollheit und Anspannung unter den Rippen konnte sie nicht Atem holen. Es war ihr stets ängstlich dabei. Sie mußte sich die Kleider öffnen. 845.   Bei Angstanfällen Brustbeklemmung, häufiges Seufzen. 2098.   Bei Hysterischen, wenn sie in einen angstvollen Zustand geraten, in dem sie um Hilfe schreien, mit erstickender Zusammenschnürung des Halses, schwierigem Hinunterschlucken und der Anfall mit einem tiefen Seufzer endet. 2179.   Am Morgen nach einem warmen Bad erwachte sie sehr kurzatmig und bekam sofort Angst. 2512.   Gefühl von Bedrängung im Herzen, wie zusammengepreßt von einer Hand, unter Luftmangel und furchtbarem Angstgefühl. 2853.

27 Mit Herzklopfen.
Die Nacht allgemeine ängstliche Hitze mit geringem Schweiße um die Nase herum, die meiste Hitze an Händen und Füßen, die jedoch nicht entblößt, sondern immer bedeckt sein wollen, bei kalten Oberschenkeln, Herzklopfen, kurzem Atem und geilen Träumen; am meisten, wenn er auf einer von beiden Seiten, weniger, wenn er auf dem Rücken liegt. 683.   Nicht zu beschreibendes Gefühl in der Herzgrube, wobei es an der Herzgrube herüber zu eng ist mit Kurzatmigkeit, als wenn der untere Teil mit einem Schnürleib zusammengezogen wäre, gewöhnlich mit heftigem Herzklopfen. 1415.   Klopfen im Ohr, im Kopf, im ganzen Körper, Herzklopfen und Atemnot beim Treppensteigen. 2506.

28 Zeit: Nach Mitternacht. Abends. Jeden Montag Nachmittag. Morgens beim Erwachen.
Eine jählinge (nicht kitzelnde) Unterbrechung des Atmens oben in der Luftröhre über dem Halsgrübchen, die unwiderstehlich zum kurzen, gewaltsamen Husten reizt, abends. 450.   Gefühl von Angst und Beklemmung der Brust weckt ihn nachts 12 Uhr aus dem Schlafe; er mußte oft und tief Atem holen und konnte erst nach 1 Stunde wieder einschlafen. 468.   Beklemmung der Brust nach Mitternacht, als wenn die Brust zu enge wäre, wodurch das Atmen gehindert wird. 469.   Gegen 24 Uhr weckte ihn ein Gefühl von Angst und Beklemmung der Brust aus dem Schlafe, er mußte deswegen oft und tief Atem holen und konnte erst nach Verlaufe von einer Stunde wieder einschlafen. 826.   Gegen 17 Uhr plötzlich Engbrüstigkeit, verminderte sich gegen 19 Uhr und verlor sich darauf bald ganz. 832.   Nächtliche Brustbeklemmung, besonders nach Mitternacht. 1514.   Er strengte sich beim Ringen an, welches seine Brust etwas beengte. Nun saß er ruhig, aber die Engbrüstigkeit nahm zu und stieg bis tief in die Nacht zu einer großen Höhe. 2471.   Regelmäßig jeden Montag nachmittag steigende Engbrüstigkeit, nachgängige Ermattung. 2474.   Am Morgen nach einem warmen Bad erwachte sie sehr kurzatmig und bekam sofort Angst. 2512.   Muß sich nachts ans offene Fenster setzen. 3194.   Atemnot aus dem Schlaf, beim Bergsteigen keine Atemnot. 3199.

HERZAKTION

1 Abends und nachts Herzklopfen. Herzklopfen verhindert den Schlaf.
Die Nacht allgemeine ängstliche Hitze mit geringem Schweiße um die Nase herum, die meiste Hitze an Händen und Füßen, die jedoch nicht entblößt, sondern immer bedeckt sein wollen, bei kalten Oberschenkeln, Herzklopfen, kurzem Atem und geilen Träumen; am meisten, wenn er auf einer von beiden Seiten, weniger, wenn er auf dem Rücken liegt. 683.   Nachts Herzklopfen mit Stichen am Herzen. 1249.   Nächtliches Herzklopfen, mit Stichen am Herzen. 1525.   Schlaf durch die Herzschmerzen gestört, schreckliche Träume, starkes Herzklopfen im Schlaf. 1768.   Brachte unter Herzklopfen und furchtbaren Beängstigungen die Nächte schlaflos hin. 1814.   Selten Herzklopfen in der Nacht. 1959.   Nachts Hitze im Kopf, Herzklopfen, Schlaflosigkeit und öfteres Seufzen. 2129.   Herzklop-

fen, sobald sie sich hinlegt, Gefühl, als ob das Herz rollte oder rotierte statt zu schlagen, hierdurch Erstickungsgefühl. 2750.   Das Herzklopfen ließ ihr Tag und Nacht keine Ruhe, Nächte vollständig schlaflos. 2816.   Paroxysmale Tachykardie 1 Stunde nach Zubettgehen, das Herz sitzt wie ein Kloß im Hals. 3185.   Herzklopfen abends im Bett, verhindert das Einschlafen. 3475.   Das Pochen ist auch dann, wenn ich liege und das Gefühl habe, ganz entspannt und ruhig zu sein. 3666.

2   Herzschmerzen bei Herzklopfen.
Nachts Herzklopfen mit Stichen am Herzen. 1249.   Nicht zu beschreibendes Gefühl in der Herzgrube, wobei es an der Herzgrube herüber zu eng ist mit Kurzatmigkeit, als wenn der untere Teil mit einem Schnürleib zusammengezogen wäre, gewöhnlich mit heftigem Herzklopfen. 1415.   Nächtliches Herzklopfen, mit Stichen am Herzen. 1525.   Gegen Abend in der Kirche Zusammenziehen am Herzen, darauf Herzklopfen, dabei Angst. 1971.

3   Herzklopfen bei Schwäche, bei Atemnot, bei Anstrengung.
Die Nacht allgemeine ängstliche Hitze mit geringem Schweiße um die Nase herum, die meiste Hitze an Händen und Füßen, die jedoch nicht entblößt, sondern immer bedeckt sein wollen, bei kalten Oberschenkeln, Herzklopfen, kurzem Atem und geilen Träumen; am meisten, wenn er auf einer von beiden Seiten, weniger, wenn er auf dem Rücken liegt. 683.   Vor und während der Regel Frösteln abwechselnd mit Hitze, Ängstlichkeit, Herzklopfen, ohnmachtähnliche Mattigkeit im ganzen Körper, besonders den Extremitäten. 1179.   Nicht zu beschreibendes Gefühl in der Herzgrube, wobei es an der Herzgrube herüber zu eng ist mit Kurzatmigkeit, als wenn der untere Teil mit einem Schnürleib zusammengezogen wäre, gewöhnlich mit heftigem Herzklopfen. 1415.   Wird blaß, hat Herzklopfen, und wenn sie nicht gehalten wird, glaubt sie zu fallen. 1868.   Während des Monatlichen Lichtscheu, zusammenziehende Kolik, Angst und Herzklopfen, Mattigkeit und Ohnmacht. 2162.   Klopfen im Ohr, im Kopf, im ganzen Körper, Herzklopfen und Atemnot beim Treppensteigen. 2506.   Herzklopfen, Zittern im Körper, innerliche Hitze. 2817.

4   Herzklopfen im Fieber, mit Hitze.
Die Nacht allgemeine ängstliche Hitze mit geringem Schweiße um die Nase herum, die meiste Hitze an Händen und Füßen, die jedoch nicht entblößt, sondern immer bedeckt sein wollen, bei kalten Oberschenkeln, Herzklopfen, kurzem Atem und geilen Träumen; am meisten, wenn er auf einer von beiden Seiten, weniger, wenn er auf dem Rücken liegt. 683.   Früh im Bette bekommt er Hitze und Herzklopfen. 749.   Vor und während der Regel Frösteln abwechselnd mit Hitze, Ängstlichkeit, Herzklopfen, ohnmachtähnliche Mattigkeit im ganzen Körper, besonders den Extremitäten. 1179.   Während des Kopfwehs viel Durst, Übelkeit, Herzklopfen mit Angst, viel Gähnen und Frost mit Zähneklappern. 1669.   Im Fieberanfalle: Schwindel beim Liegen, Herzklopfen. 1726.   Nachts Hitze im Kopf, Herzklopfen, Schlaflosigkeit und öfteres Seufzen. 2129.   Herzklopfen, Zittern im Körper, innerliche Hitze. 2817.

5   Herzklopfen. Stürmische Herzaktion. Nervöses Herzklopfen. Herzklopfen mit Angst, durch Aufregung.
Herzklopfen. 455.   Herzklopfen. 742.   Bei tiefem Nachdenken, Herzklopfen. 746.   Vor und während der Regel Frösteln abwechselnd mit Hitze, Ängstlichkeit, Herzklopfen, ohnmachtähnliche Mattigkeit im ganzen Körper, besonders den Extremitäten. 1179.   Während des Kopfwehs viel Durst, Übelkeit, Herzklopfen mit Angst, viel Gähnen und Frost mit Zähneklappern. 1669.   Brachte unter Herzklopfen und furchtbaren Beängstigungen die Nächte schlaflos hin. 1814.   Gegen Abend in der Kirche Zusammenziehen am Herzen, darauf Herzklopfen, dabei Angst. 1971.   Der Puls war frequent, das Herzklopfen stark. 2133.   Während des Monatlichen Lichtscheu, zusammenziehende Kolik, Angst und Herzklopfen, Mattigkeit und Ohnmacht. 2162.   Herzklopfen. 2174.   Nervosität und häufiges Herzklopfen (Gesichtsschmerz). 2196.   Stürmische Aktion des Herzens. 2438.   Ein lautes Mitralgeräusch war bei Rheumatismus über Nacht entstanden. 2514.   Exophthalmus mit Herzklopfen, Puls 120, kongestives Kopfweh. 2640.   Herzklopfen nach schwerer

HERZAKTION

Pflege der Mutter. 2819. Ständig Angstgefühl, Herzklopfen. 3169. Ich fühle mich so hochgedreht, der Magen ist nervös, der Herzschlag, alles wie aufgedreht. 3671.

6 Pulsieren peripher.
Kopfweh bei jedem Schlage der Arterien. 71. Fühlt ein Klopfen im Inneren des Ohres. 114. Öftere Stiche in der Brustseite, in der Gegend der letzten Rippe, außer dem Atemholen, nach dem Gange des Pulses. 458. Vom Oberarm bis in die Handwurzel und bis in die Finger ein pulsierendes Ziehen. 518. Klopfen im Leibe. 1489. Nach dem Husten verschwanden die Sehstörungen, der Kopf blieb verwirrt und die Schläfen klopften weiter. 1758. Puls gewöhnlich hart, voll und häufig, mit Klopfen in den Adern, seltener klein oder langsam, im Ganzen sehr veränderlich. 2081. Klopfen im Ohr, im Kopf, im ganzen Körper, Herzklopfen und Atemnot beim Treppensteigen. 2506. Wenn ich liege, pocht es mir hier im Nacken, ich spüre den Herzschlag dann auch im Unterbauch und in den Armen, eigentlich im ganzen Körper. 3665.

7 Modalitäten des Herzklopfens: Beim Mittagessen. Nach Mittagsschlaf. Morgens im Bett. Periode. Bei Kopfschmerzen. Abends in der Kirche. Beim Hinlegen. Mit Harndrang. Durch Kaffee. Bei Linkslage.
Beim Mittagessen, Herzklopfen. 747. Nach dem (Mittags-) Schlafe Herzklopfen. 748. Früh im Bette bekommt er Hitze und Herzklopfen. 749. Vor und während der Regel Frösteln abwechselnd mit Hitze, Ängstlichkeit, Herzklopfen, ohnmachtähnliche Mattigkeit im ganzen Körper, besonders den Extremitäten. 1179. Während des Kopfwehs viel Durst, Übelkeit, Herzklopfen mit Angst, viel Gähnen und Frost mit Zähneklappern. 1669. Gegen Abend in der Kirche Zusammenziehen am Herzen, darauf Herzklopfen, dabei Angst. 1971. Während des Monatlichen Lichtscheu, zusammenziehende Kolik, Angst und Herzklopfen, Mattigkeit und Ohnmacht. 2162. Herzklopfen, sobald sie sich hinlegt, Gefühl, als ob das Herz rollte oder rotierte statt zu schlagen, hierdurch Erstickungsgefühl. 2750. Paroxysmale Tachykardie mit Harndrang, Erleichterung nach Wasserlassen. 3186. Kaffee macht Kopfschmerzen und Herzklopfen. 3256. Herzbeschwerden bei Linkslage, Leberbeschwerden bei Rechtslage. 3357. Herzklopfen bei Linkslage. 3401.

8 Puls klein, schwach und schnell.
Sehr mäßige Beschleunigung des Pulses. 743. Beschleunigung des Blutlaufs, wobei der Puls aber klein schlug. 744. Beschleunigung des Blutlaufes, wobei aber der Puls klein schlug. 817. Früh 8 Uhr wieder Fieberfrost, Puls klein und beschleunigt. 1004. Der Puls geschwind und schwach. 1050. Der Puls klein und während des Fieberanfalles etwas geschwinder. 1097. Der Puls war beständig klein und beschleunigt. 1304. Die objektive Temperatur ist mäßig erhöht, Puls 110. 1943. Puls klein und schnell, gegen Abend leichte Fieberanwandlungen. 1986. Puls klein, beschleunigt, 160/min. 2188. Puls dünn und schwach 2277. Puls sehr frequent und kaum fühlbar. 2304. Herzschlag schwach, Puls klein, weich, 100/min selbst im Liegen. 2329.

9 Puls voll, kräftig, hart. Puls klein und hart.
Epileptischer Anfall, bedeutende Frequenz und Härte des Pulses, starkes Herzklopfen. 1071. Der Puls ist klein, härtlich, oft intermittierend. 1161. Gastrisches Fieber, Puls kräftig, beschleunigt. 1626. Puls voll, ungleich und frequent. 1705. Puls klein, härtlich. 1818. Puls gewöhnlich hart, voll und häufig, mit Klopfen in den Adern, seltener klein oder langsam, im Ganzen sehr veränderlich. 2081. Exophthalmus mit Herzklopfen, Puls 120, kongestives Kopfweh. 2640. Puls 110, voll, kräftig. 2818.

10 Puls langsam.
Puls langsamer und kleiner als gewöhnlich in den ersten Stunden des Nachmittags. 745. Puls äußerst träge und matt, 40-45/min. 1717.

11 Paroxysmale Tachykardien. Puls immer schnell. Puls abwechselnd langsam und

HERZAKTION

schnell.
Der Puls schlägt während des Paroxysmus sehr schnell, außer demselben normal. 1295.   Puls gewöhnlich hart, voll und häufig, mit Klopfen in den Adern, seltener klein oder langsam, im Ganzen sehr veränderlich. 2081.   Puls erst schnell, dann langsam, abwechselnd mit Schlaflosigkeit. 2683.   Paroxysmale Tachykardie 1 Stunde nach Zubettgehen, das Herz sitzt wie ein Kloß im Hals. 3185.   Paroxysmale Tachykardie mit Harndrang, Erleichterung nach Wasserlassen. 3186.   Herzanfall, erhebliche Tachykardie. 3247.   3-4 Uhr Tachykardien, Herzstocken, Erschrecken. 3264.   Ständige Tachykardie nach Sekundenherztod der Mutter. 3268.   Aufregungstachykardien. 3291.   Ständig schneller Herzschlag. 3664.

12   Puls intermittierend. Das Herz bleibt stehen.
Der Puls ist klein, härtlich, oft intermittierend. 1161.   Puls voll, ungleich und frequent. 1705.
3-4 Uhr Tachykardien, Herzstocken, Erschrecken. 3264.   Ich kann auf der linken Seite nicht mehr liegen, da bleibt mir das Herz stehen. 3499.

APPETIT

1   Tabakrauchen.
Höchster Widerwille gegen Tabakrauchen. 198.   Der Rauch des Tabaks schmeckt ihm bitter. 199.   Der Tabakrauch beißt vorn an der Zunge und erregt (stumpfen?) Schmerz in den Schneidezähnen. 200.   Widerwille gegen das Tabakrauchen, ob es ihm gleich nicht unangenehm schmeckt. 201.   Abneigung gegen das Tabakrauchen, gleich als wenn man sich schon daran gesättigt und schon genug geraucht hätte. 202.   Von Tabakrauchen Schlucksen, bei einem geübten Tabakraucher. 203.   Von Tabakrauchen Brecherlichkeit, bei einem geübten Raucher. 204.   Völliger Mangel an Appetit zu Tabak, Speisen und Getränken, mit häufigem Zusammenfluß des Speichels im Munde, ohne doch Ekel vor diesen Dingen oder üblen Geschmack davon zu empfinden. 205.   Wenn er nachmittags Tabak raucht, ist es ihm, als wenn er so satt würde, daß er des Abends nicht essen könnte. 206.   Appetitlosigkeit gegen Speisen, Getränke und Tabakrauchen. 207.   Beim Essen, Trinken und Tabakrauchen vergeht, sobald das Bedürfnis befriedigt ist, der gute Geschmack zu diesen Genüssen plötzlich, oder geht in einen unangenehmen über, und man ist nicht im Stande, das Mindeste mehr davon zu genießen, obgleich noch eine Art Hunger und Durst übrig ist. 221.   Die Symptome erhöhen sich durch Kaffeetrinken und Tabakrauchen. 619.   Appetitlosigkeit gegen Speisen, Getränke und Tabakrauchen. 1100.   Durch starke Bewegung, vieles Sprechen, Tabakrauch, Branntwein, Parfümerien entsteht Kopfweh, wie wenn ein Nagel aus den Schläfen herausdrückte. 1182.   Vom gewohnten Tabakrauchen wird er übel. 1209.   Abscheu vor Branntwein und Tabak. 1210.   Gegen Tabakrauch sehr empfindlich. 1236.   Tabak widersteht ihm, es entsteht Leibweh nach Tabakrauchen. 1242.   Nach Tabakrauchen werden alle Beschwerden schlimmer. 1267.   Von Tabakrauch Schweißausbruch, Übelkeit, Bauchweh. 1270.   Vom Tabakrauchen Übelkeit, Schweißausbruch, Bauchweh. 1280.   Die Kopfschmerzen werden verschlimmert durch Kaffee, Branntwein, Tabakrauchen, Geräusch und Gerüche. 1439.   Großer Widerwillen gegen Tabakrauchen, Fleisch und Branntwein. 1469.   Schluchzen nach Essen, Trinken und Tabak. 1476.   Nach Tabakrauchen, Übelkeit mit Schweiß und Leibweh. 1478.   Erhöhung der Beschwerden von Kaffee, Tabak und Branntwein. 1545.   Schmerzen in hohlen Zähnen links unten, die während des Essens und beim Tabakrauchen sich verschlimmern oder hervorgerufen werden. 2121.   Kopfschmerz verstärkt morgens, durch Kaffee, Tabak, Geräusch, Alkohol, Lesen und Schreiben, Sonnenlicht und Bewegung der Augen. 2592.   Plötzlich Abneigung gegen die gewohnte Zigarre. Wenn er rauchte, Anfälle von Schluckauf. 2917.   Kann Tabak nicht vertragen, erregt oder verstärkt Kopfschmerz. 2947.   Schmerzen und Kopfschmerz verstärkt durch Kaffee und Tabak. 3026.   Nach Ignatia schmeckt das

Rauchen nicht mehr. 3105.   Abneigung gegen Tabakrauch. 3179.   Tabakrauch im Zimmer macht Übelkeit. 3257.   Starke Abneigung gegen Rauch. 3278.   Ekel vor gewohntem Kaffee, Zigaretten, Alkohol. 3418.

2   Kaffee. Tee. Kamillentee.

Die Symptome erhöhen sich durch Kaffeetrinken und Tabakrauchen. 619.   Nach Kaffeetrinken immer Harndrang. 1222.   Durch Kaffeetrinken werden die Beschwerden erhöht. 1235.   Von Kaffee Leibweh und Durchlauf. 1268.   Vom Kaffee gleich Leibweh und Durchlauf, so auch von anderen sehr süßen Speisen. 1279.   Abneigung vor Fleisch und Kaffee. 1347.   Die Kopfschmerzen werden verschlimmert durch Kaffee, Branntwein, Tabakrauchen, Geräusch und Gerüche. 1439.   Die Leibschmerzen verschlimmern sich nach süßen Speisen, Kaffee und Branntwein. 1490.   Wenn eine Mutterblutung oder eine Eklampsie bei Kindern durch Mißbrauch des Kamillentees entstanden ist. 1610.   Mutterblutfluß nach Kamillemißbrauch. 2164.   Störungen des Wochenflusses durch Kamillentee. 2170.   Nach Kamillenmißbrauch Mutterblutfluß, Störungen der Lochien. 2181.   Krampfhafte Magenschmerzen, kann kaum atmen, schlimmer von Kaffee, besser bei und nach dem Essen. 2502.   Kopfschmerz verstärkt morgens, durch Kaffee, Tabak, Geräusch, Alkohol, Lesen und Schreiben, Sonnenlicht und Bewegung der Augen. 2592.   Durchfall und Kopfschmerzen schlechter am Vormittag und von Kaffee. 2625.   Trinkt viel Kaffee, Abneigung gegen Saures. 2667.   Stuhlverstopfung bei Kaffeetrinkern. 2954.   Schmerzen und Kopfschmerz verstärkt durch Kaffee und Tabak. 3026.   Migräne, Kaffee lindert für den Augenblick, Alkohol verschlimmert. 3038.   Kopfweh nur tags durch Kaffee und starke Gerüche. 3205.   Kaffee macht Kopfschmerzen und Herzklopfen. 3256.   Aufgeblähter Bauch nach Kaffee. 3365.   Ekel vor gewohntem Kaffee, Zigaretten, Alkohol. 3418.   Tee, Kaffee, Schokolade bessern den Heuschnupfen. 3554.   Kaffee muß ich meiden wegen meiner Hämorrhoiden. 3555.   Nach Tee wurde die Unruhe langsam besser. 3573.   Wenn ich Tee trinke, habe ich verstärkt Kopfschmerzen, mir wird manchmal sogar übel. 3616.   Ich trinke keinen Kaffee, weil er mir nicht schmeckt. Tee schmeckt, aber er verschlechtert. 3626.

3   Saures. Obst.

Widerwille gegen Saures. 193.   Appetit auf säuerliche Dinge. 194.   Widerwillen gegen Obst, und es bekommt nicht gut. 196.   Appetit auf Obst, und es bekommt wohl. 197.   Abneigung vor Fleisch, und Verlangen auf säuerliches Obst. 212.   Ein drückendes Kneipen im Unterleibe nach dem mindesten Obstgenusse, vorzüglich im Stehen und Gehen, welches im Sitzen vergeht. 328.   Abneigung gegen Fleisch, Verlangen nach Saurem. 1619.   Wenig Verlangen nach Speise, Widerwillen gegen Fleischspeisen, großes Verlangen nach Säuerlichem. 2114.   Auffallendes Verlangen nach Obst. 2510.   Trinkt viel Kaffee, Abneigung gegen Saures. 2667.   Schmerz im Epigastrium mit sehr saurem Erbrechen nach Essen, besonders nach Obst, manchmal erst nach 2-3 Stunden. 2758.   Abneigung gegen Fett, mag Saures. 2843.

4   Fleisch.

Verabscheut warmes Essen und Fleisch; will bloß Butter, Käse und Brot. 211.   Abneigung vor Fleisch, und Verlangen auf säuerliches Obst. 212.   Kein Appetit zu Fleisch. 1207.   Kein Appetit zu Fleisch. 1238.   Gänzlicher Appetitmangel und Ekel vor Fleisch. 1306.   Abneigung vor Fleisch und Kaffee. 1347.   Abneigung gegen Fleisch. Brot schmeckte ihr. 1351.   Großer Widerwillen gegen Tabakrauchen, Fleisch und Branntwein. 1469.   Abneigung gegen Fleisch, Verlangen nach Saurem. 1619.   Abneigung gegen Fleisch. Durst. Verlangen nach Wasser. 1651.   Hat keinen Appetit, besonders ist ihr Fleisch zuwider. 1837.   Wenig Verlangen nach Speise, Widerwillen gegen Fleischspeisen, großes Verlangen nach Säuerlichem. 2114.   Ißt nur Fleisch, verweigert die Flasche. 3125.   Fleisch und Wurst bekommt nicht, Abneigung dagegen, früher mochte er es gern. 3413.   Gebratenes kann ich nicht essen. 3528.

5   Fett. Käse. Schwere Speisen werden gut vertragen, leichte nicht.

Ignatia

Verabscheut warmes Essen und Fleisch; will bloß Butter, Käse und Brot. 211. Erbrechen ohne Anstrengung, gewöhnlich nach den Mahlzeiten, besonders nach fetten Speisen. 1881. Abneigung gegen Fett, mag Saures. 2843. Verlangen nach reichhaltigen Speisen. 2889. Die leichtesten Speisen wurden nicht verdaut, sondern nach mehreren Stunden erbrochen. 2891. Verlangen nach salzigem Essen und kann Eier nicht verdauen. 3033. Kann die leichtesten Speisen nicht verdauen, verträgt aber ohne weiteres den zähesten alten Käse. 3079. Abneigung gegen Fett. 3212. Höchst feine, leicht verdauliche Speisen bekamen ihm garnicht, während er schwere Speisen viel lieber hatte und er sie auch viel besser ertrug. 3215. Fett verträgt sie ausgezeichnet. 3338. Gebratenes kann ich nicht essen. 3528.

6   Milch.

Abneigung gegen Milch (vordem sein Lieblingsgetränk); sie widersteht ihm beim Trinken, ob sie ihm gleich natürlich schmeckt, und garnicht ekelhaft. 208. Wenn er etwas abgekochte Milch (sein Lieblingsgetränk) mit Wohlgeschmack getrunken hat, und sein äußerstes Bedürfnis befriedigt ist, widersteht ihm plötzlich die übrige, ohne daß er einen ekelhaften Geschmack dran spürte und ohne eigentliche Übelkeit zu empfinden. 209. Den Geschmack der früh genossenen Milch kann man lange nicht aus dem Munde los werden. 223a. Besondere Abneigung gegen Milch. Kein Appetit. 1764. Ißt nur Fleisch, verweigert die Flasche. 3125. Magenschmerzen, muß essen, nur besser durch Milch oder frische Milchprodukte. 3312.

7   Bier. Branntwein. Wein.

Der Geschmack dessen, was man genießt, vorzüglich des Bieres, ist bitter und faulig. 187. Das Bier schmeckt bitter. 188. Das Bier schmeckt fade, abgestanden und wie verrochen. 189. Bier steigt leicht in den Kopf und macht trunken. 190. Abneigung gegen Wein. 195. Durch starke Bewegung, vieles Sprechen, Tabakrauch, Branntwein, Parfümerien entsteht Kopfweh, wie wenn ein Nagel aus den Schläfen herausdrückte. 1182. Abscheu vor Branntwein und Tabak. 1210. Nach Branntweintrinken entsteht heftiges Brennen im Magen. 1216. Nach Branntwein brennt es im Magen. 1243. Durch Branntweintrinken werden die Leibschmerzen heftiger. 1266. Die Kopfschmerzen werden verschlimmert durch Kaffee, Branntwein, Tabakrauchen, Geräusch und Gerüche. 1439. Großer Widerwillen gegen Tabakrauchen, Fleisch und Branntwein. 1469. Brennen im Magen, besonders nach Branntwein. 1481. Die Leibschmerzen verschlimmern sich nach süßen Speisen, Kaffee und Branntwein. 1490. Erhöhung der Beschwerden von Kaffee, Tabak und Branntwein. 1545. Kopfschmerz verstärkt morgens, durch Kaffee, Tabak, Geräusch, Alkohol, Lesen und Schreiben, Sonnenlicht und Bewegung der Augen. 2592. Migräne, Kaffee lindert für den Augenblick, Alkohol verschlimmert. 3038. Ekel vor gewohntem Kaffee, Zigaretten, Alkohol. 3418. Kopfschmerzen manchmal nach Biertrinken. 3544. Alkohol kann den Heuschnupfen verschlimmern. 3556. Saurer Wein macht Atemnot. 3629.

8   Brot.

Konnte das Brot nicht hinunter bringen, als wenn es ihm zu trocken wäre. 210. Verabscheut warmes Essen und Fleisch; will bloß Butter, Käse und Brot. 211. Brot schmeckt bitter. 1211. Abneigung gegen Fleisch. Brot schmeckte ihr. 1351. Kein Appetit, Ekel vor Brot. 1360. Appetit nur auf trockenes Brot. 1969. Der Appetit verlor sich, besonders festere Speisen, wie Brot und Semmel, konnte sie keineswegs hinunterbringen. 1981.

9   Süßes.

Von süßen Speisen Leibweh. 1269. Vom Kaffee gleich Leibweh und Durchlauf, so auch von anderen sehr süßen Speisen. 1279. Die Leibschmerzen verschlimmern sich nach süßen Speisen, Kaffee und Branntwein. 1490. Verlangen nach Süßigkeiten, die aber tödliche Übelkeit verursachen. 2666. Verlangen nach Süßigkeiten. 3354. Verlangen nach Süßigkeiten. 3375.

10   Verlangen nach kalten Speisen.

Alle Diphtheriefälle hatten guten Appetit, besonders nach Eis. 2378. Verlangen nach kalten Speisen, nur diese können verdaut werden, warmes Essen macht Beschwerden. 3052. Braucht etwas Kaltes im Magen, äußerlich aber Wärme. 3059. Nach kalt Trinken merkwürdiges Gefühl im Magen, wie Ohnmacht, ein Schmerz ist es nicht. 3511.

11 Flüssig, fest.
Feste Nahrungsmittel kann sie leicht hinunterschlingen, bei flüssigen hingegen bekommt sie Stoßen und Würgen. 1008. Der Appetit verlor sich, besonders festere Speisen, wie Brot und Semmel, konnte sie keineswegs hinunterbringen. 1981. Konnte nur Suppen und andere dünnflüssige Nahrungsmittel ohne Nachteil verzehren. 2005.

12 Hunger und Sättigungsgefühl wechseln. Hunger, nach den ersten Bissen schon satt. Der Hunger verschwindet, ohne daß er etwas gegessen hat.
Vor dem Einnehmen der Arznei beträchtlicher Hunger, kurze Zeit nach dem Einnehmen fühlte er sich sehr gesättigt, ohne etwas gegessen zu haben. 214. Guter Appetit; allein wenn er essen wollte, fühlte er sich schon gesättigt. 215. Nagender Heißhunger, wobei es ihm bisweilen weichlich und brecherlich wurde, er legte sich nach Verlauf einer halben Stunde, ohne daß er irgend etwas zu seiner Befriedigung getan hatte. 218. Abwechselnd schien der Magen bisweilen wie überfüllt, bisweilen wieder wie leer, mit welchem letzterem Gefühle sich jedesmal Heißhunger verband. 258. Abwechselnd schien der Magen bisweilen wie überfüllt, bisweilen wieder wie leer, mit welchem letzteren Gefühle sich jedesmal Heißhunger äußerte. 835a. Appetit auf dies und jenes, wenn er es kriegt, schmeckt es nicht. 1206. Wohl 6 mal schickt sie uns mit dem Essen fort und ebenso oft ruft sie uns wieder zurück und hat sie dann endlich gegessen oder getrunken, so bereut sie es halbe Stunden lang. 1376. Appetit auf dieses oder jenes; wenn er es aber hat, so schmeckt es nicht. 1468. Viel Appetit, sie widersteht ihm, weil sie sich nach dem Essen sterbensschlecht fühlt. 1751. Stark wechselnder Appetit, von extremer Übelkeit bis zu Heißhunger. 2240. Kein Verlangen nach Speise und Trank, Appetit schnell befriedigt. 2344. Hungrig um 11 Uhr, aber wenig oder kein Appetit zu den Mahlzeiten. 3020. Ganz furchtbares Hungergefühl, wenn ich gegessen habe, ist es manchmal besser, feuchtheißer Wickel tut gut, nachts habe ich Ruhe. 3529.

13 Leeregefühl im Magen nicht besser durch Essen. Gefühl wie lange gefastet mit Schwäche.
Gefühl im Magen, als wenn man lange gefastet hätte, wie von Leerheit mit fadem Geschmacke im Munde und Mattigkeit in allen Gliedern. 263. Gefühl von Nüchternheit um den Magen und Entkräftung des Körpers. 265. Schwäche und Hohlheit im Scrobiculo. 846. Feines Stechen in der Herzgrube, die beim Daraufdrücken empfindlich ist, nebst einem Gefühle von Schwäche und Leerheit daselbst. 1102. Vor und während der Regel Gefühl von Leere im Magen, zusammenziehender Schmerz im Unterleibe. 1178. Schwäche- und Leerheitsgefühl in der Herzgrube. 1483. Gefühl, als ob sie lange gefastet hätte, mit pappigem Geschmack und Mattigkeit in den Gliedern. 2146. Lästiges Leerheitsgefühl in der Herzgrube, sie fühlt sich schwach, ohnmächtig, hohl da, was nicht erleichtert wird durch Essen, mit seufzenden Atemzügen. 2147. Gefühl von Leere, Schwäche, Einsinken oder Ohnmacht in der Magengrube, so daß sie fast dauernd krampfhaft gähnen mußte. 2290. Vor Beginn der Kopfschmerzen Gefühl von Leere in Magen und Brust, Steifheit des Nackens und der Trapecii. 2311. Merkwürdiges Gefühl von Einsinken und Leere in der Magengrube. 2328. Leeregefühl und Hinsein in der Magengrube, nicht besser durch Essen. 2359. Hinsein und Leeregefühl im Epigastrium. 2395. Als Folge von Gemütsbewegungen Schwäche und Leerheitsgefühl im Epigastrium, so daß selbst nachts Speisen genossen werden mußten. 2518. Ohnmachtähnliches Leeregefühl im Epigastrium. 2520. Häufig Leeregefühl in der Magengrube. 2542. Leeregefühl im Magen nicht besser durch Essen. 2928. Unwillkürliches Seufzen und ein Schwäche- und Leeregefühl in der Magengrube. 2937. Häufig Gefühl einer Leere im Magen, wogegen Essen nichts half. 3210.

14 Besserung nur während des Essens. Essen bessert: Kopfschmerzen. Magenschmerzen. Rückenschmerzen. Zungenbrennen. Engegefühl in Hals und Brust. Halsschmerzen. Schnupfen.
Nagendes Gefühl im Magen vormittags, durch Essen erleichtert. 2020. Appetit besser als sonst, während des Essens Hinterkopfschmerz viel besser, aber bald nachher wieder schlechter. 2224. Bauchschmerz, dumpfes Wehtun, am schlimmsten eine Stunde vor den Mahlzeiten und nachts im Bett. 2265. Der Appetit bleibt gut trotz Kopfschmerz. 2284. Vor Beginn der Kopfschmerzen Gefühl von Leere in Magen und Brust, Steifheit des Nackens und der Trapecii. 2311. Krampfhafte Magenschmerzen, kann kaum atmen, schlimmer von Kaffee, besser bei und nach dem Essen. 2502. Schmerzen im Magen und im Rücken immer etwas besser nach dem Essen. 2712. Hungrig solange die Kopfschmerzen anhielten. 2801. Heißhunger vor den Kopfschmerzanfällen. 2908. Häufig Magenschmerzen, die durch Essen immer gebessert werden. 3110. Zungenbrennen besser auf Essen und Trinken. 3175. Essen bessert Magenschmerzen. 3221. Magenschmerzen, die sich durch Essen bessern. 3227. Kloßgefühl im Hals und Engegefühl in der Brust, besser während des Essens. 3253. Magenschmerzen und andere Beschwerden besser während des Essens, sie kommen aber bald wieder, ich müßte dauernd essen. 3255. Magenschmerzen, muß essen, nur besser durch Milch oder frische Milchprodukte. 3312. Verlangen, sich hinzulegen, besonders auch vor dem Essen. 3343. Halsweh, wenn ich lange nichts esse oder nichts spreche, ist es am ärgsten. 3489. Halsweh, Essen oder Trinken erleichtert. 3490. Schmerz etwas über dem Nabel, den ganzen Tag, Während des Essens habe ich Ruhe, eine Viertelstunde später geht es dann weiter. 3535. Tränenfluß, Nasenlaufen, Niesen besser nach dem Essen. 3552. Bauchschmerz links besser, wenn ich etwas gegessen habe, wenn ich so richtig vollgegessen bin. 3613. Essen bessert Kopfschmerzen und allgemein. 3659.

15 Knurren im Magen wie von Hunger.
Knurren im Leibe wie bei einem Hungrigen. 313. Wenn sie morgens aufsteht, Knurren im Leibe, wie wenn ein gesunder Mensch hungrig ist, bei Übelkeit, sie muß etwas essen, manchmal geschmackloses Aufstoßen bei beständigem Kopfweh. 1227. Knurren im Bauche, wie von Hunger. 1493.

16 Heißhunger, muß sogar nachts etwas essen.
Wenn sie morgens aufsteht, Knurren im Leibe, wie wenn ein gesunder Mensch hungrig ist, bei Übelkeit, sie muß etwas essen, manchmal geschmackloses Aufstoßen bei beständigem Kopfweh. 1227. Nagendes Gefühl im Magen vormittags, durch Essen erleichtert. 2020. Als Folge von Gemütsbewegungen Schwäche und Leerheitsgefühl im Epigastrium, so daß selbst nachts Speisen genossen werden mußten. 2518. Oft Heißhunger. 3141. Muß nachts eine Kleinigkeit essen. 3193. Magenschmerzen, muß essen, nur besser durch Milch oder frische Milchprodukte. 3312. Ganz furchtbares Hungergefühl, wenn ich gegessen habe, ist es manchmal besser, feuchtheißer Wickel tut gut, nachts habe ich Ruhe. 3529. Das Hungergefühl ist ganz arg, es tut richtig weh, ich kann es manchmal garnicht aushalten. 3530.

17 Hunger: Abends. Vor und während der Periode. Morgens beim Aufstehen. Vormittags.
Vor und während der Regel Gefühl von Leere im Magen, zusammenziehender Schmerz im Unterleibe. 1178. Wenn sie morgens aufsteht, Knurren im Leibe, wie wenn ein gesunder Mensch hungrig ist, bei Übelkeit, sie muß etwas essen, manchmal geschmackloses Aufstoßen bei beständigem Kopfweh. 1227. Abendliches Hungergefühl, welches am Einschlafen hindert. 1467. Nagendes Gefühl im Magen vormittags, durch Essen erleichtert. 2020. Vollständiger Appetitverlust, außer zum Abendessen. 2396. Morgens wenig Appetit, abends hungrig. 2868. Hungrig um 11 Uhr, aber wenig oder kein Appetit zu den Mahlzeiten. 3020.

18 Guter Appetit trotz Beschwerden. Hunger nach Anfällen.
Vermehrter Appetit. 217. Guter Appetit; die Speisen und Getränke schmecken gut. (Heilwirkung).

219. Starker Appetit. 220. Bei Appetit und Geschmack an Essen und Trinken, weichlicher, nüchterner Geschmack im Munde. 264. Appetit besser als sonst, während des Essens Hinterkopfschmerz viel besser, aber bald nachher wieder schlechter. 2224. Der Appetit bleibt gut trotz Kopfschmerz. 2284. Erwacht von den Krämpfen mit stoßendem Atem und seine erste Klage ist über Hunger. 2297. Alle Diphtheriefälle hatten guten Appetit, besonders nach Eis. 2378. Heißhunger vor den Kopfschmerzanfällen. 2908. Hungrig nach dem Fieberanfall. 3006. Hunger. 3400.

19 Das Essen bleibt über dem Magen stecken. Fühlt sich sofort gesättigt und bis oben hin voll.

Wenn sie (mittags) etwas gegessen hat, ist es, als ob die Speisen über dem oberen Magenmunde stehen blieben und nicht hinunter in den Magen könnten. 224. Abends vor dem Einschlafen und früh stehen die Speisen gleichsam bis oben herauf. 225. Ängstlich schmerzhafte Vollheit im Unterleibe, nach dem (Abend-) Essen. 237. Unterdrücktes, versagendes Aufstoßen (früh im Bette), welches drückenden Schmerz am Magenmunde, in der Speiseröhre bis oben in den Schlund verursacht. 245. Der Appetit kehrte noch nicht zurück, sie hatte keinen Wohlgeschmack an den Speisen und gleich nach dem Essen war ihr alles voll im Magen und schien bis oben herauf zu stehen, weshalb sie oft schlucken mußte. 1014. Schmerz und Drücken, Vollheitsgefühl in der Herzgrube. 1157. Vollheit und Aufgetriebenheit in den Hypochondrien. 1484. Das Fieber begann mit Unwohlsein, Kopfschmerz, öfterem ziemlich heftigem Frösteln, Aufstoßen, Gefühl von Vollheit des Magens, leichten, zusammenziehenden Schmerzen im Bauch und 3-4 mal täglich Durchfall. 1936. Magendrücken Tag und Nacht, kann nichts genießen, der Schmerz ist herausdrückend, die Magengegend ist angeschwollen. 1965. Hatte sie etwas zu sich genommen, Gefühl, als wenn das Genossene über dem Magenmunde stehen bleibe. 1982. Kein Verlangen nach Speise und Trank, Appetit schnell befriedigt. 2344. Stets Beschwerden im Magen, Blähungen, Aufstoßen, Gefühl als ob sie zu viel gegessen hätte. 2507. Plötzliches Sättigungsgefühl nach wenigem Essen. 2792. Die Speise blieb ihm in der Tiefe der Brust stecken, nach einigen Bissen mußte er alles wieder auswürgen. 3097. Sie würgte die Angst um ihren Mann, der beinahe gestorben wäre. Jeder Bissen blieb ihr stecken und kam wieder hoch. 3099. Jedesmal am Ort des Todes ihrer Schwester würgte es sie und schließlich blieb ihr der Kloß ganz unten im Brustraum stecken und sie bekam nichts mehr hinunter. 3106. Nach Essen Völlegefühl, viel saures Aufstoßen, ab und zu Brechreiz. 3109. Wie ein hartgekochtes Ei in der Speiseröhre. 3146. Rasch satt und große Völle des Magens nach dem ersten Bissen. 3211. Kloß in der Brust, unter dem Sternum, glaubte den Finger in den Hals stecken zu müssen, damit es herauskommt. 3408.

20 Wenig Appetit, viel Durst.

Abneigung gegen Fleisch. Durst. Verlangen nach Wasser. 1651. Mehr Durst als Appetit, letzterer hat sich fast ganz verloren, öftere Übelkeiten. 1961. Viel Durst, kein Appetit. 1966. Appetit fehlte gänzlich, Durst war vermehrt, öfteres Erbrechen (Kopfschmerz). 2499. Trinkt viel, ißt wenig. 2875.

21 Appetitlosigkeit.

Völliger Mangel an Appetit zu Tabak, Speisen und Getränken, mit häufigem Zusammenfluß des Speichels im Munde, ohne doch Ekel vor diesen Dingen oder üblen Geschmack davon zu empfinden. 205. Appetitlosigkeit gegen Speisen, Getränke und Tabakrauchen. 207. Mangel an Appetit. 213. Mangel an Eßlust. 216. Stille, ernsthafte Melancholie; zu keiner Unterredung oder Aufheiterung zu bewegen, mit fadem wässrigen Geschmacke aller Genüsse und geringem Appetite. 787. Mattigkeit in den Gliedern, Neigung zum Schlafe und Mangel an Eßlust. 816. Kein Appetit zum Essen. 1049. Der Appetit ist gering. 1061. Appetitlosigkeit gegen Speisen, Getränke und Tabakrauchen. 1100. Kein Appetit, Speisen ekeln sie an, wenn sie solche sieht. 1155. Widerwillen gegen alle Speisen. 1205. In der Apyrexie Gesichtsblässe, wenig Appetit, Druckschmerz in der Herzgrube, Mattigkeit in den Gliedern. 1311. Appetit hatte sie keinen

(Quartanfieber). 1343. Appetit hatte das Kind wenig. 1356. Aller Appetit fehlt und der Geschmack ist schlecht. 1608. Kein Appetit. 1618. Appetitlosigkeit. 1634. Aufstoßen, Brechreiz, Appetitlosigkeit. 1649. Appetitverlust, Schwäche- und Schweregefühl im Magen. 1684. Verlor allen Appetit. 1813. In der Apyrexie verminderter Appetit. 1832. Appetitmangel, träge, ungenügende Stuhlentleerung. 1857. Appetitmangel, Stuhlausleerungen träge, ungenügend, wenn sie fehlen, umso unwohler. 1999. Der Appetit ist sehr gering. 2100. Belegte Zunge, Appetitlosigkeit. 2260. Appetitverlust, etwas verstopft. 2360. Nach Ignatia wiederkehrende Eßlust. 2440. Eßlust verloren. 2443. Regel sparsam, Eßlust gering, Stuhl träge. 2456. Das Verlangen nach Speisen fehlte ganz. 2480. Appetit schlecht, Stuhl selten und hart, Urin wenig und konzentriert. 2493. Flatulenz, Appetit schlecht. 2574. Seit 6 Tagen keinen Stuhl, wenig Appetit. 2631. Fadenwürmer. Kein guter Appetit. 2655. Kein Appetit. 2734. Appetitverlust, Indigestion mit viel Flatulenz in Magen und Bauch. 3067. Appetitmangel. 3087. Er aß nicht mehr und konnte nicht mehr schlafen. 3202. Kein Appetit. 3234. Appetitlos. Schläft nicht mehr. 3244. Kein Appetit. 3265. Appetit gering, Stuhlverstopfung. 3329. Überhaupt kein Appetit. 3419. Kein Appetit, flaues Gefühl im Magen, ein bißchen Übelkeit. 3679.

22   Die Speisen schmecken nicht.
Der Geschmack dessen, was man genießt, vorzüglich des Bieres, ist bitter und faulig. 187. Das Bier schmeckt bitter. 188. Das Bier schmeckt fade, abgestanden und wie verrochen. 189. Beim Essen, Trinken und Tabakrauchen vergeht, sobald das Bedürfnis befriedigt ist, der gute Geschmack zu diesen Genüssen plötzlich, oder geht in einen unangenehmen über, und man ist nicht im Stande, das Mindeste mehr davon zu genießen, obgleich noch eine Art Hunger und Durst übrig ist. 221. Der Appetit kehrte noch nicht zurück, sie hatte keinen Wohlgeschmack an den Speisen und gleich nach dem Essen war ihr alles voll im Magen und schien bis oben herauf zu stehen, weshalb sie oft schlucken mußte. 1014. Alle Speisen haben keinen Geschmack. 1206. Appetit auf dies und jenes, wenn er es kriegt, schmeckt es nicht. 1206. Geschmacklosigkeit der Speisen. 1471. Jedes Getränk schmeckte ihr bitter. 1984. Die Speisen scheinen geschmacklos. 3017.

23   Aufregung, Kummer macht Appetitverlust. Kein Interesse am Essen bei Geistesstörung.
Verschmähte alle Nahrung, weil sie Gift darin vermutete. 1810. Völlige Teilnahmslosigkeit, muß ans Essen erinnert werden, sucht die Einsamkeit, weil Gesellschaft unerträglich ist. 2461. Hund war traurig, lag teilnahmslos da, fraß nicht und trank nicht. 3229. Kann nicht essen bei der geringsten Aufregung. 3276. Appetitlos bei Kummer. 3315.

24   Appetitlosigkeit bei Krampf- oder Fieberanfällen.
Epileptischer Anfall, nachdem er nicht mit dem gehörigen Appetit gegessen hatte. 1068. Einige Tage nach dem Fieberanfall Appetitmangel. 1088. So wie das Fieber vorüber, schmeckt das Essen, den folgenden Tag beständiger Durst. 1278.

25   Verweigert Nahrung wegen Schmerzen.
Keine Speise wurde genommen. 1710. Verweigert die Speisen, heftiger Schmerz in der Magengrube. 2483. Mag nicht essen. Der Magen tut weh, das Essen bekommt nicht und der Darm ist träge. 2540. Verweigerte Nahrung. 3044. Bauchschmerzen, sie hat nichts getrunken. 3566.

26   Essen macht Schweiß.
Nach dem Essen Frost und Schüttelschauder; nachts Ängstlichkeit und Schweiß. 712. Beim Essen gleich Schweißausbruch. 1264. Beim Essen gleich Schweißausbruch. 1281. Nach geringfügigen Anlässen, auch nach dem Essen weniger Speise, trat gleich Hitze und Schweiß ein. 1305. Schweiß beim Essen. 1561. Schweiß beim Essen. 2093. Gesichtsschweiß beim Essen. 2198. Schweiß an kleiner Stelle im Gesicht beim Essen. 2949. Schweiß beim Essen. 3011.

APPETIT

27 Essen macht Kopfschmerzen, Zahnschmerzen, Sehstörungen, Rückenschmerz.
Drückender Kopfschmerz, vermehrt, wenn er Speisen zu sich nahm. 45. Ein zickzackartiges und schlangenförmiges, weißes Flimmern seitwärts des Gesichtspunktes, bald nach dem Mittagessen. 105. Gegen das Ende der Mahlzeit fängt der Zahnschmerz an und erhöht sich nach dem Essen noch mehr. 140. Heftige, wütende, lanzinierende Schmerzen in einem hohlen Backenzahn, morgens, und besonders nach dem Essen, kein Schmerz während des Essens. 1659. Kopfschmerz und Schwindel durch Essen verstärkt. 1916. Schmerzen in hohlen Zähnen links unten, die während des Essens und beim Tabakrauchen sich verschlimmern oder hervorgerufen werden. 2121. Gesichtsschmerzkrisen hervorgerufen durch Bewegung, Mahlzeiten und Aufstehen morgens. 2487. Schmerz im Epigastrium eine halbe Stunde nach dem Essen, Druck bessert. Außerdem Schmerzen im Bauch und zwischen den Schultern. 2738. Dumpfer Schmerz unter der linken Schulter morgens, nicht verstärkt nach dem Essen. 2751. Migräne durch zu hastiges Essen. 3449. Zickzacksehen, wenn ich lange auf bin und schwer schaffe, dann kommt es nach dem Mittagessen, Liegen bessert, wenn ich aufstehe, sehe ich nichts mehr. 3492.

28 Essen macht Flatulenz, Schluckauf, Aufstoßen.
Nach dem Frühstücken steigt eine Art Ängstlichkeit aus dem Unterleibe in die Höhe. 233. Bei dem Essen (abends) fror es ihn an die Füße, trieb es ihm den Unterleib auf (und er ward gänzlich heisch (heiser)). 234. Nach dem Essen ist der Unterleib wie aufgetrieben. 235. Nach dem Essen wird der Unterleib angespannt, der Mund trocken und bitter, ohne Durst; die eine Wange ist rot (abends). 236. Ängstlich schmerzhafte Vollheit im Unterleibe, nach dem (Abend-) Essen. 237. Nach dem Essen und Trinken Schlucksen. 249. Abends, nach dem Trinken, Schlucksen. 250. Aufblähung gleich nach dem Essen. 309. Häufiger Abgang von Blähungen gleich nach dem Essen. 310. Nach dem Essen lautes Kollern im Leibe. 311. Gleich nach dem Essen, schneidend stechendes Leibweh, welches in Aufblähung sich verwandelte. 321. Ein kneipendes Aufblähen im ganzen Unterleibe gleich nach dem Essen. 326. Ein scharfer Druck auf die Harnblase, wie von versetzten Blähungen, nach dem Abendessen. 389. Ein Drücken in der Mitte des Brustbeines bald nach dem Essen. 464. Nach dem Essen lautes geschmackloses Aufstoßen, Drehen um den Nabel, Wasserauslaufen. 1239. Schluchzen nach Essen, Trinken und Tabak. 1476. Auftreibung des Magens und des Unterleibes und plötzlicher Magenkrampf nach dem Essen. 1752. Schluckauf nach Essen, Trinken und Rauchen, sehr laut, kann in weiter Entfernung gehört werden, scheint sie fast vom Stuhl zu heben. 2553. Flatulenz und Auftreibung des Bauches nach dem Essen, löst die Kleider. 2669. Viel Flatulenz sofort nach Essen, stößt etwas auf mit Erleichterung. 2739. Plötzliches Sättigungsgefühl nach wenigem Essen. 2792. Nach Essen Völlegefühl, viel saures Aufstoßen, ab und zu Brechreiz. 3109. Nach durchgemachtem Ärger: Nach den Mahlzeiten Auftreibung, manchmal mit Schmerzen. 3140. Speisenaufstoßen nach dem Essen. 3351.

29 Essen macht Übelkeit, Erbrechen, Geschmacksveränderungen.
Nach dem Essen (früh und mittags) wässriger, fader Geschmack im Munde, wie von Magenverderbnis oder Überladung. 186. Die Brecherlichkeit verschwindet nach dem Essen. 232. Nach dem Essen wird der Unterleib angespannt, der Mund trocken und bitter, ohne Durst; die eine Wange ist rot (abends). 236. Wenn er etwas mehr ißt, gleich Speiseerbrechen. 1240. Viel Appetit, sie widersteht ihm, weil sie sich nach dem Essen sterbensschlecht fühlt. 1751. Auftreibung des Magens und des Unterleibes und plötzlicher Magenkrampf nach dem Essen. 1752. Magendrücken nach dem Essen, in der Nacht ärger als am Tage mit Übelkeit. 1952. Druck und Hinabsenkungsempfindung in der Herzgrube, mit Zusammenschnürung im Halse beim Essen. 2685. Schmerz im Epigastrium mit sehr saurem Erbrechen nach Essen, besonders nach Obst, manchmal erst nach 2-3 Stunden. 2758. Erbricht alles, was sie zu sich nimmt, gleichzeitig sehr heftiger Schmerz in der Magengrube. 2772. Die leichtesten Speisen wurden nicht verdaut, sondern nach mehreren Stunden erbrochen. 2891. Nach jeder Mahlzeit heftige Magenkrämpfe, die mit einem schmerzhaften Pflockgefühl in der Kehlkopfgegend beginnen, sich gegen den Magen hinunterziehen und sich steigern bis zum Erbrechen. 3090. Die Speise blieb ihm in der Tiefe der Brust stecken, nach einigen Bissen mußte er alles wieder auswür-

gen. 3097. Sie würgte die Angst um ihren Mann, der beinahe gestorben wäre. Jeder Bissen blieb ihr stecken und kam wieder hoch. 3099. Schlundkrampf, Würgen beim Essen. 3282. Nach kalt Trinken merkwürdiges Gefühl im Magen, wie Ohnmacht, ein Schmerz ist es nicht. 3511.

30   Essen verschlechtert: Allgemein. Krampfanfälle. Blasenstörung. Schwäche. Schwindel. Schläfrigkeit. Herzklopfen. Durchfall.

Ein kratzig drückender Schmerz auf die Gegend des Blasenhalses, vorzüglich beim Gehen und nach dem Essen, außer dem Harnen, welches unschmerzhaft vor sich geht. 390. Bald nach dem Mittagessen, ein Stich vorn in der Harnröhre, der sich in ein Reißen endigt. 400. Abspannung und Laßheit nach dem Mittagessen; er fühlte sich zu seinen gewöhnlichen Arbeiten unfähig und schlief über alle Gewohnheit über denselben ein. 628. Beim Mittagessen, Herzklopfen. 747. Beim Frühstücke und in den Abendstunden kehrten die heftigen Konvulsionen zurück, hielten gegen 10 Minuten an, worauf der Körper eine lange Zeit starr und steif blieb. 1079. Viel Appetit, sie widersteht ihm, weil sie sich nach dem Essen sterbensschlecht fühlt. 1751. Täglich mehrmals wässriger Stuhlgang, besonders gleich nach dem Essen. 1956. Krampfanfälle gewöhnlich abends nach einem reichlichen Abendessen. 2237. Heftige Schwindelanfälle, hervorgerufen durch Gemütsalterationen, Erkältungen oder Diätfehler, erscheinen selten spontan. 2250. Anfälle von Zuckungen mit Verschließung der Kinnladen, besonders nach Gemütserregungen oder Diätfehlern. 2369. Fühlt sich schwer und schläfrig nach den Mahlzeiten, besonders nach dem Mittagessen muß sie sich hinlegen. 2393. Mag nicht essen. Der Magen tut weh, das Essen bekommt nicht und der Darm ist träge. 2540.

31   Heftiger Durst nach großen Mengen kalten Wassers vor allem im Fieberfrost.

(Durst nur im Frost siehe bei Temperatur)
Ungewöhnlicher und heftiger Durst, selbst in der Nacht. 227. Früh 4 Uhr heftiger allgemeiner Frost mit Zähneklappern und starkem Durst 2 Stunden lang, wobei sie jedoch innerlich mehr warm war. 1001. Der Durst im Frost war meist stark, öfters ungeheuer stark, gewöhnlich war er gleich mit dem Eintritte des Frostes da. 1144. Viel Durst auf Wasser, sie hat kaum getrunken und verlangt schon wieder zu trinken. 1156. Frost mit heftigem Durst, dann Hitze. 1428. Brennender Durst. 1620. Viel Durst. 1884. Der Durst erscheint zugleich mit der Kälte, ist, so lange diese besteht sehr heftig und verliert sich während der Hitze beinahe gänzlich. 1945. Viel Durst. 1955. Tertianfieber, Frost mit heftigem Durst. 2062. Während des Frostes heftiger Durst, der im Hitzestadium fast gänzlich fehlte. 2070. Frost heftig und hervorstehend, dauert etwa eine Stunde, gebessert durch äußere Wärme, mit intensivem Durst nur im Frost. 2404. Sobald der Frost beginnt, geht er zum Küchenofen und trinkt über einem heißen Feuer die Wasserleitung leer, obwohl das Thermometer nur wenig Fieber anzeigt. 2405. Heftiger Durst nur während des Frostes, zu keiner anderen Zeit. 2644. Während des Frostes heftiger Durst nach kaltem Wasser, er trinkt eimerweise, wenig Durst in der Hitze oder Schweiß. 2647. Durst bei schwerer Arbeit, trinkt große Mengen. 2869. Ungeheurer Durst während des Frostes, trinkt in einer Stunde über 20 Glas kaltes Wasser. Wenn der Frost vorbei ist, geht der Durst weg. 2913. Frost immer mit starkem Durst auf große Mengen Wasser, Durst nur im Frost. 2969. Braucht etwas Kaltes im Magen, äußerlich aber Wärme. 3059.

32   Durstlosigkeit vor allem in der Fieberhitze.

(Vollständige Listen für Durst im Frost und Durstlosigkeit in der Hitze siehe bei Temperatur)
Nach dem Essen wird der Unterleib angespannt, der Mund trocken und bitter, ohne Durst; die eine Wange ist rot (abends). 236. Fieber, erst Frost ohne Durst. 713. Gefühl von allgemeiner Hitze, früh im Bette, ohne Durst, wobei er sich nicht gern aufdeckt. 719. Nachmittags, durstlose Hitze im ganzen Körper. 722. Frostigkeit ohne Zittern, es entsteht Gänsehaut auf Armen und Schenkeln ohne Durst. 1276. Der Frost dauert zwei Stunden. Dann mit einem Male Hitze mit heftigem Schweiß, aber bloß im Gesicht, im Rücken sehr wenig, der Haarkopf und übrige Körper bleibt trocken, ganz ohne Durst bei weißer Zunge. 1277. Typhus: Die Paroxysmen fangen an mit leichtem

Kälteüberlaufen mit oder ohne Durst, worauf dann Hitze fast ohne äußere Röte folgt, bisweilen mit Kälteüberlaufen, ohne Durst. 1407.   Bitterer Mund mit Trockenheit ohne Durst, der nur bei Frieren ist. 1412.   Hitze und Schweiß ohne Durst. 1559.   Wenig Durst. 1713.   Auf starken Frost folgt Hitze mit Mundtrockenheit und geringem Durste, welcher im Schweiße vollends nachließ. 1719.   Quotidianfieber, Beginn morgens mit Kälte und Schauder, begleitet von brennendem Durst, Durstlosigkeit während Hitze und Schweiß. 1889.   Bloß äußere Hitze ohne Durst, mit Unerträglichkeit äußerer Wärme. 2086.   Der Kopf fühlte sich heiß an, ebenso die Hände. Durst war nicht zugegen. 2131.   Durstlosigkeit im Hitzestadium, Durst während des Frostes. 2402.   Hitze am Abend, Schweiß die ganze Nacht, ohne Durst. 2517.   Hitze nicht heftig, kein Durst, steht auf und läuft herum. Kein Schweiß. 2653.   Starkes Zungenbrennen mit metallischem Geschmack und Mundtrockenheit, jedoch ohne Durst. 3174.

33   Andere Modifikationen des Durstes: Zeit. Im Schlaf. In der Hitze. Vor und nach Fieber. Bei Kopfschmerzen.
Nachmittags, abends Durst. 696.   Durch innere Unruhe, vermehrte innere Wärme und Durst, gestörter Schlaf. 724.   Sie kann nicht in Schlaf kommen, wegen Hitze und vielem Durst. 1160.   Bei der Fieberhitze Stechen in allen Gliedern, bohrendes Kopfweh, Durst. 1274.   So wie das Fieber vorüber, schmeckt das Essen, den folgenden Tag beständiger Durst. 1278.   Durst ist vor dem Frost und im Schweiße eingetreten. 1354.   Durst am fieberfreien Tage. 1562.   Abneigung gegen Fleisch. Durst. Verlangen nach Wasser. 1651.   Während des Kopfwehs viel Durst, Übelkeit, Herzklopfen mit Angst. 1669.   Die Hitze war mit Durst, der auch schon im Froste vorkam, begleitet. 1781.   Abends Kälte und Druckschmerz in der Stirn, verlangt oft Wasser zu trinken, nach dessen Genuß sie bittere, schleimige Flüssigkeit aufstößt. 2128.   Vor dem Frost gewaltiges Gähnen und Strecken, Durst. 2581.

ÜBELKEIT, AUFSTOSSEN

1   Ohnmächtig, schwach, flau, weichlich im Magen.
Nagender Heißhunger, wobei es ihm bisweilen weichlich und brecherlich wurde, er legte sich nach Verlauf einer halben Stunde, ohne daß er irgend etwas zu seiner Befriedigung getan hatte. 218.   Ziehen und Kneipen im Unterleibe: es kam in den Mastdarm, wie Pressen, mit Wabblichkeit und Schwäche in der Herzgrube und Gesichtsblässe (zwei Tage vor dem Monatlichen). 335.   Mattigkeit, wie von einer Schwäche um die Herzgrube herum; es wird ihm weichlich; er muß sich legen. 632.   Schwäche und Hohlheit im Scrobiculo. 846.   Schmerz in der Schoßgegend, wobei ihr der Atem ausbleibt, mit Wabblichkeit und Gefühl von Schwäche in der Herzgrube. 1029.   Feines Stechen in der Herzgrube, die beim Daraufdrücken empfindlich ist, nebst einem Gefühle von Schwäche und Leerheit daselbst. 1102.   Schwächegefühl im Bauch mit seufzendem Atemholen. Zittriges Gefühl im Bauch und im ganzen Körper. 1335.   Schwäche- und Leerheitsgefühl in der Herzgrube. 1483.   Appetitverlust, Schwäche- und Schweregefühl im Magen. 1684.   Nach viel Kummer Gefühl von Schwäche und Müdigkeit im Epigastrium, mit brennendem Stechen. 1988.   Lästiges Leerheitsgefühl in der Herzgrube, sie fühlt sich schwach, ohnmächtig, hohl da, was nicht erleichtert wird durch Essen, mit seufzenden Atemzügen. 2147.   Der Bauchschmerz macht Ohnmächtigkeit und Übelkeit. 2266.   Gefühl von Leere, Schwäche, Einsinken oder Ohnmacht in der Magengrube, so daß sie fast dauernd krampfhaft gähnen mußte. 2290.   Ohnmachtähnliches Schwächegefühl besonders in der Magengrube. 2318.   Als Folge von Gemütsbewegungen Schwäche und Leerheitsgefühl im Epigastrium, so daß selbst nachts Speisen genossen werden mußten. 2518.   Ohnmachtähnliches Leeregefühl im Epigastrium. 2520.   Ohnmachtähnliches Gefühl im Magen. 2762.   Unwillkürliches Seufzen und ein Schwäche- und Leeregefühl in der Magengrube. 2937.   Flau im Magen. 3427.   Nach kalt

Trinken merkwürdiges Gefühl im Magen, wie Ohnmacht, ein Schmerz ist es nicht. 3511.   Kein Appetit, flaues Gefühl im Magen, ein bißchen Übelkeit. 3679.

2 Schlaffes Herabhängen. Einsinken. Hinsein.
Lätschig im Magen; Magen und Gedärme scheinen ihm schlaff herabzuhängen. 266.   Gefühl von Leere, Schwäche, Einsinken oder Ohnmacht in der Magengrube, so daß sie fast dauernd krampfhaft gähnen mußte. 2290.   Merkwürdiges Gefühl von Einsinken und Leere in der Magengrube. 2328.   Leeregefühl und Hinsein in der Magengrube, nicht besser durch Essen. 2359.   Hinsein und Leeregefühl im Epigastrium. 2395.   Schlaffes Gefühl im Magen und Därmen. 2622.   Druck und Hinabsenkungsempfindung in der Herzgrube, mit Zusammenschnürung im Halse beim Essen. 2685.

3 Leeregefühl, Essen bessert nicht. Gefühl wie hohl.
Schwäche und Hohlheit im Scrobiculo. 846.   Lästiges Leerheitsgefühl in der Herzgrube, sie fühlt sich schwach, ohnmächtig, hohl da, was nicht erleichtert wird durch Essen, mit seufzenden Atemzügen. 2147.   Leeregefühl im Magen nicht besser durch Essen. 2928.   Häufig Gefühl einer Leere im Magen, wogegen Essen nichts half. 3210.

4 Zittern. Wabblichkeit.
Ziehen und Kneipen im Unterleibe: es kam in den Mastdarm, wie Pressen, mit Wabblichkeit und Schwäche in der Herzgrube und Gesichtsblässe (zwei Tage vor dem Monatlichen). 335.   Schmerz in der Schoßgegend, wobei ihr der Atem ausbleibt, mit Wabblichkeit und Gefühl von Schwäche in der Herzgrube. 1029.   Schwächegefühl im Bauch mit seufzendem Atemholen. Zittriges Gefühl im Bauch und im ganzen Körper. 1335.   Nach dem Essen Zittern und eine Art Angst im Magen, bisweilen mit Übelkeit. 1877.   Magenzittern. 1954.

5 Unangenehmes Wärmegefühl.
Schwindel und leichtes vorübergehendes Kopfweh, danach vermehrte Wärme im Magen und eine halbe Stunde lang reichlichere Speichelabsonderung. 819.   Unangenehmes Wärmegefühl im Magen. 3417.

6 Ekel vor bestimmten Speisen.
Abneigung gegen Milch (vordem sein Lieblingsgetränk); sie widersteht ihm beim Trinken, ob sie ihm gleich natürlich schmeckt, und garnicht ekelhaft. 208.   Wenn er etwas abgekochte Milch (sein Lieblingsgetränk) mit Wohlgeschmack getrunken hat, und sein äußerstes Bedürfnis befriedigt ist, widersteht ihm plötzlich die übrige, ohne daß er einen ekelhaften Geschmack dran spürte und ohne eigentliche Übelkeit zu empfinden. 209.   Ekel. 228.   Kein Appetit, Speisen ekeln sie an, wenn sie solche sieht. 1155.   Widerwillen gegen alle Speisen. 1205.   Abscheu vor Branntwein und Tabak. 1210.   Gänzlicher Appetitmangel und Ekel vor Fleisch. 1306.   Kein Appetit, Ekel vor Brot. 1360.   Großer Widerwillen gegen Tabakrauchen, Fleisch und Branntwein. 1469.   Wenig Verlangen nach Speise, Widerwillen gegen Fleischspeisen, großes Verlangen nach Säuerlichem. 2114.   Ekel vor gewohntem Kaffee, Zigaretten, Alkohol. 3418.

7 Die Speisen bleiben wie ein Kloß über dem Magenmund stecken.
Wenn sie (mittags) etwas gegessen hat, ist es, als ob die Speisen über dem oberen Magenmunde stehen blieben und nicht hinunter in den Magen könnten. 224.   Nach jeder Mahlzeit heftige Magenkrämpfe, die mit einem schmerzhaften Pflockgefühl in der Kehlkopfgegend beginnen, sich gegen den Magen hinunterziehen und sich steigern bis zum Erbrechen. 3090.   Die Speise blieb ihm in der Tiefe der Brust stecken, nach einigen Bissen mußte er alles wieder auswürgen. 3097.   Sie würgte die Angst um ihren Mann, der beinahe gestorben wäre. Jeder Bissen blieb ihr stecken und kam wieder hoch. 3099.   Jedesmal am Ort des Todes ihrer Schwester würgte es sie und schließlich blieb ihr der Kloß ganz unten im Brustraum stecken und sie bekam nichts mehr hinunter. 3106.   Wie ein hartgekochtes Ei in der Speiseröhre. 3146.   Kloß in der Brust, unter dem Sternum, glaubte den Finger in den Hals stecken zu müssen, damit es herauskommt. 3408.

8 Würgen. Würgende Empfindung im Hals. Stoßen und Würgen durch Flüssigkeiten. Würgendes Erbrechen. Leeres Brechwürgen.
(Abends) würgende (zusammenziehende) Empfindung in der Mitte des Schlundes, als wenn da ein großer Bissen oder Pflock stäke, mehr außer dem Schlingen, als während desselben zu fühlen. 163. Feste Nahrungsmittel kann sie leicht hinunterschlingen, bei flüssigen hingegen bekommt sie Stoßen und Würgen. 1008. Aufstoßen, Übelkeit, und was sie genießt bricht sie wieder mit vielem Würgen aus. 1153. Von Zeit zu Zeit Übelkeit und leeres Brechwürgen, kein Stuhlgang seit vorgestern. 1709. Sie saß im Bett schweißgebadet und erschöpft, hustete und würgte. 3053. Die Speise blieb ihm in der Tiefe der Brust stecken, nach einigen Bissen mußte er alles wieder auswürgen. 3097. Oesophaguskrampf erstmalig nach einem Streit mit dem Vater, wo ihn die Ungerechtigkeit würgte. 3098. Sie würgte die Angst um ihren Mann, der beinahe gestorben wäre. Jeder Bissen blieb ihr stecken und kam wieder hoch. 3099. Jedesmal am Ort des Todes ihrer Schwester würgte es sie und schließlich blieb ihr der Kloß ganz unten im Brustraum stecken und sie bekam nichts mehr hinunter. 3106. Schlundkrampf, Würgen beim Essen. 3282. Ohnmacht, wenn das Migräneerbrechen zu quälend wird. 3456.

9 Gefühl von Übersättigung. Die Speisen stehen bis zum Hals.
Wenn er nachmittags Tabak raucht, ist es ihm, als wenn er so satt würde, daß er des Abends nicht essen könnte. 206. Vor dem Einnehmen der Arznei beträchtlicher Hunger, kurze Zeit nach dem Einnehmen fühlte er sich sehr gesättigt, ohne etwas gegessen zu haben. 214. Guter Appetit; allein wenn er essen wollte, fühlte er sich schon gesättigt. 215. Abends vor dem Einschlafen und früh stehen die Speisen gleichsam bis oben herauf. 225. Ängstlich schmerzhafte Vollheit im Unterleibe, nach dem (Abend-) Essen. 237. Unterdrücktes, versagendes Aufstoßen (früh im Bette), welches drückenden Schmerz am Magenmunde, in der Speiseröhre bis oben in den Schlund verursacht. 245. Abwechselnd schien der Magen bisweilen wie überfüllt, bisweilen wieder wie leer, mit welchem letzterem Gefühle sich jedesmal Heißhunger verband. 258. Abwechselnd schien der Magen bisweilen wie überfüllt, bisweilen wieder wie leer, mit welchem letzteren Gefühle sich jedesmal Heißhunger äußerte. 835a. Der Appetit kehrte noch nicht zurück, sie hatte keinen Wohlgeschmack an den Speisen und gleich nach dem Essen war ihr alles voll im Magen und schien bis oben herauf zu stehen, weshalb sie oft schlucken mußte. 1014. Schmerz und Drücken, Vollheitsgefühl in der Herzgrube. Leibschneiden und Schmerzen, durch Druck auf den Leib vermehrt. 1157. Von der Herzgrube herauf bis in den Hals Drücken mit Atembeengung, welches durch Aufstoßen gemildert wird. 1413. Vollheit und Aufgetriebenheit in den Hypochondrien. 1484. Das Fieber begann mit Unwohlsein, Kopfschmerz, öfterem ziemlich heftigem Frösteln, Aufstoßen, Gefühl von Vollheit des Magens, leichten, zusammenziehenden Schmerzen im Bauch und 3-4 mal täglich Durchfall. 1936. Stets Beschwerden im Magen, Blähungen, Aufstoßen, Gefühl als ob sie zu viel gegessen hätte. 2507. Plötzliches Sättigungsgefühl nach wenigem Essen. 2792. Jedesmal am Ort des Todes ihrer Schwester würgte es sie und schließlich blieb ihr der Kloß ganz unten im Brustraum stecken und sie bekam nichts mehr hinunter. 3106. Rasch satt und große Völle des Magens nach dem ersten Bissen. 3211.

10 Gefühl von verdorbenem Magen. Verdauungsstörung.
Geschmack im Munde, als wenn man sich den Magen verdorben hätte. 178. Symptome gehinderter oder schwacher Verdauung. 179. Nach dem Essen (früh und mittags) wässriger, fader Geschmack im Munde, wie von Magenverderbnis oder Überladung. 186. Hinterläßt Neigung zu Halsdrüsengeschwulst, Zahnweh und Zahnlockerheit, sowie zu Magendrücken. 622. Sie befürchtet, ein Magengeschwür zu bekommen. 759. Durch Erkältung infolge eines im Gewitterregen durchnäßten, vorher erhitzten Körpers anfallsweises Magenleiden. 1325. Zur Halsentzündung gesellte sich ein gastrisches Fieber. 1574. Gastrisches Fieber, Intensive allgemeine Hitze. 1625. Zwei Tage vor der geplanten Abreise heftige Koliken und gastrisches Fieber. 1627. Seit einem Jahr viel Kummer und eine Art Gastritis. 1880.

11 Einfache Übelkeit, Brecherlichkeit.
Übelkeit und Neigung zum Erbrechen. 230. Leere, vergebliche Brecherlichkeit. 231. Übelkeit ohne Erbrechen. 1208. Übelkeit ohne Erbrechen. 1477. Übelkeit und Brechneigung. 1633. Mehr Durst als Appetit, letzterer hat sich fast ganz verloren, öftere Übelkeiten. 1961. Stark wechselnder Appetit, von extremer Übelkeit bis zu Heißhunger. 2240.

12 Eigenschaften des Erbrochenen: Galle. Wasser. Blut. Schleim. Grün, schaumig, membranös. Sauer. Vor Tagen Gegessenes.
Wasserauslaufen und Galleerbrechen. 1213. Bei Frostigkeit wird der Schmerz immer heftiger, es kommt Erbrechen von Wasser, nicht Speise. 1233. Heftiges Bluterbrechen, das Blut ist schwarz. 1702. Manchmal Schleimerbrechen bei den Magenschmerzen. 2004. Diphtherie, grünes Erbrechen, schaumig oder membranös. 2375. Schmerz im Epigastrium mit sehr saurem Erbrechen nach Essen, besonders nach Obst, manchmal erst nach 2-3 Stunden. 2758. Heftige Schmerzen in der rechten Kopfseite mit saurem Speisenerbrechen. 2887. Das Erbrochene enthält Speisen, die vor 2-3 Tagen gegessen wurden. 3149.

13 Schluckauf. Aufstoßen wie Schluckauf. Sehr lauter Schluckauf.
Von Tabakrauchen Schlucksen, bei einem geübten Tabakraucher. 203. Nach dem Essen und Trinken Schlucksen. 249. Abends, nach dem Trinken, Schlucksen. 250. Dann wurde der Schlund krampfhaft zusammengezogen, das Schlingen erschwert, wobei vieles Aufstoßen erfolgte, welches dem Schluchzen nahe kam. (Hysterische Krämpfe). 1020. Aufschwulken des Genossenen, Schlucksen, Brennen im Magen. 1101. Schluchzendes Aufstoßen. 1475. Schluchzen nach Essen, Trinken und Tabak. 1476. Krampfhafter Ructus und Singultus, der täglich nachmittags sich einstellte und stundenlang anhielt. 2046. Konvulsionen mit Schlucksen (Zwerchfellkrampf), Starre, blaues Gesicht. 2320. Schluckauf nach Essen, Trinken und Rauchen, sehr laut, kann in weiter Entfernung gehört werden, scheint sie fast vom Stuhl zu heben. 2553. Ununterbrochener Schluckauf mit nur kurzen Intervallen, vor jedem Anfall Pflockgefühl im Hals. 2873. Plötzlich Abneigung gegen die gewohnte Zigarre. Wenn er rauchte, Anfälle von Schluckauf. 2917.

14 Luftaufstoßen. Häufiges Aufstoßen. Lautes Aufstoßen. Aufstoßen großer Luftmengen.
Leeres Aufstoßen, bloß wie von Luft. 239. Mehrmaliges Aufstoßen. 240. Mehrmaliges Aufstoßen. 804. Aufstoßen, Übelkeit, und was sie genießt bricht sie wieder mit vielem Würgen aus. 1153. Nach dem Essen lautes geschmackloses Aufstoßen, Drehen um den Nabel, Wasserauslaufen. 1239. Aufstoßen, Brechreiz, Appetitlosigkeit. 1649. Das Fieber begann mit Unwohlsein, Kopfschmerz, öfterem ziemlich heftigem Frösteln, Aufstoßen, Gefühl von Vollheit des Magens, leichten, zusammenziehenden Schmerzen im Bauch und 3-4 mal täglich Durchfall. 1936. Kopfschmerzanfälle beginnen zuweilen mit etwas Übelkeit und Luftaufstoßen. 2107. Stets Beschwerden im Magen, Blähungen, Aufstoßen, Gefühl als ob sie zu viel gegessen hätte. 2507. Aufstoßen großer Luftmengen. Aufgeblähter Magen. 2554. Appetitverlust, Indigestion mit viel Flatulenz in Magen und Bauch. 3067. Sodbrennen, Aufstoßen. 3393. Oft Aufstoßen. 3434. Gluckern im Bauch und ständig Aufstoßen. 3563. Ich muß manchmal aufstoßen, ich versuche, das zu unterdrücken, weil ich weiß, daß es nervös bedingt ist. 3680.

15 Speisenaufschwulken. Saures, bitteres, schimmliges Aufstoßen.
Es schwulkt eine bittere Feuchtigkeit herauf (es stößt auf, und es komnt eine bittere Feuchtigkeit in den Mund). 222. Das Genossene schwulkt wieder in den Mund, kommt durch eine Art Aufstoßen in den Mund (ruminatio). 223. Bitteres Aufstoßen. 241. Aufstoßen nach dem Geschmacke des Genossenen. 242. Saures Aufstoßen. 243. Dumpfiges, multriges, schimmliges Aufstoßen (abends). 244. 10 Uhr bitteres Aufstoßen, Übelsein. 818. Aufschwulken des Genossenen, Schlucksen, Brennen im Magen. 1101. Bitteres Aufschwulken. 1473. Aufschwulken des Genossenen. 1474. Saures Aufstoßen. 1635. Öfteres bitteres Aufstoßen und Aufstoßen der

ÜBELKEIT, AUFSTOSSEN

Speisen. 1985. Abends Kälte und Druckschmerz in der Stirn, verlangt oft Wasser zu trinken, nach dessen Genuß sie bittere, schleimige Flüssigkeit aufstößt. 2128. Nach Essen Völlegefühl, viel saures Aufstoßen, ab und zu Brechreiz. 3109. Speisenaufstoßen nach dem Essen. 3351.

16 Tabakrauchen.
Von Tabakrauchen Schlucksen, bei einem geübten Tabakraucher. 203. Von Tabakrauchen Brecherlichkeit, bei einem geübten Raucher. 204. Wenn er nachmittags Tabak raucht, ist es ihm, als wenn er so satt würde, daß er des Abends nicht essen könnte. 206. Vom gewohnten Tabakrauchen wird er übel. 1209. Von Tabakrauch Schweißausbruch, Übelkeit, Bauchweh. 1270. Vom Tabakrauchen Übelkeit, Schweißausbruch, Bauchweh. 1280. Schluchzen nach Essen, Trinken und Tabak. 1476. Nach Tabakrauchen, Übelkeit mit Schweiß und Leibweh. 1478. Tabakrauch im Zimmer macht Übelkeit. 3257. Gerüche verstärken den Brechreiz. 3463.

17 Stehen. Gehen. Liegen, Knien oder Sitzen bessert.
Jedes Geräusch, Sprechen, jede Bewegung etc. vermehrt Kopfschmerz, Erbrechen und Delir. Das Tageslicht ist ihr unerträglich. 1368. Im Kälte- und Hitzestadium lästiger, insbesondere das Hinterhaupt einnehmender Kopfschmerz, beim Aufsitzen leicht Übelkeiten und Zusammenschnüren in der Magengegend. 1946. Schmerz und Übelkeit im Magen im Stehen, muß sich hinsetzen. 2394. Übelkeit beim Gehen. 2761. Erbrechen, Schwindel, auch im Liegen mit geschlossenen Augen, Kopfschmerz nach dem Brechen besser. 2905. Übelkeit besser im Liegen. 3345. Die Übelkeit bei Migräne kann sogar auftreten, wenn ich im Bett liege, aber sobald ich in der Senkrechten bin, ist es verstärkt. 3655. Benommenheit und Übelkeit im Stehen noch mehr, wenn ich hinkniee und mit meinem Sohn spiele, habe ich das Gefühl, daß der Kopf besser durchblutet ist, die Übelkeit ist dann auch besser. 3656.

18 Milch. Tee. Warme Speisen. Feste Speisen. Flüssige Speisen. Fette Speisen. Leichte Speisen. Süßigkeiten. Obst.
Abneigung gegen Milch (vordem sein Lieblingsgetränk); sie widersteht ihm beim Trinken, ob sie ihm gleich natürlich schmeckt, und garnicht ekelhaft. 208. Wenn er etwas abgekochte Milch (sein Lieblingsgetränk) mit Wohlgeschmack getrunken hat, und sein äußerstes Bedürfnis befriedigt ist, widersteht ihm plötzlich die übrige, ohne daß er einen ekelhaften Geschmack dran spürte und ohne eigentliche Übelkeit zu empfinden. 209. Feste Nahrungsmittel kann sie leicht hinunterschlingen, bei flüssigen hingegen bekommt sie Stoßen und Würgen. 1008. Er kann keinerlei flüssige Arznei nehmen ohne zu erbrechen. 1674. Erbrechen ohne Anstrengung, gewöhnlich nach den Mahlzeiten, besonders nach fetten Speisen. 1881. Verlangen nach Süßigkeiten, die aber tödliche Übelkeit verursachen. 2666. Schmerz im Epigastrium mit sehr saurem Erbrechen nach Essen, besonders nach Obst, manchmal erst nach 2-3 Stunden. 2758. Appetitlosigkeit mit Übelkeit, besonders vor Milch und warmen Speisen. 2899. Verlangen nach kalten Speisen, nur diese können verdaut werden, warmes Essen macht Beschwerden. 3052. Kann die leichtesten Speisen nicht verdauen, verträgt aber ohne weiteres den zähesten alten Käse. 3079. Höchst feine, leicht verdauliche Speisen bekamen ihm garnicht, während er schwere Speisen viel lieber hatte und er sie auch viel besser ertrug. 3215. Wenn ich Tee trinke, habe ich verstärkt Kopfschmerzen, mir wird manchmal sogar übel. 3616.

19 Nach den ersten Bissen. Sofort nach Essen.
Vor dem Einnehmen der Arznei beträchtlicher Hunger, kurze Zeit nach dem Einnehmen fühlte er sich sehr gesättigt, ohne etwas gegessen zu haben. 214. Guter Appetit; allein wenn er essen wollte, fühlte er sich schon gesättigt. 215. Der Appetit kehrte noch nicht zurück, sie hatte keinen Wohlgeschmack an den Speisen und gleich nach dem Essen war ihr alles voll im Magen und schien bis oben herauf zu stehen, weshalb sie oft schlucken mußte. 1014. Wenn er etwas mehr ißt, gleich Speiseerbrechen. 1240. Viel Flatulenz sofort nach Essen, stößt etwas auf mit Erleichterung. 2739. Plötzliches Sättigungsgefühl nach wenigem Essen. 2792. Sie würgte die Angst um ihren Mann, der

Ignatia

beinahe gestorben wäre. Jeder Bissen blieb ihr stecken und kam wieder hoch. 3099.   Seit Panik brach sie ständig alle Nahrung aus, hatte lebhafte Leibkrämpfe und war zu nichts mehr fähig. 3100. Rasch satt und große Völle des Magens nach dem ersten Bissen. 3211.

20   Nach Essen und Trinken. Längere Zeit nach Essen.
Ängstlich schmerzhafte Vollheit im Unterleibe, nach dem (Abend-) Essen. 237.   Nach dem Essen und Trinken Schlucksen. 249.   Abends, nach dem Trinken, Schlucksen. 250.   Nach dem Essen lautes geschmackloses Aufstoßen, Drehen um den Nabel, Wasserauslaufen. 1239.   Schluchzen nach Essen, Trinken und Tabak. 1476.   Viel Appetit, sie widersteht ihm, weil sie sich nach dem Essen sterbensschlecht fühlt. 1751.   Erbrechen ohne Anstrengung, gewöhnlich nach den Mahlzeiten, besonders nach fetten Speisen. 1881.   Magendrücken nach dem Essen, in der Nacht ärger als am Tage mit Übelkeit. 1952.   Viel Kummer und Sorgen, seit 12 Jahren nach jeder Mahlzeit und bis zu 20 mal täglich Erbrechen. 2373.   Druck und Hinabsenkungsempfindung in der Herzgrube, mit Zusammenschnürung im Halse beim Essen. 2685.   Schmerz im Epigastrium mit sehr saurem Erbrechen nach Essen, besonders nach Obst, manchmal erst nach 2-3 Stunden. 2758.   Die leichtesten Speisen wurden nicht verdaut, sondern nach mehreren Stunden erbrochen. 2891.   Nach Essen Völlegefühl, viel saures Aufstoßen, ab und zu Brechreiz. 3109.   Schlundkrampf, Würgen beim Essen. 3282.   Speisenaufstoßen nach dem Essen. 3351.   Nach kalt Trinken merkwürdiges Gefühl im Magen, wie Ohnmacht, ein Schmerz ist es nicht. 3511.

21   Kummer. Aufregung.
Sehr empfindliches Gemüt, zu innerlicher Kränkung geneigt, ärgert sich leicht und heftig, danach gleich Anfall des Magenleidens. 1326.   Zwei Tage vor der geplanten Abreise heftige Koliken und gastrisches Fieber. 1627.   Heftiger Magenschmerz, Erbrechen alles Genossenen, durch Schreck entstanden. 1833.   Seit einem Jahr viel Kummer und eine Art Gastritis. 1880.   Nach viel Kummer Gefühl von Schwäche und Müdigkeit im Epigastrium, mit brennendem Stechen. 1988. Viel Kummer und Sorgen, seit 12 Jahren nach jeder Mahlzeit und bis zu 20 mal täglich Erbrechen. 2373.   Als Folge von Gemütsbewegungen Schwäche und Leerheitsgefühl im Epigastrium, so daß selbst nachts Speisen genossen werden mußten. 2518.   Schreck macht Übelkeit und Ohnmächtigkeit. 2664.   Wenn Kinder getadelt und ins Bett geschickt werden, bekommen sie Übelkeit oder Konvulsionen im Schlaf. 2945.   Oesophaguskrampf erstmalig nach einem Streit mit dem Vater, wo ihn die Ungerechtigkeit würgte. 3098.   Sie würgte die Angst um ihren Mann, der beinahe gestorben wäre. Jeder Bissen blieb ihr stecken und kam wieder hoch. 3099.   Seit Panik brach sie ständig alle Nahrung aus, hatte lebhafte Leibkrämpfe und war zu nichts mehr fähig. 3100.   Jedesmal am Ort des Todes ihrer Schwester würgte es sie und schließlich blieb ihr der Kloß ganz unten im Brustraum stecken und sie bekam nichts mehr hinunter. 3106.   Magenbeschwerden seit Tod des Ehemannes. 3148.   Übelkeit bei Belastungen bis zum Erbrechen, Druck im Magen. 3284.   Aufregung macht Schwäche und Übelkeit. 3344.

22   Aufstoßen bessert.
Unterdrücktes, versagendes Aufstoßen (früh im Bette), welches drückenden Schmerz am Magenmunde, in der Speiseröhre bis oben in den Schlund verursacht. 245.   Gefühl, als würden die Bauchwände nach außen und das Zwerchfell nach obenhin gedehnt; Aufstoßen von Luft milderte diesen Schmerz. 279.   Während dieser Anfälle entleerte sich der Magen öfters der Luft durch Aufstoßen und dies jedes Mal mit einer kurzdauernden Milderung des Schmerzes. 838a.   Der Erstickungsanfall hatte sich nach einem Aufstoßen sogleich gegeben. 1039.   Aufstoßen erleichtert bisweilen die Beschwerden. 1234.   Von der Herzgrube herauf bis in den Hals Drücken mit Atembeengung, welches durch Aufstoßen gemildert wird. 1413.   Viel Flatulenz sofort nach Essen, stößt etwas auf mit Erleichterung. 2739.   Es ist gut, wenn ich aufstoßen kann, dann kommt eine Erleichterung. 3450.

23   Erbrechen bessert.
Migräne an kleiner Stelle in der Schläfe, kommt und geht allmählich, Erbrechen erleichtert die Schmer-

zen. 2755. Erbrechen, Schwindel, auch im Liegen mit geschlossenen Augen, Kopfschmerz nach dem Brechen besser. 2905. Am Wochenende ständig Kopfschmerzen mit Übelkeit, nach Erbrechen wird es besser. 3520. Migräne, ab und zu kommt es zum Erbrechen, dann ist es geschwind besser. 3649. Migräne, das Gefühl von Benommenheit ist dauernd da, es wird anfallsweise stärker mit Erbrechen. 3654.

24 Andere Modalitäten für Übelkeit: Essen bessert. Periode. Husten. Erkältung. Geräusche, Sprechen, Bewegung. Lesen, Nähen.
Die Brecherlichkeit verschwindet nach dem Essen. 232. Ziehen und Kneipen im Unterleibe: es kam in den Mastdarm, wie Pressen, mit Wabblichkeit und Schwäche in der Herzgrube und Gesichtsblässe (zwei Tage vor dem Monatlichen). 335. Vor und während der Regel Gefühl von Leere im Magen, zusammenziehender Schmerz im Unterleibe. 1178. Wenn sie morgens aufsteht, Knurren im Leibe, wie wenn ein gesunder Mensch hungrig ist, bei Übelkeit, sie muß etwas essen, manchmal geschmackloses Aufstoßen bei beständigem Kopfweh. 1227. Durch Erkältung infolge eines im Gewitterregen durchnäßten, vorher erhitzten Körpers anfallsweises Magenleiden. 1325. Jedes Geräusch, Sprechen, jede Bewegung etc. vermehrt Kopfschmerz, Erbrechen und Delir. Das Tageslicht ist ihr unerträglich. 1368. Dyspepsie schlechter nach der Periode. 2749. Allgemeine Erschöpfung, Lesen und Nähen machen Kopfschmerz und Übelkeit. 2779. Sie saß im Bett schweißgebadet und erschöpft, hustete und würgte. 3053. Husten, manchmal wird mir richtig übel davon, ich bekomme keine Luft mehr und habe Schmerzen in der Brust. 3621.

25 Zeit: Abends. Mittagessen. Abendessen. Morgens im Bett. Nachts. Nachmittags. Wochenende.
(Abends) würgende (zusammenziehende) Empfindung in der Mitte des Schlundes, als wenn da ein großer Bissen oder Pflock stäke, mehr außer dem Schlingen, als während desselben zu fühlen. 163. Abends vor dem Einschlafen und früh stehen die Speisen gleichsam bis oben herauf. 225. Er wacht die Nacht um 3 Uhr auf, es wird ihm über und über heiß und er erbricht die abends genossenen Speisen. 226. Ängstlich schmerzhafte Vollheit im Unterleibe, nach dem (Abend-) Essen. 237. Dumpfiges, multriges, schimmliges Aufstoßen (abends). 244. Unterdrücktes, versagendes Aufstoßen (früh im Bette), welches drückenden Schmerz am Magenmunde, in der Speiseröhre bis oben in den Schlund verursacht. 245. Abends, nach dem Trinken, Schlucksen. 250. Wenn sie morgens aufsteht, Knurren im Leibe, wie wenn ein gesunder Mensch hungrig ist, bei Übelkeit, sie muß etwas essen, manchmal geschmackloses Aufstoßen bei beständigem Kopfweh. 1227. Nächtliches Speiseerbrechen. 1479. Magendrücken nach dem Essen, in der Nacht ärger als am Tage mit Übelkeit. 1952. Krampfhafter Ructus und Singultus, der täglich nachmittags sich einstellte und stundenlang anhielt. 2046. Am Wochenende ständig Kopfschmerzen mit Übelkeit, nach Erbrechen wird es besser. 3520.

26 Mit Angst.
Übelkeit und Unruhe, mit großer Angst verbunden. 1053. Während des Kopfwehs viel Durst, Übelkeit, Herzklopfen mit Angst. 1669. Übelkeit mit großer Unruhe und Angst, drückende Schmerzen, Brecherlichkeitsgefühl in der Magengegend mit Beklemmung und krampfhafter Zusammenschnürung der Brust. 2006. Manchmal Erbrechen der genossenen Speisen mit großer Unruhe und Angst. 2008.

27 Mit Schwäche.
Mattigkeit, wie von einer Schwäche um die Herzgrube herum; es wird ihm weichlich; er muß sich legen. 632. Er klagte nach dem Anfall über starke Übelkeit, heftigen nach außen pressenden Kopfschmerz, Zerschlagenheit am ganzen Körper und Schläfrigkeit. 1074. Schreck macht Übelkeit und Ohnmächtigkeit. 2664. Aufregung macht Schwäche und Übelkeit. 3344. Ohnmacht, wenn das Migräneerbrechen zu quälend wird. 3456. Flaues Magengefühl mit etwas Schwindel, mir ist etwas schummerig, Schwanken. 3681.

28 Bei Fieber. Bei Hitze. Mit Schweiß. Im Frost.

Er wacht die Nacht um 3 Uhr auf, es wird ihm über und über heiß und er erbricht die abends genossenen Speisen. 226. Bei Frostigkeit wird der Schmerz immer heftiger, es kommt Erbrechen von Wasser, nicht Speise. 1233. Von Tabakrauch Schweißausbruch, Übelkeit, Bauchweh. 1270. Vom Tabakrauchen Übelkeit, Schweißausbruch, Bauchweh. 1280. Fieber alle 3 Tage, Frost, verbunden mit großem Durst, Übelkeiten, auch zuweilen Erbrechen, darauf Hitze ohne Durst, reißendes Kopfweh in der Stirn. 1310. Im Anfall starker Frost mit Brecherlichkeit, darauf Hitze mit Kopfschmerz, dann starker Schweiß. 1349. Bei Fieber trockene Zunge, bitterer Geschmack, Erbrechen. 1429. Nach Tabakrauchen, Übelkeit mit Schweiß und Leibweh. 1478. Zur Halsentzündung gesellte sich ein gastrisches Fieber. 1574. Gastrisches Fieber, Intensive allgemeine Hitze. 1625. Zwei Tage vor der geplanten Abreise heftige Koliken und gastrisches Fieber. 1627. Durst vor und im Beginn des Frostes, dann nicht mehr, gleichzeitig Gliederreißen und Brecherlichkeit. 1775. Dreitägiges Fieber, welches mit gelindem Frost anfing, der nur 1/2 Stunde dauerte, und mit Erbrechen und Durst begleitet war. 1802. Das Fieber begann mit Unwohlsein, Kopfschmerz, öfterem ziemlich heftigem Frösteln, Aufstoßen, Gefühl von Vollheit des Magens, leichten, zusammenziehenden Schmerzen im Bauch und 3-4 mal täglich Durchfall. 1936. Im Kälte- und Hitzestadium lästiger, insbesondere das Hinterhaupt einnehmender Kopfschmerz, beim Aufsitzen leicht Übelkeiten und Zusammenschnüren in der Magengegend. 1946. Cholera infantum, blaß, kalt, starrer Blick, gelegentliche Schreie, Speisenerbrechen. 2225. Während des Frostes Kolik, Übelkeit, Speise-, Schleim- oder Galleerbrechen. 2983. Während der Hitze Speiseerbrechen mit Kälte der Füße und krampfhaftem Zucken der Glieder. 3004. Sie saß im Bett schweißgebadet und erschöpft, hustete und würgte. 3053.

29 Bei Kopfschmerzen.

Drückendes Kopfweh in der Stirne, über der Nasenwurzel, welches den Kopf vorzubücken nötigt; hierauf Brecherlichkeit. 51. Er klagte nach dem Anfall über starke Übelkeit, heftigen nach außen pressenden Kopfschmerz, Zerschlagenheit am ganzen Körper und Schläfrigkeit. 1074. Wenn sie morgens aufsteht, Knurren im Leibe, wie wenn ein gesunder Mensch hungrig ist, bei Übelkeit, sie muß etwas essen, manchmal geschmackloses Aufstoßen bei beständigem Kopfweh. 1227. Sowie der Kopfschmerz einen gewissen Grad erreicht hat, beginnt das Erbrechen, welches oft wiederkehrt. 1366. Während des Kopfwehs viel Durst, Übelkeit, Herzklopfen mit Angst. 1669. Kopfschmerz mit Schwindel und Erbrechen, worauf jedesmal einige Stunden Schlaf und hierauf Besserung eintritt. 1824. Das Fieber begann mit Unwohlsein, Kopfschmerz, öfterem ziemlich heftigem Frösteln, Aufstoßen, Gefühl von Vollheit des Magens, leichten, zusammenziehenden Schmerzen im Bauch und 3-4 mal täglich Durchfall. 1936. Im Kälte- und Hitzestadium lästiger, insbesondere das Hinterhaupt einnehmender Kopfschmerz, beim Aufsitzen leicht Übelkeiten und Zusammenschnüren in der Magengegend. 1946. Kopfschmerzanfälle beginnen zuweilen mit etwas Übelkeit und Luftaufstoßen. 2107. Etwas Übelkeit bei Kopfschmerzen. 2308. Vor Beginn der Kopfschmerzen Gefühl von Leere in Magen und Brust, Steifheit des Nackens und der Trapecii. 2311. Am Ende der Kopfschmerzen Übelkeit und Speichelfluß, kein Erbrechen. 2314. Ciliarneuralgie, bis zum Scheitel ausstrahlend, macht Übelkeit. 2364. Appetit fehlte gänzlich, Durst war vermehrt, öfteres Erbrechen (Kopfschmerz). 2499. Schmerzen, welche sich vom Auge nach dem Wirbel des Kopfes erstreckten, mit Übelkeit. oft mit Halsanschwellung abwechselnd. 2641. Migräne mit Übelkeit, etwa alle 4 Wochen, 8 Stunden lang. 2754. Migräne an kleiner Stelle in der Schläfe, kommt und geht allmählich, Erbrechen erleichtert die Schmerzen. 2755. Allgemeine Erschöpfung, Lesen und Nähen machen Kopfschmerz und Übelkeit. 2779. Scheitelkopfschmerz mit Übelkeit. 2798. Heftige Schmerzen in der rechten Kopfseite mit saurem Speisenerbrechen. 2887. Erbrechen, Schwindel, auch im Liegen mit geschlossenen Augen, Kopfschmerz nach dem Brechen besser. 2905. Ohnmacht, wenn das Migräneerbrechen zu quälend wird. 3456. Wenn ich einen Schreck durch etwas Lautes habe, fängt Schwindel an und Stechen im Kopf, meistens unter den Augenbrauen. Übelkeit dabei. 3508. Am Wochenende ständig Kopfschmerzen mit Übelkeit, nach Erbrechen wird es besser. 3520. Wenn ich Tee trinke, habe ich verstärkt Kopfschmerzen, mir wird manchmal sogar übel. 3616.   Migräneanfall: die Übelkeit tritt verstärkt auf, ich bin viel viel mehr benommen. 3648.   Migräne, ab und zu kommt es zum Erbrechen, dann ist es geschwind besser. 3649.   Migräne, das Gefühl von Benommenheit ist dauernd da, es wird anfallsweise stärker mit Erbrechen. 3654.   Die Übelkeit bei Migräne kann sogar auftreten, wenn ich im Bett liege, aber sobald ich in der Senkrechten bin, ist es verstärkt. 3655.   Benommenheit und Übelkeit im Stehen noch mehr, wenn ich hinkniee und mit meinem Sohn spiele, habe ich das Gefühl, daß der Kopf besser durchblutet ist, die Übelkeit ist dann auch besser. 3656.

30 Mit Hunger.
Abwechselnd schien der Magen bisweilen wie überfüllt, bisweilen wieder wie leer, mit welchem letzterem Gefühle sich jedesmal Heißhunger verband. 258.   Abwechselnd schien der Magen bisweilen wie überfüllt, bisweilen wieder wie leer, mit welchem letzterem Gefühle sich jedesmal Heißhunger äußerte. 835a.   Wenn sie morgens aufsteht, Knurren im Leibe, wie wenn ein gesunder Mensch hungrig ist, bei Übelkeit, sie muß etwas essen, manchmal geschmackloses Aufstoßen bei beständigem Kopfweh. 1227.   Stark wechselnder Appetit, von extremer Übelkeit bis zu Heißhunger. 2240.

31 Mit Speichelfluß, Zungenbelag, bitterem Geschmack.
Übelkeit; es lief ihm der Speichel im Munde zusammen. 229.   Übelkeit, bitterer Geschmack, Zunge stark gelb belegt. 1077.   Nach dem Essen lautes geschmackloses Aufstoßen, Drehen um den Nabel, Wasserauslaufen. 1239.   Durch Husten entsteht Übelkeit und Schleimauslaufen. 1246.   Rote und unreine Zunge, Übelkeit, Borborygmen, brennendes Aufstoßen, Erbrechen aller Speisen. 1763. Am Ende der Kopfschmerzen Übelkeit und Speichelfluß, kein Erbrechen. 2314.

32 Mit Druck im Hals.
Druck und Hinabsenkungsempfindung in der Herzgrube, mit Zusammenschnürung im Halse beim Essen. 2685.   Gefühl von Konstriktion des Halses und Übelkeit. 3161.   Druck im Hals bei Übelkeit. 3510.

33 Bei Bauchschmerzen.
Kneipendes Leibweh, gerade in der Nabelgegend, Erbrechen erregend, worauf der Schmerz in die linke Brustseite übergeht, aus Kneipen und feinem Stechen zusammengesetzt. 332.   Ziehen und Kneipen im Unterleibe: es kam in den Mastdarm, wie Pressen, mit Wabblichkeit und Schwäche in der Herzgrube und Gesichtsblässe (zwei Tage vor dem Monatlichen). 335.   Aufschwulken des Genossenen, Schlucksen, Brennen im Magen. 1101.   Immer Quälen in der Herzgrube mit Übelkeit ohne Erbrechen, Kneipen im Leibe, dann einige dünne Stuhlgänge worauf das Leibweh nachläßt. 1228. Nach dem Essen lautes geschmackloses Aufstoßen, Drehen um den Nabel, Wasserauslaufen. 1239. Von Tabakrauch Schweißausbruch, Übelkeit, Bauchweh. 1270.   Vom Tabakrauchen Übelkeit, Schweißausbruch, Bauchweh. 1280.   Zuerst Gefühl, als läge ein Stein im Magen, dies dauert einige Stunden, dann wird ihm übel, die Magengegend schwillt an, so stark, daß er eine ordentliche Wulst in der Herzgrube hat, die sich zu beiden Seiten, unter den kurzen Rippen hindurch, bis zum Rückgrat erstreckt. 1327.   Nach Tabakrauchen, Übelkeit mit Schweiß und Leibweh. 1478.   Zwei Tage vor der geplanten Abreise heftige Koliken und gastrisches Fieber. 1627.   Heftiger Magenschmerz, Erbrechen alles Genossenen, durch Schreck entstanden. 1833.   Magendrücken nach dem Essen, in der Nacht ärger als am Tage mit Übelkeit. 1952.   Nach viel Kummer Gefühl von Schwäche und Müdigkeit im Epigastrium, mit brennendem Stechen. 1988.   Manchmal Schleimbrechen bei den Magenschmerzen. 2004.   Übelkeit mit großer Unruhe und Angst, drückende Schmerzen, Brecherlichkeitsgefühl in der Magengegend mit Beklemmung und krampfhafter Zusammenschnürung der Brust. 2006.   Krampfhafter Schmerz mit Zusammenballen in der Gebärmutter, der ihr Übelkeit verursacht. 2026.   Der Bauchschmerz macht Ohnmächtigkeit und Übelkeit. 2266.   Schmerz und Übelkeit im Magen im Stehen, muß sich hinsetzen. 2394.   Schmerz im Epigastrium mit sehr saurem Erbrechen nach Essen, besonders nach Obst, manchmal erst nach 2-3 Stunden. 2758.   Erbricht alles, was sie zu sich nimmt, gleichzeitig sehr heftiger Schmerz in der Magengrube. 2772.

ÜBELKEIT, AUFSTOSSEN

Während des Frostes Kolik, Übelkeit, Speise-, Schleim- oder Galleerbrechen. 2983. Nach jeder Mahlzeit heftige Magenkrämpfe, die mit einem schmerzhaften Pflockgefühl in der Kehlkopfgegend beginnen, sich gegen den Magen hinunterziehen und sich steigern bis zum Erbrechen. 3090. Seit Panik brach sie ständig alle Nahrung aus, hatte lebhafte Leibkrämpfe und war zu nichts mehr fähig. 3100. Die Magenschmerzen beginnen jeden Tag 17 Uhr und enden mit Erbrechen. 3150. Sodbrennen, Aufstoßen. 3393.

34   Übelkeit mit Aufstoßen.
10 Uhr bitteres Aufstoßen, Übelsein. 818. Aufstoßen, Übelkeit, und was sie genießt bricht sie wieder mit vielem Würgen aus. 1153. Wenn sie morgens aufsteht, Knurren im Leibe, wie wenn ein gesunder Mensch hungrig ist, bei Übelkeit, sie muß etwas essen, manchmal geschmackloses Aufstoßen bei beständigem Kopfweh. 1227. Aufstoßen, Brechreiz, Appetitlosigkeit. 1649. Rote und unreine Zunge, Übelkeit, Borborygmen, brennendes Aufstoßen, Erbrechen aller Speisen. 1763.

FLATULENZ

1   Bauchschmerzen verwandeln sich in Blähungen. Blähungskolik.
Auftreiben in der Nabelgegend und Schneiden daselbst, 1/4 Stunde lang. 285. Krampfhafte Blähungskolik im Oberbauche, abends beim Einschlafen und früh beim Erwachen. 298. Nächtliche Blähungskolik. 302. Blähungskolik mit Stichen nach der Brust zu. 303. Früh Blähungsleibweh im Unterbauche, welches nach der Brust und nach der Seite zu Stiche gibt. 304. Blähungskolik über dem Nabel, abwechselnd mit häufigem Zusammenlaufen des Speichels im Munde. 305. Gleich nach dem Essen, schneidend stechendes Leibweh, welches in Aufblähung sich verwandelte. 321. Ein kneipendes Aufblähen im ganzen Unterleibe gleich nach dem Essen, bloß wenn er steht, und schlimmer, wenn er geht, durch fortgesetztes Gehen bis zum Unerträglichen erhöht, ohne daß Blähungen daran Schuld zu sein scheinen; beim ruhigen Sitzen vergeht es bald, ohne Abgang von Blähungen. 326. Abends, im Bette, Blähungskolik; eine Art im Bauche hie und dahin tretendes Drücken, bei jedesmaligem Aufwachen die Nacht erneuert. 651. Um 10 Uhr wurde der Unterleib angegriffen und eine halbe Stunde lang aufgetrieben, worauf sich Drücken in der Nabelgegend einfand. 828a. Leibschneiden mit Blähungskolik, Knurren, Unruhe und bisweilen Schmerz in den Gedärmen. 1121. Zuerst Gefühl, als läge ein Stein im Magen, dies dauert einige Stunden, dann wird ihm übel, die Magengegend schwillt an, so stark, daß er eine ordentliche Wulst in der Herzgrube hat, die sich zu beiden Seiten, unter den kurzen Rippen hindurch, bis zum Rückgrat erstreckt. 1327. Nächtliche Blähungskolik. 1492. Stiche in der Brust, von Blähungskolik. 1523. Nach Krampfanfall ermattet, Grimmen im Bauche und Auftreibung. 1829. Oft Leibschmerzen von eingeklemmten Blähungen. 3214. Druckschmerzen im Magen, wie aufgebläht, wenn ich dagegendrücke, wird es besser. 3536.

2   Auftreibung des Magens und der Hypochondrien, muß die Kleidung lösen.
Gefühl, als würden die Bauchwände nach außen und das Zwerchfell nach obenhin gedehnt; am stärksten äußerte sich dieser Schmerz in der Milzgegend und nach hinten, nach der Wirbelsäule zu, abwechselnd bald mehr da, bald wieder mehr dort; auch erstreckte er sich mehrmals bis zur Brusthöhle herauf, artete daselbst in ein empfindliches Brennen aus; wendete sich jedoch am meisten und am heftigsten nach der Wirbelsäule in der Gegend des Sonnengeflechtes; Aufstoßen von Luft milderte diesen Schmerz. 279. Halb 9 Uhr stellten sich eigentümliche dehnende Schmerzen nicht im Magen, sondern im Oberbauche ein. Es schien mir, als würden die Bauchwände nach außen und das Zwerchfell nach oben hin gedehnt, am stärksten äußerte sich dieser Schmerz in der Gegend der Milz und nach hinten, nach der Wirbelsäule zu, abwechselnd bald mehr da, bald mehr dort. 838. Rechts,

FLATULENZ

hart am Nabel, ein schmerzliches Drücken an einer kleinen Stelle, welches sich beim tieferen Einatmen und freiwilligen Auftreiben des Unterleibes vermehrte und zum Hineinziehen des Nabels nötigte, wodurch es zuweilen nachließ. Mit Knurren im Bauche. 848. Stämmen der Blähungen unter den kurzen Rippen mit Kreuzschmerzen. 1016. Schmerz und Drücken, Vollheitsgefühl in der Herzgrube. Leibschneiden und Schmerzen, durch Druck auf den Leib vermehrt. 1157. Zuerst Gefühl, als läge ein Stein im Magen, dies dauert einige Stunden, dann wird ihm übel, die Magengegend schwillt an, so stark, daß er eine ordentliche Wulst in der Herzgrube hat, die sich zu beiden Seiten, unter den kurzen Rippen hindurch, bis zum Rückgrat erstreckt. 1327. Vollheit und Aufgetriebenheit in den Hypochondrien. 1484. Auftreibung in der Lebergegend, schmerzhaft bei leichter Berührung. 1654. Leib etwas aufgetrieben und bei Berührung schmerzhaft. 1716. Auftreibung des Magens und des Unterleibes und plötzlicher Magenkrampf nach dem Essen. 1752. Magendrücken Tag und Nacht, kann nichts genießen, der Schmerz ist herausdrückend, die Magengegend ist angeschwollen. 1965. Anschwellen der Magengegend, so daß sie oft ihre Kleider zu lösen hat oder diese beim Anziehen nicht zusammenzubringen sind. 2021. Anschwellen der Magengegend und des Unterleibes. 2027. Vor dem Krampfanfall kalte Extremitäten, Atembeklemmung und enorme Flatulenz. 2236. Bauch aufgetrieben, druckempfindlich. 2302. Stets Beschwerden im Magen, Blähungen, Aufstoßen, Gefühl als ob sie zu viel gegessen hätte. 2507. Aufstoßen großer Luftmengen. Aufgeblähter Magen. 2554. Flatulenz und Auftreibung des Bauches nach dem Essen, löst die Kleider. 2669. Appetitverlust, Indigestion mit viel Flatulenz in Magen und Bauch. 3067. Druckschmerzen im Magen, wie aufgebläht, wenn ich dagegendrücke, wird es besser. 3536.

3 Auftreibung des Bauches nach dem Essen.

Bei dem Essen (abends) fror es ihn an die Füße, trieb es ihm den Unterleib auf (und er ward gänzlich heisch (heiser)). 234. Nach dem Essen ist der Unterleib wie aufgetrieben. 235. Nach dem Essen wird der Unterleib angespannt, der Mund trocken und bitter, ohne Durst; die eine Wange ist rot (abends). 236. Ängstlich schmerzhafte Vollheit im Unterleibe, nach dem (Abend-) Essen. 237. Auftreibung des Unterleibes. 286. Aufblähung gleich nach dem Essen. 309. Häufiger Abgang von Blähungen gleich nach dem Essen. 310. Nach dem Essen lautes Kollern im Leibe. 311. Gleich nach dem Essen, schneidend stechendes Leibweh, welches in Aufblähung sich verwandelte. 321. Ein kneipendes Aufblähen im ganzen Unterleibe gleich nach dem Essen, bloß wenn er steht, und schlimmer, wenn er geht, durch fortgesetztes Gehen bis zum Unerträglichen erhöht, ohne daß Blähungen daran Schuld zu sein scheinen; beim ruhigen Sitzen vergeht es bald, ohne Abgang von Blähungen. 326. Um 10 Uhr wurde der Unterleib angegriffen und eine halbe Stunde lang aufgetrieben, worauf sich Drücken in der Nabelgegend einfand. 828a. Auftreibung des Magens und des Unterleibes und plötzlicher Magenkrampf nach dem Essen. 1752. Aufgetriebener Leib. 2563. Flatulenz und Auftreibung des Bauches nach dem Essen, löst die Kleider. 2669. Viel Flatulenz sofort nach Essen, stößt etwas auf mit Erleichterung. 2739. Kein spontaner Stuhlgang, Bauch zum Platzen aufgetrieben. 3123. Nach durchgemachtem Ärger: Nach den Mahlzeiten Auftreibung, manchmal mit Schmerzen. 3140.

4 Blähungen im Unterbauch drücken auf Blase und Mastdarm.

Auftreibung des Unterleibes. 286. Früh Blähungsleibweh im Unterbauche, welches nach der Brust und nach der Seite zu Stiche gibt. 304. Abgang vieler Blähungen die Nacht, selbst im Schlafe, und Wiedererzeugung immer neuer, so daß alles im Unterleibe zu Blähungen zu werden scheint. 306. Viel Plage von Blähungen, welche dann auf den Urin drücken. 307. Ungenüglich, und nicht ohne Anstrengung der Unterleibmuskeln abgehende, kurz abgebrochene Blähungen von faulem Geruche. 308. Ein kneipendes Aufblähen im ganzen Unterleibe gleich nach dem Essen, bloß wenn er steht, und schlimmer, wenn er geht, durch fortgesetztes Gehen bis zum Unerträglichen erhöht, ohne daß Blähungen daran Schuld zu sein scheinen; beim ruhigen Sitzen vergeht es bald, ohne Abgang von Blähungen. 326. Scharf drückender Schmerz tief im Mastdarme nach dem Stuhlgange, wie von eingesperrten Blähungen (wie nach einer übereilten Ausleerung zu erfolgen pflegt — eine Art Proktalgie). 364. Ein scharfer Druck auf die Harnblase, wie von versetzten Blähungen, nach dem Abendessen. 389.   Bei Blähungsauftreibung des Unterleibes, brennendes Jücken am Blasenhalse, welches den Geschlechtstrieb erregt. 407.

5 Aufgetriebenheit anderer umschriebener Stellen: Nabel. Unter den kurzen Rippen. Hier und da. Leber. Milz.

Auftreiben in der Nabelgegend und Schneiden daselbst, 1/4 Stunde lang. 285.   Bei Tiefatmen, ein Stich in der Brustwarze, bei Blähungsbewegungen im Unterleibe. 485.   Abends, im Bette, Blähungskolik; eine Art im Bauche hie und dahin tretendes Drücken, bei jedesmaligem Aufwachen die Nacht erneuert. 651.   Rechts, hart am Nabel, ein schmerzliches Drücken an einer kleinen Stelle, welches sich beim tieferen Einatmen und freiwilligen Auftreiben des Unterleibes vermehrte und zum Hineinziehen des Nabels nötigte, wodurch es zuweilen nachließ. Mit Knurren im Bauche. 848.   Stämmen der Blähungen unter den kurzen Rippen mit Kreuzschmerzen. 1016.   Hervorragende Aufgetriebenheit hier und da am Leibe. 1487.   Auftreibung in der Lebergegend, schmerzhaft bei leichter Berührung. 1654.   Liegt sie auf der linken Seite, so knurrt es im linken Hypochonder, wie im Leibe. 1960.   Oft Leibschmerzen von eingeklemmten Blähungen. 3214.

6 Aufstoßen.

Erst ist der Geschmack bitter, nachgehends sauer, mit saurem Aufstoßen. 191.   Leeres Aufstoßen, bloß wie von Luft. 239.   Mehrmaliges Aufstoßen. 240.   Bitteres Aufstoßen. 241.   Aufstoßen nach dem Geschmacke des Genossenen. 242.   Saures Aufstoßen. 243.   Dumpfiges, multriges, schimmliges Aufstoßen (abends). 244.   Unterdrücktes, versagendes Aufstoßen (früh im Bette), welches drückenden Schmerz am Magenmunde, in der Speiseröhre bis oben in den Schlund verursacht. 245.   Aufstoßen von Luft milderte diesen Schmerz. 279.   Mehrmaliges Aufstoßen. 804.   10 Uhr bitteres Aufstoßen, Übelsein. 818.   Während dieser Anfälle entleerte sich der Magen öfters der Luft durch Aufstoßen und dies jedes Mal mit einer kurzdauernden Milderung des Schmerzes. 838a.   Dann wurde der Schlund krampfhaft zusammengezogen, das Schlingen erschwert, wobei vieles Aufstoßen erfolgte, welches dem Schluchzen nahe kam. (Hysterische Krämpfe). 1020.   Der Erstickungsanfall hatte sich nach einem Aufstoßen sogleich gegeben. 1039.   Aufstoßen, Übelkeit, und was sie genießt bricht sie wieder mit vielem Würgen aus. 1153.   Bitteres Aufstoßen. 1212.   Wenn sie morgens aufsteht, Knurren im Leibe, wie wenn ein gesunder Mensch hungrig ist, bei Übelkeit, sie muß etwas essen, manchmal geschmackloses Aufstoßen bei beständigem Kopfweh. 1227.   Aufstoßen erleichtert bisweilen die Beschwerden. 1234.   Nach dem Essen lautes geschmackloses Aufstoßen, Drehen um den Nabel, Wasserauslaufen. 1239.   Von der Herzgrube herauf bis in den Hals Drücken mit Atembeengung, welches durch Aufstoßen gemildert wird. 1413.   Schluchzendes Aufstoßen. 1475.   Saures Aufstoßen. 1635.   Aufstoßen, Brechreiz, Appetitlosigkeit. 1649.   Das Fieber begann mit Unwohlsein, Kopfschmerz, öfterem ziemlich heftigem Frösteln, Aufstoßen, Gefühl von Vollheit des Magens, leichten, zusammenziehenden Schmerzen im Bauch und 3-4 mal täglich Durchfall. 1936.   Öfteres bitteres Aufstoßen und Aufstoßen der Speisen. 1985.   Kopfschmerzanfälle beginnen zuweilen mit etwas Übelkeit und Luftaufstoßen. 2107.   Aufstoßen großer Luftmengen. Aufgeblähter Magen. 2554.   Viel Flatulenz sofort nach Essen, stößt etwas auf mit Erleichterung. 2739.   Sodbrennen, Aufstoßen. 3393.   Oft Aufstoßen. 3434.   Es ist gut, wenn ich aufstoßen kann, dann kommt eine Erleichterung. 3450.   Gluckern im Bauch und ständig Aufstoßen. 3563.   Ich muß manchmal aufstoßen, ich versuche, das zu unterdrücken, weil ich weiß, daß es nervös bedingt ist. 3680.

7 Darmgeräusche: Kollern. Poltern. Knurren. Gluckern.

Kollern und Poltern im Unterleibe. 294.   Nach dem Essen lautes Kollern im Leibe. 311.   Kollern im Leibe. 312.   Knurren im Leibe wie bei einem Hungrigen. 313.   Kollern und Poltern in den Gedärmen. 314.   Bei Tiefatmen, ein Stich in der Brustwarze, bei Blähungsbewegungen im Unterleibe. 485.   In den Nachmittagsstunden ließ sich zuweilen Poltern im Unterleibe vernehmen. 825.   Rechts, hart am Nabel, ein schmerzliches Drücken an einer kleinen Stelle, welches sich beim tieferen Einatmen und freiwilligen Auftreiben des Unterleibes vermehrte und zum Hineinziehen des

FLATULENZ

Nabels nötigte, wodurch es zuweilen nachließ. Mit Knurren im Bauche. 848. Leibschneiden mit Blähungskolik, Knurren, Unruhe und bisweilen Schmerz in den Gedärmen. 1121. Wenn sie morgens aufsteht, Knurren im Leibe, wie wenn ein gesunder Mensch hungrig ist, bei Übelkeit, sie muß etwas essen, manchmal geschmackloses Aufstoßen bei beständigem Kopfweh. 1227. Knurren im Bauche, wie von Hunger. 1493. Rote und unreine Zunge, Übelkeit, Borborygmen, brennendes Aufstoßen, Erbrechen aller Speisen. 1763. Liegt sie auf der linken Seite, so knurrt es im linken Hypochonder, wie im Leibe. 1960. Leidet viel an Blähungen, Poltern in den Gedärmen, Weichleibigkeit. 2115. Rumpeln im Bauch, Bauchkneifen. 2623. Gluckern und Kollern im Magen. 3415. Gluckern im Bauch und ständig Aufstoßen. 3563.

8 Stuhlgang mit viel Blähungsabgang. Blähungen bilden sich immer wieder neu.
Leichter Abgang von Blähungen (Das Gegenteil ist meist Nachwirkung). 301. Abgang vieler Blähungen die Nacht, selbst im Schlafe, und Wiedererzeugung immer neuer, so daß alles im Unterleibe zu Blähungen zu werden scheint. 306. Abgang vieler Blähungen die Nacht, selbst im Schlafe, und Wiedererzeugung immer neuer, so daß alles im Unterleibe zu Blähungen zu werden scheint. 306. Häufiger Abgang von Blähungen gleich nach dem Essen. 310. Dünner Kot geht mit Blähungen unwillkürlich ab. 341. Vermehrte Blähungserzeugung, mit leichtem Abgange derselben. 1494. Schlechte Verdauung mit Flatulenz und häufig unregelmäßigem Stuhlgang. 1883. Vor dem Krampfanfall kalte Extremitäten, Atembeklemmung und enorme Flatulenz. 2236. Nach großem Schreck reichliche Diarrhoe, mehr in der Nacht, schmerzlos, mit viel Flatus. 2348. Flatulenz, Appetit schlecht. 2574. Stuhl immer dünn mit viel Luft. 3557.

9 Andere Modalitäten: Abendessen. Nachts. Nach Essen. Nach Stuhlgang. Stehen und Gehen. Nachmittags. 10 Uhr. Linkslage. Vor Krampfanfall. Kaffee.
Abgang vieler Blähungen die Nacht, selbst im Schlafe, und Wiedererzeugung immer neuer, so daß alles im Unterleibe zu Blähungen zu werden scheint. 306. Häufiger Abgang von Blähungen gleich nach dem Essen. 310. Nach dem Essen lautes Kollern im Leibe. 311. Ein kneipendes Aufblähen im ganzen Unterleibe gleich nach dem Essen, bloß wenn er steht, und schlimmer, wenn er geht, durch fortgesetztes Gehen bis zum Unerträglichen erhöht, ohne daß Blähungen daran Schuld zu sein scheinen; beim ruhigen Sitzen vergeht es bald, ohne Abgang von Blähungen. 326. Scharf drückender Schmerz tief im Mastdarme nach dem Stuhlgange, wie von eingesperrten Blähungen (wie nach einer übereilten Ausleerung zu erfolgen pflegt – eine Art Proktalgie). 364. Ein scharfer Druck auf die Harnblase, wie von versetzten Blähungen, nach dem Abendessen. 389. In den Nachmittagsstunden ließ sich zuweilen Poltern im Unterleibe vernehmen. 825. Um 10 Uhr wurde der Unterleib angegriffen und eine halbe Stunde lang aufgetrieben, worauf sich Drücken in der Nabelgegend einfand. 828a. Liegt sie auf der linken Seite, so knurrt es im linken Hypochonder, wie im Leibe. 1960. Vor dem Krampfanfall kalte Extremitäten, Atembeklemmung und enorme Flatulenz. 2236. Nach durchgemachtem Ärger: Nach den Mahlzeiten Auftreibung, manchmal mit Schmerzen. 3140. Aufgeblähter Bauch nach Kaffee. 3365.

STUHLGANG

1 Stuhl ungenügend und schwergehend, aber weich. Stuhl dick, aber weich.
Heftiger Drang zum Stuhle, mehr in den oberen Gedärmen und im Oberbauche; es tut ihm sehr Not, und dennoch geht nicht genug Stuhlgang, obwohl weich, ab; das Nottun hält noch lange nach Abgang des Stuhles an. 360. Nach jählingem, starkem Nottun geht schwierig und nicht ohne kräftige Anstrengung der Bauchmuskeln (fast als wenn es an der wurmartigen Bewegung der Därme mangelte) eine unhinreichende Menge zähen, lehmfarbigen und doch nicht harten Kotes ab. 362. Weicher

Stuhlgang geht nur mit vielem Pressen ab, als wenn er hart wäre. 1218. Der Stuhlgang war etwas fest, und erfolgte nur in 2 bis 3 Tagen einmal, aber keineswegs hart. 1289. Sehr dick geformter, schwieriger, obwohl weicher Stuhl. 1496. Stuhl schwergehend, aber nicht hart. 1677. Verstopfung mit schwergehendem Stuhl. 2555. Schwergehender Stuhl. 2566. Der Stuhl ist zu groß, weich, aber schwergehend. 2596. Vergeblicher Stuhldrang, schwieriger Abgang eines weichen Stuhles, der Drang bleibt hinterher. 2624. Untätigkeit des Rectum, kann einen normal weichen Stuhl nur mit Schwierigkeit entleeren. 2802. Stuhlverstopfung paralytischer Art durch Wagenfahren. 2951. Weiche Stühle müssen mit auffallendem Pressen entleert werden. 3213. Gefühl bei Afterschmerz, daß sich genügend Stuhl ansammeln muß, damit abends Stuhlgang erfolgt. Auch wenn dieser hart ist, ist der Schmerz hinterher vorbei. 3585. Bleistiftstühle. Weicher Stuhl geht schwer. 3627.

2   Heftiger Stuhldrang, sobald sie entleeren will, kommt nichts, nur das Rectum tritt aus. Der Drang bleibt nach dem Stuhlgang. Vergeblicher Stuhldrang.
Leerer Stuhldrang. 352. Öfterer, fast vergeblicher Drang zum Stuhle, mit Bauchweh, Stuhlzwang und Neigung zum Austreten des Mastdarmes. 353. Abends starkes Nottun und Drang, zu Stuhle zu gehen, mehr in der Mitte des Unterleibes; aber es erfolgte kein Stuhl, bloß der Mastdarm drängte sich heraus. 354. Vergeblicher Drang zum Stuhle im Mastdarme, nicht im After. 357. Vergebliches Nötigen und Drängen zum Stuhle und Nottun in den Därmen des Oberbauches, am meisten bald nach dem Essen. 358. Ängstliches Nottun zum Stuhle, bei Untätigkeit des Mastdarmes; er konnte den Kot nicht hervordrücken ohne Gefahr des Umstülpens und Ausfallens des Mastdarmes. 359. Heftiger Drang zum Stuhle, mehr in den oberen Gedärmen und im Oberbauche; es tut ihm sehr Not, und dennoch geht nicht genug Stuhlgang, obwohl weich, ab; das Nottun hält noch lange nach Abgang des Stuhles an. 360. Vergebliches Nötigen und Drängen zum Stuhle. 361. Nach jählingem, starkem Nottun geht schwierig und nicht ohne kräftige Anstrengung der Bauchmuskeln (fast als wenn es an der wurmartigen Bewegung der Därme mangelte) eine unhinreichende Menge zähen, lehmfarbigen und doch nicht harten Kotes ab. 362. Nach mehrmaligem vergeblichem Nötigen zum Stuhle erfolgt gewöhnlich täglich einmal eine harte Darmausleerung. 1089. Klagte sehr über den so erfolglosen Stuhldrang, wobei sich selten harter Kot entfernte. 1382. Vergeblicher Stuhldrang, mehr in den oberen Gedärmen. 1498. Der Drang nach der Reposition des Mastdarmvorfalles war unwillkürlich. 1594. Verstopfung und Stuhldrang. 1639. Oft leerer Stuhldrang mit Gefühl, als schnüre es den Mastdarm zusammen. 2116. Vergeblicher Stuhldrang, schwieriger Abgang eines weichen Stuhles, der Drang bleibt hinterher. 2624. Häufiger vergeblicher Stuhldrang. 2672. Wurde nervös und hysterisch durch den dauernden Stuhldrang. 2675. Häufiger, plötzlicher, krampfhafter Stuhldrang mit der Überzeugung, daß, sobald sie sich aufs Klo setzen würde, der Drang aufhören und nichts kommen würde, außer einem Schmerz im Rectum. 2676. Pressen und häufiger vergeblicher Stuhldrang, schwieriger Abgang, Afterjucken, Rectumprolaps bei jedem Stuhlgang, schwer zu reponieren. 2686. Kolik mit harten Stühlen und vergeblichem Drang. 3022.

3   Der Stuhldrang wird im Oberbauch empfunden. Stuhldrang von oben her zum After. Muß pressen, um die Afterschmerzen erträglich zu machen.
Allgemeines Drängen im Unterleibe nach dem After zu. 284. Zusammenschnürende Empfindung in den Hypochondern, wie bei Leibesverstopfung, mit einem einseitigen Kopfweh, wie von einem ins Gehirn eingedrückten Nagel, früh. 297. Abends starkes Nottun und Drang, zu Stuhle zu gehen, mehr in der Mitte des Unterleibes; aber es erfolgte kein Stuhl, bloß der Mastdarm drängte sich heraus. 354. Vergeblicher Drang zum Stuhle im Mastdarme, nicht im After. 357. Vergebliches Nötigen und Drängen zum Stuhle und Nottun in den Därmen des Oberbauches, am meisten bald nach dem Essen. 358. Heftiger Drang zum Stuhle, mehr in den oberen Gedärmen und im Oberbauche; es tut ihm sehr Not, und dennoch geht nicht genug Stuhlgang, obwohl weich, ab; das Nottun hält noch lange nach Abgang des Stuhles an. 360. Vergeblicher Stuhldrang, mehr in den oberen Gedärmen. 1498. Durchfall, intensiv schmerzhafter Tenesmus nur nach Entleerung, ständige dumpfe Schmerzen und Empfindlichkeit in der linken Lendengegend. 2226. Rectum wie gelähmt wenn sie zum

Stuhl preßt, tut das mehrmals am Tag. Muß ein Abführmittel nehmen und den Darm gründlich entleeren. 2673.   Pressen und häufiger vergeblicher Stuhldrang, schwieriger Abgang, Afterjucken, Rectumprolaps bei jedem Stuhlgang, schwer zu reponieren. 2686.   Heftiger Stuhldrang, der mehr im Oberbauch gefühlt wird. 2952.   Schneidende Magenschmerzen 20 Minuten nach Essen, mit Stuhldrang. 3416.   Wacht auf durch einen unangenehmen Schmerz 20 cm über dem Anus im Darm, als ob etwas nicht durchgeht, besser durch Stuhlgang. 3481.   Der Afterschmerz wird allmählich unangenehmer und zwingt immer häufiger zum Pressen. 3584.

4   Fühlt sich nicht wohl, wenn kein Stuhl geht. Muß mit Klistieren nachhelfen.
Die Stuhlausleerungen erfolgen selten, schwierig und bei Mangel an Öffnung ist der Gemütszustand jederzeit schlechter. 1380.   Klagte sehr über den so erfolglosen Stuhldrang, wobei sich selten harter Kot entfernte. 1382.   Leichter und genüglicher Stuhl. 1495.   Die Trägheit des Darmes begleitet bei ihr jede Krankheit, an dem Tag, an dem sie keine Entleerung hat, fühlt sie sich immer sehr viel schlechter. 1862.   Appetitmangel, Stuhlausleerungen träge, ungenügend, wenn sie fehlen, umso unwohler. 1999.   Der Stuhl kommt nie von selbst, braucht Abführmittel und Einläufe. 2659. Ein Einlauf bleibt 3-4 Stunden drin, verursacht viel Schmerz und Drang, ehe der Darm sich wieder entleert. 2660.   Ihre Stuhlverstopfung ist die größte Sorge in ihrem Leben, sie nimmt den größten Teil ihrer Gedanken in Anspruch. 2661.   Stuhl schlecht, muß oft mit Klistieren nachhelfen. 3094. Gefühl bei Afterschmerz, daß sich genügend Stuhl ansammeln muß, damit abends Stuhlgang erfolgt. Auch wenn dieser hart ist, ist der Schmerz hinterher vorbei. 3585.

5   Zuerst harter, knolliger Stuhl, danach weicher, dünner. Verstopfung wechselt mit Durchfall.
Stuhlgang erst harten, und darauf dünnen Kotes. 340.   Seit 5 Wochen Verstopfung abwechselnd mit Diarrhoe. 1575.   Durchfall abwechselnd mit Verstopfung. 3254.   Wechsel zwischen Hartleibigkeit und Durchfall. 3451.   Anfang vom Stuhl immer knollig. 3546.   Wenn ich nach einem normalen Stuhl noch eine Portion lehmigen, weichen Stuhles entleere, kann ich mich auf den später folgenden Afterschmerz verlassen. 3581.

6   Stuhl groß, hart, träge, spärlich, ungenügend.
Sehr dick geformter und sehr schwierig durch Mastdarm und After abgehender, weißgelblicher Stuhlgang. 355.   Sehr dick geformter und schwierig abgehender Stuhlgang. 356.   Stuhlgang selten und etwas hart, mit etwas Zwängen. 1052.   Manchmal ist der Stuhlgang hart. 1229.   Zögernder harter Stuhlgang. 1237.   Seltener harter Stuhl. 1361.   Die Stuhlausleerungen erfolgen selten, schwierig und bei Mangel an Öffnung ist der Gemütszustand jederzeit schlechter. 1380.   Klagte sehr über den so erfolglosen Stuhldrang, wobei sich selten harter Kot entfernte. 1382.   Harte, spärliche, weiße Stühle, Urin fast schwarz. 1648.   Stuhl hart und schwergehend. 1679.   Stuhlgang selten und schwierig. 1766.   Stets harter Stuhl. 1779.   Appetitmangel, träge, ungenügende Stuhlentleerung. 1857.   Appetitmangel, Stuhlausleerungen träge, ungenügend, wenn sie fehlen, umso unwohler. 1999.   Stuhlgang träge, hart und tagelang zurückgehalten. 2056.   Schwieriger Stuhl, der Mastdarmvorfall verursacht. 2151.   Appetit schlecht, Stuhl selten und hart, Urin wenig und konzentriert. 2493.   Stuhl hart und ziemlich dick geformt, verursacht Mastdarmvorfall. 2636. Verstopfung, Stuhl groß, hart. 2880.   Kolik mit harten Stühlen und vergeblichem Drang. 3022. Schwergehender, spärlicher Stuhl an manchen Tagen. 3364.   Gefühl bei Afterschmerz, daß sich genügend Stuhl ansammeln muß, damit abends Stuhlgang erfolgt. Auch wenn dieser hart ist, ist der Schmerz hinterher vorbei. 3585.   Stuhl dunkel, schmerzhaft und fest. 3608.

7   Obstipation.
Beständige Hartleibigkeit. 1220.   Obstructio alvina. 1337.   Obstipation. 1697.   Stuhlverstopfung. 1872.   Sonst Hartleibigkeit, nach Ignatia Durchfall. 2258.   Verstopfung. 2848.   Obstipation. 3143.

8 Stuhl selten, alle 3 Tage.
Stuhlgang selten und etwas hart, mit etwas Zwängen. 1052. Seit einigen Tagen Stuhlverstopfung. 1166. Hartleibigkeit, nur aller 2-3 Tage Stuhlgang. 1241. Seltener harter Stuhl. 1361. Die Stuhlausleerungen erfolgen selten, schwierig und bei Mangel an Öffnung ist der Gemütszustand jederzeit schlechter. 1380. Klagte sehr über den so erfolglosen Stuhldrang, wobei sich selten harter Kot entfernte. 1382. Mehrtägige Stuhlverhaltung. 1420. Von Zeit zu Zeit Übelkeit und leeres Brechwürgen, kein Stuhlgang seit vorgestern. 1709. Stuhlgang selten und schwierig. 1766. Hartnäckige Obstruction. 1819. Stuhlgang träge, hart und tagelang zurückgehalten. 2056. Appetit schlecht, Stuhl selten und hart, Urin wenig und konzentriert. 2493. Seit 6 Tagen keinen Stuhl, wenig Appetit. 2631. Kein spontaner Stuhlgang, Bauch zum Platzen aufgetrieben. 3123. Wenn es gut geht, Stuhlgang alle 3 Tage. 3428.

9 Nachmittags dreimal weicher Stuhl.
Weicher Stuhl gleich nach dem Essen. 342. Dreimalige Ausleerung weicher Faeces, nachmittags. 343. Drei mäßige Darmausleerungen. 344. Zwei Darmausleerungen dünner Consistenz. 345. Drei durchfällige Stühle. 346. Heftiges Kopfweh drückender Art in den Schläfen und dreimal Durchfall an demselben Tage. 806. Drei musige Stühle, ohne daß aber ein Teil des Körpers vor- noch nachher schmerzhaft affiziert wurde. 814. Nachmittags und abends drei Leibesöffnungen, wodurch jedesmal nur wenige, aber mehr weiche Fäces ausgeleert wurden. 836. Faule, stinkende Stühle, zwei bis dreimal täglich, mit Schneiden und Leibweh vor dem Stuhlgange. 1158. Immer Quälen in der Herzgrube mit Übelkeit ohne Erbrechen, Kneipen im Leibe, dann einige dünne Stuhlgänge worauf das Leibweh nachläßt. 1228. Das Fieber begann mit Unwohlsein, Kopfschmerz, öfterem ziemlich heftigem Frösteln, Aufstoßen, Gefühl von Vollheit des Magens, leichten, zusammenziehenden Schmerzen im Bauch und 3-4 mal täglich Durchfall. 1936. Täglich mehrmals wässriger Stuhlgang, besonders gleich nach dem Essen. 1956. 3 Stühle täglich, immer mit profusem Blutabgang und Prolaps der Hämorrhoiden, die zurückgebracht werden mußten. 2428. Stuhl oft durchfällig. 2462. Mehrmals am Tage kleine Portionen Stuhlgang. 3346. Oft weicher Stuhl, Bleistiftstuhl, Stuhl kommt herausgeschossen. 3353. Der Stuhl war weicher. 3537.

10 Schneiden im Bauch, dann Durchfall. Gefühl als wolle Durchfall entstehen.
Beträchtliches Schneiden im Unterleibe, zu Stuhle zu gehen nötigend, wodurch weichflüssige Faeces ausgeleert wurden. 291. Schneiden, sich über den ganzen Unterleib verbreitend und mit einem Durchfallstuhle endigend. 292. Gefühl im Unterleibe, als hätte ein Abführmittel angefangen zu wirken. 295. Kneipendes Leibweh in freier Luft, als wenn Durchfall entstehen wollte. 334. Nach vorgängigem Schneiden, Durchfallstuhl. 347. Kneipen im Unterleibe mit schleimigen Stuhlgängen. 1103. Faule, stinkende Stühle, zwei bis dreimal täglich, mit Schneiden und Leibweh vor dem Stuhlgange. 1158. Immer Quälen in der Herzgrube mit Übelkeit ohne Erbrechen, Kneipen im Leibe, dann einige dünne Stuhlgänge worauf das Leibweh nachläßt. 1228. Von Kaffee Leibweh und Durchlauf. 1268. Vom Kaffee gleich Leibweh und Durchlauf, so auch von anderen sehr süßen Speisen. 1279. Stuhlgang mit oder ohne Schmerzen drei oder vier Stunden nach den Mahlzeiten. 1753. Das Fieber begann mit Unwohlsein, Kopfschmerz, öfterem ziemlich heftigem Frösteln, Aufstoßen, Gefühl von Vollheit des Magens, leichten, zusammenziehenden Schmerzen im Bauch und 3-4 mal täglich Durchfall. 1936. Durchfälle. 2150. Sonst Hartleibigkeit, nach Ignatia Durchfall. 2258. Seit ungerechter Entlassung Durchfälle mit krampfhaften Magenschmerzen. 3107.

11 Würmer.
Es kriechen Madenwürmer zum After heraus. 385. Beim Liegen kriechen Askariden aus dem After in die Mutterscheide, welche entsetzlich kribbeln. 1219. Bandwurmabgang. 1370. Madenwürmer. 2058. Askariden mit vielem Jucken. 2158. Madenwürmer, Stuhlverstopfung. 2577. Fadenwürmer. Kein guter Appetit. 2655. Stuhl weich, zu wenig, übelriechend, manchmal mit Fadenwürmern. 2732. Hatte Würmer. 3162.

12 Weißer Stuhl. Weißgelblicher Stuhl.
Gelbweißliche Stuhlgänge. 348. Sehr dick geformter und sehr schwierig durch Mastdarm und After abgehender, weißgelblicher Stuhlgang. 355. Gelblichweißer Durchfall. 1015. Harte, spärliche, weiße Stühle, Urin fast schwarz. 1648. Ruhr, weißer Schleim mit Blut, prolapsus ani mit jedem Stuhl. 2766. Stuhl weißlich. 3527.

13 Schleimstühle. Wässrige Stühle.
Schleimige Stuhlgänge. 349. Bekam wässrigen Durchfall, zitterte fast eine Viertelstunde lang, dann erlitt sie heftige Convulsionen (Taube). 842. Kneipen im Unterleibe mit schleimigen Stuhlgängen. 1103. Durchlauf mit Schwingen im Mastdarme. 1217. Täglich mehrmals wässriger Stuhlgang, besonders gleich nach dem Essen. 1956. Ruhr, weißer Schleim mit Blut, prolapsus ani mit jedem Stuhl. 2766. Ruhr, Tenesmus, Gefühl von niemals fertig Werden. 2767.

14 Andere Eigenschaften: Scharf. Übelriechend. Blutig. Reichlich. Grün. Unverdaut. Dunkel. Bleistiftstühle.
Scharfe Stuhlgänge. 350. Faule, stinkende Stühle, zwei bis dreimal täglich, mit Schneiden und Leibweh vor dem Stuhlgange. 1158. Harte, mit Blut gefärbte Excremente steigern die Mastdarmschmerzen. 2002. Viel Blut bei jedem Stuhl (Hämorrhoiden). 2212. Unwillkürliche, meist blutige, übelriechende Stühle. 2303. Vermehrter Stuhl und Urin. 2347. Nach großem Schreck reichliche Diarrhoe, mehr in der Nacht, schmerzlos, mit viel Flatus. 2348. Diphtherie, grüne Diarrhoe, Urin unterdrückt. 2377. 3 Stühle täglich, immer mit profusem Blutabgang und Prolaps der Hämorrhoiden, die zurückgebracht werden mußten. 2428. Stuhl weich, zu wenig, übelriechend, manchmal mit Fadenwürmern. 2732. Oft weicher Stuhl, Bleistiftstuhl, Stuhl kommt herausgeschossen. 3353. Stuhl dunkel, schmerzhaft und fest. 3608. Bleistiftstühle. Weicher Stuhl geht schwer. 3627.

15 Wagenfahren macht Verstopfung.
Durch Fahren im Wagen entsteht Hartleibigkeit, so auch durch Erkältung. 1265. Hartleibigkeit von Erkältung und Fahren im Wagen. 1499. Stuhlverstopfung paralytischer Art durch Wagenfahren. 2951.

16 Aufregung. Schreck. Kummer. Sorgen.
Nach großem Schreck reichliche Diarrhoe, mehr in der Nacht, schmerzlos, mit viel Flatus. 2348. Langwierige Diarrhoe bei Kindern, nach Schreck entstanden. 2637. Seit ungerechter Entlassung Durchfälle mit krampfhaften Magenschmerzen. 3107. Durchfälle seit sorgenvoller Operation. 3108. Aufregungsdurchfall. 3431. Durchfall bei Aufregung. 3452.

17 Kaffee. Süße Speisen.
Von Kaffee Leibweh und Durchlauf. 1268. Vom Kaffee gleich Leibweh und Durchlauf, so auch von anderen sehr süßen Speisen. 1279. Stuhlverstopfung bei Kaffeetrinkern. 2954.

18 Gleich nach Essen. Stunden nach Essen.
Weicher Stuhl gleich nach dem Essen. 342. Vergebliches Nötigen und Drängen zum Stuhle und Nottun in den Därmen des Oberbauches, am meisten bald nach dem Essen. 358. Stuhlgang mit oder ohne Schmerzen drei oder vier Stunden nach den Mahlzeiten. 1753. Täglich mehrmals wässriger Stuhlgang, besonders gleich nach dem Essen. 1956.

19 Andere Modalitäten: Abends. Erkältung. Warmer Wickel.
Abends starkes Nottun und Drang, zu Stuhle zu gehen, mehr in der Mitte des Unterleibes; aber es erfolgte kein Stuhl, bloß der Mastdarm drängte sich heraus. 354. Hartleibigkeit von Erkältung und Fahren im Wagen. 1499. Durch den warmen Wickel geht auch der Stuhlgang. 3531.

20 Mit Angst, Mißmut, Nervosität.
Ängstlich schmerzhafte Vollheit im Unterleibe, nach dem (Abend-) Essen. 237. Ängstliches Nottun zum Stuhle, bei Untätigkeit des Mastdarmes; er konnte den Kot nicht hervordrücken ohne Gefahr des Umstülpens und Ausfallens des Mastdarmes. 359. Die Stuhlausleerungen erfolgen selten, schwierig und bei Mangel an Öffnung ist der Gemütszustand jederzeit schlechter. 1380. Die Trägheit des Darmes begleitet bei ihr jede Krankheit, an dem Tag, an dem sie keine Entleerung hat, fühlt sie sich immer sehr viel schlechter. 1862. Wurde nervös und hysterisch durch den dauernden Stuhldrang. 2675.

21 Appetitlosigkeit bei Obstipation.
Appetitmangel, träge, ungenügende Stuhlentleerung. 1857. Appetitmangel, Stuhlausleerungen träge, ungenügend, wenn sie fehlen, umso unwohler. 1999. Regel sparsam, Eßlust gering, Stuhl träge. 2456. Appetit schlecht, Stuhl selten und hart, Urin wenig und konzentriert. 2493. Mag nicht essen. Der Magen tut weh, das Essen bekommt nicht und der Darm ist träge. 2540. Flatulenz, Appetit schlecht. 2574. Seit 6 Tagen keinen Stuhl, wenig Appetit. 2631. Fadenwürmer. Kein guter Appetit. 2655. Appetitverlust, Indigestion mit viel Flatulenz in Magen und Bauch. 3067. Appetit gering, Stuhlverstopfung. 3329.

22 Andere Begleitsymptome: Mattigkeit. Kopfschmerzen. Bei Fieber. Erektion. Prostatasaft. Magenschmerzen mit Stuhldrang.
Mattigkeit nach dem Stuhlgange. 388. Steifigkeit der männlichen Rute, jedesmal beim zu Stuhle Gehen. 396. Beim Andrange zum Stuhle floß viel Schleim (der Vorsteherdrüse) aus der Harnröhre. 397. Heftiges Kopfweh drückender Art in den Schläfen und dreimal Durchfall an demselben Tage. 806. Durst vor, in und nach dem Froste vor der Hitze, mit Schmerzen und Abgeschlagenheit in den Untergliedern und Durchfall begleitet. 1783. Das Fieber begann mit Unwohlsein, Kopfschmerz, öfterem ziemlich heftigen Frösteln, Aufstoßen, Gefühl von Vollheit des Magens, leichten, zusammenziehenden Schmerzen im Bauch und 3-4 mal täglich Durchfall. 1936. Schlechte Verdauung, im Zusammenhang damit Kopfschmerzen, meist oben auf dem Scheitel. 3102. Schneidende Magenschmerzen 20 Minuten nach Essen, mit Stuhldrang. 3416.

ANUS

1 Hämorrhoidenschmerzen beginnen erst einige Stunden nach weichem, nicht nach hartem Stuhlgang.
Bei weichem Stuhlgange Hämorrhoidalbeschwerden. 376. Bald oder gleich nach einem weichen Stuhlgange, Schmerz im After, wie von der blinden Goldader und wie Wundheitsschmerz. 377. Eine bis zwei Stunden nach dem Stuhlgange, Schmerz im Mastdarme, wie von blinder Goldader, aus Zusammenziehen und Wundheitsschmerz gemischt. 380. Nach Anspannung des Geistes mit Denken, bald nach dem Stuhlgange Schmerz, wie von blinden Hämorrhoiden, drückend und wie wund. 381. Durchfall mit Schründen im Mastdarm. 1497. Analfissur, schrecklicher Schmerz mehr oder weniger lang nach dem Stuhlgang. 1682. Schmerzen im Anus, heftiges Brennen beim Stuhlgang und besonders danach, während mehrerer Stunden, dann verbunden mit Zusammenziehen und Lanzinieren. 1875. Heftig lanzinierende, brennende und klopfende Schmerzen im Anus während der Nacht, die auf die abendliche Stuhlentleerung folgt, sie hören die ganze Nacht nicht auf und verhindern den Schlaf. 1879. Afterschmerz und Blutung stärker, wenn der Stuhl weich ist. 2213. Hämorrhoiden nach Entbindung, scharfer, schmerzhafter Druck im After selbst nach weichem Stuhl, scharfe Stiche vom Anus zum Rectum. 2227. Schmerz in den Hämorrhoiden stundenlang anhaltend nach dem Stuhlgang, ob weich oder hart. 2796. Etwa eine Stunde nach

ANUS

dem Stuhlgang begannen die schrecklichsten klopfenden Schmerzen im Rectum und hielten lange Zeit an. 2803. Afterschmerzen brennend, klopfend und messerstechend, kommen sofort nach dem Stuhlgang und halten lange an. 2809. Bohren, Brennen und wie von einer glühenden Säge im After, die gedreht wird, besonders während und lange nach dem Stuhlgang. 2813. Wenn ich nach einem normalen Stuhl noch eine Portion lehmigen, weichen Stuhles entleere, kann ich mich auf den später folgenden Afterschmerz verlassen. 3581. Einige Stunden nach weichem Stuhlgang beginnt ein Afterschmerz und nimmt ganz langsam zu. 3582. Der Afterschmerz wird allmählich unangenehmer und zwingt immer häufiger zum Pressen. 3584. Gefühl bei Afterschmerz, daß sich genügend Stuhl ansammeln muß, damit abends Stuhlgang erfolgt. Auch wenn dieser hart ist, ist der Schmerz hinterher vorbei. 3585.

2 Vergeblicher Stuhldrang, nur das Rectum drängt sich heraus. Die Hämorrhoiden treten beim Stuhlgang heraus und müssen reponiert werden.
Mastdarmvorfall bei mäßig angestrengtem Stuhlgange. 351. Öfterer, fast vergeblicher Drang zum Stuhle, mit Bauchweh, Stuhlzwang und Neigung zum Austreten des Mastdarmes. 353. Abends starkes Nottun und Drang, zu Stuhle zu gehen, mehr in der Mitte des Unterleibes; aber es erfolgte kein Stuhl, bloß der Mastdarm drängte sich heraus. 354. Ängstliches Nottun zum Stuhle, bei Untätigkeit des Mastdarmes; er konnte den Kot nicht hervordrücken ohne Gefahr des Umstülpens und Ausfallens des Mastdarmes. 359. Mastdarmvorfall mit schründendem Schmerze, bei mäßig angestrengtem Stuhlgange. 1501. Der Drang nach der Reposition des Mastdarmvorfalles war unwillkürlich. 1594. Über 4 Zoll langer Mastdarmvorfall, welcher bei der geringsten Anstrengung herausfiel. 2053. Oft leerer Stuhldrang mit Gefühl, als schnüre es den Mastdarm zusammen. 2116. Schwieriger Stuhl, der Mastdarmvorfall verursacht. 2151. Leichtes Vorfallen des Mastdarms, bei Schwangeren. 2152. Seit der ersten Entbindung Hämorrhoiden, die mit jedem Stuhl heraustreten und mit der Hand zurückgebracht werden müssen, sie tun weh wie wund. 2211. Rectumprolaps mußte jedesmal nach Stuhlgang manuell zurückgebracht werden. 2263. Seit Entbindung Hämorrhoiden, die nur wenig bluten und beim Stuhl heraustreten. 2322. Dunkelgefärbter Rectumprolaps schon von leichtem Stuhlpressen. 2567. Stuhl hart und ziemlich dick geformt, verursacht Mastdarmvorfall. 2636. Pressen und häufiger vergeblicher Stuhldrang, schwieriger Abgang, Afterjucken, Rectumprolaps bei jedem Stuhlgang, schwer zu reponieren. 2686. Ruhr, weißer Schleim mit Blut, prolapsus ani mit jedem Stuhl. 2766. Die Hämorrhoiden treten nach dem Stuhlgang hervor und bluten manchmal. 2806. Der After prolabiert schon bei leichtem Stuhlpressen. 2950. Hämorrhoiden prolabieren mit jedem Stuhlgang, müssen reponiert werden. 2955.

3 Während der Hämorrhoidenschmerzen Zwang, immer wieder die Bauchpresse auszuüben. Muß dauernd herumlaufen wegen der Schmerzen. Schmerzen im Sitzen stärker.
Krampfhafte Spannung im Mastdarme den ganzen Tag. 363. Scharf drückender Schmerz tief im Mastdarme nach dem Stuhlgange, wie von eingesperrten Blähungen (wie nach einer übereilten Ausleerung zu erfolgen pflegt – eine Art Proktalgie). 364. Ein jückender Knoten im After, welcher beim Stuhlgange nicht schmerzt, beim Sitzen aber ein Drücken verursacht. 375. Blinde Hämorrhoiden mit Schmerz, aus Drücken und Wundheit (am After und im Mastdarme) zusammengesetzt, schmerzhafter im Sitzen und Stehen, gelinder im Gehen, doch am schlimmsten erneuert nach dem Genusse der freien Luft. 383. Der Drang nach der Reposition des Mastdarmvorfalles war unwillkürlich. 1594. Anhaltender Schmerz wie ein dauernder Stich im Anus. Er konnte nicht im Bett bleiben und mußte die ganze Nacht herumlaufen. Am Tag fühlte er ihn beim ruhig Sitzen. 1678. Das Kind war immer schläfrig, weil der Schmerz im After es am Schlafen hinderte. 1680. Heftige, anhaltende, Schlaf und Ruhe raubende, stechende und wund brennende Schmerzen im Mastdarm. 2000. Schmerzen im Anus, heftiges Brennen beim Stuhlgang und besonders danach, während mehrerer Stunden, dann verbunden mit Zusammenziehen und Lanzinieren. 1875. Dumpfer, zerrender Schmerz im ganzen Becken, dauernde Spannung und häufiges Zusammenschnüren des Afters, danach ein scharfer Stich vom Anus den Mastdarm hinauf. 2214. Ein Einlauf bleibt 3-4 Stunden drin,

verursacht viel Schmerz und Drang, ehe der Darm sich wieder entleert. 2660. Pressen und häufiger vergeblicher Stuhldrang, schwieriger Abgang, Afterjucken, Rectumprolaps bei jedem Stuhlgang, schwer zu reponieren. 2686. Hämorrhoidenschmerzen unabhängig von Stuhlentleerung, Sitzen verschlimmert, Gehen bessert. 3302. Wacht auf durch einen unangenehmen Schmerz 20 cm über dem Anus im Darm, als ob etwas nicht durchgeht, besser durch Stuhlgang. 3481. Afterschmerz zuerst spürbar bei längerem Sitzen, muß oft die Position wechseln oder im Stehen oder Gehen arbeiten, auch die Pobacken zusammenkneifend mich hinsetzen. 3583. Der Afterschmerz wird allmählich unangenehmer und zwingt immer häufiger zum Pressen. 3584. Gefühl bei Afterschmerz, daß sich genügend Stuhl ansammeln muß, damit abends Stuhlgang erfolgt. Auch wenn dieser hart ist, ist der Schmerz hinterher vorbei. 3585.

4 Schmerzlose Zusammenschnürung des Afters nach Stuhlgang. Zusammenziehende Schmerzen.

Unschmerzhafte Zusammenziehung des Afters, eine Art mehrtägiger Verengerung. 366. Zusammenziehung des Afters (abends), welche Tags darauf um dieselbe Stunde wiederkommt, schmerzhaft beim Gehen, am meisten aber beim Stehen, undschmerzhaft aber im Sitzen, mit Zusammenfluß eines faden Speichels im Munde. 368. Schmerz im Mastdarme, wie von Hämorrhoiden, zusammenschnürend und schründend, wie von einer berührten Wunde. 379. Eine bis zwei Stunden nach dem Stuhlgange, Schmerz im Mastdarme, wie von blinder Goldader, aus Zusammenziehen und Wundheitsschmerz gemischt. 380. Zusammenziehung des Afters nach dem Stuhle. 1502. Schmerzen im Anus, heftiges Brennen beim Stuhlgang und besonders danach, während mehrerer Stunden, dann verbunden mit Zusammenziehen und Lanzinieren. 1875. Oft leerer Stuhldrang mit Gefühl, als schnüre es den Mastdarm zusammen. 2116. Wundheitsgefühl und wie zusammengezogen im Mastdarme. 2153. Afterfissuren mit schmerzloser Zusammenziehung im After mehrere Tage lang; bald nach dem Stuhlgange Schmerz im After, weit nach oben schießend, oder Zusammenschnüren und Schründen als würde eine Wunde berührt. 2157. Dumpfer, zerrender Schmerz im ganzen Becken, dauernde Spannung und häufiges Zusammenschnüren des Afters, danach ein scharfer Stich vom Anus den Mastdarm hinauf. 2214. Nach Stuhl heftiger, zusammenziehender Schmerz im Anus und Stiche das Rectum hinauf, jeden Tag 17 Uhr hört der Schmerz plötzlich auf. 2323. Zusammenschnürung des Anus nach Stuhlgang. 2597. Wacht auf durch einen unangenehmen Schmerz 20 cm über dem Anus im Darm, als ob etwas nicht durchgeht, besser durch Stuhlgang. 3481.

5 Blutende Hämorrhoiden. Blinde Hämorrhoiden. Prolaps dunkelgefärbt. Afterrand geschwollen.

Bald oder gleich nach einem weichen Stuhlgange, Schmerz im After, wie von der blinden Goldader und wie Wundheitsschmerz. 377. Eine bis zwei Stunden nach dem Stuhlgange, Schmerz im Mastdarme, wie von blinder Goldader, aus Zusammenziehen und Wundheitsschmerz gemischt. 380. Nach Anspannung des Geistes mit Denken, bald nach dem Stuhlgange Schmerz, wie von blinden Hämorrhoiden, drückend und wie wund. 381. Geschwulst des Randes des Afters, ringsum wie von aufgetriebenen Adern. 382. Blinde Hämorrhoiden mit Schmerz. 383. Blutfluß aus dem After, mit Jücken des Mittelfleisches und Afters. 384. Mastdarmvorfall, der vorgefallene Teil war stark geschwollen, dunkelbläulich, blutig, schmerzhaft bei Berührung. 1593. Vorfall des Mastdarmes, exulcerierter Knoten im Inneren. 2001. Harte, mit Blut gefärbte Excremente steigern die Mastdarmschmerzen. 2002. Mastdarmvorfall blaurötlich, wulstartig, leicht blutend, mit Schleimeiter überzogen. 2054. Viel Blut bei jedem Stuhl (Hämorrhoiden). 2212. Afterschmerz und Blutung stärker, wenn der Stuhl weich ist. 2213. Unwillkürliche, meist blutige, übelriechende Stühle. 2303. Seit Entbindung Hämorrhoiden, die nur wenig bluten und beim Stuhl heraustreten. 2322. 3 Stühle täglich, immer mit profusem Blutabgang und Prolaps der Hämorrhoiden, die zurückgebracht werden mußten. 2428. Dunkelgefärbter Rectumprolaps schon von leichtem Stuhlpressen. 2567. Blutende Hämorrhoiden, Eimer voll Blut wurden entleert. 2722. Ruhr, weißer Schleim mit Blut, prolapsus ani mit jedem Stuhl. 2766. Die Hämorrhoiden treten nach dem Stuhlgang hervor und bluten manchmal. 2806. Immer mehr oder weniger Blutung bei Afterschmerzen. 2810. Nur selten Bluten der inneren Hämorrhoiden. 3301.

6 Scharfes Stechen vom Anus das Rectum aufwärts.
Ein großer Stich vom After tief in den Mastdarm hinein. 370. Große Stiche im After. 371. Anhaltender Schmerz wie ein dauernder Stich im Anus. Er konnte nicht im Bett bleiben und mußte die ganze Nacht herumlaufen. Am Tag fühlte er ihn beim ruhig Sitzen. 1678. Schmerzen im Anus, heftiges Brennen beim Stuhlgang und besonders danach, während mehrerer Stunden, dann verbunden mit Zusammenziehen und Lanzinieren. 1875. Heftig lanzinierende, brennende und klopfende Schmerzen im Anus während der Nacht, die auf die abendliche Stuhlentleerung folgt, sie hören die ganze Nacht nicht auf und verhindern den Schlaf. 1879. Heftige, anhaltende, Schlaf und Ruhe raubende, stechende und wund brennende Schmerzen im Mastdarm. 2000. Afterknoten mit Schmerzen, die weit in den Mastdarm hineinschießen, und wie es scheint, hinauf in den Bauch. 2156. Afterfissuren mit schmerzloser Zusammenziehung im After mehrere Tage lang; bald nach dem Stuhlgange Schmerz im After, weit nach oben schießend, oder Zusammenschnüren und Schründen als würde eine Wunde berührt. 2157. Dumpfer, zerrender Schmerz im ganzen Becken, dauernde Spannung und häufiges Zusammenschnüren des Afters, danach ein scharfer Stich vom Anus den Mastdarm hinauf. 2214. Hämorrhoiden nach Entbindung, scharfer, schmerzhafter Druck im After selbst nach weichem Stuhl, scharfe Stiche vom Anus zum Rectum. 2227. Nach Stuhl heftiger, zusammenziehender Schmerz im Anus und Stiche das Rectum hinauf, jeden Tag 17 Uhr hört der Schmerz plötzlich auf. 2323. Stiche vom Anus das Rectum hinauf. 2595. Stiche das Rectum hinauf, Jucken um den Anus. 2671. Zu verschiedenen Zeiten während des Tages scharfe, stechende Schmerzen, die vom After das Rectum hinaufschießen. 2804. Afterschmerzen brennend, klopfend und messerstechend, kommen sofort nach dem Stuhlgang und halten lange an. 2809. Scharfe Stiche von den Hämorrhoiden das Rectum hinauf. 2956. Hämorrhoidenschmerz ganz gemein, einmal stechend, einmal brennend, mit Jucken. 3300.

7 Wundheitsschmerz. Schründen. Brennen.
Kriebeln und Brennen im After. 367. Bald oder gleich nach einem weichen Stuhlgange, Schmerz im After, wie von der blinden Goldader und wie Wundheitsschmerz. 377. Wundheitsschmerz im After, außer dem Stuhlgange. 378. Schmerz im Mastdarme, wie von Hämorrhoiden, zusammenschnürend und schründend, wie von einer berührten Wunde. 379. Eine bis zwei Stunden nach dem Stuhlgange, Schmerz im Mastdarme, wie von blinder Goldader, aus Zusammenziehen und Wundheitsschmerz gemischt. 380. Nach Anspannung des Geistes mit Denken, bald nach dem Stuhlgange Schmerz, wie von blinden Hämorrhoiden, drückend und wie wund. 381. Blinde Hämorrhoiden mit Schmerz, aus Drücken und Wundheit (am After und im Mastdarme) zusammengesetzt, schmerzhafter im Sitzen und Stehen, gelinder im Gehen, doch am schlimmsten erneuert nach dem Genusse der freien Luft. 383. Kriebeln und Brennen im After und in der Harnröhre. 822. Durchfall mit Schründen im Mastdarm. 1497. Mastdarmvorfall mit schründendem Schmerze, bei mäßig angestrengtem Stuhlgange. 1501. Analfissur, schrecklicher Schmerz mehr oder weniger lang nach dem Stuhlgang. 1682. Heftig lanzinierende, brennende und klopfende Schmerzen im Anus während der Nacht, die auf die abendliche Stuhlentleerung folgt, sie hören die ganze Nacht nicht auf und verhindern den Schlaf. 1879. Heftige, anhaltende, Schlaf und Ruhe raubende, stechende und wund brennende Schmerzen im Mastdarm. 2000. Wundheitsgefühl und wie zusammengezogen im Mastdarme. 2153. Afterfissuren mit schmerzloser Zusammenziehung im After mehrere Tage lang; bald nach dem Stuhlgange Schmerz im After, weit nach oben schießend, oder Zusammenschnüren und Schründen als würde eine Wunde berührt. 2157. Seit der ersten Entbindung Hämorrhoiden, sie tun weh wie wund. 2211. Afterschmerzen brennend, klopfend und messerstechend, kommen sofort nach dem Stuhlgang und halten lange an. 2809. Bohren, Brennen und wie von einer glühenden Säge im After, die gedreht wird, besonders während und lange nach dem Stuhlgang. 2813. Hämorrhoidenschmerzen ganz gemein, einmal stechend, einmal brennend, mit Jucken. 3300.

8 Jucken. Kriebeln.

ANUS

Kriebeln und Brennen im After. 367. Heftiges Jücken im Mastdarme abends im Bette. 372. Kriebeln im Mastdarme, wie von Madenwürmern. 373. Unten im Mastdarme, nach dem After zu, unangenehmes Kriebeln, wie von Madenwürmern. 374. Ein jückender Knoten am After, welcher beim Stuhlgange nicht schmerzt, beim Sitzen aber ein Drücken verursacht. 375. Blutfluß aus dem After, mit Jücken des Mittelfleisches und Afters. 384. Jücken am After. 386. Jücken am Mittelfleische, vorzüglich im Gehen. 387'. Kriebeln und Brennen im After und in der Harnröhre, in letzterer besonders, wenn er den Urin ließ. 822. Obstructionen, mit Schmerzen in den Hämorrhoidalknoten, Jucken am After. 1122. Jucken und Kriebeln im After. 1500. Schweregefühl, Jucken und Schmerzen im Anus. 1624. Jucken und Kitzeln im After. 2155. Askariden mit vielem Jucken. 2158. Etwas Jucken am After. 2564. Stiche das Rectum hinauf, Jucken um den Anus. 2671. Pressen und häufiger vergeblicher Stuhldrang, schwieriger Abgang, Afterjucken, Rectumprolaps bei jedem Stuhlgang, schwer zu reponieren. 2686. Hämorrhoidenschmerz ganz gemein, einmal stechend, einmal brennend, mit Jucken. 3300.

9 Andere Empfindungen: Als ob etwas nicht durchgeht. Drücken. Klopfen. Bohren.

Unschmerzhafte Zusammenziehung des Afters, eine Art mehrtägiger Verengerung. 366. Ein jückender Knoten am After, welcher beim Stuhlgange nicht schmerzt, beim Sitzen aber ein Drücken verursacht. 375. Nach Anspannung des Geistes mit Denken, bald nach dem Stuhlgange Schmerz, wie von blinden Hämorrhoiden, drückend und wie wund. 381. Blinde Hämorrhoiden mit Schmerz, aus Drücken und Wundheit (am After und im Mastdarme) zusammengesetzt, schmerzhafter im Sitzen und Stehen, gelinder im Gehen, doch am schlimmsten erneuert nach dem Genusse der freien Luft. 383. Schweregefühl, Jucken und Schmerzen im Anus. 1624. Heftig lanzinierende, brennende und klopfende Schmerzen im Anus während der Nacht, die auf die abendliche Stuhlentleerung folgt, sie hören die ganze Nacht nicht auf und verhindern den Schlaf. 1879. Hämorrhoiden nach Entbindung, scharfer, schmerzhafter Druck im After selbst nach weichem Stuhl, scharfe Stiche vom Anus zum Rectum. 2227. Afterschmerz klopfend und stechend, besser durch kalte oder heiße Auflagen. 2797. Etwa eine Stunde nach dem Stuhlgang begannen die schrecklichsten klopfenden Schmerzen im Rectum und hielten lange Zeit an. 2803. Afterschmerzen brennend, klopfend und messerstechend, kommen sofort nach dem Stuhlgang und halten lange an. 2809. Bohren, Brennen und wie von einer glühenden Säge im After, die gedreht wird, besonders während und lange nach dem Stuhlgang. 2813. Wacht auf durch einen unangenehmen Schmerz 20 cm über dem Anus im Darm, als ob etwas nicht durchgeht, besser durch Stuhlgang. 3481.

10 Stuhlgang bessert. Blutung bessert.

Ein jückender Knoten am After, welcher beim Stuhlgange nicht schmerzt, beim Sitzen aber ein Drücken verursacht. 375. Wundheitsschmerz im After, außer dem Stuhlgange. 378. Hämorrhoidenschmerzen unabhängig von Stuhlentleerung, Sitzen verschlimmert, Gehen bessert. 3302. Wacht auf durch einen unangenehmen Schmerz 20 cm über dem Anus im Darm, als ob etwas nicht durchgeht, besser durch Stuhlgang. 3481. Gefühl bei Afterschmerz, daß sich genügend Stuhl ansammeln muß, damit abends Stuhlgang erfolgt. Auch wenn dieser hart ist, ist der Schmerz hinterher vorbei. 3585. Besserung des Allgemeinbefindens jedesmal nach einer unschmerzhaften, reichlichen, zähen und dunklen Afterblutung, etwa alle 4 Wochen. 3586.

11 Schmerzhafter Stuhlgang. Bei hartem Stuhl Hämorrhoidenschmerzen.

Obstructionen, mit Schmerzen in den Hämorrhoidalknoten, Jucken am After. 1122. Durchfall mit Schründen im Mastdarm. 1497. Mastdarmvorfall mit schründendem Schmerze, bei mäßig angestrengtem Stuhlgange. 1501. Heftige Afterschmerzen, sehr verstärkt beim Stuhlgang. 1676. Analfissur, schrecklicher Schmerz mehr oder weniger lang nach dem Stuhlgang. 1682. Schmerzen im Anus, heftiges Brennen beim Stuhlgang und besonders danach, während mehrerer Stunden, dann verbunden mit Zusammenziehen und Lanzinieren. 1875. Harte, mit Blut gefärbte Excremente steigern die Mastdarmschmerzen. 2002. Bisweilen heftige Schmerzen im Mastdarmvorfall, besonders wenn Stuhlgang stattfindet. 2055. Afterfissuren mit schmerzloser Zusammenziehung im After mehrere Tage lang; bald nach dem Stuhlgange Schmerz im After, weit nach oben schießend, oder Zusammenschnüren und Schründen als würde eine Wunde berührt. 2157. Nach Stuhl heftiger, zusammenziehender Schmerz im Anus und Stiche das Rectum hinauf, jeden Tag 17 Uhr hört der Schmerz plötzlich auf. 2323. Sehr schmerzhafte Verstopfung, fürchtet sich vor dem Stuhlgang. 2400. Bohren, Brennen und wie von einer glühenden Säge im After, die gedreht wird, besonders während und lange nach dem Stuhlgang. 2813. Schmerzhafte Stuhlverstopfung, fürchtet sich, auf die Toilette zu gehen. 2953. Stuhl dunkel, schmerzhaft und fest. 3608.

12 Andere Modalitäten: Gehen. Sitzen bessert. Geistesanstrengung. Frische Luft. Entbindung. Schwangerschaft. Kälte- oder Hitzeanwendung bessert. Husten. Kaffee. Zusammenkneifen bessert.

Zusammenziehung des Afters (abends), welche Tags darauf um dieselbe Stunde wiederkommt, schmerzhaft beim Gehen, am meisten aber beim Stehen, unschmerzhaft aber im Sitzen, mit Zusammenfluß eines faden Speichels im Munde. 368. Nach Anspannung des Geistes mit Denken, bald nach dem Stuhlgange Schmerz, wie von blinden Hämorrhoiden, drückend und wie wund. 381. Blinde Hämorrhoiden mit Schmerz, aus Drücken und Wundheit (am After und im Mastdarme) zusammengesetzt, schmerzhafter im Sitzen und Stehen, gelinder im Gehen, doch am schlimmsten erneuert nach dem Genusse der freien Luft. 383. Jücken am Mittelfleische, vorzüglich im Gehen. 387. Leichtes Vorfallen des Mastdarms, bei Schwangeren. 2152. Afterschmerz, der jeden Tag zur selben Stunde wiederkommt, schlimmer beim Gehen, am Schlimmsten im Stehen, gemindert beim Niedersitzen. 2154. Seit der ersten Entbindung Hämorrhoiden, die mit jedem Stuhl heraustreten und mit der Hand zurückgebracht werden müssen, sie tun weh wie wund. 2211. Hämorrhoiden nach Entbindung, scharfer, schmerzhafter Druck im After selbst nach weichem Stuhl, scharfe Stiche vom Anus zum Rectum. 2227. Seit Entbindung Hämorrhoiden, die nur wenig bluten und beim Stuhl heraustreten. 2322. Afterschmerz klopfend und stechend, besser durch kalte oder heiße Auflagen. 2797. Schmerz im Rectum beim Husten. 2805. Kaffee muß ich meiden wegen meiner Hämorrhoiden. 3555. Afterschmerz zuerst spürbar bei längerem Sitzen, muß oft die Position wechseln oder im Stehen oder Gehen arbeiten, auch die Pobacken zusammenkneifend mich hinsetzen. 3583.

13 Zeit: Jeden Tag zur gleichen Stunde. Hört 17 Uhr auf. Nachts. Abends.

Zusammenziehung des Afters (abends), welche Tags darauf um dieselbe Stunde wiederkommt, schmerzhaft beim Gehen, am meisten aber beim Stehen, unschmerzhaft aber im Sitzen, mit Zusammenfluß eines faden Speichels im Munde. 368. Heftiges Jücken im Mastdarme abends im Bette. 372. Anhaltender Schmerz wie ein dauernder Stich im Anus. Er konnte nicht im Bett bleiben und mußte die ganze Nacht herumlaufen. Am Tag fühlte er ihn beim ruhig Sitzen. 1678. Das Kind war immer schläfrig, weil der Schmerz im After es am Schlafen hinderte. 1680. Heftig lanzinierende, brennende und klopfende Schmerzen im Anus während der Nacht, die auf die abendliche Stuhlentleerung folgt, sie hören die ganze Nacht nicht auf und verhindern den Schlaf. 1879. Heftige, anhaltende, Schlaf und Ruhe raubende, stechende und wund brennende Schmerzen im Mastdarm. 2000. Afterschmerz, der jeden Tag zur selben Stunde wiederkommt, schlimmer beim Gehen, am Schlimmsten im Stehen, gemindert beim Niedersitzen. 2154. Nach Stuhl heftiger, zusammenziehender Schmerz im Anus und Stiche das Rectum hinauf, jeden Tag 17 Uhr hört der Schmerz plötzlich auf. 2323. Wacht auf durch einen unangenehmen Schmerz 20 cm über dem Anus im Darm, als ob etwas nicht durchgeht, besser durch Stuhlgang. 3481.

14 Begleitsymptome: Speichelfluß. Glaubt verrückt zu werden.

Zusammenziehung des Afters (abends), welche Tags darauf um dieselbe Stunde wiederkommt, schmerzhaft beim Gehen, am meisten aber beim Stehen, unschmerzhaft aber im Sitzen, mit Zusammenfluß eines faden Speichels im Munde. 368. So starke Afterschmerzen, daß sie glaubte, ihren Verstand zu verlieren. 2807. Afterschmerzen, lag auf dem Rücken und hatte die Knie hochgezogen, stöhnte vor Schmerzen, zitterte und sprach schnell und erregt. 2808. Fast verrückt vor Afterschmerzen. 2812.

HARNORGANE

1 Dringender, eiliger Harndrang, ihm muß sofort stattgegeben werden.
Viel Plage von Blähungen, welche dann auf den Urin drücken. 307.   Sie kann den Harn nicht aufhalten, wenn es zum Harnen nötigt, sie muß ihn auf der Stelle lassen. 1221.   Nach Kaffeetrinken immer Harndrang. 1222.   Schneller, unwiderstehlicher Harndrang. 1503.   Nach Kaffeetrinken stets Harndrang. 1505.   Wenn sie gleich wasserlassen konnte, war alles in Ordnung, wenn nicht, bekam sie heftige Schmerzen und Harnträufeln, das bis zum Schlafengehen anhielt. Inkontinenz niemals in der Nacht. 2726.   Eiliger Harndrang nachts, muß oft aufstehen. 2764.   Paroxysmale Tachykardie mit Harndrang, Erleichterung nach Wasserlassen. 3186.

2 Flatulenz verursacht Harndrang. Stuhldrang verursacht Abgang von Prostatasaft.
Viel Plage von Blähungen, welche dann auf den Urin drücken. 307.   Ein scharfer Druck auf die Harnblase, wie von versetzten Blähungen, nach dem Abendessen. 389.   Beim Andrange zum Stuhle floß viel Schleim (der Vorsteherdrüse) aus der Harnröhre. 397.   Bei Blähungsauftreibung des Unterleibes, brennendes Jücken am Blasenhalse, welches den Geschlechtstrieb erregt. 407.

3 Unwillkürlicher Harnabgang.
Der Urin ging unwillkürlich ab. 1036.   Sie kann den Harn nicht aufhalten, wenn es zum Harnen nötigt, sie muß ihn auf der Stelle lassen. 1221.   Epilepsie mit Zungenbiß, Daumen eingezogen, Harnabgang, Melancholie. 2436.

4 Orte: Im Blasenhals. In der Mitte der Harnröhre. Vorn in der Harnröhre. In der Harnröhre hin.
Ein kratzig drückender Schmerz auf die Gegend des Blasenhalses, vorzüglich beim Gehen und nach dem Essen, außer dem Harnen, welches unschmerzhaft vor sich geht. 390.   Große Stiche in der Harnröhre hin, beim Gehen. 399.   Bald nach dem Mittagessen, ein Stich vorn in der Harnröhre, der sich in ein Reißen endigt. 400.   In der Mitte der Harnröhre (abends beim Sitzen) ein kratzig reißender Schmerz. 401.   In der Mitte der Harnröhre, ein scharrig kratzender und kratzend reißender Schmerz (abends beim Liegen im Bette). 402.   Ein Jücken im vorderen Teile der Harnröhre. 404.   Bei Blähungsauftreibung des Unterleibes, brennendes Jücken am Blasenhalse, welches den Geschlechtstrieb erregt. 407.   Beißendes Brennen vorn in der Harnröhre beim Harnen. 410.   Unschmerzhafter Scheidefluß, aber der Harn zwingt beim Durchgange. 1225.

5 Empfindungen: Scharfer Druck. Kratziges Drücken. Brennen. Große Stiche. Stechen wird zu Reißen. Kriebeln. Jucken. Beißen. Schründen.
Ein scharfer Druck auf die Harnblase, wie von versetzten Blähungen, nach dem Abendessen. 389.   Ein kratzig drückender Schmerz auf die Gegend des Blasenhalses, vorzüglich beim Gehen und nach dem Essen, außer dem Harnen, welches unschmerzhaft vor sich geht. 390.   Dunkler Urin geht mit brennender Empfindung ab. 398.   Große Stiche in der Harnröhre hin, beim Gehen. 399.   Bald nach dem Mittagessen, ein Stich vorn in der Harnröhre, der sich in ein Reißen endigt. 400.   In der Mitte der Harnröhre (abends beim Sitzen) ein kratzig reißender Schmerz. 401.   In der Mitte der Harnröhre, ein scharrig kratzender und kratzend reißender Schmerz (abends beim Liegen im Bette). 402.   Kriebeln und Brennen in der Harnröhre, besonders beim Harnen, auch mit Stichen sich verbindend. 403.   Ein Jücken im vorderen Teile der Harnröhre. 404.   Früh, Harnbrennen. 405.   Bei Blähungsauftreibung des Unterleibes, brennendes Jücken am Blasenhalse, welches den Geschlechtstrieb erregt. 407.   Beißendes Brennen vorn in der Harnröhre beim Harnen. 410.   Kriebeln und Brennen im After und in der Harnröhre, in letzterer besonders, wenn er den Urin ließ. Der Urin wurde öfter als gewöhnlich gelassen. 822.   Unschmerzhafter Scheidefluß, aber der Harn zwingt beim Durchgange. 1225.   Beim Harnen, Brennen und Schründen in der Harnröhre. 1506.

6 Reichlicher, heller Harnabgang.
Öfterer Abgang vielen wässrigen Harns. 392. Beim Andrange zum Stuhle floß viel Schleim (der Vorsteherdrüse) aus der Harnröhre. 397. Öfterer Abgang vielen wässrigen Harns. 1504. Läßt blassen Urin während des Kopfschmerzanfalls. 2288. Nach jedem Kopfschmerzanfall Schlaflosigkeit, profuser, blasser Urinabgang, Melancholie und viel Seufzen. 2317. Vermehrter Stuhl und Urin. 2347. Urin hell und profus. 2361. Mußte gegen sonst sehr viel Wasser lassen (Kopfschmerzen). 2500. Urin blaß und reichlich. 2575. Urin hellgefärbt. 2815. Reichlicher wässriger Urin. 2918. Harn häufig und wasserhell. 3330.

7 Harnabgang bessert Kopfschmerzen oder Tachykardie.
Läßt blassen Urin während des Kopfschmerzanfalls. 2288. Nach jedem Kopfschmerzanfall Schlaflosigkeit, profuser, blasser Urinabgang, Melancholie und viel Seufzen. 2317. Mußte gegen sonst sehr viel Wasser lassen (Kopfschmerzen). 2500. Paroxysmale Tachykardie mit Harndrang, Erleichterung nach Wasserlassen. 3186. Kopfschmerz besser durch Harnlassen. 3226.

8 Häufiger Harnabgang, aber jedesmal nur Tropfen. Wenig Urin.
Öfteres Harnen. 391. Kriebeln und Brennen im After und in der Harnröhre, in letzterer besonders, wenn er den Urin ließ. Der Urin wurde öfter als gewöhnlich gelassen. 822. Häufiger Urinabgang. 1640. Nicht viel Urin, Urin veränderlich, manchmal rötliches oder bräunliches Sediment. 2270. Diphtherie, grüne Diarrhoe, Urin unterdrückt. 2377. Appetit schlecht, Stuhl selten und hart, Urin wenig und konzentriert. 2493. Häufiges Wasserlassen, immer nur wenig, keine Erleichterung hinterher. 2788. Häufiges Wasserlassen, nur ein paar Tropfen alle paar Minuten. 2865.

9 Eigenschaften: Zitronengelb. Weißes Sediment. Trüb. Dunkel. Fast schwarz. Sehr übelriechend. Braunes Sediment. Rot.
Zitronengelber Harn mit weißem Satze. 393. Trüber Urin. 394. Beim Andrange zum Stuhle floß viel Schleim (der Vorsteherdrüse) aus der Harnröhre. 397. Dunkler Urin geht mit brennender Empfindung ab. 398. Urin wie Lehmwasser trübe. 1135. Harte, spärliche, weiße Stühle, Urin fast schwarz. 1648. Der Urin ist trüb und von so starkem unangenehmem Geruch, daß das Geschirr baldigst entfernt werden muß. 2028. Der Harn hat einen üblen Geruch. 2101. Urin trübe und macht weißlichen Satz. 2119. Nicht viel Urin, Urin veränderlich, manchmal rötliches oder bräunliches Sediment. 2270. Urin rot. 2733.

10 Beim Wasserlassen. Außer dem Wasserlassen. Im Beginn des Wasserlassens.
Ein kratzig drückender Schmerz auf die Gegend des Blasenhalses, vorzüglich beim Gehen und nach dem Essen, außer dem Harnen, welches unschmerzhaft vor sich geht. 390. Kriebeln und Brennen in der Harnröhre, besonders beim Harnen, auch mit Stichen sich verbindend. 403. Beißendes Brennen vorn in der Harnröhre beim Harnen. 410. Kriebeln und Brennen im After und in der Harnröhre, in letzterer besonders, wenn er den Urin ließ. Der Urin wurde öfter als gewöhnlich gelassen. 822. Unschmerzhafter Scheidefluß, aber der Harn zwingt beim Durchgange. 1225. Beim Harnen, Brennen und Schründen in der Harnröhre. 1506. Gelegentlich Schmerz nur im Beginn der Miktion. 2271.

11 Andere Modalitäten: Nach Essen. Gehen. Stuhldrang. Sitzen. Liegen. Kaffee.
Ein scharfer Druck auf die Harnblase, wie von versetzten Blähungen, nach dem Abendessen. 389. Ein kratzig drückender Schmerz auf die Gegend des Blasenhalses, vorzüglich beim Gehen und nach dem Essen, außer dem Harnen, welches unschmerzhaft vor sich geht. 390. Beim Andrange zum Stuhle floß viel Schleim (der Vorsteherdrüse) aus der Harnröhre. 397. Große Stiche in der Harnröhre hin, beim Gehen. 399. Bald nach dem Mittagessen, ein Stich vorn in der Harnröhre, der sich in ein Reißen endigt. 400. In der Mitte der Harnröhre (abends beim Sitzen) ein kratzig reißender Schmerz. 401. In der Mitte der Harnröhre, ein scharrig kratzender und kratzend reißender Schmerz (abends beim Liegen im Bette). 402. Nach Kaffeetrinken immer Harndrang. 1222. Nach

Kaffeetrinken stets Harndrang. 1505.

12 Zeit: Abends. Nachts. Morgens.
Ein scharfer Druck auf die Harnblase, wie von versetzten Blähungen, nach dem Abendessen. 389.   In der Mitte der Harnröhre (abends beim Sitzen) ein kratzig reißender Schmerz. 401.   In der Mitte der Harnröhre, ein scharrig kratzender und kratzend reißender Schmerz (abends beim Liegen im Bette). 402.   Früh, Harnbrennen. 405.   Wenn sie gleich wasserlassen konnte, war alles in Ordnung, wenn nicht, bekam sie heftige Schmerzen und Harnträufeln, das bis zum Schlafengehen anhielt. Inkontinenz niemals in der Nacht. 2726.   Eiliger Harndrang nachts, muß oft aufstehen. 2764.

MÄNNLICHE GENITALIEN, LEISTEN

1 Unwiderstehliche Geilheit bei Impotenz.
Geile, verliebte Phantasien und schnelle Aufregung des Geschlechtstriebes, bei Schwäche der Zeugungsteile und Impotenz, und äußerer, unangenehmer Körperwärme. 422.   Unwiderstehlicher Drang zur Samenausleerung, bei schlaffer Rute. 423.   Geilheit, bei Impotenz. 424.   Die Nacht allgemeine ängstliche Hitze mit geilen Träumen; am meisten, wenn er auf einer von beiden Seiten, weniger, wenn er auf dem Rücken liegt. 683.   Geilheit bei Impotenz. 1509.   Asthenopie und Amblyopie durch weibliche Onanie. 2367.   Sexueller Trieb mit Impotenz. 2932.

2 Sehr starke Erektionen.
Steifigkeit der männlichen Rute vor etlichen Minuten. 395.   Steifigkeit der männlichen Rute, jedesmal beim zu Stuhle Gehen. 396.   Bei Blähungsauftreibung des Unterleibes, brennendes Jücken am Blasenhalse, welches den Geschlechtstrieb erregt. 407.   Gleich in der Nacht darauf eine starke Pollution (bei einem jungen Manne, welcher fast nie dergleichen hatte). 408.   Geilheit mit ungemeiner Hervorragung der Clitoris, bei Schwäche und Erschlaffung der übrigen Zeugungsteile und kühler Temperatur des Körpers. 425.   Unter heftiger Steifheit der Rute fühlt er einen schmerzhaften Drang und Druck in einer großen Breite um das Glied herum (Schamberg). Eine Pollution endigte den Zufall. 849.

3 Kein Trieb, Teile erschlafft und eingeschrumpft.
Männliches Unvermögen, mit Gefühl von Schwäche in den Hüften. 426.   Die Rute zieht sich zusammen, daß sie ganz klein wird (nach dem Urinieren). 427.   Die Vorhaut zieht sich zurück und die Eichel bleibt entblößt, wie bei Impotenz. 428.   Völliger Mangel an Geschlechtstriebe. 429.   Kein sexuelles Verlangen, keine Erektionen oder Pollutionen. Penis klein und eingeschrumpft, manchmal eingestülpt. 2864.   Seit Vergewaltigung bei Coitus abscheuerfüllte Gedanken. 3188.

4 Stuhlgang oder Blähungen verursachen Erektionen, Abgang von Prostatasaft oder Pollutionen.
Steifigkeit der männlichen Rute vor etlichen Minuten. 395.   Steifigkeit der männlichen Rute, jedesmal beim zu Stuhle Gehen. 396.   Beim Andrange zum Stuhle floß viel Schleim (der Vorsteherdrüse) aus der Harnröhre. 397.   Bei Blähungsauftreibung des Unterleibes, brennendes Jücken am Blasenhalse, welches den Geschlechtstrieb erregt. 407.   Gleich in der Nacht darauf eine starke Pollution (bei einem jungen Manne, welcher fast nie dergleichen hatte). 408.   Unter heftiger Steifheit der Rute fühlt er einen schmerzhaften Drang und Druck in einer großen Breite um das Glied herum (Schamberg). Eine Pollution endigte den Zufall. 849.

5 Leisten.

Stechend zuckender Schmerz im linken Schoße abends beim Liegen im Bette. 337. Empfindung im linken Schoße, als wollte ein Bruch heraustreten. 338. Ein klammartiger, bald einwärtspressender, bald auswärtsdringender Schmerz in der Schoßgegend, welcher sich bis in die rechte Unterbauchgegend zieht; wenn sie sich auf den Rücken legt oder die schmerzhaften Teile drückt, vergeht der Schmerz. 1028. Schmerz in der Schoßgegend, wobei ihr der Atem ausbleibt, mit Wabblichkeit und Gefühl von Schwäche in der Herzgrube. 1029. Herausdrückender Schmerz im Schoße. 1491.

6 Scrotum. Genitalien äußerlich.

Jücken rings um die Zeugungsteile und an der Rute, abends nach dem Niederlegen, welches durch Kratzen vergeht. 409. Jückendes Stechen am Hodensacke, wie von unzähligen Flöhen, besonders in der Rute. 417. Schweiß des Hodensackes. 418. Abends Geschwulst des Hodensackes. 419. Eine strenge, wurgende Empfindung in den Hoden, abends nach dem Niederlegen im Bette. 420. Drücken in den Hoden. 421. Die Rute zieht sich zusammen, daß sie ganz klein wird (nach dem Urinieren). 427. Die Vorhaut zieht sich zurück und die Eichel bleibt entblößt, wie bei Impotenz. 428. Unter heftiger Steifheit der Rute fühlt er einen schmerzhaften Drang und Druck in einer großen Breite um das Glied herum (Schamberg). Eine Pollution endigte den Zufall. 849. Abendliches heftiges Jucken an den Geschlechtsteilen, durch Kratzen vergehend. 1507. Schweiß des Hodensacks. 1508. Kein sexuelles Verlangen, keine Erektionen oder Pollutionen. Penis klein und eingeschrumpft, manchmal eingestülpt. 2864.

7 Harnröhre. Penis innen. Wurzel der Rute.

Große Stiche in der Harnröhre hin, beim Gehen. 399. Bald nach dem Mittagessen, ein Stich vorn in der Harnröhre, der sich in ein Reißen endigt. 400. In der Mitte der Harnröhre (abends beim Sitzen) ein kratzig reißender Schmerz. 401. In der Mitte der Harnröhre, ein scharrig kratzender und kratzend reißender Schmerz (abends beim Liegen im Bette). 402. Wütender, absatzweise aufeinander folgender, raffender, reißend drückender Schmerz an der Wurzel der männlichen Rute, vorzüglich beim Gehen, welcher, wenn man sich im Stehen mit dem Kreuze anlehnt, vergeht. 406. Jeder Stoß des Hustens fährt in die männliche Rute mit schmerzhafter Empfindung, wie ein jählinges Eindringen des Blutes. 452.

8 Eichel. Vorhautrand. Vorhautinnenseite.

Beißendes Jücken an der Eichel. 411. Beißend jückender Schmerz an der inneren Fläche der Vorhaut. 412. Wundheitsschmerz, wie aufgetrieben, am Saume der Vorhaut. 413. Wundsein und Geschwürsschmerz mit Jücken vereinigt am Rande der Vorhaut. 415. Krampfhafter Schmerz an der Eichel. 416.

9 Jählinges Eindringen des Blutes. Würgen. Herausdrücken. Schmerzhafter Drang und Druck.

Empfindung im linken Schoße, als wollte ein Bruch heraustreten. 338. Wütender, absatzweise aufeinander folgender, raffender, reißend drückender Schmerz an der Wurzel der männlichen Rute, vorzüglich beim Gehen, welcher, wenn man sich im Stehen mit dem Kreuze anlehnt, vergeht. 406. Krampfhafter Schmerz an der Eichel. 416. Eine strenge, wurgende Empfindung in den Hoden, abends nach dem Niederlegen im Bette. 420. Drücken in den Hoden. 421. Jeder Stoß des Hustens fährt in die männliche Rute mit schmerzhafter Empfindung, wie ein jählinges Eindringen des Blutes. 452. Unter heftiger Steifheit der Rute fühlt er einen schmerzhaften Drang und Druck in einer großen Breite um das Glied herum (Schamberg). Eine Pollution endigte den Zufall. 849. Ein klammartiger, bald einwärtspressender, bald auswärtsdringender Schmerz in der Schoßgegend, welcher sich bis in die rechte Unterbauchgegend zieht; wenn sie sich auf den Rücken legt oder die schmerzhaften Teile drückt, vergeht der Schmerz. 1028. Herausdrückender Schmerz im Schoße. 1491.

10 Stechen. Reißen. Zucken.

Stechend zuckender Schmerz im linken Schoße abends beim Liegen im Bette. 337. Große Stiche

MÄNNLICHE GENITALIEN, LEISTEN

in der Harnröhre hin, beim Gehen. 399. Bald nach dem Mittagessen, ein Stich vorn in der Harnröhre, der sich in ein Reißen endigt. 400. In der Mitte der Harnröhre (abends beim Sitzen) ein kratzig reißender Schmerz. 401. In der Mitte der Harnröhre, ein scharrig kratzender und kratzend reißender Schmerz (abends beim Liegen im Bette). 402. Wütender, absatzweise aufeinander folgender, raffender, reißend drückender Schmerz an der Wurzel der männlichen Rute, vorzüglich beim Gehen, welcher, wenn man sich im Stehen mit dem Kreuze anlehnt, vergeht. 406. Jückendes Stechen am Hodensacke, wie von unzähligen Flöhen, besonders in der Rute. 417.

11 Jucken. Beißen. Wundheitsschmerz. Brennen.
Bei Blähungsauftreibung des Unterleibes, brennendes Jücken am Blasenhalse, welches den Geschlechtstrieb erregt. 407. Jücken rings um die Zeugungsteile und an der Rute, abends nach dem Niederlegen, welches durch Kratzen vergeht. 409. Beißendes Jücken an der Eichel. 411. Beißend jückender Schmerz an der inneren Fläche der Vorhaut. 412. Wundheitsschmerz, wie aufgetrieben, am Saume der Vorhaut. 413. Wundsein und Geschwürsschmerz mit Jücken vereinigt am Rande der Vorhaut. 415. Jückendes Stechen am Hodensacke, wie von unzähligen Flöhen, besonders in der Rute. 417. Abendliches heftiges Jucken an den Geschlechtsteilen, durch Kratzen vergehend. 1507.

12 Andere Empfindungen: Kratziges Reißen. Raffen, Reißen und Drücken. Schwellungsgefühl. Strenge Empfindung. Hineinfahren.
In der Mitte der Harnröhre (abends beim Sitzen) ein kratzig reißender Schmerz. 401. In der Mitte der Harnröhre, ein scharrig kratzender und kratzend reißender Schmerz (abends beim Liegen im Bette). 402. Wütender, absatzweise aufeinander folgender, raffender, reißend drückender Schmerz an der Wurzel der männlichen Rute, vorzüglich beim Gehen, welcher, wenn man sich im Stehen mit dem Kreuze anlehnt, vergeht. 406. Wundheitsschmerz, wie aufgetrieben, am Saume der Vorhaut. 413. Eine strenge, wurgende Empfindung in den Hoden, abends nach dem Niederlegen im Bette. 420. Jeder Stoß des Hustens fährt in die männliche Rute mit schmerzhafter Empfindung, wie ein jählinges Eindringen des Blutes. 452.

13 Schweiß. Schwellung.
Wundheitsschmerz, wie aufgetrieben, am Saume der Vorhaut. 413. Schweiß des Hodensackes. 418. Abends Geschwulst des Hodensackes. 419. Schweiß des Hodensacks. 1508.

14 Abends.
Stechend zuckender Schmerz im linken Schoße abends beim Liegen im Bette. 337. In der Mitte der Harnröhre (abends beim Sitzen) ein kratzig reißender Schmerz. 401. In der Mitte der Harnröhre, ein scharrig kratzender und kratzend reißender Schmerz (abends beim Liegen im Bette). 402. Jücken rings um die Zeugungsteile und an der Rute, abends nach dem Niederlegen, welches durch Kratzen vergeht. 409. Eine strenge, wurgende Empfindung in den Hoden, abends nach dem Niederlegen im Bette. 420. Abendliches heftiges Jucken an den Geschlechtsteilen, durch Kratzen vergehend. 1507.

15 Modalitäten: Liegen. Stuhlgang. Gehen. Nach Essen. Sitzen. Anlehnen bessert. Husten. Seitenlage. Druck bessert. Urinieren.
Stechend zuckender Schmerz im linken Schoße abends beim Liegen im Bette. 337. Steifigkeit der männlichen Rute, jedesmal beim zu Stuhle Gehen. 396. Beim Andrange zum Stuhle floß viel Schleim (der Vorsteherdrüse) aus der Harnröhre. 397. Große Stiche in der Harnröhre hin, beim Gehen. 399. Bald nach dem Mittagessen, ein Stich vorn in der Harnröhre, der sich in ein Reißen endigt. 400. In der Mitte der Harnröhre (abends beim Sitzen) ein kratzig reißender Schmerz. 401. In der Mitte der Harnröhre, ein scharrig kratzender und kratzend reißender Schmerz (abends beim Liegen im Bette). 402. Wütender, absatzweise aufeinander folgender, raffender, reißend drückender Schmerz an der Wurzel der männlichen Rute, vorzüglich beim Gehen, welcher, wenn man sich im

Stehen mit dem Kreuze anlehnt, vergeht. 406. Jücken rings um die Zeugungsteile und an der Rute, abends nach dem Niederlegen, welches durch Kratzen vergeht. 409. Die Rute zieht sich zusammen, daß sie ganz klein wird (nach dem Urinieren). 427. Jeder Stoß des Hustens fährt in die männliche Rute mit schmerzhafter Empfindung, wie ein jählinges Eindringen des Blutes. 452. Die Nacht allgemeine ängstliche Hitze mit geilen Träumen; am meisten, wenn er auf einer von beiden Seiten, weniger, wenn er auf dem Rücken liegt. 683. Ein klammartiger, bald einwärtspressender, bald auswärtsdringender Schmerz in der Schoßgegend, welcher sich bis in die rechte Unterbauchgegend zieht; wenn sie sich auf den Rücken legt oder die schmerzhaften Teile drückt, vergeht der Schmerz. 1028.

16 Begleitsymptome: Wärme. Kälte. Schwäche der Hüften. Ohnmachtsgefühl. Schwachsichtigkeit.
Geilheit mit ungemeiner Hervorragung der Clitoris, bei Schwäche und Erschlaffung der übrigen Zeugungsteile und kühler Temperatur des Körpers. 425. Männliches Unvermögen, mit Gefühl von Schwäche in den Hüften. 426. Die Nacht allgemeine ängstliche Hitze mit geilen Träumen; am meisten, wenn er auf einer von beiden Seiten, weniger, wenn er auf dem Rücken liegt. 683. Schmerz in der Schoßgegend, wobei ihr der Atem ausbleibt, mit Wabblichkeit und Gefühl von Schwäche in der Herzgrube. 1029. Asthenopie und Amblyopie durch weibliche Onanie. 2367.

WEIBLICHE GENITALIEN

1 Ausbleiben der Periode. Verspätete Menarche. Verspätetes Brustwachstum.
Erregung der Monatszeit. 431. Unterdrückung der Regeln nach Gebrauch von Brech- und Abführmitteln. 1759. Seit 2 Monaten hatte sich ihre Regel nicht mehr gezeigt. 1799. Amenorrhoe und infolge hiervon Fußgeschwüre. 1838. Noch keine Periode, erschien nach Ignatia. 1909. Die Regel ist seit 5 Wochen nicht erschienen. 1935. Rückkehr der Periode bei 62jähriger nach Ignatia. 2232. Wiederkehr der Periode nach Ignatia. 2234. Nach Ignatia erstmals Wachsen der Brüste bei einer 19jährigen. 3155. Ausbleiben der Regeln seit Verkehrsunfall mit Tod des Mannes. 3250.

2 Periode zu spät, zu selten.
Monatliches um einige Tage verspätet. 435. Periode alle 5 Wochen nach vorgängigem starkem, aber schmerzlosem Weißflusse und heftigen Schmerzen in den Achselgruben. 1672. Verspätung der Regeln. 1685. Regeln häufig verspätet und spärlich, während derselben starke Unterbauchbeschwerden, verstärkt durch Gehen. 1878. Menses spärlich und spät. 2556. Menses spät, spärlich und dunkel mit gelblichem Fluor in den Intervallen. 3035.

3 Periode zu früh, zu häufig.
Die Menstruation erschien alle 10-14 Tage. 1176. Periode regelmäßig aller 3 Wochen. 1223. Periode 4-5 Tage zu früh. 1224. Menses alle 14 Tage, dunkel, geronnen. 1336. Monatliches zu früh (und zu stark). 1510. Periode eine Woche vor der Zeit, mäßig und kurz dauernd. 2494. Menses in letzter Zeit alle 3 Wochen, profus. 2782. Menses alle 3 Wochen. 2799. Einmal kam die Periode fürchterlich früh, da war ich unheimlich aufgeregt in der Zeit. 3668.

4 Spärliche Blutung. Kurzdauernde Periode.
Es geht beim Monatlichen wenig, aber schwarzes Geblüte von faulem, übeln Geruche ab. 434. Periode immer regelmäßig, aber spärlich. 1742. Regeln häufig verspätet und spärlich, während derselben starke Unterbauchbeschwerden, verstärkt durch Gehen. 1878. Sparsame Menstruation, dabei

WEIBLICHE GENITALIEN

jedesmal heftige Krämpfe und Schmerzen, mit Gefühl als sollte sie gebären. 2045. Das Monatliche gering, schwarz, fauligen Geruchs. 2163. Menses spärlich, nur ein oder zwei Tage lang, fadenziehend mit dunklen Klumpen. 2387. Regel sparsam, Eßlust gering, Stuhl träge. 2456. Periode eine Woche vor der Zeit, mäßig und kurz dauernd. 2494. Menses spärlich und regelmäßig. 2508. Menses spärlich und spät. 2556. Kopfschmerz und Wehtun in den Oberschenkeln vor der spärlichen Periode, besser wenn die Blutung beginnt. 2748. Menses spät, spärlich und dunkel mit gelblichem Fluor in den Intervallen. 3035. Die Menstruation war früher profus, ist jetzt aber spärlich. 3039.

5 Reichliche Blutung. Langdauernde Periode.
Monatliches zu früh (und zu stark). 1510. Periode früher nur ein paar Tage lang, jetzt um 5 oder 6 Tage verlängert. 1926. Blutfluß 14 Tage nach der Regel wie aus einem Gefäß ausgegossen, so stark und anhaltend, daß sie glaubte, sterben zu müssen. 1932. Die heftige Gebärmutterblutung hatte sich 14 Tage nach der Periode plötzlich eingestellt, nach Kummer über den zur See gegangenen Sohn. 1991. Catamenia immer sehr stark und eine Woche anhaltend. 2029. Menses in letzter Zeit alle 3 Wochen, profus. 2782. Menses unregelmäßig, profus, 6-7 Tage. 3184. Nachts verstärkte Periode. 3383.

6 Eigenschaften des Periodenblutes: Schwarz. Geronnen. Übelriechend. Dunkel. Fadenziehend.
Abgang des Monatlichen in geronnenen Stücken. 433. Es geht beim Monatlichen wenig, aber schwarzes Geblüte von faulem, übeln Geruche ab. 434. Menses alle 14 Tage, dunkel, geronnen. 1336. Blut des Monatlichen schwarz, übelriechend und in geronnenen Stücken abgehend. 1511. Dunkel gefärbtes, leicht gerinnbares Menstrualblut. 2102. Menstruation dunkel, zuweilen von üblem Geruch. 2123. Das Monatliche gering, schwarz, fauligen Geruchs. 2163. Menses spärlich, nur ein oder zwei Tage lang, fadenziehend mit dunklen Klumpen. 2387. Menses spät, spärlich und dunkel mit gelblichem Fluor in den Intervallen. 3035.

7 Beschwerden vor der Periode, besser durch Beginn der Blutung.
Einen Tag vor den Regeln fühlt sie schon eine Schwere und einen Druck in der Stirn bis in die Augen, diese Empfindungen ziehen sich dann mehr nach der einen oder der anderen Seite der Stirn über die Augenhöhlen oder bis auf den Wirbel. 1364. Symptome verstärkt kurz vor Erscheinen der Periode. 1874. Infolge eines Schreckes cataleptischer Anfall, später mit Konvulsionen und Bewußtseinsverlust, jedesmal vor oder unmittelbar nach der Menstruation. 2049. Schreckliches Kneifen und Schneiden im Bauch vor und nach der Periode. 2388. Jedesmal vor Eintritt der Regel unter dem rechten Stirnhöcker ein so furchtbarer Schmerz, daß sie sich ins Bett legen mußte und sich durch lautes Schreien und Stöhnen zu helfen glaubte. 2497. Kopfschmerz und Wehtun in den Oberschenkeln vor der spärlichen Periode, besser wenn die Blutung beginnt. 2748. Frieren vor der Periode. 3384. Schlechte Laune vor der Periode. 3385. Bevor ich meine Periode bekomme, bin ich unheimlich niedergeschlagen. Ich fühle mich total antriebslos, hänge herum und sehe über die kleinsten Probleme nicht mehr weg. 3603. Krampfartige Bauchschmerzen bis in den Rücken vor der Periode. Krümmt sich zusammen dabei. 3609. Bevor ich die Periode bekomme habe ich eigentlich immer einen Tag Halsschmerzen, beim Schlucken eigentlich weniger, ich kann das garnicht richtig beschreiben. 3610. Ein bißchen nervös, kribbeliger vor der Periode. 3651.

8 Beschwerden im Beginn der Periode. Vor und während der Periode. Beschwerden erscheinen mit der Periode.
Vor und während der Regel beklagte sie sich über Schwere und Hitze im Kopfe, heftige drückende Schmerzen in der Stirne, Empfindlichkeit der Augen gegen das Licht, Ohrenklingen. 1177. Vor und während der Regel Gefühl von Leere im Magen, zusammenziehender Schmerz im Unterleibe. 1178. Vor und während der Regel Frösteln abwechselnd mit Hitze, Ängstlichkeit, Herzklopfen, ohnmachtähnliche Mattigkeit im ganzen Körper, besonders den Extremitäten. 1179. Mit der

Periode am Morgen erschien eine heftige, Erstickung drohende Brustbeklemmung, welche wie ein Krampf aus dem Unterleib heraufzusteigen schien, das Atmen glich nur einem Schluchzen und geschah in kurzen Stößen. 1315.   Jedesmal mit Beginn der Menstruation Krämpfe und Schmerzen. 2048.   Bei Eintritt der Menses Schmerzen in den oberen Backenzähnen rechts. 2124.   Vor der Periode oder am ersten Tag habe ich meist Einschlafschwierigkeiten. 3686.

9   Beschwerden nach der Periode.
Nach der Periode Weißfluß, der in Stücken, gleich saurer Milch, abgeht. 2030.   Infolge eines Schreckes cataleptischer Anfall, später mit Konvulsionen und Bewußtseinsverlust, jedesmal vor oder unmittelbar nach der Menstruation. 2049.   Schreckliches Kneifen und Schneiden im Bauch vor und nach der Periode. 2388.   Fluor albus nach den Menses, heftige Leibschmerzen vorher. 2460. Heftige Konvulsionen und Syncope nach jeder Periode. 2634.   Dyspepsie schlechter nach der Periode. 2749.

10   Beschwerden in der Mitte des Zyklus. Eine Woche vor der Periode.
Periode alle 5 Wochen nach vorgängigem starkem, aber schmerzlosem Weißflusse und heftigen Schmerzen in den Achselgruben. 1672.   Dauernde brennende Hitze in der Vagina, besonders vor der Periode. 2390.   Drücken und Schmerzen im Magen, eine Woche vor der Regel. 3505.   Ich bin so nervös und unruhig, das fängt schon eine Woche vor der Regel an. 3506.   Migräne stärker vor der Menstruation und in der Mitte des Zyklus. 3650.

11   Nervosität, Ängstlichkeit, Unruhe, schlechte Laune bei der Periode.
Vor und während der Regel Frösteln abwechselnd mit Hitze, Ängstlichkeit, Herzklopfen, ohnmachtähnliche Mattigkeit im ganzen Körper, besonders den Extremitäten. 1179.   Während des Monatlichen Lichtscheu, zusammenziehende Kolik, Angst und Herzklopfen, Mattigkeit und Ohnmacht. 2162. Schlechte Laune vor der Periode. 3385.   Ich bin so nervös und unruhig, das fängt schon eine Woche vor der Regel an. 3506.   Bevor ich meine Periode bekomme, bin ich unheimlich niedergeschlagen. Ich fühle mich total antriebslos, hänge herum und sehe über die kleinsten Probleme nicht mehr weg. 3603.   Ein bißchen nervös, kribbeliger vor der Periode. 3651.   Einmal kam die Periode fürchterlich früh, da war ich unheimlich aufgeregt in der Zeit. 3668.

12   Schlafstörungen bei der Periode.
Am Abend vor ihrer Periode suchte ein Gassentreter die am Fenster Sitzende zu kränken, sie erschrak sehr, der Kummer ließ sie in der folgenden Nacht keine Ruhe finden. 1314.   Litt während der Regel an einem sehr leisen Nachtschlafe. 1900.   Vor der Periode oder am ersten Tag habe ich meist Einschlafschwierigkeiten. 3686.

13   Krämpfe zur Zeit der Periode.
Epileptische Anfälle, die besonders zur Menstruationszeit häufig eintraten. 2019.   Krampfanfälle alle drei Wochen, häufig gleichzeitig mit den Menses. 2038.   Infolge eines Schreckes cataleptischer Anfall, später mit Konvulsionen und Bewußtseinsverlust, jedesmal vor oder unmittelbar nach der Menstruation. 2049.   Heftige Konvulsionen und Syncope nach jeder Periode. 2634.

14   Frieren, Hitze bei der Periode.
Vor und während der Regel Frösteln abwechselnd mit Hitze, Ängstlichkeit, Herzklopfen, ohnmachtähnliche Mattigkeit im ganzen Körper, besonders den Extremitäten. 1179.   Frieren vor der Periode. 3384.

15   Kopfschmerzen, Zahnschmerzen, Lichtscheu bei der Periode.
Einen Tag vor den Regeln fühlt sie schon eine Schwere und einen Druck in der Stirn bis in die Augen, diese Empfindungen ziehen sich dann mehr nach der einen oder der anderen Seite der Stirn über die Augenhöhlen oder bis auf den Wirbel. 1364.   Die Regel erscheint und nun steigert sich der Kopf-

schmerz so, daß er regelmäßig 6 Stunden zu- und ebensolange abnimmt. 1365. Der Kopfschmerz verläßt sie selten unter 2-3 Tagen, und während der ganzen Zeit der Regeln muß sie das Bett hüten. 1369. Um die Zeit der Periode verschlimmert sich der Kopfschmerz am meisten. 1667. Kopfschmerz verstärkt während der Periode. 1919. Bei Eintritt der Menses Schmerzen in den oberen Backenzähnen rechts. 2124. Kopfweh mit Schwere und Hitze im Kopfe, beim Monatlichen. 2144. Während des Monatlichen Lichtscheu, zusammenziehende Kolik, Angst und Herzklopfen, Mattigkeit und Ohnmacht. 2162. Jedesmal vor Eintritt der Regel unter dem rechten Stirnhöcker ein so furchtbarer Schmerz, daß sie sich ins Bett legen mußte und sich durch lautes Schreien und Stöhnen zu helfen glaubte. 2497. Kopfschmerz und Wehtun in den Oberschenkeln vor der spärlichen Periode, besser wenn die Blutung beginnt. 2748. Kopfschmerz vom Nacken über den Kopf bis in die Augen, sehr schlecht während der Periode. 2781. Migräne stärker vor der Menstruation und in der Mitte des Zyklus. 3650.

16 Atemstörungen bei der Periode.
Mit der Periode am Morgen erschien eine heftige, Erstickung drohende Brustbeklemmung, welche wie ein Krampf aus dem Unterleib heraufzusteigen schien, das Atmen glich nur einem Schluchzen und geschah in kurzen Stößen. 1315. Atemmangel von Unterleibsbeschwerden. 1516.

17 Magenstörungen bei der Periode.
Vor und während der Regel Gefühl von Leere im Magen, zusammenziehender Schmerz im Unterleibe. 1178. Dyspepsie schlechter nach der Periode. 2749. Drücken und Schmerzen im Magen, eine Woche vor der Regel. 3505.

18 Unterbauchschmerzen bei der Periode.
Periodische Unterleibskrämpfe, bei einer sensiblen Frau. 1167. Vor und während der Regel Gefühl von Leere im Magen, zusammenziehender Schmerz im Unterleibe. 1178. Uterinkrämpfe während der Regel. 1513. Nach häufigem Schrecken wurden die Menstrualkoliken heftiger. 1851. Regeln häufig verspätet und spärlich, während derselben starke Unterbauchbeschwerden, verstärkt durch Gehen. 1878. Sparsame Menstruation, dabei jedesmal heftige Krämpfe und Schmerzen, mit Gefühl als sollte sie gebären. 2045. Jedesmal mit Beginn der Menstruation Krämpfe und Schmerzen. 2048. Während des Monatlichen Lichtscheu, zusammenziehende Kolik, Angst und Herzklopfen, Mattigkeit und Ohnmacht. 2162. Schreckliches Kneifen und Schneiden im Bauch vor und nach der Periode. 2388. Fluor albus nach den Menses, heftige Leibschmerzen vorher. 2460. Krampfartige Bauchschmerzen bis in den Rücken vor der Periode. Krümmt sich zusammen dabei. 3609.

19 Andere Beschwerden bei der Periode: Mattigkeit. Achselhöhlenschmerz. Oberschenkelschmerz. Halsweh.
Vor und während der Regel Frösteln abwechselnd mit Hitze, Ängstlichkeit, Herzklopfen, ohnmachtähnliche Mattigkeit im ganzen Körper, besonders den Extremitäten. 1179. Periode alle 5 Wochen nach vorgängigem starkem, aber schmerzlosem Weißflusse und heftigen Schmerzen in den Achselgruben. 1672. Während des Monatlichen Lichtscheu, zusammenziehende Kolik, Angst und Herzklopfen, Mattigkeit und Ohnmacht. 2162. Kopfschmerz und Wehtun in den Oberschenkeln vor der spärlichen Periode, besser wenn die Blutung beginnt. 2748. Bevor ich die Periode bekomme habe ich eigentlich immer einen Tag Halsschmerzen, beim Schlucken eigentlich weniger, ich kann das garnicht richtig beschreiben. 3610.

20 In der Stillperiode: Wegbleiben der Milch. Blutabgang. Lochienstörungen.
Gänzliches Verschwinden der Milch aus beiden Brüsten (Einige Tage hindurch, bei einer Stillenden). 851. Wöchnerin, die Milch blieb weg. 1301. Wiederholte Blutabgänge aus der Scheide bei einer Stillenden. 1596. Störungen des Wochenflusses durch Kamillentee. 2170. Nach Kamillenmißbrauch Mutterblutfluß, Störungen der Lochien. 2181.

21 In der Schwangerschaft: Niedergeschlagenheit. Falsche Wehen. Drohender Abort. Mastdarmvorfall. Krämpfe.
Große Niedergeschlagenheit, bei Schwangeren. 2140. Unterdrückter Gram verursacht Frühgeburt, enttäuschte Liebe Ovarienleiden, nach unterdrücktem Ärger Veitstanz bei Schwangeren. 2142. Leichtes Vorfallen des Mastdarms, bei Schwangeren. 2152. Gebärmutterentzündung, Schmerzen werden vermehrt oder erneut ganz besonders nach Berühren der Teile. 2161. Drohende Fehlgeburt mit Seufzen und Schluchzen, veranlaßt durch unterdrückten Gram. 2166. Bei Schwangeren, veitstanzähnliche Beschwerden mit vielem Seufzem und Schluchzen, oder als Folge lange unterdrückten Ärgers. 2180. Gewöhnlich fröhlich und lebhaft, schien sie zum ersten Mal unter der Schwangerschaft zu leiden, sie war mürrisch und weinte fast vor Ungeduld. 2209. Nach Schreck Zittern, am nächsten Tag falsche Wehen. 2383. Die falschen Wehen waren erträglicher durch Liegen auf dem Rücken ohne Kopfkissen und Anheben der Matratze am Fußende. 2384. Unterleibsschmerzen, drohender Abort durch Schreck, gebessert durch Entfernen des Kopfkissens und Anheben des Fußendes. 2525. Die erste Fehlgeburt wurde durch Schreck verursacht (Ein Hund griff sie an). 2662.

22 Unter der Entbindung: Kopfschmerzen. Krämpfe. Seufzen. Hämorrhoiden. Schwäche.
Nach der Entbindung, bei der sie viel Blut verlor, wurden die Kopfschmerzen stärker. 1930. Sonderbar zusammendrückendes Gefühl im Gehirn vor den Konvulsionen Gebärender. 2143. Bei den Wehen, tiefe Seufzer, große Traurigkeit: sie muß einen sehr tiefen Atemzug tun, sonst könnte sie garnicht atmen, als könnte die Geburtsarbeit dann nicht vorwärts schreiten. 2167. Konvulsionen Gebärender. 2168. Nachwehen, mit oftem Seufzen und großer Traurigkeit. 2169. Zehn Minuten nach der Entbindung bekam sie ohne Grund einen Lachanfall und verlor das Bewußtsein. 2182. Seit der ersten Entbindung Hämorrhoiden, die mit jedem Stuhl heraustreten und mit der Hand zurückgebracht werden müssen, sie tun weh wie wund. 2211. Hämorrhoiden nach Entbindung, scharfer, schmerzhafter Druck im After selbst nach weichem Stuhl, scharfe Stiche vom Anus zum Rectum. 2227. Schwach und nervös seit einer durch Kummer verursachten Fehlgeburt. 2530.

23 Fluor: Langwierig. Nach Schmerzen. Vor und nach der Periode. Geronnen. Wundmachend. Grünlichgelb, mild, profus. Milchig. Eitrig. Übelriechend.
Langwieriger weißer Fluß. 430. Heftiges, zusammenkrampfendes Pressen an der Bärmutter, wie Geburtswehen, worauf ein eitriger, fressender, weißer Fluß erfolgt. 432. Unschmerzhafter Scheidefluß, aber der Harn zwingt beim Durchgange. 1225. Periode alle 5 Wochen nach vorgängigem starkem, aber schmerzlosem Weißflusse und heftigen Schmerzen in den Achselgruben. 1672. Nach der Periode Weißfluß, der in Stücken, gleich saurer Milch, abgeht. 2030. Weißfluß nach heftigen wehenartigen Schmerzen, eitrig und wundmachend. 2165. Leukorrhoe grünlichgelb, mild und profus. 2362. Milchiger Weißfluß. 2389. Fluor albus nach den Menses, heftige Leibschmerzen vorher. 2460. Menses spät, spärlich und dunkel mit gelblichem Fluor in den Intervallen. 3035. Eiterähnlicher, übelriechender Fluor. 3134.

24 Weibliche Sexualität: Geilheit. Masturbationsfolgen. Coitus schmerzhaft. Befriedigung nur im perversen Traum. Abscheu vor Coitus.
Geilheit mit ungemeiner Hervorragung der Clitoris, bei Schwäche und Erschlaffung der übrigen Zeugungsteile und kühler Temperatur des Körpers. 425. Asthenopie und Amblyopie durch weibliche Onanie. 2367. Beim geringsten Coitusversuch konzentriert sich aller Schmerz auf den Introitus, ein überempfindlicher oder intensiv wunder Schmerz, als wolle er sie rasend machen, er dauert noch eine halbe Stunde an. 2392. Coitus befriedigt sie nicht, hat erst Orgasmus, wenn sie im Traum den Coitus als männlicher Partner nachvollzieht. 3136. Seit Vergewaltigung bei Coitus abscheuerfüllte Gedanken. 3188.

25 Schmerzen in der Vulva: Jucken. Zwängen. Brennende Hitze. Schießen. Intensive Wundheit.
Beim Liegen kriechen Askariden aus dem After in die Mutterscheide, welche entsetzlich kribbeln. 1219.   Unschmerzhafter Scheidefluß, aber der Harn zwingt beim Durchgange. 1225.   Dauernde brennende Hitze in der Vagina, besonders vor der Periode. 2390.   Schießende, sehr heftige Schmerzen in der Vulva, nur am Tag, niemals nachts im Bett. 2391.   Beim geringsten Coitusversuch konzentriert sich aller Schmerz auf den Introitus, ein überempfindlicher oder intensiv wunder Schmerz, als wolle er sie rasend machen, er dauert noch eine halbe Stunde an. 2392.

26 Schmerzen in Uterus oder Ovarien unabhängig von der Periode, vor Fluor.
Heftiges, zusammenkrampfendes Pressen an der Bärmutter, wie Geburtswehen, worauf ein eitriger, fressender, weißer Fluß erfolgt. 432.   Krampfhafter Schmerz mit Zusammenballen in der Gebärmutter, der ihr Übelkeit verursacht. 2026.   Arges Wundheitsgefühl in der Herzgrube, bei Uterinschmerzen. 2148.   Ovarienleiden, entwickelt nach getäuschter Liebe, mit unwillkürlichem Seufzen und großer Verzweiflung. 2159.   Uterinkrämpfe mit schneidenden Stichen, krampfhafte Schmerzen im Uterus. 2160.   Gebärmutterentzündung, Schmerzen werden vermehrt oder erneut ganz besonders nach Berühren der Teile. 2161.   Weißfluß nach heftigen wehenartigen Schmerzen, eitrig und wundmachend. 2165.   Fluor albus nach den Menses, heftige Leibschmerzen vorher. 2460.   Scharfes Stechen im rechten Ovar. 2519.   Schmerzen in der Eierstocksgegend, ein Ziehen nach unten. 3135.

27 Metrorrhagie durch Kummer, nach Kamillenmißbrauch.
Mutterblutflüsse. 1512.   Wiederholte Blutabgänge aus der Scheide bei einer Stillenden. 1596. Wenn eine Mutterblutung oder eine Eklampsie bei Kindern durch Mißbrauch des Kamillentees entstanden ist. 1610.   Blutfluß 14 Tage nach der Regel wie aus einem Gefäß ausgegossen, so stark und anhaltend, daß sie glaubte, sterben zu müssen. 1932.   Die heftige Gebärmutterblutung hatte sich 14 Tage nach der Periode plötzlich eingestellt, nach Kummer über den zur See gegangenen Sohn. 1991.   Mutterblutfluß nach Kamillemißbrauch. 2164.   Nach Kamillenmißbrauch Mutterblutfluß, Störungen der Lochien. 2181.   Rückkehr der Periode bei 62jähriger nach Ignatia. 2232. Uterusblutung, durch großen Kummer. 2501.

28 Andere Modalitäten: Im Liegen Jucken. Wasserlassen brennt. Blutung beginnt 15 Uhr. Schmerz macht Übelkeit. Nach enttäuschter Liebe. Berührung. Schmerzen nur tags. Coitus. Periode nachts.
Beim Liegen kriechen Askariden aus dem After in die Mutterscheide, welche entsetzlich kribbeln. 1219.   Unschmerzhafter Scheidefluß, aber der Harn zwingt beim Durchgange. 1225.   Uterusblutung begann 15 Uhr. 1933.   Krampfhafter Schmerz mit Zusammenballen in der Gebärmutter, der ihr Übelkeit verursacht. 2026.   Arges Wundheitsgefühl in der Herzgrube, bei Uterinschmerzen. 2148.   Ovarienleiden, entwickelt nach getäuschter Liebe, mit unwillkürlichem Seufzen und großer Verzweiflung. 2159.   Gebärmutterentzündung, Schmerzen werden vermehrt oder erneut ganz besonders nach Berühren der Teile. 2161.   Asthenopie und Amblyopie durch weibliche Onanie. 2367.   Schießende, sehr heftige Schmerzen in der Vulva, nur am Tag, niemals nachts im Bett. 2391.   Beim geringsten Coitusversuch konzentriert sich aller Schmerz auf den Introitus, ein überempfindlicher oder intensiv wunder Schmerz, als wolle er sie rasend machen, er dauert noch eine halbe Stunde an. 2392.   Ausbleiben der Regeln seit Verkehrsunfall mit Tod des Mannes. 3250. Nachts verstärkte Periode. 3383.

GEMEINSAMES

1   **Sich widersprechende Symptome: Kongestives Kopfweh durch Bücken gebessert. Schluckschmerz durch Schlucken gebessert. Husten durch Unterdrückung des Hustens gebessert. Durst im Frost, aber nicht in der Hitze.**
Schwere des Kopfs, als wenn er (wie nach allzu tiefem Bücken) zu sehr mit Blut angefüllt wäre, mit reißendem Schmerze im Hinterhaupte, welcher beim Niederlegen auf den Rücken sich mindert, beim aufrechten Sitzen sich verschlimmert, aber bei tiefem Vorbücken des Kopfs im Sitzen sich am meisten besänftigt. 19.   Stechen beim Schlingen, tief im Schlunde, welches durch ferneres Schlingen vergeht und außer dem Schlingen wiederkommt. 159.   Halsweh: es sticht drin außer dem Schlingen, auch etwas während des Schlingens, je mehr er dann schlingt, desto mehr vergeht es; wenn er etwas Derbes, wie Brot geschluckt hatte, war es, als wenn das Stechen ganz vergangen wäre. 160.   Wechselfieberkrankheiten, welche im Frost Durst, in der Hitze aber keinen haben. 718b.   Bitterer Mund mit Trockenheit ohne Durst, der nur bei Frieren ist. 1412.   Halsweh, wenn ich lange nichts esse oder nichts spreche, ist es am ärgsten. 3489.

2   **Unerwartetes eigenwilliges Verhalten: Drang zur Samenentleerung bei schlaffer Rute. Schwerhörig, aber nicht für Sprache. Leeregefühl im Magen nicht besser durch Essen. Hunger 11 Uhr, aber appetitlos zu den Mahlzeiten. Sich Vollessen bessert Bauchschmerzen.**
Unwiderstehlicher Drang zur Samenausleerung, bei schlaffer Rute. 423.   Abends nach dem Niederlegen ein (nicht kitzelnder) ununterbrochener Reiz zum Hüsteln im Kehlkopfe, der durch Husten nicht vergeht, eher noch durch Unterdrückung des Hustens. 448.   Harthörigkeit, aber nicht für Menschensprache. 1449.   Lästiges Leerheitsgefühl in der Herzgrube, sie fühlt sich schwach, ohnmächtig, hohl da, was nicht erleichtert wird durch Essen, mit seufzenden Atemzügen. 2147.   Hungrig um 11 Uhr, aber wenig oder kein Appetit zu den Mahlzeiten. 3020.   Bauchschmerz links besser, wenn ich etwas gegessen habe, wenn ich so richtig vollgegessen bin. 3613.

3   **Harter Druck bessert, wo es nicht zu erwarten ist: Schlucken von derben Speisen bessert Halsweh. Hämorrhoiden schmerzen nicht bei hartem Stuhl. Nur Flüssigkeiten würgen, Festes nicht. Fester Druck bessert, leise Berührung verstärkt Zahnschmerz. Weicher Stuhl ist groß und schwergehend.**
Halsweh: es sticht drin außer dem Schlingen, auch etwas während des Schlingens, je mehr er dann schlingt, desto mehr vergeht es; wenn er etwas Derbes, wie Brot geschluckt hatte, war es, als wenn das Stechen ganz vergangen wäre. 160.   Ein jückender Knoten am After, welcher beim Stuhlgange nicht schmerzt, beim Sitzen aber ein Drücken verursacht. 375.   Bei weichem Stuhlgange Hämorrhoidalbeschwerden. 376.   Wundheitsschmerz im After, außer dem Stuhlgange. 378.   Feste Nahrungsmittel kann sie leicht hinunterschlingen, bei flüssigen hingegen bekommt sie Stoßen und Würgen. 1008.   Der Stuhl ist zu groß, weich, aber schwergehend. 2596.   Loser Zahn, Schmerz gebessert durch festen Druck von außen, leichte Berührung verschlimmert. 2836.   Globusgefühl, das sich beim Schlucken fester Speisen bessert. 3277.   Gefühl bei Afterschmerz, daß sich genügend Stuhl ansammeln muß, damit abends Stuhlgang erfolgt. Auch wenn dieser hart ist, ist der Schmerz hinterher vorbei. 3585.

4   **Unerwartete Magensymptome: Kalte und schwere Speisen werden gut vertragen, warme und schonende nicht. Essen bessert Magenbeschwerden.**
Verlangen nach kalten Speisen, nur diese können verdaut werden, warmes Essen macht Beschwerden. 3052.   Kann die leichtesten Speisen nicht verdauen, verträgt aber ohne weiteres den zähesten alten Käse. 3079.   Essen bessert Magenschmerzen. 3221.   Fett verträgt sie ausgezeichnet. 3338.   Bauchschmerz links besser, wenn ich etwas gegessen habe, wenn ich so richtig vollgegessen bin. 3613.

5   Gefühl von Labilität: Der Schmerz kann durch eine Kleinigkeit wiederkommen. Jedesmal neue Beschwerden. Angst, kann nicht sagen, wovor. Kippt in eine Migräne bei kleiner Erschütterung.

Am Tag nach dem Kopfschmerz Kopfhaut empfindlich und Gefühl, als könne der Schmerz jederzeit durch eine Kleinigkeit wiederkommen. 2286.   Brachte jedesmal neue Beschwerden mit. 2503. Angst, kann nicht sagen wovor und aus welchen Anlässen. 3318.   Unruhe nicht körperlich, sondern nervlich, wenn der Bus über eine Unebenheit fährt, kippe ich sofort in eine Migräne hinein, dann ist der ganze Kreislauf durcheinandergekommen. 3507.

6   Schneller Wechsel von einem Extrem ins andere: Hunger. Appetit. Temperatur. Stimmung. Gesichtsfarbe.

Wenn er etwas abgekochte Milch (sein Lieblingsgetränk) mit Wohlgeschmack getrunken hat, und sein äußerstes Bedürfnis befriedigt ist, widersteht ihm plötzlich die übrige, ohne daß er einen ekelhaften Geschmack dran spürte und ohne eigentliche Übelkeit zu empfinden. 209.   Abwechselnd schien der Magen bisweilen wie überfüllt, bisweilen wieder wie leer, mit welchem letzterem Gefühle sich jedesmal Heißhunger verband. 258.   Hitze einzelner Teile bei Kälte, Frost oder Schauder anderer Teile. 708a.   Das Gesicht ist abwechselnd rot und blaß. 1033.   Befand sich in einem sehr wechselnden Gemütszustande. 1381.   Ungemeine Veränderlichkeit des Gemüts. 1563.   Beständiger schneller Wechsel von Hitze und Kälte. 2089.   Stark wechselnder Appetit, von extremer Übelkeit bis zu Heißhunger. 2240.   Plötzlich Abneigung gegen die gewohnte Zigarre. Wenn er rauchte, Anfälle von Schluckauf. 2917.   Anhaltende schnelle Wechsel zwischen Hitze und Kälte. 2997.   Kann keine Wärme vertragen, ich reiße das Fenster auf, dann kommt eine Unterkühlung, dann lasse ich mir ein heißes Bad einlaufen, das wechselt. 3462.

7   Ein Schmerz geht in einen anderen über: Benommenheit in wirkliche Schmerzen. Kopfschmerzen in Zahnschmerzen, dann Kreuzschmerzen. Bauchschmerzen in Brust- und Rückenschmerzen. Bauchschmerz in Aufblähung. Aufblähung in Bauchschmerz. Drücken in Stechen.

Rauschähnliche Benommenheit des Kopfes, den ganzen Tag andauernd, und mehrmals in wirkliche drückende Schmerzen der Stirne und besonders der rechten Hälfte derselben übergehend und das Denken sehr erschwerend. 26.   Eingenommenheit des Kopfes, früh beim Erwachen, in wirklich drückenden Kopfschmerz sich verwandelnd, der sich besonders in der Stirne fixierte, und die Augen so angriff, daß die Bewegung der Augenlider und der Augäpfel in ihnen schmerzhaft wurde, durch Treppensteigen und jede andere Körperbewegung gesteigert. 27.   Früh beim Erwachen Kopfschmerz, als wenn das Gehirn zertrümmert und zermalmt wäre; beim Aufstehen vergeht er und es wird ein Zahnschmerz daraus, als wenn der Zahnnerv zertrümmert und zermalmt wäre, welcher ähnliche Schmerz dann ins Kreuz übergeht; beim Nachdenken erneuert sich jenes Kopfweh. 78.   Gefühl, als würden die Bauchwände nach außen und das Zwerchfell nach obenhin gedehnt; am stärksten äußerte sich dieser Schmerz in der Milzgegend und nach hinten, nach der Wirbelsäule zu, abwechselnd bald mehr da, bald wieder mehr dort; hier erstreckte er sich mehrmals bis zur Brusthöhle herauf, artete daselbst in ein empfindliches Brennen aus; wendete sich jedoch am meisten an heftigsten nach der Wirbelsäule in der Gegend des Sonnengeflechtes; Aufstoßen von Luft milderte diesen Schmerz. 279.   Gleich nach dem Essen, schneidend stechendes Leibweh, welches in Aufblähung sich verwandelte. 321.   Bei Brustbeklemmung Drücken in der Herzgrube, welches sich beim Einatmen vermehrt und zu Stichen in der Herzgrube schnell übergeht. 465.   Wurde von einem leichten Schwindel befallen, welcher in drückenden Kopfschmerz in der rechten Hälfte des Hinterhauptes überging. 807. Um 10 Uhr wurde der Unterleib angegriffen und eine halbe Stunde lang aufgetrieben, worauf sich Drücken in der Nabelgegend einfand. 828a.   In den Nachmittagsstunden entstand gelinde drückender Schmerz in der Stirngegend, aber es mischte sich bald ein neuer Schmerz im Hinterhaupte seitlich über dem Processus mastoideus dazu, welcher sich bisweilen den Gehörorganen mitteilte, dann das Hören abzustumpfen schien. Nachdem diese gewichen waren, trat ein ziemlich merkbares Drücken in der Brusthöhle gleich hinter dem Sternum ein und währte bis 22 Uhr. 831.   Benommenheit des

Kopfes, welche sich 21 Uhr in drückenden Schmerz im Scheitel verwandelte. Um 22 Uhr zog sich dieser Schmerz mehr nach der Stirne und nach dem linken Auge herab, ob er gleich den ganzen Kopf einnahm. Mit diesem Schmerze begannen meine Augen, besonders aber das linke, zu brennen und zu tränen, die Augenlider schwollen an und die Meibomschen Drüsen sonderten viel Schleim ab. 837. Nach 12 Stunden wandert der zusammendrückende und brennende Schmerz zum Scheitel und bleibt dort mehrere Stunden. 2312. Vom Scheitel wandert der Schmerz zum Vorderkopf und Augen, diese fühlen sich heiß und schwer. 2313.

8   Empfindungen von unten herauf.
18 Uhr schmerzhaft Empfindung, der zu Folge es mir vorkam, als wenn etwas aus dem Oberbauche nach der Brusthöhle herauf drückte. Gleichzeitig empfand ich im Unterbauche mehr schneidende und zusammenziehende Schmerzen. 839.   Gesichtsschmerz, welcher bohrend und stechend von den Zähnen aufwärts durch das Jochbein zu den Augenknochen die rechte Seite des Gesichts einnahm. 1737.   Starkes Klopfen mit Taubheit in den Händen, erstreckt sich den Arm hinauf zum Kopf und wechselt von einem Arm zum anderen, nach 1 oder 2 Minuten plötzlich aufhörend. 1867.   Manchmal scheint sich der Bauchschmerz das Rückgrat hinauf zum Kopf zu erstrecken. 2311.   Nach heftigem Verdruß kriebelnde Empfindung, welche allmählich vom heiligen Beine alle Tage höher, bis zwischen die Schultern und endlich bis in den Nacken stieg. Nacken plötzlich steif. 2475.   Jeden Nachmittag 15.30 Uhr sehr unangenehme kriebelnde Empfindung vom Nacken herauf bis über den Hinterkopf, dauert bis zum Schlafengehen. 2479.   Komisches Gefühl von unten herauf bis in den Kopf, Leeregefühl im Kopf. 3437.

9   An kleiner Stelle anhaltender Schmerz wie der Druck eines harten Körpers, wie ein Nagel: Gehirn. Coecum. Brustbein. Knochen. Nabel. Gesäß. Rippen.
Kopfweh, wie ein Drücken mit etwas Hartem auf der Oberfläche des Gehirns, anfallsweise wiederkehrend. 59.   Charakteristisch ist diese Art von Schmerz: „ein Drücken wie von einem scharfen, spitzigen Körper", „Druck wie mit einem harten Körper". 297a.   Ein anhaltendes Kneipen auf einer kleinen Stelle im rechten Unterbauche, in der Gegend des Blinddarmes, vorzüglich beim Gehen (im Freien). 322.   Ein Drücken in der Gegend der Mitte des Brustbeines, wie mit einem scharfen Körper. 463.   Hie und da in der Beinhaut, in der Mitte der Knochenröhren (nicht in den Gelenken) ein, wie Quetschung schmerzender, flüchtiger Druck, wie mit einem harten Körper, am Tage, vorzüglich aber im Liegen auf der einen oder anderen Seite, abends im Bette, und vergehend, wenn man sich auf den Rücken legt. 600.   Rechts, hart am Nabel, ein schmerzliches Drücken an einer kleinen Stelle, welches sich beim tieferen Einatmen und freiwilligen Auftreiben des Unterleibes vermehrte und zum Hineinziehen des Nabels nötigte, wodurch es zuweilen nachließ. Mit Knurren im Bauche. 848.   Drückende Schmerzen, wie von einem harten, spitzen Körper, von innen nach außen. 1540.   Schmerzen an kleinen, umschriebenen Stellen. 2962.   Druck von einem scharfen Instrument von innen nach außen. 3117.   Leichter Schmerz unter den Rippen links, mehr ein Punktschmerz. 3611.   Links im Gesäß, es ist ein Punkt, aber es strahlt immer zur Seite aus, nach außen. 3646.   Schmerz über der linken Mamma, es ist ganz konzentriert auf diesen kleinen Punkt. 3663.

10   Heftiger Schmerz bei leiser Berührung einer kleinen Stelle oder eines Haares: Unterlippe. Hand. Rippen. Stirn. Kreuz. Kopfseite. Zahn.
Ein höchst durchdringendes feines Stechen an der Unterlippe bei Berührung eines Barthaares daselbst, als wenn ein Splitter da eingestochen wäre. 124.   Bei Berührung eines Haares auf der Hand ein durchdringender, feiner Stich, als wenn ein Splitter da stäke. 534.   Einfacher, bloß bei Berührung fühlbarer, heftiger Schmerz, hie und da, auf einer kleinen Stelle, z. B. an den Rippen u. s. w. 618.   Schmerz in der linken Stirnseite, zugleich zeigte sich in der Gegend des linken Stirnhügels ein kleines rundes Fleckchen von der Größe eines Flohstiches und von bräunlich roter dunkler Farbe, das einen schwarzen Punkt in der Mitte hatte und bei der geringsten Berührung so schmerzend war, daß sie laut aufschrie und ihr Tränen aus den Augen liefen. 1172.   An den letzten Rückenwirbeln eine schmerzhafte Stelle, deren leiseste Berührung augenblicklich einen Anfall hervorrief. 1849.   Stiche in der

rechten Schläfe und im Ohre, die Seite darf nicht berührt werden, es schmerzt dann wie Blutschwär. 1893.   Schmerzen in hohlen Zähnen links unten, die während des Essens und beim Tabakrauchen sich verschlimmern oder hervorgerufen werden, vertragen auch die Berührung der Zunge nicht. 2121.   Heftiger Schmerz in verschiedenen Teilen an kleinen Stellen, nur bemerkbar bei Berührung der Stellen. 2599.

11   Große, dahinfahrende Stiche: Vom After in den Mastdarm. Harnröhre. Brust. Schienbein. Mundwinkel. Körperseiten. Durch das Auge ins Gehirn.
Ein großer Stich vom After tief in den Mastdarm hinein. 370.   Große Stiche im After. 371.   Große Stiche in der Harnröhre hin, beim Gehen. 399.   Einzelne, große Stiche auf der rechten Brustseite außer dem Atemholen; auch am Schienbeine. 459.   Ein tiefstechend brennender Schmerz an verschiedenen Teilen, z. B. am Mundwinkel, unter dem ersten Daumengelenke u. s. w., ohne Jücken. 604.   Bisweilen einzelne Stiche in den Seiten, gleich bei Ruhe und Bewegung. 1230.   Beim Husten ein Stich wie mit einem Nagel in der rechten Brustseite, nach der Schulter durch. 1247.   Intensiver Schmerz über dem rechten Auge, durch das foramen supraorbitale, als wenn eine Nadel durchgestochen würde ins Gehirn, Druck von außen nach innen. 2190.   Scharfe Stiche von den Hämorrhoiden das Rectum hinauf. 2956.   Kopfschmerz als ob eine Nadel ins Gehirn gebohrt würde, im Kühlen und im Dunklen leichter. 3176.

12   Schneidende Stiche wie mit einem Messer: Kreuz. Oberschenkel. Schulter. Hüfte. Knie. Bauch. Stirn. Auge. Gesicht.
Schneidende Stiche vom Kreuze aus durch die Lenden in die Schenkel herunterfahrend, wie mit einem schneidenden Messer. 1527.   Schneidendes Stechen im Schultergelenke, beim Einwärtsbiegen des Armes. 1530.   Schneidendes Stechen im Hüft- und Kniegelenke. 1533.   Schneidende Stiche, wie von einem scharfen Messer. 1541.   Stechende, lanzinierende Koliken, die ihn zwingen, sich vorwärts zu beugen. 1638.   Heftige lanzinierende Schmerzen vom Augenhintergrund ausstrahlend zum linken Stirnhöcker. Gefühl als wühle ein Wurm dort. 1692.   Der Schmerz ist messerstechend im Auge und macht den Pat. fast verrückt durch seine Heftigkeit. 2281.   Schreckliche Schmerzen wie Messerstiche in der linken Gesichtsseite. 2485.

13   Schmerz von innen nach außen: Augapfel. Kopf. Leiste. Kopfseiten. Unterbauch. Magen. Ohren.
Kopfweh, als wenn es die Schläfen herauspreßte. 61.   Drücken im rechten Auge nach außen, als solle der Augapfel aus seiner Höhle hervortreten. 93.   Empfindung im linken Schoße, als wollte ein Bruch heraustreten. 338.   In kurzen Abständen erscheinendes und von innen nach außen zu kommendes heftiges Pressen im ganzen Kopfe, mitunter auch Reißen in der Stirne, welches beides durch ruhiges Liegen vermindert wird, schon den Morgen vor dem Fieberanfalle anfängt, aber während desselben am stärksten ist. 1086.   Durch starke Bewegung, vieles Sprechen, Tabakrauch, Branntwein, Parfümerien entsteht Kopfweh, wie wenn ein Nagel aus den Schläfen herausdrückte. 1182.   Nervöser Kopfschmerz, es bohrt an den Seiten heraus. 1183.   Herausdrückender Schmerz im Schoße. 1491.   Drückende Schmerzen, wie von einem harten, spitzen Körper, von innen nach außen. 1540.   Magendrücken Tag und Nacht, kann nichts genießen, der Schmerz ist herausdrückend, die Magengegend ist angeschwollen. 1965.   Druck wie von einem scharfen Instrument von innen nach außen. 3117.   Beim Schlucken sticht es mich durch die Ohren hinaus. 3488.

14   Plötzliches Aufblähen, Ausdehnen, Bluteinschießen: Bauch. Vorhaut. Rute. Magen. Gelenke. Kopf.
Ein kneipendes Aufblähen im ganzen Unterleibe gleich nach dem Essen, bloß wenn er steht, und schlimmer, wenn er geht, durch fortgesetztes Gehen bis zum Unerträglichen erhöht, ohne daß Blähungen daran Schuld zu sein scheinen; beim ruhigen Sitzen vergeht es bald, ohne Abgang von Blähungen. 326.   Wundheitsschmerz, wie aufgetrieben, am Saume der Vorhaut. 413.   Jeder Stoß des Hustens fährt in die männliche Rute mit schmerzhafter Empfindung, wie ein jählinges Eindringen des

Blutes. 452. Früh, im Augenblicke des Erwachens, fühlt er eine Schwere, eine Anhäufung, Stockung und Wallung des Geblüts im Körper, mit Schwermut. 668. Halb 9 Uhr stellten sich eigentümliche dehnende Schmerzen nicht im Magen, sondern im Oberbauche ein. Es schien mir, als würden die Bauchwände nach außen und das Zwerchfell nach oben hin gedehnt, am stärksten äußerte sich dieser Schmerz in der Gegend der Milz und nach hinten, nach der Wirbelsäule zu, abwechselnd bald mehr da, bald mehr dort. 838. Hervorragende Aufgetriebenheit hier und da am Leibe. 1487. Gefühl in den Gelenken und im Körper wie ausgedehnt. 1989. Druckschmerzen im Magen, wie aufgebläht, wenn ich dagegendrücke, wird es besser. 3536. Druck von innen nach außen, Gefühl, als sei sehr viel Blut im Kopf, Spannung, besser durch Liegen und Vorwärtsbeugen. 3578.

15 Kriebeln.

Ein Kriebeln, wie innerlich, in den Knochen des ganzen Körpers. 596. Kriebelnde Eingeschlafenheit in den Gliedmaßen. 597. Unempfindlichkeit des ganzen Körpers. 739. Schmerzhaftes Eingeschlafensein in allen Gelenken und in den Kniegelenken. 1641. In allen Teilen Kriebeln, wie eingeschlafen. Vorzüglich dünkte ihr die Herzgrube wie gefühllos. 1794. In allen Gliedern und längs des Rückgrates Kälterieseln. 1821. Nach heftigem Verdruß kriebelnde Empfindung, welche allmählich vom heiligen Beine alle Tage höher, bis zwischen die Schultern und endlich bis in den Nacken stieg. Nacken plötzlich steif. 2475. Jeden Nachmittag 15.30 Uhr sehr unangenehme kriebelnde Empfindung vom Nacken herauf bis über den Hinterkopf, dauert bis zum Schlafengehen. 2479.

16 Andere Empfindungen und Modalitäten im ganzen Körper: Apathie. Rückenlage und Warmwerden bessert. Meist Frauen oder Knaben. Schmerzen kommen langsam, gehen plötzlich. Kann nicht links liegen. Blutung bessert. Essen bessert. Verreisen bessert.

Eine Art von Apathie im ganzen Körper. 785. Wenn er sich ins Bett legt, sich gerade ausstreckt, den Kopf und Rücken etwas nach hinten neigt, und dann warm wird, ist ihm noch am besten. 1330. Ignatiatyphus befällt gewöhnlich nur das weibliche Geschlecht oder Jünglingsalter vor der Mannbarkeit. 1399. Die Schmerzen nehmen langsam zu, werden sehr heftig und hören nur auf, wenn sie vollkommen erschöpft ist. 2366. Plötzlicher Funktionsverlust in irgendeinem Organ. 3116. Die Schmerzen wechseln den Ort, sie kommen allmählich und gehen plötzlich, oder sie kommen und gehen plötzlich. 3118. Alles besser, wenn sie verreist ist. 3178. Unmöglichkeit, links zu liegen. 3192. Der Afterschmerz wird allmählich unangenehmer und zwingt immer häufiger zum Pressen. 3584. Besserung des Allgemeinbefindens jedesmal nach einer unschmerzhaften, reichlichen, zähen und dunklen Afterblutung, etwa alle 4 Wochen. 3586. Essen bessert Kopfschmerzen und allgemein. 3659.

17 Besserung durch Druck, durch darauf Liegen: Schulter. Arm. Leiste. Kopfseite. Zahn. Mamma. Magen.

Beim Liegen auf der rechten Seite, abends im Bette, schmerzt der Schulterkopf der linken Seite wie zerschlagen, und der Schmerz vergeht, wenn man sich auf den schmerzenden Arm legt. 512. Namenloser Schmerz in den Knochenröhren des Arms, er glaubt die Knochen seien zerbrochen; nur wenn er nachts auf dem leidenden Teile lag, fühlte er auf Augenblicke Linderung. 1027. Ein klammartiger, bald einwärtspressender, bald auswärtsdringender Schmerz in der Schoßgegend, welcher sich bis in die rechte Unterbauchgegend zieht; wenn sie sich auf den Rücken legt oder die schmerzhaften Teile drückt, vergeht der Schmerz. 1028. Die Zufälle erneuern sich nach dem Mittagessen, abends nach dem Niederlegen und früh, gleich nach dem Erwachen; sie mindern sich in der Rückenlage, im Liegen auf dem schmerzhaften Teil, oder auch überhaupt durch Veränderung der Lage. 1546. Schmerz in der Kopfseite, als wenn ein Nagel herausgetrieben würde, besser durch darauf Liegen. 2199. Loser Zahn, Schmerz gebessert durch festen Druck von außen, leichte Berührung verschlimmert. 2836. Kopfschmerz, als wenn ein Nagel durch die Seite herausgetrieben wird, besser durch darauf Liegen. 2946. Rheumatische Schmerzen besser durch festen Druck. 3084. Liegen auf der kranken Seite bessert die Kopfschmerzen. 3228. Druck in der Umgebung der linken Mamma, besser durch Druck von außen. 3476. Druckschmerzen im Magen, wie aufgebläht, wenn ich dagegendrücke, wird es besser. 3536.

18 Lageveränderung bessert. Besserung erst nach völliger Erschöpfung. Beschäftigung bessert. Massage bessert. Bewegt sich dauernd. Aufsitzen bessert. Will nicht stehen. Will aktiv sein.
Die Zufälle erneuern sich nach dem Mittagessen, abends nach dem Niederlegen und früh, gleich nach dem Erwachen; sie mindern sich in der Rückenlage, im Liegen auf dem schmerzhaften Teil, oder auch überhaupt durch Veränderung der Lage. 1546. Lagewechsel bessert die Schmerzen. 2205. Im Fieber Besserung durch Aufsitzen. 2248. Die Schmerzen nehmen langsam zu, werden sehr heftig und hören nur auf, wenn sie vollkommen erschöpft ist. 2366. Will dauernd ihre Lage wechseln. 2412. Es geht ihr schlechter, wenn sie keine Beschäftigung hat, unruhig, muß immer etwas tun. 2786. Schlief 3 Nächte lang keinen Moment, erst in der vierten Nacht 2 Stunden lang, während die Mutter ihm einen Fuß massierte. 2835. Die choreatischen Bewegungen hörten alle auf, wenn die Mutter das Kind bei der Hand nahm und mit ihm herumging. Man mußte so lange herumgehen, bis es müde war. 2921. Unaufhörliche Bewegungen, schlägt die zitternden und zuckenden Beine übereinander und wieder zurück. 3028. Bewegung bessert. 3137. Kann nicht lange stehen. 3406. Mitleid im Übermaß, wenn ich nur beobachte und nicht aktiv mitwirken kann. 3473. Jucken in der Brust, wenn ich ein bißchen schneller laufe, aber ich kann nicht langsam laufen, und wenn ich es bezahlt kriege. Ich sage dann immer: Da ziehe ich Wurzeln! 3503.

19 Folgen von Schreck, kombiniert mit Angst.
Erschrak heftig über Feuer, welches in der Nacht ausbrach; und ward darauf von Veitstanz ähnlichen Krämpfen befallen. 1056. Erschrak vor einem Hunde, und von neuem erschienen die Krämpfe. 1057. Ein Vierteljahr nachdem sie aus einem Feuer knapp gerettet worden war, wurde sie jedesmal in der 9. Stunde, derselben Stunde, wo sie in Gefahr war, zu verbrennen, niedergeschlagen, ängstlich, unwohl und mußte sich zu Bette legen. 1284. Bekam, als er zum Tode verurteilt wurde, vor Angst und Schreck einen Epilepsieanfall, der später alle Wochen mehrmals repetierte. 1383. Heftiger Magenschmerz, Erbrechen alles Genossenen, durch Schreck entstanden. 1833. Nach jedem Gemütsaffekt, besonders Schrecken, wozu sie bei ihrer großen Empfindlichkeit sehr geneigt ist, fallsuchtähnliche Krampfanfälle. 1865. Nach großem Schreck reichliche Diarrhoe, mehr in der Nacht, schmerzlos, mit viel Flatus. 2348. Durch Schreck heftiger Schmerz im Epigastrium, anhaltend, zeitweise bedeutend verschlimmert. 2449. Nach heftigem Schreck Sengeln in den Beinen, später ähnliches Gefühl im Kopf, mitunter Kriebeln und Reifgefühl um die Schläfen. 2453. Wenn ich einen Schreck durch etwas Lautes habe, fängt Schwindel an und Stechen im Kopf, meistens unter den Augenbrauen. Übelkeit dabei. 3508.

20 Wenn Kinder bestraft werden, hat das Folgen.
Wurde nach einer Schulzüchtigung plötzlich krank. 1597. Der geringste Ärger, Bestraftwerden, jeder Zornausbruch verursacht einen intensiven, lanzinierenden Schmerz vom Nacken bis zum Sacrum. 1754. Krämpfe der Kinder, wenn sie gleich nach Bestrafung ins Bett gelegt werden. 2197. Wenn Kinder getadelt und ins Bett geschickt werden, bekommen sie Übelkeit oder Konvulsionen im Schlaf. 2945. Nach einem Tadel Chorea, verstärkt durch Gemütserregungen. 3027. Als der Vater sie strafen wollte, verdrehte sie die Augen und wurde ohnmächtig. 3165.

21 Geräusche sind unerträglich.
Vernunftwidriges Klagen über allzu starkes Geräusch. 778. Geräusch ist ihm unerträglich, wobei sich die Pupillen leichter erweitern. 779. Jeder Lärm und jede Erschütterung vermehrt die Beschwerden. 1406. Kopfweh nach Ärger und durch Geräusch verschlimmert. 1670. Wärme bessert, Geräusche, aber nicht Licht, verstärken den Kopfschmerz. 2283. Während der Anfälle muß er in einem dunklen Raum im Bett liegen, Licht und Geräusche sind unerträglich. 2823. Wenn

es Schularbeiten machen will, macht es jedes Geräusch verrückt, es bekommt Wutanfälle und bricht in Tränen aus. 3074.   Höchst geräuschempfindlich. 3120.

22   Kaffeetrinken und Tabakrauchen verstärkt die Beschwerden.
Die Symptome erhöhen sich durch Kaffeetrinken und Tabakrauchen. 619.   Von Kaffee Leibweh und Durchlauf. 1268.   Von Tabakrauch Schweißausbruch, Übelkeit, Bauchweh. 1270.   Vom Kaffee gleich Leibweh und Durchlauf, so auch von anderen sehr süßen Speisen. 1279.   Die Kopfschmerzen werden verschlimmert durch Kaffee, Branntwein, Tabakrauchen, Geräusch und Gerüche. 1439.   Erhöhung der Beschwerden von Kaffee, Tabak und Branntwein. 1545.   Krampfhafte Magenschmerzen, kann kaum atmen, schlimmer von Kaffee, besser bei und nach dem Essen. 2502.   Drückender Kopfschmerz, schlechter von Tabakrauch, in einem vollgerauchten Raum. 2551.   Durchfall und Kopfschmerzen schlechter am Vormittag und von Kaffee. 2625.   Kann Tabak nicht vertragen, erregt oder verstärkt Kopfschmerz. 2947.   Stuhlverstopfung bei Kaffeetrinkern. 2954.   Schmerzen und Kopfschmerz verstärkt durch Kaffee und Tabak. 3026.   Kaffee macht Kopfschmerzen und Herzklopfen. 3256.   Tabakrauch im Zimmer macht Übelkeit. 3257.   Aufgeblähter Bauch nach Kaffee. 3365.   Kaffee muß ich meiden wegen meiner Hämorrhoiden. 3555.

23   Frische Luft wird schlecht vertragen. Fahren im Wagen macht Beschwerden. Empfindlichkeit gegen Zugluft, gegen feuchten Westwind. Fußbäder, kaltes Händewaschen schaden.
Blinde Hämorrhoiden mit Schmerz, aus Drücken und Wundheit (am After und im Mastdarme) zusammengesetzt, schmerzhafter im Sitzen und Stehen, gelinder im Gehen, doch am schlimmsten erneuert nach dem Genusse der freien Luft. 383.   Empfindlichkeit der Haut gegen Zugluft; es ist ihm im Unterleibe, als wenn er sich verkälten würde. 617.   Scheut sich vor der freien Luft. 698.   Durch Fahren im Wagen entsteht Hartleibigkeit, so auch durch Erkältung. 1265.   Frostigkeit mit erhöhten Schmerzen. 1557.   Muß jedesmal baden wenn er einen Kolikanfall hat. 1643.   Durch Fußbäder war ihr Zustand wesentlich verschlimmert worden. 1798.   Schmerz über dem rechten Auge verstärkt durch Geräusche, Händewaschen in kaltem Wasser, Vorwärtsbeugen des Kopfes, hartes Auftreten, Besser durch leichten Druck, Rückenlage, Hitze. 2194.   Zahnschmerz bei geringster Kälteeinwirkung oder bei Luftzug. 2611.   Feuchtes Wetter und Westwind bekomt ihr nicht. 2785.   Frost und Kälte verschlimmern die Schmerzen. 2987.   Braucht etwas Kaltes im Magen, äußerlich aber Wärme. 3059.   Fühlt sich bei Sturm und Regen schlechter. 3360.   Luftzug und naßkaltes Wetter verstärkt den Ischiasschmerz. 3639.

24   Wärme, warmes Zimmer, Sonne werden schlecht vertragen, braucht frische Luft.
Hitze und Empfindlichkeit des ganzen Körpers und besonders der Stirnregion. 1695.   Verlangen nach frischer Luft, sie sitzt am liebsten am geöffneten Fenster. 2465.   Jucken schlechter nachts und in einem warmen Raum. 2469.   Fühlt sich schlechter durch Wärme und im engen Raum, besser im Freien und in sympathischer Gesellschaft. 2842.   Verlangen nach frischer Luft, sitzt die ganze Nacht auf der offenen Veranda, hält Türen und Fenster offen. 2882.   Unbehaglich im warmen Raum und bei Wetterwechsel. 3204.   Sonnenbaden wird nicht gut vertragen. 3336.   Kann Sonne nicht gut vertragen. 3441.   Heißes feuchtes Wetter vertrage ich schlecht. 3454.   Im weiten Wald beim Gehen war es besser, ich kam in die enge, warme Wohnung zurück, da kam es mit Vehemenz. 3464.

25   Nachmittags Beschwerden. Nachmittags besser.
Erneuerung der Schmerzen gleich nach dem Mittagessen, abends gleich nach dem Niederlegen, und früh gleich nach dem Aufwachen. 621.   Heut fing es in dem kleinen Finger der rechten Hand an zu zucken, von fortwährendem Stechen im Unterleibe begleitet, nach Mittag am stärksten. 1009.   Nachmittags gegen 2 Uhr tritt heftiger Schüttelfrost ein, vorzüglich am Rücken und den Armen, wobei er Durst auf kaltes Wasser hat. 1081.   In den Nachmittagsstunden geht es gewöhnlich besser. 1141.   Die Zufälle erneuern sich nach dem Mittagessen, abends nach dem Niederlegen und früh, gleich nach

dem Erwachen; sie mindern sich in der Rückenlage, im Liegen auf dem schmerzhaften Teil, oder auch überhaupt durch Veränderung der Lage. 1546. Krampfhafter Ructus und Singultus, der täglich nachmittags sich einstellte und stundenlang anhielt. 2046. Verschlechterung 4 Uhr und 16 Uhr. 2306. Zuckender Gesichtsschmerz jeden Nachmittag nach 17 Uhr, mit Gesichtsschweiß. 2354. Fühlt sich schwer und schläfrig nach den Mahlzeiten, besonders nach dem Mittagessen muß sie sich hinlegen. 2393. Morgens geht es besser, nachmittags schlechter. 3342.

26 Abends im Bett Beschwerden.
Erneuerung der Schmerzen gleich nach dem Mittagessen, abends gleich nach dem Niederlegen, und früh gleich nach dem Aufwachen. 621. Die Zufälle erneuern sich nach dem Mittagessen, abends nach dem Niederlegen und früh, gleich nach dem Erwachen; sie mindern sich in der Rückenlage, im Liegen auf dem schmerzhaften Teil, oder auch überhaupt durch Veränderung der Lage. 1546. Gegen Abend um dieselbe Zeit repetierte das Delirium. 1736. Verschlimmerung abends. 2220. Schlechter abends und nachts, besser nach Mitternacht. 3197. Verschlimmerung abends. 3372.

27 Beschwerden kommen zur gleichen Stunde, am gleichen Tag wieder.
Gegen Abend um dieselbe Zeit repetierte das Delirium. 1736. Der Kopfschmerz kommt monatlich, meist am Sonntag, auch zu Weihnachten. 2287. Periodische Kopfschmerzen, die jede Woche zum gleichen Tag und zur gleichen Stunde kommen und 48 Stunden anhalten, sie kommen und gehen 11 Uhr. 2310. Kopfschmerz vom Scheitel bis zur Nasenwurzel, im Anfang monatlich, zuletzt jeden Freitag, 12-24 Stunden lang. 2424. Jeden Donnerstag früh Wechselfieberparoxysmus. 2481. Die Besorgnis der Mutter in der Schwangerschaft geschah von Sonnenuntergang bis Mitternacht, in dieser Zeit geht es jetzt dem Kind schlechter. 2546. Die Magenschmerzen beginnen jeden Tag 17 Uhr und enden mit Erbrechen. 3150. Sonntags mieseste Laune und elendes Gefühl. 3187. Am Wochenende ständig Kopfschmerzen mit Übelkeit, nach Erbrechen wird es besser. 3520.

Auswahl
merkwürdiger, eigenartiger, sonderbarer und ungewöhnlicher Symptome

Folgen von weit zurückliegendem oder seit langem bestehendem Kummer, von dem sie nicht gern spricht und über dem sie die ganze Zeit brütet.

Sie gefällt sich in ihrem Kummer und möchte nicht getröstet oder an ihren Kummer erinnert werden. Sie liebt die Einsamkeit.

Hat an nichts mehr Freude. Traut sich nichts mehr zu. Sieht keinen Ausweg aus den Problemen. Hat keine Tatkraft mehr. Kümmert sich nicht mehr um ihre Familie.

Wortloses tiefes Seufzen statt zu klagen oder sich auszusprechen.

Unglaublich schneller und extremer Wechsel zwischen Lachen und Weinen, zwischen Depression und Euphorie, zwischen Zorn und Freundlichkeit.

Widerspruch oder Tadel werden nicht vertragen.

Empfindsam, hochsensibel, feinfühlig: Empfindet die moralische Athmosphäre stark, hat ein zartes Gewissen und Ehrgefühl.

Hochentwickelter Intellekt. Sehr ehrgeizig in der Schule.

Sitzt bewegungslos da wie in tiefen Gedanken, ist in Wirklichkeit aber gedankenlos.

Denkt dem Reden voraus, verhaspelt sich beim Sprechen. Fragt etwas und wartet nicht auf die Antwort. Spricht schnell und in Superlativen.

Tut bald dieses, bald jenes. Muß immer etwas tun. Ungeduldig, immer in Eile.

Kann nicht ausdauernd über ein Thema nachdenken. Denken und Sprechen fällt ihr schwer. Hat keinen Überblick mehr.

Kann seine Gedanken nicht ausdrücken. Kann seine Beschwerden nicht beschreiben.

Angestrengte Aufmerksamkeit beim Zuhören, Sprechen oder Arbeiten fürs Examen verstärkt den Kopfschmerz, während freies Nachdenken oder zwangloses Lesen und Schreiben eher bessert.

Schreck löst Krampfanfälle aus. Seit einem schreckhaften, mit Angst verbundenen Ereignis bestehen die Beschwerden.

Wenn ein Kind zur Strafe ins Bett geschickt wird, bekommt es Krämpfe oder andere Beschwerden.

Sehr starkes, häufiges, oft ungenügendes Gähnen und Strecken. Gähnen als Prodrom vor Fieber- oder Krampfanfällen. Gähnen erleichtert.

Tiefer Schlaf ist unerquicklich, unruhiger Schlaf erquickend.

Langer Schlaf vor oder nach Anfällen. Emotionen machen sie schläfrig.

Träume, die das Nachdenken anstrengen, mit einer fixen Idee, die nach dem Erwachen fortdauert.

Gefühl von Schwäche und Leere in der Magengrube, muß deshalb seufzen.

Beißt sich beim Sprechen, Kauen oder im Schlaf leicht in die Zunge oder Wange.

Choreatiforme Krämpfe mit äußerster Unruhe vieler Körperteile.

Epileptiforme Krämpfe seit einem lange zurückliegenden schreckhaften Ereignis oder durch Schreck und Angst ausgelöst.

Das Hautjucken wird durch leichtes Kratzen sofort gestillt.

Heftiges Stechen bei leichter Berührung eines Körperhaares.

Kälte auf der hinteren Körperseite.

Durst auf große Mengen kalten Wassers nur im Frost, kein Durst in der Fieberhitze.

Höchstes Wärmebedürfnis im Frost, entblößt sich in der Fieberhitze, obwohl er innerlich noch fröstelt und die Füße noch kalt bleiben.

Benommenheit und Druck im Vorderkopf zieht in die Nasenhöhlen hinein, als käme plötzlich ein heftiger Schnupfen.

Benommenheit oder Schwindel im ganzen Kopf geht über in drückenden Schmerz an einzelnen Stellen.

Als wenn ein Nagel in einer Kopfseite von innen nach außen gedrückt würde, gebessert durch darauf Liegen.

Drücken in beiden Ästen des Unterkiefers, als würde das Fleisch unter den Unterkiefer hinuntergedrück.

Muß den Kopf vorwärtsbeugen oder im Sitzen auf den Tisch auflegen, um das kongestive Kopfweh zu bessern.

Schmerzen und entzündliche Erscheinungen in dem Teil des Augapfels, der vom Oberlid bedeckt wird. Gefühl, als rolle ein Sandkorn unter dem Oberlid.

Gefühl, als wäre eine Träne im Auge, die das Sehen behindert.

Gefühl, als würde der Augapfel aus seiner Höhle herausgedrückt.

Ein Halbmond weißglänzender, flimmernder Zickzacke im Gesichtsfeld. Der Buchstabe, auf den das Auge gerichtet ist, wird unsichtbar, die danebenstehenden umso deutlicher.

Geräusche werden schlecht vertragen.

Mundwinkel und Lippenrot mit kleinen Schorfen und Ausschlag besetzt.

Muß dauernd schlucken wegen eines im Hals steckenden Pflockes oder wegen einer aufsteigenden Kugel.

Schluckschmerzen im Hals bessern sich durch fortgesetztes Schlucken und durch Schlucken derber, fester Speisen.

Der gute Geschmack an den Speisen ist verloren gegangen, besonders an Milch, Bier und Tabak. Der Speichel schmeckt sauer.

Die Speisen bleiben ihm in der Brust, über dem oberen Magenmund stecken.

Gefühl, als flösse beim Umdrehen im Bett eine Flüssigkeit durch ein enges Ventil in ihrer Brust von einer Seite zur anderen.

Wenn man einmal anfängt zu husten, kann man nicht mehr aufhören; Unterdrückung des Hustens hilft.

Wenn man beim Gehen stehenbleibt, muß man husten.

Muß wegen Beklemmung der Brust oft und tief Atem holen.

Gefühl, als würden die Bauchwände nach außen und das Zwerchfell nach oben in den Brustraum hinein gedehnt; Aufstoßen bessert diesen Schmerz.

Tabakrauch im Zimmer, Kaffee und Branntwein werden schlecht vertragen.

Die leichtesten Speisen werden nicht vertragen, ohne weiteres aber der zäheste alte Käse.

Fühlt sich nicht wohl, wenn kein Stuhlgang geht.

Stuhl dick, schwergehend, aber weich.

Der Stuhldrang wird im Oberbauch empfunden.

Heftiger Stuhldrang, sobald sie entleeren will, kommt nichts, nur der Mastdarm tritt heraus.

Hämorrhoidenschmerzen beginnen erst einige Stunden nach weichem, nicht nach hartem Stuhlgang.

Unwiderstehliche Geilheit bei Impotenz, Teile schlaff und geschrumpft.